金履祥卷

北山四先生全書

黄靈庚　李聖華　主編

通鑑前編

〔宋〕金履祥／撰　孫曉磊／整理

上

上海古籍出版社

浙江文化研究工程重大項目成果
中共金華市委宣傳部重大文化研究工程項目成果
首都師範大學中國詩歌研究中心成果
浙江師範大學江南文化研究中心成果
浙江省越文化傳承與創新研究中心成果
二〇二一年國家古籍整理出版資助項目

浙江省文化研究工程指導委員會

主　任：袁家軍

副主任：黄建發　王　綱　劉　捷　彭佳學　陳奕君
　　　　劉小濤　成岳沖　任少波

成　員：胡慶國　朱衛江　陳　重　來穎杰　盛世豪
　　　　徐明華　孟　剛　毛宏芳　尹學群　吴偉斌
　　　　褚子育　張　燕　俞世裕　郭華巍　鮑洪俊
　　　　高世名　蔡袁强　蔣國俊　陳　偉　盛閲春
　　　　朱重烈　高　屹　何中偉　李躍旗　胡海峰
　　　　陳　浩

浙江文化研究工程成果文庫總序

習近平

有人將文化比作一條來自老祖宗而又流向未來的河，這是説文化的傳統，通過縱向傳承和横向傳遞，生生不息地影響和引領着人們的生存與發展；有人説文化是人類的思想、智慧、信仰、情感和生活的載體、方式和方法，這是將文化作爲人們代代相傳的生活方式的整體。我們説，文化爲群體生活提供規範、方式與環境，文化通過傳承爲社會進步發揮基礎作用，文化會促進或制約經濟乃至整個社會的發展。文化的力量，已經深深熔鑄在民族的生命力、創造力和凝聚力之中。

在人類文化演化的進程中，各種文化都在其内部生成衆多的元素、層次與類型，由此決定了文化的多樣性與複雜性。

中國文化的博大精深，來源於其内部生成的多姿多彩；中國文化的歷久彌新，取決於其變遷過程中各種元素、層次、類型在内容和結構上通過碰撞、解構、融合而産生的革故鼎新的强大動力。

中國土地廣袤、疆域遼闊，不同區域間因自然環境、經濟環境、社會環境等諸多方面的差異，建構了不同的區域文化。區域文化如同百川歸海，共同匯聚成中國文化的大傳統，這種大傳統如同春風化雨，滲透於各種區域文化之中。在這個過程中，區域文化如同清溪山泉潺潺不息，在中國文化的共同價值取向下，以自己的獨特個性支撑着、引領着本地經濟社會的發展。

從區域文化入手，對一地文化的歷史與現狀展開全面、系統、扎實、有序的研究，一方面可以藉此梳理和弘揚當地的歷史傳統和文化資源，繁榮和豐富當代的先進文化建設活動，規劃和指導未來的文化發展藍圖，增强文化軟實力，爲全面建設小康社會、加快推進社會主義現代化提供思想保證、精神動力、智力支持和輿論力量；另一方面，這也是深入瞭解中國文化、研究中國文化、發展中國文化、創新中國文化的重要途徑之一。如今，區域文化研究日益受到各地重視，成爲我國文化研究走向深入的一個重要標誌。我們今天實施浙江文化研究工程，其目的和意義也在於此。

千百年來，浙江人民積澱和傳承了一個底藴深厚的文化傳統。這種文化傳統的獨特性，正在於它令人驚嘆的富於創造力的智慧和力量。

浙江文化中富於創造力的基因，早早地出現在其歷史的源頭。在浙江新石器時代最爲著名的跨湖橋、河姆渡、馬家浜和良渚的考古文化中，浙江先民們都以不同凡響的作爲，在中華民族的文明之源留下了創造和進步的印記。

浙江人民在與時俱進的歷史軌迹上一路走來，秉承富於創造力的文化傳統，這深深地融匯在一代代浙江人民的血液中，體現在浙江人民的行爲上，也在浙江歷史上衆多傑出人物身上得到充分展示。從大禹的因勢利導、敬業治水，到勾踐的卧薪嘗膽、勵精圖治；從錢氏的保境安民、納土歸宋，到胡則的爲官一任、造福一方；從岳飛、于謙的精忠報國、清白一生，到方孝孺、張蒼水的剛正不阿、以身殉國；從沈括的博學多識、精研深究，到竺可楨的科學救國、求是一生；無論是陳亮、葉適的經世致用，還是黄宗羲的工商皆本；無論是王充、王陽明的批判、自覺，還是龔自珍、蔡元培的開明、開放，等等，都展示了浙江深厚的文化底藴，凝聚了浙江人民求真務實的創造精神。

代代相傳的文化創造的作爲和精神，從觀念、態度、行爲方式和價值取向上，孕育、形成和發展了淵源有自的浙江地域文化傳統和與時俱進的浙江文化精神，她滋育着浙江的生命力、催生着浙江的凝聚力、激發着浙江的創造力、培植着浙江的競争力，激勵着浙江人民永不自滿、永不停息，在各個不同的歷史時期不斷地超越自我、創業奮進。

悠久深厚、意韵豐富的浙江文化傳統，是歷史賜予我們的寶貴財富，也是我們開拓未來的豐富資源和不竭動力。黨的十六大以來推進浙江新發展的實踐，使我們越來越深刻地認識到，與國家實施改革開放大政方針相伴隨的浙江經濟社會持續快速健康發展的深層原因，就在於浙江深厚的文化底藴和文化傳統與當今時代精神的有機結合，就在於發展先進生産力與發展先進文化的有機結合。今後一個時期浙江能否在全面建設小康社會、加快社會主義現代化建設進程中繼續走在前列，很大程度上取決於我們對文化力量的深刻認識、對發展先進文化的高度自覺和對加快建設文化大省的工作力度。我們應該看到，文化的力量最終可以轉化爲物質的力量，文化的軟實力最終可以轉化爲經濟的硬實力。文化要素是綜合競爭力的核心要素，文化資源是經濟社會發展的重要資源，文化素質是領導者和勞動者的首要素質。因此，研究浙江文化的歷史與現狀，增强文化軟實力，爲浙江的現代化建設服務，是浙江人民的共同事業，也是浙江各級黨委、政府的重要使命和責任。

二〇〇五年七月召開的中共浙江省委十一届八次全會，作出《關於加快建設文化大省的決定》，提出要從增强先進文化凝聚力、解放和發展生産力、增强社會公共服務能力入手，大力實施文明素質工程、文化精品工程、文化研究工程、文化保護工程、文化産業促進工程、文化陣地工程、文化傳播工程、文化人才工程等「八項工程」，實施科教興國和人才强國戰略，加快建設教育、科技、衛生、體育等「四個强省」。作爲文化建設「八項工程」之一的文化研究工程，其任務就是系統研究浙江文化的歷史成就和當代發展，深入挖掘浙江文化底蘊、研究浙江現象、總結浙江經驗、指導浙江未來的發展。

浙江文化研究工程將重點研究「今、古、人、文」四個方面，即圍遶浙江當代發展問題研究、浙江歷史文化專題研究、浙江名人研究、浙江歷史文獻整理四大板塊，開展系統研究，出版系列叢書。在研究内容上，深入挖掘浙江文化底藴，系統梳理和分析浙江歷史文化的内部結構、變化規律和地域特色，堅持和發展浙江精神；研究浙江文化與其他地域文化的異同，釐清浙江文化在中國文化中的地位和相互影響的關係；圍遶浙江生動的當代實踐，深入解讀浙江現象，總結浙江經驗，指導浙江發展。在研究力量上，通過課題組織、出版資助、重點研究基地建設、加强省内外大院名校合作、整合各地各部門力量等途徑，形成上下聯動、學界互動的整體合力。在成果運用上，注重研究成果的學術價值和應用價值，充分發揮其認識世界、傳承文明、創新理論、咨政育人、服務社會的重要作用。

我們希望通過實施浙江文化研究工程，努力用浙江歷史教育浙江人民、用浙江文化熏陶浙江人民、用浙江精神鼓舞浙江人民、用浙江經驗引領浙江人民，進一步激發浙江人民的無窮智慧和偉大創造能力，推動浙江實現又快又好發展。

今天，我們踏着來自歷史的河流，受着一方百姓的期許，理應負起使命，至誠奉獻，讓我們的文化綿延不絶，讓我們的創造生生不息。

二〇〇六年五月三十日於杭州

浙江文化研究工程成果文庫序言

袁家軍

浙江是中華文明的發祥地之一，歷史悠久、人文薈萃，素稱「文物之邦」「人文淵藪」，從河姆渡的陶竈炊烟到良渚的文明星火，從吴越争霸的千古傳奇到宋韵文化的風雅氣度，從革命紅船的揚帆起航到建國初期的篳路藍縷，從改革開放的敢爲人先到新時代的變革創新，都留下了彌足珍貴的歷史文化財富。縱覽浙江發展的歷史，文化是軟實力，也是硬實力，是支撑力，也是變革力，爲浙江幹在實處、走在前列、勇立潮頭提供了獨特的精神激勵和智力支持。

二〇〇三年，習近平總書記在浙江工作時作出「八八戰略」重大决策部署，明確提出要進一步發揮浙江的人文優勢，積極推進科教興省、人才强省，加快建設文化大省。二〇〇五年七月，習近平同志主持召開省委十一届八次全會，親自擘畫加快建設文化大省的宏偉藍圖。在習近平同志的親自謀劃、親自布局下，浙江形成了文化建設「3＋8＋4」的總體框架思路，即全面把握增强先進文化的凝聚力、解放和發展文化生産力、提高社會公共服務力等「三個着力點」，啓動實施文明素質工程、文化精品工程、文化研究工程、文化保護工程、文化産業促進工程、文化陣地工程、文化傳播工程、文化人才工程等「八項工程」，加快建設教育、科技、衛生、體育等「四個强省」，構建起浙江文化建設的「四樑八柱」。這些年來，我們按照習近平總書記當年作出的戰略部署，堅持一張藍圖繪到底、一任接着一任幹，不斷推進以文鑄魂、以文育德、以文圖强、以文傳道、以文興業、以文惠民、以文塑韵，走出了一條具有中國特色、時代特徵、浙江特點的文化發展之路。

文化研究工程是浙江文化建設最具標誌性的成果之一。隨着第一期和第二期文化研究工程的成功實施，産生了一批重點研究項目和重大研究成果，培育了一批具有浙江特色和全國影響的優勢學科，打造了一批高水平的學術團隊和在全國有影響力的學術名師、學科骨幹。二〇一五年結束的第一批浙江文化研究工程共立研究項目八百十一項，出版學術著作千餘部。二〇一七年三月啓動的第二期浙江文化研究工程，已開展了五十二個系列研究，立重大課題六十五項、重點課題二百八十四項，出版學術著作一千多部。特別是形成了《宋畫全集》等中國歷代繪畫大系、《共和國命運的抉擇與思考——毛澤東在浙江的七百八十五個日日夜夜》等領袖與浙江研究系列、《紅船逐浪：浙江「站起來」的革命歷程與精神傳承》等「浙一百年」研究系列、《浙江通史》《南宋史研究》等浙江歷史專題史研究系列、《良渚文化研究》等浙江史前文化研究系列、《儒學正脈——王守仁傳》等浙江歷史名人研究系列、《吕祖謙全集》等浙江文獻集成系列。可以説，浙江文化研究工程，賡續了浙江悠久深厚的文化血脈，挖掘了浙江深層次的文化基因，提升了浙江的文化軟實力，彰顯了浙江在海内外的學術影響力，爲浙江當代發展提供了堅實的理論支撑和智力支持，爲堅定文化自信提供了浙江素材。

當前，浙江已經踏上了實現第二個百年奮斗目標的新征程，正在奮力打造「重要窗口」，争創社會主義現代化先行省，高質量發展建設共同富裕示範區。文化工作在浙江高質量發展建設共同富裕示範區中具有决定性作用，是關鍵變量；展現共同富裕美好社會的圖景，文化是最富魅力、最吸引人、最具辨識度的標識。我們要發揮文化鑄魂塑形賦能功能，爲高質量發展建設共同富裕示範區注入强大文化力量，特别是要堅持把深化文化研究工程作爲打造新時代文化高地的重要抓手，努力使其成爲研究闡釋習近平新時代中國特色社會主義思想的重要陣地、傳承創新浙江優秀傳統文化革命文化社會主義先進文化的重要平臺、構建中國特色哲學社會科學的重要載體、推廣展示浙江文化獨特魅力的重要窗口。

新時代浙江文化研究工程將延續「今、古、人、文」主題，重點突出當代發展研究、歷史文化研究、「新時代浙學」建構，努力把浙江的歷史與未來貫通起來，使浙學品牌更加彰顯、浙江文化形象更加鮮明、中國特色哲學社會科學的浙江元素更加豐富。新時代浙江文化研究工程將堅守「紅色根脈」，更加注重深入挖掘浙江紅色資源，持續深化「習近平新時代中國特色社會主義思想在浙江的探索與實踐」課題研究，努力讓浙江成爲踐行創新理論的標杆之地、傳播中華文明的思想之窗；擦亮以宋韵文化爲代表的浙江歷史文化金名片，從思想、制度、經濟、社會、百姓生活、文學藝術、建築、宗教等方面全方位立體化系統性研究闡述宋韵文化，努力讓千年宋韵更好地在新時代「流動」起來、「傳承」下去；科學解讀浙江歷史文化的豐富內涵和時代價值，更加注重學術成果的創造性轉化，探索拓展浙學成果推廣與普及的機制、形式、載體、平臺，努力讓浙學成果成爲有世界影響的東方思想標識；充分動員省内外高水平專家學者參與工程研究，堅持以項目引育高端社科人才，努力打造一支走在全國前列的哲學社會科學領軍人才隊伍；系統推進文化研究數智創新，努力提升社科研究的科學化水平，提供更多高質量文化成果供給。

偉大的時代，需要偉大作品、偉大精神、偉大力量。期待新時代浙江文化研究工程有更多的優秀成果問世，以浙江文化之窗更好地展現中華文化的生命力、影響力、凝聚力、創造力，爲忠實踐行「八八戰略」、奮力打造「重要窗口」，争創社會主義現代化先行省，高質量發展建設共同富裕示範區，提供强大思想保證、輿論支持、精神動力和文化條件。

目録

通鑑前編卷之三

二歲。征黃夷。…… 一二五
七歲。于夷來賓，畎夷來賓。…… 一二五
八歲。寒浞殺羿。…… 一二六
二十有八歲。寒浞使其子澆弑王于帝丘。后緡歸于有仍，靡奔有鬲氏。…… 一二七
癸卯。少康元歲。相后緡生少康于有仍。…… 一二八
甲子。二十有二歲。少康自有仍奔虞。…… 一二八
壬午。四十歲。靡自有鬲氏，收二斟之衆，滅寒浞，立少康。王滅澆于過，使季杼滅豷于戈。復禹之績。…… 一三〇
方夷來賓。…… 一三一
六十有一歲。王崩，子季杼踐位。…… 一三一
少子無余封於越。…… 一三二

甲辰。后杼元歲。…… 一三二
五歲。征東海，伐三壽。…… 一三二
十有七歲。王崩，子槐踐位。…… 一三二
辛酉。后槐元歲。…… 一三三
三歲。東九夷來御。…… 一三三
甲子。四歲。…… 一三三
二十有六歲。王崩，子芒踐位。…… 一三四
丁亥。后芒元歲。以玄圭賓于河，乃東狩于海。…… 一三四
十有八歲。王崩，子泄踐位。…… 一三四
乙巳。后泄元歲。…… 一三四
命東夷，命西羌。…… 一三四
十有六歲。王崩，子不降踐位。…… 一三五
辛酉。后不降元歲。…… 一三五
甲子。四歲。…… 一三五
六歲。伐九苑。…… 一三五
五十有九歲。王崩，弟扃立。…… 一三六

蔡人、郳人會于北杏。……五五七

齊人滅遂。齊侯會魯侯，盟于柯。……五五七

二年。齊人、陳人、曹人伐宋。……五五九

齊侯使來請師。王命單伯會伐宋。……五六〇

鄭人弑其君子儀。鄭厲公自櫟入于鄭。……五六〇

荆入蔡。……五六〇

單伯會齊侯、宋公、衛侯、鄭伯于鄄。……五六一

三年。齊侯、宋公、陳侯、衛侯、鄭伯會于鄄。……五六一

宋人、齊人、郳人伐郳。鄭人侵宋。……五六一

晉曲沃伯稱滅晉，弑其君緡。……五六二

四年。宋人、齊人、衛人伐鄭。……五六二

荆伐鄭。……五六二

齊侯、宋公、魯侯、陳侯、衛侯、鄭伯、許男、滑伯、滕子同盟于幽。……五六三

王使虢公命曲沃伯以一軍爲晉侯。……五六三

秦武公卒，弟立。……五六四

楚滅鄧。……五六四

蔿國以晉師伐夷詭諸，殺之。周公忌父出奔虢。……五六五

郳子克卒，瑣立。……五六五

五年。王崩，太子閬踐位。……五六五

晉武公卒，子詭諸嗣。……五六五

秦徙居雍。……五六六

楚文卒，子囏嗣。……五六六

乙巳。惠王元年。三月，日有食之。……五六六

虢公、晉侯來朝。……五六六

虢公、晉侯、鄭伯使原伯逆王后于陳。……五六七

秦德公卒，子嗣。……五六七

二年。蔿國、邊伯、詹父、子禽祝跪奉

十有一年。齊人伐衛。衛人及齊人戰，衛人敗績。……五七九

邾子瑣卒，蘧蒢立。……五七九

荆伐鄭。……五八〇

齊人、宋人、魯人救鄭。……五八〇

晉侯驪姬子奚齊生。使太子申生居曲沃，重耳居蒲，夷吾居屈。……五八一

十有二年。鄭人侵許。……五八一

十有三年。王命虢公討樊，執樊皮，歸于京師。……五八一

九月庚午朔，日有食之。……五八二

齊人伐山戎，俾燕修貢于王。……五八二

秦宣公卒，弟立。……五八三

十有五年。魯人殺公子牙，而立叔孫氏。魯莊公卒。子般嗣。慶父弑子般。季友奔陳。公子慶父如齊。啓立。……五八三

狄伐邢。……五八四

曹僖公卒，子班嗣。……五八四

十有六年。齊人救邢。……五八四

魯侯及齊侯盟于落姑。季子歸魯。……五八五

晉侯作二軍，滅耿、霍、魏，爲大子申生城曲沃，封趙夙於耿，畢萬於魏。……五八五

十有七年。魯慶父弑其君閔公。季友以公子申如邾。姜氏、慶父皆出奔。齊高子盟魯。公子申入立。取慶父于莒，殺之，而立仲孫氏。……五八六

狄入衛，殺懿公。衛衆潰，濟河，立戴公以廬于曹。卒。齊人立其弟燬。……五八七

秦成公卒，弟任好立。……五八八

十有八年。齊師、宋師、曹師次于聶北，救邢。邢遷于夷儀。齊師、宋師、曹師城邢。……五八八

楚人伐鄭。……六九四
四年。晉趙盾、衛孫免侵陳。……六九四
王使子服求后于齊。召公逆王后于齊。
……六九五
五年。河徙。……六九五
王使王叔會晉侯、宋公、衛侯、鄭伯、曹
伯于黑壤。諸侯盟于黑壤。……六九五
燕桓公卒，宣公立。……六九六
六年。晉師、白狄伐秦。……六九六
楚人滅舒蓼，盟吳、越。……六九六
七月甲子，日有食之，既。……六九六
楚師伐陳。……六九六
王使單子聘於宋，遂自陳聘於楚。……六九七
七年。王使徵聘于魯。魯侯朝于齊，
使仲孫蔑入聘。……六九八
晉侯、宋公、衛侯、鄭伯、曹伯會于扈。
晉荀林父帥師伐陳。晉成公卒于

扈，子據嗣。師還。楚子伐鄭。晉
郤缺帥師救鄭。……六九九
衛成公卒，子遬嗣。……六九九
八年。齊人歸魯濟西田。……七〇〇
四月丙辰，日有食之。……七〇〇
齊惠公卒，子無野嗣。……七〇〇
陳夏徵舒弑其君靈公。……七〇〇
晉人、宋人、衛人、曹人伐鄭。……七〇一
王使王季子聘于魯。……七〇一
楚子伐鄭。……七〇二
九年。楚子、陳侯、鄭伯盟于辰陵。……七〇二
楚人殺陳夏徵舒。楚子入陳。納公
孫寧、儀行父于陳。迎靈公子午于
晉而立之。……七〇三
甲子。十年。楚子圍鄭。……七〇四
晉荀林父帥師及楚子戰于邲，晉師敗
績。……七〇四

十年。晉侯、魯侯、衛侯、鄭伯、曹伯、宋世子成、齊國佐、邾人同盟于戚。

晉侯執曹伯歸于京師。諸侯立子臧，辭，奔宋。……七四五

宋共公卒。蕩山攻殺太子肥。華元出奔，歸而殺山。立公子成。魚石奔楚。……七四六

楚子伐鄭。……七四六

晉士燮、齊高無咎、宋華元、魯叔孫僑如、衛孫林父、鄭公子鰌、邾人會吳于鍾離。……七四七

許遷于葉。……七四七

十有一年。六月丙寅朔，日有食之。……七四七

晉侯及楚子、鄭伯戰于鄢陵。楚子、鄭師敗績。楚殺其大夫公子側。……七四七

晉侯、齊侯、魯侯、衛侯、宋華元、邾人會于沙隨。尹子、晉侯、魯侯、齊國佐、邾人伐鄭。晉人執魯季孫行父，郤犫盟于扈而歸之。……七五一

釋曹伯歸于曹。……七五二

晉侯使郤至來獻楚捷。……七五二

十有二年。尹子、單子、晉侯、齊侯、宋公、魯侯、衛侯、曹伯、邾人伐鄭，同盟于柯陵。……七五三

單子、晉侯、宋公、魯侯、衛侯、曹伯、齊人、邾人伐鄭。……七五四

十有二月丁巳朔，日有食之。……七五四

邾定公卒，貜立。……七五四

晉殺其大夫郤錡、郤犫、郤至。……七五四

燕昭公卒，武公立。……七五五

十有三年。晉弒其君厲公，來逆公孫周于京師，立之。……七五五

楚子、鄭伯伐宋。宋魚石復入于彭城。

通鑑前編卷之十五 ……七六一

曹伯、莒子、邾子、滕子、薛伯、齊世子光、吴人、鄫人會于戚。……七六四

諸侯戍陳。楚公子貞帥師伐陳。晉侯、宋公、魯侯、衛侯、鄭伯、曹伯、齊世子光救陳。……七六五

五年。莒人滅鄫。……七六五

齊侯滅萊。……七六五

六年。楚公子貞帥師圍陳。晉侯、宋公、魯侯、陳侯、衛侯、曹伯、莒子、邾子會于鄬。鄭僖公如會，未見諸侯，卒于鄵，公子騑實弑之，而立其子嘉。陳侯逃歸。……七六六

七年。鄭人侵蔡，獲蔡公子燮。晉侯、鄭伯、齊人、宋人、魯人、衛人、邾人會于邢丘。……七六七

楚公子貞帥師伐鄭。……七六七

八年。晉侯、宋公、魯侯、衛侯、曹伯、莒子、邾子、滕子、薛伯、杞伯、小邾子、齊世子光伐鄭，同盟于戲。楚子伐鄭。……七六八

九年。晉侯、宋公、魯侯、衛侯、曹伯、莒子、邾子、滕子、薛伯、杞伯、小邾子、齊世子光會吴于柤，遂滅偪陽。……七七〇

楚公子貞、鄭公孫輒帥師伐宋。晉侯、宋公、魯侯、衛侯、曹伯、莒子、邾子、齊世子光、滕子、薛伯、杞伯、小邾子伐鄭。戍鄭虎牢。楚公子貞帥師救鄭。……七七一

以單子爲卿士。……七七二

十年。魯作三軍。……七七三

鄭公孫舍之帥師侵宋。晉侯、宋公、魯侯、衛侯、曹伯、齊世子光、莒子、邾子、滕子、薛伯、杞伯、小邾子伐

通鑑前編卷之十六

通鑑前編卷之十八

十年。晉趙氏城平邑。…… 一〇一七

十有一年。秦補龐城，城籍姑。…… 一〇一八

衛公孫頹弒其君懷公而自立。…… 一〇一八

秦靈公卒，國人廢其子而立其季父簡公。…… 一〇一八

齊田居思伐晉趙氏鄗，圍平邑。…… 一〇一八

十有二年。中山武公初立。…… 一〇一九

十有三年。齊田白伐晉，毀黄城，圍陽狐。…… 一〇一九

秦與晉戰，敗于鄭下。…… 一〇二〇

晉河岸崩，壅龍門，至于底柱。…… 一〇二〇

十有四年。齊田白伐魯、莒及安陽。…… 一〇二一

晉魏斯使其子擊圍繁龐，出其民。…… 一〇二一

越朱句卒，子翳嗣。…… 一〇二一

十有五年。齊田白伐魯，取一城。…… 一〇二二

十有六年。日有食之。…… 一〇二二

王命晉韓啓章、趙浣伐齊，入長城。…… 一〇二二

魯元公卒，子顯嗣。…… 一〇二二

齊田汾敗晉趙氏于平邑，獲其將韓舉，取平邑。…… 一〇二二

齊田莊子卒，子和代。…… 一〇二三

十有七年。魯侯尊禮孔伋。…… 一〇二三

魯侯以公儀休爲相，泄柳、申詳爲臣。…… 一〇二四

秦初令吏帶劍。…… 一〇二四

晉魏斯伐秦，築臨晉、元里。…… 一〇二五

晉韓武子卒，子虔代。趙獻子卒，子籍代。…… 一〇二五

十有八年。晉魏斯擊宋，使樂羊伐中山，克之。使其子擊守中山。…… 一〇二五

總序

南宋乾淳間，吕祖謙東萊之學、陳亮永康之學、唐仲友説齋之學同時並起，金華之學彬彬稱盛。吕祖謙尤著，與朱熹、張栻并稱「東南三賢」，又與朱熹、陸九淵并稱「朱陸吕三大家」。祖謙惜早逝，麗澤門人無大力者繼之，永康、説齋之學亦無紹傳。嘉定而後，何基、王柏振起。何基（一一八八—一二六九），字子恭，金華人。親炙於朱熹高弟子黄榦，居北山之陽，學者稱北山先生。門人王柏（一一九七—一二七九），字會之，一字仲會，號長嘯，改號魯齋，金華人。家學源於朱、吕，而己則師於何基。何、王轉承朱子之統，王柏又私淑東萊。王柏門人金履祥（一二三二—一三〇三），字吉父，號次農，蘭溪人。從學王柏，并得何基指授。宋、元易代，以遺民終，隱居講學，許謙、柳貫諸子從學。許謙（一二六九—一三三七），字益之，號白雲山人，東陽人。年三十一師履祥，爲元世大儒。後世推許何、王、金、許，并稱「金華四賢」「金華四先生」「金華四子」「何王金許四君子」，又稱「北山四先生」。

四先生爲講學家之流，名相并稱始於元末，流行於明初。杜本《吴先生墓誌銘》：「浙之東州有數君子，爲海内所師表。蓋自朱子之學一再傳，而何、王、金、許實能自外利榮，蹈履純固，反身克己，體驗精切，故其育德成仁，顯有端緒。」①黄溍《吴正傳文集序》：「初，紫陽朱子之門人高弟曰勉齋黄氏，自黄氏四傳，曰北山何氏、魯齋王氏、仁山金氏、白雲許氏，皆婺人。」②宋濂《故丹谿先生朱公石表辭》：「而考亭之傳，又唯金華之四賢續其世胤之正。」③張以寧《甌山存稿序》：「婺爲郡儒先東萊吕成公之里也。近何、王、金、許氏，得勉齋黄公之傳於徽國朱文公者，以經學教於鄉。」④蘇伯衡《洗心亭記》：「伯圭，何文定公、王文憲公、金文安公、許文懿公里中子，而四賢實以朱文公之學相授受。」⑤鄭楷《翰林學士承旨宋公行狀》：「初，宋南渡後，新安朱文公、東萊吕成公並時而作，皆以斯道爲己任。婺實吕氏倡道之邦，而其學不大傳。朱氏一再傳，爲何基氏、王柏氏，又傳之金履祥氏、許謙氏，皆婺人，而其傳遂爲朱學之世適。」⑥以上爲元末明初諸家并提四家之説。導江張𢕟爲王柏高弟子，「以其道顯於

① 吴師道《禮部集》附録，文淵閣《四庫全書》本。
② 黄溍《金華黄先生文集》卷十八，元刻本。
③ 宋濂《宋學士文集》卷十九，明天順五年黄譽刻本。
④ 張以寧《翠屏文集》卷三，明成化間刻本。
⑤ 蘇伯衡《蘇平仲文集》卷八，《四部叢刊》景明正統刻本。
⑥ 程敏政《明文衡》卷六十二，《四部叢刊》景明本。

北方」①，柳貫與許謙同學於履祥，元時又有黄溍、吴萊、吴師道、胡長孺并著聞，何以不入「四賢」之目？以上所引諸説已明言之：一則四先生遞相師承，非嫡傳不入；二則四先生於吕學既衰之後，上接紫陽之傳，以講學明道爲己任，非一般詞章文士；三則皆不肯仕，高蹈遠引，以經學教於鄉；四則學行著述堪爲師表，足傳道脈。元末明初學者多稱説「何王金許」、「金華四賢」，盛明而後始多稱「金華四先生」。「北山四先生」之稱，則始於全祖望修補《宋元學案》，改《金華學案》爲《北山四先生學案》。蓋以北山一脈起於何基，何基居金華北山下，取以自號，王柏、金履祥亦居北山之下，隱於斯，遊於斯，講學於斯。北山秀奇，得四先生名益彰，北山有靈，亦莫大幸焉。

在中國學術史上，四先生成就雖不足與朱、陸、吕三大家相提并論，但皆不愧一代學者。且其上承朱、吕，下啓明清理學及浙學一脈，有功於浙學與宋元明清儒學匪淺，學術貢獻不下於王陽明、黄宗羲諸大家。

---

① 吴師道《敬鄉録》卷十四，明抄本。

一、朱子世適，兼取東萊

四先生爲朱子嫡脈，除何基「確守師説」外，餘三家承朱子之學，繼朱子之志，鑒取東萊之學，兼容并包，已構成朱學之變。即浙學而言，由此復興，雖與東萊、永康、永嘉所引領浙學初興有異，但亦是浙學之「新變」。全祖望《北山四先生學案序録》稱金履祥爲「浙學之中興」，卓有見解。

（一）傳朱一脈

金華爲東萊講學之邦，何基、王柏奮起於吕學衰没之際，承朱學之統，亦自有故。按王柏《何北山先生行狀》，何基早歲從鄉先生陳震習舉子業，已能潛心義理。弱冠隨父伯慧宦遊臨川，適黄榦爲令，伯慧令二子何南、何基師事之。黄榦首教以「爲學須先辦得真實心地，刻苦工夫」，臨別告以「但讀熟《四書》，使胸次浹洽，道理自見」。何基「終身服習，不敢頃刻忘也。一室危坐，萬卷横陳，存此心於端莊静一之中，窮此理於研精覃思之際。每於聖賢微詞奥義疑而未釋者，必平其心，易其氣，舒徐容與，不忘不助，待其自然貫通，未嘗參以己意。不立異以爲高，不狥人而少變。蓋其思之也精，是以守之也固。充其知而反於身者，莫不踐其實」①。

雖説何基開金華朱學之門，但居鄉里未嘗開門授徒，聞名而來學者，亦未嘗爲立題目、作話頭。王柏從學何基，及金履祥從學王柏、許謙問師履祥，皆有偶然性。王柏身出望族，少慕諸葛亮之爲人，年逾三十，與友人汪開之同讀《四書》，取《論孟集義》求朱子去取之意，以黄榦《四書通釋》尚闕答問，乃約爲《語録精要》以足之，題曰《通旨》。聞從朱子門人楊與立、劉炎、陳文蔚問朱門傳授之端，與立告何基得朱氏之傳，即往從學②。何基授以「立志居敬」之旨，舉胡宏之言曰：「立志以定其本，居敬以持其志。志立乎事物之表，敬行乎事物之内。」③王柏自是發憤讀書，來學者必先教之讀《大學》。

金履祥年十八試中待補太學生，有能文聲。旋自悔，屏舉子業，研解《尚書》。與同郡王相爲友，知向濂洛之學。聞何基得朱子之傳，欲往從之無由。年二十三，由王相之介，得從王柏受業。初見，問爲學之方，即教以「立志居敬」，問讀書之目，則曰「自《四書》始」。未幾，由王柏之介進於何基之門，自是講貫益密，造詣益精，講求褆躬搆物，如何、王所訓「存敬畏心，

① 何基《何北山先生遺集》卷四，《金華叢書》本。
② 金履祥《仁山文集》卷三，明萬曆二十七年刻本。
③ 王柏《復吴太清書》，《魯齋集》卷八，明崇禎刻本。

尋恰好處」,「真實心地,刻苦工夫」。柳貫《故宋迪功郎史館編校仁山先生金公行狀》云:「二先生鄉丈人行,皆自以爲得之之晚,而深啓密證,左引右掖,期底于道。雖孫明復之於石守道,胡翼之之於徐仲車,不是過也。然文定之所示曰『省察克治』,文憲之所示曰『涵養充拓』,語雖甚簡,而先生服之終身,嘗若有所未盡焉者。」①

大德五年,履祥年七十,講道蘭江之上,許謙始來就學,年已三十一。明年,履祥設教金華吕祖謙祠下,許謙從之卒業。履祥告曰:「吾儒之學,理一而分殊。理不患其不一,所難者分殊耳。」許謙由是致辨於分之殊,而要歸於理之一。屏居八華山,率衆講學,教人「以五性人倫爲本,以開明心術變化氣質爲先,以爲己爲立心之要,以分辨義利爲處事之制」②。吴師道《祭許徵君益之文》云:「烏乎紫陽!朱子之傳,其在吾鄉,曰何與王。傳之仁山,以及於公,其道彌光。仁山之門,公晚始到。獨超等夷,遠詣深造。」③

① 柳貫《柳待制文集》卷二十,《四部叢刊》景元至正本。
② 黄溍《白雲許先生墓誌銘》,《金華黄先生文集》卷三十二。
③ 吴師道《吴禮部文集》卷二十,《金華叢書》本。

（二）兼采吕學

何、王崛起於吕學衰落之際，傳朱子之學。然生於東萊講學之鄉，麗澤之潤已入士人肌理。故自王柏以下，返本溯源，遂成學朱爲主、參諸吕學之格局。此一變化自王柏始。

王柏家學出於吕氏。按葉由庚《王魯齋先生壙誌》，王柏祖師愈從楊時受《易》《論語》，後與朱、張、吕遊。父瀚與其叔季執經問難於考亭、麗澤之門，世其家學。王柏早孤，抱志宏偉，三十而後「始知家學授受之原，慨然捐去俗學以求道」。既師何基，發憤奮厲，「研窮愈刻深，則義理愈呈露；涵養愈細密，則趣味愈無窮」①。金履祥《魯齋先生文集目後題》追溯魯齋家學云：「初，公之大父焕章公與朱、張、吕三先生爲友，父仙都公早從麗澤，又以通家子登滄洲之門。公天資超卓，未及接聞淵源之論而早孤。年長以壯，謂科舉之學不足爲也，而更爲文章偶儷之文；又以偶儷之文不足爲也，而從學於古文、詩律之學，工力所到，隨習輒精。今存於《長嘯醉語》者，蓋存而未盡去也，公意不謂然。因閲家書，而得師友淵源之緒，間從擣堂先生劉公、船山先生楊公、克齋先生陳公考問朱門傳授之端。而於楊公得聞北山何子恭父之名，於是尋訪盤溪之上，盡棄

① 王柏《魯齋王文憲公文集》附録，《金華叢書》本。

所學而學焉。」①所言王柏既見何基，「盡棄所學」，非謂盡棄家學，而指前之所好。吴師道《仙都公所與子書》亦載：「魯齋先生之學，世有自來矣。先生大父崇政講書直焕章閣致仕，諱師愈，師事龜山楊公，後又從朱、張、吕三公遊，朱子誌墓稱其有本有文者也。父朝奉郎、主管仙都觀，諱瀚，執經朱、吕之門，克世其學。此其所與子書，莫非《小學》書、《少儀外傳》之旨也。」②

東萊之學，與朱、陸有同有異。概言之，東萊主於經史不分，《五經》、史學皆擅；近接北宋理學之緒，遠采漢儒考據訓詁，并重義理、考據；博收廣覽，以文獻見長，講求通貫；重於用實，揆古用今。吕祖謙與陳亮等人好讀史，學問「博雜」，朱熹深有不滿，指爲「浙學」風習。然東萊之學自成一系。王柏嘗爲履祥作《三君子贊》，分贊「東南三賢」朱熹、張栻、吕祖謙，《吕成公》云：「片言妙契，氣質盡磨。八世文獻，一身中和。手織雲漢，心衡今古。鼎峙東南，乾淳鄒魯。」③於東萊評價高矣。然王、金諸子終不明言取則東萊，而標榜傳朱一脈。葉由庚《壙誌》、金履祥《後題》、吴師道《仙都公所與子書》追溯王柏家學出於吕氏，亦皆重於載述從何基接軌朱子一脈，而不言返本吕學。

① 金履祥《仁山先生文集》卷三。
② 吴師道《吴禮部文集》卷十七。
③ 金履祥《濂洛風雅》卷一，清雍正間金律刻本。

論四先生之學，當察其言，觀其行，亦必考其實跡，始可得真實全貌。王、金、許三家，於《五經》之好不減《四書》，既重性理探求，復事於訓詁考據；守朱子之説，而欲爲「忠臣」，以求是爲本；朱子不喜學者嗜讀史，三家未盡遵行；朱子不喜浙學「博雜」，三家貫通經史、諸子百家，喜輯録文獻；朱子不喜浙人好言事功，三家負經濟之略，而身在草萊，心存當世，欲出所學措諸政事。柳貫《金公行狀》稱履祥「先生夙有經世大志，而尤肆力于學，凡天文地形、禮樂刑法、田乘兵謀、陰陽律曆，靡不研究其微，以充極於用」。史學、考據乃東萊所長，朱子亦借助訓詁，并出其餘力研史，此史學、考據終爲其所短。王、金、許三家取朱子言性理之長，去其所短，兼師東萊，遂精於史學、考據。

王、金、許三家援漢儒訓詁考據以治《四書》《五經》，得力於東萊頗多。生於東萊講學舊邦，風氣霑熏，有其不自知者。尤可言者，四先生好「標抹點書」，殆傳東萊文獻之學。東萊標抹圈點之書，如《儀禮》《漢書》《史記》《資治通鑑》等，久爲士林所重。吕喬年稱其「一字一句，點畫皆有深意，而所得之精，多見於此」①。吴師道屢言四先生「標抹點書」，乃鑒用東萊之法。《請傳習許益之先生點書公文》：「當職生長金華，聞標抹點書之法始自東萊吕成公，至今故

① 吴師道《吴禮部文集》卷十八。

家所藏猶有《漢書》《資治通鑑》之類。」①《題程敬叔讀書工程後》：「蓋自東萊吕成公用工諸書，點正句讀，加以標抹，後儒因之，北山何先生基子恭、魯齋王先生柏會之俱用其法」，「金、張亦皆有所點書，其淵源有自來矣。」②章懋《楓山語録》云：「何最切實，王、金、許不免考索著述多些。」又，「東萊於香溪，四賢於東萊，皆無干涉」③。王、金、許「考索著述多些」，即三家重於文獻。然稱四先生與東萊「無干涉」，未盡合於實。東萊文獻之學冠於海内，四先生生長其鄉，著述相接，故論者曰：「吾婺固東南鄒魯也，中原文獻之傳甲於天下。」④全祖望稱王應麟承東萊文獻之學，爲「明招之大宗」。以文獻之傳而言，王、金、許何嘗不可稱「明招之大宗」？

四先生緣何不明言取徑東萊，今蠡測之，蓋有數因：一則重於師承，稱説師門，但言朱子，不言其他。二則東萊之學不能無弊，麗澤後學治經，輯討文獻，或疏於性理求索；四先生以明道爲先務，篤信朱子問學要義。三則朱子批評浙人「好功利」，四先生亦警醒，關注世用而不急功求利，不標舉東萊之學，或有此故。由此不難理解葉由庚《壙誌》所言：「證古難也，

① 吴師道《吴禮部文集》卷二十。
② 吴師道《吴禮部文集》卷十七。
③ 章懋《楓山語録》，文淵閣《四庫全書》本。
④ 張祖年《婺學志》集前序，清刻本。

復古尤難也；明道難也，任道尤難也。朱、張、吕三先生同生於一時，皆以承濂洛之統爲身任者也。張、吕不得其壽，僅及終身，經綸未展，論著靡竟。獨文公立朝之時少，居閑之日多，大肆其力於聖經賢傳，刊黜《詩》《書》之小序，紹復《易》《春秋》之元經，定著《論語》《孟子》《中庸》《大學》章句，以立萬世之法程。北山、魯齋二先生同生於一鄉，亦皆以續考亭之傳爲身任者也。」①

四先生之學，以朱學爲本，參諸東萊，朱、吕互爲表裏。海寧查慎行爲黄宗羲高弟子，《得樹樓雜鈔》卷一云：「魯齋上承吕、何之緒，下開金、許之傳，其功尤大。」②卓有識見。數百年來，學者罕直言四先生私淑東萊，而述及學統，或指出接緒朱、吕。成化三年，浙江按察司僉事辛訪奏請將宋儒何基等封爵從祀，下禮部尚書兼翰林學士陳文議：「昔者晦庵朱文公熹與東萊吕成公祖謙皆傳聖道，而金華郡儒者何基、王柏、金履祥、許謙師徒，累葉出於文公之後，以居于成公之鄉，其於斯道不爲不造其涯涘，然達淵源則未也；不爲不躡其徑庭，然造堂奥則未也。」③張祖年《八婺理學淵源序》云：「子朱子挺生有宋，疏洙泗，瀹濂洛，決横渠，排金

---

① 王柏《魯齋王文憲公文集》附録《壙誌》。
② 查慎行《得樹樓雜鈔》卷一，民國《適園叢書》本。
③ 姚夔《姚文敏公遺稿》卷十，明弘治間姚璽刻本。

谿，補苴罅漏，千古理學淵源，渾涵渟滀，稱會歸矣。維時吾婺東萊成公倡道東南，而子朱子、南軒宣公聲應氣求，互相往來」，「是麗澤一泓，固八婺理學淵源也，猗歟盛哉！三先生爲東南理學鼎峙，吾婺學者翕然宗之」，「而毅然卓見斯道者，未之有聞。幸北山先生父伯慧者，佐治臨川，欽勉齋黄氏學，命北山師事之，遂載紫陽的傳而歸。以授之魯齋，魯齋以授之仁山，仁山以授之白雲，踵武繩繩，機籥相印，而麗澤溶瀁灝瀚矣」①。胡宗楙謂趙宋南渡，婺學昌盛，鉤稽派别，可約分政學、理學、文學三派，其理學則自范浚以下，繼以東萊，復繼以四先生。《續金華叢書序》云：「二曰理學，香溪《心箴》，導其先河。東萊吕氏，麗澤講席。北山、魯齋，溯源揚波。仁山、白雲，一脈相嬗。莘莘學子，追蹤鄒魯。咸淳之際，於斯爲盛。」②當然，論者迄今仍多只認四先生爲朱子嫡傳。近歲，我們昌言「浙學復興」，强調四先生兼傳東萊之學，諸論始有所改觀。

（三）從「確守師説」到「要歸於是」

四先生中，何、王歿於宋，金履祥由宋入元，許謙則爲元世名儒。四先生尊德性，道問學，

---

① 張祖年《婺學志》集前序。

② 胡宗楙《夢選樓文鈔》卷上，民國二十五年刊本。

遞相師傳，百餘年間亦有前後變化。兼采呂學，即是自王柏後一大變化。另一顯著變化，即從「確守師説」到願爲「朱子之忠臣」，篤於求是。

何基之學，立志以定本，恭敬以持志，力學以致知，篤守朱、黄之傳，虚心體察，不欲參以己意，不以立異爲高。王柏《何北山先生行狀》稱「思之也精」，「守之也固」。《啓蒙發揮後序》又説：「晚年纂輯朱子之緒論，羽翼朱子之成書，不敢自加一字，而條理粲然，羣疑盡釋。」①《同祭北山何先生》則云：「公獨屹然，堅守勿失」，「發揮師言，以會於歸」②。黄宗羲論云：「北山之宗旨，熟讀《四書》而已」，「北山確守師説，可謂有漢儒之風焉。」③

王柏問學，重視求於《四書集注》《周易本義》之内，然好探朱子發端而未竟之義，考訂索隱朱子所未及，視此爲繼朱子之志，較何基已有變化。葉由庚《壙誌》云：「先生學博而義精，心平而識遠，考訂羣書，如干將、莫邪，所向肯綮，迎刃自解。凡文公發其端而未竟，致其疑而未決，與夫諸儒先開明之所未及者，莫不該攝融會，權衡裁斷，以復經傳之舊」，「上自羲畫，下逮魯經，莫不索隱精訂，以還道經之舊，以承考亭之志，確乎其任道之勇也！」金履祥《祭魯齋

---

① 王柏《魯齋王文憲公文集》卷五，明崇禎間刻本。
② 王柏《魯齋王文憲公文集》卷十九。
③ 黄百家《金華學案》。

先生文》云：「論定諸經，決訛放淫。辯析羣言，折衷聖人。究其分殊，萬變俱融。會諸理一，天然有中。見其全體，靡所不具。」①

金履祥爲王柏所授，重於求是，不標新奇之論，亦不拘於一説，欲爲「朱子之忠臣」。《論孟集注考證跋》云：「文公《集注》，多因門人之問更定，其問所不及者，亦或未修，而事跡名數，文公亦以無甚緊要略之，今皆爲之修補。或疑此書不無微牾者，既是再考，豈能免此？但自我言之，則爲忠臣；自他人言之，則爲讒賊爾。此履祥將死真切之言，二三子其詳之！」②李桓《論孟集注考證序》云：「其於《集注》也，推其意之未發，佐其力之不及，以簡質之文，達精深之義，而名物度數、古今實事之詳，一皆表其所出。後儒之説，可以爲之羽翼者，間亦採摭而附入之。觀之時若不同，實則期乎至當，故先生嘗自謂朱子之忠臣。夫忠臣者，固不爲苟同，而其心豈欲背戾以求異哉？蓋將助之而已矣。斯則《考證》之修所以有補於《集注》者也。」③

許謙承履祥之傳，於先儒之説未嘗處不敢苟同，敷説義理，歸於平實，考據訓詁，「要歸於

① 金履祥《仁山文集》卷三。
② 金履祥《孟子集注考證》，《率祖堂叢書》本。
③ 陸心源《皕宋樓藏書志》卷十，清同治、光緒間刻《潛園總集》本。

是」。黄溍《白雲許先生墓誌銘》云：「先生於書無不觀，窮探聖微，斬於必得，雖殘文羨語，皆不敢忽。有不可通，則不敢强。於先儒之説，有所未安，亦不敢苟同也。讀《四書章句集注》，有《叢説》二十卷。敷繹義理，惟務平實」，「讀《詩集傳》，有《名物鈔》八卷。正其音釋，考其名物度數，以補先儒之未備，仍存其逸義，旁採遠援，而以己意終之。讀《書集傳》，有《叢説》六卷。時有與蔡氏不能盡合者，每誦金先生之言曰：『自我言之，則爲忠臣；自他人言之，則爲讒賊。』要歸於是而已。」①

四先生之學，從何基「確守師説」，到金履祥、許謙「要歸於是」，乃其前後一大變化。四先生傳朱子之學，重於涵養功夫、踐履真實。何基常是一室危坐，存此心於端莊静一之中，研精覃思。履祥從學何、王，何基示曰「省察克治」，王柏示曰「涵養充拓」，履祥服之終身，常若有所未足。許謙習静，晚年尤以涵養本原爲務，講授之餘，齋居凝然。應典《八華精舍義田記》云：「迨其晚年，有謂：聖賢之學，心學也。後之學者雖知明諸心，非諸事，而涵養本原，弗究弗圖，則雖博極群書，修明勵行，而與聖賢之心猶背而馳也。」②

---

① 黄溍《金華黄先生文集》卷三十二。

② 党金衡纂修《道光東陽縣志》卷十，民國三年石印本。

（四）發揮表箋，漢宋互參

何基「確守師説」，毋主先入，毋師己意，虚心體察，述自得之意，名其著述曰「發揮」，所撰有《易學啓蒙發揮》《易大傳發揮》《大學發揮》《中庸發揮》《語孟發揮》《太極通書西銘發揮》。《近思録發揮》未詮定而殁，金履祥與同門汪蒙、俞卓續抄校訂，付其家藏之。柳貫《金公行狀》云：「凡文公語録、文集諸書，商確考訂之所及，取其已定之論，精切之語，彙敘而類次之，名爲《發揮》，已與諸書並傳於世矣。而若文公、成公所輯周、程、張子之微言曰《近思録》者，宜爲宋之一經，而顧未有爲之解者，亦隨文箋義，爲《近思録發揮》，未詮定而文定殁。」

自王柏以下，雖力戒先入之見，不標榜己意，然欲爲通儒，折衷羣言，出入經史百家，索隱朱子發端而未竟之義，考訂朱子所未及之書，故不苟同先儒之見，且倚重於訓詁考據，已不能不與何基有異。所著述於「標抹點書」「發揮」外，或名「考證」，或曰「精義」「衍義」「疏義」「指義」，或曰「表注」「叢説」。王柏考訂羣書，葉由庚《壙誌》稱「無一書一集不加標注，於《四書》《通鑑綱目》，精之又精。一言之題，一點之訂，辭不加費而義以著明，無非發本書之精髓，開後學之耳目」。又論其與何基異同云：「北山深潛沖澹，精體默融，志在尚行，訒於立言；魯齋通睿絶識，足以窮聖賢之精藴，雄詞偉論，足以發理象之微著。」履祥出入經史，天文地理、禮樂刑法、田乘兵謀、陰陽律曆無不究研。謂古書有注必有疏，作《論孟集注考證》，以爲朱子《集注》有疏，補所未備，增釋事物名數。注解《尚書》，推本父師之意，正句晝段，提其章旨，析其義理之微，考證文字之誤，表於四闌之外，曰《尚書表注》。柳貫《行狀》云：「研窮經義，以究窺聖賢心術之微；歷考傳注，以服襲儒先識鑒之確。無一理不致體驗，參伍錯綜，所以約其變；無一書不加點勘，鉛黄朱墨，所以發其凡。」許謙《上劉約齋書》云：「其爲學也，於書無所不讀，而融會於《四書》，貫穿於《六經》，窮理盡性，誨人不倦，治身接物，蓋無毫髮歉，可謂一世通儒。」①許謙追步王、金，欲爲一世通儒。黄溍《白雲許先生墓誌銘》云：「先生於天文地理、典章制度、食貨刑法、字學音韻、醫經數術，靡不該貫，一事一物，可爲傳聞多識之助者，必謹志之。至於釋老之言，亦皆洞究其藴，謂學者孰不日闢異端，苟不深探其隱，而識其所以然，能辨其同異、别其是非也幾希。」許謙每念履祥所言欲爲「朱子之忠臣」、「要歸於是」，所著《詩集傳名物鈔》《讀書叢説》《讀四書叢説》，考訂索隱，以補先儒所未備，存其逸義，而終以己意。在王、金、許三家看來，其著述不離於孔孟遺意，惟求是求真，乃可繼朱子之志。

四先生著述，無論彙敘發揮、隨文箋義，抑或考證衍義、辨誤訂訛，都不離於言説義理。王、金、許三家治學，與何基有所不同。總體以觀，有三大特點：一是治《五經》而貫穿性理，治《四書》而倚重訓詁考據，《四書》《五經》融會貫通。二是以理學爲本，兼采漢學。漢、宋兼

① 許謙《許白雲先生文集》卷三，明成化二年陳相刻本。

采，本爲東萊所長，三家蓋以朱學爲主，兼采東萊。三是欲爲通儒之學，貫穿經史百家，重於世用，不避「博雜」之嫌，此亦與東萊之學相通。

二、四先生治《四書》《五經》及其史學、文學

四先生長於《四書》，自王柏以下，《五經》貫通，兼治史學，重於文獻。其治《四書》，義理闡説與訓詁考據并重；治《五經》，疑古考索，尚於求是，并重義理；研史則經史互參，會通朱、吕；詩文雖其餘事，不離於講學家風習，然發攄性靈，陶冶性情，文以載道，裨益教化，各具其致。以文章合於道，扶翼經義、世教，通於世用，故金、許傳人尚文風氣日盛。以下分作論述：

（一）《四書》學

朱子之學，萃於《四書集注》。門人黄榦得其傳，有《四書通論》。世推四先生爲朱子適傳，亦以其得朱門《四書》之傳也。

何基從學黄榦，黄榦臨别告以熟讀《四書》，道理自見。何基以此爲讀書爲學之要，教門人治學以《四書》爲主，以《朱子語録》爲輔。嘗曰：「學者讀書，先須以《四書》爲主，而用

《語録》以輔翼之」，「但當以《集注》之精嚴，折衷《語録》之疏密；以《語録》之詳明，發揮《集注》之曲折。」王柏《行狀》稱「此先生編書之規模也，他書亦本此意」。何基後又覺得《四書》「義理自足」，當深探本書，「截斷四邊」。王柏稱「此先生晚年精詣造約，終不失勉齋臨分之意」（《何北山先生行狀》）。

王柏得北山之教，深味其旨，教門人爲學亦以《四書》爲本。寶祐二年，履祥來學，問讀書之目，告以「自《四書》始」。是年冬，履祥作《讀語論管見》，凡有得於《集注》言意之外者則録之。王柏讀後，勸説當沉潛涵泳於《集注》之内，有所自得，不當固求言外之意，發爲新奇之論①。履祥終生沉潛涵泳不輟，作《論孟集注考證》。歿前一歲，即大德六年，在金華城中講學，以《大學》爲第一義，諸生執經問難，爲之毫分縷析，開示藴奥，因成《大學指義》一書。許謙聞履祥緒論，精研《四書》。黄溍《白雲許先生墓誌銘》稱其每戒學者曰：「聖賢之心盡在《四書》，而《四書》之義備於朱子。顧其立言，辭約意廣，讀者或得其粗，而不能悉究其義。或以一篇之致自異，而初不知未離其範圍。世之詆訾貿亂、務爲新奇者，其弊正坐此耳。始予三四讀，自以爲了然，已而不能無惑，久若有得，覺其意初不與己異，愈久而所得愈深，與己意合者，亦大異於初矣。童而習之，白首不知其要領者何限？其可以易心求之哉！」

① 王柏《金吉甫管見》，《魯齋王文憲公文集》卷九。

四先生闡説性理，遞相師承，治《四書》皆所擅長。何基有《大學發揮》《中庸發揮》《語孟發揮》，王柏有《論語通旨》《論語衍義》《魯經章句》《孟子通旨》《批點標注四書》，金履祥有《大學疏義》《中庸表注》《論語集注考證》《孟子集注考證》，許謙有《讀四書叢説》。從朱子《四書章句集注》《四書或問》，到黄榦《四書通釋》，再到四先生著述十餘種，可見四先生《四書》學淵源，亦可見朱學流傳及其盛行浙東之況。

何基《四書發揮》，取朱子已定之論，精切之説，以爲發揮，守師説甚固，研思亦精。王柏、金履祥、許謙三家，傳何基之學，復繼朱子之志，索隱微義，考證注疏，以爲羽翼。其索隱考證，倚於訓詁考據，以性理爲本，重於求是。許謙《論孟集注考證序》云：「先師之著是書，或檃栝其説，或演繹其簡妙，或攄其幽，發其粹，或補其古今名物之略，或引羣言以證之。大而道德性命之精微，細而訓詁名義之弗可知者，本隱以之顯，求易而得難。吁！盡在此矣。」吴師道《讀四書叢説序》稱《四書》自二程肇明其旨，至朱子集其大成，然一再傳之後，泯没畔涣，「其能的然久而不失傳授之正，則未有如於吾鄉諸先生也。蓋自北山取《語録》精義，以爲《發揮》，與《章句集注》相發明；魯齋爲標注點抹，提挈開示；仁山於《大學》有《疏義》《指義》，《論》《孟》有《考證》，《中庸》有《標抹》，又推所得於何、王者，與其己意併載之」，「今觀《叢説》之編，其於《章句集注》也，奥者白之，約者暢之，要者提之，異者通之，畫圖以形其妙，析段以顯其義。至於訓詁名物之缺，考証補而未備者，又詳著焉。其或異義微牾，則曰：『自我言之，則爲忠臣，自他人言之，則爲殘賊。金先生有是言也。』此可以見其志之所存矣」(《吴禮部文集》卷十七)。《四庫全書總目》著録《論孟集注考證》，《提要》云：「其書於朱子未定之説，但折衷歸一，於事蹟典故，考訂尤多。蓋《集注》以發明理道爲主，於此類率沿襲舊文，未遑詳核，故履祥拾遺補闕，以彌縫其隙，於朱子深爲有功」，「然其旁引曲證，不苟異，亦不苟同，視胡炳文輩拘墟迴護，知有注而不知有經者，則相去遠矣。」此可見四先生《四書》學及其「家法」之大端。

(二)《五經》學

朱子研《易》《詩》，并涉獵禮制，而東萊則《五經》貫通。何基於《五經》僅《易經》有撰著，仍題曰「發揮」。其治《四書》，雖與《五經》參讀，大抵「發揮師言，以會於歸」。自王柏以下，不惟尊德性，且好治經研史。王、金、許三家研討《五經》，既通於朱子經學，又通於東萊經學及文獻之學。概言之，一是崇義理而并事訓詁考據。二是好纂輯、音釋、標抹、考訂、表注，以翼經傳。三是好考證名物度數，補先儒之未備。四是不苟同，不苟異，「要歸於是」。前已言及，此更舉例以明之。

王柏於《五經》皆有撰述，著《讀書記》十卷、《讀詩記》十卷、《讀春秋記》八卷、《書附傳》四十卷、《詩可言》二十卷、《詩疑》二卷、《書疑》九卷、《涵古易説》一卷、《大象衍義》一卷、《左氏正傳》十卷等。葉由庚《壙誌》稱其嗜於索隱考訂，好「復經傳之舊」，「先生一更一定，皆有授證，一析一合，不添隻字，秩秩乎其舊經之完也，炳炳乎其本旨之明也」。并舉其大端如：於《易》，作《易圖》，推明《河圖》《洛書》先後。謂《河圖》爲先天後天之宗祖，逐位奇偶之交，後天爲統體奇偶之交。古之册書，作上下兩列，故《易》上下經非標先後。謂今之三百五篇非盡孔子之三百五篇，孔子所删，或有存於閭巷浮薄之口者，漢儒概謂古詩，取以補亡。乃定二《南》各十一篇，還兩兩相配之舊，退《何彼穠矣》《甘棠》歸之《王風》，而削去《野有死麕》。若風、雅、頌，亦必辨其正變，次其先後，謂鄭、衛淫詩，皆當在削。

世人或稱經以講解辯訂而明，釐析類合則陋，王柏則不以爲然，好參訂疑經。何基嘗告之：「治經當謹守精玩，不必多起疑端。有欲爲後學言者，謹之又謹可也。」①然王柏終勇於「任道」「求是」，《書疑序》云：「不幸秦火既焰，後世不得見先王之全經也。惟其不全，固不可得而不疑。所疑者，非疑先王之經也，疑伏生口傳之經也。讀書者往往因于訓詁，而不暇思經文之大體，間有疑者，又深避改經之嫌，寧曲説以求通，而不敢輕議以求是」，「聖人之經不可改，伏氏之言亦不可正乎？糾其繆而刊其贅，訂其雜而合其離，或庶幾乎得復聖人之舊，此

① 戴殿江《金華理學粹編》。

有識者之不容自已。」①

後世於王柏疑經，頗多争議。錢維城《王柏删詩辯》：「宋儒之狂妄無忌憚，未有如王柏之甚者也」，「朱子惟過於慎，故寧爲固而不敢流於穿鑿，而孰知一再傳之後，其徒之肆無忌憚，乃至於此也。」②成僎《詩説考略》卷二《王柏詩疑之舛亂》：「夫以孔子所不敢删者，而魯齋删之；以孔子所不敢變易者，而魯齋變易之。世儒猶以其淵源於朱子而不敢議，此竹垞所以嗤爲無是非之心也。」《四庫全書總目》著録《書疑》九卷，《提要》云：「然柏之學，名出朱子，實則師心，與朱子之謹嚴絶異」，「柏作是書，乃動以脱簡爲辭，臆爲移補」，「至於《堯典》《臯陶謨》《説命》《武成》《洪範》《多士》《多方》《立政》八篇，則純以意爲易置，一概托之於錯簡」，「是排斥漢儒不已，並集矢於經文矣，豈濂、洛、關、閩諸儒立言垂教之本旨哉？托克托等修《宋史》，乃與其《詩疑》之説並特録於本傳，以爲美談，何其寡識之甚乎？」又著録《詩疑》二卷，《提要》云：「《書疑》雖頗有竄亂，尚未敢删削經文。此書則攻駁毛、鄭不已，並本經而攻駁之；攻駁本經不已，又並本經而删削之。」爲之辯護析論者亦多。如胡鳳丹《重刻王魯齋詩疑序》：「朱子所攻駁者《小序》耳，於本經未嘗輕置一議也。先生黜陟《風》《雅》，竄易篇次，非

---

① 王柏《魯齋王文憲公文集》卷五。

② 錢維城《茶山文鈔》卷八，清乾隆四十一年眉壽堂刻本。

惟排詆漢儒，且幾幾乎欲奪宣聖删定之權而伸其私説。其自信之堅，抑何過哉」，「是書設論新奇，雖不盡歸允當，而本其心所獨得，發爲議論，自成一家，俾世之讀其書者足以開拓心胸，增廣識見，引而伸之，觸類而長之，未始非卓犖觀書之一助也。」①皮錫瑞《論王柏書疑疑古文有見解特不應並疑今文》：「王氏失在並今文而疑之耳，疑古文不得謂其失也。」「王氏知古文之僞，不知今文之真。其並疑今文，在誤以宋儒之義理準古人之義理，以後世之文字繩古人之文字。」「《書疑》多本前人，亦非王氏獨創，特王氏於《尚書》篇篇獻疑，金履祥等從而和之，故其書在當時盛行，而受後世之掊擊最甚。平心而論，疑經改經，宋儒通弊，非止王氏，皆由不信經爲聖人手定。（注：王氏《詩疑》删鄭、衛詩，竄改《雅》《頌》，僭妄太甚，《書疑》猶可節取。）」②王柏以義理治《詩》《書》，索隱太過，不免其弊，後人盡黜之則未當，宜小心考求，平允論之。

金履祥承王柏疑經之緒，以爲秦火之後全經不存，漢儒拘於訓詁，輕於義理，循守師傳，曲説不免。亦自勇於「任道」「求是」。其考訂諸經，用力最多乃在《尚書》，有《尚書注》十二卷、《尚書表注》二卷。《尚書表注序》稱全書不得見，「考論不精，則失其事迹之實；字辭不

---

① 胡鳳丹《退補齋文存》卷一，清同治十二年退補齋鄂州刻本。

② 皮錫瑞《經學通論》，清光緒間思賢書局刻本。

辨，則失其所以言之意」，「夫古文比今文固多且正，但其出最後，經師私相傳授最久，其間豈無傳述附會」，「後之學者，守漢儒之專門，開元之俗字，長興之板本，果以爲一字不可刊之典乎？幸而天開斯文，周、程、張、朱子相望繼作，雖訓傳未備，而義理大明，聖賢之心傳可窺，帝王之作用易見」①。履祥鈎玄探賾，折衷群説，力求平心易氣，不爲淺深之求，無證臆決，考訂較王柏爲慎。《四庫全書總目》著録《尚書表注》二卷，《提要》云：「大抵攟摭舊説，折衷己意，與蔡沈《集傳》頗有異同。其徵引伏氏、孔氏文字同異，亦確有根原。」胡鳳丹《重刻尚書表注序》云：「故先生之功在注釋，而先生之志在表章。以視抱經硜硜索解於章句之末者，其相去爲何如耶？」陸心源《重刊金仁山先生尚書注序》云：「《尚書》則用功尤深，《表注》一書，爲一生精力所萃。是書即《表注》之權輿，訓釋詳明，頗多創解。」②

按柳貫《行狀》，履祥歿時，所注書僅僅脱稿，未及正定，悉以授門人許謙。許謙遵其遺志，讎校刻板以傳。許謙考訂諸經，用力尤勤者在《詩》《書》，撰《讀書叢説》六卷、《詩集傳名物鈔》八卷，長於正音釋、考證名物度數。讀《春秋三傳》，撰《温故管窺》。讀《三禮》，參互考訂，發明經義。句讀標抹《九經》《儀禮》《三傳》，注明大旨要解、錯簡衍文。吴師道《詩集傳名

① 金履祥《仁山文集》卷三。
② 金履祥《書經注》集前序，《十萬卷樓叢書》本。

物鈔序》云：「君念朱《傳》猶有未備者，旁搜博采，而多引王、金氏，附以己見，要皆精義微旨，前所未發。又以《小序》及鄭氏、歐陽氏《譜》世次多舛，一從朱子補定。正音釋，考名物度數，粲然畢具。其有功前儒，嘉惠後學，羽翼朱《傳》於無窮，豈小補而已哉！」（《吴禮部集》卷十五）《名物鈔》羽翼《詩集傳》，猶金履祥作《論孟集注考證》爲《集注》之疏。王柏重訂《詩經》篇目，《名物鈔》取用之，然未盡鑒採《詩疑》。蓋《名物鈔》於朱子《詩集傳》、王柏《詩疑》各有訂正。要之，折衷群説，能指明師説之不然。《四庫全書總目提要·詩集傳名物鈔》云：「研究諸經，亦多明古義。故是書所考名物音訓，頗有根據，足以補《集傳》之闕遺。惟王柏作《二南相配圖》」，「而謙篤守師説，列之卷中，猶未免門户之見」，「然書中實多採用陸德明《釋文》及孔穎達《正義》，亦未嘗株守一家」。許謙繼履祥作《讀書叢説》，大指類於《名物鈔》，以《書集傳》出於朱子門人蔡沈之手，尤當疏注辨明。《叢説》多有與《書集傳》意見不合者。張樞《讀書叢説序》云：「先生嘗誦金先生之言曰：『在我言之，則爲忠臣，在人言之，則爲殘賊。』要歸於是而已，豈不信哉！」《四庫全書總目提要·讀書叢説》云：「謙獨博核事實，不株守一家，故稱《叢説》」，「然宋末元初説經者多尚虚談，而謙於《詩》考名物，於《書》考典制，猶有先儒篤實之遺，是足貴也。」

（三）史學

歷來論四先生之學，大都明其傳朱子之統，講説性理。至於自王柏以下兼采東萊史學、文獻之學，研經兼通史，宗程朱兼取法於漢儒，則鮮有討論。

浙學興起之初，吕祖謙、陳亮諸子好讀史，朱熹指爲「博雜」，告誡門人讀書以《四書》爲本。何基謹守師説，問學欲求朱子之醇。王柏、金履祥、許謙欲爲一世通儒，出入經史百家，研史與治經相發明，雖與東萊經史不分、漢宋互參、重於文獻有所不同，但也多有相通之處。此一變化，一定程度上體現了王柏等人向浙學的回歸。

王柏標注《通鑑綱目》，著《續國語》四十卷、《擬道學志》二十卷、《江右淵源》五卷、《雜志》二卷、《地理考》二卷等書。金履祥著《通鑑前編》十八卷、《舉要》二卷。《尚書表注》經史互證，探求義理，綜概事跡，考正文字，《通鑑前編》亦取此義。司馬光作《資治通鑑》，周威烈王二十三年之前事未載，劉恕《外紀》紀前事，不本於經，而信百家之説。履祥以爲出《尚書》諸經者爲可考信，出子史雜書者多流俗傳聞、鄙陋之説，因撰《通鑑前編》，一以《尚書》爲主，下及《詩》《禮》《春秋》，旁采舊史諸子，表年繫事，考訂辨誤，斷自唐堯，以下接《資治通鑑》。履祥《通鑑前編序》兼言朱、吕，云：「朱子曰：『古史之體可見也，《書》《春秋》而已。《春秋》編年通紀，以見事之先後；《書》則每事别紀，以具事之始末。』」「今本之以經，翼之以史子傳記，附之以諸家之論。且考其繫年之故，解其辭事，辨其疑誤。如東萊呂氏《大事記》，而不敢盡倣其例。」朱子編《通鑑綱目》，裁剪《通鑑》，考訂嫌於疏淺。東萊邃於史，《大事紀》頗有史裁。如《四庫全書總目提要・大事紀》所云：「當時講學之家，惟祖謙博通史傳，不專言性命。《宋史》以此黜之，降置《儒林傳》中，然所學終有根柢」，「凡《史》《漢》同異，及《通鑑》得失，皆縷析而詳辨之。又於名物象數旁見側出者，並推闡貫通，夾注句下」。履祥頗取法《大事紀》，第不盡倣其例。即經史不分而言，履祥較王柏更近於東萊。《通鑑前編》一書，履祥生前未遑刊定，臨歿屬之許謙。天曆元年《通鑑前編》刻行，鄭允中采録進呈。《元史・金履祥傳》評云：「凡所引書，輒加訓釋，以裁正其義，多儒先所未發。」許謙著《觀史治忽幾微》。黄溍《白雲許先生墓誌銘》云：「倣史家年經國緯之法，起太皥氏，訖宋元祐元年秋九月尚書左僕射司馬光卒，備其世數，總其年歲，原其興亡，著其善惡。蓋以爲光卒，則宋之治不可復興。誠一代理亂之幾，故附於續經而書孔子卒之義，以致其意也。」

王、金、許三家研討經義，兼及治史，以史翼經，與東萊史學有相通處，然相較東萊經史并重，經史不分，仍有所不同。

（四）文學

宋代理學大興，儒者「大要尚道義而下詞章」，昌學古者「崇理致，黜崛奇而主平易，忌艱深而貴敷暢」，又恐沿襲而少變，故「其詞紆餘而曲折」。後來學者「融之以訓詁，發之以論説，專務明乎理，是以其詞詳盡而周密。其於詩也亦然」①。朱、陸、吕爲講學大家，不廢詩文。四先生尊德性、道問學，詩文亦自可觀，各自有集。

總體來説，四先生文章扶翼經義、世教，文以載道，闡明義理，裨益教化，通於世用。詩發攄性靈，陶冶性情，既爲悟道之具，又得天機自然之趣，超然物表，不事雕琢藻績，非激壯之音，亦無寒蹙之態。

王柏《何北山先生行狀》稱何基：「以其餘事言之，先生之文，温潤融暢；先生之詩，從容閒雅，皆自胸中流出，殊無雕琢辛苦之態。雖工於詞章者，反不足以闖其藩籬。」王柏早歲爲文章，縱心古文、詩律，有《長嘯醉語》。及師北山，乃棄所學，餘力所及，文集尚有七十五卷之多，又編《文章指南》十卷、《朝華集》十卷、《紫陽詩類》五卷等集。何基文章「温潤融暢」，詩歌「從容閒雅」，而王柏文章於温雅外，尚多雄偉之辭，詩於沖澹外，復好剛健之調。楊溥《魯齋集序》云：「金華王文憲公，天資高爽，學力精至，以其實見發爲文章，足以明道德。使其見用，足以建事功，而卒老於丘園，惜哉！若其詩歌，又其餘事也。」《四庫全書總目提要・魯齋集》云：「其詩文雖亦豪邁雄肆，然大旨乃一軌于理。」

① 張以寧《甑山存稿序》，《翠屏文集》卷三，明成化間刻本。

金履祥詩文自訂爲四集，又編集《濂洛風雅》七卷。唐良瑞《濂洛風雅序》云：「『詩者，志之所之也。』志有正有偏，有通有蔽，則詩有純有駁，有晦有明。故偏滯之詞，不若中正之發，而放曠悲愁之態，不若和平沖淡之音」，「然皆涵暢道德之中，歆動風雩之意，淡平者有淳厚之趣，而浩壯者有義理自然之勇」，「竊以爲今之詩，非風雅之體，而濂洛淵源諸公之詩，則固風雅之意也。」①履祥詩和平沖澹，不事字句工拙，不倚於奇崛跳踉、發揚蹈厲之辭。文則湛深經史，辭義高古，醇潔精深，非矜句飾字者可比。徐用檢《仁山金先生文集序》云：「愚惟先生之文，析微徹義，自成一家言；律詩取意而不泥律，古風宣而語勁，純如也。」

許謙與履祥相近，詩沖澹自然，文湛深經史，辭意深厚，然亦有變化，即詩歌理氣漸少，文頗有韓、柳、歐、蘇法度。黄溍《白雲許先生墓誌銘》云：「文主於理，詩尤得風人之旨。」《四庫全書總目提要·白雲集》云：「謙初從金履祥遊，講明朱子之學，不甚留意於詞藻，然其詩理趣之中頗含興象。五言古體，尤諧雅音，非《擊壤集》一派惟涉理路者比。文亦醇古，無宋人語録之氣，猶講學家之兼擅文章者也。」

四先生之學傳朱一脈，自王柏以下有變，詩文自王柏以下亦有一小變，至許謙及北山後學更有一大變，能文之士日衆，宋濂、王禕則其尤著者。文爲載道之器，道爲出治之本，文道

① 唐良瑞《濂洛風雅》集前序。

不相離，乃許謙及其門人所持重之義。許謙延祐二年《與趙伯器書》云：「道固無所不在，聖人修之以爲教，故後欲聞道者，必求諸經。然經非道也，而道以經存；傳注非經也，而經以傳顯。由傳注以求經，由經以知道，藴而爲德行，發之爲文章事業，皆不倍乎聖人，則所謂行道也。」①皇慶二年（一三一三），元仁宗詔復科舉，至是年始開科取士。許謙發爲此論，非爲科舉。王禕《宋景濂文集序》追溯金華文章源流，稱南渡後，吕祖謙、唐仲友、陳亮「其學術不同，其見於文章，亦各自成其家」，范浚、時少章「皆博極乎經史，爲文温潤縝練，復自成一家之言」，入元以後，柳貫、黄溍精文章，「羽翼乎聖學，而黼黻乎帝猷」，又有四先生傳朱學，理學遂以婺爲盛。因論云：「所貴文章之有補者，非以其明夫理乎？理之明，不由其學術之有素乎」，「然爲其學者，上而性命之微，下而訓詁之細，講説甚悉。其頗見於文章者，亦可以驗其學術之所在矣」②。《送胡先生序》又辯稱吕、唐、陳之學「雖不能苟同，然其爲道皆著於文也，其文皆所以載道也，文義、道學，曷有異乎哉」。金、許以道學名家，胡長孺、柳貫、黄溍、吴師道以文知名，「雖若門户異趨，而本其立言之要，道皆著於文，文皆載乎道，固未始有不同焉者」，「以故八十年間，踵武相望，悉爲世大儒，海内咸所宗師。夫何後生晚進，顧乃因其所不

① 許謙《許白雲先生文集》卷四。
② 王禕《王忠文公集》卷五，明嘉靖元年刻本。

同而疑其所爲同，言道學者以窮研訓詁爲極致，言文章者以修飭辭語爲能事，各立標榜，互相排抵，而不究夫統宗會元之歸，於是諸公之志日微，而學術之弊遂有不可勝言者矣」①。

黄百家纂《金華學案》，留意北山一脈前後變化，於宋濂傳後案云：「金華之學，自白雲一輩而下，多流而爲文人。夫文與道不相離，文顯而道薄耳。雖然，道之不亡也，猶幸有斯。」學案前又有案語：「而北山一派，魯齋、仁山、白雲既純然得朱子之學髓，而柳道傳、吴正傳以逮戴叔能、宋潛溪一輩，又得朱子之文瀾，蔚乎盛哉！」有一派學問，有一派文章。此説有其道理，但稱金華之學「多流而爲文人」，歸柳貫、宋濂等人文章爲「朱子之文瀾」，仍未盡然。自王柏以下，北山一脈文章已非僅朱子之文餘波。且北山一脈文道不相離，尚文别有意屬，許謙、王禕言之已明。全祖望承黄百家之説，《宋文憲公畫像記》更論云：「予嘗謂婺中之學，至白雲而所求於道者疑若稍淺，觀其所著，漸流於章句訓詁，未有深造自得之語，視仁山遠遜之，婺中學統之一變也。義烏諸公師之，遂成文章之士，則再變也。至公而漸流於佞佛者流，則三變也。猶幸方文正公爲公高弟，一振而有光於先河，幾幾乎可以復振徽公之緒。惜其以凶終，未見其止，而并不得其傳。」②其説亦未可盡信。金、許傳人多文章之士，亦躬行之士，文章

① 王禕《王忠文公集》卷七。

② 全祖望《鮚埼亭集外編》卷十九，清嘉慶十六年刻本。

明道經世，載出治之本。此乃一時風氣。迨孝孺以金華一脈好文而不免輕於明道，遂糾正其偏。此亦一時風氣。

三、四先生與「浙學之中興」

學術史發展變遷，是一種歷史存在，也是學術批評接受的結果。明人此一述朱，彼一述朱，審視宋元學術多於此下論其合與不合。清初學者著意區分漢、宋，兼采居主。乾嘉而後，宗漢流行，學者多不囿於述朱之説。近四百年來，有關四先生的認識，深受時代學術風尚影響。而清初以後，學者又頗沿《宋元學案》之論，以迄於今。以下略述四先生與浙學中興之關係及其學術史意義。

（一）從《金華學案》到《北山四先生學案》

清康熙間，黃宗羲以周汝登《聖學宗傳》、孫奇逢《理學宗傳》未粹，多所遺闕，撰《明儒學案》，繼而發凡《宋元學案》，子百家纂輯初稿。清道光間何紹基重刊本《宋元學案》卷八十二爲《北山四先生學案》，總目標云：「黄氏原本，全氏修定。」卷端録全祖望案語：「勉齋之傳，得金華而益昌。說者謂北山絶似和靖，魯齋絶似上蔡，而金文安公尤爲明體達用之儒，浙學之中興也。述《北山四先生學案》。」王梓材案：「是卷梨洲本稱《金華學案》，謝山《序録》始稱《北山四先生學案》。」自黄宗羲發凡起例，至何紹基刊百卷本，《宋元學案》成書歷時逾百五十年。書成於衆手，黄百家、楊開沅、顧諟、全祖望、黄璋、黄徵乂、王梓材、馮雲濠等各有補訂。《北山四先生學案》究何人所撰？檢黄璋、徵乂父子校補《宋元學案》稿本，知原出百家之手。稿本第十七册收《金華學案》不分卷，抄寫不避「胤」、「弘」；「玄」字凡三見，兩處不避，一處缺末筆。由是知寫於康熙間，即道光重刊本所標「黄氏原本」。然爲録副，非百家手稿。至於宗羲生前得見此否，則未可知。百家《金華學案》，祖望改題《北山四先生學案》。細作考證，《北山四先生學案》實馮雲濠、王梓材據《金華學案》另一録副本，參酌黄璋、徵乂校補本（黄直垕謄清稿），訂補成稿，而非據全氏修訂本增删而成。馮、王誤以爲所見《金華學案》録副即「梨洲原本」，亦即「謝山原稿」，《北山四先生學案》所標注全氏「修」、「補」大都未確。不過，二人發揮全氏校補《宋元學案》之義，博徵文獻，廣大其流，《北山四先生學案》遂成大觀。從《金華學案》到《北山四先生學案》，不僅見後世如何認識評價四先生，亦可見學風轉移於學術史撰著之作用。

元末明初，黄溍、杜本、宋濂、王禕、蘇伯衡、鄭楷皆專視四先生爲朱學嫡傳。宋濂學於柳貫，爲金履祥再傳，念吕學之衰，思繼絶學。鄭楷《翰林學士承旨宋公行狀》載：「婺實吕氏倡道之邦，而其學不大傳」，「先生既間因許氏門人而究其説，獨念吕氏之傳且墜，奮然思繼其絶學。」①王褘《宋太史傳》傳述此語②。在諸子看來，「吕氏之傳且墜」終有未妥。

明人論四先生，大抵以述朱爲中心。章懋有志復興浙學，《楓山語録》稱「吾婺有三巨擔」，其一即「自何、王、金、許没，而道學不講」。戴殿泗《金華三擔録》載其語曰：「自朱子一傳爲黄勉齋，再傳爲何、王、金、許，而東萊吕公則親與朱子相麗澤者也。道學正宗，我金華實得之。」③周汝登《聖學宗傳》過於疏略，未登録黄榦、四先生。劉鱗長欲「以浙之先正，呼浙之後人」，編《浙學宗傳》，自楊時至陳龍正得四十一人。宋元十家，朱、陸、吕、何、許、金、王并在列。四先生與宋濂、劉基、方孝孺、吴沉等八人，皆見於《北山四先生學案》。自王守仁以下共十七人，皆陽明一脈。一部《浙學宗傳》，上半部爲東萊、北山之學，下半部爲陽明之學。鱗長《浙學宗傳序》云：「弔寶婺舊墟，撫然嘆曰：『於越東萊先生，與吾里二亭夫子，問道質疑，卒揆於正，教澤所漸，金華四賢，稱朱學世嫡焉，往事非邈也。』擊楫姚江，溯源良知，覺我明道

① 程敏政《明文衡》卷六十二。
② 王褘《王忠文公集》卷二十一。
③ 戴殿泗《風希堂文集》卷四，清道光八年九靈山房刻本。

學，於斯爲盛。」①

黄宗羲、百家《宋元學案》以朱、陸爲綱，論列南宋至元代之學，未及爲東萊立學案。《金華學案》附宗羲、百家案語數則，可見其論四先生及北山之學大概。卷首列百家案語，述作《金華學案》大旨，即以北山一派爲朱學嫡傳，故獨立一案。全祖望於樸學大興之際，傳浙東史學、東萊文獻，創爲《東萊學案》《深寧學案》，重提朱、陸、吕三家並立之説，修訂其他諸案。《北山四先生學案》雖非出於祖望修訂，然全氏《序録》提出一個重要命題，即金履祥「尤爲明體達用之儒，浙學之中興也」。黄璋、徵乂父子未盡解其意，校補《金華學案》，以校讎爲多。馮雲濠、王梓材能味謝山之旨，校補《北山四先生學案》，沿於全氏所言兩點，即「勉齋之傳，得金華而益昌」、「浙學之中興」，廣而大之，遍及南北學者。所顯現四先生一脈，非復金華學者之學，而爲宋末至明初學術之主流。《金華學案》改題《北山四先生學案》，蓋亦寓此意。

以上略述《北山四先生學案》由來。述四先生之學，不當非僅摘某作某説、某作某評而已。惟有明其源流，始可知其大體，考其通變。

① 劉麟長《浙學宗傳》，明末刻本。

（二）四先生與浙學中興之關係

以今論之，浙學中興有廣義、狹義之别。從狹義言，金履祥學問出入經史，明體達用，沿何、王上承朱、黄，又接麗澤遺緒。此殆全氏發爲此論之意。從廣義言，四先生繼東萊之後，重振東浙之學，北山一脈延亘至明初，蔚爲壯觀，足以標誌浙學中興。東萊、永康、永嘉開啓浙學風氣，朱、陸之學亦傳入，相與滲透，互爲離立，共成浙學源頭。浙學凡歷數變，就大者言，一變而爲北山之學，再變而爲陽明之學，三變而爲梨洲之學，四變而爲樸學浙派。全氏雖不言之，未必不有此看法。此就廣義略説四先生及北山一脈與浙學中興之關係。

其一，自何基爲始，朱學「得金華益昌」。金華本東萊講學之地，麗澤學人遍東南，以金華爲最多。東萊之學衰没，而有何、王崛起，金華成爲朱學興盛之地，此亦朱熹身前所未料及。其時金華傳朱者，尚有朱子門人楊與立，字子權，浦城人，知遂昌，因家於蘭溪，學者稱船山先生。著有《朱子語略》二十卷。又有何基兄何南，號南坡，亦師黄榦。然引朱學昌於金華，何基最爲有力。王柏以下，傳朱爲主，兼法東萊。四先生重新構建浙學一脈理學宗傳。金履祥《北山之高壽北山何先生》：「維何夫子，文公是祖。是師黄父，以振我緒」，「昔在理宗，維道之崇。既表程朱，亦躋吕張。謂爾夫子，纘程朱緒。」①所編《濂洛風雅》亦可見大端。集中收周敦頤、程顥、程頤、張載、邵雍、朱熹、張栻、吕祖謙、何基、王柏、王偘等人詩文。王崇炳《濂洛風雅序》：「《濂洛風雅》者，仁山先生以風雅譜婺學也。吾婺之學，宗文公，祖二程、濂溪。則其所自出也，以龜山爲程門嫡嗣，而吕、謝、游、尹則支；以勉齋爲朱門嫡嗣，而西山、北溪、撝堂則支。由黄而何而王，則世嫡相傳，直接濂洛。程門之詩以共祖收，朱門之詩以同宗收，非是族也，則皆不録，恐亂宗也。」②

其二，因四先生倡朱學，浙學播於江左，流及大江南北。查容《朱近修爲可堂文集序》：「宋南渡後，吕東萊接中原文獻之傳，倡道於婺，何、王、金、許遂爲紫陽之世嫡，慈湖楊氏又爲象山之宗子，而浙之理學始盛矣。」③朱學之傳幾遍大江之南，而金華、台州特盛。趙汝騰、蔡抗、楊棟官金華，嘆麗澤講席久空，延王柏主之。台州上蔡書院落成，台守趙星緯聘王柏主教席。王柏至則首講謝良佐居敬窮理之訓，推轂朱學播傳於台州。高弟子張䝨僑寓江左，至元中行臺中丞吴曼慶延致江寧學宫講學，中州士大夫欲子弟習朱子《四書》，多遣從遊。金履祥

① 金履祥《仁山集》卷一。
② 王崇炳《濂洛風雅》集前序。
③ 沈粹芬、黄人編《國朝文匯》卷十七，宣統元年上海國學扶輪社石印本。

與門人許謙、柳貫各廣開講席，許謙及門弟子至逾千人。黄溍《白雲許先生墓誌銘》：「屏迹八華山中，學者翕然簏糧笥書而從之。居再歲，以兄子喪而歸，户屨尤多，遠而幽冀齊魯，近而荆揚吴越，皆百舍重趼而至。」

其三，《四書》學之盛，爲浙學中興之基石。東萊談義理，研《論》《孟》，未如朱熹用力勤且專。朱門弟子多撰《四書》之説，以爲羽翼。自何基承黄榦之教，治學以《四書》爲本始，《四書》遂爲北山一脈所擅。四先生撰著前已述之，其學侣、門人、後學纂述亦富有，葉由庚《論語纂遺》、倪公晦《學庸約説》、潘墀《論語語類》、孟夢恂《四書辨疑》、牟楷《四書疑義》、陳紹大《四書辨疑》、范祖幹《大學大庸發微》、葉儀《四書直説》、吕洙《大學辨疑》、吕溥《大學疑問》、戚崇僧《四書儀對》、蔣玄《中庸注》《四書箋惑》等皆是。《四書》學之盛，不惟推動浙學復興，亦成浙學傳承重要内容。

其四，《五經》貫通，兼治諸史，爲浙學復興之助。自王柏以下，北山一脈勤研《五經》，兼治諸史。王柏、汪開之、戚崇僧等人追溯家學，皆源出東萊。黄百家《金華學案》僅戚崇僧小傳言及「貞孝先生紹之孫也，家學出于吕氏」，馮、王校補《北山四先生學案》沿之，復增數則文字，述及北山學者家學源於吕氏：《文憲王魯齋先生柏》小傳下馮雲濠案云：「父瀚，東萊弟子。」《汪先生開之》小傳爲參酌《金華府志》新增，有云：「東萊弟子獨善之孫也。」《修職王成齋先生珹》小傳爲參酌《王忠文公集》新增，有云：「其子瀚受業吕成公之門，其孫文憲公柏傳道于何文定，得于朱子門人黄文肅公。先生于文憲爲諸孫，又在弟子列，未嘗輒去左右。」既述朱子師傳，又述家學出於吕氏，蓋發揮全氏所言「浙學之中興」之意。《五經》及史學撰著，北山一脈著述頗豐。王柏、金履祥、許謙撰述前已述之，其學侶、門人、後學撰著如倪公晦《周易管窺》，倪公武《風雅質疑》，周敬孫《易象占》《尚書補遺》《春秋類例》，黄超然《周易通義》二十卷、《或問》五卷、《發例》三卷、《釋象》五卷，張𤀹《釋奠儀注》《喪服總數》《四經歸極》《闕里通載》及《孝經口義》一卷，張樞《三傳歸一》三十卷、《刊定三國志》六十五卷、《續後漢書》七十三卷、《林下竊議》一卷、《宋季逸事》，吴師道《春秋胡傳補説》、《易書詩雜説》八卷、《戰國策校注》十卷，孟夢恂《七政疑解》《漢唐會要》，楊剛中《易通微説》，牟楷《九書辯疑》《河洛圖書説》《春秋建正辯》《深衣刊誤》，范祖幹《讀書記》《讀詩記》《羣經指要》，唐懷德《六經問答》，胡翰《春秋集義》，戚崇僧《春秋纂例原旨》三卷、《昭穆圖》一卷、《歷代指掌圖》二卷，馬道貫《尚書疏義》六卷，戴良《春秋經義考》三十二卷、《七十子説》、《鄭氏家範》三卷，楊璲《注詩傳名物類考》，徐原《五經講義》，宋濂、王禕等纂《元史》，宋濂《浦陽人物記》《平漢録》《皇明聖政紀》，王禕《續大事記》七十七卷等皆是。北山一脈經學所擅，乃在《易》《詩》《春秋》，亦與東萊相近。其《五經》學成就與《四書》學相埒，史學次之。

(三) 中興浙學之功及學術史貢獻

自四先生崛起,朱學與浙學交融於東浙,陸學復播於四明,朱、陸、吕三家並傳,其間會融、分立不一,肇開浙學新格局。以四先生爲代表的浙學中興,意味著朱學的繁榮及東萊之學的賡續。從浙學流變來看,吕祖謙、陳亮、葉適爲初興,四先生及北山後學爲中興,陽明一脈爲三興,其後更有蕺山、梨洲之四興,樸學浙派之五興。從婺學流變來看,吕祖謙、陳亮、唐仲友稱初興,四先生爲再興,柳貫、黄溍、吴師道、宋濂、王禕、方孝孺諸子爲三興,其後金華之學漸衰。自陽明而後,浙學中心移至紹興,金華學壇不復舊觀。

論四先生與浙學及理學之關係,以下諸説皆可鑒採:黄溍《吴正傳文集序》:「近世言理學者,婺爲最盛。」①方孝孺《文會疏》:「浙水之東七郡,金華乃文獻之淵林」,「自宋南渡,有吕東萊,繼以何、王、金、許,真知實踐,而承正學之傳。復生胡、柳、黄、吴,偉論雄辭,以鳴當代之盛,遂使山海之域,居然鄒魯之風。」②魏驥《重修麗澤書院記》:「四賢之學,其道蓋亦出於東萊派者也」,「竊念書院,昔人雖爲東萊之設,朱、張二先生亦嘗講道其地,人亦蒙其化者,曷

---

① 黄溍《金華黄先生文集》卷十八。

② 方孝孺《遜志齋集》卷八,明嘉靖四十年張可大刻本。

若於今書院論其道派，以朱、吕、張三先生之位設之居堂之中，而併何、王、金、許四先生之位設居其傍，爲配以享之。」①章鋆《重修崇文書院記》：「吾浙自唐陸宣公蔚爲大儒，至宋吕成公得中原文獻之傳，昌明正學，厥後何、王、金、許，逮明方正學、王陽明、劉蕺山，以及國朝陸清獻，其學者粹然一出於正，千百年來，流風尚在。」②張祖年《婺學志》亦具識見，其説可與《宋元學案》相參看。祖年作《婺學圖》，以范浚、吕祖謙、朱熹、張栻爲四宗，以「麗澤講學」爲婺學開宗。黄榦傳朱、吕、張之學，四先生即朱、吕、張之嫡脈。祖年之譜四先生，視闊較黄百家《金華學案》稍闊大。

四先生學術史貢獻，王褘《元儒林傳》言之詳且確矣，其論曰：「程氏之道，至朱氏而始明；朱氏之道，至金氏、許氏而益尊。用使百年以來，學者有所宗嚮，不爲異説所遷，而道術必出于一，可謂有功於斯道者矣。大抵儒者之功，莫大于爲經。經者，斯道之所載焉者也。有功于經，即其所以有功于斯道也。金氏、許氏之爲經，其爲力至矣，其於斯道謂之有功，非耶？」③商輅《重建正學祠記》亦有見解：「三代以下，正學在《六經》，治道在人心，非有諸儒闡

① 魏驥《南齋先生魏文靖公摘稿》卷六，明弘治間刻本。
② 章鋆《望雲館文稿》，清光緒十四年刻本。
③ 王褘《王忠文公集》卷十四。

明之，則天下貿貿焉，又惡知孔孟之書爲正學之根柢，治道之軌範」，「四先生生東萊之鄉，出紫陽之後，觀感興起，探討服行，師友相成，所得多矣」，「夫正學具於《六經》，原於人心者，其體也；見於治道者，其用也。《六經》既明，則人心以正，治道以順，而正學之功，於斯至矣。然則四先生有功於《六經》，即有功於正學；有功於人心，即有功於治道。」①

世人於四先生之貢獻，仍不無異辭，如吕留良《程墨觀略論文》三則其二云：「程子曰：今之學有三，而異端不與焉，一訓詁，一文章，一儒者。余按：今不特儒者絶於天下，即文章、訓詁皆不可名學，獨存者異端耳。昔所謂文章，蘇、王之類也；訓詁，則鄭、孔之類也。今有其人乎？故曰不可名學也。而有自附於訓詁者，則講章是也。儒者正學，自朱子没，勉齋、漢卿僅足自守，不能發皇恢張。再傳盡失其旨，如何、王、金、許之徒，皆潛畔師説，不止吴澄一人也。自是講章之派，日繁月盛，而儒者之學遂亡，惟異端與講章觭互勝負而已。」②陸隴其《松陽鈔存》卷上引吕氏此説，論云：「愚謂吕氏惡禪學，而追咎於何、王、金、許以及明初諸儒，乃《春秋》責備賢者之義，亦拔本塞源之論也。然諸儒之拘牽附會，破碎支離，潛背師説者

① 商輅《商文毅公集》卷十，明萬曆三十年劉體元刻本。
② 吕留良《吕晚村先生文集》卷五，清雍正三年吕氏天蓋樓刻本。

誠有之，而其發明程朱之理以開示來學者，亦不少矣。」①姚椿《何王金許合論》辯說：「至謂四氏之説，或有潛畔其師者，雖陸氏亦有是言。夫毫釐秒忽之間，誠不可以不辨」，「自漢學盛行，競言訓詁，學使者試士，至以四先生之學爲背繆。夫四先生之學，愚誠不敢謂其與孔、孟、程、朱無絲毫之異，然言漢學者，不敢詆孔、孟，而無不詆程、朱。詆程、朱者，詆孔、孟之漸也。夫既以程、朱爲非，則其于四先生也何有？是視向者觝排之微辭，其相去益以遠矣。夫四家言行，各有所至，要皆力務私淑，以維朱子之緒，其居心不可謂不正，而立言不可謂不公。」②又引許謙《與趙伯器書》「由傳注以求經，由經以知道，藴而爲德行，發之爲文章事業」之説③，論云「四氏之學，大約盡於此言」④。所言庶幾允當矣。

① 陸隴其《松陽鈔存》卷上，清刻《陸子全書》本。
② 姚椿《晚學齋文集》卷一，清咸豐二年刻本。
③ 許謙《許白雲先生文集》卷三。
④ 姚椿《晚學齋文集》卷一。

四、四先生著述概況

宋元人著述體例，不當以今之標準來衡論。四先生解經，重於義理，自王柏以下，兼重訓詁考據，講求融會貫通。其解經之法，承朱、吕著述之統，諸如編次勘定、標抹點書、句讀段畫、表箋批注、節録音釋，皆以爲真學問，與經傳注疏之學相通。在王柏等人看來，經書篇目勘定次第、去取分合，意義甚而在撰文立説之上，「標抹點書」亦撰著之一體。故王柏《行狀》盛贊何基「無一書一集，不加標注」①，「無一書一集，不施朱抹，端直切要」②。葉由庚《壙誌》稱説王柏「無一書一集，不加標注」，「一言之題，一點之訂，辭不加費而義以著明」。柳貫《金公行狀》載金履祥「無一書不加點勘，鉛黄朱墨，所以發其凡」。黄溍《墓誌銘》謂許謙句讀《九經》《儀禮》《三傳》，鉛黄朱墨，明其宏綱要旨、錯簡衍文。因此，四先生「標抹點書」，當亦列入著述。四先生著述數量，以王柏最富，何基最少，金履祥、許謙數量大體相當。以下分作考述：

① 王柏《何北山先生遺集》卷四附録，《金華叢書》本。
② 王柏《何北山先生遺集》卷四附録。

（一）何基著述

葉由庚《壙誌》稱何基「志在尚行，訒於立言」。《金華叢書》本《何北山先生遺集》卷四録王柏《行狀》稱：「先生平時不著述，惟研究考亭之遺書」，編類《大學發揮》十四卷、《中庸發揮》八卷、《易大傳發揮》二卷、《易啓蒙發揮》二卷、《太極通書西銘發揮》三卷，「有力者皆已板」，又有《近思録發揮》未刊定，《語孟發揮》未脱稿，「《文集》一十卷，裒集未備也」。何基次子何鉉《北山先生文定公家傳》稱：「先生不甚爲文，亦不留稿，今所裒類《文集》，得三十卷。從先生遊者，惟魯齋王聘君剛明造詣，問答之書前後凡百數。」①《文定公壙記》又云：「《文集》三十卷，編未就。」②《宋史》本傳稱《文集》三十卷，吴師道《節録何、王二先生行實寄文史局諸公》則曰：「先生集三十卷，而與王公問辨者十八卷。」③王柏撰《行狀》，不見於明刻本《魯齋集》，亦罕見他集載及。《金華叢書》本作「《文集》一十卷」，其「一」字疑爲「三」字之誤。檢萬曆《金華府志》卷十六《人物》之《何基傳》，摘録王柏《行狀》，作「《文集》三十卷」。康熙《金華

① 《東陽何氏宗譜》卷二，清咸豐己未重修本。
② 《東陽何氏宗譜》卷二，清咸豐己未重修本。
③ 吴師道《吴禮部文集》卷二十。

縣志》卷七《雜志類》著録《北山集》三十卷，亦可證之。

何鉉《北山四先生文定公家傳》云：「其他諸經有標題者，皆未就緒，今不復見成書矣。」吴師道《節録何、王二先生行實寄文史局諸公》稱何基：「所標點諸書，存者皆可傳世垂則也。」①以上諸書外，何基尚有「標抹點書」數種：

《儀禮點本》，佚。吴師道《題儀禮點本後》：「北山何先生標點《儀禮》，其本用永嘉張淳所校定者。某從其曾孫景瞻借得之……夫以難讀之書，使按考注疏，切訂文義，以分句讀，非數月之功不可。今蒙先正之成而趣辦于半月之間，可謂易矣。……張淳校本，朱子猶有未滿。今先生間標一二，于字音圈法甚畧，或發一二字而餘不及，蓋使人必其自求之耳。今悉仍其舊，而不敢有所增也。」②

《四書點本》，存佚未詳。吴師道《請傳習許益之先生點書公文》：「何氏所點《四書》，今温州有板本。」又，《題程敬叔讀書工程後》：「北山師勉齋，魯齋師北山，其學則勉齋學也。二公所標點，不止於《四書》，而《四書》爲顯。」程端禮《程氏家塾讀書分年日程》卷一「自八歲入學之後」條言讀《四書》應至爛熟爲止，仍參看「何北山、王魯齋、張達善句讀、批抹、畫截、表

① 吴師道《吴禮部文集》卷二十。
② 吴師道《吴禮部文集》卷十八。

注、音考」①。

何基標抹其他經傳之書，俟再考證。其著述雖少，不計標抹之書，亦逾六十卷。

(二) 王柏著述

王柏考訂羣書，經史子集，靡不涉獵，著述逾八百卷。王三錫《題文憲公集後》：「生平博覽群書，參微抉奥，往往發前人所未發，當時著述八百餘卷。」②馮如京《重刻魯齋遺集序》：「闡《六經》，羽翼聖傳，即天文地理，旁及稗史，靡不精究，著述不下八百餘卷。」③吴師道《節録何、王二先生行實寄文史局諸公》詳記王柏著述：「有《讀易記》《讀書記》《讀詩記》各十卷、《讀春秋記》八卷、《論語衍義》七卷、《太極圖衍義》一卷、《伊洛精義》一卷、《研機圖》一卷、《魯經章句》三十卷、《論語通旨》二十卷、《孟子通旨》七卷、《書附傳》四十卷、《左氏正傳》十卷、《續國語》四十卷、《闖學之書》四卷、《文章續古》三十五卷、《文章復古》七十卷、《濂洛文統》二百卷、《擬道學志》二十卷、《朱子指要》十卷、《詩可言》二十卷、《天文考》一卷、《地理

---

① 黄宗羲等《宋元學案》卷八十七。
② 王柏《魯齋王文憲公文集》。
③ 王柏《魯齋集》，清順治十一年馮如京刻本。

考》二卷、《墨林考》十六卷、《大爾雅》五卷、《六義字原》二卷、《正始之音》七卷、《帝王曆數》二卷、《江右淵源》五卷、《伊洛指南》八卷、《涵古圖書》一卷、《詩辨説》一卷、《書疑》九卷、《涵古易説》一卷、《大象衍義》一卷、《雜志》二卷、《周子》二卷、《發遺三昧》二十五卷、《文章指南》十卷、《朝華集》十卷、《紫陽詩類》五卷、《文集》七十五卷、《家乘》五十卷。又有親校刊刻諸書，無不精善。比年婺屢毁，散落已多。」所載諸書通計七百九十四卷，標抹諸經尚未記。

吴師道《敬鄉録》卷十四又云：「北山所著少，而有諸書發揮，傳布已久。魯齋所著甚多，比年燼於火，傳抄者僅存。」德祐二年以後，王柏著述大都散失。至元二十六年至二十七年間，金履祥募得諸稿，攜同門士各以類集，雜著卷帙少者用《朱子大全集》之例各附入，編爲《王文憲公文集》。履祥《魯齋先生文集目後題》：「今存於《長嘯醉語》者，蓋存而未盡去也」，「間因述所考編，以求訂證，謂之《就正編》。迨至端平甲午，學成德進，粹然一出於正。自是以來，一年一集，以自考其所進之淺深，所論之精粗。自甲午至癸卯，凡五卷，謂之《甲午稿》。其後類述倣此，《甲辰稿》二十五卷、《甲寅稿》二十五卷、《甲子稿》二十五卷。其雜著成編者，《論語衍義》七卷、《涵古圖書》一卷、《研幾圖》一卷、《詩辯説》二卷、《書疑》九卷、《涵古易説》一卷、《大象衍義》一卷、《太極衍義》一卷。其餘編集不在此數也。其程課、交際、出處、事爲、著述前後，則見於《日記》。履祥又嘗集公與北山先生來往問答之詞，爲《私淑編》」，「《就正編》

《大象衍義》，北山先生亦俱有答語，與履祥所集《私淑編》，當依《延平師友問答》之例，别爲一書。但《大象》乃公所拈出，謂爲夫子一經，故其《衍義》亦自入集。講義雖嘗刊於天台而未盡，間亦有再講者，今皆入集。」所述《長嘯醉語》《就正編》《日記》《上蔡書院講義》、履祥所輯王柏與何基往來問答之《私淑編》，皆不見於吴師道《節録何、王二先生行實寄文史局諸公》載記。《詩辯説》二卷，即《詩疑》二卷。《讀易記》十卷、《讀書記》十卷、《讀詩記》十卷不傳，今未詳《詩辯説》《書疑》諸書與之内容重複之況。

今人程元敏撰《王柏之生平與學術》，《自序》云：「王氏遺書，爲世人所習知者，不過《書疑》《詩疑》及《魯齋文集》而已。及檢書目，又得《研幾圖》與後人纂輯之《魯齋正學編》。復於《程氏讀書工程》中，見《正始之音》全文。而《詩準》《詩翼》，諸家目録誤題爲何、倪二氏所作者，亦因考之縣志而正其誤，於是總得七書。然去魯齋本傳所言八百卷之數尚遠。因更考其師友與元明人著作，復得魯齋佚詩文數百條。」①第二編《著述考》，按經、史、子、集詳考王柏著述，今録吴師道《節録行實》列目未書、金履祥《魯齋先生文集目後題》所未載及，鑒采程元敏考據，列之如下，并略作補證：

《易疑》，佚。王崇炳雍正七年序金履祥《大學疏義》：「魯齋博學弘文，著書滿車，今所存

① 程元敏《王柏之生平與學術》，華東師範大學出版社，二〇一一年，第五頁。

亦少，而《大學定本》《詩疑》《禮疑》《易疑》等編，曾於四明鄭南溪家見之。」①

《繫辭注》二卷，佚。《授經圖》卷四《諸儒著述》附歷代《三易》傳注，云：「《繫辭注》二卷，王柏。」然程元敏謂「殊可疑」。

《禹貢圖説》一卷，佚。見《聚樂堂藝文目録》《萬卷堂書目》《金華經籍志》《經義考》。

《詩考》，佚。康熙《金華縣志》著録。

《禮疑》，佚。王崇炳嘗於鄭性家見之。

《紫陽春秋發揮》四十卷，殘。見葉由庚《壙誌》引王柏題《春秋發揮》。

《春秋左傳注》二十卷，佚。《授經圖》卷十六《諸儒著述》附歷代《春秋》傳注著録。然程元敏謂「洵可疑」。

《大學疑》，殘。《晁氏寶文堂分類書目》著録。

《大學定本》，佚。王崇炳嘗於鄭性家見之。

《訂古中庸》二卷，佚。《經義考》著録。

《標抹點校四書集注》，佚。宋定國等《國史經籍志》載王柏「手校《四書集注》二十四册，抄本」。吴師道《題程敬叔讀書工程後》：「某頃年在宣城見人談《四書集注》批點本，亟

① 金履祥《大學疏義》，《金華叢書》本。

稱黄勉齋，因語之曰：『此書出吾金華，子知之乎？』其人咈然怒而不復問也。……四明程君敬叔著《讀書工程》以教學者，舉批點《四書》例，正魯齋所定，引列於編首者，而亦誤以爲勉齋，毋乃惑於傳聞而未之察歟？」程端禮《程氏家塾讀書分年日程》卷一言熟讀《四書》，仍參看「何北山、王魯齋、張達善句讀、批抹、畫截、表注、音考」，卷二《批點經書凡例》列《勉齋批點四書例》，即吴師道所言「正魯齋所定」。又，吴師道《請傳習許益之先生點書公文》：「王氏所點《四書》及《通鑑綱目》，傳布四方。」程元敏《著述考》既列此條，又列《批點標注四書》一條：「《批點標注四書》二卷，殘。」《批點標注四書》又見《經義考》《金華經籍志》著録。細察吴師道《題程敬叔讀書工程後》《請傳習許益之先生點書公文》，所標注《四書》，即《四書集注》。

《標抹點校資治通鑑綱目》五十九卷，佚。見葉由庚《壙誌》、吴師道《請傳習許益之先生點書公文》。

《朱子繫年録》，佚。見王柏《朱子繫年録跋》。

《重改庚午循環曆》，殘。見王柏《重改庚午循環曆序》。

《重改石笱清風録》十卷，殘。見王柏《重改石笱清風録序》。

《（魯齋）故友録》一卷，殘。王柏編，見萬曆《金華縣志》存《自序》。

《魯齋清風録》十五卷，殘。見王柏《魯齋清風録序》。

《考蘭》四卷，殘。見王柏《考蘭序》。

《陽秋小編》一卷，佚。見王柏《跋徐彥成考史》。

《天地萬物造化論》一卷，存。王柏撰，明周顒注。

《批注敬齋箴》十章，佚。朱熹箴，王柏批注。金履祥《濂洛風雅》卷一録《敬齋箴》，注云：「王魯齋嘗批注，又講于天台。」

《上蔡書院講義》一卷，殘。金履祥《魯齋先生文集目後題》：「《講義》雖嘗刊於天台而未盡。」吴師道《題程敬叔讀書工程後》篇末注：「魯齋亦有《類聚朱子讀書法》一段，在《上蔡書院講義》中。」

《天官考》十卷，佚。《世善堂書目》著録。

《雅藏録》，佚。見王柏《跋寬居帖》。

《朱子詩選》，佚。見王柏《朱子詩選跋》。

《朱子文選》，佚。見宋濂《題北山先生尺牘後》。

《雅歌集》，殘。見王柏《雅歌序》。

《五先生文粹》一卷，佚。《聚樂堂藝文目録》《萬卷堂書目》《千頃堂書目》著録。

《勉齋北溪文粹》，殘。王柏編，何基增定。見王柏《跋勉齋北溪文粹》。

《詩準》四卷、《詩翼》四卷，存。《四庫全書總目提要》：「舊本題宋何無適、倪希程同撰」，

「疑爲明人所僞托。觀其《岣嶁山碑》全用楊慎釋文，而《大戴禮・几銘》並用鍾惺《詩歸》之誤本，其作僞之迹顯然也。」程元敏考辨以爲臺圖藏明郝梁刻《詩準》四卷、《詩翼》四卷，爲王柏所編集，四庫館臣所見之本乃僞作①。又考何欽字無適，咸淳五年夏卒。倪普字君澤，改字希程，婺州人，淳祐十年進士，歷官刑部尚書、簽書樞密院事。今按：《詩準》《詩翼》，宋本尚存國圖。哈佛燕京圖書館藏明朱紱等編《名家詩法彙編》十卷，萬曆五年刻本（四册），卷九爲《詩準》，卷十爲《詩翼》，卷端皆題：「宋金華王柏選輯，明潛川徐珪校正，潛川談輮編次。」末附王柏淳祐三年《序》、楊成成化十六年《序》、嘉靖二年邵鋭《序》。王柏《序》：「友人何無適、倪希程前後相與編類，取之廣，擇之精，而又放黜唐律，法度益嚴。予因合之，前曰《詩準》，後曰《詩翼》。」是書殆王柏次定之力爲多，《詩準》《詩翼》當題何欽、倪普編類，王柏次定。

程元敏輯考《上蔡師説》《魯齋詩話》等，嫌於牽强，其他大都詳覈，多所發明。

（三）金履祥著述

金履祥著述，按徐袍《宋仁山金先生年譜》：寶祐二年，作《讀論語管見》；咸淳六年，自弱冠以後至是歲雜詩文三册，彙爲《昨非存稿》；德祐元年，自咸淳七年至是歲雜詩文二册，

---

① 程元敏《王柏之生平與學術》上册，第四二八頁。

自題《仁山新稿》；至元十七年，撰成《資治通鑑前編》，凡十八卷，《舉要》二卷；至元二十八年，自德祐二年至是年雜詩文二册，自題《仁山亂稿》；至元二十九年，是歲以後雜詩文題《仁山噫稿》；元貞二年，編次《濂洛風雅》成；大德六年，《大學指義》成。又有《大學疏義》，早年所作；《尚書表注》《尚書注》《論語集注考證》《孟子集注考證》，不知成於何年；編王柏與何基往來問答之詞爲《私淑編》。

以上通計之，凡十四種。標抹批注又有數種：

《樂記標注》，佚。柳貫《金公行狀》：履祥疑前儒《樂記》十一篇之説，反復玩繹，「則見所謂十一篇者，節目明整，了然可考，而《正義》所分，猶爲未盡，於是一加段畫，而旨義顯白，無復可疑」①。

《中庸標注》，佚。吴師道《讀四書叢説序》：「仁山於《大學》《論》《孟》有《考證》，《中庸》有《標抹》。」②章贄《仁山金文安公傳畧》：「若《大學疏義》《中庸標注》《論孟考證》，我成祖皆載入《大全》，固已萬世不磨矣。」③吴師道《題程敬叔讀書工程後》「金氏《尚書表注》《四書疏義考

① 柳貫《柳待制文集》卷二十。
② 吴師道《吴禮部文集》卷十一。
③ 金履祥《仁山先生金文安公文集》卷五，清雍正九年東藕堂刻本。

證》」注云：「金止有《大學疏義》《論孟考證》。」

《四書集注點本》，佚。吴師道《請傳習許益之先生點書公文》：「金氏、張氏所點，皆祖述何、王。」

《禮記批注》，存。江西省圖書館藏宋本《鄭注禮記》二十卷，顧廣圻《跋》：「此撫州公使庫刻本《禮記》，是南宋淳熙四年官書，於今日爲最古矣。」書中批注千餘條，黄蕘庚先生考證謂履祥批注。今按：《禮記》卷四《王制第五》「凡四海之内，九州」以下數章，眉批：「履祥按：方百里，惟以田計。青、兖、徐、豫，山少田多，故疆界若狹。冀與雍，田少山多，故疆界其闊。」可與履祥《答趙知縣百里千乘説》相參證。履祥有《中庸標注》《大學指義》《大學疏義》《樂記標注》，其中《中庸》《大學》無批注，《樂記》僅間有夾批注明數字之音，則不可解。

《夏小正注》，存。國圖藏明刻本楊慎集解《夏小正解》一卷，卷端題：「戴氏德傳，王氏應麟集校，金氏履祥輯。」國圖藏清乾隆十年黄叔琳刻本《夏小正》一卷，卷端題：「戴德傳，金履祥注，濟陽張爾岐稷若輯定，北平黄叔琳崑圃增訂，海虞顧鎮備九參校。」二本所載履祥注，皆録自《通鑑前編》。

《仁山文集》，存。履祥詩文先後自訂爲四稿，集久散落。明正德間，董遵收拾散佚，刻爲《仁山先生文集》五卷，卷一至卷四爲履祥自作詩文，卷五爲附録。正德刻本不存，今傳明萬曆二十七年金應騶等校刻本、明抄本、舊抄本等，雖有三卷、四卷、五卷之異，然皆祖于正德本，僅有篇目多寡、附録增删之異。

（四）許謙著述

許謙著述，按黄溍《白雲先生墓誌銘》：《讀四書叢説》二十卷；《詩集傳名物鈔》八卷；《讀書叢説》六卷；《温故管窺》若干卷；《治忽幾微》若干卷。又有《三傳義例》《讀書記》「皆稿立而未完」；門人編《日聞雜記》「未及詮次」；有《自省編》，「晝之所爲，夜必書之，迨疾革，始絶筆」。載及書名者，以上凡九種。朱彝尊《經義考》卷一百九十四著録《春秋温故管闚》，云：「未見。陸元輔曰：先生於《春秋》有《温故管闚》，又著《三傳義例》。《義例》未成。」①錢大昕《元史藝文志》卷一著録《春秋温故管闚》《春秋三傳義疏》。《義疏》，當即《義例》。以上九種外，黄溍《墓誌銘》載及而未言書名，及所未載及者，又有十餘種：

《假借論》一卷，佚。焦竑《國史經籍志》卷二著録「許謙《假借論》一卷」②。《焦氏筆乘》卷六載及「許謙《假借論》」③。并見《千頃堂書目》《元史藝文志》著録。

---

① 朱彝尊《經義考》卷一百九十四，清乾隆二十年盧見曾續刻本。
② 焦竑《國史經籍志》卷二，明刻本。
③ 焦竑《焦氏筆乘》卷六，明萬曆三十四年謝與棟刻本。

《詩集傳音釋》二十卷，存。《經義考》卷一百十一著録《羅氏復詩集傳音釋》二十卷，存。云：「按：曹氏静惕堂有藏本，乃合白雲許氏《名物鈔》而音釋之。」①《鐵琴銅劍樓目録》卷三著録元刊本《詩集傳音釋》二十卷：「題東陽許謙名物鈔音釋，後學羅復纂輯。黄氏《千頃堂書目》始著於録，流傳頗少。《凡例》後有墨圖記云：『至正辛卯孟夏，雙桂書堂重刊。』猶元時舊帙也。其書全載集傳，俱雙行夾注，音釋即次集傳末，墨圍『音釋』二字以別之」，「蓋以《名物鈔》爲主，更采他説以附益之，與《凡例》所云正合。然此但摘録許書音釋，而其考訂名物則不具載，且音釋亦間有不録者。」②

《絳守居園池記注》一卷，存。《四庫全書總目提要》：「唐樊宗師撰，元趙仁舉、吴師道、許謙注」，「皇慶癸丑，吴師道病其疏漏，爲補二十二處，正六十處。延祐庚申，許謙仍以爲未盡，又補正四十一條。至順三年，師道因謙之本，又重加刊定，復爲之跋。二十年屢經竄易，尚未得爲定稿，蓋其字句皆不師古，不可訓詁考證，不過據其文義推測，鉤貫以求通。」

《四書集注點本》，佚。吴師道《請傳習許益之先生點書公文》：「乃金氏高弟，重點《四書章句集注》。」

① 朱彝尊《經義考》卷一百十一。

② 瞿鏞《鐵琴銅劍樓目録》卷三，清光緒間常熟瞿氏家塾刻本。

《儀禮經注點校》，佚。吴師道《儀禮經注點校記異後題》：「許君益之點抹是書，按據注疏，參以朱子所定，將使讀者不患其難。」①黄溍《白雲許先生墓誌銘》：「於《三禮》，則參伍考訂，求聖人制作之意，以翼成朱子之説」，「又嘗句讀《九經》《儀禮》《三傳》，而於其宏綱要旨，錯簡衍文，悉别以鉛黄朱墨，意有所明，則表見之。其後友人吴君師道得吕成公點校《儀禮》，視先生所定，不同者十有三條而已，其與先儒意見吻合如此。」

《九經點校》，佚。見上引黄溍《白雲許先生墓誌銘》。吴師道《請傳習許益之先生點書公文》稱許謙「重點《四書章句集注》，及以廖氏《九經》校本再加校點。他如《儀禮》、《春秋》《公》《穀》二『傳』並注，《易程氏傳》、朱氏《本義》，《詩朱氏傳》，《書蔡氏傳》，朱子《家禮》，皆有點本，分别句讀，訂定字音，考正謬訛，標釋段畫，辭不費而義明。用功積年，後出愈精，學士大夫咸所推服」。宋末廖瑩中刊《九經》，即《周易》《尚書》《毛詩》《禮記》《周禮》《左傳》《論語》《孝經》《孟子》，有《孝經》，無《儀禮》，有《論語》《孟子》，無《公羊傳》《穀梁傳》。故黄溍《墓誌銘》並舉《九經》《儀禮》《三傳》。許謙校點，除句讀外，尚訂定字音，考正訛謬，標釋段畫。

《三傳點校》，佚。見上引黄溍《白雲許先生墓誌銘》、吴師道《請傳習許益之先生點書公

① 吴師道《吴禮部文集》卷十五。

文》。許謙《春秋温故管闚》《春秋三傳義疏》并佚，與《三傳點校》殆各沿其例爲書。

《書蔡氏傳點校》，佚。許謙《回南臺都事鄭鵬南浼點書傳書》：「近辱蕭侯傳示教命，俾點《書傳》。舊不曾傳點善本前輩，方欲辭謝，又恐有辜盛意，遂以己意謾分句讀」，「圈之假借字樣，舊頗曾考求，往往與衆不合，今以異於衆者，具别紙上呈。標上舊題爲《蔡氏書傳》。謹按：古來傳注，必先題經名，然後曰某人注」，「乞命善書者易題曰《書蔡氏傳》，庶幾於義而安。」①又一書云：「某比辱指使點正《書傳》，不揣蕪陋，弗克辭謝，輒分句讀，汙染文籍。」②鄭雲翼字鵬南，延祐二年官南臺都事，延祐六年遷廣東道肅政廉訪使，泰定元年陞兵部尚書。許謙應雲翼之請點校蔡沈《書集傳》，吴師道《請傳習許益之先生點書公文》亦言及是書，今未見傳。

《易程氏傳點校》，佚。見上引吴師道《請傳習許益之先生點書公文》。其不名《程氏易傳》，《回南臺都事鄭鵬南浼點書傳書》已言之。

《易朱氏本義點校》，佚。見上引吴師道《請傳習許益之先生點書公文》。《易朱氏本義》，即《周易本義》。其不名《朱氏易本義》，《回南臺都事鄭鵬南浼點書傳書》已明之。

---

① 許謙《許白雲先生文集》卷三。
② 許謙《許白雲先生文集》卷四。

《詩朱氏傳點校》，佚。見上引吳師道《請傳習許益之先生點書公文》。《詩朱氏傳》，即《詩集傳》。其不名《朱氏詩傳》，《回南臺都事鄭鵬南浼點書傳書》已明之。

《家禮點校》，佚。見上引吳師道《請傳習許益之先生點書公文》。

《典禮》，佚。許鴻烈《八華山志》卷中《金仁山、許白雲立謚咨文》：「若《三傳義疏》《典禮》《讀書記》，皆未脱稿者也。」末署「元至正七年八月初九日」①。此又見於清宣統三年重修本《桐陽金華宗譜》卷二，題作《爲金、許二先生請謚咨文始末》。黃溍《墓誌銘》僅言「有《三傳義例》《讀書記》，皆稿立而未完」。《典禮》，疑爲《三傳典禮》。許謙熟於古今典禮政事，黃溍《墓誌銘》：「搢紳先生至於是邦，必即其家存問焉。或訪以典禮政事，先生觀其會通而爲之折衷，聞者無不厭服。」今難得其詳，俟再考證。

《八華講義》，佚。許謙《八華講義》：「講問辨析，有分寸之知，敢不傾竭爲諸君言？苟所不知，不敢穿鑿爲諸君誑。」②許謙講學八華山中，四方來學。《八華山志》卷中《道統志》收許謙題《八華講義》及所撰《八華學規》《童稚學規》《答門人問》。《八華講義》蓋爲講義之題，非止一篇題作，未刻行，久佚。明正德間陳綱重刻《許白雲先生文集》，改《八華講義》作《金華講義》。

---

① 許鴻烈《八華山志》卷中，民國戊寅重修本。

② 許謙《許白雲先生文集》卷四。

《歷代統系圖》，佚。戚崇僧《白雲歷代指掌圖説》：「白雲先生《歷代統系圖》，自帝堯元載甲辰，迄至元十三年丙子，總三千六百三十三年，取義已精，愚約爲《指掌》，以便觀玩。」末署「至正乙酉，金華戚崇僧述」①。崇僧爲許謙高弟子，字仲咸，金華人。著有《春秋纂例原指》三卷、《四書儀對》二卷、《歷代指掌圖》二卷等書。雍正《浙江通志》著録《歷代指掌圖》二卷，注云：「金華戚崇僧著，見黄溍《戚君墓誌》。」②《歷代指掌圖》二卷，今佚。按崇僧《序》，其書乃據許謙《歷代統系圖》「約爲《指掌》」。季振宜《季滄葦書目》著録「抄本《歷代統系圖》，一本」③，未詳即許謙之書否。

《許氏詩譜鈔》，存。吴騫《元東陽許氏詩譜鈔跋》：「元東陽許文懿公嘗以鄭、歐之譜世次容有未當，别纂《詩譜》，繫於《詩集傳名物鈔》」，「特所序諸國傳世曆年甚悉，有足資討覈者。爰爲輯訂，附於《詩譜補亡》之後。」④許謙不滿於鄭玄《詩譜》、歐陽修《詩譜》，以爲世次有所未當，别纂《詩譜》，附《詩集傳名物鈔》各卷之末，未單行。吴騫輯訂《詩譜補亡》，從《名物

---

① 《蓉麓戚氏宗譜》卷二，民國十九年庚午重修本。
② 雍正《浙江通志》卷二百四十三，清文淵閣《四庫全書》本。
③ 季振宜《季滄葦書目》，清嘉慶十年黄氏士禮居刻本。
④ 吴騫《愚谷文存》卷四，清嘉慶十二年刻本。

鈔》採録《許氏詩譜》一書，有拜經樓刻本。

《白雲集》，存。黄溍《白雲許先生墓誌銘》：「其藏於家者，有詩文若干卷。」不言集名。按《八華山志》，東陽許三畏字光大，自幼師事許謙，許謙歿，「乃萃其遺稿，手鈔家藏，待後以傳，賴以不墜」。明人李伸幼時得許謙殘編於祖妣王氏家，皆許氏手稿，明正統間編次《白雲集》四卷。成化二年，張瑄得金華陳相之助，刻行於世。正德間，金華陳綱重刻之，改題《白雲存稿》。

五、關於《全書》整理的幾點説明

四先生自王柏以下貫通經史，考訂羣書，著述弘富。據各類文獻著録可知，王柏著作逾八百卷，金履祥、許謙著作亦多。何基篤守師説，其書題作「發揮」者即有七種，《文集》三十卷裒集未備。惜四先生著述大都散佚，今存不足三十種，多爲精華。如何基著作，胡鳳丹編《何北山先生遺集》四卷，凡詩一卷、文一卷、《解釋朱子齋居感興詩》一卷、附録一卷，篇章寥寥。然四先生解經沿朱、吕之統，若考訂篇目、編類勘定、標抹點校、句讀段畫、批注音釋等，皆爲所重，以爲真學問，可羽翼經傳，有補聖賢之學。此次編纂四先生傳世著述，囊括四部，廣作蒐討，復作甄選，批注、次定之書，亦在收録範圍，冀得四先生著作大全。

前此已述「北山四先生」之目其來有自，故兹編四先生著述名曰《北山四先生全書》（以下簡稱《全書》)。《全書》分爲「何基卷」「王柏卷」「金履祥卷」「許謙卷」凡四編，别附《北山四先生全書外編》(以下簡稱《外編》)一册。收録内容如下：

何基卷：《何北山先生遺集》四卷。

王柏卷：《書疑》九卷；《詩疑》二卷；《研幾圖》一卷；《天地萬物造化論》一卷；《魯齋王文憲公文集》二十卷。

金履祥卷：《尚書注》十二卷；《尚書表注》二卷；《禮記批注》二十卷；《宋金仁山先生大學疏義》一卷；《論語集注考證》十卷；《孟子集注考證》七卷；《通鑑前編》十八卷、《舉要》二卷；《仁山先生文集》三卷；《濂洛風雅》七卷。

許謙卷：《讀書叢説》六卷；《讀四書叢説》八卷；《詩集傳名物鈔》八卷；附《詩集傳名物鈔音釋纂輯》二十卷；《許白雲先生文集》四卷；《絳守居園池記注》一卷。

《全書》并收四先生批注、編類之書，惜所得已尠，僅金履祥編《濂洛風雅》、許謙等人《絳守居園池記注》一卷而已。何基《解釋朱子齋居感興詩二十首》，胡鳳丹已編入《何北山先生遺集》。王柏《正始之音》不分卷，收入《魯齋王文憲公文集》附録。楊慎輯解《夏小正解》一卷、吴騫編訂《許氏詩譜鈔》一卷，分從《資治通鑑前編》《詩集傳名物鈔》中輯録，且有文字改易，雖單行於世，《全書》不重複收録。羅復纂輯《詩集傳音釋》二十卷，亦與《名物鈔》重複，且有改易，然今存《名物鈔》最早傳本爲明抄二種，《詩集傳音釋》存元正至雙桂書堂刊本，可相參證，故附收之。

又有四先生詩文佚篇、講學語録、零句斷章，散見他書。《全書》則廣考方志史料、經史典籍、宗譜家乘、别集總集，勾稽佚篇，以詩文爲主，録爲補遺，附於各集之後。《全書》補遺增至二百餘篇。大略《何北山先生遺集》增《補遺》二卷，凡詩文、語録各一卷，更補附録三卷。《魯齋王文憲公文集》增《補遺》、附録各一卷。《仁山先生文集》增《補遺》二卷、附録四卷。《許白雲先生文集》增《補遺》二卷、附《八華山志》一種、附録五卷。至於王柏、金履祥、許謙語録、雜著，可輯爲條目者尚有不少，因考校非短時可畢功，姑俟將來。

另外，整理者各竭其力，輯録年譜、碑傳志銘、序跋題贈等爲附録，凡一家之資料，分附各卷後，而四先生合評之資料則另編爲《外編》一册，綴於《全書》之末。

本次整理之特點，大體有以下四點：

一是内容全備，首次結集。本書所收四先生著述，盡量蒐羅完備，拾遺補缺，并附研究資料之集成。四先生著作已出整理本數種，《全宋詩》《全宋文》《全元詩》《全元文》各沿體例，收録四先生詩文。《全書》之整理或酌情鑒採前賢時哲已有成果，廣泛蒐討有價值校本，以成新編；或别覓良善底本、校本，新作董理；或未有整理本，首次進行校勘標點。至於蒐輯補遺、編類附録，用力頗勤。故《全書》編校之事可謂首創，求全、求備、求精，雖未臻其目標，然自有新意，覽者可察之。

二是底本、校本良善。在當前條件下，搜集購訪底本、參校本已較過去爲易，然亦非没有難度。先是用時幾近半年進行調查研究，甄選整理底本、參校本。如許謙《讀四書叢説》，今傳八卷本，有元刻本、清刻本及抄本多種。國圖藏元刻本八卷，《讀論語叢説》三卷原缺，常熟瞿氏以所得德清徐氏藏元刻本配之，遂爲合璧本。國圖藏清嘉慶間何元錫影抄元本與《宛委别藏》本《讀論語叢説》三卷，并據德清徐氏舊藏本影寫。臺北故宫博物院藏元刻本八卷殘帙，又藏舊抄本八卷，據元刻本寫録，顯非據於德清徐氏舊藏元本。浙圖藏明藍格抄本八卷，有清佚名校注。國圖藏瞿氏鐵琴銅劍樓影元抄本，據合璧本影抄。此外，又有國圖藏嘉慶間何元錫刻本、《經苑》本、《金華叢書》本。今訪得諸本，詳作考訂，乃以元刻八卷合璧本爲底本，參校殘元本五卷、舊抄本八卷、明藍格抄本八卷等本。

三是勾稽拾遺。以四先生著述多散佚，遍檢方志、宗譜、總集等，勾稽佚作，用力仍多在詩文，所得逾二百篇。如《魯齋集》輯佚詩六十六首、詞一闋、文十七篇。《仁山集》輯佚作四十三篇、附存疑六篇，約當本集三之一。《白雲集》輯佚文三十四篇（含殘篇二篇）、佚詩十四首及許謙之子許亨文二篇，約當本集四之一。

四是立足考據。在研究的基礎上進行校點整理，有關考證涉及版本源流、篇目真僞、文獻輯佚等方面。如《仁山文集》，傳世明抄本、舊抄本庶幾見正德本原貌，而抄寫多誤字，萬曆刻本經履祥裔孫校勘，訛誤爲少，勝於後來春暉堂、東藕堂及退補齋諸刻。東藕堂刻本有補苴之功，惜文字臆改居多，徒增歧説，非別有善本據依。《金華叢書》本、《四庫全書》本少有校讎之功，復多擅改之弊，實無足觀。故此次整理，以萬曆刻本爲底本，僅參校明抄本、舊抄本、春暉堂刻本、東藕堂刻本。又如輯佚，翻覽宗譜數千種，所得篇目亦豐。然據宗譜勾稽，可信度下方志一等。宗譜良莠不齊，時見攀附僞托之作，且編集校印多不精，故異姓之譜常見一人同篇，同宗之譜時見一篇分署多人。或一望而知假托，或詳考而始明真僞，採輯遂不得不慎。附録資料亦然，篇目真僞亦需考辨。如《芋園叢書》本《金氏尚書注》集前《金氏尚書注自序》末署「寶祐乙卯重陽日，蘭溪吉父金仁山書」，實宋人方岳之筆，見於《秋崖集》卷四十《滕和叔尚書大意序》，朱彝尊《經義考》作「方岳序」，不誤。《碧琳琅館叢書》本《金氏尚書注》集前亦録此僞作。《芋園叢書》本《金氏尚書注》又有王柏《金氏尚書注序》，并是僞托。《碧琳琅館叢書》本《金氏尚書注》又有《金氏尚書注跋》一篇，末署「歲在丁巳仲春望日，桐陽叔子金履祥書於桐山書軒」，實方時發之筆。署柳貫《書經周書注敘》及佚名《金氏尚書注跋》，皆係僞托。今人蔡根祥、許育龍等已證《芋園叢書》本、《碧琳琅館叢書》本《金氏尚書注》繫僞作。今鑒取相關成果，詳作考辨，盡量避免僞作羼入。

《全書》整理之議，始於二〇一四年。先是浙江師範大學與金華市政協合作編纂《吕祖謙全集》，歷時八年，成十六册，二〇〇八年由浙江古籍出版社印行。繼與金華市委宣傳部合作編纂《重修金華叢書》，歷時七年，彙輯二百册，二〇一三至二〇一四年由上海古籍出版社印行。其時我們以復興浙學爲己任，提倡從基礎文獻梳理與學術史建構兩方面對浙學展開研究，以爲四先生有功浙學匪小，整理四先生之書亟爲當前所需，遂於《重修金華叢書》首發式上，倡議整理《北山四先生全書》。經多方呼籲，金華市委宣傳部於二〇一七年聯合浙師大啓動《全書》編纂，委托我們負責組織團隊，開展整理工作。陳開勇、王錕、慈波、崔小敬、宋清秀教授，孫曉磊、鮑有爲、方媛、李鳳立、金曉剛博士先後參與進來。二〇二〇年，《全書》入選「浙江文化研究工程」重大項目。前後歷時四年，今夏終於完稿。各書整理者名氏已標册端，此不一一介紹。黄靈庚、李聖華擬定體例，通讀全稿，并各自承擔校勘任務。

《全書》整理出版，無疑是浙學研究史上一件盛事。我們參與其中，投入心力，可謂人生之幸事。在此衷心感謝金華市委宣傳部副部長曹一勤女士，浙師大副校長鍾依均教授，上海古籍出版社高克勤社長、奚彤雲編審、劉賽副編審給予大力支持，一編室黄亞卓、楊晶蕾編輯等人悉心校讀全稿，多所訂正，使得《全書》得以減少訛誤，在此一併表示謝意。

由於整理者學識水平所限，《全書》整理定會存在不妥及錯誤之處，祈盼讀者不吝指正。

黄靈庚　李聖華

二〇二一年九月二十日

凡例

一、《全書》所收四先生著述，在廣徵版本基礎上，考訂其源流、異同、得失、優劣，從而裁定底本與校本。金律刻《率祖堂叢書》本、胡鳳丹編《金華叢書》本及文淵閣《四庫全書》本（簡稱「庫本」），皆因擅自改易而慎爲取用。大體庫本在棄用之列；若其他版本難稱良善，始取《率祖堂叢書》本、《金華叢書》本用作底本，或作校補之用。

二、《全書》校勘、輯佚以及各書附録編集，皆留意考證，力求黜僞存真。因補遺之文托名僞作不乏見，且多得自宗譜家乘，慮其編纂校印良莠不齊，故採輯謹慎，以免濫入。

三、《全書》整理成於衆手，分册出版，整理者名氏標於册端。各册均由整理者撰寫前言或點校説明，以述明本册整理情況。底本卷端或標編次、校刊名氏，今均省去，於書前點校説明略載述之。

四、《全書》校勘大體遵循以下規則：一般底本不誤，他本誤者，不出校記。底本文字顯有謁誤，如訛、脱、衍、倒等，宜作改易，撰寫校記。偶有文字漫漶殘損者，用他本校補；無可補者，用缺字符□標識，并出校記。諱字回改，古人刻抄習見己、已、巳不分之類，徑用其正字。異體字、通假字、古今字，均不出校。虚字非關涉文意者，亦不出校。校記不徒列異文，間列考據，庶明其是非、高下。

通鑑前編整理説明

《通鑑前編》十八卷、《舉要》二卷，凡二十卷，起帝堯元載甲辰，止周威烈王二十三年戊寅，凡一千九百五十五年。

一

金履祥嘗謂司馬光作《資治通鑑》，而劉恕作《通鑑外紀》以記前事，但《尚書》不入，其志不本於經而信百家之説，是非頗謬於聖人，此不足以傳信，故乃用邵氏《皇極經世曆》、胡氏《皇王大紀》之例，損益折衷，一以《尚書》爲主，兼及《詩》《禮》《春秋》，旁采舊史、諸子，表年繫事，復加訓釋，斷自唐堯，下至《通鑑》記事之初，勒爲一書，名曰《通鑑前編》。

《通鑑前編》完稿之後，至金氏辭世，此書竟未得付梓，身後乃由弟子許謙校刊以傳世。許謙《上劉約齋書》嘗憶及此事，云：「（先師仁山金某吉父）至於病革，猶删改未已。將易簀，則命其二子曰：『《前編》之書，吾用心三十餘年，平生精力盡於此。吾所得之學，亦略見於此矣。吾爲是書，固欲以開學者，殆不可不傳，然未可泛傳也。吾且殁，宜命許某次録成定本。

此子他日或能爲吾傳此書乎？』某聞之，抱書感泣。今既繕寫成集矣。」①柳貫《故宋迪功郎史館編校仁山先生金公行狀》云：「先生歿時，凡所著書，僅僅脱稿，而未及有所正定，故悉以授許謙。謙尤能遵稟遺志，益加讎校，今皆刻板以傳。」②黄溍《白雲許先生墓志銘》云：「金先生所著《論語孟子考證》《資治通鑑前編》皆未遑刊定，垂殁以屬之先生。今二書得以大備而盛行，先生力也。」③是則許氏之功至偉。許謙《〈通鑑前編〉序》（天曆元年，一三二八）嘗言及校刊經過，曰：「今肅政廉訪使平陽鄭公允中，爰始解驂，聿崇正學，尚論格人，章明善道，載閲是編，三復嘉歎，謂宜立於學官，傳之後世。乃詢之監憲左吉公，亦克欣贊，暨僚列賓佐，罔不協從。亟命有司鋟諸文梓，共捐秩禄以佐其費。」④吴師道《請鄉學祠金仁山先生》又曰：「《通鑑前編》近蒙本道憲司命婺學刊行。」⑤陸心源《皕宋樓藏書志》載録一舊鈔本金氏《論孟集注

① 許謙撰、蔣金德點校《許白雲先生文集》卷三，《許謙集》，浙江古籍出版社，二〇一四年，第九八四頁。
② 柳貫《柳待制文集》卷二〇，民國十三年（一九二四）永康胡宗楙校録《續金華叢書》本，葉七。
③ 黄溍撰、王頲點校《黄溍集》卷二一，浙江古籍出版社，二〇一三年，第七七五頁。
④ 許謙《〈通鑑前編〉序》，《通鑑前編》卷前附，元天曆元年（一三二八）婺州路儒學刊本，葉五—六。
⑤ 吴師道《吴禮部文集》卷二〇，《續金華叢書》本，葉一。

考證》所附李桓序（至元三年，一三三七），曰：「婺學者，先生之鄉校也。既嘗刻其《通鑑前編》之書矣。」①葉德輝《郋園讀書志》亦曰：「元天曆元年第一次刻本，出自履祥門人許謙所傳。」②則知元文宗天曆元年《通鑑前編》初刊於婺州路儒學。

我們此次點校整理《通鑑前編》，以元刊本爲底本，以明慎獨齋配補歸仁齋本及清宋犖本、宰祖堂本、《四庫》本爲參校本，凡底本之譌、脱、衍、倒，悉據參校本訂正，並出校勘記予以説明。今將各本簡述如下。

（一）元刊本。天曆元年戊辰（一三二八）婺州路儒學初刊，日本静嘉堂文庫藏，原徐子宇、陸心源（皕宋樓）舊藏，共二十册，《前編》十八卷、《舉要》二卷，凡二十卷。每葉二十行、行二十二字，小字雙行同，綫黑口、無魚尾、左右雙邊，版心（書口）上記大、小字數，下記刻工姓名。《前編》卷前爲許謙《〈通鑑前編〉序》、次爲鄭允中《〈通鑑前編〉表》、次爲金履祥後序。《前編》各卷端題「通鑑前編卷之×」（×表卷數，下同），《舉要》各卷端題「通鑑前編舉要卷之×」，次行下題「金履祥編」。《前編》卷一八末有「門人御史臺都事汝南郭坰校正」、「門人金華許謙校正」字兩行。鈐有「徐子宇」、「輔生堂」、「歸安陸樹聲叔桐父印」、「婁江世家」、「製

① 陸心源《皕宋樓藏書志》卷一〇，中華書局，一九九〇年，第一一八頁上欄。
② 葉德輝撰，楊洪升點校《郋園讀書志》卷三，上海古籍出版社，二〇一九年，第一二八頁。

書傳後」、「子孫寶之」等印。

（二）慎獨齋配補歸仁齋本。明弘治十一年戊午（一四九八）劉氏慎獨齋刻朱熹《資治通鑑綱目》五十九卷，弘治十七年甲子（一五〇四）刻商輅《續資治通鑑綱目》二十七卷，正德元年丙寅（一五〇六）刻、萬曆二年甲戌（一五七四）補刻《資治通鑑綱目前編》十八卷、陳桱《資治通鑑綱目前編外紀》一卷。劉氏所刻《資治通鑑綱目前編》十八卷，實即金履祥《通鑑前編》一書，惟金氏書之二卷《舉要》未刻。明嘉靖三十九年庚申（一五六〇）楊氏歸仁齋重刻《通鑑綱目全書》一百八卷，包括朱熹《資治通鑑綱目》五十九卷、陳桱《資治通鑑綱目前編外紀》一卷、金履祥《資治通鑑綱目前編》十八卷、《舉要》三卷、商輅《續資治通鑑綱目》二十七卷。金氏書，日本内閣文庫藏有一部慎獨齋配補歸仁齋本，共十四册，含《外紀》一卷、《前編》十八卷、《舉要》三卷，其中《外紀》、《前編》卷一至卷一〇爲慎獨齋所刻，《前編》卷一一至卷一八、《舉要》則爲歸仁齋所刻。慎獨齋所刻版式爲每半葉十行，行二十二字，小字雙行同，黑口，四周雙邊，雙順魚尾，歸仁齋所刻爲四周單邊，其餘版式則與慎獨齋同。《前編》卷前鈔録鄭允中《〈通鑑前編〉表》，次刊許謙《〈通鑑綱目前編〉序》，卷一八末鈔録金履祥後序。《前編》各卷端題「資治通鑑綱目前編卷之×」，《舉要》各卷端題「資治通鑑綱目前編舉要卷之×」，次行下題「仁山金履祥編」，又次行下題「京兆劉弘毅刊」或題「京兆劉弘毅鋟」、「歸仁齋楊氏重鋟」或題「書林仁齋刊」。許謙序後有「皇明正德丙寅慎獨齋新刊行」、《前編》卷八末有「萬曆甲戌歲慎獨齋重梓」、《舉要》卷三末有「皇明嘉靖庚申歸仁齋重梓行」等牌記。

（三）宋犖本。清康熙四十六年丁亥（一七〇七）宋犖奉敕校刊《御批資治通鑑綱目全書》一百九卷，內府刻，聖祖玄燁批，哈佛大學漢和圖書館藏，五十册，包括朱熹《資治通鑑綱目》五十九卷、首一卷，金履祥《資治通鑑綱目前編》十八卷、《舉要》三卷，陳桱《資治通鑑綱目前編外紀》一卷，商輅《續資治通鑑綱目》二十七卷。每半葉十一行，行二十二字，小字雙行同，黑口、雙順魚尾、四周雙邊。金氏書先刻《舉要》，後刊《前編》。《舉要》卷前有康熙四十六年《御製資治通鑑綱目全書敘》一篇。《前編》各卷端題「御批資治通鑑綱目前編卷×」，《舉要》各卷端題「御批資治通鑑綱目前編舉要卷×」，卷末有「吏部尚書加二級臣宋犖謹奉敕校刊」字一行。

（四）率祖堂本。清雍正乾隆年間金華金氏刻、光緒十三年丁亥（一八八七）金華教諭鎮海謝駿德補刻《率祖堂叢書》，其《通鑑前編》一書，含《外紀》一卷、《前編》十八卷、《舉要》三卷，乃乾隆十年乙丑（一七四五）十八世孫金律重梓，義烏圖書館藏。每半葉十一行，行二十三字，小字雙行同，黑口、雙對魚尾、四周單邊。《前編》卷前爲金履祥《〈通鑑前編〉前序》，次爲許謙序，次爲鄭允中表，卷一八末爲金履祥《〈通鑑前編〉後序》，又有金律跋一篇。《前編》各卷端題「資治通鑑前編卷之×」，卷一次行題「〔宋金仁〕山履祥編輯」，卷一七、卷一八次行上題「宋金仁山履祥編輯」，下題「金邑後學李旦參閱」、「東邑後學盧衍仁重校」、「十八世孫律重梓」。《舉要》各卷端題「資治通鑑前編舉要卷之×」，卷一次行上題「宋金仁山履祥編輯」，下題「金邑後學李旦參閱」、「東邑後學盧衍仁重校」、「十八世孫律重梓」。

（五）《四庫》本。清乾隆三十七年壬辰（一七七二）開四庫館編修《四庫全書》，《通鑑前編》收入史部編年類，乃是依據邵晉涵家藏本鈔録，包括《前編》十八卷、《舉要》三卷。《前編》卷前有館臣所撰提要一篇，次爲金履祥《〈通鑑前編〉前序》，次爲許謙序，次爲鄭允中《進〈通鑑前編〉表》。《前編》各卷端題「資治通鑑前編卷×」，《舉要》各卷端題「資治通鑑前編舉要卷×」，次行下題「宋金履祥編」。臺灣商務印書館一九八六年將文淵閣《四庫全書》影印出版，上海古籍出版社一九八七年據以重印，《通鑑前編》收録在第三三二册。

二

金履祥《〈通鑑前編〉序》、許謙《〈通鑑前編〉序》、《元史·金履祥傳》皆稱該書「名曰《通鑑前編》」，且元刊本各卷端亦題作「通鑑前編」。然而，慎獨齋配補歸仁齋本、宋犖本各卷端則題作「資治通鑑綱目前編」，稱名多「綱目」二字。明刻《通鑑綱目全書》，多將金履祥《通鑑前編》冠於朱熹《資治通鑑綱目》前，遂將金氏書改題曰《資治通鑑綱目前編》，故《四庫全書總目》論此曰：「《通鑑綱目》刊本，或以此書爲冠，題曰《通鑑綱目前編》，亦後來所改名。」①

《通鑑前編》體例，原與《資治通鑑》《資治通鑑綱目》均異。陸心源《元槧〈通鑑前編〉跋》云：「是書集經傳史子之文，按年編次，曰《通鑑》；每年各爲表，題曰《舉要》。雖名《通鑑》，實仿《綱目》之例。惟《舉要》低三格，《通鑑》皆頂格。此則小變乎涑水、紫陽之例者也。」②耿文光《萬卷精華樓藏書記》云：「是書之體，與涑水《通鑑》異，與朱子《綱目》亦異。即以《舉要》爲題，低三格書之；以所引之書頂格大書；惟訓釋及案語以小字夾注附綴於後。」③《四庫全書總目》曰：「凡所引經傳子史之文皆作大書，惟訓釋及案語則以小字夾注附綴於後。蓋避朱子《綱目》之體，而稍變《通鑑》之式。後來浙江重刻之本，列《舉要》爲綱，以經傳子史之文爲目，而訓釋仍錯出其間，已非其舊。」④元刊本《通鑑前編》所引經傳史子之文皆大書，即單行大字，其頂格者爲《通鑑》，低三格者爲《舉要》，《舉要》爲《通鑑》之綱；惟訓釋及案語則以小字夾注附綴於後，即以雙行小字附綴於經傳史子文後。《通鑑前編》末附二卷《舉要》，則是

① 《四庫全書總目》卷四七，中華書局，一九六五年，第四二八頁下欄。
② 陸心源《儀顧堂續跋》卷六，中華書局，一九九〇年，第二七四頁上欄。
③ 耿文光《萬卷精華樓藏書記》卷二九，中華書局，一九九三年，第二九二頁下欄。
④ 《四庫全書總目》卷四七，第四二八頁下欄。

裒聚《前編》低三格所書者，因其用雙行小字注明每條出處，故又别爲二卷。慎獨齋配補歸仁齋本、宋犖本，雖皆題曰《資治通鑑綱目前編》，而其體例則與元刊本類同。《通鑑前編》後世重刻(鈔)，有大變其體例者，乃列《舉要》爲綱，即用單行大字、大書，但不再低三格，而是頂格；以經傳史子之文爲目，即用雙行小字、低一格，不再大書、頂格；訓釋仍錯出其間，即訓釋及案語仍用雙行小字，錯出於經傳史子文間。 率祖堂本、《四庫》本均是此一體例。《通鑑前編》體例經此大變，更趨近於朱子《綱目》，而迥異於原貌。

《通鑑前編舉要》元刊本爲二卷，而慎獨齋配補歸仁齋本、宋犖本、率祖堂本、《四庫》本皆將其新釐定爲三卷，乃是將原卷二「九月，王崩，太子泄心踐位」句後，即周簡王十四年崩後内容新釐定爲卷三，新卷編年始於周靈王元年。《舉要》僅是卷數改變，文字、内容無增删。元刊本《通鑑前編》卷前許謙《〈通鑑前編〉序》及鄭允中《〈通鑑前編〉表》均謂《舉要》爲「二卷」，慎獨齋配補歸仁齋本、率祖堂本、《四庫》本爲諧調新釐定卷數而徑改序文作「三卷」，後兩本又徑改表文亦作「三卷」。

《通鑑前編》所附《外紀》乃元人陳桱(字子經)撰作，陳氏讀歷代史，輯事之大者爲《筆記》百卷，乃取《筆記》盤古至高辛爲《通鑑世編》一卷，唐天復至周亡、遼夏初事爲《通鑑外編》一卷，宋有國至歸於大元爲《通鑑新編》二十二卷，總爲二十四卷，合名曰《通鑑續編》。《四庫全書總目》云：「(陳)桱以司馬氏《通鑑》、朱子《綱目》並終於五代，其周威烈王以上雖有金履祥

《前編》，而亦斷自陶唐，因著此書。首述盤古至高辛氏，以補金氏所未備，爲第一卷；次摭丹在唐及五代時事，以志其得國之故，爲第二卷；其二十二卷皆宋事，始自太祖，終於二王，以繼《通鑑》之後，故以『續編』爲名。」①金履祥《通鑑前編》敘事始自帝堯，而陳桱則前補金氏之書，述盤古至高辛爲《通鑑世編》一卷，即《通鑑續編》首卷。明人刻《通鑑前編》多附綴陳氏此卷而以《外紀》名之，經有劉弘毅音釋、吴勉學增定，遂成定本，故而慎獨齋配補歸仁齋本《外紀》卷端下題「後學四明陳子經編輯」、「後學京兆劉弘毅音釋」，而率祖堂本卷端則題「元四明陳子經編輯」、「明新安吴勉學增定」。

《通鑑前編》卷前附有一篇《〈通鑑前編〉表》，表不署名，難以窺知作者名姓。許謙《〈通鑑前編〉序》云：「（今肅政廉訪使平陽鄭公允中）亟命有司鋟諸文梓，共捐秩禄以佐其費。厥功告備，將表上送官，而命謙爲之序。」②《元史·金履祥傳》云：「天曆初，廉訪使鄭允中表上其書於朝。」③是則此表爲鄭允中所作。

① 《四庫全書總目》卷四七，第四二八頁下欄。
② 許謙《〈通鑑前編〉序》，《通鑑前編》卷前附，婺州路儒學刊本，葉五–六。
③ 《元史》卷一八九，中華書局，一九七六年，第四三一七頁。

三

《元史·金履祥傳》嘗載金氏與弟子許謙論及《通鑑前編》而云：「二帝、三王之盛，其徽言懿行，宜後王所當法；戰國申、商之術，其苛法亂政，亦後王所當戒，則是編不可以不著也。」①《四庫全書總目》評此書云：「然援據頗博，其審定群説，亦多與經訓相發明。在講學諸家中，猶可謂究心史籍，不爲游談者矣。」②周中孚《鄭堂讀書記》云：「仁山是書，宗孔子删《書》斷自唐虞之旨，援經據傳，編年紀事，斥稗官之駁雜，黜《汲冢》之誕誣，誠述作之宏規也。」③《通鑑前編》乃金履祥三十餘年心力所萃，網羅遺失，議論明達，開迪後學。今爲便於學界研究、使用，特將此書整理出版，因學力有限，錯誤在所難免，尚祈方家教正。

浙江師範大學人文學院　孫曉磊

---

① 《元史》卷一八九，第四三一七頁。

② 《四庫全書總目》卷四七，第四二八頁下欄。

③ 周中孚《鄭堂讀書記》卷一六，中華書局，一九九三年，第九四頁。

通鑑前編整理凡例

一、此次點校整理以日本静嘉堂文庫藏元天曆元年（一三二八）婺州路儒學初刊本（元刊本）爲底本，參校本則爲以下四種：日本内閣文庫藏明正德元年（一五〇六）劉氏慎獨齋刻、萬曆二年（一五七四）慎獨齋補刻、配補嘉靖三十九年（一五六〇）楊氏歸仁齋重刻本（慎獨齋配補歸仁齋本）；哈佛大學漢和圖書館藏清康熙四十六年（一七〇七）宋犖奉敕校刊本（宋犖本）；義烏圖書館藏清乾隆十年（一七四五）金郡金律重梓本（率祖堂本）；清乾隆年間文淵閣《四庫全書》本（《四庫》本）。

二、元刊本之譌、脱、衍、倒，悉據參校本訂正，並出校記予以説明。校記置於各篇篇末，依序排列。元刊本不誤而他本誤者，不出校記。

三、《通鑑前編》校勘，僅限於《通鑑前編》版本間異文，至於《通鑑前編》所引他書與該書各單行本之異文，以及他書引《通鑑前編》所見之異文，不納入校勘範圍。

四、《通鑑前編》大量引用《書》《詩》《春秋》《左傳》《公羊傳》《穀梁傳》《國語》《史記》等書，多有删節，與原文不盡一致，但文從字順、文意無礙，此類情況，不出校記。

五、元刊本避諱字皆改復本字，俗體字皆改作通行字，不出校記。

六、元刊本《前編》各卷端皆題曰「通鑑前編」，其《舉要》各卷端則題曰「通鑑前編舉要」，《舉要》爲二卷，而他本多題曰「資治通鑑綱目前編」、「資治通鑑綱目前編舉要」，又將《舉要》新釐定爲三卷，且附有陳桱《外紀》一卷。此次點校整理，一依元刊本爲是，而陳桱書則不收録。

七、今按元刊本次序，《通鑑前編》卷前依次爲許謙序、鄭允中表、金履祥後序，以保留底本原貌。金履祥生平資料及《通鑑前編》後世散見之序跋、提要，見本叢書金氏文集及其附卷，因體例所限，此不再重複著録。

通鑑前編序

《通鑑前編》者，仁山先生之所著也。先生姓金氏，諱履祥，字吉甫，婺州蘭溪人。自言世本項氏。其先項伯入漢，以恩賜姓曰劉。暨五季吴越有國，避武肅王嫌名，從文更爲金氏。

先生幼知嚮方，長而好學，天文、墬形、禮樂、刑法、田乘、兵謀、陰陽、律曆之書，靡不畢究。及壯，事文憲王先生柏，從登文定何先生基之門，講貫愈精，造詣益邃。何先生蓋受業於黄文肅公榦，文肅公則朱子之高弟弟子也。先生嘗一舉進士不利，遂絶意進取，以布衣游諸公間，率以文義相處。當宋季年，睹國勢阽危，慨然欲以奇策匡濟，爲在位所沮，議格弗上，其語秘不傳，然當時計畫之士，咸歎其策不用。德祐初，以迪功郎召，解巾褐入史館編校，蓋將漸進用之，而國已不可爲矣。中年以來，遺落世務，築居仁山之下，顓以講學著書爲事，訓誘學者，諄諄不倦，言論風指，皆可誦法。

先生神勁而清，氣候明潔。平居獨處，終日儼然。至與物接，則盎然和懌。閨門之内，相敬如賓。生平篤於分義。有故人子坐事，母子俱繫奚官，其後分配爲隸，子母不相知生死者垂十年。先生傾貲營購，卒贖以完。其子後貴，先生終不自言，相見勞問辛苦而已，聞者莫不歎息。方從王先生時，與同舍生夜步庭中，指謂之曰：「某星入某次，某分野當有某變。」已而果然。郿人李某者，嘗侍坐於先生，言次及其鄉里，先生因歷歷爲言其山川、風土、物産之宜，如指諸掌，某大驚服。先生之於學，其精博類如此。所著述有《書表注》《論語孟子集注考證》《大學章句疏義》行於世，文集如干卷藏於家。

先生嘗謂司馬文正公作《資治通鑑》，秘書丞劉恕作《外紀》以記前事，顧其志不本於經而信百家之説，是非既繆於聖人，此不足以傳信。自帝堯以前，不經夫子所定，固野而難質。夫子因魯史以作《春秋》，始於魯隱之元，實周平王之四十九年也。然王朝列國之事，非有玉帛之使，則魯史不得而書，非聖人筆削之所加。況左氏所記，或闕或誣。凡若此類，皆不得以辟經爲辭。乃用邵氏《皇極經世曆》、胡氏《皇王大紀》之例，損益折衷，一以《尚書》爲主，下及《詩》《禮》《春秋》，旁采舊史、諸子，表年繫事，復加訓釋，斷自唐堯以下，接於《通鑑》之前，勒爲一書，名曰《通鑑前編》。凡十有八卷，《舉要》二卷。既成，以授門人許謙曰：「二帝、三王之盛，其徽言懿行，宜後王所當法；戰國申、商之術，其苛法亂政，亦後王所當戒。自周威烈王二十三年以後，司馬公既已論次，而春秋以前，迄無編年之書，故是編不可以不著也。」先生之殁，今二十有五年矣。是書雖存世，亦莫能知者。謙永懷夙昔之話言，獨抱遺編而太息。門人御史臺都事汝南郭炯爲南臺御史日，嘗欲刊行是書，有志而未果。今肅政廉訪使平陽鄭公允中，爰始解驂，聿崇正學，尚論格人，章明善道，載閲是編，三復嘉歎，謂宜立於學官，傳之後世。乃詢之監憲左吉公，亦克欣贊，暨僚列賓佐，罔不協從。亟命有司鋟諸文梓，共捐秩禄以佐其費。厥功告備，將表上送官，而命謙爲之序。

謙深惟先生以高明之學，負經濟之才，生於季末，道不克用，暨運啓休明，則年既老矣。其所著述，間已獲行於世。惟是編之作，廣博精密，凡帝王經世之大猷，聖賢傳道之微旨，具在是矣。或者得以充延閣之儲，備乙夜之覽，庶幾發揮聖學，啓沃淵衷，裨國家稽古之治，爲生民無窮之澤，則先生爲不朽矣。

謙不佞，不足以明先生之心，發盛德之藴，敢纂録先生行事之大略以標諸卷首。若夫著作之意，則已備於先生所自序，兹不詳述。

天曆元年十有二月庚子，門人金華許謙謹序。

通鑑前編表

言臣采録到金華儒士金履祥撰次《通鑑前編》十八卷、《舉要》二卷，官爲鋟梓，裝褫成二十册，隨表上進者。

伏以帝王之制，坦然明白，幸往聖方册之具存；日月所照，莫不尊親，矧昭代車書之盛際。欲仰贊緝熙之學，顧下采謏聞之言。如螢爝謾附於大明，而蹄涔何增於鉅海。深懷悃愊，祇重震兢。臣誠惶誠恐，頓首頓首。

竊惟左史書事，右史書言，自昔紀載之難備；前王爲律，後王爲令，歷代因革之異宜。學者將博古以明經，史官必表年以始事。惟敬王、威烈之會，實春秋、戰國之交。爰有《外紀》《大事記》之書，以正《史記》紀、傳等之闕。若筆削盡宗乎孔聖，則修纂必始乎陶唐。蓋「正」次「王」、「王」次「春」，首植綱常之大本；而事繫時、時繫年，以示述作之弘規。本《春秋》以折衷，推「甲辰」而謹始；恥稗官之駁雜，黜《汲冢》之誕誣。有臣履祥，當宋景定。研精於甕牖繩樞之隟，待用於金匱石室之藏。考摭近二千年，彙次爲十八卷。庶幾三代以降之理亂，若網在綱；一元以後之乘除，如指諸掌。爲萬世之龜鑑，表百篇之範模。旁及諸書，庸伺博識。倘遂芻蕘之采，不孤芹曝之忠。

茲蓋欽遇皇帝陛下，曆數在躬，文思稽古。宏闡圖書之府，廣延帷幄之儒。每機務得遂於燕閒，而聖睿猶資於啓沃。學於古訓，雖寸陰克慎於淵衷；欽乃攸司，俾百辟咸遵乎成憲。是以發號施令，克廣好生之仁；立政任人，深得詒謀之道。至如庸劣，亦被簡知。本乏六轡周原之才，欲訪束帛丘園之士。冀仰裨於政理，以效報於涓埃。蓋問俗莫重於舉賢，而著書貴先乎立教。俯賜容光之照，少酬繼晷之勞。使寒士咸鼓舞於菁莪，知下才不棄捐於棫樸。家求遺藳，可曾無司馬《封禪》之書；人誦《法言》，誰知有子雲《太玄》之易。

謹表上進以聞。

臣下情無任不勝瞻天樂聖、激切屏營之至。謹言。

通鑑前編後序①

右《通鑑前編》，起帝堯元載甲辰，止周威烈王二十三年戊寅，凡一千九百五十五年，通爲十八卷。二帝、三王之事，粗見首尾。

大抵出於《尚書》諸經者，爲可考信；其出於子史雜書者，不失之誕妄，則失之淺陋。蓋其智不足以知聖人。而流俗傳聞，其高者既以聖人絶世拔出，而大道必絶出於事物常情之表，故其説失之誕妄；其下者則又以世俗之腹量聖人之心，故其説又失之淺陋。惟《尚書》之僅存者，於今爲帝王全書。劉道原《外紀》之作，《尚書》不入，雖曰尊經避聖，然帝王之事，捨《尚書》則諸家真稗官小説之流耳。今不敢從《外紀》之例，而從胡氏《大紀》之例焉。

顧《尚書》一經，諸儒解者雖已精詳，但似未嘗潛泳反覆以推篇章之全意，而句解字釋，意或不屬。履祥因爲之注釋，章指隨意所到，雖不能詳，然聖經之篇章與聖人之體用似或得之。至於子史雜書之不棄者，則以古今共傳，不可盡廢。帝王世遠，談者日稀。禮失求諸野，此不

---

① 原書此序無標題，「通鑑前編後序」六字乃點校者據《金華叢書》本《仁山先生金文安公文集》卷一補。

猶愈於野乎？故存其近似，削其誕淺，或加之辨釋焉。但惟此編本名表年，惟當於書史上闌之外表著其年，而附證於章後爾。

既編年表，例須表題。或嫌於《春秋綱目》之例，然所用者既《史記·年表》之法，而所表題又《書經》本語之文，雖間或增損，君子監其非僭可也。周平王以後，《春秋》自有全書，但左氏收拾國史以翼經，事於隱公之篇多誤，於莊公之篇多缺，其間亦多有所遺。如楚、隨所以争，起於請爵；管仲所以霸，本於内政，皆略不書。甚而孔子出處、述作，亦俱不書焉。以其書主於解經，而其事或具於外傳諸史。《秦誓》之作，在於封殽尸之後，傳既不及，而《書序》又謬其時。衛輒父子争國，夫子自楚反陳，久之至衛，明年即反魯，而記者多謂夫子久於在衛。履祥所編，欲止平王。而諸若此類，不可不辨。獲麟以後，事多亡逸，欲備古今以接《通鑑》，則於《春秋》所不能避，亦不敢盡入也。《春秋》一書，固聖人晚年哀痛之意。然孔子周遊無位，典册不備，未必盡得周史，因見宗魯一國之策多違舊章，就加筆削，以示大法，其餘多因舊史，不盡改也。則其歲月名號改以從周，未必謬聖人之意，况又自有《皇極經世》之例，遂併論次，以接《通鑑》焉。

嗚呼！荀悦《漢紀》《申監》之書，志在獻替，而遭值建安之季；王仲淹續經之作，疾病而聞江都之變，泫然流涕曰：「生民厭亂久矣！天其或者將啓堯舜之運，而吾不與焉，則命也！」履祥末學，非二公比，而其生不辰，罹此百憂，其所以拳拳綴緝者，特不爲憂悴廢業耳。

覆醬瓿，固可知也。

劉道原《外紀》後序傷於廢疾，愚嘗三復其辭而深悲之，孰知吾之所悲，又有大於道原者邪？幸而天運循環，無往不復，聖賢有作，必有復興三代唐虞之治於千載之下者，區區此編之所望也。

上章執徐之歲冬至之日，金履祥後序。

通鑑前編卷之一

金履祥編

陶唐氏帝堯。羅氏《路史》曰：「堯生於母家伊侯之國，後徙耆，故曰伊耆氏。年十有三，佐摯封植，受封于陶。」《通鑑外紀》曰：「年十五，長十尺，受封唐。年十六，即天子位。」耆，《左氏傳》作「祁」。《漢史》曰「伊氏」。

《書》曰：「粵若稽古帝堯，曰放勳。粵，起語。若稽，追記之辭。古，崇之也。堯，名。古者世質，雖天子不諱其名。放，大也。放勳者，總名其德業之大也。一曰：放，如「推而放諸」之「放」，謂推廣以成其功也。聖人亦善推其所爲而已。意與下文二章相應。二字本史官稱堯之語，後世因以爲堯稱焉。**欽明文思安安，允恭克讓，光被四表，格于上下。**此叙堯之德也。欽，誠敬也。明，精明也。文，文理也。經緯天地曰文。謂其彌綸天地之道，倫理明順，煥乎其有文章也。思，言其運量裁處，意思周密，所謂其智如神也。安安，舊説止其所止。然二字氣象自别，蓋其盛德從容之極，難以形容，故以「安安」言之。恭、讓，欽之接於人也；謂之允、克，則其至誠之發，真實氣象又自不同。光被四表，言其發越覆冒之盛。格于上下，言其充塞感通之極也。史臣叙堯之德，而以「欽」爲首，此聖人之心法也。「允恭」以下，即四德之推。恭、讓者，欽之發。被四表者，明文之著。格于上下，則思之感通也。朱子常言聖人之心精明純粹而已，則「欽明」二字已足以盡聖人之德矣，而又曰「文思」，陳文蔚曰：「兼語其用也。文者，明之用。思者，欽之用。欽明，即惟精惟一。文思，即允執厥中也。」子王子曰：「欽明文思，猶言仁義禮智。」**克明俊德，以親九族。**九族既睦，平章百姓。百姓昭明，協和萬邦。黎民於變時雍。」明，推明也。俊德，《大學》作「峻」。蓋其得乎天而出乎其類者，即上文所叙之德也。平者，和同之。章者，品節之。百姓者，帝畿之民。昭明，則民心風俗之俱新也。萬邦，諸侯也。協，考比也，如「協時月」、如《國語》「司民協孤終」、「司徒協旅」之「協」，皆考比之義。和，調齊也。萬邦諸侯，豈無賢庸之不齊，聖人朝覲巡省，考禮、正刑、一德、黜幽，陟明，皆所以協和之也。黎民，黑首之民，舉天下生靈之衆也。上文紀聖德之盛，此章紀治化之序。聖人治天下，其機有二：一則盛德發越，自然感化；一則布政施化，推而廣之也。

甲辰。元載。乃命羲、和。邵子《皇極經世曆》係之元年。又《東漢志》《晉志》皆引《春秋文曜鉤》曰：「唐堯即位，羲、和立象儀。」則是命羲、和，帝堯即位之初政也。又按：《國語》楚觀射父曰：「少皞之衰也，九黎亂德。顓頊受之，乃命南正重司天以屬神，命北正黎司地以屬民。堯復育重、黎之後，不忘舊者，使復典之以至夏、商。故重、黎氏世叙天地而別其分主。」揚子曰：「羲近重，和近黎。」韋昭曰：「即羲氏、和氏也。」

「乃命羲、和，欽若昊天，曆象日月星辰，敬授人時。羲、和，二氏也。曆，紀數之書也。言天者，所謂堯曆也。象者，觀天之器，後篇所謂「璣」、「衡」之屬是也。言天者，謂渾儀實始于此。上古以來，因時作事，而曆法蓋未備，帝堯始爲曆象之制，定其財成輔相之節，以授其民，遂爲後世常行之準焉。朱子曰：「此所命，蓋羲伯、和伯，下文分命其仲、叔。」履祥按：《尚書大傳》：「舜巡四岳，祀太山、霍山，皆奏羲伯之樂；華山、弘山，奏和伯之樂。」其方與時，與二氏所掌者合，則羲伯、和伯當有其人。蓋四子分職，必有二伯總之。不然，曆法無所統矣。分命羲仲，宅嵎夷，曰暘谷。寅賓出日，平秩東作。日中，星鳥，以殷仲春。厥民析，鳥獸孳尾。申命羲叔，宅南交。劉氏云：

「宅南曰交。」陳氏云：「宅南交，曰明都。」平秩南訛，《史記索隱》作「爲」。 敬致。 日永，星火，以正仲夏。 厥民因，鳥獸希革。 分命和仲，宅西，曰昧谷。 寅餞納日，平秩西成。 宵中，星虛，以殷仲秋。 厥民夷，鳥獸毛毨。 中命和叔，宅朔方，曰幽都。 平在朔易。 日短，星昴，以正仲冬。 厥民隩，鳥獸氄毛。」宅，度也。 蔡雝《石經》作「度」。 朱子云：「宅、度，古文通。」曆法以日行起度，以日出入方隅定晷刻氣候。 宅嵎夷、南交、西、朔方，出、納、敬致，皆所以定卯酉子午之中，推日道出入之方，候朝夕之景及致日中之景。 寅，敬。 賓、餞，謹其事也。 永、短、中星，皆自是推。 然候中星，又所以定日度也。 「宅嵎夷，曰暘谷」，《周禮》所謂「日東則景夕」，多風之地也；「南交」，「日南則景短」，多暑之地也；「昧谷」，「日西則景朝」，多陰之地也；「幽都」，「日北則景長」，多寒之地也。 四方地勢不同，風氣亦異，各有宜也。 故測候之際，因度其所宜，爲授時之節，所謂「平秩東作」、「南訛」、「西成」、「朔易」者也。 易，如《周官》所謂「一易」、「再易」、「三易」。 作、訛、成、易，皆謂民事，各以方異辭耳。 平秩，《史記》依今文作「便程」，其義尤明。 日、宵，永、短，與中星連言者，初昏而候中星，以星之初見，爲晝夜之分。 又分摺四中，以得日度之的。 以日、宵之中立二分，以永、短之極立二至，參之民生析、因、夷、隩，而爲四時之政。 「鳥獸孳尾」等語，則候之物生。 此曆家七十二候之法所由起也。 此皆授羲、和以作曆之綱要。 四子分爲四節，每節自作、訛、成、易以上，分方；自日、宵、永、短以下，分時。

二載。 定閏法。

「帝曰：『咨！汝羲暨和。 朞三百有六旬有六日，有，古文作「又」。 以閏月定四時，成歲。 允釐百工，庶績咸熙。』」帝既命羲、和曆象，又四時推候皆合矣。 積一朞而天有餘度，歲有餘日，於是又置閏法，而日月氣候始參會。今曆家所定章法昉乎此。隆古風氣未開，民淳事簡，曆數既定，因時頒政而已，它無爲也。故「允釐百工」，而「庶績咸熙」焉。朱子《書傳》曰：「歲周三百六十五日四分日之一。而曰三百六旬有六日者，舉成數也。天體至圓，周圍三百六十五度四分度之一，繞地左旋，常一日一周而過一度。日麗天而少遲，一日繞地一周，無餘而常不及天一度。積三百六十五日九百四十分日之二百三十五而與初躔會，是一歲日行之數也。月麗天而尤遲，一日常不及天十三度十九分度之七。積二十九日九百四十分日之四百九十九而與日會。十二會，得全日三百四十八，餘分之積，五千九百八十八。如日法，九百四十而一日，得六日，不盡三百四十八。通計得日三百五十四九百四十分日之三百四十八，是一歲月行之數也。歲有十二月，月有三十日，三百六十者，歲之常數也。故日行而多五日九百四十分日之二百三十五者，爲氣盈。月行而少五日九百四十分日之五百九十二者，爲朔虛。合氣盈朔虛而閏生焉。故一歲閏餘，率則十日九百四十分日之八百二十七。三歲一閏，則三十二日九百四十分日之六百單〔一〕一。五歲再閏，則五十四日九百四十分日之三百七十五。至十有九歲七閏，則氣朔分齊，是爲一章也。」履祥按：章法雖云氣朔齊，然猶有分杪之餘。至二十七章爲會，三會爲統，三統爲元。積四千六百一十七年，則日月皆無餘分，却得十一月甲子朔子時半冬至，則又爲曆元矣。○今立成法，率三十二月而置一閏。○朱子曰：「按帝堯時冬至日在虛，昏中昴。今冬至日在斗，昏中壁。中星不同者，蓋天有三百六十五度四分度之一，歲有三百六十五日四分日之一，天度四分之一而有餘，歲日四分之一而不足。故天度常平運而舒，日道常内轉而縮，天漸差而西，歲漸差而東，此歲差之由。古曆簡易，未立差法，但隨時占候，以與天合。至東晉虞喜始以天爲天，歲爲歲，乃立差法以追其變，約以五十年退一度。何承天以爲太過，乃倍其年而反不及。至隋劉焯取二家中數七十五年爲近之，然亦未爲精密也。」

履祥按：帝堯之言天常寬，而曆則密。後世言天者常密，而曆則疏。蓋帝堯生知，即事洞要，其於周天固已知圓奇之妙，四分一不足以盡天矣。其命羲、和，不過授之以作曆之綱要。如於中星，互舉辰象。於朞數，槩舉全日。至於推步度數，隨時占候，則羲、和有司之事，帝堯固不必數數然也。後世日不足而始爲度，度不足而更爲分杪。分杪愈多，則算法當愈密矣，然久亦未嘗不差也。蓋聖人因時制曆，雖舉要而不遺；後世定曆推天，始積分以求密。因時制曆，則曆與天常相應；定曆推天，而曆與天常易差。無它，天圓以動，圓故奇，動故不測，而後世執定法以拘之也。然嘗就其説而考之，所謂四分度之一者，析爲九百四十分日之二百三十五，果若所言，則止曰四分之一可也，何必析爲小分哉！太初草創，乃以八十一分日之二十分少，固不足論。《晉志》載劉洪、王蕃之法，則析爲五百八十九分度之百四十五。如此，則四分度之一者，乃其大約，而於四分一之外，天舒日縮，又餘小分之九也。十年則九十分，計百三十年而積差二日矣。唐《開元大衍曆》又析一度爲三千四十分，每歲日餘三十七分太。積八十年而差一度又餘六分。自唐至今皆用之。然自開元至寶祐，五百四十年而差十度，則唐曆積分雖多，反不如《晉志》之近密也。紹興《統元曆》，漢上朱震典之，析一度爲萬分。每歲，氣周三百六十五日二千四百四十六分七十二杪半，而周天則三百六十五度二千五百七十二分二十五杪。又按：堯仲春星鳥，宋東井二十一度中；仲夏星火，宋亢七度中；仲秋星虚，宋斗十一度中；仲冬星昴，宋壁一度中。堯曆中星與日所次，至是差四十餘度矣。去堯之世三千五百餘歲，而差四十餘度。至景定甲子冬至之日，已在斗初，漸入東陸。後此三千六百年，已在東陸。又三千六百年，過東陸之中。又三千六百餘年，冬至之日，遂行南陸。則冬長夏短，幾相貿易，造化不幾於變乎？曰：非然也。唐張說《一行曆議》曰：「日之所行，即爲黄道。日差，則黄道與之俱差，必不至於冬長夏短矣。抑後世豈無聖人隨世裁成，良太史隨時推移者？此固不必長慮也。」

七載。麒麟遊於藪澤。

《路史》曰：「堯在位七年，民不作忒，鵖乂逃於絶域，麒麟遊於藪澤，則能信於人也。」

十有二載。巡狩。發例于此，後不悉書。

孔子曰：「舜臨民以五，堯臨民以十二。」注：「十二載一巡狩也。」《路史》注曰：「杜佑謂十二載巡岳者，非。」

甲子。二十有一載。

甲申。四十有一載。虞舜生於諸馮。

《孟子》曰：「舜生於諸馮。」蘇氏《古史》曰：「舜生於諸馮之姚墟，故爲有姚。居於溈汭，故爲有嬀。」履祥按：舜生姚墟，因生爲姓，故爲姚姓。居溈汭，後世復因居溈而爲嬀姓，非舜有二姓也。諸馮、溈汭，皆在今河中府河東縣。溈水，源出首山，入西河。《孟子》以舜生諸馮，爲東夷之人，蓋對文王西夷而言，猶云東方、西方爾，故曰「地之相去，千有餘里」，蓋自河中至岐周千餘里也。而説者指齊之歷山、濮之雷夏，爲舜側微耕漁之地，甚者指會稽上虞牛羊村百官渡爲舜所居，蓋因《孟子》之言而附會之也。○《路史》曰：「其先國于虞，始爲虞氏。河東虞阪。系出虞幕。」○《春秋外傳》周太史伯曰：「虞幕能聽協風，以成樂物生。」傳曰：「自幕至于瞽瞍，無違命。」謂能服事帝朝。舜重之以明德。」○《史記》曰：「父瞽叟盲。」《索隱》曰：「母握登。」《史記》據《世本》叙窮蟬、橋牛者非。

五十載。帝遊於康衢。

《列子》曰：「堯治天下五十年，遊於康衢。兒童謡曰：『立我蒸民，莫匪爾極。不識不知，順帝之則。』」《列子》書出三代之末，尚多傳聞之辭。而此語亦自得聖人之意，學者稱之，今不敢棄。○文中子曰：「堯有衢室之問。」○時有老人擊壤而歌曰：「吾日出而作，日入而息。鑿井而飲，耕田而食。帝何力於我哉？」叶入聲。胡氏附此歌於九十載間，今以類附此。

六十載。舜以孝聞。

《史記》曰：「舜母死，瞽叟更娶妻而生象，象傲。瞽叟愛後妻子，常欲殺舜，舜避逃；及有小過，則受罪。順適不失子道，孝而慈於弟，日以篤謹。年二十以孝聞。耕歷山，歷山之人皆讓畔；歷山，今河中府。漁雷澤，雷澤之人皆讓居；今河中府有雷水，出雷首山，入河。鄭康成謂兖州雷夏澤。陶河濱，河濱之器皆不苦窳。《水經》曰：「河水南逕陶城。」酈道元注：「即舜陶處。在蒲阪北，南去歷山不遠。」不苦窳，言民皆務爲厚正之器，不薄惡喎斜也。作什器於壽丘，就時於負夏。負夏，衛地。一年而所居成聚，二年成邑，三年成都。」胡氏《皇王大紀》作「一遷」、「二遷」、「三遷」。《莊子》又有「至鄧之墟而十有萬家」。

○《大紀》曰：「舜[二]年二十，孝友聞於人。有友七人焉。雄陶、方回、續牙、伯陽、東不訾、秦不虛、靈甫，常輔翼之。」○《淮南子》曰：「當此之時，口不設言，手不指麾。執玄德於心，而化馳若神。使舜無其志，雖口辯而户説之，不能化一人。」○萬章曰：「父母使舜完廩，捐階，瞽瞍焚廩。謂舜已下階，而叟焚之也。使浚井，出，從而揜之。謂舜已出去，而叟塞之也。《澠水燕談》曰：「今河中府舜泉坊，二井相通，所謂『爲匿空旁出』者也。真宗名之曰孝感泉。」象曰：『謨蓋都君咸我績。』象往入舜宮，舜在牀琴，象曰：『鬱陶思君爾。』忸怩。舜曰：『惟兹臣庶，汝其于予治。』不識舜不知象之將殺己與？」孟子曰：「奚而不知也？象憂亦憂，象喜亦喜。」程子曰：「人情天理，於是爲至。」○《古史》曰：「孟子曰：堯將舉舜，妻以二女。瞽叟不順，不告而娶。既而猶欲殺舜而分其室，舜終不以爲怨。余考之《書》，孟子蓋失之矣。四岳之薦舜曰：『烝烝乂，不格姦。』益之稱舜曰：『夔夔齋慄，瞽亦允若。』則舜之爲庶人，既已能順其親，使不至於姦矣。父子相賊，姦之大者也。豈有既已用之，而猶欲殺之哉！」

履祥按：瞽叟之欲殺舜也，象之欲殺兄也，《史記》曰：「舜母死，瞽叟更娶妻而生象，象傲。叟愛後妻子，常欲殺舜也。」然瞽叟特出於愛憎，而舜又非有大過惡，何至欲殺之哉？嘗考其情，則虞氏自幕故有國，至瞽叟亦無違命，則粗能守其國者也。其欲殺舜，蓋欲廢嫡立幼。而象之欲殺其兄，亦欲奪嫡故爾。不然，豈以匹夫之微，愛憎之故，而遽欲殺之哉？然則舜固有國之嫡，而其爲耕稼陶漁之事，何也？曰：古之國家子弟，固非如後世之豢養。舜之爲田漁而人從之，又非必如今之漁人陶工也。或者見逐於父母，故勞役之，或避世嫡不敢居，而自歸於田漁。亦因是以行其政教，而濟時之窮。故雜書有謂舜見器之苦惡而陶河濱，見時之貴糴而販負夏。孔子曰：「耕漁陶販，非舜事也，而往爲之，以救敗爾。」此説雖出雜書，而實得聖人之意。又瞽、象之欲殺舜，在其初年之間；而堯之舉舜，則在其克諧之後。《史記》反覆重出而莫之辨，固也。然孟子當時亦不辯萬章之失，何也？蓋孟子不在於辯世俗傳訛之迹，而在於發明聖人處變之心，務使學者得聖人之心，以推天理人倫之至，則其事迹之前後有無，皆不必辯矣。

六十有一載。洪水。咨四岳，舉鯀俾乂。

「帝曰：『咨！四岳。湯湯洪水方割，蕩蕩懷山襄陵，浩浩滔天。下民其咨，有能俾乂？』」四岳者，掌四方方岳之官。古者大事則咨四岳，使詢訪四方之言也。方割，始爲害也。懷山襄陵，叙其實也。浩浩滔天，言其勢也。滔天，當時方言云爾。滿望皆水，而天影其中，若滔天然。僉曰：『於！鯀哉。』帝曰：『吁！咈哉，方命圮族。』岳曰：『异哉，試可乃已。』」僉曰者，四岳以衆言告也。鯀，有崇伯也。方命，舊説逆命，《史》作「負命」。按：《堯典》上文「方鳩」、「方割」，皆作方始之義，則此當云我始命爲它職時，即敗群自用，則治水大任，弗可爲也。圮族，猶《詩》言「敗類」。岳曰者，上舉衆言，此因獨對。「异」，義未詳。《列子》注及柳文，與「異」字同。言但用其才，可以治水則已，不必病其圮族也。帝曰：『往，欽哉！』」帝順衆言而使之往，復云「欽哉」以救其失。蓋能敬謹，則必不圮族自恃而事功成矣。

六十有九載。鯀績用弗成。

「九載，績用弗成。」○程子曰：「治水，天下之大任也。非其至公之心，能捨己從人，盡天下之議，則不能成其功，豈方命圮族者所能哉？鯀雖九年而功弗成，然其所治，固非它人所及也。惟其功有緒，故其自任益强，咈戾圮族益甚，公議隔而人心離矣。是其惡愈顯，而功卒不可成也。」

履祥按：周、漢以來，諸書多稱堯有九年之水。今考其時，自洪水方割即舉縣俾乂，九載無成而後舉舜，又二三年，始舉禹，禹八年於外而始告成功，前後計二十餘年矣。而曰「九年」者，蓋指鯀九載之間也。計自方割以來，洪水之害無歲無之，如後世歲有河決之患。鯀於其間多爲隄防以鄣之，而患日滋甚。《孟子》叙泛濫之禍在舉舜敷治之上，則「九年」之云，蓋謂此時也。然洪水之害一日不可緩，而待鯀九載無功始易之，何也？傳稱「禹能修鯀之功」，則九載之間非盡無功，但無成耳。而三考黜陟之典不可廢，是以有羽山之貶焉。或曰：僉之舉鯀也，方命圮族，帝已知之矣。知而使之，何與？蓋爲天下擇人，天下之公也。當是時，舜、禹未興，在廷諸人固皆舊德，乃若其才則無出鯀之右者。人皆知鯀之才足以集事，惟聖人知其剛悻違衆，易於敗事爾。帝將戒其所短，以用其所長，則曰「欽哉」以勉之。夫「欽」者，心法之要，萬事之所由成也。以鯀之才，加之敬謹，何患無成？惟其棄帝之命，忽不務此，是以輕視愎言，訖潰于成。然則帝固將全鯀之才，而鯀則棄帝之命矣。天下之以才自負，而忽不加謹，祇以取敗者皆是也，寧獨鯀哉？又按：經稱「鯀堙洪水」，傳稱「鯀障洪水」，《國語》又稱其「墮高堙庳」。經稱「禹決九川」，《孟子》稱「禹疏九河，瀹濟、漯，決汝、漢，掘地而放之海」。然則鯀之治水也，障之；禹之治水，導之也。其成敗之由以此。當其在鯀也，禹何以不諫？曰：禹安得不諫？以鯀之方命圮族，況其子之言乎？故禹必有諫，鯀必有所不從。舜之知禹，亦必以此。舜之罪也殛鯀，其舉也興禹，大公之道，聖人無容心焉。抑鯀既以方命圮族失之，禹念父功之未就，於是曁益、曁稷，思日孜孜以成之。非惟克勤于邦以爲忠，而補前人之愆以濟天下乃所以爲大孝也。然以禹之聖，猶八年於外，何也？禹八年之間，非但導水浚川而已，中間畫井田，爲溝洫，定經制，物土宜，立賦法，通朝貢，廣教化，於八年之間定千萬世之計，此禹之功所以爲不可及也。

七十載。舉舜登庸。

「帝曰：『疇咨若時？登庸。』放齊曰：『胤子朱啓明。』帝曰：『吁！嚚訟，可乎？』登庸之命，不言所職，帝之意固有在矣。朱，丹朱也。放齊以嗣子朱爲對。啓明者，謂其才智之開明也。朱之爲不肖也亦以此。朱子曰：「此下爲舉舜張本。」帝曰：『疇咨若予采？』驩兜曰：『都！共工方鳩僝功。』帝曰：『吁！静言庸違，象恭。』今本「滔天」二字，下文之衍。孔穎達曰：「經三言求人，未必一時之事，但歷言朝臣不賢，爲求舜張本也。」○帝曰：『咨！四岳，朕在位七十載，汝能庸命，巽朕位？』岳曰：『否德忝帝位。』巽，入也。使入居帝位也。或曰：「巽」與「遜」同。曰：『明明揚側陋。』師錫帝曰：『有鰥在下，曰虞舜。』師錫，四岳以衆議對也。錫，予也。以衆言對而曰錫，重之也。薦聖人於帝，此天予也，安得不重爲之辭？老而無妻曰鰥。舜三十未娶而即曰鰥。古者聖人繁育人民，三十而娶者，期之極也。至此而未娶，即鰥也。《書大傳》曰：「父頑，母嚚，而不見室家之端，故謂之鰥。」帝曰：『俞，予聞，如何？』「予聞」者，已知其人也。「如何」者，更詳其實也。以舜之玄德，年二十而聞於天下。以堯之明思，天下固無遺照也。然聞之而不自舉之，蓋爲天下擇人，必盡天下之議。聖人目大心平，大公無我意象，於此可想見也。岳曰：『瞽子。父頑，母嚚，象傲。克諧以孝，烝烝乂。不格姦。』舜處頑嚚之下，非可以諫諍回父母之心，非可以言語喻父母於道，加之傲很之弟，又豈聲音笑貌可以得其歡心哉？「克諧以孝，烝烝乂」，是蓋真誠之充積，和氣之薰烝也。「不格姦」，則象亦不至於爲惡矣。家難而天下易，觀諸「克諧」、「烝烝」之氣象，則舜治天下神化之功用，於此可見矣。帝曰：『我其試哉！』女于時，觀厥刑于二女。釐降二女于嬀汭，嬪于虞。帝曰：『欽哉！』」○《孟子》曰：「堯之於舜也，使其子九男事之，二女女焉，百官牛羊倉廩備，以養舜於畎畝之中，後舉而加諸上位，故曰王公之尊賢也。舜尚見帝，帝館甥于貳室，亦饗舜，迭爲賓主，是天子而友匹夫也。」按：《荀子》《莊子》皆有堯、舜問答之辭，胡氏《大紀》亦取之，然疑信相半，今不取。

履祥按：《史》稱黃帝之曾孫嚳，嚳之子堯，則堯，黃帝之玄孫也。又稱黃帝生昌意，昌意生顓頊，歷窮蟬、敬康、句望、橋牛，以至瞽叟而生舜，則舜，黃帝八世孫也。堯、舜俱出於黃帝，則二女之妻不亦亡宗瀆姓，亂序無別已乎？或曰：晉胥臣曰：「黃帝之子二十五人，得姓者十四人，爲十二姓。其同姓者，二人而已。異姓則異德，異德則異類，異類雖近，男女相及以生民也。」又記曰：「繫之以姓而弗別，雖百世而婚姻不通者，周道然也。」然則古已別姓，則婚姻不可以通乎？曰：非也。黃帝氏十四人之得姓，猶高陽、高辛氏之十六族爾。胥臣之言，爲納懷嬴，故附會而言，非正也。《禮記》之言，用周道以正諸侯之失也。皆非此之謂也。世系之傳，《史記》之失考也。昔者，歐陽氏固論之矣。見《六一文集》。且司馬談、遷，漢史也。其紀漢之初，已不知高祖之世系。於父曰太公，而猶不知其名；母曰劉媼，而猶不知其氏。而其上紀五帝之世，母妻嫡庶，子孫名氏，一無所遺。耳目所及尚如此，則二千餘年所傳聞者，其詳尚足信乎？或曰：《世本》也，非談、遷之所自言也。抑《世本》又豈果出於三代之時乎？以《世本》爲三代之書，猶以《爾雅》爲周公之書也。縱使果出於三代之季，則周衰傳說，已不可信，故朱子謂《世本》或出於附會假託，不可憑據。今以其叙舜之世推之，其不可憑也，審矣。曰：然則舜果何出乎？考之於《書》，曰「虞舜」，曰「嬪于虞」，是「虞」者，有國之稱也。參之《國語》史伯之言曰：「成天地之大功者，其子孫未嘗不章，虞、夏、商、周是也。虞幕能聽協風，以成樂物生者也。夏禹能平水土，以處庶類者也。商契能和合五教，以保于百姓者也。周棄能播殖穀蔬，以衣食民人者也。其後皆爲王公侯伯。」夫以虞幕並契、稷而言，則幕爲有功始封之君，虞爲有國之號，而舜所自出以王天下者也。考之《左氏》史趙之言曰：「自幕至于瞽瞍，無違命。舜重之以明德。」夫自幕以至于瞽叟，則非自黄帝、昌意、顓頊、窮蟬、敬康、句望、橋牛以至瞽叟也。或曰：然則昌意、窮蟬以下之説固妄矣，《國語》不曰「幕能帥顓頊」乎？《左氏》不曰「陳顓頊之族」乎？曰：幕之出於顓頊，《左氏》《國語》之説固足徵也。然謂顓頊之必出於黄帝，《史記》之説，其果足徵乎？黄帝氏殁，則少昊氏作，是爲五帝之首。《國語》稱：「少昊氏之衰，九黎亂德。顓頊受之。」則「少昊」似一代之通稱，後世始衰，非少昊帝之世即衰也。而《史記》於黄帝之後不及少昊，懸紀顓頊，指爲黄帝之孫，隔遠無序。少昊之代何所往，而黄帝之孫何其壽也？莫難明者譜諜，莫易知者朝代。《史記》序朝代尚有遺，則其序譜諜，豈足信乎？夫顓頊，未必黄帝之孫，則五帝豈必皆黄帝之後？伏羲、神農、黄帝，是爲三皇，皆有功德於天下。果如《史記》五帝三王皆黄帝之後，則伏羲、神農子孫，何以皆無帝王者？商、周猶曰世遠也，若顓頊、高辛、陶唐，皆黄帝後，則一家伯仲子孫遞相傳授，又何必殊徽號，易五運，後世又何必曰五帝官天下云哉？況少昊氏上與伏羲聯，曰「太皞、少皞」，不必廢少昊爲黄帝之青陽；顓頊氏下與帝嚳氏對，曰「高陽、高辛」，不必附帝嚳爲顓頊之族子也。古之王者必有庶子之官，蓋公卿大夫之子，凡天下之俊秀，與天子之子遊焉、學焉者，則十四人爲十二姓焉，又不必皆爲黄帝之子也。若曰皆黄帝之子，則有姓無姓何其偏，同姓異姓何其雜也？上古之時，有同産而爲夫婦者，帝高陽投諸海外之野以爲夷狄。況一父之子，各易其姓，而遂使之男女相及，是率天下而爲夷狄禽獸也，豈理也哉？《書》稱「帝堯克明俊德，以親九族」，使堯、舜果同出於黄帝，如《史記》之世系，則堯之視舜，爲同高祖之族，爲群從玄孫之行，正九族之内也。舜在九族之内，爲父、母、弟所惡，屢瀕於死，耕稼陶漁，而堯不一顧省，豈足謂之親睦九族？迨四岳明揚，又直妻以二女，豈足謂之克明俊德？以天下之大聖人，推而納諸天下之大夷狄禽獸，則《史記》《世本》誣陷聖人之罪，不可勝誅矣！然則堯、舜之不同出於黄帝，以《書》決之。《書》無明文，以堯之妻舜決之也。或者又曰：堯、舜之不同出黄帝，若前所云，固決矣。傳稱「有虞氏禘黄帝而郊嚳，祖顓頊而宗堯」，何也？曰：此亦小戴收《國語》之言而又失之者。《國語》論禘郊祖宗，皆以其有功於民而祀之，初不論其世也，故注者謂虞以上尚德，夏以下親親。戴氏《祭法》易其前後，故讀者不覺耳。此朱子固嘗言之矣。無已，則又決之於《書》乎！《書》稱「舜格于文祖」，即受終于堯之祖也；稱「禹受命于神宗」，即舜宗堯之廟也。其禘黄帝，其郊嚳，即宗堯之意爾。是以有虞子孫猶郊堯而宗舜。以天下相傳，則有天下之大統焉。有虞氏受堯之天下，則宗堯。宗堯，則禘郊堯之宗祖。計堯以前，亦或有然者矣。況《國語》固云「禘」、「郊」、「祖」、「宗」，與「報」爲五，則禮固有並行而不相悖者。近世有爲之説者曰「祖考來格，虞賓在位」，此有虞祭顓、報幕，以至瞽叟之祖考也。胡氏大意。《國語》所謂「祖顓頊」與「有虞氏報焉」者也。禘黄帝、郊嚳、宗堯，《書》所謂「文祖」、「神宗」。舜受堯之天下，故宗堯爲宗，而祖堯之祖也。《路史》大意。《大傳》所謂「帝入唐郊，以丹朱爲尸」者也。祖顓頊、報幕，以至瞽叟者，一家之私親也；禘郊宗堯者，天下之公義也。然《韶》之爲樂，正以紹堯而得名。則「祖考來格」者，即「文祖」、「神宗」之謂；而「虞賓在位」者，安知非丹朱之在尸位乎？況禘、郊、祖、宗、報，五者各有所尊，自不相厭，而虞賓之位，亦不相妨也。故曰以天下相傳，則有天下之大統焉。至商、周以征伐革命，始與古異，而諸儒之論亦始膠矣。

謹徽五典。納于百揆。

「慎徽五典，五典克從。納于百揆，百揆時敘。」○《左傳》太史克曰：「昔高陽氏有才子八人，蒼舒、隤敳、檮戭、大臨、尨降、庭堅、仲容、叔達，齊、聖、廣、淵、明、允、篤、誠，天下之民謂之八愷。高辛氏有才子八人，伯奮、仲堪、叔獻、季仲、伯虎、仲熊、叔豹、季貍，忠、肅、共、懿、宣、慈、惠、和，天下之民謂之八元。此十六族也，世濟其美，不隕其名。以至於堯，堯不能舉。舜臣堯，舉八愷，使主后土，以揆百事，莫不時叙，地平天成。舉八元，使布五教于四方，父義、母慈、兄友、弟共、子孝，內平外成。故《虞書》數舜之功曰『慎徽五典，五典克從』，無違教也；『納于百揆，百揆時叙』，無廢事也。」高陽，顓頊也。氏，謂其朝代。才子，謂高陽氏之世其故家遺族也。高辛氏才子之云亦然。故總謂之十六族。或者不知，遂真以爲二帝之子，則高陽八子何其壽，而高辛氏之八子豈果堯之庶弟與？

賓于四門。流凶族。殛鯀于羽山，放驩兜于崇山。《莊子釋文》謂堯六十年放驩兜于崇山，六十四年流共工于幽都，六十六年竄三苗于三危。按：賓于四門，舜歷試之時，鯀考績弗成之明年也。鯀無成功，舜臣堯，舉黜幽之典，於是有羽山之殛。驩兜之比周罔上，亦亟黜之。至於三苗就竄，疑未能若是速也。所以《書》叙四罪，總於攝位之季；太史克以舜賓四門，殛鯀、放驩兜，故併以流四凶族繫之爾。事之前後，舊必有考。然四罪之行，皆堯七十載，舜登庸之後，非六十年間事也。意者「六」字之訛與？今追正其訛，繫之七十年以後。

「賓于四門，四門穆穆。」○《左傳》太史克曰：「舜臣堯，賓于四門，流四凶族。渾敦、窮奇、檮杌、饕餮，投諸四裔，以禦螭魅。螭魅，山林異氣所生，爲人害者。古者聖人爲民驅其龍蛇惡物而處之平土，故四裔無人之境，螭魅聚焉。故《虞書》曰『賓于四門，四門穆穆』，無凶人也。」○程子曰：「四凶之才皆可用。堯之時，聖人在上，皆以才任大位，而不敢露其不善之心。堯非不知其不善也，伏則聖人亦不得而誅之。及帝舉舜於匹夫之中而授之位，則是四人者始懷憤怨不平之心而顯其惡，故得以因其迹而誅竄之也。」

履祥按：太史克叙四凶之辭，疑多溢惡，蘇氏《古史》亦謂《左氏》所言皆後世流傳之過。今故略之。

七十有二載。舜納于大麓。使禹平水土，益掌火，棄教民播種，契爲司徒。《書》叙納于大麓，爲舜歷試之終事。今係之歷試之三年，兼鯀以七十載殛死，至是禹三年之喪畢，而舜舉之也。《大紀》命禹、益、棄，皆係之此年，今從之。或曰：此時方舉禹，則鯀殛之後，禹未舉之前，三年之水，孰治之與？太史克固曰「舉八愷，使主后土」矣，但不如舉禹之專掌爾。○一云「納于大麓」，蓋納于太山之麓，使之主祭也；「烈風雷雨弗迷」，百神享之也。蓋堯時曾有風雷之變，使舜禱之太山而息也。按：《淮南子》《外紀》亦言堯有大風之變，今不敢信用，且依《史記》、蘇氏之説。

「納于大麓，烈風雷雨弗迷。」○《淮南子》曰：「四岳舉舜而薦之堯。堯妻以二女，以觀其内；任以百官，以觀其外。既入大麓，烈風雷雨而不迷。」○太史公曰：「堯使舜入山林川澤，暴風雷雨，舜行不迷。」○蘇氏曰：「洪水爲患，堯使舜入山林，相視原隰，雷雨大至，衆懼失常，而舜不迷。其度量有絶人者，而天地鬼神亦或相之與？」○《孟子》曰：「天下之生久矣，一治一亂。當堯之時，天下猶未平，洪水横流，氾濫於天下，草木暢茂，禽獸繁殖，五穀不登，禽獸偪人，獸蹄鳥迹之道交於中國。堯獨憂之，舉舜而敷治焉。舜使益掌火，益烈山澤而焚之，禽獸逃匿。禹疏九河，瀹濟、漯，決汝、漢，排淮、泗，然後中國可得而食也。當是時也，禹八年於外，三過其門而不入。后稷教民稼穡，樹藝五穀。五穀熟而民人育。人之有道也，飽食暖衣，逸居而無教，則近於禽獸。聖人有憂之，使契爲司徒，教以人倫：父子有親，君臣有義，夫婦有别，長幼有叙，朋友有信。放勳曰：勞之來之，匡之直之，輔之翼之，使自得之，又從而振德之。」

履祥按：洪水之爲患也，堯使舜治之。舜於是使益掌火，禹敷土，稷教稼穡矣。舜使禹治之，禹於是暨益奏鮮食，暨稷奏艱食〔三〕矣。二聖人之規模，其視鯀之方命圮族者，不其相遠乎？故觀《書》者，必得聖人之規模焉。又按：孟子稱天下之生，一治一亂，則是氣化消息固有定勢矣，獨不關諸人事與？曰：朱子固曰：「氣化盛衰，人事得失，反覆相尋，理之常也。」大抵氣化有盛則必有衰，人事處盛則必有失，此一治所以一亂也。氣衰則必復盛，人事失則必復變，此一亂所以一治也。惟聖人在上，則能以道御氣，治制亂，此所以常盛常治而無衰亂也。古今之言堯、舜者，皆曰極治之時，而不知帝堯乃善制亂之主。何則？帝堯治天下，天下雍熙者至是六十餘年，氣化可謂極盛，天下可謂極治矣。盛則必衰，惟其人事無致亂之因，故散而爲子朱之不肖，洪水之横流，四罪在朝，聖人在下，是亦一亂矣。惟帝堯善於制亂，故水之爲灾也則敷治，子之不肖也則與賢，舜、禹並興，四罪終去，所以處亂而迄不害其爲治也。然則世皆以堯爲極治之主，愚獨謂堯、舜皆善治亂之君。後之爲君者，無徒曰氣數云。

丙辰。七十有三載。薦舜於天，舜受終于文祖。

「帝曰：『格！汝舜。詢事考言，乃言底可績，三載。汝陟帝位。』舜讓于德，弗嗣。帝曰：『咨！爾舜。天之曆數在爾躬。不允其讓也。允執其中。授之以治天下之道也。四海困窮，天禄永終。』戒之也。子王子曰：「堯之試舜如此之詳，而『讓德弗嗣』之下無再命之辭，巽位之際亦無丁寧告戒之語，何也？按：《論語·堯曰》篇首二十四字，乃二典之脱文也。」正月上日，受終于文祖。堯老而舜攝也。堯終其事而舜受之也。在璿璣玉衡，以齊七政。以玉爲璣，以象天體之運轉。以璿珠飾之，以象星辰之位次。以玉爲横箫，推其分度時節以窺天，而與璣合。羲、和之法，至是益密。後世渾天儀象，蓋其法也。朱子曰：「《渾天説》曰：天之形狀似鳥卵，地居其中，天包地外，猶卵之裹黄，圓如彈丸，故曰渾天。其術：以爲天半覆地上，半在地下，其天居地上，見者一百八十二度半强，地下亦然。北極出地上三十六度，南極入地下亦三十六度。而嵩高正當天之中，極南五十五度，當嵩高之上。又其南十二度，爲夏至之日道。又其南二十四度，爲春、秋分之日道。又其南二十四度，爲冬至之日道。南下去地三十一度而已，是夏至日北去極六十七度，春、秋分去極九十一度，冬至去極一百一十五度，此其大率也。其南、北極，持其兩端，其天與日月星宿斜而迴轉。此必古有其法，遭秦而滅。漢武帝時，落下閎、鮮于妄人始經營量度之。宣帝時，耿壽昌始鑄銅而爲象。宋錢樂又鑄銅作渾天儀。衡長八尺，孔徑一寸，璣徑八尺，圓周二丈五尺强。轉而望之，以知日月星辰之所在，即璿璣玉衡之遺法也。歷代以來，其法漸密，本朝因之，爲儀三重。其在外者，曰六合儀。平置黑單環，上刻十二辰八千四隅，在地之位，以準地面而定四方。側立黑雙環，背刻去極度數，以中分天脊，直跨地平。使其半出地上，半入地下，而結於其子午，以爲天經。斜倚赤單環，背刻赤道度數，以平分天腹，横繞天經。亦使半出地上，半入地下，而結於其卯酉，以爲天緯。三環表裏，相結不動。其天經之環，則南、北二極皆爲圓軸，虚中而内向，以挈三辰四遊之環。以其上下四方於是可考，故曰六合。次其内，曰三辰儀。側立黑雙環，亦刻去極度數，外貫天經之軸，内挈黄、赤二道。其赤道則爲赤單環，外依天緯，亦刻宿度，而結於黑雙環之卯酉。其黄道則爲黄單環，亦刻宿度，而又斜倚於赤道之腹，以交結於卯酉。而半入其内，以爲春分後之日軌；半出其外，以爲秋分後之日軌。又爲白單環，以承其交，使不傾墊。下設機輪，以水激之，使其日夜隨天東西運轉，以象天行。以其日月星辰於是可考，故曰三辰。其最在内者，曰四遊儀。亦爲黑雙環，如三辰儀之制，以貫天經之軸。其環之内，則兩面當中，各施直距，外指兩軸。而當其要中之内面，又爲小竅，以受玉衡要中之小軸，使衡既得隨環東西運轉，又可隨處南北低昂，以待占候者之仰窺焉。以其東西南北無不周徧，故曰四遊。此其法之大略也。」《儀禮經傳通解·曆象篇》曰：「渾天儀，唐貞觀中李淳風爲之，開元中浮屠一行、梁令瓚又爲之，宋太平興國中張思訓創爲，元祐中蘇頌更造，其法尤密。置渾儀於上以仰觀，置渾象於下以俯視。樞機輪軸隱於中，以水激輪，則儀、象皆動，不假人力。」肆類于上帝，禋于六宗，望于山川，徧于群神。朱子曰：「類、禋、望，皆祭名。類，謂非常祀而祭告于天，其禮依郊祀爲之。上帝，天也。禋，精意以享之謂。宗，尊也。所尊祭者，其祀有六。《祭法》曰：『埋少牢於泰昭，祭時也。相近於坎壇，祭寒暑也。王宮，祭日也。夜明，祭月也。幽宗，祭星也。雩宗，祭水旱也。』山川，名山大川，五岳四瀆之屬。望而祭之，故曰望。群神，謂丘陵墳衍，古昔聖賢之類。言受終觀象之後祭祀，以攝位告也。」輯五瑞。既月乃日，覲四岳群牧，班瑞于群后。」合五等諸侯朝攝于都，各執命圭璧爲信，以合符于天子。盡正月皆至，於是日日覲見四岳、九牧，以察問五等諸侯之政，班還其命圭璧，如新受命也。

七十有四載。巡狩。舜以攝位初年輯五等諸侯，盡正月皆至。其二月乃日日覲四岳、群牧，考察諸侯，以還其瑞，則二月未暇巡狩也，故逾歲而巡狩。今附于攝位之明年。

「歲二月，東巡守，至于岱宗，柴望秩于山川。《禮記》作「柴而望祀山川」。蓋古者祭山埋之，祭川沈之。今於東岳之下祀東岳，而及東方山川不能徧埋沈也，故柴而望祭，取其氣之旁達也。舊説「柴」句，謂燔柴以祭天。古者祭天必於郊，有大事特告，則放郊禮而謂之類。天子將出類于上帝，未聞至岱宗而始祭告也。餘三岳皆如岱禮，則一歲巡狩而四祭天，不已瀆乎？當從《禮記》以「柴望秩于山川」爲句。肆覲東后。五玉、三帛、二生、一死贄。「五玉」至「贄」，舊在「修五禮」之下。朱子謂當在「覲東后」之下。蓋東方五等諸侯，及公侯之子，附庸之君，與卿大夫、命士贄見之儀等也。聖人制爲覲享之禮，五玉、三帛、二生、一死，皆取服食器用而已。古時多玉，故公侯以玉爲贄，以共天子之器用，賜予。古者玄衣纁裳，黄亦爲裳，故侯之世子執纁，公之孤執玄，附庸之君執黄，以共衣服。卿羔，大夫鴈，士雉，以共飲食也。羔羊、舒鴈，二物皆可以生得。士異於庶人，故執雉，取其文也。而雉不能生得，故以死者爲贄。可以見聖人制禮詳密而簡易也如此。協時月正日，同律度量衡。修五禮。如五器，卒乃復。朱子曰：「時，謂四時。月，謂月之大小。日，謂日之甲乙。諸侯之國有不齊者，則協而正之也。同，審而一之也。律，謂十二律。黄鍾、大蔟、姑洗、蕤賓、夷則、無射，六律爲陽；大吕、夾鍾、仲吕、林鍾、南吕、應鍾，六吕爲陰。凡十二管，皆徑三分有奇，空圍九分。而黄鍾之長九寸，大吕以下，律呂相間，以次而短，至應鍾而極焉。以之制樂而節聲音，則長者聲下，短者聲高，下者則重濁而舒遲，上者則輕清而剽疾。以之審度而度長短，則九十分黃鍾之長，一爲一分，而十分爲寸，十寸爲尺，十尺爲丈，十丈爲引。以之審量而量多少，則黃鍾之管其容子穀秬黍中者，一千二百以爲龠，而十〔四〕龠爲合，十合爲升，十升爲斗，十斗爲斛。以之平衡而權輕重，則黃鍾之龠所容千二百黍，其重十二銖，兩龠則二十四銖爲兩，十六兩爲斤，三十斤爲鈞，四鈞爲石。此黃鍾所以爲萬事根本。諸侯之國，其有不一者，則審而同之也。時月之差，由積日而成，其法則先粗而後精。度、量、衡，受法於律，其法則先本而後末。故言『正日』在『協時月』之後，『同律』在『度量衡』之先。立言之叙，蓋如此也。五禮，吉、凶、軍、賓、嘉也。修之，所以同天下之風俗。如，同也。五器，即五禮之器。卒乃復者，舉祀禮，覲諸侯，一正朔，同制度，修五禮，如五器，數事皆畢，則不復東行，而遂西向，且轉而南行也。」今按：如五器，即《禮記》所謂「考制度」、「衣服正之」之類是也。

五月南巡守，至于南岳，如岱禮。八月西巡守，至于西岳，如初。十有一月朔巡守，至于北岳，如西禮。歸，格于藝祖，用特。朱子曰：「南岳，衡山。西岳，華山。北岳，恒山。二月東，五月南，八月西，十一月北，各以其時也。格，至也，言至于其廟而祭告也。藝祖，疑即文祖。或曰：文祖，藝祖之所自出。未有可考。特，特牲也，謂一牛也。古者君將出，必告于祖禰，歸，又至其廟而告之。孝子不忍死其親，出告反面之義也。《王制》曰『歸格于祖禰』，鄭注曰：『祖下及禰，皆一牛。』程子以爲但言藝祖，舉尊爾，實皆告也，但止就祖廟共用一牛，不如時祭各設主於其廟也。二說未知孰是，今兩存之。」

五載一巡守，群后四朝。敷奏以言，明試以功，車服以庸。」林氏曰：「天子巡守，則有『協時月』以下等事。諸侯來朝，則有『敷奏』、『明試』以下等事。」○文中子曰：「舜一歲而巡四岳，兵衛少，而徵求寡也。」

履祥按：李氏心傳辨《周禮》「五岳」，謂周都豐、鎬，則華山乃中岳，崧高不得爲中岳；據《爾雅》「河西岳，河南華，河東泰，江南衡」，則岳山乃西岳，而華乃中岳爾；崧高之爲中岳，蓋東遷之後也。今以此説推之，《禹貢》冀州自有太岳，今猶謂之霍太山，則堯都冀州，蓋以太岳爲中岳。《爾雅》「河西岳」，《周禮》「雍州，其山鎮曰岳山」，即《禹貢》岍山，一名岳山，又名吴岳，今在隴州者是也。然則唐虞五岳，當以岍爲西岳，太岳爲中岳，而東岱、南衡、北恒爾。衡山最遠，黄帝以灊霍爲山之副。然則秦以岍爲西岳，漢武徙衡山之神於霍山，歷代加封，岷山多以西岳爲言，蓋有自來矣。《虞書》獨東岳稱岱宗，而南、西、北三岳不名，蓋當時巡狩四岳，取肆覲群后道里之宜爾，不必拘於崧、華之爲岳也。敢因李氏之言，以傳其疑。

流共工于幽洲。

「流共工于幽洲。」幽洲，北裔也。當是遼東之地。

七十有六載。竄三苗于三危。

「竄三苗于三危。」西裔也。《隋書》曰：「党項羌者，蓋三苗之後也。其種有宕昌、白狼，皆自稱獮猴種。東接臨洮、西平，西接葉護，南北數千里。」三危，山名，舊云沙州燉煌縣東四十里卑兩山是。然「三危」乃因山以名其地，不必拘曰居此山也。○《呂刑》曰：「若古有訓，蚩尤惟始作亂，延及于平民。罔不寇賊，鴟義姦宄，奪攘矯虔。苗民弗用靈，制以刑，惟作五虐之刑曰法。殺戮無辜，爰始淫爲劓、刵、椓、黥。越茲麗刑並制，罔差有辭。民興胥漸，泯泯棼棼，罔中于信，以覆詛盟。虐威庶戮，方告無辜于上。上帝監民，罔有馨香德，刑發聞惟腥。皇帝哀矜庶戮之不辜，報虐以威，遏絶苗民，無世在下。乃命重、黎，絶地天通，罔有降格。」○《楚語》曰：「少皞之衰也，九黎亂德，民神雜糅，不可方物。夫人作享，家爲巫史，無有要質。民瀆齊盟，無有嚴威。禍災荐臻。顓頊受之，乃命南正重司天以屬神，火正黎「火」當作「北」。司地以屬民，使復舊常，無相侵瀆，是謂絶地天通。其後三苗復九黎之德。」

履祥按：諸儒言《書》者，稱苗民繼蚩尤之暴，而《楚語》稱三苗復九黎之德，孔安國遂謂蚩尤爲九黎之君。夫蚩尤，炎帝之末諸侯也；九黎，少昊之末諸侯也。其時相去遠矣。孔氏合而言之，故説者疑辨特詳，然皆不得《書》之意。夫《呂刑》之書，爲訓刑作也，則推所以立刑之由。《楚語》觀射父爲絶地天通而言也，則推巫鬼之由。推立刑之由，則本蚩尤之爲亂；推巫鬼之由，則述九黎之爲昏。上古之世，其民淳朴，在下無罪，在上無刑，至蚩尤始爲亂，延及平民，無不寇賊鴟義，姦宄奪攘。於是聖人矯正而虔劉之，此刑之所爲作也。刑以制亂，非有國者所尚也，不得已而後用之爾。而有苗遂並刑以爲虐，民始有不得其生者矣。於是罔中于信，以覆詛盟，而巫祝之事興焉。巫祝之事，蓋九黎之遺習也。《吕刑》《楚語》所指不同，學者多合而言之，其失久矣。

「象以典刑，流宥五刑，鞭作官刑，扑作教刑，金作贖刑。眚災肆赦，怙終賊刑。欽哉，欽哉，惟刑之恤哉！」朱子曰：「象，如天之垂象示人。典，常也。示人以常刑，所謂墨、劓、剕、宫、大辟，五刑之正也。所以待夫元惡大憝，殺人傷人，穿窬淫邪，凡罪之不可宥者也。流，流遣之使遠去。宥，寬也。所以待夫罪之稍輕，雖入於五刑而情可矜、法可疑，與夫親、貴、勳勞而不可加以刑者，則以此而寬之也。鞭，木末垂革，官府之刑。扑，夏楚，學校之刑。皆以待夫罪之輕者也。金，罰其金也。贖，贖其罪也。所以待夫罪之極輕，雖入於鞭扑之刑，而情法猶有可議者也。此五句者，寬猛輕重各有條理，法之正也。肆，縱也。眚，謂過誤。災，謂不幸。若人有如此而入於刑，則又不待流宥金贖而直赦之也。怙，謂有恃。終，謂再犯。若人有如此而入於刑，則雖當宥、當贖，亦不許其宥、不聽其贖，而必刑之也。此二句者，或由重而即輕，或由輕而即重，蓋用法之權衡，所謂法外意也。聖人立法制刑之本末，此七言者，大略盡之矣。雖有輕重取舍、陽舒陰慘之不同，然『欽哉，欽哉，惟刑之恤』之意，則未始不行乎其間也。蓋其輕重毫釐之間，各有攸當者，乃天討不易之定理，而欽恤之意行乎其間，則可以見聖人好生之本心也。」流共工于幽洲，放驩兜于崇山，竄三苗于三危，殛鯀于羽山，四罪而天下咸服。《書》叙四罪，在舜攝位之末。蓋作《書》者，紀舜象刑之法與其恤刑之意，因記二十八年之間所刑者四人而已，外是無刑者，是則因而係諸「典刑」之下，非攝位季年之事也。若果季年之事，則崇鯀羽山之殛，稽誅於三考之後，而追罪於三十年之餘也。且是時，禹已成功而罪鯀，人情之必不然者，而謂聖人爲之乎？

八十載。禹告成功。按：《孟子》稱「禹八年於外」，而唐、虞之法，九載三考，《大紀》載禹成功於八十一載之間，蓋自七十二載舉禹，至是九年矣。其後，夏史叙禹之功，是爲《禹貢》之書。今附于此云。《史記》《漢史》皆稱禹治水十三年，蓋本「作十有三載，乃同」之文，此特兖州貢賦始同爾。《禹貢》，夏史之追書，故及十有三載之事，其實告成則在此年也。

《禹貢》：夏史叙禹平水土之功，總以「貢」名，識其成也。每州有賦、有貢、有篚，而「貢」則夏后氏田賦之總名也，故以爲名。《禹貢》叙水土之事，在唐、虞之際；《禹謨》叙功謨之事，則在有虞之時。舊皆名《夏書》，以夏史之所述也。夫子定《書》，升《禹謨》於《虞書》，以著三聖相傳之道；冠《禹貢》於《夏書》，以明大禹有天下之本也。**「禹敷土，隨山刊木，奠高山大川。**敷，如「敷治」之「敷」，有布置周徧之義。禹治九州，非一手足之爲烈，亦布置規畫之有道耳。隨山刊木，禹功之始；奠高山大川，禹功之終。其始，洪水泛濫，草木繁興，禽獸逼人，種藝無地。禹於是隨山刊木，使益掌火，烈山澤而焚之，奏庶鮮食，且使民居高種藝，以給粒食；又以升高望遠，規畫疏導，其後懷襄之患悉定；則又定其高山大川，以爲每州表鎮，望祀之典焉，此禹功之終也。又古者州域既廣，國小而多，地無定名，凡《禹貢》所書山川，皆因山以名其地，非謂專導其山也。此讀《禹貢》之凡例，今表見於此云。**冀州：**冀爲帝都，故爲九州之首。不言所至，《春秋》「王者無外」之義也。九州，豫爲中，帝畿實跨冀、豫。然自唐、虞都冀，天下遂指冀爲中州，如《楚辭》謂中州爲冀州是也。聲教自冀四達，則自冀以北，所及固廣矣，此異日并、幽所以分也。冀之爲州，三面皆河，水患特甚。蓋河自崑崙東北流，阻陰山一帶，則折而南流，爲冀西河；至華陰，又折而東流，爲冀南河；至大伾，折而北流，爲冀東河。自西河出孟門之上，南河纏砥柱之西，東河旋淤大陸之野，此冀州水患所以爲甚也。而兗在冀東，又爲下流之衝，故先冀而及兗。自禹載壺口、治梁岐、闢龍門、疏砥柱、豬大陸，而冀之患息。播爲九河，使之北流；釃爲灘、漯，使之東殺；通于淮、泗，使之甚則可以南泄，於是兗之患平，而青、徐次第皆平矣。冀州之境，今之河東、燕雲、遼西、河北西路皆是。**既載壺口**，載，始事也。壺口，山名，在今慈州吉鄉縣。冀、雍之交，夾河而南皆山也。壺口，蓋受河之口；龍門，則河南出之門也。**治梁及岐。**梁，呂梁山也，在今石州離石縣北。呂不韋謂「呂梁未闢，河出孟門之上」，《春秋》「梁山崩」，傳謂「壅河三日不流」，《水經注》謂「呂梁之山，巖層岫紆，澗曲崖深，巨石崇竦，壁立千仞，河流激盪，震天動地。蓋大禹所闢以通河也」。孟門，亦在石州，今有孟門關。岐，狐岐山也，在今汾州介休縣，勝水所出。統爲西山，古河逕之險阨，治二山以廣河道也。舊説雍之梁、岐者，非。九州凡山之言「治」者，或水道之衝，有疏闢之功也，或表山以該水土也；言「藝」者，剪其蓊鬱，與民種藝也，傳所謂「以啓山林」也；言「旅」者，祭之以爲其州之鎮望，記所謂「民所瞻仰」、「取材」、「出雲爲雨」者也。**既修太原，至于岳陽。**修，治也，記曰「禹能修鯀之功」，蔡氏謂「因其舊而修之」也。太原，在今太原府榆次縣。鄭漁仲謂乃今平定軍。按：平定軍，亦本以太原府廣陽、樂平二縣置。《爾雅》：「高平曰原。」河東視天下最高，率多山險，今太原府亦險阻，但榆次與平定諸處爲高平爾。岳，即太岳，今晉州霍邑縣霍太山也。山南曰陽，今晉州岳陽縣也。汾水出太原諸山，經晉州，蔡氏謂此條爲治汾水而言，然禹經理水土，濬畎澮、畫井疆、物土宜，凡事蓋並手皆作，不獨汾也。**覃懷底績，至于衡漳。**覃，大也。懷，地名。太行爲河北脊，其山脊諸州皆山險，至太行山盡頭地始平廣，田皆腴美，俗謂小江南，古所謂覃懷也。即今懷州，其地亦有懷水入河。衡漳，即今漳河，有兩源：其一出今平定軍樂平縣少山者，曰清漳；其一出潞州長子縣發包山者，曰濁漳。沈存中謂「凡二水合流而有文者，皆名漳」，酈道元以濁漳爲衡水，以清漳東南流而濁漳橫入之也。按：《唐志》冀州以衡水名縣，而漳水在縣治之南一里；洺州舊清漳名縣，而其地有衡漳瀆，則非二名也。漳河本入河，自河徙之後，漳自至今滄州清池縣入海。唐時有請以漳水備四瀆者，以其獨達于海也。○禹治冀州：載壺口、治梁岐，則冀之西河患息；修太原，至岳陽，則冀之中郊甸治；覃懷底績，至衡漳，則冀之東南水土平。至於恒、衛，島夷，則冀之東北皆可知矣。此神禹治冀之次第也。厥土惟白壤，此辨地也。白，其色也。無塊曰壤，言其性也。顔師古謂「柔土曰壤」。《周官·大司徒》「辨十有二壤之名物而知其種，以教稼穡樹藝」，而《草人》又有「糞種之法」，亦因其色性而各異，傳所謂「先王物土之宜而制其利」者也。先王辨地教民，不失其宜，故五穀熟而民人育。厥賦惟上上錯，厥田惟中中。賦者，田所出穀、米、兵、車皆是也。《禹貢》田、賦上中下三分，而三之中又三之爲九等，以人功之有多寡也，其實則皆什一。諸州先田而後賦，以賦之出於田也。冀州先賦而後田，以賦之不專出於田也。冀爲帝都，地大人衆，天子所自治，鄉遂、正軍、羨卒必雄於外服，粟、米、黍、秸併與漆林雜物並征之，亦不别立貢篚，總其數之入，爲九州第一。但聖人取民不盡其力，又有時錯出於次等。河東太行，地勢全體皆石，土戴其上，但壤性柔細，故其地爲九州第五。恒、衛既從，大陸既作。恒，水名，出恒岳之北谷，合于滱而入易。衛，出真定府靈壽縣，古入河，今合于滹沱。古書謂舜分衛水以北爲并州。又按：滹沱河出恒岳諸谷，而衛水與之合流，恐「恒、衛既從」，即滹沱爲是。大陸，《爾雅》在「九藪」之數，今邢州鉅鹿猶有廣河澤，唐杜佑、李吉父謂今邢、趙、深三州皆大陸之土。按：《地説》「大河東北流，過洚水，千里至大陸，爲地腹」，蓋古河本穿西山之麓以北流，既出枯洚，西山勢斷，地勢平廣，脊上諸水鍾匯於此爲藪，河水泛溢，又盤洄其間，是爲大陸。沈存中謂「大陸皆濁泥所堙，今爲平土矣」。又按：《禹貢》諸州山澤地水，皆叙厥田之上；貢篚包匭，皆叙田賦之下；末惟言入都水道耳。冀爲帝都，不别出貢篚，固矣。而恒、衛、大陸，復叙於田賦之下，何也？此非治水施功之例，亦言入都水道，因以見其成功爾。蓋冀爲帝都，而自平陽四達，甸服之外，東北最遠，又限以太行之脊，其北境侯采，則自恒、衛入河；其東偏，則自大陸入河；其東北島夷，則自碣石入河也。島夷皮服，夾右碣石，入于河。島夷，海島之夷，冀東北邊之國，如遼潼朝鮮之地，不附庸于青，而徑屬于冀者也。其貢皮服，《爾雅》所謂東北方之「文皮」者。夾，旁行也。右碣石，負海之山也。碣石有二，故有左右之名。舊以「右」爲太行山之右，非也。右碣石，在平州石城縣南，舊爲大河入海之處。今河徙海淪，碣石去岸五百里矣。其山，頂、踵皆石。頂又有大石如柱，世名「天橋柱」云。其左碣石，唐《通典》云「在高麗界中」。濟、河惟兖州。濟，古文作「泲」。兖州西北界河，東南跨泲。其時黄河北流，泲入河，而南溢以東，又北東入海。《爾雅》所謂「泲、河之間爲兖州」。自周定王五年河決而東。漢孝文時，河決東郡。武帝元光中，繼決瓠子，又決於館陶，遂分爲屯氏河。元帝時，大河分流而屯河塞，其後又決於平原，而下流與漯一。王莽末，河遂行漯川，泲水亦不復南出。後世代有河決之患，其後遂行泲水故道，則兖州之境土無非河患淪徙之地。漢王横言：「往者天嘗連雨，東北風，海水溢，西南出，浸數百里，九河之地已爲海所漸。」則兖州之境，北已海淪，西又河徙，南則泲湫，其川澤源委，咸非其舊矣。今河北東路大名、開德、恩、博、德、濱、棣、滄，永静，京東之泲、濮，京西之滑，小海以東，距于營、平，皆故兖之地也。九河既道，河至大伾，折而北流，則兖當其東，又地平曠，無高山之限，而當河勢之衝。禹於是播爲九河以殺其勢，《爾雅》所謂「徒駭、太史、馬頰、覆釜、胡蘇、簡、潔、鉤盤、鬲津」是也。言地理者，多謂徒駭即滹沱，在今滄州之清池；馬頰、鉤盤在今德州之平昌；胡蘇在今滄州之臨津；覆釜在今瀛州之樂壽；鬲津在今滄州之無棣；簡即今大名之澗溝；潔在今滄州之南皮。按：河自大伾北流，過大陸以北方播爲九，而今於魏、瀛、德、棣之間，便求其故迹，遠矣。據王横所言，大風海溢，即今小海。碣石，古河入海之處，今在海中五百餘里。則九河之地，淪爲小海久矣，況自河徙之後，經流既息，枝流尚可尋乎？雷夏既澤，今濮州雷澤縣西北雷夏陂，東西二十里，南北十五里。計古雷夏，必大於今。灉、沮會同。晁氏曰：「《爾雅》『水自河出爲灉，泲出爲濋』，沮有楚音。二水河、泲之别也。」然則河遷泲湫，則灉、沮不可復尋矣。説者以爲濮耀二水，古入雷澤。一説，灉即汳水。張明謂「禹開陰溝以通河、泗」。許氏謂「汳，受陰溝，至蒙爲灉水。東入于泗」，即汳也。汳，今作「汴」。沮，即今濉水。首受滎澤，過應天，今入南清河。近時黄河亦入此路。但經稱「會同」，古當合入泲，後世導之入淮、入泗爾。桑土既蠶，是降丘宅土。兖土宜桑，後世所謂「桑間」亦一證也。今水平桑長，而蠶事興矣。兖土無山，洪水則民居高丘，今水平，而降丘宅土矣。厥土黑墳，墳，謂土性起發也。厥草惟繇，厥木惟條。九州「土」、「田」連舉，惟兖、徐、揚三州，又入「草」、「木」一條，蓋三州皆東方下流之地，洪水泛濫，草木不生，至是始繇茂條長也。

厥田惟中下，厥賦貞。作十有三載，乃同。田，第六。賦，第九。「貞」字，本「下下」字也。古篆凡重字者，或於上字下添「二」。兗賦下下，篆從「下二」，或誤作「正」，通爲「貞」。又篆文「貞」字作「丕」，與「下下」相類，因以致誤。學者不知古文，説多不通。兗地平下，被害特甚，水患雖平，而水道居多，人民鮮少。蓋十有三年，而治田興賦，始同他州。厥貢漆、絲，厥篚織文。黑鹵之地宜漆，桑土宜絲。篚者，幣帛之類，以篚盛貢之。織文者，織絲成文也。浮于濟、漯，達于河。此兗入都水道也。泲入河而南出，故浮泲可以達河。《史記》「禹釃二渠引河」，其一漯也。薛氏謂古漯自今開德府朝城縣受河而東入海，故浮漯可以達河。西漢末，河並行漯川，其後河徙，而漯亦不復存矣。海、岱惟青州。青州於中國爲正東，故名從東方之色。其地東北跨海，西南距岱。岱，即泰山，是名岱宗，在今襲慶府奉符縣西北三十里。其山特起東方，爲中國水口表鎮，連延而生諸山。北即原山，汶出其西，淄出其東。東即蒙、艾，爲沂水諸源。又東，濰山，濰水所出。西南，即泗水所出。青州之地，得今青、齊、濟南、淄、濰、登、萊、密，東跨海而高麗，北跨河而遼東，但小海所淪，則青之北境亦非全壤，不獨兗州爲然。嵎夷既略，首書「嵎夷」，諸州無此例也。但青州實跨海而有東夷，兼堯命羲仲「宅嵎夷」，以候正東之景，故特表於前。或云，即今登州之地。略者，經略之也。濰、淄其道。濰，出今密州莒縣東北濰山，至濰州昌邑入海。淄，出今淄州淄川縣東南原山，今入北清河。厥土白墳，海濱廣斥。濱，古文作「瀕」。青之土色白，而性墳起，其海瀕之地則廣大而斥鹵，可煮爲鹽，故齊有魚鹽之利。今登州千里長沙是其地。厥田惟上下，九州，冀田第一，青、徐即次之。後世所謂「秦得百二」、「齊得十二」，亦言其地利之饒，非獨形勢也。「百二」、「十二」，猶言百倍、十倍。厥賦中上。田第三，賦第四。厥貢鹽、絺，海物惟錯。岱畎絲、枲、鉛、松、怪石。萊夷作牧，鹽，廣斥所出。絺，細葛布也。海物非一種，皆雜貢之。岱畎，太山之谷，其所出絲、枲。枲，麻也。鉛，黑錫。松，太山之名材。怪石，異石也。如今萊之温石，可爲器。今青州黑山紅絲石，紅黄相參，文如林木，或如月暈，如山峯，如雲霞，如花卉，即古怪石也。淄川梓桐山石門澗石，色若青金，紋如銅屑，理極細密，亦奇石，但不如紅絲石之堅。凡此諸品，皆可爲器用，今取以爲硯。萊夷，萊山夷俗，地宜畜牧，亦取其畜以貢。今萊州之東是其地。厥篚檿絲。檿，山桑也。其絲堅韌，宜絃琴瑟，故篚以貢之。一説，通上文，謂萊夷貢檿絲，蓋今萊人猶謂之山繭云。浮于汶，達于濟。汶水，出今襲慶府萊蕪縣原山，古入泲，今入北清河。兖州「浮泲達河」，故青州止書「達泲」，則達河可知。海、岱及淮惟徐州。東至海，北至岱，南被淮。今襲慶、泗、沂、淮陽、漣水、海、鄆、宿，西接單、陳、蔡、潁之地。淮、沂其乂，蒙、羽其藝。淮，出今唐州桐柏山，行千七百里至海州入海。徐之水以「沂」名者非一。其出兖州泗水縣尼丘山，過魯城南入泗者，曾點「浴沂」之沂也。今海州沭陽縣有沂河口者，《周禮》「沂沭」之沂也。出沂州新泰縣艾山西南，至淮陽下邳入泗者，此沂爲最大，即《禹貢》之沂也。蒙山，在今沂州費縣。羽山，在今海州朐山縣。藝，種藝也。淮、沂之水既平，則蒙、羽之墟皆可種藝矣。大野既豬，東原底平。大野，即鉅野澤，在今濟州鉅野縣。唐鉅野屬鄆州，石晉時混於梁山濼。鄆，今東平府，即東原之地。大野之水既豬，則東原之地底平。厥土赤埴墳，草木漸包。埴，細而粘，若今陶器之泥，《考工記》「摶埴」，《老子》「埏埴」是也。漸包，古文作「蔪包」。厥田惟上中，厥賦中中。徐土粘埴而墳起，故田視九州爲第二。當時生聚人工未及，故賦第五。厥貢惟土五色，貢土五色，用以立社。《逸周書》曰：「建太社于國中，其壝，東青土，南赤土，西白土，北驪土，中央釁以黄土。將建諸侯，則鑿取其方面之土，包以黄土，苴以白茅，以爲侯社。」羽畎夏翟，羽畎，羽山之谷。夏，五色。翟，雉也。《左傳》注「南方曰翟雉」。古者，車服旌旄，以雉羽爲飾。羽山出夏翟，山以此得名。嶧陽孤桐，嶧山，在兖州鄒縣，名鄒嶧山。《九域志》以爲嶧山在淮陽下邳，所謂「嶧陽」者是。山南曰陽。孤桐者，特生之桐也。桐性虚，特生於山陽，則清虚特異，貢之以爲琴瑟。後世難得，則取凡桐之舊者爲之。謂桐不百年，則木之生氣不盡，木生氣盡，而後能與天地陰陽之氣相應也。泗濱浮磬，泗水之濱，浮生之石，可以爲磬。如今硯石之取子石者。蓋石根不著巖崖而自特生者，故謂之浮。今下邳猶有石磬山，乃其遺迹。又宿州亦有靈壁石，但浮生者不可得耳。**淮夷蠙珠暨魚，**淮，出唐州，其百餘里内尚淺而多潭，有蠙珠潭。今其地凡十四潭，而不復生珠矣。魚，即淮白魚。若蠙珠、玉磬，古今風氣不同，蓋不常有。**厥篚玄纖縞。**玄，黑赤色。沈括謂今深紫類皁者是。古人以爲上衣。纖，黑經白緯者。縞，素繒也。記：有虞氏「縞衣而養老」。又古者「祥而縞」、「禫而纖」。**浮于淮、泗，達于河。**《古文尚書》作「達于菏」，《説文》引《書》亦作「菏」，今俗本誤作「河」爾。泗，出兖州泗水縣陪尾山，有四源，故謂之泗。菏澤，與泲水相通。而泗水上可以通菏，下可以入淮。徐州浮淮入泗，自泗達菏。青州書「達于泲」，則達河可知，故徐州書「達于菏」，則達泲可知。河、泲、泗、淮，在古必有相通之道。禹所以殺河流，使之可以南泄；通南北，使之可以朝貢灌輸。後世河徙而南，會于菏澤，匯于鉅野，分爲南清河，並行于泗以入淮，蓋亦其故道也。**淮、海惟揚州。**北至淮，東南至海，得今淮南、江南、東西二浙之地，福建、廣東亦屬焉。**彭蠡既豬，陽鳥攸居。**彭蠡，今鄱陽湖，自洪宫亭受江西、嶺北、江東諸水，在江、饒、南康、興國之間，至池州湖口入江，《漢志》所謂湖漢九水者即是也。禹豬彭蠡，廢其旁地爲蘆葦，以備浸淫，故陽鳥居之。陽鳥，鴈也。如漢築河隄，去河各二十五里，以防泛濫。其後，民頗居作其間，故河水漲溢之時，動成漂没。以此知神禹廢彭蠡之濱以居陽鳥，其爲民防患之意蓋深。**三江既入，震澤底定。**震澤，今太湖。三江，太湖之下三江入海者。一説，吴松江七十里，分流爲三入海，中爲松江，東南爲東江，北爲婁江，《吴越春秋》所謂「三江之口」是也。一説，太湖之下原有三江，吴松乃其一。陳述古在浙西，嘗尋故道，開其一，以泄白水之患。蓋後世故道多湮，雖松江尚存，然亦淺，故浙西歲有白水。太湖謂之「震澤」者，震，動也。今湖翻是也。在今湖州烏程之北。北入常州無錫、晉陵，東入蘇州吴江縣，周回六百五十四里。按：舊「三江」之説不一，其可據者二。一説謂古名漢爲北江，江爲中江，則彭蠡之水爲南江。至揚雖已合爲一，然以其三水合流，謂之三江，猶洞庭九水俱匯，謂之九江也。范蠡所謂「吴之與越，三江環之，民無所移」，謂俱在大江之南爾。今通州福山鎮猶名「三江渡」是也。然三江既以彭蠡爲一，則上文既出「彭蠡」，不應下文又出「三江」。且經文二「既」字對舉，皆本效之辭。彭蠡既豬矣，則陽鳥攸居。三江既入矣，則震澤底定。是「三江」者，乃震澤下流之三江也。北方之水，河爲大，故凡水名皆以「河」爲總稱。南方之水，江爲大，故凡水名皆以「江」爲總稱。然則「三江」之「江」，不必疑爲「大江」之「江」也。今按：揚州之境，嶺至郴、虔。北枝趨敷淺原，水皆東流。又自建嶺一枝，轉而北趨金、衢，爲歙嶺，亘宣而抵建康。其岡脊以西之水皆西流，是俱匯爲彭蠡；其岡脊以東之水，南則浙江，北則震澤也。彭蠡之水不豬，則今江西、江東諸州之水爲揚西偏之患。震澤之水不泄，則今浙西諸州之水爲揚東偏之患。揚雖北邊淮，而於徐已書「乂」，雖中貫江，而於荆已書「朝宗」，獨大江之南，西偏莫大於彭蠡，東偏莫大於震澤，二患既平，則揚之土田皆治矣，故特舉二湖以見揚之告成。若其南偏，率是山險，浙亦山溪，計不勞施功，故餘不書也。篠簜既敷，厥草惟夭，厥木惟喬。篠，箭竹。簜，闊節竹也。《爾雅》：「東南之美者，有會稽之竹箭焉。」厥土惟塗泥，厥田惟下下，厥賦下上上錯。揚，江湖之區，下流之地，其土塗泥，而其田反居第九。古人尚黍稷，田雜五種，故雖水潦旱乾而各有所收。塗泥之土，其田獨宜稻，不利它種，故第爲最下。厥賦第七，又有時雜出於七等之上，則人功亦稍修矣。自唐以來，則江淮之田號爲天下最，漕餉皆仰給於東南。厥貢惟金三品，瑶、琨、篠、簜、齒、革、羽、毛，惟木。島夷卉服。三品，金、銀、銅也。瑶，石之美似玉，古有瑶爵，今瑪瑙、水晶、壽山石皆可爲杯器，蓋瑶之類。琨，今琨山石是。篠以爲矢笴，簜以爲管。《儀禮》「簜在建鼓之間」是也。齒，象齒。革，犀兕之皮。羽，翟雉。毛，旄牛尾，古爲揚貢，今嶺海之間有之。凡此皆爲器服、車甲、旌旗、樊纓之飾。惟木，惟，與也；木，豫章之屬。島夷，海島之夷。卉服，草服也，如今黄草蕉布之類。厥篚織貝，《博物續志》曰：「閩中多木綿，植之數千株，采其華，紡以爲布，名吉貝。《南史》言林邑等國出吉貝木。」薛氏云：「織貝，今木綿也。」或曰：織貝，即島夷所貢，如今南海諸番皆以木綿爲服，謂之搭布，其細者則名吉貝。厥包橘柚錫貢。小曰橘，大曰柚。惟荆、揚有之。踰淮而北則爲枳，《橘頌》所謂「受命不遷」者也。沈存中謂：「《本草》：『柚皮甘。』今所謂柚，其皮極苦，而橙皮甘。古之柚，蓋橙云。」錫貢，錫命則貢。聖人不常以口腹之味擾民也。沿于江、海，達于淮、泗。徐州已言「淮、泗達菏」，故此但言「達于淮、泗」。荆及衡陽惟荆州。北抵荆山，南跨衡山以南。荆山，在今襄陽府南漳縣。衡山，在今衡州之北九十里，屬潭州湘潭縣。荆州，得今荆湖南、北路，北接京西，西侵夔、峽，南控廣西。江、漢朝宗于海，蔡氏曰：「江、漢合流于荆，去海尚遠。然水道已安，下流無壅，奔趨于海，猶諸侯之朝宗于王也。」九江孔殷，九江，洞庭也。孔殷，甚得其中也。朱子謂：「國初胡祕直，近世晁詹事、陳冠之，皆以九江爲洞庭。」按：《山海經》亦云：「洞庭。沅澧之水，瀟湘之泉，是爲九江。」今按：《禹貢》「東至于澧，過九江」，則是古者澧先入江，而後九江入也。澧，當在九江數外。今考《朱子文集》及《漢史》及《江陵新志》，更定九江源委。一曰瀟江，出道州營道縣九疑山，亦名營水，過零陵，下與湘江合。二曰湘江，出静江府興安縣陽海山東北，名鏵觜，東北至潭州入洞庭。三曰蒸江，出衡州衡陽縣西，會衡山諸源而下合于湘，以其水氣特盛，故名爲蒸。舊説不在九江之數。《朱子文集》言「九江」云：「湖南有蒸、湘之屬。」而記文亦云「蒸、湘之會」，今入于此。四曰資江，出武岡軍唐糾山，又名邵陵江，亦名益陽江，至益陽縣西北入洞庭。五曰沅江，出沅州西蠻界中，至辰州與西江合。據《西漢志》，則沅水出牂柯郡界故且蘭縣山，東北流二千五百三十里，至益陽入洞庭。且蘭，今屬播州。是與牂柯江隔嶺而分者也。六曰漸江，出索縣，東流與沅合。七曰序江，出辰州漵浦縣鄜梁山，西流與沅合。八曰辰江，出辰州西南蠻界中，東流與西合。九曰西江，出會溪城西山中，至辰州東，合沅、辰北流，至鼎州東入洞庭。此九江也。但郴江亦一州之水，其源出嶺，至郴城下始勝舟，又五十里與東江合而始大，北入湘江。舊皆不在九江之數。但不知其與漸、序二水孰爲大小？今不敢更有升降。已上九江，會爲洞庭。計禹時，九江入江，會合未甚廣，故未有「洞庭」之名。其後會聚日廣，方八百里，而洞庭山遂在其中，故因山得名云。今所謂荆湖南、北路，自是而分。沱、潛既道，《爾雅》：「江出爲沱，漢出爲潛。」今江陵府松滋縣南，枝江縣北，江分三十餘所，下流復合，曰笊籬江。公安縣有沱潛港，此沱之證也。潛，出今江陵府潛江縣。《漢志》謂華容有夏水，首受江，東入沔。説者以爲潛水。華容，今監利縣，北即潛江縣。雲土、夢作乂。舊「雲夢土作乂」。太宗得古本《尚書》，改焉。江北爲雲，《左氏》所謂「濟江入于雲中」，沈存中、鄭漁仲謂今監利、玉沙、景陵等處是。江南爲夢，《左氏》所謂「田于江南之夢」，沈、鄭謂今公安、石首、建寧等處是。然二氏之説，皆在今江陵府之境。但今德安府有雲夢縣，而荆門之長林縣、岳州之巴陵縣，亦皆有雲夢。司馬相如謂「雲夢，方八百里」，其所連亘固廣。楚之藪澤不一，後人既以「雲夢」兼稱，故所在藪澤皆謂「雲夢」爾。又按：荆州之地，中間卑濕，江、漢至此，支分沮洳，故藪澤爲廣。今枝分爲沱、潛者既道，則其沮洳爲雲者，皆爲平土；爲夢者，皆可作乂矣。 **厥土惟塗泥，厥田惟下中，厥賦上下。** 荆、揚之土皆塗泥，性止宜稻，故田爲第八，視揚稍高爾。今世謂江陵爲魚稻之鄉，其餘類此。然而賦入第三，以近中土，人功修也。 **厥貢羽、毛、齒、革，惟金三品，杶、榦、栝、柏，** 荆貢略與揚同。羽、毛、齒、革，所謂「利盡南海」也。金次于揚，而木加焉。杶，古文作「杻」。《爾雅》，杻一名檍，郭璞謂「材中車輞」。榦，柘也，材中弓弩之幹，《周官》所謂「荆之幹」是也。栝，檜也。揚止言木，荆又備言群材。 **礪、砥、砮、丹，** 礪、砥，石可用磨者。粗曰礪，細曰砥。今郢石是也。砮者，石可以爲矢鏃，今思、播有之。周初，「肅慎氏貢楛矢石砮」，《家語》孔子嘗以對陳侯石砮之問。蘇氏謂：「孔子不近取諸荆、梁，而遠取之肅慎，則荆、梁之不貢此久矣。」丹，朱砂也。今辰、錦所出光明砂，及溪洞、老鴉井所出尤佳。 **惟箘、簵、楛。三邦底貢厥名。** 箘、簵，竹也。趙宣子所謂「箘簵之勁」。楛，其本堅小而直，陸璣謂：「葉如荆而赤，莖似蓍。」三物皆中矢笴。三邦所貢，又爲名材。三邦之名不傳。《考工記》曰「妢胡之笴」，鄭氏謂「胡子之國，在楚之旁」者。《唐志》「零陵貢葛、笴」，蓋此類云。 **包匭菁茅，** 菁茅，一茅三脊，《管子》謂出「江、淮之間」。召陵之師責楚「貢包茅不入，無以縮酒」。朱子謂：「古人醡酒不以絲帛而以編茅，王室祭祀之酒則以菁茅，取其至潔。」包者，苴之；匭者，匣之也。劉賛謂：「辰州盧溪縣包茅山，一茅三脊。」今屬麻陽縣。然鄂州山上亦有之，祥符東封取諸此。 **厥篚玄纁、璣、組。** 《爾雅》：「一染謂之縓，再染謂之赬，三染謂之纁。」《考工記》曰：「三入爲纁。」一説，謂六入爲玄。古人玄衣纁裳。璣，珠生於水，類玉。組，辮絲以貫珠，以爲冠纓；佩以貫玉帶，以爲紐約。是三者，皆冕服所需。 **九江納錫大龜。** 尺有二寸以上謂之大龜。龜之神在甲，故可以卜。納錫，神之也。 **浮**

于江、沱、潛、漢，逾于洛，至于南河。荊之諸國，或從江，或從沱，或從潛，以入于漢。自漢入丹河、白水河，即踰山路入洛，達于南河。荊、河惟豫州。豫於九州爲中土，南跨漢而抵荊山，北距南河，得今東西南三京潁、許、汝、亳、陳、曹、孟、鄭、唐、隨、襄、均、拱、陝、虢、商、鄧諸州之地。伊、洛、瀍、澗既入于河，世傳禹闢伊闕，今河南伊闕縣，兩山相對如門闕，伊流出其間，北至洛陽縣南入洛。洛，出熊耳山，在商州上洛縣。今虢州盧氏縣、河南永寧縣皆有熊耳山。邵康節謂當以上洛者爲是。瀍水，出今河南府河南縣穀城山，至偃師縣入洛。澗水，出河南府澠池縣東北白石山，至河南縣入洛。洛至鞏入河。滎、波既豬，滎、波，孔氏以爲一水。《周官·職方》「其川滎、雒，其浸波、溠」，則二水也。泲水入河而南出，溢爲滎，今鄭州滎澤是其處。《爾雅》「水自洛出爲波」，而《山海經》曰：「婁涿之山，波水出其陰，北流注于穀。」二說未知孰是。西漢末，泲水不復南溢而滎涸，漢明帝使王景即滎故瀆東注浚儀，名浚儀渠。導菏澤，被孟諸。菏澤，在今曹州泲陰縣。孟諸，在今應天府虞城縣。自菏澤至孟諸，凡百四十里，二水舊相通。今菏澤自分南、北清河。近時大河亦被孟諸，併行灘水矣。厥土惟壤，下土墳壚。其上者，無塊而柔。其下者，或膏而起，或剛而疏。如今轘轅之濘淖、汜關之沙陷，皆所謂「下土」者。厥田惟中上，厥賦錯上中。田第四。賦第二，雜出第一。唐、虞甸服，跨河而南，故豫之賦與冀相埒，計皆上上。冀言「上上錯」，豫言「錯上中」，特異文耳。厥貢漆、枲、絺、紵，厥篚纖纊，錫貢磬錯。紵以爲布。纊，綿也。餘見上。磬錯，磬玉不可多琢，以錯磨成。錯，鑄鐵爲之，今鑢是。有用則錫命而貢。浮于洛，達于河。華陽、黑水惟梁州。東北距華山之陽，西南抵黑水，得今興元、成都、潼川、夔州四路，及松外諸戎，東西珥河諸蠻、漢永昌、唐姚州、今大理之地。岷、嶓既藝，岷山，江源；嶓冢，漢源。說見下文。岷山之下沃野千里，與漢中俱號天府之土。江、漢之源既滌，則岷、嶓之墟皆種藝矣。沱、潛既道。沱，自今永康軍導江縣大江分流入成都及彭、蜀諸州，至新津縣與大江復合。此皆沃野灌注之利也。水自漢出爲潛。然《地志》巴郡宕渠縣有潛水，西南入江，今渠州流江縣也。

又漢中安陽縣有潛谷，水出西南，北入漢，今洋州真符縣也。然此潛自指西漢水，出秦州清水縣，亦名嶓冢山，東南流，徑西和州南，名犀牛江，東合于嘉陵江以入江。梁州不言江、漢，以岷、嶓、沱、潛源流之治見之。**蔡、蒙旅平**，蔡山，在今雅州嚴道縣南。諸葛武侯征南，夢周公於此，遂立周公廟，因以周公名山。蒙山，在今雅州名山縣東，謂之蒙頂山，雲霧常蒙其頂，上合下開，沬水徑其中，出爲溷涯水。沬，即大渡河也。旅，祭也。平，謂蔡、蒙之墟水土皆平也。**和夷厎績**。雅州嚴〔五〕道以西，地名和川，即青衣水也。夷人所居，今爲羈縻州，有和良、和都之名。禹之治梁，西則導江，東則導漢，而青衣、大渡諸水又在岷山之南以東，故禹於蒙山致平者爲大渡河諸水，於蔡山、和夷致功者爲青衣水諸源也。青衣水與大渡河合，至今嘉州南岸青衣山下入于岷江。青衣，蠶叢氏之神也。**厥土青黎，厥田惟下上，厥賦下中三錯**。黎，細而疏也。梁土色青，故生物易；性疏，故散而不實。向聞吏牘，謂成都土疏，難以築城，蓋此也。田第七，賦第八，或七、或九。**厥貢璆、鐵、銀、鏤、砮、磬，熊、羆、狐、狸織皮**。梁州產鐵，《漢書》蜀卓氏、程氏皆以冶鐵富擬邦君。銀，白金。鏤，鋼鐵。磬，石磬。漢於犍爲水濱得古磬十六枚，蓋其土人所琢也。熊、羆、狐、狸四獸，其皮可以爲裘，其毳可以織爲金罽。**西傾因桓是來，浮于潛，逾于沔，入于渭，亂于河**。西傾，雍州山，在今洮州臨潭縣西一百八十里。洮水出其北，入河。桓水出其東南，今名白水江；又一源名塾江，出洮及其南疊州、岷州宕昌諸處，東南合嘉陵江以南入江。嘉陵江者，出大散關嘉陵谷。西傾諸國，雖隸雍牧，而水道則於梁有桓水之可因。梁州通都水道，或自潛，或自沔。潛、沔，於渭無可通之道，乃逾山而後可以入渭。經當言「入于沔，逾于渭」，如上文「逾于洛」之例。今本誤也。蓋潛即西漢水，沔即褒水。自江泝嘉陵江而上，至大散關，一至秦州天水，則踰關可以入渭矣。沔水出京兆武功褒中，南至褒城縣褒城鎮入漢。斜水亦出武功，而北入渭。漢時人上言通漕，謂：「褒絕水至斜，間百餘里，以車轉，從斜下渭。」經自沔逾渭，不言斜者，因大以見小也。由渭入河，絶流而渡曰亂。**黑水、西河惟雍州**。西南距黑水，東北距西河，得今永興、秦鳳、涇原、環慶、鄜坊、麟府、熙河等路，及唐隴西、西涼、吐蕃、吐谷渾、疊、宕、甘、肅、瓜、沙等地。**弱水既西**，説見導水。**涇屬渭汭**。見下文導水。涇水，出原州百泉縣，南流至京兆府高陵縣入渭。屬，注也。漆、沮既從，漆，出今同州白水縣，即《漢志》西洛水，或云出西夏界中，歷保安、鄜、同之境而入渭。沮，出今坊州昇平縣北子午嶺，與漆水合，至同州朝邑縣東南入渭。灃水攸同。灃水，出今京兆府鄠縣終南山，東北流入渭。荆、岐既旅，終南、惇物，至于鳥鼠。荆，北條荆山，在今耀州富平縣。岐山，在今鳳翔府岐山縣。旅，定其祭秩也。終南，在今京兆府南，自西傾秦、隴，連亘雍南，以至太華，故謂之終南。惇物，在武功。鳥鼠，即渭源，説見下文。三山不言所治，皆即山以名其地。自東而西，舉其起止，中間水土之平可見矣。原隰底績，至于豬野。原隰，《詩》所謂「度其隰原」者，在今邠州。豬野，在今凉州姑臧縣，名休屠澤。魏太武伐凉，謂：「姑臧城東西門外湧泉合于城北，其大如河。其餘溝渠流入澤中，其間乃無燥地。澤草茂盛。」按：水土如此，此禹所以底績也。三危既宅，三苗丕敘。沙州燉煌縣東四十里有卑兩山，一名化雨山，有三峰甚高，人以爲三危。又宕昌羌即三苗之種。其地有疊州，山多重疊，三危山有三重，或在其地。戎人凡山有三峰者，便指以爲三危，故《漢志》西指化雨，樊綽又指麗水之山，但《禹貢》即山以名地，而自唐以來，地屬吐蕃，難於考定。聖人黜惡，以遠爲罰，經理則不以遠爲間，故於三危之地亦安定之，而三苗之在其地者亦知順序矣。厥土惟黄壤，厥田惟上上，厥賦中下。黄，土之正色，而又細柔，故厥田爲九州第一。後世號關中爲沃野，謂之天府，蓋以此也。然就其間較之，亦惟涇、渭、灃、漆之區最爲沃壤，西邊近沙磧，北邊山狄，故禹於雍州，自終南至鳥鼠，則自東而西；自原隰至豬野、三危，則自内而外。賦出第六，生聚蓋不同也。雍州之地，至戰國、秦、漢富庶甲天下，漢衰，地力耗，自唐漸復，然不能及東南，至宋朝滋不及。然雍、冀之非古，西以夏，北以契丹也。揚州厥田下下，而賦下上，自唐以來，雖關中亦仰東南之粟，至宋朝則軍國之需皆仰給於東南矣。生聚之繁，於此爲盛。古今地力風土，其不同蓋有由矣。厥貢惟球、琳、琅玕。球，玉可以爲磬。琳，美玉。琅玕，青玉。雍之西有崐崘之玉，其類非一，皆球、琳也；其東有藍田青玉，蓋琅玕也。浮于積石，至于龍門西河，會于渭汭。渭爲雍中巨流，南則灃，北則涇，漆、沮皆入之，至西河爲甚徑。但自岍、隴以西，則皆浮于積石河，而下至龍門之上，其入于西河者，至華陰會于渭汭，則浮渭而下者，至是會于河可知也。朱子按《濡水集》云：「邢恕奏：『乞下熙河路，造船五百隻，於黄河順流，載兵下會州，以取興州。』熙河路漕臣李復奏：『黄河過會州入韋精山，石硤險窄，自上垂流直下，高數十丈，船豈可過？至西安州之東，大河分六七道，散流渭〔六〕之南山，逆流數十里方再合。逆溜水淺灘磧，不勝舟。此聲若出，必爲夏人侮笑。』事遂寢。」朱子謂：「浮于積石，至于龍門西河，則古來河道固可通舟矣，而復之言如此，何也？」履祥按：神禹導水濬川，必有通道，但天地人事每亦相因。自三代之衰，河源皆爲戎狄，不通朝貢。至秦兼併，而河源亦在長城之外。漢武帝極力開拓，僅得河南，空無匈奴；開朔方，始得渠搜之地；受休屠之降，始得豬野之澤。然自積石以下，源委未盡得也，則故道堙廢，其來久矣。如蜀南大渡河，自吐蕃界經雅州諸部落至黎州，爲南邊要害之地。建隆三年平蜀，以地圖來上，太祖皇帝見大渡之南城寨勞遠，以玉斧畫河爲界，曰「此外吾不有」也。此後河流忽中陷五六十丈，澎湃如瀑，船筏不通，名爲噎口，蠻人不復可以窺伺，殆天設險以限戎蠻也。又如自荆入蜀，素號水險。近數十年，四川請於荆湖和糴，運米入蜀，舟人貫習，三峽遂爲安流。以此推之，李復所奏河道，一則固恐出於吏民之託辭，一則故道久廢，岸谷變遷，亦恐非復禹迹之舊也。

織皮崐崘、析支、渠搜，西戎即叙。

蘇氏謂：「此錯簡。當在『厥貢球、琳、琅玕』之下。」然雍州西界黑水，此諸國又在黑水之外，故附於後。以「織皮」冠之者，此皆皮服之國，貢織皮者也。崐崘，國名，崐崘山旁小國也。崐崘無定所，而《莊》《騷》雜書皆云西王母所居爲是，則在今肅州酒泉郡南。山「石室玉堂、珠璣鏤飾」尚在，事具《晉書·張駿傳》太守馬岌所言，是必古崐崘國也。今西北別有崐崘都國，去中國甚遠。析支，國名，有析支河，唐與吐蕃舊界也，當在唐北庭金滿縣西。《漢書·西域傳》言「輪臺以東，捷枝、渠犂」，捷枝即析支，渠犂即渠搜與？然漢武帝開朔方，又自有渠搜縣，爲漢北極界，今屬夏州。西戎，班孟堅謂即西域。

導岍及岐，至于荆山，逾于河。壺口、雷首，至于太岳。底柱、析城，至于王屋。太行、恒山，至于碣石，入于海。

此以下導山也。岍、岐、荆，雍山也。岍，在今隴州吳山縣，一名吳岳。

蓋虞、周之世，疑以此爲西岳，故又有岳山之名。汧水出其西而南入渭，芮水出其北而東入涇。岐、荆，説見雍州。「壺口」而下九山，冀山也。禹於帝都所親治導，故冀山爲多。壺口、太岳、碣石，説見冀州。雷首，在今河中府河東縣，雷水出焉，山臨大河，北去蒲坂三十里。底柱，在今陝州陝縣三門鎮，大河中流，有石如柱。世言禹鑿底柱，爲之三門，至今爲河流之險。唐時又嘗鑿之，不能殺其勢也。然三門又分天門、地門、人門，惟地門不可過耳。析城，在今澤州陽城縣，山峰四面如城。王屋，在今孟州西北王屋縣，沛水出焉。太行，在今懷州之北，連亘數州，爲河北脊，以接恒岳。程子謂太行山千里片石，衆山皆石上起峰爾。恒山，北岳，在今定州之北。碣石，一在平州之南，一在高麗界中。「至于碣石，入于海」，一説謂恒、碣之間諸水皆入于海，亦通。○《禹貢》一篇，經緯脉絡，舉天下山川分載九州，北、南以緯之，又合爲導山、導水，西、東以經之，然後源委脉絡可指諸掌。不爾，則散而無統矣。「導岍」而下，鄭、王諸儒分爲三條四列。條之説：「導岍」而下，北條；「西傾」而下，中條；「嶓冢」以下，南條也。列之説：「導岍」而下，正陰列；「西傾」而下，次陰列；「嶓冢」而下，次陽列；「岷山」而下，正陽列。列之説比條爲密，然皆不離地脉之説。就地脉之説論之，則西傾、嶓冢、岷山三列猶可通，「導岍」而下一列爲不可通。蓋雍之西，其山隴自南而北；冀之諸山，皆又自北而南。今北條陰列所紀，乃自西而東，此其説之不可通者也。言地理者，謂太行西南跨大河，與商、虢、秦、楚諸山相接，諸山總在山形之内，則北條逾河之説固有此理，然此亦天地全體之常形爾。大抵《禹貢》所書，多是即山以名其地，故導山之説，所以治水土也。然隨山刊木，禹功之始，而經叙導山又在導水之前，而其導山又必自西而下，則聖人之規模次第槩可知矣。蓋其治水之初，利在奠民，擊鮮續食，固是一時之急者〔七〕，然必自西而下者，天下山川相爲綱紀，必且自西徂東，窮源極委，廣覽天下之形勢，周知川源之險阻，而後分畫賦功，次第而舉，故導山乃所以爲導水計也。自其大者言之：「導岍」而下，爲河、漆、沮、沛、洚、陸也；「西傾」而下，爲渭、涇、灃也，爲洛，爲淮、泗也；「嶓冢」而下，爲漢、沔、潛三澨也；自「岷山」而下，爲江、沱、九江、彭蠡也。自其細而言之，則固多矣。如導岍，則汧、汭可知；及岐，則杜、漆可知；至荆，則洽、洛、池、瀕可知；析城，則汾、絳可知；太行，則懷、沁、淇、池、國、蕩諸水可知；恒山，則恒、衛、潞、滋、易、桑乾可知；至碣石，則大、小遼水可知；導西傾，則西黑、北洮、南桓可知；朱圉、鳥鼠，至于太華，則西漢、嘉陵、褒、斜、灞、滻可知；熊耳、外方，則丹、白、波、穀、伊、潁可知；桐柏至于陪尾，則汝、渦、濠、泗、沂可知；導嶓冢，至于荆山，則漳、沮、潛、夏可知；岷山之陽，則青衣、大渡、馬湖、涪、黔江可知；至于衡山，則九江諸源；至于敷淺原，則水之西入洞庭、東會彭蠡者，又皆不言可知矣。凡此諸説，禹蓋兼舉並行，不可以一説斷也。

西傾、朱圉、鳥鼠，至于太華。熊耳、外方、桐柏，至于陪尾。西傾至太華，雍山也。西傾，説見梁州，一名嵹臺山，謂之西傾，則其西地勢反下，而水皆西流入黑水矣。自此而東，則洮出其北，白水江出其南。朱圉山，在今秦州伏羌縣，一名白巖山。太華，今華州。熊耳、外方、桐柏，豫山也。熊耳見下文。外方，舊説嵩山，非也。嵩高，世名中岳，安得反謂外方，又與江夏内方相爲内、外哉？按：今河南府伊陽縣伊闕鎮之西陸渾山，據《唐志》一名方山，蓋古爲外方。春秋時，秦、晉遷陸渾之戎居此，因名陸渾云。其山固嵩高之聯峰，然謂爲嵩高則非爾。桐柏見下文。陪尾，徐山也。泗出陪尾，在今襲慶府泗水縣桃虚西北。舊説拘於地脉，以陪尾即《漢志》横尾山，在安州安陸縣，今屬信陽軍。

導嶓冢，至于荆山。内方，至于大别。嶓冢，説見梁州，其形如冢。荆山，説見荆州，漳水所出，舊南入江。近世導之東流入諸湖濼，合潛江以通漢。内方山，《漢志》竟陵縣障山，古文以爲内方，今荆門軍長林縣也。大别山，在今漢陽軍漢陽縣，其形如鼈，西有小别山，漢水至此入江，謂之沔口云。

岷山之陽，至于衡山，過九江，至于敷淺原。岷山，梁州，説見下文。山南曰陽。蓋岷山一帶：南出爲大渡之源，又包青衣以東，馬湖江、黔江諸源；東出一枝爲衡山，其南行而東者爲嶺，包瀟湘之原；而又一枝北向，以至敷淺原，故禹自衡山過洞庭而至敷淺原也。敷，古文作「傅」。《通典》注，江州潯陽縣有蒲塘驛，前有敷淺原，原西有傅陽山。朱子親至其處，謂廬山當其地，而傅陽山乃在廬阜之西南，則是敷淺原之陽也。蓋廬山雖高，而其中原田連亘，人民奠居，所以有敷淺原之名。後世匡俗結廬居之，遂名廬阜，而其支隴林麓猶存舊名爾。導山而云「過九江」，則導山即所以導水可知也。

導弱水，至于合黎，餘波入于流沙。此以下導水。蓋總叙水之原委，泝源而及流，即大以統細也。弱水，出吐谷渾界窮石山，至甘州張掖縣合黎山下。《唐志》言自合黎峽口西出，即居延澤。經云至于合黎，餘波入于流沙，則居延乃古合黎澤爾。水溢，則被流沙也。雜書言西域使者乘毛車以渡弱淵，豈非指此爲弱淵與？蓋弱水散漫無力，不能負芥，投之，則委靡墊溺，及底而後止。惟皮船可渡。其間一渡名婆夷水，廣盡一矢，用藤爲橋，極費工力。以水沙不可施柱，故用藤橋也。流沙，《通典》謂在沙州西八十里，其沙隨風流行。大抵西北之地多是沙磧，史書所謂河沙諸國，佛書所謂沙界、恒河沙是也。沙則水滲而下，如沙州以西，山北之地即連流沙，弱水滲其下；山南之地即連蒲昌海，西域二河潛其中。王元章云：「山東孫氏子自少爲兵，嘗乘皮船以渡。久之，又船行至南詔。」蓋軍人不知典籍，此非但渡弱水而西，又循黑水而南矣。又嘗問西域賈人識流沙否？曰識之。非惟沙流，石亦隨之流也。

導黑水，至于三危，入于南海。《漢志》「黑水出張掖雞山，南至燉煌，過三危山」。張掖，今甘州。燉煌，今沙州也。按：黑水出雍之西而南入于南海，爲雍、梁二州之西界，蓋出崐崘之南谷也。自積石、西傾、岷山、青衣岡脊以西諸水，天竺以東諸水，皆入之，故黑水諸源亦非一。唐樊綽云：「西夷之水，南流而入于南海者凡四：曰區江，曰西珥河，曰麗水，曰彌渃江。其曰麗水者，古黑水也。三危山峙其上。」程泰之以爲麗水遠小，其所謂西珥河，却與《漢志》葉榆澤相貫，廣處可二十里。又漢滇池即葉榆之地。漢武初開滇池，其地有黑水祠，乃蜀之正西，北距宕昌不遠，宕昌即三苗之種，又與叙于三危者合。履祥按：二氏所考諸源非一，其實則合而爲瀘水。沈存中謂夷人謂「黑」爲「盧」，則瀘水即黑水也。蠻中固有西珥河，亦有東珥河，東、西二珥皆因諸蠻而得名，安知其不指正流爲西珥也？唐以漢永昌故地置姚州，有西瀘，蓋唐既以馬湖江爲瀘，故遂以姚州之瀘爲西瀘。而雲南之地又有瀘南縣，諸葛孔明征南中，五月渡瀘，即此水也。但兩《漢志》以「瀘」爲「温」字，從省誤，後人失考爾，故《東漢志》謂黑水祠爲「温水」者，即此瀘水也。今按：《西南夷圖》西珥河北合龍德河，中合印鴻川，南合導江川。其印鴻川東過葉榆之水，又東合流，名西珥河。過滇池，則黑水祠在焉。東南與麗水合，而區江亦合于麗水者，此皆黑水諸源也。故黑水經過雲南，但名瀘水；至交趾，又名歸化江。廣如江、漢合流處，東南入海，而《海道圖》自名黑水口，在大理國東南。大理，即雲南也。唐名南詔，至宋名大理云。

導河積石，至于龍門。南至于華陰，東至于底柱。又東至于孟津，東過洛汭，至于大伾。北過降水，至于大陸。又北播爲九河，同爲逆河，入于海。《爾雅》「河出崑崙」，而說崑崙者多誕妄，今不盡辨，而說具總論。積石，在今積石軍，其下蘭州皋蘭山石門，黄河所出，西南涵浸，轉而東北流，洮水北流入之。又北，而湟水會星海諸水入之。其祁連山、青海之水，出浩亹，東流合于湟水皆入焉，皆崑崙北谷諸水也。又北入北狄界中，漸轉而東，至唐受降城折而南流，爲冀西河，大抵盤束山硤之間千數百里。禹載壺口，治梁、岐，皆爲冀河，已見冀州，故此不書。又南至河中府龍門縣之西，山開岸闊，自高而下，奔放傾瀉，聲如萬雷，是爲龍門。南至華州華山之陰，渭水入焉。水勢撞擊，地名潼關，折而東流，爲冀南河。至陝州陝縣底柱，壅河中流，世傳禹鑿三門以通之，又名三門山。又東至今孟州孟津，河流始緩，南北通津，謂之孟津。東過今河南府鞏縣，洛水入焉，名爲洛汭。又東至澶州黎陽縣大伾山，即今黎陽山也，折而北流，爲冀東河。至今冀之信都，降水入焉，今名枯降河是也。又北至大陸，說見冀州。又北，播爲九河，說見兖州。逆河之得名，以潮至而水逆流也。《漢志》作「迎河」，謂迎接九河也，亦通。古河入海之地，蓋在右碣石。自周定王五年，河始徙。蓋自禹以前，河決而北，故禹播九、釃漯以東殺之。至漢，河決而東，故並行於漯，而泲亦爲河所併。至宋，則河決而南矣。蓋古河北流既久，濁流舊淤，土膏日息，則地形反高，故河不復北趨，漸次東決。至五代晉、漢時，河遶梁山以東北入海。至紹熙甲寅，南連大野，並行泗水以入于淮。於是有南、北清河之分，北清河即泲水故道，南清河並泗水入淮，今淮安之西二十里對岸清河口是也。今梁山又塞，而黄河遂西浸睢陽之境。此古今之變也。

嶓冢導漾，東流爲漢；又東爲滄浪之水，過三澨，至于大别，南入于江，東匯澤爲彭蠡，東爲北江，入于海。嶓冢，說見梁州。漢水初出舊名爲漾，至漢中爲漢。又一源名沔水，故世以漢、沔通稱。然據《書》意，則沔蓋褒水也。「又東爲滄浪之水」，今均州武當之北四十里，名滄浪洲。三澨，即泌河。其一源名三家河，又一源名三里河，西南流至鄧州東南，合白河、清水河入漢，是名三澨也。又東南至今漢陽軍大别山而南入江，是名沔口。自嶓冢至此，凡二千四百二十里。「東匯澤爲彭蠡」，朱子以爲多句。「東爲北江，入于海」，鄭漁仲以爲羨文。意禹治水之時，與今不同。方江、漢未奠，今江西諸水壅遏不通，匯而爲湖，雖非江、漢所匯，而勢實匯之。史官追記，固易差失，而古書多是隱見互見。若先叙江，而「匯澤」在江條之内，似無甚失。惟先叙漢以及彭蠡，而後叙江，如此互見，則首尾横決，反爲失之。中江、北江，想當時方言如此，以識江、漢合流之別。彭蠡源淺，而與江、漢並列爲北、中、南，此恐亦當時東南之方言爾。**岷山導江，東别爲沱；又東至于澧，過九江，至于東陵；東迆北會于匯；東爲中江，入于海。**江，出岷山。岷山數百峰，大酉山爲最大，雪山三峰闖其後，冬夏如爛銀。山一谷名鐵豹嶺者，有西岳廟。廟下名羊膊石，江水正源也。其西南分一源，又爲大渡河矣。江至永康軍導江縣諸源既盛，遂分爲沱。東至眉州彭山縣，復合于江。江南受青衣、大渡、馬湖江，北受嘉陵江，又南受黔江，出三峽，而後東至于澧。不書諸水，以梁州蔡、蒙、和夷、潛、沔皆互見，而三峽天險，非入都通道，計不施工，故不書。「東至于澧，過九江」，則禹時澧自入江而九江始入，今則澧與九江俱匯爲洞庭而併入江矣。故説者遂以澧亦在九江之數，非也。詳見荆州。「至于東陵」，今岳州巴陵也。「東迆北會于匯」，當作「會于漢」，蓋江勢迆北處正受漢口，若至彭蠡，則東流久矣，「匯」字必因上文而誤也。禹於導江之功，在荆爲多。蓋荆地卑濕沮洳，江、漢朝宗，則揚自彭蠡而下，不復致力矣。**導沇水，東流爲濟，入于河，溢爲滎；東出于陶丘北，又東至于菏；又東，北會于汶；又北，東入于海。**泲，出王屋，在今孟州王屋縣西北，始發源山頂崖下，曰沇水，既見而伏，東出於泲源縣。湧爲二源：東源周迴七百步，其深不測；西源周迴六百八十五步，其深一丈。合流至温縣，是爲泲水，至懷州武德縣入河。伏而南出，溢爲滎澤。「東出于陶丘北」，則今曹州濟陰縣。「又東至于菏」，説見豫州。「又東，北會于汶」，在今東平府中都縣。「又北，東入于海」，今青州北海也。泲水性沈勁。太行爲河北脊，其西水皆西流，其東水皆東流。泲出王屋，本太行脊西之山，而伏流以東南出，及既入河，又伏横而南出，至王莽末，泲入河，不復南出，而河南無泲瀆，滎自受河爲浚儀渠，然泲則未嘗不伏流地中。今阿井煮膠，爲性鎮墜，能清濁水。吴興陳氏謂今歷下，凡發地皆水，蓋皆泲水過其下也。**導淮自桐柏，東會于泗、沂，東入于海。**地理並見前章。淮，出桐柏，初甚湧，復潛流三十里，然後東馳，亦尚淺，其深處爲十四潭，至併汝、潁始大。東會泗、沂，説見徐州。今水之入淮者，不獨沂、泗，汝、潁、渦，禹時不費治導，故不書。豫之沮，隋、唐之汴，今之黄河，皆入淮矣。自桐柏至海，凡千七百里。導渭自鳥鼠同穴，東會于灃，又東會于涇，又東過漆沮，入于河。鳥鼠山，説見雍州。《爾雅》「其鳥爲鵌，其鼠爲鼵」，穴地三四尺，鼠在内，鳥在外。孔氏《書傳》「共爲雌雄」，張氏《地理記》「不爲牝牡」。又其山一名青雀山。渭自鳥鼠至入河，一千八百七十里。導洛自熊耳，東北會于澗、瀍，又東會于伊，又東北入于河。説見豫州。北方諸水雖大，河亦冰，惟洛水不冰，所以謂之温洛。一是天地之中，二是其北連山以障北風，三則前人謂其中有礬石。東漢都洛陽，以漢運火德，故去「水」加「隹」爲「雒」。後世仍從「水」、「各」。九州攸同，四隩既宅。九山刊旅，九川滌源，九澤既陂，四海會同。此總結平治之功也。九州攸同者，言九州之内經理無間也。四隩既宅者，言九州之外四海之隈亦已安居也。刊者，去蓊鬱、驅猛獸、興種藝也。旅者，定祭秩、立表鎮也。九川，凡九州之川不曰「通流」而曰「滌源」者，此所謂「濬畎澮距川」，則田里無水潦壅塞之患也。陂者，九州之澤有陂障無潰決也。四海會同，凡水皆會同于海，各得所歸，無復横流也。六府孔修，庶土交正，底慎財賦，咸則三壤，成賦中邦。此總叙貢賦之典也。府，官府也。六府，水火金木土穀之府也。水土既平，故六者之利無不興，而六者之官無不舉也。「庶土交正，底慎財賦」，此土賦也。「咸則三壤，成賦中邦」，此田賦也。庶土，謂凡山澤丘陵墳衍原隰之土。交，皆也。謂皆物其土地之所宜，以任土事也。底，定。慎，謹也。謂定庶土之所出，謹財賦之所入，則任民所宜，貢土所有，不强其無，不盡其有也。則，等其土田爲上、中、下而各定其什一之賦也。中邦，中國也。古者田之可井者，則整齊經理，謂之中國；其田不可井者，則隘塞之地，疆以戎索，故有九州内之夷狄。蔡氏曰：「土賦，或及於四夷。田賦，則止於中國也。」錫土姓，祇台德先，不距朕行。水土既平，田制既定，於是修封建之法，各使守之。錫土者，賞其功勞，定其限制也。錫姓者，表其勳德，輯其分族也。封建之來固久，經洪水之患，則限制多不明。有水土之功，則庸勞所宜賞，此所以修封建之制也。當時堯、舜在上，封建雖非禹所專，而實出禹所畫。所謂「弼成五服」者，此章以下是也。台、朕，指禹也，如《春秋》「我」，魯也。禹既任天下之事，則率屬倡牧、儀刑百辟者，固其職，此所以祗敬我德以爲率先，而其所行，諸侯自無所違距也。周公謂「作周孚先」是也。五百里甸服。百里賦納總，二百里納銍，三百里納秸服，四百里粟，五百里米。此節以下，大約言遠近征役、朝貢疆理之宜也。服，事也，皆所以供王事也。五百里甸服，自都城以外，四面各廣五百里，商、周所謂王畿千里者也。甸，田也。千里之內，天子所自治，是爲天子之田，而畿內百姓所供事也。賦納總者，其賦則禾連槀束之以納也。禾以爲糧，槀以茨屋、以飼國馬、以爲薪芻，凡雜用也。銍者，刈其穗也，若今刈粟、刈黍者，惟刈取其穗也。其工省於「總」矣。秸，槀也。服，役事也，謂輸將之事也。有殼曰粟，無殼曰米。總納繁重，故惟百里之內納之。若二百里，則去總而納銍；四百里遠，則簡銍而納粟；五百里又遠，則去殼而納米。近者重而遠者輕，重者粗而輕者精，賦皆什一，力則以遠近爲輕重爾。古人「九數」有「粟米」、「均輸」二法，蓋本於此。然獨三百里之民納槀而不粟，視它處爲甚輕，而有服役之事焉。服役獨在三百里者，蓋酌五百里之中爲轉輸粟米之賦也。《史記》謂古之善賈者「百里不販樵，千里不販糴」，以其遠而重也。然則聖人賦民必不使之四百里而負粟、五百里而負米矣。故制爲田賦，自百里而止於二百里焉。乃若四百里粟、五百里米，不言賦納，蓋不遠納於帝都，亦行百里或二百里而使三百里之民轉而輸之於都爾。夫三百里之民受遠郊之米、粟而爲轉輸，力若勞而賦則省，又以見古者賦、役不兩重。此帝王之良法，而後世之所可行者也。五百里侯服。百里采，二百里男邦，三百里諸侯。甸服之外，四面各五百里，爲諸侯之服。侯，維也，所以維衛天子也。一曰：侯，后也，爲民群后也。采，朝廷公卿、大夫、元士食采之邑也。甸服千里，固不以封，而凡公卿、大夫之食邑，亦取於侯服，則千里之畿，天子專之。後世不然，故天子之地浸弱。男邦，小國也。諸侯，大國也。內小國，則弱有所依；外大國，則內無所逼而外足以禦。蔡氏曰：「甸服分爲五等，侯服分爲三等，外諸侯分各二等。」五百里綏服。三百里揆文教，二百里奮武衛。侯服之外，四面各五百里爲綏服。綏，安也。內則侯、甸，外則要、荒，而綏服當其中，故取綏安之義。內三百里揆文教，所以接華夏之教以撫要、荒；外二百里奮武衛，所以禦要、荒之變以安華夏。優文儉武，又有深意。然內三百里揆文教，則自此以內，凡有國者文教可知；外二百里奮武衛，則自此以外，凡有國者武備可知。**五百里要服。三百里夷，二百里蔡。**綏服之外，四面各五百里爲要服。要，如裳之有要也，所以綱統四裔也。舊説：要，約也。其地遠於畿甸，雜於夷狄，雖州牧侯伯爲之綱領控制，而其文法則略於中國矣。又於其中分三百里爲夷，二百里爲蔡。夷者，易也，取簡易之意。蔡者，放也，如「蔡蔡叔」之「蔡」，有罪者則蔡放於此焉。**五百里荒服。三百里蠻，二百里流。**要服之外，四面各五百里爲荒服。此爲四遠蠻夷之地，田野不井，人民不多，故謂之荒。所以經略之者，又簡於要服矣。其中三百里謂之蠻，因其俗也；二百里謂之流，則有罪者流徙於此，如「流共工于幽洲」是也。蔡、流，皆放逐罪人之地，罪有輕重，故地有遠近云。○右五服二面，各二千五百里，四面相距，方五千里。雖幅員二萬里，而夷、蠻又在其中，聖人不務廣地如此。然此亦大約限制，以爲朝貢之節、詳略之宜耳。每服之中，又自分爲二三節，此周制九服之所由起也。**東漸于海，西被于流沙，朔、南暨聲教，訖于四海。**漸，如「漸民以仁」之「漸」。被，如「被四表」之「被」。此統言聲教之達也。聲，如「立之風聲」之「聲」。教，則上行下效之謂。禹迹所至，不惟治水土而已。其聲律身度，觀民設教，本末備舉。東漸于海，則教化漸淪于海。西被于流沙，則教化冒覆于流沙。至於北雖止於恒、碣，南雖止於衡陽，而南北地長，聲教旁達，不可爲限，故南北不言所至，總而言之，其教化則盡於四海矣。聖人爲後世計，雖立爲五服之限，而教化所及，感慕無外，故「外薄四海，咸建五長」以經理之焉。**禹錫玄圭，告厥成功。**此告成也。錫，如「師錫」之「錫」。玄，水色也。禹既平水土，故以玄圭爲贄，入覲而告成于帝焉。一説：禹治水，獲玄玉之瑞，故謂之錫。禹不自居，以歸之帝，而告成功焉。

履祥按：《禹貢》一篇，蓋夏史之追書也。夫既夏史之追書，則紀成功之書爾。夫既紀成功之書，則禹之治水，其先後次第、規模，不盡見於此，而於此可以推見爾。何者？《禹貢》於九州獨冀州載修治之辭於上，餘州則皆曰某山「既藝」、「既旅」，某水「既道」、此矣。而謂於此「既從」，某澤「既豬」、「底定」，是皆記其成功耳。其先後次第不盡見於此矣。每州之下，奠山可以推見，何也？曰：《禹貢》一篇，分叙九州以經之，總叙山川以緯之。每州之下，奠山川、豬藪澤，而後繼之以物土宜、定田制，又繼之以經賦法、通朝貢，其總叙於後，則列山川、叙源委、總成功、定封建、别限制、同教化，是禹八年之間，其先後次第、經理規模，廣大周密，本末備具，蓋可想也。而其先後次第，則證諸禹所自言者而尤可見。禹曰：「洪水滔天，懷山襄陵。予乘四載，隨山刊木，暨益奏庶鮮食。」此禹功之始也。孟子所謂「龍蛇禽獸之害」「烈山澤而焚之」者也。此《禹貢》分叙所以先於刊定諸山、總叙所以先於導山是也。禹曰：「予決九川距四海，濬畎澮距川。暨稷播，奏庶艱食鮮食。」此禹功之中也。孔子所謂「盡力乎溝洫」者也。此《禹貢》分叙所以定川澤、辨厥土、等田制，總叙所以有導川、則壤、成賦、甸服等事也。蓋禹之治水，不但疏決河患、鑿阻濬川而已，凡天下平土，皆制其井畝，疏爲溝澮，以達于川。所謂「畎澮」者，即田間之畎、一同之澮也。所謂「溝洫」者，即一井之溝、一成之洫也。則是井田之制，自禹定之。此禹中間功庸，最爲周密。至於所謂「懋遷有無，萬邦作乂」，所謂「弼成五服，至于五千」，「外薄四海，咸建五長」，則禹功之終也。分叙之「浮于」某水、「達于」某水，總序之「六府孔修」、「庶土交正」、「迄于四海」，皆是也。或曰：《書》曰「洪水滔天」，既曰「滔天」矣，則禹之治水，若何用功耶？曰：「滔天」云者，當時方言形容其勢耳。愚昔聞之家庭曰：「洪水滔天」，即如後世淫雨大水，河決之災，但堯末年連歲有此。然洪水之變，多在水潦既降之後、秋水時至之節，而禹之疏鑿，則在其間水泉縮退、霜降水涸之日爾。或曰：禹之治水，固先冀都，而兗、青、徐、揚次第先及，何也？曰：朱子有言，洪水之患河爲大，禹之用功於河爲多。且以後世證之，漢時河決，東入青、齊，西被梁、楚，南溢淮、泗，宋朝前後河決亦然，至紹熙甲寅以後尤甚，遂分爲南、北清河，而南清河遂並泗水以入淮，而患始息。河患所被，大率古兗、青、徐之境也。緬想神禹導河，載壺口，治梁、岐，闢龍門，疏砥柱，淤大陸，播爲九河使之北流，釃爲泲、漯使之東殺，又通于菏、泗使之甚則可以南泄，是以冀、兗、青、徐次第皆平。至於揚、荊，則以江、漢下流，水澤所聚，而揚爲尤下，亦不得不次第先及。豫雖近河，而自太華、殽、函以東至于鞏，連山以爲之限，但滎、菏在其東偏耳，河既導，則伊、洛不勞而入。梁、雍諸水之源計不甚用功，所以獨後。乃若正疆理、物土宜、定井地、濬甽澮、經貢賦、同風化，則無間也。或者又曰：古今有變更，山川無消長，而《禹貢》地理有與今日不同者，何也？曰：是固不同也。有人力之變者，汴之通河、淮，潛之通江、漢是也。有名號之變者，九江、洞庭之異名，敷淺、匡廬之異號，外方、陸渾之異稱，諸若此類，多有不可究詰者是也。但江、漢同歸而分爲中、北，彭蠡諸水而指爲漢匯，此則尤有可疑者，予已釋而辨之矣。抑蓋有天地自然之變者，如河徙而南，泲涸而洑，而冀、兗、青、豫、徐之支流水澤，皆易其源委，甚至九河淪而爲小海，碣石陷而在海中，此尤其變之大者也。大抵天地之間，山陵土石自有消長，顧其消長之數甚長，而人之年壽有限，則不及見其消長，遂以爲古今有定形爾。山與土石且有消長，而況水乎？昔沈存中奉使河北，邊太行而北，山崖之間往往銜螺蚌之殼及石子，橫亘石壁如帶，謂必昔之海濱。今東距海已千里，以愚觀之，此即昔之河濱也，所謂「自東河至東海，千里而遥」者也。夫以昔之河濱，而今在山崖石壁之間，即河日遷、山日長、石日凝，蓋可知也。此皆天地之間今人尚可考見之理，其類非一。而人鮮不謂迂者，朝菌不知晦朔，夏蟲不可語冰，其斯之謂矣。然則《禹貢》地理古今之不同，又安知其非天地之變遷消長，若河、碣之比耶？或曰：條列之説，如之何？曰：予嘗疏於前矣。王、鄭分每章爲條，每段爲列，可爾。若指爲山勢之脉絡，恐未然也。夫天地常形，固相爲句連貫通，然其條理，亦各有脉絡。若以脉絡之可見者言之，崐崘四垂而爲海，天下諸山皆起於崐崘。而崐崘無定名，地之最高，山之所聚，江、河諸源之所出，即崐崘爾。崐崘之山綿亘糾繆，句連盤錯。其南，爲岷山，而岷山最大。其東北，爲積石諸峰。其東，爲西傾、朱圉、鳥鼠諸峰。其西北諸山，尤爲綿亘紛錯，河之所以北，弱水之所以西，黑水之所以南，皆是也。惟江、河、渭、漢行乎中國。自崐崘而東北言之，則自積石而北，爲湟水、星海、青海，以至浩亹，皆河源也。入匈奴以東爲陰山。又東南自代北雲、朔，分而南趨，爲北岳，以至太行，是爲河北之脊。壺口、雷首、太岳、析城、王屋，皆其群峰。河之折而南，汾、晉諸水之所以西入河，涿、易、寇、漳、恒、衛之所以東入海也。分而東趨者，行幽、燕之北，爲五關之險，以至營、平而爲碣石。此北絡也。自崐崘以東言之，則東爲西傾，而洮水出其北入河，恒水出其南入江。又東爲朱圉、鳥鼠諸隴，則爲渭之源。自渭源以北，即夾河源而北以東，若岍、岐，若荆山諸峰，涇水、漆、沮諸源也。自渭以南，即西傾而下諸峰，亘爲終南，屹爲太華。東北爲殽、陝。東南爲熊耳、外方、嵩高，伊、洛之源。又南爲桐柏，淮源，以達于淮西諸山。此中絡也。又自西傾、朱圉而南分，是爲嶓冢，漢源。夾漢而趨者，北即終南、華、熊諸隴，南則蜀東諸峰。説者謂蜀東諸山皆嶓冢，正謂其岡岫綿亘爾。又東則爲荆山、内方。此中絡之次也。自崐崘之東南言之，是爲岷山，江源。夾江而東者，北支即西傾以南、嶓冢以西之脉，爲桓水、西漢水、嘉陵江諸源；其南支即南趨爲蒙、蔡諸山，青衣、大渡、馬湖江諸源。又東包涪、黔。一盤而北，爲三峽。其東出者，包絡九江之源。中盤中爲衡山。其再盤而北，爲廬阜。其嶺之東出者，又爲袁、吉、章、貢、盱、信諸江之源。至分水、魚梁嶺，三盤而北趨，過新安，峙天目，盡昇、潤。凡再盤之間，其水聚爲洞庭；三盤之間，其水聚爲彭蠡。三盤以東，則南爲閩、浙，北爲震澤。此南絡也。惟泰山則特起東方，横亘左右，以障中原，此所以爲異與！大抵水者山之液，故山盤而水之源出焉，此所以聚爲川流之盛。地道以句連爲固，故山東而水之流壅焉，此所以資於疏闢之功。凡此其大約云爾。或曰：古今天下廣狹一也。《禹貢》五服，四距五千里，而周制九服，自王畿以外，每方自爲五千里，何也？或謂尺有長短，則周尺不應半禹之尺；或謂禹五服之外，外薄四海，不在其數，周則盡外薄所至而經晝之，此説爲近。然亦不應外薄之地與五服之地相半也。考之經文，甸服方千里，而曰「五百里」，則凡所謂「五百里」者，舉一面計之也。若《周官》則曰規方千里，曰王畿，又其外方五百里曰某服，則舉兩面通計之也。是則《禹貢》所謂「五百里甸服」者，乃千里；而《周官》所謂「外方五百里」者，乃二百五十里也。至《漢·地志》又言東西九千餘里，南北一萬三千餘里，則漢東西視《禹貢》幾一倍，南北視《禹貢》幾二倍。然考其所載山川，又不盡出禹迹之外，何也？古者聖人制數周密，其制方田之數以御田疇廣狹，制句股之數以御遠近高深。方田之制行，則自井畝徑遂之直，積而爲道路川澮，截然直方，無有迂曲，故中邦之地雖廣，而里數則徑。自秦、漢開阡陌，於是道里始迂遠矣。此古今里數多少之不同，一也。《周髀》之經曰：「數之法，始出於圓、方。圓出於方，方出於矩，矩出於九九。故折矩以爲句，句廣三，股脩四，徑隅五。禹之所以治天下者。此矩之所由生也。」是則句股算法，自禹制之。蓋積矩以爲方田，而句股以測高下、淺深、遠近，此禹之所以疆理天下而弼成五服者也。句股之數密，則於山川迂回之處，與道里曲折之間，以句股之多，計弦之直，而得遠近之實。大率句三、股四、弦直五，以正五斜七取之。自秦、漢以來，誇多務廣，固盡外薄之遠。其計道里，又但以人迹爲數，不復論句股弦直。故漢之九千里，大約準古六千五百里；漢三千里，準古一千九百七十一里。而尺步長短之異制，又不在此數。此古今里數多少之不同，二也。至於《禹貢》外薄之地在五服之外，而後世斥候所到盡在里數之内，此其多少之不同，又不在言者。或者又曰：冀在九州爲北，堯都冀州，則自甸服之外，北短南長。五服之地，北無所展而南有所棄，則如之何？曰：隆古都冀，政教四達，則冀北之野，生聚教訓，必不如後世之爲窮漠，所以冀賦爲九州第一。而水平之後，分爲幽、并，其廣可知。兼堯都平陽，雖曰在冀，自平陽以南，渡河至陝，於今地理三百七十五里，正五斜七，於古蓋二百六十餘里耳。則是甸服之地，自跨冀、豫，冀山而豫平。緬想當時甸服之地，當亦如周室王畿之制。蓋成周之制，雖云規方千里以爲王畿，然西自郊、岐、豐、鎬爲方八百里，東則洛陽四達，方六百里，總爲千里爾。五服之制，其間絶長補短，計亦如此。何則？周都豐、鎬，西至犬戎，約餘千里，而犬戎之地自爲荒服。先王之制，賓服者享，荒服者王。自穆王以犬戎地近，責其從賓服之享，自是荒服者不至。則是五服之制，計古亦有因地而爲長短者。蓋諸侯之分，特以爲朝貢之限制，亦有在近而視遠，雖遠而視近者。大率地有廣狹，俗有夷夏，未必四面截然如此正方。聖人立爲限制之經，於中固必有通變之義，讀書者不可拘於一説，而不知聖人體用之大也。

甲子。八十有一載。肇十有二州。以時考之，並用《大紀》「甲子」紀例。

「肇十有二州，封十有二山，濬川。」《禹貢》九州，「奠高山大川」，此分爲十二州，故又分表其山，及通朝貢水道。吴氏曰：「此節在禹治水之後，其次序不當在四罪之前。蓋史官泛記舜所行之大事，初不計前後之序是也。」九州之來舊矣，而冀爲其北。自陶唐都冀，其聲名文教自冀四達。冀之北土，所及固廣矣。及水土既平，人民加聚，於是分冀州自衛水以北爲并州，醫無閭之地爲幽州，碣石以東接青州之北爲營州，是爲十有二州焉。考《詩》《書》傳記所紀，其後復爲九州。蓋九州爲正，而幽、并、營不過分統青、冀之故地。是以殷之制，合并爲幽，合青爲營，分梁以入于雍、荆。周之制，合梁爲雍，合徐爲青，而并與幽、冀復三焉。略見《爾雅》，詳見《職方氏》所記。《職方》：「幽州。其山鎮曰醫無閭，其川河、泲。并州。其山鎮曰恒山，其川虖池、嘔夷。」然則營州，其山碣石，其川遼水與？◯《吴越春秋》曰：「堯號禹曰伯禹，蓋封之爲侯伯也。官曰司空，總掌天下水土。賜姓姒氏，領統州伯，以巡十二部。」《吴越春秋》叙禹治水成功而後巡十二部，則分十二州在此時可知。

封伯禹於有夏，封四岳於有吕。

《國語》太子晉曰：「伯禹念前之非度，釐改制量，象物天地，比類百則，儀之于民，而度之于群生。共之從孫四岳佐之，高高下下，疏川道滯，鍾水豐物，封崇九山，決汨九川，陂障九澤，豐殖九藪，汨越九原，宅居九隩，合通四海。莫非嘉績，克厭帝心。賜姓曰『姒』，氏曰『有夏』，謂其能以嘉祉殷富生物也。胙四岳國，命爲侯伯，賜姓曰『姜』，氏曰『有呂』，謂其能爲禹股肱心膂，以養物豐民人也。」

加賜伯益。

《史記・秦紀》曰：「帝顓頊之苗裔孫，曰女脩。生子大業。大業取少典之子，曰女華。生大費，與禹平水土。已成。禹曰：『非予能成，亦大費爲輔。』帝曰：『咨爾費，贊禹功，其賜爾皁游。爾後嗣將大出。』乃妻之姚姓之玉女。佐舜調馴鳥獸，鳥獸多馴服，是爲柏翳。即伯益也。柏，亦作「伯」。舜賜姓嬴氏。」不言封國，舊必已有封國，此命爲侯伯，賜姓以榮之爾。《索隱》曰：「此秦、趙之祖，一名柏翳，《尚書》謂之『益』，《世本》《漢書》謂之『伯益』是也。尋檢《史記》上下諸文，柏翳與伯益，是一人不疑。而《陳杞世家》即叙伯翳與伯益爲二，未知太史公疑而未決耶？而亦謬誤也？」

履祥按：伯益，即伯翳也。秦聲以入爲去，故謂「益」爲「翳」也。字有四聲，古多轉用，如「益」之爲「翳」，「契」去聲。之爲「禼」，入聲。「皋」之爲「咎」，音告。「君牙」之爲「君雅」是也。此古聲之通用也。有同音而異文者，如「陶」之爲「繇」，「垂」之爲「倕」，「鯀」之爲

「鮌」，「虺」之爲「儡」，「紂」之爲「受」，「冏」之爲「羿」是也。此古字之通用也。太史公見《書》《孟子》之言「益」也，則《五帝本紀》言「益」；見《秦記》之爲「翳」也，則《秦本紀》從「翳」。蓋疑而未決也。疑而未決，故於《陳杞世家》之末又言「垂、益、夔、龍，不知所封」，則遂謬矣。胡不合二書而思之乎？夫《秦記》不燒，太史所據以紀秦者也。《秦紀》所謂「佐禹治水」，豈非《書》所謂「隨山刊木，暨益奏庶鮮食」者乎？所謂「馴服鳥獸」，豈非《書》所謂「益作朕虞，若予上下鳥獸」者乎？其事同，其聲同，而獨以二書字異，乃析一人而二之，可謂誤矣。唐、虞功臣，獨四岳不名耳，而姜姓則見於書傳甚明也，其餘未有無名者。夫豈别有伯翳，其功如此，而反不見於《書》，又豈有「馴服鳥獸」者，孰加於伯益？雖朱虎、熊羆，亦以類見。果又伯翳才績如此，而《書》反不及乎？夫以伯翳不得爲伯益，則卨不得爲契，咎繇不得爲臯陶，倕不得爲垂，鮌不得爲鯀；它如仲儡不得爲仲虺，紂不得爲受，羿不得爲冏，君雅不得爲君牙乎？《史記》本紀、世家及總叙之謬，如此者多，不惟叙益爲然也。重、黎二人而合爲一，則楚有二祖也；四岳爲齊世家之祖，而總叙齊又伯夷之後，則齊又二祖也。此其前後必出於談、遷二手矣，故其乖剌如此。而羅氏《路史》因之，真以益、翳爲二人，又以柏翳爲臯陶之子，則嬴、郾、李三姓無辨矣。且楚人滅六之時，秦方盛於西，徐延於東，趙基於晉，使柏翳果臯陶之子，臧文仲安得云「臯陶不祀」乎？又以益爲高陽氏之才子隤敳，至夏啓時，則二百有餘歲矣。夫堯老而舜攝，舜耄期而薦禹，豈有禹且老而薦二百歲之益以爲身後之計乎？其非事實，不可以不辨。

封契於商。

《商頌·長發》之詩曰：「濬哲維商，長發其祥。洪水芒芒，禹敷下土方。《集傳》曰：「絶句。」《楚辭·天問》『禹降省下土方』，蓋用此語。」外大國是疆，幅隕既長。有娀方將，帝立子生商。」《集傳》曰：「方，四方也。外大國，遠諸侯也。有娀，契之母家也。將，大也。言商世世有濬哲之君，其受命之祥，發見也久矣。方禹治水，以外大國爲中國之境，幅員廣大之時，有娀氏始大，故帝立其女之子而造商室也。蓋契於時始爲舜司徒，掌布五教于四方，而商之受命，實基於此。」○履祥謂「帝立子生商」，子，女也；生，猶甥也。謂帝立有娀氏女所生者爲商，蓋其時帝舜封契於商也。○《史記·本紀》曰：「簡狄，有娀氏女，爲帝嚳次妃。三人行浴，見玄鳥墮其卵，簡狄吞之，因孕生契。契長而佐禹治水有功。帝舜乃命契爲司徒，封於商，賜姓子氏。」○《索隱》曰：「契生堯代，舜始舉之，必非嚳子。以其父微，故不著名。其母有娀氏女，與宗婦三人浴于川，則非帝嚳次妃明也。」○老泉蘇氏曰：「《史記》載簡狄行浴，見燕墮卵，取而吞之，因生契，爲商始祖。神奇妖濫，不亦甚乎！使聖人而有異於衆庶也，天地必將儲陰陽之和，積元氣之英以生，又焉用此微禽之卵哉？燕墮卵於前，取而吞之，簡狄其喪心乎？史遷之意，必以《詩》有『天命鳦鳥，降而生商』而言之。此遷求《詩》之過也。毛公之傳《詩》也，以鳦降爲祀郊禖之候，及鄭之箋而後有呑踐之事。遷之説出於疑《詩》，而鄭之説又出於從遷矣。甚矣，遷之以不祥誣聖人也！」

履祥按：《史記》自謂以頌次契之事，然不得頌之意。《玄鳥》之頌曰：「天命玄鳥，降而生商。」蓋古人以玄鳥至之日，祠于高禖以祈子也。簡狄以是日祈焉而孕，故《詩》述其感生之祥，《史》以行浴墮卵之事附之，幾於罔矣。《長發》之頌，禘祫之詩也，推其祖之所自出者，不過叙禹敷土之時，有娀外氏之盛，而契始受封有國，是開有商一代之基，亦未見其爲嚳子也。豈以太史克有「高辛氏才子」之言，傳者有「殷人禘嚳」之説，遂繫之嚳與？然以頌次之，則史傳之言爲不可信矣。其後十四世而湯有天下，祖契，始封之君追王玄王云。

封棄於邰。稷之受封，《詩》《書》不載所始，但禹之治水，暨益、暨稷，而後賢每以「禹稷」並稱，當是之時禹以成功受封，契亦以禹功之成始封，益又以佐禹之功加命，則稷之封在此時無疑也。今附于禹功之後甲子之紀焉。

《生民》之詩曰：「厥初生民，時維姜嫄。生民如何？克禋克祀，以弗無子。履帝武敏歆，攸介攸止。載震載夙，載生載育，時維后稷。姜嫄，炎帝後有邰氏女。姜，姓。嫄，名。禋祀者，高禖之祭也。禖，即先媒。蓋上古始爲婚姻者，後世祀之。未家者祈婚，未育者祈子。帝武，巨人迹也。姜嫄見地有巨人之迹，履之而敏然歆歆，若人道之感焉。於是即其「攸介攸止」之處，而震動夙肅。震，《書》作「娠」。震、肅，即孕也。由是有娠，而生后稷也。《魯頌》亦云「上帝是依」，謂天之神馮依姜嫄之身，彌月而生后稷也。誕彌厥月，先生如達。不坼不副，無菑無害，以赫厥靈。上帝不寧，不康禋祀，居然生子。彌月，滿十月也。達，《詩傳》：「它末反。小羊也。羊子易生。」愚謂：「達」如字，亦通。「先生如達。不坼不副，無菑無害，以赫厥靈」，詩人異之也。異之者，神之也。「上帝不寧，不康禋祀，居然生子」，姜嫄疑之也。疑之者，恥之也。恥之，故棄之。誕置之隘巷，牛羊腓字之。誕置之平林，會伐平林。誕置之寒冰，鳥覆翼之。鳥乃去矣，后稷呱矣。實覃實訏，厥聲載路。不夫而育，疑而棄之。其異如此，神而收之。誕實匍匐，克岐克嶷，以就口食。蓺之荏菽，荏菽旆旆。禾役穟穟，麻麥幪幪，瓜瓞唪唪。蓺，種也。荏菽，大豆也。役，列也。麻，子可食，皮可績爲衣。麥，來牟也。瓜瓞，以爲茹也。稷自幼已能辨物性、知種植，其天性然也。誕后稷之穡，有相之道。茀厥豐草，種之黄茂。實方實苞，實種實褎。實發實秀，實堅實好。實穎實栗，即有邰家室。」后稷之穡，凡上章荏菽、禾、麥、瓜瓞之類，但后稷所種斂，則各有助其成實之道，蓋知其性及其漬種之法與地之宜、天之時，故實有以方、苞、種、褎、發、秀、堅、好、穎、栗之也。至下章秬、秠、穈、芑，則又自后稷而始知種之爾。堯以棄教民稼穡，有功生人，故封之。又以其母感化而育，不由有父，故使其繼母氏之國，胙之土而命之氏也。邰，又作「斄」，在京兆武功縣。《元和志》曰：「邰，在渭水之南。漢湄縣是也。」縣西二十里有斄城，有后稷祠、姜嫄祠。《史記》取《詩》紀稷而不實，今止取《詩》爲證，不及下文。◯《史記》曰：「初欲棄之，因名曰棄。及爲成人，遂好耕農，相地之宜，宜穀者稼穡焉，民皆法則之。帝堯聞之，舉棄爲農師，天下得其利，有功，封棄於邰，號曰后稷，別姓姬氏。」◯《路史》曰：「稷字度辰。」◯鄭石癸曰：「姞，吉人也。后稷之元妃也。」

履祥按：《史記》「姜嫄，帝嚳元妃」，蘇氏《古史》因之，遂以后稷爲帝嚳之子。嫄果元妃，何嫌於不夫而棄其子？稷果嚳元妃之子，何爲舍嫡不立而別立堯？周郊太祖，何爲祖稷而不祖嚳？周祀姜嫄，何爲舍祖而獨祀妣？命禹治水之時，堯之年已七十有餘矣，而禹猶曁稷，嚳之遺嫡何其少，堯之嫡兄弟何其賢勞也！堯有嫡兄弟不能立，又不能舉，待舜而後舉之，則堯何足以爲堯乎？鄭康成知《史記》之説爲不通，則謂姜嫄當堯之時爲高辛氏世妃。蓋其世胄之妃也。二王之後，得用天子之禮，故有郊禖弓韣之禮焉。其説固足以濟《史記》之不通矣。抑以世胄之妃生子，又何嫌疑而棄之哉？然則嫄、稷母子果何若人耶？曰：證諸《詩》而已矣。《生民》之詩謂姜嫄履帝武而敏歆，《閟宫》之詩謂上帝依姜嫄而生稷，則固不必捨二詩而它考也。朱子曰：「巨迹之説，先儒或頗疑之。而張子曰：『天地之始，固未嘗先有人也，則人固有化而生者矣，蓋天地之氣生之也。』而蘇氏亦曰：『凡物之異於常物者，其取天地之氣常多，故其生也特異。物固有然者矣。神人之生而有以異於人，何足怪哉！』」故今以《詩》爲斷，不復上附於嚳焉。又按：《易大傳》曰：「神農氏作，斲木爲耜，揉木爲耒，以教天下。」則耕稼之利，其來久矣。《書》曰「播時百穀」，《詩》稱「誕降嘉種」、「貽我來牟」，則百穀之備，自稷始也。趙過曰「后稷始甽田」，則甽壠之法，自稷始也。晉董史曰「辰以成善，后稷是相」，則農時之節，自后稷始也。大哉，后稷之爲天下烈矣！其慶流子孫，光有天下，宜哉！

九十載。

孔子曰：「舜其至孝矣，五十而慕。」○孟子曰：「五十而慕者，予於大舜見之矣。」

癸未。一百載。帝乃殂落。

《書》曰：「二十有八載，舜攝二十八載也。帝乃殂落。百姓如喪考妣。三載，四海遏密八音。」魂氣歸天爲殂，體魄歸地爲落。鬼神之義盡矣。聖人在上，又鬼神之盛，故言其崩曰殂落。百姓者，畿内之民。四海，則凡天下之民也。○孔子曰：「大哉！堯之爲君也。惟天爲大，惟堯則之。蕩蕩乎！民無能名焉。巍巍乎！其有成功也。煥乎其有文章！」文章，謂其禮樂制度，所以經緯乎天下者也。○《路史》曰：「帝堯之子十，其長號監明，先死。監明之子式，封于劉，其後有劉累，事存《漢紀》。生有文在手曰「劉」。鎦、留同。富宜氏《史》《漢》作「散宜氏」。生朱，驁佷媢克，兄弟爲鬩，嚚訟嫚淫。帝悲之，制奕以閑其情。使出就丹。虞氏國之房。夏后封之唐。庶子九。其後，傅、鑄、冀、郇櫟、函、高唐、上唐、唐、杜，皆其後。御龍、豕韋、魯，今在汝。范、隨、士、劉。見《左氏》。」○鄭康成曰：「堯遊城陽而死，葬焉。」○《外紀》曰：「葬穀林。」○《古史》曰：「堯後有劉累者，學擾龍於豢龍氏，事夏孔甲，賜氏曰御龍，以更豕韋之後爲豕韋氏。商之衰，徙居於唐。周以唐封叔虞，復自唐徙杜，爲唐杜氏。宣王誅杜伯，其子隰叔適晉，爲范氏。范武子奔秦，自秦復歸于晉，其處者爲劉氏。」

履祥按：堯老而舜攝二十有八年，堯與天下相忘久矣。一朝殂落，而百姓如考妣之喪。孟子曰「堯之所以治民，舜之所以事君」，於此俱可知矣。

甲申。百有一載。

乙酉。百有二載。舜避于南河之南。

《孟子》曰：「舜相堯二十有八載，非人之所能爲也，天也。堯崩，三年之喪畢，舜避堯之子於南河之南。天下諸侯朝覲者，不之堯之子而之舜；訟獄者，不之堯之子而之舜；謳歌者，不謳歌堯之子而謳歌舜。故曰天也。夫然後之中國，踐天子位焉。而居堯之宫，逼堯之子，是篡也，非天與也。」○《古史》論曰：「舜、禹之攝，格于祖考，郊祀天地，朝見諸侯，巡守方岳，行天子之事矣。及其終而避之，何哉？使舜、禹避之，天下歸之，而其子不順，將從天下而廢其子歟？將奉其子而違天下歟？此事之至逆，由避致之也。至益不度天命，而受位於禹，避之而天下不從，然後不敢爲。匹夫猶且恥之，而謂益爲之哉？」○《大紀》曰：「既除喪。舜委政於禹、皋陶，退避於南河之南。」論曰：「堯命舜，舜命禹，行天子之事。舜、禹亦既受命行天子之事矣。及堯、舜既終，又避其子，何哉？人臣至於代天子行天下之政，已亢矣。況又將去人臣以爲天子乎？堯、舜之喪甫除，舜、禹政自己出，使丹朱、商均去其宫室，可則可矣，是用九爲首，非所以明微也。故舜、禹避之，以展天下之情，成揖讓之禮。其心與計利害者，邈乎如天地之不相及也。使舜、禹而有計利害之心，則是以争奪行，尚何授受之有？若夫益，則又異於舜、禹矣。啓賢，能敬承繼禹之道。益歷事三代，年亦老矣。奉身而退，順天道也。讀書者，能無以文害辭，無以辭害意，則孟軻氏之言，粲然明白，無可疑者。」○張氏《紀年》叙曰：「《孟子》謂堯、舜三年之喪畢，舜、禹避堯、舜之子而天下歸之，然後踐天子位。此乃見帝王奉天命之大旨，其可闇而弗章，故以甲申書『服堯之喪』，乙酉書『踐位之實』，丙戌書『元載，格于文祖』。自乙酉至丁巳，是踐位三十有三載也，則書『薦禹於天』，與《尚書》命禹之辭合。自丁巳至癸酉，是薦禹十有七年也，與《孟子》之説合。於禹受命之際，書法亦然。然而《書》稱『舜在位五十載』，則是史官自堯崩之明年通數之爾。」○朱子曰：「舜、禹避朱、均而天下歸之，蘇子慮其避之足以致天下之逆。至益避啓而天下歸啓，蘇子又譏其避之爲不度而無恥。於是凡孟子、史遷之所傳者，皆以爲誕妄而不之信。今固未暇質其有無。然蘇子之所以爲説者，類皆以世俗不誠之心度聖賢，則不可以不之辨也。聖賢之心，淡然無欲，豈有取天下之意哉？顧辭讓之發，則有根於所性而不能已者。苟非所據，則雖巵酒豆肉，猶知避之，況乎秉權據重而天下有歸己之勢，則亦安能無所惕然於中而不遠引以避之哉？避之而彼不吾釋，則不獲已而受之，何病於逆？避之而幸其舍，則固得吾本心之所欲，而又何恥焉？唯不避而强取之乃爲逆，偃然當之而彼不吾歸乃可恥耳。如蘇子之言，則是凡世之爲辭讓者，皆陰欲取之而陽爲遜避，是以其言反於事實至於如此而不自知其非也。舜、禹之事，世固不以爲疑，今不復論。至益之事，則亦有不能無惑於其説者。殊不知若太甲賢而伊尹告歸，成王冠而周公還政，宣王有志而共和罷，此類多矣。當行而行，當止而止，而又何恥焉？蘇子蓋賢共伯，而尚何疑於益哉？若曰受人之寄，則當遂有之而不可歸，歸之則爲不度而無恥，則是王莽、曹操、司馬懿父子之心，而揚堅夫婦所謂『騎虎之勢』也。乃欲以是而言聖賢之事，其誤甚矣！」

履祥按：春秋以上，君薨，嗣君踰年即位于廟。夫即位必踰年者，當喪未君也。踰年而即位者，不可曠年無君也。獨唐、虞之際，三年之喪畢而始即位。何以知其然？《書》稱「帝乃殂落。三載，四海遏密八音」矣，而後書「月正元日，舜格于文祖」，則是舜之即位在三載之後也。《書》注：「舜服堯喪三年畢，將即位，故復至文祖廟。」司馬《稽古録》亦云然。即位於三載之後，則聖人之心可見矣，河南之避，何足疑乎？且謂避之非者，以勢言也。聖人有天下而不與，固不以勢之利害入其心者，而況五帝之世，世質民淳，帝堯陶天下於禮遜雍睦之中百有餘載，禹、岳諸聖賢咸萃朝廷，當是時也，帝舜從容其間，勢亦無不可者。夫聖經者，事之衷也。聖心者，理之主也。論事而折衷於聖經，以求聖人之心焉，是爲得之矣。

【校記】

〔一〕「單」，原脱，今據慎獨齋配補歸仁齋本、宋犖本、率祖堂本、《四庫》本補。

〔二〕「舜」，原作「得」，今據宋犖本改。

〔三〕「食」，原作「鮮」，今據慎獨齋配補歸仁齋本、宋犖本、率祖堂本、《四庫》本改。

〔四〕「十」，原作「合」，今據慎獨齋配補歸仁齋本、宋犖本、率祖堂本、《四庫》本改。

〔五〕「嚴」，原作「雅」，今據宋犖本改。

〔六〕「渭」，原作「謂」，今據宋犖本改。

〔七〕「者」，原作「著」，今據慎獨齋配補歸仁齋本、宋犖本、率祖堂本、《四庫》本改。

通鑑前編卷之二

金履祥編

有虞氏帝舜。

《舜典》：「粤若稽古帝舜，曰重華。協于帝。濬哲文明，温恭允塞，玄德升聞，乃命以位。」放勳，以成功言。重華，即重放勳之華也。協于帝，則自「欽明」而下，皆與帝堯協矣。然聖德則一，而資質、功力、氣象，自各不同，故又以「濬哲」以下形容之。「光被」至「時雍」，君道也。「玄德」至「弗迷」，臣道也。伏生以《舜典》合于《堯典》，「欽哉」以下即受之以「慎徽五典」。孔安國《古文尚書》復出此篇。古文，孝平時始列學官，尋以亂廢，終漢世不列學官。東晉會稽内史梅賾始上其書而缺《舜典》，學者以今文補之，起自「慎徽五典」。齊建武中，吴人姚方興上孔傳《舜典》，多「曰若稽古」以下二十八字。未幾，方興以罪誅，人無信者。江陵版蕩，其文北入中原，北方學者咸信之。隋開皇中，得爲全書。子王子曰：「史官本爲虞作典，推及堯爾。蓋舜之功即堯之功，故係之曰《堯典》。孟子曰：『《堯典》曰：「二十有八載，放勳乃徂落。」』今皆載于《舜典》，有以證孟子所讀《堯典》未嘗分也。孔壁之分，以册書舒卷之長分之，無它義也。自蕭齊姚方興以二十八字加於『慎徽五典』之上，然後典分爲二，勢不得合矣。且『玄德』二字，六經無此語，此《莊》《老》之言，晉、宋所尚，愚知其非本語。」履祥按：重華，見於《楚辭》。玄德，見於《淮南子》。則此二十八字，《虞書》當已有之，非至宋、齊間方作此附會也。今存之以俟來哲。

丙戌。元載。月正元日，格于文祖。咨二十有二人。

《書》曰：「月正元日，舜格于文祖。蘇氏曰：「受終，告攝。此告即位也。」詢于四岳，闢四門，明四目，達四聰。四岳，累朝元老，其職周知四方，故首詢之。闢四門者，來四方之賢。明四目者，察四方之事。達四聰者，通四方之言。皆四岳職也。呂氏曰：「舜繼堯，法度章，禮樂著，而又野無遺賢、嘉言罔伏。舜至此，復詢、闢、明、達，何哉？天子初政，如日之升。方積陰之後，日之初升，則固光明精彩矣。若常晴之後，日之朝升，其光明精彩亦自若也。舜之繼堯，其常晴之出日與？愚謂天下之大，一日照察之不及，則一日有所遺，是以聖人常慮其不及也。況當初政之日乎？」咨十有二牧，曰：『食哉，惟時！柔遠能邇。惇德允元，而難任人，蠻夷率服。』牧，養也。每州以諸侯之長爲牧，專任養民之事。諸侯固各牧其民，然或各私其國，曲防遏糴，州牧所以通濟之也，故曰：「食哉，惟時！柔遠能邇。」惟時，言民食不可後時也。養民者，視年之上下而爲之備，視地之豐秏而爲之通，周知民之貧困孤寡者而爲之恤，不使民食之後時也。崇厚道德，信任元善，畏難壬佞，牧率諸侯者，意尚如此，則當時治體風俗可知矣。十二州，冀、豫爲中，餘州皆外邊四裔。蠻夷率服，蓋推言其效也。舜曰：『咨！四岳。特書「舜曰」，則此前稱帝者，堯也；以後稱帝者，舜也。有能奮庸熙帝之載，使宅百揆，亮采惠疇？』舜前以百揆攝政，至是即位而別命百揆焉。庸，民功，謂愛民之功也。載，事也。亮，明也。采，亦事也。即「熙載」也。惠，如「安民則惠」之「惠」，即「奮庸」也。二典之「疇」，皆謂「誰」。言有能奮起民功而明帝堯之事者，使宅百揆，以亮相吾之事與吾之仁，其誰乎？僉曰：『伯禹作司空。』帝曰：『俞。』咨禹：『汝平水土，惟時懋哉！』平水土者，司空之職，惟時則指百揆之職。朱子曰：「帝咨禹使仍作司空而兼行百揆之事，録其舊績而勉其新功也。以司空兼百揆，如周以六卿兼三公，後世以它官平章事、知政事，亦此類也。」禹拜稽首，讓于稷、契暨皋陶。帝曰：『俞，汝往哉！』帝曰：『棄，黎民阻飢，汝后稷，播時百穀。』棄之爲稷久矣。帝始即位，因其職而申命之也。《舜典》凡不咨而命，命而不讓者，皆因其職而申命之也。阻飢，謂或阻於飢。時者，不失農時也。古者聖人以時教民稼穡，常有再登、三登之積，不使之阻於飢也。帝曰：『契，百姓不親，五品不遜，汝作司徒，敬敷五教，在寬。』契，一作「卨」，又作「萬」。《孟子》曰：「使契爲司徒，教以人倫：父子有親，君臣有義，夫婦有别，長幼有序，朋友有信。放勳曰：勞之來之，匡之直之，輔之翼之，使自得之，又從而振德之。」《孟子》所載初命契之詞也，《書》則因其職而申命之也。帝曰：『皋陶，蠻夷猾夏，寇賊姦宄。汝作士。五刑有服，五服三就。五流有宅，五宅三居。惟明克允。』朱子曰：「夏，明而大也。中國文明之地，故曰華夏。劫人曰寇，殺人曰賊，在外曰姦，在内曰宄。士，理官也。服，服其罪也。三就，孔氏以爲大罪於原野，大夫於朝，士於市，不知何據。竊恐惟大辟棄之於市，宫辟則下蠶室，餘刑亦就屏處。蓋非死刑，不欲使風中其瘡，誤而至死，聖人之仁也。五流，五等象刑之當宥者也。五宅三居者，流雖有五，而宅之但爲三等之居也。孔氏以爲大罪居於四裔，次則九州之外，次則千里之外，雖亦未見其所據，大概當略近之。此亦因禹之讓而申命之。」○前后稷養之，司徒教之，其不化者則有士師之刑。猾，亂也，謂蠻夷之氣習汙染華夏，於是有寇賊姦宄也。皋陶爲士，舊矣，至此聖人又制爲三就、三居之等。惟明克允，蓋折獄不明，豈能當其罪而服人心？此最聖人之要旨。舊説二十二人不言兵政，蓋總皋陶掌刑之職，故蠻夷猾夏、苗頑不率，帝舜皆以委皋陶。古者封建之世亦無大夷狄，聖人在上亦無大征伐，故外以蠻夷委州牧，内以委刑官，所謂「大刑用甲兵」也。兵藏於田賦，徒衆掌於司徒，戎器制於共工，馬政兼於朕虞，則兵政無專官，自不廢事。帝曰：『疇若予工？』僉曰：『垂哉！』帝曰：『俞。』咨垂：『汝共工。』垂拜稽首，讓于殳斨暨伯與。帝曰：『俞。往哉，汝諧。』此教民利器用，爲國除器械也，所謂「審曲面勢，以飭五材，以辨民器」者也。凡百工之事，共工主之。凡言「汝諧」者，謂能調和其徒屬也。朱子曰：「若，順其理而治之也。《曲禮》六工有土工、金工、石工、木工、獸工、草工，《周禮》有攻木之工、攻金之工、攻皮之工、設色之工、刮摩之工、摶埴之工，皆是也。帝問誰能順治予百工之事者。垂，臣名，有巧思。《莊子》曰『攦工垂之指』，即此也。共工，官名。共，供也，言供其事也。殳斨、伯與，二臣名。『往哉，汝諧』，言汝往和其職。不聽其讓也。」《路史》曰：「殳，國名，伯陵之子所封，其後有殳斨。又作『朱戕』。」帝曰：『疇若予上下草木鳥獸？』僉曰：『益哉！』帝曰：『俞。』咨益：『汝作朕虞。』益拜稽首，讓于朱、虎、熊、羆。帝曰：『俞。往哉，汝諧。』此虞、衡之職，各順動植飛走之性而封植繁毓之，取之以時，用之以節，使材木不可勝用，鳥、獸、魚、鼈不可勝食，馬畜繁息，澤及萬物者也。朱子曰：「上下，山林澤藪也。虞，掌山澤之官。《周禮》分爲虞、衡，屬於夏官。朱、虎、熊、羆，四臣名也。高辛氏之子，有曰仲虎、仲熊，意以獸爲名者，亦以其能服是獸而得名歟？《史記》謂朱、虎、熊、羆爲伯益之佐。前殳斨、伯與，當亦爲垂之佐也。」帝曰：『咨！四岳。有能典朕三禮？』僉曰：『伯夷。』帝曰：『俞。』咨伯：『汝作秩宗。夙夜惟寅，直哉惟清。』伯拜稽首，讓于夔、龍。帝曰：『俞。往，欽哉！』朱子曰：「典，主也。三禮，祀天神、享人鬼、祭地祇之禮也。伯夷，臣名，姜姓。秩，叙也。宗，祖廟也。秩宗，主叙次百神之官，而專以『秩宗』名之者，蓋以宗廟爲主也。《周禮》亦謂之宗伯，而都、家皆有宗人之官以掌祭祀之事，亦此意也。夙，早。寅，敬畏也。直者，心無私曲之謂。人能敬以直内，不使少有私曲，則其心潔清而無物慾之污，可以交於神明矣。夔、龍，二臣名。」○按：周太史曰：「姜，伯夷之後也。」《史記》叙齊世家，繫出四岳，及其叙十一國，則又曰伯夷之後，周封於齊。豈伯夷，四岳之子與？若是，則岳爲能内舉矣。夫禮、樂之本，同體異用，伯夷遜于夔、龍，則夔亦固可掌禮矣，而謂其「達於樂，不達於禮」，是豈夫子之言哉！帝曰：『夔，命汝典樂，教胄子。胄子者，自天子以至于士之長子也，是皆將繼其父以有天下國家職位之責者，故教之尤專。古之教者，非有簡編文字之多也，而必以樂。蓋簡編文字者，聞見之粗；而樂者，轉移氣質之妙也，所以消融其查滓，滌蕩其血氣，而涵暢乎中和者，其妙機在乎是也。今之教者，皆其粗而已矣。故程子曰：「古之成材也易，今之成材也難。」直而温，寬而栗，剛而無虐，簡而無傲。此教胄子之目也。人之氣稟不同，故其性質有異，非數端所能盡者。胄子生長富貴之家，其性氣惟是數端爲多也。直而使之温，寬而使之栗，所以濟其偏也。剛而使之無虐，簡而使之無傲，所以防其過也。然皋陶「九德」之目，亦自是數端而細推之。詩言志，歌永言，聲依永，律和聲。八音克諧，無相奪倫，神人以和。』此典樂之目也。天理流行，具於人心，感而爲詩者，無非天理之真機也。而況聖人在上，治化清明，則人心感而爲詩者，此固和氣之所發也。聖人以其足以暢和氣、感人心、存啓發、驗政化、格人神，於是采而播之樂。夫其有詩也，則必有聲音唱詠以歌之，歌所以詠其言也。夫其有歌也，則必有清濁高下以節之，五聲所以依其永也。律呂者，又清濁高下之度，所以協其清濁高下而被之八音者也。然既依諸聲，則字有其節而可以協諸律呂。既協諸律呂，則聲有其度而可以諧之八音。音有其譜，則可以成其韻調也。此作樂之原也。

帝曰：『龍，朕堲讒説殄行，震驚朕師。命汝作納言，夙夜出納朕命惟允。』堲，疾之也。殄，絶也。讒邪之説使人昧於所聞，是絶人爲善之行也。一曰殄者，過絶之行，《中庸》所謂「行怪」者也。震驚朕師者，謂其駭衆亂群也。邪説之行，其勢起於民情之不達，政化之不明，故俗移於下而上不知，令出於上而下不聞，此讒説之所以行也。納言，所以伸民言而觀民風也。出納朕命惟允，所以審君言而播民教也。此道化所以通於民，民心所以化於上，而邪説所以不行也。夫邪説詖行，古今要不能無。顧唐、虞之時，風俗醇厚，政化修明，一有讒説殄行之興，則衆以爲駭，上以爲疾，而觀民風，修教化，所以邪説者不得作。後世上無教，下無學，邪説詖行，肆然行於其間，民皆安之，而上之人又或從而助之，此所以莫之禁也。噫！其來久矣。○《書》稱「予欲聞六律、五聲、八音，在治忽，以出納五言」，又曰「工以納言，時而颺之」，然則納言、典樂，二職固相關也，此夔、龍所以並命與？後世出納之司則有之，納言則非矣。帝曰：『咨！汝二十有二人，欽哉！惟時亮天功。』」「欽」之一辭，堯、舜之心法，前後所以相傳，君臣所以相警，惟此一語。二十二人之命，雖人各有一職，職各有所重，而「欽」之一辭實總而終之，無此心則職荒矣。

禹、皋陶相與陳謨。古者聖人君臣以有天下爲重事，不以位爲樂。方帝堯在上而舜登庸，詢事考言，既而堯老舜攝，舜順堯於上而酌行於下。二聖人在上，禹、皋未必有言也。至是堯崩，天下歸舜，而舜既爲天子矣。一聖人在上，故禹、皋始相與陳謨以輔成之，故《史記》曰「皋陶作士以理民。帝舜朝，禹、伯夷、皋陶相與語帝前。皋陶述其謀曰」云云，而帝又命禹曰「汝亦昌言」。履祥按：伯夷，當作「伯益」。蓋《禹謨》所載「克艱」之説，而帝舜謂「惟帝時克」，伯益亦復陳帝堯之德，而又有「儆戒」之謨。禹曰「帝，慎乃在位」，有「天其申命」之説，而帝又有「臣鄰」之咨，有「作股肱耳目」之咨。是皆舜始爲天子，君臣相警之辭，故今繫《皋陶謨》《益稷》之篇於初年之下，若《禹謨》則附「格，汝禹」之年。其實《舜典》爲經，而三謨乃其傳，善觀《書》者，亦當以謨附典而觀之。

《皋陶謨》：「粵若稽古皋陶，曰：『允迪厥德，謨明弼諧。』禹曰：『俞。如何？』皋陶曰：『都！慎厥身修，思永。惇叙九族，庶明勵翼，邇可遠在兹。』禹拜昌言，曰：『俞。』」允迪厥德，勉君也。謨明弼諧，勉臣也。有允迪厥德之君，則有謨明弼諧之臣。古人言行無二致，皋陶以此二語爲平日立言之首，蓋其所允蹈之者，故皋謨之首，史臣不假它語以贊皋，而以此二語之謨爲首。「慎厥身修，思永。惇叙九族」，允迪厥德之事也。「庶明勵翼」，謨明弼諧之義也。自「謹厥身修」以至「邇可遠在兹」，即「大學之道」也。凡皋陶之言，體用具備，品節詳明，簡而盡，詳而粹，前古以來未有若此篇者，其萬古立言之法與！後世稱皋陶者，獨以謨名，信乎不可及矣！皋陶曰：『都！在知人，在安民。』此推明爲治之綱要，在此二者。而知人又所以安民也。終篇發明，皆知人、安民之目。禹曰：『吁！咸若時，惟帝其難之。知人則哲，能官人；安民則惠，黎民懷之。能哲而惠，何憂乎驩兜，何遷乎有苗，何畏乎巧言令色孔壬？』「哲」、「惠」二字，古者「聖」、「仁」之異稱。哲者，聖之資。惠者，仁之功也。帝，堯也。言二事雖帝堯亦未易盡，使二事而易盡，則何以有工、兜、三苗之慮哉？唐、虞君臣，皆自以爲不足，故其言如此。皋陶曰：『都！亦行有九德。亦言其人有德，乃言曰，載采采。』此以下言「知人」也。言人之德見於行者，其凡有九。而論其人之有德者，固當歷述其於九德之行有幾事實也。禹曰：『何？』皋陶曰：『寬而栗，柔而立，愿而恭，亂而敬，擾而毅，直而温，簡而廉，剛而塞，彊而義。彰厥有常，吉哉！日宣三德，夙夜浚明有家。日嚴祗敬六德，亮采有邦。翕受敷施，九德咸事，俊乂在官。百僚師師，百工惟時。撫于五辰，庶績其凝。此「知人」之目也。以此九者定有德之名，其別凡十有八字，而合爲九德者。自「寬」以至「彊」九者，其氣質之性也。自「栗」以至「義」九者，其變化進修之學也。有上九者而無下九者以濟之，是氣稟之偏，非所以爲德之中也。寬者，多不堅密，是弛也，故寬而栗則爲德。柔者，多不能卓立，是弱也，故柔而立則爲德。愿，謹愿也。愿者，多同流合污而不莊，是鄉愿也，故愿而恭則爲德。治亂曰亂，謂有治亂解紛之材也。能此者，多恃材而易忽，故亂而敬則爲德。擾者，馴熟而易耎，故擾而毅則爲德。直者，徑行而易訐，故直而温則爲德。簡易者，多不修廉隅，故以簡而廉爲德。剛者，多無止蓄，故以剛而塞爲德。一曰：塞，實也。實則非素厲也。塞，古文作「寋」。彊者，恃勇而不審宜，故以彊而義爲德。有常者，謂有是德而能持久者也。苦今日寬栗而後日不然，一事彊義而他事不爾，則不常、易變，不足爲成德也。故雖有是九德，必能有常，則始足爲有德之人，用之則吉矣。小人勉彊於一時，亦似有德，然未幾而變用之，豈可保其福哉？

凡是九德也，得其三而用之，則有家之事振舉矣；得其六而用之，則一國之事精明矣；至於翕受敷施，盡得而用之，則職無不修，治無不舉，而財成輔相之事無不成矣。蓋以得人多寡爲治道小大之差也。「日宣」、「日嚴」，疑作「曰」。無教逸欲有邦。兢兢業業，一日二日萬幾。無曠庶官，天工人其代之。此章又自君心推之，以結「知人」之本，而起「安民」之端也。天下之治，雖散於條目顯設之間，實在於戒謹恐懼之本。無是心，則雖有政不行焉。此臯陶警切之意，聖賢論治之本也。天叙有典，勑我五典五惇哉！天秩有禮，自我五禮有庸哉！同寅協恭和衷哉！天命有德，五服五章哉！天討有罪，五刑五用哉！政事懋哉！懋哉！此「安民」之目也。天叙者，天理自然之倫叙也。其典，則君臣、父子、兄弟、夫婦、朋友之五典也。勑，則正之；惇，則厚之也。民德之不厚，以五典之未正。正五典，所以厚之也。天秩者，天理自然之品節也。其禮，吉、凶、軍、賓、嘉之五禮也。自，則自我制之；庸，則自我用之也。禮之不行，以制之非出於上也，故自我制之，所以庸之也。同寅者，即典禮以同人心之寅，協人心之恭，和人心之衷，均有以全其降衷之初也。舊説君臣，則文意似不相入。安民者，先之以五典之教以導之，繼之以五禮之制以齊之，則斯民莫不安行乎天理之中矣。全此者爲德，於是乎有賞；悖是者爲罪，於是乎有刑。政事，則因刑賞而舉凡治民之事者言之也。典、禮、賞、刑，安民之綱目。始終本末，備於此矣。此固聖賢之所謂安民者與！天聰明，自我民聰明。天明畏，自我民明威。達于上下，敬哉有土。聰明，聽其言、視其行也。明威，監其德、禍其淫也。《尚書》古文「威」皆作「畏」。此節言天心由於民，而民心不可欺，有民者不可以不敬。前章言「知人」之目，而以人之代天終之。後章言「安民」之目，而以天之自民終之。警戒之意深矣。臯陶曰：『朕言惠，可底行。』禹曰：『俞！乃言底可績。』臯陶曰：『予未有知，思曰贊贊襄哉。』臯陶之陳謨悉矣。其切於悟主也，故終之曰「朕言惠，可底行」，欲人不以爲空言而必行之也。其切於自反也，故又繼之曰「予未有知，思曰贊贊襄哉」，欲己不爲空言而輔行之也。帝曰：『來！禹，汝亦昌言。』帝以皋陶既陳「知人」、「安民」之謨，因呼禹，使亦陳其「昌言」。伏生今文，《益稷》合於《皋陶謨》篇末，文勢相接。《史記》亦同。禹拜曰：『都！帝，予何言？予思日孜孜。』皋陶曰：『吁！如何？』禹曰：『洪水滔天，浩浩懷山襄陵，下民昏墊。予乘四載，蔡氏《書集傳》曰：「四載，水乘舟，陸乘車，泥乘輴，山乘樏也。輴，《史記》作『橇』，《漢書》作『毳』。以板爲之，其狀如箕，擿行泥上。樏，《史記》作『橋』，《漢書》作『梮』。以鐵爲之，其形似錐，長半寸，施之履下以上山，不蹉跌也。蓋禹治水之時，乘此四載以跋履山川，踐行險阻者也。」隨山刊木。暨益奏庶鮮食。血食曰鮮。予決九川距四海，濬畎澮距川。此井地之原也。蔡氏曰：「一畝之間，廣尺、深尺曰畎。一同之間，廣二尋、深二仞曰澮。畎、澮之間，有遂、有溝、有洫，皆通田間水道，以小注大。言畎、澮而不及遂、溝、洫者，舉小大以包其餘也。先決九川之水，使各通於海。次濬畎、澮之水，使各通於川也。」暨稷播奏庶艱食鮮食。懋遷有無化居，烝民乃粒，萬邦作乂。』隨山刊木之初，益焚山澤，爲民奏魚獸之食，此其初，救民之權宜也。決川濬畎之際，稷降播種，爲民舉艱、鮮之食，此其中，民食之兼舉也。至於懋遷有無之後，穀粟通行，而烝民皆乃粒之食，此其末，民食之皆足也。古者民食素備，雖有九年之水，民無菜色。然自鯀九載之後，水患既久，五穀不登，民食竭矣。聖人所以爲通濟之術如此。皋陶曰：『俞！師汝昌言。』禹自叙其功云爾。皋陶俞之可矣，而復曰師之，何也？蓋禹所言者，孜孜之實。天下事功未有不自艱難辛苦孜孜而後能成之者，此真實用功之語，所以爲可師與？禹曰：『都！帝，慎乃在位。』帝曰：『俞！』禹曰：『安汝止，惟幾惟康。其弼直，惟動丕應徯志。以昭受上帝，天其申命用休。』帝曰：『吁！臣哉鄰哉！鄰哉臣哉！』止者，静也，謂未動之時也。安，猶保養也。幾，事端之微也。康，安静而不爲也。大抵君心當静止無爲之時，必安静以存養之，惟當察其幾微之端，亦惟當守其康靖無爲之規，其爲之輔弼者，亦於此時而常致其忠直之益，必如是，而後可以善其動，動而愜乎人心之同然，而其心明白無瑕，天命自與之悠久矣。

「臣哉鄰哉，鄰哉臣哉」，帝深感「弼直」之辭，而又反復嘆咏以相資也。鄰，即四鄰，詳見下文。禹曰：『俞！』帝曰：『臣作朕股肱耳目。予欲左右有民，汝翼。予欲宣力四方，汝爲。左右有民，導之也，明倫、齊禮，所以扶持人心之中也。宣力四方者，安之也，興利除害，所以維持天下之勢也。予欲觀古人之象，日、月、星辰、山、龍、華蟲作會，宗彝、藻、火、粉米、黼、黻絺繡。以五采彰施于五色作服，汝明。蔡氏曰：「黃帝、堯、舜，垂衣裳而天下治。則上衣下裳之制，創自黃帝而成於堯、舜也。日、月、星辰，取其照臨。山，取其鎮。龍，取其變。華蟲，雉，取其文。會，繪也。六者繪之於衣。宗彝，虎、蜼，取其孝。藻，水草，取其潔。火，取其明。粉米，白米，取其養。黼，若斧形，取其斷。黻，爲兩己相背，取其辨。絺，鄭氏讀爲『黹』，紩也，紩以爲繡也。六者繡之於裳，所謂十二章也。采者，青、黃、赤、白、黑也。色者，言施之於繒帛也。繪於衣，繡於裳，皆雜施五采，以爲五色也。汝明者，汝當明其尊卑之差等也。」〇衣服繪畫之末，聖人顧重之，與「左右」、「宣力四方」並言之，何也？此制禮之準也。龜山揚氏曰：「衣服所以彰有德，五服五章，或加非所稱，不明孰甚焉。」予欲聞六律、五聲、八音，在治忽，以出納五言，汝聽。五言者，言之比於五聲，有清濁高下之節者，所謂詩也。納之者，采詩以知民俗；出之者，播之於樂，以感人心也。凡人情之感動，爲風土之歌謡，於是有詩焉。古有采詩之官，采其詩，以律吕諧其聲，被之於金、石、絲、竹、匏、土、革、木，而謂之樂。因其聲音之和平怨怒，而後其政化之得失、民俗之所感者，可知也。此其所謂「納五言」者也。擇其所感者正，其所道者雅，其聲安以平，其樂淡以和者，用之鄉人邦國，使里巷之間皆弦歌之音[一]，聽之者莫不淡且和焉。淡，則欲心平；和，則躁心釋。優柔平中，德之盛也。天下化中，治之至也。此所謂「出五言」者也。〇「汝明」以上，聖人之制禮也。「汝聽」以上，聖人之作樂也。禮莫先於服章之等，故以作服爲重。樂本出於言志之詩，故以五言爲主。予違，汝弼。汝無面從，退有後言。欽四鄰。漢伏生曰：「古者天子必有四鄰，前曰疑，後曰丞，左曰輔，右曰弼。天子中立而聽朝，則四聖維之，是以慮無失計，舉無過事，故《書》曰『欽四鄰』，此之謂也。」〇履祥按：《書》有「四鄰」，而《文王世子》亦有「設四輔及三公」之言。四輔，即四鄰也。

三公者，天子師之而不敢臣者也。四輔者，豈天子鄰之而不敢臣者，故謂之「鄰」與？庶頑讒説，若不在時，侯以明之，撻以記之，書用識哉，欲並生哉。工以納言，時而颺之，格則承之庸之，否則威之。』有虞之盛，聖人屢以讒説爲憂，既聖之，又扑以教刑。蓋太平之世，後生小子「乃逸乃諺既誕」，雖士大夫或不免，後世風流清談、文詞放言，皆此類也。惟聖人則知生於其心，播於其口，必亂於其政，故獨憂之，而亦以命禹。侯，射侯也。明，教之也。庶頑讒説，教之而以射侯爲先，不其迂乎？蓋古者世簡風質，非有文字之繁。古之教人者，其義理寓於禮制，猶今之教人者，其義理寓於方册也。故古之教者以射侯，猶今之教者以書册也。夫射者，體欲其比於禮，節欲其比於樂，正其心而後可中多也。此射之爲教，所以先也。納言，即所納之五言。時而颺之，則播之樂以出之，所以教也。射，禮也。納言，樂也。書識、格庸，政也。撻記、否威，刑也。禮、樂、刑、政，聖人所以同民心也。○百揆之職，無所不總。聞六律五聲，所以命夔者也。化庶頑讒説，所以命龍者也。禮，所以命秩宗。刑，所以命皋陶者也。而皆以命禹。相職無所不統，所以總其綱維而經緯之者與。

禹曰：『俞哉！帝光天之下，至于海隅蒼生，萬邦黎獻，共惟帝臣。惟帝時舉，敷納以言，明庶以功，車服以庸，誰敢不讓，敢不敬應。帝不時，敷同日奏罔功。俞哉者，與《春秋傳》公曰「諾哉」意同，口然而心不然之辭。黎獻，黎民之賢者也。敷納，下陳而上納也。明庶，明其衆庶也。禹俞舜之命而又有所言，謂化頑讒者以明明德於天下爲本，以舉賢才爲先，以考功實爲務，則誰敢不讓，敢不敬應而爲此傲放縱誕之讒説哉？不如是，則頑讒之風浸淫於士大夫，而敷同日奏罔功矣。無若丹朱傲，惟慢遊是好，傲虐是作。罔晝夜頟頟，罔水行舟。朋淫于家，用殄厥世。讒説之興，本於傲遊之習，而人君身心，又臣民政化之本，一或以太平自縱，則風化之壞，端自是始，故禹勉舜以明德爲本，又舉丹朱以傲德爲戒。舜與朱，聖狂相遠，然其幾本一間耳。禹蓋用功於自治，故言之懇切如此。頟頟，不休息貌，所謂「凶人爲不善，亦惟日不足」也。予創若時。娶于塗山，辛壬癸甲。啓呱呱而泣，予弗子，惟荒度土功。塗山，在今濠州。《吕氏春秋》曰：「禹娶塗山氏女，不以私害公，自辛至甲，四日，復往治水。」履祥按：禹娶塗山與生啓，亦皆治水八年間事，前後非一時。新婚四日而不留，是禹不暇顧其妻也。生啓呱呱而不入，是禹不暇顧其子也。禹自言不暇顧其妻、子耳，而或者之説多妄矣。弼成五服，至于五千，州十有二師。孔氏曰：「治洪水，一州用三萬庸。」《大傳》曰：「古者處師，八家而爲鄰，三鄰而爲朋，三朋而爲里，五里而爲邑，十邑而爲都，十都而爲師，州十有二師焉。」鄭氏曰：「州凡四十三萬二千家，此蓋虞、夏之數也。」蔡氏曰：「十二師者，每州立十二諸侯，以爲之師，使之相牧以糾群后也。」履祥按：以下文考之，蔡氏之説爲正。《禮記》所謂「三十國之正」，傳所謂「爲諸侯師」，蓋此名猶存爾。外薄四海，咸建五長，各迪有功。苗頑弗即工，帝其念哉！』九州之外，迫於四海，每方各建五人以爲之長，而統率之也。聖人經理之制，其詳内略外者如此。謂十二師五長，内外各迪有功，而獨苗頑不即工，則苗之頑又有大於庶頑者。庶頑之讒，轉移之機尚在我。苗頑之頑，爲中國患，而轉移之機有未易致力者，故禹尤以苗頑爲警也。帝曰：『迪朕德，時乃功惟敘。皋陶方祗厥敘，方施象刑惟明。』」禹迪德，皋陶刑。帝舜化苗之機，在此二者，故兼以命禹、皋。

巡狩四岳八伯。

《虞夏傳》曰：「維元祀，巡狩四岳八伯。鄭氏曰：「祀，年也。元年，謂月正元日，舜格于文祖之年也。」履祥按：「祀」之與「年」、「歲」，古或通稱，但各有所重與。〇又曰：「四岳之職，出則爲方伯。後分置八伯。」履祥按：八伯，蓋其時每方二伯也。其名見下。壇四奥，鄭氏曰：「爲壇祭四方之神。」沈四海，鄭氏曰：「祭水曰沈。」封十有二山，鄭氏曰：「祭者必封，封亦壇也。」肇十有二州。鄭氏曰：「肇，域也，爲營域以祭十有二州之分星。」樂正定樂名。元祀代泰山，貢兩伯之樂焉。代、岱通。東岳陽伯之樂，舞《侏離》，其歌聲比余謠，名曰《晳陽》。鄭氏曰：「陽伯，猶言春伯，春官秩宗也。伯夷掌之。《侏離》，舞曲名，言象物生育離根株也。徒歌謂之謠，其聲清濁比如余謠，然後應律也。晳，當作『析』。春厥民析。《晳陽》，樂正所定也。是時契爲司徒，掌地官矣。又舉禹掌天官。」羲本作「儀」。伯之樂，舞《鼚哉》，其歌聲比大謠，名曰《南陽》。鄭氏曰：「儀，當爲『羲』，羲仲之後也。鼚，動皃。哉，始也。言象物應雷而動，始出見也。南，任也。」中祀大交霍山，貢兩伯之樂焉。鄭氏曰：「中，仲也。古字通。春爲元，夏爲仲。五月南巡守，仲祭大交氣於霍山也。南交稱大交。《書》曰『宅南交』也。」夏伯之樂，舞《謾彧》，其歌聲比中謠，名曰《初慮》。鄭氏曰：「夏伯，夏官司馬也。棄掌之。謾，猶曼也。彧，長皃。猶物象之滋曼彧然也。《初慮》，陽上極，陰始謀也。謾，或爲『謗』。」羲伯之樂，舞《將陽》，其歌聲比大謠，名曰《朱于》。鄭氏曰：「《將陽》，言象物之秀實動搖也。于，大也。」秋祀柳穀華山，貢兩伯之樂焉。鄭氏曰：「八月西巡守，祭柳穀之氣於華山也。柳，聚也。齊人語。」秋伯之樂，舞《蔡俶》，其歌聲比小謠，名曰《苓落》。鄭氏曰：「秋伯，秋官士。皋陶掌之。蔡，猶衰也。俶，始也。言象物之始衰也。」和伯之樂，舞《玄鶴》，其歌聲比中謠，名曰《歸來》。鄭氏曰：「和伯，和仲之後。《玄鶴》，象陽鳥之南也。《歸來》，言反其本也。」幽都弘山祀，貢兩伯之樂焉。鄭氏曰：「弘山，恒山也。十有一月朔巡守，祀幽都之氣於恒山也。互言之者，明祭山北稱幽都也。」冬伯之樂，舞《齊落》，鄭氏曰：「冬伯，冬官司空也。垂掌之。《齊落》，終也。言象物之終也。齊，或爲『聚』。」歌曰《縵縵》。並論八音四會。鄭氏曰：「此上下有脱辭，其説未聞。」歸格于禰祖，用特。」

履祥按：諸侯必貢詩於天子，傳曰「貢兩伯之樂焉」，是古者侯伯亦貢樂於天子也。羲伯、和伯，豈羲、和之後，以其知四方之風土氣候分爲方伯耶？舜巡四岳，禮樂之盛，伏生秦博士，逮見古《書》，其所述諒哉！昔者子黄子《續儀禮經傳》亦有取焉。今附于此，以廣異聞云。

三載。考績。發例於此，後不屢書。

五載。《箾韶》樂成。

《書》曰：「夔曰：『戛擊鳴球，搏拊琴瑟以詠。』祖考來格。虞賓在位，群后德讓。下管鼗鼓，合止柷敔，笙鏞以間。鳥獸蹌蹌。《簫韶》九成，鳳皇來儀。」蔡氏曰：「戛擊，考擊也。鳴球，玉磬名也。搏，彈。拊，循也。樂之始作，升歌於堂上，則堂上之樂，惟取其聲之輕清者，與人聲相比，故曰『以詠』。蓋戛擊鳴球，搏拊琴瑟，以合詠歌之聲也。虞賓，丹朱也。丹朱在位，與助祭群后以德相讓，則人無不和可知矣。下，堂下之樂。管，猶《周禮》所謂『孤竹之管』、『孫竹之管』、『陰竹之管』也。鼗鼓，如鼓而小，有柄，持而摇之，則旁耳自擊。柷，如漆桶，方二尺四寸，深一尺八寸，中有椎柄，連底撞之，令左右擊。敔，狀如伏虎，背上有二十七鉏鋙，刻以籈，櫟之。籈，長一尺，以木爲之。始作，則擊柷以合之；將終，則櫟敔以止之。蓋節樂之器也。笙，以匏爲之，列管匏中，又施簧於管端。鏞，大鐘也。鐘與歌相應者曰頌鐘。頌，或謂之鏞。《大射禮》：『樂人宿縣西階之西。頌磬之南，頌鐘。』即鏞鐘也。上言『以詠』，此言『以間』，相對而言，蓋與詠歌迭奏也。蹌蹌，行動貌。言樂音不獨感神人，至於鳥獸無知，亦且相率而舞，蹌蹌然也。簫，古文作『箾』，舞者所執之物。《説文》云樂名《箾韶》，蓋舜樂之總名。今文作『簫』，故先儒誤以簫管釋之。九成者，樂之九成也。功以九敘，故樂以九成。鳳皇，羽族之靈。來儀，來舞而有容儀也。『戛擊鳴球，搏拊琴瑟以詠』，堂上之樂也。『下管鼗鼓，合止柷敔，笙鏞以間』，堂下之樂也。樂之作也，依上下而遞奏，間合而後曲成。祖考，尊神，故言於堂上之樂。鳥獸，微物，故言於堂下之樂。九成致鳳，尊異靈瑞，故別言之也。」夔曰：『於！予擊石拊石，百獸率舞，庶尹允諧。』」夔論《韶》樂之所感備矣。又申言之，以明《韶》之所以感也。《韶》之所以感，有非樂正之所能與者，此夔所以深嘆之。鳥獸蹌蹌，在衆樂備作之後。鳳皇來儀，在《簫韶》九成之餘。而此云擊石拊石，即百獸率舞，何也？《韶》樂以球爲主，絲、竹、革、匏、金、木皆次之。夔爲樂正，實掌鳴球，而群工以次舉之也，故夔自言「予擊石拊石」而已，而百獸自率舞、庶尹自允諧。是則非予之所能知者，是必有妙於聲音之間者矣。蓋推本帝舜之德也。千載之下，《韶》有存焉者矣，而不聞有來儀、率舞之盛者，蓋人亡政息，音存而操變矣。○《虞夏傳》曰：「維五祀，定鍾石，論人聲，乃及鳥獸，咸變於前。鄭氏曰：「鳥獸率舞。」故更著四時，推六律、六呂，詢十有二變，而道弘廣。鄭氏曰：「詢，均也。」五作、十道，孝力爲右。鄭氏曰：「五作，五教也。十道，謂君令、臣共、父慈、子孝、兄愛、弟敬、夫和、妻柔、姑慈、婦聽者也。」秋養耆老，而春食鋪子，乃勃然《招》樂興於大鹿之野。」鄭氏曰：「興，成也。樂以致天神、出地祇、假人鬼爲成也。」

○《樂記》曰：「舜作五弦之琴以歌《南風》，夔始制樂以賞諸侯。故天子之爲樂也，以賞諸侯之有德者也。德盛而教尊，五穀時熟，然後賞之以樂。」《漢志》曰：「帝舜命夔曰：『女典樂，教胄子，直而温，寬而栗，剛而無虐，簡而無傲。詩言志，歌咏言，聲依咏，律和聲，八音克諧。』又以外賞諸侯。故聞其音而德和，省其詩而志正，論其數而法立。是以薦之郊廟則鬼神饗，作之朝廷則群臣和，立之學官則萬民協。聽者無不虛己竦神，説而承流，是以海内偏知上德，被服其風，光煇日新，化上遷善，而不知所以然，至於萬物不夭，天地順而嘉應降。」〇《家語》曰：「舜彈五弦之琴，造《南風》之詩。其詩曰：『南風之薰兮，可以解吾民之慍兮；南風之時兮，可以阜吾民之財兮。』」

六載。巡狩。

《書大傳》曰：「五載一巡狩，群后德讓，貢正聲，而九族具成。鄭氏曰：「族，當爲『奏』。言諸侯貢其正聲，而天子九奏之樂乃具成也。」雖禽獸之聲，猶悉關於律。鄭氏曰：「關，猶入也。」樂者，人性之所自有也。故聖王巡十有二州，觀其風俗，習其性情，因論十有二俗，鄭氏曰：「今《詩·國風》是也。」定以六律、五聲、八音、七始。著其素。鄭氏曰：「五聲，宮、商、角、徵、羽也。八音，鍾、鼓、笙、磬、塤、篪、柷、敔、琴也。七始，黄鍾、太蔟、大吕、南吕、姑洗、應鍾、蕤賓也。歌聲不應此，則去之。素，猶始也。」履祥按：此采詩作樂之始也。蔟以爲八，此八伯之事也。鄭氏曰：「蔟，猶聚也。樂音衆多，聚之以爲八也。」分定於五，此五岳之事也。五，謂塤在北方、鼓在東方之屬。五聲，天音也。八音，天化也。七始，天統也。」鄭氏曰：「天所以理陰陽也。」

七載。作《大唐之歌》。

《書大傳》曰：「執事還歸二年，謸然作《大唐之歌》。」鄭氏曰：「謸，猶灼也。《大唐之歌》，歌美堯之禪也。」

九載。三考，黜陟幽明。庶績咸熙。分北三苗。

《書》曰：「三載考績。三考，黜陟幽明。庶績咸熙。分北三苗。」唐孔氏曰：「考績法明，人皆自勵，故得衆功皆廣也。分北三苗，即是黜幽之事，故於『考績』之下，言其流之。分，謂別之。云『北』者，言相背。舜之黜陟善惡明也。」〇《古史》曰：「三載考績。三考，黜陟幽明。庶績咸熙。惟三苗之遺民爲惡不悛，乃復分北處之，以散其衆。」〇分北之者，分其民順化者與違命者，猶後世部分夷狄爲生户、熟户也。

履祥按：有苗始末，説者不同，愚嘗綜其實。《書》之所稱，於前曰「三苗」，於後曰「有苗」，曰「苗民」。《書》有異辭，則事有不同矣。蓋其始，部落不一，總謂三苗。説見《堯紀》。當堯之時，竄三苗于三危，罪其渠魁也。當舜之時，分北三苗，則削其地、分其民、別其部落、離其黨類，於以黜陟，亦以銷其勢也。至其後徂征之時，止曰「有苗」，曰「苗民」，而不復曰「三苗」云者，蓋已竄之後、既分之餘，存者特其一種耳。說者又謂分北之政，在舜季年來格之後，故係之《舜典》之末。是又不然。夫《舜典》之事，初年之事也。古者無事之世，帝者有作，其規模設施，皆於其初年，自是守之而天下治。雖其間隨時消息，蓋無幾也。舜自初年即政，分命群賢，三考黜陟，庶績咸熙，獨三苗以罪分北，則自餘無事可知矣，故終之以陟方，而餘不屢書焉。且於典曰「庶績咸熙，分北三苗」，於謨曰「各迪有功，苗頑弗即工」，則分北之事，爲三考黜幽之典，在衆功咸熙之後無疑也，非季年之事也。且季年之事，莫大於禪禹，而典不書，徂征亦不書，何獨於分苗而特書之？然則典之所書，止其初年之大政，所以權輿五十年之治者也。若征苗之事，則薦禹之餘，如舜巡狩四岳、肇州、四罪之政，不係之堯而係之舜者也。不然，來格之後，彼既服矣，又從而分北之，所謂「如追放豚，既入其苙，又從而招之」，而謂聖人爲之乎？

十有四載。帝作歌。

「帝庸作歌曰：『勑天之命，惟時惟幾。』乃歌曰：『股肱喜哉！元首起哉！百工熙哉！』皋陶拜手稽首颺言曰：『念哉！率作興事，愼乃憲，欽哉！屢省乃成，欽哉！』乃賡載歌曰：『元首明哉！股肱良哉！庶事康哉！』又歌曰：『元首叢脞哉！股肱惰哉！萬事墮哉！』帝拜曰：『俞，往欽哉！』」蔡氏曰：「勑，戒勑。幾，事之微。『惟時』者，無時而不戒勑也。『惟幾』者，無事而不戒勑也。蓋天命無常，理亂安危相爲倚伏。頃刻謹畏之不存，則怠荒之所自起；毫髮幾微之不察，則禍患之所自生。不可不戒也。此舜將欲作歌，而先述其所以歌之意也。股肱，臣也。元首，君也。人臣樂於趨事赴功，則人君之治爲之興起，而百官之功皆廣也。『拜手稽首』者，首至手，又至地也。大言而疾曰颺。率，總率也。言人君當總率群臣以起事功，又必謹其所守之法度。屢，數也。興事而數考其成，則有課功覈實之效，而無誕謾欺蔽之失。兩言『欽哉』者，興事、考成，二者皆所當深敬而不可忽也。此皋陶將欲賡歌，而先述其所以歌之意也。賡，續。載，成也。叢脞，煩碎也。言君明則臣良，而衆事皆安，所以勸之也。君行臣職，煩瑣細碎，則臣下懈怠，不肯任事，而萬事墮廢，所以戒之也。舜作歌而責難於臣，皋陶賡歌而責難於君，君臣之相責難者如此，有虞之治，茲所以爲不可及也與！」○《虞夏傳》曰：「惟十有四祀，帝乃雍而歌者重篇。於時俊乂、百工相和而歌《卿雲》。鄭氏曰：「卿，當爲『慶』。《天文志》曰：『若煙非煙，若雲非雲，郁郁紛紛，蕭索輪囷，是爲慶雲。此和氣也。』」帝乃偶之曰：『卿雲爛兮，糺縵縵兮。日月光華，旦復旦兮。』八伯咸進，稽首曰：『明明尚天，爛然星陳。日月光華，弘于一人。』帝乃載歌，旋持衡。」

履祥按：十有四載，傳叙其君臣之歌盛矣。然莫大於「勑天」之歌，而不言，何也？所謂「雍而歌者重篇」，必有所歌之篇。所謂「帝乃載歌」，必有載歌之語。意者「明良」之歌，其在此時與？今繫之此年，而以傳附之。

十有五載。帝載歌。

《虞夏傳》曰：「維十有五祀，祀者貳尸。」「日月有常，星辰有行。四時順經，萬姓允誠。於予論樂，配天之靈。遷于賢聖，莫不咸聽。鼚乎鼓之，軒乎舞之。精華以竭，褰裳去之。」「於是乃八風脩通，卿雲叢聚，蟠龍賁信於其藏，蛟魚踴躍於其淵，龜鼈咸出其穴。」此歌《汲冢竹書》亦有之，然誤在伊尹祀桐宮之下。考其辭，非商歌也。豈説經者以伊尹祠先王，有「古夏先后，鳥獸魚鼈咸若」之訓，故以係之與？鄭康成以爲帝舜之歌。《宋書·符瑞志》亦謂當是時「景星出房，慶雲興，帝乃載歌」，其辭若此，是必它有考矣。然愚玩其辭與其事，似爲登歌祀堯之詩，不可考矣。今俱存之，以俟知者。○子何子曰：「《宋書》『慶雲』之歌恐皆後人所託，似不類『賡歌』氣象，豈有重華君臣觀此雲瑞而動色作歌以慶之者乎？」

十有六載。九敘惟歌。

《虞夏傳》曰「維十有四祀」云云，「還歸二年，鄭氏曰：「明十五年。」愚按：當作十六年。而廟中苟有歌《大化》《大訓》《六府》《九原》，而夏道興」。原，當作「敘」。

履祥按：此「九功」之歌也。《大訓》《大化》，其「三事」之歌與？「九功」之歌舊矣。

禹言於帝，比音而樂之，以勸其民，使之不倦，至是而歌之廟也。其後，禹有天下，蓋常用之。後世守之，以爲禹樂，《騷》所謂「啓《九辯》與《九歌》」是也。《周官》「九德之歌」、「九韶之舞」，以享人鬼，蓋兼用虞、夏之樂，而説者以《九歌》爲《韶》樂，誤矣。朱子曰：「《九歌》，禹樂也，所謂『九德之歌』也。《九韶》，舜樂也，所謂『九韶之舞』是也。瞽矇掌九德之歌，比於六詩，意其辭詳矣。至戰國時，《騷》亦屢言之，豈及見其遺音耶？後世不傳，惜哉！」

丁巳。三十有二載。帝命禹總師。據張氏《紀年》，丁巳書「薦禹於天」，此三十二載也。而《書》曰「朕宅帝位三十三載」，則自喪畢之年通數也。

「粤若稽古大禹，曰：『文命敷于四海，祗承于帝。』朱子曰：「文命敷于四海，即《禹貢》所謂『東漸』、『西被』、『朔、南暨聲教，訖于四海』者也。史臣言禹既已布其文教于四海矣，於是陳其謨以敬承于舜，如下文所云也。文命，《史記》以爲禹名。蘇氏曰：『以「文命」爲禹名，則「敷于四海」者，爲何事耶？』」曰：『后克艱厥后，臣克艱厥臣，政乃乂，黎民敏德。』朱子曰：「『曰』已下，即禹祗承于帝之言也。孔子曰『爲君難，爲臣不易』，即此意也。敏，速也。禹言君而不敢易其爲君之道，臣而不敢易其爲臣之職，夙夜祗懼，各務盡其所當爲者，則其政事乃能修治而無邪慝，下民自然觀感，速化於善而不容已矣。」帝曰：『俞！允若兹，嘉言罔攸伏，野無遺賢，萬邦咸寧。稽于衆，舍己從人，不虐無告，不廢困窮，惟帝時克。』朱子曰：「舜然禹之言，以爲信能如此，則必有以廣延衆論，悉致群賢，而天下之民咸被其澤，無不得其所矣。然非忘私順理、愛民好士之至，無以及此，而惟堯能之，非常人所及也。蓋爲謙辭以對，而不敢自謂其必能。舜之克艱，於此亦可見矣。無告，指民。困窮，指士。程子曰：『舍己從人，最爲難事。己者，我之所有，雖痛舍之，猶懼守己者固而從人者輕也。』」益曰：『都！帝德廣運，乃聖乃神，乃武乃文。皇天眷命，奄有四海，爲天下君。』朱子曰：「廣者，大而無外。運者，行而不息。大而能運，則變化不測。故自其大而化之而言，則謂之聖。自其聖而不可知而言，則謂之神。自其威之可畏而言，則謂之武。自其經緯政化而言，則謂之文。堯之初起，不見於經。傳稱其自唐侯特起爲帝，觀益之言，理或然也。或曰：舜之所謂『帝』者，堯也。群臣之言『帝』者，舜也。蓋益因舜尊堯，而遂美舜之德以勸之。言不特堯能如此，帝亦當然也。今按：此説固爲有理，但此語接連上句『惟帝時克』之下，未應遽舍堯而譽舜，又徒極稱其美，而不見勸勉規戒之意，唐、虞之際，未遽有此諛佞之風也。依舊説贊堯爲是。此舜初年之謨，所謂『帝』者，皆述堯也。」禹曰：『惠迪吉，從逆凶，惟影響。』朱子曰：「惠，從順。迪，道也。逆，反道也。惠迪、從逆，猶曰順善、從惡也。禹言天道可畏，吉凶之應於善惡，猶影響之出於形聲也。以見不可不艱者以此，而終上文之意。」履祥謂：舜因禹「克艱」之謨，而論堯之克艱。益因舜論堯之辭，而推堯之德業。蓋舜明堯之心，而益明堯之德。禹因益言堯得天之效，而推言感格之由，則又以警舜也。益曰：『吁！戒哉！儆戒無虞。罔失法度，罔遊于逸，罔淫于樂。任賢勿貳，去邪勿疑。疑謀勿成，百志惟熙。罔違道以干百姓之譽，罔咈百姓以從己之欲。無怠無荒，四夷來王。』無虞，無可慮之時也。無虞之時，法度易弛，逸樂易過，故戒之。疑謀勿成，謂謀之未決者未可行，凡事必已審決而後行也。百志惟熙，謂心之應事，皆明而無所累也。○益之言「罔」者五，「勿」者三，「無」者二，皆儆戒之目也。失度、逸樂，戒其修諸身者也。賢邪、謀疑，戒其施諸朝廷者也。違道、從欲，戒其施於百姓者也。「無怠無荒，四夷來王」，戒其不倦以終之，雖達之夷狄可也。「干百姓譽」與「咈百姓」二句相反，須是兼看。戒其干譽，則或至咈民；戒其咈民，則或至干譽。要在「道」、「欲」二字。禹曰：『於！帝念哉！德惟善政，政在養民。此總言治之本原綱領也。水、火、金、木、土、穀，惟修；正德、利用、厚生，惟和。九功惟敘，九敘惟歌。水、火、金、木、土、穀，謂之六府。正德、利用、厚生，謂之三事。此推言德政養民之目也。所謂六府者，府蓋官府之府。六府所以裁成天地之性，遂萬物之宜，而致天下之利者也。傳稱：「古者物有其官，官修其方，故有五行之官。」所謂木工、火工、金工、水工、土工是也。其在唐、虞，豈非六府與？《禮記》[二]殷制：「天子之六府，曰司土、司木、司水、司草、司器、司貨，典司六職。」蓋本有虞氏之舊制也。十、木、水三司，其名不易。司草則穀府，司貨則金府，司器則火府，鎔冶之事也。鄭氏謂在周則「司土，土均也。司木，山虞也。司水，川衡也。司草，稻人也。司貨，卝人也」。然則其在有虞，豈非司空、朕虞、后稷、共工之職與？或九官之外，自有專司六府者與？或當時六府以事而名，不必專職與？六府各修其職矣，而政事之大有三焉。教之以正其德，通之以利其用，節之以厚其生。此三事所以同天下也，故謂之和。正德，則厚典庸禮之事，如司徒敷教、伯夷降典、后夔典樂、士制百姓，皆是也。利用，即同律度量衡、懋遷有無化居之事。厚生，則制用均節之事，如老者衣帛食肉、黎民不飢不寒；三年耕，必餘一年之食；以三十年之通，雖有凶荒水旱，民無菜色是也。舊說三事既指人力之爲，而六府乃指五行自然之利，如此，則並爲九功，非類例矣。縱曰「修」屬人事，可列爲功，然「修」與「和」對耳，非正、利、厚三言之比也。且行有五，府有六，土爰稼穡而離爲二，於義不通，不若從《禮記》[三]天子六府之說，則六府以職言，三事以事言，而九功之說得矣。六府之所掌，三事之所運，謂之九功。皆有成績功緒，謂之九敘。民樂其樂、利其利、沐其化而歌其事，采而貢之上之人，比而成章，謂之九歌。九歌也者，太史公所謂「沐浴膏澤而歌詠勤苦」者也。蘇氏謂其辭事若《豳風》之類，其是與。戒之用休，董之用威，勸之以九歌，俾勿壞。』自水土既平以來，六府之修、三事之和，久矣。和豫之世，人情易緩，庶事易弛，故禹於此論德政養民之事，必戒之用休，謂時戒喻之而使之休。休者，知樂業安常之爲美也。必董之用威，威，古文作「畏」，謂時董督之而使之畏。畏者，知廢事失常之爲惡也。必勸之以九歌，九歌者，以其昔日之歌，協之律吕，播之聲音，用之鄉人、邦國以及閭巷，莫不歌之，使民樂而不忘，思而不貳，勤而不倦焉。此德政養民無窮之治也。蘇氏謂九歌若《豳風》之類。愚謂：如此，則《周官》「吹《豳雅》以樂田畯，吹《豳頌》以息老物」，亦勸民九歌之遺意與？帝曰：『俞！地平天成，六府三事允治，萬世永賴，時乃功。』朱子謂：「舜因禹言養民之政，而推其平水土之功以美之也。」帝曰：『格，汝禹！朕宅帝位三十有三載，耄期倦于勤。汝惟不怠，總朕師。』朱子曰：「九十曰耄，百年曰期。舜至是年已九十三矣。總，率也。舜自言既老，血氣已衰，故倦于勤勞之事，汝當勉力不怠而總率我衆也。蓋命之攝位之事。堯命舜曰『陟帝位』，舜命禹曰『總朕師』者，蓋堯欲使舜真宅帝位，舜讓弗嗣，後惟居攝，亦若是而已。」禹曰：『朕德罔克，民不依。皋陶邁種德，德乃降，黎民懷之。帝念哉！念茲在茲，釋茲在茲，名言茲在茲，允出茲在茲，惟帝念功。』虞廷大臣，德之相似者，禹、皋耳。故禹於命攝之時，所遜惟皋。禹懼帝舜惟見己之功而不見皋之爲功也，故勉帝以念。「念茲在茲，釋茲在茲」者，謂念之也熟，則雖捨之而不可易。「名言茲在茲，允出茲在茲」者，謂言之也熟，則雖外之而不可違。禹以帝與己而不與皋，或者言念之或遺，而不見皋之功與？如見皋之爲功，則自有不可捨皋而它與者。此禹必欲遜皋之辭也。一説我念皋陶，固在皋陶；舍之不念，亦在皋陶；名之於言，固在皋陶；允出於心，亦在皋陶。亦通。但與上下句「帝念」不相應爾。帝曰：『皋陶，惟茲臣庶，罔或干予正。汝作士，明于五刑，以弼五教，期于予治。刑期于無刑，民協于中，時乃功，懋哉。』禹恐帝舜不念皋之功，故反覆以念功勉之。帝固未嘗不深知皋之功也，故因禹言以推明皋之功焉。大抵皋之知見密於禹，而禹之勞績著於皋。禹之功，天下所共知，而皋之爲功，非舜、禹不知也。然帝雖不聽禹之遜，而亦不遺皋之美，雖美皋陶之功，而不爲遜位之辭，觀於此，而聖人公平正大之心又可見矣。皋陶曰：『帝德罔愆，臨下以簡，御衆以寬。罰弗及嗣，賞延于世。宥過無大，刑故無小。罪疑惟輕，功疑惟重。與其殺不辜，寧失不經。好生之德，洽于民心。茲用不犯于有司。』帝曰：『俾予從欲以治，四方風動，惟乃之休。』舜方推美皋陶之功，皋則歸美於帝舜之德，而帝復以美皋焉。君臣有功，更相歸美，此固虞廷之盛。然君臣之體，相須以成，實有不可相無者，宜其成功之交相歸美也。

帝曰：『來，禹！降水儆予，成允成功，惟汝賢。降，《孟子》作「洚」。洚水者，洪水也。「成允成功」者，成實成之功也。朱子曰：「允，信也。奏言而能踐其言，試功而能有其功。」克勤于邦，克儉于家，不自滿假，惟汝賢。上「惟汝賢」，美其功也。此「惟汝賢」，美其心也。有是心，能有是功者，鮮矣。有是功，而又有是心，抑尤鮮也。汝惟不矜，天下莫與汝爭能。汝惟不伐，天下莫與汝爭功。矜者，自大。伐者，加人。不矜不伐，禹之所以爲大。予懋乃德，嘉乃丕績，天之曆數在汝躬，汝終陟元后。朱子曰：「曆數者，帝王相繼之次第，猶歲時氣節之先後。汝有盛德大功，固知曆數當歸於汝，汝終當升此大君之位，不可辭也。是時舜方命禹以居攝，未即天位，故以『終陟』言也。」人心惟危，道心惟微，惟精惟一，允執厥中。堯之授舜曰「允執其中」，此授之以治天下之則也。一人之治天下，惟在於持此無過不及之則，以裁天下之事，使之各得而已爾。舜之授禹也，而益之以三言，則又授之執中之則也。天地一理，運而爲陰陽五行之氣，其化生斯人也，氣以成形，而理亦賦焉。而心者，則理氣之會而知覺焉者也。人心者，知覺之生乎氣，如耳、目、鼻、口、四肢，與凡攻取之欲是也。道心者，知覺之生乎理，如惻隱、羞惡、辭讓、是非之端，蓋管乎耳、目、鼻、口、四肢者也。生乎氣者，固亦理之所有，而易流於欲，故危。原乎理者，攝乎氣之中，而不充則晦，故微。先言人心而後言道心，蓋道心之所以微，亦以人心之危有以微之也。精，則察此念之發爲人心、爲道心也。一，則守道心之正而不貳也。如此，則自吾心而達之天下，凡所云爲，皆有以得其中矣。中，即道之用也。〇朱子曰：「心之虛靈知覺，一而已矣。而以爲有人心、道心之異者，則以其或生於形氣之私，或原於性命之正，而所以爲知覺者不同，是以或危殆而不安，或微妙而難見耳。人莫不有是形，故雖上智不能無人心。亦莫不有是性，故雖下愚不能無道心。二者雜於方寸之間，而不知所以治之，則危者愈危，微者愈微，而天理之公，卒無以勝人欲之私矣。精，則擇夫二者之間而不雜也。一，則守其本心之正而不離也。

從事於斯，無少間斷，必使道心常爲一身之主，而人心每聽命焉，則危者安，微者著，而動静云爲，自無過、不及之差矣。夫堯、舜、禹，天下之大聖也。以天下相傳，天下之大事也。以天下之大聖，行天下之大事，而其授受之際，丁寧告戒，不過如此。則天下之理，豈有加於此哉？」無稽之言，勿聽。弗詢之謀，勿庸。言，人之言也。無考於實者勿聽。謀，己之計也。不詢於衆者勿庸。舊説謀亦人謀，猶史所謂以一人之言而進退之者。可愛非君？可畏非民？衆非元后，何戴？后非衆，罔與守邦？欽哉！慎乃有位，敬修其可願。四海困窮，天禄永終。惟口出好興戎，朕言不再。』禹曰：『枚卜功臣，惟吉之從。』帝曰：『禹！官占，惟先蔽志，昆命于元龜。朕志先定，詢謀僉同，鬼神其依，龜筮協從，卜不習吉。』禹拜稽首，固辭。帝曰：『毋！惟汝諧。』」蔽，斷也。昆，後也。

三十有三載。正月朔旦，禹受命于神宗，率百官若帝之初。

履祥按：《禮》稱「有虞氏宗堯」，則神宗，堯廟也。《古史》稱「舜之子孫，乃更郊堯而宗舜」，此説非也。當是禹郊堯而宗舜爾。三聖揖遜，以天下相傳，祀以爲宗，以有天下之大統也。自夏后氏子孫繼世以有天下，商、周征伐以有天下，固異於是，而諸儒之説亦始膠矣。

帝命禹敘洪範九疇。

「箕子曰：『我聞在昔，鯀陻洪水，汩陳其五行。帝乃震怒，不畀洪範九疇，彝倫攸斁。鯀則殛死，禹乃嗣興。天乃錫禹洪範九疇，彝倫攸敘。初一，朱子曰：「此讀也。全讀，則是以『一』、『二』爲次第。不見《洛書》本文，又不見聖人法象之義，故後人至以此章總爲《洛書》本文者，皆爲句讀不明也。下皆倣此。」曰五行；次二，曰敬用五事；次三，曰農用八政；次四，曰協用五紀；次五，曰建用皇極；次六，曰乂用三德；次七，曰明用稽疑；次八，曰念用庶徵；次九，曰嚮用五福，威用六極。』」○《書大傳》曰：「維王后元祀，鄭氏曰：「王，謂禹也。禹始居攝爲君之年也。」履祥按：古者數年，自人君即位爲元，亦有因事起年者。元年，即一年、首年云爾，非有它大義也。時帝舜爲天子三十三年，禹攝其事。而此稱「元祀」者，謂攝政之一年爾。自説《春秋》者始以改元爲莫大之事，於是後世之論膠矣。帝令大禹，步于上帝。使禹推天道也。禹乃共辟厥德，受帝休令。爰用五事，建用王極。」鄭氏曰：「初，禹治水，得神龜負文于洛，于以盡得天人陰陽之用，至是奉帝命而陳之也。」履祥按：此敘九疇也。禹始攝天下之政，故帝令其以所得《洛書》推爲治天下之綱目也。王、皇，義通。九疇之數，以「皇極」爲中；而九疇之用，以「五事」爲始。蓋皇之建極，本諸身也，故九疇以此二疇爲要。然而漢伏生等傳失其真，其後遂專言灾祥休咎之證，其亦範之一用與。銖分户析，各指事應，則失之拘矣。○《易大傳》曰：「洛出書，聖人則之。」○孔安國曰：「《洛書》者，禹治水時神龜負文，列於背。有數自一至九，禹遂因而第之。」劉歆曰：「禹治洪水，錫《洛書》而陳之，九疇是也。」○關子明曰：「《洛書》之文，九前一後，三左七右，四前左，二前右，八後左，六後右。」○朱子曰：「凡數之始，一陰一陽而已矣。陽之象圓。圓者，徑一而圍三。陰之象方。方者，徑一而圍四。圍三者，以一爲一，故參其一陽而爲三。圍四者，以二爲一，故兩其一陰而爲二。是所謂參天兩地者也。三二之合，則爲五矣，此圖、書之數所以皆以五爲中也。《洛書》以五奇數統四偶數，而各居其所，蓋主於陽以統陰，而肇其變，數之用也。一、三、七、九，各居其五，象本方之外，而二、四、六、八者，各因其類以附于奇數之側。蓋正者爲君，側者爲臣，有條而不紊也。《洛書》主變，故極於九，而其位與實皆奇贏而偶乏。虛其中也，然後陰陽之數均。其陽數則首北，次東，次中，次西，次南；其陰數則首西南，次東南，次西北，次東北也。合而言之，則首北，次西南，次東，次東南，次中，次西北，次西，次東北，而究于南也。其運行則水克火，火克金，金克木，木克土，右旋一周，而土復克水也。一、六，水也。二、七，火也。四、九，金也。三、八，木也。五，土也。縱橫十五，而七、八、九、六，迭爲消長，虛五分十，而一含九，二含八，三含七，四含六，則參伍錯綜，無適而不遇其合焉。此變化無窮之所以爲妙也。」

履祥按：洛出書而禹則之，敘爲九疇。疇之取義有三焉。一曰並義。子王子曰，《洛書》《河圖》相表裏，故一、六、二、七、三、八、四、九，皆並位，於是九疇之義相比而應。一與六相並也，係「五行」於一，而係「三德」於六。以天賦之氣，有生克清濁之殊，則人囿于質，有剛柔善惡之異也。二與七相並也，係「五事」於二，而係「稽疑」於七。見於事者，有得有失，則驗于占者，有吉有凶也。四與九相並也，係「五紀」於四，而「福極」於九。運於天者，有經緯離合之不齊，則賦于人者，有五福六極之或異也。三與八相並也，係「八政」於三，「庶徵」於八。施于政者，有善有惡，則感于天者，有變有常也。二曰對義。子王子曰，一與九相對也，係「五行」於一，「福極」於九。天之所賦，有善惡厚薄，則人之所稟，有五福六極也。二與六相對也，係「五事」於二，「三德」於六。人身皆有當然之則，本然之性也，剛柔善惡之不同，則氣質之性也。四與八相對也，係「五紀」於四，「庶徵」於八。五紀者，天道之常經；庶徵者，天道之變化也。三與七相對也，係「八政」於三，「稽疑」於七。政有得有失，則稽有吉有凶也。箕子所陳「五事」、「庶徵」，相爲感應，則二與八又相對取義也。四、六亦然。箕子蓋舉一隅以見義也。今三縱而一衡，而取義亦粲然矣。三曰次第。夫《洛書》之數，連比對待，縱横錯綜。然而，履一，則本之所以始；戴九，則表之所以終；中五，則上下左右錯綜回環，而樞紐斡運於中也。是亦自然之序，故聖人亦因而次第之。係「五行」於一，以見化生人物之始也。五行化生萬物，人得其秀最靈，而五行之在人者爲五事，故「五事」次之於二焉。五性感動而善惡分，萬事出矣，而所以治之者，其政有八，故「八政」次之於三焉。人事既繁，庶政具舉，因時作事，則有天時之紀焉，故「五紀」次之於四。五行、五事、八政、五紀，天人之事備矣。聖人成位乎其中，立人極焉，故「皇極」次之於五。皇極者，固所以順五行、敬五事、出八政、贊五紀者。以一人立極，爲天下之標準，其所以化民成俗，因其氣習而治教之者，則有三德焉，故「三德」次之於六。以一人而天下之標準攸係，至不輕也。其中否吉凶，小則質之神明，故「稽疑」次之於七，大則驗之於天地，而五氣四時之運，其休其咎，有不可掩者矣，故「庶徵」次之於八。抑是理也，君子修之吉，小人悖之凶。「五福」、「六極」各以類應，聖人又即以勸懲斯世焉。蓋體天治人之用盡矣，故次之於九終焉。箕子陳《洪範》，獨以次言之，蓋獨陳其辭，不可以無敘也。至於五事，敬、乂、哲、謀、聖，而驗諸庶徵，則於對義固舉一隅矣。或曰：《河圖》之位圓，圓者，天也；《洛書》之位方，方者，地也。自一而次數之，句連錯綜，以至于九。句連錯綜者，地道之所以固也。《洛書》之數，其用深廣，聖人敘疇於此，未始數數言也。然後世或以推灾異，或以擬《易》占、八陣、太乙、遁甲，下至陰陽家者流，以推八卦、九宫、八門、黑白、向背、吉凶，亦各得其末流之一節與！抑天地自然之數，周乎萬物，固有所不能外也。

復九州。

《經世曆》曰：「禹受命于神宗，正天下水土，分九州、九山、九川、九澤。」按：此年禹以十二州仍爲九州。此氣數，邵子係之丁巳，其必有考也。

三十有五載。咨禹征有苗。

《大禹謨》曰：「帝曰：『咨，禹！惟時有苗弗率，汝徂征。』禹乃會群后，誓于師曰：『濟濟有衆，咸聽朕命。蠢茲有苗，昏迷不恭，侮慢自賢，反道敗德。君子在野，小人在位。民棄不保，天降之咎。肆予以爾衆士，奉辭伐罪。爾尚一乃心力，其克有勳。』世之言有苗者，多謂其負險阻抗衡中夏，若後世荆楚之爲。觀舜、禹、《吕刑》之辭，不過以其弗率反道、賢否易置、棄民虐刑耳，初不爲其抗衡而征之也。於此見聖人之征伐，其究以爲民耳。三旬，苗民逆命。禹之徂征也，不必直擣其穴也。奉辭以臨之，警其悔悟耳。苗之逆命也，不必發兵拒守也。不從辭命，未知悔悟耳。三旬而未奉令，益猶欲其久而自悟，故贊禹班師也。聖人征伐之師，於此可見矣。益贊于禹曰：『惟德動天，無遠弗届。滿招損，謙受益，時乃天道。帝初于歷山，往于田，日號泣于旻天，于父母，負罪引慝。祗載見瞽瞍，夔夔齋慄，瞽亦允若。至誠感神，矧茲有苗。』苗民之逆命也，非舜、禹德有未至，亦非行之或滿也。而益云然者，古者聖賢行有不得反求諸己，大率如此。夫以苗之頑，至於臨之兵，又至於兵不可懼，亦極矣。豈必果進師以滅之哉？又謙以處之，又反求其所謂德而已矣。以帝舜之事父，豈有不至？而不得於父，帝亦惟自負罪引慝，而終能底豫。故凡自反誠切者，終必有格。又至誠之道，可以感神，而況有苗乎？禹拜昌言曰：『俞！』班師振旅。帝乃誕敷文德，舞干羽于兩階。七旬，有苗格。」誕敷文德，大敷其文命德教，使教化新明于諸侯。交暢旁通謂之誕敷，不必施之有苗也。舞干羽者，示之以禮樂也。干，武舞。羽，文舞。蓋示反武敷文之意。兩階，賓階、主階，蓋舞之群臣、群后朝會覲享之地也。古人無文字書册之煩，凡衣服、物象、器用、禮樂之具，皆所以示意向而明教化也。○《路史》曰：「於是命禹行天子之事。三載，鼇苗弗恭，命禹征之。」○《淮南子》曰：「夫能理三苗，朝羽民，從裸國，納肅慎，未發號施令而移風易俗者，其唯心行者乎！法度刑罰何足以致之也？」

履祥按：舜之攝也，覲諸侯、巡四岳，行天子之事也，不聞堯復命之也。禹之攝也，徂征之師，帝猶命之，而傳記亦有舜南巡之說。是征伐、巡狩，禹不專也。豈堯、舜之事，不詳見於經，計舜每事亦必禀命與？抑堯之命舜也，曰「陟帝位」，舜之命禹也，曰「總朕師」、「終陟帝位」云爾，其攝復有不同與？

甲子。三十有九載。

邵子《皇極經世》「以運經世之二」：「經元之甲一。經會之午七。經運之甲一百八十一。經世之子二千一百六十一。甲子，夏王禹八年。」○祝氏曰：「唐、虞當第六會之終。元經會之運卦，在會之世之世之世『同人』上爻，變而爲『革』，則天運推移矣。當數之交，堯、舜知天之曆數，以天下與賢，苟非二聖之大德，安能保灾度難？洪水滔天，非小沴也。四凶稔惡，非細故也。惟堯、舜能平定之，故曰：『巍巍乎！有天下而不與焉。』是年運之甲，『大畜』、

『節』；世之子，『大畜』、『節』；年之甲子，『損』、『節』。」

癸酉。四十有八載。帝陟方乃死。《書》稱「五十載」，蓋自堯崩之後通數也。

《書》曰：「舜生三十徵庸，三十在位，五十載陟方乃死。」言舜生三十而登庸，又三十年而在位，又五十年乃崩。言其年數耳，非號也。陟方，猶言升遐也。韓子曰：「《竹書紀年》帝王之没皆曰『陟』。陟，昇也，謂昇天也。」朱子曰：「方，猶云『徂乎方』之『方』。陟方乃死，猶言殂落而死也。」〇《史記》曰：「南巡狩，崩於蒼梧之野。葬於江南九疑，是爲零陵。」《皇覽》曰：「舜冢在零陵營浦縣。其山九溪皆相似，故曰九疑。傳曰：舜葬蒼梧，象爲之耕。」〇《禮記》曰：「舜葬蒼梧之野，蓋二妃未之從也。」《西漢·劉向傳》「舜葬蒼梧，二妃不從」，《東漢書》引《禮記》作「二妃」。今本曰「三妃」者，誤也。韓子曰：「堯之長女娥皇爲舜正妃，故曰君。其二女女英，自宜降曰夫人也。故《九歌》辭謂娥皇爲君，謂女英爲帝子，各以其盛者推言之也。《禮》有『小君』，明其正自得稱君也。」〇《大紀》曰：「記稱舜葬蒼梧。劉道原以爲舜巡守南裔，往而不返者，欲兆庶專意戴禹也。夫舜本以耄期倦于勤，使禹攝政。使遠巡荒外而死，是與經意相反也。舜之授禹以天下者，本乎民心與天意爾。使禹有天命，舜雖不死於荒外，何病於禹？使禹無天命，舜雖死於荒外，豈能有益於禹哉？此記者謬誤，道原習而未之察也。」

履祥按：淮、漢以北，上自伏羲，下至近代，帝王之墓尚皆可考，獨舜冢不見於此〔四〕。

而蒼梧去都最遠，重以三苗之亂，歷舜、禹始克平之，故舜、禹於南方之化，蓋數數然也。是以舜至蒼梧，今南方之地多其遺迹。而禹亦有會稽之會，死亦葬焉。聖人以天下爲家，不可以遠近論也。

甲戌。四十有九載。

乙亥。五十載。禹避於陽城。

《孟子》曰：「舜崩。三年之喪畢，禹避舜之子於陽城。天下諸侯朝覲、訟獄、謳歌者，不之舜之子而之禹。」〇《路史》曰：「女罃生義均及季釐。義均封商，今商之商洛有堯女墓，武關西北百有二十里商城是也。禹封其子於虞。季釐封於緡，其後爲夏桀所克。舜庶子七人。圭、胡、負、遂、盧、蒲、衛、甄、潘、饒、番、傅、鄒、息、有、何、母、轅、餘姚、上虞、濮陽、餘虞、西虞、亡錫、巴陵、衡山、長沙，皆其裔也。夏有箕伯，箕伯之後箕子。」

履祥按：丹朱之不肖，舜之子亦不肖。然均之失德，不見於經傳，蓋德不若舜、禹爾。有禹，則舜不以天下私均也。舜處其子於商，而禹復封之虞，《古史》謂服其服，禮樂如之，客見天子而不臣。然《古史》又謂舜宗祀堯，至舜之子孫則更郊堯而宗舜，此據《國語》及韋昭之説也。舜郊嚳宗堯，則禹固當郊堯而宗舜矣，而乃以堯、舜之祀歸之舜之子孫，顧自郊鯀焉，何也？曰：此夏之末造也。夫三聖以天下爲公，則皆承其祀。三王之子孫，以天下爲家，則各祖其祖。舜之宗堯，禹之宗舜，一也。舜之郊嚳，禹之郊堯，亦一也。其郊鯀也，則夏之末造也。杞夏配天，其諸始於少康乎？於是郊堯宗舜，則屬之虞思之國矣。孔子曰：「杞之郊也，禹也。宋之郊也，契也。」蓋商、周存二代之後，猶尊賢也。尊賢，則杞郊禹矣。杞而郊禹，則虞郊舜而唐郊堯，皆天子之事守也。

【校記】

〔一〕「音」，原脱，今據慎獨齋配補歸仁齋本、宋犖本、率祖堂本、《四庫》本補。

〔二〕「禮記」，原作「記禮」，今據宋犖本乙。

〔三〕「禮記」，原作「記禮」，今據宋犖本乙。

〔四〕「此」，原作「北」，今據慎獨齋配補歸仁齋本、宋犖本、率祖堂本、《四庫》本改。

通鑑前編卷之三

金履祥編

夏后氏大禹。《史記》作「帝禹」。

丙子。元歲。春正月。

《夏小正》曰：《夏小正》，夏時之書，見《大戴禮》。戴德作傳，與正文合爲一篇。朱子《儀禮》別出之。「春正月：啓蟄。愚按：今二月始驚蟄，而漢始以驚蟄爲正月中。《月令》「孟春，蟄蟲始振」，豈古者陽氣特盛，啓蟄獨早與？《國語》謂「陽癉憤盈，土氣震發」，則蟄蟲之動固宜然。啓者，始震之謂。非出蟄也。鴈北鄉。《月令》「鴻鴈來」，傳曰：「鴈以北鄉爲居，生且長焉。」雉震呴。震，振也。呴，鳴也。《書》曰「越有呴雉」，蓋其音云。魚陟負冰。《月令》「魚上冰」是也。魚，冬則氣在腴，故降；春則氣在背，故升。負冰者，春冰薄，魚既升，背若負之也。農緯厥耒。戴氏曰：「緯，束也。」愚按：古者立春，先時命農大夫咸勸農用。耒〔一〕，田器也。初歲祭耒，祭始爲耒耜之人也。始用暢。關滄本作「暘」，舊注音韔。按：暘，不生也。訓「達」，作「暢」爲是。戴氏曰：「暢也者，終歲之用祭也。」愚按：古者先立春，王將耕籍，則鬱人薦鬯，王裸鬯。鬯之言暢也。祭末而用鬯也。囿有見韭。韭，陽菜，春有之。見，露也。時有俊風。戴氏曰：「俊者，大也。大風，南風也。合冰必於南風，解冰必於南風，生必於南風，收必於南風，故大之也。」寒日滌凍塗。日滌凍解而爲塗泥也。田鼠出。戴氏曰：「嗛鼠也。」按：《爾雅》疏云：「頰能藏食者。」農率均田。率，相率也。均，《月令》所謂「皆修封疆，審端徑遂」。夏后氏一夫受田五十畝，均田所以修其疆畔，分其遂、畎，不相侵越，同賴利澤也。獺祭魚。《月令》同。鷹則爲鳩。《月令》「仲春，鷹化爲鳩」，此在正月。按：《月令》鷹化在雨水之後。漢始以雨水爲二月節，蓋因秦之舊，故呂不韋以鷹化係之仲春耳。農及雪澤。雪澤，猶凍解也。及，傳所謂「汲汲」也。及此凍解，便往治田。《農書》曰「春土長冒，陳根可拔，耕者急發」是也。初服于公田。戴氏曰：「言先服公田，而後服其私田也。」愚謂：《孟子》曰：「《詩》云『雨我公田，遂及我私』，由此觀之，雖周亦助也。」《夏小正》曰「初服于公田」，由此觀之，雖夏亦助也。采芸。《雜禮圖》云：「芸，蒿也，葉似邪蒿，香美可食。」鞠則見。戴氏曰：「星名也。」按：天文書不見鞠星，是時初昏參中，則晨見者，危、室諸星耳。古「鞠」、「菊」通用，蓋謂菊始苗，故九月曰榮鞠，則菊華也。初昏參中。斗柄縣在下。是時初昏，則日當在室、壁之間，與《月令》不相異也。柳稊。柳始綻如梯也。梅、杏、杝桃則華。戴氏曰：「杝桃，山桃也。」緹薃。戴氏曰：「薃，莎也。緹，其實也。」鄭氏曰：「莎草也。」愚按：《爾雅》「薃，侯莎，其實媞」，薃即莎。又《廣雅》「莎薩，地毛也」。雞桴粥。戴氏曰：「桴，嫗伏也。粥，養也。」二月：往耰黍，耰，覆種也。耰，當作「種」。禪。戴氏曰：「單也。」讀屬上。愚謂：二月漸暖，耰黍者可單衣也。初俊羔，助厥母粥。戴氏曰：「粥者，養也。言大羔能食草木而不食於母也。」綏多女士。闕本作「緌」。戴氏曰：「綏，安也。冠子取婦之時也。」愚按：《周禮》「會男女」即此也。女有家，士有室，所以安之也。丁亥，《萬》用入學。《萬》，舞也。此《月令》所謂「上丁，命樂正習舞，釋菜」也。

二月不必皆有丁亥，豈以是月釋菜，卜日以干取丁，或以支取亥與？祭鮪。戴氏曰：「祭不必記，記鮪何也？鮪之至有時，美物也。鮪者，魚之先至者也。而其至有時，謹記其時也。」按：此所謂「春獻王鮪」者也。《吕令》季春「薦鮪」。榮堇，郭璞《爾雅注》曰：「堇葵。葉似柳，子如米，汋食之滑者。」《本草》唐本注云，此菜野生，非人所種，俗謂之堇菜。榮，華也。采蘩。《爾雅》「蘩，皤蒿」，即白蒿也。或曰：蘩，所以生蠶。昆小蟲抵蚳。蚳，螘卵也。按：《爾雅注疏》：「螘子在卵者名蚳。」然此云昆及小蟲之微，大抵皆卵粥也。來降燕乃睇。戴氏曰：「莫能見其始出也，故曰來降。睇，眄也，視可爲室者也。」按：此《吕令》所謂「玄鳥至」也。剥鱓。《大戴禮》作「鼉」，曰「以爲鼓也」。有鳴倉庚。黄鸝也。榮芸，芸至是華也。時有見稊，始收。愚按：《爾雅》疏「稊，一名芙」。稊稗之草，以其穢苗，故其始生即收割之。三月：參則伏。至此參初昏而西没也。唐《開元曆》推夏時季春，日在昴十一度，去參距星十八度，故曰三月參則伏。攝桑。戴氏曰：「攝而記之，急桑也。」萎楊。舊注「萎」作「苑」。戴氏曰：「楊則花。」䍧羊。戴氏曰：「或曰：䍧，羝也。」螜音斛。則鳴。《爾雅》曰：「螜，天螻。」注：「螻蛄也。」頒冰。戴氏曰：「分冰以授大夫也。」愚按：《月令》仲春開冰，而夏用三月。蘇氏曰：「古者藏冰發冰，以節陽氣之盛。夫陽氣之在天地，譬猶火之著於物也，故常有以解之。十二月陽氣蘊伏，錮而未發，其盛在下，則納冰於地中。至於二月，四陽作，蟄蟲起，陽始用事，則始啓冰而廟薦之。至於四月，陽氣畢達，陰氣將絶，則冰於是大發。食肉之禄，老病喪浴，冰無不及。是以冬無愆陽，夏無伏陰，春無淒風，秋無苦雨，雷出不震，無災霜雹，厲疾不降，民無夭札也。」采識。戴氏曰：「識，草也。」愚按：識，當作「蘵」。《爾雅》「蘵，黄蒢」注：「蘵草，葉似酸漿，花小而白，中心黄，江東以作葅食。」妾子始蠶。戴氏曰：「先妾而後子，事有漸也。言自卑事之始也。」執養宫事。此句連上文，言蠶事也。祈麥實，越有小旱。所以祈麥實者，恐或有小旱也。正月於農事，三月於蠶、麥，言之不厭其詳。

田鼠化爲鴽。戴氏曰：「鴽，鵪也。」拂桐芭。戴氏曰：「或曰：言桐芭始生，貌拂拂然也。」按：《吕令》「桐始華」。

鳴鳩。○夏四月：昴則見。是時日在畢、觜之間，故旦昴則先見。初昏，南門正。其時立夏，日在井四度，昏角中。南門右星入角距西五度，其左星入角距東六度，故曰四月初昏，南門正。鳴蚻。按：《爾雅》：「如蟬而小。有文者謂之蚻。蟬之小者，謂之麥蚻。」戴氏曰：「蚻者，寧縣也。鳴而後知之，故先鳴而後蚻。」囿有見杏。鳴蜮。戴氏曰：「屈造之屬。」王萯莠。按《吕令》注當作「萯秀」。王萯，即王瓜。《本草》陶注云：「即今土瓜也。」萯，房九反。取荼莠。荼，苦菜也。《爾雅》疏云：「苦菜，葉似苦苣而細，斷之有白汁。」愚按：即今苦蕒也。莠，當作「秀」，即《吕令》「苦菜秀」。幽。戴傳「莠幽」爲句。越有大旱。此上必有闕文。執陟攻駒。執者，離之去母。陟者，升之君也。攻駒者，教之服車。五月：參則見。日在井、鬼，旦則參見。浮游有殷。蜉蝣也。殷，衆盛也。一名渠略。陸云：「似甲蟲，有角，大如指，長三四寸，甲下有翅，能飛。夏月陰雨時地中出。今人燒炙噉之，美如蟬也。樊光謂糞中蝎蟲，隨陰雨時爲之，朝生夕死。」鴂則鳴。《離騷》：「恐鵜鴂之先鳴兮，使夫百草爲之不芳。」蓋五月一陰生，則鴂鳴，乃百草不芳之候也。時有養日。戴氏曰：「養，長也。」乃衣瓜。舊注作「乃衣衣」，試新衣也。良蜩鳴。按《爾雅》當作「蜋蜩」，五彩具者也。匽之興。五日翕，望乃伏。戴氏曰：「不知其生之時，故曰興。伏云者，不知其死也。」啓灌藍、蓼。啓灌者，取其汁也。藍，可以染者，五月取以爲澱。蓼，草名，取以爲麯。鳩爲鷹。唐蜩鳴。按《爾雅》當作「螗蜩」。螗蜩者，匽。陸璣云「螗，一名蝘蚏」，《字林》「蚏」作「嘹」。愚按：良蜩者，蟬聲清長者也。唐蜩，則今嘹也。初昏，大火中，心星也。今則亢中矣。種黍、菽、糜。前二月「稷黍」，當作「種黍」。此「種」當作「稷」。菽，豆也。糜，赤粱粟，今陝西人作床是也。煑梅。戴氏曰：「爲豆實也。」愚按：《書》曰：「若作和羹，爾惟鹽梅。」古者飲食之用鹽、梅，猶今之必用醋也。蓄蘭。

爲沐浴及佩也。即今澤蘭，俗名厭草，香可辟邪，亦可爲藥。頒馬。分夫婦之駒。一曰分大夫卿之駒也。六月：初昏，斗柄正在上。煮桃。以爲豆實。鷹始摯。始攫搏也。秋七月：莠雚、葦。莠，讀爲「秀」。狸子肇肆。戴氏曰：「肆，遂也，始遂也。或曰：肆，殺也。」按：《字林》「狸〔二〕，伏獸」，蓋至此時而始肆也。湟潦生苹。苹，一名蓱。大者名蘋。鄭氏曰：「水中浮萍，江南謂之薸。」爽死。未詳。戴氏曰：「爽，猶疏也。」苹莠。蓱亦有華者，即蘋也。漢案户。漢，天河也，起箕、尾間，分兩道，其一道貫箕星之邊。案户者，直户也。古者户皆南向，則是時初昏，天漢直南也。寒蟬鳴。戴氏曰：「蝭蠑也。」按：《爾雅》疏，寒蜩也，即蜺也，一名寒蜇，似蟬而小，青赤色者也。初昏，織女正東鄉。織女三星。時有霖雨。《夏小正》四月「越有大旱」，而「霖雨」在七月，《莊子》亦有「秋水時至」之說，今則霖雨在四、五月。《吕令》「溽暑」在季夏，今則在仲夏。蓋古今風氣不同，而南北風土亦異，凡書傳所載，於今不同者，於此可以類推。灌荼。荼，雚、葦之秀也，爲蔣褚之也。雚未秀爲菼，葦未秀爲蘆。《大戴禮》「莠」作「秀」。斗柄縣在下，則旦。八月：剥瓜。玄校。戴氏曰：「玄，黑也。校，若緑色然。婦人未嫁者衣之。」剥棗。栗零。棗、栗熟也。丹鳥羞白鳥。戴氏曰：「丹鳥者，謂丹良也。白鳥者，謂蚊蚋也。其謂之鳥者，重其養也。有翼爲鳥。羞也者，不盡食也。」按：《吕令》止曰「群鳥養羞」，與此不同。闕疑當考。辰則伏。大火初昏而没也。鹿人從。鹿人者，古山虞掌獸之官。從，從禽也，謂始從禽也。鴐爲鼠。參中則旦。當作「參見」。九月：納火。古者三月大辰旦見，故出火。八月辰伏，故九月納火。遰鴻鴈。遰，音遞，去也。主夫出火。夫，當作「火」。古者季春出火，所以焚萊，於是民之用火於田野者不禁。季秋雖内火，然而火之用有不可廢者，如「昆蟲既蟄，而以火田」之類，於是主火度其用而出之，民不得擅其用而不禁也。陟玄鳥蟄。古人重玄鳥，當其至而祠之，故其來也書「降」，其去也書「陟」，皆貴之也。蟄者，玄鳥去則多蟄於島岸間土穴中。沈存中《筆談》嘗載其事。熊、羆、豹、貉、鼬、鼪則穴。此《周官》所謂「蟄獸」也。榮鞠。《吕令》「鞠有黄華」是也。樹麥。王始裘。雀入于海爲蛤。蚌屬。冬十月：豺祭獸。《吕令》在季秋。古人豺祭獸，然後田獵。蓋古人於禽獸每有不忍殺之意。惟天地肅殺之時，豺獸自相食，故此時取之，以爲乾豆、賓客之用。初昏，南門見。黑鳥浴。戴氏曰：「烏也。浴者，飛乍高乍下也。」時有養夜。雉入于淮爲蜃。大蛤也。織女正北鄉，則旦。十有一月：王狩。冬獵謂之狩。陳筋革。弓甲器用之備也。嗇人不從。戴氏曰：「不從者，弗行於時月也。」隕麋角。夏至鹿角解，冬至麋角解。十有二月：鳴弋。按：當作「鳶」。今雪霽霜風之晨則鳶鳴。一説：鳴弋，猶言鳴弦。弋者以生絲繫矢而射，謂獵禽也。玄駒賁。戴氏曰：「玄駒，螘也。賁，走於地中也。」愚按：螘，《方言》：「齊、魯之間謂之蚼蟓，西南梁、益之間謂之玄駒。」納卵蒜。戴氏曰：「卵蒜者，本如卵者也。納者，納之君也。」愚按：納者，收藏之。虞人入梁。隕麋角。」上文重。○《論語》曰：「顔淵問爲邦。子曰：『行夏之時。』」朱子曰：「夏時，謂以斗柄初昏建寅之月爲歲首也。天開於子，地闢於丑，人生於寅。故斗柄建此三辰之月，皆可以爲歲首，而三代迭用之。夏以寅爲人正，商以丑爲地正，周以子爲天正也。然時以作事，則歲月自當以人爲紀。故孔子嘗曰：『吾得夏時焉。』而説者以爲謂《夏小正》之屬。蓋取其時之正與其令之善，而於此又以告顔子也。」○縣子問子思曰：「顔回問爲邦。夫子曰：『行夏之時。』若是〔三〕，殷、周異政爲非乎？」子思曰：「夏數得天，堯、舜之所同也。殷、周征伐革命以應乎天，因改正朔，若云天時之改爾，故不相因也。夫受禪於人者，則襲其統。受命於天者，則革之，以神其事，如天道之變然也。三統之義，夏得其正，是以夫子云。」○晉董巴曰：「昔伏羲始造八卦，作三畫，以象二十四氣。黄帝因之，初作《調曆》。歷代十一，更年五千，凡有七曆。顓帝以今之孟春正月爲元，其時正月朔旦立春，五星會于天曆，營室也，冰凍始泮，蟄蟲始發，雞始三號，天曰作時，地曰作昌，人曰作樂，鳥獸萬物莫不應和，故顓帝聖人，爲曆宗也。湯作《殷曆》，弗復以正月朔旦立春爲節，更以十一月朔旦冬至爲元首，下至周、魯及漢皆從其節，據正四時。夏爲得天，以承堯、舜，從顓帝故也。《禮記》大戴曰：『虞、夏之曆，建正於孟春。』此之謂也。」○《唐大衍曆議》曰：「《夏小正》雖頗疏簡失傳，乃羲、和遺迹。何承天循大戴之説，復用夏時，更以正月甲子夜半合朔雨水爲上元，進乖《夏曆》，退非周正，故近代推《月令》《小正》者，皆不與古合。《開元曆》推夏時立春，日在營室之末，昏東井二度中。古曆以參右肩爲距，方當南正。故《小正》曰：『正月，初昏，斗杓懸在下。』魁枕參首，所以著參中也。季春，在昴十一度半，去參距星十八度，故曰『三月，參則伏』。立夏，日在井四度，昏角中。南門右星入角距西五度，其左星入角距東六度，故曰『四月，初昏，南門正。昴則見』。五月節，日在輿鬼一度半。參去日道最遠，以渾儀度之，參體始見，其肩、股猶在濁中。房星正中。故曰『五月，參則見。初昏，大火中』。『八月，參中則曙』，失傳也。辰伏則參見，非中也。『十月，初昏，南門見』，亦失傳也。定星方中，則南門伏，非昏見也。」

履祥按：孔子曰：「我欲觀夏道，是故之杞而不足證也，吾得夏時焉。」學者多傳《夏小正》云。《小正》者，其紀候之書。謂之小，則固非其大者也，豈亦夏時之一端與？聖人得之以説夏禮，則必有大於此者。單子曰：「《夏令》曰：『九月除道，十月成梁。』其時儆曰：『收而場功，偫而畚梮，營室之中，土功其始。火之初見，期於司里。』」然則舉一端而推，所謂夏時者，當必有制度教條之詳，不可得而聞矣。

即位。會諸侯于塗山。 塗山，在今濠州。蘇氏曰：「有禹會村。」

《稽古録》：「禹即大子位，會諸侯於塗山，執玉帛者萬國。」

履祥按：玉帛萬國之説，本魯諸君子，而雜見於傳記。朱子《王制篇》亦取焉。夫塗山，今濠、壽，蓋淮、江之間，非中土〔四〕也。禹何以會萬國於此？意者東南之諸侯與？古者萬國畢朝于都。天子巡狩，則其方之諸侯各朝于方岳。惟東南諸侯，西至衡岳，北至泰岳，道里爲遠，故禹總爲塗山之會，其後又東南而爲會稽之會也。塗山萬國之傳，或者史傳之侈辭與！

《大紀》曰：「爲銘於簨簴，曰：告寡人以道者，擊鼓；以義者，擊鐘；以事者，振鐸；以憂者，擊磬；以獄者，揮鞀。」事見《鬻子》。又《淮南子》加詳於此，《外紀》同。

二歲。皋陶薨。

《史記》曰：「帝禹立而舉皋陶，薦之，且授政焉，而皋陶卒。封皋陶之後於英、六，或在許。而后舉益，任之政。」皋陶，堯、舜已有封。此或畢封其支庶。〇《路史》曰：「皋陶乃少昊之後四世，而庭堅則高陽氏之子。六，乃皋陶之後。别有舒、蓼，宣八年始滅。初陶漁于雷澤，虞帝求旃，以爲士師，造律執中，封于皋，爲皋陶。皋之子封偃，爲偃姓。又有孫恩成，恩成其後世爲理，以命族。至紂時，理徵爲翼隸中〔五〕吴伯，弗合以死。取契和氏，逋難伊虚，爲李氏。其後世爲伯陽父。」《管子》曰：「后土掌北方，故使爲李。」注：「李，獄官也。」則「李」、「理」字通。此云「理」避難爲「李」也。

薦益於天。

《孟子》曰：「禹薦益於天，七年。」

履祥按：堯薦舜，舜薦禹，皆其末年。禹即位才一年耳，何以即薦益也？世稱禹年百歲，蓋於是年九十有四矣。然三聖授受，事體不同。堯之薦舜，攝也。舜之薦禹，總百官也。禹之薦益，相之也。

三歲。考功。

《吴越春秋》曰：「禹哀民，不得已即天子之位。三載，考功。」〇《禮記》曰：「禹立三年，百姓以仁遂焉。」

五歲。巡狩。

《吴越春秋》曰：「五歲政定，周行天下。」〇《東漢書・陳蕃傳》曰：「昔禹巡狩蒼梧，見市殺人，下車而哭之，曰：『萬方有罪，在予一人。』」〇《外紀》曰：「禹見罪人，下車問而泣之。左右曰：『罪人不順道，君王爲何痛之？』禹曰：『堯、舜之人，皆以堯、舜之心爲心；寡人爲君，百姓各自以其心爲心，是以痛之。』」

八歲。巡江南，戮防風氏。崩于會稽。

《國語》曰：「吴伐越，墮會稽，獲骨焉，節專車。吴子使來聘，且問之仲尼，曰：『無以吾命。』賓發幣於大夫，及仲尼，仲尼爵之。既徹俎而宴，客執骨而問曰：『敢問骨何爲大？』仲尼曰：『丘聞之：昔禹致群神於會稽之山，群神，謂主山川之君。防風氏後至，禹殺而戮之，其骨節專車。此爲大矣。』客曰：『敢問誰守爲神？』仲尼曰：『山川之靈，足以紀綱天下者，其守爲神。社稷之守者爲公侯。皆屬於王者。』客曰：『防風何守也？』仲尼曰：『汪芒氏之君也，一作「注芒」。守封隅之山者也，封隅山，在今湖州武康縣。爲漆姓。在虞、夏、商爲汪芒氏，於周爲長狄，今爲大人。』」《經世》以戮防風氏係初年，與《國語》不合。○太史公曰：「禹會諸侯江南，計功而崩，因葬焉，命曰會稽。會稽者，會計也。」○《越外傳》曰：「禹始也，到大越，上茅山，大會計，爵有德，封有功，更名茅山曰會稽。及其王也，巡狩大越，見耆老，納詩書，審銓衡，平斗斛。因病亡死，葬會稽。葦槨桐棺，穿壙七尺，上無瀉泄，下無邸水。壇高三尺，土階三等，延袤一畝。」又曰：「越之先君無餘，乃禹之世，別封於越，以守禹冢。」又見《少康紀》。

甲申。后啓元歲。

履祥按：三代以來，嗣君皆踰年而稱元，與堯、舜、禹之間不同，故胡氏《大紀》於「甲申」書「元載」，今從之。或曰：是時三年之喪未畢，益未有箕山之避，啓未膺朝覲、訟獄之歸，宜未王也，何以稱爲元年？是不然。古者稱元，無大意義，特以其君天下之始計年耳。況益之相禹，異於禹之相舜；禹之相舜，異於舜之攝堯。其時異，其事亦不同。《孟子》之俱以「薦」言者，推堯、舜、禹之心也；其俱以「避」言者，推舜、禹、益之心也。當時事迹固自有不同，故胡氏於明年書「益歸政就國」，而不言「避」，是爲得之。

二歲。益避於箕山之陰。

《大紀》曰：「伯益歸政，就國於箕山之陰也。」○萬章曰：「人有言：『至於禹而德衰，不傳於賢而傳於子。』有諸？」孟子曰：「否，不然也。天與賢，則與賢；天與子，則與子。昔者舜薦禹於天，十有七年，舜崩。三年之喪畢，禹避舜之子於陽城。天下之民從之，若堯崩之後，不從堯之子而從舜也。禹薦益於天，七年，禹崩。三年之喪畢，益避禹之子於箕山之陰。朝覲、訟獄者，不之益而之啓，曰：『吾君之子也。』謳歌者，不謳歌益而謳歌啓，曰：『吾君之子也。』丹朱之不肖，舜之子亦不肖。舜之相堯，禹之相舜也，歷年多，施澤於民久。啓賢，能敬承繼禹之道。益之相禹也，歷年少，施澤於民未久。舜、禹、益相去久遠，遠，當作「近」。其子之賢、不肖，皆天也，非人之所能爲也。莫之爲而爲者，天也；莫之致而至者，命也。匹夫而有天下者，德必若舜、禹，而又有天子薦之者。繼世以有天下，天之所廢，必若桀、紂者也。孔子曰：『唐、虞禪，夏后、殷、周繼，其義一也。』」○《越絶書》曰：「夏啓獻犧於益。啓者，禹之子。益與禹臣於舜，舜傳之。禹薦益而封之百里。禹崩，啓立，曉知王事，達於君臣之義。益死之後，啓歲善犧牲以祠之。經曰：『夏啓善犧於益。』此之謂也。」

伯益歸政之後。

三歲。大戰于甘。《皇極經世》元年伐有扈。今按：孔安國謂：「啓嗣禹位，伐有扈之罪。」唐孔穎達謂：「禹崩。益避箕山之陰。天下諸侯歸啓，啓遂即天子位。《史記》稱啓立，有扈氏不服，故伐之。蓋由唐、虞受禪相承，啓獨繼父，以此不服。」愚按：《楚辭·天問》亦謂啓代益作后，而卒然離有扈之蠥。《集注》如《史記》之説。今故係之

《書·甘誓》曰：「大戰于甘，乃召六卿。古者四方有變，專責之方伯。方伯不能討，然後天子親征之。天子之兵，有征無戰。今啓既親率六軍以出，而又書「大戰于甘」，則有扈之怙强稔惡，敢與天子抗衡，豈特《孟子》所謂「六師移之」者？《書》曰「大戰」，蓋所以深著有扈不臣之罪。按：甘，在京兆鄠縣，有甘水、甘亭，蓋西方諸侯也。時夏都安邑，在關河之東，而有扈在關西之地叛，以天下大勢論之，不爲小變矣。六卿，六鄉之卿也。按：《周禮》「鄉大夫，每鄉卿一人」，六鄉六卿。平居無事，則各掌其鄉之政教禁令，而屬於大司徒。有事出征，則各率其鄉之一萬二千五百人而屬於大司馬，所謂「軍將皆卿」者是也。意夏制亦如此。王曰：『嗟！六事之人，予誓告汝：有扈氏威侮五行，怠棄三正。六事之人，謂六鄉之卿。六卿曰六事，猶三公謂之三事也。威侮五行者，暴殄天物。一説不順五行之理，猶所謂「狎侮五常」也。三正，舊説天、地、人之正道。天用勦絶其命。今予惟恭行天之罰。左不攻于左，汝不恭命；右不攻于右，汝不恭命；御非其馬之正，汝不恭命。左、右、御，皆五伍之長，在車者也。汝，六事之人也。古者

車戰之法，五人爲伍，五伍爲兩。一車甲士三人，步卒七十二人，則三其兩。其甲士三人，左主射，右主擊刺，中御馬，蓋每兩之長也。一鄉一軍，則一萬二千五百人，蓋五百兩也，卿一人統之。天子六軍，則七萬五千人，凡三千兩。先王之師，左、右各攻其事，而不以詭遇爲功，非惟師出以正。然左死於射，右死於刺，甲者死車，步者死列，故能爲不敗之師。此先王之軍法也。左、右、御不職其事，皆曰「汝不恭命」，蓋責之卿也。天子治軍，惟責之卿。卿各督其所部，然亦至兩之長而止。自兩以下，則其長自治之。此軍制之分數也。用命，賞于祖；弗用命，戮于社。予則孥戮汝。』」古者天子巡狩，以遷廟主行。征伐亦然。軍行，戮社釁鼓。是則天子出征，必載遷廟之主與社主以行也。祖，左，陽也，故賞于之。社，右，陰也，故戮于之。戮，辱也。戮非爲殺之。凡罪以令衆，皆戮也。所謂「殺而戮之」，所謂「賜死而亡戮辱」。凡殺而不以令衆，不曰戮。罪不至殺而令衆，亦曰戮。孥戮者，戮及其妻、子，所謂「其孥，男子入于罪隸，女子入于舂槀」是也。古者罪人不孥，而此曰「孥戮」，蓋軍法尚嚴，故誓師之詞云爾。師之必用賞罰，古今所同也。至若左、右不踰，御必以正，此則王者之師而已。○《楚辭·天問》曰：「啓代益作后，卒然離蠥。何啓惟憂，而能拘是達？」《集注》曰：「舊説禹以天下禪益，天下去益而歸啓，是『代益作后』也。於是有扈不服，啓遂與之大戰于甘，故曰『離蠥』。問啓何以能思惟所憂，而能伐扈，以達拘執之嫌乎？」

九歲。王崩，子太康踐位。

王孫滿曰：「昔夏之方有德也，遠方圖物，貢金九牧，鑄鼎象物，百物而爲之備，使民知神姦。故民入川澤山林，不逢不若。螭魅罔兩，莫能逢之。用能協于上下，以承天休。」○《墨子》曰：「夏后開命大廉折金山川，鑄陶於昆吾，作九鼎。」開，即啓也。避漢景帝諱作「開」。○贊寧《要言》曰：「詳其禹鼎，不止圖山川、猛鷙之物，又每州民户、地里寬狹，皆可知也。故《後語》云『據九鼎，按圖籍』，注云：『秦據執得周九鼎，自然業次，知九州户籍圖書也。』」

履祥按：諸家多謂禹鑄九鼎，然於經無所考，史亦不言九鼎之始，觀「方有德」之辭，似非指禹，當從《墨子》之説。然「象物」、「神姦」之説，滿蓋設辭以神之。古之鐘鼎，猶今之碑碣，皆所以載事也。「九州圖籍」之説近是。鑄九州山川而併及其所産異物，則有之矣。爲其圖籍，所以歷代寶之。又按：傳稱「夏啓有鈞臺之享」，而書史不言其年歲。鈞臺，在河南陽翟嵎水之東南，歷大陵西連山，亦曰啓筮亭，謂啓享諸神於大陵之上。或曰陽翟，夏始封之地。或曰禹都焉。然河南固天下中，或者啓即位之後，群后四朝，大會同於此與？

癸巳。太康元歲。尸位。王子《卦數》，元年遇「睽」。

十有九歲。畋于洛表，羿拒于河。五弟御母以從，遂都陽夏。

《書》曰：「太康尸位，以逸豫滅厥德，黎民咸貳。」禹之德，在民深矣。今一再傳，而太康始爲逸豫，黎民咸貳，見所未見也。蓋自五帝以來，聖聖相傳，至啓亦賢能敬承。太康尸位，而即爲逸豫，生民所未見也，故疑而貳焉。又自堯、舜、禹以來，數聖人之於民，不啻父母於子。其在太康，猶父母死，而不仁之兄暴棄之，則父母之思，爲何如也？民心本非易叛，恃祖宗德澤之厚而不知自反者，亦可省於此。乃盤遊無度，畋于有洛之表，十旬弗反。有窮后羿因民弗忍，距于河。夏都河北，太康遊田無度，逾河之南，又自河而逾洛之外，又流連十旬而弗反，此羿所因以得志也。羿者，有窮之君，世善射，亦以世官爲名。傳稱「后羿自鉏遷于窮石，因夏民以代夏政」，則鉏，其始封；窮，其新國，故曰有窮。「因民弗忍」者，即傳所謂「因夏民」。「距于河」者，即所謂「代夏政」。蓋距太康于河，不使反國，而羿遂據夏舊都以代夏，僭稱「帝夷羿」也。厥弟五人御其母以從，徯于洛之汭。五子咸怨，述大禹之戒以作歌。太康在外忘反，而羿入都篡國，故五子御母避難，迹太康所之，逾河而南以從之。望太康以圖復國，故于洛汭而不至洛表，徯而不返。哀宗國之顛覆，痛社稷之危亡，親親之怨不能自遏，故述大禹之戒而爲歌也。下文五章是其辭。說者以五子各爲一章，然首尾相應，或共爲之。「其一」、「其二」者，歌節也，非指五子也。其一曰：『皇祖有訓，民可近，不可下。民惟邦本，本固邦寧。予視天下，愚夫愚婦一能勝予。一人三失，怨豈在明？不見是圖。予臨兆民，懔乎若朽索之馭六馬，爲人上者，奈何不敬？』此章述大禹之戒，櫽栝以爲歌。下，叶户。予，叶與。圖，叶杜。馬，叶姥。「一人三失」之下，似逸一句。章末二語，則五子之詞也，與「皇祖有訓」自相叶。其二曰：『訓有之，内作色荒，外作禽荒。甘酒嗜音，峻宇彫牆。有一于此，未或不亡。』此章亦大禹之訓，五子櫽栝其辭而爲歌也。其三曰：『惟彼陶唐，有此冀方。今失厥道，亂其紀綱，乃底滅亡。』自陶唐以來皆都河北，是爲冀州之地。今一朝失道，而三聖相傳之都，衆大之區，遂乃失之，爲羿所滅，以至於亡也。按：《左氏》引此章曰：「惟彼陶唐，帥彼天常，有此冀方。今失其行，亂其紀綱，乃滅而亡。」其四曰：『明明我祖，萬邦之君。有典有則，貽厥子孫。關石和鈞，王府則有。荒墜厥緒，覆宗絶祀。』有、以叶。百二十斤爲石，大稱也。三十斤爲鈞，小稱也。關，通。和，平。聖人所以同度量衡，以一天下之制也。藏在王府，後世則之，舉此一端以見典籍規制之備也。其五曰：『嗚呼曷歸？予懷之悲。萬姓仇予，予將疇依？鬱陶乎予心，顔厚有忸怩。弗慎厥德，雖悔可追？』」

履祥按：《五子之歌》五章：一章，言太康之失民也；二章，言太康之遊田也，序所謂「盤遊無度」也；三章，哀京都之不保也；四章，痛故府舊章之淪喪，宗廟社稷之不祀也；而五章，哀恫以終之。夫失國固太康也，而篡國則羿也。《五子之歌》皆怨太康之辭，無怨羿之辭者，自反也。傳曰：「禹、湯罪己，其興也勃焉；桀、紂罪人，其亡也忽焉。」然則讀《五子之歌》，君子是以知仲康之宜爲君，而夏之復祀也。然太康雖爲羿所拒不能濟河，而猶立國於外以傳仲康，豈亦因《五子之歌》而自悔者與？

二十有九歲。王崩于陽夏，弟仲康立。

《路史》曰：「太康在位十有九歲失政，又十歲而死。」

履祥按：自唐、虞以來都于冀州，而冀自有牧，非天子自治，則甸服之地跨河南、北也。羿距太康于河，不得復反舊都，故《五子之歌》惟哀冀都之亡，痛故府舊章之喪。當時自河以南尚無恙也。《汲郡古文》稱太康居斟尋，酈道元謂河南有尋地，薛氏謂今拱州太康縣，漢之陽夏即太康故城，而傳亦稱相居帝丘，大抵皆兗、豫之境，大河東南之地耳。然則太康爲羿所拒不能濟河，而更都南夏以傳仲康，迄于后相，皆在兗、豫之境，古大河之東南。羿據冀方之都，因夏民以代夏政，稱「帝夷羿」，寒浞代之，皆在冀州之境，大河之北。至浞滅相，而夏始中斷，後四十餘年少康遂復舊物云。

壬戌。仲康元歲。肇位四海，命胤侯掌六師。

履祥按：仲康，即五子之一也。自太康畋于有洛之表，而羿距太康于河，仲康及其群弟避有窮之難，奉其母濟河而南，徯太康于洛汭。太康越在草莽，不能返國，城于甸服東南而居之，至是太康崩，而仲康立。説者多稱羿廢太康而立仲康，失之矣。使羿廢太康而立仲康，仲康既立，使胤侯爲司馬，兵柄有歸矣，而不討羿，是德羿也；不返太康，是紾兄也。不然，權出於羿，是仲康爲虛位，而胤侯爲羿黨也。若是，則《胤征》之書，孔子奚取焉？且傳稱羿代夏政，號「帝夷羿」，豈立仲康而爲之臣者？其不然也，明矣。仲康繼立於外，命胤侯掌六師，其規模舉錯固已有大過人者。無幾何時，而使胤侯征羲、和。羲、和遐棄厥司，旅拒厥邑，蓋不共王職而歸于有窮者，是以有「徂征」之師，有「殲厥渠魁」之命。然仲康迄不能移羲、和之師而加之羿者，或者勢未可與？假之以年，安知其不能討羿？以羿之强僭，而終仲康之世莫敢誰何者，以仲康之賢，有胤侯之助也。仲康雖立國於外，然肇位四海，諸侯之尊夏固自若，獨羲、和以不臣受征。然則夫子於《書》取《胤征》焉，君子是以知仲康爲能自振，而胤侯之爲王室倚重矣。

季秋月朔，辰弗集于房。

《唐大衍曆·日度議》曰：「《書》曰：『乃季秋月朔，辰弗集于房。』劉炫曰：『房，所舍之次也。集，會也。會，合也。不合，則日蝕可知。或以房爲房星。知不然者，且日之所在，正可推而知之。君子謹疑，寧當以日在之宿爲文？近代善曆者，推仲康時九月合朔，已在房星北矣。』按：古文『集』與『輯』義同。日月嘉會，而陰陽輯睦，則陽不疚乎位，以常其明，陰亦含章示沖，以隱其形。若變而相傷，則不輯矣。房者，辰之所次。星者，所次之名。其揆一也。又《春秋傳》『辰在斗柄』、『天策焞焞』、『降婁之初』、『辰尾之末』，君子言之，不以爲繆，何獨謹疑於房星哉？」

履祥按：虞劆以季秋日食爲仲康元年，而唐傅仁均等新曆以爲仲康五年癸巳之歲九月庚戌朔，日蝕在房二度。夫以曆術求之，則《魯曆》《殷曆》《周曆》已自不同，憑此却求，豈無抵忤？故以曆較之《經世》紀年，夏、殷之年，盈縮者二十有八歲焉。蓋曆家之説有歲差之法，久近各殊。新曆以五十餘年而差一度，虞劆以百八十有六年而差一度，盈縮之原，其大致蓋由於此。古者天官氏因時以治曆，而後世言天者，執曆以求天。執曆以求天者，既有差於將來，豈無迷於既往哉？今從新曆之説，則仲康五年歲非癸巳。從虞劆之説，則合於《經世》之年。且劆之言曆，概有活法焉。如論「合朔」者曰：「朔在會合，苟躔次既同，何患於頻大？日月相離，何患於頻小？」此類可見。雖然，此猶以曆言曆，不若以經斷曆。以經言之，則「五年」之説，於經不同，而「元年」之説，於經爲合。何則？經書「仲康肇位四海，胤侯命掌六師。羲、和廢厥職，酒荒于厥邑。胤后承王命徂征」。書「肇位」以冠其首，則「徂征」是其初即位之年。而「季秋月朔」之變，是其初年之秋無疑也。以經爲正，固無假於曆。以曆而論，則「元年」之説，爲有合於經。今從之，繫於元年之下。

胤侯承王命征羲、和。《皇極經世》係壬戌。又據子王子《經世卦數》仲康元年「訟」卦用事，所以其間有日食之變，而又有徂征之師，與羿争諸侯也。

「惟仲康肇位四海，胤侯命掌六師。羲、和廢厥職，酒荒于厥邑。胤后承王命徂征。胤侯，胤國之侯，入爲王大司馬也。羲、和廢厥職者，不共王職。酒荒于厥邑者，與羿同惡也。告于衆曰：『嗟！予有衆，聖有謨訓，明徵定保。明徵定保者，即謨訓之辭。徵，如「庶徵」之「徵」，謂明天之徵以定保安之計也。此一語以爲綱領。「克謹天戒」以下，皆「明徵定保」之事。「惟時羲、和」以下，皆「明徵」之反。先王克謹天戒，臣人克有常憲，百官修輔，厥后惟明明。每歲孟春，遒人以木鐸徇于路。官師相規，工執藝事以諫。工猶執藝事以諫，豈有爲天官而日食不以告王？其或不恭，邦有常刑。此明先王之制，下證羲、和之罪。惟時羲、和，顛覆厥德，沈亂于酒，畔官離次，俶擾天紀，遐棄厥司。此正羲、和之罪也。乃季秋月朔，辰弗集于房。瞽奏鼓，嗇夫馳，庶人走。羲、和尸厥官，罔聞知，昏迷于天象，以干先王之誅。説見上文。古者日有食之，伐鼓于社，所以攻陰而助陽也。其事則樂師掌之。樂師，瞽者也，故「瞽奏鼓，嗇夫馳」者，供救日之役。「庶人走」者，爲救日之態。以見日食之變，天子恐懼乎上，官民奔走于下，變之甚也。而羲、和掌曆象之事，乃罔聞知，不以聞于上也。其無天、無君，甚矣！「干先王之誅」，應上文。《政典》曰：「先時者殺無赦，不及時者殺無赦。」此以下，徇師之辭。《政典》者，大司馬之法，用之於軍旅者也，故先時、後時者，皆殺無赦，所以謹期會、一師徒、明節制也。先時者，邀功而亂陣。不及時者，失期而怯敵。皆用兵之忌也。是以兵法於此必嚴，無赦之律焉。今予以爾有衆，奉將天罰。爾衆士同力王室，尚弼予欽承天子威命。火炎崐岡，玉石俱焚。天吏逸德，烈于猛火。此戒其先時之過。殲厥渠魁，脅從罔治。舊染污俗，咸與惟新。嗚呼！威克厥愛，允濟。愛克厥威，允罔功。此戒其不及時之失。其爾衆士，懋戒哉！」威克厥愛，如公爾忘私、奮不顧身也。懋戒，以殲魁威克爲勉，以逸德愛克爲戒也。

或問：羲、和之罪，不過失職耳，何勤徂征之師？曰：王者之制，諸侯三不朝則六師移之。畔官離次，棄厥司，不甚於不朝乎？曰：沈亂于酒，六師移之易爾。曷爲申明軍律，激勵威武，若恐弗勝？何也？曰：羲、和畔夏，即羿者也。意必有聚衆拒命之事焉，故下文有「脅從罔治」之戒也。曰：使果畔夏即羿也，曷爲奉辭伐罪，不名其爲賊，而止於責其不職也？曰：先王之制，官各有職，以事一人。不供其職，即不臣其君矣，而況俶擾天紀爲始亂乎？曰：俶擾天紀之爲始亂，何也？曰：自顓帝以來，羲氏、和氏世其職，先王賴之，授時頒正，以一天下之視聽久矣。一旦有羿入間王室，天子保還南夏，而羲、和首不爲用，是使正朔不出于天子，諸侯不稟正朔於王朝。夏氏之失統，將自是始，而區區保邑拒命，又其罪之細者爾。故《胤征》之書始述其法，以明其亂紀之罪；終嚴其威，以破其脅衆之勢也。兵法莫整於《胤征》，曰「先時者殺無赦，不及時者殺無赦」也；莫仁於《胤征》，曰「殲厥渠魁，脅從罔治」也；莫勇於《胤征》，曰「威克厥愛，允濟」也。此武之大經也。

甲子。三歲。羿滅伯封。伯封，后夔之子也。《左傳》所載伯封之事，似失之誣。《路史》：「禹命伯封叔及昭明作《衍曆》，歲紀甲寅，敬授人時。」則伯封，夏之天官。仲康征羲、和，而夷羿滅伯封，是與王室争諸侯耳。

十有三歲。王崩，子相踐位。

《經世》曰：「相繼立，依同姓諸侯斟灌、斟鄩氏。」

乙亥。后相元歲。征畎夷。

二歲。征黄夷。

七歲。于夷來賓，畎夷來賓。

《竹書》曰：「后相即位二年，征黄夷。七年，于夷來賓。」〇《東漢書》曰：「昔夏后氏太康失國，四夷背叛。及后相即位，乃征畎夷。七年，然後來賓。」

八歲。寒浞殺羿。

晉魏莊子曰：「昔有夏之方衰也，后羿自鉏遷於窮石，鉏，在今澶州衛南縣。窮石，不知所在。因夏民以代夏政。恃其射也，不脩民事，而淫于原獸。棄武羅、伯困、熊髡、尨圉，四子皆羿之臣。而用寒浞。寒浞，伯明氏之讒子弟也。寒國，北海平壽縣東有寒亭。在今濰州。伯明后寒棄之。夷羿收之，夷，氏。信而使之，以爲己相。浞行媚于內，杜注曰：「內，宮人。」愚謂：羿所以爲家衆所殺，而浞所以因羿室者，其原如此。而施賂于外，愚弄其民，而虞羿于田，樹之詐慝，以取其國家，外內咸服。羿猶不悛，將歸自田，家衆殺而烹之，以食其子。其子不忍食，死于窮門。殺之於國門。愚按：羿入據夏，仍號「有窮」，故其國門亦謂「窮門」。浞因羿室，就其妃妾。生澆及豷。恃其讒慝詐僞，而不德於民。」澆，《論語》作「奡」。○周《虞人之箴》曰：「芒芒禹迹，畫爲九州，經啓九道。民有寢廟，獸有茂草，各有攸處，德用不擾。在帝夷羿，冒于原獸，亡其國恤，而思其麀牡。武不可重，用不恢于夏家。獸臣司原，敢告僕夫。」注曰：「羿雖有夏家，而不能恢大之。」愚謂：《虞箴》如此，是猶惜羿之不能盡取夏也。且從其僭而稱之曰「帝」，虞人自以其官獻箴，故止爲田獵而發可爾，讀者不可以詞害意。然君子之言，不當如是也。○逢蒙學射於羿，盡羿之道，思天下惟羿爲愈己，於是殺羿。孟子曰：「是亦羿有罪焉。」朱子曰：「夷羿篡賊，蒙乃逆儔。其事無足論者，孟子特以其取友而言爾。」○《天問》曰：「浞娶純狐，眩妻爰謀，何羿之射革，而交吞揆之？」此行媚于內、殺羿、因室之事也。射革，猶云貫革。吞，滅。揆，謀也。《集注》曰：「言羿之射藝勇力，而其衆乃交進而吞謀之乎？」○《離騷》曰：「啓《九辯》與《九歌》兮，夏康娱以自縱。不顧難而圖後兮，五子用失乎家衖。羿淫遊以佚畋兮，又好射夫封狐。固亂流其鮮終兮，浞又貪夫厥家。」《集注》曰：「婦謂之家。言羿因夏衰亂，代之爲政，娱樂田獵，不恤民事，信任寒浞，使爲國相。羿畋將歸，浞使家衆逄蒙射而殺之，貪取其家，以爲己妻。羿以亂得政，身即滅亡，故曰亂流鮮終也。」

履祥按：羿之亡也，《孟子》述其取友之一端，《左氏》述其亂亡之始末，而《騷》之言爲盡。《騷》之言曰：「羿淫遊以佚畋兮，又好射夫封狐。固亂流其尠終兮，浞又貪夫厥家。」夫羿篡夏者，逆亂之流，理固鮮終矣。況又有遊田之荒、讒慝之蔽乎？然則其前後本末，俱足以戒矣。

二十有八歲。寒浞使其子澆弑王于帝丘。后緡歸于有仍，靡奔有鬲氏。《經世》以「靡奔」係此年，足以正《左氏》之誤。帝丘，今開德府濮陽縣。顓帝始居此地，是名帝丘。后相因之。鬲，在今德州平原。

魏莊子曰：「浞因羿室，生澆及豷。恃其讒慝詐僞，而不德于民。使澆用師滅斟灌、斟鄩。二國，夏同姓諸侯，后相所依。處澆于過，處豷于戈。」○伍員曰：「昔有過澆，殺斟灌以伐斟鄩，滅夏后相。后緡方娠，逃出自竇，后緡，相妃。娠，懷身也。歸于有仍。生少康焉。」按：子王子《卦數》相即位之年，世卦得「睽」，終以弑隕。至此世卦得「歸妹」，是以后緡歸有仍。少康在外氏者，三十餘年。○《汲郡古文》曰：「相居斟灌。」《漢書集注》云：「今東郡灌是也。明帝以封周後，改曰衛。」皇甫謐曰：「灌，衛也。」愚按：帝丘，衛地。斟灌，亦衛地。相居帝丘，與斟灌相近而依之，非居斟灌也。

癸卯。少康元歲。相后緡生少康于有仍。自此以後，《皇極經世》缺四十年不書，而《皇王大紀》即以少康生之年爲元載。蓋少康既生，則夏統不絶。今從之。

甲子。二十有二歲。少康自有仍奔虞。

伍員曰：「少康爲仍牧正。惎澆，能戒之。惎，毒也。戒，備也。澆使椒求之，椒，澆臣。逃奔有虞，爲之庖正，以除其害。虞，舜後，諸侯也。庖正，掌膳羞之官。賴以得除己害。愚按：爲仍牧正、爲之庖正，皆少康爲之以避禍，非二國敢以是官之也。虞，即今應天府虞城縣。虞思於是妻之以二姚，思，有虞君也。而邑諸綸，綸，虞邑。今應天虞城縣有綸城。有田一成，有衆一旅。方十里爲成，五百人爲旅。能布其德，而兆其謀，以收夏衆，撫其官職。」愚按：夏衆者，即帝丘、二斟之遺民。靡收二國之燼，亦其助也。官職者，夏之士大夫播遷者，若遺臣靡之類是也。

或曰：古今言治者，莫盛於唐、虞、三代。然考之三代，自禹傳啓，已有大戰之變。繼而太康失冀，相帝弒隕，絶四十年而少康始中興。季杼之後，鮮有可紀。商有天下，一傳而太甲幾墜。沃丁以後，比九世亂。河患蕩覆，轉徙不常。西略不知，狄人内侵，古公避狄，高宗中興。又幾何世，紂遂亂亡。周自文、武、成、康以後，昭王即有南征之禍。穆王尤甚，幸没祇宫。夷衰厲暴，宣王中興而非全治，幽王又大亂。平王東遷，而天下無寧世矣。然則語治者，必曰三代，何也？履祥應之曰：三代所以盛，以其聖王代作，其道化禮制有以漸磨人心，維持風俗如是其久，與後世不同爾，不謂其暴君亂主之咸無也。夫以漢視三代，光武、明、章視禹、啓、文、武、成、康，可謂碔砆之與美玉。光武，漢法舊防尚未盡復，其紀綱天下之具可謂疏矣，然以其起自諸生，側席幽人。而明帝興學崇教，臨雍拜老，故其風聲興起。二百年間，雖庸君繼作，宦戚專政，而政亂於上，俗清於下，其民安於耕桑，其士大夫厲於名節，其故家遺族閑於禮法，其姦雄之人懼於名義。東漢猶然，況三代之世，聖人代作，有井田以業民生，有封建以定民主，有道德以正民心，有禮制以齊民行，有詩樂以陶民風，有教化以漸民俗，制定而不可以卒摇，化深而不可以卒變。雖復有太康等此不善繼之君，然所謂政亂於上，俗清於下者，當必十百倍於東漢矣。故三代之亂，猶日之有雲陰雨霾，而不害其爲晝。後世之治，猶夜之有月星火燧，而不救其爲夜。此古今之分也。

壬午。四十歲。靡自有鬲氏，收二斟之衆，滅寒浞，立少康。王滅澆于過，使季杼滅豷于戈。復禹之績。

魏莊子曰：「靡靡，臯陶之後。《路史》作「伯靡」。自有鬲氏，收二國之燼以滅浞，而立少康。少康滅澆于過，后杼杼，少康子也。滅豷于戈，有窮由是遂亡。」浞因羿室，不改「有窮」之號。伍員曰：「使女艾諜澆，女艾，少康臣。諜，候也。使季杼誘豷，遂滅過、戈，復禹之績。祀夏配天，不失舊物。」○《論語》：「南宮适問於孔子曰：『羿善射，奡盪舟，俱不得其死。子何子句。然禹、稷躬稼而有天下。』夫子不答。南宮适出。子曰：『君子哉，若人！尚德哉，若人！』」○《離騷》曰：「澆身被服强圉兮，縱欲而不忍。日康娱而自忘兮，厥首用夫顛隕。」《集注》曰：「强圉，多力也。言浞取羿妻而生澆，强梁多力，縱放其慾，不能自忍也。康，安也。自上而下曰顛。隕，墜也。言澆既滅殺夏后相，安居無憂，日作淫樂，忘其過惡，卒爲相子少康所誅。」○《大紀》論曰：「人殺其父，子必欲死；人辱其君，臣必欲報。忍死謀報，能以天道爲定命，不觀敵勢而改圖，則庶幾焉。苟顧其私，内覬大利，外畏大難，雖有良心，日銷月鑠，其不忘君父者幾希矣。少康靡鬲，真人臣子哉！志在討賊，行吾義而已，非圖富貴者也。故受困厄而不渝，濱死亡而不怠。兢兢業業，經營四十年，然後克殄元凶，祀夏配天，不失舊物。嗚呼！此真可謂中興者矣。故唐虞世南論歷代中興之主，以少康爲冠。噫！

前王之所爲，後王之師也，可不鑒哉！」〇廣漢張氏曰：「邵康節《經世》以寒浞滅相繫於壬寅，是歲或癸卯，少康生，而克復舊物乃在癸未，凡四十有一年。方少康在襁褓，而夏之臣靡固有滅浞而立之之心，經營許久，乃遂其志。若靡者，可謂忠之盛者矣！方寒浞在上，澆、豷縱横之時，少康獨有田一成、衆一旅，其勢可謂堙微，而卒用以興，其間圖回謀慮，必大有曲折，惜不復傳於後，猶幸有《左氏傳》所載耳。要之，靡與有鬲氏、有仍氏皆佐少康以有爲者也。若使少康之君臣此數十年中不忍而欲速，則身且不保，而況國乎？惟其潛也若深淵之靚，故其發也如春陽之振，動惟其時者也。」

方夷來賓。

《竹書紀年》曰：「少康即位，方夷來賓。」《東漢書》曰：「夏后氏太康失德，夷人始畔。自少康已後，世服王化，遂賓於王門，獻其樂舞。」

六十有一歲。王崩，子季杼踐位。

少子無余封於越。

《吳越春秋》曰：「禹以下六世而得帝少康。少康恐禹墓之絶祀，乃封其庶子於越，號曰無余。隨陵陸而耕種，逐禽鹿而給食。不設宮室之飾，從民所居。居於秦餘。春、秋祠禹墓於會稽。」

甲辰。后杼元歲。

五歲。征東海，伐三壽。《竹書紀年》曰：「夏伯杼子之東征，獲九尾狐。」《路史》同。

十有七歲。王崩，子槐踐位。

《國語》曰：「杼，能帥禹者也。夏后氏報焉。」韋昭注曰：「能興夏道。」

履祥按：自古人主，非天資絶異或親歷艱難，而能成中興之功者，鮮矣。少康生長艱危，備嘗險阻，卒成再造之功，信爲中興之主。后杼之生，遭家未競，與其先王共歷艱險，方其用師于戈，計其年齡，弱冠而已，英毅之氣蓋可想見。洎〔六〕其即位，又能帥禹而行，卒爲夏家有德之宗。夫以禹之明德懋功，典則備具，使得中主循而守之可以坐享安靖，況以英毅之資帥循其道，禹何遠之有？惜乎年世堙遠，書史失傳，後之學者不得盡聞行事之詳，爲可憾夫！

辛酉。后槐元歲。

三歲。東九夷來御。

甲子。四歲。

二十有六歲。王崩，子芒踐位。

丁亥。后芒元歲。以玄圭賓于河，《路史》注曰：「見《紀年》。」乃東狩于海。

十有八歲。王崩，子泄踐位。

乙巳。后泄元歲。

命東夷，命西羌。

《竹書紀年》曰：「后泄命畎夷、白夷、赤夷、玄夷、風夷、陽夷。」后泄在位十六歲，而《竹書》命六夷在二十一歲，未詳。○《路史》曰：「六夷來御，於是始加爵命。」○《東漢書・西羌傳》曰：「太康失國，四夷背叛。及相即位，乃征畎夷，七年，然後來賓。至于泄，始加爵命，由是服從。桀之亂，畎夷入居邠、岐之間。」

十有六歲。王崩，子不降踐位。

辛酉。后不降元歲。

甲子。四歲。

六歲。伐九苑。

五十有九歲。王崩，弟扃立。

庚申。后扃元歲。

甲子。五歲。

二十有一歲。王崩，子廑踐位。

辛巳。后廑元歲。

二十有一歲。王崩，不降之子孔甲立。《路史》作「帝胤甲」，謂爲孔甲者非。

壬寅。后孔甲元歲。

三歲。

陶氏《古今録》曰：「夏孔甲八年九月，歲次甲辰，采牛首山鐵以鑄劍。」據《經世紀年》甲辰，孔甲即位之三歲也。今陶弘景曰「八年」，豈考於古銘，字書難辨，誤以爲八年與？〇蔡史曰：「昔有飂叔安，飂，古國也。叔安，其君名。有裔子曰董父，玄孫之後爲裔。實甚好龍，能求其耆欲以飲食之，龍多歸之，乃擾畜龍，以服事帝舜。帝賜之姓曰董，氏曰豢龍，封諸鬷川，鬷夷氏其後也。故帝舜氏世有畜龍。及有夏孔甲，擾于有帝。帝賜之乘龍，河、漢各二，各有雌雄。孔甲不能食，而未獲豢龍氏。有陶唐氏既衰，其後有劉累，學擾龍于豢龍氏，以事孔甲，能飲食之，今滑州有豢龍氏井，即劉累畜龍之所。夏后嘉之，賜氏曰御龍，以更豕韋之後。龍一雌死，潛醢以食夏后。夏后饗之，既而使求之。懼，而遷于魯縣。范氏其後也。」杜元凱曰：「今魯陽也。」按：汝州魯山縣有豢龍城。魏獻子曰：「今何故無之？」對曰：「夫物，物有其官，官脩其方，方，法術。朝夕思之。一日失職，則死及之。失官不食。官宿其業，其物乃至。水官修則龍至。若泯棄之，物乃坻伏，鬱湮不育。故有五行之官，是謂五官，實列受氏姓，封爲上公，祀爲貴神。社稷五祀，是尊是奉。木正曰勾芒，火正曰祝融，金正曰蓐收，水正曰玄冥，土正曰后土。龍，水物也，水官棄矣，故龍不生得。」

甲子。二十有三歲。

戊辰。二十有七歲。商主癸生子履。

《帝王世紀》曰：「主癸之妃扶都，見白氣貫月，意感而生湯。」

三十有一歲。王崩，子皋踐位。

衛彪傒曰：「孔甲亂夏，四世而隕。」韋昭曰：「亂禹法也。孔甲至桀，四世而亡。」〇《大紀》曰：「王好事鬼神，肆行淫亂。作《破斧》之歌，是爲東音。諸侯化之，夏政始衰。」

履祥按：傳稱夏后孔甲擾于有帝，古今所傳亦謂孔甲有盤盂之戒，而《國語》《世紀》謂爲淫亂之君，異乎所聞矣！或曰：孔甲，人名，非夏后孔甲。

祝氏《經世解》曰：「孔甲當星之甲一十二世之終，自當有災，況其卦爲『兑』，但夏之文獻不足，無以證之。」

癸酉。后皋元歲。

十有一歲。王崩，子發踐位。

蹇叔曰：「崤有二陵焉。其南陵，夏后皋之墓也。」

甲申。后發元歲。諸夷賓于王門。

《竹書紀年》曰：「后發即位元年，諸夷賓于王門，諸夷入舞。」

十有九歲。王崩，子癸踐位。是爲桀。

癸卯。后癸元歲。

甲子。二十有二歲。公劉遷于豳。《大紀》附少康甲子之紀，今附于此年甲子紀之内。

《路史》曰：「稷生斄璽，一作「台璽」，即「邰」字。斄璽生叔均。叔均爲田祖。公劉之去后稷，已十餘世矣。」〇《史記》曰：「舜封后稷於邰，别姓姬氏。后稷之興，在陶唐、虞、夏之際，皆有令德。」〇《國語》曰：「昔我先王世后稷，以服事虞、夏。及夏之衰也，棄稷弗務，我先王不窋用失其官，而自竄于戎翟之間。程泰之曰：「慶州東南三里有不窋城。」不敢怠業，時序其德，纂修其緒，修其訓典，朝夕恪勤，守以惇篤，奉以忠信，弈世載德，不忝前人。」〇《索隱》曰：「譙周案：《國語》云『世后稷，以服事虞、夏』，言世稷官，是失其世數也。若以不窋親棄之子，至文王千餘歲惟十五代，實不合事情。」按：《史記》契至湯四百餘年而十四世，稷至文王千餘年而十五世。自夏歷商凡四十五世，而稷至文王止十五世焉。歐陽氏、《容齋》洪氏、《路史》羅氏已辨其非，今不悉録。〇《史記》曰：「不窋卒，子鞠立。鞠卒，子公劉立。」《路史》同。又曰：「鞠生，有文在手曰『鞠』。」〇《大雅》曰：「篤公劉！匪居匪康。迺埸迺疆，迺積迺倉。迺裹餱糧，于橐于囊。思輯用光。弓矢斯張，干戈戚揚，爰方啓行。《集傳》曰：「舊説召康公以成王將涖政，當戒以民事，故詠公劉之事以告之曰：『厚哉，公劉之於民也！其在西戎，不敢寧居，治其田疇，實其倉廩，既富且强，於是裹其餱糧，思以輯和其民人，而光顯其國家。然後以其弓矢斧鉞之備，爰始啓行，而遷都於豳焉。』蓋亦不出其封内也。」篤公劉！于胥斯原。既庶既繁，既順迺宣，而無永嘆。陟則在巘，復降在原。何以舟之？維玉及瑶，鞞琫容刀。《集傳》曰：「言公劉至豳，欲相土以居，而帶此劍佩以上下於山原也。東萊吕氏曰：『以如是之佩服，而親如是之勞苦，斯其所以爲厚於民也歟？』」篤公劉！逝彼百泉，瞻彼溥原；迺陟南岡，乃覯于京。京師之野，于時處處，于時廬旅，于時言言，于時語語。《集傳》曰：「京，高丘也。師，衆也。董氏曰：『所謂京師者，蓋起於此。其後世因以所都爲京師也。』此章言營度邑居也。自下，則往百泉而望廣原；自上，則陟南岡而覯于京。於是爲之居室，於是廬其賓旅，於是言其所言，於是語其所語。無不於斯焉。」篤公劉！于京斯依。蹌蹌濟濟，俾筵俾几。既登乃依，乃造其曹。執豕于牢，酌之用匏。食之飲之，君之宗之。《集傳》曰：「此章言宫室既成而落之，既以飲食勞其群臣，而又爲之君、爲之宗焉。吕氏曰：『既饗燕而定經制，以整屬其民，上則皆統於君，下則各統於宗。蓋古者建國立宗，其事相須。楚執戎蠻子，而致邑立宗，以誘其遺民，即其事也。』」篤公劉！既溥既長，既景迺岡，相其陰陽，觀其流泉。其軍三單，度其隰原，徹田爲糧。度其夕陽，豳居允荒。《集傳》曰：「徹，通也。一井之田九百畝，八家皆私百畝，同養公田。耕則通力而作，收則計畝而分也。周之徹法自此始，其後周公蓋因而脩之耳。此言辨土宜以授所徙之民，定其軍賦與其稅法，又度山西之田以廣之，而豳人之居於此益大矣。」篤公劉！于豳斯館。涉渭爲亂，取厲取鍛。止基迺理，爰衆爰有。夾其皇澗，遡其過澗。止旅迺密，芮鞫之即。」《集傳》曰：「此章又總叙其始終。言其始來未定居，涉渭取材，而成宮室。既止基於此矣，乃疆理其田野，則日益繁庶富足。其居有夾澗者，有遡澗者。其止居之衆日以益密，乃復即芮鞫而居之，而豳地日以廣矣。」○《漢書·婁敬傳》曰：「周之先自后稷，堯封之邰，積德累善十餘世。公劉避桀居豳。」○程泰之《雍録》曰：「公劉自慶州徙都于邠，邠州新平縣即其地也。《匈奴傳》曰：『夏道衰，公劉失其稷官，變于西戎，邑于豳。』顔師古曰：『今豳州是也。』開元十三年槩改古文以爲今文，又特詔書『豳』爲『邠』。」○《豳》詩曰：「七月流火，火，大火，心星也。《堯典》仲夏火中，《月令》則季夏昏心中、季冬曉心中。故周家有「火中，寒暑乃退」之説。謂季夏火昏中，暑極而退；季冬火曉中，寒極而退也。豳公之時，上距堯未遠，歲差未多，故七月之昏則亦見火之西下矣。九月授衣。一之日觱發，二之日栗烈。無衣無褐，何以卒歲？一之日，謂斗建子，一陽之月也。不數月而言日，以見此月之日，一陽始生，即開來歲發生之始矣。《集傳》曰：「周之先公已用此紀候，故周有天下，遂以爲一代之正朔也。」三之日于耜，四之日舉趾。同我婦子，饁彼南畝；田畯至喜。《集傳》曰：「此章前節言衣之始，後節言食之始。二章至五章，終前節之意。六章至八章，終後節之意。」七月流火，九月授衣。春日載陽，有鳴倉庚。女執懿筐，遵彼微行，爰求柔桑。春日遲遲，采蘩祁祁。女心傷悲，殆及公子同歸。《集傳》曰：「是時公子猶娶於國中，而貴家大族連姻公室者，亦無不力於蠶桑之務。故其許嫁之女，預以將及公子同歸而遠其父母爲悲也。其風俗之厚，而上下之情，交相忠愛如此。」七月流火，八月萑葦。蠶月條桑，取彼斧斨，以伐遠揚，猗彼女桑。七月鳴鵙，八月載績。載玄載黄，我朱孔陽，爲公子裳。八月於萑葦既成之時，即收蓄爲來歲治蠶曲薄之具也。《集傳》曰：「勞於其事而不自愛，以奉其上。蓋至誠慘怛之意，上以是施，下以是報之也。」四月秀葽，五月鳴蜩。八月其穫，十月隕蘀。一之日于貉，取彼狐狸，爲公子裘。二之日其同，載纘武功。言私其豵，獻豜于公。《爾雅》「豕一歲爲豵，三歲爲豜」。私其小者而獻其大者，亦愛上之心也。五月斯螽動股，六月莎雞振羽。七月在野，八月在宇，九月在户，十月蟋蟀入我牀下。穹窒熏鼠，塞向墐户。嗟我婦子，曰爲改歲，入此室處。吕氏曰：「十月而曰改歲，三正之通于民俗尚矣。周特舉而迭用之耳。」《集傳》曰：「此見老者之愛也。」六月食鬱及薁，七月亨葵及菽。八月剥棗，十月穫稻；爲此春酒，以介眉壽。七月食瓜，八月斷壺，九月叔苴。采荼薪樗，食我農夫。《集傳》曰：「自此至卒章，皆言農圃、飲食、祭祀、燕樂，以終首章後節之意。而此章果酒嘉蔬，以供老疾、奉賓祭；瓜瓠苴荼，以爲常食。少長之義，豐儉之節也。」九月築場圃，十月納禾稼，黍稷重穋，禾麻菽麥。嗟我農夫！我稼既同，上入執宫功：晝爾于茅，宵爾索綯，亟其乘屋，其始播百穀。吕氏曰：「此章終始農事，以極憂勤艱難之意。」二之日鑿冰冲冲，三之日納于淩陰。四之日其蚤，獻羔祭韭。九月肅霜，十月滌場。朋酒斯饗，曰殺羔羊，躋彼公堂，稱彼兕觥，萬壽無疆！」張子曰：「此章見民忠愛其君之意。既勤趨其藏冰之役，又相戒速畢場功，殺羊以獻于公，舉酒而祝其壽也。」〇王氏曰：「仰觀星日霜露之變，俯察昆蟲草木之化，以知天時，以授民事。女服事乎内，男服事乎外。上以誠愛下，下以忠利上。父父、子子、夫夫、婦婦，養老而慈幼，食力而助弱。其祭祀也時，其燕饗也節。此《七月》之義也。」〇《史記》曰：

「公劉雖在戎狄之間，復修后稷之業，務耕種，行地宜，自漆、沮渡渭，取材用，行者有資，居者有畜積，民賴其慶。百姓懷之，多徙而保歸焉。周道之興自此，故詩人歌樂思其德。」

履祥按：公劉之遷豳也，《史》謂「周道之興自此」，則《國語》所謂「十五王而文始平之」者，自公劉數之爾。不然，則以有德之宗數之，猶殷言「賢聖之君六七」，漢言「七制之主」也。《大紀》以世表計之，係之少康甲子之紀，而附以《篤公劉》之雅。今以《漢書》計之，係之夏桀甲子之紀，而併附《七月》之詩焉。讀《篤公劉》之雅，可想見公劉度地建國、和輯人民之規焉。讀《七月》之詩，可想見豳民因天力本、孝慈忠愛之俗焉。漢儒舊序以《篤公劉》爲召康公之所獻，以《豳·七月》爲周公之所陳。意者豳之遺詩與？召公獻之，以備燕享之樂，使成王知立國勤勞之故；周公陳之，以爲矇工之誦，使成王知故國衣食之原。故《篤公劉》列於雅，而《豳·七月》自爲風。蓋自三聖相授，其禮樂聲教之盛，漸被四海，后稷於此，有邰家室，子孫皆有令德。其後雖當夏道衰微，一再轉徙，而修其訓典，弈世載德。加以公劉之賢，生聚再繁，邦家再盛。故國人敘其建立之規，道其風土歌謠之美，吹之管籥，和以土鼓。周人世守之，以爲其先公之樂。至有天下，而亦專官掌之。《周官·籥章》之職，「掌土鼓、豳籥」是也。土鼓、葦籥皆堯之遺音也，而豳籥則公劉之遺音也。豳籥所歈之詩，則《豳詩》《豳雅》《豳頌》也。《豳詩》，《七月》之詩也。《豳頌》，雖不知其的爲何詩，而《篤公劉》之篇豈非《豳雅》之詩與？或者顧謂公劉之時夏道將墜，國介戎狄之間，計無文物，《篤公劉》《七月》之詩，蓋出周、召之筆，追述先公之事爾。是獨不思夏當三聖之後，義理素明，言語素雅，其文章爲最盛，但載籍失傳耳。其存者與其雜見傳記者，可想見也。雖當衰微之後，然流風未泯，商道將興。《篤公劉》之詩，下視《商頌》諸作，同一蹈厲。《七月》之詩，上視《五子之歌》《夏小正》之屬，與《夏令》「時儆」之辭，皆同一文軌也。豈至周、召之時，而後始有如此之文哉？且周詩固有追述先公之事者，然皆明著其爲後人之辭。《生民》之詩，述后稷之事也，而終之曰「以迄于今」。《緜》之詩，述古公之事也，而係之以文王之事。此皆後人之作也。若《篤公劉》之詩，極道岡阜、佩服、物用、里居之詳。《七月》之詩，上至天文、氣候，下至草木、昆蟲，其聲音、名物，圖畫所不能及，安有去之七百歲而言情狀物如此之詳，若身親見之者？又其末無一語爲追述之意，吾是以知其決爲豳之舊詩也，況史氏已明言「詩人歌樂思其德」乎？雖然，《七月》爲豳之舊詩固也，何以不居二南之前，而居變風之末與？曰：《詩》皆采之當世，而前世之詩，存者不可泯也，故《豳·七月》附於十五國風之後，猶《商·那》附於三頌之末也。《七月》既非周公之自作，何以係周公諸詩？曰：豳，周公之采邑也。周公食邑於豳、岐之間，以其爲周之舊邑，故曰周公。然「周」既爲一代有天下之號，則周公之詩，不可謂之「周」而謂之「豳」焉。猶晉而謂之「唐」，衛而謂之「邶」、「鄘」也。豳詩既周公之所陳，故凡周公所作與爲周公而作者皆附之。然則《公劉》爲雅，《七月》獨不可爲雅與？曰：風、雅固各有體矣。噫！自載籍之不傳，後世槩以先公之事爲朴野不文之俗，胡不即近世而觀之乎？兩漢文物之久，而白狼之詩譯於朝；李唐詞章樂府之行，而涼州之遍、甘伊之聲列於樂。況豳俗居雍土之中、岐梁之虛，而公劉接聞文教流傳之後，又當變戎爲華之初，爲諸夏方新之邦乎？故《篤公劉》《七月》之詩，端爲豳公當時之詩無疑也。今列二詩於夏紀之季，且述其大意如此，於以考見夏、商之世，而周家之文固有自來矣。

三十有三歲。伐蒙山有施氏，進妹喜。

史蘇曰：「昔夏桀伐有施，有施人以妹喜女焉。韋昭曰：「有施，喜姓之國。妹，其女也。」妹喜有寵，於是乎與伊尹比而亡夏。」韋昭曰：「比，比功也。伊尹欲亡夏，妹喜爲之作禍，其功同也。」愚謂：比者，「同比」之「比」，事雖不同，同於亡夏也。○《大紀》曰：「自孔甲之後，王室政德日衰，諸侯或不朝。桀能申鉤索鐵，負恃其力，不務德而武傷百姓。有趙梁者，教爲無道，勸以貪狼。伐蒙山有施氏，有施氏進女妹喜，桀嬖之，所言皆聽。爲之爲瓊室、象廊、瑶臺、玉牀，行淫縱樂，政事怠廢。爲肉山脯林，酒池可以運舟，一鼓而牛飲者三千人，以爲戲劇。」

三十有五歲。商主癸薨，子履嗣。字湯，謚成，號天乙，姓子氏。

《商頌·長發》之詩曰：「玄王桓撥，受小國是達，受大國是達。率履不越，遂視既發。相土烈烈，海外有截。玄王，契也。玄者，深微之稱。王者，追尊之號。「受小國」、「受大國」，與下文「受小球大球」辭意同。蓋古者諸侯，有邦交之好，相朝之禮，契之爲國，其四隣小大之國，無不交朝聘之禮，而契之受之，德意通達也。「率履不越」，其行事守禮度也。「遂視既發」，其觀瞻之者皆感發也。至相土則又功烈盛大，至於海外諸侯亦一切慕之。帝命不違，至于湯齊。湯降不遲，聖敬日躋。昭假遲遲，上帝是祗。帝命式于九圍。《集傳》曰：「商之先祖既有明德，天命未嘗去之，以至於湯。湯之生也，應期而降，適當其時，其聖敬又日躋升，以至昭格于天，久而不息，惟上帝是敬。故上帝命之，使爲法於九州也。」受小球大球，爲下國綴旒，何天之休。不競不絿，不剛不柔，敷政優優，百禄是遒。《集傳》曰：「小球、大球，或曰小國、大國所贄之玉也。鄭氏曰：『小球，鎮圭，尺有二寸。大球，大圭，三尺也。皆天子之所執也。』下國，諸侯也。綴，猶結也。旒，旗之垂者也。言爲天子而爲諸侯所係屬，如旗之縿爲旒所綴著也。」受小共大共，爲下國駿厖，何天之龍。敷奏其勇，不震不動，不戁不竦，百禄是總。《集傳》曰：「小共、大共、駿厖之義未詳。或曰：小國、大國所共之貢也。鄭氏曰：『共，執也。猶小球、大球也。』蘇氏曰：『共、珙通，合珙之玉也。』駿，大。厖，厚。董氏曰：『《齊詩》作「駿駹」，謂馬也。』龍，寵也。敷奏其勇，大進其武功也。」○愚謂：小球、大球，謂小國、大國之贄玉。小共、大共，謂小國、大國之供貢也。武王載旆，有虔秉鉞，如火烈烈，則莫我敢曷。《漢書》作「遏」。苞有三蘗，莫遂莫達。九有有截，韋顧既伐，昆吾夏桀。《集傳》曰：「武王，湯也。虔，敬也。言恭行天罰也。苞，本也。蘖，旁生萌蘖也。本則夏桀，蘖則韋也、顧也、昆吾也，皆桀之黨也。鄭氏曰：『韋，彭姓。顧、昆吾，己姓。』言湯既受命，載旆秉鉞，以征不義。桀與三蘖皆莫能遂其惡，而天下截然歸商矣。初伐韋，次伐顧，次伐昆吾，乃伐夏桀。當時〔七〕用師之序如此。」昔在中葉，有震且業。允也天子，降于卿士。實維阿衡，實左右商王。」《集傳》曰：「昔在，豈謂湯之前世中衰時與？允也天子，指湯也。降，言天賜之也。卿士，伊尹也。言至於湯得伊尹，而有天下也。阿衡，伊尹官號也。」○愚按：《書》曰：「肇我邦有夏，小大戰戰，罔不懼于非辜。」《詩》曰：「昔在中葉，有震且業。」則是自湯而上，蓋嘗中微矣。而湯由七十里起，又爲桀所囚，卒能伐桀而代之，則非勢之强也，以德而已。○朱子曰：「序以此爲大禘之詩。蓋祭其祖之所出，而以其祖配也。蘇氏曰：『大禘之祭，所及者遠，故其詩歷言商之先君，又及其卿士伊尹，蓋謂與於禘者也。』《商書》『茲予大享于先王，爾祖其從與享之』。是禮也，豈其起於商之世與？今按：大禘不及群廟之主，此宜爲祫禘之詩。然經無明文，不可考矣。」○《殷本紀》曰：「契興於唐、虞、大禹之際，功業著于百姓，百姓以平。契卒，子昭明立。昭明卒，子相土立。相土卒，子昌若立。昌若卒，子曹圉立。曹圉卒，子冥立。冥卒，子振立。振卒，子微立。微卒，子報丁立。報丁卒，子報乙立。報乙卒，子報丙立。報丙卒，子主壬立。主壬卒，子主癸立。主癸卒，子天乙立，是爲成湯。」

湯始居亳。

《書序》曰：「自契至于成湯，八遷，孔氏曰：「十四世，凡八徙國都。」愚按：八遷，惟昭明居砥石、相土居商丘見於傳，餘無所考。砥石，今陝州底柱。商丘，今應天府宋城。湯始居亳，從先王居，孔氏曰：「契父帝嚳都亳，湯自商丘遷焉。」愚按：嚳之説非也。唐、虞以上無王稱，且契非嚳子。借使嚳子，不宜謂嚳「先王」也。先王者，必指玄王，此商人追稱之辭也。故《大紀》曰「從先君居」以正《書序》及注之失。亳，今應天之穀熟，蓋南亳也。作《帝告》《釐沃》。」孔氏曰：「告來居，治沃土，二篇皆亡。」

戊寅。三十有六歲。商湯元。**商湯征葛。**據《經世》張氏《紀年》。然《史記》載征葛在聘伊尹之前。

葛，今應天府寧陵縣。

《孟子》曰：「惟仁者爲能以大事小，是故湯事葛。」朱子曰：「仁人之心，寬洪惻怛，而無較計大小强弱之私。故小國雖或不恭，而吾所以字之之心自不能已。」○愚謂：以是觀之，則它日湯之征葛，蓋不得已也。又曰：「湯居亳，與葛爲鄰，穀熟，去寧陵八十里。葛伯放而不祀。湯使人問之曰：『何爲不祀？』曰：『無以供犧牲也。』湯使遺之牛羊。葛伯食之，又不以祀。湯又使人問之曰：『何爲不祀？』曰：『無以供粢盛也。』湯使亳衆往爲之耕，老弱饋食。愚按：遺之牛羊、使爲之耕，皆以大事小之事也。葛伯率其民，要其有酒食黍稻者奪之，不授者殺之。有童子以黍肉餉，殺而奪之。《書》曰『葛伯仇餉』，此之謂也。《大紀》曰：「葛伯率其民，要其有酒肉者奪之。畏君命，不敢校也。有一童子校曰：『而不能耕，吾爲汝耕。又奪吾食，不亦甚乎！』葛伯殺之。」爲其殺是童子而征之，四海之内皆曰：『非富天下也，爲匹夫匹婦復讎也。』朱子曰：「言湯之心非以天下爲富而欲得之也。」湯始征，自葛載，十一征而無敵於天下。東面而征，西夷怨；南面而征，北狄怨，曰：『奚爲後我？』民之望之，若大旱之望雨也。歸市者弗止，芸者不變，誅其君，弔其民，如時雨降。民大悦。《書》曰：『徯我后，后來其無罰。』」

履祥按：《書序》，前乎《湯誓》有《帝告》《釐沃》之書，有《湯征》《汝鳩》《汝方》之書，今皆亡矣。《史記》載《湯征》之辭而不類，蓋非《湯征》之舊也。《孟子》引「亳衆往耕」之事，疑出此書。而「五就湯桀」之事，意者於《鳩》《方》之書得之也。其詳不可得而聞矣。

三十有七歲。商湯進伊尹。

萬章問曰：「人有言『伊尹以割烹要湯』，有諸？」《集注》曰：「要，求也。按《史記》『伊尹欲行道以致君而無由，乃爲有莘氏之媵臣，負鼎俎以滋味説湯，致於王道』。蓋戰國時有爲此説者。」○愚按：有莘氏之女爲湯妃。莘，亦作「嫯」，國名也。孟子曰：「否，不然。伊尹耕於有莘之野，而樂堯、舜之道焉。非其義也，非其道也，禄之以天下，弗顧也；繫馬千駟，弗視也。非其義也，非其道也，一介不以與人，一介不以取諸人。樂堯、舜之道，蓋考迹以觀其用，察言以求其心，有所得而欣慕愛樂之也。湯使人以幣聘之，囂囂然曰：『我何以湯之聘幣爲哉？我豈若處畎畝之中，由是以樂堯、舜之道哉？』湯三使往聘之，既而幡然改曰：『與我處畎畝之中，由是以樂堯、舜之道，吾豈若使是君爲堯、舜之君哉？吾豈若使是民爲堯、舜之民哉？吾豈若於吾身親見之哉？天之生此民也，使先知覺後知，使先覺覺後覺也。予，天民之先覺者也；予將以斯道覺斯民也。非予覺之而誰也？』思天下之民匹夫匹婦有不被堯、舜之澤者，若己推而内之溝中。其自任以天下之重如此，故就湯而説之以伐夏救民。説湯以伐夏救民，在去亳適夏復歸于亳之後，非應聘之初即有是説也。吾未聞枉己而正人者也，況辱己以正天下者乎？聖人之行不同也，或遠或近，或去或不去，歸潔其身而已矣。吾聞其以堯、舜之道要湯，未聞以割烹也。《伊訓》曰：『天誅造攻自牧宮，朕載自亳。』」○皇甫謐曰：「伊尹，力牧之後。」《呂氏春秋》曰：「居伊水。」《路史》曰：「堯之後也。」又曰：「伊，炎帝上世所國，今洛之伊陽縣伊川，堯之母家伊侯國。」按：堯生於伊，故爲伊祁氏。伊尹恐其後。雜書「伊尹生於空桑」，蓋地名，諸説多妄。○《孟子》曰伊尹曰：「何事非君，何使非民，治亦進，亂亦進。」曰：「天之生斯民也，使先知覺後知，使先覺覺後覺。予，天民之先覺者也；予將以此道覺此民也。思天下之民匹夫匹婦有不與被堯、舜之澤者，如己推而内之溝中。其自任以天下之重也。伊尹，聖之任者也。」又曰：「五就湯、五就桀者，伊尹也。」○龜山楊氏曰：「伊尹之就湯，以三聘之勤也。其就桀也，湯進之也。湯豈有伐桀之意哉？其進伊尹以事之也，欲其悔過遷善而已。伊尹既就湯，則以湯之心爲心矣；及其終也，人歸之，天命之，不得已而伐之耳。若湯初求伊尹，即有伐桀之心，而伊尹遂相之以伐桀，是以取天下爲心也。以取天下爲心，豈聖人之心哉？」○《大紀》曰：「成湯薦伊尹于桀，爲陳素王及九主之事。桀不聽，與群臣沈湎于酒。

伊尹進諫若曰：『君王以酒色之微，壅天命而不理，失人心而不圖。反是爲善，善則祥集。習是爲不善，不善則殃來。君王宜留意焉。』伊尹自亳凡五適夏，告以堯、舜之道。桀終不聽。」

按：《史記》「伊尹從湯，言素王、九主之事」，而劉向《別録》載九主名稱甚奇，《索隱》著其義曰：「法君，謂用法嚴急之君。」曰：「專君，謂專己獨斷，不任賢臣。」曰：「授君，謂不能自理，政歸其臣。」曰：「勞君，謂勤勞天下。」曰：「等君，謂定等威，均禄賞。」曰：「寄君，謂人困於下，主驕於上，離析可待。」曰：「固君，謂完城郭，利甲兵，而不修德。」曰：「破君，謂輕敵致寇，國滅君死。」曰：「三歲社君，謂年在繈褓而主社稷也。」○胡氏《大紀》、張氏《紀年》書聘用伊尹之事俱在丁丑，湯即諸侯位之年。履祥按：《湯誥》曰：「請罪有夏。聿求元聖，與之戮力。」則湯之用尹，去伐夏無幾年矣。《書序》稱湯始居亳，次書征葛，又次書伊尹去就之事，則聘尹，宜在既征葛之後。今附之湯進伊尹之年，於以見湯之聘尹非以爲己，又以見尹從湯之初，五就湯、桀，不間治亂，往來其間，以圖捄世。至桀終不可而去之商，相湯而伐之，則《孟子》所謂「聖之任者」，其氣象居可見矣。

四十歲。伊尹復歸于亳。

《書序》曰：「伊尹去亳適夏，既醜有夏，復歸于亳，入自北門，乃遇汝鳩、汝方。」○《新序》曰：「桀作瑶臺，罷民力，殫民財。爲酒池糟隄，縱靡靡之樂，一鼓而牛飲者三千人。群臣相持歌曰：『江水沛沛兮，舟檝敗兮，我王廢兮，趣歸薄兮，薄亦大兮。』又曰：『樂兮樂兮，四牡蹻兮，六轡沃兮，去不善而從善，何不樂兮。』伊尹知天命之至，舉觴而告桀曰：『君王不聽臣之言，亡無日矣。』桀拍然而作，啞然而笑曰：『子何妖言，吾有天下，如天之有日也。日有亡乎？日亡，吾亦亡矣。』於是接履而趨，遂適湯，湯立爲相。故伊尹去夏入殷，殷王而夏亡。」《大傳》與此大同小異。然群臣去夏歸亳，宜有惻怛不得已之意，不應歌而去之，其辭如此，然則此章殆未可信也。○《古史》論曰：「《書》稱：『伊尹去亳適夏，既醜有夏，復歸于亳。』蓋伊尹耕於莘野，既以處士從湯矣。及其適夏，非其私行也，湯必與知之。其君臣之心以爲伐桀以濟斯世，不若使伊尹事桀以止其亂，雖使夏不亡，商不興，無憾也。及其不可復輔，於是捨而歸爾。其後文王事紂，亦身爲之三公，至將囚而殺之，然後棄之而西。蓋湯之於桀，文王之於紂，其不欲遽取之者如此。此其所以爲湯、文王，而後世之所不及也。」

四十有二歲。囚商湯于夏臺，已而釋之。

《大紀》曰：「昔先王之田也，開三面而驅之。順驅不逐，逆驅則殺。所以愛天物，不惟務獲而已也。是時田者張網，四面合圍以殄天物。於是成湯出田，命去網三面，曰：『欲左者左，欲右者右。惟不用命者乃入吾網。』復古制也。漢南諸侯聞之，曰：『湯仁及禽獸，而況於人乎！』賈誼《新書》及《史記》所載與此小異，而事理不通。今從《大紀》。皆歸心焉。一書「歸者四十國」。桀疾其大得諸侯和也，召之，囚於重泉夏臺，已而釋之。《史記》載諸侯歸在夏臺之後。其後湯伐桀，遂放焉。

桀謂人曰：『吾悔不殺湯於夏臺，使至此。』」

五十有一歲。太史令終古出奔商。

《淮南子》曰：「夏之將亡，太史令終古先奔於商，三年而桀乃亡。」○《大紀》曰：「桀鑿池爲夜宮，男女雜處，三旬不朝。太史終古執其圖法泣諫，不聽。終古出奔商。」

甲午。五十有二歲。

《大紀》曰：「桀窮其宗族，恥其勳舊，輕其賢良，棄義聽讒。卿士干辛凌轢諸侯，左師曹觸龍讒嫉才智。諸侯危其位，大夫隱其道。舉事戾于天，發令逆于時。瞿山地裂及泉，發徒鑿之通於河。諫者曰：『洩天氣，發地藏，天子失道，後必有敗。』殺之。耆老或諫，又殺之。關龍逢進諫曰：『人君謙恭敬信，節用愛人，故天下安而社稷宗廟固。今君用財若無窮，殺人若不勝，民惟恐君之後亡矣。人心已去，天命不祐，盍少悛乎？』不聽。龍逢立而不去。桀殺龍逢，大會諸侯于有仍氏。有緡氏見王汰侈弗善也，引師先歸。帥諸侯攻克之，愈自矜肆。國人大崩。諸侯韋氏、顧氏、昆吾氏黨桀之惡，恣行亂政。桀之世，犬群嘷、兩日鬬、枉矢流、衆星殞、五星錯行、雨血、夏霜、木冰、地震、伊洛竭、泰山崩。」

【校記】

〔一〕「耒」，原作「注」，今據慎獨齋配補歸仁齋本、宋犖本改。

〔二〕「狸」，原作「曰」，今據慎獨齋配補歸仁齋本、宋犖本、率祖堂本、《四庫》本改。

〔三〕「是」，原作「時」，今據《四庫》本改。

〔四〕「中土」，原作「土中」，今據宋犖本、《四庫》本乙。

〔五〕「中」，原作「申」，今據宋犖本改。

〔六〕「洎」，原作「作」，今據宋犖本改。《四庫》本作「及」字。

〔七〕「時」，原作「是」，今據慎獨齋配補歸仁齋本、宋犖本改。

通鑑前編卷之四

金履祥編

乙未。商王成湯十有八祀。

《大紀》論曰：「古史不載湯改元，獨劉道原載之，非其實也。夫人君即位之一年，謂之元年，一定而不可易也。成湯之元，立於桀之三十五載矣。其所以克享天心，受天明命，以有九有之師，爰革夏正。本是而爲之者也，又可改乎？元者，義之所存，非若一二之爲數也。後世以元爲數，而不知其義。如漢武之初年曰『建元元年』，既曰『元年』，則元已建矣，又曰『建元』，豈不贅乎？後又因事别建年號，失其義也甚矣！使人君知此義而體之，則元原於一，豈至如是紛紛乎？」

王伐桀，放之于南巢。

《湯誓》曰：蔡氏曰：「夏桀暴虐，湯往征之。亳衆憚於征役，故湯諭以弔伐之意。」「王曰：『格爾衆庶，悉聽朕言。非台小子敢行稱亂。有夏多罪，天命殛之。蔡氏曰：「以人事言之，則臣伐君，可謂亂矣。以天命言之，則所謂天吏，非稱亂也。」今爾有衆，汝曰：「我后不恤我衆，舍我穡事而割正夏？」予惟聞汝衆言，夏氏有罪。予畏上帝，不敢不正。蔡氏曰：「亳邑之民，安於湯之德政，故不知夏氏之虐。湯則畏上帝，不敢不往正其罪也。」今汝其曰：「夏罪其如台？」夏王率遏衆力，率割夏邑，有衆率怠弗協，曰：「時日曷喪？予及汝皆亡。」夏德若兹，今朕必往。蔡氏曰：「湯又言夏王重役以窮民力，嚴刑以殘民生。民皆怠於奉上，不和於國。疾視其君，指日而曰：『是日何時而亡？吾寧與之俱。』苦桀之虐，而欲其亡之甚也。桀之惡德如此，今我所以必往也。」爾尚輔予一人，致天之罰，予其大賚汝。爾無不信，朕不食言。爾不從誓言，予則孥戮汝，罔有攸赦。」蔡氏曰：「禹之征苗曰：『爾尚一乃心力，其克有勳。』至啓則曰：『用命賞于祖，不用命戮于[一]社，予則孥戮汝。』此又益以『朕不食言』、『罔有攸赦』，亦可以觀世變矣。」

履祥按：讀《湯誓》者有三疑焉：疑「王曰」以爲追書也；疑亳衆之怨后不恤也；疑大賚、孥戮之爲已薄也。夫湯、武之稱王，説者多矣。有謂文王受命稱王，至武王稱王凡十有一年者，疑湯亦然。有謂民無二王，桀、紂未絶，則未可王者，《湯誓》《泰誓》之稱王，蓋追書也。至於蘇氏則曰：「商周之王、不王，不係於桀、紂之存亡也。」愚謂：受命稱王之久，其説失之僭；而桀、紂未絶未王之説，則又失之拘；至蘇氏之説不拘矣，然通而無制也。夫湯、武興師之時，是即受命之日，張子所謂「此事間不容髮。一日之間天命未絶，則爲君臣。天命既絶，則爲獨夫」者，其在此時乎？夫天命已屬，師徒既興，則桀、紂即獨夫矣。豈特南巢之後、牧野之餘而天命始絶哉？且湯、武既已興師矣，而猶自稱曰諸侯，以令於衆，則是以諸侯而伐天子，名實俱不可也。然則稱王誓衆，理固然也，而必謂史臣追書，不幾於嫌聖人而文之哉？然則弔伐之師，義也。而亳衆有「不恤」之怨，何也？曰：自亳衆而觀，則如在春風，如在慈母，不知有天下之暴亂也。自夏衆而觀，則如水已溺，如火將焚，不可無聖人之拯救也。故在此之怨雖曰「我后不恤」、「舍我穡事」，而在彼之怨則又曰「徯我后」、「奚爲後我」。觀成湯辨曉之辭，首之曰：「汝曰：『我后不恤我衆，舍我穡事而割正夏？』予畏上帝，不敢不正。」蓋亳衆知己事之小而不知天意之大，在聖人則不可不順天也。繼之曰：「今汝其曰：『夏罪其如台？』夏王率遏衆力，率割夏邑，有衆率怠弗協，曰：『予及汝皆亡。』夏德若兹，今朕必往。」蓋亳衆知商邑之安而不知夏民之危，在聖人則不可不救民也。常情蔽於苟且，聖人迫於天民，此其所以不同而已。至若重賞而慮其不信，嚴刑而至於孥戮，則以亳衆久安，喜逸惡動，夫用久安惡動之民，非重賞以誘之、嚴刑以驅之，它事且不可，況以之戰而濟其弔伐之義哉？然此亦誓師之令，不得不云爾。凡執禁以齊衆，不赦過，此軍律也。而遽引「罪人不孥」以病之，皆未可與語聖人之意也。

仲虺作誥。

《仲虺之誥》曰：「成湯放桀于南巢，惟有慙德。曰：『予恐來世以台爲口實。』仲虺，臣名，《大戴》作「仲傀」，《史記》作「中鸓」，《荀子》作「中蘬」，奚仲之後，爲湯左相。趙臺卿曰即萊朱也。誥，告也。《周禮》「誥，用之會同」。此告湯而亦曰誥，唐孔氏謂仲虺必對衆而言，非特釋湯之慙，而且以曉其臣民衆庶也。南巢，今無爲軍地，桀奔于此，因以處之，故曰放焉。放伐之事，終不若傳授之美，而又湯始爲之，故自以爲有可愧之德，恐後世無君者指此爲實以藉口也。觀《湯誥》之書，成湯憂以天下，至此又憂後世，聖人之心量如此。陳氏曰：「堯、舜以天下遜，後世好名之士，猶有不知而慕之者。湯、武征伐而得天下，後世嗜利之人，安得不以爲口實哉？此湯之所爲恐也。」仲虺乃作誥，曰：『嗚呼！惟天生民有欲，無主乃亂，惟天生聰明時乂。有夏昏德，民墜塗炭。天乃錫王勇智，表正萬邦，纘禹舊服。茲率厥典，奉若天命。此明上天立君之理也。天生聰明，以乂生民。而桀以德昏，墜民塗炭，則不君矣，故天生成湯以君之。天乃錫王勇智者，蓋氣化聚而生聖人。聚清明之氣而使之智，以無所不知；聚剛厚之氣而使之勇，以無所不能爲也。禹傳禪而湯征伐，乃云「纘禹舊服」者，禪繼、征伐，前後聖人俱一公天下之心。桀墜禹之緒而湯承之，又率其所以紀綱天下之典，是則湯之興所以繼禹也，所以承上天君天下之責也。林氏曰：「齊宣王問孟子，曰：『湯放桀，武王伐紂，有諸？』孟子曰：『賊仁者謂之賊，賊義者謂之殘，殘賊之人謂之一夫。聞誅一夫紂矣，未聞弑君也。』夫立之君者，懼民之殘賊而無以主之。爲之主而自殘賊焉，則君之實喪矣，非一夫而何？孟子之言，則仲虺之意也。」夏王有罪，矯誣上天，以布命于下。帝用不臧，式商受命，用爽厥師。上言民塗炭，湯受「纘服」之命，作之君也。此言桀誣天命，湯受「爽師」之命，作之師也。武王所謂「作之君，作之師」是也。矯誣上天，布命于下，蓋假天以神其説，以令於衆也。《大學》所謂桀、紂所令「反其所好，而民弗從」者是也。用爽厥師，師，衆也，謂俾湯開明衆人之心也。吴氏曰：「『用爽厥師』與下文『簡賢附勢』意不相貫，疑有脱誤。」簡賢附勢，寔繁有徒。肇我邦于有夏，若苗之有莠，若粟之有秕。小大戰戰，罔不懼于非辜。矧予之德，言足聽聞。足，滿也。上文二節自理言之，則湯固爲所當爲。此章自勢言之，則湯亦不得不爲。朱子嘗謂文、武之勢當時亦住不得，觀湯此時亦正如此。惟王不邇聲色，不殖貨利。德懋懋官，功懋懋賞。用人惟己，改過不吝。克寬克仁，彰信兆民。自此下二節，因上文以述德言足聽聞之實也。湯於一身無所私，而惟與天下爲公如此，有如此心，人孰不信也？乃葛伯仇餉，初征自葛，東征西夷怨，南征北狄怨，曰：「奚獨後予？」攸徂之民，室家相慶，曰：「徯予后，后來其蘇。」民之戴商，厥惟舊哉！此亦承上文而言。征伐一動，而四面人心俱望王師之來，則弔伐之事決不容已，而鳴條之師至此終必爲之也。已上五節：上明天命君、師之理；中明夏、商疑忌之勢；下明人心歸慕之極。則湯不可不爲，亦不容不爲矣。此皆所以釋湯之慙也。佑賢輔德，顯忠遂良。兼弱攻昧，取亂侮亡。推亡固存，邦乃其昌。此言命德討罪之責，撥亂反正之規。夏之末造，簡賢附勢者既繁，則公道晦蝕，是非不明久矣。命德討罪，實在於湯。鳴條之戰，自不可已，然又非可止於鳴條之戰而遽已也。此章以上皆釋湯之辭，此下皆勉湯之辭。德日新，萬邦惟懷。志自滿，九族乃離。夫仲虺方釋湯之慙，而又勉其日新，何也？罪己責躬不可無，亦不可長留在心爲悔。悔則不進矣。然而又慮其自滿，何也？人之常情，有所慙者固多自阻，而謂無所慙者又多自滿。防其自阻也，故釋其慙而勉之。防其已釋而自滿也，故又戒之。忠愛之深，則周防之密。湯固未必有是，而仲虺之論亦不容疏也。王懋昭大德，建中于民，以義制事，以禮制心，垂裕後昆。此承「德日新」之意而言也。懋昭，即日新之推也。中者，無過不及之正理。舉天下事物，莫不各有自然之中，民心所本具，而不能自明，故聖人建之以爲準焉。「以義制事」、「以禮制心」，即「建中」之綱目也。立之義以制天下之事，使萬物各得其時中至善之宜而無過不及。立之禮以制天下之心，使人心各循於規矩準繩之内而不偏不倚。經制既立，人心風俗已正，雖傳之於後世，固綽然有餘裕也，豈有來世口實之憂哉？予聞曰：「能自得師者王，謂人莫己若者亡。好問則裕，自用則小。」此承「志自滿」之意而言也。嗚呼！慎厥終，惟其始。殖有禮，覆昏暴。欽崇天道，永保天命。』」此總一篇之意以終之。謹終惟始者，謂勿失其不邇、不殖、改過、寬仁之德。德言來蘇之舊。「殖有禮，覆昏暴」，謂益廣其顯、遂、兼、攻，凡撥亂反正之規。「欽崇天道」，即日新、昭德之謂，而以「永保天命」終篇首之意。然則湯之得天下也，固天命人心，理勢不可不爲之宜；其爲天子也，亦有得失興亡，不可不謹之慮。此篇之意最爲深密，讀者詳之。

王歸自夏，誕告萬方。

《湯誥》曰：「王歸自克夏，至于亳，誕告萬方。王曰：『嗟！爾萬方有衆，明聽予一人誥。惟皇上帝，降衷于下民。若有恒性，克綏厥猷惟后。以形體謂之天，以主宰謂之帝。衷，中也，如「六藝折衷於夫子」之「衷」。綏，定也。猷，道也，古文作「繇」。蓋天以一理化生斯人，舉凡人倫、庶物，莫不各有自然之中，無過不及者付在人心，故謂之降衷。自其受於人心，則謂之性；自其達於事物之間，莫不由之，則謂之道。劉子所謂「民受天地之中以生，是以有動作、禮義之則」是也。以降衷而言，則固同此不偏不易之性；以氣禀而言，則不能無清濁淳駁之殊。故必有任撫定之責，以各使之安行於是者，此所以爲之君也。周子所謂「聖人定之以仁義、中正而主静，立人極焉」，蓋「綏猷」之謂也。

蔡氏曰：「夫天生民有欲，以情言也；上帝降衷于下民，以性言也。仲虺即情以言人之欲，成湯原性以明人之善。聖賢之論，互相發明，然其意則皆言君道之係於天下者，如此之重也。」夏王滅德作威，以敷虐于爾萬方百姓。爾萬方百姓，罹其凶害，弗忍荼毒，並告無辜于上下神祇。天道福善禍淫，降災于夏，以彰厥罪。猶稱「夏王」，從其始也，此聖人忠厚之意也。此叙夏桀不克綏猷，殘民之性，非天所命，爲天所棄也。肆台小子，將天命明威，不敢赦。敢用玄牡，敢昭告于上天神后，請罪有夏。聿求元聖，與之戮力，以與爾有衆請命。此自叙其受命之事。元聖，伊尹也。湯類上帝興師，而學者以稱王誓衆爲諱。湯以元聖稱伊尹，而學者不以伊尹爲聖人。夫不以成湯爲王者，避桀故爾；不以伊尹爲聖者，避湯故爾。此學者之病也。程子有言：「聖人自至公，何避嫌之有？」上天孚佑下民，罪人黜伏，天命弗僭，賁若草木，兆民允殖。孚、允，皆信實之意。謂上天之意信在於佑民，故使罪人黜伏，桀奔南巢也。蓋上天爲民之心，無有僭差，且以一草木之微，上天且生長之，此其心固昭然可見矣，則夫兆民之衆，天蓋信欲生殖之而不欲遏絶之也明矣。蓋湯指天心之易見者以示人也。俾予一人輯寧爾邦家，茲朕未知獲戾于上下，慄慄危懼，若將隕于深淵。此承上文而言。天意信在於民，故黜夏而命我，此其責亦重矣，故惟恐其不足以當之也。凡我造邦，無從匪彝，無即慆淫，各守爾典，以承天休。此皆所以「綏猷」也。爾有善，朕弗敢蔽；罪當朕躬，弗敢自赦，惟簡在上帝之心。其爾萬方有罪，在予一人；予一人有罪，無以爾萬方。簡，如「大閲，簡車馬」之「簡」。萬方有罪，蓋教之不豫，養之不遂，處之失宜，皆不克綏猷也，故曰「在予一人」。朱子謂此意是湯見得，此章尤見聖人正大光明之心、公誠忠恕之道也。嗚呼！尚克時忱，乃亦有終。』」忱，信實也。吴氏曰：「此兼人己而言。」〇子王子曰：「自《虞書》『危微精一』數語之外，惟《湯誥》

『惟皇上帝，降衷于下民。若有恒性，克綏厥猷惟后』數語足以亞之。性之爲言，實昉乎此。『克綏厥猷惟后』爲一篇之綱領。『夏王滅德作威』以下，即綏猷之反。『與衆請命，輯寧邦家』即任綏猷之責。『茲朕未知獲戾』而下，歛然戒謹恐懼之意。『凡我造邦，無從匪彝，無即慆淫，各守爾典』，是乃所以綏猷。而『萬方有罪，在予一人』，即自任以不克綏猷之咎。是其爲書，辭忱義密，當爲誥書第一，與《武成》大不同矣。」〇《書序》曰：「伊尹相湯，伐桀，升自陑，遂與桀戰于鳴條之野，作《湯誓》。蔡氏曰：「以伊尹爲首稱者得之。《咸有一德》亦曰：『惟尹躬暨湯，咸有一德。』陑，在河曲之陽。鳴條，在安邑之西。升自陑，義未詳。漢孔氏遂以爲出其不意，亦序意有以啓其陋與？」夏師敗績，湯遂從之，遂伐三朡，俘厥寶玉。誼伯、仲伯作《典寶》。三朡，國名，今定陶其地也。蔡氏曰：「俘厥寶玉，恐非聖人所急。」《典寶》，詳見《逸周書》，然不可信。湯歸自夏，至于大坰，大坰，即滎澤，在衛州界。仲虺作誥。湯既黜夏命，復歸于亳，作《湯誥》。咎單作《明居》。」孔氏曰：「咎單，臣名，主土地之官，作居民法焉。」馬氏曰：「咎單，湯司空。明居民之法也。」愚謂二説皆因名生義，俱不可考。《路史》曰：「咎單，皋陶之後。咎，讀作皋。」〇《大紀》曰：「三月，歸于亳。踐天子位，定都焉。國號曰商。愚按：「商」之爲號久矣，非至此而特建也。其圖書曰《歸藏》，『坤』、『乾』、『震』、『巽』、『坎』、『離』、『艮』、『兑』。今世有傳《歸藏》者，言占筮吉凶之兆，雖韻語而非古韻，大率依《説卦》而託之。及書傳所載筮語，有薛氏叙，述所以先「坤」之意。以爲立天之道，先陰而後陽；立地之道，先柔而後剛；立人之道，先順而後義。故《歸藏》先「坤」而後「乾」。地道者，元一之所藏；妻道則父子君臣生焉；坤道至順，常静而生生，無爲者乃有爲之母。其説如此。其書淺近，若鄭漁仲則真以爲古《歸藏》矣。《歸藏》，即今納甲、歸魂等法，古必有書。以斗杓建丑冬十二月爲歲首，是謂地統。以日中爲朔，改歲曰祀，建大白，乘大輅，白馬黑首，大事斂用日中，戎事乘翰，戎車曰寅車，牲用白牡，封夏后氏之後於杞，行甲寅曆。」

履祥按：建丑雖曰地統，然月建順天而右行，日月不及天而左會。惟建丑之月，月建在丑，日月會于丑，故天文以丑爲星紀，蓋自是爲始，以經緯十二次也。所以商正因之。

三月，王至東郊，論諸侯功罪，立禹後與聖賢古有功者之後，封孤竹等國各有差。

《左氏傳》曰：「商湯有景亳之命。」○《帝王世紀》曰：「禹之時，執玉帛者萬國。及夏之衰，有窮之亂，孔甲以後至桀行暴，諸侯相兼，逮湯受命，其能存者三千餘國。」○《史記》曰：「還亳，作《湯誥》：『惟三月，王至於東郊。告諸侯群后：「毋不有功於民，勤力迺事。予乃大罰殛女，毋予怨。」曰：「古禹、皋陶久勞于外，其有功乎民，民乃有安。四瀆已脩，萬民乃有居。后稷降播，農殖百穀。三公咸有功于民，故后有立。徐廣曰：「立，一作『士』。」《索隱》曰：「謂禹、皋陶有功於人，建立其後。」昔蚩尤與其大夫作亂百姓，帝乃弗予，有狀。先王言不可不勉。」曰：「不道，毋之在國，女毋我怨。」』以令諸侯。」《索隱》曰：「又誡諸侯，汝爲不道，我則無令汝之在國。」○又曰：

「湯封夏之後，至周封於杞也。」○《索隱》曰：「孤竹君，殷湯三月丙寅所封。《地理志》在遼西令支。應劭曰：『姓墨胎氏。』」一作「墨台」。○《路史》曰：「公劉，商世諸侯。」按：周之先，其上冠「公」者始此，必至商而爵爲公也。○《史記》曰：「伯翳生子二人，次曰若木，實費氏。其玄孫曰費昌，當夏桀之時，去夏歸商，爲湯御，以敗桀於鳴條。故嬴姓多顯，遂爲諸侯。」○《左氏》曰：「奚仲爲夏車正，封於薛。至仲虺，爲湯左相。」○《王制》曰：「王者之制禄、爵，公、侯、伯、子、男，凡五等。諸侯之上大夫卿、下大夫、上士、中士、下士，凡五等。天子之田方千里，公、侯田方百里，伯七十里，子、男五十里。不能五十里者，不合於天子，附於諸侯，曰附庸。天子三公之田視公、侯，卿視伯，大夫視子、男，元士視附庸。制：農田百畝。百畝之分，上農夫食九人，其次食八人，其次食七人，其次食六人，下農夫食五人。庶人在官者，其禄以是爲差也。諸侯之下士視上農夫，禄足以代其耕也。中士倍下士，上士倍中士，下大夫倍上士。卿，四大夫禄；君，十卿禄。次國之卿，三大夫禄；君，十卿禄。小國之卿，倍大夫禄；君，十卿禄。次國之上卿，位當大國之中，中當其下，下當其上大夫。小國之上卿，位當大國之下卿，中當其上大夫，下當其下大夫。其有中士、下士者，數各居其上之三分。凡四海之内九州，州方千里。州建百里之國三十，七十里之國六十，五十里之國百有二十，凡二百一十國。名山、大澤不以封，其餘以爲附庸、間田。八州，州二百一十國。天子之縣内，方百里之國九，七十里之國二十有一，五十里之國六十有三，凡九十三國。名山、大澤不以肦。其餘以禄士，以爲間田。凡九州，千七百七十三國，天子之元士、諸侯之附庸不與。天子，百里之内以共官，千里之内以爲御。千里之外設方伯。五國以爲屬，屬有長。十國以爲連，連有帥。三十國以爲卒，卒有正。二百一十國以爲州，州有伯。八州，八伯、五十六正、百六十八帥、三百三十六長。八伯各以其屬屬於天子之老二人，分天下以爲左、右，曰二伯。千里之内曰甸，千里之外曰采，曰流。天子三公，九卿，二十七大夫，八十一元士。大國三卿，皆命於天子；下大夫五人，上士二十七人。次國三卿，二卿命於天子，一卿命於其君；下大夫五人，上士二十七人。小國二卿，皆命於其君；下大夫五人，上士二十七人。天子使其大夫爲三監，監於方伯之國，國三人。天子之縣内諸侯，禄也；外諸侯，嗣也。制：三公一命卷，若有加，則賜也，不過九命。次國之君，不過七命。小國之君，不過五命。大國之卿不過三命，下卿再命。小國之卿與下大夫一命。諸侯之於天子也，比年一小聘，三年一大聘，五年一朝。天子五年一巡狩。天子無事與諸侯相見曰朝。考禮、正刑、一德，以尊于天子。天子賜諸侯樂，則以柷將之；賜伯、子、男樂，則以鼗將之。諸侯賜弓矢，然後征；賜鈇鉞，然後殺；賜圭瓚，然後爲鬯。未賜圭瓚，則資鬯於天子。天子命之教，然後爲學。小學在公宫南之左，大學在郊。天子曰辟廱，諸侯曰頖宫。」《王制》與《周禮》不同，舊説是殷禮，故《大紀》盡入《商湯》之紀。今附於此，以見成湯紀綱天下之大規。

大旱。

十有九祀。大旱。

二十祀。大旱。夏桀死于亭山。《荀子》曰：「桀死於亭山。」《淮南子》曰：「放之歷山。」注云：「歷陽之山。」《路史》曰：「放桀南巢，三年，桀死於亭山。其子淳維，妻其衆妾，遁於北野，隨畜轉徙，號葷育。逮周曰玁狁。」《漢書·匈奴傳》曰：「其先伯禹之苗裔。」

二十有一祀。大旱。發莊山之金，鑄幣賑民。

《管子》曰：「天以時爲權，地以財爲權，人以力爲權，君以令爲權。失天之權，則人、地之權亡。湯七年旱，禹五年水，民之無糧賣子者。湯以莊山之金鑄幣，而贖民之無糧賣子者。

禹以歷山之金鑄幣，而贖民之無糧賣子者。故天權失，人、地之權皆失也。」○《大紀》曰：「伊尹言於王，發莊山之金鑄幣，通有無於四方，以賑救之，民是以不困。」

二十有二祀。大旱。

二十有三祀。大旱。

二十有四祀。大旱。禱于桑林，以六事自責，雨。

《荀子》曰：「湯旱而禱曰：『政不節與？使民疾與？何以不雨至斯極也！宮室榮與？女謁盛與？何以不雨至斯極也！包苴行與？讒夫興與？何以不雨至斯極也！』」《説苑》所載，與此大同小異。又《東漢書》注引《帝王紀》有「剪髮、斷爪，已爲犧牲」之説，《外紀》取之。○《淮南子》曰：「湯旱，以身禱於桑山之林。」注曰：「桑山，能興雲致雨。」○《大紀》曰：「禱於桑林之社。天油然作雲，沛然下雨，歲則大熟，天下讙洽。遂作《桑林》之樂，名曰《大濩》。作諸器用之銘，以爲警戒。史失之。

其《盤銘》曰：『苟日新，日日新，又日新。』」《春秋傳》疏曰：「湯樂《大濩》。其曰《桑林》，先儒無説。唯《書傳》言『大旱，禱於桑林之社而雨』，或遂以《桑林》名樂也。皇甫謐云：『殷樂一名《桑林》。』以《桑林》爲《大濩》別名，無文可憑，未能察也。」愚按：《莊子》云：「《桑林》之舞。」則《桑林》亦舞名也。○公孫弘曰：「湯之旱，則桀之餘烈也。」○鼂錯曰：「聖王在上而民不凍飢者，非能耕而食之，織而衣之，爲開其資財之道也。故堯、禹有九年之水，湯有七年之旱，而國亡捐瘠者，以畜積多而備先具也。」○《禮記》曰：「厲山氏之有天下也，其子曰農，能殖百穀。夏之衰也，周棄繼之，故祀以爲稷。」蔡墨曰：「周棄亦爲稷，自商以來祀之。」《記》疏曰：「夏末，湯遭大旱七年，欲變置社稷，故廢農祀棄。」《春秋》疏曰：「《書序》云：『湯既勝夏，欲遷其社不可，作《夏社》。』湯於帝王年代猶近，功之多少，傳習可知，故得量其優劣。改易祀典，意欲遷社，而無及句龍。棄功乃過於柱，故廢柱以棄爲稷也。」

三十祀。王崩。嫡孫太甲踐位。

《孟子》曰：「湯崩，太丁未立，當有「而卒」二字。外丙二年，仲壬四年。太甲顛覆湯之典刑。」○程子曰：「古人謂歲爲年。湯崩之時，外丙二歲，仲壬四歲，惟太甲差長，故立之也。」按：外丙、仲壬，疑太丁之子。○《大紀》曰：「成湯娶有莘氏，生太丁，爲嫡子，蚤卒，有子曰太甲，爲世嫡孫，以伊尹爲太保。湯崩，壽百歲，伊尹奉太甲即位，葬成湯於亳北。」《皇覽》曰：「湯冢在濟陰亳縣北東郭，去縣三里。冢四方，方各十步，高七尺，上平。」〇《大紀》論曰：「太史公記湯崩，太丁蚤死，外丙立二年，仲壬立四年，相繼而崩，然後伊尹立太甲。非其實也。何以知非其實？二帝官天下，定於與賢；三王家天下，定於立嫡。立嫡者，敬宗也。敬宗者，尊祖也。尊祖者，所以親親也。兄死弟及，非所以爲敬宗、尊祖，且本支亂而争奪起矣，豈親親之道哉？且成湯、伊尹以元聖之德，戮力創業，乃舍嫡孫而立諸子，亂倫壞制，開後嗣争奪之端乎？公儀仲子舍孫而立子，言偃問曰：『禮歟？』孔子曰：『否。立孫。』夫孔子，殷人也，宜知其先王之故矣，而不以立弟爲是，此以素理知其非者，一也。夫賢君必能遵先王之道，不賢者反之。以殷世考之，自三宗及祖乙、祖甲，皆立子；其立弟者，盤庚耳，必有所不得已也。豈有諸聖賢之君皆不遵先王之制，而沃丁、小甲諸中才之君反能耶？此以人情知其非者，二也。商自沃丁始立弟。太史公陽甲之紀曰：『自仲丁以來，廢嫡而更立諸弟子，諸弟子或争相代立，比九世亂。』以其世考之，自沃丁至陽甲，立弟者九世，則仲丁之名誤也。沃丁既以廢嫡立諸弟子生亂爲罪，則成湯未嘗立外丙、仲壬明矣。不然，是成湯首爲亂制，又可罪沃丁乎？此以事實知其非者，三也。唐李淳風通於小數，猶能逆知帝王世數。以邵康節極數知來，其作《皇極經世史》，亦無外丙、仲壬名世，此以曆數知其非者，四也。經所傳者，義也；史所載者，事也。事有可疑，則棄事而取義可也。義有可疑，則假事以證義可也。若取事而無義，則雖無經史可也。」

戊申。太宗太甲元祀。十有二月乙丑，伊尹祠于先王，奉嗣王祇見厥祖，百官總己以聽冢宰。伊尹乃明言烈祖之德以訓于王。

《書》曰：「惟元祀十有二月乙丑，《今文尚書》曰：「惟太甲元年十有二月乙丑朔，伊尹祀于先王，誕資有牧乃明。」胡文定曰：「前乎周者以丑爲正，其書始即位曰『元祀十有二月』，曰『三祀十有二月朔』，則月不改也。」伊尹祠于先王。奉嗣王祇見厥祖，「祠于先王」，殷禮蓋當喪即位，冢宰攝祭告也。先王，謂玄王以下。「祇見厥祖」，奠于殯宮，告即位也。喪，三年之内，事死如事生，故曰「祇見厥祖」。舊説謂「先王」即成湯，則《書》辭爲重復，而喪奠亦不應言「祠」也。侯甸群后咸在，孔氏曰：「在位次也。」百官總己以聽冢宰。孔子曰：「古者君薨，百官總己以聽冢宰三年。」伊尹乃明言烈祖之成德，以訓于王。曰：『嗚呼！古有夏先后，方懋厥德，罔有天災。山川鬼神，亦莫不寧，暨鳥獸魚鼈咸若。此言夏后氏之盛。于其子孫弗率，皇天降災，假手于我有命，造攻自鳴條，朕哉自亳。此言夏桀之所以亡也。造攻自鳴條者，伐桀於鳴條之野。朕哉自亳者，哉，始也，始行天子之政於亳邑也。惟我商王，布昭聖武，代虐以寬，兆民允懷。此言成湯所以承天，「造攻」、「哉自亳」之事也。今王嗣厥德，罔不在初。立愛惟親，立敬惟長，始于家邦，終于四海。此言太甲嗣位之初，所以接續成湯之德，正在此時也。天子當喪，雖未親政，然愛親、敬長，此即所以立德之本，自家而國，而推之天下者也。《孟子》曰：「親親，仁也。敬長，義也。無它，達之天下也。」唐孔氏曰：「先愛其親，推之以及疏。先敬其長，推之以及遠。即《孝經》所云

『愛敬盡於事親，德教加於百姓，刑于四海』是也。」嗚呼！先王肇修人紀，從諫弗咈，先民時若。居上克明，爲下克忠，與人不求備，檢身若不及，以至于有萬邦。茲惟艱哉！此繼上章因言成湯之德，所以至于有天下者，亦先自親親、長長諸事始，所謂「肇修人紀」也。人紀，即人倫。謂之「綱」，則舉其倫之大；謂之「紀」，則又盡其事之細。「從諫弗咈，先民時若」，則順古今之善。「居上克明，爲下克忠」，則盡上下之道。「與人不求備」則容衆，「檢身若不及」則日新。凡此亦皆愛敬之推。積德累行以至于有萬邦，此豈易事也哉？敷求哲人，俾輔于爾後嗣。制官刑，儆于有位。曰：「敢有恒舞于宫，酣歌于室，時謂巫風。敢有殉于貨色，恒于遊田，時謂淫風。敢有侮聖言，逆忠直，遠耆德，比頑童，時謂亂風。惟茲三風十愆，卿士有一于身，家必喪；邦君有一于身，國必亡。臣下不匡，其刑墨。具訓于蒙士。」上文言創業之事，此又言垂統之道，以警太甲也。太甲上繼先王之德，必戒一己之病。其病安在？先王所戒詳矣。昔先王求哲人以輔後嗣，而又制官刑以警有位。然其爲戒，則亦言言藥石，人主尤不可忽也，故因舉以戒太甲焉。官刑之儆，隔句韻語，末句箴體，此成湯所作以箴有國家者，常使人誦之也。殉，隨死之謂。殉，謂其以身發財，忘生縱慾也。「比頑童」與「遠耆德」相反，謂媟近頑冥少年之人。《國語》史伯常譏幽王「近頑童窮固」，注謂「童昏窮陋」之人也。卿士有家，邦君有國，有一于此，足以致喪亡，而況於天子乎？其責尤重，而迹尤危矣。具訓于蒙士，蓋古人有國家者常使瞽誦詩、工誦箴諫，蒙即矇也，謂使蒙士誦之以爲戒也。或云：自其爲童蒙之初，固已訓之以此，蓋養正於初也，此伊尹所即之以告幼君也，此已防其縱慾之漸矣。嗚呼！嗣王祗厥身，念哉！聖謨洋洋，嘉言孔彰。此承上文官刑之戒，使之敬身而念之也。聖人謨訓，固多廣大深妙之理，若此官刑之訓，則其嘉言甚明白，易知易行，王所當念，初非高遠難行之説也。凡此皆誘掖幼主之辭，防其顛覆之行。惟上帝不常，作善降之百祥，作不善降之百殃。爾惟德罔小，萬邦惟慶；爾惟不德罔大，墜厥宗。』」上文嘗言皇天假手伐夏之事矣。太甲嗣湯，正當天命方新之際，伊尹深恐其有所恃也，故言惟上帝不常，作善則凡福祥皆應之，作不善則凡殃禍皆應之，天命不可恃也。恐太甲以湯德至大，小善無益而弗爲也，故又曰「爾惟德罔小，萬邦惟慶」；恐太甲以十愆之戒爲小節無傷而弗去也，故又曰「爾惟不德罔大，墜厥宗」，亦所以申「愛親、敬長，終四海」、「十愆有一必喪亡」之説也。大抵德雖小而意所趨者善，故其效積至於萬邦惟慶；不德雖小而意之所趨者惡，其效終至於墜厥宗。伊尹誘掖太甲之意，可謂卑而引之，然亦理固爾也。〇《書序》曰：「成湯既殁，太甲元年，伊尹作《伊訓》《肆命》《徂后》。」

王徂桐宫居憂。

《書·太甲篇》曰：「惟嗣王不惠于阿衡。惠，順也，謂不順伊尹之言也。阿，即保也。衡，平也。商尊伊尹爲保衡，猶周尊太公爲尚父也。伊尹作書曰：『先王顧諟天之明命，以承上下神祇，社稷宗廟，罔不祇肅。天監厥德，用集大命，撫綏萬方。惟尹躬克左右厥辟宅師，肆嗣王丕承基緒。惟尹躬先見于西邑夏，自君有終，相亦惟終。其後嗣王，罔克有終，相亦罔終。嗣王戒哉！祗爾厥辟，辟不辟，忝厥祖。』顧，孔氏曰：「常目在之。」朱子取之。明命，天之所以予我者，即所謂明德也。顧諟明命，謂常管顧吾心之天理，勿使爲人欲所昏也。西邑夏，夏都安邑，商居商丘，視夏爲西也。自君有終，漢孔氏以來皆作「自周有終」，子王子謂「周」當作「君」。按：古文「君」作「商」，與「周」相似，故誤之也。《清霞經説》亦作「君」。太甲之心爲人欲所昏，不能求其放心，不復知所當敬，故伊尹以先王顧諟明命之心法告之。先王常存省此天理，炯然在中，對越天地鬼神，遂爲天所命。尹於其時亦得以左右厥辟，安定師衆之民。則是成湯中心無爲，以守至正，安民之事，皆尹親之。又恐太甲以天下之事，恃有伊尹，不復省也，故又言夏之先君克終其責，則其相亦得以終其責；其後嗣王罔克有終，則相亦不得終其責。蓋天下之本在君，雖有賢相，若其本既撥，則相亦末如之何矣。此以警太甲也。王惟庸，罔念聞。伊尹乃言曰：『先王昧爽丕顯，坐以待旦。旁求俊彥，啓迪後人，無越厥命以自覆。慎乃儉德，惟懷永圖。若虞機張，往省括于度則釋。欽厥止，率乃祖攸行，惟朕以懌，萬世有辭。』昧，晦。爽，明。謂夜而初明之時。丕顯者，此心之清明發達，不可遏也。此即先王「顧諟」之功也。日出曰旦。坐以待旦，須明行之也。前篇曰「敷求哲人，俾輔于爾後嗣」，此曰「旁求俊彥，啓迪後人」，成湯所求之賢，孰有大於伊尹？所以託孤者，亦孰有加於伊尹？此言若伊尹自指者，蓋嗣王不惠阿衡，惟庸罔念，此必其不知以伊尹言爲重也，故尹言此，且繼之曰「無越厥命以自覆」，則不可失先王託孤之命，以自顛覆也。太甲之失，必在驕侈，故戒之曰「謹乃儉德」；必苟目前，故曰「惟懷永圖」；其爲事也必輕發，故又曰「若虞機張，往省括于度則釋」。虞，虞人，掌射獵者也。機，弩牙也。張，《漢書》所謂「蹶張」。往，將發矢也。括于度，沈存中曰：「頃，海州人穿地，得一弩機，其望山甚長，望山之側爲小矩，如尺之有分寸。原其意，以目注鏃端，以望山之度擬之，準其高下，正用算家句股法以度高深。《書》『往省括于度』，疑此乃度也。」欽厥止，謂凡未接物之時，此心須存敬畏，此即「顧諟」、「丕顯」之法。若其行事，則一循乃祖之迹，勿妄爲以顛覆之也。然亦惟欽，則能率乃祖攸行爾。王未克變。伊尹曰：『茲乃不義，習與性成。予弗狎于弗順，營于桐宮，密邇先王其訓，無俾世迷。』王徂桐宮居憂，克終允德。」伊尹所言，事事藥石，王未克變，蓋人欲熾而不能自克也。「茲乃不義，習與性成」，太甲顛覆，非必稟賦之不善也。其爲不義，習而熟之，則若性自然矣，此不可不慮也。狎，習見也。不順，言太甲所爲不順義理也。伊尹嘗見夏桀之爲弗順矣，今又見太甲所爲不順，覆亡之事豈可常見哉？古者天子居憂，則在梁闇。太甲之爲不善，以其深居宮中，有與之習者，又其貴爲天子，心必有所恃而驕也，故伊尹營桐宮以處之。桐，蓋湯葬地。使之居憂於此，所以訓之。無俾世迷，勿使之終身迷也。焄蒿悽愴以起其思，悲哀哭泣以感其念，服衰疏食以阻其驕。墟墓之間，未施哀於民而民哀之。太甲此時驕奢淫泆之氣剥落殆盡，此伊尹不言之教。一大鑪冶，太甲所以克終允德也與？伊尹之訓深切著明，而不順、不聽又不變，則其説亦窮矣，只得以桐宮爲訓。至於用此，亦大臣之不幸也。

二祀。王在桐宮。

三祀。十有二月朔，伊尹以冕服奉王歸于亳。

《太甲篇》曰：「惟三祀十有二月朔，伊尹以冕服奉嗣王歸于亳。作書曰：『民非后，罔克胥匡以生；后非民，罔以辟四方。皇天眷佑有商，俾嗣王克終厥德，實萬世無疆之休。』伊尹奉迎太甲之辭。本謂民不可無君耳，而對舉君民相須之義，蓋言言警戒也。已上皆伊尹慶懌之辭。王拜手稽首，曰：『予小子不明于德，自底不類。欲敗度，縱敗禮，以速戾于厥躬。天作孽，猶可違；自作孽，不可逭。既往背師保之訓，弗克于厥初，尚賴匡救之德，圖惟厥終。』不明于德，謂不知有此心之天理，此正與「顧諟」、「丕顯」相反也。底，致也。類，肖也。度者，心之則。禮者，事之制。欲者，情之流。縱者，事之放也。速戾，謂自招放廢也。孽，災也。太甲自述其受病之原，惟不知有此天理，是以自致其身於不肖，而惟欲縱之徇，以敗禮度，自速放廢。昔成湯以義制事，以禮制心，垂裕後昆，所以爲後人者俱有禮度。惟太甲縱欲，是以敗之。觀此一節，則太甲顛覆之由、放廢之事、怨艾之實、求誨之真、克終之美，俱在言意之間矣。伊尹拜手稽首，曰：『修厥身，允德協于下，惟明后。先王子惠困窮，民服厥命，罔有不悅。並其有邦厥鄰，乃曰：「徯我后，后來無罰。」王懋乃德，視乃厥祖，無時豫怠。奉先思孝，接下思恭。視遠惟明，聽德惟聰。朕承王之休無斁。』太甲一節顛覆，今雖自悔，豈能遽孚於天下？亦惟反求諸身，自脩而已。自脩之實苟至，則實德自協於民心。昔先王一意愛民，視之如子，此其實意，故民悅服於下，而鄰國之民亦戴之，知其來則必有安無危，此其允德之協于下也。太甲既自知受病之源，自戒既往之失，但懋乃德，視乃厥祖，勿一時怠豫可矣，不必它求也。改前日之顛覆，則奉先思孝，一爲祖德之循。戒前日之驕悖，則接下思恭，一爲賢德之順。視不蔽於媟近，則明無不見。聽不蔽於邪佞，則聰無不聞。蓋所見遠大，所聽德言，則聰、明日開也。此四言者，尤群言之要也。伊尹申誥于王曰：『嗚呼！惟天無親，克敬惟親。民罔常懷，懷于有仁。鬼神無常享，享于克誠。三者俱無常，而皆不能外乎德。敬與誠分言者，誠則真實之意，而敬則加謹畏，所以事天也。天位艱哉！德惟治，否德亂。與治同道，罔不興；與亂同事，罔不亡。終始慎厥與，惟明明后。天位艱哉，承上無常者而言也。治言道，順理而行者也。亂言事，則悖道之爲也。德，即敬、仁、誠之謂。德惟治也，而與之同道者，無不興。否德亂也，而與之同事者，罔不亡。然道無終窮，安保其不與之異？事機無極，又安保其不與之同？故必終始常慎其所與同者，則惟明明之君能之。一有不明，則照察不及，即有與治道異，與亂事同而不自知者矣。此所以君心常欲其明，而不可有一息之昏也。先王惟時懋敬厥德，克配上帝。今王嗣有令緒，尚監茲哉！「先王惟時懋敬厥德」，此指明明之的，亦惟時時懋敬其德而已，其極至於克配上帝，則天之親之，民懷、神享不在言矣。「今王嗣令緒，監茲」，則勉其「與治同道」之實也。若升高必自下，若陟遐必自邇。無輕民事，惟難；無安厥位，惟危。慎終于始。伊尹言成湯盛德配天之盛，又恐太甲或憚其高而難及，或忽於近而躐等，故又言若升高必自下，若陟遐必自邇。先於民事切近而加之意。知天位之艱難，而謹其身。然欲謹於終，必自始而謹之。此皆爲之有本，行之有漸者也。有言逆于汝心，必求諸道；有言遜于汝志，必求諸非道。此又勉以聽言之道也，亦自下、自邇之事。逆心之言，不可以其戾於己而不聽也，必求諸道。合於道，則忠言也。遜志之言，不可以其順己而輕信也，必求諸非道。非道，則諛言也。蓋天下之言不一，逆心之言雖未必皆道也，但忠言多逆，必先以道求之。遜志之言亦未必皆非道也，但諛言多甘，必先以非道求之。若逆心而先以爲悖，遜志而即以爲善，則逆忠聽佞，多自是始矣。嗚呼！弗慮胡獲？弗爲胡成？一人元良，萬邦以貞。先王之道固不可遽進，其進之必自下、自邇。然亦不可不勇進。蓋不思，則何以得？不爲，則何以成？弗慮胡獲，致知之事也。弗爲胡成，力行之事也。元良，大善也。德如先王，則大善矣。一人元良，萬邦之所以正也。君罔以辯言亂舊政，臣罔以寵利居成功，邦其永孚于休。』」此又戒其「與治同道」之反，亦因聽言而及之。伊尹與成湯創造王業，紀綱法度，所以經理庶政者周矣。使中材之主守之，不害爲至治。但恐爲辯言所惑，輕有變動，則政壞矣，此伊尹所深憂也。然尹爲是言以勉其君也，而及爲臣之事，何也？意者功成身退，伊尹其將歸乎？抑人臣之奉君，一有寵利之心，則患失之念熾，曲徇苟從，以爲固位之謀者，或無所不至矣。故尹之言，亦萬世君臣之大戒也。◯《書序》曰：「太甲既立，不明，伊尹放諸桐。三年，復歸于亳，思庸，伊尹作《太甲》三篇。」◯《孟子》曰：「伊尹相湯以王於天下。湯崩，太丁未立，外丙二年，仲壬四年，太甲顛覆湯之典刑，伊尹放之於桐。三年，太甲悔過，自怨自艾，於桐處仁遷義三年，以聽伊尹之訓己也，復歸于亳。」艾，音乂，《説文》「芟草也」，蓋斬絶自新之意。公孫丑曰：「伊尹曰：『予不狎于不順，放太甲于桐，民大悦。太甲賢，又反之，民大悦。』賢者之爲人臣也，其君不賢，則固可放與？」孟子曰：「有伊尹之志則可，無伊尹之志則篡也。」朱子曰：「伊尹之志，公天下以爲心，而無一毫人欲之私也。」

伊尹既復政，將告歸，乃陳戒于王。《皇王大紀》繫之七祀甲寅，《經世》以返政即附庚戌之歲。經文「伊尹既復政厥辟」，按〔二〕：前篇「奉嗣王歸亳」、「申誥于王」，其辭事相接，而《書》言「今嗣王新服厥命」，皆爲復亳初年之辭無疑也。今係諸此。○唐孔氏曰：「太甲既復歸，伊尹即應還政，其告歸陳戒，未知在何年也。下云『今嗣王新服厥命』，則是初始即政，蓋太甲居亳之後即告老也。《君奭》云：『在太甲，時則有若保衡。』《左氏》云：『伊尹放太甲而相之。』則伊尹又相太甲。蓋伊尹此時將欲告歸，太甲又留之爲相，如成王之留周公，不得歸也。《沃丁》序云：『沃丁葬伊尹于亳。』則伊尹卒在沃丁之世。昔湯爲諸侯之時已得伊尹，比至沃丁時始卒，伊尹壽年百歲。比告歸之時，已應七十左右矣。」

《咸有一德篇》曰：「伊尹既復政厥辟，將告歸，乃陳戒于德。曰：『嗚呼！天難諶，命靡常。常厥德，保厥位。厥德匪常，九有以亡。太甲既已克終厥德，但能有常而不變，則進修功效自是生矣，故伊尹告歸，有一德之誥焉。諶，信也。言商受命方新而難信，蓋其眷命靡常也。常厥德，常，即一也。常厥德則能保厥位，而不常者必亡，此則天理之必可信者也。夏王弗克庸德，慢神虐民，皇天弗保，監于萬方，啓迪有命，眷求一德，俾作神主。朱子曰：「庸、常，皆一也。此章言桀以不一而亡。」惟尹躬暨湯，咸有一德，克享天心，受天明命，以有九有之師，爰革夏正。非天私我有商，惟天佑于一德；非商求于下民，惟民歸于一德。一者，有常不變之謂，即誠敬之意也。湯以「元聖」稱伊尹，而尹於此乃曰「惟尹躬暨湯，咸有一德」，則尹德所到可知，且湯於伊尹學焉而後臣之，此先己後湯，蓋其真實工夫所自得之妙直以告太甲，不避其辭之直也。《孟子》言「伊尹不有天下，相湯以王於天下」，尹、湯同德而受天命，聖賢於此以德言，不以位言也，伊尹聖之任氣象又可見矣。此章言商以一德而興。德惟一，動罔不吉；德二三，動罔不凶。惟吉凶不僭，在人。惟天降災祥，在德。上文言桀之所以亡，商之所以興。此總結之以警太甲也。今嗣王新服厥命，惟新厥德。終始惟一，時乃日新。新者，振作精明之謂。然必終始惟一，接續不已，則其德日新。伊尹嘗言「顧諟天之明命」、「昧爽丕顯」，而此又言「終始惟一，時乃日新」，聖人心境工夫於此可見。任官惟賢材，左右惟其人。臣爲上爲德，爲下爲民。其難其慎，惟和惟一。篇首言尹、湯咸有一德，上文既勉太甲以君之一德，故此又論臣之當有一德也。官，百官也。左右，輔相也。賢，有德。才，有能。其人，則通聖賢而爲言也。大抵任用庶官，惟當擇其賢才。左右輔相，又惟當得其人而任之。蓋輔相之職，此聖賢之職任，不止於賢且材也。四「爲」字，皆從去聲。大抵爲臣之任，其爲上也，爲輔其德耳，而非爲君身之嗜好從欲也；其爲下也，爲利其民耳，而非爲一身之利禄妻孥也。此臣之一德也。其難其慎，謂君臣相遇之難，則當謹審所任也。惟和惟一，謂君臣協和爲貴，則當咸有一德也。德無常師，主善惟師。善無常主，協于克一。此論人君修德擇善，至一德而止[三]也。德，指行而言。善，指理而言。一，指心而言。師，法也。善，是也。常，定也。協，如《國語》「司民協孤終，司徒協旅」之「協」，蓋參會考比之意。古今之德皆可師也，而制行不同，不可拘一定之師，惟在於擇其善而已。天下之理雖善也，而隨時取中，則又不可拘一定之主，所以參會考比之者，又在於此心之克一而已。蓋古今德行，或柔或剛，或正直，或清或和，或無爲或勤勞，在我不可拘一定之法，必擇其善者從之，所謂審其是也。然善無定主。均一事也，或施之彼時則爲是，而施之此時則爲否；均一節也，或用之此事則爲非，而用之彼事則爲是者：此古語所謂「移是」，聖門所謂「時中」。所以參比會同之者，非純誠有定之心，其孰能精擇而無差也哉？○廣漢張氏曰：「《書》自『危微精一』數語外，惟此四言。但舜大聖人，言語渾淪。伊尹之言較露鋒鋩耳。」朱子曰：「舜之語如春生，伊尹之言如秋殺。」俾萬姓咸曰：「大哉王言。」又曰：「一哉王心。」克綏先王之禄，永底烝民之生。此由一德而推言其政化之效，以申「常德保位」之語。嗚呼！七世之廟，可以觀德。萬夫之長，可以觀政。后非民罔使，民非后罔事。毋自廣以狹人，匹夫匹婦不獲自盡，民主罔與成厥功。』」此又發明餘意，警戒以終之。「七世之廟，可以觀德」，即前可以知後。「萬夫之長，可以觀政」，即小可以知大。君民理本相須，人主不可有自大而狹小它人之心。一有是心，則人有不得自輸其情者矣。夫人一有不得自輸其情，則上不盡下，下不親上，而事不行矣，人主誰與成其功哉？伊尹素志，視一夫不獲，則曰「時予之辜」，故今所以告君者又若此。

履祥按：《咸有一德》之篇，以論學言之，前儒謂自「危微精一」四語之後，惟「主善協一」四語足以繼之。然此四語者，即「惟精惟一，允執厥中」二語耳，而功夫加詳焉。夫舜授禹「精一執中」之旨，即繼之「后衆守邦，四海困窮」之語。伊尹告太甲「一德」之旨，即終之「匹夫匹婦不獲自盡」之戒。今之君子，語理者或遺事，論心者或外天下國家，毋乃與聖人之言有間與？噫！其弊也久矣。又以成書之體觀之，自《皋陶謨》之外，惟《一德》之書最爲明整。首論天命之靡定，以德之常、不常爲存亡之分。常，即一也。以桀之亡證之，不常其德者也。以商之興證之，咸有一德者也。一興一亡既明，則又以一與二三所以致興亡於天者總之，遂勉太甲以一德之工夫焉。既勉君之一德，又求臣之一德，而以「惟和惟一」總之。協于克一，則一德所以能擇天下之善，而時天下之中焉者。「俾萬姓」以下，則一德之效，以終「常德保位」之語。然一德無終始之間，亦不可有小大之間，故「嗚呼」以下，又推其餘意，警戒以終之。終始相生，枝葉相對，其爲書未有明整於此者。伊尹以元聖之臣遇成湯之君，君、相俱聖，其相與議論經綸之密，不傳於書，太甲不明，賴師保之訓，伊尹於是始有書焉。自《伊訓》《太甲》三篇，皆已精切明白矣，而終之《一德》之書如此，太甲所進，於此亦可窺矣。此皆萬世之幸，後之君臣宜熟讀而精思之。

甲子。十有七祀。

三十有三祀。王崩，廟號太宗，子沃丁踐位。

辛巳。沃丁元祀。

八祀。伊尹薨，葬于亳。咎單訓伊尹事。

《書序》曰：「沃丁既葬伊尹于亳，咎單遂訓伊尹事，作《沃丁》。」○薛氏曰：「湯冢去亳三里。夷丘西北有伊尹墳，去亳十里。」〇孔氏曰：「伊尹既致仕，老終，以三公禮葬。」〇《世紀》曰：「沃丁八年，伊尹卒，卒年百有餘歲。大霧三日，沃丁葬之以天子之禮，祀以太牢，親臨喪，以報大德。」孔穎達曰：「伊尹本三公。晉文請隧，襄王不許，沃丁不當以天子禮葬伊尹也。孔言三公禮葬，未必有文，要情事當然也。」〇愚按：成王，賢王也，世猶傳其命魯以天子禮樂祀周公。沃丁雖賢，《世紀》所言，未必無此。雖爲非禮，然唐孔氏以晉文請隧爲比，人與事俱儗非倫矣。〇子王子曰：「成湯播告于衆，以元聖稱伊尹。愚考其大用，誠聖人也。有大德量，有大見識，故能數用權而略無沮禦扞格之患。五就桀而桀不忌，五就湯而湯不疑。知桀之終不悛也，創此大義，主此大謀，相成湯而伐放之，天下不驚，如探諸囊取物之易也。湯學于伊尹。尹之相湯，格言至論宜不少矣，而不傳於後。至湯崩，相太甲，始有五篇之書，典謨之後，四百餘年再有此精微之論。方《伊訓》與上篇之訓，王未克變。營桐之役，此君臣之再變也。惟其實德光輝，力量重厚，朝廷服之而不敢議，天下信之而不敢疑，嗣王亦竟以是率德爲商令主。伊尹之用權，不可學也，非聖人而能之乎？古今善用權者，莫如伊尹；善論權者，莫如孟子。孟子曰『有伊尹之志則可』，孟子亦不敢以此自任也，況餘人哉！」

二十有九祀。王崩，立弟太庚。

庚戌。太庚元祀。

履祥按：兄死弟及，自太庚始。謂爲殷禮，非也。伊尹曰「七世之廟，可以觀德」，父子相傳爲一世，若兄弟，則昭穆紊矣。沃丁及見伊尹之典刑，死而傳弟，當必有故，而典籍無所考。後世循襲，諸弟子或争立，遂啓亂源。是以聖人立法，不立異以爲高。

甲子。十有五祀。

二十有五祀。王崩，子小甲踐位。

乙亥。小甲元祀。

十有七祀。王崩，弟雍己立。

壬辰。雍己元祀。

三祀。

《史記》曰：「殷道衰，諸侯或不朝。」〇《大紀》曰：「王尸君位，不能綱紀庶政，號令不行，諸侯或不朝。」

十有二祀。王崩，弟太戊立。唐孔氏曰：「太戊，小甲之弟，太庚之子。」

甲辰。中宗太戊元祀。亳有祥。用伊陟、臣扈，格于上帝。巫咸乂王家。大修成湯之政。

《書序》曰：「伊陟相太戊，亳有祥桑、穀共生于朝。伊陟贊于巫咸，作《咸乂》四篇。太戊贊于伊陟，作《伊陟》《原命》。」孔氏曰：「贊，告也。」愚謂：如「益贊于禹」之「贊」，言佐其所未及也。○《君奭》曰：「在太戊，時則有若伊陟、臣扈，格于上帝。巫咸乂王家。」伊陟者，伊尹之子。雜書言伊尹有二子。巫咸，臣姓名。言天者謂殷宣夜之法，巫咸爲之。《大紀》取《巫咸占》繫之《太戊》紀以實之。按：《書》稱「巫咸乂王家」，不在格帝之列。《後漢·天文志》言湯有巫咸，不言太戊。《楚辭》又有巫咸。豈名氏偶同，或此巫氏、彼巫官與？故《大紀》所書，今不敢取。○《史記》曰：「帝太戊立，伊陟爲相。亳有祥桑、穀共生於朝，一暮大拱。帝太戊懼，問伊陟。伊陟曰：『臣聞妖不勝德。帝之政，其有闕與？帝其修德。』太戊從之，而祥桑枯死。殷復興，諸侯歸之。」

三祀。諸侯畢朝。

《家語》曰：「商王太戊側身修行，思先王之政，明養民之道。三年之後，遠方慕義，重譯至者十有六國。」○《世紀》曰：「桑、穀共生于朝，太戊問於伊陟。伊陟曰：『臣聞妖不勝德。帝之政事有闕，帝修德。』太戊退而占之，曰：『桑、穀野木，不合生于朝。意者朝亡乎？』太戊懼，修先王之政，明養老之禮。三年，而遠方重譯而至者七十六國。」

甲子。二十有一祀。

《史記》曰：「柏翳生子二人，一曰大廉，實鳥俗氏。其玄孫曰孟戲、中衍。帝太戊卜之使御，吉，遂致使御而妻之。自太戊以下，中衍之後，遂世有功，以佐殷國。」○《新序》曰：「大業之後，其趙氏乎？夫自中行衍皆嬴姓也。中行衍降佐太戊，皆有明德。」

七十有五祀。王崩，廟號中宗，子仲丁踐位。

《書·無逸》曰：「昔在殷王中宗，嚴恭寅畏，天命自度，治民祗懼，不敢荒寧。肆中宗之享國七十有五年。」

己未。仲丁元祀。

祝氏《經世解》曰：「運卦『節』，歲卦『明夷』，故戊午而中宗崩。己未仲丁立，『明夷』、『臨』。仲丁遷于囂。」

甲子。六祀。遷于囂。《經世》係之初立之年，但太戊方崩，仲丁未必遽遷也。今以例附甲子之紀。祝氏、《經〔四〕世》當〔五〕歲升「蒙」。

《書序》曰：「仲丁遷于囂，作《仲丁》。」囂，《史記》作「隞」，今河南敖倉，在孟州河陰。

藍夷作寇。

《東漢書》曰：「至仲丁，藍夷作寇。自是或服或叛，三百餘年。」

十有三祀。王崩，國内亂，弟外壬立。

壬申。外壬元祀。

十有五祀。王崩，國復亂，弟河亶甲立。

丁亥。河亶甲元祀。徙居相。

《書序》曰：「河亶甲居相，作《河亶甲》。」相，今相州。○《大紀》曰：「王之世，遷都于相。」

九祀。王崩，子祖乙踐位。

《史記》曰：「河亶甲時，殷復衰。」

丙申。祖乙元祀。圮于耿，徙居邢。巫賢爲相。

《書序》曰：「祖乙圮于耿，作《祖乙》。」耿，在河中龍門縣。○《經世》曰：「祖乙踐位，圮于耿，徙居邢。巫賢爲相。」邢，今邢州龍岡縣。○《大紀》曰：「王之世，遷都于耿，爲水所圮。王懼。以巫咸之子賢爲相。諸侯賓服，天下大和。」○祝氏《經世解》曰：「祖乙之禍，却不在卦，乃後天之後，二十四運之窮，蓋七百二十年之將終，星之乙之末也。」

十有九祀。王崩，子祖辛踐位。

《周書》曰：「在祖乙，時則有若巫賢。」○《史記》曰：「祖乙立，殷復興。巫賢任職。祖乙崩，子祖辛立。」

乙卯。祖辛元祀。

甲子。十祀。

十有六祀。王崩，弟沃甲立。

辛未。沃甲元祀。

二十有五祀。王崩，國亂，祖辛之子祖丁立。

丙申。祖丁元祀。

甲子。二十有九祀。

三十有二祀。王崩，國亂，沃甲之子南庚立。

戊辰。南庚元祀。

二十有五祀。王崩，國亂，祖丁之子陽甲立。

癸巳。陽甲元祀。

太史公曰：「帝陽甲之時，殷衰。自仲丁以來，廢適而更立諸弟子，諸弟子或争相代立，比九世亂，於是諸侯莫朝。」胡氏曰：「『仲丁』字誤，當作『沃丁』，説見前。」〇《經世》曰：「陽甲立，諸侯不朝。」

七祀。王崩，弟盤庚立。

庚子。盤庚元祀。遷于殷，改號曰殷。《經世》曰：「盤庚立，復歸于亳，改號曰殷。」

《盤庚》上篇曰：「盤庚遷于殷，民不適有居，殷，在河南偃師，所謂亳殷，蓋西亳也。遷于殷，則宗廟、朝市皆已攻造，但民未肯往有其居耳。率籲衆慼，出矢言。曰：『我王來，既爰宅于茲，重我民，無盡劉。不能胥匡以生，卜稽曰：「其如台。」先王有服，恪謹天命。茲猶不常寧，不常厥邑，于今五邦。今不承于古，罔知天之斷命，矧曰其克從先王之烈。若顛木之有由蘖，天其永我命于茲新邑，紹復先王之大業，底綏四方。』此盤庚喻民之大旨也。籲，呼也。衆慼，民之以遷爲憂者也。五邦，亳、囂、相、耿、邢也。《史記》《經世》皆謂盤庚自五遷者，蓋信《書序》之誤也。由，古文作「甹」，木生條也。蘖，芽也。新邑，殷也。大意謂自我先王祖乙圮耿，既來遷于茲舊邑矣，重念我民，又懼蕩析之患，不可使之盡墊溺以死。又其土俗不美，不能胥與以正而生，此所以必遷之意，而卜以稽之，所言亦如我意，則天意可知矣。昔先王凡有事爲，無不謹承天命，猶不能常安於一邦，不常其邑者，至今凡五遷矣。今不承前日先王之事，去患即安，則罔知上天之斷絶我命矣，況能從先王之大功烈乎？若我商家猶有生意，則天其永我命于茲殷新邑，於以紹復先王之大業，而底綏四方乎！蓋殷與亳皆在河南，爲天下中，而京師者，四方之本，故云然。盤庚斆于民，由乃在位，以常舊服，正法度，曰：『無或敢伏小人之攸箴。』上文喻民之辭明矣。然所籲衆慼，蓋不欲遷者，皆在位者訹之；其有苦於蕩析而言遷者，則又在位者蔽之。故盤庚於此謂教民必由乃在位，正其源也；曰「無或敢伏小人之攸箴」，防其蔽也。常舊之服，蓋先王遷都故事。正其法度者，今日遷都規模也。王命衆悉至于庭。王若曰：『格！汝衆。予告汝訓，汝猷黜乃心，無傲從康。衆，群臣也。汝猷黜乃心者，此藥群臣心術之病。無傲者，警群臣氣習之悍。從康者，則謂其不遷之情也。此二語，一書之綱領。蓋自沃丁來，比九世亂，其群臣故家習爲驕蹇，不恭王事，又利瀕河之地，沃饒自豐。此二語，蓋正其本爾。古我先王，亦惟圖任舊人共政。王播告之修，不匿厥指，王用丕欽；罔有逸言，民用丕變。蔡氏曰：「盤庚言先王亦惟謀任舊人共政。王播告之修，則奉承于內，而能不隱匿其指意，故王用大敬之；宣化于外，又無過言，故民用大變。此所謂舊人，蓋世族舊家之人，非謂老成人也。阻遷都者，皆世臣舊家之人。下文『人惟求舊』一章可見。」今汝聒聒，起信險膚，予弗知乃所訟。非予自荒茲德，惟汝含德，不惕予一人。予若觀火。予亦拙謀作乃逸。蔡氏曰：「今爾在內則伏小人之攸箴，在外則不和吉言于百姓，聒聒多言，以罔衆聽。凡起信於民者，皆險陂膚淺之說，我不曉汝所言，果何謂也。非我輕易遷徙，自荒廢此德。惟汝不宣布德意，不畏懼於我耳。我視汝情，明若觀火。我亦拙謀，不能制命，而成汝過失也。」若網在綱，有條而不紊。若農服田力穡，乃亦有秋。綱舉則目張，以喻下從上，申前「傲上」之戒。力穡則有穫，喻勞遷永逸，申前「從康」之戒。汝克黜乃心，施實德于民，至于婚友，丕乃敢大言，汝有積德。申前「黜乃心」之戒。不仁者，以其所不愛及其所愛。當時在位之臣，其婚姻僚友皆富家巨室也，占膏腴之地，擅貨寶之饒，享安居觀遊之樂。在位之臣，顧婚友之利而忘蕩析之民，以故唱爲異議而不之遷焉。抑不思大水時至，都邑淪流，人民漂没，而爾之婚姻僚友其將焉往？故必黜爾重遷之心，而以計安斯民爲心。都邑既定，百姓安居，則爾之婚姻僚友亦得以同其樂矣。其可牽於私愛，而弗爲目前計哉？乃不畏戎毒于遠邇，惰農自安，不昬作勞，不服田畝，越其罔有黍稷。戎，大也。昬，强也，當作「敃」。蔡氏曰：「汝不畏沈溺大害於遠近，而憚勞不遷，如怠惰之農不强力爲勞苦之事，不事田畝，安有黍稷之可望乎？此章再以農喻，申言『從康』之害。」汝不和吉言于百姓，惟汝自生毒，乃敗禍姦宄，以自災于厥身。乃既先惡于民，乃奉其恫，汝悔身何及？相時憸民，猶胥顧于箴言。其發有逸口，矧予制乃短長之命，汝曷弗告朕而胥動以浮言，恐沈于衆？若火之燎于原，不可嚮邇，其猶可撲滅。則惟汝衆自作弗靖，非予有咎。蔡氏曰：「奉，承。恫，痛。憸民，小民也。逸口，過言也。逸口尚可畏，況我制爾生殺之命，可不畏乎？恐，謂恐動之以禍患。沈，謂沈陷之於罪惡。『不可嚮邇，其猶可撲滅』者，言其勢焰雖盛，而殄滅之不難也。靖，安。咎，過也。則惟爾衆自爲不安，非我有過也。此章反覆申言『傲上』之禍。」遲任有言曰：「人惟求舊，器非求舊，惟新。」蔡氏曰：「遲任，古之賢人。人舊則習，器舊則敝，當常使舊人用新器也。按：盤庚所引，其意在『人惟求舊』一句，而所謂『求舊』者，非謂老人，但謂求人於世臣舊家云爾。」古我先王，暨乃祖乃父，胥及逸勤，予敢動用非罰？世選爾勞，予不掩爾善。茲予大享于先王，爾祖其從與享之。作福作災，予亦不敢動用非德。蔡氏曰：「世，非一世也。勞，勞于王家也。掩，蔽也。言先王及乃祖乃父相與同其勞逸，我豈敢動用非罰以加汝乎？世簡爾勞，不蔽爾善。茲我大享于先王，爾祖亦以功而配食於廟。作福作災，皆簡在先王與爾祖、父之心，我亦豈敢動用非德以加汝乎？」〇愚按：非罰，非所當罰。德，恩也。非德，非所當恩賞者也。盤庚於世家舊臣固不敢動用非罰矣，但其善者，則用之而不掩；其不善者，乃先王先正之所必罰，則亦不敢動用非德，恩非所當恩也。人主用捨，體神理之災福如何爾。至篇末皆此意。予告汝于難，若射之有志。汝無侮老成人，無弱孤有幼。各長于厥居，勉出乃力，聽予一人之作猷。蔡氏曰：「難，言謀遷徙之難也。蓋遷都固非易事，而又當時臣民傲上從康，不肯遷徙。然我志決遷，若射者之必於中，有不容但已者。弱，少之也。意當時老成孤幼皆有言當遷者，故戒其老成者不可侮，孤幼者不可少之也。爾臣各謀長遠其居，勉出汝力，以聽我一人遷徙之謀也。」無有遠邇，用罪伐厥死，用德彰厥善。邦之臧，惟汝衆；邦之不臧，惟予一人有佚罰。此承上文之意。謂不論近遠親疏，用罪則伐之，至於死，非可輕用也；用德則彰其善而已，非可以不善而倖恩也。故邦之臧，則惟汝衆之善；邦之不臧，則我一人之失罰。蓋可罰而不罰也，然則我亦將有不可不罰者矣，故下文有「罰及爾身，弗可悔」之戒。凡爾衆，其惟致告：自今至于後日，各恭爾事，齊乃位，度乃口。罰及爾身，弗可悔。』」致告者，使各相告戒也。自今以往，各敬汝事，整齊汝位，法度汝言。不然，罰及汝身，不可悔也。總篇內「傲康」、「險膚」、「浮言」之戒。〇中篇曰：「盤庚作，惟涉河以民遷。乃話民之弗率，誕告用亶。其有衆咸造，勿褻在王庭。王庭，行次之庭，猶今云行宮。《周禮》：「梐枑再重。車宮、轅門。」商制又簡質。於此咸造勿褻，氣象可想。盤庚乃登進厥民。曰：『明聽朕言，無荒失朕命。嗚呼！古我前后，罔不惟民之承。保后胥慼，鮮以不浮于天時。保，衛也。胥慼，相與憂其所憂也。浮，先也。此節言君民相體，一篇大意。殷降大虐，先王不懷。厥攸作，視民利用遷。汝曷弗念我古后之聞？言上天降監于殷，代有河決之患，先王不敢懷居。其所以遷者，無非體民所利。此爾民所聞也，何不思之？承汝俾汝，惟喜康共。非汝有咎，比于罰。予若籲懷茲新邑，亦惟汝故，以丕從厥志。今予將試以汝遷，安定厥邦。承，順也。俾，使之遷也。康共，康寧之樂，上下同之也。籲，口所告。懷，心所思也。謂今日非以遷汝爲罰，所以區區惟新邑是圖者，亦惟爾民之故，去危就安，將以大適爾之志耳。此節言君之體民。汝不憂朕心之攸困，乃咸大不宣乃心，欽念以忱，動予一人。爾惟自鞠自苦。若乘舟，汝弗濟，臭厥載。爾忱不屬，惟胥以沈。不其或稽，自怒曷瘳？汝不謀長，以思乃災，汝誕勸憂。今其有今罔後，汝何生在上？困，謂思慮之勞也。既不知體君心之勞，又不直以所疑告於上，祇自取窮苦，何由自解？今已遷徙半塗，若次且不行，如乘舟弗濟，自敗腐其所載之物矣。故遷徙之忱不續，又復淪胥以敗耳。有今，謂但爲一時之計；罔後，謂不爲後日之謀，何以續生理於地上乎？此章言民不體君，祇以自誤。今予命汝一，無起穢以自臭，恐人倚乃身，迂乃心。予迓續乃命于天，予豈汝威？用奉畜汝衆。予念我先神后之勞爾先，予丕克羞爾，用懷爾然。一，專意於遷，無有二志，無復動於浮言以自斃也。遷徙之時，人心渙散，姦宄之人易以投隙，因汝遷徙之勞，迂汝以不遷之見，則生理滅矣。故我之勉爾，所以迓續乃命于天也。進爾告之，惟懷念爾故如此。按：此節言我之體民，亦體先王之意。失于政，陳于茲，高后丕乃崇降罪疾，曰：「曷虐朕民？」陳，久也，謂不遷也。崇，厚也。此節言君不體民之罪。汝萬民乃不生生，暨予一人猷同心，先后丕降與汝罪疾，曰：「曷不暨朕幼孫有比？」故有爽德，自上其罰汝，汝罔能迪。爽，亂也。迪，猶啓告也。此節言民不體君之罪。古我先后，既勞乃祖乃父，汝共作我畜民。汝有戕，則在乃心。我先后綏乃祖乃父，乃祖乃父乃斷棄汝，不救乃死。戕，害也。汝有害政之念，則在爾心耳，而先后、祖、父已得而罰之，所謂思慮一啓，鬼神已知者也。此節言君民相體之久，以申明民不體君之罪。茲予有亂政同位，具乃貝玉，乃祖先父丕乃告我高后，曰：「作丕刑于朕孫。」迪高后，丕乃崇降弗祥。商俗尚鬼，故盤庚因其所畏以警之。然福善禍淫，理蓋如此。此節言臣不體君、體民之罪。按：漢石經「弗祥」作「不祥」。蓋《古文尚書》凡「弗」、「不」皆作並「不」字，本平聲，今讀入聲，亦當音「弗」耳。嗚呼！今予告汝不易，永敬大恤，無胥絶遠。汝分猷念以相從，各設中于乃心。《古文尚書》「猷念」作「繇」。古字「猷」、「攸」通用。猷念，所念耳。分，石經作「比」。設中，石經作「翕中」，於義爲長。此節勉其體君。乃有不吉不迪，顛越不恭，暫遇姦宄，我乃劓殄滅之，無遺育，無俾易種于茲新邑。遷徙之際，服食器用，子女臣妾皆寓道路，不善、不道之人易爲姦宄盜竊之行，此不可不防，故痛警之。按：《左氏》引此文大同小異，稱《盤庚之誥》，然則今《書》篇目逸「之誥」二字爾。往哉！生生。今予將試以汝遷，永建乃家。』」〇下篇曰：「盤庚既遷，奠厥攸居，乃正厥位，綏爰有衆。曰：『毋戲怠，懋建大命。今予其敷心腹腎腸，歷告爾百姓于朕志。朱子謂書傳所云「百姓」，多謂庶民，非謂百官族姓也。此篇凡二章，前章告民，後章告臣。罔罪爾衆，爾無共怒，協比讒言予一人。古我先王，將多于前功，適于山，用降我凶德，嘉績于朕邦。此章謂亳殷之地高爽依山，古我先王將恢大前人之烈，是以建都于亳。用降我凶德，猶傳所謂「有汾、澮以流其惡」，《國語》所謂「沃土民不才，瘠土民好義」之意，蓋消斯民沈溺重墜之疾，而絶後世驕奢淫侈之風也。今我民用蕩析離居，罔有定極，爾謂朕曷震動萬民以遷。肆上帝將復我高祖之德，亂越我家。朕及篤敬，恭承民命，用永地于新邑。謂今日之遷，亦天意將復我祖德，以治我王家，而我及奉承之耳。肆予沖人，非廢厥謀，弔由靈各。非敢違卜，用宏茲賁。蔡氏曰：「沖，童。弔，至。由，用。靈，善也。宏、賁，皆大也。言我非廢爾衆謀，乃至用爾衆謀之善者。指當時臣民有審利害，以爲當遷者言也。爾衆亦非敢固違我卜，亦惟欲宏大此大業爾。蓋盤庚於既遷之後，申彼此之情，釋疑懼之意，明吾前日之用謀，略彼既往之傲惰，委曲忠厚之意，藹然於言辭之表。大事以定，大業以興，成湯之澤於是而益永。盤庚其賢矣哉！」○愚按：此章以上喻民。嗚呼！邦伯、師長、百執事之人，尚皆隱哉。殷制，五官之長曰伯，是《職方》所以謂之邦伯。此章以下喻臣。予其懋簡相爾，念敬我衆。朕不肩好貨，敢恭生生，鞠人、謀人之保居，叙欽。今我既羞告爾于朕志，若否，罔有弗欽。無總于貨寶，生生自庸。式敷民德，永肩一心。』」蔡氏曰：「相，導也。我懋勉簡擇導汝，以念敬我之民衆也。肩，任。敢，勇也。鞠，養也。我不任好賄之人，惟勇於敬民，以其生生爲念，使鞠人、謀人之保居者，吾則叙而用之，欽而禮之也。羞，進也。若者，如我之意，即『敢恭生生』之謂。否者，非我之意，即『不肩好貨』之謂。二者爾當深念，無有不敬我所言也。無、毋同。總，聚也。庸，民功也。此則直戒其所不可爲，勉其所當爲也。式，敬也。敬布爲民之德，永任一心，欲其久而不替也。《盤庚》篇終戒勉之意，一節嚴於一節，而終以無窮期之。」○鄭康成曰：「祖乙居耿以後，奢侈踰禮，土地迫近山川，常圮焉。至陽甲立，盤庚爲之臣，乃謀徙居湯舊都。民居耿久，奢淫成俗，故不樂徙。」○王肅曰：「自祖乙五世至盤庚元兄陽甲，宮室奢侈，下民邑居墊隘，水泉瀉鹵，不可以行政化，故徙都于殷。」○《世紀》曰：「耿在河北，迫近山川，自祖辛以來，民皆奢侈，故盤庚遷於殷。」唐孔氏曰：「三者之説，皆言奢侈。鄭氏既言君奢，又言民奢；王肅專謂君奢；皇甫謐專言民奢。言君奢者，以天子宮室奢侈，侵奪下民。言民奢者，以豪民室宇過度，逼迫貧乏，皆爲細民弱者無所容居，欲遷都改制以寬之。富民戀舊，故違上意，不欲遷也。按：孔傳之意，蓋以地勢洿下，又久居水變，水泉瀉鹵，不可行化，故欲遷都，不必爲奢侈也。此以君名名篇，必是爲君時事，而鄭氏以爲上篇是盤庚爲臣時事，何得輒謬也。」○愚按：鄭氏博極古書，當必有据。意者陽甲之世，盤庚相之，嘗議遷矣。而陽甲卒不果，故盤庚立，遂決遷焉。至謂上篇作於陽甲之世則誤爾。

○蘇氏曰：「民不悦而猶爲之，先王未之有也。祖乙圮于耿，盤庚不得不遷。然使先王處之，則動民而民不懼，勞民而民不怨。盤庚德之衰也，其所以信於民者未至，故紛紛如此。然民怨誹逆命，而盤庚終不怒，引咎自責，益開衆言，反復告諭，以口舌代斧鉞，忠厚之至，此殷之所以不亡而復興也。後之君子，厲民以用者，皆以盤庚藉口，予不可以不論。」○《大紀》論曰：「自祖乙都耿之後，三世有兄弟争奪之禍，宗族群下各有黨與，蕩析離居，罔有定極。盤庚欲正名而誅罰之，則傷親親，召變亂；聽其所爲而縱之，則不可以爲國。故必遷於亳，理之以舊制，參之以新民，消散黨與，使定于一也。自是而後，子弟更立十世，無復争奪之禍矣。賢者所爲，盡善盡美如此哉！後世人君，欲有所爲者，既不能行其所無事，則必更張舊制，奬拔新進，沮格群言，誅責貴近，以厲其餘矣。方事未成則戒慎，及事已成則安肆矣。方遷之初，道路阻長，工力勞費，有能以財濟國事者，則必旌顯之矣。此天下所以敗也。《盤庚》三篇，有六善焉：以常舊服正法度，一也；圖任舊人，二也；無或敢伏小人之攸箴，三也；以人情事理反覆訓諭，開導民心，使之通曉，無纖毫恃尊高、馮威勢之意，四也；奠厥攸居，始以無戲怠爲戒，五也；叙欽有德有謀之人，而不肩好貨，六也。一舉而六善立，弭禍亂之根。此孔子所以取之訓後世也。先儒謂商人尚神，愚初疑之，及觀《湯誥》《盤庚》之文，然後知聖人以神道設教，非如末世及夷教之妄誕也。行妄誕而能成事者，未之有也。」〇子王子曰：「土氣有厚薄，風俗有盛衰。冀之爲都，天下之形勢也。山河險固，沃壤迫隘，民淳俗儉，足以自固。後世人民文物漸至繁阜，風氣日耗，遂自北而南，勢使之然也。夫契始封於商，八遷而後都亳，湯以七十里而有天下，此興王本根之地，後世子孫不可輕去者也。是時濱河之地近古帝都，地壤土豐，民稠物饒，人之所共趨。亳在中土之東南，去河爲遠，湯始大而未盛，子孫無遠慮，往往輕徙。曰嚻、曰相、曰耿、曰邢，皆際河之境。常人之心，知利而不知患，雖數有水禍，時圮時壞而不悔者，政以厚利奪其避患之心也。盤庚，賢君也，不忍民之沈陷淪没，治亳殷而歸于先王創業之都，非爲己利也，爲民避患也，故其言告戒諄勤而無一毫怒民之意。然小民亦何敢逆君命而憚遷哉？皆世家大室嗜利忘患，動以浮言蠱惑百姓，恐懼盤庚。故盤庚知之，喻百姓之言少，而辯論反覆於世家舊臣者爲詳。其喻民曰：『爾謂朕曷震動萬民以遷。今我民用蕩析離居，罔有定極。汝萬民乃不生生。予迓續乃命于天，予豈汝威？用奉畜汝衆。』藹然温厚之意，淪浹心髓。民之浮言，烏得不息？民之胥怨，烏得不消？民之生生，烏得不裕？自是，高宗、祖甲相繼百年，殷邦嘉靖。其後，武乙復遷河北，國内衰弊，至紂竟以奢淫而亡。是以知盤庚之遠慮絶識，豈不賢乎？」

甲子。二十有五祀。

二十有八祀。王崩，弟小辛立。

戊辰。小辛元祀。

《史記》曰：「小辛立，殷復衰。百姓思盤庚，作《盤庚》三篇。」如此，則《盤庚》之書亦追記也。未詳是否。

二十有一祀。王崩，弟小乙立。

己丑。小乙元祀。

甲寅。二十有六祀。豳亶父遷于岐，改號曰周。按：遷岐之事，據《西漢書·婁敬傳》，則古公遷岐下距伐商百有餘年，當在廩辛之世；據《東漢書·西羌傳》序，則古公遷岐又當武乙之時。然皆年數促，數該事不伸，婁敬一時之言，計不察察。《東漢書》據《竹書》，《竹書》載太丁歷年良久，與《經世曆》不同，皆不可考。惟《大紀》係之小乙之年，蓋以甲紀也。下逮克商，凡二百年。按：《詩》稱「爰及姜女，聿來胥宇」，則其時古公、太姜之年尚少，未有太伯、王季也。至稱其治岐之後，「帝省其山，斯拔斯兑」，然後「作邦作對」，則始生太伯、王季爾。古公年壽甚高，故號古公，而王季、文王皆且百年，尚論其世，則《大紀》之年近是，今從之。

《世本》曰：「公劉、詳見《夏紀》。慶節、《史記》曰：「慶節居豳。」皇僕、羌弗、僞榆、《史記》作「毀隃」。公非、辟方、《史記》缺辟方。皇甫氏謂「公非，字辟方」者，非。高圉、《國語》曰：「高圉，能率稷者也，周人報之。」侯牟、《史記》缺。皇甫氏云「高圉字」者，非。亞圉、《左傳》注：「高圉、亞圉，受殷錫命。」雲都、《史記》缺。皇甫氏以爲「亞圉字」者，非。《漢書》表云：「亞圉弟。」《索隱》曰：「上云辟方、侯牟，亦皆二人之名。」太公組紺、《史記》作「公叔祖類」，《世表》作「祖類」，皇甫氏云：「公祖，一名組紺。」諸盩、《史記》缺。《路史》號太公。亶父。」號古公。武王追王太王。

履祥按：《世本》自不窋、鞠、公劉至季歷，已十七世。《史記》拘於「十五王文始平之」之數，遂謂后稷之子爲不窋，曾孫爲公劉。前既缺代，又自公非已後缺四世不書。皇甫氏不得其説，遂以四世爲字，而組紺又自有四名，獨《索隱》覺其非而不明辨，《路史》已明辨而不斷十五王之説。今按：公劉之世，云「周道之興自此」，而《詩》「京師」之名亦始此，《國語》十五王之説，自公劉數至文王爾。然又安知非祖功宗德之云周世世修德者，賢聖之君十五作而至文王乎？

《孟子》曰：「昔者太王居邠，狄人侵之。事之以皮幣，不得免焉。事之以犬馬，不得免焉。事之以珠玉，不得免焉。乃屬其耆老而告之曰：『狄人之所欲者，吾土地也。吾聞之也，君子不以其所以養人者害人。二三子何患乎無君？我將去之。』去邠，踰梁山，邑于岐山之下居焉。邠人曰：『仁人也，不可失也。』從之者如歸市。」《莊子》與此文大同小異，至《史記》《吴越春秋》所記文，滋不及矣。○又曰：「昔者太王居邠，狄人侵之，去之岐山之下居焉。非擇而取之，不得已也。苟爲善，後世子孫必有王者矣。君子創業垂統，爲可繼也。若夫成功，則天也。」○《大雅·綿》之詩曰：「緜緜瓜瓞，民之初生，自土沮漆。古公亶父，陶復陶穴，未有家室。《集傳》曰：「民，周人也。古公，號也。亶父，名也，或曰字也。後乃追稱太王焉。陶，窑竈。復，重窑。穴，土室也。豳地近西戎而土寒，故其俗如此。此亦周公戒成王之詩。瓜之先小後大，以比周人始生於漆、沮之上，而古公之時，居於窑竈土室之中，其國甚小，至文王時而後大也。」古公亶父，來朝走馬。率西水滸，至于岐下。爰及姜女，聿來胥宇。《集傳》曰：「走馬，避狄難也。岐下，岐山之下也。姜女，太王妃也。」周原膴膴，堇荼如飴。爰始爰謀，爰契我龜。曰止曰時，築室于茲。《集傳》曰：「周，地名，在岐山之南。膴膴，肥美貌。堇，烏頭。荼，苦菜。飴，餳也。契，所以然火而灼龜者也。或曰以刀刻龜甲，欲鑽之處。言周原土地之美，雖物之苦者亦甘。於是太王始與邠人之從己者謀居之，又契龜而卜之。既得吉兆，乃告其民曰：可以止於是而築室矣。或曰：時，謂土功之時也。」迺慰迺止，迺左迺右。迺疆迺理，迺宣迺畝。自西徂東，周爰執事。《集傳》曰：「慰，安。止，居也。左、右，東西列之也。疆，謂畫其大界。理，謂别其條理。宣，布散而居。或曰導其溝洫也。畝，治其田疇也。自西徂東，自西水滸而徂東也。周，徧也，言靡事不爲也。」乃召司空，乃召司徒，俾立室家。其繩則直，縮板以載，作廟翼翼。《集傳》曰：「司空，掌營國邑。司徒，掌徒役之事。繩，所以爲直。凡營度位處，皆先以繩正之。縮，束也。載，上下相承也。言以索束板投土，築訖，則升下而上以相承載也。翼翼，嚴正也。」捄之陾陾，度之薨薨，築之登登，削屢馮馮。百堵皆興，鼛鼓弗勝。《集傳》曰：「捄，盛土於器也。陾陾，衆也。度，投土於板也。薨薨，衆聲也。登登，相應聲。削屢，墻成而削治重複也。馮馮，墻堅聲。五板爲堵。興，起也。此言治居室也。鼛鼓，長一丈二尺。以鼓役事。弗勝者，言其樂事勸功，鼓不能止也。」迺立皋門，皋門有伉。迺立應門，應門將將。迺立冢土，戎醜攸行。《集傳》曰：「王之郭門曰皋門，正門曰應門。太王之時未有制度，特作二門，其名如此。及周有天下，遂尊以爲天子之門。冢土，大社也，亦太王所立，而後因以爲天子之制焉。戎醜，大衆也。起大事，動大衆，必有事乎社而後出，謂之宜。」○《皇矣》之詩曰：「皇矣上帝，臨下有赫。監觀四方，求民之莫。維此二國，其政不獲。維彼四國，爰究爰度。上帝耆之，憎其式廓。乃眷西顧，此維與宅。《集傳》曰：「式廓，猶言規模也。此，謂岐周之地也。此詩叙太王、太伯、王季之德，以及文王伐密、伐崇之事。此其首章，先言天之臨下甚明，但求民之安定而已。彼夏、商之政既不得矣，故求於四方之國。苟上帝之所欲致者，則增大其疆境之規模。於是乃眷然顧視西土，以此岐周之地與太王爲居宅也。」作之屏之，其菑其翳。修之平之，其灌其栵。啓之辟之，其檉其椐。攘之剔之，其檿其柘。帝遷明德，串夷載路。天立厥配，受命既固。《集傳》曰：「明德，謂明德之君，即太王也。『串夷載路』，未詳。或曰：串夷，即昆夷；載路，謂滿路而去，所謂『混夷駾矣』者也。配，賢妃也，謂太姜。此章言太王遷於岐周之事。蓋岐周之地，本皆山林險阻無人之境，而近於昆夷。太王居之，人、物漸盛，然後漸次開闢如此。乃上帝遷此明德之君使居其地，而昆夷遠遁。天又爲之立賢妃以助之，是以受命堅固，而卒成王業也。」帝省其山，柞棫斯拔，松柏斯兑。帝作邦作對，自太伯王季。維此王季，因心則友。則友其兄，則篤其慶，載錫之光。受禄無喪，奄有四方。」《集傳》曰：「對，猶當也。作對，言擇其可當此國者以君之也。太伯，太王之長子。王季，太王之少子也。兄，謂太伯也。言帝省其山，而木拔道通，則知民之歸之者益衆矣。於是既作之邦，又與之賢君以嗣其業，蓋自其初生太伯、王季之時而已定矣。於是太伯見王季生文王，又知天命之有在，故適吴而不反。太王殁，而國傳於王季，及文王而周道大興也。然以太伯而避王季，則王季疑於不友，故又特言王季之友其兄者，乃因其心之自然，而無待於勉强。既受太伯之讓，則益脩其德，以厚周家之慶，而與兄以讓德之光，猶曰彰其知人之明，不爲徒讓耳。其德如是，故能受天禄而不失，至于文、武而奄有四方也。」

○《史記》曰：「古公亶父復修后稷、公劉之業，積德行義，國人皆戴之。及它旁國聞古公仁，亦多歸之。」○《吴越春秋》曰：「古公去邠處岐周，居三月成城郭，一年成邑，二年成都，而民五倍其初。」○韋昭曰：「太姜，太王之妃，王季之母，姜女也。有逄伯陵之後也。」○《雍録》曰：「邠在岐西北二百五十餘里。自邠而南一百三十里爲奉天縣，有梁山，即所謂『踰梁山』也。渭水在梁山之南，循水西上，可以達岐，《詩》所謂『率西水滸，至于岐下』也。太王都岐，在今鳳翔府西五十里，是爲岐周。岐水之南，今有周原。南五十里又有周城云，此周公采邑。」

二十有八祀。王崩，子武丁踐位。

【校記】

〔一〕「于」，原作「予」，今據慎獨齋配補歸仁齋本、宋犖本、率祖堂本、《四庫》本改。
〔二〕「按」，原作「接」，今據慎獨齋配補歸仁齋本、宋犖本改。
〔三〕「止」，原作「中」，今據慎獨齋配補歸仁齋本、宋犖本改。
〔四〕「經」，原脱，今據宋犖本補。
〔五〕「當」，原作「常」，今據宋犖本改。

通鑑前編卷之五

金履祥編

丁巳。殷高宗武丁元祀。王宅憂，甘盤爲相。

子張問曰：「《書》云：『高宗諒陰，三年不言。』何謂也？」孔子曰：「何必高宗，古之人皆然。君薨，百官總己以聽於冢宰三年。」○《經世》曰：「高宗踐位，甘盤爲相。」

履祥按：高宗自謂「舊學于甘盤」，周公亦曰在高宗「時則有若甘盤」，然則高宗新政，蓋甘盤爲相也，《經世》之言是矣。高宗宅憂，三年不言，百官聽於冢宰，以有甘盤爲冢宰也。《書》稱高宗「舊勞于外」，史謂其自爲太子時能知人民所好惡，修聳其德，達于神明，蓋學于甘盤舊矣。盤亦以高宗之賢足以自爲政，故其免喪之後，復政告老，避權高蹈，而高宗猶不言，卒得傅說而相之云。

三祀。免喪，弗言。群臣咸諫。王得傅説以爲相，總百官，資學于説。

《説命》上篇曰：「王宅憂亮陰，亮陰，當作「梁闇」，天子居喪之次也。古者諸侯、大夫、士遭喪居倚廬。倚者，謂於中門之外，東牆下，倚木爲廬。大夫、士不障，諸侯加圍障。然則天子則又加梁楣，故謂之梁闇與？三祀。既免喪，其惟弗言。群臣咸諫于王，曰：『嗚呼！知之曰明哲，明哲實作則。天子惟君萬邦，百官承式。王言惟作命。不言，臣下罔攸稟令。』免喪而猶弗言，群臣以爲過於禮，故諫之。其謂之明哲者，以高宗天資之不凡也。知之固曰明哲，然知之固貴於行之也，故曰「實作則」。天子君天下，百官所承式，命令之行，乃作則之事也。王庸作書以誥曰：『以台正于四方，台恐德弗類，兹故弗言。恭默思道，夢帝賚予良弼，其代予言。』高宗天資明哲，然自以講貫未竟，恐未合乎聖聖相傳之的，所以不輕於作命。恭默思道，此高宗始初爲學工夫。恭者，敬身以處。默者，不言而思。思道者，思想此道爲若何也。然惟其恭默思道，所以心無異念，純乎誠敬，故夢帝賚予良弼。此所謂至誠之道可以前知，動乎四體者也。乃審厥象，俾以形旁求于天下。説築傅巖之野，惟肖。高宗之夢蓋有日矣，偏視群臣，默加求訪而未得，故因群臣之請而言之，乃審厥象以物色訪之也。虞、虢之間，地名傅險，澗水壞道，常役胥靡刑人築之。説貧，代其築，形與所夢者類。説，名也，不知其姓，蓋以地爲氏云。爰立作相，王置諸其左右。蔡氏曰：「《史記》：『高宗得説，與之語，果聖人，乃舉以爲相。』置諸左右，蓋以冢宰兼師保也。荀卿曰：『學莫便乎近其人。』置諸左右者，近其人以學也。史臣將記高宗命説之辭，先叙事始如此。」〇愚按：君心者，天下之本，而相特其助。後世人主忽不知此，既得賢相，自謂逸於任人，則悉以事任委之，而自處於逸，謂得人君用相之體。不知心身不脩，事理未徹，一旦失輔，則亂又自此始。齊威公任管仲，一則仲父，二則仲父；唐明皇用姚、宋，奏事不省，可謂任之專矣。管仲死，姚、宋去，則終於亂，無它，不以身心爲急也。管仲、姚、宋，亦昧所本，難以語此。高宗得傅説爲賢相，未及朝政庶事而先置諸左右，命以納誨，反覆委諭，拳拳於「沃心」之説，此商之所以中興，爲高宗之知所本也。命之曰：『朝夕納誨，以輔台德。若金，用汝作礪；若濟巨川，用汝作舟楫；若歲大旱，用汝作霖雨。啓乃心，沃朕心。若藥弗瞑眩，厥疾弗瘳。若跣弗視地，厥足用傷。惟暨乃僚，罔不同心以匡乃辟，俾率先王，迪我高后，以康兆民。嗚呼！欽予時命，其惟有終。』此命説之辭也。三節託物之喻，皆有深意。孔子曰：「思而不學則殆。」又曰：「吾嘗終日終夜以思，無益，不如學也。」高宗恭默之思，思之工夫固至，然磨礪相濟，資養之無助，則心孤而無益。「若金，用汝作礪」，蓋思而有所未通，自以爲鈍而資其礪也。「若濟大川，用汝作舟楫」，蓋思而未能遽至，自以爲險而資其濟也。「若歲大旱，用汝作霖雨」，蓋思雖有得，然心枯而無資養之妙，故自以爲竭而賴其化也。此高宗用工之辭，非泛喻也，故總以「啓乃心，沃朕心」言之。沃者，灌溉滋長之妙也。「若藥弗瞑眩，厥疾弗瘳」，謂言不直，則己之宿疾不除。「若跣弗視地，厥足用傷」，謂知不明，則行有所不遂也。此皆用工之辭，非尋常語。「惟暨」以下，則期其成功以終之。説復于王曰：『惟木從繩則正，后從諫則聖。后克聖，臣不命其承，疇敢不祗若王之休命？』」高宗命説之辭，皆曾用功之語，言之痛切。而説之復王，其辭反若緩而不切者，此必有見於高宗之病矣。高宗雖舊學，終見未澈，視群臣又非甘盤之比，雖有言，高宗亦未敢深仗也，故常反求諸己而思之，其病在於求諸獨而略於人。説知君心之病如此，而已之言可以朝暮入，不必遽數之也，故且以從諫箴高宗，以聖期高宗。此病既除，言則必行，其資必可以聖，其它皆不遺餘力矣。○中篇曰：中篇，傅説承總屬之命，故陳立政之要。下篇，傅説承資學之命，故陳爲學之方。「惟説命總百官，命之以總百官，此相職也。相之職固在於統百官，此表而出之者，古者人君命相固有常職，然權之輕重，又視其人之等差，此云「作相」，而復曰「總百官」，任之事也，所謂皆聽命於冢宰也。乃進于王曰：『嗚呼！明王奉若天道，建邦設都，樹后王君公，承以大夫師長，不惟逸豫，惟以亂民。惟天聰明，惟聖時憲，惟臣欽若，惟民從乂。此篇多以「惟」起語，蓋古人歷舉之辭也。建邦則立后王君公，設都則有大夫師長，非富貴安榮其身，皆所以治民耳，此天道也。然君臣上下，雖皆有治民之責，而其源則在君，君則臣民之標表也。君雖爲臣民之標表，而其源則又在天，天又君之法式也。聰明者，天理之公也，聽是非、察善惡、用捨賞罰，一惟是理之公，而私意不與存焉，此人主所以憲天之聰明也。下文所叙，皆憲天聰明之事。惟口起羞，惟甲冑起戎，惟衣裳在笥，惟干戈省厥躬。王惟戒兹，允兹克明，乃罔不休。言輕，則起羞辱之應。阻兵之機萌，則生戎狄之心。衣裳命服所以褒善，不可輕畀也，於在笥之時則審之，輕加於人，雖褫之，亦已褻矣。干戈所以討亂，不可輕動也，於在躬之時則謹之，已命將出師，雖反之，亦已黷矣。此四者，皆政令刑賞之大者，故王能戒此，則允兹克明矣。然於甲冑、干戈重言者，高宗天資英毅，傅説蓋慮其輕於用兵也。其後鬼方、荆楚之師，王威赫然，雖曰勢所不得已，而《易・象》猶譏其憊，説蓋先見之矣。惟治亂在庶官。官不及私昵，惟其能；爵罔及惡德，惟其賢。此皆聰明憲天之事。上文既言「承以大夫師長」，雖其本原在君心之標表，而擇官亦不可不謹。蔡氏曰：「《王制》：『論定然後官之，任官然後爵之。』官則六卿、百執事，爵則公、卿、大夫、士也。賢、能所以治，私昵、惡德所以亂。」吴氏曰：「惡德，凶德也。人君當用吉士，凶德之人雖有過人之才，爵亦不可及。」慮善以動，動惟厥時。善者，理之是也。時，則時措之宜也。慮事當乎是而後可動，動必合其時而後中節。慮善，猶擇乎中庸。時，猶時中也。中無定體，隨時而在。事雖善而動不以時，猶非中也。伊尹曰：「善無常主，協于克一。」傅説曰：「慮善以動，動惟厥時。」言異而功同。知道者，當默會於此。有其善，喪厥善；矜其能，喪厥功。惟事事，乃其有〔一〕備，有備無患。此承「慮善」而言也。事會無窮，隨時取中。得其善而自滿，則善不繼矣。舉事之善，固貴惟時，然事無先時之備，則或時至而動不及矣。無啓寵納侮，無恥過作非。啓寵，亦一不善之動也。過，未善也。遷其未善以從善，斯得矣。恥過而遂非，則惡矣。故兼戒之。惟厥攸居，政事惟醇。居，處也，止於善之謂也。政事而各處其當，則政事醇美矣。黷于祭祀，時謂弗欽。禮煩則亂，事神則難。』此亦未盡善之事。高宗於祭祀或有過厚之失，不知祇所以爲褻，非盡善中節之事也。此終上文之意，以盡高宗之疵。王曰：『旨哉！説，乃言惟服。乃不良于言，予罔聞于行。』旨哉，嘆其言之有味也。説之言，自它人觀之，若散而無統，惟高宗善思，故知其味也。服，行也，謂惟其言是行也。蘇氏曰：「説之言，譬如藥石，雖散而不一，然一言一藥，皆足以治天下之公患，所謂古之立言者。」説拜稽首，曰：『非知之艱，行之惟艱。王忱不艱，允協于先王成德。惟説不言，有厥咎。』」説又贊其行也。謂凡得於言者非難，行於身者爲難。今王信而欲行之，則不難矣。信能行之，則必允協于先王成德矣。惟説不言有厥咎，則又將告之也。廣漢張氏謂高宗知之之工已至，故説以知之非艱、行之惟艱告之，若君非高宗，則説必先以致知告之矣。○前儒疑《説命》中篇群言無統，必有錯簡，意諸語凡十三「惟」，相連成文，而「王惟戒兹」四語乃結語耳。以今觀之，語凡二章。自「明王奉若天道」至「惟其賢」爲一章，章凡三節，以憲天聰明爲要。自「慮善以動」至「事神則難」爲一章，而大旨以慮善惟時爲要。夫憲天聰明，王道之公也；慮善惟時，時中之學也。二者真要旨微言，而歷舉庶事以爲目耳。傅説之言，真有旨哉！○下篇曰：「王曰：『來！汝説。台小子舊學于甘盤，既乃遯于荒野，入宅于河。自河徂亳，暨厥終罔顯。蘇氏謂「遯于荒野」以下，謂甘盤也。朱子初嘗取其説。蔡氏據《國語》謂「宅河徂亳」，商高宗自謂也。然據《君奭》則甘盤嘗爲相，蓋甘盤舊臣，相武丁於初年，其後復政引退，再求之，入宅于河，三求之，自河徂亳，老于采邑也。此言爲學之始與廢學之因。朱子曰：「不知甘盤何人，所學何事。書史不傳，惜哉！」爾惟訓于朕志，若作酒醴，爾惟麴糵；若作和羹，爾惟鹽梅。爾交修予，罔予棄，予惟克邁乃訓。』此高宗資學於傅説也。范氏曰：「作酒者麴多則苦，蘖多則甘，麴蘖得中，然後成酒。作羹者鹽過則鹹，梅過則酸，鹽梅得中，然後成羹。」愚謂：斆、學之道，貴擇乎中，微過不及，則學術自是偏矣，非聖賢之學也。交修，亦兩使適中之謂也。然麴苦蘖甘所以成酒，而酒之味則超麴蘖之上；鹽鹹梅酸所以作羹，而羹之味則超鹽梅之表。此又爲學自得之妙，非知學者不能知之。**説曰：『王，**林氏句。**人求多聞，時惟建事，學于古訓，乃有獲。事不師古，以克永世，匪説攸聞。**「求多聞，時惟建事」，此學于往行也。「學古訓，乃有獲」，此學于前言也。所謂考迹以觀其用，察言以求其心也。總之曰「事不師古」，以不學前言、往行，則不能長世也。**惟學，遜志務時敏，厥修乃來。允懷于兹，道積于厥躬。惟斆學半，念終始典于學，厥德修罔覺。**此論爲學之道也。《學記》作「敬遜務時敏」，其説尤備。朱子曰：「遜志者，遜順其志，猶云低心下意，入事理之中細思之也。既遜其志，又須時敏，若高氣不伏者忽不加思，悠悠度時者或作或輟，則其修不來矣。故遜志、務時敏，爲學之道惟此二端，厥修之業所以來也。允懷于兹二者，則道乃積于厥躬矣。積者，來之多也。然王者之學，位居人上，亦必教人。自學者，學也。而教人者，亦學也。其初學之者，半也。既學而推以教人，發明日熟，温故知新，是斆之功，亦半也。『念終始典于學』，始之自學，終之教人，無非爲學，自始至終常常于此，忽不自知其德之修矣。古來論學自傅説始，工夫極爲精密。」履祥按：「斆學半」之云，自《學記》即以爲教、學相長，此朱子之説所由本。而子王子以爲此章方言爲學，未及教人也。履祥竊謂高宗恭默思道，其舊學必有懸虚過高之病，「巨川」、「大旱」之喻，險、竭可知，所謂「思而不學則殆」者與？故「交修」之喻，欲求適中，而傅説導之卒就平實，不過前言、往行，遜志、時敏以求之，講明精密，義理充滿，至于道積厥躬，可謂盛矣。然舊學之功，亦不可謂無助。昔朱子嘗謂高宗舊學甘盤，不知甘盤何如人，其所學何學。履祥謂高宗恭默思道之功，蓋得諸甘盤之所教，但於稽古講明格至之學尚欠，故未圓成耳。此所謂斆、學之半也。是以傅説於其學問充積之後，又欲其接續舊學之思，所謂「念終始典于學」。念，則思也。思、學之功，交相並進。思而學，則所思者益實。學而思，則所學者益妙。厥德之修，至于罔覺，蓋忽不自知其入於聖人之域矣。子王子曰：「遜志，則有細密之功。時敏，則無閒斷之患。其來、其積，皆自細密無閒斷中得之。大凡工夫細密者，則有勞擾沈滯之病而進不能敏；勇往奮厲者，則有粗率遺棄之失而志不能遜。遜志、時敏二端，交修之良方也。」監于先王成憲，其永無愆。先王成憲，前聖所以經緯天下事物者也。上文之「學」，造其理也，此履其事也。學至於監成憲，能與之合，則無愆矣。《孟子》所謂先〔二〕聖、後聖「得志行乎中國，若合符節」，則皆至此地位者也。惟説式克欽承，旁招俊乂，列于庶位。』蔡氏曰：「進賢雖大臣事，然高宗之德未至，則雖欲進賢，有不可得者。」王曰：『嗚呼！説，四海之内，咸仰朕德，時乃風。股肱惟人，良臣惟聖。仰，望也。四海皆仰朕德，不可無以應之。傅説布其風教，然必輔吾德以至於聖，則始可以厭滿人心之望矣。昔先正保衡，作我先王，乃曰：「予弗克俾厥后惟堯、舜，其心愧恥，若撻于市。」一夫不獲，則曰：「時予之辜。」佑我烈祖，格于皇天。爾尚明保予，罔俾阿衡專美有商。保衡，伊尹官稱也。上言「良臣惟聖」，故取保衡堯、舜其君之志以勉之。上言四海「時乃風」，故引一夫不獲之慊以勉之。惟后非賢不乂，惟賢非后不食。其爾克紹乃辟于先王，永綏民。』説拜稽首，曰：『敢對揚天子之休命。』」君臣相遇最難，此高宗所以相期之大，傅説亦不容不自任矣。「克紹乃辟于先王」，終「良臣惟聖」之意。「永綏民」，終「時乃風」之意。

甲子。八祀。

三十有二祀。伐鬼方。按：《皇極經世圖》高宗三十二祀戊子，三十三祀己丑，歲卦皆「既濟」也。又運卦爲「需」，世卦爲「旅」，二卦外卦又爲「既濟」，則其年「既濟」之聚也。「既濟」之三曰「高宗伐鬼方」，「未濟」之四曰「震用伐鬼方」。「既濟」下卦，「离」之三，動則爲「震」。以三十六宮言之，「既濟」之三，反則爲「未濟」之四，故又以「震」言之。今附此年。

《易》「既濟」九三：「高宗伐鬼方，三年克之，小人勿用。」《象》曰：「三年克之，憊也。」傳曰：「九三當既濟之時，以剛居剛，用剛之至也。既濟而用剛如是，乃高宗伐鬼方之事。高宗，商之高宗也。天下之事既濟而遠伐暴亂也。威武可及，而以救民爲心，乃王者之事也，唯聖賢之君則可。若騁威武，忿不服，貪土地，則殘民肆欲也，故戒不可用小人。小人爲之，則以貪忿，私意也；非貪忿，則莫肯爲也。三年克之，見其勞憊之甚。聖人因九三當既濟而用剛，發此義以示人，爲法爲誡。言憊，以見事之至難。在高宗爲之則可，無高宗之心，則貪忿以殃民也。」〇「未濟」九四：「貞吉，悔亡。震用伐鬼方，三年有賞于大國。」傳曰：「九四陽剛，居大臣之位，上有虚中明順之主，又已出於險，未濟已過中矣，有可濟之道也。濟天下之艱難，非剛健之才不能也。九雖陽而居四，故戒以正固則吉而悔亡，不正則不能濟，有悔者也。震，動之極也。古之人用力之甚者，伐鬼方也，故以爲義。力動而遠伐，至於三年，然後成功而行大國之賞，必如是乃能濟也。濟天下之道，當正固如是。」〇愚按：殷自中微，戎狄爲患，當是時，古公亦方爲獯鬻所逼，其勢可知，故高宗鬼方之伐至於三年，其勢又可知也。非高宗修德行政，天下咸驩，用兵於既濟之後，則不能三年勝此勞。非傅説柔而能剛，正固不變，則不能三年終此役。故「既濟」九三，既濟而用剛，高宗出師以之。「未濟」九四，以能濟之才，居大臣之位，正堅不撓，傳説以之。○《殷武篇》曰：「撻彼殷武，奮伐荆楚。罙入其阻，裒荆之旅。有截其所，湯孫之緒。《集傳》曰：「殷武，殷王之武也。湯孫，謂高宗。舊説以爲祀高宗之樂。蓋自盤庚没而殷道衰，荆楚叛之。高宗撻然用武，以伐其國，入其險阻，以致其衆，盡平其地，使截然齊一，皆高宗之功也。《易》曰：『高宗伐鬼方，三年克之。』蓋謂此與？」維女荆楚，居國南鄉。昔有成湯，自彼氐羌，莫敢不來享，莫敢不來王，曰商是常。《集傳》曰：「蘇氏曰：『既克之，則告之曰：爾雖遠，亦居吾國之南耳。昔成湯之世，雖氐、羌之遠，猶莫敢不來朝，曰：此商之常禮也。況汝荆楚，曷敢不至哉！』」天命多辟，設都于禹之績。歲事來辟，勿予禍適，稼穡匪解。《集傳》曰：「多辟，諸侯也。來辟，來王也。言天命諸侯，各建都邑于禹所治之地，而皆以歲事來至於商，以祈王之不譴，曰：我之稼穡不敢解也。言荆楚既平，而諸侯畏服也。」天命降監，下民有嚴。不僭不濫，不敢怠遑。命于下國，封建厥福。《集傳》曰：「僭，賞之差也。濫，刑之過也。言天命降監，不在乎它，皆在民之視聽，則下民亦有嚴矣。惟賞不僭，刑不濫，而不敢怠遑，則天命之以天下，而大建其福。此高宗所以受命而中興也。」商邑翼翼，四方之極。赫赫厥聲，濯濯厥靈。壽考且寧，以保我後生。《集傳》曰：「商邑，王都也。翼翼，整勑貌。極，表也。赫赫、濯濯，光明也。言高宗中興之盛如此。我後生，謂後嗣子孫也。」陟彼景山，松柏丸丸。是斷是遷，方斲是虔。松桷有梴，旅楹有閑，寢成孔安。」《集傳》曰：「景，山名，商所都也。安，所以安高宗之神也。此蓋特爲百世不遷之廟，不在三昭三穆之數，既成而祭之之詩也。然此章與《閟宫》之卒章文意略同，未詳何謂。」

履祥按：《殷武》，頌高宗也。高宗之德烈衆矣，而獨首叙其伐荆楚之功，則當時戎狄之患莫有大於荆楚，而高宗之功亦莫大於伐荆楚者，故朱子疑此即《易》所謂伐鬼方者焉。豈以三苗復九黎之德，家爲巫祝，民神雜揉，是以荆楚舊多淫祠，故謂之鬼方與？商、周中葉，荆楚每爲中國大患。蓋自豫南偏，即踰重山而至鄧，號爲山南。而又渡漢水，控引雲夢、江、沱，是爲重險。荆楚在其閒，爲九州内之夷狄，一出憑陵，則北撼中州，東矙陳、蔡，此所以易爲中國患也。商都河南、北，周遷洛陽，視荆楚爲國南鄉，而負固若此，其爲大患宜矣。然自文王興於岐周，而其風化行於江、漢，秦人恃力亦足以制楚。蓋自雍南出，即山水皆東南趨，其下荆楚亦猶建瓴水爾。然則荆可以擣豫，矙揚、徐，而雍、梁又足以制荆。設險，雖守國之末務，而亦不可不知也。

五十有九祀。王崩，廟號高宗，子祖庚踐位。

《無逸篇》曰：「其在高宗，時舊勞于外，爰暨小人。作其即位，乃或亮陰，三年不言。其惟不言，言乃雍。不敢荒寧，嘉靖殷邦。至于小大，無時或怨。肆高宗之享國五十有九年。」○《禮記》曰：「《書》曰：『高宗諒闇，三年不言。』善之也。王者莫不行此禮，何以獨善之也？曰：高宗者，武丁。武丁者，殷之賢王也，繼世即位，而慈良於喪。當此之時，殷衰而復興，禮廢而復起，故善之。善之，故載之《書》中而高之，故謂之高宗。三年之喪，君不言。《書》云：『高宗諒闇，三年不言。』此之謂也。然而曰『言不文』者，謂臣下也。」○《商頌・玄鳥篇》曰：

「天命玄鳥，降而生商，宅殷土芒芒。古帝命武湯，正域彼四方。《集傳》曰：「玄鳥，鳦也。春分玄鳥降。有娀氏女簡狄，祈于郊禖而生契。其後世遂爲有商氏，以有天下。武湯，以其有武德號之也。」方命厥后，奄有九有。商之先后，受命不殆，在武丁孫子。《集傳》曰：「方命厥后，四方諸侯無不受命也。九有，九州也。武丁，高宗也。言商之先后，受天命不危殆，故今[三]武丁孫子猶賴其福。」武丁孫子，武王靡不勝。龍旂十乘，大糦是承。《集傳》曰：「武王，湯號，而其後世亦以自稱也。龍旂，諸侯交龍之旂也。言武丁孫子，今襲湯號者，其武無所不勝，於是諸侯無不奉黍稷以來助祭也。」邦畿千里，維民所止，肇域彼四海。《集傳》曰：「言王畿之內，民之所止，不過千里，而其封域，則極乎四海之廣也。」四海來假，來假祁祁。景員維河，殷受命咸宜，百禄是何。」《集傳》曰：「假，與『格』同。或曰：景，山名，商所都也。見《殷武》卒章。《春秋傳》亦曰『商湯有景亳之命』是也。員，與下篇『幅隕』同義。言景山四周皆大河也。何，任也，《春秋傳》作『荷』。」

履祥按：《玄鳥》之詩，蓋大祫始祔高宗之詩也。

丙辰。祖庚元祀。

三祀。祀高宗。據《大紀》，係《玄鳥》《殷武》之詩於三祀，以爲祀高宗。今據《史記》，附《高宗肜日》。

《書》曰：「高宗肜日，越有雊雉。蓋高宗之廟，肜祭之日有雊雉之異。序言湯廟者，非是。祖己曰：

『惟先格王，正厥事。』乃訓于王曰：『惟天監下民，典厥義，降年有永有不永，非天夭民，民中絶命。王之祀，必有祈年請命之事，如漢武帝五時祀之類。祖己言永年之道，不在禱祠，在於所行義與不義而已，禱祠非永年之道也。言民而不言君者，不敢斥也。民有不若德，不聽罪，天既孚命正厥德，乃曰：「其如台。」嗚呼！王司敬民，罔非天胤，典祀無豐于昵。』」言祖宗莫非天之嗣，主[四]祀其可獨豐於昵廟乎？○《史記》曰：「帝祖庚立。祖己嘉武丁之祥雉爲德，立其廟爲高宗，遂作《高宗肜日》及《訓》。」

履祥按：《書序》稱：「高宗祭成湯，有飛雉升鼎耳而雊，祖己訓諸王，作《高宗肜日》《高宗之訓》。」是謂二書，祖己爲高宗作也。按《史記》則祖己述高宗之事，爲祖庚作也。高宗名臣，世多稱甘盤、傅説，而無曰祖己云者。又凡《書》之訓告其君，多繫其所言之臣，如曰《仲虺之誥》，曰《伊訓》，無繫之君者，而此二書皆訓體，乃繫之君，既非義例矣。又凡《書》之本叙，多稱其君之名，或曰王，未有以廟號稱者，而此曰《高宗肜日》，則似果若追書之云者，《史記》之言當是也。然三王之祭，其於繹也，夏曰復胙，商曰肜，周天子、諸侯曰繹，以祭之明日；大夫曰賓尸，以祭之日。蓋繹，祭之餘也。繹之於廟門之外，西室主事，以士行，君不親也。夫君既不親矣，而曰「高宗」，目君且以廟號稱之，又曰「典祀無豐于昵」，然則詳味其辭，又安知非祖庚之時繹於高宗之廟，而有雊雉之異乎？則二書，祖己以訓祖庚明矣。太史公博極古書，係之祖庚之紀，當必有據。子長後交孔安國，則又爲安國所誤，故重取而無擇云。

七祀。王崩，弟祖甲立。

癸亥。祖甲元祀。

甲子。二祀。

庚寅。二十有八祀。周亶父之子季歷生子昌。

《大明》之詩曰：「摯仲氏任，自彼殷商，來嫁于周，曰嬪于京。乃及王季，維德之行。大任有身，生此文王。《集傳》曰：「摯，國名。仲，中女也。任，摯國姓也。殷商，商之諸侯也。嬪，婦也。京，周京也。將言文王之聖，而追本其所來者如此。蓋曰自其父母而已然矣。」維此文王，小心翼翼。昭事上帝，聿懷多福。厥德不回，以受方國。」《集傳》曰：「小心翼翼，敬也。方國，四方來附之國也。」○晉胥臣曰：「昔者大任娠文王不變，少溲于豕牢韋昭曰：「豕牢，厠也。少溲，便也。」而得文王，不加疾焉。文王在母不憂，在傅弗勤，處師弗煩，事王不怒，敬友二虢，而惠慈二蔡，刑于大姒，比于諸弟。《詩》云：『刑于寡妻，至于兄弟，以御于家邦。』於是乎用四方之賢良。」○《史記・本紀》曰：「古公有長子曰太伯，次曰虞仲。太姜生少子季歷，季歷娶太任，皆賢婦人，生昌，有聖瑞。古公曰：『我世當有興者，其在昌乎？』長子太伯、虞仲知古公欲立季歷以傳昌，乃二人亡如荆蠻，文身斷髮，以讓季歷。古公卒，季歷立。」《世家》曰：「吴太伯，弟仲雍，皆周太王之子，而王季歷之兄也。季歷賢，而有聖子昌，太王欲立季歷以及昌，於是太伯、仲雍二人乃犇荆蠻，文身斷髮，示不可用，以避季歷。季歷果立，是爲王季，而昌爲文王。太伯之犇荆蠻，自號句吴。荆蠻義之，從而歸之千餘家，立爲吴太伯。太伯卒，無子。」愚按：太伯之賢，不下於王季、文王，但以太伯無子，而季歷有聖子，故太王之意欲改卜耳。○《論語》：「子曰：『泰伯，其可謂至德也已矣！三以天下讓，民無得[五]而稱焉。』」《集注》曰：「至德，謂德之至極，無以復加也。無得[六]而稱，其遜隱微，無迹可見也。以泰伯之德，當商、周之際，固足以朝諸侯有天下，乃棄不取而又泯其迹焉，則其德之至極爲何如[七]哉！」或問曰：讓之爲德既美矣，至於三，則其讓誠矣。以天下讓，則其所讓大矣。而又能隱晦其迹，使民無得而稱焉，則其讓也非有爲名之累矣。此其德所以爲至極而不可以有加也。

履祥按：《詩》稱至于太王「實始剪商」，不過謂周家代商之業，自太王始基之爾。而傳遂謂太王因有剪商之志，太伯不從，是以不嗣。不惟謬觀《詩》意，其失太王本意甚矣！且當其時，商受未作，商未衰也，太王安得輒有異志？況前日猶能棄國於狄人侵邠之時，而今日乃欲取天下於商家未亂之日，太王之心決不若是其悖也！太伯采藥荆蠻，人心歸之，遂啓吴國。夫一亡公子而足以有國，況因周邦之舊而爲之，它日商、周之際，豈不足以有天下哉？故曰以天下遜也。《儀禮》三遜謂之終遜。然則三遜，謂終以天下遜也。《路史》謂太伯遜以與王季，王季以與文王，文王以與武王，而終有天下，故曰三以天下遜。蓋一遜王季，二遜文王，三遜武王也。其説亦通，今存之。

三十有三祀。王崩，子廩辛踐位。

《無逸》曰：「其在祖甲，不義惟王，舊爲小人。作其即位，爰知小人之依，能保惠于庶民，不敢侮鰥寡。肆祖甲之享國三十有三年。」○鄭康成曰：「高宗欲廢祖庚立祖甲，祖甲以爲不義，逃於民間，故云：『不義惟王，舊爲小人。』」高宗以祖甲爲賢，欲廢祖庚而立之，祖甲不以爲義而逃去。其後祖庚崩，而國人卒立之也。○蔡氏曰：「按漢孔氏以祖甲爲太甲，蓋以《國語》稱『帝甲亂之，七世而殞』，孔氏見此等記載，意謂帝甲必非周公所稱者。又以『不義惟王』與太甲『茲乃不義』文似，遂以此稱祖甲者爲太甲。然詳此章『舊爲小人，作其即位』與上章『爰暨小人，作其即位』文勢正類。所謂『小人』者，皆指微賤而言，非謂憸小之人也。『作其即位』，亦不見太甲復政思庸之意。又按邵子《經世書》高宗五十九年，祖庚七年，祖甲三十三年，世次歷年皆與《書》合，亦不以太甲爲祖甲。況殷世二十有九，以『甲』名者五帝，以『太』、以『小』、以『沃』、以『陽』、以『祖』别之，不應二人俱稱祖甲。《國語》傳訛承謬，旁記曲説，不足盡信，要以周公之言爲正。又下文周公言『自殷王中宗，及高宗，及祖甲，及我周文王』，『及』云者，因其先後次第而枚舉之辭也。則祖甲之爲祖甲，而非太甲，明矣。」

丙申。廩辛元祀。

六祀。王崩，弟庚丁立。

壬寅。庚丁元祀。

二十有一祀。王崩，子武乙踐位。

癸亥。武乙元祀。

甲子。二祀。遷都河北。《經世》附即位之年，《大紀》係甲子。河北，朝歌，今衛州朝歌縣。

四祀。王崩，子太丁踐位。

《史記》曰：「帝武乙無道，爲偶人，謂之天神。與之博，令人爲行。天神不勝，乃僇辱之。爲革囊，盛血，仰而射之，命曰『射天』。武乙獵於河、渭之間，暴雷，武乙震死。」

丁卯。太丁元祀。

二祀。周公季歷伐燕京之戎。

三祀。王崩，子帝乙踐位。

庚午。帝乙元祀。周公季歷伐余無之戎，克之，命爲牧師。

周公季歷伐始呼之戎。

周公季歷伐翳徒之戎。王賜之圭瓚秬鬯，爲侯伯。

《東漢書》曰：「季歷伐西落鬼戎。太丁之時，季歷復伐燕京之戎，戎人大敗周師。後二年，周人克余無之戎，於是命爲牧師。自是而後，更伐始呼、翳徒之戎，皆克之。」〇《大紀》曰：「太丁元祀，命周季歷爲牧師。伐始呼之戎，又伐翳徒之戎，獲其三大夫。王嘉其功，錫之圭瓚秬鬯，爲侯伯。」〇《孔叢子》曰：「子思曰：『吾聞諸子夏：殷王帝乙之時，王季以功，九命作伯，受圭瓚秬鬯之賜，故文王因之，得專征伐。』」《外紀》同。

履祥按：《世紀》《竹書》載太丁之世王季伐諸戎，具有年數。然其所載太丁年紀，與《經世曆》不同。古書固有以事計年者，則《大紀》太丁元祀命季歷爲牧師，正當帝乙之元祀，而所謂命爲侯伯者，據《孔叢子》亦帝乙命之爾。

七祀。周公季歷薨，《大紀》曰：「壽百歲。」**子昌嗣。**

晉胥臣曰：「文王之即位也，詢于八虞，賈、唐曰：「周八士，皆在虞官，伯達、伯适、仲突、仲忽、叔夜、叔夏、季隨、季騧也。」愚按：八士，南宮氏，而下文又曰南宮，當考。而咨于二虢，度於閎夭，而謀於南宮，韋昭曰：「南宮括也。」諏於蔡、原，而訪於辛、尹，韋昭曰：「蔡，蔡公。原，原公。辛，辛甲。尹，尹佚。皆周太史。」重之以周、召、畢、榮，億寧百神，而柔和萬民。故《詩》曰：『惠于宗公，神罔時恫。』」〇《史記》曰：「公季卒，子昌立，是爲西伯，曰文王，遵后稷、公劉之業，則古公、公季之法，篤仁，敬老，慈少，禮下賢者。日中不暇食以待士，士以此多歸之。伯夷、叔齊在孤竹，聞西伯善養老，盍往歸之。太顛、閎夭、散宜生、鬻子、辛甲大夫之徒皆往歸之。」鬻子，名熊，事見《鬻子》書。劉向《别録》曰：「辛甲，殷臣，事紂。七十五諫而不聽，去至周。周、召與語，賢之，告於文王，親迎之以爲公卿，封於長子。」〇《孟子》曰：「文王之治岐也，耕者九一，仕者世禄，關市譏而不征，澤梁無禁，罪人不孥。老而無妻曰鰥，老而無夫曰寡，老而無子曰獨，幼而無父曰孤。此四者，天下之窮民而無告者。文王發政施仁，必先斯四者。」

壬辰。二十有三祀。周西伯生子發。

《禮記》曰：「文王之爲世子，朝於王季，日三。鷄初鳴而衣服，至於寢門外，問内豎之御者曰：『今日安否何如？』内豎曰：『安。』文王乃喜。及日中又至，亦如之；及莫又至，亦如之。其有不安節，則内豎以告。文王色憂，行不能正履。王季復膳，然後亦復初。食上，必在視寒暖之節。《周禮》：「食劑視春時，羹劑視夏時，醬劑視秋時，飲劑視冬時。」寒暖之節，此類是也。食下，問所膳。命膳宰曰：『末有原。』應曰：『諾。』然後退。武王帥而行之，不敢有加焉。」〇《大紀》曰：「昌爲世子，娶於有莘氏曰太姒，太姒不妬忌，而西伯有内行，此德政之所以流布，而風化之所以大興也。太姒生十子，長曰伯邑考，早卒。次曰發，性慈和，有聖德，西伯以爲世子。世子帥西伯事季歷之道而行之，不敢有加焉。西伯有疾，世子不説冠帶而養。西伯一飯，世子亦一飯；西伯再飯，世子亦再飯。次曰旦，旦師於虢叔，仁聖多材藝，西伯任以政事。唐、虞而下，夏后、殷商千餘年中，明天子、賢后妃盡道於宮壼，化行乎天下，爲世歌美者有矣。逮孔子删《詩》於周衰，而文王之時有詩在焉，所謂《周南》之風是也。」○朱子曰：「至成王時，周公相之，制作禮樂，乃采文王之世風化所及民俗之詩，被之筦絃，以爲房中之樂，推之以及於鄉黨、邦國，所以著明先王風俗之盛，使天下後世之脩身、齊家、治國、平天下者，皆得以取法焉。蓋其得之國中者，雜以南國之詩，而謂之《周南》，言自天子之國而被於諸侯，不但國中而已也。其得之南國者，則直謂之《召南》，言自方伯之國被於南方也。文王生有聖德，又得聖女姒氏爲之配，宫中之人於其始至，見其幽閑貞静之德，作《關雎》。后妃既成絺綌而賦其事，蓋其已貴而能勤，已富而能儉，已長而敬不弛於師傅，已嫁而孝不衰於父母，作《葛覃》。文王當朝會征伐之時，或羑里拘幽之日，后妃思念之，作《卷耳》。后妃逮下而無嫉妬之心，衆妾樂其德而稱頌之，作《樛木》。后妃不妬忌而子孫衆多，衆妾歌之，作《螽斯》。此五詩者，皆后妃之德。《關雎》舉其全體而言也，《葛覃》《卷耳》言其志行之在己，《樛木》《螽斯》美其德惠之及人。其詞雖主於后妃，然其實則皆所以著明文王身脩家齊之效也。至於《桃夭》《兔罝》《芣苢》，則家齊而國治之效。《漢廣》《汝墳》，則以南國之詩附焉，而見天下已有可平之漸矣。若《麟之趾》，則又王者之瑞，有非人力所致而自至者，故序者以爲『《關雎》之應』也。夫其至此，后妃之德固不可爲無所助矣。然妻道無成，則亦豈得而專之哉？今言《詩》者，或乃專美后妃，而不本於文王，其亦誤矣。」

右《周南》國風諸詩，朱子序説云爾，一洗衛宏《詩序》之訛陋矣。履祥按：《墨子》書曰：「文王舉閎夭、泰顛於罝罔之中，授之政，西土服。」此事於《兔罝》之詩辭意最爲脗合，計此詩必爲此事而作也。肅肅，敬也。赳赳，約也。與「糾」同，爲諧聲。夫罝兔而體貌有肅敬之容，武夫而步武有約束之度，此閎夭、泰顛之所以爲賢，而文王所以取之也。白季之取冀缺，郭泰之取茅容，皆以是觀之，況文王之取人乎？閎夭、泰顛爲文王奔走、疏附、禦侮之友，後爲武王將威劉敵之人。信哉！其公侯之干城、好仇、腹心者與！

二十有四祀。命西伯昌距昆夷，備玁狁。

《逸周書》曰：「文王五祀，西距昆夷，備玁狁，謀戎謀武以昭威懷。」〇衛氏《詩序》曰：「文王之時，西有昆夷之患，北有玁狁之難，以天子之命，命將帥遣戍役，以守衛中國。」但《采薇》《出車》諸詩，《集傳》以爲時世不可考，今不敢從衛序。

三十有七祀。王崩，子辛立。是爲紂。

《吕氏春秋》曰：「紂之母生微子，又生仲衍，其時尚爲妾。已而爲妻，生紂。」○《史記》曰：「帝乙長子曰微子啓，啓母賤，不得嗣。少子辛，辛母正后，立爲嗣。」《外紀》曰：「乙妾生微子、中衍，爲后而生紂。乙及后以啓賢欲立爲太子。太史據法争曰：『有妻之子，不可立妾之子。』故紂爲後。」○《大紀》論曰：「堯、舜與賢，三王與嫡。二帝、三王同道，惟所遇之時不同也。堯、舜之時，中夏方開闢，制度草創，自非以聖繼聖則不能成功以貽萬世。使丹朱足爲中材之君，猶不與也。故商均無大過，亦不得爲天子，而大禹以有天下。及其末年，制度已成，雖中材之君，輔之以賢者，亦可以守矣。聖人不世出，賢德無以大相過，則定於與嫡，所以一民心，重天下也。雖然，大君，人命所繫，興亡之本，聖人有權焉，未嘗執一也。是以太甲雖嫡，又有成湯之命，而幾不免於廢。武王雖弟，上承文王之命，而終不釋爲君。帝乙，亦賢君也，泥於立嫡，而不知紂之足以亡天下也，亦不慎，不知變之過。孔子作《春秋》，鑒觀前代，賢可與，則以天下爲公；嫡可與，則以天下爲家。此萬世無弊之法也。使帝乙而知此道，商之卜世，猶未可知矣。」

丁未。紂辛元祀。

《史記》曰：「紂資辨捷疾，聞見甚敏。材力過人，手格猛獸。知足以距諫，言足以飾非。矜人臣以能，高天下以聲，以爲皆出己之下。」○《大紀》曰：「性汰侈，好酒色，始爲象箸，箕子歎曰：『今爲象箸，必爲玉杯。玉杯、象箸，必將食熊蹯、豹胎，它又將稱是。王求足欲，天下殆哉！』」

六祀。西伯初禴于畢。《竹書紀年》曰：「紂六祀，周文王初禴于畢。」

《禮記》曰：「文王之祭也，事死如事生，思死者如不欲生，忌日必哀，稱諱如見親。如欲色然。祭之日，樂與哀半：饗之必樂，已至必哀。」

八祀。伐有蘇，獲妲己，嬖之。

《國語》曰：「有男戎必有女戎。殷辛伐有蘇，有蘇氏以妲己女焉，妲己有寵，於是乎與膠鬲比而亡殷。」韋昭曰：「膠鬲，殷賢臣，自殷適周，佐武王以亡殷也。」〇《史記》曰：「好酒淫樂，嬖於婦人。愛妲己，妲己之言是從。於是使師涓作新淫聲，北里之舞，靡靡之樂。厚賦稅以實鹿臺之錢，《新序》曰：「鹿臺，其大三里，高千尺。」瓚曰：「在今朝歌城中。」而盈鉅橋之粟。許氏曰：「鉅鹿水之大橋也。」益收狗馬奇物，充仞宮室。益廣沙丘苑臺，多取野獸、蜚鳥置其中。慢於鬼神。大聚樂戲於沙丘，以酒爲池，縣肉爲林，使男女倮相逐其間，爲長夜之飲。百姓怨望而諸侯有畔者，乃重刑辟，有炮烙之法。」《大紀》曰：「廣沙丘之苑，多爲臺榭，有璜臺、瑤宮、瓊室、玉門，建大宮，連屬百里，中設九市，爲百有二十日爲長夜之飲。設肉林、酒池、糟丘，百姓嗟怨，諸侯背叛。妲己曰：『此罰輕誅薄，威不立耳。』乃作炮烙之刑。」《列女傳》曰：「膏銅柱，下加之炭，令有罪者行焉。輒墮炭中，妲己笑。」

十有一祀。醢九侯，脯鄂侯，囚西伯於羑里。

《史記》曰：「以西伯昌、九侯、鄂侯爲三公。九侯有女入之紂。女不憙淫，紂怒，殺之，而醢九侯。鄂侯爭之彊，辨之疾，並脯鄂侯。西伯聞之，竊歎。崇侯虎知之，以告紂，紂囚西伯羑里。」《地理志》曰：「河內蕩陰有羑里城。」又曰：「崇侯虎譖西伯於殷紂曰：『西伯積善累德，諸侯皆嚮之，將不利於帝。』紂乃囚西伯於羑里。」〇韓退之《拘幽操》曰：「目揜揜兮，其凝其盲；耳肅肅兮，聽不聞聲。朝不日出兮，夜不見月與星。有知無知兮，爲死爲生。嗚呼！臣罪當誅兮，天王聖明。』道文王意中事，前後之人道不到此。」○伊川程子曰：「退之《琴操》有曰：『臣罪當誅兮，天王聖明。』道文王意中事，前後之人道不到此。徐仲車曰退之《琴操》可謂知文王之心矣。《凱風》七子之母，猶不能安其室，而云『母氏聖善，我無令人』，重自責也。」○朱子曰：「雜説云：『紂殺九侯，醢鄂侯，西伯聞之，竊歎。崇侯虎譖之曰：「西伯欲叛。」紂怒，囚之羑里。西伯歎曰：「父有不慈，子不可以不孝。君有不明，臣不可以不忠。豈有君而可叛乎？」於是諸侯聞之，以西伯能敬上而恤下也，遂相率而歸之。』此言爲得其平云。」

十有二祀。西伯演《易》於羑里。

《易大傳》曰：「古者包犧氏之王天下也，仰則觀象於天，俯則觀法於地，觀鳥獸之文與地之宜，近取諸身，遠取諸物，於是始作八卦，以通神明之德，以類萬物之情。」○又曰：「《易》有太極，是生兩儀。兩儀生四象，四象生八卦，八卦定吉凶，吉凶生大業。」朱子曰：「《大傳》言河出圖，聖人則之，又言包犧畫卦，所取如此，則《易》非獨以《河圖》而作也。蓋盈天地之間莫非太極陰陽之妙，聖人於此仰觀俯察，遠求近取，固有以超然而默契於心矣。雖其見於摹畫者，若有先後而出於人爲，然其已定之形、已成之勢，則固已具於渾然之中，而不容毫髮思慮作爲於其間也。程子所謂『加一倍法』者，可謂一言蔽之；邵子所謂『畫前有《易》』者，可見其真不妄矣。」○履祥按：《大傳》「包犧氏始作八卦」，而太史公《本紀》謂「西伯囚羑里，蓋益《易》之八卦爲六十四卦」，其意謂伏犧止有八卦也。學者多從其説。至先天圖出，始知包犧已重爲六十四卦矣。然《大傳》固明言：「八卦成列，象在其中矣。因而重之，爻在其中矣。」又「八卦定吉凶」，八卦者，天地陰陽自然方位，非有吉凶也，重爲六十四而後定吉凶耳。《説卦》「八卦相錯」之云亦然。況《周官》明言「三《易》，其別皆六十有四」，不知史遷云何而獨爲此説也。◯又曰：「天地定位，山澤通氣，雷風相薄，水火不相射，八卦相錯。數往者順，知來者逆，是故《易》逆數也。」朱子曰：「邵子曰：『此伏羲八卦之位。「乾」南、「坤」北、「離」東、「坎」西、「兑」居東南、「震」居東北、「巽」居西南、「艮」居西北。於是八卦相交而成六十四卦，所謂「先天之學」也。』起『震』而歷『離』、『兑』以至於『乾』，數已生之卦也。自『巽』而歷『坎』、『艮』以至於『坤』，推未生之卦也。《易》之生卦，則以『乾』、『兑』、『離』、『震』、『巽』、『坎』、『艮』、『坤』爲次，故皆逆數也。」◯邵子曰：「『乾』以分之，『坤』以翕之，『震』以長之，『巽』以消之。長則分，分則消，消則翕也。『乾』、『坤』，定位也。『震』、『巽』，一交也。『兑』、『離』、『坎』、『艮』，再交也。故『震』，陽少而陰尚多也。『巽』，陰少而陽尚多也。『兑』、『離』，陽浸多也。『坎』、『艮』，陰浸多也。」又曰：「『乾』、『坤』定上下之位，『坎』、『離』列左右之門，天地之所闔闢，日月之所出入，春夏秋冬，晦朔弦望，晝夜長短，行度盈縮，莫不由乎此矣。」又曰：「『乾』、『坤』縱而六子横，《易》之本也。」◯履祥按：子王子舊説，謂先天圓圖，自「震」至「乾」謂之數往，而左方則「乾」一、「兑」二、「離」三、「震」四，自前而後以下轉謂之順；自「巽」至「坤」謂之知來，而右方則「巽」五、「坎」六、「艮」七、「坤」八，自後而前以下轉謂之逆。然總一圖以序造化之運，則自「震」四之「復」歷「離」、「兑」之交，以至「乾」一之「乾」而「姤」生；自「巽」五之「姤」歷「坎」、「艮」之交，以至「坤」八之「坤」而「復」生。則其運皆當如右方之逆數耳。此説雖與邵子、朱子不同，而按圖差易見，今存之。◯《大傳》曰：「《易》之興也，其於中古乎？作《易》者，其有憂患乎？」朱子曰：「夏、商之末，《易》道中微。文王拘於羑里而繫《彖辭》，《易》道復興。」◯又曰：「《易》之興也，其當殷之末世，周之盛德邪？當文王與紂之事邪？是故其辭危。危者使平，易者使傾。其道甚大，百物不廢。懼以終始，其要无咎。此之謂《易》之道也。」此言文王蒙難於羑里而作《易》，其爲人心慮者如此。◯又曰：「帝出乎『震』，齊乎『巽』，相見乎『離』，致役乎『坤』，説言乎『兑』，戰乎『乾』，勞乎『坎』，成言乎『艮』。」傳曰：「萬物出乎『震』，『震』，東方也。齊乎『巽』，『巽』，東南也。齊也者，言萬物之絜齊也。『離』也者，明也，萬物皆相見，南方之卦也；聖人南面而聽天下，嚮明而治，蓋取諸此也。『坤』也者，地也，萬物皆致養焉，故曰致役乎『坤』。『兑』，正秋也，萬物之所説也，故曰説言乎『兑』。戰乎『乾』，『乾』，西北之卦也，言陰陽相薄也。『坎』者，水也，正北方之卦也，勞卦也，萬物之所歸也，故曰勞乎『坎』。『艮』，東北之卦也，萬物之所成終而所成始也，故曰成言乎『艮』。」愚按：此説經者之辭，朱子謂多未詳者。○邵子曰：「此卦位，文王所定，所謂『後天之學』也。」○又曰：「至哉！文王之作《易》也，其得天地之用乎？『乾』、『坤』交而爲『泰』，『坎』、『離』交而爲『既濟』也。『乾』生於子，『坤』生於午，『坎』終於寅，『離』終於申，以應天之時也。置『乾』於西北，退『坤』於西南，長子用事而長女代母，『坎』、『離』得位，而『兑』、『艮』爲耦，以應地之方也。王者之法，其盡於此矣。」朱子曰：「此言文王改易伏羲卦圖之意也。蓋自『乾』南、『坤』北而交，則『乾』北、『坤』南而爲『泰』矣；自『離』東、『坎』西而交，則『離』西、『坎』東而爲『既濟』矣。『乾』、『坤』之交者，自其所已成，而反其所由生也，故再變則『乾』退乎西北，『坤』退乎西南也。『坎』、『離』之變者，東自上而西，西自下而東也，故『乾』、『坤』既退，則『離』得『乾』位，而『坎』得『坤』位也。『震』用事者，發生於東方；『巽』代母者，長養於東南也。」○邵子曰：「《易》者，一陰一陽之謂也。『震』、『兑』始交者也，故當朝夕之位；『坎』、『離』交之極者也，故當子午之位；『巽』、『艮』不交而陰陽猶雜也，故當用中之偏；『乾』、『坤』純陽純陰也，故當不用之位也。」又曰：「『兑』、『離』、『巽』，得陽之多者也；『艮』、『坎』、『震』，得陰之多者也，是以爲天地用也。『乾』極陽，『坤』極陰，是以不用也。」又曰：「『坤』統三女於西南，『乾』統三男於東北。」又曰：「『震』、『兑』横而六卦縱，《易》之用也。」○朱子曰：「嘗考此圖而更爲之説曰：『震』東、『兑』西者，陽主進，故以長爲先，而位乎左；陰主退，故以少爲貴，而位乎右也。『坎』北者，進之中也；『離』南者，退之中也。男北而女南者，互藏其宅也。四者皆當四方之正位，而爲用事之卦。然『震』、『兑』始，而『坎』、『離』終；『震』、『兑』輕，而『坎』、『離』重也。『乾』西北，『坤』西南者，父母既老，而退居不用之地也。然母親而父尊，故『坤』猶半用，而『乾』全不用也。『艮』東北、『巽』東南者，少男進之後，而長女退之先，故亦皆不用也。然男未就傅，而女將有行，故『巽』稍向用，而『艮』全未用也。

四者皆居四隅不正之位，然居東者未用，而居西者不復用也。故下文歷舉六子，而不數『乾』、『坤』。至其水、火、雷、風、山、澤之相偶，則又用伏羲卦云。」〇《易》上篇曰：「『乾』：元、亨、利、貞。『坤』：元亨，利牝馬之貞。君子有攸往，先迷，後得主，利。西南得朋，東北喪朋，安貞吉。『屯』：元亨，利貞。勿用有攸往，利建侯。『蒙』：亨。匪我求童蒙，童蒙求我。初筮告，再三瀆，瀆則不告。利貞。『需』：有孚，光亨，貞吉。利涉大川。『訟』：有孚，窒惕，中吉，終凶。利見大人，不利涉大川。『師』：貞，丈人吉，无咎。『比』：吉。原筮，元永貞，无咎。不寧方來，後夫凶。『小畜』：亨。密雲不雨，自我西郊。『履』虎尾，不咥人，亨。『泰』：小往大來，吉亨。『否』之匪人，不利君子貞，大往小來。『同人』于野，亨。利涉大川，利君子貞。『大有』：元亨。『謙』：亨。君子有終。『豫』：利建侯行師。『隨』：元亨利貞，无咎。『蠱』：元亨，利涉大川。先甲三日，後甲三日。『臨』：元亨利貞。至于八月有凶。『觀』：盥而不薦，有孚顒若。『噬嗑』：亨。利用獄。『賁』：亨。小利有攸往。『剥』：不利有攸往。『復』：亨。出入無疾，朋來无咎。反復其道，七日來復，利有攸往。『无妄』：元亨，利貞。其匪正有眚，不利有攸往。『大畜』：利貞。不家食，吉。利涉大川。『頤』：貞吉。觀頤，自求口實。『大過』：棟橈。利有攸往，亨。『習坎』：有孚，維心亨，行有尚。『離』：利貞，亨。畜牝牛，吉。」〇《易》下篇曰：「『咸』：亨，利貞，取女吉。『恒』：亨，无咎，利貞。利有攸往。『遯』：亨，小利貞。『大壯』：利貞。『晉』：康侯用錫馬蕃庶，晝日三接。『明夷』：利艱貞。『家人』：利女貞。『睽』：小事吉。『蹇』：

利西南，不利東北。利見大人，貞吉。『解』：利西南。无所往，其來復，吉。有攸往，夙吉。『損』：有孚，元吉，无咎可貞，利有攸往。曷之用？二簋可用享。『益』：利有攸往，利涉大川。『夬』：揚于王庭，孚號有厲。告自邑，不利即戎。利有攸往。『姤』：女壯，勿用取女。『萃』：亨。王假有廟。利見大人，亨，利貞。用大牲，吉。利有攸往。『升』：元亨。用見大人，勿恤。南征吉。『困』：亨。貞大人吉，无咎。有言不信。『井』：改邑不改井，无喪无得，往來井井。汔至亦未繘井，羸其瓶，凶。『革』：巳日乃孚，元亨利貞，悔亡。『鼎』：元吉，亨。『震』：亨。震來虩虩，笑言啞啞。震驚百里，不喪匕鬯。『艮』其背，不獲其身；行其庭，不見其人，无咎。『漸』：女歸吉，利貞。『歸妹』：征凶，无攸利。『豐』：亨，王假之。勿憂，宜日中。『旅』：小亨。旅，貞吉。『巽』：小亨。利有攸往，利見大人。『兑』：亨，利貞。『涣』：亨。王假有廟，利涉大川，利貞。『節』：亨。苦節不可貞。『中孚』：豚魚吉。利涉大川，利貞。『小過』：亨，利貞。可小事，不可大事。飛鳥遺之音，不宜上，宜下，大吉。『既濟』：亨小，利貞。初吉終亂。『未濟』：亨。小狐汔濟，濡其尾，无攸利。」此皆文王所繫之辭，所謂《彖辭》也。

履祥按：伏羲之畫卦也，蓋有圖而無書，有占而無文也。至文王而後有書有文爾。

《大傳》曰：「《易》有太極，是生兩儀。兩儀生四象，四象生八卦，八卦定吉凶。」又曰：「數往者順，知來者逆。是故《易》逆數也。」此謂先天圖也。「乾」一、「兑」二、「離」三、「震」四、「巽」五、「坎」六、「艮」七、「坤」八。中斷横圖。左右回環，是謂圓圖。八疊横圖，是爲方圖。法象自然之數，人力不可加毫末於此矣。其位：「乾」南，陽也；「坤」北，陰也；「離」東，大明生於東也；「坎」西，月生於西、日入於西也；「震」東北，陰盛於北而一陽生也；「巽」西南，陽盛於南而一陰生也；西北多山陵，「艮」居之；東南多川澤，「兌」居之。此地理自然之形也。自「震」四，一陽之「復」爲冬至，歷「離」三、「兌」二之交爲卯中，則由一陽、二陽、三陽、四陽、五陽至六陽爲「乾」一之「乾」而「姤」生。自「巽」五，一陰之「姤」爲夏至，歷「坎」六、「艮」七之交爲酉中，則由一陰、二陰、三陰、四陰、五陰至六陰爲「坤」八之「坤」而「復」生。此天運循環之序也。方圖：「乾」始於西北，「坤」盡於東南。自西北至東南，則「乾」一、「兌」二、「離」三、「震」四、「巽」五、「坎」六、「艮」七、「坤」八，皆生卦之交也。自西南至東北，則「否」、「泰」、「損」、「咸」、「恒」、「益」、「既濟」、「未濟」，皆三陽三陰之交也。圓者象天，大而天地古今、元會運世，小而歲月日時，皆不離乎是。方者象地，而凡天地人鬼、事物消長、氣數推移，皆不出乎是矣。伏羲之時未有文字，此六十四卦者，即六十四大字也。字書不過象形、會意、指事、轉注，而六十四卦備之。是六十四字者，天地人事、時義物理之常變，悉管乎是矣。而又加縱横、差互、對待，相爲意義，邵子所謂「圖雖無文，吾終日言，未嘗離乎是」。蓋天地萬物之理，盡在其中者是也。至其占辭，傳夏歷商，又有《連山》《歸藏》之屬，而世不傳。學者多謂邵氏《互體》《既濟》《掛一》諸圖，即《連山》之遺法也；後世納甲、歸魂之法，即《歸藏》之遺法也。然其辭不復可考，或有吉凶而無教戒與？文王蒙難羑里，樂天憂世，以己及物，慮天下後世無以處於吉凶、悔吝之塗也，於是乎演而爲《易》。其演《易》也，意若曰伏羲之圖，蓋法象自然一定之體而未盡著其用；伏羲之卦，雖加互成文自然之旨而未各錯諸辭，民用弗彰，大道易隱，於是移先天之體爲後天入用之位，繇六十四卦變易之象而繫吉凶利否之辭焉。其位則探《河圖》生成之位，爲後天入用之位。以先天方圖，「乾」居西北。西北，亥位也。室、壁，天門也。亥者，子之父。子者，亥之子。「乾」居父位，動爲天一以生水，則「坎」子居北。水生木，則天三之「震」居東。木生火，則地二之「離」居南。火生土，「坤」者，土之體也，則間火、金之間而居西南。土生金，則地四「兑」金居西。至於金，又生水焉。土本居中，分王四方，故《河圖》天五地十居中而四隅空，後天則太極虚中而四隅實，蓋土分王四方也。土既分王，則「乾」、「坤」、「艮」、「巽」皆土位也。「乾」者，土之牡，爲父，居西北。「坤」者，土之體也。火、金本相克，土在其間則相生，此「坤」之所以西南也。「艮」山，土之積。「巽」木，土之官也。故居二隅焉。水雖生木，然木之生，必合水、土之氣，故「艮」輔「坎」水以生木。「艮」者，木之根也，又其性止也，止而後能動，《説卦》所謂「終萬物、始萬物」也，故「艮」居東北。「震」者，木之生。「巽」者，木之氣也。木不能以自生火，必有所入而後木氣發而爲火焉，故「巽」居東南。天地之造，莫大於生成。木，生物之氣也。金，成物之氣也。「震」，木也。「巽」，亦木也。「震」居天三之木，發生萬物，「巽」木居東南以承之，則生意益全，而物生皆齊矣。「兑」，金也。「乾」，亦金也。「兑」居地四之金，肅成萬物，「乾」居西北以收之，則成物無遺，而物成反本矣。此後天自然之用也。天地運平，四時胎育，萬物之用盡在其中矣。若夫「乾」、「坤」父母，居不用之位，而六子代用事，則邵子固言之矣。然「乾」、「坤」固天地也，《易》於「乾」、「坤」，譬諸言仁，有專言者焉，有偏言者焉。專言「乾」、「坤」，則包六子而該六十四卦；偏言，則八卦配八方，而「乾」、「坤」、六子，均爲入用之位耳。凡圖意所該，有言蓋淺。至於卦則兩兩䋣對，以見對待、消長、上下、升降之變。其體，則《雜卦》言之，而邵子三十六宫之名所從出也。其序，則本主於䋣對，而《序卦》以次序言之，雖非精義，亦其一意也。而凡《易》圖加疊對並之義，亦發例於此矣。其辭，則或取之二體，或取之二象，或取之二中，或取之主爻，或取之卦變，或取之成卦之義，丁寧告戒，以前民用，聖人之憂患後世，於是爲至。或曰：卦體奇耦，奇七而偶八。《彖辭》者，卦體七八之常也。《象辭》者，每爻九六之變也。文王之辭，《彖》而不《象》，則是揲蓍求卦者，將常得七八而不遇九六乎？或遇九六而無其占，則文王之爲民立占者，蓋未備也。曰：是誠未備也，所以周公繼之，附以《爻辭》，以盡九六之變，而占辭始備爾。然方六十四卦始有《彖辭》，筮者而遇九六，則亦兼占變卦之《彖》而已。且以一卦爲例言之：「乾」之初變則爲「姤」，雖未有「勿用」之辭，而「姤」之「勿用」可占也；「乾」之二變則爲「同人」，雖無「在田」之象，而「同人」、「于野」之意可知也；「乾」

之三變則爲「履」，雖未有「乾乾惕厲」之戒，而「履」之「履虎不咥」可卜也；至於四變而「小畜」，則「不雨」之辭不待「躍淵」而可喻；五變而「大有」，則「元亨」之時不待「飛龍」而可想；六變而「夬」，則物極當決又不待「亢」之爲言而可知矣。雖然，終未盡乎事物之變也，故周公因之，遂著九六之辭焉。凡言九六者，皆謂每爻之變也。然又安知文王之時不已有《象辭》，而周公特修補之耶？故《河》《洛》第九篇曰：「周文增通八八之節，轉序三百八十四爻。」而揚雄亦有「文王附以六爻」之説。《參同契》亦謂「文王帝之宗，結體演《爻辭》」也。道之晦明，蓋關世運。伏羲先天，自孔子《説卦》以後儒者無傳焉，而方外之士傳之，如魏伯陽、關子明，可槩見矣。至于文明之世，則希夷先生陳圖南始出以示人，三傳而至邵子始大發明於當世。然《易》道至此，亦大備矣。邵子象數，程子義理，朱子兼之而主筮占。邵子觀象推數而知法象自然之妙，故曰「畫前元有《易》」。程子玩辭求意，以爲理無形也，《易》假象以顯義爾，故曰：「至微者，理也。至著者，象也。體用一原，顯微無間。」朱子深究二家之説，上泝四聖之心，謂《易》爲卜筮而作，卦本象數而畫，理因卦爻而著，故曰：「理定既實，事來尚虛，用應始有，體該本無。」嗚呼！《易》道是謂大備，是以朱子贊之曰：「邵傳羲畫，程演周經。象陳數列，言盡理得。彌億萬年，永著常式。」又曰：「惟斯未啓，以俟後人。」蓋語占也。今撮其大要著于篇，以俟學者共考焉。

十有三祀。釋西伯。西伯獻洛西之地，請除炮烙之刑。遂賜西伯弓矢鈇鉞，使專征伐。

《大紀》曰：「周之臣子，日夜憂懼，謀救其君父者，無所不至，竭國中珍寶良馬，使閎夭、太顛來獻。諸侯憂懼，入見請昌。蓋是時西有昆夷之患，北有玁狁之難，紂乃召昌，釋之。因獻洛西之地，請除炮烙之刑。紂大喜，許之，賜之弓矢鈇鉞，使專征伐。爲西方諸侯伯。」按：諸家之説不一，亦多淺陋。惟《大紀》所載於事勢爲當，今從之。○《大紀》論曰：「君子、小人之不可相處，如水火也，況文王大聖，受辛下愚乎？惟文王致紂敬信，得專征伐。紂雖名爲天子，其實與天下諸侯及萬民均入化育之中矣。此文王受命之實也。先儒不識天道，乃以改元稱王爲受命，陋之甚也！文王得征伐之柄，九年而薨，故《泰誓》曰：『皇天震怒，命我文考，肅將天威，惟九年，大統未集。』既曰『大統未集』，則安有改元稱王之事？先儒不本經文推原義理，而妄生此論，是以文王爲曹操、司馬懿之流矣。吁！操與懿尚不改元稱帝，而謂文王爲之，甚哉！」○《史記》曰：「紂賜西伯弓矢鈇鉞，使得征伐，爲西伯。而用費中爲政。費中善諛，好利，殷人弗親。紂又用惡來。惡來善毁讒，諸侯以此益疏。西伯歸，修德行善，諸侯多叛紂歸西伯。西伯滋大。」○傳曰：「文王率殷之叛國以事紂。」

十有四祀。虞、芮質成于周。

《詩傳》曰：「虞、芮之君相與爭田，久而不平，乃相與朝周。入其境，則耕者讓畔，行者讓路。入其邑，男女異路，斑白不提挈。入其朝，士讓爲大夫，大夫讓爲卿。二國之君感而相謂曰：『我等小人，不可以履君子之庭。』乃相讓，以其所爭田爲閒田而退。天下聞之而歸者，四十餘國。」蘇氏曰：「虞在陝之平陸，芮在同之馮翊。平陸有間原焉，則虞、芮之所讓也。」

十有五祀。西伯伐犬戎。

《史記》曰：「虞、芮之人俱讓而去。諸侯聞之，曰：『西伯蓋受命之君。』明年，伐犬戎。」

西伯得呂尚。

《孟子》曰：「伯夷避紂，居北海之濱，聞文王作，興曰：『盍歸乎來！吾聞西伯善養老者。』太公避紂，居東海之濱，聞文王作，興曰：『盍歸乎來！吾聞西伯善養老者。』天下有善養老，則仁人以爲己歸矣。五畝之宅，樹牆下以桑，匹婦蠶之，則老者足以衣帛矣。五母雞，二母彘，無失其時，老者足以無失肉矣。百畝之田，匹夫耕之，八口之家足以無飢矣。所謂西伯善養老者，制其田里，教之樹畜，導其妻子，使養其老。五十非帛不煖，七十非肉不飽。不煖不飽，謂之凍餒。文王之民，無凍餒之老者，此之謂也。」○《史記》曰：「太公望呂尚者，其先祖嘗爲四岳，佐禹平水土。虞、夏之際封於呂，姓姜氏。尚，其苗裔也。西伯將出獵，卜之，曰：『所獲非龍非彲，非虎非羆；所獲霸王之輔。』於是周西伯獵，果遇太公於渭之陽，與語，大說，曰：『自吾先君太公曰：「當有聖人適周，周以興。」子真是邪？吾太公望子久矣。』故號之曰『太公望』，載與俱歸，立爲師。」○《說苑》曰：「太公望年七十而相周，九十而封齊。」東方朔又謂：「七十二乃設用於文、武。」蓋歸周二年而爲相也。按：諸書稱太公，說者不一。兵法首載尤淺，而《史記》又謂「文王囚羑里，散宜生、閎夭招呂尚」。今以《孟子》之言與《說苑》之年爲正。

十有六祀。西伯伐密須，遂都於程。

《皇矣》之詩曰：「帝謂文王，無然畔援，無然歆羨，誕先登于岸。密人不恭，敢距大邦，侵阮徂共。王赫斯怒，爰整其旅，以按徂旅。以篤于周祜，以對于天下。」《集傳》曰：「帝謂文王，設爲天命文王之詞，如下所言也。無然，猶言不可如此也。畔援，言舍此而取彼也。歆羨，言肆情以徇物也。岸，道之極至處也。

密，密須氏也，姞姓之國，在今寧州。阮，國名，在今涇州。共，阮國之地名，今涇州之共池是也。人心有所畔援，有所歆羨，則溺於人欲之流而不能以自濟。文王無是二者，故獨能先知先覺，以造道之極至。蓋天實命之，而非人力之所及也。是以密人不恭，敢違其命，而擅興師旅以侵阮，而往至于共，則赫怒整兵，而往遏其衆，以厚周家之福，而答天下之心。蓋亦因可怒而怒之，初未嘗有所畔援歆羨也。此文王征伐之始也。」**依其在京，侵自阮疆。陟我高岡，無矢我陵，我陵我阿；無飲我泉，我泉我池。度其鮮原，居岐之陽，在渭之將。萬邦之方，下民之王。」**《集傳》曰：「京，周京也。言文王安然在周之京，而所整之兵既遏密人，遂從阮疆而出以侵密。所陟之岡，即爲我岡，而人無敢陳兵於陵、飲水於泉以拒我也。於是相其高原而都焉，所謂程邑也。其地於漢爲扶風安陵，今在京兆府咸陽縣。」

履祥按：《逸周書》有「宅程」之事，其《史記解》又有「畢程」之號，《孟子》所謂「畢郢」，「郢」即「程」，古文通，或字誤也。

十有七祀。西伯伐耆。《史記·殷本紀》作「飢」，徐廣曰：「一作『阢』。」《書大傳》曰：「一年斷虞、芮之質，二年伐于，三年伐密須，四年伐犬夷，五年伐耆，六年伐崇。」《史記》則「明年伐犬戎，明年伐密須，明年敗耆國，明年伐邘，明年伐崇」。今從《史記》。但《史記》係祖伊告紂之辭於伐耆之下，則非是。

甲子。十有八祀。西伯伐邘。徐廣曰：「邘城，在野王縣西北。」《大傳》作「于」。

十有九祀。西伯伐崇。作豐邑，徙都之。

《皇矣》之詩曰：「帝謂文王，予懷明德，不大聲以色，不長夏以革；不識不知，順帝之則。帝謂文王，詢爾仇方，同爾兄弟；以爾鉤援，與爾臨衝，以伐崇墉。《集傳》曰：「崇，國名，在今京兆府鄠縣。《史記》：崇侯虎譖西伯於紂，紂囚西伯於羑里。西伯之臣閎夭之徒，求美女、奇物、善馬以獻紂。紂乃赦西伯，賜之弓矢鈇鉞，得專征伐。曰：『譖西伯者，崇侯虎也。』西伯歸三年，伐崇侯虎，而作豐邑。言上帝眷念文王，而言其德之深微，不暴著其形迹，又能不作聰明，以循天理，故又命之以伐崇也。」呂氏曰：「此言文王德不形而功無迹，與天同體而已。雖興兵以伐崇，莫非順帝之則，而非我也。」臨衝閑閑，崇墉言言。執訊連連，攸馘安安。是類是禡，是致是附，四方以無侮。臨衝茀茀，崇墉仡仡。是伐是肆，是絶是忽，四方以無拂。」《集傳》曰：「言文王伐崇之初，緩攻徐戰，告祀群神，以致附來者，而四方無不畏服。及終不服，則縱兵以滅之，而四方無不順從也。夫始攻之緩、戰之徐也，非力不足也，非示之弱也，將以致附而全之。及其終不下而肆之也，則天誅不可以留，而罪人不可以不得故也。此所謂文王之師也。」○《左氏》曰：「文王聞崇德亂而伐之，軍三旬而不降。退脩教而復伐之，因壘而降。」《大紀》曰：「崇侯蔑侮父兄，不敬長老，聽獄不哀，制禄不均，百姓力盡不得衣食，西伯伐之。進軍其城下，崇侯固守，三旬猶不降，西伯勒兵攻滅之。」○《文王有聲》之詩曰：「文王受命，有此武功。既伐于崇，作邑于豐。文王烝哉！《集傳》曰：「作邑，徙都也。豐，即崇國之地，在今鄠縣杜陵西南。」築城伊淢，作豐伊匹。匪棘其欲，遹追來孝。王后烝哉！《集傳》曰：「王后，亦指文王言也。言王營豐邑之城，因舊溝爲限而築之。其作邑居，亦稱其城而不侈大。皆非急成己之所欲也，特追先人之志，而來致其孝耳。」王公伊濯，維豐之垣。四方攸同，王后維翰。王后烝哉！」《集傳》曰：「公，功也。王之功所以著明者，以其能築此豐之垣故爾。四方於是來歸，而以文王爲楨榦也。」

履祥按：《逸周書》稱「周王宅程三年，遭天之大荒」，此文王所以都豐也與？

西伯立靈臺。

《禮》疏曰：「《周本記》云：『文王立靈臺，於時年九十六也。』」○《周易乾鑿度》曰：「昌二十九年伐崇侯，作靈臺。」○《詩·靈臺》之篇曰：「經始靈臺，經之營之。庶民攻之，不日成之。經始勿亟，庶民子來。王在靈囿，麀鹿攸伏。麀鹿濯濯，白鳥翯翯。王在靈沼，於牣魚躍。虡業維樅，賁鼓維鏞。於論鼓鐘，於樂辟廱。於論鼓鐘，於樂辟廱。鼉鼓逢逢，矇瞍奏公。」文王之爲臺，所以候日景，占星象，望雲物，故謂之「靈臺」。《易乾鑿度》推紀之，蓋爲是也。辟廱有二説：一則《莊子》諸書謂文王作《辟廱》之樂；一則諸儒多稱文王立學之名，後遂爲天子之學。據《詩》意，當是樂名。然古人立學多以樂教，豈以其教《辟廱》之樂，故以「辟廱」名所教之學與？學名瞽宗，大司樂掌成均之法，皆此義也。靈臺之時，文王未稱王也，而庶民以王稱之，蓋《文王之什》諸篇皆周公制作時追述發明先王之德，多從追王之辭也。○《雍録》曰：「文王都豐，在鄠縣。豐水出終南山豐谷，自鄠縣東行，至咸陽而向北，以入于渭。豐水之西有豐宮。《長安志》曰：『其宮在今鄠縣。』靈臺、靈沼、靈囿，皆屬其地。唐魏王泰《括地志》曰：『辟雍、靈沼，今悉無復處，惟靈臺孤立，高二丈，周回一百二十步。』」

二十祀。西伯昌薨，子發嗣。是爲武王。

《大紀》曰：「西伯寢疾病，謂世子曰：『見善勿怠，時至勿疑，去非勿處：此三者，道之所以止也。』世子再拜受教。西伯薨，葬于畢。」〇《孟子》曰：「舜生於諸馮，遷于負夏，卒于鳴條，東夷之人也。文王生於岐周，卒於畢郢，西夷之人也。地之相去也千有餘里，世之相後也千有餘歲，得志行乎中國，若合符節，先聖後聖，其揆一也。」〇《中庸》曰：「《詩》云：『維天之命，於穆不已。』蓋曰天之所以爲天也。『於乎不顯，文王之德之純。』蓋曰文王之所以爲文也。『純』亦『不已』。」〇程子曰：「文王之德似堯、舜。」

丁卯。二十有一祀。周西伯發元。

歐陽氏曰：「《書》之《泰誓》稱『十有一年』，説者因以謂自文王受命九年，及武王居喪二年，并數之爾。遂以西伯聽虞、芮之訟，謂之受命，以爲元年。此妄説也。古者人君即位，必稱元年，常事爾，不以爲重也。後世曲學之士説《春秋》，始以改元爲重事。然則果常事與，固不足道也；果重事與，西伯即位已改元矣，中間不宜改元而又改元。至武王即位，宜改元反不改元，乃上冒先君之元年，并其居喪稱十一年。及其滅商而得天下，其事大於聽訟遠矣，又不改元。由是言之，謂西伯以受命之年爲元年者，妄説也。後之學者知西伯生不稱王，而中間不再改元，則《詩》《書》所載文、武之事，粲然明白而不誣矣。或曰：然則武王畢喪伐紂，而《泰誓》曷稱十一年？對曰：畢喪伐紂，出於諸家之小説，而《泰誓》、六經無明文也。昔者孔子當衰周之際，患衆説紛紜以惑亂當世，於是退而修六經，以爲後世法。及孔子既没，去聖稍遠，而衆説復興，與六經相亂。自漢以來，莫能辨正。今有卓然之士，一取信乎六經，則《泰誓》者，武王之事也；十有一年者，武王即位之十有一年爾，夫復何疑哉？司馬遷作《周本紀》，雖曰武王即位九年祭於文王之墓，然後治兵於盟津，至作《伯夷列傳》，則又載父死不葬之説，皆不可爲信。是以吾無取焉，取信于《書》可矣。」《大紀》意同。

二十有七祀。西伯發生元子誦。

《大紀》曰：「周西伯納吕望之女邑姜，姜賢，立未嘗倚，坐未嘗倨，怒未嘗厲，是年生子誦。」自《史記·世家》稱吕望「窮困年老」，世遂有太公八十歸周之説。然觀其以邑姜妻武王，則八十之説殆或不然。

三十有一祀。西伯東觀兵。《史記》曰：「九年，武王上祭于畢。東觀兵于盟津。是時，諸侯皆叛殷歸周，不期而會盟津者八百，皆曰：『紂可伐矣。』武王曰：『天命未也。』乃還師。」《大紀》曰：「先是亳有雀生鸇，史占之曰：『以小生大，威振名昌。』紂愈益輕肆，棄耆舊貴戚大臣商容、微子、微仲、箕子、比干、膠鬲之徒不用，而用蜚廉、惡來。蜚廉者，孟戲、中衍之裔孫，惡來其子也，俱以材力進，善諛好讒。有梅伯者，性忠直，數諫争，紂怒而殺之，葅醢其身。有雷開者，性阿佞，進諛言，紂賜之金玉而封之。嘗以夏田，或諫曰：『非時也。君踐一日之苗，而民失終歲之食，其可乎？』殺之。園囿、汙池、沛澤多，而虎、豹、犀、象生焉。夷羊在牧，蜚鴻滿野。山鳴、河竭。天雨肉、雨石。兩日見。龜生毛，兔有角，女子化爲丈夫。宮中夜聞哭聲而不見其人。黎侯近于王畿，不恭王命，紂方日夜極意聲色，不知治也。西伯發戡黎，殷人大震。」

《西伯戡黎篇》曰：「西伯既戡黎，祖伊恐，奔告于王。蔡氏曰：「《書》中無戡黎之事，史氏特標此篇首，以見祖伊告王之因。祖伊，祖己之後也。自其邑奔走告紂也。」曰：『天子！天既訖我殷命，格人元龜，罔敢知吉。非先王不相我後人，惟王淫戲用自絶。格人，猶言至人，謂諸賢也。故天棄我，不有康食，不虞天性，不迪率典。王既淫戲自絶于天，故天之所以棄我商者，以不安養其民，以不虞度義理，以不循典章也。今我民罔弗欲喪，曰：「天曷不降威，大命不摯？今王其如台？」』大命，謂有天命者。摯，至也。《史記》云：「大命胡不至？」言民苦紂之虐，無不欲殷之亡，曰：天何不降威乎？受大命者，何不至乎？蓋殷民已望周師弔伐之來矣。「今王其如台」，言紂不復可君我也。上章言天棄殷，此章言民棄殷。王曰：『嗚呼！我生不有命在天？』紂爲天、人所棄，聞諫不悔，猶自謂有生之初受命於天，非人所能絶也，《泰誓》所云「謂己有天命」是也。祖伊反，曰：『嗚呼！乃罪多參在上，乃能責命于天？參，列也。祖伊不更進言，歸而私議之，蓋見紂不復可諫矣。殷之即喪，指乃功，不無戮于爾邦？』」蔡氏曰：「功，事也。言殷即喪亡矣，指汝所爲之事，其能免戮於商邦乎？愚讀是篇而知周德之至也。祖伊以西伯戡黎不利於殷，故奔告于紂，意必及西伯戡黎不利於殷之語，而入以告后，出以語人，未嘗有一毫及周者，是知周家初無利天下之心。其戡黎也，義之所當伐也。使紂遷善改過，則周終守臣節矣。祖伊，殷之賢臣也，知周之興，必不利於殷；又知殷之亡，初無與於周。故因戡黎以告紂，反復乎天命民情之可畏，而略無及周者，文、武公天下之心於是可見。」〇子王子曰：「祖己之後，又有祖伊，所謂故家遺族猶有存者，此先王涵養之澤也。湯征葛，西伯戡黎，皆剥床及膚之勢，不待智者而後知。當時周家王業已成，商紂徒以一日名位之尚留，忠臣義士猶冀其一念之或悛，戒警恐懼，未嘗敢廢，此秉彝之至情也。事迫言峻，幸值其未怒，惟以利口禦之而未至於殺。若比干之諫，或值其怒與？或其言有甚於此與？天命之絶未絶，正繫于比干之殺未殺也。若祖伊者，凜乎其幸免也。」

履祥按：商自武乙以來，復都河北，在今衛州之朝歌。而黎，今潞州之黎城。自潞至衛，計今地里三百餘里耳，則黎者蓋商畿内諸侯之國也。西伯戡黎，武王也。自史遷以文王伐耆爲戡黎，繼〔八〕之以祖伊之告，於是傳注皆以爲文王，失之矣。孔子稱「三分天下有其二，以服事殷，是爲至德」，而傳稱「文王率殷之叛國以事紂」，則戡黎之役，文王豈遽稱兵天子之畿乎？然則文王固嘗伐邘、伐崇、伐密須矣，而奚獨難於伐黎？蓋諸侯賜弓矢然後征，賜斧鉞然後殺。自文王獻洛西之地，紂賜弓矢斧鉞使專征伐，則西諸侯之失道者，文王得專討之。若崇，若密須，率西諸侯也。自關、河以東諸侯，非文王之所得討，況畿内之諸侯乎？三分天下有其二，特江、漢以南，風化所感，皆歸之爾，文王固未嘗有南國之師也，而豈有畿甸之師乎？前儒謂孔子稱文王爲至德，獨以其不伐紂耳。至如戡黎之事，亦已爲之，誠如是也，則觀兵王疆，文王已有無商之心矣，特畏後世之議而於紂未敢加兵，是後世曹孟德之術也，烏在其爲至德？昔者紂殺九侯而醢鄂侯，文王聞之，竊嘆，遂執而囚之，而況於稱兵王畿之内？祖伊之告，如是其急也，以紂之悍而於此反遲遲十有餘年，不一忌周乎？故胡五峯、吕成公、陳少南、薛季龍諸儒皆以爲武王，然則戡黎，蓋武王也。昔者商紂爲黎之蒐，則黎，紂濟惡之國也。武王觀政于商，則戡黎之師，或者所以警紂耳，而終莫之悛，所以有孟津之師與？觀祖伊之言曰「天既訖我殷命」、「殷之即喪」，則是時殷已阽危，亡無日矣，故吴氏遂以爲戡黎之師在伐紂之時，蓋以其辭氣觀之，居可知也，其非文王也明矣。然則文王，西伯也。武王而謂之西伯，何也？《戡黎》列於《商書》，以商視周，蓋西伯耳。殷之制，分天下以爲左、右，曰二伯。子夏謂「殷王帝乙時，王季九命作伯，受圭瓚秬鬯之賜」，果爾，則周之爲西伯舊矣，非特文王爲西伯也。文王因之，受專征之命耳。武王之未伐商也，襲爵猶故也。故傳記武王伐紂之事，曰：

「西伯軍至洧水，紂使膠鬲候周師而問曰：『西伯將焉之？』曰：『將伐紂。』」然則武王之爲西伯，見於史傳者，有自來矣。

戊寅。三十有二祀。微子去之，箕子爲之奴，比干諫而死。

《書·微子篇》曰：「微子若曰：『父師、少師，微子，紂庶兄。父師，箕子，紂諸父，一曰親戚也。少師，比干也。微子名啓，箕子名胥餘。微、箕，采邑之名。此微子憂悶，謀於二子。若曰者，史述其意而追記其辭也。殷其弗或亂正四方。我祖底遂陳于上，我用沈酗于酒，用亂敗厥德于下。或者，忽爾之辭。弗或者，不復可望其忽爾也。底，致。遂，成。陳，列。沈，溺也。使酒行凶曰酗。謂先王成功陳列於上，而紂乃以沈酗之故，亂敗厥德于下。不言「紂」而言「我」者，臣以君爲體，猶《春秋》書魯「我」也。紂之不善衆矣，而指其本，則沈酗爲之而敗亂不可救。殷罔不小大，好草竊姦宄。卿士師師非度。凡有辜罪，乃罔恒獲。小民方興，相爲敵讎。今殷其淪喪，若涉大水，其無津涯。殷遂喪，越至于今。』此言殷之亂也。自紂以沈酗敗德，而其臣民相習爲亂如此。凡有辜罪，乃罔恒獲，以紂自爲逋逃主也。淪喪之形，不復可濟。幾年有殷，遂乃一旦喪亡於今日。憂驚傷感之意也。曰：『父師、少師，我其發出狂，吾家耄遜于荒。今爾無指告予顛隮，若之何其？』其，音箕。曰者，微子更端慮謀之辭也。我，指紂。吾，予，自指也。言紂爲狂悖，不可諫誨，吾處家如迷耄之人，無能致力，不忍坐視，將逃遯于荒野。然而二子無指告救亂之策，一旦國家顛隮，又將若之何？此微子欲處不可救，欲逃恐遂亡，屈子所謂「心煩意亂，不知所從」之辭也。其意深可悲矣。狂，《史記》作「往」，所以誤有歸周之說。**父師若曰：『王子，天毒降災荒殷邦，方興沈酗于酒。乃罔畏畏，咈其耉長、舊有位人。**此箕子答辭也。自紂爲不道，災譴頻仍，天毒降災荒于殷邦，而紂復不知驚懼，乃沈酗愈甚，不知畏所當畏，且咈逆耉長、舊人之言。此答微子「沈酗」、「敗德」之語。**今殷民乃攘竊神祇之犧牷牲，用以容，將食無災。**祭天地曰犧，祭宗廟曰牷。一說色純曰犧，體備曰牷。牛羊豕曰牲。天地、宗廟之牲，民得而竊之，有司相隱，將而食之無罪焉，紀綱可知矣。此答「小大草竊」等語。**降監殷民，用乂讎斂，召敵讎不怠，罪合于一，多瘠罔詔。**蔡氏曰：「讎斂，若仇敵掊斂之也。不怠，力行而不息也。詔，告也。下視殷民，凡上所用以治之者，無非讎斂之事。夫上以讎而斂下，則下必以敵而讎上，下之敵讎實上之讎斂以召之，而紂方且召敵讎不怠，君臣上下同惡相濟，合而爲一，故民多飢殍而無所告也。此答微子『小民方興，相爲敵讎』之語。」**商今其有災，我興受其敗。商其淪喪，我罔爲臣僕。**此箕子自處之辭也。二「其」字，疑辭也。謂商今日其止於災變耶？我當起之而任其責，蓋欲諫、欲有爲也。商今日其遂至於淪喪耶？我無適異國爲臣之理。是箕子、比干皆欲死諫，與國存亡，無可去之義。**詔王子出迪，我舊云刻子，王子弗出，我乃顛隮。**此爲微子謀，所以答「遜于荒野」之問也。刻，害也。箕子舊以微子長且賢，勸帝乙立之，帝乙不從，卒立紂，故紂每有忌微子之心。是以箕子告微子當以出行爲道，我舊所云，反足以害子。若王子弗出，則紂忌微子長且賢，微子已不可諫，又疑箕子之黨微子，箕子雖諫，亦必見疑，勢必俱傷兩敗，國家隨以亡矣。其實紂決不可諫，箕子、比干忠誠惻怛，猶疑其諫之不入者，必犯其所疑也，去所疑，或可以諫而免顛隮之禍矣。此答「顛隮」之問也。**自靖。人自獻于先王，我不顧行遯。』**自靖，謂各行其地之所當，而即其心之所安也。孔子所謂「三仁」者是也。人各行其義理所安，有以自通於先王，而無媿於神明足矣。王子有可去之義，蓋不可使紂有殺兄之惡，而元子在外，萬一有維保宗社之計，若我則無復可去之義，故曰「我不顧行遯」，是將以死諫也。詳此辭意，則箕子、比干同以死諫。比干見殺，箕子偶不殺而囚耳。説者遂謂箕子有言而比干獨無言者，去就之義難明，而死節之意易見也。殊不知箕子豈有去意？而比干之無答者，亦以箕子意同，不復有異辭爾。〇《論語》曰：「微子去之，箕子爲之奴，比干諫而死。孔子曰：『殷有三仁焉。』」《集注》曰：「微子見紂無道，去之以存宗祀。箕子、比干皆諫，紂殺比干，囚箕子以爲奴，箕子因佯狂而受辱。三人之行不同，而同出於至誠惻怛之意，故不咈乎愛之理，而有以全其心之德也。揚氏曰：『此三人者，各得其本心，故同謂之仁。』」〇《史記》曰：「微子數諫，紂不聽，度紂終不可諫，欲死之，及去，未能自決，乃問於太師、少師，遂亡。箕子者，紂親戚也。紂爲淫泆，箕子諫，不聽。人或曰：『可以去矣。』箕子曰：『爲人臣諫不聽而去，是彰君之惡而自説於民，吾不忍爲也。』乃被髮佯狂而爲奴，遂隱而鼓琴以自悲，故傳之曰《箕子操》。王子比干者，亦紂之親戚也。曰：『君有過而不以死争，則百姓何辜！』乃直言諫紂。紂怒曰：『吾聞聖人之心有七竅，信有諸乎？』乃遂殺比干，刳視其心。」〇《大紀》曰：「比干極諫，陳先王艱難，天命不易，國家將亡之明徵，請王洗心易行。伏于象魏之門。紂大怒曰：『比干自以爲聖人。吾聞聖人之心有七竅。』遂剖而視之。」〇《史記》又曰：「微子去。比干强諫，紂怒，剖比干，觀其心。箕子懼，乃詳狂爲奴。」〇又曰：「武王東觀兵于盟津，諸侯不期而會者八百。皆曰：『紂可伐矣。』武王曰：『女未知天命，未可也。』乃還師歸。居二年，聞紂昏亂暴虐滋甚，殺王子比干，囚箕子。於是徧告諸侯曰：『殷有重罪，不可不畢伐。』遂東伐紂。」《晉書》傳翼曰：「紂之無道，天下離心，八百諸侯不謀而至，武王猶曰殷有人焉，迴師止旆。三仁誅放，然後奮戈牧野。」〇愚按：微子、箕子、比干諸賢尚在，猶足維繫人心。迨微子奔、比干殺、箕子囚，民望既絶，無復可冀矣，故伐之。

履祥讀《西伯戡黎》《微子》之書，而知商之所以亡、周之所以王也。夫祖伊之辭在於警紂，而初不及於咎周，微子、箕子諸公在於嘆紂之必亡，而未嘗忌周之必興。蓋祖伊、箕子、王子比干與武王、周公皆大聖賢，其於商、周之際皆可謂仁之至、義之盡，其有以知紂之必亡，商之信不可以不伐，審矣！諸子豈捨理而論勢，武王豈以一毫私意利欲行乎其間哉？然觀微子之所自處與箕子之所以處微子者，不過遯出而已，而孔氏遂有「知紂必亡而奔周」之説，何微子叛棄君親而求爲後之速也？此必不然矣。而傳又有武王克商，微子「面縛銜璧，衰絰輿櫬」之説，是尤傳之訛也。夫武王伐紂，非討微子也，使微子而未遯，則面縛銜璧，亦非其事也。且如孔氏之説，則微子久已奔周矣。如《左氏》之説，則微子面縛請降矣。武王豈不聞微子之賢？縱其時，周家三分天下有其二，業已伐商，無復拘廢昏立明之節，然賓王家、備三恪，何不即以處微子，而顧首以處武庚也？武王不亦失人，而微子不亦見却可羞之甚乎？故子王子謂面縛銜璧，必武庚也，後世失其傳也。武王爲生民請命，其於紂，放廢之而已矣，必不果加兵其頸也。既而入商，則紂已自焚矣。武庚爲紂嫡冢，父死子繼，則國家乃其責，故面縛銜璧、衰絰輿櫬，造軍門以聽罪焉。武王悼紂之自焚，故憐武庚之自罪，是以釋其縛、焚其櫬，使奉有殷之祀，亦不絶紂也。若微子則遯于荒野，一時武王釋箕子之囚，封比干之墓，百爾恩禮，舉行悉徧，而未及微子，以微子遯野，未之獲也。迨武庚再叛，卒於就戮，始求微子以代殷後，而微子於此，義始不可辭爾。前日奔周之説，毋乃躁謬已乎？至於箕子、比干，俱以死諫，偶比干逢紂之怒而殺之，箕子偶不見殺而囚之爲奴耳。因而爲奴，如漢法「髡鉗爲城旦、舂，論爲鬼薪」是也。而説者又謂箕子之不死，以道未及傳也。夫道在可死，而曰吾將生以傳道，則異日揚雄之《美新》、擬《易》，可以自附於箕子之列矣。且箕子豈知它日之必訪己，而顧不死以待之哉？此皆二千餘載間誣罔聖賢之論，故予不可以不辯。

商亡。

《古史》論曰：「商之有天下者三十世，而周之世三十有七。商之既衰而復興者五王，而周之既衰而復興者宣王一人而已。蓋商之多賢君，宜若其世之過於周。周之賢君不如商之多，而其久於商者乃數百載。其故何也？周公之治天下，務以文章繁縟之禮，和柔循擾剛强之民。故其道本於尊尊而親親，貴老而慈幼；使民之父子相愛，兄弟相悦，以無犯上難制之氣。行其至柔之道，以揉天下之戾心，而去其剛毅果敢之志，故其享天下至久。而諸侯内侵，京師不振，卒於廢爲至弱之國。何者？優柔和易，可以爲久，而不可以爲强也。若夫商人之所以爲天下者，不可復見矣。嘗試求之《詩》《書》：《詩》之寬緩而和柔，《書》之委曲而繁重者，皆周也；而商人之《詩》駿發而嚴厲，其《書》簡潔而明肅。以爲商人之風俗，蓋在乎此矣。夫惟天下有剛强不屈之俗也，故其後世有以自振於衰微；然至其敗也，一散而不可復止。蓋物之强者易以折，而柔忍者可以久存。柔忍者可以久存，而常困於不勝；强者易以折，而其末也，可以有所立：此商之所以不長，而周之所以不振也。嗚呼！聖人之爲天下，亦有所就而已，不能使之無弊也。使之能久而不能彊，能以自振而不能及遠，此二者又存乎後世之賢與不賢矣。」

【校記】

〔一〕「其有」，原作「有其」，今據宋犖本乙。

〔二〕「先」，原作「前」，今據率祖堂本、《四庫》本改。

〔三〕「今」，原作「令」，今據宋犖本改。

〔四〕「主」，原作「王」，今據宋犖本改。

〔五〕「得」，原作「德」，今據宋犖本、率祖堂本、《四庫》本改。

〔六〕「得」，原作「德」，今據宋犖本、率祖堂本、《四庫》本改。

〔七〕「何如」，原作「如何」，今據率祖堂本、《四庫》本乙。

〔八〕「繼」，原作「受」，今據慎獨齋配補歸仁齋本、宋犖本改。

通鑑前編卷之六

金履祥　編

己卯。周武王十有三年。一月癸巳。于征伐商，告于皇天后土、所過名山大川。序稱十一年，《書》稱十三年，程子謂必有一誤。而伏生《大傳》《史記》《太初曆》、邵子《皇極經世》皆係之十一年。《大衍曆》謂伐商之歲在武王十年，則「一」與「三」字皆誤。朱子謂《泰誓》稱：「十有三年，大會于孟津。」《洪範》又云：「惟十有三祀，王訪于箕子。」蓋釋其囚而訪之，不應十一年克商，居二年始訪之也，則十三年爲是。廣漢張氏從之。而《經世紀年》乃未及改，每以爲憾。今從朱子，係之十三年云。朱子又曰：「一月，以孔注推，當是辛卯朔。二日壬辰，三日癸巳。」

《武成篇》曰：「惟一月壬辰旁死魄，越翼日癸巳，王朝步自周，于征伐商。告于皇天后土、所過名山大川，曰：『惟有道曾孫周王發，將有大正于商。今商王受無道，暴殄天物，害虐烝民，爲天下逋逃主，萃淵藪。予小子既獲仁人，敢祗承上帝，以遏亂略，華夏蠻貊，罔不率俾。惟爾有神，尚克相予，以濟兆民，無作神羞。』」○《逸周書》曰：「周公正三統之義，作《周月》。維一月既南至，昏，昴、畢見，日短極，基踐長，微陽動于黄泉，陰降慘于萬物。是月斗柄建子，始昏北指，陽氣虧，草木不萌蕩。日月俱起于牽牛之初，右回而行。月周天起一次，而與日合宿。日行月一次而周天，歷舍于十有二辰，終則復始，是謂日月權輿。周正歲道，數起于時一而成于十，次一爲首，其義則然。凡四時成歲，有春、夏、秋、冬，各有孟、仲、季，以十有二月中氣以著時應。春三月中氣：雨水、春分、穀雨。夏三月中氣：小滿、夏至、大暑。秋三月中氣：處暑、秋分、霜降。冬三月中氣：小雪、冬至、大寒。閏無中氣，斗指兩辰之間。萬物春生、夏長、秋收、冬藏，天地之正，四時之極，不易之道。夏數得天，百王所同。其在商湯，用師于夏，除民之災，順天革命，改正朔，變服殊號，一文一質，示不相沿。以建丑爲正，易民之眂。若天時大變，亦一代之事。亦越我周王致伐于商，改正異械，以垂三統。至於敬授民時，巡狩烝享，猶自夏焉。是謂《周月》，以紀于政也。」朱子曰：「《周月解》雖出近世僞作，然其所論亦會集經傳之文，無悖理者。今存之。」

大會于孟津。

《泰誓》上篇曰：「惟十有三年春，大會于孟津。王曰：『嗟！我友邦冢君越我御事庶士，明聽誓。王曰者，多謂史官追稱。武王正名討伐，則稱王舉兵亦爲合義，不必拘追稱之説也。詳見《湯誓》。惟天地，萬物父母；惟人，萬物之靈。亶聰明，作元后，元后作民父母。此章明爲君之道。今商王受，弗敬上天，降災下民。沈湎冒色，敢行暴虐；罪人以族，官人以世；惟宫室、臺榭、陂池、侈服，以殘害于爾萬姓，焚炙忠良，刳剔孕婦。《外紀》云：「紂剖比干妻，以視其胎。」未知何據。此章明紂失爲君之道。皇天震怒，命我文考，肅將天威，大勳未集。肆予小子發，以爾友邦冢君，觀政于商。以爾，猶云與爾也。此章明紂爲天所怒，首命文王伐之。文王未忍卒伐，至武王又未忍遽伐。惟受罔有悛心，乃夷居。弗事上帝神祇，遺厥先宗廟弗祀，犧牲粢盛，既于凶盜。乃曰：「吾有民有命！」罔懲其侮。此章明周未忍遽伐以觀其悔，而紂愈恣慢，卒不改也。或問紂若能遷善改過，則武王何以處之？朱子曰：「武王自别從那一邊做事。横渠云：『商之中世已棄西方之地不顧，所以戎狄復進，太王遷岐。』然岐下亦本荒涼之地，太王自立家基如此爾。」天佑下民，作之君，作之師，惟其克相上帝，寵綏四方。有罪無罪，予曷敢有越厥志？此章承上言紂失爲君之道，故天命我以君、師之責，則夫當伐與否，不敢違天以用其心，所以卒伐也。「同力度德，同德度義」。受有臣億萬，惟億萬心。予有臣三千，惟一心。商罪貫盈，天命誅之。予弗順天，厥罪惟鈞。「同力度德」二句，蓋古者軍志之詞，武王引之。謂受黨雖多，其實離心，伐之固不必忌其衆，況其罪既衆，天命我誅之乎？若不卒伐，則我有違天之罪矣。此又承上文「有罪無罪，敢越厥志」之意。予小子夙夜祗懼，受命文考，類于上帝，宜于冢土，以爾有衆，底天之罰。上文言弗承天誅紂則罪惟鈞，此所以夙夜敬懼而昭告神祇，率衆致討也。冢土，社也。古公遷岐，乃立冢土。意古者社主，崇土爲之，若木則因其所自生，後世以石爲之，則又非古義矣。《王制》曰：「天子將出，類于上帝。」又天子祭天地，諸侯不得與也。此云「類于上帝」，則是出師之時，即以天子之禮行矣。而儒者猶謂稱王爲追書，是嫌聖人之事而文之也。天矜于民，民之所欲，天必從之。爾尚弼予一人，永清四海。時哉！弗可失。』」此誓師之語，以終承天爲君之責。

戊午。次于河朔，群后以師畢會。王乃徇師而誓。

《泰誓》中篇曰：「惟戊午，王次于河朔，群后以師畢會。王乃徇師而誓。次，止。徇，循而定之也。戊午是一月二十八日。曰：『嗚呼！西土有衆，咸聽朕言。蔡氏曰：「周都豐、鎬，其地在西，從武王渡河者皆西方諸侯，故曰西土有衆。」我聞：「吉人爲善，惟日不足。凶人爲不善，亦惟日不足。」惟日不足者，常若不足也。吉人爲善而自足，則善心怠而入於惡矣。惡人爲不善而亦自足，則惡心消而可以爲善矣。惟其惟日不足，所以善、惡終不可移也。蓋古語，武王引之以言商紂「力行無度」之意。今商王受，力行無度，播棄犂老，犂，當作「黧」。昵比罪人，淫酗肆虐。臣下化之，朋家作仇，脅權相滅。無辜籲天，穢德彰聞。無度，猶云不法也。力行無度，此所謂爲不善而日不足也。其下所叙，皆「力行無度」之事。而被其虐者，皆籲告於天。吕氏曰：「爲善至極，則至治馨香；爲惡至極，則穢德彰聞。」惟天惠民，惟辟奉天。有夏桀弗克若天，流毒下國。天乃佑命成湯，降黜夏命。因民籲天，遂述天惠民、君奉天之理。惠，愛也。夏桀弗克若天，是不能順天惠民之意，遂流毒下國，故湯放桀，言此以證之。惟受罪浮于桀，剥喪元良，賊虐諫輔。謂己有天命，謂敬不足行，謂祭無益，謂暴無傷。厥監惟不遠，在彼夏王。浮，過也。喪，去也。古者去國爲喪。元良，微子也。謂剥之使去其國也。諫輔，比干也。此重述受之惡，益以見「惟日不足」之意。然前述其證驗，此指其病源。四「謂」字其病源，所謂自暴者也。罪既浮于桀，則桀之取亡，是其鑒矣。**天其以予乂民，朕夢協朕卜，襲于休祥，戎商必克。受有億兆夷人，離心離德。予有亂臣十人，同心同德。雖有周親，不如仁人。**襲，會也，言休祥之多也。治亂曰亂。一云「亂」本作「乿」，古「治」字也。十人，周公旦、召公奭、太公望、畢公、榮公、大顛、閎夭、散宜生、南宮适，孔子曰：「有婦人焉，九人而已。」謂邑姜治内也。周，至也。二句計亦古語。夢卜休祥，占天意有必克之理。十臣同德，占人事有必勝之理。夫以紂罪之多，武王伐之，理所必勝，而武王反覆計較彼己多寡以誓其師，何也？紂衆如林，是亦勍敵，師徒不無懼衆之心，故武王反覆曉之。**天視自我民視，天聽自我民聽。百姓有過，在予一人。今朕必往。**過，責也，《漢書》所謂「責過」是也。蔡氏曰：「武王言天之視、聽皆自乎民，今民皆有責于我，謂我不正商罪。以民心察天意，則我之伐商斷在必往。」**我武惟揚，侵于之疆，取彼凶殘。我伐用張，于湯有光。**揚，舉。侵，入也。謂已渡河入於紂之疆也。賊義者謂之殘。凶殘，指紂及其黨也。於湯有光，謂弔民伐罪，止商之亂，亦湯之心，乃所以爲湯之光也。武王伐其子孫，而謂於湯有光，前後聖人公天下爲心，於此可見。**勗哉夫子！罔或無畏，寧執非敵。百姓懍懍，若崩厥角。嗚呼！乃一德一心，立定厥功，惟克永世。』」**夫子，指將士也。前言必克之理，又恐將士以忽心視之，故曰「罔或無畏」。寧執非敵，謂寧持我非彼敵之心，所謂「先爲不可勝，以待敵之可勝」也。「百姓懍懍，若崩厥角」，謂百姓皆已迎王師也。《孟子》引此，謂：「王曰：『無畏，寧爾也，非敵百姓也。』若崩厥角稽首。」百姓既已如此，即當一德一心，立定成功，以保斯世於悠久也。

己未。王巡六師，明誓衆士。

《泰誓》下篇曰：「時厥明，王乃大巡六師，明誓衆士。六師，武王之兵也。此武王自誓其衆士也。

王曰：『嗚呼！我西土君子，天有顯道，厥類惟彰。上天有至明之理，其類應之分甚明。蓋善惡率以類從，好善則所爲皆善之一類，好惡則所爲皆惡之一類。君子、小人各以其類相從違，而禍福亦各以類應之。故下文明紂之不善，即天下之惡皆一切爲之，遂爲天、人所棄。今商王受，狎侮五常，荒怠弗敬，自絶于天，結怨于民。紂於君臣、父子、夫婦、長幼、朋友典常所在皆玩狎而暴蔑之，所以凡事皆荒廢怠惰而不敬，故其所爲皆惡之一類，所以自絶於天、結怨於民也。下文詳之。斮朝涉之脛，剖賢人之心，作威殺戮，毒痡四海。崇信姦回，放黜師保，屏棄典刑，囚奴正士。郊社不修，宗廟不享。作奇技淫巧，以悦婦人。此皆「狎侮五常」之實。上帝弗順，祝降時喪。爾其孜孜，奉予一人，恭行天罰。祝，斷也。已上皆叙其「自絶于天」之事。古人有言曰：「撫我則后，虐我則讎。」獨夫受，洪惟作威，乃汝世讎。樹德務滋，除惡務本。肆予小子誕以爾衆士，殄殲乃讎。此章承上「結怨于民」之語。滋者，長養滋助之意。務滋，則德不孤。務本，則刑不濫。二句亦古語。爾衆士其尚迪果毅，以登乃辟。功多有厚賞，不迪有顯戮。迪，蹈也。殺敵爲果，果敢爲毅。登，成也。乃辟，自謂也。紂之惡固毒痡四海，然自其忌惡文王，則所以施於周人者獨虐。此篇專誓周師，故曰「殄殲乃讎」，其怨深；曰「登乃辟」，其分尊；曰「有顯戮」，其辭嚴，與上、中二誓不同。嗚呼！惟我文考，若日月之照臨，光于四方，顯于西土。惟我有周，誕受多方。上文已述紂惡類之彰，此又以文王爲善一類，其彰著應效如此以形之。予克受，非予武，惟朕文考無罪。受克予，非朕文考有罪，惟予小子無良。』」一篇之内舉受與文王善惡之類相形如此，則周之必勝，紂之必亡，亦必以類應矣。然聖人之心不恃其必然之勢，而常有臨事而懼之意，故不獨上文誓師明立賞戮，此亦自責，惟恐無良致敗，以墮文考之遺德也。

履祥按：漢初伏生之《書》無《泰誓》，惟孔壁古文有之。然孔傳終漢世未列學官。

其時有張霸僞《書·泰誓》三篇行於世，其書有「白魚入舟」、「火流王屋」之事，仲舒、史遷嘗所信用。至東漢王、馬諸儒，始覺其非。東晉初，《古文尚書》出，而僞《書》始廢。近世吴氏復疑《泰誓》三篇辭迫而傲，不及《湯誓》，其書晚出，或非盡當時之本文。愚按：湯、武之事，均爲應天順人，而事勢不同。湯當創業之初，武承已盛之業。湯舉事於天下望商之際，而武王舉事於諸侯從周之餘。鳴條之戰，惟亳邑之衆；而孟津之會，合諸侯之師。事勢不同，繁簡宜異。至若紂浮于桀，周文於商，其爲古今之變，固不待論。然《泰誓》三篇，雖或出於當時之潤色，要皆武王之意。今觀其書，上篇誓諸侯以下，中篇誓諸侯之師，下篇則誓周邦之衆士也。上篇發明以君道爲主，首尾一意；中篇首尾不同，大意以天命爲主；下篇以善惡之類爲主，又開説天人之應。其書明整，決非後世所能附會。武王之心光明正大，豈必復效後世回互之語哉？讀者知此，當有見矣。

二月癸亥，陳于商郊。甲子，紂帥其旅會于牧野。朱子曰：「若前月小盡，即庚申朔。大盡，即辛酉朔。庚申朔即癸亥是四日，辛酉朔即三日。甲子，或五日、或四日。《漢志》云：『既死霸，越五日甲子。』即是六日、或七日。日辰不相應。」

《牧誓》曰：「時甲子昧爽，王朝至于商郊牧野，乃誓。王左杖黄鉞，右秉白旄以麾。曰：

『逖矣！西土之人。』牧，地名，在朝歌南，即今衛州治之南也。王曰：『嗟！我友邦冢君、御事、司徒、司馬、司空、亞、旅、師氏、千夫長、百夫長，及庸、蜀、羌、髳、微、盧、彭、濮人，稱爾戈，比爾干，立爾矛，予其誓。』此臨戰之誓也。先友邦諸侯，次御事。司徒、司馬、司空，此周之三卿，時未備六卿也。司徒主民，掌率徒庶以從征役。司馬主兵，治軍旅之誓戒。司空主土，治壘壁以營軍。亞，次。旅，衆也。亞者，卿之貳，大夫是也。旅，卿之屬，士是也。師氏，以兵守王門，王舉則從者也。千夫長，統千人之帥也。百夫長，一卒之正也。庸、濮，在江漢之南，《左傳》所謂庸與百濮伐楚者是也。羌，西羌。蜀、髳、微，皆巴蜀之國。盧，亦江漢之間，《左傳》所謂「盧戎」。彭，今彭州。或云庸乃今上庸，未詳孰是。蔡氏曰：「八國近周西都，素所服役，乃受約束以戰者。蓋上文所言『友邦冢君』，則泛指諸侯而誓者也。戈，戟。干，楯。矛，長戟也。干楯，所以扞敵，言『比』則並列而密布也。」王曰：『古人有言曰：「牝雞無晨。牝雞之晨，惟家之索。」索，蕭索也。此古語，引之以言紂嬖妲己，以致亂亡之因。今商王受，惟婦言是用，昏棄厥肆祀弗答，昏棄厥遺王父母弟不迪，乃惟四方之多罪逋逃是崇是長，是信是使，是以爲大夫卿士，俾暴虐于百姓，以姦宄于商邑。婦，妲己也。肆祀，大祀也。答，報也。《史記》作「昏棄其家國，遺其王父母弟」，語意尤備。遺王父母弟，言王父母所遺諸孫，蓋從弟也。不迪，以不道遇之也。《列女傳》曰：「紂好酒淫樂，不離妲己，妲己所譽者貴之，所憎者誅之。」今予發，惟恭行天之罰。今日之事，不愆于六步、七步乃止齊焉，夫子勗哉！不愆于四伐、五伐、六伐、七伐乃止齊焉，勗哉夫子！惟恭行天罰，固不在於邀功，亦不在於多殺。愆，過也。「不愆六步、七步而止齊焉」，戒其輕進也。伐，擊刺也。不過四伐、五伐、六伐、七伐而止齊焉，戒其多殺也。「夫子勉哉」，反覆言之，致丁寧之意。尚桓桓，如虎如貔，如熊如羆，于商郊。弗迓克奔，以役西土。勗哉夫子！桓桓，威武貌。欲其如四獸之猛，以戰于商郊也。克奔，能來降者，勿迎擊之，以勞役西土之士也。戒殺降也。爾所弗勖，其于爾躬有戮。』」總兹三「勖哉」，以弗勖于斯三者，則爾躬有戮，以誓戒之也。蔡氏曰：「此篇嚴肅而温厚，與《湯誓》《誥》相表裏，真聖人之言也。《泰誓》《武成》，一篇之中似非盡出一人之口，豈獨此篇爲全書乎？」

履祥按：《泰誓》上篇誓諸侯而下，中篇誓諸侯之師，下篇自誓周邦之衆士，貴賤等威之辨也。牧野之誓，將戰之時也，故自諸侯、三卿、大夫、師卒之長、夷狄之酋豪而咸誓戒之。然而尊卑内外之序，則亦截然其不可亂，此之謂禮義之師也。荀卿氏謂「桓、文之節制，不足以敵湯、武之仁義」，然而湯、武之仁義則有以該桓、文之節制，吾於牧野之事見之矣。又上篇誓諸侯，中篇誓諸侯之師，故其誓止於「永清四海，時不可失」、「立定其功，以克永世」而已。下篇自誓其衆士，故「登乃辟」、「殄乃讎」則爲周人言之，「不迪有顯戮」，皆自勑其士臣之辭也，非所以施於不期而會之諸侯也。至於牧野，則商郊也，歸市者、耕耘者、玄黄者、簞食壺漿者必將與聞之，故言紂之惡而止言其積於家與施之商邑者。第將戰之時，一人不謹，易以敗事，故上下均於誓。而「爾所不勉，其于爾躬有戮」，則臨戰之法，不可以貴賤異罰也。

紂前徒倒戈，攻于後以北。紂反登鹿臺自燔死。王入商，乃反商政。

《武成》曰：「既戊午，師逾孟津。癸亥，陳于商郊，俟天休命。甲子昧爽，受率其旅若林，會于牧野，罔有敵于我師，前徒倒戈，攻于後以北，血流漂杵。漂杵之說，孟子不信。按：《史》本作「鹵」，說者謂楯，其意謂軍中有楯耳，無杵也。要之，鹵是地發濕，當是血流而地鹵濕耳。作「杵」聲誤，解作楯者尤非也。一戎衣，天下大定，乃反商政，政由舊。釋箕子囚，封比干墓，式商容閭，散鹿臺之財，發鉅橋之粟，大賚于四海，而萬姓悅服。」〇《史記》曰：「紂聞武王來，亦發兵七十萬人距武王。武王使師尚父與百夫致師，以大卒馳紂師。紂師雖衆，皆無戰之心，欲武王亟入。紂師皆倒兵以戰，以開武王。武王馳之，紂兵皆崩畔紂。紂走，反入登于鹿臺之上，蒙衣其珠玉，自燔于火而死。《逸周書》曰：「王紂衣天智玉琰五[一]，璲身厚以自焚。天智玉五，在火不銷。」武王持大白旗以麾諸侯，諸侯畢拜武王，武王乃揖諸侯，諸侯畢從。武王至商國，商國百姓咸待於郊。武王使群臣告商百姓曰：『上天降休！』商人皆再拜稽首。遂入，至紂死所，殺妲己。《史記》有「至紂所。武王自射之，三發而後下車，以輕劍擊之，以黃鉞斬紂頭，懸大白之旗」。朱子謂未必如此，今削之。已乃出，復軍。其明日，除道，修社及商紂宮。及期，百夫荷罕旗以先驅。蔡邕《獨斷》曰：「前驅有九斿雲罕。」武王弟叔振鐸奉陳常車，周公旦把大鉞，畢公把小鉞，以夾武王。散宜生、大顛、閎夭皆執劍以衛武王。既入，立于社南大卒之左，左右畢從。毛叔鄭奉明水，衛康叔封布茲，徐廣曰：「茲者，藉席之名。諸侯病曰負茲。」《逸周書》作「傳禮」，注謂相禮也。召公奭贊采，師尚父牽牲。尹佚筴祝曰：『殷之末孫季紂，殄廢先王明德，侮蔑神祇不祀，昏暴商邑百姓，其章顯聞于天。肆予小子再拜稽首，膺受大命，革殷，受天明命。』武王再拜稽首，乃出。」已上《逸周書》大同小異。○《世紀》曰：「商容與殷民觀周師之入。見畢公至，殷民曰：『是吾新君也。』容曰：『非也。視其爲人，嚴乎將有急色，君子臨事而懼。』見大公至，民曰：『是吾新君也。』容曰：『非也。視其爲人，虎踞而鷹趾，當敵將衆，威怒自倍，見利即前，不顧其後。故君子臨衆，果於進退。』見周公至，民曰：『是吾新君也。』容曰：『非也。視其爲人，忻忻休休，志在除賊，是非天子，則周之相國也。故聖人臨衆知之。』見武王至，民曰：『是吾新君也。』容曰：『然。聖人爲海内討惡，見惡不怒，見善不喜，顔色相副。是以知之。』」《鶡冠子》曰：「商容拘。」○孔氏曰：「商容，賢人，紂所貶退，處於私室。」○《書大傳》曰：「武王與紂戰于牧之野。紂之卒輻分，紂之車瓦裂，紂之甲魚鱗下賀乎武王。紂死，武王皇皇若天下之未定，召太公而問曰：『入殷奈何？』《説苑》曰：「將奈其士衆何？」太公曰：『臣聞之也，愛人者兼其屋上之烏，不愛人者及其咠餘。咠，一作「胥」。鄭氏曰：「咠餘，里落之壁。」《説苑》作「餘胥」。又二句「咸劉厥敵，靡使有餘」。何如？』武王曰：『不可。』召公趨而進曰：『臣聞之也，有罪者殺，無罪者活，咸劉厥敵，毋使有餘烈。《説苑》無此二句。何如？』武王曰：『不可。』周公趨而進曰：『臣聞之也，各安其宅，各田其田，毋故毋私，惟仁之親。何如？』武王曠乎若天下之已定，《説苑》作：「武王曰：『大乎天下矣。』」《大紀》曰：「王問群臣曰：『政將何施？』尚父曰：『殷民習於凶惡者，宜戮以振德威。』召公曰：『有罪者誅之，無罪者安之，以示好惡。』周公曰：『宜使各安其居。昭之以德，化之以道。』王曰：『善哉，親殷人如周，視殷民如子！』」遂入殷，封比干之墓，表商容之閭，發鉅橋之粟，散鹿臺之財，歸頃宮之女，《史記》曰：「命召公釋箕子之囚。命畢公釋百姓之囚，表商容之閭。命南宫括散鹿臺之財，發鉅橋之粟，以振貧弱萌隸。命南宫伯達、史佚展九鼎寶玉。命閎夭封比干之墓。」《逸周書》同。而民知方，曰：『王之於仁人也，死者封其墓，況於生者乎！王之於賢人也，亡者表其閭，況於在者乎！王之於財也，聚者散之，況於復藉乎！王之於色也，在者歸其父母，況於復徵乎！』」○朱子曰：「文王之事紂，惟知以臣事君而已，不見其他，兹其所以爲至德也。若謂三分天下，紂尚有其一，未忍輕去臣位，以商之先王德澤未亡，曆數未終，紂惡未甚，聖人若之何取之？則是文王之事紂，非其本心，蓋有不得已耳。若是，則安得謂之至德哉？至於武王之伐紂，觀政于商，亦豈有取之之心？而紂罔有悛心，武王灼見天命人心之歸己也，不得不順而應之，故曰：『予弗順天，厥罪惟鈞。』以此觀之，足見武王之伐紂，順乎天而應乎人，無可疑矣。此處有不容豪髮之差，天理人欲、王道霸術之所以分，其端特在於此。」○又曰：「文、武無伐紂之心，而天與之、人歸之，其勢必誅紂而後已，故有『肅將天威，大勳未集』之語。但紂罪未盈，天命未絕，故文王獨得以三分之二而服事紂。若使文王未崩，十二三年，紂惡不悛，天命已絕，則盟津之事，文王亦豈得而辭哉？以此見文、武之心未嘗不同，皆無私意，視天與人而已。伊川先生謂無觀兵之事，非深見文、武之心不能及此，非爲存名教而發也。若有心於存名教，而於事實有所改易，則夫子之録《泰誓》《武成》，其不存名教甚矣。近世有存名教之説，大爲害事，將聖人心迹都做兩截看了。殊不知聖人所行便是名教，若所行如此而所教如彼，則非所以爲聖人矣。」

封紂子武庚爲殷侯，使管叔、蔡叔、霍叔監殷。《史記》曰：「封商紂子禄父殷之餘民。武王爲殷初定未集，乃使其弟管叔鮮、蔡叔度相禄父治殷。」○《逸周書》曰：「惟十有三祀，王在管。管叔、蔡叔自作殷之監。」又曰：「武王既勝殷，庶方不服者，分師俘之。侯來命伐靡集于陳。辛巳，至，告以馘俘。甲申，百弇以虎賁誓，命伐衛，告以馘俘。辛亥，薦殷俘，正殷鼎。庚子，陳本命伐磨，百韋命伐宣方，新荒命伐蜀。乙巳，陳本、新荒、蜀、磨至，告擒霍侯、艾侯，俘佚小臣四十有六。百韋至，告以擒宣方。」○履祥按：《逸周書》武王之封諸弟，蓋以次受封也。先管叔、蔡叔使監殷，其後殷畿内諸侯不服者，分師俘之。甲申，百弇俘衛，而後以衛封康叔。乙巳，擒霍侯，而後以霍封叔處。故《逸周[二]書》《史記》皆先言管、蔡監殷也。然則孟子以管叔監殷爲周公之過。夫以康叔之賢，而不使監殷，則武王、周公不其過乎？曰：凡封于殷墟者，皆監殷者也。其後獨管、蔡、霍三人叛，故止曰三監叛爾。其實康叔亦監也，故《史記》曰：「康叔爵命之時，未至成人。後扞禄父之亂。」《漢書》亦曰：「周公善康叔不從管、蔡之亂。」然則武王、周公不幸而有管、蔡之過，亦幸而有康叔之賢也。宜以《康誥》之書附于監殷之下。

閏月。李校書說是歲閏二月。

三月。諸弟以次受封，封康叔于殷東。

《康誥》：《大學或問》曰：「孔氏小序以《康誥》爲成王、周公之書，而子以武王言之，何也？曰：此五峯胡氏之說也。蓋嘗因而考之，其曰『朕弟』、『寡兄』者，皆爲武王之自言，乃得事理之實，而其他證亦多。小序之言，不足深信，於此可見。」○蔡氏曰：「康叔於成王爲叔父，成王不應以弟稱之。說者謂周公以成王命誥，故曰弟。然既謂之『王若曰』，則爲成王之言，周公何遽自以弟稱之也？且《康誥》《酒誥》《梓材》三篇，言文王者非一，而略無一語以及武王，何耶？說者又謂『寡兄勗』爲稱武王，尤爲非義。『寡兄』云者，自謙之辭，寡德之稱，苟語他人，猶之可也。武王，康叔之兄，家人相語，周公安得以武王爲寡兄而告其弟乎？或又謂康叔在武王時尚幼，故不得封。然康叔，武王同母弟，武王分封之時年已九十，安有九十之兄，同母弟尚幼不可封乎？且康叔，文王之子；叔虞，成王之弟。周公東征，叔虞已封於唐，豈有康叔得封反在叔虞之後？必無是理也。又按：《汲冢周書·克殷篇》言：『王即位于社南，群臣畢從。毛叔鄭奉明水，衛叔封傅禮，召公奭贊采，師尚父牽牲。』《史記》亦言『衛康叔封布兹』，與《汲書》大同小異，康叔在武王時非幼亦明矣。特序《書》者，不知《康誥》篇首四十八字爲《洛誥》脫簡，遂因誤爲成王之書。是知《書序》果非孔子所作也。《康誥》《酒誥》《梓材》篇次當在《金縢》之前。」**「王若曰：『孟侯，朕其弟，小子封。**蔡氏曰：「王，武王也。孟，長也，言爲諸侯之長也。封，康叔名。」**惟乃丕顯考**

文王，克明德慎罰。蔡氏曰：「明德謹罰，一篇之綱領。」不敢侮鰥寡，庸庸、祗祗、威威，顯民，用肇造我區夏，越我一二邦，以修。我西土惟時怙冒，聞于上帝，帝休，天乃大命文王，殪戎殷，誕受厥命。越厥邦厥民，惟時敘。乃寡兄勗，肆汝小子封在兹東土。』蔡氏曰：「鰥寡，人所易忽也，於人易忽者而不忽焉，以見聖人無所不敬畏也，即堯『不虐無告』之意。論文王之德而首發此，非聖人不能也。庸，用也。用其所當用，敬其所當敬，威其所當威。言文王用能、敬賢、討罪，一於理，而已無與焉。故德著於民，用始造我區夏及我一二友邦，漸以修治。至罄西土之人，怙之如父，冒之如天，明德昭升，聞于上帝，帝用休美，乃大命文王，殪滅大殷，大受其命。萬邦萬民各得其理，莫不時叙。汝寡德之兄亦勉力不怠，故爾小子封得以在此東土也。吴氏曰：『殪戎殷，武王之事也。此稱文王者，武王不敢以爲己功也。』」○按：東土云者，武王克商，分紂都朝歌以東而封康叔，其西、北爲武庚、管、蔡之地。《漢書》言「周公善康叔不從管、蔡之亂」，蓋地相比近也。然此曰「在兹東土」，《酒誥》曰「肇國在西土」，又曰「我西土棐徂」，則此時武王似未來自商以前也。蓋武王克商，留處三月而後反，封康叔蓋此時與。王曰：『嗚呼！封，汝念哉！今民將在祗遹乃文考，紹聞衣德言。往敷求于殷先哲王，用保乂民。汝丕遠惟商耇成人，宅心知訓，别求聞由古先哲王，用康保民，弘于天。若德裕乃身，不廢在王命。』此誥康叔以明德也。弘于天，《荀子》引此作「弘覆於天」，意義爲明。言今治民，惟在敬述文王耳。康叔，親文王子，聞德言爲多，必紹其所聞，不以久而忘之；必衣其所言，佩服於身而行之。然往治殷民，又當審求其國之故，必廣求其殷先哲王之法，用保治其民。又大遠惟商之先正諸老之言以安吾心而知訓民之道，然則又求聞古先哲王之道以康保其民，義理無窮，而康叔本之家學，參之國俗之舊，且又遠求之古先，則所以保乂其民者可謂弘於天矣。德之在我者，該貫渾全，動有餘用，是爲能不廢王命。保乂、知訓、康保，更互成文，皆謂治化耳。王曰：『嗚呼！小子封。恫瘝乃身，敬哉！天畏棐忱，民情大可見，小人難保。

往盡乃心，無康好逸豫，乃其乂民。封爲侯國，非富貴其身，俗頑、責重，是蓋勞苦爾身也，可不敬重而自逸於其國哉？天畏棐忱，朱子謂「棐」即「匪」，猶云天難諶耳。上而天意可畏非可信，下而民情大可見，惟小民難保。汝往之國，當盡乃心，不可康安而好爲逸豫，則乃所以乂民也。凡此皆「恫瘝乃身」之意。我聞曰：「怨不在大，亦不在小，惠不惠，懋不懋。」此接「小人難保」之意。我聞，古語也。怨豈在明，不見是圖，怨不在大也；與其寡怨，不若無怨，怨亦不在小也，特在於能惠人所不惠，能勉人所不勉耳。能惠勉人之所不及惠勉者，則小大之怨俱無矣。已！汝惟小子，乃服惟弘王，應保殷民，亦惟助王宅天命，作新民。』此接「天畏棐忱」之意也。已，猶云無它也。汝之事，惟在廣上德意，和保殷民，乃所以助王安保天命而作新斯民也。蔡氏曰：「此言明德之終也。《大學》言『明德』，亦舉『新民』終之。」

王曰：『嗚呼！封，敬明乃罰。人有小罪，非眚，乃惟終，自作不典、式爾，有厥罪小，乃不可不殺。乃有大罪，非終，乃惟眚災，適爾，既道極厥辜，時乃不可殺。』此下謹罰也。終，猶云怙終。不典、式，猶云不法也。過自己生爲眚，罪自外至爲災。人有小罪，非出過誤，乃是怙終自作不法之事，如此，雖其罪小，乃不可殺，此律之情重法輕，即《舜典》所謂「怙終賊刑」是也。人有大罪，本非怙終，乃惟過誤，或爲人所誤，偶然如此，既言極其罪以示之，是乃不可殺，此律之情輕法重，即《舜典》所謂「眚災肆赦」是也。一云「既道極厥辜」謂自言盡輸其情，諸葛孔明所謂「伏罪輸情者，雖重必釋」，亦通。王曰：『嗚呼！封，有叙，時乃大明服，惟民其勑懋和。若有疾，惟民其畢棄咎。若保赤子，惟民其康乂。非汝封刑人殺人，無或刑人殺人。非汝封又曰劓刵人，無或劓刵人。』有叙，爲政固有次序，謂先求諸己而後能及人也。大明，智足以服人，則民相戒勉於和，所謂「大畏民志」也。以惡疾之心惡惡，則民畢棄其咎，所謂「令反其好，則民弗從」也。以愛子之心愛民，則民自皆從其康乂，所謂「心誠求之」也。三者言政化皆先於己求之。朱子曰：「非汝封刑人殺人，則無或敢有刑殺人者。蓋言用刑之權，止在康叔，不可不謹耳。「又曰」二字，當在「非汝封」三字之上。」王曰：『外事，汝陳時臬，司師茲殷罰有倫。』又曰：『要囚，服念五六日，至于旬時，丕蔽要囚。』臬，《說文》「準的」也。要，獄詞之要也。外事者，獄之未成，在有司而未達于康叔者，陳氏所謂「有司之事」也。要囚，獄之已成而達于康叔者，此則康叔之事也。有司之事，非康叔所能盡親，則陳列其準的，且使有司師殷罰之有倫者。準的，猶今法家所謂「條」。殷罰，猶今法家所謂「例」也。康叔之事，在康叔不可輕決，則服膺念之，或五六日、一旬，甚或一時，而後斷之，不敢率易也。蔽，斷也。○呂氏曰：「外事，衛國事也。《史記》言康叔爲周司寇。司寇，王朝之官，職任內事，故以衛國對言爲外事。」蔡氏曰：「篇中言『往敷求』、『往盡乃心』，篇終曰『往哉封』，皆令其之國之辭，未見其留王朝之意。但詳此篇，康叔蓋深於法者，異時成王或舉以任司寇之職，而此則未必然也。」愚按：康叔爲司寇，載在《左氏》，蓋在成王時。若武王時，則蘇公忿生爲司寇耳。王曰：『汝陳時臬事罰，蔽殷彝，用其義刑義殺，勿庸以次汝封。乃汝盡遜，曰時敘。惟曰未有遜事。已！汝惟小子，未其有若汝封之心，朕心朕德，惟乃知。凡民自得罪，寇攘姦宄，殺越人于貨，暋不畏死，罔弗憝。』次，就也、承也。遜，順。暋，强。憝，惡也。此承上章。汝陳列其準的與其事其罰，又蔽以殷之彝法，刑殺皆盡於義，勿次就汝封之意，則汝可謂盡順於義，可以謂之得其次序矣。然自以爲皆順義，則喜心生而滿易之心乘之，又必常自謂未有順義之事可也。抑汝雖爲小子，而未有若汝之用心者，朕心朕德惟汝知之。刑殺之事，豈吾之本心哉？亦惟凡民自作其罪，爲寇攘姦宄，殺人而奪之貨，暋然强悍，不畏刑殺，故人心罔不惡之，是以未免有刑殺之用耳。一意「凡民自得罪」以下，自爲一章。王曰：『封，元惡大憝，矧惟不孝不友。子弗祇服厥父事，大傷厥考心。于父不能字厥子，乃疾厥子。于弟弗念天顯，乃弗克恭厥兄。兄亦不念鞠子哀，大不友于弟。惟弔茲，不于我政人得罪，天惟與我民彝大泯亂。曰乃其速由文王作罰，刑茲無赦。承上章「罔弗憝」之文。謂惡有大於此，其可惡又有大於此者，若不孝不友之類是也。蓋子而不敬服父事，乃傷其父之心，故父不能字厥子，而疾惡其子；弟而弗念天明，乃弗克恭厥兄，故兄亦不念父母鞠養哀矜之意，而大不友愛其弟。至於如此，而我爲政之人不從而罪之，則天所與我民彝大泯滅亂亡之矣。速用文王所作罰刑加之，此不可赦也。不率大戛，矧惟外庶子訓人，惟厥正人越小臣諸節，乃別播敷，造民大譽，弗念弗庸，瘝厥君，時乃引惡，惟朕憝。已！汝乃其速由兹義率殺。戛，《説文》云「戟也」，《虞書》「戛擊」，蓋擊伐之意。此承上文謂不孝不友固大惡，然其不率之罪又有大可伐者，惟外庶子乃訓人之官，正人乃庶官之長，及小臣諸節有符節者，乃別布條教，違道干譽，弗念其君，弗用其法，反病其君上，此乃引民而爲惡者，蓋背公行私，爲臣不忠之甚，此乃朕所深惡。汝其速由兹義以爲之率，審量而誅殺之。一説《爾雅》「戛，禮也」，注謂「常禮」也。「不率大戛」，作「不率常禮」，亦通。○蔡氏曰：「按上言民不孝不友，則『速由文王作罰，刑兹無赦』，此言外庶子、正人、小臣背上立私，則『速由兹義率殺』，其曰刑、曰殺，若用法峻急者，蓋殷之臣民化紂之惡，父子兄弟之無其親，君臣上下之無其義，非繩之以法，示之以威，殷人孰知不孝不義之不可干哉？《周禮》所謂『刑亂國，用重典』者是也。然曰『速由文王』、曰『速由兹義』，則其刑其罰亦仁厚而已矣。」亦惟君惟長，不能厥家人，越厥小臣、外正，惟威惟虐，大放王命，乃非德用乂。承上文以責備康叔也。臣者，民之表，故責民之不孝友，其本〔三〕又在責〔四〕臣之不忠。君者，臣之表，責臣之不忠，爲君長者又不可不自盡其道也。能者，相安相使之義。小臣，即「小臣諸節」。外正，即「庶子訓人，惟厥正人」也。惟君惟長，而不能於其家人，以至於不能其小臣、外正，乃惟威虐之尚，大廢王命，此非以德爲政之義也。汝亦罔不克敬典，乃由裕民，惟文王之敬忌。乃裕民，曰：「我惟有及。」則予一人以懌。』此承上文勉康叔之言。蔡氏曰：「汝罔不能敬守國之常法，由是而求裕民之道，惟文王之敬忌。敬則有所不忽，忌則有所不敢。期裕其民，曰：『我惟有及於文王。』則予一人以悦懌矣。此言謹罰之終也。穆王訓刑，亦曰『敬忌』云。」王曰：『封，爽惟民，迪吉康。我時其惟殷先哲王德，用康乂民作求。矧今民罔迪不適，不迪則罔政在厥邦。』蔡氏曰：「此下欲其以德用罰也。求，等也，如『世德作求』之『求』。言明思夫民，當開導之以吉康。我亦時其惟殷先哲王之德，用以安治其民，爲等匹於商先王也。迪，即『迪吉康』之『迪』。況今民無導之而不從者，苟不有以導之，則爲無政於國矣。迪言德而政言刑也。前既嚴於民，又嚴於臣，又嚴於康叔，此則武王之自嚴畏也。」王曰：『封，予惟不可不監，告汝德之説于罰之行。今惟民不靜，未戾厥心，迪屢未同。爽惟天其罰殛我，我其不怨，惟厥罪無在大，亦無在多，矧曰其尚顯聞于天。』此總德罰之説，承上文復以自責也。按：蔡氏曰：「戾，止也。民不安靜，其心未有所止，迪之者雖屢，而未能使之同歸于治，明思天其殛罰我，我何敢怨乎？惟民之罪不在大，亦不在多，苟爲有罪，即在朕躬，況曰其尚顯聞于天乎？」又按：武王克殷，乃反商政，留三月而後反，皆所以撫導其民，而民之故習未能盡化，故有「迪屢未同」之歎。王曰：『嗚呼！封，敬哉！無作怨，勿用非謀、非彝，蔽時忱。丕則敏德，用康乃心，顧乃德，遠乃猷。裕乃以民寧，不汝瑕殄。』蔡氏曰：「此欲其不用罰而用德也。歎息言汝敬哉，毋作可怨之事，勿用非善之謀、非常之法，惟斷以是誠。大法古人之敏德，用以安汝之心，省汝之德，遠汝之謀，寬裕不迫，以待民之自安。若是，則不汝瑕疵而棄絶矣。」愚謂：敏德者，謂其進德之速。「康乃心，顧乃德」，則存養省察，所以固是德也。人心本有是德，一有覺焉，其進固敏，然存養省察之功不繼，則將復失之，不足以爲有德矣。王曰：『嗚呼！肆汝小子封，惟命不于常，汝念哉！無我殄享，明乃服命，高乃聽，用康乂民。』肆，起語辭。惟命不于常，善則得之，不善則失之，汝其念哉！毋我殄絶所享之國也。明汝侯國之服命，高其聽，勿卑忽我言，用安治爾民也。王若曰：『往哉！封，勿替敬典，聽朕告汝，乃以殷民世享。』」勿廢可敬之常法，聽服我所告命，乃能以殷民而世享其國也。世享，對「殄享」爲言。古者封建諸侯，賢則世享，不賢則殄享。後世之論封建者，謂其子孫有賢不肖，而乃以一人之私病一國，不知聖人制法，正不欲以一人爲一國病也。私土子民，以一人之私而病一國者，則其末流之弊。聖人在上，蓋不爾也。○《酒誥》：蔡氏曰：「商受酗酒，天下化之。妹土，商之都邑，其染惡尤甚。武王以其地封康叔，故作書告教之云。」「王若曰：『明大命于妹邦。妹，《詩》作「沬」，皆紂故都之地。或云即邶也。豈沬乃衛之通稱，或武王始封康叔於沬邦，至成王始併與朝歌而爲衛與？不可考矣。此以下，令康叔誥殷民之辭也。乃穆考文王，肇國在西土，厥誥毖庶邦、庶士越少正、御事，朝夕曰：「祀兹酒。」惟天降命肇我民，惟元祀。天降威，我民用大亂喪德，亦罔非酒惟行。越小大邦用喪，亦罔非酒惟辜。此述文王所以戒公、侯、卿、大夫、士之大命，使康叔以誥妹土也。以謚稱曰文考，以世次曰穆考。文王爲西伯，故得誥庶邦及其庶事、少正、御事。毖，戒謹也。此篇凡言戒酒皆曰「毖」，此必當時方言也。朝夕戒勑之曰：惟祭祀則於此用酒。天之令民作酒，其始爲大祭祀設耳。至於天之所以降威，人之所以大亂喪德者，無非以酗酒之行。及小大邦所以喪亡，亦無非酗酒之爲罪耳。文王誥教小子、有正、有事：無彝酒。越庶國：飲惟祀，德將無醉。惟曰：「我民迪小子，惟土物愛，厥心臧。聰聽祖考之彝訓，越小大德，小子惟一。」此述文王所以教戒小子之大命。小子，即凡公、侯、卿、大夫之子，所謂國子、貴遊子弟者是也。我民迪小子，又凡民之子弟也。國之子弟生長貴家，血氣未定，易湎於酒，故文王每誥教之。有正者，謂各有正長之官，如諸子司業之類是也。有事，謂各有子弟之事，如温凊、視膳、洒埽、應對之類是也。有正、有事，不可常於酒。凡諸國家，其飲酒惟於祭祀之時，然亦必以德將之，不可至醉也。國之子弟，文王得以誥教之，至於凡民子弟，則又使其民各導迪之。惟土物之愛，服勤田畝，心不外用，則自然皆善而不爲惡。然爲小子者，亦須明聽祖考之常訓，凡小德、大德皆一視之，不以德大而不爲，不以德小而忽之，如謹酒之事，不可以爲小也。妹土，嗣爾股肱，純其藝黍稷，奔走事厥考厥長。肇牽車牛，遠服賈，用孝養厥父母。厥父母慶，自洗腆，致用酒。此武王教妹土之民之大命也。妹土，謂妹土之民也。嗣爾，猶言繼此以後也。謂爾民繼此以往，其手足但當純一種藝，以趨事其父兄，或服乘遠賈，以孝養其父母。歲時喜慶，然後致其潔厚以用酒可也。此文王教民「惟土物愛」之意。庶士、有正越庶伯君子，其爾典聽朕教。爾大克羞耇惟君，爾乃飲食醉飽。丕惟曰：爾克永觀省，作稽中德，爾尚克羞饋祀，爾乃自介用逸，茲乃允惟王正事之臣，茲亦惟天若元德，永不忘在王家。』此教妹土之臣之大命也。羞耇惟君，惟，猶與也，猶「羽、毛惟木」之「惟」，謂羞老與羞于君所也。古者君燕其臣，宰夫爲主羞膳，媵爵，執膳爵凡羞於君者，皆士也。永觀省，常自顧諟省察也。凡所作爲，必稽中德，勿使有所過差，則心行無愧，可以交於神明，故克羞饋祀也。介，介福也。逸，燕樂也。謂凡爾士君子，惟養老與侍燕則可以飲食醉飽，惟祭祀事畢則可以受釐介福、燕樂飲酒，此所以信足爲王正事之臣，此亦足以感動上天，順爾大德，使永保厥位，施及子孫，不忘在王家矣。王曰：『封，我西土棐徂邦君、御事、小子，尚克用文王教，不腆于酒，故我至于今，克受殷之命。』棐、匪通。徂，往也、遠也。上章述文王西土之教以教妹土，故此又總言而明證之。謂我西土非已往遠事也，其邦君、御事、小子今尚克用文王之教，不厚于酒，故我今日克受殷家之天命。此言文王毖酒之效，其大如此。王曰：『封，我聞惟曰：「在昔殷先哲王，迪畏天顯小民，經德秉哲，自成湯咸至于帝乙，成王，畏相惟御事，厥棐有恭，不敢自暇自逸，矧曰其敢崇飲？此述商之先君所以不飲之美也。殷先哲王，湯也。迪畏，凡見於行事者，皆畏敬也。畏天之明命，畏小民之難保。經其德而不變，所以處己也。秉其哲而不惑，所以用人也。湯之垂裕如此，故自湯而下至于帝乙，雖歷久遠，而皆能成其爲君之道，畏敬輔相之臣與凡御事之臣。惟，與也。厥棐有恭，謂匪外爲是恭敬之貌。其處心實不敢自暇自逸，況敢崇飲於酒乎？此章皆言商先王爲君之事，下章始言爲臣之事。而舊説以「御事」以下爲言臣之事者，非也。越在外服，侯、甸、男、衛、邦伯；越在内服，百僚、庶尹、惟亞、惟服宗工，越百姓里居，罔敢湎于酒。不惟不敢，亦不暇。惟助成王德顯，越尹人祇辟。」此述商先王諸臣之不飲也。外服者，在外治事之臣。内服者，在内治事之人。侯服、甸服、男服、衛服，諸侯也。邦伯，其國之長官也。百僚，百官僚采也。庶尹，庶官之長，卿士也。惟亞，猶云亞旅，長官之副也。服宗工，凡長官之屬，事從其長者也。百姓里居，故家巨室也。皆罔敢沈湎于酒。不惟不敢也，亦且不暇。不敢者，有所畏而不敢。不暇者，有所勉而不暇也。惟上以助其王德之明，下以尹正其人，各敬君事而已。我聞亦惟曰：「在今後嗣王酣身，厥命罔顯于民，祇保越怨，不易。誕惟厥縱淫泆于非彝，用燕喪威儀，民罔不盡傷心。惟荒腆于酒，不惟自息乃逸，厥心疾很，不克畏死。辜在商邑，越殷國滅無罹。弗惟德馨香祀，登聞于天。誕惟民怨，庶群自酒，腥聞在上。故天降喪于殷，罔愛于殷，惟逸。天非虐，惟民自速辜。」』此述商受以荒腆而亡也。其辭猶曰：我聞殷惟以敬畏而興，我聞殷亦惟以荒腆而亡云爾。受沈酣其身，命令不著於民，其所祇保者，惟作怨之事，不肯悛改。大惟縱淫泆于非彝，《泰誓》所謂「奇技淫巧」也。用宴飲而喪其威儀，《史記》謂受爲酒池、肉林，使男女〔五〕倮而相逐也。此民所以無不痛傷其心，悼國之將亡也。而受方荒怠，益厚于酒，不思自息其縱逸，其心疾很，雖殺身而不畏也。辜萃商邑，雖滅國而不憂也。弗事上帝，無馨香之德以格天。大惟民怨與群酗，腥穢之德以聞于上帝，故天降喪于殷，無有眷愛之意者，亦惟受縱逸故也。天豈虐殷？惟殷人酗酒，自速其辜爾。曰「民」者，猶曰「人」也。王曰：『封，予不惟若茲多誥。古人有言曰：「人無於水監，當於民監。」今惟殷墜厥命，我其可不大監撫于時？此接上章兩節而言也。謂予所以歷述商先王與後王之事者，非但如此多言而已，惟深欲以爲監戒也。古人有言：以水爲監，見形容；以人爲監，見吉凶。今惟殷所以墜厥命者，我其可不大以爲監戒而撫治今民乎？此所以告康叔治衛而深以酒戒妹土之官民也。予惟曰：「汝劼毖殷獻臣，侯、甸、男、衛，矧太史友、内史友越獻臣、百宗工，矧惟爾事服休、服采，矧惟若疇，圻父薄違，農父若保，宏父定辟，矧汝剛制于酒。」劼，用力也。毖，與「誥毖」語意同。獻，賢也。侯、甸、男、衛，殷畿内外諸侯也。康叔孟侯，實爲之長，所當劼毖之也。太史、内史，殷之史官，博知故實法制之臣也。「矧惟爾事」以下，則康叔諸臣也。疇，類也。圻父，司馬，掌政。薄違，所以討不順命者也。農父，司徒，掌夫家徒役。若保，則順安萬民者也。宏父，司空，掌事。定辟，則定治地之法者也。此諸侯之三卿也。一曰定辟，司寇定刑辟之事。或者司空兼之與？康叔孟侯治殷，固必用力誥毖殷之遺臣與其諸侯，況太史、内史文獻在焉，康叔與之友，及其賢臣、百尊官，又可不毖誥之乎？殷臣猶然，況事爾之臣服休、服采者，又可不毖誥之乎？諸臣猶然，況三卿爲爾之副貳，又可不毖誥之乎？三卿猶然，況爾爲國君，可不剛制于酒乎？武王述殷先王之美，兼叙君臣，其述後王沈酣之習不及諸臣，以今諸臣尚在，正望康叔告教之，故前章既專教妹土之臣，此章又歷述其群臣諸侯而使康叔劼毖之也。紂之淫酗，當時諸侯群臣習以成風，故康叔治殷，武王專以酒爲誥。然謂之獻臣則似賢矣，而亦在誥毖之數，何也？習俗移人，賢人以下槩或不免，如兩晉清談，雖諸名臣〔六〕皆然，蓋燕飲之習，皆士大夫之所易流者，可不戒哉？故併康叔君臣而戒之。管、蔡惟不能謹，故反爲武庚所醉，卒陷於惡云。厥或誥曰：「群飲。」汝勿佚。盡執拘以歸于周。予其殺。此防殷民之亂也。古者群飲，惟蜡，惟鄉飲、射，則聚衆而飲，皆有司治之。無故而忽群飲，非姦宄即叛亂可知。蘇氏曰：「予其殺者，未必殺也。猶今法曰當斬者，皆定其獄以待命，不必死也。然必立法者，欲人畏而不敢犯也。群飲蓋亦當時之法，有群聚飲酒，謀爲大姦者，其詳不可得而聞矣。如今之法，有曰夜聚曉散者皆死罪，蓋聚而爲妖逆者也。使後世不知其詳而特聞其禁，凡民夜相過者，輒殺之可乎？」又惟殷之迪諸臣惟工，乃湎于酒，勿庸殺之，姑惟教之。有斯明享。乃不用我教辭，惟我一人弗恤，弗蠲乃事，時同于殺。』殷紂導迪爲惡之諸臣、百工，乃湎于酒，此士大夫不美之習，未必遽能爲亂，是以不殺而教。能知有此意，則我其明享之，謂監拔之也。乃不用我教辭，惟我一人亦弗恤之矣，而其爲事又弗蠲潔則與群飲之人同誅殺之罪矣。弗蠲，謂凡因酒而爲汙穢之行者。王曰：『封，汝典聽朕毖，勿辯乃司，民湎于酒。』」辯，治也。乃司，即上文諸臣、百工也。不治諸臣之湎酒，則民將皆湎于酒矣。

履祥按：《書序》稱：「成王既伐管叔、蔡叔，以殷餘民封康叔，作《康誥》《酒誥》《梓材》。」自王安石始疑《梓材》之書，至五峰胡氏始正《書序》之誤，以三書係之《武王》之紀。朱子是之，而其他證驗亦多。但《康誥》曰「小子封」，《酒誥》惟曰「封」，則康叔之年加長矣。《康誥》曰「在茲東土」，則武王未來自商也。《酒誥》曰「明大命于妹邦」，則武王在周之辭也。然則二誥雖均爲武王封康叔之書，前後則非一時矣。康叔始封於衛，《書》無明文，而《酒誥》則曰「妹邦」，豈衛、妹古或通稱，兼以沬水得名與？或先妹邦，而後加衛，亦未可知也。《詩傳》稱武王克商，分紂都以東曰衛，南曰鄘，北曰邶。紂都朝歌，今在衛州衛縣之西二十二里，謂之殷墟。武王封康叔於衛，但不知何時兼鄘、邶而有之。夫兼鄘、邶而有之，必成王既伐管、蔡黜殷之後，序所謂「以殷餘民封康叔」者也。但謂《康誥》以下爲成王書，則不可爾。至於《梓材》，前後不同，諸儒固嘗論之，今已别加考訂，附于作洛大誥治之後焉。

四月。王來自商，諸侯受命于周。

《武成》曰：「厥四月，哉生明，王來自商，至于豐，乃偃武修文，歸馬于華山之陽，放牛于桃林之野，示天下弗服。既生魄，朱子曰：「既生魄，十六日也。或壬寅，或癸卯，或甲辰、乙巳。經文在庚戌後，《漢志》在丁未前，蓋經文誤也。」按：華陽，今華州。桃林，今自陝府靈寶縣，西至潼關，皆桃林塞。庶邦冢君暨百工，受命于周。」受命，謂聽任使也。於是率以祀。○《樂記》曰：「武王克殷反商，注：「反，當爲『及』。」未及下車而封黄帝之後於薊，封帝堯之後於祝，封帝舜之後於陳；下車而封夏后氏之後於杞，投殷之後於宋，封王子比干之墓，釋箕子之囚，使之行商容而復其位。庶民弛政，庶士倍禄。濟河而西，馬散之華山之陽而弗復乘，牛散之桃林之野而弗復服，車甲衅而藏之府庫而弗復用，倒載干戈，包之以虎皮，將帥之士使爲諸侯，名之曰建櫜。然後天下知武王之不復用兵也。散軍而郊射，左射《貍首》，右射《騶虞》，而貫革之射息也。裨冕搢笏，而虎賁之士説劍也。祀乎明堂，而民知孝。朝覲，然後諸侯知所以臣。耕籍，然後諸侯知所以敬。五者，天下之大教也。食三老五更於大學，天子袒而割牲，執醬而饋，執爵而酳，冕而總干，所以教諸侯之弟也。若此，則周道四達，禮樂交通，則夫《武》之遲久不亦宜乎！」○《大紀》曰：「大建公侯於天下。封黄帝之後於祝，唐帝之後於薊，虞帝之後胡公嬀滿於陳，以胡公之父虞閼父嘗爲周陶正，王賴其利器用也，妻之以元女大姬，分之以肅慎氏之楛矢，以備三恪。復封夏后氏之後東婁公於杞，封紂子武庚於殷，用其禮樂，作賓于王家，皆爲上公，是爲二王之後。得神農之後，封之於焦。封尚父於齊，都營丘，爽鳩氏之墟。封周公於魯，都曲阜，少昊、大庭之墟。封召公於燕，庶叔高於畢。《古史》謂畢公蓋文王子，傳所謂：「畢、原、豐、郇，文之昭也。」《史記》稱公爲周同姓，蓋不考之過。

皆留相周。封叔鮮於管，叔度於蔡，叔處於霍，以監殷，是爲三監。以殷餘民封康叔於朝歌，國號衛。封叔振鐸於曹，叔武于郕，季載于郱。封庶弟叔繡于滕，叔鄭于毛。又封諸叔于郜、于雍、于原、于郇、于豐。虢仲、虢叔爲文王卿士，勳在王室，藏於盟府。仲封於西虢，實故夏墟；叔封於東虢，都制。初泰伯、仲雍奔荆楚，采藥於衡山之下，荆人義之，從者日衆，東至海上，得千餘家，遂爲國，自號句吴。泰伯薨，無子，仲雍嗣爲吴君。天子使求其後，得周章，仲雍曾孫也，世君吴矣，因封之曰吴伯。復封章弟於故夏墟，是爲虞仲。泰伯、虞仲，太王之昭，則仲雍本稱虞仲。此周章之弟爲虞始封之君，故亦曰虞仲。封少昊之裔茲輿於莒，封祝融安期之裔挾於邾，封四岳姜姓文叔於許，封仲虺弟雍滑之後於薛。兄弟之君十有五人，同姓者四十餘人，班宗彝，作《分器》。」○《古史》曰：「春秋之際，其君子猶習於周之故。其言大王之昭，有大伯、虞仲；王季之穆，有虢仲、虢叔；文王之昭，有管、蔡、郕、霍、魯、衛、毛、聃、郜、雍、曹、滕、畢、原、酆、郇；武王之穆，有邘、晉、應、韓；周公之胤，有凡、蔣、邢、茅、胙、祭。惟管叔以罪大無後。大伯之後爲吴，叔度之後爲蔡，叔旦之後爲魯，叔封之後爲衛，叔振鐸之後爲曹，叔虞之後爲晉，今皆有《世家》。虞仲五世爲周章，周章之弟亦曰虞仲，武王封之夏虚，其後爲晉獻公所滅。虢仲、虢叔爲文王卿士。虢仲爲西虢，晉獻公所滅。虢叔爲東虢，鄭所滅。郕，魯莊公八年降齊爲附庸，魯文公十二年郕伯奔魯。霍，爲晉獻公所滅。毛公事成王爲三公，在周有毛伯衛、毛伯過、毛得。滕，常與諸侯會朝，後春秋七世，齊所滅。畢公高事成王爲三公，其後畢萬入晉爲魏。原，在周有原莊公、原襄公、原伯絞、公子跪尋、原伯魯、原壽過。韓，宣王之世爲諸侯伯，詩人爲作《韓奕》。凡，在周事厲王者，作《版》之詩；事幽王者，作《瞻卬》《召旻》之詩。邢，嘗爲狄所伐，齊桓公帥諸侯城夷儀而遷之，後爲衛文公所滅。祭，在周有祭公謀父，事穆王，最賢。惟聃季載爲周司空，郇侯爲諸侯伯，與郜、雍、酆、邘、應、蔣、茅、胙，其後皆不見。」

丁未。祀于周廟，追王大王、王季、文王，因定謚法。

《武成篇》曰：「丁未，祀于周廟，邦甸、侯、衛駿奔走，執豆、籩。」朱子曰：「丁未，或十九日，或二十日，或二十一日、二十二日。」〇《禮・大傳》曰：「牧之野，武王之大事也。既事而退，柴於上帝，祈於社，設奠於牧室，遂率天下諸侯執豆、籩，逡奔走，追王大王亶父、王季歷、文王昌，不以卑臨尊也。」〇《周書・謚法解》曰：「周公啓制文王之謚義，以垂于後，作《謚法》。謂因始制文王之謚而制謚法也。謚法：維周公旦、太公望開嗣王業，建功于牧之野，終，將葬，乃制謚，謂人之終，將葬，則謚之也。遂叙謚法。謚者，行之迹也。號者，功之表也。車服者，位之章也。是以大行受大名，細行受小名；行出於己，名生於人。一人無名曰神。稱善賦簡曰聖。賦，一作「副」。敬賓厚禮曰聖。德象天地曰帝。静民則法曰皇。仁義所往曰王。立志及衆曰公。執應八方曰侯。壹德不解曰簡。平易不疵曰簡。經緯天地曰文。道德博聞曰文。學勤好問曰文。慈惠愛民曰文。愍民惠禮曰文。錫民爵位曰文。剛强直理曰武。威强叡德曰武。克定禍亂曰武。刑民克服曰武。大志多窮曰武。大志行兵，多所窮極。敬事供上曰恭。尊賢敬讓曰恭。既過能改曰恭。執事堅固曰恭。愛人長悌曰恭。執禮敬賓曰恭。芘親之闕曰恭。尊德讓善曰恭。淵源通流曰恭。照臨四方曰明。譖訴不行曰明。威儀悉備曰欽。大慮慈仁曰定。安民大慮曰定。安民法古曰定。純行不爽曰定。諫爭不威曰德。辟地有德曰襄。甲冑有勞曰襄。有伐而還曰釐。質淵受諫曰釐。慈惠愛親曰釐。博文多能曰獻。聰明叡哲曰獻。温柔聖善曰懿。五宗安之曰孝。協時肇享曰孝。秉德不回曰孝。大慮行節曰孝。執心克莊曰齊。資輔供就曰齊。有所輔而共成也。温良好樂曰康。安樂撫民曰康。令民安樂曰康。安民立政曰成。布德執義曰穆。中情見貌曰穆。敏以敬順曰傾。明德有勞曰昭。容儀恭美曰昭。聖聞周達曰昭。保民耆艾曰胡。彌年壽考曰胡。强毅果敢曰剛。追補前過曰剛。柔德考衆曰靜。供己鮮言曰靜。寬樂令終曰靜。治而無眚曰平。執事有制曰平。布綱治紀曰平。由義而濟曰景。布義行剛曰景。耆意大慮曰景。注：「耆，强也。」愚按：耆，如「耆定爾功」之「耆」，謂意所期指，猶云景慕也。清白守節曰貞。大慮克就曰貞。不隱無私曰貞。强以剛果曰威。猛以强果曰威。强毅信正曰威。辟土遠服曰桓。克敬勤民曰桓。辟土兼國曰桓。道德純一曰思。大省兆民曰思。大親民而不殺。外内思索曰思。追悔前過曰思。柔質慈民曰惠。愛民好與曰惠。柔質受諫曰惠。能思辯衆曰元。行義説民曰元。始建國都曰元。主義行德曰元。兵甲亟作曰莊。叡圉克服曰莊。死於原野曰莊。屢行征伐曰莊。武而不遂曰莊。克殺秉政曰夷。安心好靜曰夷。執義揚善曰懷。慈仁短折曰懷。短，未六十。折，未三十。夙夜警戒曰敬。夙夜恭事曰敬。象方益平曰敬。善合法典曰敬。述義不克曰丁。迷而不悌曰丁。有功安民曰烈。秉德遵業曰烈。剛克爲伐曰翼。思慮深遠曰翼。剛德克就曰肅。執心決斷曰肅。愛民好治曰戴。典禮不㥶曰戴。注：「㥶，過也。」按：《説文》從「寒」，省作「𡨄」，即「愆」字也。死而志成曰靈。亂而不損曰靈。極知鬼事曰靈。不勤成名曰靈。死見鬼能曰靈。好祭鬼神曰靈。短折不成曰殤。未家短折曰殤。不顯尸國曰隱。隱括不成曰隱。中年早夭曰悼。肆行勞祀曰悼。恐懼從處曰悼。不思忘愛曰刺。愎很遂過曰刺。外內縱亂曰荒。好樂怠政曰荒。在國逢難曰愍。使民悲傷曰愍。在國遭憂曰愍。早孤短折曰哀。恭仁短折曰哀。早孤捐位曰幽。壅遏不通曰幽。動祭亂常曰幽。易神之班。克威惠禮曰魏。克威捷行曰魏。去禮遠衆曰煬。好內怠政曰煬。甄心動懼曰頃。容儀恭美曰勝。威德剛武曰圉。聖善周聞曰宣。治民克盡曰使。克盡，無恩惠也。行見中外曰慤。言表裏如一也。勝敵壯志曰勇。昭功寧民曰商。狀古述今曰譽。心能制義曰度。好和不爭曰安。外內貞復曰白。不生其國曰聲。生於外家。殺戮無辜曰厲。官人實應曰知。凶年無穀曰糠。不務稼穡。名實不爽曰質。不悔前過曰戾。溫良好樂曰良。怙威肆行曰醜。勤政無私曰類。好變動民曰躁。慈和徧服曰順。滿志多窮曰惑。危身奉上曰忠。思慮深遠曰趕。恐當作「悍」，注：「自任多，近於專。」息政交外曰推。疏遠繼位曰紹。彰義掩過曰堅。肇敏行成曰直。內外賓服曰正。華言無寔曰夸。教誨不倦曰長。愛民在刑曰克。嗇於賜與曰愛。逆天虐民曰抗。好廉自克曰節。擇善而從曰比。好更改舊曰易。名與實爽曰謬。思過不爽曰厚。貞心大度曰匡。隱，哀之方。景，武之方也。施爲，文也；除亂，武也。辟地爲襄，視遠爲桓。剛克爲發，柔克爲懿。履正爲莊，有過爲僖。施而不成曰宣，惠無內德曰獻。治而無眚爲平，亂而不損爲靈，由義而濟爲景。失志無轉，一作「失忘無傳」。則以其明，餘皆象也。和，會也。勤，勞也。遵，循也。爽，傷也。肇，始也。乂，治也。康，安也。怙，恃也。享，祀也。胡，大也。服，敗也。康，順也。就，會也。懔，過也。錫，與也。糠，虛也。叡，聖也。惠，愛也。綏，安也。堅，長也。耆，强也。考，成也。周，至也。懷，思也。式，法也。敏，疾也。捷，克也。載，事也。彌，久也。」○《大紀》曰：「祀于太廟，始定事先之禮，諱名立謚，賤不誄貴，幼不誄長，唯天子稱天以誄之，諸侯不得相誄。追王古公亶父曰大王，季歷曰王季，文考曰文王。」

庚戌。柴、望，大告武成。

《武成》曰：「越三日，庚戌，朱子曰：「或二十二日，或二十三日，或二十四日、二十五日。」柴、望，大告武成。朱子曰：「先儒以『王若曰』宜繫『受命于周』之下，蓋不知生魄之日，諸侯、百工雖來請命，而武王以未祭祖宗、未告天地，未敢發命，故且命以助祭。乃以丁未、庚戌祀于郊廟，大告武功之成，而後始誥諸侯。上下之交，人神之序，固如此也。」○又曰：「《漢志》引《武成篇》曰：『惟一月壬辰，旁死霸，若翌日癸巳，武王乃朝步自周，于征伐紂。』『粤若來三月，既死霸，粤五日甲子，咸劉商王紂。』『惟四月既旁生霸，粤六日庚戌，武王燎于周廟。』今按：伏生《今文尚書》無《武成》，獨孔氏《古文尚書》乃有此篇。今顔注，劉歆所引兩節，見其與古文不同，遂皆以爲《今文尚書》，不知何所考也。諸家推曆，以爲此年二月有閏，四月丁未爲十九日，庚戌爲二十二日，然二日皆在生魄之後，則古文爲倒，而此志所引者爲順。但其言『燎于周廟』，似無理耳。況古文此篇，文皆錯謬，安知『既生魄，庶邦冢〔七〕君暨百工，受命于周』十四字，非本在『示天下弗服』之下、『丁未，祀于周廟』之上，而『王若曰』以下乃『大告武成』之文耶？」○又曰：「以孔注、《漢志》參考，大抵多同。但《漢志》二月既死魄，越五日甲子爲差速，而四月既生魄，與丁未、庚戌先後小不同耳。蓋以上文『一月壬辰，旁死魄』推之，則二月之死魄後五日，且當爲辛酉，或壬戌，而未得爲甲子，此《漢志》之誤也。又以一月壬辰、二月甲子並閏推之，則《漢志》言『四月既生魄，越六日庚戌』，當爲二十二日，而經以生魄居丁未、庚戌之後，則恐經文倒也。曆法雖無四月俱小之理，然亦不過先後一二日耳，不應所差如此之多也。宗廟内事，日用丁巳，《漢志》乃無丁未，而以庚戌燎于周廟則爲剛日，非所當用，而燎又非宗廟之禮。且以翌日辛亥祀于天位，而越五日乙卯又祀馘于周廟，則六日之間三舉大祭，禮數而煩，近於不敬，抑亦經文所無有，不知劉歆何所据也。顔注以爲《今文尚書》，則伏生今文二十八篇中本無此篇，顔氏之云，又未知何所據也。」

王若曰：『嗚呼！群后。惟先王建邦啓土，先王，后稷也。商有天下，尊契爲玄王。周有天下，尊稷爲先王。公劉克篤前烈，至于大王肇基王迹，王季其勤王家。我文考文王，克成厥勳，誕膺天命，以撫方夏。大邦畏其力，小邦懷其德。惟九年，大統未集。《泰誓》《牧誓》諸書但稱「文考」，至是曰「文考文王」，蓋始追王也。大邦畏其力，猶《荀子》所謂「桓、文之節制，不足以敵湯、武之仁義」，蓋大邦以强力自負，然畏文王道德之强，不敢肆也。文王自爲西伯專征，威德益著，九年而崩。大統未集者，謂未伐商而取天下也。予小子其承厥志，恭天成命，肆予東征，綏厥士女。惟其士女，篚厥玄黄，昭我周王，天休震動，用附我大邑周，底商之罪。』《武成》錯簡，自劉原父、王介甫、程子、朱子皆嘗改定，今從朱子正本。但「用附我大邑周」之下，劉氏謂當有闕文，朱子謂當有遜避警戒之辭，若《湯誓》之云。愚昔從子王子參訂，以「底商之罪」係于此，粗爲可讀。但此告諸侯之辭，以「王若曰」起文，則史官追述其語，未必皆當時全語也，故不如《湯誥》之密。蓋《湯誓》誓亳衆而未及諸侯，故《湯誥》誕告之辭加密。《泰誓》《牧誓》既屢誓諸侯，故《武成》告命之辭或不待加詳也。列爵惟五，分土惟三。建官惟賢，位事惟能。重民五教，惟食、喪、祭。惇信明義，崇德報功，垂拱而天下治。」此與諸侯更定儀等及命之之辭，朱子謂史臣之辭云。〇《大戴禮·踐阼篇》曰：「武王踐阼，三日，既王之後。召士大夫而問焉。曰：『惡有藏之約，行之行，萬世可以爲子孫恒者乎？』諸大夫對曰：『未得聞也。』然後召師尚父而問焉，曰：『黄帝、顓頊之道存乎？意亦忽不可得見與？』師尚父曰：『在《丹書》。王欲聞之，則齋矣。』三日，王端冕，師尚父亦端冕，奉書而入，負屏而立。王下堂，南面而立。師尚父曰：『先王之道，不北面。』王行西，折而南，東面而立。師尚父西面，道書之言曰：『敬勝怠者吉，怠勝敬者滅。義勝欲者從，欲勝義者凶。凡事不强則枉，朱子曰：「强者，以力自矯之謂。若徇其所偏，不自矯揉，則終於枉而已。」弗敬則不正。枉者滅廢，敬者萬世。藏之約，行之行，可以爲子孫恒者，此言之謂也。』王聞書之言，惕若恐懼，退而爲戒書。於席之四端爲銘焉，於机爲銘焉，於鑑爲銘焉，於盥盤爲銘焉，於楹爲銘焉，於杖爲銘焉，於帶爲銘焉，於履屨爲銘焉，於觴豆爲銘焉，於户爲銘焉，於牖爲銘焉，於劍爲銘焉，於弓爲銘焉，於矛爲銘焉。席前左端之銘曰：『安樂必敬。』

前右端之銘曰：『無行可悔。』後左端之銘曰：『一反一側，亦不可以忘。』後右端之銘曰：『所監不遠，視邇所代。』机之銘曰：『皇皇惟敬，口生㖃，口戕口。』鑑之銘曰：『見爾前，慮爾後。』盥盤之銘曰：『與其溺於人也，寧溺於淵。溺於淵猶可游也，溺於人不可救也。』楹之銘曰：『毋曰胡殘，其禍將然。毋曰胡害，其禍將大。毋曰胡傷，其禍將長。』杖之銘曰：『惡乎危？於忿疐。惡乎失道？於嗜慾。惡乎相忘？於富貴。』帶之銘曰：『火滅脩容，慎戒必恭，恭則壽。』履屨之銘曰：『慎之勞，勞則富。』觴豆之銘曰：『食自杖，食自杖，戒之憍，居妖反。憍則逃。』户之銘曰：『夫名，難得而易失。無懃弗志，而曰我知之乎？無懃弗及，而曰我杖之乎？擾阻以泥之，若風將至，必先搖搖，雖有聖人，不能爲謀也。』牖之銘曰：『隨天之時，以地之財，敬祀皇天，敬以先時。』劍之銘曰：『帶之以爲服，動必行德，行德則興，倍德則崩。』弓之銘曰：『屈伸之義，廢興之行，無忘自過。』矛之銘曰：『造矛造矛，少間弗忍，終身之羞。』予一人所聞，以戒後世子孫。」

王訪于箕子。

《書·洪範篇》曰：「惟十有三祀，王訪于箕子。蔡氏曰：「商曰祀，周曰年。此曰祀者，因箕子之辭也。箕子嘗言：『商其淪喪，我罔爲臣僕。』《史記》亦載箕子陳《洪範》之後，武王封于朝鮮而不臣。訪，就而問之。箕，商舊封邑之名。子，爵也。」愚按：書「十有三祀」，則知箕子之不臣於武王。書「訪於箕子」，則知武王之不臣箕子。王乃言曰：『嗚呼！箕子。惟天陰騭下民，相協厥居，我不知其彝倫攸敘。』騭，升也，猶云生長也。協，合也。彝，常；倫，理，所謂「秉彝人倫」也。武王之意，蓋謂天冥然生長下民，所以使之相安而不亂者，此必有彝常條理次第，而我不知其詳。爲此疑以發箕子之言。然義理無窮，武王之聖已能知之，其間節目之詳，則亦必講明而後盡也。箕子乃言曰：『我聞在昔，鯀陻洪水，汩陳其五行，帝乃震怒，不畀洪範九疇，彝倫攸斁。鯀則殛死，禹乃嗣興。天乃錫禹洪範九疇，彝倫攸敘。』此言《洛書》所爲出之意也。鯀、禹相繼治水，《洛書》必待禹而後出者，蓋天不愛道，地不愛寶，必得其人然後畀。鯀陻洪水，逆水之性，所以五行皆汩亂其常，此帝之所以不畀鯀，而彝倫之所以不明也。禹則不然，故帝乃錫之，書出于洛而禹得之，遂推其類以爲洪範九疇，彝倫之所以叙也。蔡氏曰：「治水功成，洛龜呈瑞，如《簫韶》奏而鳳儀，《春秋》作而麟至，亦其理也。」初一説見虞紀。曰五行，次二曰敬用五事，次三曰農用八政，次四曰協用五紀，次五曰建用皇極，次六曰乂用三德，次七曰明用稽疑，次八曰念用庶徵，次九曰嚮用五福，威用六極。此神禹所則洪範之經也。《洛書》之數，以五居中，其餘八位異數，而縱橫揍合，對則兩其五，參則三其五，而五數無不在焉。故以皇極居五，以樞紐乎九疇；以五行居一，以胎育乎衆有。所以皇極不言數，蓋數之體也；五行不言用，蓋用之大也。蔡氏曰：「敬，誠身也。農，厚生也。協，合天也。建，立道也。乂，治民也。明，辨惑也。念，省驗也。嚮，勸；而威，懲也。」子王子曰：「《洛書》縱橫皆五，故九疇每疇五亦在焉。五行、五事、五紀、庶徵、五福，皆五也。八政雖八，而以三官統五政，司空統食、貨，司徒統祀、賓，司寇統師，是亦五也。三德雖三，而剛、柔之用各二，是亦五也。稽疑雖七，而卜兆則五，從、逆則亦五。六極雖六，然與五福相反。短折，壽之反。貧，富之反。疾病，康寧之反。惡、弱，好德之反。凶折，考終之反。是亦五也。」愚按：二極同文而異義。皇極者，「準極」之「極」。六極者，「窮極」

之「極」。今醫書亦有六極之證，謂氣、血、筋、骨、皮、肉皆竭也，義同此。或疑「六極」之「極」當作「殛」。

一、五行： 漢石經無「一」字，餘傳首句並不言疇數。 一曰水，二曰火，三曰木，四曰金，五曰土。水曰潤下，火曰炎上， 朱子說「下」去聲，「上」上聲。 木曰曲直，金曰從革，土爰稼穡。潤下作鹹，炎上作苦，曲直作酸，從革作辛，稼穡作甘。 此下九疇之目。蓋大禹本經，其發明者，蓋禹之意，而箕子傳文也。朱子曰，吴氏謂《洪範》乃五行之書，其下諸疇各以序類相配，此《洪範》之傳也。後皆放此。「水曰潤下」以下，言五行之性。「潤下作鹹」以下，言五行之味。五行者，造化之用，其功用甚廣，此獨言其性與味者，以切於民飲食器用言也。水之性，氣潤而勢下。火之性，氣炎而勢上。木之性，有曲而有直。金之性，體從而用革。土無不生，此獨言稼穡者，重民用也。不言「曰」而言「爰」，蓋於此獨重也。種曰稼，以生言。斂曰穡，以成言。五者亦各有陰陽之分。

二、五事： 一曰貌，二曰言，三曰視，四曰聽，五曰思。 此五事之目。其序全體五行，其功後配庶徵。皇極之所以爲極者，專本於是。朱子曰：「在天爲五行，在人爲五事。五事以思爲主，蓋不可見而行乎四者之間也。然操存之漸，必自其可見者而爲之。」 貌曰恭，言曰從，視曰明，聽曰聰，思曰睿。 此五事之則也。大禹敬用之言盡之，而箕子又各發明其則。從，順也。 恭作肅，從作乂，明作哲，聰作謀，睿作聖。 此推五則之功也。貌而能恭，則氣象嚴整，襲頑起惰，故肅。言而能從，則令行人順，故乂。視明，則知見必徹，故能哲。聽聰，則多聞善斷，故能謀。至於思能通微，則聖矣。周子曰：「睿，通微也。能通微，則無不通矣。」

三、八政： 一曰食，二曰貨，三曰祀，四曰司空，五曰司徒，六曰司寇，七曰賓，八曰師。 食者，民之所本以生；貨者，民之所資以用，故食居上，貨次之。食、貨，所以養生；祭祀，所以送死，所謂「養生喪死無憾，王道之始也」。司空，掌土，所以定其居。司徒，掌教，所以正其德。司寇，掌禁，所以治其邪。賓，所以交際，待諸侯、懷遠人。師，所以除殘賊也。刑者，聖人之不得已，故司寇居三官之後。兵者，聖人之大不得已，故師居八政之末。

四、五紀： 一曰

歲，二曰月，三曰日，四曰星辰，五曰曆數。歲，四時也。月，晦朔也。日，躔度也。星，有經有緯。隨天者，經星；五緯者，緯星。辰，日月所會十二次也。曆數者，推步占候之法，所以紀歲、月、日、星、辰也。八政者，周禮之綱。五紀者，羲、和之職。**曰：王省惟歲，卿士惟月，師尹惟日。歲、月、日時無易，百穀用成，乂用明，俊民用章，家用平康。日、月、歲時既易，百穀用不成，乂用昏不明，俊民用微，家用不寧。庶民惟星，星有好風，星有好雨。日月之行，則有冬有夏。月之從星，則以風雨。**東坡蘇氏、石林葉氏、無垢張氏、容齋洪氏皆曰此「五紀」之傳，今從之。蓋歲、月、日、星、辰之度，具于曆數，箕子於此，特以其切於君臣政事者言之，以明調贊之本。曰者，箕子之辭也。省，察視也。王言「省」，卿士、師尹不言者，冒上文也。一歲該十二月，王當視歲功之運以總攬群綱。一月該三十日，卿士當視一月之運以各率其屬。至於官師庶尹，又當視一日之運而朝夕靡懈，修舉衆務。蓋天之歲、月、日時無易，則百穀用成，治象清明，賢俊俱出，民俗平康。易其序則反是。君臣責任之修廢，其效如之。成功統歸於上，故無易者，先言歲、月。廢墜多起於微，故既易者，先言日、月，蓋自一日之差，則累累皆差也。星，指經星。庶民之象，則如星之衆。而星之所尚有不同，有好風者，箕星是也；有好雨者，畢星是也。《漢志》言軫星亦好雨，星占言東井好風雨。日月之行，冬夏各有常度。月之從星，入箕則多風，離畢則多雨，宿軫則雨，宿井則風雨矣。日行黃道，而月有九行。每月周天，則又以日爲紀。日有常度，其從星者惟月耳。按占書，凡太陰所行，各有變異，此但舉風雨者爲例爾。蔡氏曰：「日有中道，月有九行。中道者，黃道也。北至東井去極近，南至牽牛去極遠，東至角、西至婁去極中是也。九行者，黑道二出黃道北，赤道二出黃道南，白道二出黃道西，青道二出黃道東，并黃道爲九行也。日極南至于牽牛，則爲冬至；極北至于東井，則爲夏至；南北中，東至角，西至婁，則爲春、秋分。月立春，春分從青道；立秋，秋分從白道；立冬，冬至從黑道；立夏，夏至從赤道，所謂『日月之行，則有冬有夏』也。月行東北，入于箕則多風；月行西南，入于畢則多雨，所謂『月之從星，則以風雨』也。民不言『省』者，庶民之休咎係乎上人之得失，故但以月之從星以見所以從民之欲者何如爾。夫民生之衆，寒者欲衣，飢者欲食，鰥寡孤獨者之欲得其所，此王政之所先，而卿士、師尹近民者之責也。然星雖有好風、好雨之異，而日月之行則有冬、有夏之常，以月之常行而從星之異好，以卿士、師尹之常職而從民之異欲，則其從民者非所以徇民矣。言『日』、『月』而不言『歲』者，有冬有夏，所以成歲功也。言『月』而不言『日』者，從星惟月爲可見耳。」五、皇極：皇建其有極。朱子謂皇者，君也；極者，至極之義，標準之名也，如所謂北極、屋極、民極之謂也。建，立也。其有極，指人之所有之標準也。謂人君下布五行，上協五紀，端五事於上，而躬行言動皆可以爲民之標準；修八政於下，而法度政事皆有以爲民之標準，此所謂「建其有極」也。無偏無陂，遵王之義。無有作好，遵王之道。無有作惡，遵王之路。無偏無黨，王道蕩蕩。無黨無偏，王道平平。無反無側，王道正直。會其有極，歸其有極。傅氏子駿以爲此章乃古書韻語，與箕子前後《書》文不同，子王子是之，即以繼「皇建其有極」之下，以爲「皇極」經文；上文所謂「斂時五福」者，乃「五福」傳文；下文「曰皇極敷言」者，乃箕子此章傳文，今從之。偏，不中。陂，不平。作惡、作好，私意之增加也。黨，不公。反，倍常〔八〕。側，攲傾也。蕩蕩，廣大也。平平，易直也。正直，公平正直也。偏、陂、好、惡，己私之生於心也。偏、黨，己私之見於事也。反、側，己私之變於久也。王義、王道、王路，即皇極之所以爲教者，互文以諷詠耳。蕩蕩、平平、正直，即皇極之所以爲體者，亦互文以形容耳。此言人君會建其有極於上，使人皆有所標準，以爲遵行之的，故人皆不敢徇己之私而從上之化，亦不必私意妄爲而皆可安行於道化之中。遵義、遵道、遵路，所謂「會其有極」。會，如「朝會」之「會」。蕩蕩、平平、正直，所謂「歸其有極」。歸，如「安歸」之「歸」。此章詠歎、淫液，雖指民之叶極而言，然皇極四方八面、公平正大之體，於此可見矣。信哉！其爲古今相傳之語，爲「皇極」之經也。朱子曰：「自『無偏無陂』以下，乃是反覆贊歎，正説皇極體段。」曰：皇極之敷言，是彝是訓，于帝其訓。凡厥庶民，極之敷言，是訓是行，以近天子之光。曰：天子作民父母，以爲天下王。曰者，箕子傳辭也。皇極之敷言，蔡氏謂即上文敷衍之言也。言人主於皇極之敷言，以是爲常行，以是爲訓教，則人主之訓，即天之訓也。斯民以此敷言，於是訓而是行之，則亦可以近天子道德之光華矣。謂其賢德可以進用於君。然其心悟，其行同，亦如親而炙之也。曰「天子作民父母，以爲天下王」，蓋於是民始知天子之所以恩育乎我，君長乎我者，其德大矣。六、三德：一曰正直，二曰剛克，三曰柔克。平康正直。彊弗友剛克，燮友柔克。沈潛剛克，高明柔克。正，公平而不偏尚也。直，如「直道而行」之「直」，無所矯拂。克，治之也。友，順也。世俗平康則正直而已，不必偏有所尚。彊弗友，氣習之剛强也，則以剛治之。燮友，氣習之柔弱也，則以柔治之。此制之也。深沈潛退，氣稟之柔也，則以剛治之，使之有立。高尚明爽，氣稟之剛也，則以柔治之，使之不過。此化之也。正直之用一，而剛柔之用四。聖人撫世酬物，因時制宜，大用如此。七、稽疑：擇建立卜筮人，乃命卜筮。曰雨、曰霽、曰蒙、曰驛、曰克，曰貞、曰悔。灼龜曰卜，揲蓍曰筮。蓍、龜無心，吉凶自以類應，然而善推占之則存乎人，故必擇其人立爲卜人、筮人，乃可命之卜筮而後龜兆、蓍卦可推也。雨，水兆。霽，火兆。蒙，木兆，蓋冒土而出也。驛，古文作「圛」，金兆，謂圓圍絡繹也。克，土兆，蓋勾連相加也。或云：蒙，土兆。驛，木。克，金。五者皆龜兆，古自有其占法，而今不傳爾。貞、悔，則筮卦也。卦之不變者，以内卦爲貞，外卦爲悔，傳所謂「『蠱』之貞，風也；其悔，山也」。卦之變動者，以本卦爲貞，之卦爲悔，傳所謂「貞『屯』、悔『豫』」是也。蓋貞之義，正也；悔之義，改也。又《説文》「悔」當作「毎」。凡七，卜五，占用二，衍忒。立時人作卜筮，三人占，則從二人之言。卜五，雨、霽、蒙、驛、克也。占用二，貞、悔也。衍，推也。忒，差也。兆有定體，卦有定辭，自其有變動之差而天下之至變生焉，故善卜筮者，推衍其差忒而已。必立如是善衍忒之人，以作卜筮之人。凡三人推占，則從二人之言，蓋衆則公也。汝則有大疑，謀及乃心，謀及卿士，謀及庶人，謀及卜筮。盡人謀而後卜筮以決之。汝則從，龜從，筮從，卿士從，庶民從，是之謂大同。身其康彊，子孫其逢，吉。汝則從，龜從，筮從，卿士逆，庶民逆，吉。皆從，則龜、筮在卿士、庶民之先，重神也。龜、筮無心之物，故其吉凶與天地神明同體。卿士從，龜從，筮從，汝則逆，庶民逆，吉。庶民從，龜從，筮從，汝則逆，卿士逆，吉。三從二逆者，皆吉。然或汝、或卿士、或庶民，各以其一在龜、筮之上，其要亦以人謀爲主。汝則從，龜從，筮逆，卿士逆，庶民逆，作内吉，作外凶。内、外，猶記言「内事」、「外事」。内，謂祭祀之事；外，如征伐之事是也。二從三違，吉凶如此。龜、筮共違于人，用静吉，用作凶。人謀能料其事之可否耳，若氣數推移之變，有出於意料之表者，此則非人謀所能逆知，惟龜、筮知之耳。故龜、筮共違，雖人謀皆從，而未可爲也。然箕子以龜先筮，又言「龜從筮逆」而無曰「筮從龜逆」者，龜尤古人所重，故《禮記》「大事卜，小事筮」，傳謂「筮短龜長」，亦一意也。蓋龜兆一成，所應久遠，筮則應在一時，而時日推遷，又須更筮，故曰「筮短龜長」。然龜則僭信皆應；若《易》之垂訓，則惟忠信之事應，否則有戒，不爲小人謀也。故自夫子以來，專以《易》垂訓，而龜書終廢云。八、庶徵：曰雨、曰暘、曰燠、曰寒、曰風。雨，於五行水也。暘，火也。燠，木。寒，金。四氣皆因風氣而成，亦猶四行皆由土而載，故風屬土。曰：時五者來備，各以其叙，庶草蕃廡。一極備，凶；一極無，凶。曰，傳文也。時，是也。是五者來備，無缺也。各以其叙，無舛也。庶草，猶言百種。蕃廡，豐茂也。一極備，氣過多也。一極無，氣過少也。如雨多則澇，雨少則旱，是極備與無皆凶也。餘徵皆然。曰休徵：曰肅，時雨若；曰乂，時暘若；曰晢，時燠若；曰謀，時寒若；曰聖，時風若。休徵，謂嘉德之證驗也。肅、乂、晢、謀、聖，五事之德也。箕子以五事、庶徵相感應，以見九疇之對義，舉一隅言之，餘疇皆然。時若，即所謂「五者來備，各以其叙」也。貌恭而肅，則敬德潤身，人心凝聚，故致時雨之順。言從而乂，則號令順理，人心開明，故致時暘之順。視明而晢，則陽明内主，故時燠順之。聽聰而謀，則閉藏默運，好謀能斷，故時寒順之。至於思睿作聖，則妙萬物而無迹，時風順之。此箕子各以其德之氣象所似以明類應。曰咎徵：曰狂，恒雨若；曰僭，恒暘若；曰豫，恒燠若；曰急，恒寒若；曰蒙，恒風若。咎徵者，惡德之證驗也。狂，縱。僭，差也。豫，《大傳》作「荼」，注謂：「緩也。」急，嚴急也。蒙，昧也，《大傳》作「霿」，注謂：「冒也。」「急，恒寒若」，猶所謂秦亡無燠年，蓋嚴迫則常寒應之也。所謂恒若者，即所謂一極備之凶也。此言恒若以見極備之凶，而不明極無之凶，何也？蓋一極備，則一極無可知。如常雨則無暘，常燠則無寒也。凡此通上文，大約以類配。至漢儒則門分户析，指某事致某應，其説始拘，又增入「常陰」一條，於五事無所配，殊不知常陰已在常寒、常雨、常風之内矣，非箕子之言未備也。九、五福：一曰壽，二曰富，三曰康寧，四曰攸好德，五曰考終命。人壽而後能享諸福，故壽爲首。富，有廩禄。康寧，無疾患。攸好德者，樂其道也。考終命者，順受其正也。古者上下有辨，人非廩禄無自富者，故五福不言貴，言富，則貴可知矣。攸好德者，自修之事，而以此爲福，何也？大抵人生而惡弱昏愚者多矣，今其氣稟清明，知德義之美而樂之，豈非天下之至福也哉？使此心昏然，所好非德，雖富壽安逸，祇以荒亡戕賊而已，且飽暖逸居而無教，則近於禽獸，又何足爲福哉？故好德居壽、富、康之後。斂時五福，用敷錫厥庶民。惟時厥庶民于汝極，錫汝保極。子王子曰：此「五福」之傳文也。「五福」之下曰「斂時五福」，猶「庶證」之下曰「時五者來備」也。或疑此章言「汝極」、「惟皇作極」之語，故舊以爲「皇極」之傳，今以受之「五福」之下，則章内何以有皇極之説也？愚按：八疇皆與「皇極」相關，非獨「五福」一疇也。箕子於此舉一隅而發之耳。且言爲君者，體天治民，當以天之所以福民者福之，使之仁壽、安富，知所向方，然後可以望其協極。使其救死不贍，奚暇治禮義？所謂「汝弗能使有好于而家，則時人斯其辜」者也。此猶《大學》「平天下」之傳，言興起感發之化，而又以「絜矩」爲言是也。又況章内曰「攸好德」，曰「既富方穀」，曰「錫福」，則爲「五福」之傳無疑。其間文義，朱子《皇極辨》詳之。凡厥庶民，無有淫朋，人無有比德，惟皇作極。凡厥庶民，有猷、有爲、有守，汝則念之。不協于極，不罹于咎，皇則受之。而康而色，曰：『予攸好德。』汝則錫之福，時人斯其惟皇之極。此節言人之知所好德而不溺於非德，必人君立之標準。然民之能好德者，與未有德而不爲惡者，與革面欲爲好德者，皆當念之、受之，錫之以福也。無虐煢獨而畏高明。此節謂民有不幸而煢獨衰弱者，有幸而榮富者，人主又當扶之、抑之。人之有能有爲，使羞其行，而邦其昌。此節言人之才德當榮富者，進而福之，亦國之福也。凡厥正人，既富方穀，汝弗能使有好于而家，時人斯其辜。穀，善也。此節言人之趨正，亦必先有以養之，故錫福于民者，當以富爲先。不然，人無所養，下流則易，爲善或難矣。于其無好德，汝雖錫之福，其作汝用咎。此節又言非好德之人而錫之福，終爲國家之害而已。按：「五福」雖以「好德」居四，而傳則以好德爲重，蓋五福本係於天命，而人之所可勉者，惟好德而已。錫福雖係於人主，而人主所可錫者，亦惟富而已。六極：一曰凶短折，二曰疾，三曰憂，四曰貧，五曰惡，六曰弱。凶折者，横死。短折者，夭死。疾者，身不康。憂者，心不寧。貧者，家不足。惡者，剛惡。弱者，柔惡。蔡氏曰：「五福、六極，在君則由於極之建不建，在人民則由於訓之行不行，感應之理微矣。」惟辟作福，惟辟作威，惟辟玉食。臣無有作福、作威、玉食。臣之有作福、作威、玉食，其害于而家，凶于而國。人用側頗僻，民用僭忒。」此「五福」、「六極」之總傳也。五福、六極，人君體之以威福其民。作福作威，所謂「嚮用五福，威用六極」也。玉食者，下之所以奉上，此又人主萬乘之福也。臣而僭之，則大夫必害于而家，諸侯必凶于而國。有位者用側頗僻而不安其分，小民者亦僭忒而踰越其常，則轉而趨於六極矣。甚〔九〕言威福之不可下移，而人臣之不可上僭，以發明一義。〇朱子《皇極辨》曰：「《洛書》九數而『五』居中，《洪範》九疇而『皇極』居五，故自孔氏傳訓『皇極』爲『大中』，而諸儒皆祖其說。余獨嘗以經之文義語脉求之，而有以知其必不然也。蓋皇者，君之稱也；極者，至極之義，標準之名，常在物之中央，而四外望之以取正焉者也。故以『極』爲在中之準的則可，而便訓『極』爲『中』則不可。若北辰之爲『天極』，脊棟之爲『屋極』，其義皆然。而《禮》所謂『民極』、《詩》所謂『四方之極』者，於『皇極』之義爲尤近。顧今之説者，既誤於此，而并失於彼，是以其説展轉迷繆，而終不能以自明也。即如舊説，姑亦無問其它，但即經文而讀『皇』爲『大』、讀『極』爲『中』，則夫所謂『惟大作中』、『大則受之』爲何等語乎？今以余説推之，則人君以眇然之身履至尊之位，四方輻湊，面内而環觀之，自東而望者，不過此而西也；自南而望者，不過此而北也，此天下之至中也。既居天下之至中，則必有天下之絶德，而後可以立至極之標準。故必順五行、敬五事以脩其身，厚八政、協五紀以齊其政，然後至極之標準卓然有以立乎天下之至中，使夫面内而環觀者，莫不於是而取則焉。語其仁，則極天下之仁，而天下之爲仁者莫能加也。語其孝，則極天下之孝，而天下之爲孝者莫能尚也。是則所謂『皇極』者也。由是而權之以三德，審之以卜筮，驗其休咎於天，考其禍福於人，如挈裘領，豈有一毛之不順哉？此《洛書》之數所以雖始於『一』、終於『九』，而必以『五』居其中；《洪範》之疇所以雖本於『五行』、究於『福』『極』，而必以『皇極』爲之主也。原於天之所以錫禹，雖其茫昧幽眇有不可得而知者，然箕子之所以言之而告武王者，則已備矣。顧其辭之宏深奥雅，若有未易言者，然嘗試虚心平氣而再三反復焉，則亦坦然明白，而無一字之可疑。但先儒未嘗深求其意，而不察乎人君所以修身立道之本，是以誤訓『皇極』爲『大中』。又見其詞多爲含洪寬大之言，因復誤認『中』爲含胡苟且、不分善惡之意。殊不知『極』雖居中，而非有取乎『中』之義，且『中』之爲義，又以其無過不及，至精至當，而無有豪釐之差，亦非如其所指之云也。乃以誤認之『中』爲誤訓之『極』，不謹乎至嚴至密之體，而務爲至寬至廣之量，其弊將使人君不知脩身以立政，而墮於漢元帝之優游、唐代宗之姑息，卒至於是非顛倒、賢否貿亂，而禍敗隨之，尚何斂福錫民之可望哉？嗚呼！孔氏則誠誤矣。然迹其本心，亦曰姑以隨文解義，爲口耳佔畢之計而已，不知其禍之至此也。而自漢以來，迄今千有餘年，學士大夫不爲不衆，更歷世變不爲不多，幸而遺經尚存，本文可考，其出於人心者，又不可得而昧也。乃無一人覺其非是而一言以正之者，使其患害流于萬世，是則豈獨孔氏之罪哉？予於是竊有感焉。作《皇極辨》。」○《書序》曰：「武王勝殷，殺受，以箕子歸，作《洪範》。」○《書・洪範》《大傳》曰：「武王勝殷，繼公子禄父，釋箕子囚。箕子不忍周之釋，走之朝鮮。鄭氏曰：「誅我君而釋己，嫌苟免也。」武王聞之，因以朝鮮封之。」○《世家》曰：「武王既克殷，訪問箕子，乃封箕子於朝鮮而不臣也。」班固曰：「玄菟、樂浪，本箕子所封。昔殷道衰，箕子去之朝鮮，教其民以禮義，田蠶織作。爲民設禁八條：相殺以當時償殺；相傷以穀償；相盜者，男没入爲其家奴，女爲婢，欲自贖者，人五十萬，雖免爲民，俗猶羞之，嫁娶無所讎。是以其民終不相盜，無門户之閉，婦人貞信不淫辟。其田民飲食以籩、豆，都邑頗放效吏，往往以杯器食。郡初取吏於遼東，吏見民無閉臧，及賈人往者，夜則爲盜，俗稍益薄。今於犯禁寖多，至六十餘條。可貴哉！仁賢之化也。」○《後漢書》曰：「昔箕子違衰殷之運，避地朝鮮。始其國俗未有聞也，及施八條之約，使人知禁，遂乃邑無淫盜，門不夜扃，回頑薄之俗，就寬略之法，行數百千年，故東夷通以柔謹爲風，異乎三方。率皆土著，憙飲酒歌舞，或冠弁衣錦，器用俎豆。所謂『中國失禮，求之四夷』者也。其後通接商賈，從而澆異。若箕子之省簡文條而用信義，其得聖賢作法之原矣。」○蘇氏曰：「箕子之不臣周也，而曷爲爲武王陳《洪範》也？天以是道畀之禹，傳至於我，不可使自我而絕。以武王而不傳，則天下無可傳者矣。故爲箕子者，傳道則可，仕則不可。」

是年，伯夷、叔齊去周，死于首陽。

《古史》曰：「武王伐紂，伯夷、叔齊乃相與扣馬，陳君臣以諫。左右欲兵之，大公曰：『此義人也。』扶而去之。蘇氏曰：「《史記·周本紀》武王即位九年上祭于畢，爲文王木主，載之車中，東觀兵孟津；十一年遂伐誅紂。《伯夷傳》記伯夷諫武王之言曰：『父死未葬，爰及干戈，可謂孝乎？』進退皆不可據，故一取《尚書》爲信。」武王已平殷亂，天下宗周，而伯夷、叔齊恥之，隱於首陽，義不食周粟，采薇而食之，卒以餓死。」愚按：夷、齊之事，《呂氏春秋》《史記》所載多有不同，今據《古史》爲正。又《史記》載采薇之歌曰：「登彼西山兮，采其薇矣。以暴易暴兮，不知其非矣。神農、虞、夏忽焉沒兮，我安適歸矣？于嗟徂兮，命之衰矣。」辭怨而氣弱，絕與孔、孟所言夷、齊氣象不同，《外紀》取之，《古史》亦不取焉。○《古史考》曰：「夷、齊采薇，野有婦人曰：『子義不食周粟，此亦周之草木也。』於是餓死。」

十有四年。西旅獻獒。

《書》曰：「惟克商，遂通道于九夷、八蠻。西旅底貢厥獒，太保乃作《旅獒》，用訓于王。克商之後，威德遠暢，蠻夷來貢也。東方曰夷，南方曰蠻。《職方》云「四夷」、「八蠻」，《爾雅》言「九夷」、「六蠻」。此言「夷」、「蠻」者，四夷之通稱。言「八」、「九」者，謂其非一而已。西旅，西夷之國。獒，犬也。《爾雅》：「犬高四尺曰獒。」《說文》曰：「使犬也。」「犬知人心可使者。」召公以獒非常貢，上易啓人主異好，下非所以示諸侯常禮，故作書以告。然召公在武王時未爲太保，或者史臣之追稱與？五峯胡氏以此篇係《成王》之紀。曰：『嗚呼！明王愼德，四夷咸賓，無有遠邇，畢獻方物，惟服食器用。王乃昭德之致于異姓之邦，無替厥服；分寶玉于伯叔之國，時庸展親。人不易物，惟德其物。謹德，乃一書之要旨。方物，方土所生之物也。服食器用，無異物之貢也。德之致，即謹德所感，貢方物者也，如分陳以肅愼氏之矢；寶玉，如分魯以夏后氏之璜。然魯有封父之繁弱，晉有密須之鼓、鞏闕之甲。故分伯叔非無方物也，而以寶玉爲重，所以示親親。分異姓未必無寶玉也，而以方物爲重，所以示服遠。互文見義，各舉所重而言耳。「人不易物，惟德其物」，言諸侯不敢忽易其所賜，皆以德視物也。夫器物之微，上以德感，亦以德示，而下以德視之。若獒之爲物，上下皆非可以爲德矣。德盛不狎侮。狎侮君子，罔以盡人心；狎侮小人，罔以盡其力。不役耳目，百度惟貞。玩人喪德，玩物喪志。志以道寧，言以道接。此述謹德之事以戒王也。狎，玩褻也。侮，靳忽也。君子、小人，以位言也。德至於盛，必無狎玩之失。然於此或有不戒，則玩狎士大夫，是不以禮使臣也，故君子必遠引而無輸忠之意；狎侮小人，是不以義使民也，故小民必難保而替服役之心。此玩人喪德之病也。不役於耳目之好，則百爲之間，皆合於禮度，而無不正矣。此玩物喪志之反也。夫人主之志，不當以玩物而喪其志，當以道而寧其志。心苟玩物，則役於耳目之欲，而易以失吾心之所守，故謂喪志也。志以道寧，則明乎義理之正，而足以辨天下之是非，故又云「言以道接」，所謂知言也。此章極言不玩物之本，而又要其效如此。不作無益害有益，功乃成。不貴異物賤用物，民乃足。犬馬非其土性不畜，珍禽奇獸不育于國。不寶遠物，則遠人格；所寶惟賢，則邇人安。無益，凡遊玩之類。異物，非其土性不可長養，所以珍禽奇獸不必育于中國。蓋言此非惟啓人之玩，妨人之實，又且違物之性也。不寶遠物，則於己不貪，於人不擾，故遠人來格。貢獒雖其自至，然意向之微，非所以觀示遠人矣。上文因玩物而推明玩人之失，所以防其源也。此章因寶物之戒而又歸重於寶賢之意，所以易其好也。太保格心之言，可謂周密矣。嗚呼！夙夜罔或不勤。不矜細行，終累大德。爲山九仞，功虧一簣。矜，矜持也。八尺曰仞。簣，盛土之器也。召公終謹德之意，言益深切。細行、一簣，雖指受獒而言，然凡謹德者，自當凜然於此矣。允迪兹，生民保厥居，惟乃世王。』」迪，行也。言此以終上文「功成民足」之意。蔡氏曰：「人主一身，實萬化之原。苟於理有毫髮之不盡，即遺生民無窮之害，而非創業垂統可繼之道矣。以武王之聖，召公所以警戒之者如此，後之人君可不深思而加念之哉？」

王有疾。

《金縢篇》曰：「既克商二年，王有疾，弗豫。克商之明年也。二公曰：『我其爲王穆卜。』周公曰：『未可以戚我先王。』穆，敬也。蔡氏謂古者卜大事，公卿、百執事皆在，誠一、和同以聽，故名「穆卜」。下文亦有

「勿穆卜」之文。戚，憂煩之意。周公言此，卻二公之卜。公乃自以爲功，爲三壇同墠，爲壇於南方，北面，周公立焉。植璧秉珪，乃告大王、王季、文王。史乃册祝，曰：『惟爾元孫某，遘厲虐疾。若爾三王，是有丕子之責于天，以旦代某之身。予仁若考，能多材多藝，能事鬼神。乃元孫不若旦多材多藝，不能事鬼神。乃命于帝庭，敷佑四方，用能定爾子孫于下地，四方之民，罔不祗畏。嗚呼！無墜天之降寶命，我先王亦永有依歸。今我即命于元龜，爾之許我，我其以璧與珪歸俟爾命。爾不許我，我乃屏璧與珪。』自以爲功，獨以爲己事也，故不於宗廟、郊社，而爲壇。築土曰壇，除土曰墠。三壇，大王、王季、文王之位也。又爲壇於三壇之南而北向，則周公所立之位。璧以禮神，植於神位。珪則周〔一〇〕公所秉者。史，卜史也。某，武王之名也。責，朱子謂如「責其侍子」之「責」。如爾三王爲天責其元子來侍，則請以旦代某之身。蓋我能承順祖考之意，能多材多藝，趨奔役使以事鬼神故也。乃元孫則不能趨奔役使，而其大德可以敷佑天下，故帝命以君天下，用能定爾子孫黎民於下地，而四方畏之。今日毋使遽爾以墜上天昔日所降之重命，我先王亦永有依歸矣。屏璧與珪，謂不復得事神也。蓋武王喪，則周家必墜，雖欲事神，不可得。曰「爾」、曰「我」，曰「許」、「不許」，迫切之意，言不暇文也。乃卜，句。三龜，一習吉。啓籥見書，乃并是吉。公曰：『體！王其罔害。予小子新命于三王，惟永終是圖。茲攸俟，能念予一人。』古者卜筮，必立三人以參考吉凶。三龜者，三人所卜之龜也。習，重也。三人所告龜兆，皆以爲吉也。啓籥者，啓金縢之匱也。周家卜筮之書，皆藏於金縢之匱。卜史掌之，以金緘縢，重其器也。周公啓籥以觀卜兆之書，亦又云吉。體，謂兆象也，《禮》所謂「君占體」是也。以兆體言之，王其無害，而予小子則新受命于三王，惟永終是圖，謂代死也。今日所俟，惟三王念我王一人而已。公歸，乃納册于金縢之匱中。王翼日乃瘳。」公歸，謂占畢而返歸其室也。於是史乃納册於金縢之匱。《周禮·占人》：「凡卜筮，既事，則繫幣以比其命。歲終，則計其占之中否。」鄭康成謂：「卜筮，史必書其命龜之事及兆於册，繫其禮神之幣而合藏焉。」是則金縢之匱，周家藏卜書之常器，而終事納册，亦周家占人之常職。世俗謂周公始爲此匱，又納册其中以爲異日自驗之地，可謂陋矣。

十有九年。十有二月。王崩，《逸周書》曰：「乃歲十二月，王崩鎬。」**子誦踐位。周公冢宰，正百工。**

《管子》曰：「昔者大王賢，王季賢，文王賢，武王賢。武王伐殷，克之，七年而崩。周公旦輔成王而治天下。」○《竹書紀年》曰：「武王年五十四。」

履祥按：《文王世子篇》稱文王謂武王曰：「我百，爾九十。吾與爾三焉。」文王九十七乃終，武王九十三而終。前輩多疑焉。夫年之長短，命也。雖聖人，豈能以與其子哉？且如其言，則文王十五而生武王，前此已生伯邑考矣；武王八十一而生成王，後此又生唐叔虞焉。人情事理，所必不然也。按《文王世子》乃合古書數篇爲一篇，其篇目尚在，每章之首與其終，曰《文王世子》，曰《教世子》，曰《周公踐阼》，曰《庶子官》，曰《天子視學》，曰《世子之記》，而此章於上下文無所繫，此必俗傳之附會耳。今依《竹書紀年》之年，以明戴記之訛雜云。

【校記】

〔一〕「五」，原作「玉」，今據宋犖本改。

〔二〕「周」，原脱，今據率祖堂本、《四庫》本補。

〔三〕「本」，原作「大」，今據慎獨齋配補歸仁齋本、宋犖本改。

〔四〕「責」，原作「貴」，今據慎獨齋配補歸仁齋本、宋犖本、率祖堂本、《四庫》本改。

〔五〕「女」，原作「子」，今據宋犖本改。

〔六〕「臣」，原作「勝」，今據慎獨齋配補歸仁齋本、宋犖本改。

〔七〕「冢」，原作「家」，今據慎獨齋配補歸仁齋本、宋犖本、率祖堂本、《四庫》本改。

〔八〕「常」，原作「棄」，今據宋犖本、率祖堂本、《四庫》本改。

〔九〕「甚」，原作「其」，今據宋犖本、率祖堂本、《四庫》本改。

〔一〇〕「周」，原脱，今據率祖堂本、《四庫》本補。

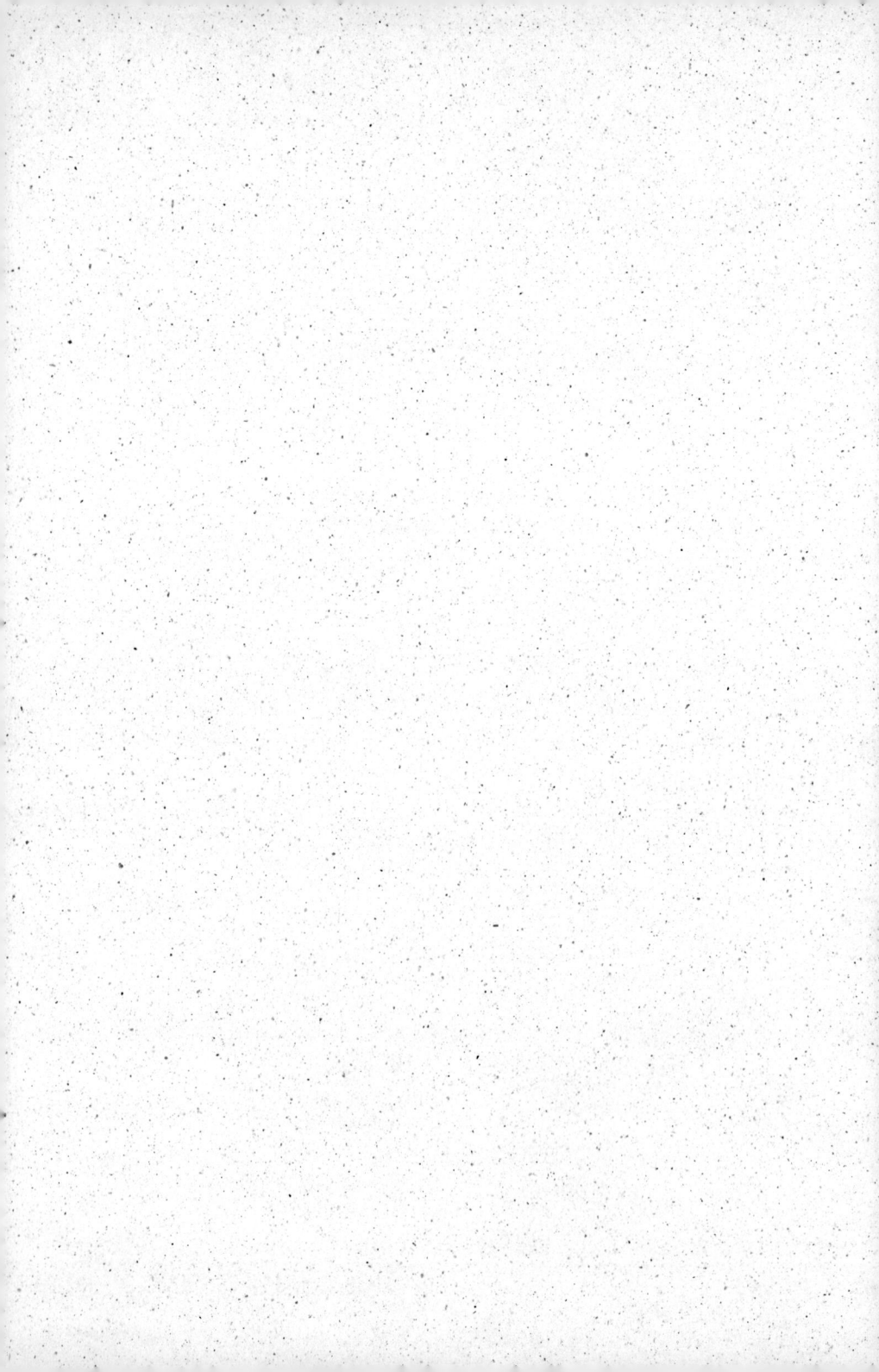

北山四先生全書

金履祥卷

黄靈庚　李聖華　主編

通鑑前編

〔宋〕金履祥／撰　孫曉磊／整理

下

上海古籍出版社

通鑑前編卷之十四

金履祥編

丙子。周簡王元年。晉伯宗、夏陽説、衛孫良夫、甯相、鄭人、伊雒之戎、陸渾、蠻氏侵宋。

《左氏》曰："以其辭會也。師于鍼。衛人不保。説欲襲衛，曰：『雖不可入，多俘而歸，有罪不及死。』伯宗曰：『不可。衛唯信晉，故師在其郊而不設備。若襲之，是棄信也。雖多衛俘，而晉無信，何以求諸侯？』乃止。師還，衛人登陴。"

晉遷于新田。

《左氏》曰："晉人謀去故絳。諸大夫皆曰：『必居郇瑕氏之地，沃饒而近鹽，國利君樂，不可失也。』公謂韓獻子曰：『何如？』對曰：『不可。郇瑕氏土薄水淺，其惡易覯。易覯則民愁，民愁則墊隘，於是乎有沈溺重腿之疾。不如新田，土厚水深，居之不疾，有汾、澮以流其惡，且民從教，十世之利也。夫山、澤、林、鹽，國之寶也。國饒，則民驕佚。近寶，公室乃貧。不可謂樂。』公説。遷于新田。」

鄭悼公卒，弟睔立。是爲成公。

楚公子嬰齊帥師伐鄭。晉欒書帥師救鄭。

《左氏》曰：「鄭從晉故也。晉師與楚師遇於繞角。楚師還，晉師遂侵蔡。楚公子申、公子成以申、息之師救蔡。軍帥之欲戰者衆。知莊子、范文子、韓獻子曰：『不可。吾來救鄭，楚師去我，吾遂至於此，是遷戮也。戮而不已，又怒楚師，戰必不克。雖克，不令。成師以出，而敗楚之二縣，何榮之有焉？若不能敗，爲辱已甚。』武子曰：『善鈞從衆。夫善，衆之主也。三卿爲主，可謂衆矣。從之。』侵沈，獲沈子揖。」

吳壽夢來朝。

《吳越春秋》曰：「壽夢元年，朝周，適楚，觀諸侯禮樂。魯成公會於鍾離，深問周公禮樂。成公悉爲陳前王之禮樂，因爲詠歌三代之風。壽夢曰：『孤在夷蠻，徒以椎髻爲俗，豈有斯之服哉？』因歎而去，曰：『於乎哉，禮也！』」按《年表》，吳與魯會鍾離當在簡王十年。

二年。吳伐郯。

《左氏》曰：「吳伐郯，郯成。季文子曰：『中國不振旅，蠻夷入伐，而莫之或恤。無弔者也夫！《詩》曰：「不弔昊天，亂靡有定。」有上不弔，其誰不受亂？吾亡無日矣。』」

楚公子嬰齊帥師伐鄭。晉侯、齊侯、宋公、魯侯、衛侯、曹伯、莒子、邾子、杞伯救鄭，同盟于馬陵。

《左氏》曰：「楚子重伐鄭，師于氾。諸侯救鄭。鄭共仲、侯羽軍楚師，囚鄖公鍾儀，獻諸晉。八月，同盟于馬陵，尋蟲牢之盟，且莒服故也。晉人以鍾儀歸，囚諸軍府。」

吴入州來。

《左氏》曰：「楚之討陳夏氏也，楚莊欲納夏姬。申公巫臣曰：『不可。君召諸侯，以討罪也；今納夏姬，貪其色也。貪色爲淫，淫爲大罰。』乃止。子反欲取之，巫臣曰：『是不祥人也。是夭子蠻，殺御叔，弑靈侯，戮夏南，出孔、儀，喪陳國，何不祥如是？』子反乃止。楚子以與連尹襄老。襄老死於邲，不獲其尸。巫臣使道焉，曰：『歸，吾聘女。』又使自鄭召之，曰：『尸可得也，必來逆之。』姬以告楚子，楚子問巫臣。對曰：『其信！知罃之父，新佐中軍，而善鄭皇戌，甚愛此子。其必因鄭而歸王子與襄老之尸以求之。』楚子遣夏姬歸。巫臣聘諸鄭，鄭伯許之。及楚共即位，將爲陽橋之役，使屈巫聘于齊。巫臣盡室以行。及鄭，使介反幣，而以夏姬行，遂奔晉。子反請以重幣錮之，楚子曰：『止。其自爲謀也則過矣。其爲吾先君謀也則忠。且彼若能利國家，雖重幣，晉將可乎？若無益，晉將棄之，何勞錮焉？』圍宋之役，子重請取於申、吕以爲賞田。巫臣曰：『不可。』子重是以怨巫臣。子重、子反殺巫臣之族，而分其室。巫臣自晉遺二子書曰：『爾以讒慝貪惏事君，而多殺不辜。余必使爾罷於奔命以死。』巫臣請使於吴，晉侯許之。吴子壽夢説之。乃通吴於晉。以兩之一卒適吴，舍偏兩之一焉。與其射御，教吳乘車，教之戰陳，教之叛楚。寘其子狐庸焉，使爲行人於吳。吳始伐楚、伐巢、伐徐。子重奔命。馬陵之會，吳入州來。子重自鄭奔命。子重、子反於是一歲七奔命。蠻夷屬於楚者，吳盡取之，是以始大，通於上國。」○陳氏曰：「吳、楚之交兵不書，至是始書之。傳曰：『是以始大，通吳於上國。』晉人爲之也。盟於蒲，景公將始會吳，吳不至，於鍾離而後至。盟于雞澤，悼公又逆吳子，吳不至，於戚而後至。吳之爲蠻久矣，其不敢自列於諸夏。而晉求之急，將以罷楚也。楚罷，晉亦不復霸矣。」

履祥按：《春秋》「吳入州來」，州來，楚邑也，而不係之楚，此天下之變也。州來，今淮、蔡之地。入州來，非獨楚之憂，諸夏之憂亦自是始矣。書「吳伐郯」、「吳入州來」，以爲此皆諸夏之憂也。言《春秋》者，謂《春秋》有天下之辭，有一國之辭。天下之辭，此類是也。

三年。晉欒書帥師侵蔡，遂侵楚。

晉殺其大夫趙同、趙括。

《左氏》曰：「趙嬰通于趙莊姬，原、屏放諸齊。莊姬譖之于晉侯，曰：『原、屏將爲亂。』

欒、郤爲徵。六月，晉討趙同、趙括。武從姬氏畜于公宮。」武從姬氏畜于宮，此即《史記》所謂景公與韓厥謀，匿之宮中也。

王使召伯賜魯侯命。

胡氏曰：「諸侯嗣立而入見則有賜，已修聘禮而來朝則有賜，能敵王所愾而獻功則有賜。成公即位，服喪已畢而不入見，又未嘗敵王所愾也，何爲而賜命乎？《春秋》罪邦君之不王，譏天子之僭賞也。」

晉人、齊人、魯人、邾人伐郯。

《左氏》曰：「晉士燮來聘，言伐郯也，以其事吴故。公賂之，請緩師。文子不可，曰：『君命無貳，失信不立。禮無加貨，事無二成。君後諸侯，是寡君不得事君也。燮將復之。』季孫懼，使宣伯帥師會伐郯。」○胡氏曰：「吴初伐郯，季文子固憂之矣。然當其時，晉弗能救，及其既成，豈得已也？而又率諸國伐之，何義乎？晉侯之爲盟主可見矣。魯既知其不可而不敢違，其不能自立亦可知矣。」

履祥按：晉方通吳，教之伐楚，而已有爭郯之役。結夷狄以謀夷狄者，亦不可不戒也！然則晉之於郯，宜如何？救之於前，卹之於後，其全中國之義乎！

四年。晉侯、齊侯、宋公、魯侯、衛侯、鄭伯、曹伯、莒子、杞伯同盟于蒲。

《左氏》曰：「初，晉侯使韓穿來言汶陽之田，歸之于齊。季文子餞之，私焉，曰：『大國制義以爲盟主，是以諸侯懷德畏討，無有貳心。謂汶陽之田，敝邑之舊也，而用師於齊，使歸諸敝邑。今有二命，曰：「歸諸齊。」信以行義，義以成命，小國所望而懷也。信不可知，義無所立，四方諸侯，其誰不解體？七年之中，一與一奪。《詩》曰：「士也罔極，二三其德。」霸主將德是以，而二三之。行父懼晉之失諸侯也，是以敢私言之。』爲歸汶陽之田故，諸侯貳於晉。晉人懼，會於蒲，以尋馬陵之盟。季文子謂范文子曰：『德則不競，尋盟何爲？』范文子曰：『勤以撫之，寬以待之，堅彊以御之，明神以要之，柔服而伐貳，德之次也。』是行也，將始會吳，吳人不至。」

履祥按：蒲之盟，内則爲諸侯之貳，外則召吳而吳不至。則《春秋》何以書「同盟」？晉將以是同諸侯爾。是「同」也，與清丘之「同」一也。

齊頃公卒，子環嗣。 是爲靈公。

晉人執鄭伯。晉欒書帥師伐鄭。

《左氏》曰：「楚人以重賂求鄭，鄭伯會楚公子成于鄧。秋，鄭伯如晉。晉人討其貳於楚也，執諸銅鞮。欒書伐鄭，鄭人使伯蠲行成，晉人殺之，非禮也。兵交，使在其間可也。楚子重侵陳以救鄭。」

楚公子嬰齊帥師伐莒。莒潰。楚人入鄆。

《左氏》曰：「初，晉侯使申公巫臣如吳，假道于莒。與渠丘公立於池上，曰：『城已惡！』莒子曰：『辟陋在夷，其孰以我爲虞？』對曰：『夫狡焉思啓封疆以利社稷者，何國蔑有？唯然，故多大國矣，唯或思或縱也。勇夫重閉，況國乎？』明年，冬，楚子重自陳伐莒，圍渠丘。渠丘城惡，衆潰，奔莒。楚入渠丘。莒人囚楚公子平，楚人曰：『勿殺！吾歸而俘。』莒人殺之。楚師圍莒。莒城亦惡，莒潰。楚遂入鄆，莒無備故也。」

秦人、白狄伐晉。

鄭人圍許。

《左氏》曰：「鄭人圍許，示晉不急君也。公孫申謀曰：『我出師以圍許，爲將改立君者，而紓晉使，晉必歸君。』」

晉侯歸楚鍾儀于楚。楚子使公子辰如晉。

《左氏》曰：「晉侯觀于軍府，見鍾儀。問之曰：『南冠而縶者，誰也？』有司對曰：『鄭人所獻楚囚也。』使税之。召而弔之。再拜稽首。問其族，對曰：『泠人也。』公曰：『能樂乎？』對曰：『先父之職官也，敢有二事？』使與之琴，操南音。公曰：『君王何如？』對曰：『其爲大子也，師保奉之，以朝于嬰齊而夕于側也。不知其他。』公語范文子，文子曰：『楚囚，君子也。言稱先職，不背本也。樂操土風，不忘舊也。稱大子，抑無私也。名其二卿，尊君也。不背本，仁也；不忘舊，信也；無私，忠也；尊君，敏也。仁以接事，信以守之，忠以成之，敏以行之。事雖大，必濟。君盍歸之？使合晉、楚之成。』公從之，重爲之禮而歸之。楚子使公子辰如晉，報鍾儀之使，請脩好結成。」

五年。晉使糴茷如楚，報使。

晉侯有疾，立世子州蒲爲君，是爲厲公。**以會齊侯、宋公、魯侯、衛侯、曹伯伐鄭。**

《左氏》曰：「鄭公子班聞叔申之謀，立公子繻。夏，鄭人殺繻，立髡頑。班奔許。欒武子曰：『鄭人立君，我執一人焉，何益？不如伐鄭而歸其君，以求成焉。』晉侯有疾，立子州蒲以爲君，而會諸侯以伐鄭。鄭子罕賂以襄鐘，子然盟于脩澤，子駟爲質。鄭伯歸，討立君者，殺叔申、叔禽。」

晉景公卒。

《左氏》曰：「晉侯夢大厲，被髮及地。曰：『殺余孫，不義。余得請於帝矣！』公覺，召桑田巫。巫言如夢。公曰：『何如？』曰：『不食新矣。』公疾病，求醫于秦。秦伯使醫緩爲之。未至，公夢疾爲二豎子，曰：『彼，良醫也。懼傷我，焉逃之？』其一曰：『居肓之上，膏之下，若我何？』醫至，曰：『疾不可爲也。在肓之上，膏之下，攻之不可，達之不及，藥不至焉，不可爲也。』公曰：『良醫也。』厚爲之禮而歸之。六月丙午，晉侯欲麥，使甸人獻麥，饋人爲之。召桑田巫，示而殺之。將食，張，如廁，陷而卒。」

晉程嬰攻屠岸賈，滅其族，復趙武。程嬰請死。

《史記》曰：「晉景公疾，卜之，大業之後不遂者爲祟。諸將入問疾，景公因韓厥之衆以脅諸將而見趙武。諸將不得已，乃曰：『昔下宫之難，屠岸賈爲之，矯以君命，并命群臣。非然，孰敢作難！微君之疾，群臣固且請立趙後。今君有命，群臣之願也。』於是召趙武、程嬰徧拜諸將，遂反與程嬰、趙武攻屠岸賈，滅其族。復與趙武田邑如故。及趙武冠，成人，程嬰乃辭諸大夫，謂趙武曰：『昔下宮之難，皆能死，我非不能死，思立趙氏之後。今趙武既立，成人，復故位，我將下報趙宣孟與公孫杵臼。』趙武泣，頓首固請曰：『武願苦筋骨以報子至死，而子忍去我死乎！』程嬰曰：『不可。彼以我爲能成事，故先我死；今我不報，是以我事爲不成。』遂自殺。趙武服齊衰三年，爲之祭邑，春秋祠之，世勿絕。」〇《左氏》曰：「韓厥言於晉侯曰：『成季之勳，宣孟之忠，而無後，爲善者懼矣！』乃立武而反其田焉。」

六年。周公楚出奔晉。

《左氏》曰：「周公楚惡惠、襄之偪，且與伯與爭政，不勝而出。王使劉子復之，盟于鄄而入。三日，復出奔晉。凡自周無出，周公自出故也。」

命王季子、單子取鄇田于晉。

《左氏》曰：「晉郤至與周爭鄇田，王命劉康公、單襄公訟諸晉。郤至曰：『温，吾故也，故不敢失。』劉子、單子曰：『昔周克商，使諸侯撫封，蘇忿生以温爲司寇，與檀伯達封于河。蘇氏即狄，又不能於狄而奔衛。襄王勞文公而賜之温，狐氏、陽氏先處之，而後及子。若治其故，則王官之邑也，子安得之？』晉侯使郤至勿敢争。」

七年。宋華元合晉、楚之成。晉、楚交聘。

《左氏》曰：「宋華元善於令尹子重，又善於欒武子。聞楚人既許晉糴茷成，而使復歸命矣。華元如楚，遂如晉，合晉、楚之成。夏，晉士燮會楚公子罷、許偃，盟于宋西門之外，曰：『凡晉、楚無相加戎，好惡同之，同恤菑危，備救凶患。若有害楚，則晉伐之。在晉，楚亦如之。交贄往來，道路無壅，謀其不協，而討不庭。有渝此盟，明神殛之，俾隊其師，無克胙國。』晉郤至如楚聘，且涖盟。楚子享之，子反相，爲地室而縣焉。郤至將登，金奏作於下，驚而走出。子反曰：『日云莫矣，寡君須矣，吾子其入也。』賓曰：『君不忘先君之好，施及下臣，貺之以大禮，重之以備樂。如天之福，兩君相見，何以代此？下臣不敢。』子反曰：『如天之福，兩君相見，無亦唯是一矢以相加遺，焉用樂？寡君須矣，吾子其入也！』賓曰：『若讓之以一矢，禍之大者，其何福之爲？世之治也，諸侯間於天子之事，則相朝也，於是乎有享、宴之禮。享以訓共儉，宴以示慈惠。共儉以行禮，而慈惠以布政。政以禮成，民是以息。百官承事，朝而不夕，此公侯之所以扞城其民也。今吾子之言，亂之道也。然吾子，主也，至敢不從？』遂入，卒事。歸，以語范文子。文子曰：『無禮必食言，吾死無日矣夫！』楚公子罷如晉聘，且涖盟。」

按：晉、楚之盟不書於《春秋》，而《史記·年表》亦不見，一二年間兵交自若，今不欲削去，存之以備參考。

八年。魯侯及諸侯來朝，遂從王季子、成子會晉侯伐秦。曹宣公卒于師。公子負芻殺世子而自立。是爲成公。**成肅公卒于瑕。**

《左氏》曰：「往年，秦、晉爲成，將會于令狐。晉侯先至，秦伯不肯涉河，次于王城，使史顆盟晉侯于河東。晉郤犨盟秦伯于河西。秦伯歸而背晉成。是年，晉侯使郤錡如魯乞師。三月，公如京師。孟獻子從。公及諸侯朝王，遂從劉康公、成肅公會晉侯伐秦。成子受脤于社，不敬。劉子曰：『吾聞之，民受天地之中以生，所謂命也。是以有動作禮義威儀之則，以定命也。能者養之以福，不能者敗以取禍。是故君子勤禮，小人盡力。勤禮莫如致敬，盡力莫如敦篤。敬在養神，篤在守業。國之大事，在祀與戎。祀有執膰，戎有受脤，神之大節也。今成子惰，棄其命矣，其不反乎？』夏，晉侯使呂相絶秦，曰：『昔逮我獻公及穆公相好，戮力同心，申之以盟誓，重之以昏姻。天禍晉國，文公如齊，惠公如秦。無祿，獻公即世。穆公不忘舊德，俾我惠公用能奉祀于晉。又不能成大勳，而爲韓之師。亦悔于厥心，用集我文公，是穆之成也。文公躬擐甲胄，跋履山川，踰越險阻，征東之諸侯，虞、夏、殷、周之胤而朝諸秦，則亦既報舊德矣。鄭人怒君之疆埸，我文公帥諸侯及秦圍鄭。秦大夫不詢于我寡君，擅及鄭盟。諸侯疾之，將致命于秦。文公恐懼，綏静諸侯，秦師克還無害，則是我有大造于西也。無禄，文公即世。穆爲不弔，蔑死我君，寡我襄公，迭我殽地，奸絶我好，伐我保城，殄滅我費滑，散離我兄弟，撓亂我同盟，傾覆我國家。我襄公未忘君之舊勳，而懼社稷之隕，是以有殽之師。猶願赦罪于穆公，穆公弗聽，而即楚謀我。天誘其衷，成王隕命，穆公是以不克逞志于我。穆、襄即世，康、靈即位。康公，我之自出，又欲闕剪我公室，傾覆我社稷，帥我蝥賊，以來蕩搖我邊疆，我是以有令狐之役。康猶不悛，入我河曲，伐我涑川，俘我王官，剪我羈馬，我是以有河曲之戰。東道之不通，則是康公絶我好也。及君之嗣也，我君景公引領西望曰：「庶撫我乎！」君亦不惠稱盟，利吾有狄難，入我河縣，焚我箕、郜，芟夷我農功，虔劉我邊垂。我是以有輔氏之聚。君亦悔禍之延，而欲徼福于先君獻、穆，使伯車來，命我景公曰：「吾與女同好棄惡，復脩舊德，以追念前勳。」言誓未就，景公即世，我寡君是以有令狐之會。君又不祥，背棄盟誓。白狄及君同州，君之仇讎，而我之〔二〕昏姻也。君來賜命曰：「吾與女伐狄。」寡君不敢顧昏姻，畏君之威，而受命于吏。君有二心於狄，曰：「晉將伐女。」狄應且憎，是用告我。楚人惡君之二三其德也，亦來告我曰：「秦背令狐之盟，而來求盟于我，昭告昊天上帝、秦三公、楚三王曰：『余雖與晉出入，余唯利是視。』不穀惡其無成德，是用宣之，以懲不壹。」諸侯備聞此言，斯是用痛心疾首，暱就寡人。寡人帥以聽命，唯好是求。君若惠顧諸侯，矜哀寡人，而賜之盟，則寡人之願也。其承寧諸侯以退，豈敢徼亂？君若不施大惠，寡人不佞，其不能以諸侯退矣。敢盡布之執事，俾執事實圖利之。』秦桓公既與晉厲公爲令狐之盟，而又召狄與楚，欲道以伐晉，諸侯是以睦於晉。晉欒書將中軍，荀庚佐之。士燮將上軍，郤錡佐之。韓厥將下軍，荀罃佐之。趙旃將新軍，郤至佐之。郤毅御戎，欒鍼爲右。孟獻子曰：『晉帥乘和，師必有大功。』五月，晉師以諸侯之師及秦師戰于麻隧，秦師敗績。曹宣公卒于師。事又見《檀弓》。師遂濟涇，及侯麗而還。迓晉侯于新楚。成肅公卒于瑕。」

履祥按：秦穆公三置晉君，皆以重賂，惠公至於見獲，懷公至於見殺，皆以責賂，獨文公待之得宜，而秦穆亦不敢以待夷吾者加之。然穆公恃恩而私鄭，襄公忘好而敗殽，自是以來，秦、晉之交兵亟矣。至是，晉假王靈率諸侯以伐之。呂相之辭，蔑秦之功。獨背令狐之盟，於秦爲曲耳。《春秋》不書劉、成之出師，又不書秦師之敗績，以爲晉假王命而劉、成不與戰，秦、晉交兵而勝負不足書也。

九年。鄭人伐許。

衛定公卒，子衎嗣。是爲獻公。

《左氏》曰：「衛侯有疾，使孔成子、甯惠子立敬姒之子衎以爲大子。衛定公卒。夫人姜氏既哭而息，見大子之不哀也，不内酌飲，歎曰：『是夫也，將不唯衛國之敗，其必始於未亡人！烏呼！天禍衛國也夫！吾不獲鱄也使主社稷。』大夫聞之，無不聳懼。孫文子自是不敢舍其重器於衛，盡寘諸戚，而甚善晉大夫。」

秦桓公卒，子嗣。是爲景公。

十年。晉侯、魯侯、衛侯、鄭伯、曹伯、宋世子成、齊國佐、邾人同盟于戚。晉侯執曹伯歸于京師。諸侯立子臧，辭，奔宋。

《左氏》曰：「曹宣公卒于師。曹人使公子負芻守，使公子欣時逆喪。負芻殺其太子而自立也，諸侯請討之。晉人以其役之勞，請俟它年。葬曹宣公，子臧將亡，國人皆將從之。公懼，告罪，請焉，乃反，而致其邑。春，會于戚，討曹成公也。執而歸諸京師。諸侯將見子臧于王而立之，子臧辭曰：『聖達節，次守節，下失節。爲君，非吾節也。雖不能聖，敢失守乎？』遂逃，奔宋。」

宋共公卒。蕩山攻殺太子肥。華元出奔，歸而殺山。立公子成。是爲平公。**魚石奔楚。**

楚子伐鄭。

《左氏》曰：「楚將北師，子囊曰：『新與晉盟而背之，無乃不可乎？』子反曰：『敵利則進，何盟之有？』申叔時聞之，曰：『子反必不免。信以守禮，禮以庇身。信、禮之亡，欲免得乎？』楚子侵鄭，及暴隧，侵衛，及首止。鄭子罕侵楚，取新石。欒武子欲報楚，韓獻子曰：『使重其罪，民將叛之。無民，孰戰？』」

晉士燮、齊高無咎、宋華元、魯叔孫僑如、衛孫林父、鄭公子鰌、邾人會吴于鍾離。

《左氏》曰："始通吴也。"陳氏曰："齊桓公以殊會會王世子，厲公以殊會會吴。吴之爲蠻久矣，而與王世子同文。甚矣，厲公之爲中國患也！"

許遷于葉。

《左氏》曰："許靈公畏偪于鄭，請遷于楚。楚公子申遷許于葉。"

十有一年。六月丙寅朔，日有食之。

晉侯及楚子、鄭伯戰于鄢陵。楚子、鄭師敗績。楚殺其大夫公子側。

《左氏》曰："楚子自武城使公子成以汝陰之田求成于鄭。鄭叛晉，子駟從楚子盟于武城。晉侯將伐鄭，范文子曰：『若逞吾願，諸侯皆叛，晉可以逞。若唯鄭叛，晉國之憂，可立俟也。』杜氏曰：「晉厲公無道，三郤驕。故欲使諸侯叛，冀懼而思德。」欒武子曰：『不可以當吾世而失諸侯。』四月，晉師起。欒書將中軍，士燮佐之。郤錡將上軍，荀偃佐之。韓厥將下軍，郤至佐新軍。鄭人聞有晉師，使告于楚，姚句耳與往。楚子救鄭，司馬將中軍，子反。令尹將左，子重。右尹子辛將右。過申，子反入見申叔時，曰：『師其何如？』對曰：『德、刑、詳、義、禮、信，戰之器也。德以施惠，刑以正邪，詳以事神，義以建利，禮以順時，信以守物。民生厚而德正，用利而事節，時順而物成。上下和睦，周旋不逆，求無不具，各知其極。是以神降之福，時無災害，民生敦厖，和同以聽，莫不盡力以從上命，致死以補其闕。此戰之所由克也。今楚內棄其民，而外絕其好，瀆齊盟而食話言，奸時以動，而疲民以逞。民不知信，進退罪也。人恤所底，其誰致死？子其勉之！吾不復見子矣。』姚句耳先歸，子駟問焉，對曰：『其行速，過險而不整。速則失志，不整喪列。將何以戰？懼不可用也。』五月，晉師濟河。聞楚師將至，范文子曰：『我僞逃楚，可以紓憂。夫合諸侯，非吾所能也，以遺能者。我若群臣輯睦以事君，多矣。』武子不可。六月，晉、楚遇於鄢陵。范文子不欲戰，郤至曰：『韓之戰，惠公不振旅；箕之役，先軫不反命；邲之師，荀伯不復從。皆晉之恥也。子亦見先君之事矣。今我辟楚，又益恥也。』文子曰：『先君之亟戰也，有故。秦、狄、齊、楚皆彊，不盡力，子孫將弱。今三彊服矣，敵楚而已。唯聖人能外內無患，自非聖人，外寧必有內憂。盍釋楚以爲外懼乎？』甲午晦，楚晨壓晉軍而陳。軍吏患之。范匄趨進，曰：『塞井夷竈，陳於軍中，而疏行首。晉、楚唯天所授，何患焉？』文子執戈逐之，曰：『國之存亡，天也。童子何知焉？』欒書曰：『楚師輕窕，固壘而待之，三日必退。退而擊之，必獲勝焉。』郤至曰：『楚有六間，不可失也：其二卿相惡；王卒以舊；鄭陳而不整；蠻軍而不陳；陳不違晦；在陳而囂，合而加囂，各顧其後，莫有鬬心。舊不必良，以犯天忌，我必克之。』楚子登巢車以望晉軍，子重使太宰伯州犂侍于後。曰：『騁而左右，何也？』曰：『召軍吏也。』『皆聚於中軍矣。』曰：『合謀也。』『張幕矣。』曰：『虔卜於先君也。』『徹幕矣。』曰：『將發命也。』『甚囂，且塵上矣。』曰：『將塞井夷竈而爲行也。』『皆乘矣，左右執兵而下矣。』曰：『聽誓也。』『戰乎？』曰：『未可知也。』『乘而左右皆下矣。』曰：『戰禱也。』伯州犂以公卒告。苗賁皇在晉侯之側，亦以王卒告。曰：『楚之良，在其中軍而已。請分良以擊其左右，而三軍萃于王卒，必大敗之。』公筮之，吉，曰：『南國蹴，射其元王中厥目。』從之。步毅御晉厲公，欒鍼爲右。彭名御楚子，潘黨爲右。石首御鄭成公，唐苟爲右。欒、范以其族夾公行。呂錡射楚子中目。楚子召養由基，與之兩矢，使射呂錡，中項，伏弢。以一矢復命。郤至三遇楚子之卒，見楚子必下，免胄而趨風。楚子使工尹襄問之以弓，曰：『方事之殷，有韎韋之跗注，君子也。識見不穀而趨。無乃傷乎？』郤至見客，免胄，曰：『君之外臣至，從寡君之戎事，不敢拜命。敢告不寧，君命之辱。』三肅使者而退。晉韓厥從鄭伯，其御曰：『速從之！其御屢顧，不在馬，可及也。』韓厥曰：『不可以再辱國君。』乃止。

郤至從鄭伯，其右曰：『諜輅之，余從之乘而俘以下。』郤至曰：『傷國君有刑。』亦止。石首内旌於弢中。唐苟謂石首曰：『子以君免，我請止。』乃死。楚師薄於險，養由基射，再發，盡殪。叔山冉搏人以投，中車折軾。晉師乃止。囚楚公子茷。欒鍼見子重旌，請曰：『彼其子重也。日臣使楚，子重問晉國之勇。臣對曰：「好以衆整。」曰：「又何如？」曰：「好以暇。」請攝飲焉。』公許之。使行人執榼承飲，造于子重，曰：『寡君乏使，使鍼御持矛，是以不得犒從者，使某攝飲。』子重曰：『夫子嘗與吾言於楚，不亦識乎？』受而飲之。免使者而復鼓。旦而戰，見星未已。子反命軍吏察夷傷，補卒乘，繕甲兵，展車馬，鷄鳴而食，唯命是聽。晉人患之。苗賁皇徇曰：『蒐乘補卒，秣馬利兵，脩陳固列，蓐食申禱，明日復戰。』乃逸楚囚。楚子聞之，召子反謀。子反醉，不能見。楚子宵遁。晉入楚軍，三日穀。范文子立於戎馬之前，曰：『君幼，諸臣不佞，何以及此？君其戒之！《周書》曰：「惟命不于常。」有德之謂。』楚師還，及瑕，楚子使謂子反曰：『先大夫之覆師徒者，君不在。子無以爲過，不穀之罪也。』子重使謂子反曰：『初隕師徒者，而亦聞之矣！盍圖之？』楚子使止之，弗及而卒。」

晉侯、齊侯、魯侯、衛侯、宋華元、邾人會于沙隨。尹子、晉侯、魯侯、齊國佐、邾人伐鄭。晉人執魯季孫行父，郤犨盟于扈而歸之。

《左氏》曰：「戰之日，齊國佐、高無咎至于師。衛侯出于衛，公出于壞隤。宣伯通於穆姜，欲去季、孟而取其室。將行，穆姜送公，而使逐二子。公以晉難告，曰：『請反而聽命。』姜怒，公子偃、公子鉏趨過，指之曰：『女不可，是皆君也。』公待於壞隤，申宮儆備，設守而後行。是以後。使孟獻子守于公宮。會于沙隨，謀伐鄭也。宣伯使告郤犨曰：『魯侯待于壞隤以待勝者。』郤犨將新軍，且爲公族大夫，以主東諸侯。取貨于宣伯而訴公于晉侯，晉侯不見公。七月，公會尹武公及諸侯伐鄭。將行，姜又命公如初。公又申守而行。諸侯之師次于鄭西，遷于制田。晉知武子佐下軍，以諸侯之師侵陳，遂侵蔡。未反，諸侯遷于潁上。戊午，鄭子罕宵軍之，宋、齊、衛皆失軍。宣伯使告郤犨曰：『魯之有季、孟，猶晉之欒、范也，政令於是乎成。今其謀曰：「晉政多門，不可從也。」請止行父而殺之，我斃蔑也，而事晉，蔑有貳矣。魯不貳，小國必睦。不然，歸必叛矣。』九月，晉人執季文子于苕丘。公還，待于鄆，使子叔聲伯請季孫于〔二〕晉。郤犨曰：『苟去仲孫蔑而止季孫行父，吾與子國，親於公室。』對曰：『僑如之情，子必聞之矣。若去蔑與行父，是大棄魯國而罪寡君也。若猶不棄，而惠徼周公之福，使寡君得事晉君，則夫二人者，魯國社稷之臣也。若朝亡之，魯必夕亡。以魯之密邇仇讎，亡而爲讎，治之何及？嬰齊，魯之常隸也。承寡君之命以請，若得所請，吾子之賜多矣，又何求？』范文子謂欒武子曰：『季孫於魯，相二君矣。妾不衣帛，馬不食粟，可不謂忠乎？信讒慝而棄忠良，若諸侯何？子叔嬰齊奉君命無私，謀國家不貳，圖其身不忘其君。若虛其請，是棄善人也。子其圖之！』乃許魯平，赦季孫。十月，出叔孫僑如，僑如奔齊。」

釋曹伯歸于曹。

胡氏曰：「《春秋》書『曹伯歸自京師』，所以累乎天王也。其言『自京師』，王命也，言天王之釋有罪也。負芻殺世子而自立，不能因晉之執寘諸刑典而使復國，則無以爲天下之共主矣。」

晉侯使郤至來獻楚捷。

《左氏》曰：「晉侯使郤至獻楚捷于周，與單襄公語，驟稱其伐。單子語諸大夫曰：『溫季其亡乎！位於七人之下，而求掩其上。怨之所聚，亂之本也。多怨而階亂，何以在位？《夏書》曰：「怨豈在明？不見是圖。」將慎其細也。今而明之，其可乎？』」

十有二年。尹子、單子、晉侯、齊侯、宋公、魯侯、衛侯、曹伯、邾人伐鄭，同盟于柯陵。

《左氏》曰：「鄭子駟侵晉虛、滑。衛北宮括救晉，侵鄭，至于高氏。鄭大子髡頑、侯獳爲質於楚，楚公子成、公子寅戍鄭。公會尹武公、單襄公及諸侯伐鄭，同盟于柯陵。楚子重救鄭，師于首止。諸侯還。」〇《國語》曰：「柯陵之會，單襄公見晉厲公，視遠步高。晉郤錡見，其語犯。郤犨見，其語迂。郤至見，其語伐。齊國佐見，其語盡。魯成公見，言及晉難及郤犨之譖。單子曰：『君何患焉！晉將有亂，其君與三郤其當之乎！』魯侯曰：『寡人懼不免於晉，今君曰「將有亂」，敢問天道乎，抑人故也？』單子曰：『吾非瞽史，焉知天道？吾見晉君之容而聽三郤之語矣，殆必禍者也。夫君子目以定體，足以從之，是以觀其容而知其心。目以處義，足以步目，今晉侯視遠而足高，目不在體，而足不步目，其心必異矣。目體不相從，何以能久？郤氏，晉之寵人也，三卿而五大夫，可以戒懼矣。高位寔疾僨，厚味寔腊毒。今郤伯之語犯，叔迂，季伐。犯〔三〕則陵人，迂則誣人，伐則揜人。有是寵也，而益之以三怨，其誰能忍之？雖齊國子亦將與焉。立於淫亂之國，而好盡言以招人過，怨之本也。唯善人能受盡言，齊其有乎？今君偪於晉而鄰於齊，齊、晉有禍，可以取伯，無德之患，何憂於晉？』是年，晉殺三郤。明年，晉侯弑於翼東門，齊人殺國武子。」

單子、晉侯、宋公、魯侯、衛侯、曹伯、齊人、邾人伐鄭。

《左氏》曰：「楚公子申救鄭，師于汝上。諸侯還。」

十有二月丁巳朔，日有食之。

邾定公卒，牼立。是爲宣公。

晉殺其大夫郤錡、郤犨、郤至。

燕昭公卒，武公立。

十有三年。晉弑其君厲公，來逆公孫周于京師，立之。是爲悼公。

《左氏》曰：「晉范文子反自鄢陵，使其祝宗祈死，曰：『君驕侈而克敵，是天益其疾也。難將作矣！愛我者惟祝我，使我速死，無及於難，范氏之福也。』六月，士燮卒。晉厲公侈，多外嬖。反自鄢陵，欲盡去群大夫而立其左右。胥童以胥克之廢也，怨郤氏，而嬖於厲公。郤錡奪夷羊五田，五亦嬖於厲公。郤犨與長魚矯争田，執而梏之，與其父母妻子同一轅，既，矯亦嬖於厲公。欒書怨郤至，以其不從己而敗楚師也，欲廢之。使楚公子茷告公曰：『此戰也，郤至實召寡君。以東師之未至也，與軍帥之未具也，曰：「此必敗！吾因奉孫周以事君。」』公告欒書，書曰：『其有焉！不然，豈其死之不恤，而受敵使乎？君盍嘗使諸周而察之！』郤至聘于周，欒書使孫周見之。公使覘之。信。遂怨郤至。厲公田，與婦人先殺而飲酒，後使大夫殺。郤至奉豕，寺人孟張奪之，郤至射而殺之。厲公將作難，胥童曰：『必先三郤，族大，多怨。去大族，不偪，敵多怨，有庸。』公曰：『然。』郤氏聞之，郤錡欲攻公，曰：『雖死，君必危。』

郤至曰：『人所以立，信、知、勇也。信不叛君，知不害民，勇不作亂。失兹三者，其誰與我？死而多怨，將安用之？君實有臣而殺之，其謂君何？我之有罪，吾死後矣！若殺不辜，將失其民，欲安得乎？待命而已！受君之禄，是以聚黨，有黨而争命，罪孰大焉？』壬午，胥童、夷羊五攻郤氏。三郤將謀於榭。長魚矯以戈殺駒伯、苦成叔於其位，殺温季於其車。皆尸諸朝。胥童以甲劫欒書、中行偃於朝。矯曰：『不殺二子，憂必及君。』公曰：『一朝而尸三卿，余不忍益也。』對曰：『人將忍君。臣聞亂在外爲姦，在内爲軌。御姦以德，御軌以刑。不施而殺，不可謂德；臣偪而不討，不可謂刑。德刑不立，姦軌並至。臣請行。』遂出奔狄。公使辭於二子，乃皆歸。公使胥童爲卿。公遊于匠麗氏，欒書、中行偃遂執公焉。召士匄，士匄辭。召韓厥，辭曰：『殺老牛莫之敢尸，而況君乎？二三子不能事君，焉用厥也？』欒書、中行偃殺胥童。正月庚申，使程滑弒厲公，葬之于翼東門之外，以車一乘。」○《史記》曰：「晉襄公少子捷號桓叔，桓叔最愛。生惠伯談，談生周。」○《國語》曰：「晉孫談之子周適周，事單襄公，立無跛，視無還，聽無聳，言無遠。言敬必及天，言忠必及意，言信必及身，言仁必及人，言義必及利，言知必及事，言勇必及制，言教必及辯，言孝必及神，言惠必及龢，言讓必及敵。晉國有憂未嘗不戚，有慶未嘗不怡。襄公有疾，召頃公而告之，曰：『必善晉周，將得晉國。其行也文，能文則得天地。天地所胙，小而後國。晉仍無道而鮮胄，其將失之矣。必蚤善晉子，其當之也。』」○《左氏》曰：「晉使荀罃、士魴逆周子于京師而立之，生十四年矣。大夫逆于清原。周子曰：『孤始願不及此。雖及此，豈非天乎？抑人之求君，使出命也。其稟不材，孤之咎也。《國語》入。立而不從，將安用君？二三子用我今日，否亦今日。共而從君，神之所福也。』對曰：『群臣之願也，敢不唯命是聽？』盟而入，朝于武宮，逐不臣者七人。夷羊五之屬。二月乙酉朔，晉悼公即位于朝。始命百官，施舍、已責，逮鰥寡，振廢滯，匡乏困，救災患，禁淫慝，薄賦斂，宥罪戾，節器用，時用民，欲無犯時。」〇《國語》曰：「公即位。使呂宣子佐下軍，呂相也。曰：『邲之役，呂錡佐知莊子於上軍，獲楚公子穀臣與連尹襄老，以免子羽。鄢之役，親射楚子而敗楚師，以定晉國而無後，其子孫不可不崇也。』使彘恭子將新軍，士魴也。曰：『武子之季、文子之母弟也。武子宣法以定晉國，至於今是用。文子勤身以定諸侯，至於今是賴。夫二子之德，其可忘乎？』故以彘季屏其宗。使令狐文子佐之，魏頡也。曰：『昔克潞之役，秦來圖敗晉功，魏顆以其身卻退秦師于輔氏，親止杜回，其勳銘於景鐘。至于今不育，其子不可不興也。』君知士貞子士渥濁也。之帥志博聞而宣惠於教也，使爲大傅。知右行辛之能以數宣物定功也，使爲司空。知欒糾之能御以和于政也，使爲戎御。知荀賓之有力而不暴也，使爲戎右。欒伯請公族大夫，公曰：『荀家惇惠，荀禬文敏，黶也果敢，書之子。無忌鎮靖，韓厥之子。使茲四人者爲之。夫膏粱之性難正也，故使惇惠者教之，使文敏者道之，使果敢者諗之，使鎮靖者脩之。惇惠者教之，則徧而不倦；文敏者道之，則婉而入；果敢者諗之，則過不隱；鎮靖者脩之，則壹。』公知祁奚之果而不淫也，使爲元尉。知羊舌職之聰敏肅給也，使佐之。知魏絳之勇而不亂也，使爲元司馬。知張老之知而不詐也，使爲元候。知鐸遏寇之恭敬而信彊也，使爲輿尉。知籍偃之惇率舊職而共給也，使爲輿司馬。知程鄭端而不淫，且好諫而不隱也，使爲贊僕。」○《左氏》曰：「凡六官之長，皆民譽也。舉不失職，官不易方，爵不踰德，師不陵正，旅不偪師，民無謗言，所以復霸也。」

楚子、鄭伯伐宋。宋魚石復入于彭城。

魯成公卒，子午嗣。是爲襄公。

楚人、鄭人侵宋。

晉侯、宋公、衛侯、邾子、齊崔杼、魯仲孫蔑同盟于虛朾。

《左氏》曰：「鄭伯侵宋，及曹門外。遂會楚子伐宋，取朝郟。楚子辛、鄭皇辰侵城郜，取幽丘，同伐彭城，納宋魚石、向爲人、鱗朱、向帶、魚府焉，以三百乘戍之。宋人患之。西鉏吾曰：『崇諸侯之姦而披其地，以塞夷庚。毒諸侯而懼吳、晉，非吾憂也。且事晉何爲？晉必恤之。』七月，宋老佐、華喜圍彭城。楚子重救彭城，伐宋，宋華元如晉告急。韓獻子爲政，曰：『欲求得人，必先勤之。成霸、安疆，自宋始矣。』晉侯師于台谷以救宋，遇楚師于靡角之谷。楚師還。會于虛朾，謀救宋也。宋人辭諸侯而請師以圍彭城。」

十有四年。魯襄公元。**晉欒黶、宋華元、魯仲孫蔑、衛甯殖、曹人、莒人、邾人、滕人、薛人圍宋彭城。晉韓厥帥師伐鄭。齊崔杼、魯仲孫蔑、曹人、邾人、杞人次于鄫。楚公子壬夫帥師侵宋。**

《左氏》曰：「於是爲宋討魚石。彭城降晉，晉人以五大夫歸。齊人不會彭城，晉人以爲討。齊大子光爲質於晉。晉韓厥、荀偃帥諸侯之師伐鄭，入其郛，敗其徒兵於洧上。東諸侯之師次于鄫，以待晉師。晉師自鄭以鄫之師侵楚焦、夷及陳。晉侯、衛侯次于戚，以爲之援。楚子辛救鄭，侵宋。鄭子然侵宋，取犬丘。」

九月，王崩，太子泄心踐位。

【校記】

〔一〕「之」，原脱，今據慎獨齋配補歸仁齋本、宋犖本、率祖堂本、《四庫》本補。

〔二〕「于」，原作「子」，今據慎獨齋配補歸仁齋本、宋犖本、率祖堂本、《四庫》本改。

〔三〕「犯」，原作「迎」，今據慎獨齋配補歸仁齋本、宋犖本、率祖堂本、《四庫》本改。

通鑑前編卷之十五

金履祥編

庚寅。周靈王元年。正月，葬簡王。

杜氏曰：「五月而葬，速也。」

鄭師伐宋。鄭成公卒，子髡頑嗣。是爲僖公。**晉師、宋師、衛甯殖侵鄭。晉荀罃、宋華元、魯仲孫蔑、衛孫林父、曹人、邾人會于戚。晉荀罃、齊崔杼、宋華元、魯仲孫蔑、衛孫林父、曹人、邾人、滕人、薛人、小邾人會于戚，遂城虎牢。**

《左氏》曰：「鄭人侵宋，楚令也。鄭成公疾，子駟請息肩於晉。公曰：『楚君以鄭故，親集矢於其目，非異人任，寡人也。若背之，是棄力與言，其誰暱我？』鄭伯卒。於是子罕當國，子駟爲政，子國爲司馬。晉師侵鄭，諸大夫欲從晉。子駟曰：『官命未改。』會于戚，謀鄭故也。孟獻子曰：『請城虎牢以偪鄭。』知武子曰：『善。鄫之會，吾子聞崔子之言，今不來矣。

滕、薛、小邾之不至，皆齊故也。寡君之憂不唯鄭。罃將復於寡君，而請於齊。若不得請，事將在齊。吾子之請，諸侯之福也。』冬，復會于戚，齊崔武子及滕、薛、小邾之大夫皆會。遂城虎牢，鄭人乃成。」

二年。楚公子嬰齊帥師伐吴。吴人伐楚。

單子、晉侯、宋公、魯侯、衛侯、鄭伯、莒子、邾子、齊世子光同盟于雞澤。陳侯使袁僑如會。諸侯之大夫及袁僑盟。

《左氏》曰：「晉爲鄭服故，且欲脩吴好，將合諸侯。使士匄告于齊，齊侯欲勿許，而難爲不協，乃盟於耏外。六月，公會單頃公及諸侯，同盟于雞澤。晉侯使荀會逆吴子于淮上，不至。楚子辛爲令尹，侵欲於小國。陳成公使袁僑如會求成。秋，諸侯之大夫及陳袁僑盟。」○《穀梁氏》曰：「諸侯盟，又大夫相與私盟，是大夫張也。故雞澤之會，諸侯始失正矣。」○陳氏曰：「以大夫盟袁僑，晉侯不欲袁僑詘諸侯也。雖然，有諸侯在而大夫盟，於是始，晉悼公爲之也。諸侯在焉而大夫自爲盟，而後大夫專盟矣。大夫專盟自宋始。」

三年。陳成公卒，子溺嗣。是爲哀公。

《左氏》曰：「楚司馬公子何忌侵陳。春，猶在繁陽。韓獻子患之。陳成公卒。楚人將伐陳，聞喪乃止。陳人不聽命。夏，楚彭名侵陳。」

陳人圍頓。

《左氏》曰：「楚人使頓閒陳而侵伐之，故陳人圍頓。」

晉大夫魏絳盟諸戎。

《左氏》曰：「無終子嘉父使孟樂如晉，因魏莊子納虎豹之皮，以請和諸戎。晉侯曰：『戎狄無親而貪，不如伐之。』魏絳曰：『諸侯新服，陳新來和，將觀於我。我德，則睦；否，則攜貳。勞師於戎，而楚伐陳，必弗能救，是棄陳也。諸華必叛。獲戎失華，無乃不可乎！』公曰：『然則莫如和戎乎？』對曰：『和戎有五利焉：戎狄荐居，貴貨易土，土可賈焉，一也；邊鄙不聳，民狎其野，穡人成功，二也；戎狄事晉，四鄰振動，諸侯威懷，三也；以德綏戎，師徒不勤，甲兵不頓，四也；鑒于后羿而用德度，遠至邇安，五也。君其圖之！』公說，使魏絳盟諸戎，脩民事，田以時。」

四年。王叔陳生如晉。晉侯使士魴來京師。

《左氏》曰：「王使王叔陳生愬戎于晉，晉人執之。士魴如京師，言王叔之貳於戎也。」

晉侯、宋公、魯侯、陳侯、衛侯、鄭伯、曹伯、莒子、邾子、滕子、薛伯、齊世子光、吴人、鄫人會于戚。

《左氏》曰：「吴子使壽越如晉，辭不會于雞澤之故，且請聽諸侯之好。晉人將爲之合諸侯，使魯、衛先會吴，且告會期。故孟獻子、孫文子會吴于善道。九月，盟于戚，會吴，且命戍陳也。」

諸侯戍陳。楚公子貞帥師伐陳。晉侯、宋公、魯侯、衛侯、鄭伯、曹伯、齊世子光救陳。

《左氏》曰：「楚人討陳叛故，曰：『由令尹子辛實侵欲焉。』乃殺之。子囊爲令尹。范宣子曰：『我喪陳矣。楚人討貳而立子囊，必改行，而疾討陳。陳近於楚，民朝夕急，能無往乎？有陳，非吾事也，無之而後可。』」

五年。莒人滅鄫。

齊侯滅萊。

六年。楚公子貞帥師圍陳。晉侯、宋公、魯侯、陳侯、衛侯、曹伯、莒子、邾子會于鄬。鄭僖公如會，未見諸侯，卒于鄵，公子騑實弒之，而立其子嘉。是爲簡公。**陳侯逃歸。**

《左氏》曰：「楚子囊圍陳，會于鄬以救之。鄭僖公將會于鄬，及鄵，子駟使賊夜弒僖公，而以瘧疾赴于諸侯。簡公生五年，奉而立之。明年，春，鄭群公子以僖公之死也謀子駟。子駟先之，殺子狐、子熙、子侯、子丁。陳人患楚。慶虎、慶寅謂楚人曰：『吾使公子黄往而執之。』告陳侯于會，曰：『楚人執公子黄矣！君若不來，群臣不忍社稷宗廟，懼有二圖。』陳侯逃歸。」○《公羊氏》曰：「鄭伯髡原如會，未見諸侯，卒于操，隱之也。弒也不言弒，爲中國諱也。鄭伯將會諸侯于鄬，其大夫諫曰：『中國不足歸也，則不若與楚。』鄭伯曰：『不可。』其大夫曰：『以中國爲義，則伐我喪。以中國爲彊，則不若楚。』於是弒之。未見諸侯，其言『如會』何？致其意也。」○《穀梁氏》曰：「鄭伯將會中國，其臣欲從楚，不勝其臣，弒而死。其不言弒，不使夷狄之民加乎中國之君也。」

履祥按：鄭僖公之卒，《春秋》不以弒書，疑獄也。獄之疑，霸主之不明也。明年，春，鄭群公子以僖公之死也謀子駟，子駟殺之。其冬，子駟卒建從楚之策。然則弒僖之獄，非疑也。夫以霸主在焉，諸侯皆在焉，而鄭僖之來，其卒不明，從其瘧疾之赴，以是爲晉悼、諸侯之病也。《春秋》書「會于鄬，鄭伯髡頑如會，未見諸侯，卒于鄵」，蓋憐鄭伯之志，以責於晉悼及諸侯也。先王之禮，薨于朝、會，加一等；死王事，加二等。僖公加於人一二等矣。

七年。鄭人侵蔡，獲蔡公子燮。晉侯、鄭伯、齊人、宋人、魯人、衛人、邾人會于邢丘。

《左氏》曰：「鄭子國、子耳侵蔡，獲司馬公子燮。鄭人皆喜，唯子産不順，曰：『小國無文德而有武功，禍莫大焉。楚人來討，能勿從乎？從之，晉師必至。晉、楚伐鄭，自今鄭國不四五年，弗得寧矣。』會于邢丘，以命朝聘之數，使諸侯之大夫聽命。季孫宿、齊高厚、宋向戌、衛甯殖、邾大夫會之。鄭伯獻捷于會，故親聽命。」

楚公子貞帥師伐鄭。

《左氏》曰：「楚子囊伐鄭，討其侵蔡也。子駟、子國、子耳欲從楚，子孔、子蟜、子展欲待晉。子駟曰：『《周詩》有之：「俟河之清，人壽幾何？」姑從楚以紓吾民。晉師至，吾又從之。犧牲玉帛，待于二竟，以待彊者而庇民焉。』子展曰：『小所以事大，信也。小國無信，兵亂日至。五會之信，今將背之，雖楚救我，將安用之？親我無成，鄙我是欲，不可從也。不如待晉。晉君方明，四軍無闕，八卿和睦，必不棄鄭。楚師遼遠，糧食將盡，必將速歸。完守以老楚，杖信以待晉，不亦可乎？』子駟曰：『謀夫孔多，是用不集。請從楚，騑也受其咎。』乃及楚平，使王子伯駢告于晉，曰：『君命敝邑：「脩而車賦，儆而師徒，以討亂略。」蔡人不從，敝邑之人不敢寧處，悉索敝賦，以討于蔡，獲司馬燮，獻于邢丘。今楚來討，曰：「女何故稱兵于蔡？」焚我郊保，馮陵我城郭。敝邑之衆，夫婦男女，不遑啓處以相救也。翦焉傾覆，無所控告。民死亡者，非其父兄，即其子弟。夫人愁痛，不知所庇。民知窮困而受盟于楚，孤也與其二三臣不能禁止。不敢不告。』知武子使行人子員對之曰：『君有楚命，亦不使一介行李告于寡君，而即安于楚。君之所欲也，誰敢違君？寡君將帥諸侯以見于城下，唯君圖之！』」

八年。晉侯、宋公、魯侯、衛侯、曹伯、莒子、邾子、滕子、薛伯、杞伯、小邾子、齊世子光伐鄭，同盟于戲。楚子伐鄭。

《左氏》曰：「秦景公使乞師于楚，將以伐晉，楚子許之。子囊曰：『不可。當今吾不能與晉爭。晉君類能而使之，舉不失選，官不易方。其卿讓於善，其大夫不失守，其士競於教，其庶人力於農穡。商工皂隸，不知遷業。韓厥老矣，知罃禀焉以爲政。范匄少於中行偃而上之，使佐中軍。韓起少於欒黶，而欒黶、士魴上之，使佐上軍。魏絳多功，以趙武爲賢，而爲之佐。君明臣忠，上讓下競，當是時也，晉不可敵，事之而後可。』楚子曰：『吾既許之，雖不及晉，必將出師。』師於武城，以爲秦援。秦人侵晉，晉饑，弗能報也。冬，諸侯伐鄭。魯、齊、宋之大夫從荀罃、士匄門于鄟門。衛、曹、邾人從荀偃、韓起門于師之梁。滕、薛人從欒黶、士魴門于北門。杞、郳人從趙武、魏絳斬行栗。師于氾，令於諸侯曰：『脩器備，盛餱糧，歸老幼，居疾于虎牢，肆眚，圍鄭。』鄭人恐，乃行成。中行獻子曰：『遂圍之，以待楚人之救也而與之戰。不然，無成。』知武子曰：『許之盟而還師，以敝楚人。吾三分四軍，與諸侯之鋭，以逆來者，於我未病，楚不能矣。猶愈於戰。』諸侯皆不欲戰，乃許鄭成。同盟于戲，鄭服也。士莊子爲載書，曰：『自今日既盟之後，鄭國不唯晉命是聽，而或有異志者，有如此盟。』公子騑趨進曰：『天禍鄭國，使介居二大國之間。大國不加德音，而亂以要之，使其鬼神不獲歆其禋祀，其民人不獲享其土利，夫婦辛苦墊隘，無所厎告。自今日既盟之後，鄭國而不唯有禮與彊可以庇民者是從，而敢有異志者，亦如之。』荀偃曰：『改載書。』公孫舍之曰：『昭大神要言焉。若可改也，大國亦可叛也。』知武子曰：『我實不德，而要人以盟，豈禮也哉！姑盟而退，脩德息師而來，終必獲鄭。我之不德，民將棄我，豈唯鄭？若能休和，遠人將至，何恃於鄭？』乃盟而還。楚子伐鄭，子駟將及楚平。子孔、子蟜曰：『與大國盟，口血未乾而背之，可乎？』子駟、子展曰：『吾盟固云：「惟彊是從。」今楚師至，晉不我救，則楚彊矣。且要盟無質，背之可也。』乃及楚平。楚莊夫人卒，楚子未能定鄭而歸。」○「晉侯歸，謀所以息民。魏絳請施舍，輸積聚以貸。自公以下，苟有積者，盡出之。國無滯積，亦無困人，公無禁利，亦無貪民。祈以幣更，賓以特牲，器用不作，車服從給。行之期年，國乃有節。三駕而楚不能與爭。」

履祥按：秦將伐晉，乞師于楚，楚子囊言晉之不可敵，可謂審矣。然而歲有爭鄭之師，何也？蓋助秦則秦彊，而得鄭則楚彊，是以雖明於拒秦，而昧於爭鄭也。於是晉饑不能報秦，而亦急於爭鄭，蓋報秦不過得志於西戎，而得鄭則可以得志於中國，此又晉悼之大略也。所以伐鄭而歸，急於息民出積，亦以饑故爾。

九年。晉侯、宋公、魯侯、衛侯、曹伯、莒子、邾子、滕子、薛伯、杞伯、小邾子、齊世子光會吳于柤，遂滅偪陽。

《左氏》曰：「會吳子壽夢也。晉荀偃、士匄請伐偪陽，而封宋向戌。荀罃曰：『城小而固，勝之不武，弗勝爲笑。』固請。圍之，弗克。偪陽人啓門，諸侯之士門焉。縣門發，郰人紇抉之以出門者。諸侯之師久於偪陽，荀偃、士匄請於荀罃曰：『水潦將降，懼不能歸，請班師。』知伯怒，曰：『女既勤君而興諸侯，牽帥老夫以至于此，而又欲易余罪。七日不克，必爾乎取之！』荀偃、士匄帥卒攻偪陽，滅之。以與向戌，辭曰：『君若猶辱鎮撫宋國，而以偪陽光啓寡君，群臣安矣，其何貺如之？若專賜臣，是臣興諸侯以自封也，其何罪大焉？敢以死請。』乃予宋公。」

楚公子貞、鄭公孫輒帥師伐宋。晉侯、宋公、魯侯、衛侯、曹伯、莒子、邾子、齊世子光、滕子、薛伯、杞伯、小邾子伐鄭。戍鄭虎牢。楚公子貞帥師救鄭。

《左氏》曰：「楚子囊、鄭子耳伐宋，圍之，門于桐門。衛師救宋，鄭子展曰：『必伐衛，不然，是不與楚也。』使鄭皇耳侵衛，衛人追之，孫蒯獲皇耳于犬丘。秋，楚子囊、鄭子耳伐我西鄙。還，圍蕭，克之。九月，子耳侵宋北鄙。孟獻子曰：『鄭其有災乎！師競已甚。』諸侯伐鄭，師于牛首。初，子駟與尉止有爭，將禦諸侯之師而黜其車。尉止獲，又與之爭。尉止帥賊以入，晨攻執政于西宫之朝，殺子駟、子國、子耳。諸侯之師城虎牢而戍之。鄭及晉平。楚子囊救鄭。諸侯之師還鄭而南，至於陽陵。楚師不退。知武子欲退，曰：『今我逃楚，楚必驕，驕則可與戰矣。』欒黶曰：『逃楚，晉之恥也。』師遂進。與楚師夾潁而軍。子蟜曰：『諸侯既有成行，必不戰矣。從之將退，不從亦退。退，楚必圍我。猶將退也，不如從楚，亦以退之。』宵涉潁，與楚人盟。欒黶欲伐鄭師，荀罃曰：『我實不能禦楚，又不能庇鄭，鄭何罪？不如致怨焉而還。今伐其師，楚必救之。戰而不克，爲諸侯笑。克不可命，不如還也。』師還，侵鄭北鄙而歸。楚人亦還。」○子王子曰：「天下之形勢，亘古今猶一也，非有人以用之，未必不反爲亡國之資。虎牢之險，鄭實有之，鄭不能用，晉城虎牢而鄭之勢遂窮，犧牲玉帛待於二竟，鄭之頑計弗能支也。形勢之不可失也如此！」

以單子爲卿士。

《左氏》曰：「王叔陳生與伯輿爭政。王右伯輿，王叔陳生怒而出奔。及河，王復之，殺史狡以說焉。不入，遂處之。晉侯使士匄平王室，王叔與伯輿訟焉。王叔之宰與伯輿之大夫瑕禽坐獄於王庭，士匄聽之。王叔之宰曰：『篳門閨竇之人而皆陵其上，其難爲上矣！』瑕禽曰：『昔平王東遷，吾七姓從王，牲用備具，王賴之，而賜之騂旄之盟，曰：「世世無失職。」若篳門閨竇，其能來東底乎？且王何賴焉？今自王叔之相也，政以賄成，而刑放於寵。官之師旅，不勝其富，吾能無篳門閨竇乎？唯大國圖之！下而無直，則何謂正矣？』范宣子曰：『天子所右，寡君亦右之；所左，亦左之。』使王叔氏與伯輿合要，王叔氏不能舉其契。王叔奔晉。單靖公爲卿士，以相王室。」

十年。魯作三軍。

《左氏》曰：「季武子將作三軍，告叔孫穆子曰：『請爲三軍，各征其軍。』穆子曰：『政將及子，子必不能。』武子固請之，乃盟諸僖閎，詛諸五父之衢。三分公室而各有其一。三子各毁其乘。季氏使其乘之人，以其役邑入者無征，不入者倍征。孟氏使半爲臣，若子若弟。叔孫氏使盡爲臣，不然不舍。」

鄭公孫舍之帥師侵宋。晉侯、宋公、魯侯、衛侯、曹伯、齊世子光、莒子、邾子、滕子、薛伯、杞伯、小邾子伐鄭。同盟于亳城北。楚子、鄭伯伐宋。晉侯、宋公、魯侯、衛侯、曹伯、齊世子光、莒子、邾子、滕子、薛伯、杞伯、小邾子伐鄭，會于蕭魚。楚人執鄭行人良霄。秦人伐晉。

《左氏》曰：「鄭人患晉、楚之故，諸大夫曰：『不從晉，國幾亡。楚弱於晉，晉不吾疾也。晉疾，楚將辟之。疾，急也。何爲而使晉師致死於我，楚弗敢敵，而後可固與也。』子展曰：『與宋爲惡，諸侯必至，吾從之盟。楚師至，吾又從之，則晉怒甚矣。晉能驟來，楚將不能，吾乃固與晉。』大夫說之，使疆埸之司惡於宋。宋向戌侵鄭，大獲。夏，子展侵宋。諸侯伐鄭。齊大子光、宋向戌先至，門于東門。其莫，晉荀罃至，東侵舊許。衛孫林父侵其北鄙。六月，諸侯會于北林，師于向。右還，次于瑣。圍鄭，觀兵于南門。鄭人懼，乃行成。同盟于亳。范宣子曰：『不慎，必失諸侯。諸侯道敝而無成，能無貳乎？』乃盟，載書曰：『凡我同盟，毋蘊年，毋壅利，毋保姦，毋留慝，救災患，恤禍亂，同好惡，獎王室。或間茲命，司慎、司盟，名山、名川，群神、群祀，先王、先公，七姓十二國之祖，明神殛之，俾失其民，隊命亡氏，踣其國家。』楚子囊乞旅于秦，秦右大夫帥師從楚子，將以伐鄭。鄭伯逆之。丙子，伐宋。九月，諸侯悉師以復伐鄭。鄭人使良霄、石㚟如楚，告將服于晉，曰：『孤以社稷之故，不能懷君。君若能以玉帛綏晉，不然則武震以攝威之，孤之願也。』楚人執之。諸侯之師觀兵于鄭東門，鄭人使王子伯駢行成。晉趙武入盟鄭伯。鄭子展出盟晉侯。會于蕭魚。赦鄭囚，皆禮而歸之。納斥候，禁侵掠。晉侯使叔肸告于諸侯。鄭人賂晉侯以師悝、師觸、師蠲，廣車、軘車淳十五乘，甲兵備，凡兵車百乘，歌鍾二肆，及其鎛、磬，女樂二八。晉侯以樂之半賜魏絳，曰：『子教寡人和諸戎狄以正諸華。八年之中，九合諸侯，如樂之和，無所不諧。請與子樂之。』辭曰：『夫和戎狄，國之福也；九合諸侯，諸侯無慝，君之靈也，二三子之勞也，臣何力之有焉？抑臣願君安其樂而思其終也！夫樂以安德，義以處之，禮以行之，信以守之，仁以厲之，而後殿邦國、同福祿、來遠人，所謂樂也。《書》曰：「居安思危。」思則有備，有備無患，敢以此規。』公曰：『子之教，敢不承命！抑微子，寡人無以待戎，不能濟河。夫賞，國之典也。子其受之！』魏絳於是乎始有金石之樂。」○胡氏曰：「程子曰：『會于蕭魚。鄭又服而請會也，不書鄭會，謂其不可信也。而晉悼公推至誠以待人，信鄭不疑，禮其囚而歸焉，納斥候，禁侵掠，遣叔肸告于諸侯，而鄭自此不復背晉者二十四年。至哉！誠之能感人也。而悼公又能謀於魏絳以息民，聽於知武子而不與楚戰，故三駕而楚不能與之争，雖城濮之績，不越是矣。』」

十有一年。吴子壽夢卒。《春秋》作「乘」。**長子諸樊立。**

《史記》曰：「壽夢有子四人，長曰諸樊，次曰餘祭，次曰餘昧，次曰季札。季札賢，而壽夢欲立之，季札讓不可，於是立長子諸樊。」○《左氏》曰：「吴子諸樊既除喪，將立季札。季札曰：『有國，非吾節也。』固立之。棄其室而耕。乃舍之。」

楚公子貞帥師侵宋。

《左氏》曰：「報晉之取鄭也。」

王使陰里聘后于齊。

《左氏》曰：「靈王求后于齊。齊侯問對於晏桓子，桓子對曰：『先王之禮辭有之。天子求后於諸侯，諸侯對曰：「夫婦所生若而人。妾婦之子若而人。」無女而有姊妹及姑姊妹，則曰：「先守某公之遺女若而人。」』齊侯許昏。王使陰里結之。」

十有二年。晉作三軍。

《左氏》曰：「荀罃、士魴卒。晉侯蒐于綿上以治兵，使士匄將中軍，辭曰：『伯游長。』荀偃將中軍，士匄佐之。使韓起將上軍，辭以趙武。又使欒黶，辭曰：『臣不如韓起。起願上趙武，君其聽之。』使趙武將上軍，韓起佐之。欒黶將下軍，魏絳佐之。新軍無帥〔一〕，晉侯難其人，使其什吏率其卒乘官屬以從於下軍，禮也。晉國之民，是以大和，諸侯遂睦。」

履祥按：魯以三分公室而作三軍，晉亦以新軍無帥而復三軍，非能復古也。然以魏絳之能而不以爲帥，初使佐新軍，至是廢新軍而復佐下軍，非特晉悼不以爲帥，而諸卿讓善亦不及焉，又不知其何説也。漢馬謖善謀，孔明使爲將而卒敗，晉悼此舉，或者其無孔明之失與？

楚共卒，子招立。是爲康。**世子出奔吴。**

《左氏》曰：「楚子疾，告大夫曰：『不穀不德，少主社稷，生十年而喪先君，未及習師保之教訓而應受多福，是以不德，而亡師于鄢，以辱社稷，爲大夫憂，其弘多矣。若以大夫之靈，獲保首領以殁於地，唯是春秋窀穸之事，所以從先君於禰廟者，請爲「靈」若「厲」。大夫擇焉！』莫對。及五命，乃許。秋，楚共卒。子囊謀謚。大夫曰：『君有命矣。』子囊曰：『君命以共，若之何毁之？赫赫楚國，而君臨之，撫有蠻夷，奄征南海，以屬諸夏，而知其過，可不謂共乎？請謚之「共」。』大夫從之。」

吴侵楚，敗績。

十有三年。晉士匄、齊人、宋人、魯季孫宿、叔老、衛人、鄭公孫蠆、曹人、莒人、邾人、滕人、薛人、杞人、小邾人會吴于向。

《左氏》曰：「吴告敗于晉。會于向，爲吴謀楚故也。范宣子數吴之不德也，以退吴人。

執莒公子務婁，以其通楚使也。將執戎子駒支。范宣子親數諸朝，曰：『來，姜戎氏！昔秦人迫逐乃祖吾離于瓜州，乃祖吾離被苫蓋、蒙荆棘以來歸我先君。我先君惠公有不腆之田，與女剖分而食之。今諸侯之事我寡君不如昔者，蓋言語漏洩，則職女之由。詰朝之事，爾無與焉！與，將執女。』對曰：『昔秦人負恃其衆，貪于土地，逐我諸戎。惠公蠲其大德，謂我諸戎是四嶽之裔胄也，毋是翦棄。賜我南鄙之田，狐貍所居，豺狼所嗥。我諸戎除翦其荆棘，驅其狐貍豺狼，以爲先君不侵不叛之臣，至于今不貳。昔文公與秦伐鄭，秦人竊與鄭盟而舍戍焉，於是乎有殽之師。晉禦其上，戎亢其下，秦師不復，我諸戎實然。譬如捕鹿，晉人角之，諸戎掎之，與晉踣之，戎何以不免？自是以來，晉之百役，與我諸戎相繼于時，以從執政，猶殽志也，豈敢離逷？今官之師旅，無乃實有所闕，以攜諸侯，而罪我諸戎！我諸戎飲食衣服不與華同，贄幣不通，言語不達，何惡之能爲？不與於會，亦無瞢焉！』賦《青蠅》而退。宣子辭焉，使即事於會，成愷悌也。」○陳氏曰：「向之會，悼德衰矣。數吴之不德，以退吴人，而卒會吴。執莒公子務婁，以其通楚使也，而卒會莒。諸侯之大夫從晉伐秦，而悼不自將，諸侯之師及涇不濟，荀偃、欒黶二帥争而大還，晉人謂之遷延之役，是故伐秦之役不書晉侯，志晉侯之怠也。則諸侯之大夫有不親事於會者矣。有伯者之令而大夫不親事於是始，悼公爲之也。」

二月乙未朔，日有食之。

晉荀偃、齊人、宋人、魯叔孫豹、衛北宮括、鄭公孫蠆、曹人、莒人、邾人、滕人、薛人、杞人、小邾人伐秦。

《左氏》曰：「諸侯之大夫從晉侯伐秦，報櫟之役也。晉侯待于竟，使六卿帥諸侯之師以進。及涇，不濟。叔向見叔孫穆子，穆子賦《匏有苦葉》，叔向具舟。魯人、莒人先濟。鄭子蟜見衛北宮懿子曰：『與人而不固，若社稷何？』二子見諸侯之師而勸之濟。濟涇而次。秦人毒涇上流，師人多死。鄭子蟜帥鄭師以進，師皆從之，至于棫林，不獲成。荀偃令曰：『鷄鳴而駕，惟余馬首是瞻。』欒黶曰：『晉國之命，未是有也。余馬首欲東。』乃歸。下軍從之。伯游乃命大還。晉人謂之遷延之役。欒鍼曰：『此報櫟之敗也。又無功，晉之恥也。』與士鞅馳秦師，死焉。士鞅反，欒黶謂士匄曰：『余弟死而子來，是而子殺余弟也。弗逐，余亦將殺之。』士鞅奔秦。秦伯問曰：『晉大夫其誰先亡？』對曰：『欒氏。』秦伯曰：『以其汰乎？』對曰：『然。欒黶汰虐已甚，猶可以免，其在盈乎！武子之德在民，如周人之思召公，愛其甘棠，況其子乎？黶死，盈之善未能及人，武子所施没矣，而黶之怨實章，將於是乎在。』秦伯以爲知言，爲之請於晉而復之。師歸自伐秦，舍新軍。」

衛侯出奔齊。衛人立公孫剽。

《左氏》曰：「衛獻公戒孫文子、甯惠子食，皆服而朝。日旰不召，而射鴻於囿。二子從之，不釋皮冠而與之言。二子怒。孫文子如戚，孫蒯入使。公飲之酒，使大師歌《巧言》之卒章。辭。師曹請歌之以怒孫子。蒯懼，告文子。文子曰：『君忌我矣，弗先，必死。』并帑於戚而入，見蘧伯玉，曰：『君之暴虐，子所知也。大懼社稷之傾覆，將若之何？』對曰：『君制其國，臣敢奸之？雖奸之，庸知愈乎？』遂行，從近關出。公使子蟜、子伯、子皮與孫子盟于丘宫，孫子皆殺之。子展奔齊。公如鄄，使子行於孫子，孫子又殺之。公出奔齊，孫氏追之，敗公徒于阿澤。子鮮從公，公使祝宗告亡，且告無罪。定姜曰：『無神，何告？若有，不可誣也。有罪，若何告無？舍大臣而與小臣謀，一罪也。先君有冢卿以爲師保，而蔑之，二罪也。余以巾櫛事先君，而暴妾使余，三罪也。告亡而已，無告無罪。』魯襄公使厚成叔弔于衛，大叔儀對曰：『群臣不佞，得罪於寡君。寡君不以即刑，而悼棄之，以爲君憂。君不忘先君之好，辱弔群臣，又重恤之。敢拜君命之辱，重拜大貺。』厚孫歸，復命，語臧武仲曰：『衛君其必歸乎！

有大叔儀以守，有母弟鱄以出。或撫其內，或營其外，能無歸乎？』齊人以郲寄衛侯。及其復也，以郲糧歸。衛人立公孫剽，孫林父、甯殖相之，以聽命於諸侯。臧紇如齊，唁衛侯。與之言，虐。退而告其人曰：『衛侯其不得入矣！其言糞土也，亡而不變，何以復國？』子展、子鮮聞之，見臧紇，與之言，道。臧孫説，謂其人曰：『衛君必入。夫二子者，或輓之，或推之，欲無入，得乎？』師曠侍於晉侯。晉侯曰：『衛人出其君，不亦甚乎？』對曰：『或者其君實甚。良君將賞善而刑淫，養民如子，蓋之如天，容之如地。民奉其君，愛之如父母，仰之如日月，敬之如神明，畏之如雷霆，其可出乎？夫君，神之主而民之望也。若困民之主，匱神乏祀，百姓絶望，社稷無主，將安用之？弗去何爲？天生民而立之君，使司牧之，勿使失性。有君而爲之貳，使師保之，勿使過度。是故天子有公，諸侯有卿，卿置側室，大夫有貳宗，士有朋友，庶人、工、商、皁、隸、牧、圉皆有親暱，以相輔佐也。善則賞之，過則匡之，患則救之，失則革之。自王以下，各有父兄子弟以補察其政。史爲書，瞽爲詩，工誦箴諫，大夫規誨，士傳言，庶人謗，商旅于市，百工獻藝。故《夏書》曰：「遒人以木鐸徇于路。官師相規，工執藝事以諫。」正月孟春，於是乎有之，諫失常也。天之愛民甚矣，豈其使一人肆於民上，以從其淫，而棄天地之性？必不然矣。』」〇胡氏曰：「甯殖將死，曰：『吾得罪於君，名在諸侯之策，曰：「孫林父、甯殖出其君。」』諸侯之策，則晉《乘》、《魯春秋》之類是也。今《春秋》書『衛侯出奔齊』而不曰『孫林父、甯殖出其君』，蓋仲尼筆削，不因舊史之文也。臣而逐君，其罪已明矣。人君擅一國之名寵，神之主而民之望也。所爲見逐，無乃肆於民上，從其淫虐，以失天地之性乎！《春秋》，端本清源之書，故不書所逐之臣，而以自奔爲名，所以警乎人君，爲後世鑒。非聖人莫能修之，爲此類也。」

楚公子貞帥師伐吴，敗績。

王使劉子賜齊侯命。

《左氏》曰：「王使劉定公賜齊侯命，曰：『昔伯舅大公右我先王，股肱周室，師保萬民，世胙大師，以表東海。王室之不壞，繄伯舅是賴。今余命女環，兹率舅氏之典，纂乃祖考，無忝乃舊。敬之哉，無廢朕命！』」○杜氏曰：「因昏加褒，王室不能命有功。」

晉士匄、宋華閲、魯季孫宿、衛孫林父、鄭公孫蠆、莒人、邾人會于戚。

《左氏》曰：「晉侯問衛故於中行獻子，對曰：『不如因而定之。衛有君矣，伐之，未可以得志，而勤諸侯。其定衛以待時乎！』會于戚，謀定衛也。」

十有四年。劉夏逆王后于齊。

《左氏》曰：「卿不行，非禮也。」

齊侯伐魯，圍成。

《左氏》曰：「范宣子假羽毛於齊而弗歸，齊人始貳。齊人圍成，貳於晉故也。」

八月丁巳，日有食之。

邾人伐魯南鄙。晉悼公卒，子彪嗣。是爲平公。

《左氏》曰：「邾人伐魯南鄙。使告于晉，晉將爲會〔二〕以討邾、莒。襄十一年、十三年莒人伐魯，未之討也。晉侯有疾，乃止。冬，晉悼公卒，遂不克會。」

十有五年。晉侯、宋公、魯侯、衛侯、鄭伯、曹伯、莒子、邾子、薛伯、杞伯、小邾子會于溴梁。大夫盟。晉人執莒子、邾子以歸。

《左氏》曰：「葬晉悼公。平公即位，羊舌肸爲傅，張君臣爲中軍司馬，祈奚、韓襄、欒盈、士鞅爲公族大夫，虞丘書爲乘馬御。改服、脩官，烝于曲沃。警守而下，會于溴梁。命歸侵田。以我故，執邾宣公、莒犂比公，且曰：『通齊、楚之使。』晉侯與諸侯宴于温。高厚逃歸。於是諸大夫盟曰：『同討不庭。』」

鄭伯、晉荀偃、魯叔老、衛甯殖、宋人伐許。

《左氏》曰：「許男請遷于晉。諸侯遂遷許，許大夫不可。晉人歸諸侯。鄭子蟜相鄭伯以從諸侯之師。伐許，次于函氏。晉荀偃、欒黶帥師伐楚，以報宋揚梁之役。楚公子格帥師及晉師戰于湛阪，楚師敗績。晉師遂侵方城之外，復伐許而還。」

齊侯再伐魯北鄙。魯叔孫豹如晉。

《左氏》曰：「穆叔如晉聘，且言齊故。晉人曰：『以寡君之未禘祀，與民之未息。不然，不敢忘。』穆叔曰：『以齊人之朝夕釋憾於敝邑之地，是以大請！敝邑之急，朝不及夕，引領西望曰：「庶幾乎！」比執事之間，恐無及也。』」

十有六年。邾宣公卒，華立。是爲悼公。

宋人伐陳。衛石買帥師伐曹。齊侯伐魯北鄙，圍桃。

齊高厚帥師伐魯北鄙，圍防。邾人伐魯南鄙。

《左氏》曰：「衛孫蒯田于曹隧，飲馬于重丘，毁其瓶。重丘人閉門而詢之，曰：『親逐而君，爾父爲厲。是之不憂，而何以田爲？』夏，衛石買、孫蒯伐曹，取重丘。曹人愬于晉。齊侯伐我北鄙。高厚圍臧紇于防。郰叔紇、臧疇、臧賈帥甲三百，宵犯齊師，送之而復。齊師去之。齊人獲臧堅。齊侯使夙沙衛唁之，且曰：『無死。』堅稽首曰：『拜命之辱！抑君之賜不終，姑又使其刑臣禮於士。』以杙抉其傷而死。邾人伐我南鄙，爲齊故也。」

十有七年。齊師伐魯北鄙。晉侯、宋公、魯侯、衛侯、鄭伯、曹伯、莒子、邾子、滕子、薛伯、杞伯、小邾子同圍齊。

曹成公卒于師，子滕嗣。是爲武公。**楚公子午帥師伐鄭。**

《左氏》曰：「晉侯伐齊，將濟河，中行獻子以朱絲繫玉二瑴而禱曰：『齊環怙恃其險，負其衆庶，棄好背盟，陵虐神主。曾臣彪將率諸侯以討焉，其官臣偃實先後之。苟捷有功，無作神羞，官臣偃無敢復濟。唯爾有神裁之！』沈玉而濟。冬，會于魯濟，尋湨梁之言，同伐齊。齊侯禦諸平陰，塹防門而守之，廣里。諸侯之士門焉，齊人多死。范宣子告析文子曰：『吾知子，敢匿情乎？魯人、莒人皆請以車千乘自其鄉入。若入，君必失國。』子家以告，公恐。晏嬰聞之曰：『君固無勇，而又聞是，弗能久矣。』齊侯登巫山以望晉師。晉人使司馬斥山澤之險，雖所不至，必旆而疏陳之。使乘車者左實右僞，以旆先，輿曳柴而從之。齊侯見之，畏其衆也，乃脱歸。齊師夜遁。師曠告晉侯曰：『鳥烏之聲樂，齊師其遁。』邢伯告中行伯曰：『有班馬之聲，齊師其遁。』叔向告晉侯曰：『城上有烏，齊師其遁。』入平陰，遂從齊師。夙沙衛連大車以塞隧而殿。殖綽、郭最曰：『子殿國師，齊之辱也。子姑先乎！』乃代之殿。衛殺馬於隘以塞道。晉州綽及之，射殖綽，中肩，兩矢夾脰。皆衿甲面縛，坐於中軍之鼓下。荀偃、士匄以中軍克京兹。魏絳、欒盈以下軍克邿。趙武、韓起以上軍圍盧。及秦周，伐雍門之萩。范鞅門于雍門。孟莊子斬其榆以爲公琴。焚雍門及西郭、南郭。劉難、士弱率諸侯之師焚申池之竹木。焚東郭、北郭。范鞅門于揚門。州綽門于東閭，左驂迫，還于門中，以枚數闔。齊侯駕，將走郵棠。大子與郭榮扣馬，曰：『師速而疾，略也。將退矣，君何懼焉！且社稷之主不可以輕，輕則失衆。君必待之。』將犯之。大子抽劍斷鞅，乃止。東侵及濰，南及沂。」○「鄭子孔欲去諸大夫，將叛晉而起楚師以去之。使告子庚，弗許。楚子聞之，使楊豚尹宜告子庚曰：『國人謂不穀主社稷而不出師，死不從禮。不穀即位，於今五年，師徒不出，人其以不穀爲自逸而忘先君之業矣。大夫圖之！其若之何？』子庚歎曰：『君王其謂午懷安乎！吾以利社稷也。』見使者，稽首而對曰：『諸侯方睦於晉，臣請嘗之。若可，君而繼之。不可，收師而退，君亦無辱。』子庚帥師治兵於汾。於是子蟜、伯有、子張從鄭伯伐齊，子孔、子展、子西守。

二子知子孔之謀，完守入保。子孔不敢會楚師。楚師伐鄭，次於魚陵。右師城上棘，遂涉潁，次于旃然。蔿子馮、公子格率鋭師侵費滑、胥靡、獻于、雍梁，右回梅山，侵鄭東北，至于蟲牢而反。子庚門于純門，信于城下而還，涉於魚齒之下。甚雨及之，楚師多凍，役徒幾盡。晉人聞有楚師，師曠曰：『不害。吾驟歌北風，又歌南風。南風不競，多死聲。楚必無功。』董叔曰：『天道多在西北，南師不時，必無功。』叔向曰：『在其君之德也。』

燕武公卒，文公立。

十有八年。諸侯盟于祝阿。晉人執邾子。齊靈公卒，子光嗣。是爲莊公。**晉士匄帥師侵齊，至穀，聞齊侯卒，乃還。**

《左氏》曰：「春，諸侯還自沂上，盟于督揚，曰：『大毋侵小。』執邾悼公，以其伐我故。遂次于泗上，疆我田。取邾田，自漷水歸之于我。晉侯先歸。公享晉六卿于蒲圃，賜之三命之服；軍尉、司馬、司空、輿尉、候奄，皆受一命之服。賄荀偃束錦，加璧，乘馬，先吴壽夢之鼎。荀偃卒，而視，不可含。宣子盥而撫之，曰：『事吴敢不如事主！』猶視。欒懷子曰：『其爲未卒事於齊故也乎？』乃復撫之曰：『主苟終，所不嗣事于齊者，有如河！』乃瞑，受含。宣子出，曰：『吾淺之爲丈夫也。』季武子如晉拜師，歸，以所得於齊之兵作林鍾而銘魯功焉。臧武仲謂季孫曰：『非禮也。夫銘，天子令德，諸侯言時計功，大夫稱伐。今稱伐，則下等也；計功，則借人也，言時，則妨民多矣，何以爲銘？且夫大伐小，取其所得以作彝器，銘其功烈，以示子孫，昭明德而懲無禮也。今將借人之力以救其死，若之何銘之？小國幸於大國，而昭所獲焉以怒之，亡之道也。』」○「齊侯娶于魯，曰顔懿姬。其姪鬷聲姬，生光，以爲大子。諸子仲子、戎子。戎子嬖。仲子生牙，屬諸戎子。戎子請以爲大子，許之。仲子曰：『不可。廢常，不祥；間諸侯，難。光之立也，列於諸侯矣。今無故而廢之，是專黜諸侯，而以難犯不祥也。君必悔之。』公曰：『在我而已。』遂東大子光。使高厚傅牙以爲大子，夙沙衛爲少傅。齊侯疾，崔杼微逆光而立之。光殺戎子，尸諸朝，非禮也。婦人無刑。雖有刑，不在朝市。齊靈公卒。莊公即位，執公子牙於句瀆之丘。以夙沙衛易己，衛奔高唐以叛。晉士匄侵齊，及穀，聞喪而還。」

王賜鄭大夫公孫蠆大路以葬。

《左氏》曰：「鄭公孫蠆卒，赴於晉大夫。范宣子言於晉侯，以其善於伐秦也。晉侯請於王，王追賜之大路，使以行。」

鄭殺其大夫公子嘉。子産爲大夫。

十有九年。晉侯、齊侯、宋公、魯侯、衛侯、鄭伯、曹伯、莒子、邾子、滕子、薛伯、杞伯、**小邾子盟于澶淵。**

《左氏》曰：「齊成故也。」

蔡殺其大夫公子燮。

《左氏》曰：「蔡公子燮欲以蔡之晉，蔡人殺之。初，蔡文侯欲事晉，曰：『先君與於踐土之盟，晉不可棄，且兄弟也。』畏楚，不能行而卒。楚人使蔡無常。公子燮求從先君以利蔡，不能而死。」

十月丙辰朔，日有食之。

二十年。晉欒盈出奔楚。

《左氏》曰：「范鞅以其亡怨欒氏。欒祁與其老州賓通。懷子患之。祁懼其討也，愬諸宣子曰：『盈將爲亂，以范氏爲死桓主而專政矣。』范鞅爲之徵。懷子好施，士多歸之。宣子畏其多士也，信之。懷子爲下卿，宣子使城著而遂逐之。秋，欒盈出奔楚。宣子殺其黨羊舌虎十人，囚伯華、叔向、籍偃。祁奚乘馹而見宣子，曰：『夫謀而鮮過、惠訓不倦者，叔向有焉，社稷之固也。猶將十世宥之以勸能者。今壹不免其身，若之何其以虎也棄社稷？』宣子說，與之乘，以言諸公而免之。不見叔向而歸。叔向亦不告免焉而朝。叔虎美而有勇力，欒懷子嬖之，故羊舌氏之族及於難。欒盈過於周，周西鄙掠之。辭於行人曰：『天子陪臣盈得罪於王之守臣，將逃罪。罪重於郊甸，無所伏竄，敢布其死。昔陪臣書能輸力於王室，王施惠焉。其子黶不能保任其父之勞。大君若不棄書之力，亡臣猶有所逃。若棄書之力，而思黶之罪，臣，戮餘也，將歸死於尉氏，不敢還矣。敢布四體，唯大君命焉。』王曰：『尤而效之，其又甚焉！』

使司徒禁掠欒氏者，歸所取焉。使候出諸轘轅。知起、中行喜、州綽、邢蒯出奔齊，皆欒氏之黨也。欒王鮒謂范宣子曰：『盍反州綽、邢〔三〕蒯？勇士也。』宣子曰：『彼欒氏之勇也，余何獲焉？』王鮒曰：『子爲彼欒氏，乃亦子之勇也。』」

九月庚戌朔，日有食之。

十月庚辰朔，日有食之。

晉侯、齊侯、宋公、魯侯、衛侯、鄭伯、曹伯、莒子、邾子會于商任。

《左氏》曰：「錮欒氏也。」

庚戌。二十有一年。晉人徵朝于鄭。

《左氏》曰：「晉人徵朝于鄭。鄭人使少正公孫僑對，曰：『在晉先君悼公九年，我寡君於是即位。即位八月，而我先大夫子駟從寡君以朝于執事，執事不禮於寡君。寡君懼。因是行也，我二年六月朝于楚，晉是以有戲之役。楚人猶競，而申禮於敝邑。敝邑欲從執事，而懼爲大尤，曰：「晉其謂我不共有禮。」是以不敢攜貳於楚。我四年三月，先大夫子蟜又從寡君以觀釁於楚，晉於是乎有蕭魚之役。謂我敝邑，邇在晉國，譬諸草木，吾臭味也，而何敢差池？楚亦不競，寡君盡其土實，重之以宗器，以受齊盟。遂帥群臣隨于執事，以會歲終。貳於楚者，子侯、石盂，歸而討之。溴梁之明年，子蟜老矣，公孫夏從寡君以朝于君，見於嘗酎，與執燔焉。間二年，聞君將靖東夏，四月，又朝以聽事期。不朝之間，無歲不聘，無役不從。以大國政令之無常，國家罷病，不虞薦至，無日不惕，豈敢忘職？大國若安定之，其朝夕在庭，何辱命焉？若不恤其患，而以爲口實，其無乃不堪任命，而翦爲仇讎？敝邑是懼，其敢忘君命？委諸執事，執事實重圖之。』」

晉侯、齊侯、宋公、魯侯、衛侯、鄭伯、曹伯、莒子、邾子、薛伯、杞伯、小邾子會于沙隨。

《左氏》曰：「欒盈自楚適齊。晏平仲言於齊侯曰：『商任之會，受命於晉。今納欒氏，將安用之？小所以事大，信也。失信不立。君其圖之。』弗聽。退告陳文子曰：『君人執信，臣人執共，忠、信、篤、敬，上下同之，天之道也。君自棄也，弗能久矣。』會于沙隨，復錮欒氏也。

欒盈猶在齊。晏子曰：『禍將作矣。齊將伐〔四〕晉，不可以不懼。』」

鄭大夫公孫黑肱卒。

《左氏》曰：「鄭公孫黑肱有疾，歸邑于公。召室老、宗人而使黜官、薄祭。曰：『吾聞之，生於亂世，貴而能貧，民無求焉，可以後亡。敬共事君與二三子。生在敬戒，不在富也。』伯張卒。」

孔子生。

《史記・世家》曰：「孔子，名丘，字仲尼。其先宋人。父叔梁紇。母顏氏，以魯襄公二十二年庚戌之歲十一月庚子，生孔子於魯昌平鄉陬邑。生而圩頂，因名曰丘。爲兒嬉戲，常陳俎豆，設禮容。及長，爲委吏，料量平；掌委積之官。爲司職吏，畜蕃息。」職，讀爲「樴」，見《周禮》，與「杙」同。蓋繫養犧牲之所。此官即《孟子》所謂乘田也。〇又按：《公》《穀》二傳皆謂魯襄公二十一年孔子生，而《史記》獨曰二十二年。或謂《春秋》用夏正，《史記》如秦法，然不可考。按：襄公二十一年日再食，決非生聖人之年也。當從《史記》。

〇《本姓解》曰：「孔子之先，宋之後也。微子啓，帝乙之元子，紂之庶兄，以圻內諸侯入爲王卿士。微，國名。子，爵。初，武王剋殷，封紂之子武庚於朝歌。武王崩，而與三叔作難。周公相成王，東征之，乃命微子爲殷後，國于宋。其弟曰仲思，名衍，或名泄，嗣微子之後，號微仲，生宋公稽。二微雖爲宋公，而猶以微之號自終，至于稽乃稱公焉。宋公生丁公申，申生緡公共及襄公熙，熙生弗父何及厲公方祀。弗父何以下，世爲宋卿。何生宋父周，周生勝，勝生正考甫，考甫生孔父嘉。五世親盡，别爲公族，故後以孔爲氏焉。一曰，孔父者，生時所賜號也，是以子孫遂以氏族。孔父生子木金父，金父生睪夷，睪夷生防叔，避華氏之禍而奔魯。防叔生伯夏，伯夏生叔梁紇，有九女，無子。其妾生孟皮，一字伯尼，有足病。於是求婚於顏氏。顏氏三女，其小曰徵在。顏父問三女曰：『陬大夫雖父祖爲士，然其先聖王之裔。今其人身長十尺，武力絶倫，雖年長性嚴，不足爲疑。三子孰能爲之妻？』徵在進曰：『從父所制。』父曰：『即爾能矣。』遂以妻之。徵在既廟見，以夫之年大，懼不時有男，而私禱尼丘之山以祈焉。生孔子，故名丘，字仲尼。孔子三歲而叔梁紇卒，葬於防。」

二十有二年。二月癸酉朔，日有食之。

晉欒盈復入于晉，入于曲沃。齊侯伐衛，遂伐晉。魯叔孫豹帥師救晉，次于雍榆。晉人殺欒盈。齊侯襲莒。

《左氏》曰：「晉將嫁女于吴，齊侯使析歸父媵之，以藩載欒盈及其士，納諸曲沃。欒盈夜見胥午而告之。對曰：『不可。天之所廢，誰能興之？子必不免。吾非愛死也，知不集也。』盈曰：『雖然，因子而死，吾無悔矣。我實不天，子無咎焉。』許諾。伏之而觴曲沃人，樂作，午言曰：『今也得欒孺子何如？』對曰：『得主而爲之死，猶不死也。』皆歎，有泣者。爵行，又言。皆曰：『得主，何貳之有？』盈出，徧拜之。四月，欒盈帥曲沃之甲，因魏獻子以晝入絳。欒王鮒侍坐於范宣子。或告曰：『欒氏至矣！』宣子懼。桓子曰：『奉君以走固宫，必無害也。且欒氏多怨，子爲政，欒氏自外，子在位，其利多矣。既有利權，又執民柄，將何懼焉？欒氏所得，其唯魏氏乎？而可强取也。夫克亂在權，子無懈矣。』公有姻喪，王鮒使宣子墨縗冒絰，二婦人輦以如公，奉公以如固宫。范鞅逆魏舒，則成列既乘，將逆欒氏矣。趨進，曰：『欒氏帥賊以入，鞅之父與二三子在君所矣，使鞅逆吾子。鞅請驂乘。』持帶，遂超乘。右撫劍，左援帶，命驅之出。僕請，鞅曰：『之公。』宣子逆諸階，賂之以曲沃。欒氏之力臣曰督戎，國人懼之。斐豹，隸也，著於丹書。謂宣子：『苟焚丹書，我殺督戎。』督戎踰入，豹自後擊而殺之。

范氏之徒在臺後，欒氏乘公門。宣子謂鞅曰：『矢及君屋，死之！』鞅用劍以帥卒，欒氏退，攝車從之。欒樂死，欒魴傷，欒盈奔曲沃。晉人圍之。秋，齊侯伐衛。先驅，前鋒也。中驅，次軍也。曹開御戎，公車也。晏父戎爲右，貳廣，公副車也。啓，左翼也。胠，右翼也。大殿。後軍也。自衛將伐晉。晏平仲曰：『君恃勇力，以伐盟主，不濟，國之福也。不德而有功，憂必及君。』崔杼諫，弗聽。崔子曰：『群臣若急，君於何有？』文子退，曰：『崔子將死乎！謂君甚，而又過之。』齊侯遂伐晉，取朝歌。爲二隊，入孟門，登大行。張武軍於熒庭，戍郫邵，封少水，以報平陰之役，乃還。趙勝帥東陽之師追之，獲晏氂。魯叔孫豹帥師救晉，次于雍榆。晉人克欒盈于曲沃，盡殺欒氏之族黨。齊侯還自晉，不入，遂襲莒。門于且于，傷股而退。莒人獲杞梁。」〇陳氏曰：「自袁婁以來，齊世從晉，於是始叛，則晉伯之衰，而諸侯貳矣。晉之衰，諸夏之憂也。書『救晉』，則天下益多故矣。盟于宋，而南北之勢成。會于申，而淮夷至。戰于雞父，而吳之敗者六國。於越入吳，《春秋》終焉，蓋於是焉始。」

穀、洛鬬。

《國語》曰：「靈王二十二年，穀、洛鬬，將毀王宮。王欲壅之，大子晉諫曰：『不可。晉聞古之長民者，不墮山，不崇藪，不防川，不竇澤。夫山，土之聚也；藪，物之歸也；川，氣之導也；澤，水之鍾也。夫天地成而聚於高，歸物於下。疏爲川谷，以導其氣；陂唐污庳，以鍾其美。是故聚不陁崩，而物有所歸；氣不沈滯，而亦不散越。是以民生有財用，而死有所葬。然後無夭、昏、札、瘥之憂，而無飢、寒、乏、匱之患，故上下能相固，以待不虞，古之聖王惟此之慎。今吾執政無乃實有所避，而滑夫二川之神，使至於爭明，以妨王宮，王而飾之，無乃不可乎！王將防鬭川以飾宮，是飾亂而佐鬭也，其無乃章禍且遇傷乎？自我先王厲、宣、幽、平而貪天禍，至于今未弭。我又章之，懼長及子孫，王室其愈卑乎？自后稷以來寧亂，及文、武、成、康而僅克安民。自后稷之始基靖民，十五王而文始平之，十八王而康克安之，其難也如是。厲始革典，十四王矣，基德十五而始平，基禍十五其不濟乎！吾惟儆懼，其何德之脩，而少光王室，以逆天休？將焉用飾宮？以徼亂也。度之天神，則非祥也。比之地物，則非義也。類之民則，則非仁也。方之時動，則非順也。上非天刑，下非地德，中非民則，方非時動而作之者，必不節矣。作又不節，害之道也。』王卒壅之。」

二十三年。齊人來城郟。魯叔孫豹來賀城。

《左氏》曰：「齊人城郟。穆叔如周聘，且賀城。王嘉其有禮也，賜之大路。」○杜氏曰：「郟，王城也。於是穀、洛鬭，毀王宮。齊叛晉，欲求媚於天子，故爲王城之。」

鄭伯如晉。齊、楚交聘。晉侯、宋公、魯侯、衛侯、鄭伯、曹伯、莒子、邾子、滕子、薛伯、杞伯、小邾子會于夷儀。楚子、蔡侯、陳侯、許男伐鄭。

《左氏》曰：「范宣子爲政，諸侯之幣重。鄭伯如晉。子産寓書於子西，以告宣子，曰：『子爲晉國，四鄰諸侯不聞令德而聞重幣，僑也惑之。僑聞君子長國家者，非無賄之患，而無令名之難。夫諸侯之賄聚於公室，則諸侯貳。若吾子賴之，則晉國貳。諸侯貳則晉國壞；晉國貳，則子之家壞，何没没也！將焉用賄？夫令名，德之輿也；德，國家之基也。有基無壞，無亦是務乎！有德則樂，樂則能久。《詩》云：「樂只君子，邦家之基。」有令德也夫！「上帝臨女，無貳爾心。」有令名也夫！恕思以明德，則令名載而行之，是以遠至邇安。毋寧使人謂子「子實生我」，而謂「子浚我以生」乎？象有齒以焚其身，賄也。』宣子説，乃輕幣。鄭伯請伐陳。齊侯既伐晉而懼，欲見楚子。楚子使薳啓彊如齊聘，且請期。齊侯聞將有晉師，使陳無宇從薳啓彊如楚，辭，且乞師。崔杼帥師送之，遂伐莒。會于夷儀，將以伐齊，水，不克。楚子伐鄭以救齊，門于東門，次于棘澤。諸侯還救鄭。晉侯使張骼、輔躒致楚師。楚子自棘澤還，使薳啓彊帥師送陳無宇。」

七月甲子朔，日有食之，既。

八月癸巳朔，日有食之。

燕文公卒，懿公立。

二十有四年。齊崔杼弑其君莊公，立其弟杵臼。是爲景公。晉侯、宋公、魯侯、衛侯、鄭伯、曹伯、莒子、邾子、滕子、薛伯、杞伯、小邾子會于夷儀，伐齊。齊慶封如師。諸侯同盟于重丘。鄭公孫舍之帥師入陳。衛侯入于夷儀。

《左氏》曰：「齊崔杼伐我，以報孝伯之師。襄二十四年，仲孫羯帥師侵齊。公患之。孟公綽曰：『崔子將有大志，不在病我，必速歸。其來也不寇，使民不嚴，異於他日。』齊師徒歸。初，崔杼娶齊棠公之妻。莊公通焉，驟如崔氏。以崔子之冠賜人。崔子因是，又以其間伐晉也，曰：『晉必將報。』欲弒公以説于晉，而不獲間。公鞭侍人賈舉，而又近之，乃爲崔子間公。崔子稱疾。公問崔子，遂從姜氏。姜入于室，與崔子自側户出。公拊楹而歌。侍人賈舉止衆從者而入，閉門。甲興，公登臺而請，弗許；請盟，弗許；請自刃於廟，弗許。皆曰：『君之臣杼疾病，不能聽命。近於公宫，陪臣干掫有淫者，不知二命。』公踰墻，又射之，中股，反隊，遂弒之。賈舉八人皆死。祝佗父祭於高唐，至，復命，死於崔氏。申蒯，侍漁者，與其宰皆死。晏子立於崔氏之門外，其人曰：『死乎？』曰：『獨吾君也乎哉，吾死也？』曰：『行乎？』曰：『吾罪也乎哉，吾亡也？』曰：『歸乎？』曰：『君死，安歸？君民者，豈以陵民？社稷是主。臣君者，豈爲其口實？社稷是養。故君爲社稷死，則死之；爲社稷亡，則亡之。若爲己死，而爲己亡，非其私暱，誰敢任之？且人有君而弒之，吾焉得死之？而焉得亡之？將庸何歸？』門啓而入，枕尸股而哭之。興，三踊而出。人謂崔子必殺之，崔子曰：『民之望也！舍之，得民。』崔杼立景公而相之，慶封爲左相。大史書曰：『崔杼弒其君。』崔子殺之。其弟嗣書，而死者二人。其弟又書，乃舍之。南史氏聞大史盡死，執簡以往。聞既書矣，乃還。崔氏側莊公于北郭。葬諸士孫之里。四翣，不蹕，下車七乘，不以兵甲。晉侯濟自泮，會于夷儀，伐齊，以報朝歌之役。齊人以莊公説，使隰鉏請成。慶封如師，賂晉侯以宗器、樂器。自六正、五吏、三十帥、三軍之大夫、百官之正長、師旅及處守者皆有賂。晉侯許之。同盟于重丘，齊成故也。」〇「初，陳侯會楚子伐鄭，當陳隧者，井堙木刊。鄭人怨之。六月，鄭子展、子產帥車七百乘伐陳，宵突陳城，入之。陳侯扶其大子偃師奔墓。子展命師無入公宮，與子產親御諸門。陳侯使司馬桓子賂以宗器。陳侯免，擁社，使其衆男女別而纍，以待於朝。子展執縶而見，再拜稽首，承飲而進獻。子美入，數俘而出。祝祓社，司徒致民，司馬致節，司空致地，乃還。鄭子產獻捷于晉，戎服將事。晉人問陳之罪。對曰：『昔虞閼父爲周陶正，以服事我先王。我先王賴其利器用也，與其神明之後也，庸以元女大姬配胡公而封諸陳，以備三恪。則我周之自出，至于今是賴。桓公之亂，蔡人欲立其出，我先君莊公奉五父而立之，蔡人殺之，我又與蔡人奉戴厲公。至於莊、宣，皆我之自立。夏氏之亂，成公播蕩，又我之自入，君所知也。今陳忘周之大德，蔑我大惠，棄我姻親，介恃楚衆，以馮陵我敝邑，不可億逞，我是以有往年之告。未獲成命，則有我東門之役。當陳隧者，井堙木刊。敝邑大懼不競，而恥大姬，天誘其衷，啓敝邑心。陳知其罪，授手于我。用敢獻功！』晉人曰：『何故侵小？』對曰：『先王之命，唯罪所在，各致其辟。且昔天子之地一圻，列國一同，自是以衰。今大國多數圻矣，若無侵小，何以至焉？』晉人曰：『何故戎服？』對曰：『我先君武、莊，爲平、桓卿士。城濮之役，文公布命，曰：「各復舊職。」命我文公戎服輔王，以授楚捷。不敢廢王命故也。』士莊伯不能詰。復於趙文子。文子曰：『其辭順。』乃受之。子西復伐陳，陳及鄭平。」〇「晉侯使逆衛侯，將使與之夷儀。崔子止其帑，以求五鹿。衛獻公入于夷儀。」

晋使趙武爲政。

《左氏》曰：「趙文子爲政，令薄諸侯之幣，而重其禮。穆叔見之，謂穆叔曰：『自今以往，兵其少弭矣。齊崔、慶新得政，將求善於諸侯。武也知楚令尹。若敬行其禮，道之以文辭，以靖諸侯，兵可以弭。』」

吴子遏伐楚，門于巢，卒，弟餘祭立。

《左氏》曰：「吴子諸樊伐楚，以報舟師之役。門于巢。巢牛臣曰：『吴王勇而輕，若啓之，將親門。我獲射之，必殪。是君也死，疆其少安。』從之。吴子門焉，牛臣隱於短墻以射之，卒。」○《史記》曰：「王諸樊卒。有命授弟餘祭，欲傳以次，必致國於季札而止，以稱先王壽夢之意，且嘉季札之義，兄弟皆欲致國，令以漸至焉。季札封於延陵，故號延陵季子。」

二十有五年。衛甯喜弒其君剽。衛孫林父入于戚以叛。衛侯衎復歸于衛。

《左氏》曰：「襄之二十年。衛甯惠子疾，召悼子曰：『吾得罪於君。名藏在諸侯之策，曰：「孫林父、甯殖出其君。」君入，則掩之。若能掩之，則吾子也。』悼子許諾，遂卒。獻公使與甯喜言，甯喜曰：『必子鮮在，不然，必敗。』公使子鮮，辭。敬姒强命之。對曰：『君無信，臣懼不免。』敬姒曰：『以吾故也。』子鮮以公命與甯喜言，曰：『苟反，政由甯氏，祭則寡人。』甯喜告蘧伯玉。伯玉曰：『瑗不得聞君之出，敢聞其入？』遂行。告右宰穀。穀曰：『不可。獲罪於兩君，天下誰畜之？』悼子曰：『吾受命於先人，不可以貳。』穀曰：『請使焉而觀之。』反，曰：『君淹恤在外十二年矣，而無憂色，亦無寬言，猶夫人也。』悼子曰：『子鮮在。』穀曰：『何益？多而能亡，於我何爲？』悼子曰：『雖然，弗可以已。』大叔文子聞之，曰：『甯子視君不如弈棋，其何以免乎？』孫文子在戚，孫襄居守。甯喜、右宰穀伐孫氏，不克。甯子出，舍於郊。伯國死，孫氏夜哭。國人召甯子，復攻孫氏，克之。殺子叔即剽，無謚。及大子角。孫林父以戚如晉。衛侯入。大夫逆於竟者，執其手而與之言。道逆者，自車揖之。逆於門者，頷之而已。使讓大叔文子曰：『寡人淹恤在外，二三子皆使寡人朝夕聞衛國之言，吾子獨不在寡人。古人有言曰：「非所怨，勿怨。」寡人怨矣。』對曰：『臣知罪矣。臣不佞，不能負羈絏以從扞牧圉，臣之罪一也。有出者，有居者，臣不能貳，通外内之言以事君，臣之罪二也。有二罪，敢忘其死？』乃行，從近關出。公使止之。衛人侵戚東鄙，孫氏愬于晉，晉戍茅氏。殖綽伐茅氏，殺晉戍三百人。孫蒯追之。獲殖綽。復愬于晉。」

魯侯、晉人、鄭良霄、宋人、曹人會于澶淵。晉人執衛甯喜。

《左氏》曰：「公會晉趙武、宋向戌、鄭良霄、曹人于澶淵以討衛，疆戚田。取衛西鄙六十以與孫氏。於是衛侯會之。晉人執甯喜。衛侯如晉，執之而囚於士弱氏。齊侯、鄭伯爲衛侯故如晉，晉侯兼享之。齊侯賦《蓼蕭》，鄭伯賦《緇衣》。叔向命晉侯拜二君，曰：『寡君敢拜齊君之安我先君之宗祧也，敢拜鄭君之不貳也。』國子使晏平仲私於叔向，曰：『晉君宣其明德於諸侯，恤其患而補其闕，正其違而治其煩，所以爲盟主也。今爲臣執君，若之何？』晉侯言衛侯之罪，使叔向告二君。國子賦《轡之柔矣》，子展賦《將仲子兮》。晉侯許歸衛侯。衛侯歸衛姬于晉，乃釋衛侯。君子是以知平公之失政也。」

許靈公卒于楚。楚子、蔡侯、陳侯伐鄭。

《左氏》曰：「許靈公如楚，請伐鄭，襄十六年，晉伐許，它國皆大夫往，獨鄭伯自行，故許恚欲報之。曰：『師不興，孤不歸矣。』卒于楚。楚子曰：『不伐鄭，何以求諸侯？』乃伐鄭。鄭人將禦之，子産曰：『晉、楚將平，諸侯將和，楚子是故昧於一來。不如使逞而歸。』入南里，墮其城。涉于氾而歸，而後葬許靈公。」

晉侯使士起入聘。

《左氏》曰：「晉韓宣子聘于周。王使請事。對曰：『晉士起將歸時事於宰旅，無它事矣。』王聞之，曰：『韓氏其昌阜於晉乎！辭不失舊。』」

齊慶封誅崔杼之族，專國政。《左氏》在明年，《經世》在此年。

《左氏》曰：「齊崔杼生成及彊而寡，娶東郭姜，生明。東郭姜以孤入，曰棠無咎，與東郭偃相崔氏。崔成有疾，廢之，而立明。成請老于崔，偃與無咎弗予。成與彊告慶封曰：『夫子唯無咎與偃是從，父兄莫得進矣。大恐害夫子。』慶封以告盧蒲嫳。盧蒲嫳曰：『彼，君之讎也。天或者將棄彼矣。彼實家亂，子何病焉？崔之薄，慶之厚也。』它日又告。慶封曰：『苟利夫子，必去之。難，吾助女。』成、彊殺偃、無咎於朝。崔子怒而出，遂見慶封。封曰：『崔、慶一也。請爲子討之。』使盧蒲嫳帥甲以攻崔氏，殺成與彊，盡俘其家，其妻縊。遂滅崔氏。嫳復命於崔子，且御而歸。至，則無歸矣，乃縊。崔明奔魯。慶封當國。」

二十有六年。晉趙武、楚屈建、魯叔孫豹、蔡公孫歸生、衛石惡、陳孔奐、鄭良霄、許人、曹人會于宋。諸侯之大夫盟于宋。

《左氏》曰：「宋向戌善於趙文子，又善於令尹子木，欲弭諸侯之兵以爲名。如晉，告趙孟。趙孟謀於諸大夫，韓宣子曰：『兵，民之殘也，財用之蠹，小國之大菑也。將或弭之，雖曰不可，必將許之。弗許，楚將許之，以召諸侯，則我失爲盟主矣。』晉人許之。如楚，楚亦許之。如齊，陳文子曰：『晉、楚許之，我焉得已？且人曰弭兵，而我弗許，則固攜吾民矣。』許之。告於秦，亦許之。皆告於小國，爲會於宋。五月甲辰，晉趙武至於宋。丙午，鄭良霄至。六月戊申，叔孫豹、齊慶封、陳須無、衛石惡至。甲寅，晉荀盈〔五〕至。丙辰，邾悼公至。壬戌，楚公子黑肱先至，成言於晉。丁卯，宋向戌如陳，從子木成言於楚。戊辰，滕成公至。子木謂向戌：『請晉、楚之從交相見也。』庚午，向戌復於趙孟。趙孟曰：『晉、楚、齊、秦，匹也，晉之不能於齊，猶楚之不能於秦也。楚君若能使秦君辱於敝邑，寡君敢不固請於齊？』左師復言於子木，子木使馹謁諸楚子。楚子曰：『釋齊、秦，他國請相見也。』秋七月戊寅，左師至。趙孟及子皙盟，以齊言。庚辰，子木至自陳。陳孔奐、蔡公孫歸生至。曹、許之大夫皆至。以藩爲軍。晉、楚各處其偏。伯夙謂趙孟曰：『楚氛甚惡。』趙孟曰：『吾左還，入於宋，若我何？』辛巳，將盟於宋西門之外，楚人衷甲。伯州犁曰：『合諸侯之師以爲不信，無乃不可乎？夫諸侯望信於楚，是以來服。不信，是棄其所以服諸侯也。』固請釋甲。子木曰：『晉、楚無信久矣，事利而已。苟得志焉，焉用有信？』大宰退曰：『令尹將死矣。』趙孟患楚衷甲，以告叔向。叔向曰：『以信召人，而以僭濟之，必莫之與也，安能害我？且吾因宋以守病，則夫能致死。與宋致死，雖倍楚可也。』季武子使以公命謂叔孫曰：『視邾、滕。』既而齊人請邾，宋人請滕，皆不與盟。叔孫曰：『邾、滕，人之私也；我，列國也，何故視之？』乃盟。晉、楚爭先。晉人曰：『晉固爲諸侯盟主，未有先晉者也。』楚人曰：『子言晉、楚匹也，若晉常先，是楚弱也。且晉、楚狎主諸侯之盟也久矣，豈專在晉？』叔向曰：『諸侯歸晉之德，非歸其尸盟也。子務德，無爭先。且諸侯盟，小國固必有尸盟者。』乃先楚人。書先晉，晉有信也。宋公兼享晉、楚之大夫，趙孟爲客，子木與之言，弗能對。使叔向侍言焉，子木亦不能對也。乙酉，宋公及諸侯之大夫盟于蒙門之外。子木問於趙孟曰：『范武子之德何如？』對曰：『夫子之家事治，言於晉國無隱情。其祝史陳信於鬼神無愧辭。』子木歸，以語楚子。楚子曰：『尚矣哉！能歆神、人，宜其光輔五君以爲盟主也。』子木又語楚子曰：『宜晉之伯也，有叔向以佐其卿，楚無以當之，不可與爭。』晉荀盈〔六〕如楚涖盟。楚薳罷如晉涖盟。宋左師請賞，公與之邑六十。以示子罕，子罕曰：『凡小國，晉、楚所以兵威之，畏而後上下慈和，慈和而後能安靖其國家，以事大國，所以存也。無威則驕，驕則亂生，亂生必滅，所以亡也。天生五材，民並用之，廢一不可，誰能去兵？兵之設久矣，所以威不軌、昭文德也。聖人以興，亂人以廢。廢興、存亡、昏明之術，皆兵之由也，而子求去之，不亦誣乎！以誣道蔽諸侯，罪莫大焉。縱無大討，而又求賞！』削而投之。左師辭邑。」○陳氏曰：「晉、楚初同主諸夏盟也。以諸侯分爲晉、楚之從而交相見也，於是始，則是南北二伯也，此天下之大變也。於溴梁而無君臣之分，於宋而無夷夏之辨，昭、定、哀之《春秋》將以終於吳、越焉爾矣。於是晉、楚爭先，乃先楚人，則《春秋》書先晉何？《春秋》不以夷狄先中國也。自宋以來，晉不專主盟矣。虢之盟，讀舊書加于牲上而已。至剸陵，而齊主諸侯。至皋鼬，則魯及諸侯。晉之不足以主夏盟，自宋始。宋之盟，趙孟之偷也。」

衛殺其大夫甯喜。

《左氏》曰：「衛甯喜專，公患之。公孫免餘請殺之。公曰：『微甯子，不及此。吾與之言矣。事未可知，祇成惡名，止也。』對曰：『臣殺之，君勿與知。』乃攻甯氏，殺甯喜及右宰穀，尸諸朝。子鮮曰：『逐我者出，納我者死。賞罰無章，何以沮勸？君失其信，而國無刑，不亦難乎？且鱄實使之。』遂出奔晉。公喪之如税服終身。公與免餘邑六十，辭。使爲卿，辭曰：『大叔儀不貳，能贊大事。』乃使文子爲卿。」

十有一月乙亥朔，日有食之。

《左氏》曰：「辰在申，司曆過也，再失閏矣。」

二十有七年。齊侯、陳侯、蔡侯、北燕伯、杞伯、胡子、沈子、白狄朝于晉。宋公、魯侯、陳侯、鄭伯、許男朝于楚。楚康卒，子麇嗣。是爲郟敖。

《左氏》曰：「宋之盟故也。蔡侯之如晉也，鄭伯使游吉如楚。及漢，楚人還之，曰：『宋之盟，君實親辱。今吾子來，寡君謂吾子姑還！吾將使馹奔問諸晉而以告。』子大叔曰：『宋之盟，君命將利小國，而亦使安定其社稷，鎮撫其民人，以禮承天之休，此君之憲令，而小國之望也。寡君是故使吉奉其皮幣，以歲之不易，聘於下執事。今執事有命曰：「女何與政令之有？必使而君棄而封守，跋涉山川，蒙犯霜露，以逞君心。」小國將君是望，敢不唯命是聽？無乃非盟載之言，以闕君德，而執事有不利焉，小國是懼。不然，其何勞之敢憚？』子大叔歸，復命。告子展曰：『楚子將死矣。不脩其政德，而貪昧於諸侯，以逞其願，欲久，得乎？』公如楚。及漢，楚康卒。公欲反。叔仲昭伯曰：『我楚國之爲，豈爲一人？行也。』遂行。宋向戌曰：『我一人之爲，非爲楚也。姑歸而息民，待其立君而爲之備。』宋公遂反。楚人使魯公親禭。乃使巫以桃茢先祓殯。楚人悔之。楚郟敖即位。子圍爲令尹。鄭行人子羽曰：『是謂不宜，必代之昌。松柏之下，其草不殖。』

王崩。大子晉母弟貴踐位。

《左氏》曰：「王人來告喪，問崩日，以甲寅告。」又曰：「至于靈王，生而有頿。王甚神聖，無惡於諸侯。」○《逸周書》曰：「晉平公使叔譽于周，見大子晉而與之言，五稱而五窮，逡巡而退，不遂。歸告公曰：『大子晉行年十五，而臣弗能與言，君請歸聲就、復與之田，若不反，及有天下，將以爲誅。』師曠曰：『請使瞑臣往。』師曠見大子，先稱曰：『吾聞王子之語，高於太山，夜寢不寐，晝居不安，不遠長道，願聞須一言。』王子曰：『吾聞太師將來，吾甚喜，既已見子，喜而又懼，吾年甚少，見子而懾，盡忘吾度。』師曠曰：『吾聞王子，古之君子，其成不驕，自晉如周，行不知勞。』王子曰：『古之君子，其行至慎：委積施門，道路無限，百姓悦之，相將而遠，遠人來驩，視道如尺。』師曠告善。又稱曰：『古之君子，其行可謂，由舜而下，其孰有廣德？』王子曰：『如舜者天，舜盡其所以利天下，奉翼遠人，皆得己仁：此之謂天。如禹者聖，勞而不居，則利天下，好善取與，與必度正：是之謂聖。如文王者其大道仁，其小道惠，三分天下而有其二，敬人無方，服事於商，既有其衆，而延夫其身：此之謂仁。如武王者義，殺一人而以利天下，異姓同姓，各得其儀：此之謂義。』師曠告善。又稱曰：『宣辯名命，王、侯、君、公，何以爲尊，何以爲尚？』王子曰：『人生而丈夫謂之冑子。冑子成人，能治上官，謂之士。士率衆時作，謂之伯。伯能移善於衆，與百姓同，謂之公。公耐名物，與天道俱，謂之侯。侯耐成群，謂之君。君能廣德，分任諸侯而敦信曰予一人，善至於四海曰天子，達於四荒曰天王。四荒皆至，無有怨訾，乃登爲帝。』師曠罄然。又稱曰：『温恭敦敏，方德不改，開〔七〕物成務〔八〕，下學以起，尚登帝臣，乃參天子，自古誰已？』王子曰：『穆穆虞舜，明明赫赫，立義治律，萬物皆作，分均天財，萬民熙熙，非舜而誰能？』師曠躅足曰：『善哉！善哉！』王子請入，敷席，注瑟，師曠歌無射，曰：『國誠寧矣，遠人來觀；脩義經矣，好樂無荒。』乃注瑟於王子。

王子歌《蟜》，曲名。師曠請歸，王子賜之乘車四馬，曰：『太師亦善御之？』師曠對曰：『御，吾未學也。』王子曰：『汝不爲夫。詩云：「馬之剛矣，轡之柔矣，馬亦不剛，轡亦不柔，志氣麃麃，取予不疑。」以是御之。』師曠對曰：『瞑臣無見，爲人辯也，唯耳之恃，而耳又寡聞而易窮。王子，汝將爲天下宗乎？』王子曰：『太師，何如戲我乎？自太皞以下，至于堯、禹，未有一姓而再有天下者，且吾問汝人之年長短，告也。』師曠對曰：『汝聲清汙，汝色赤白，火色不壽。』王子曰：『吾後三年，上賓于帝所，汝慎無言，族將及汝。』師曠歸，未及三年，告死者至。」大子晉之賢，觀於諫壅穀、洛可見。此篇雖淺陋，亦或附會，然存之以見其夙慧而早夭。

燕懿公卒，子欵嗣。是爲簡公。

【校記】

〔一〕「師」，原作「師」，今據慎獨齋配補歸仁齋本、宋犖本、率祖堂本、《四庫》本改。

〔二〕「會」，原作「魯」，今據宋犖本改。

〔三〕「邢」，原作「刑」，今據慎獨齋配補歸仁齋本、宋犖本、率祖堂本、《四庫》本改。

〔四〕「伐」，原作「代」，今據宋犖本、率祖堂本、《四庫》本改。

〔五〕「盈」，原作「寅」，今據宋犖本改。
〔六〕「盈」，原作「寅」，今據宋犖本改。
〔七〕「開」，原作「關」，今據宋犖本改。
〔八〕「成務」，原脱，今據宋犖本補。

通鑑前編卷之十六

金履祥編

丁巳。周景王元年。夏五月，葬靈王。

《左氏》曰：「夏四月，葬楚康，公及陳侯、鄭伯、許男送葬，至于西門之外，諸侯之大夫皆至于墓。公還，及方城。季武子取卞，使公冶問。璽書追而與之，曰：『聞守卞者將叛，臣帥徒以討之，既得之矣。敢告。』公冶致使而退，及舍，而後聞取卞。公曰：『欲之而言叛，祇見疏也。』公謂公冶曰：『吾可以入乎？』對曰：『君實有國，誰敢違君？』公與公冶冕服。固辭，強之而後受。公欲無入，榮成伯賦《式微》，乃歸。五月，公至自楚。公冶致其邑於季氏，而終不入焉。曰：『欺其君，何必使余？』季孫見之，則言季氏如他日；不見，則終不言季氏。及疾，聚其臣，曰：『我死，必無以冕服斂，非德賞也。且無使季氏葬我。』」○「葬靈王，鄭上卿有事，子展使印段往。伯有曰：『弱。』子展曰：『與其莫往，弱不猶愈乎？堅事晉、楚，以蕃王室也。王事無曠，何常之有？』遂使印段如周。」○《皇覽》曰：「靈王冢在河南城西南柏亭西周山上。蓋以王生而有髭而神，故謚靈王。其冢，民祀之不絕。」

衛獻公卒，子惡嗣。是爲襄公。

閽弒吴子餘祭，弟夷末立。

《左氏》曰：「吴人伐越，獲俘焉，以爲閽，使守舟。吴子餘祭觀舟，閽以刀弒之。」

晉荀盈會齊高止、宋華定、魯仲孫羯、衛世叔儀、鄭公孫段、曹人、莒人、滕人、薛人、小邾人城杞。

《左氏》曰：「晉平公，杞出也，故治杞。六月，知悼子合諸侯之大夫以城杞，孟孝伯會之。鄭子大叔與伯石往。子大叔見大叔文子，與之語。文子曰：『甚乎，其城杞也！』子大叔曰：『若之何哉！晉國不恤周宗之闕，而夏肄是屏，其棄諸姬，亦可知也已。』」

吴子使札聘于魯、齊、鄭、衛、晉。

《春秋》書曰：「吴子使札來聘。」○《左氏》曰：「吴公子札來聘，見叔孫穆子，説之。謂穆子曰：『子其不得死乎！好善而不能擇人。吾聞君子務在擇人。吾子爲魯宗卿，而任其大政，不慎舉，何以堪之？禍必及子！』請觀於周樂。使工爲之歌《周南》《召南》，曰：『美哉！始基之矣，猶未也，然勤而不怨矣。』爲之歌《邶》《鄘》《衛》，曰：『美哉，淵乎！憂而不困者也。吾聞衛康叔、武公之德如是，是其《衛風》乎！』爲之歌《王》，曰：『美哉！思而不懼，其周之東乎？』爲之歌《鄭》，曰：『美哉！其細已甚，民弗堪也。是其先亡乎！』爲之歌《齊》，曰：『美哉，泱泱乎！大風也哉！表東海者，其太公乎！國未可量也。』爲之歌《豳》，曰：『美哉，蕩乎！樂而不淫，其周公之東乎！』爲之歌《秦》，曰：『此之謂夏聲。夫能夏則大，大之至也，其周之舊乎！』爲之歌《魏》，曰：『美哉，渢渢乎！大而婉，險而易行，以德輔此，則明主也。』爲之歌《唐》，曰：『思深哉！其有陶唐氏之遺民乎！不然，何憂之遠也？非令德之後，誰能若是？』爲之歌《陳》，曰：『國無主，其能久乎！』自《鄶》以下，無譏焉。爲之歌《小雅》，曰：『美哉！思而不貳，怨而不言，其周德之衰乎？猶有先王之遺民焉。』爲之歌《大雅》，曰：『廣哉，熙熙乎！曲而有直體，其文王之德乎！』爲之歌《頌》，曰：『至矣哉！直而不倨，曲而不屈，邇而不偪，遠而不攜，遷而不淫，復而不厭，哀而不愁，樂而不荒，用而不匱，廣而不宣，施而不費，取而不貪，處而不底，行而不流。五聲和，八風平。節有度，守有序，盛德之所同也。』見舞《象箾》《南籥》者，曰：『美哉！猶有憾。』見舞《大武》者，曰：『美哉！周之盛也，其若此乎！』見舞《韶濩》者，曰：『聖人之弘也，而猶有慙德，聖人之難也。』見舞《大夏》者，曰：『美哉！勤而不德，非禹，其誰能脩之？』見舞《韶箾》者，曰：『德至矣哉，大矣！如天之無不幬也，如地之無不載也。雖甚盛德，其蔑以加於此矣。觀止矣！若有他樂，吾不敢請已。』其出聘也，通嗣君也。故遂聘于齊，説晏平仲，謂之曰：『子速納邑與政。無邑無政，乃免於難。齊國之政將有所歸，未獲所歸，難未歇也。』故晏子因陳桓子以納政與邑，是以免於欒、高之難。聘於鄭，見子產，如舊相識。與之縞帶，子產獻紵衣焉。謂子產曰：『鄭之執政侈，難將至矣。政必及子。子爲政，慎之以禮。不然，鄭國將敗。』適衛，説蘧瑗、史狗、史鰌、公子荆、公叔發、公子朝，曰：『衛多君子，未有患也。』自衛如晉，將宿於戚。聞鐘聲焉，曰：『異哉！吾聞之也，辯而不德，必加於戮。夫子獲罪於君以在此，懼猶不足，而又何樂？夫子之在此也，猶燕之巢于幕上。君又在殯，而可以樂乎？』遂去之。文子聞之，終身不聽琴瑟。適晉，説趙文子、韓宣子、魏獻子，曰：『晉國其萃於三族乎！』説叔向。將行，謂叔向曰：『吾子勉之！君侈而多良，大夫皆富，政將在家。吾子好直，必思自免於難。』」○《公羊氏》曰：「吴無君、無大夫，此何以有君、有大夫？賢季子也。何賢乎季子？讓國也。」○《穀梁氏》曰：「吴其稱子，何也？

善使延陵季子，故進之。其名，成尊於上也。」

履祥按：吴季子之賢也，而不書「公子」，猶曰吴無公子也，而亦不書「季」，獨名之，夷於秦術、楚椒焉。夫子何以不賢季子與？曰：此所以賢季子也。夫子之所賢，宜《春秋》之所以責備也。胡氏曰：「以其辭位遜國，不成父兄之志而終以成亂，故貶之也。夫季子宜立而又辭，在夷末之卒爾，此方夷末之初立也，《春秋》安得先事而致貶？貶必於夷末之卒，因事而後可見也。然則此夷末立，使札聘於上國，杜註謂餘祭使之至魯，未聞喪。非也。吴至魯不爲遠，餘祭弑，則赴至魯矣，爲季子安得猶未聞也？通嗣君也。則曷爲貶？孔子曰：『延陵季子，吴之習於禮者。』而此行則越禮多矣。夫當喪未君，踰年而後即位，禮也。餘祭以弑殞，臣子之至痛，曾未踰時而出聘如常時，猶曰夷末之命也，而請觀於周樂，雖爲博聞好學，於禮固未爲得也。豈夷狄之俗，猶未盡除與？然則夫子雖賢季子，而於此行則未可也。」

二年。蔡世子般弑其君景侯而自立。是爲靈侯。

《左氏》曰：「蔡景侯爲太子般娶于楚，通焉。太子弑景侯。」

宋災，宋伯姬卒。

《公羊氏》曰：「宋災，伯姬存焉，有司復曰：『火至矣，請出。』伯姬曰：『不可。吾聞之也，婦人夜出，不見傅、母，不下堂。傅至矣，母未至也。』逮乎火而死。」

王殺其弟佞夫。王子瑕奔晉。

《左氏》曰：「初，王儋季卒，其子括將見王，而歎。單公子愆期爲靈王御士，過諸廷，聞其歎，而言曰：『烏乎！必有此夫！』入以告王，且曰：『必殺之！不慼而願大，視躁而足高，心在他矣。不殺，必害。』王曰：『童子何知！』靈王崩，儋括欲立王子佞夫。佞夫弗知。戊子，儋括圍蔿，逐成愆。成愆奔平畤。尹言多、劉毅、單蔑、甘過、鞏成殺佞夫。括、瑕、廖奔晉。」

晋人、齊人、宋人、衛人、鄭人、曹人、莒人、邾人、滕人、薛人、杞人、小邾人會于澶淵，宋災故。

《左氏》曰：「爲宋災故，諸侯之大夫會，以謀歸宋財。叔孫豹會晋趙武、齊公孫蠆、宋向戌、衛北宫佗、鄭罕虎及小邾之大夫，會于澶淵。既而無歸於宋，故不書其人。明年春，穆叔至自會。見孟孝伯，語之曰：『趙孟將死矣。其語偷，不似民主。且年未盈五十，而諄諄焉如八九十者，弗能久矣。若趙孟死，爲政者其韓子乎！吾子盍與季孫言之，可以樹善，君子也。晋君將失政矣，若不樹焉，使早備魯，韓子懦弱，大夫多貪，求欲無厭，齊、楚未足與也，魯其懼哉！』孝伯曰：『人生幾何？誰能無偷？朝不及夕，將安用樹？』穆叔又與季孫語晋故，季孫不從。及趙文子卒，晋公室卑，政在侈家，韓宣子爲政，不能圖諸侯。魯不堪晋求，讒慝弘多，是以有平丘之會。」○《穀梁氏》曰：「澶淵之會，中國不侵伐夷狄，夷狄不入中國，無侵伐八年，善之也。晋趙武、楚屈建之力也。」○胡氏曰：「此遍刺天下之大夫也。蔡世子般弑其君，天下之大變，人理所不容也，則會其葬而不討。宋國有災，小事也，則合十二國之大夫，更宋之所喪而歸其財，則可謂知務乎？穆叔、趙孟、向戌、子皮，諸侯之良也，而所謀若是，世衰道微，邪説交作，以利害謀國家而不知本於仁義也。」

履祥按：城杞之會，爲悼夫人也。澶淵之會，爲宋災也。二者謂非恤小救患之舉則不可。然蔡般之事，亂臣賊子之禍，則又有大於此者，而晉不之問，以有弭兵之盟也。蔡即楚久。晉人以爲討，則懼有争蔡之嫌，再啓兵端。若夫楚，則圍爲令尹，亦將般矣，此般之所以不討也。存弭兵之小信，而忘撥亂之大義，《詩》云：「君子屢盟，亂是用長。」其斯之謂與！

鄭使公孫僑爲政。

《左氏》曰：「鄭伯有耆酒，爲窟室，夜飲酒。朝至，未已。朝者皆布路而罷。既而朝，又將使子晳如楚，歸而飲酒。子晳以駟氏之甲伐而焚之。伯有奔雍梁，醒而後知之。子産斂伯有氏之死者殯之而行。印段從之。子皮曰：『夫子禮於死者，況生者乎？』遂自止之。子産入。子石入。皆受盟于子晳氏。鄭伯及其大夫盟于大宫，盟國人于師之梁之外。伯有聞鄭人之盟己也，怒。聞子皮之甲不與攻己也，喜，曰：『子皮與我矣。』晨，自墓門之瀆入，介于襄庫，伐舊北門。駟帶率國人以伐之。皆召子産。子産曰：『兄弟而及此，吾從天所與。』伯有死於羊肆，子産襚之，斂而殯。子駟氏欲攻子産，子皮怒之曰：『禮，國之幹也。殺有禮，禍莫大焉。』乃止。於是游吉如晉還，聞難，不入，復命于介，奔晉，駟帶追之，盟而復歸。子皮授子產政。辭曰：『國小而偪，族大寵多，不可爲也。』子皮曰：『虎帥以聽，誰敢犯子？子善相之。國無小，小能事大，國乃寬。』子產爲政，有事伯石，賂與之邑。子大叔曰：『國皆其國，奚獨賂焉？』子產曰：『無欲實難。皆得其欲，以從其事，而要其成。非我有成，其在人乎？何愛於邑，邑將焉往？《鄭書》有之曰：「安定國家，必大焉先。」姑安大，以待其所歸。』既，伯石懼而歸邑，卒與之。伯有既死，使大史命伯石爲卿，辭。大史退，則請命焉。又辭。如是三，乃受策入拜。子產是以惡其爲人也，使次己位。子產使都鄙有章，上下有服，田有封洫，廬井有伍。大人之忠儉者，從而與之；泰侈者，因而斃之。豐卷將祭，請田焉。弗許，曰：『唯君用鮮，衆給而已。』子張怒，退而徵役。子產奔晉，子皮止之，而逐豐卷。豐卷奔晉。子產請其田里，三年而復之，反其田里及其入焉。從政一年，輿人誦之，曰：『取我衣冠而褚之，取我田疇而伍之。孰殺子產，吾其與之！』及三年，又誦之，曰：『我有子弟，子產誨之；我有田疇，子產殖之。子產而死，誰其嗣之？』」○「子產之從政也，擇能而使之。馮簡子能斷大事。子大叔美秀而文。公孫揮能知四國之爲，辨於其大夫之族姓、班位、貴賤、能否，而又善爲辭令。裨諶能謀，謀於野則獲，謀於邑則否。鄭國將有諸侯之事，子產乃問四國之爲於子羽，且使多爲辭令；與裨諶乘以適野，使謀可否；而告馮簡子使斷之。事成，乃授子大叔使行之，以應對賓客，是以鮮有敗事。鄭人游于鄉校，以論執政。然明謂子產：『毀鄉校，如何？』子產曰：『夫人朝夕退而游焉，以議執政之善否。其所善者，吾則行之；其所惡者，吾則改之。是吾師也，若之何毁之？我聞忠善以損怨，不聞作威以防怨。豈不遽止？然猶防川。大決所犯，傷人必多，吾不克救也。不如小決使道，不如吾聞而藥之也。』然明曰：『今而後知吾子之信可事也。若果行此，鄭國實賴之，豈唯二三臣？』仲尼聞是語也，曰：『以是觀之，人謂子産不仁，吾不信也。』子皮使尹何爲邑。子産曰：『少，未知可否。』子皮曰：『愿，吾愛之，不吾叛也。使夫往而學焉，夫亦愈知治矣。』子産曰：『不可。愛人，求利之也。今吾子愛人則以政，猶未能操刀而使割也，其傷實多。子之愛人，傷之而已，其誰敢求愛於子？子於鄭國，棟也，棟折榱崩，僑將厭焉，敢不盡言？子有美錦，不使人學製焉。大官、大邑，身之所庇也，而使學者製焉，其爲美錦不亦多乎？僑聞學而後入政，未聞以政學者也。若果行此，必有所害。譬如田獵，射御貫，則能獲禽，若未嘗登車射御，則敗績厭覆是懼，何暇思獲？』子皮曰：『吾聞君子務知大者、遠者，小人務知小者、近者。我，小人也。衣服附在吾身，我知而慎之，大官、大邑所以庇身也，我遠而慢之。微子之言，吾不知也。自今請，雖吾家，聽子而行。』子産曰：『人心之不同如其面焉，吾豈敢謂子面如吾面乎？抑心所謂危，亦以告也。』子皮以爲忠，故委政焉，子産是以能爲鄭國。」

三年。魯襄公卒于楚宫，子野立而卒，裯立。是爲昭公。

《左氏》曰：「公作楚宫。穆叔曰：『君欲楚也夫。若不復適楚，必死是宫。』六月，公薨于楚宫。立胡女敬歸之子子野，卒，毁也。立敬歸之娣齊歸之子公子裯。穆叔不欲，曰：『大子死，有母弟，則立之，無，則立長。年鈞擇賢，義鈞則卜，古之道也。非適嗣，何必娣之子？且是人也，居喪而不哀，在慼而有嘉容，是謂不度。不度之人，鮮不爲患。若果立之，必爲季氏憂。』武子卒立之。比及葬，三易衰，衰衽如故衰。於是昭公年十九矣，猶有童心，君子是以知其不能終也。」

鄭伯如晉。衛侯如楚。

《左氏》曰：「子産相鄭伯以如晉，晉侯以魯喪故，未之見也。子産使盡壞其館之垣而納車馬焉。士文伯讓之，曰：『敝邑以寇盜充斥，是以令吏完客所館，高其閈閎，厚其牆垣，以無憂客使。今吾子壞之，雖從者能戒，其若異客何？以敝邑之爲盟主，繕完葺牆，以待賓客，若皆毁之，其何以共命？』對曰：『以敝邑褊小，介於大國，誅求無時，是以不敢寧居，悉索敝賦，以來會時事。逢執事之不間，而未得見。不敢輸幣，亦不敢暴露。恐燥濕之不時而朽蠹，以重敝邑之罪。僑聞文公之爲盟主也，宫室卑庳，以崇大諸侯之館，館如公寢；庫廄繕脩，司空以時平易道路，圬人以時塓館宫室；諸侯賓至，甸設庭燎，僕人巡宫，車馬有所，賓從有代，巾車脂轄，隸人、牧、圉，各瞻其事；百官之屬，各展其物；公不留賓，而亦無廢事；教其不知，而恤其不足。賓至如歸，無寧菑患；不畏寇盜，而亦不患燥濕。今銅鞮之宫數里，而諸侯舍於隸人，門不容車，而不可踰越；盜賊公行，而夭癘不戒。賓見無時，命不可知。若又勿壞，是無所藏幣以重罪也。雖君之有魯喪，亦敝邑之憂也。若獲薦幣，脩垣而行，君之惠也。』文伯復命。趙文子曰：『信。我實不德，而以隸人之垣以贏諸侯，是吾罪也。』使士文伯謝不敏焉。晉侯見鄭伯，有加禮。乃築諸侯之館。鄭子皮使印段如楚，以適晉告。北宫文子相衛襄公如楚，宋之盟故也。過鄭，印段廷勞于棐林，如聘禮而以勞辭。文子入聘。子羽爲行人，馮簡子與子大叔逆客。事畢而出，言於衛侯曰：『鄭有禮，數世之福也，其無大國之討乎！』衛侯在楚，北宫文子見令尹圍之威儀，言於衛侯曰：『令尹似君矣，將有它志。雖獲其志，不能終也。《詩》云：「敬慎威儀，惟民之則。」令尹無威儀，民無則焉。』公曰：『何謂威儀？』對曰：『有威而可畏謂之威，有儀而可象謂之儀。君有君之威儀，臣有臣之威儀。順是以下皆如是，是以上下能相固也。故君子在位可畏，施舍可愛，進退可度，周旋可則，容止可觀，作事可法，德行可象，聲氣可樂，動作有文，言語有章，以臨其下，謂之有威儀也。』」

莒人弑其君密州。

《左氏》曰：「莒犂比公生去疾及展輿。既立展輿，又廢之。犂比公虐，國人患之。展輿因國人以攻莒子，弑之，乃立。去疾奔齊，齊出也。展輿，吴出也。」○胡氏曰：「信斯言也，則子弑父也，《春秋》有不書乎？故趙氏謂其文當曰：『展輿因國人之攻莒子，弑之，乃立。』其後傳寫誤以『之』爲『以』字爾。」

魯仲由生。

四年。魯昭公元。**晉趙武、楚公子圍、齊國弱、宋向戌、魯叔孫豹、衛齊惡、陳公子招、蔡公孫歸生、鄭罕虎、許人、曹人會于虢。魯取鄆。王使劉子勞趙武于潁。**

《左氏》曰：「楚公子圍聘于鄭，且娶於公孫段氏。伍舉爲介。遂會于虢，尋宋之盟也。祈午謂趙文子曰：『宋之盟，楚人得志於晉。今令尹之不信，諸侯之所聞也。子弗戒，懼又如宋。楚重得志於晉，晉之恥也。吾子其不可以不戒。』文子曰：『宋之盟，子木有禍人之心，武有仁人之心，是楚所以駕於晉也。今武猶是心也，楚又行僭，非所害也。武將信以爲本，循而行之。譬如農夫，是穮是蓘，雖有饑饉，必有豐年。且吾聞之，能信不爲人下。吾不能是難，楚不爲患。』楚令尹圍請用牲，讀舊書加于牲上而已，晉人許之。三月甲辰，盟。楚令尹圍設服離衛。季武子伐莒，取鄆。莒人告於會。楚告於晉，請戮其使。樂桓子相趙文子，欲求貨於叔孫，而爲之請。弗與。梁其踁曰：『貨以藩身，子何愛焉？』叔孫曰：『諸侯之會，衛社稷也。我以貨免，魯必受師，是禍之也，何衛之爲？雖怨季孫，魯國何罪？叔出季處，有自來矣，吾又誰怨？』趙孟聞之，曰：『臨患不忘國，忠也；思難不越官，信也；圖國忘死，貞也；謀主三者，義也。又可戮乎？』乃請諸楚曰：『魯雖有罪，其執事不辟難。子若免之，以勸左右可也。莒、魯争鄆，爲日久矣。苟無大害於其社稷，可無亢也。』楚人許之，乃免叔孫。天王使劉定公勞趙孟於潁，館于雒汭。劉子曰：『美哉，禹功！明德遠矣。微禹，吾其魚乎！吾與子弁冕端委，以治民、臨諸侯，禹之力也。子盍遠績禹功，而大庇民乎？』對曰：『老夫罪戾是懼，焉能恤遠？吾儕偷食，朝不謀夕，何其長也？』劉子歸，以語王曰：『諺所謂老將知而耄及之者，其趙孟之謂乎！爲晉正卿，以主諸侯，而儕於隸人，朝不謀夕，棄神人矣。何以能久？』」

邾悼公卒，穿立。 是爲莊公。

晉荀吴始用卒，敗狄于大鹵。

《左氏》曰：「晉中行穆子敗無終及群狄于大原，崇卒也。將戰，魏舒曰：『彼徒我車，所遇又阨，以什共車，必克。困諸阨，又克。請皆卒，自我始。』乃毀車爲行。荀吴之嬖人不肯即卒，斬以徇。爲五陳以相離，兩於前，伍於後，專爲右角，參爲左角，偏爲前拒，以誘之。大敗之。」

莒去疾自齊入于莒。莒展輿出奔吴。

《左氏》曰：「莒展輿立，而奪群公子秩。公子召去疾于齊。齊公子鉏納去疾，展輿奔吴。」

楚子麇卒，令尹圍實弑之而自立。是爲靈。**楚公子比奔晉。**

《左氏》曰：「楚公子圍將聘于鄭，伍舉爲介。未出竟，聞楚子有疾而還。伍舉遂聘。圍至，入問疾，縊而弑之，殺其二子幕及平夏。子干出奔晉，子晳出奔鄭。葬楚子于郟，謂之郟敖。楚靈遂即位，薳罷爲令尹，啓疆爲太宰。」《荀子》曰：「以冠纓絞之。」杜氏曰：「以瘧疾赴。」

履祥按：楚令尹圍弑其君麇而代之，《春秋》不書弑而書卒，舊説曰：從赴告也。夫弑君而自立者，必不以弑赴也，而《春秋》正其弑，此亂臣賊子無所逃其罪於天下後世，所爲懼也，何獨於圍而從所赴？曰：《春秋》之筆，微顯闡幽。弑其君而以薨赴，天下後世或不知其故，則以弑書之。若夫圍之弑，天下知之久矣。虢之會，諸侯大夫皆料其簒於未弑之前。朱方之師，諸侯三軍之士皆笑其徇於已弑之後。則夫從其赴而書之，天下後世益知其僞赴之不可誣矣。此或者聖人微顯闡幽之意，蓋不可以一槩論也。雖然，楚之無君臣父子久矣。熊通弑其君麋而自立，是爲楚成。已而其子商臣又弑之而自立，是爲楚穆。傳子及孫，至此四世，而莫之或討也。然其兄弟子孫争國而自相賊殺者，僅存而無遺類矣。聖人於此，亦投畀有昊而已。

五年。晉使韓起聘于魯、齊、衛。

《左氏》曰：「晉侯使韓宣子來聘，且告爲政而來見，禮也。觀書于大史氏，見《易象》與《魯春秋》，曰：『周禮盡在魯矣，吾乃今知周公之德與周之所以王也。』」

鄭殺其大夫公孫黑。

《左氏》曰：「鄭公孫黑將作亂，欲去游氏而代其位，疾作不果。駟氏與諸大夫欲殺之。子産在鄙，聞之，乘遽而至。使吏數之，曰：『伯有之亂，以大國之事，未爾討也。爾有亂心無厭，國不女堪。專伐伯有，而罪一也。兄弟争室，而罪二也。薰隧之盟，女矯君位，而罪三也。有死罪三，不速死，大刑將至。』辭曰：『死在朝夕，無助天爲虐。』子産曰：『人誰不死？凶人不終，命也。作凶事，爲凶人。不助天，其助凶人乎！』請以印爲褚師。子産曰：『印也若才，君將任之；不才，朝夕從女。女罪之不恤，而又何請焉？不速死，司寇將至。』縊。尸諸衢，加木焉。」

蔡漆雕開生。

六年。鄭游吉如晉。齊晏嬰如晉。

《左氏》曰：「鄭游吉如晉，送少姜之葬。梁丙曰：『甚哉，子之爲此來也！』子大叔曰：『將得已乎！昔文、襄之霸也，其務不煩諸侯。令三歲而聘，五歲而朝，有事而會，不協而盟。君薨，大夫弔，卿共葬事；夫人，士弔，大夫送葬。足以昭禮、命事、謀闕而已。今嬖寵之喪，而數於守適，唯懼獲戾，豈敢憚煩？少姜有寵而死，齊必繼室。今兹吾又將來賀，不唯此行也。』張趯曰：『自今子其無事矣。譬如火焉，火中，寒暑乃退。此其極也，能無退乎？晉將失諸侯。』二大夫退。子大叔曰：『張趯有知，其猶在君子之後乎！』」〇「齊侯使晏嬰請繼室於晉。晏子受禮，叔向從之宴，相與語。叔向曰：『齊其何如？』晏子曰：『此季世也，其爲陳氏矣。公棄其民，而歸於陳氏。齊舊四量，豆、區、釜、鍾。四升爲豆，各自其四，以登於釜。釜十則鍾。陳氏三量皆登一焉，鍾乃大矣。以家量貸，而以公量收之。山木如市，弗加於山；魚、鹽、蜃、蛤，弗加於海。民參其力，二入於公，而衣食其一。公聚朽蠹，而三老凍餒。國之諸市，屨賤踊貴。民人痛疾，而或燠休之。將焉辟之？』叔向曰：『然。雖吾公室，今亦季世也。戎馬不駕，卿無軍行，公乘無人，卒列無長。庶民罷敝，而宮室滋侈。道殣相望，而女富溢尤。民聞公命，如逃寇讎。政在家門，民無所依。君日不悛，以樂慆憂。公室之卑，其何日之有？』晏子曰：『子將若何？』叔向曰：『晉之公族盡矣。肸聞之，公室將卑，其宗族枝葉先落，則公從之。肸之宗十一族，惟羊舌氏在而已。肸又無子，公室無度，幸而得死，豈其獲祀？』」

北燕伯款出奔齊。燕人立悼公。

《左氏》曰：「燕簡公多嬖寵，欲去諸大夫而立其寵人。冬，燕大夫比以殺公之外嬖。公懼，奔齊。」

七年。楚子、蔡侯、陳侯、鄭伯、許男、徐子、滕子、頓子、胡子、沈子、小邾子、宋世子佐、淮夷會于申。楚人執徐子。楚子、蔡侯、陳侯、許男、頓子、胡子、沈子、淮夷伐吴，執齊慶封，殺之。遂滅賴。

《左氏》曰：「前年冬，鄭伯如楚。春，許男如楚，楚子止之，遂止鄭伯。使椒舉如晉求諸侯，二君待之。椒舉致命，晉侯欲勿許。司馬侯曰：『楚子方侈，天或者欲逞其心，以厚其毒，而降之罰，未可知也。其使能終，亦未可知也。君其許之，而脩德以待其歸。若歸於德，吾猶將事之，況諸侯乎？若適淫虐，楚將棄之，吾又誰與爭？』曰：『晉有三不殆，其何敵之有？國險而多馬，齊、楚多難。』對曰：『恃險與馬，而虞鄰國之難，是三殆也。四嶽、三塗、陽城、大室、荆山、中南，九州之險也，是不一姓。冀之北土，馬之所生，無興國焉。是以先王務脩德音以亨神人，不聞其務險與馬也。鄰國之難，不可虞也。或多難以固其國，啓其疆土；或無難以喪其國，失其守宇。齊有仲孫之難，而獲桓公。晉有里、丕之難，而獲文公。衛、邢無難，敵亦喪之。故人之難，不可虞也。恃此三者，而不脩政德，亡於不暇，又何能濟？君其許之！紂作淫虐，文王惠和，殷是以殞，周是以興，夫豈爭諸侯？』乃許楚使。楚子問於子産曰：『晉其許我諸侯乎？』對曰：『晉君少安，不在諸侯。其大夫多求，莫匡其君。在宋之盟，又曰如一。若不許君，將焉用之？』曰：『諸侯其來乎？』曰：『從宋之盟，承君之歡，不畏大國，何故不來？不來者，其魯、衛、曹、邾乎！曹畏宋，邾畏魯，魯、衛偪於齊而親於晉。其餘，君之所及也。』曰：『然則吾所求者，無不可乎？』對曰：『求逞於人，不可；與人同欲，盡濟。』夏，諸侯如楚。曹、邾辭以難，公辭以時祭，衛侯辭以疾。鄭伯先待于申。六月，楚子合諸侯于申。椒舉言於楚子曰：『臣聞諸侯無歸，禮以爲歸。今君始得諸侯，其慎禮矣。霸之濟否，在此會也。夏啓有鈞臺之享，商湯有景亳之命，周武有孟津之誓，成有岐陽之蒐，康有酆宮之朝，穆有塗山之會，齊桓有召陵之師，晉文有踐土之盟。君其何用？宋向戌、鄭公孫僑在，諸侯之良也，君其選焉。』楚子曰：『吾用齊桓。』使問禮於左師與子産。左師曰：『敢不薦聞？』獻公合諸侯之禮六。子産曰：『敢不薦守？』獻伯、子、男會公之禮六。楚子使椒舉侍於後以規過，卒事不規。問其故，對曰：『禮，吾所未見者六焉，又何以規？』宋大子佐後至，久而弗見。徐子，吴出也，故執諸申。楚子示諸侯侈，椒舉曰：『夫六王、二公之事，皆所以示諸侯禮也，諸侯所由用命也。夏桀爲仍之會，有緡叛之。商紂爲黎之蒐，東夷叛之。周幽爲大室之盟，戎狄叛之。皆所以示諸侯汰也，諸侯所由棄命也。今君以汰，無乃不濟乎？』弗聽。子産見左師曰：『吾不患楚矣。汰而愎諫，不過十年。』左師曰：『然。不十年侈，其惡不遠，遠惡而後棄。德遠而後興。』秋，楚子以諸侯伐吴。宋太子、鄭伯先歸。宋華費遂、鄭大夫從。使屈申圍朱方，克之，執齊慶封而滅其族。將戮慶封，椒舉曰：『臣聞無瑕者可以戮人。慶封其肯從於戮乎？播於諸侯，焉用之？』弗聽，負之斧鉞，以徇於諸侯，使言曰：『無或如齊慶封，弑其君，弱其孤，以盟其大夫。』慶封曰：『無或如楚共王之庶子圍，弑其君兄之子麇，而代之，以盟諸侯！』使速殺之。遂以諸侯滅賴。遷賴於鄢。楚子欲遷許於賴，使鬬韋龜與公子棄疾城之而還。申無宇曰：『楚禍之首將在此矣。召諸侯而來，伐國而克，城竟莫校。民不堪命，乃禍亂也。』」

鄭作丘賦。

《左氏》曰：「鄭子産作丘賦，國人謗之，曰：『其父死於路，己爲蠆尾，以令於國，國將若之何？』子寬以告。子産曰：『苟利社稷，死生以之。且吾聞爲善者不改其度，故能有濟也。民不可逞，度不可改。《詩》曰：「禮義不愆，何恤於人言？」吾不遷矣。』渾罕曰：『國氏其先亡乎！君子作法於涼，其敝猶貪。作法於貪，敝將若之何？姬在列者，蔡及曹、滕其先亡乎！偪而無禮。鄭先衛亡，偪而無法。政不率法而制於心。民各有心，何上之有？』」

魯有若生。

甲子。八年。魯舍中軍。

《左氏》曰：「卑公室也。初，作中軍，三分公室，而各有其一。季氏盡征之，叔孫氏臣其子弟，孟氏取其半焉。及其舍之也，四分公室，季氏擇二，二子各一，皆盡征之，而貢于公。公如晉，自郊勞至於贈賄，無失禮。晉侯謂女叔齊曰：『魯侯不亦善於禮乎？』對曰：『是儀也，不可謂禮。禮，所以守其國，行其政令，無失其民者也。今政令在家，不能取也。有子家羈，弗能用也。公室四分，民食於它。難將及身，不恤其所。禮之本末，將於此乎在，而屑屑焉習儀以亟。言善於禮，不亦遠乎？』」

秦景公卒，子嗣。 是爲哀公。

楚子、蔡侯、陳侯、許男、頓子、沈子、徐人、越人伐吴。

《左氏》曰：「吴早設備，楚無功而還。」○陳氏曰：「初書越而稱『人』，越驟張也。通吴以疲楚者，晉謀之失也。通越以困吴者，楚謀之失也。」

孔子志于學。

《論語》曰：「子曰：『吾十有五而志于學。』」○朱子曰：「古者十五而入大學。心之所之謂之志。此所謂學，即大學之道。志乎此，則念念在此而爲之不厭矣。」

九年。鄭人鑄刑書。

《左氏》曰：「叔向使詒子産書，曰：『昔先王議事以制，不爲刑辟，懼民之有争心也。猶不可禁禦，是故閑之以義，糾之以政，行之以禮，守之以信，奉之以仁，制爲禄位，以勸其從，嚴斷刑罰，以威其淫。懼其未也，故誨之以忠，聳之以行，教之以務，使之以和，臨之以敬，涖之以彊，斷之以剛，猶求聖哲之上、明察之官、忠信之長、慈惠之師，民於是乎可任使也，而不生禍亂。民知有辟，則不忌於上。並有争心，以徵於書，而徼幸以成之，弗可爲矣。夏有亂政，而作《禹刑》；商有亂政，而作《湯刑》；周有亂政，而作《九刑》。三辟之興，皆叔世也。今吾子相鄭國，作封洫，立謗政，制參辟，鑄刑書，將以靖民，不亦難乎？《詩》曰：「儀式刑文王之德，日靖四方。」又曰：「儀刑文王，萬邦作孚。」如是，何辟之有？民知争端矣，將棄禮而徵於書，錐刀之末，將盡争之。亂獄滋豐，賄賂並行。終子之世，鄭其敗乎？國將亡，必多制。其此之謂乎！』復書曰：『僑不才，不能及子孫，吾以救世也。既不承命，敢忘大惠？』」

楚公子棄疾如晉。

《左氏》曰：「楚公子棄疾如晉，報韓子也。過鄭，鄭伯勞諸柤，辭。固請，見之。見如見王。禁芻、牧、采、樵，不入田，不樵樹，不采蓺，不抽屋，不強匄。誓曰：『有犯命者，君子廢，小人降。』舍不爲暴，主不慁賓。往來如是，鄭三卿皆知其將爲王也。」

楚薳罷帥師伐吴，吴人敗之。

齊侯伐北燕。

《左氏》曰：「齊侯伐北燕，將納簡公。晏子曰：『不入。燕有君矣，民不貳。吾君賄，左右諂諛，作大事不以信，未可也。』明年春，齊侯次于虢。燕人歸燕姬，賂以瑶甕、玉櫝、斝耳而還。」

十年。四月甲辰朔，日有食之。

衛襄公卒，公子元嗣。是爲靈公。**衛齊惡來請命，王使成子如衛弔，追錫命。**

《左氏》曰：「衛齊惡告喪于周，且請命。王使成簡公如衛弔，且追命襄公曰：『叔父陟恪，在我先王之左右，以佐事上帝，余敢忘高圉、亞圉？』」

十有一年。陳侯之弟招殺陳世子偃師。陳哀公卒。楚師滅陳。

《左氏》曰：「陳哀公元妃生太子偃師，二妃生公子留，下妃生公子勝。二妃嬖，留有寵，屬諸司徒招與公子過。哀公有廢疾。招、過殺悼太子偃師而立公子留。哀公縊。干徵師赴于楚，且告有立君。公子勝愬之，楚人執而殺之。留奔鄭。公子招歸罪于過而殺之。楚公子棄疾帥師奉孫吴圍陳。冬，十一月，滅陳。使穿封戌爲陳公。晉侯問於史趙曰：『陳其遂亡乎？』對曰：『未也。陳，顓頊之族也。歲在鶉火，是以卒滅。陳將如之。今在析木之津，猶將復由。自幕至于瞽瞍無違命，舜重之以明德，寘德于遂。遂世守之。及胡公不淫，故周賜之姓，使祀虞帝。臣聞盛德必百世祀。虞之世數未也，繼守將在齊，其兆既存矣。』」

十有二年。宋華亥、魯叔弓、鄭游吉、衛趙黶會楚子于陳。許遷于夷。

《左氏》曰：「楚公子棄疾遷許于夷，實城父，取州來、淮北之田以益之。遷方城外人於許。」

王使詹桓如晉。晉侯使趙成來致閻田。

《左氏》曰：「周甘人與晉閻嘉争閻田。晉梁丙、張趯率陰戎伐潁。王使詹桓伯辭於晉曰：『我自夏以后稷，魏、駘、芮、岐、畢，吾西土也；及武王克商，蒲姑、商、奄，吾東土也；巴、濮、楚、鄧，吾南土也；肅慎、燕、亳，吾北土也。吾何邇封之有？文、武、成、康之建母弟，以蕃屏周，亦其廢隊是爲，豈如弁髦，而因以敝之？先王居檮杌于四裔，以禦魑魅，故允姓之姦居於瓜州。伯父惠公歸自秦，而誘以來，使偪我諸姬，入我郊甸，則戎焉取之。戎有中國，誰之咎也？后稷封殖天下，今戎制之，不亦難乎！伯父圖之！我在伯父，猶衣服之有冠冕，木水之有本原，民人之有謀主也。伯父若裂冠毁冕，拔本塞原，專棄謀主，雖戎狄，其何有余一人？』叔向謂宣子曰：『文之伯也，豈能改物？翼戴天子，而加之以共。自文以來，世有衰德，而暴滅宗周，以宣示其侈，諸侯之貳，不亦宜乎！且王辭直，子其圖之。』宣子説。王有姻喪，使趙成如周弔，且致閻田與襚，反潁俘。王亦使賓滑執甘大夫以説於晉，晉人禮而歸之。」

十有三年。齊陳氏、鮑氏逐欒施、高彊。

《左氏》曰：「齊欒、高氏皆耆酒，信内多怨，彊於陳、鮑氏而惡之。有告陳桓子曰：『子旗、子良將攻陳、鮑。』亦告鮑氏。桓子授甲以如鮑氏，則亦授甲矣。遂伐欒、高氏。子良曰：『先得公，陳、鮑焉往？』遂伐虎門。晏平仲端委立于虎門之外，四族召之，無所往。公召之，而後入。公卜使王黑以靈姑銔率，吉，請斷三尺焉而用之。戰于稷，欒、高敗。國人追之，又敗諸鹿門。欒施、高彊奔魯。陳、鮑分其室。晏子謂桓子：『必致諸公！讓，德之主也。義，利之本也。藴利生孽。』桓子盡致諸公，而請老于莒。召子山，而反棘焉。子商，反其邑。子周，與之夫于。反子城、子公、公孫捷，而益其禄。凡公子、公孫之無禄者，私分之邑。子山、子商、子周，高氏所逐群公子，事在襄三十一年。國之貧約者，私與之粟。公與桓子莒之旁邑，辭。穆孟姬爲之請高唐，陳氏始大。」

晉平公卒，子夷嗣。是爲昭公。

《左氏》曰：「魯叔孫婼、齊國弱、宋華定、衛北宫喜、鄭罕虎、許人、曹人、莒人、邾人、滕人、薛人、杞人、小邾人如晉，葬平公也。鄭子皮將以幣行。子産曰：『喪焉用幣？用幣必百兩，百兩必千人，千人至，將不行，必盡用之。』子皮固請以行。既葬，諸侯之大夫欲因見新君。叔孫昭子曰：『非禮也。』弗聽。叔向辭之，曰：『大夫之事畢矣，而又命孤，孤斬焉在衰絰之中，其以嘉服見，則喪禮未畢。其以喪服見，是重受弔也。大夫將若之何？』皆無辭以見。子皮盡用其幣。」

宋平公卒，子佐嗣。是爲元公。

孔子生伯魚。

《家語》曰：「孔子年十九，娶于宋并官氏。一歲而生伯魚。魚之生也，魯昭公以鯉賜，孔子榮君之貺，故因以名曰鯉，而字伯魚。」

十有四年。楚子虔誘蔡侯般殺之于申。楚公子棄疾帥師圍蔡。晉韓起會齊國弱、宋華亥、魯季孫意如、衛北宮佗、鄭罕虎、曹人、杞人于厥憖。王使單子命事於會。楚師滅蔡，執蔡世子有以歸，用之。

《左氏》曰：「景王問於萇弘曰：『今兹諸侯何實吉凶？』對曰：『蔡凶。此蔡侯般弑其君之歲也，歲在豕韋矣。楚將有之，然壅也。歲及大梁，蔡復，楚凶。』楚子在申，召蔡靈侯。將往，大夫曰：『楚貪而無信，惟蔡於感。今幣重言甘，誘我也，無往。』蔡侯不可。楚子伏甲而饗蔡侯於申，執而殺之。公子棄疾帥師圍蔡。韓宣子問於叔向曰：『楚其克乎？』對曰：『克哉！蔡侯獲罪於其君，而不能其民，天將假手於楚以斃之，何故不克？然肸聞之，不信以幸，不可再也。楚王奉孫吳以討於陳，曰：「將定而國。」陳人聽命，而遂縣之。今又誘蔡而殺其君，以圍其國，雖幸而克，必受其咎，弗能久矣。桀克有緡，以喪其國。紂克東夷，而隕其身。楚小位下，而亟暴於二王，能無咎乎？天之假助不善，非祚之也，厚其凶惡而降之罰也。』荀吳謂韓宣子曰：『不能救陳，又不能救蔡，已爲盟主而不恤亡國，將焉用之？』會于厥憖，謀救蔡也。鄭子皮將行，子産曰：『行不遠，不能救蔡也。蔡小而不順，楚大而不德，天將棄蔡以壅楚，盈而罰之，蔡必亡矣。三年，楚其有咎乎！』晉人使狐父請蔡于楚，弗許。楚子滅蔡，用隱太子于岡山。申無宇曰：『不祥。五牲不相爲用，况用諸侯乎？』楚子城陳、蔡、不羹。使棄疾爲蔡公。問於申無宇，對曰：『五大不在邊，五細不在庭。親不在外，羈不在内。末大必折，尾大不掉，君所知也。』」

履祥按：蔡般弑其君而立，列於諸侯者十三年，晉不能討，使楚得借是以滅蔡，而晉爲請之，名義皆不正矣，何以復霸？

單成公卒。

《左氏》曰：「單子會韓宣子于戚，視下言徐。叔向曰：『單子其將死乎！會朝之言，必聞于表著之位，所以昭事序也。視不過結襘之中，所以道容貌也。今單子爲王官伯，而命事於會，視不登帶，言不過步，貌不道容，而言不昭。無守氣矣。』十二月，卒。」

十有五年。齊高偃帥師納北燕伯于陽。

鄭簡公卒，子寧嗣。 是爲定公。

《左氏》曰：「鄭簡公卒，將爲葬除。及游氏之廟，將毀焉。子大叔使其除徒執用以立，而無庸毀，曰：『子產過女而問，乃曰：不忍廟也！將毀矣。』子產使辟之。司墓之室有當道者，毀之，則朝而堋；弗毀，則日中而堋。子大叔請毀之，曰：『無若諸侯之賓何？』子產曰：『諸侯之賓，能來會吾喪，豈憚日中？無損於賓，而民不害。』遂弗毀，日中而葬。」

齊侯、魯侯、衛侯、鄭子如晉。魯侯至河，乃復。魯公子憖遂如晉。魯公子憖奔齊。

《左氏》曰：「齊侯、衛侯、鄭伯如晉，朝嗣君也。公如晉，至河，乃復。初，季平子伐莒，取郠。獻俘，始用人於亳社。莒愬于晉，晉有平公之喪，未之治也，故辭公。公子憖遂如晉。晉侯享諸侯，子產相鄭伯，辭於享，請免喪而後聽命，禮也。季平子不禮於南蒯。南蒯謂公子憖：『吾出季氏，而歸其室於公，子更其位。我以費爲公臣。』子仲許之。告公，而遂從公如晉。南蒯懼不克，以費叛，如齊。子仲還，及郊，聞費叛，遂奔齊。南蒯之將叛也，其鄉人或知之，過之而歎，且言曰：『恤恤乎！湫乎攸乎！深思而淺謀，邇身而遠志，家臣而君圖，有人矣哉！』南蒯枚筮之，遇『坤』之『比』，曰：『黄裳元吉。』以爲大吉也，示子服惠伯，曰：『即欲有事，何如？』惠伯曰：『吾嘗學此矣，忠信之事則可，不然，必敗。外彊内温，忠也；和以率貞，信也。故曰「黄裳元吉」。黄，中之色也；裳，下之飾也；元，善之長也。中不忠，不得其色；下不共，不得其飾；事不善，不得其極。外内倡和爲忠，率事以信爲共，供養三德爲善，非此三者弗當。且夫《易》，不可以占險，將何事也？且可飾乎？中美能黄，上美爲元，下美則裳，參成可筮。猶有闕也，筮雖吉，未也。』將適費，飲鄉人酒。鄉人或歌之曰：『我有圃，生之杞乎！從我者子乎！去我者鄙乎！倍其鄰者耻乎！已乎！已乎！非吾黨之士乎！』後二年，費人叛南氏，南蒯奔齊。侍飲酒於景公。公曰：『叛夫！』對曰：『臣欲張公室也。』子韓皙曰：『家臣而欲張公室，罪莫大焉。』司徒老祁、慮癸來歸費，齊侯使鮑文子致之。」

履祥按：《春秋》凡以地叛，雖微必書，而内叛不書，内叛必有爲也。南蒯以費叛不書，蓋欲張公室，亦公意也，忠有餘而知不足，以至此爾。《左氏》專以勢利成敗論人，故其形容南蒯之叛獨詳，而不知《春秋》所以不書之意。季氏四分公室而取其二，《左氏》不以爲非，昭公不以爲悖，而反譏昭公之不善。子韓皙曰：「家臣而欲張公室，大罪也。」《左氏》與當時之言如此，則人心習俗之變久矣。

原伯絞奔郊。成、景之族弒甘公過。

《左氏》曰：「周原伯絞虐，其輿臣、輿人逐絞。絞奔郊。甘公過將去成、景之族，成、景之族殺甘悼公。」○杜氏曰：「傳言周衰，原、甘二族所以遂微。」

楚子伐徐。

《左氏》曰：「楚子狩于州來，次于潁尾，使蕩侯、潘子、司馬督帥師圍徐以懼吳。楚子次于乾谿，以爲之援。右尹子革夕，與之語曰：『昔我先王熊繹與呂級、王孫牟、燮父、禽父並事康王，四國皆有分，我獨無有。今吾使人於周，求鼎以爲分，王其與我乎？』對曰：『與君王哉！昔先王熊繹，辟在荆山，篳路藍縷，以處草莽。跋涉山林，以事天子，唯是桃弧、棘矢以共禦王事。齊，王舅也；晉及魯、衛，王母弟也。楚是以無分，而彼皆有。今周與四國服事君王，將唯命是從，豈其愛鼎？』楚子曰：『昔我皇祖伯父昆吾，舊許是宅。今鄭人貪賴其田，而不我與。我若求之，其與我乎？』對曰：『與君王哉！周不愛鼎，鄭敢愛田？』楚子曰：『昔諸侯遠我而畏晉，今我大城陳、蔡、不羹，賦皆千乘，子與有勞焉。諸侯其畏我乎？』對曰：『畏君王哉！是四國者，專足畏也。又加之以楚，敢不畏君王哉？』工尹路請曰：『君王命剥圭以爲鏚柲，敢請命。』王入視之。析父謂子革：『吾子，楚國之望也。今與王言如響，國其若之何？』子革曰：『摩厲以須，王出，吾刃將斬矣。』王出，復語。左史倚相趨過。楚子曰：『是良史也，子善視之。是能讀《三墳》《五典》《八索》《九丘》。』對曰：『臣嘗問焉。昔穆王欲肆其心，周行天下，將皆必有車轍馬迹焉。祭公謀父作《祈招》之詩以止王心，王是以獲没於祇宫。臣問其詩而不知也。若問遠焉，其焉能知之？』楚子曰：『子能乎？』對曰：『能。其詩曰：祈招之愔愔，式昭德音。思我王度，式如玉，式如金。形民之力，而無醉飽之心。』楚子不能自克，以及於難。」

十有六年。楚公子比自晉歸于楚，弒其君虔于乾谿。楚公子棄疾殺公子比而自立。

是爲平。

《左氏》曰：「楚子之爲令尹也，殺大司馬薳掩而取其室。及即位，奪薳居田；遷許而質許圍。蔡洧有寵於楚子，楚之滅蔡也，其父死焉，楚子使與於守而行。申之會，越大夫戮焉。楚子奪鬭韋龜中犨，又奪成然邑，而使爲郊尹。蔓成然故事蔡公，故薳氏之族及薳居、許圍、蔡洧、蔓成然，皆楚子所不禮也。因群喪職之族，啓越大夫常壽過作亂，圍固城，克息舟，城而居之。觀起之死也，其子從在蔡，事朝吴，蔡大夫。曰：『今不封蔡，蔡不封矣。』以蔡公之命召子干、即比。子晳，及郊，而告之情，强與之盟，入襲蔡。蔡公將食，見之而逃。觀從使子干食，坎，用牲，加書，而速行。己徇於蔡，曰：『蔡公召二子，將納之，盟而遣之矣，將師而從之。』蔡人聚，將執之。辭曰：『失賊成軍，而殺余，何益？』乃釋之。朝吴曰：『二三子若能死亡，則如違之，以待所濟。若求安定，則如與之，以濟所欲。且違上，何適而可？』衆曰：『與之。』乃奉蔡公，召二子而盟于鄧，依陳、蔡人以國。楚公子比、公子黑肱、公子棄疾、蔓成然、蔡朝吴帥陳、蔡、不羹、許、葉之師，因四族之徒，以入楚。蔡公使須務牟、史猈先入，殺太子禄及公子罷敵。公子比爲王，黑肱爲令尹，次于魚陂。棄疾爲司馬，先除宫。使觀從從師于乾谿，而遂告之，且曰：『先歸復所，後者劓。』師及訾梁而潰。楚子聞群公子之死也，自投于車下，曰：『人之愛其子也，亦如余乎？』侍者曰：『甚焉。小人老而無子，知擠于溝壑矣。』楚子曰：『余殺人子多矣，能無及此乎？』沿夏，將入鄢。芋尹無宇之子申亥求之以歸。楚子縊于申亥氏。觀從謂子干曰：『不殺棄疾，雖得國，猶受禍也。』子干曰：『余不忍也。』子玉曰：『人將忍子。』乃行。國每夜駭曰：『王入矣！』乙卯夜，棄疾使周走而呼曰：『王至矣！』使蔓成然走告子干、子晳曰：『王至矣，國人殺君司馬，將來矣。君早自圖也。』又有呼而走至者，二子皆自殺。棄疾即位，名曰熊居。殺囚，衣之王服，流諸漢，取而葬之，以靖國人。使子旗爲令尹。蔓成然。封陳、蔡，復遷邑，致群賂，施舍、寬民，宥罪、舉職。初，楚靈卜曰：『余尚得天下。』不吉。投龜，詬天而呼曰：『是區區者而不余畀，余必自取之。』民患其無厭也，故從亂如歸。」

○《國語》曰：「陳、蔡及不羹之人納棄疾而殺靈王。」

履祥按：程子有言：「觀《春秋》者，以傳考經之事迹，以經别傳之真僞。」昭、定、哀之《春秋》，自楚麇卒以來，考之於傳，則於《春秋》筆削之意多有可議。如公子圍、公子比、許世子止之事，則《春秋》於亂臣賊子，其誅舍若可疑者。或《左氏》所傳，不盡得其實與？今考公子比之事，如傳所言，則經當書：「楚子比自晉歸于楚，公子棄疾自蔡歸于楚，弑其君虔于乾谿，公子棄疾弑其君比。」而經書乃云爾者，是或有可疑也。蓋嘗反覆思之，《春秋》，誅心之法也。以《春秋》誅心而言，則子干有争國之心，而棄疾無起事之意。以《春秋》書法而論，則凡爲弑君者所立，則以首惡書之，討賊而不以其罪，則不以討賊之辭書之。虔弑君而立，比爲是出奔，則其歸也當正名討賊，而不討賊，則以亡公子争國而已。虔有弑君之罪，而人莫之討，徒以其暴而弑之，則臣弑其君而已。比，一匹夫，無親於楚，無援於晉，進不能正討賊之義，退不能爲曹子臧、吴季子，爲人所用以立而立，書法得以加首惡之名，爲人所怖以死，棄疾得以歸弑君之獄，所謂爲人臣者不知《春秋》之義，則陷於弑逆之罪，其此之謂與！然則用計以弑其君者，獨無誅乎？曰：唐人有言：「《春秋》書王法，不誅其人身。」書一事而兼衆義者有之，然有難兼衆義者則舉一事以示戒而已。若夫天下之理，則未有弑其君親而無禍者。虔之弑君也以縊，而虔即自謚。虔之弒麇也，及其二子幕與平夏，而禄與罷敵亦先死焉。自投車下曰：「人之愛其子也，亦如予乎？」可謂出乎爾者，反乎爾者矣。棄疾歸罪於比，而它日吳人卒鞭其墓而戮之，天理可以監矣！

劉子、晉侯、齊侯、宋公、魯侯、衛侯、鄭伯、曹伯、莒子、邾子、滕子、薛伯、杞伯、小邾子會于平丘，同盟。魯侯不與盟。晉人執魯季孫意如以歸。

《左氏》曰：「晉成虒祁，諸侯朝而歸者，皆有貳心。叔向曰：『諸侯不可不示威。』乃並徵會，告于吳。水道不可，吳子辭。七月，治兵于邾南，甲車四千乘，遂合諸侯於平丘。次于衛地，叔鮒求貨於衛，淫芻蕘者。衛人饋叔向羹與錦，叔向受羹，反錦，曰：『晉有羊舌鮒者，瀆貨無厭。爲此役也，子若以君命賜之，其已。』從之，未退而禁之。晉人將尋盟，齊人不可。晉侯使叔向告劉獻公，公曰：『盟以底信。君苟有信，諸侯不貳，何患焉？告之以文辭，董之以武師，雖齊不許，君庸多矣。天子之老請帥王賦，「元戎十乘，以先啓行」，遲速唯君。』叔向告于齊，對曰：『諸侯討貳，則有尋盟。若皆用命，何盟之尋？』叔向曰：『志業於好，講禮於等，示威於衆，昭明於神。自古以來，未之或失也。晉禮主盟，懼有不治。奉承齊犧而布諸君。君曰：「余必廢之。」何齊之有？唯君圖之。』齊人懼，對曰：『小國言之，大國制之，敢不聽從？』叔向曰：『諸侯有間矣，不可以不示衆。』辛未，治兵，建而不旆。壬申，復旆之。諸侯畏之。邾人、莒人愬曰：『魯朝夕伐我。我之不共，魯故之以。』晉侯不見公，使叔向辭，子服惠伯對曰：『君信蠻夷之訴，以絶兄弟之國，棄周公之後，亦唯君。』叔向曰：『寡君有甲車四千乘，雖以無道行之，必可畏也，况其率道，何敵之有？牛雖瘠，僨於豚上，其畏不死？南蒯、子仲之憂，其庸可棄乎？若奉晉之衆，用諸侯之師，因邾、莒、杞、鄫之怒，以討魯罪，間其二憂，何求而弗克？』魯人懼，聽命。甲戌，同盟于平丘。子産争承，曰：『昔者天子班貢，輕重以列，列尊貢重，周之制也。卑而貢重者，甸服也。鄭伯，男也，而使從公侯之貢，懼弗給也。』自日中以争，至于昏，晉人許之。既盟，子大叔咎之，子産曰：『晉政多門，貳偷之不暇，何暇討？國不競亦陵，何國之爲？』仲尼謂：『子産於是行也，足以爲國基矣。』公不與盟。晉人執季孫意如以歸。子服湫從。」

履祥按：晉之不明也，甚矣！季氏專，魯昭公之意豈不欲去之？南蒯之謀，公子慭從昭公如晉，豈不欲通此意也？而以郠固辭公。取郠，正季孫之罪也。公子慭又獨往，而意又不達以歸，遂出奔齊。至是執意如，反以子仲、南蒯之間脅魯矣。又明年，復以郠故止昭公，而昭公之意卒不能自達也。故胡氏謂：「當按邾、莒所訴之狀，究南蒯、子仲奔叛之由，告於諸侯，以其罪執之。請於天子，以大義廢之。選於魯卿，更意如之位。收斂私邑，爲公家之民。則方伯之政修矣。」乃不能然，卒使季氏復彊，而昭公客死。惜哉！晉大夫之賢，孰與叔向？其爲此盟，務力不務德，以利不以義。曰：「寡君甲車四千乘在，牛雖瘠，僨於豚上，其畏不死？」春秋之辭令，未是有也。戰國秦人之辭氣，昉乎此矣！

蔡侯廬歸于蔡。陳侯吳歸于陳。

《左氏》曰：「楚之滅蔡也，遷許、胡、沈、道、房、申於荆焉。楚平即位，既封陳、蔡，而皆復之。隱大子之子廬歸于蔡，悼大子之子吳歸于陳。禮也。」

吳滅州來。

《左氏》曰：「吳滅州來。令尹子期請伐吳，楚子弗許，曰：『吾未撫民人，未事鬼神，未修守備，未定國家，而用民力，敗不可悔。州來在吳，猶在楚也。子姑待之。』」

燕悼公卒，共公立。

十有七年。晉釋魯季孫意如。

《左氏》曰：「子服惠伯私於中行穆子曰：『魯事晉，何以不如夷之小國？魯，兄弟也，土地猶大，所命能具。若爲夷棄之，使事齊、楚，其何瘳於晉？』穆子告韓宣子，且曰：『楚滅陳、蔡，不能救，而爲夷執親，將焉用之？』乃歸季孫。」

曹武公卒，子須嗣。是爲平公。

十有八年。吴子夷末卒，子僚立。

《左氏》曰：「初，吴子夷眛之立也，使屈狐庸聘于晉，趙文子問焉，曰：『延州來季子其果立乎？巢隕諸樊，閽戕戴吴，天似啓之，何如？』對曰：『不立。若天所啓，其在今嗣君乎！甚德而度，德不失民，度不失事，其天所啓也。有吴國者，必此君之子孫實終之。季子，守節者也。雖有國，不立。』」〇《史記》曰：「餘眛卒，欲授季札。札辭，逃去。吴人曰：『先王有命，兄卒，弟立，必致季子。季子今逃位，則王餘昧後立。今卒，其子當代。』乃立餘昧之子僚。」

履祥按：季子此時義可以立矣而不立，則當告之國人命諸樊之子光而立之，庶無異日之亂矣。然觀狐庸及《史記》所言，則餘昧爲賢，而其子僚亦爲國人所屬。當時事勢，雖欲立光亦恐未可也。不然，則季子之義爲未盡矣。

蔡朝吴出奔鄭。

《左氏》曰：「楚子使然丹簡上國之兵於宗丘，且撫其民。分貧，振窮；長孤幼，養老疾，收介特，救災患，宥孤寡，赦罪戾；詰姦慝，舉淹滯；禮新，叙舊；禄勳，合親；任良，物官。使屈罷簡東國之兵於召陵，亦如之。好於邊疆，息民五年而後用師。費無極害朝吴之在蔡也，欲去之。乃謂之曰：『王唯信子，故處子於蔡。子亦長矣，而在下位，辱。必求之，吾助子請。』又謂其上之人曰：『王唯信吴，故處諸蔡，二三子莫之如也。而在其上，不亦難乎？弗圖，必及於難。』夏，蔡人逐朝吴。朝吴出奔鄭。楚子怒，曰：『余唯信吴，故寘諸蔡。且微吴，吾不及此。女何故去之？』無極對曰：『臣豈不欲吴？然而前知其爲人之異也。吴在蔡，蔡必速飛。去吴，所以翦其翼也。』」

六月丁巳朔，日有食之。

王太子壽卒。王穆后崩。

《左氏》曰：「晉荀躒如周，葬穆后，籍談爲介。既葬，除喪，以文伯宴，樽以魯壺。王曰：『伯氏，諸侯皆有以鎮撫王室，晉獨無有，何也？』文伯揖籍談。對曰：『諸侯之封也，皆受明器於王室，以鎮撫其社稷，故能薦彝器於王。晉居深山，戎狄之與鄰，而遠於王室，王靈不及，拜戎不暇，其何以獻器？』王曰：『叔氏，而忘諸乎？叔父唐叔，成王之母弟也，其反無分乎？密須之鼓與其大路，文所以大蒐也。闕鞏之甲，武所以克商也。唐叔受之，以處參虚，匡有戎狄。其後襄之二路，鏚鉞、秬鬯，彤弓、虎賁，文公受之，以有南陽之田，撫征東夏，非分而何？夫有勳而不廢，有績而載，奉之以土田，撫之以彝器，旌之以車服，明之以文章，子孫不忘，所謂福也。福祚之不登，叔父焉在？且昔而高祖孫伯黶司晉之典籍，以爲大政，故曰籍氏。及辛有之二子董之晉，於是乎有董史。女，司典之後也，何故忘之？』籍談不能對。賓出，王曰：『籍父其無後乎！數典而忘其祖。』籍談歸，以告叔向。叔向曰：『王其不終乎！吾聞之：「所樂必卒焉。」今王樂憂，若卒以憂，不可謂終。王一歲而有三年之喪二焉，於是乎以喪賓宴，又求彝器，樂憂甚矣，且非禮也。彝器之來，嘉功之由，非由喪也。三年之喪，雖貴遂服，禮也。王雖弗遂，宴樂以早，亦非禮也。禮，王之大經也。一動而失二禮，無大經矣。言以考典，典以志經。忘經而多言，舉典，將焉用之？』」

十有九年。齊侯伐徐。徐子及郯人、莒人會齊侯，盟于蒲隧。

《左氏》曰：「齊侯伐徐，至于蒲隧。徐人行成。徐子及郯人、莒人會齊侯，盟于蒲隧，賂以甲父之鼎。叔孫昭子曰：『諸侯之無伯，害哉！齊君之無道也，興師而伐遠方，會之，有成而還，莫之亢也，無伯也夫！』」

楚子誘戎蠻子殺之。

《左氏》曰：「楚子聞蠻氏之亂也與蠻子之無質也，使然丹誘戎蠻子嘉殺之，遂取蠻氏。既而復立其子焉。」

晉昭公卒，子去疾嗣。是爲頃公。

《左氏》曰：「前年冬，公如晉，平丘之會故也。晉人止公。夏，公至自晉。子服昭伯曰：『晉之公室其將遂卑矣。君幼弱，六卿彊而奢傲，將因是以習，習實爲常，能無卑乎？』季平子曰：『爾幼，惡識國？』秋，晉昭公卒。平子如晉，葬昭公，曰：『子服回之言猶信，子服氏有子哉！』」

二十年。六月甲戌朔，日有食之。

郯子朝于魯。

《左氏》曰：「郯子來朝，昭子問焉，曰：『少皞氏鳥名官，何故也？』郯子曰：『吾祖也。昔者黄帝氏以雲紀，故爲雲師而雲名。炎帝氏以火紀，共工氏以水紀，大皞氏以龍紀。我高祖少皞摯之立也，鳳鳥適至，故紀於鳥，爲鳥師而鳥名：鳳鳥氏，曆正也；玄鳥氏，司分者也；伯趙氏，司至者也；青鳥氏，司啓者也；丹鳥氏，司閉者也。祝鳩氏，司徒也；雎鳩氏，司馬也；鳲鳩氏，司空也；爽鳩氏，司寇也；鶻鳩氏，司事也。五鳩，鳩民者也。五雉爲五工正，利器用、正度量，夷民者也。九扈爲九農正，扈民無淫者也。自顓頊以來，不能紀遠，乃紀於近，爲民師而命以民事，則不能故也。』仲尼聞之，見於郯子而學之。既而告人曰：『吾聞之：「天子失官，學在四夷。」猶信。』」

晉侯使屠蒯來，請有事於雒與三塗。晉荀吴帥師滅陸渾之戎。

《左氏》曰：「晉侯使屠蒯如周，請有事於雒與三塗。萇弘謂劉子曰：『客容猛，非祭也，其伐戎乎！陸渾氏甚睦於楚，必是故也。君其備之！』乃警戎備。晉荀吴帥師涉自棘津，使祭史先用牲于雒。陸渾人弗知，師從之。遂滅陸渾。陸渾子奔楚，其衆奔甘鹿。周大獲。」

楚人及吴戰于長岸。

陳氏曰：「昭公之《春秋》，莫辯於吴、楚也。於是始書『戰』，則以吴、楚敵言之也。」

二十有一年。毛得殺毛伯過。

《左氏》曰：「二月乙卯，周毛得殺毛伯過而代之。萇弘曰：『毛得必亡，是昆吾稔之日也，侈故之以。而毛得以濟侈於王都，不亡何待？』」

曹平公卒，子午嗣。是爲悼公。

宋、衛、陳、鄭災。

《左氏》曰：「昭十有七年，冬，有星孛于大辰，西及漢。申須曰：『彗所以除舊布新也。今除於火，火出必布焉，諸侯其有火災乎！』梓慎曰：『火出，於夏爲三月，於商爲四月，於周爲五月。夏數得天，若火作，其在宋、衛、陳、鄭乎？宋，大辰之虛也；陳，大皞之虛也；鄭，祝融之虛也：皆火房也。星孛及漢，漢，水祥也。衛，顓頊之虛也，故爲帝丘，其星爲大水，水，火之牡也。其以丙子若壬午作乎！水火所以合也。若火入而伏，必以壬午。』鄭裨竈言於子産：『用瓘斝、玉瓚，鄭必不火。』子産弗與。十八年，夏五月，火始昏見。丙子，風。梓慎曰：『是謂融風，火之始也。七日，其火作乎！』戊寅，風甚。壬午，大甚。宋、衛、陳、鄭皆火。火作，子産辭晉公子、公孫于東門。使司寇出新客，禁舊客勿出於宮。使子寬、子上巡群屏攝，至于大宮。使公孫登徙大龜。使祝史徙主祏於周廟，告于先君。使府人、庫人各儆其事。商成公儆司宮，出舊宮人，寘諸火所不及。司馬、司寇列居火道，行火所焮。城下之人伍列登城。明日，使野司寇各保其徵，郊人助祝史，除於國北，禳火于玄冥、回祿，祈于四鄘。書焚室而寬其征，與之材。三日哭，國不市。使行人告于諸侯。宋、衛皆如是。陳不救火，許不弔災，君子是以知陳、許之先亡也。火之作也，子産授兵登陴。既，晉之邊吏讓鄭，曰：『鄭國有災，晉君、大夫不敢寧居，卜筮走望，不愛牲玉。鄭之有災，寡君之憂也。今執事撊然授兵登陴，將以誰罪？』子産對曰：『若吾子之言，敝邑之災，君之憂也。敝邑失政，天降之災，又懼讒慝之間謀之，以啓貪人，荐爲敝邑不利，以重君之憂。幸而不亡，猶可説也；不幸而亡，君雖憂之，亦無及也。鄭有他竟，望走在晉。既事晉矣，其敢有二心？』裨竈曰：『不用吾言，鄭又將火。』子産曰：『天道遠，人道邇。竈焉知天道？是亦多言矣，豈不或信？』不與，亦不復火。」

使原伯魯如曹，葬曹平公。

《左氏》曰：「葬曹平公。往者見周原伯魯焉，與之語，不説學。歸以語閔子馬。子馬曰：『周其亂乎？夫必多有是説，而後及其大人。大人患失而惑。』又曰：『可以無學，無學不害。』不害而不學，則苟而可。於是乎下陵上替，能無亂乎？夫學，殖也。不學將落，原氏其亡乎！』」

許遷于白羽。楚遷之也。

鑄大錢。

《國語》曰：「景王二十一年，將鑄大錢。單穆公曰：『不可。古者天災降戾，於是乎量資幣，權輕重，以振救民。民患輕，則爲之作重幣以行之，於是乎有母權子而行，民皆得焉。若不堪重，則多作輕而行之，亦不廢重，於是乎有子權母而行，小大利之。今王廢輕而作重，民失其資，能無匱乎？若匱，王用將有所乏，乏則將厚取於民。民不給，將有遠志，是離民也。且夫備有未至而設之，有至而後救之，是不相入也。可先而不備，謂之怠；可後而先之，謂之召災。周，固羸國也，天未厭禍，而又離民以佐災，無乃不可乎？且絕民用以實王府，猶塞川原而爲潢汙也，其竭也無日矣。若民離而財匱，災至而備亡，王其若之何？吾周官之於災備也，其所怠棄者多矣，而又奪之資〔一〕，以益其災，是去其藏而翳其人也。王其圖之！』王弗聽，卒鑄大錢。」

燕共公卒，平公立。

二十有二年。許世子止弒其君買。葬許悼公。

《左氏》曰：「許悼公瘧。飲大子止之藥，卒。」〇《穀梁氏》曰：「止曰：『我與夫弒者，不立乎其位。』以與其弟虺。哭泣，歠飦粥，嗌不容粒，未踰年而死。」〇《公羊氏》曰：「許世子『弒其君』，是君子之聽止也。『葬許悼公』，是君子之赦止也。」

履祥按：古今亂臣賊子，弒其君者蓋亦多故。有以藥物弒之者，霍顯、王莽、梁冀之徒是也。又有雖無弑逆之意，而以奇藥誤其君者，山人柳泌之徒是也。故律謂〔三〕醫藥不依本方，致殺人者與故殺同。而天子升遐，侍醫者死，蓋謹亂賊之防也。止雖無弑君之心，然不幸而進藥以卒，故夫子因其所自咎者又立此法，其諸以示萬世之防也與！

楚用費無極，放世子建于城父。

《左氏》曰：「楚子生大子建，使伍奢爲之師，費無極爲少師，無寵，欲譖諸楚子，曰：『建可室矣。』爲聘於秦，無極與逆，勸王取之。楚子爲舟師以伐濮。費無極曰：『晉之伯也，邇於諸夏，而楚辟陋，故弗能與争。若大城城父，而寘大子焉，以通北方，王收南方，是得天下也。』從之。」

二十有三年。孔子至京師，既而反乎魯。

《左氏》曰：「昭之七年，公至自楚。孟僖子病不能相禮，乃講學之，苟能禮者從之。及其將死也，召其大夫曰：『禮，人之幹也。無禮，無以立。吾聞將有達者曰孔丘，聖人之後也，而滅於宋。其祖弗父何以有宋而授厲公。及正考父，佐戴、武、宣，三命茲益共，故其鼎銘云：

一命而僂，再命而傴，三命而俯。循牆而走，亦莫余敢侮。饘於是，鬻於是，以餬余口。」其共也如是。臧孫紇有言曰：「聖人有明德者，若不當世，其後必有達人。」今其將在孔丘乎？我若獲没，必屬説與何忌於夫子，使事之而學禮焉，以定其位。』故孟懿子與南宫敬叔師事仲尼。」○《史記》曰：「南宫敬叔言魯君曰：『請與孔子適周。』魯君與之一乘車，兩馬，一豎子俱，適周。」○《家語》曰：「敬叔與俱至周。問禮於老聃，訪樂於萇弘，歷郊社之所，考明堂之則，察廟朝之度。於是喟然曰：『吾乃今知周公之聖，與周之所以王也。』」○《史記》曰：「孔子自周反于魯，弟子稍益進焉。」

履祥按：《史記》孟僖子屬其子事仲尼，時孔子年十七，而云僖子死。然僖子死之年，孔子年三十四。蓋孔子年十七時孟僖子相魯昭公適楚，不能相禮，以此爲病，其後使其二子師孔子，非必在是年，亦非必在其既死之後也。所以南宫敬叔與孔子俱適周，然適周亦不知何年。但《史記》載孔子自周反魯，乃與晉平、楚靈同時，則當在孔子二十歲餘。又《史記》結語乃曰：「魯昭公之二十年，而孔子蓋年三十矣。」則又似在昭公二十年。今附昭公二十年之下。孔子曰：「我欲觀夏道，是故之杞而不足徵也。我欲觀殷道，是故之宋而不足徵也。」「我觀周道，幽、厲傷之，吾舍魯何適矣？」蓋孔子觀周在之宋、之杞之後，故齊侯、晏嬰入魯問禮於孔子，以孔子備考三代之禮故也。

楚世子建自城父奔宋。楚子殺其傅伍奢及子尚。

伍員奔吴。

《左氏》曰：「費無極言於楚子曰：『建與伍奢將以方城之外叛，齊、晉輔之，其事集矣。』問伍奢。奢曰：『君一過多矣，何信於讒？』楚子執伍奢，使城父司馬奮揚殺大子。未至，而使遣之。大子奔宋。楚子召奮揚，曰：『言出於余口，入於爾耳，誰告建也？』對曰：『臣告之。君王命臣：「事建如事余。」奉初以還，不忍後命，故遣之。』曰：『而敢來，何也？』對曰：『使而失命，召而不來，是再奸也。』楚子曰：『歸，從政如它日。』無極曰：『奢之子材，若在吴，必憂楚國，盍以免其父召之？彼仁，必來。』使召之。棠君尚謂其弟員曰：『吾知不逮，我能死，爾能報。奔死免父，孝也。度功而行，仁也。擇任而往，知也。知死不辟，勇也。父不可棄，名不可廢，爾其勉之！』伍尚歸。奢聞員不來，曰：『楚君、大夫其旰食乎！』楚人皆殺之。員如吴，言伐楚之利。公子光曰：『是宗爲戮，而欲反其讐，不可從也。』員曰：『彼將有它志。余姑爲之求士，而鄙以待之。』乃見鱄設諸焉，而耕於鄙。」

齊侯與其大夫晏嬰入魯，問禮於孔子。

《史記》曰：「齊景公與晏子狩，因入魯問禮。」

鄭大夫公孫僑卒。

《左氏》曰：「子産有疾，謂子大叔曰：『我死，子必爲政。唯有德者能以寬服民，其次莫如猛。夫火烈，民望而畏之，故鮮死焉。水懦弱，民狎而翫之，則多死焉。故寬難。』疾數月而卒。仲尼聞之，出涕曰：『古之遺愛也。』」

蔡平侯卒，子朱嗣。

魯冉雍生。魯冉求生。

二十有四年。鑄無射。《國語》作「二十三年」，蓋單穆公之言乃在二十三年也。

《國語》曰：「王將鑄無射，而爲之大林。單穆公曰：『不可。作重幣以絶民資，又鑄大鐘以鮮其繼[三]。耳之察龢也，在清濁之間。其察清濁也，不過一人之所勝。是故先王之制鐘也，大不出鈞，重不過石。律度量衡於是乎生，小大器用於是乎出。今王作鐘也，聽之弗及，比之不度，鍾聲不可以知龢，制度不可以出節，無益於樂而鮮民財，將焉用之？夫樂不過以聽耳，而美不過以觀目。若聽樂而震，觀美而眩，患莫甚焉。夫耳目，心之樞機也，故必聽龢而視正。聽龢則聰，視正則明。聰則言聽，明則德昭。聽言昭德，則思慮純固。以言德於民，民歆而德之，則歸心焉。是以作無不濟，求無不獲，然後能樂。夫耳内龢聲，而口出美言，以爲憲令，而布諸民，正之以度量，樂之至也。口内味而耳内聲，聲味生氣。氣在口爲言，在目爲明。若視聽不龢，而有以震眩，則味入不精，不精則氣佚，氣佚則不龢。於是乎有狂悖之言，有眩惑之明，有轉易之名，有過慝之度。出令不信，刑政放紛，動不順時。作則不濟，求則不獲，其何以能樂？』王弗聽，問之伶州鳩。對曰：『臣聞之，琴瑟尚宫，鐘尚羽，石尚角，匏竹利制，大不踰宫，細不過羽。夫宫，音之主也，第以及羽。聖人保樂以愛財，財以備器，樂以殖財。故樂器重者從細，輕者從大。是以金尚羽，石尚角，瓦絲尚宫，匏竹尚議，革木一聲。夫政象樂，樂從龢，龢從平。聲以龢樂，律以平聲。於是乎氣無滯陰，亦無散陽，陰陽序次，風雨時至，嘉生繁祉，人民龢利。今細過其主妨於正，用物過度妨於財，正害財匱妨於樂，細抑大陵，不容於耳，非龢也。聽聲越遠，非平也。夫有龢平之聲，則有蕃殖之財。若夫匱財用，罷民力，以逞淫心，聽之不龢，比之不度，無益於教，而離民怒神，非臣之所聞也。』王不聽，卒鑄大鐘。」〇《左氏》曰：「泠州鳩曰：『王其以心疾死乎！夫樂，天子之職也。夫音，樂之輿也；而鐘，音之器也。天子省風以作樂，器以鍾之，輿以行之。小者不窕，大者不槬，則和於物，物和則嘉成。故和聲入於耳而藏於心，心億則樂。窕則不咸，槬則不容，心是以感，感實生疾。今鐘槬矣，王心弗堪，其能久乎？』」

七月壬午朔，日有食之。

《左氏》曰：「梓慎曰：『二至、二分，日有食之，不爲災。日月之行：分，同道也；至，相過也。其他月則爲災，陽不克也，故常爲水。』」

蔡平侯之弟東國攻蔡侯朱。朱出奔楚。東國自立。是爲悼侯。

魯顏回生。齊高柴生。

二十有五年。王崩，子猛踐位。葬景王。王室亂。劉子、單子以王猛居于皇。秋，入于王城。冬，王子猛卒。是爲悼王。**母弟匄立。**

《左氏》曰：「王子朝、賓起有寵於景王，王與賓孟説之，欲立之。劉獻公之庶子伯蚠事單穆公，惡賓孟之爲人也，願殺之。又惡王子朝之言，以爲亂，願去之。景王既殺子猛之傅下門子。《國語》並注補入。賓孟適郊，見雄鷄自斷其尾。問，侍者曰：『憚其犧也。』遽歸告王，曰：『鷄其憚爲人用乎！人異於是。人犧實難，己犧何害？』王弗應。夏四月，王田北山，使公卿皆從，將殺單子、劉子。王有心疾，崩于榮錡氏。劉子摯卒，單子立劉蚠。五月，見王，遂攻賓起，殺之，盟群王子于單氏。葬景王。王子朝因舊官、百工之喪職秩者與靈、景之族以作亂。劉子奔揚。單子逆悼王于莊宮以歸。王子還夜取王以如莊宮。單子出。王子還與召莊公謀，曰：『不殺單旗，不捷。』劉子如劉，單子奔平時。群王子追之，單子殺還及群子。子朝奔京。伐之。京人奔山。劉子入于王城。鞏簡公敗績于京。甘平公亦敗焉。單子欲告急於晉，以王如平時，次于皇。劉子如劉。單子使王子處守于王城，盟百工于平宮。鄩肸伐皇，大敗，獲鄩肸。焚諸王城之市。司徒醜以王師敗績于前城。百工叛。伐單氏之宮，敗焉。反伐之。冬十月，晉籍談、荀躒帥九州之戎及焦、瑕、温、原之師，以納王於王城。單子、劉盆以王師敗績于郊，前城人敗陸渾于社。十一月，王子猛卒，立其母弟王子匄。敬王即位，館于子旅氏。十二月，晉籍談、荀躒、賈辛、司馬督帥師軍于陰，于侯氏，于谿泉，次于社。王師軍于汜，于解，次于任人。晉人濟師取前城，軍其東南。王師伐京，毀其西南。」

十有二月癸卯朔，日有食之。

衛端木賜生。

壬午。敬王元年。蔡悼侯卒于楚，弟申立。是爲昭侯。

吴敗頓、胡、沈、蔡、陳、許之師于鷄父，胡子髡、沈子逞滅，獲陳夏齧。

《左氏》曰：「吴人伐州來，楚薳越帥師及諸侯之師奔命救州來。吴人禦諸鍾離。子瑕卒，楚師熸。吴公子光曰：『諸侯從於楚者衆，而皆小國也，不獲已，來。胡、沈之君幼而狂，陳大夫壯而頑，頓與許、蔡疾楚政。楚令尹死，帥賤，政令不壹。若分師先犯胡、沈與陳，必先奔。諸侯之師摇，楚必大奔。請先者去備薄威，後者敦陳整旅。』吴子從之。戰于鷄父。三國敗，獲胡、沈之君及陳大夫。楚師大奔。」

王居狄泉。尹氏立王子朝。地震。

《左氏》曰：「正月壬寅，二師圍郊。郊、鄩潰。晉師在平陰，王師在澤邑。王使告間，庚戌，還。夏四月，單子取訾，劉子取牆人、直人。六月，王子朝入于尹。尹圉誘劉佗殺之。單子、劉子伐尹。單子先至而敗，劉子還。召伯奂、南宫極以成周人戍尹。單子、劉子、樊齊以王如劉。王子朝入于王城，次于左巷。鄩羅納諸莊宫。尹辛敗劉師于唐，取西闈。攻蒯，蒯潰。八月丁酉，南宫極震。萇弘謂劉文公曰：『君其勉之！周之亡也，其三川震。今西王之大臣亦震，天棄之矣！東王必大克。』」

二年。王在狄泉。王子朝入于鄔。

《左氏》曰：「召簡公、南宮嚚以甘桓公見王子朝。劉子謂萇弘曰：『甘氏又往矣。』對曰：『何害？「紂有億兆夷人，亦有離德。余有亂臣十人，同心同德」，此周所以興也。君其務德，無患無人。』王子朝入于鄔。」

晉侯使士景伯來。鄭伯如晉。

《左氏》曰：「三月，晉侯使士景伯涖問周故。士伯立于乾祭，而問於介衆。晉人乃辭王子朝，不納其使。鄭伯如晉，子大叔相，見范獻子。獻子曰：『若王室何？』對曰：『老夫其國家不能恤，敢及王室？抑人亦有言曰：「嫠不恤其緯，而憂宗周之隕，爲將及焉。」今王室實蠢蠢焉，吾小國懼矣。然大國之憂也。《詩》曰：「缾之罄矣，惟罍之耻。」王室之不寧，晉之耻也。』乃徵會諸侯，期以明年。十月，王子朝用成周之寶珪于河。津人得諸河上。陰不佞以温人南侵，拘得玉者，取將賣之，則爲石。王定而獻之。」

五月乙未朔，日有食之。

吴滅巢。

三年。晉趙鞅、宋樂大心、魯叔詣、衛北宫喜、鄭游吉、曹人、邾人、滕人、薛人、小邾人會于黄父。

《左氏》曰：「謀王室也。趙簡子令諸侯之大夫輸王粟、具戍人，曰：『明年將納王。』宋樂大心曰：『我不輸粟。我於周爲客，若之何使客？』晉士伯曰：『自踐土以來，宋何役之不會？而何盟之不同？曰：「同恤王室。」子焉得辟之？』右師不敢對，受牒而退。」

魯侯攻其大夫季孫意如，不克，出奔齊。宋元公如晉，卒于曲棘，子頭曼嗣。是爲景公。

《左氏》曰：「季平子以季姒之譖，殺申夜姑，公若爲之請，不得，怨平子。季、郈之鷄鬭。季氏介其鷄，郈氏爲之金距。平子怒，益宮於郈氏。故郈昭伯亦怨平子。臧會爲讒於臧氏，而逃於季氏，臧氏執旃。平子怒，拘臧氏老。將禘於襄公，萬者二人，其衆萬於季氏。大夫遂怨平子。公若獻弓於公爲，與之出射於外，而謀去季氏。公爲告公果、公賁，侍人僚柤〔四〕告公。公以戈懼之。又使言，公曰：『非小人之所及也。』公果自言，公以告臧孫，臧孫以難告郈孫，郈孫以可，勸。告子家懿伯，懿伯曰：『讒人以君儌幸，事若不克，君受其名，不可爲也。舍民數世，以求克事，不可必也。且政在焉，其難圖也。』公退之。辭曰：『臣與聞命矣，言若洩，臣不獲死。』乃館於公。叔孫昭子如闞，公居於長府。九月戊戌，伐季氏，殺公之于門，遂入之。平子登臺而請曰：『君不察臣之罪，使有司討臣以干戈，臣請待於沂上以察罪。』弗許。請囚於費，弗許。請以五乘亡，弗許。子家子曰：『君其許之！政自之出，隱民多取食焉，日入慝作，弗可知也。同求將合。君必悔之！』弗聽。郈孫曰：『必殺之。』公使郈孫逆孟懿子。叔孫氏司馬鬷戾言於其衆曰：『我，家臣也，不敢知國。凡有季氏與無，於我孰利？』皆曰：『無季氏，是無叔孫氏也。』鬷戾曰：『然則救諸！』帥徒以往。公徒釋甲執冰而踞。遂逐之。

孟氏使登西北隅，以望季氏。見叔孫氏之旌，以告。孟氏執郈昭伯殺之，遂伐公徒。子家子曰：『諸臣僞劫君者，而負罪以出，君止。意如之事君也，不敢不改。』公曰：『余不忍也。』遂孫於齊。齊侯曰：『自莒疆以西，請致千社。寡人將帥敝賦以從執事，唯命是聽。君之憂，寡人之憂也。』公喜。子家子曰：『天禄不再。天若胙君，不過周公。以魯足矣。失魯而以千社爲臣，誰與之立？且齊君無信，不如早之晉。』弗從。臧昭伯率從者將盟，載書曰：『戮力壹心，好惡同之。繾綣從公，無通外内。』公命示子家子。子家子曰：『如此，吾不可以盟。羈也不佞，不能與二三子同心，而以爲皆有罪。或欲通外内，且欲去君。二三子好亡而惡定，焉可同也？陷君於難，罪孰大焉？通外内而去君，君將速入，弗通何爲？而何守焉？』乃不與盟。昭子自闞歸，見平子。平子稽顙，曰：『子若我何？』昭子曰：『人誰不死？子以逐君成名，不亦傷乎？』平子曰：『苟使意如得改事君，所謂生死而肉骨也。』昭子從公于齊，與公言。子家子命適公館者執之。公與昭子言於幄内，曰：『將安衆而納公。』公徒將殺昭子，伏諸道。左師展告公。公使昭子自鑄歸。平子有異志。冬十月辛酉，昭子齊於其寢，使祝宗祈死。戊辰，卒。左師展將以公乘馬而歸，公徒執之。宋元公爲公故如晉，卒于曲棘。」

孔子如齊。

《史記》曰：「昭公二十五年甲申，孔子年三十五，而昭公奔齊，魯亂。於是適齊，爲高昭子家臣，以通乎景公。有聞《韶》、問政二事。公欲封以尼谿之田，晏嬰不可，公惑之。孔子遂行，反乎魯。」〇《論語》曰：「齊景公待孔子曰：『若季氏，則吾不能；以季、孟之間待之。』曰：『吾老矣，不能用也。』孔子行。」

履祥按：晏嬰，賢者也，夫子亦每賢之。今景公將封孔子，而晏子不可，其必有意，《史記》載其沮止之語，後夾谷之會，《史記》亦謂晏子與有謀焉，朱子皆削不取。或疑晏子心雖正，而其學墨，固自有不相爲謀者與？然論晏子者，惟當以夫子之言爲正，它書未可盡信也。當是時，晉、楚皆以賄失諸侯，齊故伯國，諸侯亦且歸之，而景公不能用孔子，惜哉！

四年。王使單子如晉。王次于滑。晉知躒、趙鞅以師至。王入于成周。尹氏、召伯、毛伯以王子朝奔楚。

《左氏》曰：「往年冬，尹氏涉于鞏，焚東訾，弗克。夏四月，單子如晉告急。五月，劉人敗王城之師于尸氏。王城人、劉人戰于施谷，劉師敗績。劉子以王出。王城人焚劉。王宿于褚氏，次于滑。晉知躒、趙鞅帥師納王，使女寬守闕塞。十月，王起師于滑，遂次于尸。晉師克鞏。召伯盈逐王子朝。王子朝及召氏之族、毛伯得、尹氏固、南宮嚚奉周之典籍以奔楚。陰忌奔莒以叛。召伯逆王于尸，及劉子、單子盟。遂軍圉澤，次于隄上。王入于成周，盟于襄宮。晉師使成公般戍周而還。王入于莊宮。王子朝使告于諸侯曰：『昔武王克殷，成王靖四方，康王息民，並建母弟以蕃屏周，亦曰：「吾無專享文、武之功，且爲後人之迷敗傾覆而溺入于難，則振救之。」至于夷王，王愆于厥身，諸侯莫不並走其望，以祈王身。至于厲王，王心戾虐，萬民弗忍，居王于彘。諸侯釋位，以間王政。宣王有志，而後效官。至于幽王，天不弔周，王昏不若，用愆厥位。攜王奸命，諸侯替之，而建王嗣，用遷郟鄏。則是兄弟之能用力於王室也。至于惠王，天不靖周，生頹禍心，施于叔帶，惠、襄辟難，越去王都，則有晉、鄭咸黜不端，以綏定王家。則是兄弟之能率先王之命也。在定王六年，秦人降妖，曰：「周其有頿王，亦克能修其職，諸侯服享，二世共職。王室其有間王位，諸侯不圖，而受其亂災。」至于靈王，生而有頿。王甚神聖，無惡於諸侯。靈王、景王克終其世。今王室亂，單旗、劉狄剥亂天下，壹行不若，謂：「先王何常之有？唯余心所命，其誰敢討之？」帥群不弔之人，以行亂于王室。侵欲無厭，規求無度，貫瀆鬼神，慢棄刑法，倍奸齊盟，傲狠威儀，矯誣先王。晉爲不道，是攝是贊，思肆其罔極。茲不穀震盪播越，竄在荆蠻，未有攸底。若我一二兄弟甥舅奬順天法，無助狡猾，以從先王之命，毋速天罰，赦圖不穀，則所願也。敢盡布其腹心及先王之經，而諸侯實深圖之。昔先王之命曰：「王后無適，則擇立長。年鈞以德，德鈞以卜。」王不立愛，公卿無私，古之制也。穆后及太子壽早夭即世，單、劉贊私立少，以間先王，亦唯伯仲叔季圖之！』閔馬父聞子朝之辭，曰：『文辭以行禮也。子朝干景之命，遠晉之大，以專其志，無禮甚矣！文辭何爲？』」

楚平卒，子壬嗣。是爲昭。

《左氏》曰：「楚平卒。令尹子常欲立子西，曰：『太子壬弱，其母非適也，子建實聘之。子西長而好善。立長則順，建善則治。』子西怒曰：『是亂國而惡君王也。國有外援，不可瀆也。王有適嗣，不可亂也。敗親、速讎、亂嗣，不祥，我受其名。賂吾以天下，吾滋不從也，楚國何爲？必殺令尹。』乃立昭。」

五年。吴子使季札聘于晉。吴弒其君僚。諸樊之子光立。是爲闔閭。

《左氏》曰：「吴子欲因楚喪而伐之，使公子掩餘、燭庸帥師圍潛。使延州來季子聘于上國，遂聘于晉，以觀諸侯。楚莠尹然、王尹麇帥師救潛，左司馬沈尹戌帥都君子與王馬之屬以濟師。左尹郤宛、工尹壽帥師至于潛，吴師不能退。吴公子光曰：『此時也，弗可失也。』告鱄設諸曰：『上國有言：「不索，何獲？」我，王嗣也，吾欲求之。事克，季子雖至，不吾廢也。』鱄設諸曰：『王可弑也。母老、子弱，是無若我何？』光曰：『我，爾身也。』夏四月，光伏甲於堀室而享吴子。吴子使甲坐於道及其門。門、堦、户、席，皆親也，夾之以鈹。羞者獻體改服於門外。執羞者坐行而入，執鈹者夾承之。光僞足疾，入于堀室。鱄設諸寘劍於魚中以進，遂弑吴子，鈹交於胸。闔廬以其子爲卿。季子至，曰：『苟先君無廢祀，民人無廢主，社稷有奉，國家無傾，乃吾君也，吾誰敢怨？哀死事生，以待天命。非我生亂，立者從之，先人之道也。』復命哭墓，復位而待。」

履祥按：僚稱國以弑，《春秋》不以光爲賊也。吴諸樊兄弟相傳，凡以爲季子爾。季子不立，則國固諸樊之子之國也。僚恃餘祭以結國人而立，固已非矣。《春秋》不以弑罪歸光，則季子亦難以弑罪讎光也。然季子遜國而光弑君，爲季子者，終於上國不亦可乎？復命哭墓，復位而待，亦幾於過矣。

晉士鞅、宋樂祁犂、衛北宫喜、曹人、邾人、滕人會于扈。

《左氏》曰：「會于扈，令戍周，且謀納魯公也。初，昭公之孫于齊也，齊侯取鄆。公至自齊，居于鄆。齊侯將納公，命無受魯貨。申豐從女賈，以幣錦二兩，縛一如瑱，適齊師。謂子猶之人高齮：『貨子猶。』齮以錦示子猶，欲之。齮曰：『魯人買之，百兩一布，先入幣財。』子猶受之，言於齊侯曰：『宋元爲魯君如晉，卒於曲棘；叔孫昭子求納其君，無疾而死。君若待于曲棘，使群臣從魯君以卜焉。師有濟也，君而繼之。無成，君無辱焉。』從之。秋，會于扈。宋、衛皆利納公，固請之。范獻子取貨於季孫，謂司城子梁與北宫貞子曰：『季孫未知其罪，而君伐之。請囚、請亡，不獲，君弗克，而自出也。夫豈無備而能出君乎？魯君守齊，三年而無成。季氏甚得其民，淮夷與之，有十年之備，有齊、楚之援，有天之贊，有民之助，有堅守之心，有列國之權，而弗敢宣也，事君如在國。故鞅以爲難。二子皆圖國者也，而欲納魯君，鞅之願也，請從二子以圍魯。無成，死之。』二子懼，皆辭。乃辭小國，而以難復。冬，公如齊，齊侯請饗之。子家子曰：『朝夕立於其朝，又何饗焉？其飲酒也。』乃飲酒，使宰獻而請安。子仲之子曰重，爲齊侯夫人，曰：『請使重見。』子家子乃以君出。」

曹悼公卒，露立。是爲靖公。

楚人誅費無極。

《左氏》曰：「郤宛直而和，國人説之。鄢將師爲右領，與費無極比而惡之。子常賄而信讒，無極謂子常曰：『子惡欲飲子酒。』又謂子惡：『令尹欲飲酒於子氏。』子惡曰：『我，賤人，無以酬之。』無極曰：『令尹好甲兵。取五甲五兵寘諸門，令尹必觀，從以酬之。』謂令尹曰：『吾幾禍子。甲在門矣。』令尹使視郤氏，則有甲焉，召鄢將師而告之。將師退，遂令攻郤氏，爇之。國人弗爇。令尹炮之，盡滅郤氏之族黨，殺陽令終。國言未已。沈尹戌言於子常曰：『無極，楚之讒人也，民莫不知。去朝吴，出蔡侯朱，喪大子建，殺連尹奢，屏王之耳目，使不聰明。不然，平王之温惠恭儉，有過成、莊，無不及焉。所以不獲諸侯，邇無極也。今又殺三不辜以興大謗，幾及子矣。吴新有〔五〕君，疆埸日駭，國若有大事，子其危哉！』子常殺費無極與鄢將師，盡滅其族，以説于國，謗言乃止。」

晉籍秦來致諸侯之戍。

六年。魯侯如晉，次于乾侯。

《左氏》曰：「公如晉，將如乾侯。子家子曰：『有求於人，而即其安，人孰矜之？其造於竟。』弗聽，使請逆於晉。晉人曰：『天禍魯國，君淹恤在外，亦不使一个辱在寡人，而即安於甥舅，其亦使逆君？』使公復于竟，而後逆之。」

鄭定公卒，子蠆嗣。是爲獻公。

晉六卿殺公族，分其邑，各使其子爲大夫。

七年。殺召伯盈、尹固及原伯魯之子。王子趙車入于鄻以叛，陰不佞討敗之。皆子朝之黨。

八年。晉頃公卒，子午嗣。是爲定公。

《左氏》曰：「晉頃公卒。鄭游吉弔，且送葬。魏獻子使士景伯詰之，曰：『悼公之喪，子西弔，子蟜送葬。今吾子無貳，何故？』對曰：『諸侯所以歸晉君，禮也。禮也者，小事大，大字小之謂。事大在共其時命，字小在恤其所無。以敝邑居大國之間，共其職貢，與其備御不虞之患，豈忘共命？先王之制：諸侯之喪，士弔，大夫送葬；唯嘉好、聘享、三軍之事，於是乎使卿。晉之喪事，敝邑之間，先君有所助執紼矣。若其不間，雖士、大夫有所不獲數矣。大國之惠，亦慶其加而不討其乏，明底其情，取備而已，以爲禮也。靈王之喪，我先君簡公在楚，先大夫印段實往，敝邑之少卿也。王吏不討，恤所無也。今大夫曰：「女盍從舊？」舊有豐、有省，不知所從。從其豐，則寡君幼弱，是以不共；從其省，則吉在此矣。唯大夫圖之！』晉人不能詰。」

吴滅徐，徐子章禹奔楚。

《左氏》曰：「吴子使徐人執掩餘，使鍾吾人執燭庸，二公子奔楚。楚子大封，而定其徙。使監馬尹大心逆吴公子，使居養。莠尹然、左司馬沈尹戌城之，取於城父與胡田以與之，將以害吴也。子西諫曰：『吴光新得國而親其民，視民如子，辛苦同之，將用之也。若好吴邊疆，使柔服焉，猶懼其至。吾又疆其讎以重怒之，無乃不可乎！吴，周之冑裔也，而棄在海濱，不與姬通。今而始大，比于諸華。光又甚文，將自同於先王。不知天將以爲虐乎，使翦喪吴國而封大異姓乎？其抑亦將卒以祚吴乎？其終不遠矣。我盍姑億吾鬼神，而寧吾族姓，以待其歸，將焉用自播揚焉？』楚子弗聽。吴子怒，執鍾吾子，遂伐徐，防山以水之。滅徐。徐子章禹斷其髮，攜其夫人，以逆吴子。吴子唁而送之，使其邇臣從之，遂奔楚。楚沈尹戌帥師救徐，弗及。遂城夷，使徐子處之。吴子問伍員曰：『初而言伐楚，余知其可也，而恐其使余往也，又惡人之有余之功也。今余將自有之矣，伐楚何如？』對曰：『楚執政衆而乖，莫適任患。若爲三師以肄焉，一師至，彼必皆出。彼出則歸，楚必道敝。亟肄以罷之，多方以誤之。既罷，然後以三軍繼之，必大克之。』闔廬從之，楚於是乎始病。」

九年。十有二月辛亥朔，日有食之。

十年。吴伐越。

《左氏》曰：「史墨曰：『不及四十年，越其有吴乎！越得歲而吴伐之，必受其凶。』」

王使富辛、石張如晉。晉韓不信、齊高張、宋仲幾、魯仲孫何忌、衛世叔申、鄭國參、曹人、莒人、薛人、杞人、小邾人城成周。

《左氏》曰：「王使富辛與石張如晉，請城成周。天子曰：『天降禍于周，俾我兄弟並有亂心，以爲伯父憂。我一二親昵甥舅不皇啓處，於今十年，勤戍五年。余一人無日忘之，閔閔焉如農夫之望歲，懼以待時。伯父若肆大惠，復二文之業，弛周室之憂，徼文、武之福，以固盟主，宣昭令名，則余一人有大願矣。昔成王合諸侯城成周，以爲東都，崇文德焉。今我欲徼福假靈于成王，修成周之城，俾戍人無勤，諸侯用寧，蝥賊遠屏，晉之力也。其委諸伯父，使伯父實重圖之。俾我一人無徵怨于百姓，而伯父有榮施，先王庸之。』范獻子謂魏獻子曰：『與其成周，不如城之。天子實云，雖有後事，晉勿與知可也。從王命以紓諸侯，晉國無憂。是之不務，而又焉從事？』魏獻子曰：『善。』使伯音對曰：『天子有命，敢不奉承，以奔告於諸侯。遲速衰序，於是焉在。』冬，十一月，晉魏舒、韓不信如京師，合諸侯之大夫于狄泉，尋盟，且令城成周。士彌牟營成周，計丈數，揣高卑，度厚薄，仞溝洫，物土方，議遠邇，量事期，計徒庸，慮財用，書餱糧，以令役於諸侯，屬役賦丈(六)，書以授帥，而效諸劉子。韓簡子臨之，以爲成命。」

魯昭公卒于乾侯。季孫意如廢世子而立公子宋。是爲定公。

《左氏》曰：「昭公二十九年春，公至自乾侯，處于鄆。齊侯使高張來唁，稱主君。子家子曰：『齊卑君矣，君衹辱焉。』公如乾侯。平子每歲賈馬，具從者之衣屨，而歸之于乾侯。公執歸馬者，賣之。乃不歸馬。公衍、公爲之生也，其母偕出。公衍先生，公爲之母曰：『相與偕出，請相與偕告。』三日，公爲生，其母先以告，公爲爲兄。公思於魯，曰：『務人爲此禍也。且後生而爲兄，其誣也久矣。』乃黜之，以公衍爲大子。」〇「晉侯將以師納公。范獻子曰：『若召季孫而不來，則信不臣矣，然後伐之。』晉人召季孫，獻子使私焉，曰：『子必來，我受其無咎。』

季孫意如會晉荀躒於適歷。荀躒曰：『寡君使躒謂吾子：「何故出君？周有常刑。子其圖之！」』季孫練冠、麻衣、跣行，伏而對曰：『事君，臣之所不得也，敢逃刑命？若得從君而歸，則固臣之願也，敢有異心？』季孫從知伯如乾侯。子家子曰：『君與之歸。一慙之不忍，而終身慙乎？』衆曰：『在一言矣，君必逐之！』荀躒以晉侯之命唁公，且曰：『寡君使躒討於意如，意如不敢逃死，君其入也。』公曰：『君惠顧亡人，將使歸糞除宗祧以事君，則不能見夫人。已所能見夫人者，有如河！』荀躒掩耳而走，曰：『寡君其罪之恐，敢與知魯國之難？臣請復於寡君。』退謂季孫：『子姑歸祭。』子家子曰：『君以一乘入于魯師，季孫必與君歸。』公欲從之。衆從者脅公，不得歸。三十二年，公在乾侯。取闞。十有二月，公薨。明年，夏，叔孫成子逆公之喪于乾侯。季孫曰：『子家子亟言於我，未嘗不中吾志也。吾欲與之從政，子必止之，且聽命焉。』子家子不見叔孫。叔孫請見，子家子辭。叔孫使告之曰：『公衍、公爲實使群臣不得事君。若公子宋主社稷，則群臣之願也。凡從君出而可以入者，將唯子是聽。子家氏未有後，季孫願與子從政。此皆季孫之願也，使不敢以告。』對曰：『若立君，則有卿士、大夫與守龜在，羈弗敢知。若從君者，則貌而出者，入可也；寇而出者，行可也。若羈也，則君知其出也，而未知其入也，羈將逃也。』喪及壞隤，公子宋先入，從者皆自壞隤反。秋七月，葬昭公於墓道南。孔子之爲司寇也，溝而合諸墓。」

十有一年。魯定公元。**晉人執宋仲幾。**

《左氏》曰：「正月，城成周。庚寅，栽。宋仲幾不受功，曰：『滕、薛、郳，吾役也。』薛宰曰：『宋爲無道，絶我小國於周，以我適楚，故我常從宋。晉文公爲踐土之盟，各復舊職。』仲幾曰：『踐土固然。』薛宰曰：『薛之皇祖奚仲居薛，以爲夏車正。仲虺居薛，以爲湯左相。若復舊職，將承王官，何故以役諸侯？』仲幾曰：『三代各異物，薛焉得有舊？爲宋役，亦其職也。』士彌牟曰：『晉之從政者新，子姑受功。歸，吾視諸故府。』仲幾曰：『縱子忘之，山川鬼神其忘諸乎？』士伯怒，謂韓簡子曰：『薛徵於人，宋徵於鬼，宋罪大矣。且己無辭，而抑我以神，誣我也。必以仲幾爲戮。』乃執仲幾以歸。三月，歸諸京師。城三旬而畢，乃歸諸侯之戍。」

十有二年。盜殺鞏簡公。

《左氏》曰：「周鞏簡公棄其子弟，而好用遠人。夏，鞏氏之群子弟賊簡公。」

楚囊瓦伐吴。吴敗楚師于豫章。

十有三年。邾莊公卒，益立。是爲隱公。

衛卜商生。

十有四年。陳惠公卒，子柳嗣。是爲懷公。

劉子、晉侯、宋公、魯侯、蔡侯、衛侯、陳子、鄭伯、許男、曹伯、莒子、邾子、頓子、胡子、滕子、薛伯、杞伯、小邾子、齊國夏會于召陵，侵楚。諸侯盟于皋鼬。劉文公卒。

《左氏》曰：「蔡昭侯爲兩佩與兩裘以如楚，獻一佩一裘於楚子。楚子服之，以享蔡侯。

蔡侯亦服其一。子常欲之，弗與，三年止之。唐成公如楚，有兩肅爽馬，子常欲之，弗與，亦三年止之。唐人或相與謀，請代先從者，許之。飲先從者酒，醉之，竊馬而獻之子常。子常歸唐侯。自拘於司敗，曰：『君以弄馬之故，隱君身，棄國家。群臣請相夫人以償馬，必如之。』唐侯曰：『寡人之過也，二三子無辱。』皆賞之。蔡人聞之，固請而獻佩于子常。子常朝，見蔡侯之徒，命有司曰：『蔡君之久也，官不共也。明日禮不畢，將死。』蔡侯歸，及漢，執玉而沈，曰：『余所有濟漢而南者，有若大川。』蔡侯如晉，以其子元與其大夫之子爲質焉，而請伐楚。三月，劉文公合諸侯于召陵，謀伐楚也。晉荀寅求貨於蔡侯，弗得，言於范獻子曰：『國家方危，諸侯方貳，將以襲敵，不亦難乎！水潦方降，疾瘧方起，中山不服，棄盟取怨，無損於楚，而失中山，不如辭蔡侯。吾自方城以來，楚未可以得志，祇取勤焉。』乃辭蔡侯。晉人假羽旄於鄭，鄭人與之。明日，或旆以會。晉於是乎失諸侯。」

履祥按：自二霸以來，未有盛於召陵之會、皋鼬之盟者。劉文公定敬王，城成周，會十八國之君，保夏懷遠，攘楚尊王，於是在矣。乃壞於晉荀寅之取貨，不能以義正諸侯，而虛爲此會也，中國於是不復振矣。《春秋》書「劉卷卒」，蓋責之也。

楚人圍蔡。蔡侯以吴子及楚人戰于柏舉。楚師敗績。吴入郢。

《左氏》曰：「沈人不會召陵，晉人使蔡伐之。滅沈。楚故圍蔡。伍員爲吴行人以謀楚。楚之殺郤宛也，伯氏之族出。伯州犁之孫嚭爲吴太宰以謀楚。楚自昭王即位，無歲不有吴師。蔡侯以其子乾與其大夫之子爲質於吴。冬，蔡侯、吴子、唐侯伐楚。舍舟于淮汭，自豫章與楚夾漢。左司馬戌謂子常曰：『子沿漢而與之上下，我悉方城外以毀其舟，還塞大隧、直轅、冥阨。子濟漢而伐之，我自後擊之。』既謀而行。史皇謂子常：『楚人惡子而好司馬。若司馬毁吴舟于淮，塞城口而入，是獨克吴也，子必速戰！』乃濟漢而陳。三戰，子常知不可，欲奔。史皇曰：『安求其事，難而逃之，將何所入？子必死之，初罪必盡説。』陳于柏舉。夫槩晨請於闔廬曰：『楚瓦不仁，其臣莫有死志，先伐之，必奔；而後大師繼之，必克。』以其屬五千先擊子常之卒。卒奔，楚師亂，吴師大敗之。子常奔鄭。史皇以其乘廣死。吴從楚師。五戰，及郢。楚子取其妹季芈畀我以出，涉睢。吴入郢，以班處宫。子山處令尹之宫，夫槩欲攻之，懼而去之，夫槩入之。左司馬戌及息而還，敗吴師于雍澨。三戰皆傷。吴句卑剄而裹之，藏其身而以其首免。楚子濟江，入于雲中。盜攻之，以戈擊之。王孫由于以背受之。楚子奔鄖，鍾建負季芈以從。鄖公辛之弟懷曰：『平王殺吾父，昭十四年，楚平殺蔓成然。我殺其子，不亦可乎？』辛曰：『君討臣，誰敢讎之？違彊陵弱，非勇也。乘人之約，非仁也。滅宗廢祀，非孝也。動無令名，非知也。』鬬辛與其弟巢以楚子奔隨。吴人從之，謂隨人曰：『周之子孫在漢川者，楚實盡之。天誘其衷，致罰於楚，而君又竄之，周室何罪？君若顧報周室，施及寡人，以奬天衷，君之惠也。漢陽之田，君實有之。』隨人辭曰：『以隨之辟小而密邇於楚，楚實存之，世有盟誓。若難而棄之，何以事君？執事之患不唯一人，若鳩楚竟，敢不聽命？』吴人乃退。子西爲王輿服以保路，國于脾洩。聞楚子所在，而後從之。初，伍員與申包胥友。其亡也，謂申包胥曰：『我必復楚國。』包胥曰：『子能復之，我必能興之。』及楚子在隨，申包胥如秦乞師。秦伯使辭焉，曰：『子姑就館，將圖而告。』對曰：『寡君越在草莽，下臣何敢即安？』立，依於庭墻而哭，日夜不絶聲，勺飲不入口七日。秦哀公爲之賦《無衣》，九頓首而坐。秦師乃出。明年，申包胥以秦師至。使楚人先與吴人戰，而自稷會之。吴師敗，吴子乃歸。」○《穀梁氏》曰：「壞宗廟，徙陳器，撻平王之墓。君居其君之寢，而妻其君之妻；大夫居其大夫之寢，而妻其大夫之妻。蓋有欲妻君之母者。」○《列女傳》曰：「楚平伯嬴者，昭王之母也。吴人郢，昭王亡，吴王闔廬盡妻其後宮。次至伯嬴，伯嬴持刀曰：『妾聞天子者，天下之表也。公侯者，一國之儀也。天子失制則天下亂，諸侯失節則其國危。夫婦之道，固人倫之始，王教之端。是以明王之制，使男女不親授，坐不同席，食不共器，殊椸枷，異巾櫛，所以絶之也。若諸侯外淫者絶，卿大夫外淫者放，士、庶人外淫者宫割。夫然者，以爲仁失可復以義，義失可復以禮。男女之失，亂亡興焉。夫造亂亡之端，公侯之所絶，天子之所誅也。今君王棄儀表之行，縱亂亡之欲，犯誅絶之事，何以行令訓民？且妾聞生而辱者，不如死而榮。』於是吴王慙，遂退，舍伯嬴〔七〕與其保阿，閉永巷之門，皆不釋兵。三旬，秦救至，昭王乃復。」○《左氏》曰：「吴之入楚也，使召陳懷公。懷公朝國人而問焉，曰：『欲與楚者右，欲與吴者左。陳人從田，無田從黨。』逢滑當公而進，曰：『臣聞國之興也以福，其亡也以禍。今吴未有福，楚未有禍。楚未可棄，吴未可從。而晉，盟主也。若以晉辭吴，若何？』公曰：『國勝君亡，非禍而何？』對曰：『國之有是多矣，何必不復？小國猶復，況大國乎？臣聞國之興也，視民如傷，是其福也。其亡也，以民爲土芥，是其禍也。楚雖無德，亦不艾殺其民。吴日敝于兵，暴骨如莽，而未見德焉。天其或者正訓楚也，禍之適吴，其何日之有？』陳侯從之。」

吴言偃生。

【校記】

〔一〕「資」，原作「貨」，今據宋犖本改。

〔二〕「謂」，原作「諸」，今據慎獨齋配補歸仁齋本、宋犖本、率祖堂本、《四庫》本改。

〔三〕「繼」，原作「計」，今據宋犖本、《四庫》本改。
〔四〕「柤」，原作「相」，今據慎獨齋配補歸仁齋本、宋犖本、宰祖堂本、《四庫》本改。
〔五〕「新有」，原作「有新」，今據宋犖本乙。
〔六〕「丈」，原作「文」，今據宋犖本、《四庫》本改。
〔七〕「嬴」，原作「姬」，今據宋犖本改。

通鑑前編卷之十七

金履祥編

周敬王十有五年。三月辛亥朔，日有食之。

王使人殺王子朝于楚。

於越入吳。於越，猶言邾婁。《荀子》有「于越」。作「干越」者非。

陳氏曰：「向曰越人，今曰於越，復從其舊號也。越未有聞也。昭、定之《春秋》，吳、楚爭而後越入中國。會于瑣也，越常壽過始見於經，而亟稱『人』。後三十年而入吳，不復稱『人』矣。晉、楚之初，《春秋》未以敵言之。戰于邲也，則楚稱『子』矣。吳、楚之初，《春秋》未以敵言之。戰于柏舉也，則吳稱『子』矣。至於吳、越，終《春秋》不以敵言之也。是故越入吳書，吳入越不書。」

魯陽虎囚季孫斯。

《左氏》曰：「陽虎囚季桓子及公父文伯，而逐仲梁懷，殺公何藐。盟桓子于稷門之內。大詛。逐公父歜及秦遄，皆奔齊。」

楚子入于郢。

《左氏》曰：「賞鬬辛、王孫由于、王孫圉、鍾建、鬬巢、申包胥、王孫賈、宋木、鬬懷。子西曰：『請舍懷也。』王曰：『大德滅小怨，道也。』申包胥曰：『吾爲君，非爲身也。君既定矣，又何求？』遂逃賞。將嫁季芈，季芈曰：『所以爲女子，遠丈夫也。鍾建負我矣。』以妻鍾建，以爲樂尹。」

燕平公卒，簡公立。

魯曾參生。

十有六年。鄭游速帥師滅許，以許男斯歸。

鄭寇胥靡等六邑。晉人入戍，城胥靡。冬，王處于姑蕕。

《左氏》曰：「周儈翩率王子朝之徒因鄭人將以作亂于周，鄭於是乎伐馮、滑、胥靡、負黍、狐人、闕外。晉閻没戍周，且城胥靡。天王處于姑蕕，辟儋翩之亂也。」

十有七年。儋翩入于儀栗以叛。單子、劉子敗尹氏於窮谷。

齊侯、鄭伯盟于鹹。

《左氏》曰：「齊侯、鄭伯盟于鹹，徵會于衛。衛侯欲叛晉，諸大夫不可。使北宮結如齊，而私於齊侯曰：『執結以侵我。』齊侯從之。」〇陳氏曰：「此特相盟也。特相盟，自齊桓以來，未之有也。於是再見，諸侯無主盟矣。是故石門，志諸侯之合也；鹹，志諸侯之判也。」

齊人執衛行人北宮結以侵衛。齊侯、衛侯盟于沙。

齊國夏伐魯西鄙。

《左氏》曰：「齊人歸鄆、陽關，陽虎居之以爲政。齊國夏伐我。陽虎御季桓子，公斂處父御孟懿子，將宵軍齊師。齊師聞之，墮，伏而待之。處父曰：『虎不圖禍，而必死。』苫夷曰：『虎陷二子於難，不待有司，余必殺女。』虎懼，乃還，不敗。」

王入于王城。

《左氏》曰：「單子、劉子逆王于慶氏。晉籍秦送王。王入于王城。」

十有八年。單子伐穀城、簡城。劉子伐儀栗、盂。

曹靖公卒，子伯陽嗣。

陳懷公卒于吴，國人立其子越。是爲閔公。

《史記》曰：「吴復召懷公。懷公恐，如吴。吴怒其前不往，留之，因卒吴。陳乃立懷公之子越。」

晉士鞅帥師侵鄭，遂侵衛。

《左氏》曰：「晉師將盟衛侯于鄟澤。趙簡子曰：『群臣誰敢盟衛君者？』涉佗、成何盟之。衛人請執牛耳。涉佗捘衛侯之手，及捥。衛侯怒，歸而叛晉。晉人請改盟，弗許。」

魯陽虎攻三家，弗克，奔齊。

《左氏》曰：「季寤、公鉏極、公山不狃皆不得志於季氏，叔孫輒無寵於叔孫氏，叔仲志不得志於魯。故五人因陽虎。陽虎欲去三桓，以季寤更季氏，以叔孫輒更叔孫氏，己更孟氏。冬十月，壬辰，將享季氏于蒲圃而殺之，戒都車曰：『癸巳至。』公斂處父告孟孫曰：『季氏戒都車，何故？』孟孫曰：『吾弗聞。』處父曰：『然則亂也，必及於子，備諸？』以壬辰爲期。陽虎前驅，林楚御桓子，虞人以鈹、盾夾之，陽越殿，將如蒲圃。桓子咋謂林楚曰：『而先皆季氏之良也，爾以是繼之。』對曰：『臣聞命後。陽虎爲政，違之徵死。』桓子曰：『而能以我適孟氏乎？』對曰：『不敢愛死，懼不免主。』桓子曰：『往也。』孟氏選圉人之壯者三百人以爲公期築室於門外。林楚怒馬，及衢而騁。陽越射之，不中。築者闔門。有自門間射陽越，殺之。陽虎劫公與武叔，以伐孟氏。公斂處父帥成人自上東門入，與陽氏戰于南門之内，又戰于棘下，陽氏敗。陽虎説甲如公宫，取寶玉、大弓以出，舍于五父之衢，寢而爲食。其徒曰：『追其將至。』虎曰：『魯人聞余出，喜於徵死，何暇追余？』入于讙、陽關以叛。明年，歸寶玉、大弓。六月，伐陽關。陽虎出奔齊，請師以伐魯，曰：『三加，必取之。』齊侯將許之。鮑文子諫曰：『魯未可取也。陽虎欲勤齊師也，齊師罷，大臣必多死亡，已於是乎奮其詐謀。夫陽虎有寵於季氏，而將殺季孫，以不利魯國。君富於季氏，而大於魯國，兹陽虎之所欲傾覆也。魯免其疾，而君又收之，無乃害乎？』齊侯執陽虎。逃，奔宋，遂奔晉，適趙氏。仲尼曰：『趙氏其世有亂乎！』」

魯宓不齊生。

十有九年。公山不狃召孔子，欲往，不果。

《論語》曰：「公山弗擾以費畔，召，子欲往。子路不説，曰：『末之也已，何必公山氏之之也？』子曰：『夫召我者，而豈徒哉？如有用我者，吾其爲東周乎？』」○程子曰：「聖人以天下無不可有爲之人，亦無不可改過之人，故欲往。然而終不往者，知其必不能改故也。」〇張氏曰：「子路昔者之所聞，君子守身之常法。夫子今日之所言，聖人體道之大權也。然夫子於公山、佛肸之召皆欲往者，以天下無不可變之人，無不可爲之事也。其卒不往者，知其人之終不可變，而事之終不可爲爾。一則生物之仁，一則知人之智也。」

履祥按：公山不狃以費畔季氏，佛肸以中牟畔趙氏，皆家臣畔大夫也。而召孔子，孔子雖卒不往，而云「欲往」者，蓋大夫畔諸侯，而陪臣以張公室爲名也。子韓晳曰：「家臣而欲張公室，罪莫大焉。」此當時流俗之言也，抑大夫而張公室，亦名義也。故欲往以明其可也。然二人者皆以己私爲之，非真可與有爲也，故卒不往，以知其不可也。

魯用孔子爲中都宰。

《家語》曰：「孔子初仕爲中都宰，制爲養生送死之節：長幼異食，强弱異任，男女别塗，路無拾遺，器不彫僞。爲四寸之棺、五寸之槨，因丘陵爲墳，不封不樹。行之一年，而四[一]方之諸侯則焉。定公謂孔子曰：『學子此法以治魯國，何如？』孔子對曰：『雖天下可乎，何但魯國而已哉！』」

鄭獻公卒，子勝嗣。是爲聲公。**秦哀公卒，孫嗣。**是爲惠公。

魯閔損生。

二十年。魯以孔子爲大司寇，相魯侯，會齊侯于夾谷。齊人歸魯鄆、讙、龜陰田。

《史記》曰：「定公以孔子爲中都宰，一年，四方皆則之。由中都宰爲司空，由司空爲大司寇。定公十年，春，及齊平。齊大夫言於景公曰：『魯用孔丘，其勢危齊。』乃使使告魯爲好會，會於夾谷。魯定公且以乘車好往。孔子攝相事，曰：『臣聞有文事者必有武備，有武事者必有文備。古者諸侯出疆，必具官〔二〕以從。請具左右司馬。』」○《左氏》曰：「公會齊侯于祝其，實夾谷。孔丘相。犁彌言於齊侯曰：『孔丘知礼而無勇，若使萊人以兵劫魯侯，必得志焉。』齊侯從之。孔丘以公退，曰：『士兵之！兩君合好，而裔夷之俘以兵亂之，非齊君所以命諸侯也。裔不謀夏，夷不亂華，俘不干盟，兵不偪好。於神爲不祥，於德爲愆義，於人爲失禮，君必不然。』齊侯聞之，遽辟之。將盟，齊人加於載書曰：『齊師出竟，而不以甲車〔三〕三百乘從我者，有如此盟！』孔丘使兹無還揖對，曰：『而不反我汶陽之田，吾以共命者，亦如之！』齊侯將享公，孔丘謂梁丘據曰：『齊、魯之故，吾子何不聞焉？事既成矣，而又享之，是勤執事也。且犧、象不出門，嘉樂不野合。饗而既具，是棄禮也。若其不具，用秕稗也。用秕稗，君辱；棄禮，名惡。子盍圖之？夫享，所以昭德也。不昭，不如其已也。』乃不果享。」〇《史記》曰：「景公歸，讁其群臣曰：『魯以君子之道輔其君，而子獨以夷狄之道教寡人。』於是乃歸所侵魯鄆、汶陽、龜陰之田以謝過。」

齊侯、衛侯、鄭游速會于安甫。

二十有一年。宋公寵向魋，弟辰及仲佗、石彄、公子地、樂大心皆叛。

二十有二年。魯墮郈及費。墮成，弗克。

《左氏》曰：「初，叔孫成子欲立武叔，公若藐諫不可。成子立之而卒。公南爲馬正，使公若爲郈宰。武叔既定，使郈馬正侯犯殺公若。侯犯以郈叛，武叔、懿子及齊師圍郈。叔孫謂郈工師駟赤曰：『郈非唯叔孫氏之憂，社稷之患也。』駟赤謂侯犯：『以郈易於齊，必倍與子地。』侯犯請易於齊，齊有司觀郈。將至，駟赤使周走呼曰：『齊師至矣！』郈人大駭，介侯犯之門甲，以圍侯犯。侯犯請行，許之。駟赤納魯人。侯犯奔齊，齊人乃致郈。武叔聘于齊。齊侯享之，曰：『郈與敝邑際，故敢助君憂之。』對曰：『所以事君，封疆社稷是以，敢以家隸勤君之執事？夫不令之臣，天下之所惡也，君豈以爲寡君賜？』」〇《史記》曰：「孔子言於定公曰：『臣不藏甲，大夫無百雉之城。』使仲由爲季氏宰，將墮三都。」〇《左氏》曰：「於是叔孫氏墮郈。季氏將墮費，公山不狃、叔孫輒帥費人以襲魯。公與三子入于季氏之宮，登武子之臺。費人攻之，弗克。入及公側，仲尼命申句須、樂頎下，伐之，費人北。國人追之，敗諸姑蔑。二子奔齊，遂墮費。將墮成，公斂處父謂孟孫：『墮成，齊人必至于北門。且成，孟氏之保障也。無成，是無孟氏也。子僞不知，我將不墮。』冬十二月，公圍成，弗克。」

履祥按：魯自三家四分公室，而魯公無民久矣。孔子雖爲大司寇，爲其議事、交鄰可爾，土地、甲兵固皆三家有也。縱墮三都，三都之民豈遽爲公室有哉？去其城郭，差可防三家之叛亂耳。幸而公山不狃以費叛，侯犯以郈叛，二子自以爲患，故墮之易爲勢。至孟氏不肯墮成，則成固未易墮矣。成之不墮，當時家臣知有其家，不知有公室，類如此。然成終不可墮乎？曰：使孔子久於其位，安知其不墮？使孔子別有所爲，則雖不墮成亦可矣。孔子用於魯于今一年，隳三都而不盡，則「期月而可，三年有成」之説無乃已虚乎？孔子固曰：「如有用我者。」此爲授之以國家言也。三家者於孔子，豈有土地、甲兵爲之用哉？其明年始攝相事，與聞國政。二年而始曰「攝」、曰「與」，則前乎此年，其權可知矣。孟子謂孔子於此爲「見行可之仕」，蓋謂其或可以行耳，而不行而後去。然則謂孔子得用於魯則未也。學者忿聖人之失職，幸聖人之見用，方且以反侵疆、誅正卯、隳二都爲誇，皆未知孔子，亦非知事勢者。

十有一月丙寅朔，日有食之。

二十有三年。齊侯、衛侯次于垂葭。

《左氏》曰：「齊侯、衛侯次于垂葭。使師伐晉，將濟河，諸大夫不可。邴意茲曰：『鋭師伐河内，傳必數日而後及絳。絳不三月不能出河，則我既濟水矣。』乃伐河内。齊侯皆斂諸大夫之軒，唯邴意茲乘軒。齊侯欲與衛侯乘，與之宴而駕乘廣，載甲焉。使告曰：『晉師至矣！』齊侯曰：『比君之駕也，寡人請攝。』乃介而與之乘，驅之。或告曰：『無晉師。』乃止。」

履祥按：齊，故霸國也。晉失霸，則齊可以霸矣。而其君輕率如此，齊之所以不能復霸與！

晉趙鞅入于晉陽以叛，荀寅、士吉射入于朝歌以叛。趙鞅歸于晉。

《左氏》曰：「晉趙鞅謂邯鄲午曰：『歸我衛貢五百家，舍諸晉陽。』十一年，趙鞅圍衛。衛懼，貢五百家，鞅置之邯鄲。今欲徙著己邑。午許諾。歸告其父兄，皆曰：『不可。』趙孟怒，召午，而囚諸晉陽。使其從者説劍而入，涉賓不可。乃使告邯鄲人曰：『吾私有討於午也，二三子唯所欲立。』遂殺午。趙稷、涉賓以邯鄲叛。上軍司馬籍秦圍邯鄲。午，荀寅之甥也；荀寅，范吉射之姻也，而相與睦，故不與圍邯鄲，將作亂。董安于聞之，告趙孟曰：『先備諸？』趙孟曰：『晉國有命，始禍者死，爲後可也。』安于曰：『與其害於民，寧我獨死。請以我説。』趙孟不可。范氏、中行氏伐趙氏之宫，趙鞅奔晉陽，晉人圍之。范皋夷無寵於范吉射，而欲爲亂於范氏。梁嬰父嬖於知文子，欲以爲卿。韓簡子與中行文子相惡，魏襄子亦與范昭子相惡。故五子謀，將逐荀寅，而以梁嬰父代之；逐范吉射，而以范皋夷代之。荀躒言於晉侯曰：『君命大臣，始禍者死，載書在河。今三臣始禍，而獨逐鞅，刑已不鈞矣。請皆逐之。』荀躒、韓不信、魏曼多奉公以伐范氏、中行氏，弗克。二子將伐公，齊高彊曰：『三折肱知爲良醫。唯伐君爲不可，民弗與也。我以伐君在此矣。三家未睦，可盡克也。克之，君將誰與？若先伐君，是使睦也。』弗聽，遂伐公。國人助公，二子敗，從而伐之。荀寅、士吉射奔朝歌。韓、魏以趙氏爲請。趙鞅入于絳，盟于公宮。明年，梁嬰父謂知文子曰：『不殺安于，使終爲政於趙氏，趙氏必得晉國。盍以其先發難也，討於趙氏？』文子使告於趙孟曰：『范、中行氏雖信爲亂，安于則發之，是安于與謀亂也。晉國有命，始禍者死。二子既伏其罪矣，敢以告。』趙孟患之。安于曰：『我死而晉國寧，趙氏定，將焉用生？人誰不死？吾死莫矣。』乃縊而死。趙孟尸諸市，而告於知氏曰：『主命戮罪人安于，既伏其罪矣。敢以告。』知伯從趙孟盟，而後趙氏定，祀安于於廟。」

魯以孔子攝相事，與聞國政。

《史記》曰：「孔子由大司寇行攝相事，於是誅魯大夫亂政者少正卯。與聞國政。四方之客至于邑者不求有司，皆予之如歸。」○《荀子》曰：「孔子爲魯相，攝朝七日而誅少正卯。門人進問曰：『夫少正卯，魯之聞人也。夫子爲政而始誅之，得無失乎？』孔子曰：『人有惡者五，而盜竊不與焉：一曰心達而險，二曰行辟而堅，三曰言僞而辯，四曰記醜而博，五曰順非而澤。此五者有一於人，則不得免於君子之誅，而少正卯兼有之。故居處足以聚徒成群，言談足以飾邪營衆，彊足以反是獨立，此小人之桀雄也，不可以不誅也！是以湯誅尹諧，文王誅潘正，周公誅管叔，太公誅華仕，管仲誅付里乙，子產誅鄧析、史何：此七子者，皆異世同心，不可不誅也。』」參用《家語》。○《家語》曰：「初，魯之販羊有沈猶氏者，常朝飲其羊，以詐市人。有公慎氏者，妻淫不制。有慎潰氏者，奢侈踰法。魯之鬻六畜者，飾之以儲價。及孔子之爲政也，則沈猶氏不敢朝飲其羊，公慎氏出其妻，慎潰氏越境而徙。三月，則鬻牛馬者不儲價，賣羔豚者不加飾，男女行者别其塗，道不拾遺，男尚忠信，女尚貞順。」○朱子曰：「少正卯之事，嘗竊疑之，蓋《論語》所不載，子思、孟子所不言，雖以左氏《春秋》内外傳之誣且駁，而猶不道也，乃獨荀況言之，是必齊、魯諸儒憤聖人之失職，故爲此説以誇其權爾，吾又豈敢輕信其言，而遽稽以爲決乎？聊併記之，以俟來者。」

齊人歸女樂于魯。孔子適衛。

《論語》曰：「齊人歸女樂，季桓子受之，三日不朝。孔子行。」○《孟子》曰：「孔子爲魯司寇，不用，從而祭，燔肉不至，不税冕而行。不知者以爲爲肉也，其知者以爲爲無禮也。乃孔子則欲以微罪行，不欲爲苟去，君子之所爲，衆人固不識也。」○《史記》曰：「齊人聞而懼，曰：『孔子爲政必霸，霸則吾地近焉，我之爲先併矣。盍致地焉？』犂鉏曰：『請先嘗沮之。

沮之而不可，則致地，庸遲乎！』於是選齊國中女子好者八十人，皆衣文衣而舞《康樂》，文馬三十駟，遺魯君。陳女樂、文馬於魯城南高門外。季桓子微服往觀再三，將受，乃語魯君爲周道游，往觀終日，怠於政事。子路曰：『夫子可以行矣。』孔子曰：『魯今且郊，如致膰乎大夫，則吾猶可以止。』桓子卒受女樂，三日不聽政。郊，又不致膰俎於大夫。孔子遂行。」

履祥按：孔子生長於魯至是五十餘年，天下之士多從之者，魯之君臣豈有不知其賢者？而未嘗能用孔子也。定公之十年一旦起而用之，莫有知其由者。《論語》《左氏》皆不言其故，獨《孟子》稱：「孔子於季桓子，見行可之仕。」而《論語》謂：「季桓子受女樂，不朝，孔子行。」是孔子此時之行藏，係季桓子之用捨也。何哉？魯自三家四分公室，而季氏取其二。季氏專魯，而魯公無民久矣。使魯之君而欲用孔子，豈能遽奪季氏之權以畀孔子？季氏亦豈肯遜己之權以與孔子哉？自定公初年季平子卒，其家臣陽虎始用事。五年，執桓子因之而專魯政，辱之於晉，陷之於齊師，且盟且詛。九年，又將享桓子而殺之，僅而獲免。當是時，非惟魯國不可爲，而季氏亦自不可支矣。霜降水涸，涯涘自見。桓子於此亦謀所以爲靖亂興衰之計，故舉孔子於公而試用之。已而政聲四達，卻齊歸地，於是攝行相事，墮三都。夫三都者，三家彊邑也。當是時，公山弗擾在費，而郈侯犯之亂未久也。三家之有三都已非公室之便，而三都之爲三都，至是亦非三家之便也。故仲孫氏始墮郈，繼而季桓子墮費，已而孟孫氏不肯墮成，圍之，弗克。其不肯墮成也，公斂處父之言曰：「無成，是無孟氏也。」然則無費，是亦無季氏也，而墮之，當是時桓子之心未敢自計其私也。夫三都已墮其二，則成之不墮，固亦未害。然亦豈終不克墮哉？夫子久之，必有處矣。既而魯國方治，而齊人歸女樂以沮之。夫使孔子上下之交方固，桓子之志未移，則一女樂豈足以間之？齊人素善謀功利者，歸女樂而謂足以間魯之用孔子，寧不幾於兒戲乎？是殆必得其間矣。季氏，權臣也。桓子捨己權以聽孔子，而墮其名都以彊公室，其中豈無介介者？顧以衰敗之餘，藉之振起，爲是降心以相從也。今紀綱既定，外侮既卻，魯既治矣，桓子豈甘於終絀者？縱桓子甘之，季氏私人必有以爲不利者，故其信任之意必已漸衰，特未敢驟捨孔子，而孔子顧亦無隙可行爾。故齊人歸女樂以促之。夫齊何懼於我而歸女樂？於事可疑，於禮不正。有國者固不可陷此，爲鄰國所覘也。使桓子而猶爲夫子之聽，豈其受此？受之已非矣，而又君臣荒淫其中，三日不朝，此其心術蠹壞，不復可與有爲，而其心固亦已無孔子矣，故孔子去之。然考之《孟子》與《史記》，蓋爲膰肉不至而行也，而《論語》則爲爲女樂。蓋孔子之行決於此，而特發於膰肉耳。《孟子》之言曰：「孔子爲魯司寇，不用，從而祭，燔肉不至，不稅冕而行。」夫謂之「不用」，則不用固久矣，受女樂其一事也。方其不朝也，子路曰：「夫子可以行矣。」而夫子曰：「魯今且郊，如致膰於大夫，則吾猶可止。」吁！此所謂「去父母國之道」也。夫郊之必致膰於大夫，彝禮也，孔子何此之待哉？待遇之衰，必有日矣。惟孔子於父母之邦不若是恝，又不欲顯其君相之過。已知其必不致膰，且猶冀其能悔而或致膰也。既而膰果不致。夫使其致膰，猶彝禮也，而不致，是昭然疏卻之也，於是而行，復何俟哉？此夫子出處之本末事情也。

越子允常卒，子勾踐嗣。是爲菼執。

《史記》曰：「夏少康之庶子封於會稽。號曰無余。後二十餘世，至於允常。允常之時，與吳王闔廬戰而相怨伐。」

二十有四年。於越敗吳于檇李。吳闔廬卒，子夫差嗣。

《左氏》曰：「吳伐越。越子勾踐禦之，陳于檇李。勾踐患吳之整也，使死士再禽焉，不動。使罪人三行，屬劍於頸，而辭曰：『二君有治，臣奸旗鼓，不敏於君之行前，不敢逃刑，敢歸死。』遂自剄也。師屬之目，越子因而伐之，大敗之。靈姑浮以戈擊闔廬，傷將指，取其一屨。還，卒於陘，去檇李七里。夫差使人立於庭。苟出入，必謂己曰：『夫差！而忘越王之殺而父乎？』則對曰：『唯，不敢忘！』三年，乃報越。」

齊侯、魯侯、衛侯會于牽。齊侯、宋公會于洮。

《左氏》曰：「晉人圍朝歌，公會齊侯、衛侯，謀救范、中行氏。析成鮒、小王桃甲率狄師以襲晉，戰于絳中，不克而還。士鮒奔周，小王桃甲入于朝歌。齊、宋會于洮，范氏故也。」

王使石尚歸脤于魯。

衛世子蒯聵出奔宋。

《左氏》曰：「衛侯爲夫人南子召宋朝。大子蒯聵獻盂于齊，過宋野。野人歌之曰：『既定爾婁豬，盍歸吾艾豭？』大子羞之，謂戲陽速曰：『從我而朝少君，我顧，乃殺之。』速曰：『諾。』乃朝夫人。夫人見大子，大子三顧，速不進。夫人見其色，啼而走，曰：『蒯聵將殺余。』公執其手以登臺。大子奔宋。盡逐其黨。戲陽速告人曰：『大子無道，使余殺其母。余不許，將戕於余。若殺夫人，將以余說。余是故許而弗爲，以紓余死。』」

晉人敗范、中行氏之師於潞，獲籍秦、高彊。又敗鄭師及范氏之師于百泉。

孔子自衛適陳，畏於匡，反衛。

《史記》曰：「孔子遂適衛，主顔濁鄒家。衛人致粟六萬。居十月，去衛。將適陳，過匡，顔刻爲僕，以其策指之曰：『昔吾入此，由彼缺也。』匡人聞之，以爲魯之陽虎。陽虎嘗暴匡人。孔子狀類陽虎，拘焉五日。顔淵後，子曰：『吾以汝爲死矣。』曰：『子在，回何敢死！』匡人拘孔子益急，弟子懼。孔子曰：『文王既没，文不在兹乎？天之將喪斯文也，後死者不得與於斯文也。天之未喪斯文也，匡人其如予何！』孔子使從者爲甯武子臣於衛，然後得去。」○《莊子》曰：「孔子遊於匡，匡人圍之數匝，而弦歌不輟。無幾何，將甲者辭曰：『以爲陽虎也，故圍之。今非也，請辭而退。』」○《史記》曰：「孔子去匡，即過蒲。月餘，反乎衛，主蘧伯玉家。靈公夫人有南子者，使人謂孔子曰：『四方之君子不辱欲與寡君爲兄弟者，必見寡小君。寡小君願見。』孔子辭謝，不得已而見之。夫人在絺帷中。孔子入門，北面稽首。夫人自帷中再拜，環佩玉聲璆然。孔子曰：『吾鄉爲弗見，見之禮答焉。』」○《論語》曰：「子見南子，子路不説。夫子矢之曰：『予所否者，天厭之！天厭之！』」

履祥按：聖人道大德全，其見惡人，固謂在我有可見之禮，彼之不善，我何與焉？而此意有難以明言者。蓋孔子居是邦，不非其大夫，況其君夫人乎？且此行也，在聖人則可，苟明言其爲可，則側媚由徑之人皆可借此説以藉口矣，故但重言以誓之。其誓之以天，何也？夫事一也，而在聖人則可，在它人則不可者，亦論其心而已。聖人此心光明正大，上通乎天，故無不可。彼無是心，而假是事以自文者，其如天何哉？聖人指天以爲誓〔四〕，欲學者知反此心也。

二十有五年。孔子去衛，過曹。

《史記》曰：「孔子居衛，靈公與夫人同車，宦者雍渠參乘，出，使孔子爲次乘，招摇市過之。孔子曰：『吾未見好德如好色者也。』於是醜之，去衛，過曹。是歲，魯定公卒。」〇《論語》曰：「衛靈公問陳於孔子。孔子對曰：『俎豆之事，則嘗聞之矣。軍旅之事，未之學也。』明日遂行。」《史記》重出在去陳之後，非也。蓋明年而衛靈公卒，無自陳反衛再見靈公之事也。《論語》去衛在陳之前，蓋得其實。

履祥按：南子之淫，非必昏愚也，往往機警秀慧有過人者，特不能自制其欲，而靈公之昏，又徇其欲焉，以至此爾。靈公徇南子之欲，故爲其召公子朝于宋。甚矣，其昏也！南子自知其行不爲國人所與，故借重於孔子而請見之。靈公欲重南子，而亦知其不爲國人所與，故又借重於孔子而使次乘焉。夫孔子以聖聞天下，而見南子，則南子非淫人也。公與夫人同車，而孔子次乘，則南子非淫，而靈公非溺愛無禮也。甚矣！南子巧於文己惡，而靈公雖昏，亦巧於文南子之惡也。見南子，禮之所有，故孔子可以久則久。爲次乘，禮之所無，故孔子可以速則速。雖然，孔子去魯，爲女樂也，而以膰肉去；孔子去衛，爲次乘也，而以問陳行。皆不欲招其君之惡，而以微罪行爾。此夫子義之盡，而仁之至也。

魯定公卒，子將嗣。是爲哀公。

《左氏》曰：「春，邾隱公來朝。子貢觀焉。邾子執玉高，其容仰。公受玉卑，其容俯。子貢曰：『以禮觀之，二君者，皆有死亡焉。夫禮，死生存亡之體也。將左右周旋，進退俯仰，於是乎取之；朝祀喪戎，於是乎觀之。今正月相朝，而皆不度，心已亡矣。嘉事不體，何以能久？高、仰，驕也；卑、俯，替也。驕近亂，替近疾。君爲主，其先亡乎！』夏，公薨。仲尼曰：『賜不幸言而中，是使賜多言者也。』」

八月庚辰朔，日有食之。

孔子適宋，及鄭，至陳。

《史記》曰：「孔子去曹，適宋，與弟子習禮大樹下。宋司馬桓魋欲殺孔子，伐其樹。孔子去。弟子曰：『可以速矣。』孔子曰：『天生德於予，桓魋其如予何！』孔子適鄭，與弟子相失，孔子獨立郭東門。鄭人或謂子貢曰：『東門有人，其顙似堯，其項類皋陶，其肩類子産，然自要以下不及禹三寸，纍纍若喪家之狗。』子貢以實告孔子。孔子笑曰：『形狀，末也。似喪家之狗，然哉！然哉！』孔子遂至陳，主於司城貞子家。」

履祥按：《史記》「匡人拘孔子益急，弟子懼」，而後夫子有「天未喪斯文，匡人如予何」之言，所以解弟子之懼也。孔子於宋，遭伐木而去，弟子曰：「可以速矣。」而後夫子有「天生德於予，桓魋如予何」之説，所以解弟子之窘也。有子、曾子之門人會集夫子所言以爲《論語》，而事之首尾或有不具。夫不載「弟子懼」之事，則夫子之言似於露。不載弟子「可速」之説，則夫子之言似於誇。朱子每惜不見古文《家語》，蓋爲此類也。

二十有六年。魯哀公元。**楚子、陳侯、隨侯、許男圍蔡。**

《左氏》曰：「報柏舉也。里而栽，廣丈，高倍。夫屯晝夜九日，如子西之素。蔡人男女以辨，使疆于江、汝之間而還。蔡於是乎請遷于吴。」

吴子敗越于夫椒。

《左氏》曰：「吴王夫差敗越于夫椒，報檇李也。遂入越。越子以甲楯五千，保于會稽，使大夫種因吴大宰嚭以行成。吴子將許之。伍員曰：『不可。臣聞之：「樹德莫如滋，去疾莫如盡。」昔夏少康有田一成，有衆一旅，能布其德，而兆其謀。遂滅過、戈，復禹之績。今吴不如過，而越大於少康，或將豐之，不亦難乎！句踐能親而務施，施不失人，親不棄勞。與我同壤，而世爲仇讎。於是乎克而弗取，將又存之，違天而長寇讎，後雖悔之，不可食已。姬之衰也，日可俟也。介在蠻夷，而長寇讎，以是求伯，必不行矣。』弗聽。退而告人曰：『越十年生聚，而十年教訓，二十年之外，吴其爲沼乎！』越及吴平。」

齊侯、衛侯伐晉，救邯鄲。

吴侵陳。事始見十四年。

《左氏》曰：「脩舊怨也。」○《檀弓》曰：「吴侵陳，斬祀殺厲。師還，出竟，陳行人儀使於師，夫差謂大宰嚭曰：『是夫也多言。盍嘗問焉？曰：師必有名，人之稱斯師也者，則謂之何？』行人儀曰：『古之侵伐者，不斬祀，不殺厲，不獲二毛。今斯師也，殺厲與？其不謂之殺厲之師與？』曰：『反爾地，歸爾子，則謂之何？』曰：『君王討敝邑之罪，又矜而赦之，師與有無名乎？』」《禮記》人名互誤，今正于此。○《左氏》曰：「吴師在陳，楚大夫皆懼，曰：『闔廬惟能用其民，以敗我於柏舉。今聞其嗣又甚焉，將若之何？』子西曰：『二三子恤不相睦，無患吴矣。昔闔廬食不二味，居不重席，室不崇壇，器不彤鏤，宫室不觀，舟車不飾，衣服財用，擇不取費。在國，天有菑癘，親巡其孤寡而共其乏困。在軍，熟食者分而後敢食，其所嘗者，卒乘與焉。勤恤其民，而與之勞逸，是以民不罷勞，死知不曠。吾先大夫子常易之，所以敗我也。今聞夫差次有臺榭陂池焉，宿有妃嬙嬪御焉。一日之行，所欲必成，玩好必從。珍異是聚，觀樂是務，視民如讎，而用之日新。夫先自敗也已，安能敗我？』」

二十有七年。衛靈公卒，蒯聵之子輒立。是爲出公。

晉趙鞅帥師納衛世子蒯聵于戚。

《左氏》曰：「衛侯遊于郊，子南僕。公曰：『余無子，將立女。』不對。他日，又謂之，對曰：『郢不足以辱社稷，君其改圖。君夫人在堂，三揖在下，君命祇辱。』夏，衛靈公卒。夫人曰：『命公子郢爲太子，君命也。』對曰：『郢異於他子。且君没於吾手，若有之，郢必聞之。且亡人之子輒在。』乃立輒。晉趙鞅納衛大子于戚。宵迷，陽虎曰：『右河而南，必至焉。』使大子絻，八人衰絰，僞自衛逆者。告於門，哭而入，遂居之。」

履祥按：公子郢之辭國，卒釀衛國之亂，似亦賢者之過。間嘗思之，郢既支庶，而外蒯、内輒皆必争之人，靈公之欲立郢，不命之於朝廷之上，而言之於郊野之間，此郢之所以辭也。觀其言曰：「君夫人在堂，三揖在下，君命祇辱。」則是謂靈公當與卿、大夫命之於朝，即名正言順，亂源窒矣。此亦夫子正名之意也。而靈公不悟，朝無明命。及公殁，夫人立之，又辭，此尤郢之明也。郢立於夫人之手，即制於南子，而事皆不可爲矣，況正犯蒯聵之所必争乎？吁！此郢之所以爲賢也。

晉趙鞅帥師及鄭罕達帥師戰于鐵。鄭師敗績。

《左氏》曰：「齊人輸范氏粟，鄭子姚、子般送之。士吉射逆之，趙鞅禦之，遇於戚。陽虎曰：『吾車少，以兵車之旆與罕、駟兵車先陳。罕、駟自後隨而從之，彼見吾貌，必有懼心。於是乎會之，必大敗之。』從之。簡子誓曰：『范氏、中行氏反易天明，斬艾百姓，欲擅晉國而滅其君。寡君恃鄭而保焉。今鄭爲不道，棄君助臣，二三子順天明，從君命，經德義，除詬恥，在此行也。克敵者，上大夫受縣，下大夫受郡，士田十萬，庶人、工、商遂，人臣、隸、圉免。志父無罪，君實圖之。若其有罪，絞縊以戮，桐棺三寸，不設屬辟，素車、樸馬，無入于兆，下卿之罰也。』將戰，郵無恤御簡子，衛大子爲右。登鐵上，望見鄭師衆，大子懼，自投于車下。子良授大子綏而乘之，曰：『婦人也。』簡子巡列，曰：『畢萬，匹夫也。七戰皆獲，有馬百乘，死於牖下。群子勉之！死不在寇。』繁羽御趙羅，宋勇爲右。羅無勇，麇之。吏詰之，御對曰：『痁作而伏。』衛大子禱曰：『曾孫蒯聵敢昭告皇祖文王、烈祖康叔、文祖襄公：鄭勝亂從，晉午在難，不能治亂，使鞅討之。蒯聵不敢自佚，備持矛焉。敢告無絕筋，無折骨，無面傷，以集大事，無作三祖羞。大命不敢請，佩玉不敢愛。』鄭人擊簡子，中肩，斃于車中，獲其蠭旗。大子救之以戈。鄭師北，獲温大夫趙羅。大子復伐之，鄭師大敗，獲齊粟千車。趙孟喜曰：『可矣。』傅傁曰：『雖克鄭，猶有知在，憂未艾也。』初，周人與范氏田，公孫尨税焉。趙氏得而獻之。吏請殺之，趙孟曰：『爲其主也，何罪？』止而與之田。及鐵之戰，以徒五百人宵攻鄭師，取蠭旗於子姚之幕下，獻曰：『請報主德。』追鄭師，姚、般、公孫林殿而射，前列多死。趙孟曰：『國無小。』既戰，簡子曰：『吾伏弢嘔血，鼓音不衰，今日我上也。』大子曰：『吾救主於車，退敵於下，我，右之上也。』郵良曰：『我兩靷將絶，吾能止之，我，御之上也。』」

蔡遷于州來。

《左氏》曰：「吴洩庸如蔡納聘，而稍納師。師畢入，衆知之。蔡侯告大夫，殺公子駟以説。哭而遷墓。遷于州來。」

燕簡公卒，獻公立。

二十有八年。齊國夏、衛石曼姑帥師圍戚。

《穀梁氏》曰：「此衛事也，其先國夏何也？子不圍父也。不係戚于衛，子不有父也。」○胡氏曰：「蒯聵前稱世子，所以深罪輒之見立不辭而拒父也。輒若可立，則蒯聵爲未絶。未絶，則是世子尚存，而可以拒乎？主兵者，衛也。何以序齊爲首？罪齊人與衛爲惡而黨之也。公孫文仲主兵伐鄭，而序宋爲首以誅殤公。石曼姑主兵圍戚，而序齊爲首以誅國夏。訓天下後世、討亂臣賊子之法也。古者孫從祖，不以父命辭王父命，禮也。輒雖由嫡孫得立，然非有靈公之命，安得云『受之王父，辭父命』哉？然則爲輒者奈何？宜辭於國曰：若以父爲有罪，將從王父之命，則有社稷之鎮公子在，我焉得爲君？以爲無罪，則國乃世子之所有也，天下豈有無父之國哉，而使我立乎其位？如此則言順而事成矣。烏有父不慈、子不孝，争利其國，滅天理而可爲者乎？」

魯桓、僖宫災。

《左氏》曰：「夏五月辛卯，司鐸火。火踰公宫，桓、僖災。救火者皆曰：『顧府。』南宫敬叔至,命周人出御書,俟於宫,曰:『庀女而不在,死。』子服景伯至,命宰人出禮書,以待命,命不共,有常刑。校人乘馬,巾車脂轄。百官官備,府庫慎守,官人肅給。濟濡帷幕,鬱攸從之。蒙葺公屋,自大廟始,外内以悛,助所不給。有不用命,則有常刑,無赦。公父文伯至,命校人駕乘車。季桓子至,御公立于象魏之外,命救火者傷人則止,財可爲也。命藏《象魏》曰:『舊章不可亡也。』富父槐至,曰:『無備而官辦者,猶拾瀋也。』於是乎去表之槀,道還公宫。孔子在陳,聞火,曰:『其桓、僖乎!』」

殺萇弘。

《左氏》曰:「劉氏、范氏世爲婚姻,萇弘事劉文公,故周與范氏。趙鞅以爲討。周人殺萇弘。」

履祥按:周之衰也,受制於諸侯;其益衰也,受制於諸侯之大夫。然周之益衰,亦天子之自取也。夫以萇弘之賢,足以振起王室、應對諸侯,天子不能用之,而使爲劉子之屬,劉、范世姻,於是乎右范。趙鞅敢以爲討,而天子又殺之以説趙鞅之意。噫!此周之所以益衰與。

魯季孫斯卒。

《左氏》曰：「季孫有疾，命正常曰：『無死！南孺子之子，男也，則以告而立之。女也，則肥也可。』季孫卒，康子即位。既葬，康子在朝。南氏生男，正常載以如朝，告曰：『夫子有遺言，命其圉臣曰：「南氏生男，則以告於君與大夫而立之。」今生矣，男也，敢告。』遂奔衛。康子請退。公使共劉視之，則或殺之矣。乃討之。召正常，正常不反。」〇《史記》曰：「季桓子病，輦而見魯城，喟然嘆曰：『昔此國幾興矣，以吾獲罪於孔子，故不興也。』顧謂其嗣康子曰：『我即死，若必相魯。相魯，必召仲尼。』後數日，桓子卒，康子代立。已葬，欲召仲尼。公之魚曰：『昔吾先君用之不終，終爲諸侯笑。今又用之，不能終，是再爲諸侯笑。』康子曰：『誰召而可？』曰：『必召冉求。』於是使召冉求。」

晉趙鞅圍朝歌。

《左氏》曰：「晉趙鞅圍朝歌，師于其南。荀寅犯師而出，奔邯鄲。趙鞅殺士皐夷。」

秦惠公卒，子嗣。是爲悼公。

二十有九年。盜殺蔡昭侯，國人立其子朔。是爲成侯。

《左氏》曰：「蔡昭侯將如吳。諸大夫恐其又遷也，承。公孫翩逐而射之，卒。以兩矢門之，衆莫敢進。文之鍇後至，曰：『如牆而進，多而殺二人。』鍇執弓而先，翩射之，中肘。鍇遂殺之。」

晉人執戎蠻子赤歸于楚。

《左氏》曰：「楚人既克夷虎，乃謀北方。左司馬眅、申公壽餘、葉公諸梁致蔡於負函，致方城之外於繒關，爲一昔之期，襲梁及霍。單浮餘圍蠻氏，蠻氏潰。蠻子赤奔晉陰地。司馬起豐、析與狄戎，以臨上雒。左師軍于菟和，右師軍于倉野，使謂陰地之命大夫士蔑曰：『晉、楚有盟，好惡同之。若將不廢，寡君之願也。不然，將通於少習以聽命。』士蔑請諸趙孟。趙孟曰：『晉國未寧，安能惡於楚？必速與之！』士蔑乃致九州之戎，執蠻子以畀楚師于三户。司馬致邑立宗焉，以誘其遺民，而盡俘以歸。」

孔子如蔡。

履祥按：孔子稱：「危邦不入，亂邦不居。」夫子既去魯矣，以衛靈公之無道而居衛；以陳國之小，歲有吴師而在陳；以蔡侯死於盜，國遷於吴、民分於楚而如蔡：不幾乎居亂而入危與？曰：前日之言，君子守身之常法；今日之事，夫子行道之大權也。夫以聖人盛德，固無施不可，使夫二三君者能用孔子，委國而聽之，則衛可正、陳可强、蔡可守也。而皆不能，惜哉！雖然，夫子既知其不能用矣，其時楚昭之賢聞於天下，夫子固將如楚也。當在衛也，特以衛靈公致粟，有際可之禮，而再主蘧伯玉之家；當在陳也，又以司城貞子爲之主，而陳侯亦有言議之適，故爲二國留行。至其如蔡，蓋爲如楚也。何以知之？有子曰：「孔子失魯司寇，將之荆，先之以子夏，又申之以冉有。」則知孔子去魯，則將之楚矣。聖人無固、無必，故爲二國留行爾。然而適楚，又卒爲子西所阻，愚以爲此皆非聖人意也。

三十年。晉趙鞅圍邯鄲。荀寅奔鮮虞。齊國夏伐晉，會鮮虞，納荀寅于柏人。晉圍柏人，荀寅、士吉射奔齊。

《左氏》曰：「晉趙鞅逐荀寅、士吉射，奔齊。」〇《史記》曰：「中行文子、范昭子遂奔齊。趙竟有邯鄲、柏人。范、中行餘邑入于晉。趙名晉卿，實專晉權，奉邑侔於諸侯。」

齊景公卒，少子荼立。

《左氏》曰：「齊燕姬生子，不成而死，諸子鬻姒之子荼嬖。諸大夫恐其爲大子也，言於公曰：『君之齒長矣，未有大子，若之何？』公曰：『二三子間於憂虞，則有疾疢。亦姑謀樂，何憂於無君？』公疾，使國惠子、高昭子立荼，寘群公子於萊。齊景公卒。公子嘉、駒、黔奔衛，公子鉏、陽生奔魯。萊人歌之曰：『景公死乎不與埋，三軍之事乎不與謀。師乎，師乎，何黨之乎？』」

三十有一年。吴伐陳。孔子自蔡如葉。按：《世家》孔子遷于蔡三歲。

《左氏》曰：「吴伐陳。楚子曰：『吾先君有盟，不可以不救。』乃救陳，師于城父。」〇《史記》曰：「楚救陳，軍于城父。聞孔子在陳、蔡之間，使人聘孔子。孔子將往，陳、蔡大夫謀曰：『孔子，賢者，所刺譏皆中諸侯之疾。今者久留陳、蔡之間，諸大夫所設行皆非仲尼之意。今楚來聘孔子，用於楚，則陳、蔡用事大夫危矣。』於是相與發徒役圍孔子於野，不得行，絶糧。使子貢至楚。楚子興師迎孔子，然後得行。朱子曰：「是時陳、蔡臣服於楚，若楚來聘孔子，陳、蔡大夫安敢圍之？《論語》絶糧，當去衛如陳之時。」履祥按：陳、蔡從楚耳，非爲之臣，兼蔡又兩屬於吴，當時諸侯大夫疑孔子得衆而不用，又忌他國之用孔子，大率如此。孔子圍於陳、蔡之間，《莊子》《荀子》皆有此語，今故存之。楚子將以書社地封孔子。《史記》作「七百里」。朱子謂恐無此。楚令尹子西曰：『王之使諸侯有如子貢者乎？曰無有。王之輔相有如顔回者乎？曰無有。王之將率有如子路者乎？曰無有。王之官尹有如宰予者乎？曰無有。且楚之祖封於周，號爲子男五十里。今孔丘述三王之法，明周、召之業，王若用之，則楚安得世世堂堂方數千里乎？夫文王在豐，武王在鎬，百里之君，卒王天下。今孔丘得據土壤，賢弟子爲佐，非楚之福也。』昭王乃止。」

顏回卒。 按：顏回卒，當在三十年内，但孔子自陳、蔡至葉乃在此二年之間，雖因《春秋》書於「吴伐陳」之下，而其交聘酬酢則在前矣。顏淵之死，當在陳、蔡之間，正合顏子三十二歲而卒之數。然子西止昭王之辭，猶以「輔相有如顏回」之説，則是顏子尚存也。顏子之死，或是在塗，或是歸省而死於家，皆不可考。今以事相次，附三十一年之下。

《論語》曰：「顏淵死，子曰：『噫！天喪予！天喪予！』子哭之慟。從者曰：『子慟矣！』曰：『有慟乎？非夫人之爲慟而誰爲？』」又曰：「顏淵死，顏路請子之車以爲之椁。子曰：『才不才，亦各言其子也。鯉也死，有棺而無椁。吾不徒行以爲之椁，以吾從大夫之後，不可徒行也。』門人欲厚葬之。子曰：『不可。』門人厚葬之。子曰：『回也視予猶父也，予不得視猶子也，非我也，夫二三子也。』」

履祥按：顏淵死，顏路它無所請而至於請車，夫子亦它無可予而至於拒之，則顏路疑於干而夫子幾於吝。然今考其時，則顏淵之死且葬，適當厄於陳、蔡之後，自楚反陳之間，此正夫子之窮也。夫喪事稱家之有無，夫子既以之處其子，安得不以處顏子乎？夫子遇舊館人之喪，嘗脱驂以致賻矣，而不能爲顏子之椁，彼一時此一時也，貧富不同也。雖然，此猶可也。孔門自顏子之外，曾子卒傳聖人之道。而顏子之殁，已有「喪予」之嘆。後六七年反魯，答其君、大夫之問，獨稱顏子爲好學，且有「今也則亡，未聞好學者」之説。

然則曾子非邪？蓋曾子之年少孔子四十六歲，其齒最在諸弟子之後，當孔子對哀公之時方二十有二耳，下逮孔子殁，曾子方年二十有七。則「一貫」之傳，其夙悟不減於顔子，暮年工夫殆或過之。後之學者不考乎其時，因「未聞好學」之説，而遂不知曾子之學。孟子稱誦其《詩》、讀其《書》，而必尚論其世，蓋又欲考論其時以知其言行之先後也。此類是已。

楚昭卒，群臣立其子章。 是爲惠。

《左氏》曰：「楚子在城父，將救陳。卜戰，不吉。曰：『然則死也。再敗楚師，不如死。棄盟逃讎，亦不如死。死一也，其死讎乎！』命公子申子西。爲王，不可；則命公子結，子期。亦不可；則命公子啓，子閭。五辭而後許。將戰，有疾。庚寅，攻大冥，卒于城父。子閭退，曰：『君王舍其子而讓群臣，敢忘君乎？從君之命，順也；立君之子，亦順也。二順不可失也。』潛師閉塗，逆越女之子章立之，而後還。是歲也，有雲如衆赤鳥，夾日以飛三日。楚子使問諸周大史，曰：『其當王身乎！若禜之，可移於令尹、司馬。』楚子曰：『除腹心之疾，而置諸股肱，何益？不穀不有大過，天其夭諸？有罪受罰，又焉移之？』遂弗禜。初，楚子有疾。卜曰：『河爲祟。』大夫請祭諸郊。曰：『三代命祀，祭不越望。江、漢、雎、漳，楚之望也。禍福之至，不是過也。不穀雖不德，河非所獲罪也。』遂弗祭。孔子曰：『楚昭王知大道矣！其不失國也，宜哉！由己率常，可矣。』」

履祥按：《史記》昭王病於軍中云然。孔子在陳，聞是言曰：「楚昭王通大道矣！其不失國也，宜哉！」蓋是言乃在軍之初，時孔子在陳聞之，此孔子所爲從楚之聘也。而卒不遇，是亦楚之不幸也。

《列女傳》曰：「楚昭越姬者，越句踐之女，楚昭之姬也。楚昭讌遊。既驩，謂越姬曰：『吾願與子生若此，死又若此。』越姬對曰：『樂則樂矣，然不可久也。先君莊王淫樂，三年不聽政事，終而能改，卒霸天下。妾以君王爲能法吾先君，將改斯樂而勤於政也。今則不然，而要婢子以死，其可得乎？妾聞之諸姑也，婦人以死彰君之善，益君之寵，不聞其以苟從君闇死爲榮，不敢聞命。』楚子矍然而寤。二十五年，楚子救陳，病在軍中，有赤雲夾日，史曰：『是害王身，可以移於將相。』楚子曰：『將相之於孤，猶股肱也。今移禍焉，庸爲去是身乎？』不聽。越姬曰：『大哉，君王之德！妾願從王矣。妾聞信者不負其心，義者不虛設其事。妾死王之義，不死王之好也。』遂自殺。楚子薨於軍。子閭、子西、子期謀曰：『母信者，其子必仁。』乃伏師閉壁，迎越姬之子熊章立之，是爲惠。」

孔子自楚反。 按：孔子至葉，即至楚也。葉者，楚之縣也。《論語》載荷蓧丈人、長沮、桀溺之事，《史記》皆在蔡、葉之間，但《史記》於在衛之事，蔡、葉之事，皆重出而不考。今姑略之。

《史記》曰：「其秋，楚子卒于城父。楚狂接輿歌而過孔子，曰：『鳳兮！鳳兮！何德之衰？往者不可諫，來者猶可追。已而，已而！今之從政者殆而！』孔子下，欲與之言。趨而辟之，不得與之言。於是自楚反。」《史記》自楚反衛。今考之按：歌鳳，《史記》《莊子》皆不同。今以《論語》爲正。《衛世家》，四年方至衛。

齊陽生入于齊。 是爲悼公。**齊陳乞弑其君荼。**

《左氏》曰：「陳僖子使召公子陽生。闞止知之，先待諸外。公子曰：『事未可知，反，與壬也處。』戒之，遂行。逮夜，至于齊，國人知之。僖子使子士之母養之，與饋者皆入。冬十月，立之。將盟，鮑子醉而往。其臣差車鮑點曰：『誰之命也？』陳子曰：『受命於鮑子。』遂誣鮑子曰：『子之命也。』鮑子曰：『女忘君之爲孺子牛而折其齒乎，而背之也？』悼公稽首，曰：『吾子奉義而行者也。若我可，不必亡一大夫；若我不可，不必亡一公子。義則進，否則退。廢興無以亂，則所願也。』鮑子曰：『誰非君之子？』乃受盟。使胡姬以安孺子如賴。去鬻姒。公使朱毛告於陳子，曰：『微子，則不及此。然君異於器，不可以二。器二不匱，君二多難，敢布諸大夫。』僖子不對而泣，曰：『君舉不信群臣乎？以齊國之困，困又有憂，少君不可以訪，是以求長君，庶亦能容群臣乎！不然，夫孺子何罪？』毛復命，公悔之。毛曰：『君大訪於陳子，而圖其小可也。』使毛遷孺子於駘，殺諸野幕之下。」事又見《公羊氏傳》。

三十有二年。宋皇瑗帥師侵鄭。晉魏曼多帥師侵衛。

魯侯會吴于鄫。魯侯伐邾，以邾子益歸。

《經世》曰：「吴會魯于鄫以伐齊。」〇《左氏》曰：「公會吴于鄫。吴來徵百牢，子服景伯對曰：『先王未之有也。』吴人曰：『宋百牢我，魯不可以後宋。且魯牢晉大夫過十，吴王百牢，不亦可乎？』景伯曰：『晉范鞅貪而棄禮，以大國懼敝邑，故十一牢之。君若以禮命於諸侯，則有數矣。若亦棄禮，則有淫者矣。周之王也，制禮，上物不過十二，以爲天之大數也。今棄周禮，而曰必百牢，亦唯執事。』吴人弗聽。景伯曰：『吴將亡矣，棄天而背本。不與，必棄疾於我。』乃與之。大宰嚭召季康子，康子使子貢辭。大宰嚭曰：『國君道長，而大夫不出門，此何禮也？』對曰：『豈以爲禮？畏大國也。大國不以禮命於諸侯，苟不以禮，豈可量也？寡君既共命焉，其老豈敢棄其國？大伯端委以治周禮，仲雍嗣之，斷髮文身，贏以爲飾，豈禮也哉？有由然也。』反自鄫，以吴爲無能爲也。季康子欲伐邾，乃饗大夫以謀之。子服景伯曰：『小所以事大，信也。大所以保小，仁也。背大國，不信；伐小國，不仁。失二德者，危，將焉保？』孟孫曰：『二三子以爲何如？惡賢而逆之？』對曰：『禹合諸侯於塗山，執玉帛者萬國。今其存者，無數十焉。唯大不字小，小不事大也。知必危，何故不言？魯德如邾，而以衆加之，可乎？』杜氏以此二句爲孟氏之言。不樂而出。秋，伐邾，及范門，猶聞鐘聲。大夫諫，不聽。茅成子請告于吴，不許，曰：『魯擊柝聞於邾，吴二千里，不三月不至，何及於我？且國内豈不足？』成子以茅叛，師遂入邾，處其公宫。衆師晝掠，邾衆保于繹。師宵掠，以邾子益來，獻于亳社。邾茅夷鴻以束帛乘韋自請救於吴，曰：『魯弱晉而遠吴，馮恃其衆，而背君之盟，辟君之執事，以陵我小國。邾非敢自愛也，懼君威之不立。君威之不立，小國之憂也。若夏盟於鄫衍，秋而背之，成求〔五〕而不違，四方諸侯其何以事君？且魯賦八百乘，君之貳也。邾賦六百乘，君之私也。以私奉貳，唯君圖之！』吴子從之。」

三十有三年。宋公入曹，以曹伯陽歸。

《左氏》曰：「宋人圍曹，鄭桓子思曰：『宋人有曹，鄭之患也。不可不救。』鄭師救曹，侵宋。初，曹人或夢衆君子立社宫，謀亡曹。曹叔振鐸請待公孫彊，許之。旦而求之曹，無之。戒其子曰：『我死，爾聞公孫彊爲政，必去之。』及曹伯陽即位，好田弋，曹鄙人公孫彊好弋，獲白鴈，獻之，且言田弋之説，説之。因訪政事，大説之。有寵，使爲司城以聽政。彊言霸説於曹伯，曹伯從之，乃背晉而奸宋。宋人伐之，晉人不救。將還，褚師子肥殿。曹人詬之。公聞之，怒，命反之，遂滅曹。」

吴伐魯。魯歸邾子益于邾。

《左氏》曰：「吴爲邾故，將伐魯，問於叔孫輒，對曰：『魯有名而無情，伐之，必得志焉。』退而告公山不狃。不狃曰：『非禮也。君子違，不適讎國。未臣而有伐之，奔命焉，死之可也。所託也則隱。且夫人之行也，不以所惡廢鄉。今子以小惡而欲覆宗國，不亦難乎？若使子率，子必辭，王將使我。』王問於子洩。對曰：『魯雖無與立，必有與斃；諸侯將救之，未可以得志焉。晉與齊、楚輔之，是四讎也。夫魯，齊、晉之脣。脣亡齒寒，君所知也。不救何爲？』吴伐魯，子洩率，故道險，從武城。初，武城人或有因於吴竟田焉，拘鄫人之漚菅者，曰：『何故使吾水滋？』及吴師至，拘者道之以伐武城，克之。國人懼。懿子謂景伯：『若之何？』對曰：『吴師來，斯與之戰，何患焉？且召之而至，又何求焉？』吴師克東陽而進，舍於五梧，明日，舍於蠶室。明日，舍于庚宗，遂次于泗上。微虎欲宵攻王舍，私屬徒七百人，三踊於幕庭，卒三百人，有若與焉。及稷門之内，或謂季孫曰：『不足以害吴，而多殺國士，不如已也。』乃止之。吴子聞之，一夕三遷。吴人行成。邾子，齊甥也。齊侯使如吴請師，將以伐魯。乃歸邾子。邾子又無道，吴子使大宰子餘討之，囚諸樓臺，栫之以棘。使諸大夫奉大子革以爲政。後二年，邾隱公奔魯，又奔齊。」

三十有四年。楚人伐陳。

《左氏》曰：「陳即吴也。吴城邗，溝通江、淮。」

三十有五年。魯侯會吴伐齊。齊侯陽生卒，齊人實弒之，而立其子壬。是爲簡公。

《左氏》曰：「公會吴子、邾子、郯子伐齊南鄙，師于郞。齊人弒悼公，赴于師。吴子三日哭于軍門之外。徐承帥舟師將自海入齊，齊人敗之，吴師乃還。秋，吴子使來復儆師。」

楚公子結帥師伐陳。

《左氏》曰：「楚子期伐陳。吴延州來季子救陳，謂子期曰：『二君不務德，而力争諸侯，民何罪焉？我請退，以爲子名，務德而安民。』乃還。」

孔子自陳復至衛。

《論語》曰：「子在陳曰：『歸與！歸與！吾黨之小子狂簡，斐然成章，不知所以裁之。』」〇「冉有曰：『夫子爲衛君乎？』子貢曰：『諾。吾將問之。』入，曰：『伯夷、叔齊，何人也？』曰：『古之賢人也。』曰：『怨乎？』曰：『求仁而得仁，又何怨？』出，曰：『夫子不爲也。』」是時孔子在衛，冉有爲季氏宰於魯，何以得問子貢？蓋魯、衛地近，冉有或請間省其師，或以聘問出疆，或未與其政事，皆不可知。○朱子曰：「君子居是邦，不非其大夫，況其君乎？故子貢不斥衛君，而以夷、齊爲問。夫子告之如此，則其不爲衛君可知矣。蓋伯夷以父命爲尊，叔齊以天倫爲重。其遜國也，皆求所以合乎天理之正，而即乎人心之安。既而各得其志焉，則視棄其國猶敝蹤爾，何怨之有？若衛輒之據國拒父而唯恐失之，其不可同年而語明矣。」○又曰：「夷、齊雖賢，而其所爲或出於激發過中之行，而不能無感慨不平之心。則衛君之事，猶未爲甚得罪於天理也。故問『怨乎』以審其趣。而夫子告之如此，則子貢之心曉然知夫二子之爲是，非其激發之之私，而無纖芥之憾矣。持是心以燭乎衛君之事，其得罪於天理，而見絶於聖人，尚何疑哉？」○《論語》曰：「子路曰：『衛君待子而爲政，子將奚先？』子曰：『必也正名乎！』子路曰：『有是哉，子之迂也！奚其正？』子曰：『野哉，由也！君子於其所不知，蓋闕如也。名不正，則言不順。言不順，則事不成。事不成，則禮樂不興。禮樂不興，則刑罰不中。刑罰不中，則民無所措手足。故君子名之必可言也，言之必可行也。君子於其言，無所苟而已矣。』」○胡氏曰：「蒯聵欲殺母，得罪於父，而輒據國以拒父，皆無父之人也，其不可有國也明矣。夫子爲政，而以正名爲先。必將具其事之始末，請于天王，告于方伯，命公子郢而立之。則人倫正，天理得，名正言順，而事成矣。夫子告之之詳，而子路不悟，故卒死孔悝之難，而不知食其祿之爲非也。」

履祥按：朱子有言，當衛輒之時，父争於外，子拒於内，不知其國何以度日，是謂君子於此不可一日處也。《孔子世家》稱孔子自楚反衛在哀公六年，其後自衛反魯，首尾又計六年矣。以衛父子之亂，而夫子久於其國，何邪？豈居亂邦、見惡人，在聖人則可，或待〔六〕其得政，而將借是以正名義也？及考之《陳世家》，則楚昭卒之年孔子在陳，非返衛也。考之《衛世家》，則齊弒悼公之年孔子始自陳至衛，明年反魯，則非久於衛也。然猶至衛，何也？孔子在陳曰：「盍歸乎來！」蓋思魯之狂士，則自陳至衛，蓋過衛耳，意則主於歸魯也。以夫子門人如子夏、子羔、子貢之徒，亦多衛人者。孔子於魯爲父母之邦，其出也既以司寇去國，則其反也不可以無故而復國，故明年召之即歸矣。《經世》於「丙辰」書「孔子自陳至衛」，於「丁巳」書「自衛反魯」，可以訂《孔子世家》之謬，而孔子久速之可於此見矣。

三十有六年。齊國書帥師伐魯。魯侯會吴伐齊。齊國書帥師及吴戰于艾陵，齊師敗績。獲齊國書。

《左氏》曰：「齊爲鄎故，國書、高無丕帥師伐我，及清。季孫謂其宰冉求曰：『齊師在清，必魯故也。若之何？』求曰：『一子守，二子從公禦諸竟。』季孫曰：『不能。』求曰：『居封疆之間。』季孫告二子，二子不可。求曰：『若不可，則君無出。一子帥師，背城而戰，不屬者，非魯人也。魯之群室，衆於齊之兵車。一室敵車，優矣。子何患焉？二子之不欲戰也宜，政在季氏。當子之身，齊人伐魯而不能戰，子之恥也，大不列於諸侯矣。』季孫使從於朝，俟於黨氏之溝。武叔呼而問戰焉，對曰：『君子有遠慮，小人何知？』懿子强問之，對曰：『小人慮材而言，量力而共者也。』武叔曰：『是謂我不成丈夫也。』退而蒐乘。孟孺子洩帥右師，顔羽御，邴洩爲右。冉求帥左師，管周父御，樊遲爲右。季孫曰：『須也弱。』有子曰：『就用命焉。』季氏之甲七千，冉有以武城人三百爲己徒卒。老幼守宫，次于雩門之外。五日，右師從之。公叔務人見保者而泣，曰：『事充政重，上不能謀，士不能死，何以治民？吾既言之矣，敢不勉乎！』師及齊師戰于郊。齊師自稷曲，師不踰溝。樊遲請三刻而踰之，衆從之。師入齊軍，獲甲首八十，齊人不能師。宵，諜曰：『齊人遁。』冉有請從之三，季孫弗許。右師奔。孟之側殿，林不狃死。公爲與其嬖僮汪錡乘，皆死，皆殯。孔子曰：『能執干戈以衛社稷，可無殤也。』冉有用矛於齊師，故能入其軍。孔子曰：『義也。』爲郊戰故，公會吴子伐齊。克博。至于嬴。陳僖子謂其弟書：『爾死，我必得志。』宗子陽與閭丘明相厲也。桑掩胥御國子，公孫夏曰：『二子必死。』將戰，公孫夏命其徒歌《虞殯》。陳子行命其徒具含玉。公孫揮命其徒曰：『人尋約，吴髮短。』東郭書曰：『三戰必死。』問弦多以琴，曰：『吾不復見子矣。』陳書曰：『此行也，吾聞鼓而已，不聞金矣。』戰于艾陵。吴展如敗高子，國子敗胥門巢。吴子卒助之，大敗齊師，獲國書、公孫夏、閭丘明、陳書、東郭書，革車八百乘，甲首三千，以獻于魯。吴之將伐齊也，越子率其衆以朝焉，王及列士皆有饋賂。吴人皆喜，唯子胥懼，曰：『是豢吴也夫！』諫曰：『越在我，心腹之疾也。壤地同而有欲於我。夫其柔服，求濟其欲也，不如早從事焉。得志於齊，猶獲石田也，無所用之。越不爲沼，吴其泯矣。使醫除疾，而曰「必遺類焉」者，未之有也。』弗聽。使於齊，屬其子於鮑氏，爲王孫氏。反役，王聞之，使賜之屬鏤以死。將死，曰：『樹吾墓檟，檟可材也，吴其亡乎！三年，其始弱矣。盈必毁，天之道也。』」

履祥按：義理不明而血氣用事，無有不敗者。闔廬傷於檇李而死。夫差使人立於庭，苟出入，必謂之曰：「夫差，而忘越王之殺而父乎？」則對曰：「唯。不敢忘。」可謂有復讎之志矣。僅有夫椒之敗，而遽受其平。今又受其豢。子胥之諫，利害雖明，而復讎之義不及也。子胥能報父讎於宗國，獨不能使其君報父讎國乎？夫差舍復讎之義，而好大喜功，争衡上國，訖爲讎所乘以斃。争衡者，血氣之用事也；忘讎者，義理之不明也。子胥雖諫，而以是死，夫差亦以是敗矣。

孔子自衛反魯。

《左氏》曰：「魯人以幣召孔子，乃歸。」○《史記·世家》曰：「冉有爲季氏將師，與齊戰，克之。季康子曰：『子之於軍旅，學之乎？性之乎？』冉有曰：『學之於孔子。』康子曰：『我欲召之，可乎？』對曰：『欲召之，則毋以小人間之，則可矣。』季康子逐公華、公賓、公林，以幣迎孔子，孔子歸魯。」○《論語》曰：「哀公問曰：『何爲則民服？』孔子對曰：『舉直錯諸枉，則民服。舉枉錯諸直，則民不服。』」謝氏曰：「好直而惡枉，天下之至情也。順之則服，逆之則去，必然之理也。然或無道以照之，則以直爲枉，以枉爲直者多矣。是以君子大居敬，而貴窮理也。」○「季康子問：『使民敬、忠以勸，如之何？』子曰：『臨之以莊，則敬；孝慈，則忠；舉善而教不能，則勸。』」○「子言衛靈公之無道也，康子曰：『夫如是，奚而不喪？』孔子曰：『仲叔圉治賓客，祝鮀治宗廟，王孫賈治軍旅。夫如是，奚其喪？』」○「季康子問政於孔子。孔子對曰：『政者，正也。子帥以正，孰敢不正？』」○「季康子患盜，問於孔子。孔子對曰：『苟子之不欲，雖賞之不竊。』」○「季康子問政於孔子，曰：『如殺無道，以就有道，何如？』孔子對曰：『子爲政，焉用殺？子欲善而民善矣。君子之德風，小人之德草。草上之風，必偃。』」○「哀公問：『弟子孰爲好學？』孔子對曰：『有顏回者，好學，不遷怒，不貳過。不幸短命死矣，今也則亡。未聞好學者也。』」

履祥按：顏子之好學，如「博文約禮，而欲罷不能」、「克己復禮，而請事斯語」、「私足以發」、「語之不惰」，皆是也。而夫子答哀公之問，特舉「不遷怒，不貳過」爲言，二事者固亦克己之功，而未盡顏子好學之事，蓋借是以諫悟哀公也。夫子答問之間，各切其人之病。哀公爲人躁妄，故夫子答其「弟子」之問，而舉顏子「不遷怒，不貳過」以諭曉之，可謂切矣。即顏子二事之功，爲哀公對病之藥，惜哀公之不能繹且改也。然「今也則亡」，惜詞也。「未聞好學」，待詞也。曾子宜可謂好學，而夫子不及之，此一時也，曾子之年最〔七〕

在諸弟子之後，其進學當在夫子暮年，其成德亦在夫子既殁之後也。說又見前。

孔子敘《書》，記《禮》，刪《詩》，正《樂》，序《易·彖》《繫》《象》《說卦》《文言》。

《史記》曰：「魯終不能用孔子，孔子亦不求仕。時周室微而禮樂廢，《詩》《書》缺。追迹三代之禮，序《書傳》，上紀唐、虞之際，下至秦繆，編次其事。觀殷、夏所損益，以一文一質。『周監二代，郁郁乎文哉！吾從周。』故《書傳》《禮記》自孔氏。孔子語魯太師樂，『吾自衛反魯，然後樂正，《雅》《頌》各得其所。』古者《詩》三千餘篇，及至孔子，取可施於禮義，上采契、后稷，中述殷、周之盛，至幽、厲之缺，始於衽席。三百五篇，孔子皆弦歌之，以求合《韶》《武》《雅》《頌》之音。《禮》《樂》自此可得而述，以備王道，成六藝。孔子晚而喜《易》，序《彖》《繫》《象》《說卦》《文言》。讀《易》，韋編三絶。曰：『假我數年，若是，我於《易》則彬彬矣。』孔子以《詩》《書》《禮》《樂》教，弟子蓋三千焉，身通六藝者七十有二人。」

履祥按：《史記》謂孔子序《書》，編次其事。夫《書序》非孔子作，而《周書》諸篇多失其次，愚於武王、成王之篇皆嘗考正之矣。計古者事時前後已具編年之史，而《書》則每事自爲首尾，固未必諸篇相爲次第也。然或諸篇本有次第，而孔安國、伏生時失之。《前漢書》言張霸作《書》首尾，《後漢書》言衛宏作《詩序》。自前儒以《詩》《書》之序皆出孔氏，朱子嘗引《後漢書》以證《詩序》之僞矣，獨《書序》疑而未斷。方漢初時，《太誓》且有僞書，何況《書序》？且孔傳古文，其出最後，則附會之作有所不免。若《書序》果出壁中，亦不可謂非附會者。蓋孔鮒兄弟藏《書》之時，上距孔子殁垂三百年，其同藏者《論語》《孝經》。《論語》既有子、曾子門人所集，《孝經》又後人因五孝之訓而雜引《詩》《書》，旁取傳記之語附會成書，何獨古《書》首尾尚是夫子舊本？則其爲齊、魯諸儒次序附會而作序，亦可知也。子曰：「夏禮吾能言之，杞不足徵也。殷禮吾能言之，宋不足徵也。文獻不足故也。足，則吾能徵之矣。」聖人於夏、殷之禮，不曰「吾能知之」，而曰「吾能言之」，此蓋記《禮》之時語也。聖人生知之資，其於禮之義理，則知之素矣。此其所言，蓋謂其制度文爲之詳爾。雖當時二代之禮失亡將盡，而以聖人之資，觸類旁通，皆能歷歷言之。但聖人謹重之意，必欲得文獻以證成之。足，則吾能證成其書矣。而卒不可得，故終於從周，而幽、厲傷之，又終於從魯，而郊禘又非禮，後世訖不得見其成書之盛。其間見於《禮記》之所傳者，又多雜以門人經師之説，惜哉！至於《詩》，則子王子嘗謂今之三百篇非盡夫子之三百篇也。夫子删繁蕪之三千，取雅正者三百。而三千之中，豈無播詠於世俗之口者？夫子之《詩》既燬於秦火矣，漢興，管絃之聲未衰，諸儒傳夫子之《詩》而不全，不得見世俗之流傳，管絃之濫在者，槩以爲古詩，取以足夫子三百之數，而不辨其非也。不然，若孔門之誦詠如《素絢》《唐棣》諸詩，經書之所傳如《貍首》《轡柔》《先正》《繁渠》諸詩，何以皆不與於今之三百？而夫子已放之鄭聲，何爲尚存而不削邪？至於《易・彖》《繫》《象》《説卦》《文言》，魏伯陽、顔師古所謂「十翼」者，此則夫子之意，而門人述以成書，謂皆夫子所筆則亦非也。《彖傳》例有發明，中間豈無未盡之意？《象傳》句多重複，中間寧無填塞之辭？蓋門人得夫子之説而欲足成其書，不得不爾。何以知之？以《繫辭》知之也。十翼莫粹於《繫辭》。《繫辭》或不以「子曰」起文，或以「子曰」起文，或引「子曰」以答問，或中引「子曰」以爲證，或末引「子曰」以爲斷。子王子謂與子思作《中庸》同體。蓋《繫辭傳》，門人以夫子之意發明，非夫子之親筆也。果夫子之親筆，則章首之「子曰」何以或有或無，或問或答？篇中之「子曰」何以或引或斷邪？然則《繫辭傳》之成文，且非夫子之全筆，則《彖傳》之具體，《小象》之比辭，安得爲夫子之全筆邪？獨《大象》乃夫子之筆，辭簡義精，體明用切，三聖所作之外，此自當爲夫子之一經。而門人得夫子之言，獨《文言》無所附會。夫子《文言》最〔八〕爲明白。《乾卦・文言》各以「子曰」答問，深密明暢。其後申述卦爻之義，不以「子曰」起文者，意便不及。如所謂「故或之」。或之者，疑之也，故无咎」，迥與前章不同。其於六十四卦之中發明爻義者，亦《文言》之體，間舉數爻，辭義俱明。門人不敢足成三百八十四首，故於「乾」、「坤」二卦《文言》之外，餘卦《文言》，雜諸《繫辭傳》，是爲得之。後之學者於《禮記》、十翼，但欲見夫子著述之多，而不敢別其爲門人發明之辭與其足成之體。今姑論其梗槩如此，又當別爲讀經者言之。

三十有七年。魯用田賦。

《左氏》曰：「季孫欲以田賦，使冉有訪諸仲尼。仲尼不對。而私於冉有曰：『君子之行也，度於禮；施取其厚，事舉其中，斂從其薄。如是，則以丘亦足矣。若不度於禮，而貪冒無厭，則雖以田賦，將又不足。且子季孫若欲行而法，則有周公之典在。』弗聽。」○《穀梁氏》曰：「古者公田什一，用田賦，非正也。」

履祥按：魯自宣公初税畝，而田税已倍。作丘甲、用田賦，而兵賦又再倍矣。《左氏》叙孔子之對，似非盡聖人語。今略之。

吴子會魯侯、衛侯、宋皇瑗于橐皐。

《左氏》曰：「公會吴于橐皐，吴子使大宰嚭請尋盟。公不欲，使子貢對曰：『盟，所以周信也，故心以制之，玉帛以奉之，言以結之，明神以要之。寡君以爲苟有盟焉，弗可改也已。若猶可改，日盟何益？今吾子曰「必尋盟」，若可尋也，亦可寒也。』乃不尋盟。吴徵會于衛。初，衛人殺吴行人且姚而懼，謀於行人子羽。子羽曰：『吴方無道，無乃辱吾君，不如止也。』

子木曰：『吳方無道，國無道，必棄疾於人。吳雖無道，猶足以患衛。往也。』秋，衛侯會吳于鄖。公及衛侯、宋皇瑗盟。吳人藩衛侯之舍。子服景伯謂子貢曰：『夫諸侯之會，事既畢矣，侯伯致禮，地主歸餼，以相辭也。今吳不行禮於衛，而藩其君舍以難之，子盍見大宰？』乃請束錦以行。語及衛故，大宰嚭曰：『寡君願事衛君，衛君之來也緩，寡君懼，故將止之。』子貢曰：『衛君之來，必謀於其衆，其衆或欲或否，是以緩來。其欲來者，子之黨也；其不欲來者，子之讎也。若執衛君，是墮黨而崇讎也。且合諸侯而執衛君，誰敢不懼？墮黨崇讎，而懼諸侯，或者難以霸乎！』乃舍衛侯。」

三十有八年。單子、晉侯、魯侯會吳子于黃池。吳子使駱來告勞。楚公子申帥師伐陳。於越入吳。吳及越平。

《左氏》曰：「夏，會單平公、晉定公、吳夫差于黃池。六月丙子，越子伐吳，爲二隧。疇無餘、謳陽自南方，先及郊。吳大子友、王子地、王孫彌庸、壽於姚自泓上觀之。彌庸見姑蔑之旗，曰：『吾父之旗也。不可以見讎而弗殺也。』大子曰：『戰而不克，將亡國。請待之。』彌庸不可，屬徒五千，王子地助之。乙酉，戰，彌庸獲疇無餘，地獲謳陽。越子至，王子地守。丙戌，復戰，大敗吳師，獲大子友、王孫彌庸、壽於姚。丁亥，入吳。吳人告敗于夫差，夫差惡其聞也，自剄七人於幕下。秋七月辛丑，盟，吴、晉争先。吴人曰：『於周室，我爲長。』晉人曰：『於姬姓，我爲伯。』趙鞅呼司馬寅曰：『日旰矣，大事未成，二臣之罪也。建鼓整列，二臣死之，長幼必可知也。』對曰：『請姑視之。』反，曰：『肉食者無墨。今吴王有墨，國勝乎？大子死乎？且夷德輕，不忍久，請少待之。』乃先晉人。吴人將以公見晉侯，子服景伯對使者曰：『王合諸侯，則伯帥侯牧以見於王。伯合諸侯，則侯帥子、男以見於伯。自王以下，朝聘玉帛不同。故敝邑之職貢於吴，有豐於晉，無不及焉，以爲伯也。今諸侯會，而君將以寡君見晉君，則晉成爲伯矣，敝邑將改職貢：魯賦於吴八百乘，若爲子、男，則將半邾以屬於吴，而如邾以事晉。且執事以伯召諸侯，而以侯終之，何利之有焉？』吴人乃止。既而悔之，囚景伯以還。及户牖，謂大宰曰：『魯將以十月上辛有事於上帝、先王，何世有職焉。若不會，祝宗將曰：「吴實然。」且謂魯不共，而執其賤者，何損焉？』大宰言於夫差曰：『無損於魯，而祇爲名，不如歸之。』乃歸景伯。夫差欲伐宋，殺其丈〔九〕夫而囚其婦人。大宰嚭曰：『可勝也，而弗能居也。』乃歸。」〇《吴越春秋》曰：「黄池之會，吴既長晉而還，未踰於黄池，越聞吴王久留未歸，乃悉士衆將伐之。吴又恐齊、宋之爲害，乃命王孫駱告勞于周，曰：『昔楚之不承供貢，辟遠兄弟之國。吾前君闔閭不忍其惡，帶劍挺鈹，與楚昭相逐於中原。天舍其衷〔一〇〕，楚師敗績。今齊不鑒〔一一〕於楚，又不恭王命，以遠辟兄弟之國。夫差不忍其惡，被甲帶劍，徑至艾陵。天福於吴，齊師還鋒而退。夫差豈敢自多其功？是文、武之德所祐助。時歸，吴不熟於歲，遂緣江泝淮，開溝深水，出於商、魯之間，而歸告於天子執事。』周王答曰：『伯父令子來乎！盟國一，人則依矣，余實嘉之。伯父若能輔余一人，則兼受永福，周室何憂焉？』乃賜弓弩王阼，以增號謚。」○《史記》曰：「國亡大子，内空，王居外久，士皆罷敝，於是乃使厚幣以與越平。」

【校記】

〔一〕「四」，原作「西」，今據慎獨齋配補歸仁齋本、宋犖本、率祖堂本、《四庫》本改。
〔二〕「官」，原作「言」，今據宋犖本改。
〔三〕「車」，原作「軍」，今據宋犖本、率祖堂本、《四庫》本改。
〔四〕「晢」，原作「質」，今據慎獨齋配補歸仁齋本、宋犖本、率祖堂本、《四庫》本改。
〔五〕「成求」，原作「求成」，今據宋犖本乙。
〔六〕「待」，原作「時」，今據慎獨齋配補歸仁齋本、宋犖本、率祖堂本、《四庫》本改。
〔七〕「最」，原脱，今據慎獨齋配補歸仁齋本、宋犖本、率祖堂本、《四庫》本補。
〔八〕「最」，原作「是」，今據慎獨齋配補歸仁齋本、宋犖本、率祖堂本、《四庫》本改。
〔九〕「丈」，原作「大」，今據慎獨齋配補歸仁齋本、宋犖本、率祖堂本、《四庫》本改。
〔一〇〕「衷」，原作「忠」，今據宋犖本、率祖堂本、《四庫》本改。
〔一一〕「鑒」，原作「賢」，今據宋犖本、率祖堂本、《四庫》本改。

通鑑前編卷之十八

金履祥編

周敬王三十有九年。魯人獲麟。

《左氏》曰：「西狩於大野，叔孫氏之車子鉏商獲麟，以爲不祥，以賜虞人。仲尼觀之，曰：『麟也。』然後取之。」〇《公羊氏》曰：「麟者，仁獸也。有王者則至，無王者則不至。有以告者曰：『有麕而角者。』孔子曰：『孰爲來哉！孰爲來哉！』反袂拭面，涕沾袍，曰：『吾道窮矣。』」

孔子作《春秋》。

《史記·世家》曰：「孔子因史記作《春秋》，上至隱公，下訖哀公十四年，十二公。」〇杜氏曰：「《春秋》者，魯史記之名。周之舊典禮經也。周德既衰，官失其守，上之人不能使《春秋》昭明，赴告策書，諸所注記，多違舊章。仲尼因魯史策書成文，考其真僞，而志其典禮，上以遵周公之遺制，下以明將來之法。其教之所存，文之所害，則刊而正之，以示勸戒，其餘則皆即用舊史，不必改也。據《公羊經》止獲麟。麟鳳五靈，王者之嘉瑞也。今麟出非其時，虛其應而失其歸，此聖人所爲感也。絶筆於『獲麟』之一句者，所感而起，固所以爲終也。」〇《孟子》曰：「世衰道微，邪説暴行有作，臣弑其君者有之，子弑其父者有之，孔子懼，作《春秋》。《春秋》，天子之事也。故孔子曰：『知我者其惟《春秋》乎！罪我者其惟《春秋》乎！』昔者禹抑洪水而天下平，周公兼夷狄、驅猛獸而百姓寧，孔子成《春秋》而亂臣賊子懼。」〇《史記》曰：「聞之董生：撥亂世反之正，莫近於《春秋》。《春秋》之中，弑君三十六，亡國五十二，諸侯奔走不得保其社稷者不可勝數。察其所以，皆失其本已。故《易》曰：『差之毫釐，繆以千里。』故臣弑君，子弑父，非一旦一夕之故，其漸久矣。有國者不可以不知《春秋》，前有讒而不見，後有賊而不知。爲人臣者不可以不知《春秋》，守經事而不知其宜，遭變事而不知其權。爲人君父而不通《春秋》之義，則必蒙首惡之名。爲人臣子而不通《春秋》之義，則必陷簒弑誅死之罪。其實皆以爲善，爲之而不知其義。」〇周子曰：「《春秋》，正王道，明大法也。孔子爲後世王者而脩也。亂臣賊子誅死於前，所以懼生者於後也。」〇程子曰：「天之生民，必有出類之才，起而君長之，治之而爭奪息，道之而生養遂，教之而倫理明，然後人道立，天道成，地道平。二帝而上，聖賢世出，隨時有作，順乎風氣之宜，不先天以開人，各因時而立政。暨乎三王迭興，三重既備，子、丑、寅之建正，忠、質、文之更尚，人道備矣，天運周矣。夫子當周之末世，以聖人不復作也，順天應時〔一〕之治不復有也，於是作《春秋》，爲百王不易之大法。所謂〔二〕考諸三王而不謬，建諸天地而不悖，質諸鬼神而無疑，百世以俟聖人而不惑者也。先儒之傳曰：游、夏不能贊一辭。辭不待贊也，言不能與於斯耳。斯道也，惟顔子嘗聞之矣。『行夏之時，乘殷之輅，服周之冕，樂則《韶舞》』，此其準的也。後世以史視《春秋》，謂褒善貶惡而已，至於經世之大法，則不知也。《春秋》大義數十，其義雖大，炳如日星，乃易見也。惟其微辭隱義、時措從宜者，爲難知也。或抑或縱，或與或奪，或進或退，或微或顯，而得乎義理之安，文質之中，寬猛之宜，是非之公，乃制事之權衡，揆道之模範也。夫觀百物然後識化工之神，聚衆材然後知作室之用，於一事一義而欲窺聖人之用心，非上智不能也。故學《春秋》者，必優游涵泳，默識心通，然後能造其微也。後王知《春秋》之義，則雖德非禹、湯，尚可以法三代之治矣。」

履祥按：《春秋》之書，夫子之所寓意，非夫子之有意也。太史公有意妄慕孔子，上自五帝，迄于麟止，作爲《史記》，猶網羅遺聞，求十二諸侯譜，以盡諸國世家始末。使夫子而有意於褒貶天下之諸侯、大夫以成天下之書，則必訪周室外史之藏，論史記舊聞，總諸國是非之故，不使其有所遺佚，何〔三〕止於一國之史也？今乃不然，獨因魯史修之。蓋夫子因見魯史書法非舊，是非失真，舉其大者就加筆削，其他比事而書。國史之常必不盡改，而舊史之外亦無增加。至於襄、昭而後，國史未盡出，或事所未審，或人已共知，如楚子麇卒之類。不待删削，固不盡改也。杜氏所謂上之人不能使《春秋》昭明，記注多違舊章，蓋謂《春秋》藏於史官，人所不知，而又典禮非舊。自經夫子之手，則典禮著明，是非各得其所，學者傳之。於是天下亂臣賊子皆知所懼，後之有國者有所據以爲賞罰，作史者有所守以爲是非，姦雄者有所懼而不敢肆，遂與禹抑洪水、周公兼夷驅獸同功。蓋聖人功化之妙，自如此爾。自漢以來，言《春秋》者一事一字而曲爲之説，則又鑿矣。

齊陳恒與闞止争政，殺之，執簡公，寘于舒州。

《左氏》曰：「齊簡公之在魯也，闞止有寵焉。及即位，使爲政。陳成子憚之，諸御鞅言於公曰：『陳、闞不可並也。』弗聽。子我夕，陳逆殺人，逢之，執以入。陳氏方睦，使疾而遺之酒肉，醉守者，殺之而逃。陳豹爲子我臣，與之言政，説，謂之曰：『我盡逐陳氏而立女。』對曰：『我遠於陳氏矣。且違者不過數人，何盡逐焉？』遂告陳氏。子行曰：陳逆。『彼得君，弗先，必禍子。』子行舍於公宫。成子兄弟四乘如公。子我在幄，出逆之。遂入，閉門。侍人禦之，子行殺侍人。公與婦人飲酒于檀臺，成子遷諸寢。公將擊之。子餘曰：『非不利也，將除害也。』成子出舍於庫，聞公猶怒，將出，子行抽劍，乃止。子我歸，屬徒，攻闈與大門，皆不勝，乃出。陳氏追之。豐丘人執之以告，殺諸郭關。執公于舒州。公曰：『吾早從鞅之言，不及此。』」

五月庚申朔，日有食之。

宋向魋謀弑其君，不克，入于曹以叛，自曹出奔衛。向巢奔魯。司馬牛致其邑而適齊。

《左氏》曰：「宋桓魋之寵，害於公。公將討之。未及，魋先謀公。公知之，告皇野曰：『魋將禍余，請即救。』司馬子仲以君命召左師，魋之兄向巢也。至，告之故。對曰：『魋之不共，宋之禍也，敢不唯命是聽？』請瑞焉，以命其徒攻桓氏。魋欲入，子車止之，曰：『不能事君，而又伐國，民不與也，祇取死焉。』魋遂入于曹以叛。使左師巢伐之，亦入于曹。向魋奔衛。公文氏攻之，奔齊。向巢奔魯，宋公使止之，巢辭曰：『臣之罪大，盡滅桓氏可也。若以先臣之故，而使有後，君之惠也。若臣，則不可以入矣。』」○《論語》曰：「司馬牛憂曰：『人皆有兄弟，我獨亡。』子夏曰：『商聞之矣：死生有命，富貴在天。君子敬而無失，與人恭而有禮，四海之内皆兄弟也。君子何患乎無兄弟也？』」《集注》曰：「牛之兄向魋作亂，牛憂其爲亂而將死也。」○《左氏》曰：「司馬牛致其邑與珪而適齊。向魋出於衛而奔齊。陳成子使魋爲卿。司馬牛又致其邑焉，而適吳。吳人惡之，而反。趙簡子召之，陳成子亦召之，卒於魯郭門之外，阬氏葬諸丘輿。」杜氏曰：「録其卒葬所在，愍賢者失所。」

履祥按：向魋之亂，司馬牛常以爲憂，夫子知之，有「内省不疚」之訓矣，而又直以無兄弟爲憂，子夏廣之。胡氏病其意圓而語滯。夫以牛之高節，人所招致，史所愛愍。然何以在宋留巢而不留牛？適吳，又何至爲吳人所惡？豈吳人所尚異與？不然，則牛之所以敬而無失，恭而有禮者，亦容有所未至邪？此亦牛之尚有疚。子夏之言，或切中其病也。

齊陳恒弑其君簡公于舒州，立其弟驁。是爲平公。**孔子請魯侯討之，三家不可。**

《論語》曰：「陳成子弑簡公。孔子沐浴而朝，告於哀公曰：『陳恒弑其君，請討之。』公曰：『告夫三子。』孔子曰：『以吾從大夫之後，不敢不告也。君曰「告夫三子」者。』之三子告，不可。孔子曰：『以吾從大夫之後，不敢不告也。』」○程子曰：「《左氏》記孔子之言曰：『陳恒弑其君，民之不予者半。以魯之衆加齊之半，可克也。』此非孔子之言。誠若此言，是以力不以義也。若孔子之志，必將正名其罪，上告天子，下告方伯，而率與國以討之。至於所以勝齊者，孔子之餘事也，豈計魯人之衆寡哉？當是時，天下之亂極矣，因是足以正之，周室其復興乎？魯之君臣，終不從之，可勝惜哉！」

履祥按：弑君之賊，人得討之。孔子告老久矣，而兩言「從大夫之後」，則見音現。大夫當如何也。「不敢不告」，猶湯曰「予畏上帝，不敢不正」，蓋理不可泯，而聖人職分不可不舉。然兩曰「以吾從大夫之後」，夫子蓋以自任也。魯爲齊弱，其來固久。使魯之君臣授之以兵，而委其責於夫子，則夫子固有處矣。惜也！夫子暮年有此一事，又不得爲，而天下迄不得蒙聖人之力，後世卒不見聖人有爲之略，深可歎哉！

魯饑。

《論語》曰：「哀公問於有若曰：『年饑，用不足，如之何？』有若對曰：『盍徹乎？』曰：『二，吾猶不足，如之何其徹也？』對曰：『百姓足，君孰與不足？百姓不足，君孰與足？』」

履祥按：哀公之問「年饑」，謂歲凶而百姓饑餒也；「用不足」，謂賦少而國用缺乏也。年饑不可加賦，而用不足又不可不加賦。有若對曰：「盍徹乎？」蓋且對「年饑」一句，先以寬民力爲重也。及哀公有「二，吾猶不足」之言，則是因「盍徹」之對而專憂國用之不足。故有子之意，謂國家以民力爲本，民足，則君自可與之俱足；若民力不足，君雖欲獨足，其誰與守之？則是有國者，當以民力爲重而已。

四十年。齊高無丕出奔北燕。

東萊呂氏《大事記解題》曰：「國、高，天子之貳守也。田恒作亂，故無丕出奔。元王五年，犂丘之役，無丕復見于傳，蓋田氏尋復之也。《史記・年表》是年書『齊自是稱田氏』，謂諸侯不復知有齊也。自陳敬仲奔齊，以陳字爲田氏。應劭曰：『田，始食邑也。』」

鄭伯伐宋。

晉趙鞅帥師伐衛。

呂氏曰：「晉趙鞅嘗納蒯聵于戚。此師其爲蒯聵而舉與？」

齊及魯平。子服回如齊，端木賜爲介。齊歸魯侵地。

《左氏》曰：「孟懿子卒，成人奔喪，弗内。袒，免，哭于衢。聽共，弗許。成叛于齊。武伯伐成，不克。齊陳瓘如楚。過衛，仲由見之，曰：『天或者以陳氏爲斧斤，既斲喪公室，而他人有之，不可知也；其使終饗之，亦不可知也。若善魯以待時，不亦可乎？』子玉曰：『吾受命矣，子使告我弟。』冬，及齊平。子服景伯如齊，子贛爲介。陳成子館客，曰：『寡君使恒告曰：「寡人願事君如事衛君。」』景伯揖子贛而進之。對曰：『寡君之願也。昔晉人伐衛，齊爲衛故，伐晉，因與衛地，自濟以西，禚、媚、杏以南，書社五百。吳人加敝邑以亂，齊因其病，取讙與闡。寡君是以寒心。若得視衛君之事君也，則固願也。』乃歸成。」

熒惑守心。

《史記》曰：「宋景公三十七年，熒惑守心。心，宋之分野也。景公憂之。司星子韋曰：『可移於相。』公曰：『相，吾之股肱。』曰：『可移於民。』公曰：『君者待民。』曰：『可移於歲。』公曰：『歲饑、民困，吾誰爲君！』子韋曰：『天高聽卑。君有君人之言三，熒惑宜有動。』於是候之，果徙三度。」

四十有一年。衛世子蒯聵自戚入于衛，是爲莊公。**其子輒出奔魯。衛侯使鄢肸來告。**

《左氏》曰：「衛孔圉取大子蒯聵之姊，生悝。孔氏之豎渾良夫長而美，孔文子卒，通於內。大子在戚，孔姬使之焉。大子與之言曰：『苟使我入獲國，服冕、乘軒，三死無與。』與之盟，爲請於伯姬。良夫與大子入，舍於孔氏之外圃。昏，二人蒙衣而乘，寺人羅御。孔氏之老欒寧問之，稱姻妾以告，遂入，適伯姬氏。既食，孔伯姬杖戈而先，大子與五人介，輿豭從之。迫孔悝於厠，强盟之，遂劫以登臺。欒寧使告季子。季子將入，遇子羔將出，曰：『門已閉矣。』季子曰：『吾姑至焉。』子羔曰：『弗及，不踐其難。』季子曰：『食焉，不辟其難。』子羔遂出。子路入。及門，公孫敢門焉，曰：『無入爲也。』季子曰：『求利焉而逃其難。由不然，利其禄，必救其患。』有使者出，乃入，曰：『大子焉用孔悝？雖殺之，必或繼之。』且曰：『大子無勇，若燔臺，半，必舍孔叔。』大子聞之，懼，下石乞、盂黶敵子路，以戈擊之，斷纓。子路曰：『君子死，冠不免。』結纓而死。孔子聞衛亂，曰：『柴也其來，由也死矣。』孔悝立莊公。召獲奉輒奔魯。瞞成、褚師比出奔宋。衛侯使鄢武子告于周曰：『蒯聵得罪于君父君母，逋竄于晉。晉以王室之故，不棄兄弟，寘諸河上。天誘其衷，獲嗣守封焉。使下臣肸敢告執事。』王使單平公對曰：『肸以嘉命來告余一人，往謂叔父：余嘉乃成世，復爾禄次。敬之哉！方天之休，弗敬弗休，悔其可追？』衛侯飲孔悝酒於平陽而行，出奔宋。」

孔子卒于魯。

《左氏》曰：「夏四月己丑，孔丘卒。公誄之曰：『旻天不弔，不憖遺一老，俾屏余一人以在位，煢煢余在疚。嗚呼哀哉！尼父，無自律。』子贛曰：『君其不没於魯乎！夫子之言曰：「禮失則昏，名失則愆。」失志爲昏，失所爲愆。生不能用，死而誄之，非禮也。稱一人，非名也。君兩失之。』」杜氏曰：「四月十八日乙丑，無己丑。己丑，五月十二日。日月必有誤。魯襄公二十二年生，至今七十三也。」〇《禮記》曰：「孔子蚤作，負手曳杖，消摇於門，歌曰：『泰山其頹乎！梁木其壞乎！哲人其萎乎！』既歌而入，當户而坐。子貢聞之，曰：『泰山其頹，則吾將安仰？梁木其壞，哲人其萎，則吾將安放？夫子殆將病也。』遂趨而入。夫子曰：『賜，爾來何遲也！夏后氏殯於東階之上，則猶在阼也。殷人殯於兩楹之間，則與賓主夾之也。周人殯於西階之上，則猶賓之也。而丘也，殷人也。予疇昔之夜，夢坐奠於兩楹之間。夫明王不興，而天下其孰能宗予？予殆將死也。』蓋寢疾七日而没。」〇《孟子》曰：「昔者孔子没，三年之外，門人治任將歸，入揖於子貢，相嚮而哭，皆失聲，然後歸。子貢反，築室於場，獨居三年，然後歸。他日，子夏、子張、子游以有若似聖人，欲以所事孔子事之。彊曾子，曾子曰：『不可，江、漢以濯之，秋陽以暴之，皜皜乎不可尚已！』」○《史記》曰：「孔子葬魯城北泗上，弟子及魯人往從冢而家者百有餘室，因命曰孔里。魯世世相傳以歲時奉祠孔子冢，而諸儒亦講禮鄉飲大射於孔子冢。故所居堂、弟子，後世因廟，藏孔子衣冠琴車書。」○《皇覽》曰：「冢去城一里。塋百畝，冢南北十步，東西十三步，高一丈二尺。前以瓴甓爲祠壇，方六尺，與地平。塋樹以百數，皆異種。傳言弟子異國，人各持其方樹來種。柞、枌、雒離、安貴、五味、毚檀之木。不生荆棘、刺人之草。」

楚公孫勝殺令尹公子申。司馬公子結執楚子眞于高府。陳人侵楚。沈諸梁率方城外人討勝，誅之，迎楚子復位。

《左氏》曰：「楚大子建之遇讒也，奔宋，又奔鄭。鄭人甚善之。又適晉，與晉人謀襲鄭，乃求復焉。鄭人復之如初。晉人使諜於子木，建也。請行而期焉。鄭人省之，得晉諜焉，遂殺子木。其子曰勝，在吳，子西欲召之。葉公曰：『吾聞勝也詐而亂，無乃害乎？』子西曰：『吾聞勝也信而勇，不爲不利。舍諸邊竟，使衛藩焉。』葉公曰：『周仁之謂信，率義之謂勇。吾聞勝也好復言，而求死士，殆有私乎！復言，非信也。期死，非勇也。子必悔之。』弗從。召之，使處吴竟，爲白公。請伐鄭，子西曰：『楚未節也。不然，吾不忘也。』他日又請，許之。未起師，晉人伐鄭，楚救之，與之盟。勝怒，曰：『鄭人在此，讎不遠矣。』自厲劍，子期之子平見之，曰：『王孫何自厲也？』曰：『勝以直聞，不告女，庸爲直乎？將以殺爾父。』平以告子西。子西曰：『勝如卵，余翼而長之。楚國，第我死，令尹、司馬，非勝而誰？』勝聞之，曰：『令尹之狂也！得死，乃非我。』子西不悛。吴人伐慎，白公敗之。請以戰備獻，許之。遂作亂。殺子西、子期于朝，而劫楚子。子西以袂掩面而死。石乞曰：『焚庫、弑王。不然，不濟。』白公曰：『不可。弑王，不祥。焚庫，無聚。將何以守？』乞曰：『有楚國而治其民，以敬事神，可以得祥，且有聚矣。』弗從。葉公在蔡，方城之外皆曰：『可以入矣。』子高曰：『以險徼幸者，其求無饜，偏重必離。』聞其殺齊管脩也，而後入。白公欲以子閭爲王，不可，劫以兵。子閭曰：『王孫若安靖楚國，匡正王室，而後庇焉，啓之願也，敢不聽從？若將專利以傾王室，不顧楚國，有死不能。』遂殺之，而以楚子如高府，石乞尹門。圉公陽穴宫，負楚子以如昭夫人之宫。葉公亦至，及北門，或遇之，曰：『君胡不胄？國人望君如望慈父母焉。盜賊之矢若傷君，是絶民望也，若之何不胄？』乃胄而進。又遇一人曰：『君胡胄？國人望君如望歲焉，日月以幾。若見君面，是得艾也。其亦夫有奮心，猶將旌君以狥於國，而又掩面以絶民望。』乃免胄而進。遇箴尹固帥其屬將與白公。子高曰：『棄德從賊，其可保乎？』乃從葉公。使與國人以攻白公，白公奔山而縊，其徒微之。生拘石乞而問白公之死，對曰：『余知其死所，而長者使余勿言。』曰：『不言將烹。』乞曰：『事克則卿，不克則烹，固其所也。』乃烹石乞。沈諸梁兼二事，國寧，乃使寧爲令尹，子西子。使寬爲司馬，子期子。而老於葉。」

衛侯逐大叔遺。遺奔晉。

《左氏》曰：「衛侯占夢，嬖人求酒於大叔僖子，不得，與卜人比，而告公曰：『君有大臣在西南隅。弗去，懼害。』乃逐大叔遺。遺奔晉。」

四十有二年。越子伐吴，敗之于笠澤。

《國語》曰：「越子句踐即位三年，興師伐吴，戰于五湖，不勝，棲於會稽。用范蠡計，令大夫種行成於吴，曰：『請士女女於士，大夫女女於大夫，隨之以國家之重器。』吴人不許。大夫種來而復往，曰：『請委管籥屬國家，以身隨之，君王制之。』吴人許諾。越子曰：『蠡爲我守於國。』對曰：『四封之内，百姓之事，蠡不如種也。四封之外，敵國之制，立斷之事，種不如蠡也。』越子曰：『諾。』令大夫種守於國，與范蠡入宦於吴。三年，而吴人遣之。句踐之地，南至于句無，北至于禦兒，東至于鄞，西至于姑蔑，廣運百里。乃致其父母昆弟而誓之曰：『寡人聞古之賢君，四方之民歸之，若水之歸下也。今寡人不能，將帥二三子夫婦以蕃。』命壯者無取老婦，老者無取壯妻。女子十七不嫁，其父母有罪；丈夫二十不取，其父母有罪。將免者以告，公令醫守之。生丈夫，二壺酒，一犬；生女子，二壺酒，一豚。生三人，公與之母；生二人，公與之餼。當室者死，三年釋其政；支子死，三月釋其政。必哭泣葬埋之，如子。令孤子、寡婦、貧病者，納宦其子。其達士，潔其居，美其服，飽其食，而摩厲之於義。四方之士來者，廟禮之。句踐載稻與脂於舟以行，國之孺子之游者，無不餔也，無不歠也，必問其名。非其身之所種則不食，非其夫人之所織則不衣，十年不收於國，民居有三年之食。吴子夫差還自黄池，息民不戒。越大夫種曰：『吾謂吴王將遂涉吾地，今罷師而不戒以忘我，我不可以怠。今吴民既罷，而大荒荐饑，市無赤米，而囷鹿空虚，其民必移就蒲蠃於東海之濱。王若今起師以會，奪之利，無使失悛。夫吴之邊鄙遠者，罷而未至，吴王將耻不戰，必不須至之會也，而以中國之師與我戰。我遂踐其地，其至者亦將不能之會也已，吾用禦兒臨之。吴王若慍而又戰，幸遂可出。若不戰而結成，王安厚取名而去之。』越子曰：『善。』乃大戒師，伐吴。吴子起師，軍于江北，越子軍于江南。越子乃中分其師以爲左右軍。以其私卒君子六千人爲中軍。明日將舟戰於江，及昏，乃令左軍銜枚泝江五里以須，亦令右軍銜枚踰江五里以須。夜中，乃命左軍、右軍涉江鳴鼓中水以須。吴師聞之，大駭，曰：『越人分爲二師，將以夾攻我師。』乃不待旦，亦中分其師，將以禦越。越子乃令其中軍銜枚潛涉，不鼓不譟以襲攻之，吴師大北。越之左軍、右軍乃遂涉而從之，又大敗於沒。」吕氏曰：「《國語》載此戰，與圍吳相接。按：《左傳》後四年越乃圍吳。以大夫種始謀考之，必姑結成而退，至於再舉始圍吳也。」

晉趙鞅圍衛。齊國觀、陳瓘救衛。晉師還。

《左氏》曰：「趙鞅使告于衛，曰：『君之在晉也，志父爲主。請君若大子來，以免志父。不然，寡君其曰：「志父之爲也。」』衛侯辭以難，大子又使椓之。鞅圍衛。齊國觀、陳瓘救衛，得晉人之致師者。子玉使服而見之，曰：『國子實執齊柄，而命瓘曰：「無辟晉師。」子又何辱？』簡子曰：『我卜伐衛，未卜與齊戰。』乃還。」

楚滅陳，殺陳湣公。

《左氏》曰：「楚白公之亂，陳人恃其聚而侵楚。楚既寧，將取陳麥。卜之，武城尹子西子，公孫朝也。吉。使帥師取陳麥。陳人御之，敗。遂圍陳。秋，滅陳。」〇《史記》曰：「楚惠復國，以兵北伐，殺陳湣公，遂滅陳而有之。舜之德可謂至矣，禪位於夏，而後世血食者歷三代。及楚滅陳，而田常得政於齊，卒爲建國。」

晉趙鞅復伐衛。衛人出其君蒯聵而與晉平。晉立公孫般師。莊公死于戎州己氏。

《左氏》曰：「衛侯謂渾良夫曰：『吾繼先君而不得其器，若之何？』良夫代執火者而言曰：『疾與亡君，皆君之子也。召之而擇材焉可也。若不材，器可得也。』豎告大子。大子使五人輿豭，劫公而强盟之，且請殺良夫。公曰：『其盟免三死。』曰：『請三之後有罪殺之。』公曰：『諾哉！』衛侯爲虎幄於籍圃，求令名者而與之始食焉。大子請使良夫。良夫乘衷甸兩牡，紫衣狐裘。至，袒裘，不釋劍而食。大子使牽以退，數之以三罪而殺之。衛侯夢于北宫，見人登昆吾之觀，被髮北面而譟曰：『登此昆吾之虚，緜緜生之瓜。余爲渾良夫，叫天無辜。』衛侯貞卜，其繇曰：『如魚竀尾，衡流而方羊。裔焉大國，滅之將亡。闔門塞竇，乃自後踰。』冬，晉復伐衛，入其郛。將入城，簡子曰：『止。叔向有言曰：怙亂滅國者無後。』衛人出莊公而與晉平。晉立襄公之孫般師而還。十一月，衛侯自鄄入，般師出。初，公登城以望，見戎州。問之，以告。公曰：『我，姬姓也，何戎之有焉？』翦之。公使匠久。欲逐石圃，未及。石圃因匠氏攻公。公闔門而請，弗許。踰于北方而隊，折股。戎州人攻之，太子疾、公子青踰從公，戎州人殺之。公入于戎州己氏。初，公自城上見己氏之妻髪美，使髡之，以爲吕姜髢。既入焉，而示之璧，曰：『活我，吾與女璧。』己氏曰：『殺女，璧其焉往？』遂殺之。衛人復公孫般師而立之。」

齊人伐衛，立公子起，執般師以歸。

齊侯、魯侯盟于蒙。

《左氏》曰：「公會齊侯盟于蒙，孟武伯相。齊侯稽首，公拜。齊人怒。武伯曰：『非天子，寡君無所稽首。』」

甲子。四十有三年。衛石圃逐其君起，起奔齊。衛出公輒自齊復歸，逐石圃，復石魋與大叔遺。

齊陳恒殺鮑氏、晏氏及公族之彊者，割齊安平以東至瑯琊，爲封邑。

《史記》曰：「田常既殺簡公，懼諸侯共誅己，乃盡歸魯、衛侵地，西約晉韓、魏、趙氏，南通吴、越之使，脩功行賞，親於百姓，以故齊復定。田常言於齊平公曰：『德施，人之所欲，君其行之。刑罰，人之所惡，臣請行之。』行之五年，齊國之政皆歸田常。田常於是盡殺鮑、晏及公族之强者，而割齊自安平以東至瑯琊，自爲封邑，大於平公之所食。」

秦悼公卒，子嗣。 是爲厲共公。

四十有四年。越人侵楚。楚公子慶、公孫寬追越師，不及。

《左氏》曰：「越以誤吴也。」

楚沈諸梁伐東夷。三夷男女及楚師盟于敖。

吕氏曰：「報越之侵也。三夷，越之屬也。言男女，無君長也。」

王崩。太子仁踐位。

吴伐楚。

吕氏曰：「爲越所驕也。《楚世家》書：『吴夫差彊，陵齊、晉，來伐楚。』」

魯叔青來京師。

丙寅。元王元年。齊人、魯人、鄭人會于廩丘。

《左氏》曰：「齊人來徵會。夏，會于廩丘。爲鄭故，謀伐晉。鄭人辭諸侯。秋，師還。」〇杜氏曰：「晉公室卑。」

吴子殺公子慶忌。

《左氏》曰：「吴公子慶忌驟諫吴子，曰：『不改，必亡。』弗聽。出居于艾，遂適楚。聞越將伐吴，請歸平越，遂歸。欲除不忠者以説于越，吴人殺之。」○吕氏曰：「慶忌以勇聞於諸侯，世之言慶忌者多異，當以《左氏》爲正。」

越圍吴。

《國語》曰：「越子伐吴。吴人出挑戰，一日五反。越子欲許之。范蠡曰：『古之善用兵者，贏縮以爲常，四時以爲紀，無過天極，究數而止。天道皇皇，日月以爲常，明者以爲法，微者則是行。陽至而陰，陰至而陽；日困而還，月盈而匡。古之善用兵者，因天地之常，與之俱行。後則用陰，先則用陽。後無陰蔽，先無陽察，用人無蓺。往從其所，剛彊以禦，陽節不盡，不死其野。彼來從我，固守勿與。若將與之，必因天地之災，又觀其民之饑飽勞逸以參之。盡其陽節，盈吾陰節，而奪之利。宜爲人客，剛彊而力疾；陽節不盡，輕而不可取。宜爲人主，安徐而重固；陰節不盡，柔而不可迫。凡陳之道，設右以爲牝〔四〕，益左以爲牡，蚤晏無失，必順天道，周旋無究。今其來也，剛彊而力疾，王姑待之。』越子曰：『諾。』弗與戰。居軍三年，吴師自潰。」○吕氏曰：「《越語》下篇所載范蠡之詞，多與《管子·勢篇》相出入。在《管子》十五卷。辭氣奇峻，不類春秋時語。意者，戰國之初，爲管仲、范蠡之學者潤色之。然圍之三年，以待其衰，必蠡之謀也。」

晉定公卒，子錯嗣。是爲出公。

晉趙簡子卒，立其次子無恤。襄子。○按：《世家》趙武生景叔，景叔生簡子鞅，鞅生無恤。

司馬公《通鑑》曰：「趙簡子之子，長曰伯魯，幼曰無恤。將置後，不知所立，乃書訓戒之辭於二簡，以授二子，曰：『謹識之！』三年而問之，伯魯不能舉其辭；求其簡，已失之矣。問無恤，誦其辭甚習；求其簡，出諸袖中而奏之。於是簡子以無恤爲賢，立以爲後。以無恤爲後，在敬王二十年。簡子使尹鐸爲晉陽，請曰：『以爲繭絲乎？抑爲保障乎？』簡子曰：『保障哉！』尹鐸損其户數。簡子謂無恤曰：『晉國有難，而無以尹鐸爲少，無以晉陽爲遠，必以爲歸。』」《國語》載此事在鐵之戰前，則在敬王二十七年之前也。

蜀聘于秦。

吕氏曰：「蜀見於《牧誓》，地與秦接。《秦記》書『蜀人來賂』，賂即聘也。聘必有幣。秦用夷，不能盡行聘禮，故其國史凡聘皆謂之賂。」

晉荀瑶伐鄭，取九邑。

吕氏曰：「荀瑶，智伯也。」〇《通鑑》曰：「初，智宣子將以瑶爲後，智果曰：『不如宵也。瑶之賢於人者五，其不逮者一也。美鬢長大則賢，射御足力則賢，伎藝畢給則賢，巧文辯慧則賢，彊毅果敢則賢；如是而甚不仁。夫以其五賢陵人，而以不仁行之，其誰能待之？若果立瑶也，智宗必滅。』弗聽。智果別族於太史，爲輔氏。」此事在前。今以荀瑶初見於史，故原其始。

二年。晉趙無恤使楚隆如吳。《大事記》在元王元年。按：《史記·世家》在襄子元年，則元王之二年也。

《左氏》曰：「越圍吳，趙孟降於喪食。楚隆曰：『三年之喪，親暱之極也，主又降之，無乃有故乎？』趙孟曰：『黃池之役，先主與吳王有質，曰：「好惡同之。」今越圍吳，嗣子不廢舊業而敵之，非晉之所能及也，吾是以爲降。』楚隆曰：『若使吳知之，若何？』趙孟曰：『可乎？』隆曰：『請嘗之。』乃往。先造于越軍，曰：『吳犯間上國多矣，聞君親討焉，諸夏之人莫不欣喜。請入視之。』許之。告于吳子曰：『寡君之老無恤，使陪臣隆敢展謝其不共。黃池之役，君之先臣志父得承齊盟，曰：「好惡同之。」今君在難，無恤不敢憚勞，非晉國之所能及也，使陪臣敢展布之。』吳子拜稽首曰：『寡人不佞，不能事越，以爲大夫憂。拜命之辱。句踐將生憂寡人，寡人死之不得矣。』又曰：『溺人必笑，吾將有問也，史黯何以得爲君子？』對曰：『黯也進不見惡，退無謗言。』曰：『宜哉。』」

晉趙無恤滅代。

《史記》曰：「襄子姊前爲代王夫人。簡子既葬，未除服，北登夏屋，夏屋，山在今代州鴈門縣東北三十五里，與句注山相接，乃北方之險。請代王。使厨人操銅枓以食代王及從者，行斟，陰令宰人各以枓擊殺代王及從官，遂興兵平代地。其姊聞之，泣而呼天，摩笄自殺。代人憐之，所死地名之爲摩笄之山。山在今蔚州飛狐縣東北百五十里。《魏土地記》所載死事甚詳，與此不同，見《史記正義》。遂以代封伯魯子周爲代成君。伯魯者，襄子兄，故太子。太子蚤死，故封其子。」○吕氏曰：「代，北狄之别也。《世家》曰：『翟犬，代之先也。』其國在今蔚州。襄子聞新稚狗之勝見《國語》。而能戒，念伯魯之廢而傳國於其子，可謂有君子之資矣。至於夏屋之役，行如虎狼，獨何歟？蓋生於兼并無親之國，而承簡子貪暴之規模，遂以爲臨大利，決大計，非用仁義之所也。悠悠千載，同陷一見，豈不哀哉！」

履祥按：代，今蔚、代二州之地也。夫結吴，固簡子之盟，而考之《世家》，則取代亦簡子之志也。簡子託之夢帝以賜代，託之寶符而示無恤以取代，爲是立無恤也。無恤居喪，念簡子之志，爲吴之圍而降食，爲代之利而詐擊之，可謂能成父之志矣。然救吴，善也，而以力不及辭之；滅代，惡也，則盡心力而爲焉。成其惡而不成其善，是安得爲繼志之孝乎？

越人聘于魯，又聘于齊。

《左氏》曰：「越人始來。」杜氏曰：「越既勝吴，欲霸中國，始遣使適魯。」○《史記·年表》齊平公七年「越人始來」。

齊侯、魯侯、邾子盟于顧。

《左氏》曰：「齊人責稽首，因歌之曰：『魯人之皋，數年不覺，使我高蹈。皋與蹈叶。唯其儒書，以爲二國憂。』書與憂叶。是行也，公先至于陽穀。」

三年。越人納邾子益於邾。大子革奔越。

《左氏》曰：「邾隱公自齊奔越，曰：『吴爲無道，執父立子。』越人歸之。大子革奔越。」

越滅吴。吴子夫差自殺。

《國語》曰：「越師遂入吴國。夫差帥其賢良，與其重禄，以上姑蘇。越圍王臺。夫差懼，使王孫雄行成於越。曰：『昔不穀先委制於越君，君告孤請成，男女服從。孤無奈越之先君何，畏天之不祥，不敢絶祀，許君成，以至于今。今孤不道，得罪於君王，君王以親辱於敝邑。孤敢請成，男女服爲臣御。』句踐弗忍，將許之。范蠡進諫曰：『聖人之功，時爲之庸。得時弗成，天有還形。天節不遠，五年復反，小凶則近，大凶則遠。伐柯者其則不遠。今君王不斷，其忘會稽之事乎？』乃不許。使者往，復來，辭愈卑，禮愈尊，句踐又欲許之。蠡曰：『孰使我蚤朝而晏罷者，非吴乎？與我争三江、五湖之利者，非吴邪？十年謀之，一朝而棄之，其可乎？王姑勿許，其事將易冀已。』句踐曰：『吾欲勿許，而難對其使者，子其對之。』蠡乃左提鼓，右援枹，以應使者曰：『昔天以越賜吴，而吴不受；今天以吴賜越，越敢不聽天之命，而聽君之令乎？』乃不許成。因使人告于夫差曰：『天以吴賜越，孤不敢不受。以民生之不長，王其無死！民生於地上，寓也，其與幾何？寡人其達王於甬句東，注曰：「今句章東，海口外洲也。」夫婦三百，唯王所安，以没王年。』夫差辭曰：『寡人禮先一飯。君若不忘周室，而爲敝邑宸宇，亦寡人之願也。君若曰：「吾將殘汝社稷，滅汝宗廟。」寡人請死，吾何面目以視於天下乎！』夫差將死，曰：『使死者無知則已，若其有知，吾何面目以見員也！』乃縊。越人以歸。」吴自太伯至夫差，二十五世。今日本國亦云吴太伯之後，蓋吴亡，其子孫支庶入海爲倭也。

越子會齊、晉及諸侯于徐州。

《世家》曰：「句踐已平吴，乃以兵北渡淮，與齊、晉諸侯會於徐州。」吕氏曰：「徐州，即舒州也。字从人。音舒。」

越人致貢。王賜越子胙，命爲伯。

《世家》曰：「致貢於周。周元王使人賜句踐胙，命爲伯。」○《吴越春秋》曰：「句踐乃使使號令齊、楚、秦、晉，皆輔周室，血盟而去。秦不如越之命，句踐乃選吴、越將士，西渡河以攻秦。軍士苦之。會秦怖懼，逆自引咎，越乃還軍。」

越子以江北地至泗上與楚，以泗東地與魯，歸吴所侵宋地。

《世家》曰：「句踐已會，渡淮而南，以淮上地與楚，又與魯泗東方百里，歸吴所侵地於宋。越兵横行於江、淮，東諸侯畢賀，號稱霸王。」〇《外紀》曰：「越索卒於楚而攻晉。左史倚相謂楚子曰：『越已破吴，豪士死，鋭卒盡，大甲傷。索兵攻晉，示我病也。不如起師與之分吴。』楚子曰：『善。』起師從之。越伯怒，將擊楚。文種曰：『我憊矣，與戰必不克，不如賂之。』乃割露山之西五百里以與楚。」

履祥按：左史倚相，見於楚靈之末，歷平、昭、惠而今尚在，是及見《春秋》以後也。舊云《左氏傳》，丘明所作，前儒非之，謂左丘，姓，而明，名，其人於夫子年輩爲先，此「左氏」非左丘明也。文公疑「左氏」乃左史之氏，意楚左史倚相之徒爲之，其信然乎！

越范蠡去越。越伯殺其大夫文種。

《大事記》曰：「按《史記》《國語》，范蠡與句踐深謀二十餘年，竟滅吴。北渡兵於淮，以臨齊、晉。反國，蠡以爲大名之下難以久居，且句踐可與同患，難與處安。反至五湖，辭於句踐曰：『君王勉之，臣不復入越國矣。』句踐曰：『不穀疑子之所謂者何也？』對曰：『臣聞之，爲人臣者，君憂臣勞，君辱臣死。昔者王辱於會稽，臣所以不死者，爲此事也。今事已濟矣，蠡請從會稽之罰。』句踐曰：『所不掩子之惡，揚子之美者，使其身無終没於越國。子聽吾言，與子分國。不聽吾言，身死，妻、子爲戮。』范蠡對曰：『臣聞命矣。君行制，臣行意。』遂乘輕舟以浮於五湖，莫知其所終極。」○《史記》曰：「范蠡去，自齊遺大夫種書曰：『蜚鳥盡，良弓藏。狡兔死，走狗烹。越王爲人長頸鳥喙，可與共患難，不可與共安樂。子何不去？』種見書，稱病不朝。人或讒種且作亂，越王乃賜種劍，曰：『子教寡人伐吴七術，寡人用其三而敗吴，其四在子，子爲我從先王試之。』種自殺。」

四年。晉荀瑶告伐齊。

《左氏》曰：「晉荀瑶伐齊。高無丕帥師御之。知伯視齊師，馬駭，遂驅之，曰：『齊人知余旗，其謂余畏而反也。』及壘而還。將戰，長武子請卜。知伯曰：『君告于天子，而卜之以守龜於宗祧，吉矣，吾又何卜焉？且齊人取我英丘，君命瑶，非敢耀武也，治英丘也。以辭伐罪，足矣，何必卜？』戰于犂丘，齊師敗績。知伯親禽顔庚。」○吕氏曰：「智伯賢於人者五，犂丘之役見其三焉：馬駭驅之，親禽顔庚，射御足力也；拒長武子之辭，巧文辯慧也；決戰不卜，彊毅果敢也。告於天子，卜之守龜，春秋之末猶如此。」

魯叔青如越。越諸鞅聘魯。

蔡成侯卒，子産嗣。是爲聲侯。

楚人聘于秦。

五年。晉侯及魯臧石伐齊，取廩丘。

《左氏》曰：「晉侯將伐齊，使來乞師，曰：『昔臧文仲以楚師伐齊，取穀；宣叔以晉師伐齊，取汶陽。寡君欲徼福於周公，願乞靈於臧氏。』臧石帥師會之，取廩丘。軍吏令繕，將進。萊章曰：『君卑政暴，往歲克敵，今又勝都，天奉多矣，又焉能進？是躗言也。役將班矣。』晉師乃還。饋臧石牛，大史謝之，曰：『以寡君之在行，牢禮不度，敢展謝之。』

越人執邾子以歸，立公子何。

《左氏》曰：「邾子又無道，越人執之以歸，而立公子何。何亦無道。」

魯侯以公子荆之母爲夫人，荆爲大子。

《左氏》曰：「公子荆之母嬖，將以爲夫人，使宗人釁夏獻其禮。對曰：『無之。』公怒曰：『女爲宗司，立夫人，國之大禮也，何故無之？』對曰：『周公及武公娶於薛，孝、惠娶於商，自桓以下娶於齊，此禮也則有。若以妾爲夫人，則固無其禮也。』公卒立之，而以荆爲大子。國人始惡之。」

魯侯朝于越。

《左氏》曰：「公如越，得大子適郢，大子名也。將妻公而多與之地。公孫有山使告于季孫，季孫懼，使因大宰嚭而納賂焉，乃止。」〇吕氏曰：「嚭，亡吴者也。句踐不以爲首誅而又寵秩之，其不終伯也宜哉！」

履祥按：《史記·吴世家》越滅吴，誅大宰嚭，以爲不忠。而《左氏傳》宰嚭復見於越，爲魯納賂。二書必有一誤，當以《左氏》爲正。句踐謂欲赦吴，而范蠡卒滅之。然范蠡得西施也以色，而句踐之用宰嚭也以財與？是又五伯之罪人也。

義渠聘秦。

六年。衛侯輒出奔宋。

《左氏》曰：「初，衛人翦夏丁氏，以其帑賜彭封彌子。彌子飲公酒，納夏戊之女，嬖，爲夫人。其弟期，大叔疾之從孫甥也，少畜於公，以爲司徒。夫人寵衰，期得罪。公之入也，奪南氏邑，奪司寇亥政，使侍人納公文懿子之車于池，使優狡盟拳彌而甚近信之，使三匠久。爲靈臺于籍圃，與諸大夫飲酒焉。褚師聲子韤而登席，公怒。辭曰：『臣有疾，異於人。若見之，君將㱿之。是以不敢。』公愈怒。大夫辭之，不可。褚師出，公戟其手，曰：『必斷而足！』聞之，與公孫彌牟、公文要、司寇亥、司徒期因三匠與拳彌以作亂。使拳彌入于公宮，而自大子疾之宮譟以攻公。鄄子士請禦之，彌援其手，曰：『不見先君乎？君何所不逞欲？且君嘗在外矣，豈必不反？當今不可，衆怒難犯，休而易間也。』乃出。將適蒲，彌曰：『晉無信，不可。』將適鄄，彌曰：『齊、晉爭我，不可。』將適泠，彌曰：『魯不足與，請適城鉏以鉤越，越有君。』乃適城鉏。彌曰：『衛盜不可知也，請速，自我始。』乃載寶以歸。公爲支離之卒，因祝史揮以侵衛。衛人病之。懿子知之，請逐揮。曰：『彼好專利而妄，夫見君之入也，將先道焉。若逐之，必出於南門而適君所。夫越新得諸侯，將必請師焉。』揮在朝，遣諸其室。乃館諸外里，遂有寵，使如越請師。」

魯侯自越反。

《左氏》曰：「六月，公至自越。季康子、孟武伯逆於五梧。郭重僕，見二子，曰：『惡言多矣，君請盡之。』公宴於五梧，武伯爲祝，惡郭重，曰：『何肥也？』季孫曰：『請飲彘也！以魯國之密邇仇讎，臣是以不獲從君，克免於大行，又謂重也肥。』公曰：『是食言多矣，能無肥乎？』飲酒不樂，公與大夫始有惡。」

七年。越皋如、后庸、宋樂茷、魯叔孫舒伐衛，納衛侯輒。衛人賂之，不克納。衛人立黚。是爲悼公。

《左氏》曰：「叔孫舒帥師會越皋如、后庸、宋樂茷納衛侯。文子欲納之。文子，彌牟。懿子曰：『君愎而虐，少待之，必毒於民，乃睦於子矣。』師侵外州，大獲。出禦之，大敗。掘褚師定子之墓，焚之於平莊之上。文子使王孫齊私於皋如，曰：『子將大滅衛乎？抑納君而已乎？』皋如曰：『寡君之命無他，納衛君而已。』文子致衆而問焉，曰：『君以蠻夷伐國，國幾亡矣。請納之。』衆曰：『勿納。』曰：『彌牟亡而有益，請自北門出。』衆曰：『勿出。』重賂越人，申開守陴而納公，公不敢入。師還。立悼公，南氏相之，以城鉏與越人。公曰：『期則爲此。』令苟有怨於夫人者報之。」

衛人使司徒期聘於越。

《左氏》曰：「司徒期聘於越，爲悼公聘。公攻而奪之幣。期告越伯，越伯命取之，期以衆取之。公怒，殺期之甥之爲大子者。出公自城鉏使以弓問子贛，且曰：『吾其入乎？』子贛稽首受弓，對曰：『臣不識也。』私於使者曰：『昔成公孫於陳，甯武子、孫莊子爲宛濮之盟而君入。獻公孫於齊〔五〕，子鮮、子展爲夷儀之盟而君入。今君再在孫矣，内不聞獻之親，外不聞成之卿，則賜不識所由入也。《詩》曰：「無競惟人，四方其順之。」若得其人，四方以爲主，而國於何有？』遂卒于越。」

履祥按：有子曰：「本立而道生。」蒯聵與輒皆非孝子，故其所以爲國者，顛錯妄謬，事事足以取亡。或謂輒初在國，未見過舉，其於孔子不失公養之禮，何其再入之多妄也？是不然。惡莫大於拒父，其他小事，則輒年齒尚少，聽於孔叔，而孔叔又聽於季子，所以其惡未著耳。

宋景公卒。大尹立啓，六卿逐啓及大尹，而立得。是爲昭公。

《左氏》曰：「宋景公無子，取公孫周之子得與啓元公曾孫。畜諸公宫，未有立焉。於是六卿三族降聽政，因大尹以達。大尹常不告，而以其欲稱君命以令。國人惡之。公遊於空澤，卒于連中。大尹興空澤之士千甲，奉公自空桐入，如沃宫。使召六子，曰：『君請六子畫。』至，以甲劫之，曰：『君有疾病，請二三子盟。』乃盟于少寢之庭，曰：『無爲公室不利。』大尹立啓，奉喪殯于大宫，三日而後國人知之。司城茷使宣言于國曰：『大尹惑蠱其君而專其利，今君無疾而死，又匿之，是無他矣，大尹之罪也。』六子在唐盂，皆歸授甲，使狥于國曰：『大尹惑蠱其君，以陵虐公室，與我者，救君者也。』衆曰：『與之。』使國人施于大尹，大尹奉啓以奔楚，乃立得。」

王崩。太子介踐位。

晉荀瑶城宅陽。

《大事記》曰：「《水經注》：『《竹書紀年》，晉出公六年，荀瑶城宅陽。』濟瀆之旁，有故宅陽城也。魏冉攻魏芒卯于北宅，乃此地，屬滎陽。」

癸酉。貞定王元年。《大事記》曰：「《史記》作『定王介』。《世本》、司馬貞《索隱》、蘇氏《古史》並作『貞王』。皇甫謐、《經世》《稽古録》並作『貞定王』。今姑從《稽古録》紀年，並列衆説，以待知者。」**越人使后庸聘魯，且言邾田。魯侯及越后庸盟于平陽。**

《左氏》曰：「越子使后庸來聘，且言邾田，封于駘上。盟于平陽，三子皆從。康子病之，言及子贛，曰：『若在此，吾不及此夫！』武伯曰：『然。何不召？』曰：『固將召之。』文子曰：『他日請念。』」

晉荀瑤帥師伐鄭，齊陳恒帥師救鄭，晉師還。

《左氏》曰：「晉荀瑤帥師伐鄭，次于桐丘。鄭駟弘請救于齊。齊師將興，陳成子屬孤子三日朝。設乘車兩馬，繫五邑焉。召顏涿聚之子晉，曰：『隰之役，而父死焉。顏庚。以國之多難，未女恤也。今君命女以是邑也，服車而朝，毋廢前勞！』乃救鄭。及留舒，違穀七里，穀人不知。及濮，雨，不涉。子思曰：國參。『大國在敝邑之宇下，是以告急。今師不行，恐無及也。』成子衣製，杖戈，立於阪上，馬不出者，助之鞭之。知伯聞之，乃還，曰：『我卜伐鄭，不卜敵齊。』使謂成子曰：『大夫陳之自出。陳之不祀，鄭之罪也，楚滅陳，此誣。故寡君使瑤察陳衷焉，謂大夫其恤陳乎？若利本之顛，瑤何有焉？』成子怒曰：『多陵人者皆不在，知伯其能久乎！』中行文子曰：『有自晉師告寅者，將爲輕車千乘以壓齊師之門。』成子曰：『寡君命恒曰：「無及寡，無畏衆。」雖過千乘，敢辟之乎？將以子之命告寡君。』文子曰：『吾乃今知所以亡。君子之謀也，始、衷、終皆舉之而後入焉。今我三不知而入之，不亦難乎！』」

履祥按：陳常、智伯皆專國者，其相遇如此，學者當考其所以得失成敗之故也。

魯侯出奔越。

《左氏》曰：「季康子卒。公弔焉，降禮。公患三桓之侈也，欲以諸侯去之。三桓亦患公之妄也，故君臣多間。公遊于陵阪，遇孟武伯於孟氏之衢，曰：『請有問於子，余及死乎？』對曰：『臣無由知之。』三問，卒辭不對。公欲以越伐魯而去三桓。秋，公如有陘氏。因孫于邾，乃遂如越。」

魯哀公卒于有山氏，魯人立其子寧。是爲悼公。

《史記》曰：「國人迎哀公復歸，卒于有山氏。子寧立，是爲悼公。悼公之時，三桓勝，魯如小侯，卑於三桓之家。」〇《古史》曰：「子貢言哀公不没於魯，而《史記》稱哀公自越歸，卒於有山氏。歸於有山而不歸國，事未可信也。」

履祥按：魯昭公在外非不久，魯未嘗别立君也。今立其子寧，則是哀公没於外矣。未及告立而没於有山氏，事容有之。夫不薨於其位，猶道死也，雖謂之不没於魯亦可也。《經世》書「三桓作難，弑其君哀公」，蓋誅心之法，不弑而實弑也。

二年。魯悼公元。今本《年表》在四年。《大事記》辨云在二年。《經世》同。

三年。晉地震。

四年。燕獻公卒，孝公立。

越菼執卒，子鹿郢嗣。是爲鼫與。

《索隱》曰：「《紀年》云：『晉出公十年十一月，於粤子勾踐卒，是爲菼執。次鹿郢立。』樂資云：『越語謂鹿郢爲鼫與。』」

履祥按：勾踐太子，《左氏》作「適郢」，《紀年》作「鹿郢」，《史記》作「鼫與」。當以《左氏》《紀年》爲正。「鹿」與「適」，語訛爾。「鼫與」，必其號，猶勾踐之號「菼執」也。菼執，越語如西域二合之音，即華言德云。

五年。晉荀瑶、趙無恤帥師圍鄭。

《左氏》曰：「悼之四年，晉荀瑶帥師圍鄭，未至，鄭駟弘曰：『知伯愎而好勝，早下之，則可行也。』乃先保南里以待之。知伯入南里，門于桔柣之門。鄭人俘酅魁壘，晉士也。賂之以知政，閉其口而死。將門，知伯謂趙孟：『入之。』對曰：『主在此。』知伯曰：『惡而無勇，何以爲子？』對曰：『以能忍耻，庶無害趙宗乎！』知伯不悛，趙襄子由是惎知伯。」

六年。晉人、楚人聘秦。

鄭聲公卒，子易嗣。 是爲哀公。

晉河絶于扈。

八年。秦塹阿旁。

秦伐大荔，取其王城。

《大事記》曰：「大荔，戎之别種也。徐廣曰：『今之臨晉也。』按《匈奴傳》：『岐、梁山、涇、漆之北有義渠、大荔、烏氏、朐衍之戎。』《外紀》曰：『是時義渠、大荔最强，築城數十，皆自稱王。』」

十年。越鹿郢卒，子不壽嗣。是爲盲姑。

十有一年。晉荀瑶與趙氏、韓氏、魏氏分范、中行氏之地以爲己邑。晉侯告于齊、魯，請伐四卿。四卿反攻其君，晉侯奔齊。

晉荀瑶滅夙繇。

《大事記》曰：「夙繇，狄國也。《戰國策》作「厹由」。知伯欲攻夙繇而無道，鑄大鐘，方車二軌以遺之。夙繇之君斬岸堙谿以迎鐘。赤章蔓枝諫曰：『智伯貪而無信，欲攻我而無道，今師必隨之。』君曰：『大國爲懽，而子逆之，不祥。』赤章蔓枝曰：『爲人臣不忠貞，罪也。忠貞不用，遠身可也。』斷轂而行，至齊七月，而夙繇亡。《外紀》載於此年，今從之。」

十有二年。晉出公卒于齊。荀瑶立昭公曾孫驕，是爲哀公。**而專其政。**

《史記》曰：「知伯與趙、韓、魏共分范、中行地以爲邑。出公怒，告齊、魯，欲以伐四卿。四卿恐，遂反攻出公。出公奔齊，道死。故知伯乃立昭公曾孫驕爲晉君，是爲哀公。《趙世家》作

「懿公」。《紀年》作「敬公」。哀公大父雍，晉昭公少子也，號戴子。戴子生忌。忌善知伯，早死，知伯欲盡并晉，未敢，乃立忌子驕爲君。當是時，晉國政皆決知伯，晉哀公不得有所制。知伯遂有范、中行地，最彊。」

蔡聲侯卒，子嗣。 是爲元侯。

晉荀瑶襲衛。晉三卿宴於藍臺。

《戰國策》曰：「知伯欲伐衛，遺衛君野馬四百，白璧一。群臣皆賀，南文子有憂色，曰：『此小國之禮，而大國致之，君其圖之。』衛君以其言告邊境。知伯果起兵襲衛，至境而反，曰：『衛有賢人，先知吾謀也。』已而又欲襲衛，亡其太子，使奔衛。南文子曰：『太子顔甚有寵，亡必有故。』使人迎之於境，曰：『車過五乘，慎勿納。』知伯乃止。」南文子，公孫彌牟也。○《國語》曰：「還自衛，三卿宴于藍臺，知襄子戲韓康子而侮段規。知國聞之，諫曰：『主不備，難必至矣。』曰：『難將由我，我不爲難，誰敢興之！』對曰：『郤氏有車轅之難，趙有孟姬之讒，欒有叔祁之愬，范、中行有函冶之難，皆主之所知也。《夏書》曰：「一人三失，怨豈在明？不見是圖。」《周書》曰：「怨不在大，亦不在小。」君子能勤小物，故無大患。今主一宴而耻人之君相，又弗備，曰：「不敢興難。」夫誰不可喜，而誰不可懼？蚋蛾蠭蠆，皆能害人，況君相乎？』弗聽。自是五年，乃有晉陽之難。段規反，首難，而殺知伯于師。」

晉河水赤三日。

秦伯帥師與緜諸戰。

十有三年。晉取秦武城。

《史記·秦紀》曰：「晉取武城。」《正義》曰：「武城，在華州鄭縣東北。」

齊平公卒，子積嗣。是爲宣公。

陳成子卒，子盤代。《世家》自陳完至成子恒七世。

《大事記》曰：「成子，陳恒也。《春秋》謂之陳，《史記》謂之田，蓋自春秋後遂稱田氏也。盤相齊宣公。宣公名，《年表》作『就匝』。盤，《世本》作『班』。」

履祥按：陳，故國。田，齊之封邑。陳未滅之前，田氏猶稱陳。陳既滅之後，田氏遂稱田。一國不再興，其意蓋削故國之號而圖齊也。荀瑶之譏，正中其腹心之疾，故成子無辭以對而言他。

十有四年。晉荀瑶大治宫室。

《國語》曰：「知襄子爲室美，士茁夕焉。知伯曰：『室美夫！』對曰：『美則美矣，抑臣亦有懼也。』知伯曰：『何懼？』對曰：『臣以秉筆事君。志有之曰：「高山峻原，不生草木。松柏之地，其土不肥。」今土木勝，臣懼其不安人也。』室成，三年而知氏亡。」

晉荀瑶約魏駒、韓虎攻趙無恤，無恤奔晉陽。《經世》係此年。

《通鑑》曰：「知伯請地於韓康子，康子欲弗與。段規曰：『知伯好利而愎，不與，將伐我。不如與之。彼狃於得地，必請於他人。他人不與，必嚮之以兵，然則我得免於患而待事之變矣。』康子曰：『善。』乃與之。知伯悦。又求地於魏桓子，桓子欲弗與。任章問焉，桓子曰：『無故。』任章曰：『無故索地，諸大夫必懼。吾與之地，知伯必驕。彼驕而輕敵，此懼而相親；以相親之兵待輕敵之人，知氏之命，必不長矣。不如與之，以驕知伯，然後可以擇交而圖之，奈何獨以吾爲知氏質乎！』桓子曰：『善。』亦與之。知伯又求蔡皋狼之地於趙襄子，襄子弗與。知伯怒，帥韓、魏之甲以攻之。襄子將出，曰：『吾何走乎？』從者曰：『長子近，且城厚完。』襄子曰：『民罷力以完之，又斃死以守之，其誰與我！』從者曰：『邯鄲之倉庫實。』襄子曰：『浚民之膏澤以實之，又因而殺之，其誰與我！其晉陽乎，先主之所屬也，尹鐸之所寬也，民必和矣。』乃走晉陽。」此下《通鑑》雜取《國語》《史記》《戰國策》而文不同。今一以《通鑑》文公所節爲正。

鄭人弒哀公而立聲公之弟丑。是爲共公。

十有五年。晉荀瑤及韓、魏圍晉陽。

《通鑑》曰：「三家圍而灌之，城不浸者三板。沈竈産鼃，民無叛意。」

十有六年。晉趙無恤約魏駒、韓虎攻荀瑤，滅之，三分其地。

《通鑑》曰：「知伯行水，魏桓子御，韓康子驂乘。知伯曰：『吾乃今知水可以亡人國也。』桓子肘康子，康子履桓子之跗，以汾水可以灌安邑，絳水可以灌平陽也。絺疵謂知伯曰：『韓、魏必反矣。』知伯曰：『子何以知之？』對曰：『以人事知之。夫從韓、魏而攻趙，趙亡，難必及韓、魏矣。今約勝趙而三分其地，城降有日，而二子無喜志，有憂色，是非反而何？』明日，知伯以其言告二子。二子曰：『此讒臣欲爲趙氏游説，使主疑二家而懈於攻趙也。不然，二家豈不利朝夕分趙氏之田，而欲爲此危難不可成之事乎！』二子出，絺疵入曰：『主何以臣之言告二子也？』知伯曰：『子何以知之？』對曰：『臣見其視臣端而趨疾，知臣得其情故也。』知伯不悛。趙襄子使張孟談潛出，見二子，曰：『臣聞脣亡則齒寒。趙亡，則韓、魏爲之次矣。』二子乃陰與約，爲之期日而遣之。襄子夜使人殺守隄之吏，而決水灌知伯軍。知伯軍亂，韓、魏翼而擊之，襄子將卒犯其前，大敗其衆，遂殺知伯，滅其族而分其地。唯輔果在。」殺知伯於鑿臺之上。○《左氏》曰：「趙襄子基知伯，遂喪之。知伯貪而愎，故韓、魏反而喪之。」○《通鑑》曰：「趙襄子漆知伯之頭，以爲飲器。知伯之臣豫讓欲爲之報仇，乃詐爲刑人，挾匕首，入襄子宮中塗廁。左右欲殺之。襄子曰：『知伯死無後，而此人欲爲報仇，真義士也。吾謹避之耳。』讓又漆身爲癩，吞炭爲啞。行乞於市，其妻不識也。其友識之，爲之泣曰：『以子之才，臣事趙孟，必得近幸。子乃爲所欲爲，顧不易邪？何乃自苦如此？』讓曰：『委質爲臣，而求殺之，是二心也。吾所以爲此者，將以愧天下後世之爲人臣而懷二心者也。』後又伏於橋下，欲殺襄子。襄子殺之。」

履祥按：豫子之忠，壯矣！然猶惜其出燕丹、荆軻之計也。知伯雖滅亡無後，然知開、知寬尚據邑未下也。以豫子之勇，相與殊死，豈不足以興復知氏哉？而顧死於刺客之靡邪？邵子有言：「死天下之事易，成天下之事難。」既能成之，何憚於死乎？豫子可謂能死事而已。然往古事情又難隃度，若開、寬二子不能相任，不足與有爲，異時未必有成，則反不若今日之死得矣。

《大事記》曰：「段規謂韓康子曰：『分地必取成皋。』康子曰：『成皋，石溜之地也，寡人無所用之。』段規曰：『臣聞一里之厚而動千里之權者，地利也。千人之衆而破三軍者，不意也。君用臣言，則韓必取鄭矣。』康子曰：『善。』果取成皋。至韓之取鄭也，果從成皋始。趙襄子行賞，高共爲上。晉陽之難，唯共無功，功臣皆怒。襄子曰：『方晉陽急，群臣皆懈，唯共不敢失人臣禮，是以先之。』張孟談既固趙宗，告襄子曰：『五霸之所以致天下者，主勢能制臣，無令臣能制主。故貴爲列侯者，不令在相位；自將軍以上，不爲近大夫。今臣之名顯而身尊，權重而衆服，臣願捐功名，去權勢，以離衆。』襄子恨然曰：『何哉？吾聞輔主者名顯，功大者身尊，任國者權重。此先聖之所以集國家，安社稷乎！子何爲然？』對曰：『臣觀成事，聞往古，臣主之權均，能美，未之有也。君若弗圖，則臣力不足。』愴然有決色。乃納地釋事，而耕於負親之丘。」《大事記》雜取《史記》《戰國策》《外紀》，今止以《大事記》爲正。

齊田盤使其宗人盡爲齊都邑大夫，與三晉通使。

晉趙無恤使新稚狗伐狄。

《大事記》曰：「按《國語》《列子》《外紀》，趙襄子使新稚穆子伐狄，勝之，取左人、中人，遽人來告，襄子方食而有憂色。侍者曰：『狗之事大矣，而主之色不怡，何也？』襄子曰：『夫江河之大也不過三日，飄風暴雨不終朝，日中不須臾。今趙氏之德行無所積，一朝而兩城下，亡其及我哉！』君子曰：『趙氏其昌乎！夫憂者所以爲昌也，喜者所以爲亡也。勝非其難者也，持之者其難者也。唯有道之主爲能持勝。』《外紀》載於此年，今從之。」《國語》此事繼簡子之後，《外紀》係此恐非。然別無考。

十有七年。晉知開奔秦。

《大事記》曰：「開，荀瑤之族也。荀氏自首以來，或謂知氏。按《秦年表》：『晉大夫知開率其邑人來奔。』」

十有八年。秦左庶長城南鄭。

《大事記》曰：「史失其名。庶長，秦官，見於《左傳》魯襄公十一年。《秦記》則『庶長弗忌』當桓王二十二年，則秦有此官久矣。秦、楚變於夷狄，不用周禮，故官名異於他國。」

衛悼公卒，子弗嗣。是爲敬公。

蔡元侯卒，子齊嗣。

十有九年。燕孝公卒，載立。是爲成公。

二十年。越盲姑卒，子翁嗣。是爲朱句。

越人迎女於秦。

履祥按：此越子翁立而婚於秦也。

二十有一年。晉知寬奔秦。

《大事記》曰：「按《秦年表》：『晉大夫知伯寬率其邑人來奔。』知伯既滅六年，而寬始率邑人奔秦，或者守别邑而未下，若燕將守聊城之類歟？」

二十有二年。楚子滅蔡。蔡侯齊出亡。《史記》自蔡仲至侯齊，二十四世。

二十有四年。楚滅杞。

《大事記》曰：「杞東樓公者，夏后禹之後。周武王克殷，封之於杞。自東樓公至簡公春，凡十九世。楚惠王滅之。」○《史記》曰：「舜之後，周武王封之陳，至楚惠王滅之。禹之後，周武王封之杞，楚惠王滅之。契之後爲殷。殷破，周封其後於宋，齊湣王滅之。后稷之後爲周，秦昭王滅之。皋陶之後，或封英、六，楚穆王滅之。伯夷之後，至周武王復封於齊，曰太公望，陳氏滅之。伯翳之後，至周平王時爲秦，項羽滅之。垂、夔、龍，後不知所封。右十人者，皆唐虞之際名有功德臣也。其五人之後皆至帝王，餘乃爲顯諸侯。」〇《古史》論曰：「宋、杞皆天子之事守也，蓋禮樂車服在焉。故孔子曰：『夏禮吾能言之，杞不足徵也；殷禮吾能言之，宋不足徵也。文獻不足故也。』宋雖不足徵，然春秋之際，晉、楚大國，有所不知，未嘗不問焉。如杞遂至於用夷，無足言者。昔孔子學官名於郯子。郯，至微矣，而其先王之遺文，於諸侯爲詳。孔子之於夏禮，蓋猶有考於杞歟？而國無君子，不能自列。悲夫！」

楚與秦平。楚東侵地至于泗。

《史記》曰：「楚滅杞。與秦平。是時越已滅吴，而不能正江、淮北，楚東侵，廣地至泗上。」

二十有五年。秦伐義渠，執其君以歸。晉韓虎、魏駒伐伊、洛陰戎，滅之。

《外紀》曰：「秦伐義渠，虜其君。是時，韓、魏共滅伊、洛陰戎，其遺脱者皆西走，踰汧、隴。自此中國無戎寇，惟餘義渠一種焉。」

二十有六年。日有食之。晝晦，星見。《年表》失其月。

秦厲共公卒，子嗣。是爲躁公。

二十有八年。王崩，子去疾踐位。弟叔弑之。少弟嵬殺叔而立。

《史記·本紀》曰：「貞定王崩，子去疾立，是爲哀王。三月，弟叔襲殺去疾而自立，是爲思王。立五月，少弟嵬攻殺思王而自立。」

封弟揭於河南，以續周公之職。是爲河南桓公。

《大事記》曰：「河南，即郟、鄏，周武王遷九鼎，周公營以爲都，是爲王城。又遷殷民於洛陽下都，是爲成周。平王東遷，定都于王城。王子朝之亂，其餘黨多在王城。敬王畏之，徙都成周。至是，考王以王城故地封其弟桓公焉。《稽古録》謂桓公爲東周桓公，非也。平王東遷之後，所謂西周者，豐、鎬也；所謂東周者，東都也。威烈王之後，所謂西周者，河南也；所謂東周者，洛陽也。河南桓公之時，雖未有東、西周之名，推本而言之，謂之西周桓公則可矣。何以稱河南爲西周？自洛陽下都而視王城，則在西也。何以稱洛陽爲東周？自河南王城視下都，則在東也。《君陳》畢公尹殷民，蓋在下都之地，今《書》皆謂之『東郊』，則下都在王城之東明矣。」

秦南鄭反。

《大事記》曰：「《水經》：『漢水東過南鄭縣南。』酈道元注：『《耆舊傳》云，「南鄭」之號，始於鄭桓公。桓公死於犬戎，其民南奔，故以「南」爲稱。即漢中郡治也。』按《本紀》，秦惠王始取楚漢中，置漢中郡。今躁公之時，已書『南鄭反』。豈地之往來不常，先嘗屬秦歟？今屬興元府。」

辛丑。考王元年。

二年。晉哀公卒，子柳嗣。是爲幽公。

四年。晉侯反朝于韓、趙、魏氏。晉獨有絳、曲沃。

《史記》曰：「幽公之時，晉畏，反朝韓、趙、魏，獨有絳、曲沃，餘皆入三晉。」

六年。秦，六月，雪。日有食之。《年表》失其月。

七年。燕成公卒，閔公立。

八年。彗星見。

九年。楚惠卒，子中嗣。是爲簡〔六〕。

衛敬公卒，子糾嗣。是爲昭公。**衛屬于晉韓、趙、魏氏。**

《世家》曰：「是時三晉彊，衛如小侯，屬之。」

十年。楚滅莒。

《大事記》曰：「《楚世家》：『簡元年，北伐滅莒。』杜氏《釋例》曰：『莒國，嬴姓，少昊之後也。周武王封兹輿期於莒，今城陽莒縣是也。《世本》自紀公以下爲己姓，不知誰賜之姓也。十一世兹丕公，始見《春秋》。共公以下，微弱不復見矣。四世，楚滅之。』」

魯悼公卒，子嘉嗣。 是爲元公。

《禮記》曰：「悼公之喪，季昭子問於孟敬子曰：『爲君何食？』敬子曰：『食粥，天下之達禮也。吾三臣者之不能居公室也，四方莫不聞矣。勉而爲瘠，則吾能，毋乃使人疑夫不以情居瘠者乎哉！我則食食。』」

履祥按：鄭氏曰：「生不能盡忠，死又不盡禮。」孔子曰：「喪事不敢不勉。」鄭氏此言，譏敬子不能企而及之也。敬子其初爲人如此，曾子所以有「遠暴慢、鄙倍」之戒與？

十有一年。義渠伐秦，侵至渭陽。

十有二年。秦躁公卒，弟立。 是爲懷公。

《秦記》曰：「懷公從晉來。享國。」

十有三年。晉桃杏冬實。

十有四年。晉侯、魯侯會于楚丘。

十有五年。王崩，太子午踐位。

衛公子亹弒其君昭公而自立。是爲懷公。

西周公封其少子班於鞏，以奉王，是爲東周。

《大事記》曰：「此東、西周分之始也。初，考王封其弟於河南，是爲河南桓公。桓公卒，子威公立。威公卒，子惠公立。河南惠公復自封其少子於鞏以奉王，號東周。自河南桓公續周公之職而秉政，三世益專，所以別封少子使奉王者，殆欲獨擅河南之地而不復奉王歟？《前漢·地理志》曰：『鞏，東周所居。』非也。東周者，指威烈王所居之洛陽也。鞏，班之采邑也。《世本》曰：『東周惠公名班，居洛陽。』是班秉政於洛陽，而采邑則在鞏，安得遂指鞏爲東周乎？當是時，東、西周雖未分治，然河南惠公既號奉王者爲東周，亦必自號爲西周矣。」

履祥按：貞定王崩，哀王立，其弟思王弒哀王而立，其弟考王又殺思王而立。然而少弟揭在焉，使揭而復迹其所爲，則考王殆未保也，於是封之河南，是分國以處之也。而揭之子孫，世執其政。援立威烈之初，又並封其少子於東，以奉王爲名，於是東、西二周分周，亦猶三家之分魯矣，考王固不得而制之也。周室其時，地不大於曹、滕，民不衆於邾、莒，而兄弟相殺以奪之，又兄弟相分以處之，是區區者果何樂乎爲君而若此紛紛也！其未取滅亡，幸哉！

丙辰。威烈王元年。晉趙襄子卒，以兄伯魯之孫浣爲後，獻子。**徙治中牟。襄子之弟嘉逐**〔七〕**浣而自立於代。**桓子。

《史記》曰：「襄子北有代，南并知氏，彊於韓、魏。其後娶空同氏，生五子。襄子爲伯魯之不立也，不肯立子，且必欲傳位與伯魯子代成君。成君先死，乃取代成君子浣立爲大子。襄子立三十三年卒，浣立，是爲獻子。獻子少即位，治中牟。」吕氏曰：「《汲冢竹書》曰：『齊師伐趙東鄙，圍中牟。』《史記正義》曰：『此中牟在河北，非鄭之中牟也。《管子》云：「狄滅邢、衛，齊築五鹿、中牟、鄴，以衛諸夏。」按：五鹿，在魏州元城。鄴，即相州，蕩陰〔八〕縣西五十八里有牟山，蓋中牟邑在此山側也。後云「魏欲通平邑、中牟之道」，亦在牟山之側也。』」

秦庶長鼂弒其君懷公，國人立其孫。是爲靈公。

《大事記》曰：「庶長鼂與大臣圍懷公，懷公自殺。懷公大子曰昭子，蚤死，大臣乃立大子昭子之子，是爲靈公。《秦記》作『肅靈公』，云『居涇陽』。」

鄭共公卒，子己嗣。是爲幽公。

晉韓康子卒，子啓章代。武子。○按：《左傳》杜氏注、《國語》，曲沃桓叔生韓萬，自萬至康子虎九世。**魏桓子卒，子斯代。**是爲文侯。○《世家》，畢公高之苗裔孫畢萬，事晉獻公，賜邑于魏爲大夫。自萬至桓子駒八世。

二年。晉趙桓子卒，國人殺其子，迎浣復位。

《史記》曰：「襄子弟桓子逐獻子，自立於代，一年卒。國人曰桓子立非襄子意，乃共殺其子而復迎立獻子。」

三年。晉韓啓章伐鄭，殺幽公。鄭人立其弟駘。是爲繻公。

四年。秦作上、下畤。

《大事記》曰：「秦靈公作上、下畤於吴陽，上畤祭黄帝，下畤祭炎帝。」

六年。盜殺晉幽公。魏斯誅亂者，立其子止。是爲烈公。

《大事記》曰：「幽公淫婦人，夜竊出邑中，盜殺幽公。魏文侯以兵誅晉亂，立幽公子止。

《年表》書『魏誅晉幽公』，蓋有脱字。《皇極經世》作『魏文侯殺晉幽公』，因《年表》之誤也。」《外紀》威烈王四年，晉幽公夫人秦嬴賊公於高寢。

七年。晉魏斯城少梁。韓啓章都平陽。趙浣城泫氏。

《大事記》曰：「按《秦本紀》：『靈公六年，晉城少梁，秦擊之。』《年表》：『靈公七年，與魏戰少梁。』蓋出師在六年，而戰在七年也。《竹書紀年》：『晉烈公元年，韓武子都平陽，趙獻子城泫氏。』少梁故城在同州韓城縣南二十二里。泫氏，今澤州高平縣。」

八年。秦人與晉魏氏戰少梁。

越滅郯。

《大事記》曰：「郯，少皞氏之後也，嬴姓，國在東海郡，今海州。方春秋時，大皞之後猶有任、宿、須句、顓臾四國存，而少皞之祀，莒、郯實司之。至於戰國，二皞之世獨『任』僅見於《孟子》之書而已。此臧文仲所以發『不祀忽諸』之嘆也。」

甲子。九年。晉魏氏復城少梁。

秦城塹河瀕〔九〕**。秦初以君主妻河。**

《史記索隱》曰：「謂初以此年取他女爲君主，君主猶公主也。妻河，謂嫁之河伯，故魏俗猶爲河伯取婦，蓋其遺風。殊異其事，故云『初』。」〇《大事記》曰：「以君堣妻河，用諸河以求福也。戎狄之俗也。魏文侯使西門豹爲鄴令，鄴民苦爲河伯取婦，豹始禁之，正與同時。魏與秦鄰，意者染秦俗與？」

十年。晉趙氏城平邑。《水經注》《竹書紀年》《世家》在十五年。

十有一年。秦補龐城，城籍姑。

履祥按：魏城少粱，而秦塹河瀕，蓋相備也。至是又城籍姑。籍姑在同州韓城縣北三十五里，而少粱在韓城縣南二十二里，蓋對壘也。

衛公孫頹弒其君懷公而自立。是爲慎公。頹，敬公之孫也。

秦靈公卒，國人廢其子而立其季父簡公。

《大事記》曰：「簡公，懷公之子，而昭子之弟也。《秦記》曰：『簡公從晉來，享國。』」

齊田居思伐晉趙氏鄗，圍平邑。

十有二年。中山武公初立。

《大事記》曰：「按《左傳》昭公十二年八月，晉荀吴假道於鮮虞，滅肥。是冬，晉復伐鮮虞。杜預曰：『鮮虞，白狄别種，在中山新市縣。』中山名見於傳，蓋始於此。及定公四年，晉合諸侯於召陵，謀爲蔡伐楚。荀寅曰：『諸侯方貳，中山不服，無損於楚，而失中山，不如辭蔡侯。』則中山是時勢已漸强，能爲晉之輕重矣。《史記·趙世家》是年書『中山武公初立』，意者其勢益强，遂建國備諸侯之制，與諸夏抗歟？《索隱》曰：『中山，古鮮虞國，姬姓也。』而徐廣曰：『中山武公，周定王之孫，西周桓公之子。』《古史》謂：『周衰已甚，安能使子弟據中山乎？』其説是也。或者徐廣徒聞中山姬姓，遂傅會其世系歟？」

十有三年。齊田白伐晉，毁黄城，圍陽狐。黄城在魏州冠氏縣南十里，陽狐郭在魏州元城縣東北三十二里。

秦與晉戰，敗于鄭下。秦敗也。

晉河岸崩，壅龍門，至于底柱。

《大事記》曰：「春秋後，河患見於史傳者始於此。漢待詔賈讓曰：『隄防之作，近起戰國，壅防百川，各以自利。齊與趙、魏瀕河。齊地卑下，作隄去河二十五里。河東抵齊隄，則西泛。趙、魏亦爲隄，去河二十五里。雖非其正，水尚有所遊盪。時至而去，則填淤肥美，民耕田之。或久無害，稍築室宅，遂成聚落。大水時至漂没，則更起隄防以自救，稍去其城郭，排水澤而居之，湛溺自其宜也。』戰國之時，河水潰圮隄岸，如今歲所書者蓋亦無幾。至於秦、漢以後，河始爲世大患。賈讓之論，可謂究其本末矣。」

履祥按：河壅龍門，至底柱，此西河東圮也。其後東河轉而東南，則河患始大。

十有四年。齊田白伐魯、莒及安陽。

《大事記》曰：「《世家》作：『伐魯、葛及安陵。』《史記正義》曰：『《後魏・地形志》云：「己氏有安陽城。」今宋州縣西北四十里安陽故城是。』」

晉魏斯使其子擊圍繁龐，出其民。

越朱句卒，子翳嗣。

十有五年。齊田白伐魯，取一城。《年表》作「取都」。

十有六年。日有食之。

王命晉韓啓章、趙浣伐齊，入長城。

《大事記》曰：「按《外紀》：『王命韓、趙伐齊，入長城。』是時三晉自通王室，亦如列國，特未賜命耳。《後漢志》濟北國：『有長城，至東海。』《史記》蘇代説燕王曰：『齊有長城、巨防。』巨防，即防門，在平陰。」

魯元公卒，子顯嗣。是爲穆公。顯，《世本》作「衍」。

齊田汾敗晉趙氏于平邑，獲其將韓舉，取平邑。

齊田莊子卒，子和代。是爲太公。

《禮記》曰：「陳莊子死，赴於魯，魯人欲勿哭，繆公召縣子而問焉。縣子曰：『古之大夫，束脩之問不出竟，雖欲哭之，安得而哭之？今之大夫，交政於中國，雖欲勿哭，焉得而弗哭？且臣聞之，哭有二道：有愛而哭之，有畏而哭之。』公曰：『然。然則如之何而可？』縣子曰：『請哭諸異姓之廟。』於是與哭諸縣氏。」〇《大事記》曰：「和，田太公也。《史記索隱》曰：『按《汲冢紀年》：「田莊子卒。明年，立悼子。悼子卒，乃次立和。」是莊子後有悼子。蓋歷年無幾，所以《世本》及《史記》不得録也。』」

履祥按：《禮記》所載，則田莊子之卒當在魯穆公立之後，而《大事記》書在前一年，今姑改書於是年。而悼子之有無、長短，又有所不暇考也。

十有七年。魯侯尊禮孔伋。

《孟子》曰：「繆公亟見於子思曰：『古千乘之國以友士，何如？』子思不悦曰：『古之人有言曰，事之云乎，豈曰友之云乎！』」又曰：「繆公之於子思也，亟問，亟餽鼎肉，子思不悦，於卒也，摽使者出諸大門之外，北面稽首再拜而不受，曰：『今而後知君之犬馬畜伋。』蓋自是臺無餽也。」

魯侯以公儀休爲相，泄柳、申詳爲臣。

董仲舒曰：「公儀子相魯，之其家，見織帛，怒而出其妻，食於舍而茹葵，慍而拔其葵，曰：『吾已食祿，又奪園夫、紅女利乎？』」○《孟子》曰：『昔者魯繆公無人乎子思之側，則不能安子思。泄柳、申詳無人乎繆公之側，則不能安其身。』

秦初令吏帶劍。

《大事記》曰：「佩玉，三代也。佩劍，秦也。秦與三代之分無他，觀其所佩而已矣。《秦記》七年又書『百姓初帶劍』。」

晋魏斯伐秦，築臨晉、元里。

《大事記》曰：「臨晉，按《前漢·地理志》：『故大荔，秦滅之，更名。』臣瓚曰：『舊説秦築高壘以臨晉國，故曰臨晉。』元里，失其地，皆魏文侯伐秦所取，築而守之也。秦孝公所謂『厲、躁、簡公、出子之不寧，三晉攻奪我河西地』，此類是也。」《史記正義》曰：「臨晉故城在同州馮翊縣西南二里，元里故城在同州登城縣界。」

晋韓武子卒，子虔代。是爲景侯。**趙獻子卒，子籍代。**是爲烈侯。

十有八年。晋魏斯擊宋，使樂羊伐中山，克之。使其子擊守中山。

《外紀》曰：「魏文侯嘗借道於趙攻中山，趙不許。趙利曰：『魏攻中山而不能取，則魏罷而趙重。魏拔中山，必不能越趙而守，是用兵者魏，而得地者趙也。君不如許之。彼知君利之，必將輟行。君不如借之道而示不得已也。』」○《大事記》曰：「按《史記》《戰國策》《韓詩外傳》《古史》，樂羊攻中山，其子在中山，懸之以示羊，羊不顧。中山烹而遺之羹，羊啜之盡一盃。中山知其忍。下之。文侯賞其功而疑其心。文侯愛少子摯，使太子擊守中山，趙倉唐傅之。居三年，往來之使不通。倉唐使於文侯，以《詩》諷之。文侯乃出少子摯，封之中山，而復太子擊。」〇《通鑑》曰：「文侯伐中山，克之，以封其子擊。他日，問於群臣曰：『我何如主？』皆曰：『仁君。』任座曰：『君得中山，不以封君之弟，而以封君之子，何謂仁君？』文侯怒，座趨出。次問翟璜，對曰：『仁君也。』文侯曰：『何以知之？』對曰：『君仁則臣直。嚮者任座之言直，是以知之。』文侯悦，使璜召座而反之，親下堂迎之，以爲上客。」〇《大事記》曰：「文侯子武侯之世，《趙世家》書：『與中山戰于房子。』是時蓋已復國。其後與諸國並稱王，則其勢又强矣。意者若鄭莊公克許，雖有其地而不絕其祀，所以能復興歟？《索隱》之説亦然。」

履祥按：魏之攻中山也，趙利己策其不能越趙而守之，趙可以得地。魏文侯亦豈不能察此？故雖利其地以封其子，亦必存中山以示趙而固子也。此異時中山所以復彊與？

秦塹洛，城重泉。

《大事記》曰：「洛城，失其地。重泉，屬馮翊。《括地志》云：『重泉城，在同州蒲城縣東南四十五里。』《本紀》書於七年。」今按：洛城，蓋以上洛水爲名。上雒，溹沮也。

齊田和伐魯，取成。

《大事記》曰：「淳于髡曰：『魯穆公之時，公儀子爲政，子柳、子思爲臣。魯之削滋甚。』質諸《孟子》，皆非是。『穆公亟見於子思曰：「古千乘之國以友士。」子思不悦曰：「古之人有言曰，事之云乎，豈曰友之云乎！」』是穆公欲友子思而不可得也，況敢臣之乎？以臺無餽之事觀之，悦賢不能舉，又不能養，無惑乎魯之削也！穆公雖不能終用子思，然尊賢尚德之意，當時所罕。而公儀之廉儉，亦得相小國之道。以魯之弱，崎嶇於强暴之間，竟能與戰國相終始，未必非其君相之力也。」

履祥按：魯自三家四分公室，而魯君無民久矣。孔子相魯，亦季氏暫授之政，而尋自取之。哀公既死於外，而悼公之立反卑於三家。三十八年而至于元公。元公之世，齊田正熾，魯於是乎失莒，失安陽，又失都。則元公之世，削已甚矣。穆公立於失都之後二年而失成，則田氏之烈未戢也。不知公儀子之爲相，其時三家之勢何如？公儀子諸賢所以處之者何策？然自失成之後，又十五年而失最，而韓又來救，則諸賢所以交鄰固國者，必有道矣。又四年而敗齊于平陸，又四年而爲齊所破，又十年而穆公卒。卒之四年而伐齊，入陽關。則魯之勢，其相爲勝負者，未爲甚削也。然自穆公之立以來，凡百六十餘年而始亡，則諸賢所與立者，亦必有道矣。不然，則以魯之弱，一日不可存，況於百六十年乎！

秦初租禾。

《大事記》曰：「秦不用周禮，所謂初租禾者，變其國之舊制耳。其增其損，不可知也。」

晉魏斯伐秦，至鄭而還，築洛陰、合陽。

《大事記》曰：「鄭，蓋長安之鄭，乃桓公所始封，非新鄭也。《史記正義》曰：『雒，漆沮水也。雒陰城，在水南。合陽，洽水之北。《括地志》云：「合陽故城，在同州河西縣南三里。雒陰，在同州西。」』」

楚簡卒，子當嗣。是爲聲。

晉韓虔伐鄭，取雍丘。

《史記正義》曰：「雍丘，今汴州縣也。古杞國。」

鄭城京。

《大事記》曰：「備韓也。《括地志》云：『京縣故城在鄭州滎陽縣東南二十里。』」

十有九年。晉魏斯受經于卜子夏，友田子方，敬段干木。《史記·年表》在此年，《世家》在安王二年，《通鑑》總在二十三年。

《通鑑》曰：「魏文侯以卜子夏、田子方爲師。每過段干木之廬必式。四方賢士多歸之。子擊出，遭田子方於道，下車伏謁。子方不爲禮。擊怒，謂子方曰：『富貴者驕人乎？貧賤者驕人乎？』子方曰：『亦貧賤者驕人耳，富貴者安敢驕人！國君而驕人則失其國，大夫而驕人則失其家。失其國、家者，未聞有以國、家待之者也。夫士貧賤，言不用，行不合，則納履而去，安往而不得貧賤哉！』擊乃謝之。」〇《大事記》曰：「文侯受子夏經藝，客段干木，過其閭，未嘗不軾也。《史記》以田子方爲文侯師。《説苑》載翟璜謂子方曰：『公孫成進子夏而君師之，進段干木而君友之，進先生而君敬之。』蓋得其實。」〇《吕氏春秋》曰：「魏文侯過段干木之閭而軾之，其僕曰：『君胡爲軾？』曰：『段干木，賢者也。未嘗肯以己易寡人也，吾安敢不軾？段干木光乎德，寡人光乎地。段干木富乎義，寡人富乎財。吾安敢驕之？』於是君請相之，段干木不肯受，乃致禄百萬，而時往館之。國人皆喜。居無幾何，秦欲攻魏，司馬唐諫曰：『段干木，賢者也，而魏禮之，天下莫不聞，無乃不可加兵乎！』秦君以爲然，乃不敢攻。」

鄭人伐晉韓氏，敗韓兵，取負黍。

《大事記》曰：「《括地志》云：『負黍，在洛州陽城西三十七里。』今屬河南府。」

齊侯、鄭伯會于西城。 齊宣公、鄭繻公。

齊田和伐衛，取毌丘。

《大事記》曰：「毌音貫，即古貫國，在曹州濟陰縣南五十六里。」

晉魏斯以吴起爲西河守，西門豹爲鄴令。上地守李悝作盡地力之教及平糴法，著《法經》。

《通鑑》曰：「吴起者，衛人，仕於魯。齊人伐魯，魯人欲以爲將。起取齊女，魯人疑之。起殺妻以求將，大破齊師。或譖之曰：『起始事曾參，母死不奔喪，曾參絶之。又殺妻以求爲將。起，殘忍薄行人也！』起恐得罪，聞魏文侯賢，乃往歸之。文侯問諸李克，克曰：『起貪而好色。然用兵，司馬穰苴弗能過也。』於是文侯以爲將，擊秦，拔五城。起之爲將，卧不設席，行不騎乘，親裹贏糧，與士卒最下者同衣食、分勞苦。卒有病疽者，起爲吮之。卒母聞而哭之，或問之，對曰：『往年吴公吮其父，其父戰不還踵，遂死於敵。吴公今又吮其子，妾不知其死所矣，是以哭之。』」〇《大事記》曰：「吴起事文侯爲將，拔秦五城。乃以爲西河守，以拒秦。李悝爲上地守，《外紀》載李悝事於威烈王十四年，今並見於此。下令曰：『人有狐疑之訟，令射的，中者勝，不中者負。』令下而人皆習射。及與秦人戰，大敗之。文侯以鄴爲憂，任西門豹守鄴，而河內稱治。按《前漢》《晉·志》、杜佑《通典》：李悝爲魏文侯作盡地力之教。以爲地方百里，提封九萬頃，除山澤邑居，三分去一，爲田六百萬畮，治田勤謹則畮益三斗，不勤則損亦如之。地方百里之增減，輒爲粟百八十萬石。又曰：糴甚貴，傷民；甚賤，傷農。民傷則離散，農傷則國貧。善平糴者，必謹觀歲有上、中、下孰。上孰其收自四，餘四百石，上糴三而舍一。中孰自三，餘三百石，上糴二而舍一。下孰自倍，餘百石，上則糴一。使民適足，賈平則止。小飢則發小孰之所斂，中飢則發中孰之所斂，大飢則發上孰之所斂，而糶之。又撰次諸國法，著《法經》。以爲政莫急於盜賊，故始於《盜律》。盜賊須劾捕，故著《囚》《捕》二篇。其輕狡、越城、博戲、借假不廉、淫侈踰制，以爲《雜律》一篇。終以《具律》具其加減。凡六篇。商君受之以相秦。《具律》，今之《名例律》也。」

二十有一年。晉魏斯以魏成爲相。

《通鑑》曰：「文侯謂李克曰：『先生有言：「家貧思良妻，國亂思良相。」今所置非成則璜，二子何如？』對曰：『居視其所親，富視其所與，達視其所舉，窮視其所不爲，貧視其所不取，五者足以定之矣。』文侯曰：『先生就舍，吾之相定矣。』李克出，翟璜曰：『聞君召先生而卜相，果誰爲之？』克曰：『魏成。』璜忿然曰：『西河守吴起，臣所進也。君内以鄴爲憂，臣進西門豹。君欲伐中山，臣進樂羊。中山已拔，無使守之，臣進先生。君之子無傅，臣進屈侯鮒。以耳目之所睹記，臣何負於魏成！』克曰：『子之言克於君者，豈將比周以求大官哉？君問相於克，克之對如是。所以知君之必相魏成者，成食禄千鍾，什九在外，什一在内〔一〇〕，是以東得卜子夏、田子方、段干木。此三人者，君皆師之；子所進五人者，君皆臣之。子惡得與魏成比也！』璜再拜曰：『鄙人，失對，願卒爲弟子。』」

齊宣公卒，子貸嗣。是爲康公。

齊田會以廩丘叛田氏。

《大事記》曰：「《史記·世家》《年表》皆書『田會以廩丘反』。會非叛齊也，叛田氏也。」

晉趙籍以公仲連爲相。

《史記》曰：「趙烈侯好音，謂公仲連曰：『寡人有愛，可以貴之乎？』連曰：『富之可，貴之則否。』君曰：『然。鄭歌者槍、石二人，吾賜之田，人萬畝。』連諾而不與。烈侯屢問，連乃稱疾不朝。番吾君謂連曰：『君實好善，而未知所持。公仲亦有進士乎？』連曰：『未也。』曰：『牛畜、荀欣、徐越皆可。』連進之。畜侍以仁義，烈侯逌然。明日，欣侍以舉賢使能。明日，越侍以節財儉用，察度功德。所與無不充，君説。乃謂連曰：『歌者之田且止。』以畜爲師，欣爲中尉，越爲内史，賜連衣二襲。」《大事記》曰：「舊作『相國公仲連』。相國，非當時之官，後人追書也。《年表》書此事於威烈王二十四年。以番吾君之言逆數公仲初相之歲，當載於此。」

二十有二年。宋昭公卒，子購由嗣。是爲悼公。

《大事記》曰：「按《外紀》，昭公嘗出亡，謂其御曰：『吾被服而立，侍御者數十人，無不曰吾君麗也。吾發言動事，朝臣數百人，無不曰吾君聖也。内外不見吾過失，是以亡也。』乃改操易行。二年，而美聞於宋。宋人迎而復之。」

戊寅。二十有三年。九鼎震。

履祥按：九鼎，三代相傳天下之形制圖籍也；而震，是天下之大異也。司馬公《通鑑》始於是年而不書，《通鑑》以人事爲要也。《左氏》終於趙、韓、魏之亡知伯，而《通鑑》始於魏、趙、韓之爲諸侯，又推其始以及於趙、魏、韓之滅知伯，又推其始以及知、趙之立後。舉數十年之事，悉下附於二十三年之内。年之不接於《春秋》者，避續經之嫌也。事之接於《左氏》者，叙記事之實也。然則吕成公《大事記》之年，何以上接《春秋》？曰：《通鑑》爲歷代史法之創始，於續經爲有嫌；《大事記》用《史記·年表》之名例，於《春秋》爲不犯。二意固並行而不相悖也。

【校記】

〔一〕「時」，原作墨釘，今據慎獨齋配補歸仁齋本、宋犖本、率祖堂本、《四庫》本補。

〔二〕「謂」，原作墨釘，今據慎獨齋配補歸仁齋本、宋犖本、率祖堂本、《四庫》本補。

〔三〕「何」，原脱，今據慎獨齋配補歸仁齋本、率祖堂本、《四庫》本補。

〔四〕「牝」，原作「牡」，今據宋犖本、率祖堂本、《四庫》本改。

〔五〕「齊」字上原衍「衛」字，今據宋犖本、率祖堂本删。
〔六〕「簡」字下原衍「公」字，今據宋犖本删。
〔七〕「逐」，原作「遂」，今據慎獨齋配補歸仁齋本、宋犖本、率祖堂本、《四庫》本改。
〔八〕「陰」，原作「陽」，今據宋犖本改。
〔九〕「瀕」，原作「瀨」，今據宋犖本改。
〔一〇〕「什一在内」，原脱，今據慎獨齋配補歸仁齋本、宋犖本、率祖堂本、《四庫》本補。

通鑑前編舉要卷之一

金履祥編

陶唐氏帝堯。

甲辰。元載。乃命羲、和。用邵氏《經世曆》《漢》《晉·天文志》《春秋文耀鈎》《尚書》修。

二載。定閏法。用《尚書》朱子小傳修。

七載。麒麟遊藪澤。用《路史》修。

十有二載。巡狩。用《家語》《路史》修。

甲子。二十有一載。

甲申。四十有一載。虞舜生於諸馮。用《經世》、張氏《紀年》修。

五十載。帝遊於康衢。用《列子》修。

六十載。舜以孝聞。用《史記·本紀》、胡氏《皇王大紀》修。

六十有一載。洪水。咨四岳，舉鯀俾乂。用《尚書》修。

六十有九載。鯀績用弗成。用《尚書》修。

七十載。舉舜登庸。用《尚書》及《竹書紀年》修。

謹徽五典。納于百揆。用《尚書》《左傳》修。

賓于四門。流凶族。殛鯀于羽山，放驩兜于崇山。用《尚書》《左傳》《莊子釋文》修。

七十有二載。舜納于大麓。使禹平水土，用《尚書》《史記·本紀》修。益掌火，棄教民播種，契爲司徒。用《孟子》修。

丙辰。七十有三載。薦舜于天。舜受終于文祖。用《尚書》《孟子》《經世》、張氏《紀年》修。

七十有四載。巡狩。用《尚書》修。

流共工于幽洲。用《尚書》《左傳》《莊子釋文》修。

七十有六載。竄三苗于三危。用《尚書》《左傳》《莊子釋文》修。

八十載。禹告成功。用《尚書》《大紀》修。

甲子。八十有一載。肇十有二州。用《尚書》《吴越春秋》、胡氏《大紀》「甲子」紀例修。

封伯禹於有夏，封四岳於有吕。用《國語》修。

加賜伯益。用《史記·秦紀》及《索隱》修。

封契於商。用《商頌》《史記·本紀》及《索隱》修。

封棄於邰。用《大雅》《史記·本紀》修。

九十載。

癸未。一百載。帝乃殂落。用《尚書》修。

甲申。百有一載。

乙酉。百有二載。舜避于南河之南。用《孟子》、張氏《紀年》《大紀》《朱子文集》修。
有虞氏帝舜。
丙戌。元載。月正元日，格于文祖。咨二十有二人。用《尚書》修。
禹、臯陶相與陳謨。用《史記·本紀》修。
巡狩四岳八伯。用《尚書大傳》修。
三載。考績。用《尚書》修。
五載。《箾韶》樂成。用《尚書》及《大傳》修。
六載。巡狩。用《尚書大傳》修。
七載。作《大唐之歌》。用《尚書大傳》修。
九載。三考，黜陟幽明。庶績咸熙。分北三苗。用《尚書》孔氏疏、蘇氏《古史》修。
十有四載。帝作歌。用《尚書》及《大傳》修。
十有五載。帝載歌。用《尚書大傳》修。
十有六載。九叙惟歌。用《尚書》及《大傳》修。
丁巳。三十有二載。帝命禹總師。用《尚書》及《經世紀年》修。
三十有三載。正月朔旦，禹受命于神宗，率百官若帝之初。用《尚書》修。
帝命禹叙洪範九疇。用《尚書大傳》修。

復九州。用《經世曆》修。

三十有五載。洛禹征有苗。用《尚書》《路史》修。

甲子。三十有九載。午會始此。○用邵氏《經世》修。

癸酉。四十有八載。帝陟方乃死。用《尚書》《史記·本紀》修。

甲戌。四十有九載。

乙亥。五十載。禹避於陽城。用《孟子》《路史》修。

夏后氏大禹。

丙子。元歲。春正月。

即位。會諸侯于塗山。用《稽古録》《經世曆》《大紀》修。

二歲。皋陶薨。用《史記·本紀》《路史》修。

薦益於天。用《孟子》修。

三歲。考功。用《吴越春秋》修。

五歲。巡狩。用《吴越春秋》《漢書》《説苑》修。

八歲。巡江南，戮防風氏。崩于會稽。用《國語》《史記·本紀》《越外傳》修。

甲申。后啓元歲。

二歲。益避於箕山之陰。用《孟子》《大紀》《越絶書》修。

三歲。大戰于甘。用孔氏《書傳》《楚辭》修。

九歲。王崩，子太康踐位。用《史記・本紀》《經世》修。

癸巳。太康元歲。尸位。用《尚書》修。

十有九歲。畋于洛表，羿拒于河。五弟御母以從，遂都陽夏。用《尚書》《路史》、薛氏《書傳》修。

二十有九歲。王崩于陽夏，弟仲康立。用《尚書》《路史》修。

壬戌。仲康元歲。肇位四海，命胤侯掌六師。用《尚書》修。

季秋月朔，辰弗集于房。用《唐大衍曆・日度議》修。

胤侯承王命征羲、和。用《尚書》《經世》修。

甲子。三歲。羿滅伯封。用《大紀》修。

十有三歲。王崩，子相踐位。用《經世》修。

乙亥。后相元歲。征畎夷。用《竹書》修。

二歲。征黃夷。用《竹書》修。

七歲。于夷來賓，畎夷來賓。用《竹書》《東漢書》修。

八歲。寒浞殺羿。用《左傳》《孟子》《路史》《離騷》修。

二十有八歲。寒浞使其子澆弑王于帝丘。后緡歸于有仍，靡奔有鬲氏。用《左傳》

《經世》《汲郡古文》修。

癸卯。少康元歲。相后緡生少康于有仍。用《經世》《大紀》修。

甲子。二十有二歲。少康自有仍奔虞。用《大紀》修。

壬午。四十歲。靡自有鬲氏，收二斟之衆，滅寒浞，立少康。王滅澆于過，使季杼滅豷于戈。復禹之績。用《左傳》《經世》修。

方夷來賓。用《竹書》修。

六十有一歲。王崩，子季杼踐位。用《經世》修。

少子無余封於越。用《吴越春秋》修。

甲辰。后杼元歲。

五歲。征東海，伐三壽。用《竹書》《路史》修。

十有七歲。王崩，子槐踐位。用《經世》修。

辛酉。后槐元歲。

三歲。東九夷來御。用《路史》修。

甲子。四歲。

二十有六歲。王崩，子芒踐位。用《經世》《路史》修。

丁亥。后芒元歲。以玄圭賓于河，《路史》。乃東狩于海。用《路史》修。

十有八歲。王崩，子泄踐位。用《經世》《路史》修。

乙巳。后泄元歲。

命東夷，命西羌。用《竹書》《路史》《東漢書》修。

十有六歲。王崩，子不降踐位。用《經世》《大紀》修。

辛酉。后不降元歲。

甲子。四歲。

六歲。伐九苑。用《路史》修。

五十有九歲。王崩，弟扃立。用《經世》《路史》修。

庚申。后扃元歲。

甲子。五歲。

二十有一歲。王崩，子廑踐位。用《經世》《路史》修。

辛巳。后廑元歲。

二十有一歲。王崩，不降之子孔甲立。用《經世》修。

壬寅。后孔甲元歲。

三歲。

甲子。二十有三歲。

戊辰。二十有七歲。商主癸生子履。用《世紀》修。

三十有一歲。王崩，子皋踐位。用《經世》修。

癸酉。后皋元歲。

十有一歲。王崩，子發踐位。用《經世》《路史》修。

甲申。后發元歲。諸夷賓于王門。用《竹書》修。

十有九歲。王崩，子癸踐位。用《經世》《史記·本紀》修。

癸卯。后癸元歲。

甲子。二十有二歲。公劉遷于豳。用《大紀》例改入。據《漢書·劉敬傳》《路史》修。

三十有三歲。伐蒙山有施氏，進妹喜。用《經世》修。

三十有五歲。商主癸薨，子履嗣。用《經世》修。

湯始居亳。用《經世》《大紀》、張氏《紀年》修。

戊寅。三十有六歲。商湯元。商湯征葛。用《經世》《孟子》修。

三十有七歲。商湯進伊尹。用《經世》《世紀》《路史》《孟子》修。

四十歲。伊尹復歸于亳。用《經世》《書序》修。

四十有二歲。囚商湯于夏臺，已而釋之。用《經世》《史記·本紀》《大紀》修。

五十有一歲。太史令終古出奔商。用《淮南子》《大紀》修。

甲午。五十有二歲。用《經世》修。
乙未。商王成湯十有八祀。用《大紀》修。
王伐桀，放之于南巢。用《尚書》《外紀》修。
仲虺作誥。用《尚書》修。
王歸自夏，誕告萬方。用《尚書》修。
三月，王至東郊，論諸侯功罪，立禹後與聖賢古有功者之後，封孤竹等國各有差。用《左傳》《世紀》《史記索隱》等書修。
大旱。用《管子》《荀子》《淮南子》《漢書》《禮記》疏、《大紀》修。
十有九祀。大旱。用《管子》《荀子》《淮南子》《漢書》《禮記》疏、《大紀》修。
二十祀。大旱。夏桀死于亭山。用《管子》《荀子》《淮南子》《漢書》《禮記》疏、《大紀》《路史》修。
二十有一祀。大旱。發莊山之金，鑄幣賑民。用《管子》《荀子》《淮南子》《漢書》《大紀》修。
二十有二祀。大旱。用《管子》《荀子》《淮南子》《漢書》《禮記》疏、《大紀》修。
二十有三祀。大旱。用《管子》《荀子》《淮南子》《漢書》《禮記》疏、《大紀》修。
二十有四祀。大旱。禱于桑林，以六事自責，雨。用《管子》《荀子》《淮南子》《漢書》《禮記》《左傳》《春秋》疏、《大紀》修。
三十祀。王崩，嫡孫太甲踐位。用《孟子》《程子》《大紀》等書修。

戊申。太宗太甲元祀。十有二月乙丑，伊尹祠于先王，奉嗣王祗見厥祖，百官總己以聽冢宰。伊尹乃明言烈祖之德以訓于王。用《尚書》修。

王徂桐宮居憂。用《尚書》修。

二祀。王在桐宮。用《尚書》修。

三祀。十有二月朔，伊尹以冕服奉王歸于亳。用《尚書》修。

伊尹既復政，將告歸，乃陳戒于王。用《尚書》及《書》疏、《大紀》修。

甲子。十有七祀。

三十有三祀。王崩，廟號太宗，子沃丁踐位。用《史記·本紀》《經世》修。

辛巳。沃丁元祀。

八祀。伊尹薨，葬于亳。咎單訓伊尹事。用《書序〔一〕》《書》注〔二〕、《路史》《世紀》修。

二十有九祀。王崩，立弟太庚。用《史記·本紀》《經世》修。

庚戌。太庚元祀。

甲子。十有五祀。

二十有五祀。王崩，子小甲踐位。用《史記·本紀》《經世》修。

乙亥。小甲元祀。

十有七祀。王崩，弟雍己立。用《史記·本紀》《經世》修。

壬辰。雍己元祀。

三祀。

十有二祀。王崩，弟太戊立。用《尚書正義》修。

甲辰。中宗太戊元祀。亳有祥。用《尚書·序》《君奭篇》並注、《史記·本紀》《大紀》修。用伊陟、臣扈，格于上帝。巫咸乂王家。大修成湯之政。用《尚書》《經世》修。

三祀。諸侯畢朝。用《家語》《世紀》修。

甲子。二十有一祀。

七十有五祀。王崩，廟號中宗，子仲丁踐位。用《史記·本紀》《經世》修。

己未。仲丁元祀。

甲子。六祀。遷于囂。用《大紀》例修。

藍夷作寇。用《東漢書》修。

十有三祀。王崩，國内亂，弟外壬立。用《史記·本紀》《經世》修。

壬申。外壬元祀。

十有五祀。王崩，國復亂，弟河亶甲立。用《史記·本紀》《經世》修。

丁亥。河亶甲元祀。徙居相。用《經世》修。

九祀。王崩，子祖乙踐位。用《史記·本紀》《經世》修。

丙申。祖乙元祀。圮于耿，徙居邢。巫賢爲相。用《書序》《經世》《大紀》修。

十有九祀。王崩，子祖辛踐位。用《史記·本紀》《經世》修。

乙卯。祖辛元祀。

甲子。十祀。

十有六祀。王崩，弟沃甲立。用《史記·本紀》《經世》修。

辛未。沃甲元祀。

二十有五祀。王崩，國亂，祖辛之子祖丁立。用《史記·本紀》《經世》修。

丙申。祖丁元祀。

甲子。二十有九祀。

三十有二祀。王崩，國亂，沃甲之子南庚立。用《史記·本紀》《經世》修。

戊辰。南庚元祀。

二十有五祀。王崩，國亂，祖丁之子陽甲立。用《史記·本紀》《經世》修。

癸巳。陽甲元祀。

七祀。王崩，弟盤庚立。用《史記·本紀》《經世》修。

庚子。盤庚元祀。遷于殷，改號曰殷。用《尚書》《經世》修。

甲子。二十有五祀。

戊辰。二十有八祀。王崩，弟小辛立。用《史記·本紀》《經世》修。
小辛元祀。二十有一祀。王崩，弟小乙立。用《史記·本紀》《經世》修。
己丑。小乙元祀。
甲寅。二十有六祀。豳亶父遷于岐，改號曰周。用《大紀》修。
二十有八祀。王崩，子武丁踐位。用《史記·本紀》《經世》修。
丁巳。高宗武丁元祀。王宅憂，甘盤爲相。用《尚書》《經世》修。
三祀。免喪，弗言。群臣咸諫。王得傅説以爲相，總百官。資學于説。用《尚書》修。
甲子。八祀。
三十有二祀。伐鬼方。用《皇極經世圖卦》修。
五十有九祀。王崩，廟號高宗，子祖庚踐位。用《詩》《書》《史記·本紀》《經世》修。
丙辰。祖庚元祀。
三祀。祀高宗。用《尚書》《史記·本紀》《大紀》修。
七祀。王崩，弟祖甲立。用《史記·本紀》《經世》修。
癸亥。祖甲元祀。
甲子。二祀。

庚寅。二十有八祀。周亶父之子季歷生子昌。用《詩》《史記·本紀》修。
三十有三祀。王崩，子廩辛踐位。用《尚書》、鄭氏、蔡傳修。
丙申。廩辛元祀。
六祀。王崩，弟庚丁立。用《史記·本紀》《經世》修。
壬寅。庚丁元祀。
二十有一祀。王崩，子武乙踐位。用《史記·本紀》《經世》修。
癸亥。武乙元祀。
甲子。二祀。遷都河北。《經世》附元祀，《大紀》附甲子。
四祀。王崩，子太丁踐位。用《史記·本紀》《經世》修。
丁卯。太丁元祀。
二祀。周公季歷伐燕京之戎。用《竹書》《東漢書》修。
三祀。王崩，子帝乙踐位。用《史記·本紀》《經世》修。
庚午。帝乙元祀。周公季歷伐余無之戎，克之，命爲牧師。用《竹書》《東漢書》修。
周公季歷伐始呼之戎。用《東漢書》《大紀》修。
周公季歷伐翳徒之戎。王賜之圭瓚秬鬯，爲侯伯。用《竹書》《孔叢子》修。
七祀。周公季歷薨，子昌嗣。用《世紀》《史記·本紀》修。

壬辰。二十有三祀。周西伯生子發。用《禮記》《路史》《大紀》《竹書》修。

二十有四祀。命西伯昌拒昆夷，備玁狁。用《逸周書》《詩序》修。

三十有七祀。王崩，子辛立。用《史記·本紀》《大紀》修。

丁未。紂辛元祀。

六祀。西伯初禴于畢。用《竹書》修。

八祀。伐有蘇，獲妲己，嬖之。用《國語》《史記·本紀》修。

十有一祀。醢九侯，脯鄂侯，囚西伯於羑里。用《史記·本紀》修。

十有二祀。西伯演《易》於羑里。用《大紀》修。

十有三祀。釋西伯。西伯獻洛西之地，請除炮烙之刑。遂賜西伯弓矢鈇鉞，使專征伐。並用舊史、《大紀》修。

十有四祀。虞、芮質成于周。用舊史、《尚書大傳》修。

十有五祀。西伯伐犬戎。用《史記·本紀》修。

西伯得吕尚。用《説苑》等書修。

十有六祀。西伯伐密須，遂都於程。用《逸周書》《大傳》修。

十有七祀。西伯伐耆。用《史記·本紀》《大傳》修。

甲子。十有八祀。西伯伐邘。用《史記·本紀》修。

十有九祀。西伯伐崇，作豐邑，徙都之。用史及《詩傳》等書修。

西伯立靈臺。用《禮》疏、《史記·本紀》《易乾鑿度》修。

二十祀。西伯昌薨，子發嗣。用《禮記》修。

丁卯。二十有一祀。周西伯發元。〇用歐陽氏論修。

二十有七祀。西伯發生元子誦。用《家語》《大紀》修。

三十有一祀。西伯東觀兵。用《史記·本紀》《經世》《紀年》修。

戊寅。三十有二祀。微子去之，箕子爲之奴，比干諫而死。用《尚書》《論語》《大紀》修。

商亡。

己卯。周武王十有三年。一月癸巳。于征伐商，告于皇天后土、所過名山大川。用《武成》修。

大會于孟津。用《泰誓》上篇修。

戊午。次于河朔，群后以師畢會。王乃徇師而誓。用《泰誓》中篇修。

己未。王巡六師，明誓衆士。用《泰誓》下篇修。

二月癸亥，陳于商郊。甲子，紂帥其旅會于牧野。用《牧誓》《周語》、虞劆《曆議》修。

紂前徒倒戈，攻于後以北。紂反登鹿臺自燔死。用《史記·本紀》修。王入商，乃反商政。用《史記·本紀》《世紀》《大傳》修。

封紂子武庚爲殷侯，使管叔、蔡叔、霍叔監殷。用《史記·本紀》《逸周書》修。
閏月。用《朱子文集》修。
三月。諸弟以次受封，封康叔于殷東。用逸《書》《書集傳》修。
四月。王來自商，諸侯受命于周。用《書》《禮記》《大紀》《古史》修。
丁未。祀于周廟，追王大王、王季、文王，因定謚法。用《禮記》、逸《書》修。
庚戌。柴、望，大告武成。用《武成》修。
王訪于箕子。用《洪範》叙修。
是年，伯夷、叔齊去周，死于首陽。用《史記·列傳》修。
十有四年。西旅獻獒。用《旅獒》修。
王有疾。用《金縢》修。
十有九年。十有二月。王崩，子誦踐位。周公位冢宰，正百工。用《尚書》《管子》《經世》《竹書》修。

丙戌。成王元年。周公相，踐阼而治。用大、小戴《禮記》修。
周公誥君奭。用《尚書》《史記·世家》《大紀》修。
夏，六月，葬武王于畢。用《逸周書》修。
王冠。用《家語》修。

命周公子伯禽代就封於魯。用《世紀》《史記·世家》《公羊傳》《大傳》修。

管叔及蔡叔、霍叔流言，周公居東。用《金縢》後叙、《越絶書》、鄭康成《詩》《書》注修。

二年。周公居東。用《金縢》後叙、《詩·豳風》《尚書大傳》修。

三年。周公爲詩以貽王。用《尚書》《豳風》修。

秋，大雷風。王迎周公于東，出郊，雨，反風。用《金縢》後叙、《越絶書》修。

管叔及蔡叔、霍叔與武庚叛，奄、淮夷、徐戎皆叛。用《尚書》修。

作《大誥》。東征。用《尚書》修。

殺武庚。封微子啓于宋，爲殷後。用《尚書》修。

致辟管叔于商，囚蔡叔于郭鄰，降霍叔于庶人。用《尚書》《逸周書》修。

四年。周公作《立政》。用《尚書》《大紀》修。

王東伐淮夷，遂踐奄。用《書序》修。

五年。遷奄君于蒲姑。用《書序》《孟子》修。

王來自奄，大降四國民命，遷之洛邑。用《尚書》修。

五月丁亥，至于宗周。誥四國多方。用《尚書》修。

蒐于岐陽。用《左傳》並注及《外傳》修。

六年。董正治官，制禮作樂。用《尚書大傳》修。

七年。二月乙未。王朝步自周，至于豐。命太保先周公相宅。用《尚書》修。
三月戊申。太保至于洛，卜宅。用《尚書》修。
乙卯，周公至于洛。丁巳，用牲于郊。戊午，社于新邑。用《尚書》修。
甲子，周公朝用書，命庶殷、侯、甸、男邦伯。用《召誥》《多士》《梓材》修。
太保作誥。用《召誥》修。
王至新邑。十有二月，烝于文、武，命周公其後，王歸宗周。用《洛誥》《逸周書》修。
八年。周公分正東都。用《大傳》修。
命蔡仲邦之蔡。用《尚書》《大紀》修。
九年。封弟叔虞于唐。用《左傳》《國語》《史記·世家》修。
十有一年。周公在豐，作《無逸》。用《大紀》《書序》修。
周公薨于豐，葬周文公于畢。用《書序》《大傳》修。
命君陳分正東郊成周。用《尚書》修。
三十有七年。四月。甲子，王命太保奭、芮伯、彤伯、畢公、衛侯、毛公保元子釗。
乙丑，王崩。癸酉，元子釗受命，朝諸侯于應門之內。用《尚書》修。
癸亥。康王元年。
甲子。二年。

十有二年。六月。壬申，命畢公保釐東郊。用《尚書》修。

十有六年。魯公禽父薨，子酋嗣。用《史記·世家》並注修。

二十年。魯考公薨，弟熙立。用《史記·世家》修。

二十有一年。魯侯築茅闕門。用《史記·世家》《世本》修。

二十有六年。王崩，子瑕踐位。用《史記·本紀》《經世》修。

魯煬公薨，子宰嗣。用《史記·世家》修。

己丑。昭王元年。

二年。子滿生。用《國語》修。

十有四年。魯侯弟潰弑其君幽公而自立。用《史記·世家》修。

庚戌。二十有二年。釋氏生。用《周書記異》修。

甲子。三十有六年。

五十有一年。王崩于漢，子滿踐位。用《史記·本紀》《外紀》《大紀》修。

庚辰。穆王元年。

三年。命君雅爲大司徒，伯冏爲太僕正。用《尚書》《大紀》修。

十有三年。王西征。用《紀年》《山海經》修。

十有七年。王西征。用《紀年》《列子》並注修。征徐戎。用《史記·世家》《韓退之文集》修。

甲子。三十有五年。征犬戎。《大紀》係此年。

四十有五年。

五十年。作《呂刑》以詰四方。用《尚書》修。

五十有五年。王崩于祇宫，子緊扈踐位。用《左傳》修。

乙亥。共王元年。

三年。

十有二年。王崩，子囏踐位。用《史記·本紀》《經世》修。

丁亥。懿王元年。徙都槐里。用《大紀》修。

二十有五年。王崩，共王之弟辟方立。用《史記·本紀》《經世》修。

壬子。孝王元年。

甲子。十有三年。封非子爲附庸，邑之秦。用《大紀》《史記·秦紀》修。

十有五年。王崩，諸侯復立懿王太子燮。用《史記·本紀》《經世》修。

丁卯。夷王元年。始下堂而見諸侯。用《禮記》《經世》《大紀》修。

八年。楚子熊渠伐庸、揚粤，至于鄂。用《史記·世家》《大紀》修。

十有六年。王崩，子胡踐位。用《史記·本紀》《經世》修。

癸未。厲王元年。

十有二年。衛貞伯薨，子嗣。用《史記·年表》《世家》修。

十有四年。曹孝伯薨，子喜嗣。用《史記·年表》《世家》修。

十有五年。燕惠侯立。用《史記·年表》《世家》修。

蔡厲侯薨，子嗣。用《史記·年表》修。

十有九年。齊公子山弑其君胡公而自立。用《史記·世家》修。

二十年。齊侯徙治臨淄。用《史記·世家》修。

宋厲公薨，子舉嗣。用《史記·年表》《世家》修。

晉厲侯薨，子宜臼嗣。用《史記·年表》《世家》修。

二十有一年。秦嬴卒，子秦侯嗣。用《史記·秦紀》《年表》修。

二十有四年。陳慎公薨，子寧嗣。用《史記·年表》《世家》修。

衛頃侯薨，子嗣。用《史記·年表》《世家》修。

二十有八年。齊獻公薨，子壽嗣。用《史記·世家》修。

三十年。以榮公爲卿，用事。用《史記·本紀》《國語》修。

三十有一年。秦侯卒，子公伯嗣。用《史記·秦紀》《年表》修。

楚熊延卒，子熊勇嗣。用《史記·年表》《世家》修。

三十有三年。殺言者。用《史記·本紀》修。

三十有四年。秦公伯卒，子仲嗣。用《史記·秦紀》《年表》修。

三十有六年。西戎反，滅犬丘大駱之族。用《史記·秦紀》修。

三十有七年。國人叛，襲王，王出居于彘。召公、周公行政，是爲共和。太子靖匿于召公之家。用《史記·本紀》修。

庚申。三十有八年。共和行政。

晉靖侯薨，子司徒嗣。用《史記·年表》《世家》修。

四十有一年。蔡武侯薨，子嗣。用《史記·年表》《世家》修。

楚熊勇卒，弟熊嚴立。用《史記·年表》《世家》修。

甲子。四十有二年。王在彘。用《經世》修。

四十有四年。曹夷伯薨，弟彊立。用《史記·年表》《世家》修。

四十有七年。陳幽公薨，子孝嗣。用《史記·年表》《世家》修。

四十有八年。宋僖公薨，子覸嗣。用《史記·年表》《世家》修。

五十有一年。王死于彘。周、召二伯立太子靖。用《經世》《史記·本紀》修。

楚熊嚴卒，子熊霜嗣。用《史記·年表》《世家》修。

甲戌。宣王元年。以秦仲爲大夫，誅西戎。以尹吉甫爲將，北伐玁狁，至于太原。用《經世》修。

燕惠侯薨，子莊嗣。用《史記·年表》《世家》修。

二年。以方叔爲將，南征荆蠻。用《經世》修。

命召虎征淮夷。用《詩·大雅》修。

王伐淮徐。用《詩·大雅》修。

魯真公薨，弟敖立。用《史記·年表》《世家》修。

曹公子蘇弑其君幽伯而自立。用《史記·年表》《世家》修。

三年。齊武公薨，子無忌嗣。用《史記·年表》《世家》修。

五年。晉僖侯薨，子籍嗣。用《史記·年表》《世家》修。

六年。大旱。用《大紀》修。

秦仲伐西戎，死之。王命其子莊伐戎，破之。用《史記·秦紀》《年表》修。

楚熊霜卒，弟熊徇立。用《史記·年表》《世家》修。

十有二年。魯侯來朝，以其子括與戲見王，王以戲爲魯太子。魯武公薨，戲立。用《國語》《史記·年表》修。王不籍千畝。用《國語》《史記·本紀》修。

齊胡公子弑厲公，齊人誅之而立厲公之子赤。誅弑君者七十人。用《史記·年表》《世家》修。

十有五年。衛釐侯薨，少子和嗣。用《史記·年表》《世家》修。

十有六年。晉獻侯薨，子費生嗣，徙都于絳。用《大紀》修。

十有八年。蔡夷侯薨，子所事嗣。用《史記·年表》《世家》修。

二十有一年。魯懿公兄括之子伯御弒其君懿公而自立。用《史記·年表》《世家》修。

二十有二年。王后姜氏諫王。用《外紀》《列女傳》修。

封弟友于鄭。用《史記·年表》《世家》修。

二十有三年。晉侯伐條。生太子仇。用《史記·年表》《世家》修。

二十有四年。齊文公薨，子説嗣。用《史記·年表》《世家》《系本》《古史考》修。

二十有六年。晉師戰于千畝。生子成師。用《史記·年表》《世家》修。

二十有七年。宋惠公薨，子嗣。用《史記·世家》修。

二十有八年。宋哀公薨，子嗣。用《史記·年表》《世家》修。

楚熊徇卒，子熊咢嗣。用《史記·年表》《世家》修。

三十有二年。春，王伐魯，誅伯御，立懿公之弟稱。用《國語》《史記·年表》《世家》修。

陳僖公薨，子靈嗣。用《史記·年表》《世家》修。

曹戴伯薨，子兕嗣。用《史記·年表》《世家》修。

三十有三年。齊成公薨，子贖嗣。用《史記·年表》《世家》《系本》修。

三十有七年。燕僖侯薨，子嗣。用《史記·年表》《世家》修。

楚熊咢卒，子熊儀嗣。用《史記·年表》《世家》修。
三十有九年。伐姜戎，王師敗績于千畝。用《國語》《史記·本紀》《經世》修。
四十年。料民于太原。用《國語》《經世》修。
四十有三年。殺杜伯。用《國語》並注、《大紀》修。
晉穆侯薨，弟殤叔自立。太子仇出奔。用《史記·年表》《世家》修。
四十有六年。王崩，太子涅踐位。用《史記·年表》《本紀》《經世》修。
庚申。幽王元年。晉太子仇襲殺殤叔而立。用《史記·年表》《世家》修。
陳武公薨，子説嗣。用《史記·年表》《世家》修。
三年。始嬖褒姒。涇、渭、洛竭，岐山崩。用《國語》修。
四年。陳夷公薨，弟燮立。用《史記·年表》《世家》修。
秦莊卒，子嗣。用《史記·秦紀》《年表》修。
甲子。五年。廢申后及太子宜臼〔三〕，以褒姒爲后，伯服爲太子。用《經世》修。
六年。十月辛卯朔，日有食之。用《小雅》、虞劆《曆議》修。
八年。以鄭伯友爲司徒。用《國語》修。
十有一年。申侯與犬戎入寇，戎弑王于驪山之下，鄭伯友死之。晉、衛、秦皆以兵來救，平戎，與鄭子掘突共立故太子宜臼。用《史記·年表》《本紀》《世家》《經世》修。

辛未。平王元年。王東遷雒邑。始命秦列爲諸侯，取岐、豐之地。命衛侯和爲公，錫命晉侯。鄭伯東取鄶、虢十邑，國之。用《尚書》《經世》《國語》《大紀》修。
秦祠上帝於西畤。用《史記·年表》《秦紀》修。
二年。魯孝公薨，子弗湟嗣。用《史記·年表》《世家》修。
四年。燕頃侯薨，子嗣。用《史記·年表》《世家》修。
五年。秦襄公伐戎，至岐，薨，子嗣。用《史記·秦紀》《經世》修。
宋戴公薨，子司空嗣。用《史記·年表》《世家》修。
六年。燕哀侯薨，子鄭侯嗣。用《史記·年表》《世家》修。
七年。楚若敖卒，子熊坎嗣。用《史記·年表》《世家》《經世》修。
九年。蔡僖侯薨，子興嗣。用《史記·年表》《世家》修。
秦東徙汧、渭之會。用《史記·秦紀》《經世》修。
十有一年。蔡共侯薨，子嗣。用《史記·年表》《世家》修。
曹惠伯薨，子石甫嗣，其弟武弑之而自立。用《史記·年表》《世家》修。
十有三年。衛武公薨，子揚嗣。用《史記·年表》《世家》修。
楚霄敖卒，子熊眴嗣。用《史記·年表》《世家》《經世》修。
十有四年。曹穆公薨，子終生嗣。用《史記·年表》《世家》修。

十有五年。秦作鄜畤。用《史記·年表》《秦紀》修。

十有六年。陳平公薨，子圉嗣。用《史記·年表》《世家》修。

十有八年。秦初有史以紀事。用《史記·秦紀》修。

二十有一年。秦伯大敗戎師，收岐西之地。自岐以東歸于王。用《史記·秦紀》修。

蔡戴侯薨，子考父嗣。見《春秋》，兼用《史記·年表》《世家》修。

二十有三年。宋武公薨，子力嗣。用《史記·年表》《世家》修。

二十有五年。晉文侯薨，子伯嗣。用《史記·年表》《世家》《經世》修。

秦初有三族之罪。用《史記·秦紀》修。

二十有六年。晉侯封其叔父成師于曲沃。用《左傳》《史記·年表》《世家》《經世》修。

陳文公薨，子鮑嗣。用《史記·年表》《世家》修。

二十有七年。鄭武公薨，子寤生嗣。用《史記·年表》《世家》《經世》修。

二十有八年。鄭伯封其弟段于京。用《史記·世家》《經世》修。

三十年。衛公子州吁阻兵。用《經世》修。

楚蚡冒卒，弟熊通弑太子而自立。用《史記·年表》《世家》修。

三十有二年。晉大臣潘父弑其君昭侯，納曲沃成師不克，國人立昭侯之子平，誅潘父。用《史記·年表》《世家》《經世》《稽古録》修。

三十有六年。衛莊公薨，子完嗣。用《史記·年表》《世家》修。

三十有八年。衛州吁出奔。用《史記·年表》《世家》《經世》修。

四十年。齊莊公薨，子禄父嗣。用《史記·年表》《世家》《經世》修。

晉曲沃成師卒，子鱓代。用《史記·年表》《世家》《經世》修。

四十有二年。宋宣公薨，舍其子與夷而立弟和。用《史記·年表》《世家》修。

燕鄭侯薨，子嗣。用《史記·年表》《世家》修。

四十有四年。鄭叔段命西鄙、北鄙貳於己。用《經世》《左傳》修。

四十有七年。晉曲沃鱓入翼，弑其君孝侯，國人逐之，立其君之子郄。用《史記·年表》《世家》《經世》修。

四十有八年。魯初請郊、廟之禮。用《外紀》《路史》修。

魯惠公薨，國人立其子息姑。用《左傳》《史記·年表》《世家》修。

【校記】

〔一〕「序」，原作「字」，今據宋犖本改。

〔二〕「注」，原作「主」，今據宋犖本改。

〔三〕「曰」，原作「曰」，今據慎獨齋配補歸仁齋本、宋犖本、率祖堂本、《四庫》本改。

通鑑前編舉要卷之二

金履祥編

己未。周平王四十有九年。魯隱公元。

鄭伯克段于鄢，《春秋》。寘其母姜氏于城潁。用《左傳》修。

王使宰咺錫魯惠公、仲子之賵。用《左傳》修。

鄭伯以王師、虢師伐衛南鄙。用《左傳》修。

祭伯如魯。用《左傳》修。

五十年。鄭伯始見其母于大隧。《史記·年表》。

鄭人伐衛。《春秋》。

五十有一年。二月，己巳，日有食之。《春秋》。

王崩，孫林踐位。用《左傳》《史記·本紀》修。

尹氏卒。《春秋》。

鄭祭足帥師入寇。用《左傳》修。

武氏子求賻于魯。用《左傳》修。

宋穆公卒，立宣公之子與夷。用《左傳》《史記·年表》《世家》修。

齊侯、鄭伯盟于石門。《春秋》。

壬戌。桓王元年。衛州吁弑其君桓公而自立。宋、陳、蔡、衛伐鄭。用《左傳》《史記·年表》《世家》修。

魯翬帥師會宋、陳、蔡、衛伐鄭。用《左傳》修。

衛人殺州吁于濮，衛人立晉。《春秋》。

二年。晉曲沃以鄭、邢之師攻晉侯于翼。王使尹氏、武氏助伐翼。翼侯奔隨。用《左傳》修。

曲沃叛。王命虢公伐曲沃，立翼侯子光于翼。用《左傳》修。

邾人、鄭人伐宋。宋人伐鄭。《春秋》。

甲子。三年。晉翼侯自隨入于鄂。用《左傳》修。

鄭輸平於魯。用《公羊》《穀梁傳》修。

魯侯、齊侯盟于艾。用《左傳》修。

宋人取長葛。《春秋》。

京師饑。用《左傳》修。

鄭伯入朝。用《左傳》修。

四年。王使凡伯聘于魯。戎伐凡伯于楚丘以歸。用《左傳》修。

陳及鄭平。《左傳》。

晉曲沃莊伯卒，子稱代。用《史記·年表》《世家》修。

秦文公卒，孫嗣。用《史記·年表》《秦紀》《經世》修。

五年。鄭伯歸祊田于魯。用《左傳》修。

蔡宣侯卒，子封人嗣。用《史記·年表》《世家》修。

王命虢公忌父爲卿士。用《左傳》修。

宋公、齊侯、衛侯盟于瓦屋。《春秋》。

鄭伯以齊人來朝。用《左傳》修。

六年。王使南季聘于魯。見《春秋》。

鄭伯爲左卿士，以王命伐宋，以王命告于魯。魯侯、齊侯會于防。用《左傳》修。

秦自汧、渭之間徙居平陽。《經世》。

七年。鄭伯、齊侯、魯侯會于中丘。魯翬帥師會齊、鄭伐宋。魯侯敗宋師于菅，取郜，取防。用《左傳》修。

宋人、衛人入鄭。宋人、蔡人、衛人伐戴。鄭伯伐取之。《春秋》。

齊人、鄭人入成。《春秋》。

八年。鄭伯、魯侯會于時來。齊侯、鄭伯、魯侯入許。用《左傳》修。

王取鄔、劉、蔿、邘之田于鄭，與鄭人温、原、絺、樊、隰郕、攢茅、向、盟、州、陘、隤、懷之田。用《左傳》修。

魯公子翬弑其君隱公而自立。用《左傳》《史記・年表》《世家》《經世》修。

九年。魯桓公元。魯侯、鄭伯會于垂，卒易祊田。盟于越。用《左傳》修。

燕穆侯卒，子嗣。用《史記・年表》《世家》修。

十年。宋督弑其君殤公及其大夫孔父，立公子馮。用《左傳》《史記・年表》《世家》修。

魯侯、齊侯、陳侯、鄭伯會于稷，以成宋亂。用《左傳》修。

蔡侯、鄭伯會于鄧。《春秋》。

十有一年。春，晉曲沃敗晉師于汾隰，獲晉哀侯，欒成死之。晉人立哀侯子爲小子侯。用《左傳》《國語》《史記・年表》《世家》修。

七月，壬辰朔，日有食之，既。《春秋》。

魯侯迎婦于齊。用《左傳》修。

十有二年。王使宰渠伯糾聘于魯。用《左傳》修。

王師、秦師圍魏，執芮伯。用《左傳》修。

晉曲沃稱弑哀侯于曲沃。用《史記・世家》修。

十有三年。陳桓公卒。文公子佗殺世子免而自立。用《左傳》《史記・年表》《世家》修。

齊侯、鄭伯如紀。《春秋》。

王使仍叔之子聘于魯。用《左傳》修。

王伐鄭。蔡人、衛人、陳人從王伐鄭。用《左傳》修。

十有四年。楚子熊通侵隨，俾請爵于王，王不許。用《左傳》《史記》修。

紀侯如魯。用《左傳》修。

北戎伐齊。《左傳》。

蔡人殺陳佗，《春秋》。而立免之弟躍。用《左傳》修。

十有五年。穀伯綏、鄧侯吾離至魯。用《左傳》修。

鄭人、齊人、衛人伐盟、向。王遷盟、向之民于郟。《左傳》。

晉曲沃稱誘弑其君小子侯。用《左傳》《史記・世家》修。

十有六年。王使家父聘于魯。見《春秋》。

楚子會諸侯于沈鹿。楚子伐隨。隨及楚平。楚僭稱王。用《左傳》《史記・世家》修。

王命虢仲伐曲沃，立晉哀侯之弟緡于晉。用《左傳》修。

祭公如魯，遂逆王后于紀。用《左傳》修。

秦寧公卒，三父廢世子而立出子。用《史記・年表》《秦紀》《經世》修。

十有七年。紀季姜歸于京師。《春秋》。

十有八年。曹桓公卒，子射姑嗣。用《左傳》《史記·年表》《世家》修。

虢詹父以王師伐虢，虢公出奔虞。用《左傳》修。

齊侯、衛侯、鄭伯與魯戰于郎。用《左傳》修。

十有九年。齊人、衛人、鄭人盟于惡曹。《春秋》。

鄭莊公卒，世子忽嗣。用《左傳》《史記·年表》《世家》修。

宋人執鄭祭仲。突歸于鄭。鄭忽出奔衛。《春秋》。

衛侯殺其二子伋、壽。《經世》。

二十年。魯侯會宋公盟于穀丘，又會于虚、于龜。魯侯會鄭伯盟于武父。用《左傳》修。魯侯及鄭師伐宋。用《左傳》修。

陳厲公卒，見《春秋》。弟林立。用《史記·年表》修。

衛宣公卒，朔立。用《史記·年表》《世家》修。

二十有一年。楚屈瑕代羅，羅與盧戎敗楚師。用《左傳》修。

魯侯會紀侯、鄭伯。及齊侯、宋公、衛侯、燕人戰。齊、宋、衛、燕師敗績。用《左傳》修。

二十有二年。魯侯、鄭伯突會于曹。鄭伯使其弟如魯盟。用《左傳》修。

秦三父弒出子，復立故世子。用《史記·年表》《秦紀》《經世》修。

齊僖公卒，子諸兒嗣。用《史記·年表》《世家》修。

宋人以齊人、蔡人、衛人、陳人伐鄭。《春秋》。

燕宣侯卒，子嗣。用《史記·年表》《世家》修。

二十有三年。王使家父如魯求車。用《左傳》修。

王崩，子佗踐位。用《史記》修。

鄭伯突出奔蔡。鄭世子忽復歸于鄭。用《左傳》修〔一〕。

鄭伯突入于櫟。《春秋》。宋公、魯侯、衛侯、陳侯會于袲，伐鄭。用《左傳》修。

秦伐彭戲氏，至于華山。《經世》。

乙酉。

莊王元年。宋公、魯侯、蔡侯、衛侯會于曹。宋、魯、衛、陳、蔡伐鄭。用《左傳》修。

衛人立伋之弟黔牟，用《左傳》《史記·年表》《世家》《經世》修。衛侯朔出奔齊。《春秋》。

二年。魯侯、齊侯、紀侯盟于黄。魯侯、邾儀父盟于趡。魯師及齊師戰于奚。魯及宋人、衛人伐邾。用《左傳》修。

蔡桓侯卒，弟獻舞立。用《史記·年表》《世家》修。蔡季自陳歸于蔡。《春秋》。

秦夷三父族。《經世》。

十月朔，日有食之。《春秋》。

鄭高渠彌弑其君昭公，立其弟子亹。《經世》。

三年。魯侯與其夫人姜氏如齊。齊侯殺魯桓公，立其子同。用《左傳》《史記·年表》《世家》《經世》修。

齊侯師于首止，殺鄭子亹及高渠彌。祭仲立子儀。用《左傳》《史記·年表》《世家》修。

王子克奔燕。《左傳》。

四年。魯莊公元。使單伯送王姬。見《春秋》。魯築王姬之館于外。用《左傳》修。王使榮叔錫魯桓公命。見《春秋》。王姬歸于齊。《春秋》。

陳莊公卒，弟杵臼立。用《史記·年表》《世家》修。

齊師遷紀郱、鄑、郚。《春秋》。

五年。齊王姬卒。《春秋》。

宋莊公卒，見《春秋》。子捷嗣。用《史記·年表》《世家》修。

六年。五月，葬桓王。《春秋》。

紀季以酅入于齊。《春秋》。

燕桓侯卒，子嗣。用《史記·年表》《世家》修。

七年。王召隨侯，責其尊楚。楚武伐隨，卒於師。子熊貲嗣，始都郢。用《左傳》《史記·年表》《世家》修。

齊侯、陳侯、鄭伯遇于垂。《春秋》。

紀侯大去其國。《春秋》。

齊侯、魯侯狩于禚。用《穀梁傳》修。

八年。齊人、宋人、魯人、陳人、蔡人伐衛。用《左傳》修。

九年。王使子突救衛。用《左傳》修。衛侯朔入于衛。《春秋》。黔牟來奔。用《左傳》《史記·世家》《經世》修。

十年。秦滅小虢。《經世》。

十有一年。魯侯及齊師圍郕，郕降于齊師。用《左傳》修。

齊無知弑其君襄公。用《左傳》《史記·年表》《世家》修。

十有二年。齊人殺無知。《春秋》。魯侯及齊大夫盟于蔇。魯侯伐齊，納糾。用《左傳》修。齊小白入于齊。葬齊襄公。《春秋》。魯侯及齊師戰于乾時，魯師敗績。用《左傳》修。

齊人取子糾于魯，殺之。取其傅管夷吾以歸，爲相。用《左傳》修。

十有三年。魯侯敗齊師于長勺。用《左傳》修。

魯侯侵宋。見《春秋》。

齊師、宋師次于郎。《春秋》。魯侯敗宋師于乘丘。齊師還。用《左傳》修。

荆敗蔡師于莘，以蔡侯獻舞歸。《春秋》。

齊師滅譚，譚子奔莒。《春秋》。

十有四年。魯侯敗宋師于鄑。用《左傳》修。

王姬歸于齊。《春秋》。

十有五年。王崩。太子胡齊踐位。用《史記·本紀》《經世》修。

宋萬弑其君閔公及其大夫仇牧。宋人立公子御説。萬奔陳。宋人醢之。用《左傳》《史記·年表》修。

庚子。僖王元年。齊侯、宋人、陳人、蔡人、邾人會于北杏。《春秋》。

齊人滅遂。《春秋》。齊侯會魯侯，盟于柯。用《左傳》修。

二年。齊人、陳人、曹人伐宋。《春秋》。

齊侯使來請師。王命單伯會伐宋。用《左傳》修。

鄭人弑其君子儀。鄭厲公自櫟入于鄭。用《左傳》《史記·年表》《世家》修。

荆入蔡。《春秋》。

單伯會齊侯、宋公、衛侯、鄭伯于鄄。《春秋》。

三年。齊侯、宋公、陳侯、衛侯、鄭伯會于鄄。《春秋》。

宋人、齊人、邾人伐郳。鄭人侵宋。《春秋》。

晉曲沃伯稱滅晉，弑其君緡。用《史記·年表》修。

四年。宋人、齊人、衛人伐鄭。《春秋》。

荆伐鄭。《春秋》。

齊侯、宋公、魯侯、陳侯、衛侯、鄭伯、許男、滑伯、滕子同盟于幽。用《左傳》陸氏《纂例》修。

王使虢公命曲沃伯以一軍爲晉侯。《左傳》。

秦武公卒，弟立。用《史記·年表》《秦紀》修。

楚滅鄧。《經世》。

蒍國以晉師伐夷詭諸，殺之。周公忌父出奔虢。用《左傳》修。

郳子克卒。《春秋》。瑣立。見《春秋》。

五年。王崩，太子閬踐位。用《史記·本紀》修。

晉武公卒，子詭諸嗣。用《史記·年表》《世家》修。

秦徙居雍。《經世》。

楚文卒，子囏嗣。用《史記·年表》《世家》《經世》修。

乙巳。惠王元年。三月，日有食之。《春秋》。

虢公、晉侯來朝。用《左傳》修。

虢公、晉侯、鄭伯使原伯逆王后于陳。用《左傳》修。

秦德公卒，子嗣。用《史記·年表》《秦紀》《經世》修。

二年。蔿國、邊伯、詹父、子禽、祝跪奉王子頹作亂。頹出奔温。蘇子奉子頹奔衛。衛人、燕人入寇，立頹。用《左傳》修。

齊人、宋人、陳人伐魯西鄙。見《春秋》。

蔡哀侯卒，子肸嗣。用《史記·年表》《世家》修。

三年。鄭伯執燕仲父。王處于櫟。用《左傳》修。

齊人伐戎。《春秋》。

四年。虢公、鄭伯胥命于弭，奉王復歸于王城，殺子頹。王與鄭伯虎牢以東。用《左傳》修。

鄭厲公卒，子捷嗣。用《左傳》《史記·年表》《世家》修。

王巡虢守。《左傳》。

五年。秦作密畤。用《史記》修。

晉伐驪戎，獲姬以歸。用《史記》修。

陳人殺其公子御寇。《春秋》。公子完奔齊。用《左傳》修。

楚熊惲弒其君杜敖而自立。用《史記·年表》《世家》修。

六年。祭叔聘于魯。見《春秋》。

楚人修好于諸侯。使人入獻，王賜楚子胙。用《史記·世家》修。

曹莊公卒，用《史記·年表》《世家》修。子羈嗣。用《左傳》杜氏注修。

七年。魯侯逆姜氏于齊，以入，使宗婦覿，用幣。用《左傳》修。

戎侵曹。曹羈出奔陳。赤歸于曹。《春秋》。

郭亡。用《春秋》胡氏傳、《説苑》修。

八年。衛惠公卒，子赤嗣。用《史記·年表》《世家》修。

六月，辛未朔，日有食之。《春秋》。

晉侯盡殺群公子。用《左傳》修。

九年。晉始都絳。用《史記·年表》《世家》修。

虢人侵晉。《左傳》。

十有二月，癸亥朔，日有食之。《春秋》。

十年。齊侯、宋公、魯侯、陳侯、鄭伯同盟于幽。用《左傳》修。

晉伐虢。用《左傳》修。

王使召伯廖賜齊侯命。《左傳》。

十有一年。齊人伐衛。衛人及齊人戰，衛人敗績。《春秋》。

郳子瑣卒，《春秋》。蘧蒢立。見《春秋》。

荆伐鄭。《春秋》。

齊人、宋人、魯人救鄭。用《左傳》修。

晉侯驪姬子奚齊生。使太子申生居曲沃，重耳居蒲，夷吾居屈。用《左傳》《史記·世家》修。

十有二年。鄭人侵許。《春秋》。

十有三年。王命虢公討樊，執樊皮，歸于京師。用《左傳》修。

九月庚午朔，日有食之。《春秋》。

齊人伐山戎，《春秋》。俾燕修貢于王。用《史記·世家》修。

秦宣公卒，弟立。用《史記·年表》《秦紀》《經世》修。

十有五年。魯人殺公子牙，而立叔孫氏。魯莊公卒。子般嗣。慶父弑子般。季友奔陳。公子慶父如齊。啓立。用《左傳》《史記·年表》《世家》《經世》修。

狄伐邢。《春秋》。

曹僖公卒，子班嗣。用《史記·年表》《世家》修。

十有六年。魯閔公元。齊人救邢。《春秋》。

魯侯及齊侯盟于落姑。季子歸魯。用《左傳》修。

晉侯作二軍，滅耿、霍、魏，爲太子申生城曲沃，封趙夙於耿，畢萬於魏。用《左傳》修。

十有七年。魯慶父弑其君閔公。季友以公子申如邾。姜氏、慶父皆出奔。齊高子盟魯。公子申入立。取慶父于莒，殺之，而立仲孫氏。用《左傳》《史記・年表》《世家》《經世》修。

狄入衛，《春秋》。殺懿公。衛衆潰，濟河，立戴公以廬于曹。卒。齊人立其弟燬。用《左傳》《史記・年表》《世家》修。

秦成公卒，弟任好立。用《史記・年表》《秦紀》《經世》修。

十有八年。魯僖公元。齊師、宋師、曹師次于聶北，救邢。邢遷于夷儀。齊師、宋師、曹師城邢。《春秋》。

楚人伐鄭。《春秋》。齊侯、宋公、魯侯、鄭伯、曹伯、邾人會于檉，謀救鄭。用《左傳》修。

魯侯賜季友汶陽之田及費，是爲季孫氏。用《左傳》修。

十有九年。諸侯城楚丘以封衛。用《左傳》修。

虞師、晉師伐虢，滅下陽。用《左傳》修。

齊侯、宋公、江人、黄人盟于貫。《春秋》。

燕莊公卒，子嗣。用《史記・年表》《世家》修。

甲子。二十年。徐人取舒。《春秋》。

齊侯、宋公、江人、黄人會于陽穀。《春秋》。

楚人伐鄭。《春秋》。

二十有一年。齊侯、宋公、魯侯、陳侯、衛侯、鄭伯、許男、曹伯侵蔡。用《左傳》修。蔡潰，遂伐楚，次于陘。《春秋》。許穆侯卒于師。用《左傳》修。楚屈完來盟于師，盟于召陵。《春秋》。

齊人執陳轅濤塗。《春秋》。魯及江人、黄人伐陳。用《左傳》修。諸侯侵陳。陳成，歸轅濤塗。用《左傳》修。

二十有二年。晉侯殺其世子申生。《春秋》。

王世子會齊侯、宋公、魯侯、陳侯、衛侯、鄭伯、許男、曹伯于首止。諸侯盟于首止。

鄭伯逃歸，不盟。用《左傳》修。

晉侯使寺人伐蒲。公子重耳奔狄。用《左傳》修。

楚人滅弦，弦子奔黄。《春秋》。

九月戊申朔，日有食之。《春秋》。

虞大夫百里奚奔秦。用《史記·本紀》修。秦始得志於諸侯。《經世》。

晉滅虢，虢公醜奔京師。遂滅虞，執虞公，歸其職貢於王。用《左傳》修。

二十有三年。晉人伐屈。公子夷吾奔梁。用《左傳》修。

齊侯、宋公、魯侯、陳侯、衛侯、曹伯伐鄭，圍新城。用《左傳》修。

楚人圍許，諸侯遂救許。《春秋》。

二十有四年。齊人伐鄭。鄭殺其大夫申侯。《春秋》。齊侯、宋公、魯侯、陳世子欵、鄭世子華盟于寗母。用《左傳》修。

曹昭公卒，子襄嗣。用《史記·年表》《世家》修。

二十有五年。王崩。王人、齊侯、宋公、魯侯、衛侯、許男、曹伯、陳世子欵盟于洮。鄭伯乞盟。太子鄭踐位。用《左傳》《史記·本紀》修。

庚午。襄王元年。宋桓公卒，子兹父嗣。用《左傳》《史記·年表》《世家》修。

王使宰周公賜齊侯胙。宰周公會齊侯、魯侯、宋子、衛侯、鄭伯、許男、曹伯于葵丘。用《左傳》修。

晉獻公卒。奚齊立。用《左傳》《史記·年表》《世家》修。晉里克殺其君之子奚齊。《春秋》。荀息立奚齊之弟卓。用《左傳》《史記·世家》修。里克弑其君卓及其大夫荀息。《春秋》，兼用《左傳》《史記·世家》修。

二年。狄滅温，温子奔衛。《春秋》。

周公忌父、王子黨會秦師及齊隰朋，立晉公子夷吾爲晉侯。用《左傳》《史記·世家》修。

晉殺其大夫里克。《春秋》。

三年。王使召武公、内史過賜晉侯命。用《左傳》修。

王子帶以戎入寇。秦、晉伐戎。晉侯平戎。用《左傳》修。

四年。三月，庚午，日有食之。《春秋》。

王子帶奔齊。《左傳》。齊侯使管夷吾入聘。用《左傳》修。

楚人滅黃。《春秋》。

陳宣公卒，子欵嗣。用《史記·年表》《經世》修。

五年。齊侯使仲孫湫入聘。用《左傳》修。

齊侯、宋公、魯侯、陳侯、衛侯、鄭伯、許男、曹伯會于鹹。齊侯使仲孫湫來致諸侯之戍。用《左傳》修。

六年。諸侯城緣陵。《春秋》。

蔡穆侯卒，子甲午嗣。見《春秋》，兼用《史記》修。

七年。楚人伐徐。《春秋》。齊侯、宋公、魯侯、陳侯、衛侯、鄭伯、許男、曹伯盟于牡丘。用《左傳》修。遂次于匡。《春秋》。諸侯之大夫救徐。用《左傳》修。

五月，日有食之。《春秋》。

齊師、曹師伐厲。《春秋》。

宋人伐曹。《春秋》。

楚人敗徐于婁林。《春秋》。

齊大夫管仲卒。用《史記·世家》《管子》修。

晉侯及秦伯戰于韓，獲晉侯。《春秋》。

王命秦伯釋晉侯。用《史記·本紀》修。

晉侯夷吾自秦歸于晉。用《左傳》《史記·年表》《世家》修。

八年。隕石于宋五。六鷁退飛過宋都。《春秋》。

狄侵晉。《左傳》。王以戎難告于齊，齊侯徵諸侯之師入戍。齊侯、宋公、魯侯、陳侯、衛侯、鄭伯、許男、邢侯、曹伯會于淮。用《左傳》修。

九年。齊人、徐人伐英氏。《春秋》。

齊桓公卒。五公子争立。易牙立無虧。世子昭出。用《左傳》《史記·年表》《世家》修。

十年。宋公、曹伯、衛人、邾人伐齊。《春秋》。鄭伯始朝于楚。《左傳》。魯人救齊。見《春秋》。宋師及齊師戰于甗，齊師敗績。《春秋》。立公子昭。用《左傳》《史記·世家》修。

狄救齊。邢人、狄人伐衛。《春秋》。

十有一年。宋人執滕子嬰齊。宋公、曹人、邾人盟于曹南。鄫子會盟于邾。邾人執鄫子，用之。宋人圍曹。《春秋》。衛人伐邢。《春秋》。

陳人、魯人、蔡人、楚人、鄭人盟于齊。用《左傳》修。

梁亡。《春秋》。

十有二年。鄭人入滑。《春秋》。
齊人、狄人盟于邢。楚人伐隨。《春秋》。
十有三年。狄侵衛。《春秋》。
宋人、齊人、楚人盟于鹿上。《春秋》。
宋公、楚子、陳侯、蔡侯、鄭伯、許男、曹伯會于盂。執宋公以伐宋。《春秋》。魯侯會
諸侯盟于薄。釋宋公。用《左傳》修。
十有四年。鄭伯如楚。《左傳》。宋公、衛侯、許男、滕子伐鄭。《春秋》。
秦、晉遷陸渾之戎于伊川。《左傳》。
晉子圉自秦逃歸。用《左傳》修。
王召叔帶于齊。用《左傳》修。
宋公及楚人戰于泓，宋師敗績。《春秋》。
十有五年。齊侯伐宋，圍緡。《春秋》。宋襄公卒，子王臣嗣。用《左傳》《史記·年表》《世
家》修。
楚人伐陳。《春秋》。
王命狄師伐鄭，取櫟，用《左傳》《經世》修。以狄女隗氏爲后。《經世》。
晉惠公卒，子圉嗣。用《左傳》《史記·年表》《世家》修。

十有六年。晉公子重耳入于晉以立。晉人殺懷公于高粱。用《左傳》《史記·年表》《世家》修。

王使王子虎、内史興錫晉侯命。用《國語》修。

王廢狄后。王子帶以狄入寇，王出居鄭。用《左傳》修。

王使告難于諸侯。用《左傳》修。

宋公如楚。用《左傳》修。

十有七年。衛侯燬滅邢。《春秋》。

秦伯師于河上。晉侯辭秦師而下，次于陽樊。右師圍温，取帶殺之。左師逆王于鄭。王入于王城。晉侯入朝，王賜晉侯陽樊、温、原、攢茅之田。用《左傳》修。

衛文公卒，子鄭嗣。用《史記·年表》《世家》《經世》修。

楚人圍陳，納頓子于頓。《春秋》。

魯侯、衛子、莒慶盟于洮。用《左傳》修。

十有八年。魯侯、莒子、衛甯速盟于向。齊人侵魯西鄙、北鄙。用《左傳》修。衛人伐齊。《春秋》。魯公子遂如楚乞師。用《左傳》修。

楚人滅夔，以夔子歸。楚人伐宋，圍緡。《春秋》。魯以楚師伐齊，取穀。用《左傳》修。

十有九年。齊孝公卒，弟潘父殺世子而自立。用《左傳》《史記·年表》《世家》《經世》修。

楚人、陳侯、蔡侯、鄭伯、許男圍宋。《春秋》。魯侯及諸侯盟于宋。見《春秋》。

二十年。晉侯侵曹，晉侯伐衛。楚人救衛。晉侯入曹，執曹伯，畀宋人。晉侯、齊師、宋師、秦師及楚人戰于城濮，楚師敗績。《春秋》。

晉侯作王宮于踐土，獻楚俘于王。王命尹氏、王子虎、内史叔興父策命晉侯爲侯伯。用《左傳》修。

楚殺其大夫得臣。《春秋》。

衛侯出奔楚。《春秋》。

晉侯、齊侯、宋公、魯侯、蔡侯、鄭伯、衛子、莒子盟于踐土。用《左傳》修。陳侯如會。《春秋》。諸侯朝于王所。用《左傳》修。

衛侯鄭自楚復歸于衛。衛元咺出奔晉。《春秋》。

陳穆公卒，子朔嗣。用《史記·年表》《世家》修。

晉侯、齊侯、宋公、魯侯、蔡侯、鄭伯、陳子、莒子、邾人、秦人會于溫。王狩于河陽。諸侯朝于王所。用《左傳》修。晉人執衛侯，歸之于京師。衛元咺自晉復歸于衛。《春秋》。立公子瑕。《左傳》。曹伯襄復歸于曹。《春秋》。諸侯遂圍許。用《左傳》修。

二十有一年。王子虎、魯侯、晉人、宋人、齊人、陳人、蔡人、秦人盟于翟泉。用《左傳》修。

二十有二年。衛殺其大夫元咺及公子瑕。衛侯鄭歸于衛。《春秋》。

晉人、秦人圍鄭。《春秋》。

王使宰周公聘于魯。魯公子遂入聘，遂如晉。用《左傳》修。

二十有三年。晉侯作五軍。用《左傳》修。

狄圍衛，衛遷于帝丘。《春秋》。

二十有四年。楚子使鬬章請平于晉，晉侯使陽處父如楚。用《左傳》修。

鄭文公卒，子蘭嗣。用《左傳》《史記·年表》《世家》修。

衛人侵狄，《春秋》。及狄盟。用《左傳》修。

晉文公卒，子驩嗣。用《左傳》《史記·年表》《世家》修。

二十有五年。秦人入滑。晉人及姜戎敗秦師于殽。《春秋》。

晉人敗狄于箕。《春秋》。

魯僖公卒，子興嗣。用《左傳》《史記·年表》《世家》《經世》修。

晉人、陳人、鄭人伐許。《春秋》。

二十有六年。魯文公元。二月癸亥，日有食之。《春秋》。

王使叔服如魯會葬，使毛伯錫魯侯命。用《左傳》修。

晉侯來朝于温，伐衛。用《左傳》修。

魯侯使叔孫得臣來拜。用《左傳》修。

衛人伐晉。《春秋》。

楚世子商臣弑楚成而自立。用《左傳》《史記·年表》《世家》修。

二十有七年。晉侯及秦師戰于彭衙，秦師敗績。《春秋》。

宋公、陳侯、鄭伯、晉士縠、魯公孫敖盟于垂隴。用《左傳》修。

晉人、宋人、陳人、鄭人伐秦。《春秋》。

二十有八年。晉人、宋人、魯人、陳人、衛人、鄭人伐沈。沈潰。用《左傳》修。

王叔文公卒。《左傳》。

秦人伐晉。《春秋》。

秦伯師還，誓于師。用《史記·秦紀》修。

楚人圍江。《春秋》。晉以江故來告。王使王叔會晉陽處父帥師伐楚以救江。用《左傳》修。

二十有九年。狄侵齊。《春秋》。

楚人滅江。《春秋》。

王使召公過賜秦伯金鼓。用《史記·秦紀》修。

衛侯使甯武子聘于魯。用《左傳》修。

三十年。王使榮叔歸魯成風之含，且賵；使召伯會葬。用《左傳》修。

楚滅六，滅蓼。用《左傳》修。

三十有一年。晉舍二軍。用《左傳》修。

秦穆公卒，子罃嗣。用《左傳》《史記·年表》《秦紀》《經世》修。

晉襄公卒。《左傳》。晉人迎公子雍于秦。用《左傳》修。

三十有二年。魯取須句。用《左傳》修。

宋成公卒，子杵臼嗣。用《左傳》《史記·世家》修。宋人殺其大夫。《春秋》。

晉趙盾立世子夷皐。用《左傳》《史記·世家》修。晉人及秦人戰于令狐。《春秋》。先蔑、士會奔秦。用《左傳》修。

狄侵魯西鄙。用《左傳》修。

齊侯、宋公、魯侯、衛侯、鄭伯、許男、曹伯會晉趙盾，盟于扈。用《左傳》修。

三十有三年。八月。王崩，子壬臣踐位。用《左傳》《史記·本紀》修。

晉趙盾、魯公子遂盟于衡雍。用《左傳》修。

魯使公孫敖入弔，不至，奔莒。用《左傳》修。

癸卯。頃王元年。毛伯如魯求金。用《左傳》修。二月，葬襄王。《春秋》。魯侯使叔孫得臣來會葬。用《左傳》修。

楚人伐鄭。《春秋》。晉人、宋人、魯人、衛人、許人救鄭。用《左傳》修。
曹共公卒，子壽嗣。用《史記·年表》《世家》修。
楚侵陳。《左傳》。
燕襄公卒，桓公立。用《史記·年表》《世家》修。
二年。秦伐晉。《春秋》。
蘇子盟魯于女栗。用《左傳》修。
狄侵宋。楚子、蔡侯次于厥貉。《春秋》。
三年。楚子伐麇。《春秋》。
晉人、魯人會于承匡。用《左傳》修。
魯叔孫得臣敗狄于鹹。用《左傳》修。
四年。楚人圍巢。《春秋》。
秦伯使術聘于魯。用《左傳》修。
晉人、秦人戰于河曲。《春秋》。
五年。陳共公卒，子平國嗣。用《史記·年表》《世家》修。
邾文公卒，子貜且嗣。用《左傳》修。
魯侯朝于晉。衛侯會魯侯于沓。用《左傳》修。狄侵衛。《春秋》。魯侯及晉侯盟。鄭伯會魯侯于棐。用《左傳》修。

楚熊商臣死，子旅嗣。用《史記·年表》《世家》修。

六年。王崩，子班踐位。用《左傳》《經世》修。

尹氏、聃啓如晉。用《左傳》修。

齊昭公卒，子舍嗣。用《左傳》《史記·年表》《經世》修。

宋公、魯侯、陳侯、衛侯、鄭伯、許男、曹伯會晉趙盾，同盟于新城。用《左傳》修。

晉人納捷菑于邾。弗克納。《春秋》。

齊公子商人弑其君舍而自立。用《左傳》修。單伯如齊。齊人執單伯，《春秋》。執其君舍之母魯子叔姬。用《左傳》修。

己酉。匡王元年。魯季孫行父如晉。宋司馬華耦如魯盟。曹伯朝于魯。並用《左傳》修。

六月辛丑朔，日有食之。《春秋》。

單伯自齊反于魯。用《左傳》修。

晉郤缺帥師伐蔡，《春秋》。入之。用《左傳》修。

齊人侵魯。用《左傳》修。諸侯盟于扈。《春秋》。

齊人侵魯，用《左傳》修。遂伐曹。《春秋》。

蔡莊侯卒，子申嗣。用《史記·年表》《世家》修。

二年。楚人、秦人、巴人滅庸。《春秋》。

宋人弑其君昭公，而立其弟鮑。用《左傳》《史記·年表》《世家》修。

三年。晉人、衛人、陳人、鄭人伐宋。《春秋》。諸侯會于扈。《春秋》。

甘歜敗戎于邥垂。用《左傳》修。

四年。魯文公卒，子赤嗣。用《左〔二〕傳》《史記·年表》《世家》《經世》修。

秦康公卒，子稻嗣。見《春秋》，兼用《史記·年表》《秦紀》《經世》修。

齊人弑其君商人，《春秋》。立公子元。用《左傳》《史記·年表》《世家》修。

魯公子遂弑其君之子赤及公子視，立公子倭。用《左〔三〕傳》《史記·年表》《世家》《經世》修。

莒弑其君紀公。用《左傳》修。

五年。魯宣公元。齊侯、魯侯會于平州。齊人取魯濟西田。用《左傳》修。

楚子、鄭人侵陳，遂侵宋。《春秋》。

晉趙盾帥師救陳。宋公、陳侯、衛侯、曹伯會晉師于棐林，伐鄭。《春秋》。

晉人、宋人伐鄭。《春秋》。

六年。宋華元帥師及鄭公子歸生帥師戰于大棘。宋師敗績。獲宋華元。《春秋》。

秦師伐晉。《春秋》。

晉人、宋人、衛人、陳人侵鄭。《春秋》。

晉趙盾弑其君靈公，迎襄公弟黑臀于周，立之。用《左傳》《史記·年表》《世家》修。

十月，王崩，弟瑜立。用《史記·本紀》修。

乙卯。定王元年。正月，葬匡王。《春秋》。

楚子伐陸渾〔四〕之戎。《春秋》。王使王孫滿勞楚子。用《左傳》修。

楚人侵鄭。《春秋》。

鄭穆公卒，子夷嗣。用《左傳》《史記·年表》《世家》修。

二年。秦共公卒，子嗣。見《春秋》，兼用《史記·秦紀》修。

鄭公子歸生弑其君靈公，弟堅立。用《左傳》《史記·年表》《世家》修。

楚子伐鄭。《春秋》。

三年。魯侯朝于齊，齊侯止之，爲高固請昏。用《左傳》修。

楚人伐鄭。《春秋》。

四年。晉趙盾、衛孫免侵陳。《春秋》。

王使子服求后于齊。《左傳》。召公逆王后于齊。用《左傳》修。

五年。河徙。用《周譜》修。

王使王叔會晉侯、宋公、衛侯、鄭伯、曹伯于黑壤。諸侯盟于黑壤。用《左傳》修。

燕桓公卒，宣公立。用《史記·年表》《世家》修。

六年。晉師、白狄伐秦。《春秋》。

楚人滅舒蓼，《春秋》。盟吴、越。用《左傳》修。

七月甲子，日有食之，既。《春秋》。

楚師伐陳。《春秋》。

王使單子聘於宋，遂自陳聘於楚。用《國語》修。

七年。王使徵聘於魯。用《左傳》修。魯侯朝于齊，見《春秋》。使仲孫蔑入聘。用《左傳》修。

晉侯、宋公、衛侯、鄭伯、曹伯會于扈。晉荀林父帥師伐陳。《春秋》。晉成公卒于扈，子據嗣。師還。用《左傳》《史記·年表》《世家》修。

楚子伐鄭。晉郤缺帥師救鄭。《春秋》。

衛成公卒，子遬嗣。用《史記·年表》《世家》修。

八年。齊人歸魯濟西田。用《左傳》修。

四月丙辰，日有食之。《春秋》。

齊惠公卒，子無野嗣。用《左傳》《史記·年表》《世家》修。

陳夏徵舒弑其君靈公。用《左傳》《史記·年表》《世家》修。

晉人、宋人、衛人、曹人伐鄭。《春秋》。

王使王季子聘于魯。用《左傳》《國語》修。

楚子伐鄭。《春秋》。

九年。楚子、陳侯、鄭伯盟于辰陵。《春秋》。

楚人殺陳夏徵舒。楚子入陳。納公孫寧、儀行父于陳。《春秋》。迎靈公子午于晉而立之。用《史記·年表》《世家》《經世》修。

甲子。十年。楚子圍鄭。《春秋》。

晉荀林父帥師及楚子戰于邲，晉師敗績。《春秋》。

晉屠岸賈殺趙朔于下宮。用《經世》修。

楚子滅蕭。《春秋》。

晉人、宋人、衛人、曹人同盟于清丘。宋師伐陳。衛人救陳。《春秋》。

十有一年。楚子伐宋。《春秋》。

十有二年。曹文公卒，子廬嗣。用《史記·年表》《世家》修。

晉侯伐鄭。《春秋》。

楚子圍宋。《春秋》。

十有三年。宋人及楚人平。《春秋》。

王札子殺召伯、毛伯。《春秋》。

晉侯使趙同來獻狄俘。用《左傳》修。

魯初税畝。用《左傳》修。

十有四年。晉人滅赤狄甲氏及留吁。《春秋》。來獻俘，王以黻冕命晉士會。用《左傳》修。

成周宣榭火。《春秋》。

王孫蘇奔晉。《左傳》。晉侯使士會入聘。用《左傳》《國語》修。

十有五年。蔡文侯卒，子固嗣。用《左傳》《史記·年表》《世家》修。

六月癸卯，日有食之。《春秋》。

晉侯、魯侯、衛侯、曹伯、邾子同盟于斷道。用《左傳》修。

魯侯之弟叔肸卒。用《左傳》修。

十有六年。晉侯、衛世子臧伐齊。《春秋》。齊侯會晉侯盟于繒。用《左傳》修。

楚莊卒，子審嗣。用《左傳》《史記·年表》《世家》修。

魯宣公卒，子黑肱嗣。用《左傳》《史記·年表》《世家》《經世》修。

十有七年。魯成公元。晉侯使瑕嘉來平戎。王使單子如晉。用《左傳》修。王季子伐茅戎。用《左傳》修。王師敗績于茅戎。《春秋》。

魯作丘甲。用《左傳》修。

十有八年。齊侯伐魯，敗衛師于新築。用《左傳》修。

晉郤克、魯季孫行父、臧孫許、叔孫僑如、公孫嬰齊、衛孫良夫、曹公子首及齊侯戰于鞌，齊師敗績。用《左傳》修。

宋文公卒，子固嗣。用《左傳》《史記·年表》《世家》修。

衛穆公卒，子臧嗣。用《左傳》《史記·年表》《世家》修。

晉侯使鞏朔獻齊捷，王命委於三吏。用《左傳》修。

楚師、鄭師侵衛，《春秋》。遂侵魯。魯侯會楚公子嬰齊于蜀，遂及楚人、秦人、宋人、陳人、衛人、鄭人、齊人、曹人、邾人、薛人、鄫人盟于蜀。用《左傳》修。

十有九年。晉侯、宋公、魯侯、衛侯、曹伯伐鄭。用《左傳》修。

鄭公子去疾帥師伐許。《春秋》。

晉人歸公子穀臣于楚。楚人歸知罃于晉。用《左傳》修。

晉作六軍。《左傳》。

鄭伐許。《春秋》。

二十年。鄭襄公卒，子費嗣。用《史記·年表》《世家》修。

鄭伯伐許。《春秋》。

燕宣公卒，昭公立。用《史記·年表》《世家》修。

二十有一年。梁山崩。《春秋》。

王崩，子夷踐位。用《左傳》《史記·本紀》修。

晉侯、齊侯、宋公、魯侯、衛侯、鄭伯、曹伯、邾子、杞伯同盟于蟲牢。用《左傳》修。

吴子去齊卒，子乘嗣。見《春秋》，兼用《左傳》《史記索隱》修。

丙子。簡王元年。晉伯宗、夏陽説、衛孫良夫、甯相、鄭人、伊雒之戎、陸渾、蠻氏侵宋。《左傳》。

晉遷于新田。《左傳》。

鄭悼公卒，弟睔立。用《左傳》《史記·年表》《世家》修。

楚公子嬰齊帥師伐鄭。晉欒書帥師救鄭。《春秋》。

吴壽夢來朝。用《吴越春秋》修。

二年。吴伐郯。《春秋》。

楚公子嬰齊帥師伐鄭。《春秋》。晉侯、齊侯、宋公、魯侯、衛侯、曹伯、莒子、邾子、杞伯救鄭，用《左傳》修。同盟于馬陵。《春秋》。

吴入州來。《春秋》。

三年。晉欒書帥師侵蔡，《春秋》。遂侵楚。《左傳》。

晉殺其大夫趙同、趙括。《春秋》。

王使召伯賜魯侯命。用《左傳》修。

晉人、齊人、魯人、邾人伐郯。用《左傳》修。

四年。晉侯、齊侯、宋公、魯侯、衛侯、鄭伯、曹伯、莒子、杞伯同盟于蒲。用《左傳》修。

齊頃公卒，子環嗣。用《史記·年表》《世家》《經世》修。

晉人執鄭伯。晉欒書帥師伐鄭。《春秋》。

楚公子嬰齊帥師伐莒。莒潰，楚人入鄆。《春秋》。

秦人、白狄伐晉。《春秋》。

鄭人圍許。《春秋》。

晉侯歸楚鍾儀于楚。用《左傳》修。楚子使公子辰如晉。《左傳》。

五年。晉使糴茷如楚，報使。用《左傳》修。

晉侯有疾，立世子州蒲爲君，以會齊侯、宋公、魯侯、衛侯、曹伯伐鄭。用《左傳》《史記·年表》《世家》《經世》修。

晉景公卒。用《左傳》《史記·年表》《世家》《經世》修。

晉程嬰攻屠岸賈，滅其族，復趙武。程嬰請死。用《經世》修。

六年。周公楚出奔晉。用《左傳》修。

命王季子、單子取鄇田于晉。用《左傳》修。

七年。宋華元合晉、楚之成。晉、楚交聘。用《左傳》修。

八年。魯侯及諸侯來朝，遂從王季子、成子會晉侯伐秦。曹宣公卒于師。公子負芻殺世子而自立。用《左傳》修。

成肅公卒于瑕。用《左傳》修。

九年。鄭人伐許。用《左傳》修。

衛定公卒，子衎嗣。用《左傳》《史記·年表》《世家》修。

秦桓公卒，子嗣。見《春秋》，兼用《史記·年表》《秦紀》《經世》修。

十年。晉侯、魯侯、衛侯、鄭伯、曹伯、宋世子成、齊國佐、邾人同盟于戚。用《左傳》修。晉侯執曹伯歸于京師。《春秋》。諸侯立子臧，辭，奔宋。用《左傳》修。

宋共公卒。蕩山攻殺太子肥。華元出奔，歸而殺山。立公子成。魚石奔楚。用《左傳》《史記·年表》《世家》修。

楚子伐鄭。《春秋》。

晉士燮、齊高無咎、宋華元、魯叔孫僑如、衛孫林父、鄭公子鰌、邾人會吴于鍾離。用《左傳》修。

許遷于葉。《春秋》。

十有一年。六月丙寅朔，日有食之。《春秋》。

晉侯及楚子、鄭伯戰于鄢陵。楚子、鄭師敗績。楚殺其大夫公子側。《春秋》。

晉侯、齊侯、魯侯、衛侯、宋華元、邾人會于沙隨。見《春秋》。

尹子、晉侯、魯侯、齊國佐、邾人伐鄭。晉人執魯季孫行父，郤犨盟于扈而歸之。用《左傳》修。

釋曹伯歸于曹。用《左傳》修。

晉侯使郤至來獻楚捷。用《左傳》修。

十有二年。尹子、單子、晉侯、齊侯、宋公、魯侯、衛侯、曹伯、邾人伐鄭，用《左傳》修。

同盟于柯陵。《春秋》。

單子、晉侯、宋公、魯侯、衛侯、曹伯、齊人、邾人伐鄭。用《左傳》修。

十有二月丁巳朔，日有食之。《春秋》。

邾定公卒，牼立。見《春秋》。

晉殺其大夫郤錡、郤犨、郤至。《春秋》。

燕昭公卒，武公立。用《史記・世家》修。

十有三年。晉弒其君厲公，來逆公孫周于京師，立之。用《左傳》《史記・年表》《世家》修。

楚子、鄭伯伐宋。宋魚石復入于彭城。《春秋》。

魯成公卒，子午嗣。用《左傳》《史記・年表》《世家》《經世》修。

楚人、鄭人侵宋。《春秋》。

晉侯、宋公、衛侯、邾子、齊崔杼、魯仲孫蔑同盟于虛朾。用《左傳》修。

十有四年。魯襄公元。晉欒黶、宋華元、魯仲叔蔑、衛甯殖、曹人、莒人、邾人、滕人、薛人圍宋彭城。用《左傳》修。晉韓厥帥師伐鄭。《春秋》。齊崔杼、魯仲孫蔑、曹人、邾人、杞人次于鄫。用《左傳》修。楚公子壬夫帥師侵宋。《春秋》。

九月，王崩，太子泄心踐位。用《史記·本紀》修。

庚寅。靈王元年。正月，葬簡王。《春秋》。

鄭師伐宋。《春秋》。鄭成公卒，子髡頑嗣。用《左傳》《史記·年表》《世家》修。晉師、宋師、衛甯殖侵鄭。《春秋》。晉荀罃、宋華元、魯仲孫蔑、衛孫林父、曹人、邾人會于戚。晉荀罃、齊崔杼、宋華元、魯仲孫蔑、衛孫林父、曹人、邾人、滕人、薛人、小邾人會于戚，用《左傳》修。遂城虎牢。《春秋》。

二年。楚公子嬰齊帥師伐吴。《春秋》。吴人伐楚。《左傳》。

單子、晉侯、宋公、魯侯、衛侯、鄭伯、莒子、邾子、齊世子光同盟于雞澤。用《左傳》修。

陳侯使袁僑如會。《春秋》。諸侯之大夫及袁僑盟。用《左傳》修。

三年。陳成公卒，子溺嗣。用《左傳》《史記·年表》《世家》修。

陳人圍頓。《春秋》。

晉大夫魏絳盟諸戎。用《左傳》修。

四年。王叔陳生如晉。晉侯使士魴來京師。用《左傳》修。

晉侯、宋公、魯侯、陳侯、衛侯、鄭伯、曹伯、莒子、邾子、滕子、薛伯、齊世子光、吴人、鄫人會于戚。用《左傳》修。

諸侯戍陳。《左傳》。楚公子貞帥師伐陳。《春秋》。晉侯、宋公、魯侯、衛侯、鄭伯、曹伯、齊世子光救陳。用《左傳》修。

五年。莒人滅鄫。《春秋》。

齊侯滅萊。《春秋》。

六年。楚公子貞帥師圍陳。《春秋》。晉侯、宋公、魯侯、陳侯、衛侯、曹伯、莒子、邾子會于鄬。用《左傳》修。鄭僖公如會，未見諸侯，卒于鄵，見《春秋》。公子騑實弑之，而立其子嘉。用《左傳》《史記·年表》《世家》修。陳侯逃歸。《春秋》。

七年。鄭人侵蔡，獲蔡公子燮。《春秋》。晉侯、鄭伯、齊人、宋人、魯人、衛人、邾人會于邢丘。用《左傳》修。

楚公子貞帥師伐鄭。《春秋》。

八年。晉侯、宋公、魯侯、衛侯、曹伯、莒子、邾子、滕子、薛伯、杞伯、小邾子、齊世子光伐鄭，用《左傳》修。同盟于戲。楚子伐鄭。《春秋》。

九年。晉侯、宋公、魯侯、衛侯、曹伯、莒子、邾子、滕子、薛伯、杞伯、小邾子、齊世子光會吴于柤，用《左傳》修。遂滅偪陽。《春秋》。

楚公子貞、鄭公孫輒帥師伐宋。《春秋》。晉侯、宋公、魯侯、衛侯、曹伯、莒子、邾子、齊世子光、滕子、薛伯、杞伯、小邾子伐鄭。用《左傳》修。戍鄭虎牢。楚公子貞帥師救鄭。《春秋》。

以單子爲卿士。用《左傳》修。

十年。魯作三軍。用《左傳》修。

鄭公孫舍之帥師侵宋。《春秋》。晉侯、宋公、魯侯、衛侯、曹伯、齊世子光、莒子、邾子、滕子、薛伯、杞伯、小邾子伐鄭。用《左傳》修。同盟于亳城北。楚子、鄭伯伐宋。《春秋》。晉侯、宋公、魯侯、衛侯、曹伯、齊世子光、莒子、邾子、滕子、薛伯、杞伯、小邾子伐鄭，用《左傳》修。會于蕭魚。楚人執鄭行人良霄。秦人伐晉。《春秋》。

十有一年。吴子壽夢卒。長子諸樊立。用《左傳》《史記・年表》《世家》《經世》修。

楚公子貞帥師侵宋。《春秋》。

王使陰里聘后于齊。用《左傳》修。

十有二年。晉作三軍。用《左傳》修。

楚共卒，子招立。世子出奔吴。用《史記・年表》修。

吴侵楚，敗績。用《左傳》修。

十有三年。晉士匄、齊人、宋人、魯季孫宿、叔老、衛人、鄭公孫蠆、曹人、莒人、邾人、滕人、薛人、杞人、小邾人會吴于向。用《左傳》修。

二月乙未朔，日有食之。《春秋》。

晉荀偃、齊人、宋人、魯叔孫豹、衛北宫括、鄭公孫蠆、曹人、莒人、邾人、滕人、薛人、杞人、小邾人伐秦。用《左傳》修。

衛侯出奔齊。《春秋》。衛人立公孫剽。用《左傳》修。

楚公子貞帥師伐吴，《春秋》。敗績。用《左傳》修。

王使劉子賜齊侯命。用《左傳》修。

晉士匄、宋華閲、魯季孫宿、衛孫林父、鄭公孫蠆、莒人、邾人會于戚。用《左傳》修。

十有四年。劉夏逆王后于齊。《春秋》。

齊侯伐魯，圍成。用《左傳》修。

八月丁巳，日有食之。《春秋》。

邾人伐魯南鄙。用《左傳》修。晉悼公卒，子彪嗣。用《左傳》《史記·年表》《世家》修。

十有五年。晉侯、宋公、魯侯、衛侯、鄭伯、曹伯、莒子、邾子、薛伯、杞伯、小邾子會于溴梁，用《左傳》修。大夫盟。晉人執莒子、邾子以歸。《春秋》。

鄭伯、晉荀偃、魯叔老、衛甯殖、宋人伐許。見《春秋》。

齊侯再伐魯北鄙。魯叔孫豹如晉。用《左傳》修。

十有六年。邾宣公卒，華立。見《春秋》。

宋人伐陳。衛石買帥師伐曹。《春秋》。齊侯伐魯北鄙，圍桃。齊高厚帥師伐魯北鄙，圍防。邾人伐魯南鄙。用《左傳》修。

十有七年。齊師伐魯北鄙。用《左傳》修。晉侯、宋公、魯侯、衛侯、鄭伯、曹伯、莒子、邾子、滕子、薛伯、杞伯、小邾子同圍齊。用《左傳》修。曹成公卒于師，見《春秋》。子滕嗣。見《春秋》，兼用《史記·年表》《世家》修。楚公子午帥師伐鄭。《春秋》。

燕武公卒，文公立。用《史記·年表》《世家》修。

十有八年。諸侯盟于祝阿。晉人執邾子。《春秋》。齊靈公卒，子光嗣。用《左傳》《史記·年表》《世家》《經世》修。晉士匄帥師侵齊，至穀，聞齊侯卒，乃還。《春秋》。

王賜鄭大夫公孫蠆大路以葬。用《左傳》修。

鄭殺其大夫公子嘉。《春秋》。子産爲大夫。用《左傳》修。

十有九年。晉侯、齊侯、宋公、魯侯、衛侯、鄭伯、曹伯、莒子、邾子、滕子、薛伯、杞伯、小邾子盟于澶淵。用《左傳》修。

蔡殺其大夫公子燮。《春秋》。

十月丙辰朔，日有食之。《春秋》。

二十年。晉欒盈出奔楚。《春秋》。

九月庚戌朔，日有食之。《春秋》。

十月庚辰朔，日有食之。《春秋》。

晉侯、齊侯、宋公、魯侯、衛侯、鄭伯、曹伯、莒子、邾子會于商任。用《左傳》修。

庚戌。二十有一年。晉人徵朝于鄭。《左傳》。

晉侯、齊侯、宋公、魯侯、衛侯、鄭伯、曹伯、莒子、邾子、薛伯、杞伯、小邾子會于沙隨。用《左傳》修。

鄭大夫公孫黑肱卒。用《左傳》修。

孔子生。用《史記·世家》修。

二十有二年。二月癸酉朔，日有食之。《春秋》。

晉欒盈復入于晉，入于曲沃。齊侯伐衛，遂伐晉。魯叔孫豹帥師救晉，次于雍榆。

晉人殺欒盈。齊侯襲莒。《春秋》。

穀、洛鬬。《國語》。

二十有三年。齊人來城郟。魯叔孫豹來賀城。用《左傳》修。

鄭伯如晉。用《左傳》修。齊、楚交聘。晉侯、宋公、魯侯、衛侯、鄭伯、曹伯、莒子、邾子、滕子、薛伯、杞伯、小邾子會于夷儀。用《左傳》修。楚子、蔡侯、陳侯、許男伐鄭。《春秋》。

七月甲子朔，日有食之，既。《春秋》。

八月癸巳朔，日有食之。《春秋》。

燕文公卒，懿公立。用《史記·年表》《世家》修。

二十有四年。齊崔杼弑其君莊公，立其弟杵臼。用《左傳》《史記·年表》《世家》修。晉侯、宋公、魯侯、衛侯、鄭伯、曹伯、莒子、邾子、滕子、薛伯、杞伯、小邾子會于夷儀，伐齊。齊慶封如師。用《左傳》修。諸侯同盟于重丘。鄭公孫舍之帥師入陳。衛侯入于夷儀。《春秋》。

晉使趙武爲政。用《左傳》修。

吴子遏伐楚，門于巢，卒。《春秋》。弟餘祭立。用《公羊傳》《史記·年表》《世家》《經世》修。

二十有五年。衛甯喜弑其君剽。衛孫林父入于戚以叛。衛侯衎復歸于衛。

魯侯、晉人、鄭良霄、宋人、曹人會于澶淵。用《左傳》修。晉人執衛甯喜。《春秋》。《春秋》。

許靈公卒于楚。用《左傳》修。楚子、蔡侯、陳侯伐鄭。《春秋》。

晉侯使士起入聘。用《左傳》修。

齊慶封誅崔杼之族，專國政。用《經世》修。

二十有六年。晉趙武、楚屈建、魯叔孫豹、蔡公孫歸生、衛石惡、陳孔奂、鄭良霄、許人、曹人會于宋。諸侯之大夫盟于宋。用《左傳》修。

衛殺其大夫甯喜。《春秋》。

十有一月乙亥朔，日有食之。用《左傳》杜氏《長曆》修。

二十有七年。齊侯、陳侯、蔡侯、北燕伯、杞伯、胡子、沈子、白狄朝于晉。宋公、魯侯、陳侯、鄭伯、許男朝于楚。用《左傳》修。楚康卒，子麇嗣。用《左傳》《史記·年表》《世家》修。

王崩。太子晉母弟貴踐位。用《史記·本紀》修。

燕懿公卒，子欵嗣。用《史記·世家》修。

丁巳。景王元年。夏五月，葬靈王。《左傳》。

衛獻公卒，子惡嗣。用《史記·年表》《世家》修。

閽弑吴子餘祭，《春秋》。弟夷末立。見《春秋》。

晉荀盈會齊高止、宋華定、魯仲孫羯、衛世叔儀、鄭公孫段、曹人、莒人、滕人、薛人、小邾人城杞。用《左傳》修。

吴子使札聘于魯、齊、鄭、衛、晉。用《左傳》《史記·年表》《經世》修。

二年。蔡世子般弒其君景侯而自立。用《左傳》修。

宋災，宋伯姬卒。《春秋》。

王殺其弟佞夫。用《左傳》修。王子瑕奔晉。《春秋》。

晉人、齊人、宋人、衛人、鄭人、曹人、莒人、邾人、滕人、薛人、杞人、小邾人會于澶淵，宋災故。《春秋》。

鄭使公孫僑爲政。用《左傳》修。

三年。魯襄公卒于楚宫，子野立而卒，裯立。用《左傳》《史記·年表》《世家》《經世》修。

鄭伯如晉。用《左傳》修。衛侯如楚。用《左傳》修。

莒人弒其君密州。《春秋》。

魯仲由生。用《史記·列傳》修。

四年。魯昭公元。晉趙武、楚公子圍、齊國弱、宋向戌、魯叔孫豹、衛齊惡、陳公子招、蔡公孫歸生、鄭罕虎、許人、曹人會于虢。魯取鄆。王使劉子勞趙武于潁。用《左傳》修。

邾悼公卒，穿立。見《春秋》。

晉荀吴始用卒，敗狄于大鹵。用《左傳》修。

莒去疾自齊入于莒。莒展輿出奔吴。《春秋》。

楚子麇卒，《春秋》。令尹圍實弒之而自立。楚公子比奔晉。用《左傳》《史記・年表》《世家》修。

五年。晉使韓起聘于魯、齊、衛。用《左傳》修。

鄭殺其大夫公孫黑。《春秋》。

蔡漆雕開生。用《史記・列傳》《家語》修。

六年。鄭游吉如晉。《左傳》。齊晏嬰如晉。用《左傳》修。

北燕伯欵出奔齊。《春秋》。燕人立悼公。用《左傳》修。

七年。楚子、蔡侯、陳侯、鄭伯、許男、徐子、滕子、頓子、胡子、沈子、小邾子、宋世子佐、淮夷會于申。楚人執徐子。楚子、蔡侯、陳侯、許男、頓子、胡子、沈子、淮夷伐吴，執齊慶封，殺之。遂滅賴。《春秋》。

鄭作丘賦。用《左傳》修。

魯有若生。用《史記・列傳》《家語》修。

甲子。八年。魯舍中軍。用《左傳》修。

秦景公卒，子嗣。見《春秋》，兼用《史記・年表》《秦紀》《經世》修。

楚子、蔡侯、陳侯、許男、頓子、沈子、徐人、越人伐吴。《春秋》。

孔子志于學。用《論語》修。

九年。鄭人鑄刑書。用《左傳》修。

楚公子棄疾如晉。用《左傳》修。

楚薳罷帥師伐吳，《春秋》。吳人敗之。用《左傳》修。

齊侯伐北燕。《春秋》。

十年。四月甲辰朔，日有食之。《春秋》。

衛襄公卒，公子元嗣。衛齊惡來請命，王使成子如衛弔，追錫命。用《左傳》《史記·世家》修。

十有一年。陳侯之弟招殺陳世子偃師。《春秋》。陳哀公卒。用《左傳》修。楚師滅陳。《春秋》。

十有二年。宋華亥、魯叔弓、鄭游吉、衛趙黶會楚子于陳。用《左傳》修。許遷于夷。《春秋》。

王使詹桓如晉。晉侯使趙成來致閻田。用《左傳》修。

十有三年。齊陳氏、鮑氏逐欒施、高彊。用《左傳》修。

晉平公卒，子夷嗣。用《左傳》《史記·年表》《世家》修。

宋平公卒，子佐嗣。用《左傳》《史記·年表》《世家》修。

孔子生伯魚。用《家語》修。

十有四年。楚子虔誘蔡侯般殺之于申。楚公子棄疾帥師圍蔡。《春秋》。晉韓起會齊國弱、宋華亥、魯季孫意如、衛北宮佗、鄭罕虎、曹人、杞人于厥憖。王使單子命事於會。用《左傳》修。楚師滅蔡，執蔡世子有以歸，用之。《春秋》。

單成公卒。用《左傳》修。

十有五年。齊高偃帥師納北燕伯于陽。《春秋》。

鄭簡公卒，子寧嗣。用《左傳》《史記·年表》《世家》修。

齊侯、魯侯、衛侯、鄭子如晉。魯侯至河乃復。魯公子慭遂如晉。公子慭奔齊。用《左傳》修。

原伯絞奔郊。成、景之族弑甘公過。用《左傳》修。

楚子伐徐。《春秋》。

十有六年。楚公子比自晉歸于楚，弑其君虔于乾谿。《春秋》。楚公子棄疾殺公子比而自立。用《左傳》修。

劉子、晉侯、齊侯、宋公、魯侯、衛侯、鄭伯、曹伯、莒子、邾子、滕子、薛伯、杞伯、小邾子會于平丘，同盟。魯侯不與盟。用《左傳》修。晉人執魯季孫意如以歸。《春秋》。

蔡侯廬歸于蔡。陳侯吳歸于陳。《春秋》。

吳滅州來。《春秋》。

燕悼公卒，共公立。用《史記·年表》《世家》修。
十有七年。晉釋魯季孫意如。用《左傳》修。
曹武公卒，子須嗣。見《春秋》，兼用《史記·年表》《世家》修。
十有八年。吴子夷末卒，子僚立。用《史記·世家》修。
蔡朝吴出奔鄭。《春秋》。
六月丁巳朔，日有食之。《春秋》。
王太子壽卒。王穆后崩。《左傳》。
十有九年。齊侯伐徐。《春秋》。徐子及郯人、莒人會齊侯，盟于蒲隧。《左傳》。
楚子誘戎蠻子殺之。《春秋》。
晉昭公卒，子去疾嗣。用《左傳》《史記·年表》《世家》修。
二十年。六月甲戌朔，日有食之。《春秋》。
郯子朝于魯。用《左傳》修。
晉侯使屠蒯來，請有事於雒與三塗。用《左傳》修。晉荀吴帥師滅陸渾之戎。《春秋》。
楚人及吴戰于長岸。《春秋》。
二十有一年。毛得殺毛伯過。用《左傳》修。
曹平公卒，子午嗣。用《左傳》《史記·年表》《世家》修。

宋、衛、陳、鄭災。《春秋》。

使原伯魯如曹，葬曹平公。用《左傳》修。

許遷于白羽。《春秋》。

鑄大錢。《國語》。

燕共公卒，平公立。用《史記·年表》《世家》修。

二十有二年。許世子止弒其君買。葬許悼公。《春秋》。

楚用費無極，放世子建于城父。用《經世》修。

二十有三年。孔子至京師，既而反乎魯。用《史記·世家》《家語》修。

楚世子建自城父奔宋。楚子殺其傅伍奢及子尚。伍員奔吴。用《左傳》修。

齊侯與其大夫晏嬰入魯，問禮於孔子。用《經世》修。

鄭大夫公孫僑卒。用《左傳》修。

蔡平侯卒，子朱嗣。用《左傳》《史記·年表》《世家》修。

魯冉雍生。魯冉求生。用《史記·列傳》及注修。

二十有四年。鑄無射。用《左傳》《國語》修。

七月壬午朔，日有食之。《春秋》。

蔡平侯之弟東國攻蔡侯朱。朱出奔楚。東國自立。用《左傳》《史記·年表》《世家》修。

魯顔回生。齊高柴生。用《史記·列傳》《家語》修。

二十有五年。王崩，子猛踐位。用《左傳》《史記·本紀》修。葬景王。王室亂。劉子、單子以王猛居于皇。《春秋》。秋，入于王城。用《左傳》修。

冬，王子猛卒。《春秋》。母弟丐立。用《史記·本紀》修。

十有二月癸卯朔，日有食之。用杜氏《長曆》修。

衛端木賜生。用《史記·列傳》修。

壬午。敬王元年。蔡悼侯卒于楚，用《史記·世家》修。弟申立。用《史記·年表》《世家》修。

吴敗頓、胡、沈、蔡、陳、許之師于雞父，胡子髡、沈子逞滅，獲陳夏齧。《春秋》。

王居狄泉。用《左傳》修。尹氏立王子朝。《春秋》。地震。用《左傳》杜氏注修。

二年。王在狄泉。王子朝入于鄔。用《左傳》修。

晉侯使士景伯來。用《左傳》修。鄭伯如晉。《左傳》。

五月乙未朔，日有食之。《春秋》。

吴滅巢。《春秋》。

三年。晉趙鞅、宋樂大心、魯叔詣、衛北宮喜、鄭游吉、曹人、邾人、滕人、薛人、小邾人會于黄父。用《左傳》修。

魯侯攻其大夫季孫意如，不克，出奔齊。用《左傳》修。宋元公如晉，卒于曲棘，子頭曼嗣。用《左傳》《史記·年表》《世家》修。

孔子如齊。用《史記·世家》修。

四年。王使單子如晉。王次于滑。晉知躒、趙鞅以師至。王入于成周。用《左傳》修。尹氏、召伯、毛伯以王子朝奔楚。《春秋》。

楚平卒，子壬嗣。用《左傳》《史記·年表》《世家》修。

五年。吴子使季札聘于晉。用《左傳》修。吴弑其君僚。《春秋》。諸樊之子光立。用《左傳》《史記·世家》修。

晉士鞅、宋樂祁犂、衛北宫喜、曹人、邾人、滕人會于扈。《春秋》。

曹悼公卒，見《春秋》。露立。見《春秋》。

楚人誅費無極。用《左傳》修。

晉籍秦來致諸侯之戍。用《左傳》修。

六年。魯侯如晉，次于乾侯。用《左傳》修。

鄭定公卒，子蠆嗣。用《史記·年表》《世家》修。

晉六卿殺公族，分其邑。各使其子爲大夫。用《史記·世家》修。

七年。殺召伯盈、尹固及原伯魯之子。王子趙車入于鄻以叛，陰不佞討敗之。用《左傳》修。

八年。晉頃公卒，子午嗣。用《左傳》《史記·年表》《世家》修。

吴滅徐，徐子章禹奔楚。《春秋》。

九年。十有二月辛亥朔，日有食之。《春秋》。

十年。吴伐越。《春秋》。

王使富辛、石張如晉。晉韓不信、齊高張、宋仲幾、魯仲孫何忌、衛世叔申、鄭國參、曹人、莒人、薛人、杞人、小邾人城成周。用《左傳》修。

魯昭公卒于乾侯。季孫意如廢世子而立公子宋。用《左傳》《史記·年表》《世家》《經世》修。

十有一年。魯定公元。晉人執宋仲幾。用《左傳》修。

十有二年。盜殺鞏簡公。用《左傳》修。

楚囊瓦伐吴。吴敗楚師于豫章。用《左傳》修。

十有三年。邾莊公卒，見《春秋》。益立。見《春秋》。

衛卜商生。用《史記·列傳》《家語》修。

十有四年。陳惠公卒，見《春秋》。子柳嗣。用《史記·世家》修。

劉子、晉侯、宋公、魯侯、蔡侯、衛侯、陳子、鄭伯、許男、曹伯、莒子、邾子、頓子、胡子、滕子、薛伯、杞伯、小邾子、齊國夏會于召陵，侵楚。諸侯盟于皋鼬。用《左傳》修。

劉文公卒。見《春秋》。

楚人圍蔡。蔡侯以吴子及楚人戰于柏舉，楚師敗績。吴入郢。《春秋》。

吴言偃生。用《史記·列傳》修。

十有五年。三月辛亥朔，日有食之。《春秋》。

王使人殺王子朝于楚。用《左傳》修。

於越入吴。《春秋》。

魯陽虎囚季孫斯。用《左傳》修。

楚子入于郢。用《左傳》修。

燕平公卒，簡公立。用《史記·年表》《世家》修。

魯曾參生。用《史記·列傳》修。

十有六年。鄭游速帥師滅許，以許男斯歸。《春秋》。

鄭寇胥靡等六邑。晉人入戍，城胥靡。用《左傳》修。冬，王處于姑蕕。用《左傳》修。

十有七年。儋翩入于儀栗以叛。《左傳》。

單子、劉子敗尹氏於窮谷。用《左傳》修。

齊侯、鄭伯盟于鹹。《春秋》。

齊人執衛行人北宫結以侵衛。齊侯、衛侯盟于沙。《春秋》。

齊國夏伐魯西鄙。用《左傳》修。

王入于王城。《左傳》。
十有八年。單子伐穀城、簡城。劉子伐儀栗、盂。用《左傳》修。
曹靖公卒，子伯陽嗣。用《史記·年表》《世家》修。
陳懷公卒于吴，國人立其子越。用《史記·年表》《世家》修。
晉士鞅帥師侵鄭，遂侵衛。《春秋》。
魯陽虎攻三家，弗克，奔齊。用《左傳》修。
魯宓不齊生。用《史記·列傳》修。
十有九年。公山不狃召孔子，欲往，不果。用《論語》《史記·世家》修。
魯用孔子爲中都宰。用《史記·世家》《家語》修。
鄭獻公卒，子勝嗣。用《史記·年表》《世家》修。
秦哀公卒，孫嗣。見《春秋》，兼用《史記·年表》《秦紀》《經世》修。
魯閔損生。用《家語》修。
二十年。魯以孔子爲大司寇，相魯侯，會齊侯于夾谷。齊人歸魯鄆、讙、龜陰田。用《左傳》《史記·世家》修。
齊侯、衛侯、鄭游速會于安甫。《春秋》。
二十有一年。宋公寵向魋，弟辰及仲佗、石彄、公子地、樂大心皆叛。用《左傳》修。

二十有二年。魯墮郈及費。墮成，弗克。用《左傳》修。

十有一月丙寅朔，日有食之。《春秋》。

二十有三年。齊侯、衛侯次于垂葭。《春秋》。

晉趙鞅入于晉陽以叛，荀寅、士吉射入于朝歌以叛。趙鞅歸于晉。用《左傳》修。

魯以孔子攝相事，與聞國政。用《史記·世家》修。

齊人歸女樂于魯。孔子適衛。用《論語》《孟子》《史記·世家》修。

越子允常卒，子句踐嗣。用《左傳》《史記·世家》修。

二十有四年。於越敗吴于檇李。《春秋》。吴闔廬卒，見《春秋》。子夫差嗣。用《左傳》《史記·世家》修。

齊侯、魯侯、衛侯會于牽。用《左傳》修。齊侯、宋公會于洮。《春秋》。

王使石尚歸脤于魯。用《穀梁傳》修。

衛世子蒯聵出奔宋。《春秋》。

晉人敗范、中行氏之師於潞，獲籍秦、高彊。又敗鄭師及范氏之師于百泉。《左傳》。

孔子自衛適陳，畏於匡，反衛。用《論語》《史記》修。

二十有五年。孔子去衛，過曹。用《史記》修。

魯定公卒，子將嗣。用《左傳》《史記·年表》《世家》《經世》修。

八月庚辰朔，日有食之。《春秋》。

孔子適宋，及鄭，至陳。用《史記·世家》修。

二十有六年。魯哀公元。楚子、陳侯、隨侯、許男圍蔡。《春秋》。

吴子敗越于夫椒。用《左傳》修。

齊侯、衛侯伐晉，《春秋》。救邯鄲。用《左傳》修。

吴侵陳。《左傳》。

二十有七年。衛靈公卒，蒯聵之子輒立。用《左傳》《經世》修。晉趙鞅帥師納衛世子蒯聵于戚。《春秋》。

晉趙鞅帥師及鄭罕達帥師戰于鐵，鄭師敗績。《春秋》。

蔡遷于州來。《春秋》。

燕簡公卒，獻公立。用《史記·年表》《世家》修。

二十有八年。齊國夏、衛石曼姑帥師圍戚。《春秋》。

魯桓、僖宫災。用《左傳》修。

殺萇弘。用《左傳》修。

魯季孫斯卒。用《左傳》修。

晉趙鞅圍朝歌。《左傳》。

秦惠公卒，子嗣。見《春秋》，兼用《經世》修。

二十有九年。盜殺蔡昭侯，國人立其子朔。用《左傳》《史記·年表》《世家》修。

晉人執戎蠻子赤歸于楚。《春秋》。

孔子如蔡。用《史記·世家》《經世》修。

三十年。晉趙鞅逐荀寅、士吉射，奔齊。用《左傳》修。

齊景公卒，《左傳》。少子荼立。用《左傳》《史記·年表》《世家》修。

三十有一年。吴伐陳。《春秋》。孔子自蔡如葉。用《史記·世家》修。

顔回卒。用《史記·世家》修。

楚昭卒，群臣立其子章。用《左傳》《史記·年表》《世家》修。

孔子自楚反。用《史記·世家》修。

齊陽生入于齊。齊陳乞弑其君荼。《春秋》。

三十有二年。宋皇瑗帥師侵鄭。晉魏曼多帥師侵衛。《春秋》。

魯侯會吴于鄫。魯侯伐邾，以邾子益歸。用《左傳》修。

三十有三年。宋公入曹，以曹伯陽歸。《春秋》。

吴伐魯。魯歸邾子益于邾。用《左傳》修。

三十有四年。楚人伐陳。《春秋》。

三十有五年。魯侯會吴伐齊。用《左傳》修。齊侯陽生卒，《春秋》。齊人實弑之，而立其子壬。用《左傳》《史記·年表》《世家》修。

楚公子結帥師伐陳。《春秋》。

孔子自陳復至衛。用《史記·衛世家》修。

三十有六年。齊國書帥師伐魯。魯侯會吴伐齊。用《左傳》修。齊國書帥師及吴戰于艾陵，齊師敗績，獲齊國書。《春秋》。

孔子自衛反魯。用《左傳》《史記·世家》修。

孔子叙《書》，記《禮》，删《詩》，正《樂》，序《易·彖》《繫》《象》《説卦》《文言》。用《史記·世家》修。

三十有七年。魯用田賦。用《左傳》修。

吴子會魯侯、衛侯、宋皇瑗于橐皋。用《左傳》修。

三十有八年。單子、晉侯、魯侯會吴子于黄池。吴子使騶來告勞。用《左傳》《吴越春秋》修。楚公子申帥師伐陳。《春秋》。於越入吴。《春秋》。吴及越平。《左傳》。

三十有九年。魯人獲麟。用《左傳》修。

孔子作《春秋》。用《史記·世家》修。

齊陳恒與闞止争政，殺之，執簡公，寘于舒州。用《左傳》《史記·年表》《世家》修。

五月庚申朔，日有食之。魯史。

宋向魋謀弒其君，不克，入于曹以叛，自曹出奔衛。向巢奔魯。司馬牛致其邑而適齊。用《左傳》修。

齊陳恒弒其君簡公于舒州，立其弟驁。孔子請魯侯討之，三家不可。用《論語》《左傳》《史記·年表》《世家》修。

魯饑。用魯史修。

四十年。齊高無丕出奔北燕。魯史。

鄭伯伐宋。魯史。

晉趙鞅帥師伐衛。魯史。

齊及魯平。子服回如齊，端木賜爲介。齊歸魯侵地。用《左傳》修。

熒惑守心。用《史記·宋世家》修。

四十有一年。衛世子蒯聵自戚入于衛，其子輒出奔魯。衛侯使鄢肸來告。用《左傳》修。

孔子卒于魯。用《左傳》修。

楚公孫勝殺令尹公子申。司馬公子結執楚子寘于高府。陳人侵楚。沈諸梁率方城外人討勝，誅之，迎楚子復位。用《左傳》修。

衛侯逐太叔遺，遺奔晉。用《左傳》修。

四十有二年。越子伐吳，敗之于笠澤。用《國語》修。

晉趙鞅圍衛。齊國觀、陳瓘救衛。晉師還。用《左傳》修。

楚滅陳，殺陳湣公。用《左傳》《史記・年表》《世家》修。

晉趙鞅復伐衛。衛人出其君蒯聵而與晉平。晉立公孫般師。莊公死于戎州己氏。用《左傳》修。

齊人伐衛，立公子起，執般師以歸。用《左傳》修。

齊侯、魯侯盟于蒙。用《左傳》修。

甲子。四十有三年。衛石圃逐其君起，起奔齊。衛出公輒自齊復歸，逐石圃，復石魋與太叔遺。用《左傳》修。

齊陳恒殺鮑氏、晏氏及公族之强者，割齊安平以東至琅琊，爲封邑。用《史記・田敬仲世家》修。

秦悼公卒，子嗣。用《史記・年表》《秦紀》修。

四十有四年。越人侵楚。楚公子慶、公孫寬追越師，不及。用《左傳》修。

楚沈諸梁伐東夷。三夷男女及楚師盟于敖。《左傳》。

王崩。太子仁踐位。用《左傳》《史記・本紀》《經世》修。

吴伐楚。用《經世》修。

魯叔青來京師。用《左傳》修。

丙寅。元王元年。齊人、魯人、鄭人會于廩丘。用《左傳》修。

吴子殺公子慶忌。用《左傳》修。

越圍吴。《左傳》。

晉定公卒，子錯嗣。用《史記·世家》修。

晉趙簡子卒，立其次子無恤。用《左傳》修。

蜀聘于秦。用《史記·秦紀》修。

晉荀瑶伐鄭，取九邑。用《史記·世家》修。

二年。晉趙無恤使楚隆如吴。用《左傳》修。

晉趙無恤滅代。用《史記·世家》修。

越人聘于魯，又聘于齊。用《左傳》修。

齊侯、魯侯、邾子盟于顧。用《左傳》修。

三年。越人納邾子益于邾，太子革奔越。用《左傳》修。

越滅吴。吴子夫差自殺。用《左傳》《史記·年表》修。

越子會齊、晉及諸侯于徐州。用《史記·世家》修。

越人致貢。王賜越子胙，命爲伯。用《史記·世家》修。

越子以江北地至泗上與楚，以泗東地與魯，歸吳所侵宋地。用《史記·世家》修。

越范蠡去越。越伯殺其大夫文種。用《史記·世家》《經世》修。

四年。晉荀瑶告伐齊。用《左傳》修。

魯叔青如越。越諸鞅聘魯。用《左傳》修。

蔡成侯卒，子産嗣。用《史記·世家》修。

楚人聘于秦。用《史記·年表》修。

五年。晉侯及魯臧石伐齊，取廩丘。用《左傳》修。

越人執邾子以歸，立公子何。用《左傳》修。

魯侯以公子荆之母爲夫人，荆爲太子。用《左傳》修。

魯侯朝于越。用《左傳》修。

義渠聘秦。用《史記·年表》修。

六年。衛侯輒出奔宋。用《左傳》修。

魯侯自越反。用《左傳》修。

七年。越皋如、后庸、宋樂茷、魯叔孫舒伐衛，納衛侯輒。衛人賂之，不克納。衛人立黚。用《左傳》《史記·世家》修。

衛人使司徒期聘于越。用《左傳》修。

宋景公卒。大尹立啓，六卿逐啓及大尹，而立得。用《左傳》修。

王崩。太子介踐位。用《史記·本紀》修。

晉荀瑶城宅陽。用酈道元《水經注》修。

癸酉。貞定王元年。越人使后庸聘魯，且言邾田。魯侯及越后庸盟于平陽。用《左傳》修。

晉荀瑶帥師伐鄭，齊陳恒帥師救鄭，晉師還。用《左傳》修。

魯侯出奔越。用《左傳》修。

魯哀公卒于有山氏，魯人立其子寧。用《左傳》《稽古録》《大事記》修。

二年。魯悼公元。

三年。晉地震。用《外紀》修。

四年。燕獻公卒，孝公立。用《史記·年表》《世家》修。

越菼執卒，子鹿郢嗣。用《紀年》《史記·世家》《大事記》修。

五年。晉荀瑶、趙無恤帥師圍鄭。用《左傳》修。

六年。晉人、楚人聘秦。用《史記·年表》修。

鄭聲公卒，子易嗣。用《史記·年表》《世家》修。

晉河絶于扈。《外紀》。

八年。秦塹阿旁。用《史記·年表》修。

秦伐大荔,取其王城。用《史記·秦紀》修。

十年。越鹿郢卒,子不壽嗣。用《紀年》《史記·世家》修。

十有一年。晉荀瑶與趙氏、韓氏、魏氏分范、中行氏之地以爲己邑。晉侯告于齊、魯,請伐四卿。四卿反攻其君,晉侯奔齊。用《史記·世家》《稽古録》修。

晉荀瑶滅夙繇。用《外紀》修。

十有二年。晉出公卒于齊。荀瑶立昭公曾孫驕,而專其政。用《史記·世家》《大事記》修。

蔡聲侯卒,子嗣。用《史記·年表》《世家》修。

晉荀瑶襲衛,用蘇氏《古史》《戰國策》修。晉三卿宴於藍臺。用《國語》修。

晉河水赤三日。用《外紀》修。

秦伯帥師與緜諸戰。用《史記·年表》修。

十有三年。晉取秦武城。用《史記·秦紀》修。

齊平公卒,子積嗣。用《史記·年表》《世家》修。

陳成子卒,子盤代。用《史記·世家》修。

十有四年。晉荀瑶大治宫室。用《國語》修。

晉荀瑶約魏駒、韓虎攻趙無恤，無恤奔晉陽。用《經世》《通鑑》修。

鄭人弑哀公，而立聲公之弟丑。用《史記·世家》修。

十有五年。晉荀瑶及韓、魏圍晉陽。用《經世》《通鑑》修。

十有六年。晉趙無恤約魏駒、韓虎攻荀瑶，滅之，三分其地。用《史記·世家》修。

齊田盤使其宗人盡爲齊都邑大夫，與三晉通使。用《史記·世家》修。

晉趙無恤使新稚狗伐狄。用《國語》《外紀》修。

十有七年。晉知開奔秦。用《史記·年表》修。

十有八年。秦左庶長城南鄭。用《史記·年表》修。

衛悼公卒，子弗嗣。用《史記·年表》修。

蔡元侯卒，子齊嗣。用《史記·年表》《世家》修。

十有九年。燕孝公卒，載立。用《紀年》《史記·年表》《世家》修。

二十年。越盲姑卒，子翁嗣。用《紀年》《史記·世家》修。

越人迎女於秦。用《史記·年表》修。

二十有一年。晉知寬奔秦。用《史記·年表》修。

二十有二年。楚子滅蔡。蔡侯齊出亡。用《史記·年表》《世家》修。

二十有四年。楚滅杞。用《史記·年表》修。

楚與秦平。楚東侵地至于泗。用《史記·世家》修。
二十有五年。秦伐義渠，執其君以歸。用《史記·秦紀》修。晉韓虎、魏駒伐伊、洛陰戎，滅之。用《外紀》修。
二十有六年。日有食之。晝晦，星見。用《史記·年表》修。
秦厲共公卒，子嗣。用《史記·秦紀》修。
二十有八年。王崩，子去疾踐位。弟叔弑之。少弟嵬攻殺叔而立。用《史記·本紀》修。
封弟揭於河南，以續周公之職。用《史記·本紀》《帝王世紀》修。
秦南鄭反。用《史記·秦紀》修。

辛丑。考王元年。
二年。晉哀公卒，子柳嗣。用《史記·世家》修。
四年。晉侯反朝于韓、趙、魏氏。晉獨有絳、曲沃。用《史記·世家》修。
六年。秦，六月，雪。日有食之。用《史記·年表》修。
七年。燕成公卒，閔公立。用《史記·年表》《世家》修。
八年。彗星見。用《史記·秦紀》《秦記》修。
九年。楚惠卒，子中嗣。用《史記·年表》《世家》修。

衛敬公卒，子糾嗣。衛屬于晉韓、趙、魏氏。用《史記·世家》修。

十年。楚滅莒。用《史記·年表》修。

魯悼公卒，子嘉嗣。用《史記·世家》《稽古録》《大事記》修。

十有一年。義渠伐秦，侵至渭陽。《史記·年表》。

十有二年。秦躁公卒，弟立。用《史記·秦紀》修。

十有三年。晉桃杏冬實。《外紀》。

十有四年。晉侯、魯侯會于楚丘。用《外紀》修。

十有五年。王崩，太子午踐位。用《史記·本紀》修。

衛公子亹弑其君昭公而自立。用《史記·世家》修。

西周公封其少子班於鞏，以奉王，是爲東周。用《史記·本紀》修。

丙辰。威烈王元年。晉趙襄子卒，以兄伯魯之孫浣爲後，徙治中牟。襄子之弟嘉逐浣而自立於代。用《史記·世家》《索隱》《經世》修。

秦庶長鼂弑其君懷公，國人立其孫。用《史記·本紀》修。

鄭共公卒，子己嗣。用《史記·世家》修。

晉韓康子卒，子啓章代。魏桓子卒，子斯代。用《史記·年表》《世家》修。

二年。晉趙桓子卒，國人殺其子，迎浣復位。用《史記·年表》《世家》《經世》修。

三年。晉韓啓章伐鄭，殺幽公。鄭人立其弟駘。用《史記·年表》修。

四年。秦作上、下時。用《史記·年表》修。

六年。盜殺晉幽公。魏斯誅亂者，立其子止。用《史記·年表》修。

七年。晉魏斯城少梁。用《史記·世家》修。韓啓章都平陽。趙浣城泫氏。用《水經注》修。

八年。秦人與晉魏氏戰少梁。用《史記·秦紀》修。

越滅郯。《外紀》。

甲子。九年。晉魏氏復城少梁。用《史記·年表》修。

秦城塹河瀕[五]。秦初以君主妻河。用《史記·年表》修。

十年。晉趙氏城平邑。用《水經注》修。

十有一年。秦補龐城，城籍姑。用《史記·年表》修。

衛公孫頽弑其君懷公而自立。用《史記·年表》《世家》修。

秦靈公卒，國人廢其子而立其季父簡公。用《史記·年表》《稽古録》修。

齊田居思伐晉趙氏鄗，圍平邑。用《水經注》《竹書紀年》修。

十有二年。中山武公初立。用《史記·年表》修。

十有三年。齊田白伐晉，毁黄城，圍陽狐。用《史記·世家》修。

秦與晉戰，敗于鄭下。用《史記·年表》修。

晉河岸崩，壅龍門，至于底柱。用《外紀》修。

十有四年。齊田白伐魯、莒及安陽。用《史記·世家》、魏收《地形志》修。

晉魏斯使其子擊圍繁龐，出其民。用《史記·世家》修。

越朱句卒，子翳嗣。用《史記·世家》修。

十有五年。齊田白伐魯，取一城。用《史記·世家》修。

十有六年。日有食之。用《史記·年表》修。

王命晉韓啓章、趙浣伐齊，入長城。用《外紀》修。

魯元公卒，子顯嗣。用《史記·世家》《經世》修。

齊田汾敗晉趙氏于平邑，獲其將韓舉，取平邑。用《水經注》《竹書紀年》修。

齊田莊子卒，子和代。用《史記·世家》《禮記》修。

十有七年。魯侯尊禮孔伋。用《孟子》《漢書》《古史》修。

魯侯以公儀休爲相，泄柳、申詳爲臣。用《孟子》《漢書》《古史》修。

秦初令吏帶劍。用《史記·年表》修。

晉魏斯伐秦，築臨晉、元里。用《史記·世家》修。

晉韓武子卒，子虔代。趙獻子卒，子籍代。用《史記·年表》《世家》修。

十有八年。晉魏斯擊宋，使樂羊伐中山，克之。使其子擊守中山。用《史記·年表》《世家》修。

秦塹洛，城重泉。用《史記·年表》修。

齊田和伐魯，取成。用《史記·世家》修。

秦初租禾。用《史記·年表》修。

晉魏斯伐秦，至鄭而還，築洛陰、合陽。用《史記·世家》修。

楚簡卒，子當嗣。用《史記·年表》《世家》修。

晉韓虔伐鄭，取雍丘。用《史記·年表》修。

鄭城京。《史記·年表》。

十有九年。晉魏斯受經于卜子夏，友田子方，敬段干木。用《史記·年表》《説苑》《通鑑》修。

鄭人伐晉韓氏，敗韓兵，取負黍。用《史記·世家》《經世》修。

齊侯、鄭伯會于西城。用《史記·世家》修。

齊田和伐衛，取毌丘。用《史記·世家》修。

晉魏斯以吴起爲西河守，西門豹爲鄴令。上地守李悝作盡地力之教及平糴法，著《法經》。用《漢》《晉·志》、杜氏《通典》修。

二十有一年。晉魏斯以魏成爲相。用《史記·年表》《説苑》修。

齊宣公卒，子貸嗣。用《史記·年表》《世家》修。

齊田會以廩丘叛田氏。用《史記·年表》《世家》修。

晉趙籍以公仲連爲相。用《史記·世家》修。

二十有二年。宋昭公卒，子購由嗣。用《史記·世家》《大事記》修。

戊寅。二十有三年。九鼎震。用《史記·年表》《本紀》修。

【校記】

〔一〕「用左傳修」，原作「春秋」，今據慎獨齋配補歸仁齋本、宋犖本、辛祖堂本、《四庫》本改。

〔二〕「左」，原作「三」，今據宋犖本、辛祖堂本、《四庫》本改。

〔三〕「左」，原作「三」，今據宋犖本、辛祖堂本、《四庫》本改。

〔四〕「陸渾」，原作「渾陸」，今據宋犖本、辛祖堂本、《四庫》本乙。

〔五〕「瀕」，原作「瀨」，今據宋犖本改。

圖書在版編目(CIP)數據

通鑑前編 /（宋）金履祥撰；黄靈庚，李聖華主編；孫曉磊整理. —上海：上海古籍出版社，2022. 12
（北山四先生全書）
ISBN 978 - 7 - 5732 - 0466 - 0

Ⅰ. ①通… Ⅱ. ①金… ②黄… ③李… ④孫… Ⅲ. ①中國文學—古典文學—作品綜合集—宋代 Ⅳ. ①I214. 42

中國版本圖書館 CIP 數據核字(2022)第 188889 號

北山四先生全書
通鑑前編
（全三册）
〔宋〕金履祥 撰
黄靈庚 李聖華 主編
孫曉磊 整理
上海古籍出版社出版發行
（上海市閔行區號景路 159 弄 1-5 號 A 座 5F 郵政編碼 201101）
(1) 網址：www. guji. com. cn
(2) E-mail：guji1@guji. com. cn
(3) 易文網網址：www. ewen. co
上海展强印刷有限公司印刷
開本 890×1240 1/32 印張 40. 875 插頁 15 字數 816,000
2022 年 12 月第 1 版 2022 年 12 月第 1 次印刷
印數 1-1,500
ISBN 978 - 7 - 5732 - 0466 - 0

K. 3278 定價：218. 00 元
如有質量問題，請與承印公司聯繫
電話：021-66366565

北山四先生全書

金履祥卷

黃靈庚　李聖華　主編

通鑑前編

〔宋〕金履祥／撰　孫曉磊／整理

中

上海古籍出版社

通鑑前編卷之七

金履祥編

丙戌。周成王元年。周公相，踐阼而治。

《記·文王世子篇·周公踐阼章》曰：「成王幼，不能涖阼。周公相，踐阼而治。抗世子法於伯禽，欲令成王之知父子、君臣、長幼之道也。成王有過，則撻伯禽，所以示成王世子之道也。凡學世子，及學士，必時。春、夏學干戈，秋、冬學羽籥，皆於東序。小樂正學干，大胥贊之；籥師學戈，籥師丞贊之。胥鼓《南》。春誦，夏弦，大師詔之。瞽宗秋學禮，執禮者詔之。冬讀《書》，典《書》者詔之。禮在瞽宗，《書》在上庠。凡祭與養老乞言、合語之禮，皆小樂正詔之於東序。大樂正學舞干戚，語説、命乞言，皆大樂正授數，大司成論説在東序。凡侍坐於大司成者，遠近間三席。可以問，終則負牆。列事未盡，不問。凡學，春官釋奠于先師，秋、冬亦如之。凡始立學者，必釋奠于先聖、先師，及行事必以幣。始立學者，既興器，用幣，然後釋菜，不舞不授器，乃退，儐于東序，一獻，無介、語可也。《教世子》。凡三王教世子，必以禮樂。樂所以脩内也，禮所以脩外也。禮樂交錯於中，發形於外，是故其成也懌，恭敬而温文。

立大傅、少傅以養之，欲其知父子、君臣之道也。大傅審父子、君臣之道以示之；少傅奉世子以觀大傅之德行而審喻之。太傅在前，少傅在後，入則有保，出則有師，是以教喻而德成也。師也者，教之以事，而喻諸德者也。保也者，慎其身以輔翼之，而歸諸道者也。記曰：『虞夏商周有師、保，有疑、丞。設四輔及三公，不必備，唯其人。』語使能也。君子曰：『德，德成而教尊，教尊而官正，官正而國治。』君之謂也。仲尼曰：『昔者周公攝政，踐阼而治，抗世子法於伯禽，所以善成王也。聞之曰：「爲人臣者，殺其身有益於君，則爲之。」況于其身以善其君乎？周公優爲之。』是故知爲人子，然後可以爲人父；知爲人臣，然後可以爲人君；知事人，然後能使人。成王幼，不能涖阼，以爲世子，則無爲也。是故抗世子法於伯禽，使之與成王居，欲令成王之知父子、君臣、長幼之義也。君之於世子也，親則父也，尊則君也。有父之親，有君之尊，然後兼天下而有之，是故養世子不可不慎也。行一物而三善皆得者，唯世子而已，其齒於學之謂也。故世子齒於學，國人觀之曰：『將君我，而與我齒讓，何也？』曰：『有父在則禮然。』然而衆知父子之道矣。其二曰：『將君我，而與我齒讓，何也？』曰：『有君在則禮然。』然而衆著於君臣之義也。其三曰：『將君我，而與我齒讓，何也？』曰：『長長也。』然而衆知長幼之節矣。故父在斯爲子，君在斯謂之臣，居子與臣之節，所以尊君、親親也。故學之爲父子焉，學之爲君臣焉，學之爲長幼焉。父子、君臣、長幼之道得而國治。語曰：『樂正司業，父師司成，一有元良，萬國以貞。』世子之謂也。右《周公踐阼》。」○《明堂之位》曰：「篤仁而好學，多聞而道慎，天子疑則問，應而不窮者，謂之道。道者，導天子以道者也。常立於前，是周公也。誠立而敢斷，輔善而相義者，謂之輔。輔者，輔天子之意者也。常立於左，是太公也。潔廉而切直，匡過而諫邪者，謂之拂。拂者，拂天子之過者也。常立於右，是召公也。博聞强記，捷給而善對者，謂之承。承者，承天子之遺忘者也。常立於後，是史佚也。故成王中立聽政，而四聖維之。是以慮無失計，而舉無過事。」賈傅《新書》。○《傅職篇》曰：「天子不諭於先聖人之德，不知君國畜民之道，不見禮義之正，不察應事之理，不博古之典傳，不僩於威儀之數，《詩》《書》《禮》《樂》無經，天子學業之不法：凡此其屬，太師之任也。古者齊太公職之。天子不姻於親戚，不惠於黎庶，無禮於大臣，不中於刑獄，無經於百官，不哀於喪，不敬於祭，不直於戎事，不信於諸侯，不誠於賞罰，不厚於德，不彊於行；賜予侈於左右近臣，吝授於疏遠卑賤；不能懲忿窒慾，大行、大禮、大義、大道，不從太師之教：凡此其屬，太傅之任也。古者魯周公職之。天子處位不端，受業不敬，教誨諷誦《詩》《書》《禮》《樂》之不經、不法、不古，言語不序，音聲不中律；將學趨讓，進退即席不以禮，登降揖讓無容，視瞻、俯仰、周旋無節，妄咳唾，數顧趨行，得色不比順，隱琴肆瑟：凡此其屬，大保之任也。古者燕召公職之。天子燕業反其學，左右之習詭其師；答遠方諸侯、遇貴大人，不知大雅之辭；答左右近臣，不知已諾之適；僩問小誦之不博不習：凡此其屬，少師之任也。古者史佚職之。天子居處出入不以禮，衣服冠帶不以制，御器在側不以度，雜綵從美不以章德，小行、小禮、小義、小道：凡此之屬，少傅之任也。天子居處燕私，安所易，樂而湛，夜漏屏人而數，飲酒而醉，食肉而飽，飽而强食，飢而餧，暑而暍，寒而懦，寢而莫宥，坐而莫侍，行而莫先莫後；帝自爲開户，自取玩好，自執器皿，亟顧還面，而器御之不舉不臧，折毀喪傷：凡此之屬，少保之任也。干戚戈羽之舞，管籥琴瑟之會，號呼謌謡聲音不中律，燕樂《雅》《頌》逆樂之序：凡此其屬，詔工之任。不知日月之時節，不知先王之諱與國之大忌，不知風雨雷電之情：凡此之屬，太史之任也。」

○吴氏曰：「《書》所謂『位冢宰，正百工』，與《詩》所謂『攝政』，皆在成王諒闇之時，非以幼沖而攝。而其攝也，不過位冢宰之位而已，亦非如荀卿所謂攝天子位之事也。三年之喪，二十五月而畢。方其畢時，周公固未嘗攝，亦非有七年而後還政之事也。百官總己以聽冢宰，未知其所從始，如殷之高宗已然，不特周公行之。此皆論周公者所當先知也。」

履祥按：傳稱《世子之記》，則古者教世子，其文字禮節必自有一書，世所誦習而行之者也。成王幼沖，既爲天子，又復當喪，凡教世子禮樂之事皆所不可失〔一〕，故抗世子法於伯禽，使習視之。然古者大功猶誦，況幼沖之年不可以廢學，意讀書誦習亦必使成王親之，故周公作爲《文王》《大明》《綿》以下諸雅述先王之德，《七月》諸詩極道衣食勤勞之事，而召公亦有《公劉》《卷阿》諸詩之作，皆所以便誦習，于後免喪，因被之管弦云。

周公誥君奭。

《君奭篇》曰：「周公若曰：『君奭！弗弔，天降喪于殷，殷既墜厥命，我有周既受。我不敢知，曰厥基永孚于休。若天棐忱，我亦不敢知，曰其終出于不祥。嗚呼！君已曰：「時我。」我亦不敢寧于上帝命，弗永遠念天威，越我民罔尤違，惟人，在我後嗣子孫，大弗克恭上下，遏佚前人光，在家不知。若曰者，述周公之意云爾也。君，尊之。奭，召公名。古人質，相與語亦名之。弗弔，猶云不幸也。棐、匪通。「弗永遠念」以下，至「在家不知」數語，通爲一句。謂不幸天降喪于殷，亦殷自墜其命，我有周既受之矣。我不知周之基業，其永孚于天休耶？若天不可信，我亦不知其終出于不祥耶？後來吉凶俱不可必，君奭已嘗曰時其責在我而已，蓋謂不可必者在天，而可必者在我也。君之意如此，故我不敢以天命之至爲安而不長念墜命之威，於天人不尤不違之際，與人及後嗣弗克敬天敬民，絶失前人之光烈，而云我已退老於家，不復與知也。天命不易，天難諶，乃其墜命，弗克經歷嗣前人恭明德。在今予小子旦，非克有正，迪惟前人光，施于我沖子。』此承上文，以解「不敢知天」之意與「時我」之説。天命固不易受，已受天命亦固難信。然其所以墜天命者，則以不能經久繼續前人恭明之德爾。故我小子旦，雖不能有所正，然所開導者，惟以前人德之光大施于沖子而已。以用功言之，則曰「恭明德」。以成功言之，則曰「前人光」。又曰：『天不可信。我道惟寧王德延，天不庸釋于文王受命。』若曰、又曰，皆史官記其諄複之意。天不可信，即上文之意。寧王，武王也。言天命雖不可深恃，然在我之道，惟以武王之德接續而延長之，則天自不容釋文王所受之命矣。公曰：『君奭！我聞在昔成湯既受命，時則有若伊尹，格于皇天。在大甲，時則有若保衡。在大戊，時則有若伊陟、臣扈，格于上帝。巫咸乂王家。在祖乙，時則有若巫賢。在武丁，時則有若甘盤。保衡，即伊尹，伊陟其子也。臣扈，與湯時逸《書·臣扈》同名，豈《書序》之誤與？當以經言爲正。巫賢者，舊云巫咸之子。皇天，以全體而言；上帝，以主宰而言。凡《書》所指，非有輕重。此章對言之，則賢聖、感格、大小之分，因可見爾。周公一時歷數諸賢，特以發明創業嗣守之初，皆必有世德受託之臣，以釋召公之疑而留之。至於武丁之相，不言傅説而獨言甘盤者，蓋甘盤初年之師保，傅説乃後進之賢相，此章當成王初年勉留召公之辭，故歷舉世德託孤之相，是以及甘盤而不及傅説爾。説者不考其時，所以不得其所言之意也。率惟茲有陳，保乂有殷，故殷禮陟配天，多歷年所。率，凡也。陳，如「我取其陳」之「陳」，舊也。陟，升。配天者，天子祭其祖以配天之禮也。所，猶今方言「許」也。此承上文言凡此皆有舊臣，輔世託孤，保治有殷之業，故殷之宗祀如此之久也。天惟純佑命，則商實，百姓、王人罔不秉德明恤，小臣、屏侯甸矧咸奔走。惟茲惟德稱，用乂厥辟。故一人有事于四方，若卜筮，罔不是孚。』百姓，世家大族也。王人，王朝之人。對下文「屏侯甸」而言也。惟茲，即上文「惟茲」，指六臣也。有事，謂征伐、會同、號令之事。此章承上文，言商家有此舊臣爲之輔相，以永其天命，故天純一佑命於上，而商家内有百姓、王人，無非執德之人，皆能明察其屬，各得其職；外有藩屏侯、甸，亦皆奔走效命於下。惟茲舊臣，惟德是舉，是以若此，所以能致其君於治。故一人凡有號令、征伐、會同之事于四方，若龜筴卜筮，而人心無不感孚也。公曰：『君奭！天壽平格，保乂有殷。有殷嗣，天滅威。今汝永念，則有固命，厥亂明我新造邦。』此承上章之殷監以勉召公。平，公正也。格，感通也。天之所壽多歷年所者，以殷有公正感通之道，能保乂有殷也。其後殷受嗣位，天即降滅亡之威。命之不可恃如此。今汝君奭能爲永久之計，則天亦有堅定之命，其在於保治昭明我新造之周邦乎！永念，即平格之意。亂明，即保乂之意。公曰：『君奭！在昔上帝割申勸寧王之德，其集大命于厥躬？惟文王尚克修和我有夏，亦惟有若虢叔，有若閎夭，有若散宜生，有若泰顛，有若南宮括。』又曰：『無能往來，兹迪彝教，文王蔑德降于國人。亦惟純佑，秉德，迪知天威，乃惟時昭文王，迪見冒，聞于上帝。惟時受有殷命哉！武王惟兹四人，尚迪有禄。後暨武王誕將天威，咸劉厥敵。惟兹四人，昭武王惟冒，丕單稱德。此承上章商六臣之事，因舉文王五臣，歷相武王，以勉召公也。割申勸，傳記引此或作「厥亂勸」，或作「周田觀」，「周」字似「害」，必「害」字也。害，何也，如「時日害喪」之「害」。寧王，武王也。虢叔，王季子，文王弟，其後封於東虢。閎夭、散宜生、泰顛、南宮括，所謂文王四友也。周公謂前日上帝曷爲而申勸武王之德，集大命於其身？蓋惟文王能修和諸夏，亦惟有虢叔等五人者助之。向無五人爲之往來，宣導彝教，則文王豈能自使治化下達國人？亦惟五人純一佑助，秉持其德，實知天理之可畏，乃惟昭明文王以迪導其德，見冒於民，升聞于天。惟時文王已受有殷命。至武王時，虢叔死矣，四臣者尚在禄位。後暨武王共伐商受，又昭武王之德以冒於天下，而天下盡頌武王之德。是則武王之興，亦賴文王之德與世德之臣也。按：太公歷相文王、武王，世德之臣莫重焉。此言四臣而不言太公，蓋其時太公尚在，聖賢之意，録死勉生，相期於無窮，其不生誦太公之功，意蓋如此。今在予小子旦，若游大川，予往暨汝奭其濟。小子同未在位，誕無我責，收罔勗不及，耇造德不降，我則鳴鳥不聞，矧曰其有能格？』誕無我責，謂召公專委其責於周公而欲去也。然史傳之意，多言召公不説周公之攝政，辭意亦或如此。收，義未詳，或有缺文，大意是收斂不爲之意。耇，老成也。造，往也。鳴鳥，鳳也。《國語》所謂周之興，鳳凰鳴于岐山。蓋鳴鳳在郊，王者之瑞，世之盛也。此承上文，武王之興尚賴文王世輔之臣，況在今日成王幼沖，在我與汝皆武王之臣，受命託孤，屬此艱難之運，若游大川，予當勇往及汝同濟。成王幼沖，雖已即位，與未即位同爾。君奭不可大爲我之責，若收身而退，不勉其所不及，老成之臣又皆引去，則德不降于國人，今日鳴鳳在郊之盛將不復聞矣，況能格于皇天，若昔日之盛乎？

公曰：『嗚呼！君，肆其監于茲。我受命無疆惟休，亦大惟艱。告君乃猷裕，我不以後人迷。』茲，指上文而言商六臣、文、武之事。我周受命固有無疆之休，然保守之亦大艱難，故我之告君乃謀爲垂裕之計，不使後人迷亂，以墜天命爾。公曰：『前人敷乃心，乃悉命汝，作汝民極。曰：汝明勖，偶王。在亶，乘茲大命。惟文王德，丕承無疆之恤。』作汝民極，謂大臣之職爲民標準，故當時凡言爲大臣者，皆曰以爲民極。偶，配也。乘，載也。周、召同受武王顧託之命，故周公舉武王之言以勉召公。謂前人布其腹心，盡以命汝，使爲大臣以定其民。其言曰：汝明德勉力，以配輔嗣王，盡其誠心，載此天命，思文王之德，以丕承其無疆之憂。昔[二]武王之言如此，而可以辭其責乎？公曰：『君！告汝朕允，保奭。其汝克敬，以予監于殷喪大否，肆念我天威。予不允，惟若茲誥。允，信也。保，召公官名。我之所信者，保奭耳。以汝克敬，與予監于殷之所以喪亡大否者，與念我周之天命亦復有可畏者。而君奭意乃不然。我之所信者，君奭。我之所不信者，至若此費辭説也。允、不允對言。予惟曰：「襄我二人，汝有合哉。」言曰：「在時二人。天休滋至，惟時二人弗戡。」其汝克敬德，明我俊民，在讓後人于丕時。襄，成也。戡，堪通，勝也。予惟曰：輔成王業者，我與君奭二人耳，汝亦固同此意。言曰：在是二人矣。而謂天休滋益至，惟是二人懼弗能戡。蓋人臣總政，以盈滿爲懼也。然此則在於益敬其德，明舉賢俊，以擬其後，它日推遜後人于丕大之時可也，今日則未可遜其責也。嗚呼！篤棐時二人？我式克至于今日休。我咸成文王功于不怠，丕冒海隅出日，罔不率俾。』篤，如「克篤前烈」之「篤」。海隅出日，指東方也。周都西土，去東爲遠，故以「海隅出日」言之。謂篤厚前人之業者，匪我二人乎？我國家固能至于如今日之休矣。我與君奭當共承文王之功，不自止息，大冒于海隅出日之地，無不率服，咸順使令可也。然則周公之意，固以東方爲憂矣。公曰：『君！予不惠，若茲多誥，予惟用閔于天越民。』惠，順也。予不順君奭之意，故若茲多誥，蓋予憂天命之不終及斯民之無依耳。

此聖賢真切之語也。公曰：『嗚呼！君，惟乃知民德，亦罔不能厥初，惟其終。祗若茲，往敬用治！』」民德，猶言民情。謂君亦知民之情矣，人情無不能其初，惟終之爲難，所謂小民難保者也。「祗若茲，往敬用治」，勉其就職之語。○《史記》曰：「其在成王時，召公爲三公：自陝以西，召公主之；自陝以東，周公主之。成王既幼，周公攝政當國，召公疑之，作《君奭》，於是召公乃說。」○《大紀》論曰：「周公不見知於成王，所以敢居外者，恃召公爲保爾。不然，周公其可離成王左右乎？故《君奭》之作在元年，而不在亂定之後也。」

履祥按：《君奭》之書，子王子謂當在成王初年。今考書中言意，率已可見。其事辭之明證有七。《書》之稱武王爲寧王者，惟《大誥》《君奭》爲然。《大誥》既初年之書，或其時議謚未定，或尚存初謚，或兼稱二謚，其後始定一謚爲武王耳，故其後諸書止稱武王，而《君奭》獨稱寧王，是《君奭》與《大誥》均爲初年之書，其證一也。高宗之相，莫著於傅説，而此書獨舉甘盤，蓋初政之相也。成湯之伊尹，佐湯取天下。而大甲初年，政出伊尹，若伊陟、臣扈、巫咸、巫賢、甘盤諸賢，皆以世德舊臣總聽嗣王之初政，遂保有商歷年之盛，蓋周公引以爲周、召之比，故言不及於傅説，其證二也。至曰「沖子」、曰「小子同未在位」、曰「亂明我新造邦」、曰「在遜後人于丕時」、曰「亦罔不能厥初」，此皆初年之證。故今從胡氏係於元年之下。

夏六月，葬武王于畢。

《逸周書》曰：「乃歲十二月崩鎬，肂于岐周。注：「乃，謂乃後之歲也。」周公立，相天子。周公、召公内弭父兄，外撫諸侯。元年夏六月，葬武王于畢。」臣瓚曰：「《汲郡古文》曰：『畢，西於豐三十里。』」

王冠。

《家語》曰：「武王崩，成王年十有三而嗣立，周公居冢宰，攝政以治天下，明年夏六月，既葬，冠成王，而朝于祖以見諸侯。周公命祝雍作頌曰：『祝王達而未幼。』未，當作「勿」。程子曰：「未者，非必之辭。」祝雍辭曰：『使王近於民，遠於年，嗇於時，嗇，愛也。不奪民時也。惠於財，親賢而任能。』其頌曰：『令月吉日，王始加元服，去王幼志，服衮職，欽若昊天，六合是式，率爾祖考，永永無極。』孟懿子曰：『天子未冠即位，長亦冠也？』孔子曰：『古者王世子雖幼，其即位則尊爲人君。人君治成人之事者，何冠之有？』」

命周公子伯禽代就封於魯。

《史記·世家》曰：「周公攝政當國。管叔及其群弟流言於國曰：『周公將不利於王。』周公卒相成王，而使其子伯禽代就封於魯。」〇皇甫謐曰：「伯禽以成王元年封。」〇履祥按：始是武王崩，成王幼，周公相，踐阼，抗世子法於伯禽，以教成王。至是王冠且長，使伯禽代就封於魯，而留周公，卒相成王，三叔遂爲流言。凡史遷所記，恐未盡當時先後之實。

《魯頌》曰：「王曰叔父，建爾元子，俾侯于魯。大啓爾宇，爲周室輔。乃命魯公，俾侯于東。錫之山川，土田附庸。」土者，謂城邑、場圃、牧地、菜地之類。田者，諸侯一同之田，《孟子》所謂「周公封於魯，爲方百里」者也。山川附庸與凡土地，《周禮》所謂「封疆方五百里」，《禮記》所謂魯境「七百里」者是也。〇《春秋公羊氏傳》曰：「封魯公以爲周公也。周公拜乎前，魯公拜乎後。曰：『生以養周公，死以爲周公主。』然則周公之魯乎？曰：不之魯也。封魯公以爲周公主。然則周公曷爲不之魯？欲天下之一乎周也。」〇《書大傳》曰：「伯禽封於魯，周公曰：『於乎！吾與汝族倫。吾，文王之爲子也，武王之爲弟也，今王之爲叔父也。吾於天下，豈卑賤也？豈乏士也？所執質而見者十二，委質而相見者三十，其未執質之士百。我欲盡智得情者千人，而吾謹得三人焉，以正吾身，以定天下。是以敬其見者，則隱者出矣。謹諸！乃以魯而驕人，可哉？尸禄之士，猶可驕也。正身之士，去貴而爲賤，去富而爲貧，面目黧黑而不失其所，是以文不滅而章不敗也。慎諸！

女乃以魯國而驕，豈可哉！』」

管叔及蔡叔、霍叔流言，周公居東。

《金縢》後叙曰：「武王既喪，管叔及其群弟乃流言於國，曰：『公將不利於孺子。』管叔，名鮮，武王弟，周公兄。群弟，蔡叔度、霍叔處也。流言，流布其言也。孺子，成王也。《金縢》但言管叔及群弟流言，而《大誥》《多方》皆言武庚圖復，則流言非武庚之事，或是以此誘間三叔則有之，其後三叔欲叛，始挾武庚以爲援，而武庚始得逞其圖復之謀爾。周公乃告二公，曰：『我之弗辟，我無以告我先王。』」辟，讀爲「避」。鄭氏《詩傳》言「周公以管叔流言，避居東都」是也。我之弗辟，言我不避則於義有所不盡，無以告先王於地下也。履祥按：《古文尚書》「辟」字作「辟」。古文凡「君辟」、「刑辟」之「辟」皆作「侵」，唯此作「辟」，此必孔壁書，本是「避」字也，「辟」諧聲，从辵从并，皆避之義。○《越絶書》曰：「周公以盛德。武王封周公，使傅相成王。成王少，周公臣事之。當是之時，賞賜不加於無功，刑罰不加於無罪。天下家給人足，禾麥茂美。使人以時，説之以禮。上順天地，澤及夷狄。於是管叔、蔡叔不知周公而讒之成王。周公乃辭位，出，巡狩於邊。」○鄭康成曰：「周公遭流言之難，避之而居東都。」注：「凡三出。」○朱子曰：「弗辟之説，宜從鄭氏。向董叔重辨此，一時答之，謂從注説。後而思之不然。是時三叔方流言於國，周公處兄弟骨肉之閒，豈應以語言之故，遽興師以誅之？聖人氣象，大不如此。且成王方疑周公，周公固不應不請而自誅之。若請之於王，王亦未必見從，則當時事勢亦未必然。雖曰聖人之心公平正大，區區嫌疑自不必避，但舜避堯之子於南河之南，禹避舜之子於陽城，自合如此。若居堯之宮，逼堯之子，即爲簒矣。或又謂成王疑周公，故周公居東，不幸成王終不悟，不知周公何以處之。愚謂周公亦惟盡其忠誠而已矣。」按：朱子集有《金縢説》，其時與事皆與此不同，此乃朱子晚年與蔡沈之書，當爲朱子定論。

履祥按：周公之避，所以必告二公而後行者，以成王尚幼，朝廷之事不可以無所屬也。所以周公居外而朝廷不亂，成王雖疑而外不敢誚者，以有二公在焉爾。微二公，則周家之禍必有出於意料之外者，周公亦不應避小嫌而忘大計矣。甚矣！朝廷不可以無人，而大臣不可以獨運也。

二年。周公居東。

《金縢》後叙曰：「周公居東二年，則罪人斯得。」蔡氏曰：「居東，居國之東也。鄭氏謂避居東都，未知何據。孔氏以居東爲東征，非也。方流言之起，成王未知罪人爲誰。二年之後，王始知流言之罪在管、蔡也。斯得者，遲之之辭也。」○愚按：此當接上文爲一章。○朱子曰：「管、蔡流言，成王疑之，未知罪人之爲誰也。及周公居東二年，成王悟，乃知罪在管、蔡也。若曰所謂罪人者，今得之矣。或問居東二年，非東征乎？曰：成王方疑周公，豈得即東征乎？二年，猶待罪也。此章須以廣大無我之心觀之，若有一毫私吝，自惜避嫌疑之心，即與聖人所爲天地懸隔矣。《胡氏家録》有言：『成王疑周公，故周公居東。苟成王而終不悟也，則如之何？曰：成王不悟，則王室必危，天下必亂，周公能盡其忠誠而已。聖人與天合一，奚容心哉？』」○《伐柯》之詩曰：「伐柯如何？匪斧不克。取妻如何？匪媒不得。《集傳》曰：「周公居東之時，東人言此，以比平日欲見周公之難。柯，斧柄也。」伐柯伐柯，其則不遠。我覯之子，籩豆有踐。」《集傳》曰：「東人言此，以比今日得見周公之易，深喜之之詞也。踐，行列之貌。」舊説謂諷成王當使人通周公之意，亦通。○《狼跋》之詩曰：「狼跋其胡，載疐其尾。公孫音遜。碩膚，赤舄几几。跋，躐也。胡，頷下懸肉也。載，則也。疐，跲也。公，周公也。碩膚，大美也。赤舄，冕服之舄也。几几，安重貌。公孫碩膚，言周公避位而出也。狼跋其胡，則疐其尾矣。人情遭變，則進退不能，惟周公處之，不失其從容雅重之度。狼疐其尾，載跋其胡。公孫碩膚，德音不瑕。」德音，令聞也。瑕，疵也。○程子曰：「周公之處己也，夔夔然存恭畏之心；其存誠也，蕩蕩然無顧慮之意。所以不失其聖，而德音不瑕也。」○范氏曰：「神龍或潛或飛，能大能小，其變化不測。然得而蓄之，若犬羊然，有欲故也。唯其可以蓄之，是以亦得醢而食之。凡有欲之類，莫不可制焉。唯聖人無欲，故天地萬物不能易也。富貴、貧賤、死生，如寒暑晝夜相代乎前，吾豈有二其心乎哉？亦順受之而已矣。周公遠則四國流言，近則王不知，而赤舄几几，德音不瑕，其以此夫。」○朱子曰：「周公雖遭疑謗，然所以處之不失其常，故詩人美之。言狼跋其胡，則疐其尾矣。公遭流言之變，而其安肆自得乃如此。蓋其道隆德盛，而安土樂天，有不足言者，所以遭大變而不失其常也。夫公之被毁，以管、蔡之流言也。而詩人以爲此非四國之所爲，乃公自遜其大美而不居耳。蓋不使讒邪之口得以加乎公之忠聖，此可見其愛公之深、敬公之至，而其立言亦有法矣。」〇《書大傳》曰：「武王殺紂而繼公子禄父，使管叔、蔡叔、霍叔監禄父。武王死，成王幼，周公盛養成王，注：「盛，長也。」使召公奭爲傅，周公身聽天下之政。管叔、蔡叔疑周公，流言於國曰：『公將不利於王。』奄君薄姑謂禄父曰：『武王既死矣，今王尚幼，周公見疑矣。此百世一時也，請舉事。』然後禄父及三監叛也。」〇朱子曰：「武庚當時意必日夕説誘三叔，以爲周公，弟也，而居中專政；管叔，兄也，而在外監殷，故管叔遂生不肖之心，以至如此。」

三年。周公爲詩以貽王。 周公居東二年，罪人斯得。于後公乃爲詩以貽王，則此詩作於二年之後也。《金縢》後叙曰：「于後，公乃爲詩以貽王，名之曰《鴟鴞》。王亦未敢誚公。」〇《鴟鴞》之詩曰：「鴟鴞鴟鴞！既取我子，無毁我室。恩斯勤斯，鬻子之閔斯！《集傳》曰：「鴟鴞，惡鳥，攫鳥子而食者也。室，鳥巢也。周公託爲鳥之愛巢者，呼鴟鴞而謂之曰：爾既取我之子矣，無更毁我之室也。以我情愛之心，篤厚之意，鬻養此子，誠可憐閔。今爾取之，其毒甚矣，況又毁我室乎！以比武庚既敗管、蔡，不可更毁我王室也。」迨天之未陰雨，徹彼桑土，綢繆牖户。今女下民，或敢侮予！《集傳》曰：「爲鳥言：我及天未陰雨之時，往取桑根，以纏綿巢之隙穴，使之堅固，以備陰雨之患。則此下土之民，誰敢有侮予者！亦以比己深愛王室，而預防其患難也。」予手拮据，予所捋荼，予所蓄租，予口卒瘏，曰予未有室家！《集傳》曰：「拮据，手口共作之貌。捋，取也。荼，萑苕，可藉巢。蓄，積。租，聚。瘏，病也。亦爲鳥言：作巢之始，所以拮据以捋荼蓄租，至於勞苦而病者，以巢之未成。以比前日所以勤勞如此者，以王室之新造未集也。」予羽譙譙，予尾翛翛。予室翹翹，風雨所漂摇，予維音嘵嘵！」《集傳》曰：「亦爲鳥言：羽殺尾敝以成其室而未定，風雨又從而漂摇之。則我之哀鳴，安得而不急哉！」

履祥按：《七月》之詩，豳之舊詩也。周公陳之，以備工誦，使成王知先公之舊，衣食之原，序謂遭變時所陳也。夫成王方有疑於周公，周公方避位居東，而顧爲是諄諄，幾於强聒者。嗟乎！此周公忠愛之誠也，夫豈以居東而遂忘其君也哉？然亦惟居東，故可以忠告爾。向使居中秉國，則成王益深不利之疑，雖吐赤心，其孰能信之？聖人所處，其脱然無累之心，與其拳拳不已之心，並行不悖，於此俱可見矣。于後，公乃爲詩以貽王，名之曰《鴟鴞》，則《鴟鴞》其最後作也，成王之疑亦將釋矣。《鴟鴞》之詩，其情危，其辭急，蓋有以憂武庚之必反，王室之必摇也。夫昔也武庚以周公利權間三叔，而今也奄君又以周公見疑嗾武庚，則躑躅之變，勢所必至。故周公汲汲爲成王言之，爲鳥言以自喻，或以喻先王也。曰「鴟鴞鴟鴞，既取我子」，謂其已誘管、蔡也。「毋毀我室」，謂其勿更摇毁王室也。「恩斯勤斯，鬻子之閔斯」，傷管、蔡也。二章，言先王創業之備固也。今此下民，孰敢侮予？微管、蔡之内叛，武庚之外連，則固未易侮也。三章，言先王之勤勞也。四章，言王室之孤危，外患之必至，其辭不得不急也。既而成王悟，周公歸，而管、蔡、武庚卒於叛，蓋其參謀造禍非一日矣。管、蔡之惑滋甚，至是而復畏罪，則挾武庚以叛。武庚之謀既深，至是而復乘機，則挾管、蔡以叛也。或曰：向使成王未悟，周公未歸，而管、蔡、武庚之反已熾，則如之何？曰：周公亦身任其責，力請誅之而已。不誅，則王室必危，天下必亂。周公亦盡其忠誠而已，它豈暇顧哉？

秋，大雷風。王迎周公于東，出郊，雨，反風。

《金縢》後叙曰：「秋，大熟，未穫。天大雷電以風，禾盡偃，大木斯拔，邦人大恐。王與大夫盡弁，以啓金縢之書，乃得周公所自以爲功代武王之說。古者兵凶之事則弁服。遇災將卜，故遂與大夫盡弁。金縢之匱，周室藏龜卜占書之器，啓之將卜，因得卜史疇昔所納周公之册，所書周公命龜之事，始知周公自任代武王死之説焉。二公及王乃問諸史與百執事，對曰：『信。噫！公命。我勿敢言。』周公所禱，二公蓋知其禱武王之疾，而未必知其代死之説也。而卜史又受公之命勿言，聖人盡己之心，固不欲瞭然户曉，非成王卜風雷以啓匱，此事卒不聞於世矣。以此知聖人之事，其不聞於天下後世者，此類蓋多也。王執書以泣，曰：『其勿穆卜。昔公勤勞王家，惟予沖人弗及知。今天動威，以彰周公之德。惟朕小子其新逆，我國家禮亦宜之。』王感周公之忠誠，執此金縢之書以泣，謂今風雷之變，不必更卜，蓋天以是變儆予，以彰周公之德爾。於是迎周公以歸。○蔡氏曰：「按鄭氏《詩傳》：『成王既得金縢之書，親迎周公。』鄭氏學出於伏生，此篇乃伏生所傳，則『新逆』當作『親逆』，今本誤也。」王出郊，天乃雨，反風，禾則盡起。出郊者，成王自往迎周公，即上文「親逆」也。又按《九罭》詩意，成王蓋使人以衮衣歸周公，則此俟於郊，而以使者先之爾。二公命邦人，凡大木所偃，盡起而築之。歲則大熟。」大木所偃，謂偃仆壇壝、次舍及民居之類。○《越絕書》曰：「周公出，巡狩於邊一年。天暴風雨，日夜不休，樹木盡偃。成王大恐，大發金縢之櫝，察周公之册，知周公乃有盛德。王乃夜迎周公，流涕而行。周公反國，天應之福，五穀皆生，樹木皆起，天下皆實。此周公之盛德也。」《書》稱「周公居東二年」，而《越絕書》稱周公「巡邊一年」。蓋《書》兼首尾，故稱二年；而《越絕》以朞年論，故但一年。然以時考之，「一」字或誤。○《九罭》之詩曰：「九罭之魚，鱒魴。我覯之子，衮衣繡裳。《集傳》曰：「九罭，九囊之網也。鱒、魴，皆魚之美者。我，東人自我也。之子，指周公也。衮衣裳九章，五繪於衣，四綉於裳。衣上有龍，以龍首卷然，故謂之衮。周公居東之時，東人喜得見之，而言九罭之網，則有鱒魴之魚。我覯之子，則見衮衣綉裳之服。」鴻飛遵渚，公歸無所，於女信處。《集傳》曰：「女，東人自相女也。再宿曰信。東人聞成王將迎周公，又自相謂而言：鴻飛則遵渚矣，公歸豈無所乎？今特於女信處而已。」鴻飛遵陸，公歸不復，於女信宿。《集傳》曰：「不復，言將留相王室，而不復來東也。」是以有衮衣兮，無以我公歸兮，無使我心悲兮。」《集傳》曰：「承上二章而言。又願其且留於此，無遽迎公以歸。歸則將不復來，而使我心悲也。」○《東山》之詩曰：「我徂東山，慆慆不歸。我來自東，零雨其濛。我東曰歸，我心西悲。制彼裳衣，勿士行枚。蜎蜎者蠋，烝在桑野。敦彼獨宿，亦在車下。《集傳》曰：「東山，所征之地。慆慆，言久也。士，事也。行，陳也。枚，如箸，銜之，有繣結項中，以止語。蠋，桑蟲似蠶。烝，發語聲。敦，獨處不移之貌。成王既得《鴟鴞》之詩，又感風雷之變，悟而迎周公。於是周公東征已三年矣。既歸，因作此詩以勞歸士。蓋爲之述其意而言曰：我之東征既久，而歸塗又有遇雨之勞。因追言其在東而言歸之時，心已西嚮而悲。於是制其平居之服，而以爲自今可以勿爲行陳銜枚之事矣。及其在塗，則又覩物起興，而自嘆曰：彼蜎蜎者蠋，則在彼桑野矣。此敦然而獨宿者，則亦在此車下矣。」我徂東山，慆慆不歸。我來自東，零雨其濛。果臝之實，亦施于宇。伊威在室，蠨蛸在户。町畽鹿場，熠燿宵行。不可畏也，伊可懷也。《集傳》曰：「果臝，栝樓也。伊威，鼠婦也。蠨蛸，小蜘蛛也。町畽，舍旁隙地也。熠燿，明不定貌。宵行，蟲名。章首四句言其往來之勞，在外之久，故每章重言，見其感念之深。遂言已東征而室廬荒廢至於如此，亦可畏矣。然豈可畏而不歸哉？亦可懷思而已。此則述其歸未至而思家之情也。」我徂東山，慆慆不歸。我來自東，零雨其濛。鸛鳴于垤，婦嘆于室。洒掃穹室，我征聿至。有敦瓜苦，烝在栗薪。自我不見，于今三年。《集傳》曰：「將陰雨，則穴處者先知，故蟻出垤，而鸛就食之，遂鳴於其上也。行者之妻亦思其夫之勞苦，而嘆息於家。於是洒掃穹室以待其歸，而其夫之行忽已至矣。因見苦瓜繫於栗薪之上，而曰：自我之不見此，亦已三年矣。」我徂東山，慆慆不歸。我來自東，零雨其濛。倉庚于飛，熠燿其羽。之子于歸，皇駁其馬。親結其縭，九十其儀。其新孔嘉，其舊如之何？」《集傳》曰：「倉庚飛，婚姻時也。熠燿，鮮明也。縭，婦人之褘。母施衿結帨是也。九其儀、十其儀，言其儀之多也。賦時物以起興，而言東征之歸士，未有室家者，及時而婚姻，既甚美矣；其舊有室家者，相見而喜，當如何耶？」

管叔及蔡叔、霍叔與武庚叛，奄、淮夷、徐戎皆叛。

鄭康成曰：「成王得金縢之書，親迎周公。周公歸，攝政。三監及淮夷叛，周公乃東伐之。」○陳賈問曰：「周公使管叔監殷，管叔以殷畔。周公知其將畔而使之與？」孟子曰：「不知也。」「然則聖人且有過與？」曰：「周公，弟也；管叔，兄也。周公之過，不亦宜乎？且古之君子，過則改之；今之君子，過則順之。古之君子，其過也，如日月之食，民皆見之；及其更也，民皆仰之。今之君子，豈徒順之，又從爲之辭。」○或曰：「周公之處管叔，不如舜之處象，何也？」游氏曰：「象之惡已著，而其志不過富貴而已，故舜得以是而全之。若管叔之惡則未著，而其志其才皆非象比也，周公詎忍逆探其兄之惡而棄之耶？周公愛兄，宜無不盡者。管叔之事，聖人之不幸也。舜誠信而喜象，周公誠信而任管叔，此天理人倫之至，其用心一也。」

作《大誥》。東征。

《書・大誥篇》曰：「王若曰：『猷！大誥爾多邦越爾御事。弗弔！天降割于我家，不少延。洪惟我幼沖人，嗣無疆大歷服，弗造哲，迪民康，矧曰其有能格知天命？《周書》發語多曰「猷」，猶今方言曰「説道」也。弗弔，舊音的，至也，猶云不幸也；朱子讀如字，恤也，言不爲天所恤。二説辭意則同。大歷服，謂天之歷數、地之九服也。此章言武王崩，成王以幼沖嗣位，流言展轉而事變如此，未能上測天意如何。以起下文求濟卜筮之意。

已！予惟小子，若涉淵水，予惟往求朕攸濟。敷賁，敷前人受命，敷，廣。賁，大也。下「敷」字疑衍。此章承上文，謂未能格知天命，然以事理言之，如涉淵之勢，無可止之理，必求所濟，故必廣大前人受命之業可也。

茲不忘大功，予不敢閉于天降威。句。用寧王遺我大寶龜，紹天明。句。即命曰：「有大艱于西土，西土人亦不靜。」越茲蠢。殷小腆，誕敢紀其叙。天降威，知我國有疵，民不康，曰：「予復。」反鄙我周邦。今蠢，今翼日，民獻有十夫，予翼以于，敉寧武圖功。我有大事休，朕卜并吉。閉，有所避而不出之意。寧王，謂武王也。周初制謚，將葬而謚。此云寧王，或舉初謚，或尚存二謚也。紹，猶介紹也。小腆，猶云蕞爾國，指武庚也。謂今茲不敢忘武王之大功，故天雖降威，不敢避而不爲。於是用寧王所遺寶龜，以介紹天之明命。即命，猶云即命于元龜也。即命曰者，命龜之辭也。西土，即謂周邦也。西土人，謂管、蔡也。其命龜之辭曰：今日有艱于我西土周邦，雖本爲西土之人者，亦且自不靜，爲茲蠢動。而殷之小腆，敢經紀殷之衰叙。屬我不弔，主少國疑，三叔流言，自啓變亂。彼知我之有此瑕疵，民之不康若此，乃曰：予將復殷之祚，鄙周之邦。今茲蠢動之翼日，民賢有十夫者，來爲予助，以敉寧大難，以武圖功。我將有大事于東，爲之必休。此命龜之辭也。既而卜之，果吉。此章決上文未能格知天命之意。

肆予告我友邦君越尹氏、庶士、御事，曰：「予得吉卜，予惟以爾庶邦，于伐殷逋播臣。」此以吉卜告邦君、御事，往伐武庚也。逋播者，逋亡播遷之臣，謂武庚及其群臣也。

爾庶邦君越庶士、御事，罔不反，曰：「艱大，民不靜，亦惟在王宮、邦君室。越予小子考翼不可征，王害不違卜？」此舉邦君、御事不欲東征之言也。謂事勢艱難重大，蓋三監、商奄、淮夷俱叛，事勢相挻，亦已熾甚。民不靜，亦惟在王宮、邦君室，意謂且當閉關自守也。越予小子考翼不可征，謂及我小子諸父老敬事之人，亦不允吾東征，下文所謂「舊人」是也。害，曷也。謂王何不違卜也。肆予沖人，永思艱，曰：嗚呼！允蠢，鰥寡哀哉！予造天役，遺大投艱于朕身，越予沖人，不卬自恤。義爾邦君越爾多士、尹氏、御事，綏予曰：「無毖于恤，不可不成乃寧考圖功。」造，爲。卬，我。綏，安慰也。謂我幼沖之人，亦永思其勢之艱大。爲之永嘆，謂爾不欲往，其奈四國蠢動，鰥寡之民可哀也哉？凡予所爲，蓋天使之，天遺此重大、投此艱難于朕躬，予以幼沖之人，不我能自恤。所感義者，爾邦君、群臣能安慰我曰：無以艱毖爲憂，不可不成武王圖功之事。爾詎可反以艱大阻我哉？凡言寧王、寧人圖功，皆謂伐殷之事。自此章以前，皆叙述之語。此章以下，始爲責勉邦君、群臣之語。已！予惟小子，不敢替上帝命。天休于寧王，興我小邦周，寧王惟卜用，克綏受茲命。今天其相民，矧亦惟卜用。嗚呼！天明畏，弼我丕丕基。』此以下決辭也。卜之而吉，是天命黜殷也，其敢替乎？且天命武王之時，武王既惟卜是用。今日天意其相民，況卜之而吉，亦惟卜是用乎？因嘆息而言今日事變之來，雖天之明威可畏，其實相我以大其業爾。上章答「艱大」之語，此章答「違卜」之語。

王曰：『爾惟舊人，爾丕克遠省，爾知寧王若勤哉！天閟毖我成功所，予不敢不極卒寧王圖事。肆予大化誘我友邦君，天棐忱辭，其考我民，予曷其不于前寧人圖功攸終？天亦惟用勤毖我民，若有疾，予曷敢不于前寧人攸受休畢？』自此章以下，重釋「艱大」之語。舊人，蔡氏謂即上文所謂「考翼」者。又邦君、御事之〔三〕中亦多有逮事武王克商者，武王創造之初，亦以艱難勤勞而成之，則今日時勢之閟塞艱重，乃我成功之所，是予於寧王之圖功，不敢不卒伐也。我友邦君不知天意，故我大化誘之。夫天意難測，非諄諄有可信之辭，惟考之民心可見耳。民心所欲，予曷其不于寧王之圖功而成其終乎？天亦惟用此事變以煩重吾民，使於四國之害，有如疾病，必欲去之。予曷其不于寧王受命之休而畢其事乎？蓋知前日之艱難，則不憚今日之重難。知民心之所欲與民心之所惡，則知天意之所在，此所以決於東征也。　王曰：『若昔朕其逝，朕言艱日思。若考作室，既底法，厥子乃弗肯堂，矧肯構？厥父菑，厥子乃弗肯播，矧肯穫？厥考翼其肯曰：「予有後，弗棄基。」肆予曷敢不越印敉寧王大命？此釋「艱大」之語。謂東征之役，昔者朕即欲往，然亦疑其艱大，未可輕動，於是日日思之。武王撥亂反正，如作室者，父定其規畫；治田者，父去其蕪穢矣。今日乃不卒其圖功，正如子不肯築其堂基，況能造成其室乎？子不肯繼其播種，況能收刈其實乎？其父老成敬重之人，見其子若此，其肯謂予有後人，不墜基業乎？只此東征一事，不能述事，則於武王之業，何以成其室[四]而收其實？然則予何敢不於我之身而安定寧王所受之大命也？若兄考，乃有友伐厥子，民養其勸弗救？』上文所喻，責之吾身。此節所喻，責之邦君、御事。兄考，喻武王。友，猶敵己者，喻四國。子，喻百姓。民養，蘇氏謂「厮養」，喻邦君、御事。謂今日之事，正如爲父兄者，有敵己之人伐其子，而爲之厮養臣僕者，其可勸其攻伐而不救乎？夫邦君、御事不過憚難耳，非有勸之之心也。而云爾者，蓋不救，則幾於勸矣。　王曰：『嗚呼！肆哉！爾庶邦君越爾御事。爽邦由哲，亦惟十人，迪知上帝命，越天棐忱，爾時罔敢易法。矧今天降戾于周邦，惟大艱人誕鄰胥伐于厥室。爾亦不知天命不易？予永念曰：天惟喪殷，若穡夫，予曷敢不終朕畝？天亦惟休于前寧人。肆哉，作其氣也。爽，開明也。十人，蔡氏謂「亂臣十人」，非「民獻十夫」也。周家開國之時，皆由哲人。蓋其時亂臣十人能真知天命於難諶之中，蓋於人所不可必者而知其決可必也。爾邦君、御事，於其時從上所制，不敢易也。況今天之降戾於周，惟此三監、武庚首作大難，近相攻於我室，其它固無事也，而爾乃不知天命之不變易也？予永念之，天之喪殷，如農夫之去草，予曷敢不芟夷其本根，終治田之事乎？是天亦惟欲全美我寧王也。此章重解「艱大」之疑。　予曷其極卜，敢弗于從？率寧人有指疆土，矧今卜并吉？肆朕誕以爾東征，天命不僭，卜陳惟若兹。』此章又釋其「違卜」之意。謂予何爲終於卜用，而不汝從？蓋率循前王指定之疆土，責固當爲，況卜之而又吉乎？故朕大以爾東征，往則必克，天命決不差僭，卜之所陳，蓋已如此矣。陳，謂卜所陳之兆辭也。○《書・費誓篇》曰：「公曰：『嗟！人無譁，聽命。徂茲淮夷、徐戎並興。此《大誥》《書序》所謂「淮夷叛」者也。伯禽築費以守，而征徐以離其勢。於費誓衆，故以《費誓》名篇。徂，往也。謂將征淮夷，而徐戎乃並興起也。善敹乃甲冑，敿乃干，無敢弗弔。備乃弓矢，鍛乃戈矛，礪乃鋒刃，無敢不善。甲冑、干盾，所以自衛。弓矢，所以禦遠。戈矛，以接戰。鋒刃，以擊刺。呂氏曰：「戎狄之於中國，每觀釁而動。伯禽免於師傅而撫封於魯，淮夷、徐戎固妄意其未更事，所以並起而乘其新造之隙也。伯禽應之者，乃甚整暇而有序。先治戎備，次之以除道路，又次之以嚴部伍，又次之以立期會。先後之叙，皆不可紊。自敹甲冑至礪鋒刃，皆治戎備之事也。而於一事之中，又自有序焉。甲，所以衛身。冑，所以衛首。干盾，所以扞蔽。皆自衛者也。長兵則用弓矢，短兵則用戈矛，鋒刃亦所以擊刺，皆攻人者也。治戎備之際，先自衛而後攻人，所謂一事之中，又自有叙。」今惟淫舍牿牛馬，杜乃擭，敜乃穽，無敢傷牿。牿之傷，汝則有常刑。此車馬放牧之防也。呂氏曰：「戎備既脩，則師可以出矣，此所以繼之以除道路之事也。淫，大也。牿，閑牧也。師既出，牛馬所舍之閑牧，大布於郊野，郊野之民皆當修治其地，窒塞其擭穽。一或不謹，而傷閑牧之牛馬，則有常刑。舉此一條以例之，凡川梁、藪澤、險阻、屏翳，有害于師屯者，除治之功，蓋無所不施矣。」馬牛其風，臣妾逋逃，勿敢越逐，祗復之，我商賚汝。乃越逐不復，汝則有常刑。無敢寇攘，踰垣牆，竊馬牛，誘臣妾，汝則有常刑。風，謂牝牡相從而奔逸也，傳所謂「風馬牛」是也。臣妾，軍中之奴婢也。古者兵法：戎車一乘，甲士三人，步卒七十二人，馬四匹，牛三頭，餘子二十五人。餘子，即臣妾是也。呂氏曰：「師既出，則部伍不可以不嚴，自此皆嚴部伍之事也。馬牛其風，臣妾逋逃，宜鎮之以静，故戒其本部，按堵不動，無敢越逐。若縱之越逐，則奔者未及，逐者先亂，軍律不可復整矣。先嚴之以越逐之刑。此出師鎮定變亂之法也。又戒其他部，見牛馬、臣妾奔逸而至者，無敢保藏，敬而歸之，隨其多寡，商度行賞。人誘於祗復之賞，而憚於不復之刑，則流散者將不召而自集。此出師招集散亡之法也。本部不敢離局，它部不敢匿姦，部伍條達，繩引碁布，何變亂之足憂哉？至於師旅所經，又申以寇攘竊誘之法。不惟欲田野不擾，自古喪師者，每因剽掠失部伍，爲敵所乘，故不得不戒也。」○按：後世軍法，剽掠之罪斬。而此則曰「常刑」，蓋古者皆顧藉之兵，輕刑禁之即肅，後世烏合之衆，非重刑禁之不齊。甲戌，我惟征徐戎。峙乃糗糧，無敢不逮，汝則有大刑。魯人三郊三遂，峙乃楨榦。甲戌，我惟築，無敢不供，汝則有無餘刑非殺。魯人三郊三遂，峙乃芻茭，無敢不多，汝則有大刑。』」先征徐戎，所以伐淮夷之交；同日築費，所以遏淮夷之衝：皆所以制淮夷也。○吕氏曰：「戎備既治，道路既除，部伍既嚴，行師之道備而兵可用矣，故於此而立期會焉。甲戌，用兵之期也。徐戎、淮夷並興，今所征獨徐戎，蓋量其敵之堅瑕、緩急而攻之也。聲勢相倚，徐戎敗，則淮夷將不攻而自潰矣。軍事以期會爲本，芻、糧爲命，失期而服大刑，宜也。魯人三郊三遂。國外曰郊，郊外曰遂。郊之兵，其正也，在天子則六鄉之軍也。遂之兵，其副也，在天子則六遂之軍也。兩寇並至，其勢甚重，故悉起正、副之兵以應之。攻以甲戌，築以甲戌，攻、築同日者，彼方禦我之攻，勢不得擾我之築也。無餘刑非殺者，所以刑之者無餘，但非殺耳，降死一等之刑也。糗糧、芻茭之不給，加以死刑，楨榦之不供，加以降死一等之刑，何也？糗糧，人食也；芻茭，馬食也。人、馬不可一日無食，楨榦雖版築之所須，視二者則猶稍緩也。然則古人之於殺，非甚不得已，肯輕用之哉？」○又曰：「禹之家學，見於《甘誓》；周公之家學，見於《費誓》。啓初嗣位而驟當有扈之變，伯禽初就封而驟當徐、夷之變。一旦誓師，左右攻伐之節，戈矛戎馬之利病，曲折纖悉，若老於行陣者。孰謂其長於深宫而豢於膏粱之養耶？是以知大禹、周公之家學，蓋本末具舉而無所遺也。」○《世家》曰：「伯禽即位之後，有管、蔡等反也，淮夷、徐戎亦並興反。於是伯禽率師伐之於肸，遂平徐戎，定魯。」又曰：「康叔之年幼，周公在三公之位，而伯禽據國於魯，蓋爵命之時，未至成人。康叔後扞禄父之難，伯禽殄淮夷之亂。」○《本紀》曰：「周公相成王，使伯禽代就封於魯。

管、蔡、武庚等果率淮夷而反。周公乃奉成王命，興師東伐，作《大誥》。遂誅管叔，殺武庚，放蔡叔，寧淮夷，東土三年而後定。」

履祥按：武王、周公伐殷誅紂而立武庚，使管叔、蔡叔、霍叔監殷。管叔以殷叛，雖孟子亦認爲周公之過，而蘇氏又盛稱武王之疏。以成敗之迹言之，過則誠過，而疏則誠疏矣。而聖人正其誼不謀其利，明其道不計其功，於此略可見。然以處事之理言之，固亦未爲疏也。君臣之際，天下之大戒。昔者成湯伐桀則放之，武王克殷而紂死矣。武王爲天下除殘而已，固不必加兵於其身也。聖人惡惡，止其身而已，固不必誅絶其子孫也。於是立武庚以存其祀。以常情論之，誅其父而立其子，安知武庚之不復反乎？慮其反而不立，與立之而不能保其不反，是不得以存之也。於是分殷之故都，使管叔、蔡叔、霍叔爲之監以監之。夫天子使其大夫爲三監，監於方伯之國，國三人，亦殷禮也。況所使爲監者，又吾之懿親介弟也，武庚何得爲亂於其國？假使管叔而至不肖，何至挾武庚以叛哉？聖人於此，亦仁之至、義之盡矣。不幸武王則既喪，成王則尚幼，而天下之政，則周公攝之，是豈其得已也？彼管叔者，國家之謂何，又因以爲利。彼固以爲周之天下，或者周公可以取之，已爲之兄而不得與也，此管叔不肖之心也。而況武庚實嗾之，於是唱爲流言，以撼周公。既而成王悟，周公歸，而遂挾武庚以叛。彼武庚者，矙周室之内難，亦固以爲商之天下，或者己可以復取之，三叔之愚，可因使也。此武庚至愚之心也，而況三叔實藉之。於是始爲浮言，以誘三叔，既而三叔與之連，遂挾三監、淮、奄以叛。夫三叔、武庚之叛，同於叛而不同於情。武庚之叛，意在於復商；三叔之叛，意在於得周也。至於奄之叛，意不過於助商。而淮夷之叛，則外乘應商之聲，内撼周公之子，其意又在於得魯。三叔非武庚不足以動衆，武庚非三叔不足以間周，而淮夷非乘此聲勢又不能以得魯。此所以相挺而起，同歸於亂周也。抑當是時，亂周之禍亦烈矣。武庚挾殷畿之頑民，而三監又各挾其國之衆，東至於奄，南及于淮夷、徐戎，自秦、漢之勢言之，所謂山東大抵皆反者也。其他封國雖多，然新造之邦，不足以禦之。故邦君、御事有「艱大」之説，其艱難之勢誠大也。有「民不静，亦惟在王宫、邦君室」之説，是欲閉關自守也。《大誥》一書，朱子謂其多不可曉。以今觀之，當時邦君舊人，固嘗與於武王弔伐之事者，非不知殷之當黜也，特以事勢之艱大，故欲違卜自守爾。是以《大誥》一篇，不及其它，惟釋其「艱大」之疑與其「違卜」之説。自「肆予沖人」以下，釋其艱大也；「予惟小子」以下，釋其違卜也。「爾惟舊人」以下，釋其艱大也；「予曷極卜」以下，釋其違卜也。若夫事理則固不在言矣。抑《大誥》之書，曰「殷小腆」，曰「殷逋播臣」，於三監則略而不詳，何也？蓋不忍言也。不忍言，則親親也。其卒誅之，何也？曰：親親、尊尊，並行不悖，周道然也。故於家，曰親親焉；於國，曰君臣焉。象之欲殺舜，止於亂家，故舜得以全之。管叔之欲殺周公，至於亂國，故成王得以誅之，周公不得以全之也。傳曰：「管、蔡爲戮，周公右王。」《書序》

曰：「成王伐管叔、蔡叔。」則管、蔡之誅，是成王之意。使管、蔡〔五〕而可以無誅，則天下後世之爲王懿親者，皆可以亂天下而無死也。可以亂天下而無死，則天下之亂，相尋於後世矣，而可乎？故黜殷，天下之公義也；誅管、蔡，亦天下之公義也。夫苟天下之公義，聖人不得而私，亦不得而避也。吁！是亦成王、周公之不幸也。

殺武庚。封微子啓于宋，爲殷後。

《書・微子之命》：「王若曰：『猷！殷王元子。惟稽古崇德象賢。統承先王，修其禮物，作賓于王家，與國咸休，永世無窮。微子，帝乙之庶長，故曰元子。崇德，謂先聖王之有德者，尊崇之，不泯其祀也。象賢，謂先聖王之子孫能象肖其賢者，則命之奉承其祀也。禮者，典禮；物者，文物，如「輅車爲善，而色尚白」之類。修其禮物，不使廢壞，以備一王之法，使後世有所參考也。賓，以客禮遇之，傳所謂「宋，於周爲客」是也。凡此蓋古制，而周室稽之以處微子，皆聖人公天下之心也。嗚呼！乃祖成湯，克齊聖廣淵，皇天眷佑，誕受厥命，撫民以寬，除其邪虐，功加于時，德垂後裔。齊，一也，與「齊其思慮之不齊」者同意。齊，則無不敬。聖，則無不通。廣，大無不包。淵，深不可窮。後裔，指微子。此章即篇首「崇德」之意。爾惟踐修厥猷，舊有令聞。恪慎克孝，肅恭神人。予嘉乃德，曰篤不忘。上帝時歆，下民祗協，庸建爾于上公，尹茲東夏。上述成湯，下嘉微子，中間更不言紂亡、武庚滅之事，蓋微子所不忍聞，故周家不忍言也。爾，指微子。謂能踐行脩舉成湯之道。所叙微子恪謹之德，可想見微子之賢。然非有撥亂之才，不能救商亡之勢。向使帝乙捨受而立微子，則豈非守文之賢主也哉？周之所嘉，其惜之之意見於言表。東夏，謂〔六〕宋於商畿爲東。然以周室視之，皆東土耳。此章即篇首「象賢」之意。欽哉！往敷乃訓，慎乃服命，率由典常，以蕃王室。弘乃烈祖，律乃有民，永綏厥位，毗予一人。世世享德，萬邦作式，俾我有周無斁。嗚呼！往哉惟休，無替朕命。』此以下勉戒之。服，謂上公九旒、九章之服。命，謂上公九命，凡車旗獻享之節也。宋，王者之後，得用天子禮樂於先王之廟。然宋公之命服，則不可不謹也。微子之賢不待戒，然周室傷武庚之亂，爲後世慮，亦所以全宋也，故勉之戒之加詳焉。「世世享德，萬邦作式」，傳所謂「諸侯宋、魯，於是乎觀禮」，蓋禮守先代，爵爲上公，亦諸侯之倡也。無斁，不厭也。○《書序》曰：「成王既黜殷命，殺武庚，命微子啓代殷後。」○《左氏》曰：「宋，先代之後也。天子有事膰焉，有喪拜焉。」○《路史》曰：「弔其民，誅其君，而乃立其子，獨不以其將不利而廢之，此周之至德也。至於周公謾使管、蔡監商。監之云者，所以制止其沈湎淫奔之俗而納之道爾。土地人民，猶我之有，固非利其國而欲之，如宇文之於蕭氏也。及武庚之作難，三監、淮、奄並起應之，當此之時，周之事亦洶矣。周公於是濯征龕伐，至久而後克之。茲宜深監武庚之事，而乃更立商王之元子。夫以微子之賢，吾君之子，而商人父師之，顧乃使之代商後而邦之宋。宋爲故亳，商之舊都，民之被其澤者，固未忘也。使微子少異其志，則全商之地恪非周矣。成王、周公方且晏然命之，不少爲疑，卒以按堵，非聖人之盛德，能如是乎？于以是知立國惟在於賢，而不在於疑之多也。秦、漢而下，不原仁義，而徒汲汲以防虞天下，豈不大可慙哉？」

致辟管叔于商，囚蔡叔于郭鄰，降霍叔于庶人。

《書》曰：「乃致辟管叔于商；囚蔡叔于郭鄰，以車七乘；降霍叔于庶人，三年不齒。」蔡氏曰：「致辟者，誅戮之也。囚云者，制其出入，而猶從以七乘之車。降霍叔于庶人，三年不齒，三年之後，方齒録以復其國也。」〇《逸周書》曰：「王子禄父北奔，管叔、霍叔縊。乃囚蔡叔于郭陵。凡所征熊盈族十有七國。俘殷獻民，遷于九里。俾康叔宇于殷，俾中旄父宇于東。」云霍叔縊，必傳聞之誤。康叔宇于殷，蓋以殷都益封康叔而徙居之也。〇《書序》曰：「成王既伐管叔、蔡叔，以殷餘民封康叔。」康叔受封在武王之世，故《漢書》言「康叔後扞禄父之難」，又云「周公善康叔不從管、蔡之亂」，至是伐管、蔡，以其民益封康叔。《書序》蓋誤以此事加之《康誥》之上爾。

履祥按：《書》稱「群叔流言」，傳稱「管、蔡啓商」，而管叔獨誅死，蔡叔猶有車七乘，霍叔三年而復之。縱管叔首惡，然同罪異罰，輕重死生亦殊不等矣。《逸周書》稱「管叔縊」，而《書》亦但云「致辟」，是必因其縊而致戮之，蓋書其罪而尸之也，而蔡、霍俱不死，此所謂施生戮死者與？懿親之間，本所不忍。因其死而戮之以正王法，因其生而施之以全私恩也。

四年。周公作《立政》。《大紀》係四年，今從之。

《立政篇》曰：「周公若曰：『拜手稽首，告嗣天子王矣。』用咸戒于王曰：『王左右常伯、常任、準人、綴衣、虎賁。』此篇周公戒成王以任用賢人之道，國史記之，故稱「若曰」。常伯，牧民之長伯。常任，任事之大臣。準人，掌法之卿士。即下所謂「三宅」、「三事」。綴衣，掌服器者。虎賁氏，掌禁衛者。獨舉五人者，子王子曰：「周公當時率之以進告者，所謂『用咸戒于王』也。」周公曰：『嗚呼！休兹，知恤鮮哉！古之人迪惟有夏，乃有室大競，籲俊尊上帝，迪知忱恂于九德之行，乃敢告教厥后曰：拜手稽首后矣。曰：宅乃事，宅乃牧，宅乃準。兹惟后矣，謀面用丕訓德，則乃宅人。休兹，猶《虞書》曰「都」，欲言其事而美之。又言知恤者鮮，以重人君之聽而勉戒之也。俊，即三俊，可爲三宅者。迪知，躬蹈而真知之也。九德，本皋陶所陳知人之目，而有夏君臣世守以爲取人之法。三宅，亦夏諸大臣之總名，商、周亦世守之，職名雖各不同，而掌事、掌民、掌法，其職事則猶故也，故篇中歷述三代用人，皆以「三宅」言之。謀面，圖謀親閲之也。言美哉用人之道，知恤者少。古之人蹈此者，亦惟有夏氏，其所以國家强盛者，蓋能籲求三俊之賢以尊事上帝也。而其籲俊，必有大臣真知夫信行九德之賢而後敢薦於后。而此時之爲后者，又圖謀面察之，真爲大順于德之賢，而後宅之也。兹乃三宅無義民。桀德，惟乃弗作往任，是惟暴德，罔後。上文言有夏用人之盛，此言夏桀用人之失。謂至於此後，乃三宅皆無義之民。蓋桀惟惡德，弗行往時先王任用之道，是惟暴德之用，此桀所以喪亡無後也。亦越成湯，陟丕釐上帝之耿命。乃用三有宅，克即宅。曰三有俊，克即俊。嚴惟丕式，克用三宅三俊。其在商邑，用協于厥邑。其在四方，用丕式見德。越、粤通。亦越者，繼上文而言也。耿，光也。即，猶云當也。三宅，以職言；三俊，以德言，謂其才可以儲三宅之用者，蓋亦三宅之副也。曰，論也。嚴，密也。丕式，法制之大也。亦粤成湯，所以升爲天子，能丕釐上帝之明命。夫天之明命，示此意而已，而湯能丕以推其大規，釐以理其條理。其用三有宅者，則能各當其職；其論三有俊者，則能各當其才。「嚴惟丕式」，即丕釐之用。言湯之治天下，既事制曲防以定天下之大法矣，而又能用三宅三俊以行之。故近者用協，而四方雖遠，亦莫不於丕式之中而見聖人之德意焉。嗚呼！其在受德暋，惟羞刑暴德之人，同于厥邦；乃惟庶習逸德之人，同于厥政。帝欽罰之，乃伻我有夏，式商受命，奄甸萬姓。嗚呼，嘆而言之。蓋事接於見聞，而言之易感也。暋，昏也。羞刑，進任刑威者也。庶習，備諸醜行者也。言紂之於三宅，使羞刑暴德之人宅牧、宅準，使庶習逸德之人立政、宅事。然刑暴之人足以行威虐於國，故以同邦言；庶習之人足以娛心目於內，故以同政言。其親疏之意如此，上帝所以敬致其罰，使我周有此華夏，而法商革夏受命之事，以奄甸天下之民。奄甸，蓋井牧其地、什伍其民也。亦越文王、武王，克知三有宅心，灼見三有俊心，以敬事上帝，立民長伯。立政：任人、準夫、牧，作三事；虎賁、綴衣、趣馬、小尹、左右攜僕、百司、庶府，大都、小伯、藝人、表臣百司、太史、尹伯，庶常吉士；司徒、司馬、司空、亞、旅；夷、微、盧烝，三亳阪尹。長伯，謂凡在上臨民者。任人，即常任。趣馬，閑廐之官。小尹，内臣之尹。左右攜僕，凡執器侍衛之僕。百司，若司裘、内司服之類。庶府，若内府、天府之屬。大都、小伯，即大小都伯，畿内都邑之長也。藝人，凡卜、祝、巫、醫，執技以事上者。表臣百司，表，外也，對裏之稱。上文「百司」爲在内百司，此「表臣百司」則在外百司。太史，史官。尹伯，有司之長，如大胥、大師、典同之類，則司樂其長；卝人、角人、羽人，則虞衡其長。凡此衆庶常職，皆吉德之士。司徒、司馬、司空，與其亞，此皆諸侯之官。其卿之命於天子者，或天子使監於侯國者。夷、微、盧，此四夷之國。烝，衆也。此王官之監於四夷者。三亳，蒙爲北亳，穀熟爲南亳，偃師爲西亳。阪，險也。古者形險之地不以封，王官守之。三亳，商之舊都，其地平險，故周置監焉。言文、武克知三宅之心而任之不疑，灼見三俊之心而知其可用，故上以之事天，下以之長民。其立政也：常任、準人、牧夫，作三宅之事於上；內而禁衛、僕御、百司、庶府，外而都鄙、藝人、百司、太史、尹伯，皆得吉士以爲之；而其吉士又分布於諸侯、夷狄之國與要地設險之官。蓋文、武所知者，三宅三俊。而人以類聚，各舉所知，各選其屬，布列內外，莫不得其人也。此章連舉文、武時事，其官未必皆文、武之官，其人則皆文、武所儲之人。呂氏曰：「凡所謂官吏，莫不在內外百司之中，至於特見其名者，則皆有意焉。虎賁、綴衣、趣馬、小尹、左右攜僕，以扈衛親近而見。庶府，以冗賤人所易忽而見。藝人，以恐其作淫巧以蕩上心而見。太史，以奉諱惡，書是非而見。尹伯，以小大體統而見。若大都、小伯，則分諸郊畿，不預有司之數者。大都言都不言伯，小伯言伯不言都，蓋互見之也。自諸侯三卿以降，惟列官名而無它語，蓋承上『庶常吉士』之文，以內見外也。」文王惟克厥宅心，乃克立兹常事、司牧人，以克俊有德。文王罔攸兼于庶言、庶獄、庶慎，惟有司之牧夫，是訓用違。庶獄、庶慎，文王罔敢知于兹。上文總言文、武知人官使之詳，此又獨推文王而言之，蓋恐成王聞其目而不知其綱，聞其效而不知其本。言文王惟先能盡其宅心之學，故能立兹常事、司牧之人，皆俊才而有德者。大抵君心患其識見之偏，嗜好之蔽，故不能知人；而人才亦患其有才而無德以將之。惟文王能宅其心，故能識用夫俊有德之人。常事、司牧，不言準人，亦互見也。此節論用人之本。庶言，號令也。庶獄，獄訟也。庶慎，法禁也。謂之「庶」，固非其大者。若大號令、大獄訟、大法禁，則非大臣所敢專，亦非文王所敢諉。至其衆庶瑣碎之事，則惟有司、惟牧夫，是從是否，文王不以身兼之。或於庶言猶有所預，蓋號令雖小，教化所關。若庶獄、庶慎，文王則罔敢預知于此矣。此節言任人之體也。亦越武王，率惟敉功，不敢替厥義德；率惟謀，從容德，以並受此丕丕基。此申述武王之事。凡用人之原與得人之多，皆文王事，武王率而行之耳。蔡氏曰：「義德者，有撥亂反正之才；容德者，有休休樂善之量，皆成德之人也。武王率循文王之功，則不敢替其所用義德之人；率循文王之謀，則不敢違其所用容德之人。以武王能與文王並，而受此丕丕之基也。」嗚呼！孺子王矣！繼自今我其立政：立事、準人、牧夫，我其克灼知厥若。丕乃俾亂，相我受民，和我庶獄、庶慎，時則勿有間之。自一話一言，我則末惟成德之彥，以乂我受民。此章以下，勉成王也。我，指成王也。灼知，猶云克知、灼見也。亂，治也。一話一言，即上章庶言也。末，終也、盡也。言孺子已終喪即政，繼此以往，王其於立政，必於宅事、宅準、宅牧之任，能明知其才德如何。丕乃使之爲治，左右我所受之民，均調我庶獄、庶慎之事，勿以己意或小臣間之。至於庶言，亦盡惟成德之賢，專之以乂我受民。言知之明、任之專也。嗚呼！予旦已受人之徽言，咸告孺子王矣。繼自今文子文孫，其勿誤于庶獄、庶慎，惟正是乂之。前所言夏、商、文、武之事，皆至美之言。我所傳受於人者，已咸告孺子王矣。又言成王爲今日守文之主〔七〕，乃文王之文孫、武王之文子，其勿誤于庶獄、庶慎之事，惟正人是治之。誤者，謂以己兼知之，事煩力獨，易於致誤也。蔡氏曰：「正，猶《康誥》所謂『正人』，指當職者而言。」自古商人，亦越我周文王立政：立事、牧夫、準人，則克宅之，克由繹之，茲乃俾乂。國則罔有立政用憸人，不訓于德，是罔顯在厥世。繼自今立政，其勿以憸人，其惟吉士，用勱相我國家。此總上文，言自古之人，與商湯及我周文王之立政，其於事、牧、準三者，則克宅之。克宅者，謂當其職而專其任也。然亦惟能紬繹審察其德，而後使之任其治耳。自古爲國罔有於立政而乃用憸利小人者，蓋憸利之人沾沾便捷，以才陵德，則國家政事日入於鑿，卒以昏斁。繼自今成王其勿用憸人，其惟吉士則用之，以勉助我國家。今文子文孫孺子王矣，其勿誤于庶獄，惟有司之牧夫。此承上文申言之，以致其丁寧之意。於三庶獨言庶獄，於三宅又獨言牧夫。蓋刑者，民之司命，尤所當重，有司之牧夫，固足以互見三宅，然獨表牧夫之名，則是尤以親民之任爲重也。夫三宅在朝廷則爲三事，在外則牧夫於民爲近，而事與法亦其所兼有焉。如今朝廷之事分六部，在外郡縣雖專爲牧民，而六曹之事蓋亦兼有也。其克詰爾戎兵，以陟禹之迹，方行天下，至于海表，罔有不服，以覲文王之耿光，以揚武王之大烈。詰，謂儆申簡閱紀律也。陟，猶「陟方」、「陟遐」之「陟」，猶所謂「巡侯、甸」也。禹迹，中國之境，禹之五服舊迹也。方，四方也。表，四表之地。言德威所及，無不服。覲，見也，使天下見之。耿光，明德。大烈，功業也。文光、武烈，各舉其盛者稱之也。時方東征，淮、奄未平，故篇終言此。然此與上文通爲一章，告孺子王言刑及兵，故呂氏曰：「兵者，刑之大。周公詰兵之訓，繼『勿誤庶獄』之後，犴獄之閒，尚恐一刑之誤，況六師萬衆之命，其敢不審而誤舉乎？推『勿誤庶獄』之心，而奉『克詰戎兵』之戒，必非得已不已而輕用其民命者也。」嗚呼！繼自今後王立政，其惟克用常人。』周公丁寧之意，併後王而戒之。使成王行之，後王傳之，以爲家法也。常人，常德之人，即上文之吉士也。常人、憸人，二者相反。凡憸利便捷者，憸人也。凡持重守正者，常人也。憸人常以生事爲功，常人常以生物爲意。常人，如四時有序，萬物生成而莫知爲之者。憸人，如盛夏驟涼、隆冬乍燠，一時若快人意，而民人疾疫、生物夭札之患，自是滋矣。此用人者所當辨也。

周公若曰：『太史，司寇蘇公，式敬爾由獄，以長我王國。茲式有慎，以列用中罰。』此周公告君因言謹獄之事，又於君前即蘇公謹獄之事命太史併書之以爲司獄者之法。蘇，國名。公名忿生，爲武王司寇，能敬謹所用之獄，此所以培植忠厚之脉，以長我王國。使後爲司獄者，能取法於此而有謹焉，則能條列輕重，用其中罰而無過差之患矣。

履祥按：《立政》之書，前儒以其誤次諸篇之後，謂是周公告君之絕筆，非也。此亦初年之書也，故其官名與今《周禮》未盡合，蓋時猶舊制也。至稱「詰爾戎兵」，蓋其時東征未盡奠也。故胡氏《大紀》係《立政》於四年之下，是爲得之。按古者詰兵，蓋有國之常政，軍伍藏於井、甸，陳法講於蒐、獮，巡邊四征寓於巡狩、會同，但恐守文之主或自廢弛焉爾，故成王、康王之初，元老大臣俱有「詰戎兵」、「張六師」之告，是皆有國之所當講。而其所謂詰者，儆軍實、閱器械、嚴紀律而已，以是陟禹迹、征弗庭，必非黷武勞民之師，非若後世守文之世以兵爲諱，日就廢弛，一旦警急則荒亂無措，一有好大喜功之心則又誅求征發於常調之外也。又况當時淮、奄未寧，平時武備猶不當弛，况在此時乎？至謂「陟禹之迹」，尤有深意。古者聖人疆理中國，華夷異宜，各有界限，故禹迹之舊，中國世守之，一有玷缺，則中國之禍終有不可度者。後世有以燕、雲之地棄之夷狄者，華夷同壤，曾不幾時，子孫親受其禍，而卒貽中國無窮之害如此，而後知周公之言非爲土地，其意蓋遠。然其曰「至于海表」，得毋啓廣伐之漸耶？曰：此言其威德聲教之餘效也。海表，猶云「海隅出日」，要亦指淮、奄而爲言爾。然則後世大臣固有以置燕、雲而成守文之治者，亦有以復燕、雲而致不測之禍者，又何也？曰：是皆非周公也。非周公，則爲君子而不能爲，爲小人而又妄爲矣。世有周公之臣，則吾不憂中國之患矣。

王東伐淮夷，遂踐奄。

《書序》曰：「成王東伐淮夷，遂踐奄，作《成王政》。」

五年。遷奄君于蒲姑。

《書序》曰：「成王既踐奄，將遷其君於蒲姑，周公告召公，作《將蒲姑》。」成王、周公東征，召公必居守，故周公告召公謀之。○《孟子》曰：「伐奄，三年討其君。」

王來自奄，大降四國民命，遷之洛邑。

《多士篇》曰：「昔朕來自奄，予大降爾四國民命。我乃明致天罰，移爾遐逖，比事臣我宗多遜。」蔡氏曰：「降，猶今法『降等』云者。言昔我來自奄之時，汝四國之民罪皆應死，我大降爾命，不忍誅戮，乃止明致天罰，移爾遠居於洛，以親比臣我宗周，有多遜之美。其罰蓋亦甚輕，其恩固已甚厚，今乃猶有所怨望乎？」

五月丁亥，至于宗周。誥四國多方。

《多方篇》曰：「惟五月丁亥，王來自奄，至于宗周。」成王東伐淮夷，遂踐奄而歸，故云「來自奄」。宗周，豐也。西周之初，凡言宗周者，謂豐、鎬也。東遷之後，則洛亦謂之宗周，所謂「即宮于宗周」是也。蓋廟朝所在即謂之宗周爾。周公曰：『王若曰：猷！告爾四國多方，惟爾殷侯尹民，我惟大降爾命，爾罔不知，洪惟圖天之命，弗永寅念于祀。書「王若曰」而冠以「周公曰」，是周公代王言也。成王幼，周公秉政，自《大誥》以後，凡誥命之辭，皆周公代言爾。而於《多方》獨書「周公曰」，古書無費辭，發例而已。四國者，三監、武庚國内臣民也。多方者，若淮、奄、徐戎新服之國，與凡武庚之亂，東、北諸侯，顧望兩端，或與於亂者。告四國而因以及多方，亦以厭天下之心爾。殷侯，武庚也。尹民，謂其仍有國君民也。我惟大降爾命，謂貸其死也。惟爾武庚仍有民社，蓋我有周貸其死命，乃罔然不知，覬覦非望，圖天之命，弗永遠敬念宗祀，以自取覆絶之禍。此言所以殺武庚之故。一説謂是諭武庚故臣，爲殷侯尹民者。

惟帝降格于夏，有夏誕厥逸，不肯慼言于民，乃大淫昏，不克終日勸于帝之迪，乃爾攸聞。厥圖帝之命，不克開于民之麗，乃大降罰，崇亂有夏。因甲于内亂，不克靈承于旅。罔丕惟進之恭，洪舒于民。亦惟有夏之民，叨懫日欽，劓割夏邑。天惟時求民主，乃大降顯休命于成湯，刑殄有夏。誕，大。迪，蹈。麗，依也。民之麗，謂民所依以爲生者，如云「小人之依」是也。崇，積。甲，始。靈，善。舒，寬。叨，貪。懫，忿暴也。此章述有夏天命所以亡而證之。謂昔者帝嘗降格于夏矣，而夏桀大爲肆逸，且不肯加憂慼之言于民，則其不憂愛于民可知矣。不能一日之間勉爲天理之是蹈，則無日不誕逸可知矣。此皆爾之所聞。欲其因桀以知紂也。又言桀亦豈不欲圖天之命？而不知得民爲得天之本。其圖天之命而不能開生民衣食之原，乃大降其禍罰，以積亂于其民。始則妹喜女謁之盛以亂其内，而桀又不克善順其衆於外，不進用恭德之人以大寬其民，而崇長叨貪懫暴之人以戕害其民。天爲斯民之無主而求能主之者，於是大降明命于成湯，以刑滅有夏焉。

惟天不畀純，乃惟以爾多方之義民，不克永于多享。惟夏之恭多士，大不克明保享于民。乃胥惟虐于民，至于百爲，大不克開。此篇告多方，兼告殷多士，故言夏桀之罪，而夏之多士亦不爲無罪。謂天不畀夏，其禍所以如此大者，固是夏桀有多方之義民，而不能以之享有天命。然亦惟有夏所敬用之多士，大不克明其長保斯民之道，而相與播虐于民，至于百爾所爲，亦皆不克開于民之所依者。然則夏桀之失民，非惟桀之罪，其臣亦有罪焉。又因引以責殷多士也。乃惟成湯，克以爾多方簡，代夏作民主。愼厥麗乃勸，厥民刑用勸。以至于帝乙，罔不明德愼罰，亦克用勸。要囚殄戮多罪，亦克用勸。開釋無辜，亦克用勸。今至于爾辟，弗克以爾多方享天之命。嗚呼！』此言商之所以享有天命者，乃惟成湯克爲爾多方所簡，以代夏而作民之主。惟謹修其民之所麗，以勸勉其民，蓋謂務農、重本、修府、和事之類是也。而厥民法之，亦皆用勸。其貽厥子孫，至于帝乙，罔不明德謹罰。明德，則民化於善；謹罰，則民不爲不善：所謂「克用勸」也。多罪者，人心之所同惡，戮當其罪，則人勸。無辜者，人之所同愍，赦當其眚，則人勸。一章之中，「勸」之一字屢言之，于以見商之先王之於民，其鼓舞不倦如此。「今至于爾辟，弗克以爾多方享天之命。嗚呼」，蓋深歎紂之自取亡也。夫以商先王如此，紂繼世以有此多方而不能以之享天之命，忽然而亡，此重可歎也，故「嗚呼」以終之，其所感者深矣。舊説以「嗚呼」冠下章「王若曰」之上，意淺而不詞，今不取。『王若曰：誥告爾多方，非天庸釋有夏，非天庸釋有殷，乃惟爾辟，以爾多方大淫，圖天之命，屑有辭。乃惟有夏圖厥政，不集于享，天降時喪，有邦間之。乃惟爾商後王，逸厥逸，圖厥政，不蠲烝，天惟降時喪。此承上章，言非天用意捨有夏之命，亦非天用意捨有商之命，乃惟爾辟若紂、若武庚，不知其故，但以爾多方大爲淫泆，而欲圖天之命，屑屑然以爲辭。初不知惟有夏之圖治，不集其所以享國之道而集其所以亡者，故天降此喪亡，使有邦者得以間其命。惟爾商後王，又安於縱逸，而所以圖治者，不潔不進，故天又降此喪亡。然則非天用意捨之，皆其自取喪亡爾。惟聖罔念作狂，惟狂克念作聖。天惟五年，須暇之子孫，誕作民主，罔可念聽。聖者，通明之稱。狂者，昏縱之謂。克念、罔念，聖、狂之幾於此乎分。此二句蓋古語，周公引之。五祀者，天道一大變。謂天之降喪，亦非遽絶商也，爾辟既有圖天之辭，人若能念，亦孰不可變而之善？故天亦遲之以須待其或變，或其子孫可作民主，而皆無可念聽者。念聽，蓋應「屑有辭」之意。五年者，天道一變之節，聖人與天爲一，或前此欲伐商而又遲之，後又封植武庚不爲不久，而皆不可復望也。蔡氏曰：「五年，必有所指。」子王子曰：「此篇多有錯簡。五祀，謂武王克商之後，封植武庚者又五年。武王崩而武庚卒爲不善，天終絶之。」

天惟求爾多方，大動以威，開厥顧天。惟爾多方，罔堪顧之。承上文言商既罔可念聽，天於是求民主於多方，動之以變異，開其能顧諟天命者，而爾多方又無有上堪眷顧者焉。「大動以威，開厥顧天」，如「周饑，克殷而年豐」，蓋商末此事甚多，而多方無有能上當天意者。

惟我周王靈承于旅，克堪用德，惟典神天。天惟式教我用休，簡畀殷命，尹爾多方。承上章言商既不可念聽，多方又罔堪顧之，「惟我周王靈承于旅」，謂善順衆心，是克開于民之麗也。「克堪用德」，所謂「德輶如毛，民鮮克舉之」，惟周王克堪用之也，是誠可爲神天之祭主。故天啓誘之以休嘉之道，而簡拔畀付以代殷之命，用尹正爾多方焉。呂氏曰：「所謂『式教我用休』者，如之何而教之也？文、武既得乎天，天理日新，左右逢原。其思也，若或起之；其行也，若或翼之。是乃天之所以教而用以昌大休明者也，非諄諄然而教之也。」

今我曷敢多誥？我惟大降爾四國民命。爾曷不忱裕之于爾多方？爾曷不夾介乂我周王享天之命？今爾尚宅爾宅，畋爾田，爾曷不惠王熙天之命？此以下獨責四國士民也。「今我曷敢多誥？我惟大降爾四國民命」，其間上下必有缺文。此章以下大意是責其與於武庚之亂。謂昔伐殷之役，殷之士衆，不戮一人。爾曷不信我周家而各安於多方乎？爾曷不夾輔介助，從乂我周王，以享爾之天命乎？世代變遷而田里如故，爾曷不順我周王，益以廣爾之天命乎？

爾乃迪屢不静，爾心未愛。爾乃不大宅天命，爾乃屑播天命，爾乃自作不典，圖忱于正。此章責其從武庚於叛。爾乃屢蹈不静，自取亡滅，是爾心未知所以自愛也。爾乃大不安天命，爾乃輕棄天命，爾乃自作不典，而欲人之信之以爲正也。凡爾所爲，既不自愛，又唱爲「予復」之説，是又欲詿誤它人也。

我惟時其教告之，我惟時

其戰要囚之，至于再，至于三，乃有不用我降爾命，我乃其大罰殛之。非我有周秉德不康寧，乃惟爾自速辜。』此一節，即《多士篇》所謂「昔朕來自奄，予惟大降爾四國民命。我乃明致天罰，移爾遐逖」者。謂我惟時其教告之矣，蓋東征之時必有文告之辭也。我惟時其戰要囚之矣，謂東征之時嘗戰勝而俘囚之。然不殺也，至再、至三。乃又不用我所以降爾命者，謂不感恩順德也。我乃明致天罰，移爾遐逖，遷之於洛，猶放殛之也。非我有周所以執德者不使爾民康寧，乃惟爾自速其辜爾。此即《多士篇》所謂「予惟時其遷居西爾，非我一人奉德不康寧，時惟天命」是也。王曰：『嗚呼！猷！告爾有方多士暨殷多士，今爾奔走臣我監五祀。越惟有胥伯小大多正，爾罔不克臬。自作不和，爾惟和哉！爾室不睦，爾惟和哉！爾邑克明，爾惟克勤乃事。爾尚不忌于凶德，亦則以穆穆在乃位，克閱于乃邑謀介。爾乃自時洛邑，尚永力畋爾田。天惟畀矜爾。我有周惟其大介賚爾，迪簡在王庭。尚爾事，有服在大僚。』此以下，告遷洛之多士也。上章即《多士篇》所謂「明致天罰，移爾遐逖」，此章即所謂「比事臣我宗多遜」是也。有方多士者，三國之遺臣。殷多士者，武庚之遺臣也。奔走臣我監五祀者，監，即三監，謂其從三監以叛，於今五年也。一說「五祀」屬下句，謂今五年所置胥伯小大多正也。胥伯小大多正，謂大胥、小胥，教職也；黨正、縣正，治職也，皆今日周家所置教之之官也，此即《召誥》所謂「比介于我有周御事」也。臬，的也。邑，如「四井爲邑」之「邑」，謂所治之部也。夫謂之多士，則皆在官之人，輯其分族，將其醜類，以遷于洛邑者。意者比、閭、井、邑、丘、甸之類，皆殷士爲之，大胥、小胥之教，黨正、縣正之長，則置王官焉。忌，古文作「諅」，即「惎」字，爲人言所欺也。爾多士不可受欺于凶德。介，助也。周公既述所以致罰遷殷之意，於是喻四國殷士所以臣我多遜之風。謂今爾自奔走從我三監而亂以來，今已五年。三監既誅，粤置胥伯小大多正，以掌教治，爾當以爲表的。自身而家，而在官邑，皆當以和順爲主。至於官邑之事明整，是爲爾之克勤其職。然爾不可爲頑民凶悍所欺誑而從之，亦但以和敬在職，而簡閱乃邑之善者，謀以自助，則善習日勝，而惡習日消矣。爾乃自時洛邑，尚永力畋田，安土樂天，則天意將畀矜爾。而我有周其大助賚乎爾矣，啓拔於王庭之上，崇爾職事，服采於大僚之閒。言將大用之，所以勉之也。○自此章以至篇終，五峯胡氏謂與《多士》互有錯簡，而子王子斷自此章以下，皆爲《多士》之文。如此，則章首「五祀」之説，乃是自七年營洛之時，逆數黜殷之後再爲置監，故云「臣我監五祀」也。但上文方述遷讀之由，不應全無勞來慰勉之語。或自此數節，不無一二錯簡。今存所疑，以俟知者。王曰：『嗚呼！多士，爾不克勸忱我命，爾亦則惟不克享。凡民惟曰不享。爾乃惟逸惟頗，大遠王命，則惟爾多方探天之威，我則致天之罰，離逖爾土。』此章「多士」、「多方」，首尾必有一誤。古文「方」作「㔾」，與「士」字相近，尤易誤也。蔡氏謂「多方」字當作「多士」，愚謂皆當作「多方」。蓋此章又喻不遷之國也。篇首既誥四國多方，上章止責四國多士，故此章又重告多方。「不克享。凡民惟曰不享」，與《洛誥》「百辟享」之云同文，當是誥多方者。謂爾多方不能相勸信我教命，則是爾多方不能享上矣。是爾乃爲縱逸，爲頗僻，大違遠王命，則是爾多方自取天威，我則將致天之罰，各離遠爾土矣。謂亦將遷之也。若云殷多士，則已離逖遷洛，不應於此再言之。王曰：『我不惟多誥，我惟祗告爾命。』上文「今我曷敢多誥？我惟大降爾命」，謂不殺而教之也。此章謂教之以生生之道也。又曰：『時惟爾初，不克敬于和，則無我怨。』又警戒以終之。謂今日爲爾維新之時，若又不能敬于和，復爲乖亂，則我將別有誅戮，乃爾自取，無所歸怨也。子王子謂《多士》《多方》之終俱有「王曰」與「又曰」之文，而《多士》「王曰」之下無語，必脱簡在此，當共爲《多士篇》之終。○蘇氏曰：「《大誥》《康誥》《酒誥》《梓材》《召誥》《洛誥》《多士》《多方》八篇，雖所誥不一，然大略以殷人不心服周而作也。予讀《泰誓》《武成》，常怪周取殷之易。及讀此八篇，又怪周安殷之難也。《多方》所誥，不止殷人，乃及四方之士，是紛紛焉不心服者，非獨殷人也。予乃今知湯已下七王之德深矣。方紂之虐，人如在膏火中，歸周如流，不暇念先王之德。及天下粗定，人自膏火中出，即念殷先七王如父母，雖以武王、周公之聖，相繼撫之而莫能禁也。夫以西漢道德比之殷，猶碔砆之與美玉。然王莽、公孫述、隗囂之流，終不能使人忘漢。光武成功，若建瓴然。使周無周公，則亦殆矣。此周公所以畏而不去也。」○子王子曰：「商自太甲以後數經衰亂，已四興王業，武乙再都河北而國尤衰弊者四五十年，至紂乃決其壞而蹙其亡者又三十年。周家仁聲仁聞日曦日隆，商王之惡德虐政日累日積。當是時，三分天下，周有其二，非周取之也，皆棄商而歸周也。紂之都，百姓服田力穡者，亦未嘗不悦服而安業。其頑嚚喧豗而易揺者，特遊手之民，平時酗酒暴横，草竊姦宄，逋逃匿隱，未嘗伏辜，不習勤勞，不樂安静，呼噪風塵之警以逞其虎狼之心。加以紂之寵任非人，豪家巨室不事繩檢者，怨周之不用，招誘無賴爲之爪牙，不過借復商之名以鼓倡群兇，殘害百姓。若以戰國、秦、漢處之，不過坑之而已。周家積累有素，不忍輕殺，非力不足以制之，必欲使之革心從化，此其爲變移之難者，乃所以爲忠厚之至。蘇氏謂人心不服周而難安者，未之思也。」

履祥按：《多方》叙稱「王來自奄，誥爾多方」，而《多士》書曰「昔朕來自奄」，則《多方》在《多士》之前明也。而自孔安國以來失之。胡氏《大紀》獨叙《多方》於前、《多士》於後云。然則古者事之前後必已具於編年之史，而《書》則每篇自爲首尾，固未必諸篇相爲次序也。諸篇若此多矣。然又安知《書》之前後，安國、伏生不無所差互與？是皆未可知也。《多方》《多士》之書，皆化商之書也。《多士》以告殷民，而《多方》則不止於殷民也。

《多方》《周官》之書，皆歸周之書也。《多方》以治外，而《周官》以治內也。流言之變，倡於三叔而亂成於武庚。武庚固易叛者，淮、奄、徐戎何爲而亦叛？或者人心之如殷民者尚多也。成王、周公東征，歷幾年而後定。踐奄而歸，遷殷四國之民，至于宗周，諸侯畢會，計淮、奄、徐戎多方新服之國，變置之君，咸與在列。故告殷民而及多方，所以厭人心也。《多士》之書，則在洛之民，安定告戒之而已矣。自踐奄來歸，誥多方。於是天下既定，制禮作樂以文太平，始頒周官之法，定一代之制，此《周官》之書所由作也。傳所謂「六年制禮作樂」者也。《周官》之敘曰「四征弗庭」、「六服承德」。四征弗庭，謂黜殷、致辟、伐淮、踐奄也。六服承德，謂作多方、定庶國、蒐岐陽、盟諸侯也。自是太平四十餘年，刑厝不用。嗚呼，盛哉！

蒐于岐陽。

《左氏》曰：「成有岐陽之蒐。」○杜氏曰：「成王歸自奄，大蒐於岐山之陽。」○《外傳》曰：「昔成王盟諸侯于岐陽，楚爲荊蠻，置茆蕝，設望表，與鮮牟守燎，故不與盟。」

六年。董正治官，制禮作樂。

《大傳》曰：「六年，制禮作樂。」

《書・周官篇》曰：「惟周王撫萬邦，巡侯、甸，四征弗庭，綏厥兆民。六服群辟，罔不承德。歸于宗周，董正治官。此篇當在《多方》之後，蓋歸自奄以來也，《大傳》所謂「六年制禮作樂」也。成王東伐，三年于外，至是外患平而太平之典舉矣。四征弗庭，蓋黜商、伐淮、踐奄也。當時兵威所及，不止一國，故曰「四征」，言其四方征討。弗庭，謂不來庭之國也。一云：庭，平也、直也。征弗庭，所以安全中國，故曰「綏厥兆民」也。「六服群辟，罔不承德」，謂《多方》誥庶邦、岐陽盟諸侯也。六服，中國諸侯在九州之内者。若合九州之外言之，則爲九服矣。宗周，即《多方》所謂「至于宗周」，謂豐、鎬也。董，督也。正，齊也。治官，凡治事之官也。傳曰：「自非聖人，外寧必有内憂。」後世外患既平，鮮有不漸致衰亂。惟聖人不然。當天下無事之後，則整理維持之功愈密，此所以爲聖人與？王曰：『若昔大猷，制治于未亂，保邦于未危。』自此以下，「王曰」凡二。此以述置官立制之意，後章則訓戒勉勑之辭。若昔大猷，謂順古者大道之訓，而制治保邦于未危、亂之時。二句蓋古語。然所以制治保邦者，則在於建官定制，得人以爲之，故下文詳焉。曰：『唐、虞稽古，建官惟百，内有百揆、四岳，外有州牧、侯伯。庶政惟和，萬國咸寧。夏、商官倍，亦克用乂。明王立政，不惟其官，惟其人。上述古語。此「曰」字，蓋成王自言也。建官其來久矣，雖唐、虞亦稽之上古，損益制宜而建爲百職。内則百揆以揆度百事，四岳以察按四方。外則州牧者，一州之長，各總其州國；侯伯者，大國之侯，各率其屬國。内外相承，體統不紊，故庶政和而萬物安。夏、商之時，世變事繁，觀其會通，制其繁簡，官數加倍，而亦克用乂。然此特制數耳。大抵官得其人則治，非其人，庸則廢事，邪則亂。故明王立政，不惟其官之多，惟得其人而已。傳曰：「有虞氏之官百，夏二百，商三百，周三百有六十。」今予小子，祗勤于德，夙夜不逮。仰惟前代時若，訓迪厥官。逮，及也。夙夜常如不逮，此聖賢不已之心。敬德者，求賢任官之本，故成王先於己求之。立太師、太傅、太保，兹惟三公。論道經邦，燮理陰陽。官不必備，惟其人。自此以下，頒周公官制之大綱。按《文王世子》則三公之職其來已久，至此立定官制，又以爲首，故曰「立」。道者，事理當行之路。論，則講明以究其極。此所以導君心也。經，則密比經理之謂。燮，和。理，治也。陰陽，天地之所以造化。論道所以經邦，經邦所以燮理陰陽。蔡氏曰：「非能經綸天下之大經、贊天地之化育者，不足以任此責。故官不必備，惟其人也。」少師、少傅、少保，曰三孤。貳公弘化，寅亮天地，弼予一人。蔡氏曰：「孤，特也。三少雖三公之貳，而非其屬，故曰孤。化，即經邦之運用。陰陽以功用言，天地以形體言。三公純乎師，故不曰弼，而三孤則曰弼，此公、孤之分。」冢宰掌邦治，統百官，均四海。司徒掌邦教，敷五典，擾兆民。宗伯掌邦禮，治神人，和上下。司馬掌邦政，統六師，平邦國。司寇掌邦禁，詰姦慝，刑暴亂。司空掌邦土，居四民，時地利。六卿分職，各率其屬，以倡九牧，阜成兆民。此周公制禮先定六官之長，然後各率其屬，而六典之制次第以舉。古者命官，各因其事。凡治事之長，謂之宰。故家相曰宰，天子之相謂之冢宰。冢，長也、大也，猶云冢子也。冢宰，天官，凡國之政事、法制皆屬焉，故曰掌邦治，内統百官，外均四海。百官異職，總攝之使歸于一，故曰統。四海異宜，調劑之使得其平，謂之均。司，專主也。惟冢宰無不統，自此而下，則有專主矣。徒，人衆也。司徒，則主凡夫家之徒衆也，故曰地官。治衆莫大乎教，故司徒掌邦教。敷五典者，君臣、父子、兄弟、夫婦、朋友人道之常，司徒則布人道當行之則。擾者，勞而熟之之謂。凡夫家徒役頒事、任民、保受、教糾、征役、考比，皆擾之謂也。宗伯不言司，蓋所掌者禮。禮，莫大於祭；祭，莫切於宗廟。於宗廟不敢言司。又禮，王者所重，而春官，四時之長，故曰伯。所以尊宗廟而崇禮也。宗伯治天神、地祇、人鬼之禮。神、祇皆曰神。上下者，尊卑貴賤等儀之禮。和者，使之不僭不逼，各安其分也，所謂有序則和也。司馬，夏官，主兵政。兵以車馬爲重，而莫急於馬，故政官曰司馬。六師，即六軍也。天子六軍，司馬掌之。自人臣之職言之，故不曰六軍而曰六師，師，衆也，即謂六軍之衆也。平，謂使强不得陵弱，衆不得暴寡，而邦國各得其平也。邦國之事皆政也，而獨兵事謂之邦政。政者，正也。征伐，所以正人之不正者也，故王政莫大於此。司寇，主寇賊之官也，秋官，刑官也。不曰刑，而曰邦禁。禁，止也，所以止人之爲惡也，從木從示，謂書刑於木以示之，所以止人之爲惡也。至於刑，則加之人矣。聖人立刑，蓋禁於未然。至於刑之，則不得已而然也。吕氏曰：「姦慝難知，故曰詰，推鞠窮詰而求其情也。暴亂易見，直刑之而已。」司空，冬官，主空土之官。凡土之曠、田之未授者，皆司空主之。故分畫空土，以待四民之受禄、受田、受肆、受廛者。時地利，亦任空土而興其利也。凡土之未授者皆司空主之，既授則司徒掌之矣。故或者謂地官之屬，疑是司空之屬者，此也。司空六十之屬，《周禮》缺，漢儒以《考工記》補之，特四民之一事耳。六卿分職，各率其屬，周公既定六官之制，其他屬官所掌之事，則六卿詳定焉。朝廷天下之本，故以倡九牧，阜成兆民也。

六年，五服一朝。又六年，王乃時巡，考制度于四岳，諸侯各朝于方岳，大明黜陟。』

五服，侯、甸、男、采、衛。篇首言六服者，連要服而言也。《周禮·職方》有九服，衛服之外有蠻、夷、鎮、藩，行人所掌。六服，則蠻、夷、藩、鎮統爲要服。聖人詳内略外，不治夷狄。《職方》極王化所至，雖有九服，而行人所掌，限朝會之節，止及六服。《周官》之初，又但止於五服焉。王者安全中國，不務遠略，於此可見。然行人所掌，侯服歲一見，至要服六歲一見，則六年而六服朝覲始徧。此云五服一朝者，謂六年之内五服朝覲俱徧也。《周官》立大綱，特舉其略耳，其詳則《周禮》續定焉。不言要服，蓋此外有朝會不及者，聖人不責之也。又六年，則十二年，而王乃時巡，則五服朝覲凡兩徧。然此舉其粗耳。《周禮》：「三歲徧覜；五歲徧省；七歲象胥，諭言語，協辭命；九歲外史考書名；十有一歲同度量，修法則；十有二歲王巡狩殷國。」此王者所以一道同風，治天下之大經也。

王曰：『嗚呼！凡我有官君子，欽乃攸司，慎乃出令，令出惟行，弗惟反。以公滅私，民其允懷。

此下皆訓戒之辭。上章言法，此章法外意也。無此章，雖有法不行焉。此節言政令能謹，則令出而必行；能公，則令出而民服。學古入官，議事以制，政乃不迷。其爾典常作之師，無以利口亂厥官。蓄疑敗謀，怠忽荒政，不學牆面，莅事惟煩。此節以學問爲重，蓋古人即學皆事，學優則仕，仕優則學，所以日用常有餘裕。蔡氏曰：「學古，學前代之法也。制，裁度也。典常，當代之法也。周家典常，皆文、武、周公之所講畫，至精至備，凡莅官者謹師之而已，不可喋喋利口，更改而紛亂之也。積疑不決，必敗其謀；怠忽荒略，必荒其政。人而不學，其猶正牆面而立，必無所見，而舉錯煩擾也。」○蘇氏曰：「鄭子産鑄刑書，叔向譏之曰：『昔先王議事以制，不爲刑辟。』其言蓋取諸此。先王人法並任，而任人爲多，故律設大法而已，其輕重之詳，則付之人。臨事而議，以制其出入，故刑簡而政清。自唐以前，治罪科條，止於今律令而已。人之所犯，日變無窮，而律令有限。以有限治無窮，不聞有所缺，豈非人法兼行，吏猶得臨事而議乎？今律令之外，科條數萬，而不足於用。有司請立新法，日益不已。嗚呼，任法之弊，一至此哉！」戒爾卿士，功崇惟志，業廣惟勤，惟克果斷，乃罔後艱。此節言功、業之本。志不立，則苟且而功不崇；行不勤，則作輟而業不廣。不果斷，則失機會而後反艱難矣。位不期驕，禄不期侈。恭、儉惟德，無載爾僞。作德，心逸日休；作僞，心勞日拙。居寵思危，罔不惟畏，弗畏入畏。此節教士大夫以守爵位之道也。位以行道，非期於爲驕。禄以養廉，非期其爲侈。故貴於恭、儉以爲德。恭，則自不驕。儉，則自不侈矣。然恭、儉必實得於中，而毋行其僞也。僞而爲之，無不敗者。蓋作德，則表裏如一，不事强矯，故心逸而日休休焉。作僞，則揜匿覆護，欲蓋彌彰，故心勞而日見其拙爾。居寵榮之時，思危辱之禍，則無不謹畏而不敢驕侈。凡不知謹畏則驕侈妄行，禍至無日而反入於可畏之境矣。此教之以制行設心之法，至真、至切之方如此。推賢讓能，庶官乃和，不和政厖。舉能其官，惟爾之能。稱匪其人，惟爾不任。」治非可以一人爲，亦非可以一時止，故在於推賢舉能焉。推賢遜能，謂其一時更相推遜也。舉能、稱人，則謂其遞相引類也。和，則政事如出於一。舉能其官，則事功亦猶出於己爾。王曰：『嗚呼！三事暨大夫，敬爾有官，亂爾有政，以佑乃辟，永康兆民，萬邦惟無斁。』

三事，謂公、孤。蔡氏謂「三事」即《立政》「三事」，公、孤位尊德重，不待戒勑。愚謂當時諸公雖不待戒勑，然王者立法非爲一人一時也，故於定制之初，誥命之終而通告之。

履祥按：《周官》一篇，周公定制之大綱也，其禮制紀綱與其時士大夫風俗可想見矣。然是篇，《周禮》之經也。《周禮》，其猶《周官》之傳與？周公制禮，先定公、孤與六官之長，使分職而率其屬，自是衆職之纖悉，皆當時六卿分制之，而周公總定之也。顧《周官》《周禮》，其間有不合者，則其後因時裁定，詳略之間不無損益，而大略無甚異矣。先儒曰：《周禮》之書，亦立制度焉耳。承襲之舊，權宜之法，要亦不盡出於周禮也。《周禮》之篇端皆曰「惟王建國，辨方正位」，則書成於營洛之後也。然成王未遂居洛，況盡用六典之制乎？或又曰：《周禮》者，首尾未成之書也。惜哉！

【校記】

〔一〕「失」，原作「矣」，今據慎獨齋配補歸仁齋本、宋犖本、率祖堂本、《四庫》本改。

〔二〕「昔」，原作「責」，今據宋犖本改。

〔三〕「之」，原作「迹」，今據慎獨齋配補歸仁齋本、宋犖本、率祖堂本、《四庫》本改。

〔四〕「室」，原作「業」，今據宋犖本改。

〔五〕「蔡」，原作「叔」，今據宋犖本改。

〔六〕「謂」，原作「爲」，今據慎獨齋配補歸仁齋本、宋犖本、率祖堂本、《四庫》本改。

〔七〕「主」，原作「王」，今據宋犖本改。

通鑑前編卷之八

金履祥編

周成王七年。二月乙未，王朝步自周，至于豐。命太保先周公相宅。

《召誥篇》曰：「惟二月既望，林氏曰：「《漢志》曰周公攝政七年二月乙亥朔，庚寅望。」越六日乙未，王朝步自周，則至于豐。惟太保先周公相宅。」傳曰：「於已望後六日乙未，成王自鎬京至豐，以遷都事告文王廟。太保，三公官名，召公也。」○《淮南子》曰：「武王克殷，欲築宮於五行之山。許氏曰：「今太行山也。」周公曰：『不可。夫五行之山，固塞險阻之地也。使我德能覆之，則天下納其貢職者迴也。使我有暴亂之行，則天下之伐我難矣。』」○《左氏》曰：「武王克商，遷九鼎于雒邑。」○《史記》曰：「武王徵九牧之君，登豳之阜，以望商邑。武王至于周，自夜不寐。周公旦即王所，曰：『曷爲不寐？』王曰：『告女：維天不饗殷，自發未生於今六十年，麋鹿在牧，蜚鴻滿野。天不享殷，乃今有成。今我未定天保，何暇寐！日夜勞來定我西土，我維顯服，及德方明。自洛汭延于伊汭，居易毋固，其有夏之居。我南望三塗，北望嶽鄙，顧詹有河，粤詹洛、伊，毋遠天室。』營周居于洛邑而後去。」按：文多不解，亦出《逸周書》。○又曰：「成王使召公復營洛邑，如武王之意。周公復卜申視，卒營築。曰：『此天下之中，四方入貢道里均。』」它書又曰：「使有德易以興，無德易以亡。」○《周官·大司徒篇》曰：「以土圭之灋測土深，正日景以求地中。日至之景尺有五寸，謂之地中。天地之所合也，四時之所交也，風雨之所會也，陰陽之所和也。然則百物阜安，乃建王國焉。制其畿方千里而封樹之。」鄭司農曰：「土圭之長尺有五寸，以夏至之日立八尺之表，其景適與土圭等，謂之地中。今潁川陽城地爲然。」鄭康成曰：「凡日景於地千里而差一寸。地與星辰四遊，升降於三萬里之中。景尺有五寸者，南戴日下萬五千里，是以半之，得地之中也。」履祥按：二鄭之説，本周髀之法，詳見《周髀算經》。然天有歲差，故古今日景亦自微差。尺有五寸之景，周在洛陽，漢在陽城，唐在浚儀，宋在岳臺。

三月戊申，太保至于洛，卜宅。

《召誥》曰：「越若來三月，惟丙午朏。朱子曰：「朏，明也，月三日明生之名。林氏曰：《漢志》曰是年三月甲辰朔，三日丙午。與上『既望』同意。劉諫議曰：『越』與『粤』同。粤若，發語聲也。來三月，猶言明月也。」越三日戊申，太保朝至于洛，卜宅。厥既得卜，則經營。傳曰：「三月五日也。」葉氏曰：「《周官·太卜》：『國大遷，大師則貞龜。』」傳曰：「經營規度其城郭、郊廟、朝市之位處。」王氏曰：「經其南北而四營之也。」越三日庚戌，太保乃以庶殷攻位于洛汭。越五日甲寅，位成。」傳曰：「洛汭，洛水之北。」疏曰：「庚戌，三月七日。甲寅，三月十一日也。庶殷，言本是殷民也。」葉氏曰：「攻位者，闢荆棘、平高下，以定所經營之位也。」

乙卯，周公至于洛。丁巳，用牲于郊。戊午，社于新邑。

《召誥》曰：「若翼日乙卯，周公朝至于洛，則達觀于新邑營。傳曰：「翼，明也。」疏曰：「十二日也。」蘇氏曰：「偏觀所營也。」朱子曰：「按後篇，是日再卜。」越三日丁巳，用牲于郊，牛二。傳曰：「告立郊位於天，以后稷配，故牛二。」越翼日戊午，乃社于新邑，牛一、羊一、豕一。」傳曰：「告立社稷之位，用太牢也。社稷共牢。」疏曰：「十五日也。禮，成廟則釁之。此其釁之禮與？廟有土木之功，故郊社先成而釁之。」朱子曰：「此間當有告卜語。」

甲子，周公朝用書，命庶殷、侯、甸、男邦伯。

《召誥》曰：「越七日甲子，周公乃朝用書，命庶殷、侯、甸、男邦伯。」即《多士》之書也。蓋以王命爲書，誥命庶殷，故下文召公又曰「誥告庶殷，越自乃御事」，謂周公以王命告庶殷，又當自治也。侯、甸、男邦伯，亦當有書，其叙逸出《康誥》之首，其書今《梓材》。〇《多士篇》曰：「惟三月，周公初于新邑洛，用告商王士。」惟三月，七年之三月也。于，往也。於是周公以三月乙卯至新邑，越十日甲子，以書命庶殷，所謂「初于新邑洛」也。而舊説以爲明年之書，失之矣。周公營洛，至成王烝于新邑，命周公留後于洛矣，奚爲明年？而曰「初于」，又何爲周公營洛與初政于洛，二年之間皆以三月？然則謂明年之書者，孔氏之失也，亦《書序》誤之也。遷洛之意凡二：一爲土中，一爲化商。《召誥》之叙以王都爲重，故不及化商之詳，止曰以書命庶殷，而《多士》自爲一書云。

王若曰：『爾殷遺多士，弗弔旻天大降喪于殷，我有周佑命，將天明威，致王罰，勑殷命終于帝。肆爾多士，非我小國敢弋殷命。惟天不畀，允罔固亂，弼我，我其敢求位？惟帝不畀，惟我下民秉爲，惟天明畏。王若曰者，周公以王命誥也。爾殷遺多士，稱之也。弗弔，不幸之辭也。旻天，以其仁覆閔下者言之。天之喪殷，閔民也。弗弔、大降喪于殷，哀商之亡也。周實亡商而奚哀之？亡商，非周之得已也。伐商之誓曰：「予弗順天，厥罪惟鈞。」聖人全體天德者。天欲亡商而周存之，是悖德也。商、周之際，天實爲之，聖人固不得不爲也。謂不幸旻天降喪于殷，我有周受眷佑之命，奉將天之明威，致王者之罰，勑殷命而使之終于帝。自天言之曰「明威」，自人言之曰「王罰」，所從言者異，而大公至正之理則一。弋者，紩矢射禽之謂。以「小國」言之，非有勝殷之勢。以「非」、「敢」言之，非有翦商之心也。天，以體言。帝，以心言。允罔固亂者，謂其無保安之治。下民秉爲者，民心秉彝之理，其所以流行發用者也。天之理，栽者培之，傾者覆之，畀其治而不畀其不治者。天之心善善惡惡，即民之心也。民之所亡亡之，天之於商也；天之所亡亡之，周之於商也，而一豪之私意不與存焉。

我聞曰：「上帝引逸。」有夏不適逸，則惟帝降格，嚮于時夏。弗克庸帝，大淫泆有辭。惟時天罔念聞，厥惟廢元命，降致罰。乃命爾先祖成湯革夏，俊民甸四方。自成湯至于帝乙，罔不明德恤祀。亦惟天丕建，保乂有殷。殷王亦罔敢失帝，罔不配天其澤。成湯之於夏，武王之於殷也，其順天應人一也，而商士未釋然於此。然則成湯之伐夏，非耶？順其已知而開之也易爲力，强其未喻而告之也難爲言，於是以爾成湯之事告之。然商之亡也，商民思商；夏之亡也，未聞夏人之思夏，何也？夏自太康失邦、帝相遇簒，則夏之衰久矣。而商賢聖之君六七作，加之管、蔡之啓商，武庚之稱亂，宜民之未服也。苦紂之虐而歸周，因武庚之亂而思商，大抵商民之風聲氣習如此。迹其攻位以營洛，奔走以就遷，非有悍然不服之態也，而周家奚爲屢告之？聖賢之化貴於表裏之交乎，凡其有一人一念之未釋然者，常人以爲緩，而聖人以爲急也。上帝引逸者，天生民而立君以安之也，故凡天之所以引長人之國者，以其能安天下也。而有夏不之安，則惟帝降格，嚮于時夏，蓋出災異以警示之也。夫天之於君也，德則降格，而否德則亦降格，何也？周内史過之言曰：「國之將興，明神降之，監其德也。將亡，神又降之，觀其惡也。」善惡之積皆足以感動天地，治亂之際，其諸天心之尤可見者與！「弗克庸帝，大淫泆有辭」，「辭」者，祝史昭告之辭也。桀爲淫泆而善其辭説，矯舉以祭，宜帝之罔念聞也，《仲虺之誥》所謂「矯誣上天，以布命于下。帝用不臧，式商受命」是也。是以廢元命，降致罰，乃命爾先祖成湯革夏，而湯以俊民定四方。自成湯至于帝乙，其間聖賢分量雖有不同，大抵皆明其明德，憂恤宗祀，此則其一代之大略也。夫以殷之多先哲王，歷年之久，亦惟天實佑之，在殷王亦罔敢失天之意，故施諸天下者周流公溥，無不配天其澤也。在今後嗣王，誕罔顯于天，矧曰其有聽念于先王勤家？誕淫厥泆，罔顧于天顯民祇。惟時上帝不保，降若兹大喪。惟天不畀不明厥德。凡四方小大邦喪，罔非有辭于罰。』今後嗣王，謂紂也。天下大姦元惡，未有不由人欲之長而天理之蔽者。惟紂之誕罔顯于天，況能聽念于先王之勤勞有家者乎？夫不念祖宗之艱難創造者，未有不以位爲樂也，是以誕淫厥泆，罔顧于天理之顯與民之所當敬者。夫桀之淫泆，猶有辭焉，以自釋于天。紂爲淫泆，雖天威之臨，民嵒之險，弗之顧也。故曰桀之弗克庸帝，自棄也；紂之罔顧，自暴也。桀、紂之惡甚矣，皆其自棄自暴爲之，至於國亡而身爲戮，可不懼哉？商之君，其明德者，天丕建保乂之；其不明于德者，天不畀焉。自古小邦、大邦未有無罪而亡國，亦未有無辭而亡人之國。商罪貫盈，我有周奉辭罰罪而已，豈無其故而遂亡商也哉？王若曰：『爾殷多士，今惟我周王丕靈承帝事。有命曰：「割殷。」告勑于帝。惟我事不貳適，惟爾王家我適。予其曰：「惟爾洪無度，我不爾動，自乃邑。」予亦念天即于殷大戾，肆不正。』前言天之喪殷，於是言周之順天以喪殷而及於今日之遷殷也。今惟我周王大善順上天之事，奉割殷之命。夫天之命周以有事于商也，豈諄諄然命之乎？知化則善述其事，窮神則善繼其志。周之靈承，蓋得於不言之表者矣。告勑于帝，《武成篇》所謂「告于皇天后土，曰有大正于商」是也。惟我不敢貳于天，惟爾殷家亦當順乎我。予其曰，猶云豈意。謂爾殷民大惟無度，從武庚以亂，非我震動爾多士以遷也，禍亂之萌，自爾商邑。予亦念天之就殷邦以降大戾于殷者，紂死於是，武庚死於是，何不正如是！生乎其地而爲良者，鮮矣。是所以有洛邑之遷也。王曰：『猷！告爾多士，予惟時其遷居西爾。非我一人奉德不康寧，時惟天命，無違！朕不敢有後，無我怨！惟爾知，惟殷先人有册有典，殷革夏命。今爾又曰：「夏迪簡在王庭，有服在百僚。」予一人惟聽用德，肆予敢求爾于天邑商，予惟率肆矜爾，非予罪，時惟天命。』朝歌至洛，濟河而西，故曰「遷居西爾」。非我一人奉行其德而若是喜動惡靜不康寧也，時惟天命不可違，故朕不敢以後之，爾其不可惟我之怨。惟爾亦知殷先人典册之所傳革夏之事矣，何獨至于周而疑之？殷之典册不多見，意者革夏之初，湯於夏士皆迪簡在王庭，而有服於百僚，故殷民以是責周也。夫以夏士之質直，知天固所宜用，而豈若殷民之反覆好亂乎？故律之曰：予惟聽用德。爾德則用之，而奚問[一]商、周？然即其言，則其怨周者在身之貴賤，非必在商之存亡也。使周而富貴之，吾知殷民無遺恨矣。而周家不爾也。夫富貴其人求其服己，是利而得商，非公也。以此示民，得無有忘君父而求富貴者乎？幾於勸矣。謂商「天邑」，以昔王之都也。聖人於名言之際猶若此，其忠厚慈祥可想矣。肆予敢求爾于天邑商而西之洛者，是所以大愛乎爾也。「非予有罪，時惟天命」，蓋命德討罪，顧天意何如爾。夫周之化商也，而未嘗不言天、人，而至于知天，則安義命而樂循理，商民知此，不以頑稱矣。王曰：『多士，昔朕來自奄，予大降爾四國民命。我乃明致天罰，移爾遐逖，比事臣我宗多遜。』昔朕來自奄，此《多方》所謂「王來自奄」者，其時伐淮、踐奄，各伏其罪，時爾四國之民罪皆在死，而王皆降減爾民之死命，所以明致天罰者，不過移爾于洛，以離逖爾土，使親比臣事于我宗周，習爲多遜。夫移爾遐逖，罰之也；比事臣我宗多遜，化之也。遷殷民于洛，固所以化之也，而小人懷土，實離爾居，是亦有罪比于罰者與。商民固自以爲不幸，而豈知其爲甚幸也哉？王曰：『告爾殷多士，今予惟不爾殺，予惟時命有申。今朕作大邑于茲洛，予惟四方罔攸賓，亦惟爾多士攸服奔走臣我多遜。

爾乃尚有爾土，爾乃尚寧幹止。爾克敬，天惟畀矜爾；爾不克敬，爾不啻不有爾土，予亦致天之罰于爾躬。今爾惟時宅爾邑，繼爾居。爾厥有幹有年于兹洛，爾小子乃興，從爾遷。』王曰，又曰：『時予乃或言，爾攸居。』」今予惟不爾殺，「惟」之爲辭，明示以恩意也。予惟時命有申，於是反覆而告之如此篇之書也。「今朕作大邑于兹洛，予惟四方罔攸賓，亦惟爾多士攸服奔走臣我多遜」，洛邑之營，固以四方無賓禮之地，亦以使爾多士奔走臣我而習爲多遜也。蓋一舉而二業〔二〕在焉。「爾乃尚有爾土，爾乃尚寧幹止」，期之以安居樂業也。「今爾惟時宅爾邑，繼爾居」，期之以永建乃家也。克敬，則循理而行，褒賞加焉，天之畀矜乎爾也；不克敬，則業廢家亡而身爲戮，是天之罰之也。爾邑者，井田之制，四井爲邑。或曰受田於郊，受居於邑。古者五畝之宅，在邑者二畝有半焉。殷民之遷洛也，其子弟親戚猶有在殷者，使爾有幹有年，生理遂于兹洛，則爾小子亦興起而從爾遷矣。蓋寬其懷土念舊之思，然亦理勢之必至也。「王曰」、「又曰」之間，以《多方》例求之，闕有間矣。然《多士》之末其辭婉，而《多方》之終其辭嚴，所以言之時異也，若其諄勤反覆之意則同。◯《召誥篇》曰：「厥既命殷庶，庶殷丕作。」◯命侯、甸、男邦伯書曰《梓材》：「惟三月哉生魄，周公初基作新大邑于東國洛，四方民大和會，侯、甸、男邦、采、衛、百工、播民，和見士于周。周公咸勤，乃洪大誥治曰：孔氏傳作「王曰封」。按：伏生今文當作「周公曰」而無「封」字。『以厥庶民暨厥臣達大家，以厥臣達王，惟邦君。汝若恒。越曰：「我有師師：司徒、司馬、司空、尹旅。」曰：「予罔厲殺人。亦厥君先敬勞，肆徂厥敬勞。肆往姦宄、殺人、歷人，宥。肆亦見疑作「爲」。厥君事戕敗人，宥。」王啓監，厥亂爲民。曰：「無胥戕，無胥虐，至于敬疑作「矜」。寡，至于屬婦，合由以容。」王其效邦君越御事，厥命曷以？引養引恬。自古王若兹，監罔攸辟。惟曰：若稽田，既勤敷菑，惟其陳修，爲厥疆畎。若作室家，既勤垣墉，惟其塗墍茨。

若作梓材，既勤樸斲，惟其塗丹雘。今王惟曰：先王既勤用明德，懷爲夾。庶邦享，作兄弟方來，亦既用明德。后式典集，庶邦丕享。皇天既付中國民越厥疆土于先王，肆王惟德用，和懌先後迷民，用懌先王受命。已！若茲監。惟曰：欲至于萬年，惟王子子孫孫永保民。』」

履祥按：《梓材》之書本出伏生今文，而伏生《大傳》以爲周公命伯禽之書，及孔安國以所聞伏生之書考定，乃以爲成王命康叔之書，故王介甫、吴才老、朱子、蔡仲默皆疑之，以其辭氣非王之自言，其辭事非命康叔之事也。然吴才老斷自「王其效邦君」以下，非康叔之誥，似《洛誥》之文，朱子是之；蔡氏斷自「今王」以下，非康叔之誥，乃人臣告君之語，亦朱子意也。愚嘗考之，《梓材》一篇首尾可疑，吴氏、朱子以爲《洛誥》之文，以「集庶邦丕享」、「和懌先後迷民」皆宅洛之議也。夫宅洛之事，其總叙見於《召誥》曰「三月，惟丙午朏」云云，「甲子，周公乃朝用書，命庶殷、侯、甸、男邦伯。厥既命殷庶，庶殷丕作」。其命庶殷之書，即《多士》之書，叙所謂「惟三月，周公初于新邑洛，用誥商王士」者也。其命侯、甸、男邦伯亦必有書矣，其書安在？曰：《梓材》之書是也。其叙即《康誥》之叙，所謂「惟三月，周公初基作新大邑于東國洛，四方民大和會，侯、甸、男邦、采、衛、百工、播民，和見士于周。周公咸勤，乃洪大誥治」者也，蘇氏所謂《洛誥》之叙也，朱子亦嘗以爲然。夫蘇氏既以《康誥》之叙爲《洛誥》之叙，吴氏又以《梓材》之文似《洛誥》之文，而朱子皆然之，則是前儒之意，俱以爲宅洛之書矣。今以《康誥》之敘冠《梓材》之首，合爲一書，豈不昭然明白也哉？然則篇首「王曰封」之語何也？曰：此非《梓材》之本文也。何以知之？以伏生之傳知之也。夫《梓材》之書，爲周公道王德意以誥諸侯之書，故伏生誤以爲周公命伯禽之書。《大傳》所説喬、梓之事，固非《梓材》之本意，然既以爲周公命伯禽之書，則篇首當有「周公曰」之語，無「王曰封」之語矣，縱「王曰」之辭容或有之，若「封」之一字決所必無矣，此則安國以後誤之也。蓋是書也，本在《多士》之列，而今文、古文躐於《召誥》之前，繼於《康誥》《酒誥》之後，故其敘誤冠於《康誥》之首，而其文誤衍於《酒誥》之尾。是敘也，蘇氏知其不可冠於《康誥》，則不得不歸之《洛誥》，但《洛誥》乃告卜往復、成王往來、周公留後之文，非「咸勤」、「誥治」之事，而《梓材》之書，其前章皆「周公咸勤」之意，其後章則「乃洪大誥治」之辭，其間辭意亦無不脗合焉者。《左氏》曰：「成王合諸侯，城成周，以爲東都，崇文德焉。」是作洛之際，築城、攻位、爲宫室、畫郊里，必合諸侯各率其卿士、大家，將其徒衆以受役焉，所謂「四方民大和會，侯、甸、男邦、采、衛、百工、播民，和見士于周」也。周公咸勤，則勞來撫恤之也。大家，如殷氏六族、殷氏七族、懷姓九宗之類，皆將其醜類從於諸侯以聽役於王室者。爲諸侯者，當以其臣、民下通意於大家，以其臣上通意於王室，承上勞下，邦君之常職也，故曰「以厥庶民暨厥臣達大家，以厥臣達王，惟邦君。汝若恒」也。古者動大衆、興大役，則司徒率徒衆，司空畫土疆，司馬以軍法治之。君行師從，師師者，一師之長也，即三卿也。卿行旅從，尹旅者，一旅之長，即三卿之副也。周公喻邦君，又欲邦君告其卿大夫曰：予罔暴厲殺人。蓋不欲其以軍法從事也。然亦必邦君先能敬以勞來其民，則自此以往，三卿、尹旅皆能敬以勞來其民，故曰：「越曰：『我有師師：司徒、司馬、司空、尹旅。』曰：『予罔厲殺人。亦厥君先敬勞，肆徂厥敬勞。』」也。古者徒役起於夫家丘、甸，而罪隸之人又服役於其下，故凡往日姦宄、殺人者，自有本罪，而其所連歷之人，古法所謂「胥靡」，今法所謂「干連知情藏匿」者，與爲公家之事而並緣傷人者，皆入于罪隸，今既與此大役，服勞王事，皆與赦除，同於良民，故曰「肆往姦宄、殺人、歷人，宥。肆亦見厥君事戕敗人，宥」也。凡此優恤赦宥之事，皆侯、甸邦君之所當承流，則又述王啓侯監之言，在於爲民，不在於厲虐，故曰「王啓監，厥亂爲民。曰：無胥戕，無胥虐」也。古者興役動衆，孤寡之人無所與，不幸而在焉，必加優恤之，若晉師之歸老疾、句踐反耆老之子是也。古者徒役之中亦有臣妾，如女子入于舂槀之類，蓋供樵爨之役，於此亦必優恤之。故曰「至于敬寡，至于屬婦，合由以容」也。則又繼述王教邦君之命，皆爲恬養之仁而不在他，故曰「王其效邦君越御事，厥命曷以？引養引恬」也。自此以上，皆爲「咸勤」之事，而又以「自古王若茲，監罔攸辟」結之。宅洛之事，上承武王定鼎之意，而繼志述事以文太平，故即作洛之時，田里、居室、器用之事爲喻。自此以下，「既」字爲多。故曰「惟曰：若稽田，既勤敷菑，惟其陳修，爲厥疆畎。

若作室家，既勤垣墉，惟其塗塈茨。若作梓材，既勤樸斲，惟其塗丹雘」者，此遷洛之議，而又述「今王惟曰」以繼之。夫營洛之事，一爲四方朝貢道里之均，故曰「先王既勤用明德，懷爲夾。庶邦享，作兄弟方來，亦既用明德。后式典集，庶邦丕享」；一爲殷民密邇王室之化，故曰「皇天既付中國民越厥疆土于先王，肆王惟德用，和懌先後迷民，用懌先王受命」，而又終之曰「已！若兹監。惟曰：欲至于萬年，惟王子子孫孫永保民」，則又述王之德意，使諸侯皆知之，不惟作洛之際敬勞其民，而所以爲國家久長之計者，亦無出於保民者，此又《召誥》之意。凡此已上，所謂「洪大誥治」也。周家營洛之事，總叙於《召誥》，而又各自爲書，各自有叙。其後備召公之誥者，則名《召誥》；命庶殷者，則名《多士》；侯、甸、男邦伯者，則名《梓材》；述君臣往復之辭、成王往來之事、周公留洛之册者，則總曰《洛誥》。意者《周書》當有兩大誥：前「大誥爾多邦」，一大誥也；此「乃洪大誥治」，又一大誥也。前既名《大誥》，故此周公道王之德意者，不復名《大誥》，而以篇内「梓材」之語名之爾。今以後大誥之叙逸在《康誥》，後大誥之文名爲《梓材》者，合爲一篇，以既前哲之意而俟後之君子，庶幾復見古《書》之舊云。

太保作誥。

《召誥篇》曰：「太保乃以庶邦冢君出取幣，乃復入錫周公。曰：『拜手稽首，旅王若公。朱子曰：「傳以爲王與公俱至，文不見王，無事，故諸侯公卿並覲于王。以下篇告卜事觀之，恐不然也。又云公至洛皆書其日以謹之，不應詳臣略君如此。陳氏以爲『旅，陳也』，成王在鎬，而諸侯在洛，以幣陳于王以及周公者，周公攝王事故也。葉氏曰：禮，諸侯朝于廟，事畢，出，復束帛加璧入享，謂之幣。既致于王，復奉束帛以請覿，大夫之私相見也，亦謂之幣。君臣不同時。今旅王及公，非常禮也。」呂氏曰：「洛邑事畢，周公將歸宗周，召公因陳戒成王，乃取諸侯贄見幣物，以與周公，且言其拜手稽首，所以陳王及公之意。蓋召公雖與周公言，乃欲周公聯諸侯之幣與召公之誥，達之王。」履祥謂：周公在洛，既以王命誥庶殷，及諸侯、召公將陳戒于王，故亦因公以達，故曰「旅王若公」，此亦事從其長，不敢專達之意也。誥告庶殷，越自乃御事：蔡氏曰：「欲誥告殷民，其根本乃自爾御事。不敢指言成王，謂之『御事』，猶今稱人爲『執事』也。」朱子曰：「王時在鎬，豈亦如告卜，既吉，而後遣使奉幣，具此辭以告之與？」嗚呼！皇天上帝，改厥元子，茲大國殷之命，惟王受命，無疆惟休，亦無疆惟恤。嗚呼！曷其奈何弗敬？朱子曰：「元子者，天之元子。陳氏曰：元子不可改而天改之，大國未易亡而天亡之，天命之無常如此。今王受天命，誠無疆之福，然亦無疆之憂也。此數句者，一篇之大指也。」天既遐終大邦殷之命，茲殷多先哲王在天，越厥後王後民，茲服厥命。厥終智藏瘝在。夫知保抱攜持厥婦子，以哀籲天，徂厥亡，出執。嗚呼！天亦哀于四方民，其眷命用懋。王其疾敬德！朱子曰：「遐，遠也。遐終者，去而不返之辭。瘝，病也。籲，呼也。天既絕殷命矣，此殷之初多先哲王，謂湯至武丁賢聖之君六七作也，雖死而其精神在天，故能保佑及其後王後民，使之服其命而不替。其後至紂之時，賢聖之人退藏，病民之人在位，其民困於虐政，痛而呼天，往而逃亡，出見拘執。天哀下民，故眷命於能勉敬者以代殷位，而周家受之。故王不可不疾敬德，恐無以承天眷命，又將如紂也。朱子發云：人之死，各返其根。體魄，陰也，故降而在下；魂氣，陽也，故升而在上，則無不之矣。衆人物欲蔽之，故魄散而氣不能升。惟聖人清明在躬，志氣如神，故其死也，精神在天，與天爲一。葉氏曰：智藏瘝在，言至紂而愚，其智則藏，而獨病民之心存也。籲，和也。言祈和於天也。此與舊説不同。」履祥按：此章監殷之休與其恤。天哀民而眷周，其命方懋，不可不敬以保之。相古先民有夏，天迪從子保，面稽天若，今時既墜厥命。今相有殷，天迪格保，面稽天若，今時既墜厥命。朱子曰：「此一節間有不可曉處。舊説有夏敬德，故天道降格以保之。面，向也。稽，考也。若，順也。嚮天所順而考其意也。皆未知是否，然亦不害大意。言既監于殷，又當遠觀有夏，歷代廢興存亡之迹，不過敬德順天，則天保佑之，後王不敬，故墜其命也。」履祥謂：此章監二代之休與其恤。面稽天若，謂其天眷方隆之時，天意若可面質，而今皆墜命，天眷之難保如此。今沖子嗣，則無遺壽耇，曰其稽我古人之德，矧曰其有能稽謀自天？朱子曰：「已陳夏、商敬德墜命所由，又戒王也。王氏曰：勿棄老成，而考古人之德則善矣，況曰能考謀自天，則又善也。陳氏曰：老成人多識前言往行，故考古人之德必資老成。『稽謀自天』，言觀天命所去就，則知敬德之不可緩矣。」履祥謂：惟老成之人能稽古，已不可遺，況其能稽天意乎？嗚呼！有王雖小，元子哉！其丕能諴于小民，今休。王不敢後，用顧畏于民碞。蘇氏曰：「王雖幼，國之元子也。其大能以諴感民矣，當及今休其德。『不敢後』者，疾敬其德，不敢遲也。『用顧畏于民碞』者，碞，險也。民猶水也，水能載舟，亦能覆舟。物無險於民者矣。或曰元子，謂天之元子也。」履祥按：此二節勉王敬德之事，敬老、敬民，其實也。王來紹上帝，自服于土中。朱子曰：「言王今來居洛邑，繼天爲治。服，事也。土中，洛邑爲天下中也。林氏以此句

『王來』爲王亦至洛邑之驗，恐未必然，但王命來此定邑耳。」履祥謂：此亦勉王來宅洛之辭。旦曰：「其作大邑，其自時配皇天，毖祀于上下，其自時中乂，王厥有成命，治民今休。」朱子曰：「稱周公言當作大邑，而自此以祀上帝，以及慎祀上下神祇，又自此居中以爲治，則是王受天成命以治民矣。蓋召公述周公宅洛之意。」履祥謂：召公因周公以達王，言於周公，曷名之？蓋君前臣名，將達於王，雖公亦名之。此言今日之休。王先服殷御事，比介于我有周御事，節性，惟日其邁。王敬作所不可不敬德。林氏曰：「周王遷殷頑民于洛，蓋與洛之舊民雜居，其善惡之習不同，倘非有以和一之，不能相安以處，故必有以服殷御事，使之親比介助於周之御事然後可。蓋周御事習於教令，無事於服之，故以服殷御事爲先也。然服殷御事，在節其性而已。蓋人性無不善，殷人特化紂之惡，是以不義之習，遂與性成而忘返爾。上之人有以節之，使之日進于善，則與周人亦何異哉？然欲節民之性，又在王之所化，故王又當敬爲其所不可不敬之德以率之，非政刑所及也。或曰：服，亦事也，猶任也。任殷人爲御事，使之佐我周之御事。蓋欲其共事相習以成善，且使上下通情，易以行化，然後有以節其性而日進於善，王則惟作所不可不敬德以率之而已。」履祥按：化商乃今日之恤，不可不敬德。我不可不監于有夏，亦不可不監于有殷。我不敢知曰，有夏服天命，惟有歷年。我不敢知曰，不其延。惟不敬厥德，乃早墜厥命。我不敢知曰，有殷受天命，惟有歷年。我不敢知曰，不其延。惟不敬厥德，乃早墜厥命。今王嗣受厥命，我亦惟茲二國命，嗣若功。王氏曰：「言夏、殷所受天命歷年長短，我皆不敢知也。我所敢知者，惟不敬厥德，乃早墜命也。」陳氏曰：「召公言我王嗣二代而受命，我亦惟以此二國長短之命告於王而繼其功。蓋欲王之敬德也。」履祥按：此謂繼二代而受命，當繼二代所以有休美之功者，不可踵其所以亡也。王乃初服。嗚呼！若生子，罔不在厥初生，自貽哲命。今天其命哲，命吉凶，命歷年。朱子曰：「王之初服，不可不慎其習，猶子之初生，不可不慎其所教。蓋習于上則智，習于下則愚矣。故今天命正在初服之時，敬德則哲、則吉、則永年，不敬則愚、則凶、則短祚也。」知今我初服，宅新邑，肆惟王其疾敬德。王其德之用，祈天永命。朱子曰：「天無一物之不體，已知我初服宅洛矣，王其可不疾敬德哉？所以求天永命者，只在德而已矣。」履祥按：此二節應前章，謂天之命，其休否不可知，我所知者，王初服新邑，惟疾敬其德，以德保天而已。其惟王勿以小民淫用非彝，亦敢殄戮用乂民，若有功。其惟王位在德元，小民乃惟刑用于天下，越王顯。蘇氏曰：「商俗靡靡，其過用非常也久矣。召公戒王勿以小民過用非常之故，亦敢於法外殄戮以治之。蓋民之有過，罪實在我，及其有功，則王亦有德。何也？王之位，民德之先倡也。如此，則法行於天下，而王亦顯矣。」或曰下文有「欲王以小民受天永命」，「以」字，如「以某師」之「以」。此戒王勿用此小民淫用非彝，而復以殄戮治之也。言當正身率下，不務刑罰其下，乃與蘇説同。葉氏曰：「刑，儀刑也。」上下勤恤，其曰：我受天命，丕若有夏歷年，式勿替有殷歷年。欲王以小民受天永命。』蘇氏曰：「君臣一心，以勤恤民，庶幾王受命歷年如夏、殷，且以民心爲天命也。」陳氏曰：「小民之心歸，則受天永命矣。」林氏曰：「王其能敬德于上，而小民儀刑於下，則天永命之矣。所謂用小民以受天命也。」履祥按：此篇旅王若公，所以欲其上下勤恤。拜手稽首曰：『予小臣敢以王之讎民、百君子越友民，保受王威命明德。王末有成命，王亦顯。蘇氏曰：「庶殷雖已丕作，然召公憂其間尚有反側自疑者，故因其大和會而協同之。讎民，殷之頑民與三監叛者。友民，周民也。百君子者，殷、周之賢士大夫也。自今以往，殷人、周人與百君子皆同保受王之威德，王當終受天之成命，以顯于後世。」林氏曰：「讎民百君子，猶頑民而謂之多士也。」我非敢勤，惟恭奉幣，用供王能祈天永命。』」蘇氏曰：「我非敢以此爲勤勞也，奉幣以贊王祈天永命而已。」王氏曰：「奉幣以供王毖祀上下而祈永命。」履祥按：此末章旅王之辭。○《洛誥篇》曰：《洛誥》篇内非一時之言。「周公拜手稽首曰：『朕復子明辟。王如弗敢及天基命定命，予乃胤保大相東土，其基作民明辟。此以下，周公授使者獻圖、卜之辭也。復，反命也，又如「有復於王者」、如「願有復也」之「復」，蓋告也。後儒遂謂周公攝王至此復辟，爲王莽篡漢張本，可謂繆矣。基命定命，謂定都配天，所以基天命於始而定天命於後也。王如弗敢及，謂王謙退如不敢預此，而使予繼太保相宅於東土之洛，自此建立基址，以爲君臨天下之地也。予惟乙卯，朝至于洛師。我卜河朔黎水，我乃卜澗水東，瀍水西，惟洛食。我又卜瀍水東，亦惟洛食。伻來，以圖及獻卜。』卜黎水，卜澗東、瀍西，舊云卜王城。卜瀍東，舊云卜下都。下都者，以處殷民也。按：召公以戊申之朝至洛卜宅，則王城爲已卜。厥既得卜則經營，則卜之爲已吉。後七日而周公至，又已達觀于新邑營矣。遷都至重，質神明至肅，已營而卜澗、瀍，定洛而卜河朔，召公卜之，周公又改卜之，聖人不爾爲也。召公戊申之所卜，卜王城也。周公乙卯之所卜，卜下都也。先卜河朔，以殷民懷土，遷焉者便也。且自黎入河，自河入洛，其地亦不爲遠。既而三者皆不吉，而惟洛之食。食者，卜龜之時，史先定墨而灼之，正食其墨也。召公卜王城於洛，吉矣，周公卜下都而亦惟洛之吉，則是洛邑之地利於君亦利於民，真王者之都與！圖者，召公攻位之圖。卜者，周公食洛之兆。或曰作洛之事，周公主之，召公不敢專達，凡周公所獻圖及卜，即召公之卜而周公達之。王拜手稽首曰：『公不敢不敬天之休，來相宅，其作周匹休。公既定宅，伻來，來視予卜休恒吉。我二人共貞。公其以予萬億年敬天之休。拜手稽首誨言。』此王授使者復公之辭也。拜手稽首，尊周公也。呂氏曰：「宅土中而作大邑，天之休命也。周公之來相宅，乃敬天之休命，非出於己私也。曰『敬天之休』足矣，而曰『不敢不敬』，蓋明見天命之當然而不敢不然也。見之明而後畏之篤。周公之於天命也，知之深然後言之力。成王之於周公也，知周公則知天矣。敬天之休而相宅，所以爲周配答上天之休也。休常之吉，成王期與周公共當之，於周公不敢臣也，故曰『我二人』。然其以成王享歷年敬天之休，則公也。以，猶《春秋》『師，能左右之曰「以」』。周公親則叔父，職則大臣，流言之變，可以去矣。而東征來歸之後，可以閑矣。而作洛，周公非固好爲之，畏天命也。畏天命，故不敢不爲也。」

周公曰：『王肇稱殷禮，祀于新邑，咸秩無文。此下乃周公率百工迎成王於周以居洛而告之也，觀「予齊百工，伻從王于周」與「惟以在周工往新邑」之辭可見。王氏曰：「殷，盛也，如『五年再殷祭』之『殷』。周公既制禮作樂，而成王於新邑舉盛禮以祀，凡典籍所無而於義當祀者，咸次秩而祀之也。」朱子曰：「自此以下漸不可曉，蓋不知是何時所言。」予齊百工，伻從王于周。予惟曰：庶有事！今王即命曰：「記功宗，以功作元祀。」惟命曰：「汝受命篤弼，丕視功載。」乃汝其悉自教工。孺子其朋，孺子其朋，其往。此百工，即作洛時見士之百工也。周公整齊百官，使從王于周，蓋欲成王躬率百官往洛邑也。周公教群臣事君之道，惟曰庶盡其所有之職事耳，不當自以爲有功也。然在王則當即命之曰「記功宗，以功作元祀」，蓋於元祀之時以其有功者告于神明，所謂「銘于太常」、「藏在盟府」者也。惟，與也。又命之曰汝受君命，益當加厚於輔贊之事，而視此記功之籍，不可自隳前功也。蓋於群臣使其以有功見知爲喜，而又戒其恃功，勉其保功，此成王之所以悉自教工也。朋，友之也，謂友群臣也。其往，謂往洛邑也，《後漢書》引此作「慎其往」。無若火始燄燄，厥攸灼，叙弗其絶。厥若彝及撫事如予。燄，小明也，此戒其以明察自用也。火始燄燄，自是彰灼，次第不可撲遏。人君以小明自用，機熟而日熾，則不可救矣。故王之順若彝常及其撫治政事皆當如予，不可聰明亂舊，苛察生事也。惟以在周工往新邑，伻嚮，即有僚，明作有功，惇大成裕，汝永有辭。』周公欲王以所從于周之百工，率之以往新邑，使嚮往即就其僚采之事，浚明奮揚以成其功，而惇厚圖大以裕其俗，則成王其永有辭於後世矣。蓋建都之始，治體風俗，於是關係。勵精者乏寬大之體，而寬大者少振勵之功。二者兼之，於振勵奮發之中有優柔寬大之意，此一代治體之所以爲全美，而成王之所以永有辭於世也。王若曰：『公明保予沖子，公稱丕顯德，以予小子揚文、武烈，奉答天命，和恒四方民，居師，惇宗將禮，稱秩元祀，咸秩無文。惟公德明光于上下，勤施于四方，旁作穆穆迓衡，不迷文、武勤教。予沖子夙夜毖祀。』此成王答周公「祀于新邑」及「教工」、「撫事」、「明作有功」等語，舊本類附于後章之下，今附于此。王意謂公明保予沖子，舉大明之德，以我對揚文、武之功，奉答上天之命，和久四方之民而居宅洛師，加厚功宗之大禮，以稱秩元祀，咸秩無文。至於教工、撫事、明作有功等事，則惟公德之明光著于上下，勤施于四方，而旁達之人皆作興和敬以迎治平，皆曉然知文、武之所勤教耳，豈予沖子所能及哉？予但夙夜齋戒，毖謹奉祀而已，自餘非我所能及也。公曰：『已！汝惟沖子，惟終。汝其敬，識百辟享，亦識其有不享。享多儀，儀不及物，惟曰不享。惟不役志于享，凡民惟曰不享，惟事其爽侮。乃惟孺子，頒朕不暇，聽朕教汝于棐民彝，汝乃是不蘉，乃時惟不永哉！篤叙乃正父，罔不若予，不敢廢乃命。汝往敬哉！茲予其明農哉！彼裕我民，無遠用戾。』已者，欲其勿爲退託也。此周公答成王「沖子毖祀」之説而又教成王以統御諸侯、教養其民之道也。舊本在「汝永有辭」之下，今附于此。蓋成王於是年既長矣，而以沖子退託自居，故周公告之曰：汝爲沖子，亦既長矣，當思終之之責。夫有天下，宅土中，朝諸侯，必知諸侯之誠僞而後黜陟各當。其知之者無它術，亦曰敬而已矣。享，獻也。凡諸侯朝貢於天子謂之享。有者，或有之辭也。其或有不享，非不供職貢之謂也。諸侯貢享之禮，視其秩，固有定數，但其時拜跪、升降、揖遜、俯仰，其儀爲多，使其於儀不及其物，是謂不享。蓋其輕傲存於中，則情容見於外，惟諸侯不用心於享上，故國人化之，亦將曰不必享于天子矣。舉國不知有天子，則其施之政事，必有爽亂王度而侮蔑禮法者，此識察諸侯之要也。天下之事無窮，聖人之心不已，周公固有施行未及者，而平日所以告成王棐輔民彝之道，固亦甚悉也。故於此又勉成王以頒我所不暇者、聽我所教輔民彝者，於此二者而不勉，則非所以爲長國計也。乃正父，武王也。周公平日惟篤厚繼叙武王之事，在成王亦能如此，則天下不敢廢乃命矣。王往洛邑，其敬之哉！我其退休田里，惟明農事。王其往彼洛邑，寬裕我民，則無遠而皆至矣。蓋京師，天下之本，寬裕之政行焉，則四方歸之，不待[三]言者。呂氏曰：「武王殁，周公如武王，天下所以不廢周公之命。周公去，成王如周公，天下所以不廢成王之命也。」王曰：『公功棐迪篤，罔不若時。』」此答周公之辭與明農之請，謂公之功已至，然所以輔導予者，願益加厚，罔不如今日，未可去也。朱子曰：「此下疑有缺文。」

王至新邑。十有二月，烝于文、武，命周公其後，王歸宗周。

《洛誥》曰：「王曰：『公！予小子其退即辟于周，命公後。四方迪亂，未定于宗禮，亦未克敉公功。迪將其後，監我士、師、工，誕保文、武受民，亂爲四輔。』《洛誥〔四〕》自此以下，疑皆成王在洛之言，上下必有缺文。迪亂，謂向進於治也。宗禮，即謂周公所制六典。禮制猶未定也。敉公功，謂久安於公之成效而不變也。迪將，向導而大之。二「後」字，皆謂王歸周，留公於後以治洛也。朱子謂與唐「留後」之「後」同義。王命周公，謂予小子其自洛退即君于周，而命公在後以治洛。蓋洛邑，天下中，四方方向導於治，而周公所制之禮尚未底定，則人心亦豈能久安於公之已效而不變乎？公其開導而將大之，其在後監我多士與師衆與百工，誕保文、武受民，治爲四方之輔。朱子曰：「四輔，猶四隣也。」王曰：『公定，予往已。公功肅將祇歡，公無困哉！我惟無斁其康事，公勿替刑，四方其世享。』朱子曰：「此王與公訣而歸之言也。公定居洛，予往歸周。蓋公之功，人心方肅而迎之，祇而說之，公無困我而求去，使我不勝其任也。然我亦惟無怠其所以康乂之事，公但勿替其所以儀刑百辟者，則四方其世享公之功矣。」吳氏曰：「《前漢書》多引『公無困我』，當是。」周公拜手稽首曰：『王命予來，承保乃文祖受命民，越乃光烈考武王，弘朕恭。孺子來相宅，其大惇典殷獻民，亂爲四方新辟，作周恭先。曰：「其自時中乂，萬邦咸休，惟王有成績。」予旦以多子越御事，篤前人成烈，答其師，作周孚先，考朕昭子刑，乃單文祖德。此周公許成王留之辭也。謂王命予來此洛邑，承保文祖及乃光烈考武王受命之民，且益大我以恭敬其事。此答上文「誕保文、武受命民」之語也。孺子來視宅洛之新規，增重周官之制，加厚殷獻臣之賢，其治爲四方之新辟，爲周家敬德之始王。蓋定都之初，觀望一新，故謂之新辟。而始遷之君，亦後世之所倡始，故謂之恭先。曰其自是宅〔五〕中出治，萬邦咸休，則爲王之成績。蓋成王雖歸周，然洛邑爲東都，則朝覲、會同，政令皆出於此，王但不常居耳，故周公以「自時中乂」望之。若予以此多子衆卿大夫及凡治事之臣，增厚前人之成烈，以答天下之衆望，爲周家誠臣之首，成我明辟儀刑天下之道，益殫盡文祖之德，使無未盡之事。此答「勿替刑」等語也。伻來毖殷，乃命寧予，以秬鬯二卣，曰：「明禋，拜手稽首休享。」予不敢宿，則禋于文王、武王。「惠篤叙，無有遘自疾，萬年厭于乃德，殷乃引考。」王伻殷乃承叙萬年，其永觀朕子懷德。』此又述成王命留之禮而周公以告于文、武也。蓋成王既面留周公，又使人以留公之意告殷民，而以秬鬯二卣錫公，安定於洛邑。蘇氏謂：「黑黍爲酒，合以鬱鬯，所以祼也。宗廟之禮，莫重於祼。王使人來告諭庶殷，且以秬鬯綏寧周公。曰明禋、曰休享者，何也？事周公如事神明也。古者有大賓客，以享禮禮之。酒清，人渴而不飲；肉乾，人飢而不食也。故享有體薦，豈非敬之至者，則其禮如祭也與？」然周公則不敢當此禮，故不敢宿。宿，肅也。則以此二卣禋于文、武，而爲成王祈福，其辭若曰：惠徽篤厚繼叙之福，使王無有疾癘，使子孫萬年厭飽乃文、武之德，殷民亦長有化成之效。王其使殷民承順治叙，雖萬年之遠，其永觀化懷德。此亦〔六〕祈治洛化商之福，歸之成王也。戊辰，王在新邑，烝祭，歲，文王騂牛一，武王騂牛一。王命作册，逸祝册，惟告周公其後。王賓殺〔七〕禋咸格。王入太室，祼。王命周公後，作册逸誥，在十有二月。戊辰，十二月日也。王至洛或久，戊辰祭告爾。烝者，每歲冬常祭也。牲用騂，周尚赤也。此爲周公留後於洛，故不用太牢常禮，而各以特牲。逸，史逸也。成王時大典册，皆史逸爲之。此祝册所告，惟告王歸周而周公在後治洛，餘無它辭。賓，迎也，謂迎牲也。禋，精意以享也。咸格，諸侯群臣皆助祭也。太室者，清廟中央之室。祼，鬱鬯以降神也。王命周公後者，命之於廟也。作册逸誥：上「册」，祝册也；此「册」，册命也。逸誥，史逸讀册以告公也。惟周公誕保文、武受命，惟七年。」舊說「惟七年」者，即作洛之年，係年於篇終也。

履祥按：《洛誥》《召誥》相爲始終，然惟《洛誥》之紀，散無倫次。有周公在洛，使告圖、卜往復之辭；有周公歸周，迎王往洛對答之辭；有成王在洛，留周公于後而歸周之辭；有周公爲王留洛，而相勉叙述之辭。然辭從其辭，事從其事，各以類附，而無往來先後之序。蓋其月日先後，已具在繫年之史，故此篇事、辭各以類附，不嫌於亂雜也。然是篇當亦多有缺文錯簡，此必伏生口授之訛，而安國於錯亂磨滅者，又多以伏生之書爲定，亦或於此失之。

《清廟》之頌曰：「於穆清廟，肅雝顯相。濟濟多士，秉文之德。對越在天，駿奔走在廟。不顯不承，無射於人斯。」《集傳》曰：「言於穆哉！此清静之廟，其助祭之公侯皆敬且和。而其執事之人，又無不執行文王之德。既對越其在天之神，而又駿奔走其在廟之主。如此，則是文王之德豈不顯乎？豈不承乎？信乎其無有厭斁於人也。」○朱子曰：「《書》稱：『王在新邑，烝祭，歲，文王騂牛一，武王騂牛一。』實周公攝政之七年，而此其升歌之辭也。《書大傳》曰：『周公升歌《清廟》，苟在廟中嘗見文王者，愀然如復見文王焉。』《樂記》曰：『《清廟》之瑟，朱弦而疏越，壹倡而三歎，有遺音者矣。』」

履祥按：「不顯不承」，説者曰：「豈不顯乎？豈不承乎？」於義不通。「不」字，當讀作「丕」。凡《詩》美辭而加「不」者，皆「丕」字也。如古祝詞曰「不顯大神」，蓋謂丕顯大神也。古字通用，或傳寫誤也。是又當爲讀《詩》者言之。

《逸周書·作雒解》曰：「周公敬念于後，曰：『予畏周室克延，俾中天下宗。』及將致政，乃作大邑成周于土中。城方千七百二十丈，郛十七里。南繫于洛水，北因于郟山，以爲天下湊。制郊甸方六百里，國西土爲方千里。西土，岐周，通爲圻内。分以百縣，縣有四郡，郡有鄙。大縣立城，方王城三之一。小縣立城，方王城九之一。郡鄙不過百室，以便野事。農居鄙，得以庶士；居國家，得以諸公、大夫。居，治也。鄙以衆士，治國家以大夫。得，當作「治」。凡工賈市，臣僕州里，俾無交爲。不相雜交也。乃設丘兆于南郊，以祀上帝，配后稷，日月星辰，先王皆與食。諸侯受命於周，乃建太社于國中。其壝東青土、南赤土、西白土、北驪土，中央黄土。將建諸侯，鑿取其方一面之土，苞以黄土，苴以白茅，以爲土封，故曰受削土于周室。苞，覆。苴，裹。土封，封之爲社也。乃立五宫：太廟、宗宫、考宫、路寢、明堂。咸有四阿、反坫、重亢、據注，「亢」字下合有「重廊」二字。重常、復格、藻棁、設移、旅楹、惷常、畫、宫廟四下曰阿。反坫，外向室也。重亢，累棟也。重廊，累屋也。常，累係也。復格，三襦也。藻棁，畫梁上之柱也。丞屋曰移。旅，别也。惷，謂藻井之飾也。言皆畫列柱爲之也。内階、玄陛、堤塘、山廧、以黑石爲階。塘，中庭道。堤，謂爲高之也。廧，謂畫山雲。應門、庫臺、玄閈。」門者皆有臺，於庫門見之，從可知矣。又以黑石爲門限。

八年。周公分正東都。

命蔡仲邦之蔡。

《蔡仲之命篇》曰：「惟周公位冢宰，正百工，群叔流言。乃致辟管叔于商；囚蔡叔于郭鄰，以車七乘；降霍叔于庶人，三年不齒。蔡仲克庸祗德，周公以爲卿士。叔卒，乃命諸王邦之蔡。蔡氏曰：「周公位冢宰、正百工，武王崩時也。郭鄰，孔氏曰：『中國之外地名。』蘇氏曰：『郭，虢也。《周禮》六遂「五家爲鄰」。』管、霍，國名。武王崩，成王幼，周公居冢宰，百官總己以聽者，古今之通道也。當是時，三叔以主少國疑，乘商人之不靖，謂可惑以非義，遂相與流言倡亂以摇之。是豈周公一身之利害？乃欲傾覆社稷，塗炭生靈，天討所加，非周公所得已也，故致辟管叔于商。致辟云者，誅戮之也。囚蔡叔于郭鄰，以車七乘，囚云者，制其出入而猶從以七乘之車也。降霍叔于庶人，三年不齒，三年之後，方齒録以復其國也。三叔刑罰之輕重，因其罪之大小而已。仲，叔之子。克常敬德，周公以爲卿士。叔卒，乃命之成王而封之蔡也。周公留佐成王，食邑於圻内，圻内諸侯孟、仲二卿，故周公用仲爲卿，非魯之卿也。蔡，《左傳》在淮、汝之間。仲不别封，而命邦之蔡者，所以不絶叔於蔡也。封仲以它國，則絶叔于蔡矣。呂氏曰：『象欲殺舜，舜在側微，其害止於一身，故舜得遂其友愛之心。周公之位，則係于天下國家，雖欲遂友愛於三叔，不可得也。』舜與周公，易地皆然。史臣先書『惟周公位冢宰，正百工』，而繼以『群叔流言』，所以結正三叔之罪也。後言蔡仲克庸祗德，周公以爲卿士，叔卒，即命之王以爲諸侯，以見周公蹙然於三叔之刑，幸仲克庸祗德，則亟擢用分封之也。」王若曰：『小子胡，惟爾率德改行，克慎厥猷，肆予命爾侯于東土。往即乃封，敬哉！胡，名。仲，字。言仲循文祖之德，改蔡叔之行，能謹其所行之道，故侯爾于東土。仲，往之國，益當敬之！呂氏曰：「命書之辭，雖稱成王，實周公之意。」爾尚蓋前人之愆，惟忠惟孝。爾乃邁迹自身，克勤無怠，以垂憲乃後。率乃祖文王之彝訓，無若爾考之違王命。此又因其率德改行而加勉之。蓋前愆，孝也。順王命，忠也。常言孝則可以移忠，爲蔡仲言忠則可以爲孝。違王命，蓋自流言之後，成王既知周公之德，必有戒諭之命，而管、蔡卒挾武庚以叛也。皇天無親，惟德是輔。民心無常，惟惠之懷。爲善不同，同歸于治。爲惡不同，同歸于亂。爾其戒哉！上文言其改行而已，此又推廣之，言天、人之向背靡常，而善惡之事幾亦衆，凡不善之事皆足以爲亂，非但不爲蔡叔之爲，亦非但如今日之所爲而止也。愼厥初，惟厥終，終以不困。不惟厥終，終以困窮。上言治亂，此言差失，亦推言「邁迹」、「垂憲」之意。懋乃攸績，睦乃四鄰，以蕃王室，以和兄弟，康濟小民。蔡氏曰：「五者，諸侯職之所當盡也。」率自中，無作聰明亂舊章。詳乃視聽，罔以側言改厥度。則予一人汝嘉。』中，則無過、不及。本聰明者，舉動必中，自不亂舊。非聰明而强爲聰明者，必以妄作爲智，此其所以亂舊章也。厥度，即舊章。作聰明者，以私意亂之。以側言者，聽人言改之。人言之側，非視聽詳審不可；而詳視聽者，亦惟無作聰明者能之。王曰：『嗚呼！小子胡，汝往哉！無荒棄朕命。』」《大紀》曰：「八年，蔡仲之國，過洛，見周公。周公曰：『不如吾者，勿與處，累我也。與我齊者，勿與處，無益我也。惟賢於己者，可與處也。』」

履祥讀《蔡仲之命》與《常棣》之詩，未嘗不悲周公之意也。嗟夫！周公亦幸有蔡仲耳。然命人子以改於其父之惡，一言足矣，而曰「改行」，曰「蓋愆」，甚而又曰「毋若爾考之違王命」也。夫幸之深，故憂之切。憂之切，故言之詳。周公閔管、蔡之失道，固不容再有懿親之變也，是以丁寧言之。如《常棣》之詩，自死喪急難，甚而至於鬩閱之事，辭愈詳，事愈下，而感嘆愈深，其志切，其情哀。蓋處兄弟之變，其情辭若此，觀者蓋當思其言外之意云。

九年。封弟叔虞于唐。《國語》曰：「董因謂公子重耳曰：『歲在大梁，將集天行。元年始受，實沈之星也。實沈之虛，晉人是居，所以興也。今君當之，無不濟矣。君之行也，歲在大火。大火，閼伯之星也，是謂大辰。辰以成善，后稷是相，唐叔以封。且以辰出，而以參入，皆晉祥也，而天之大紀也。』」履祥按：舊説成王三年封唐叔，《大紀》從之，而《唐・曆志》遂言「成王三年，歲在丙午，星在大火，唐叔始封」。今按諸曆，各有短長，年數不同。武王十三年克商之歲，歲在鶉火，則十六年歲在大火，至成王九年，歲復在大火。《太初曆》間以周公攝位之年，則成王九年乃爲三年，歲次甲午，星在大火，此《國語》所謂歲在大火，是謂大辰，唐叔以封也。《曆志》以「甲午」爲「丙午」二字誤，或曆不同爾。今係之成王九年。

子産曰：「當武王邑姜方震太叔，夢帝謂己：『余命而子曰虞，將與之唐，屬諸參，而蕃育其子孫。』及生，有文在其手曰『虞』，遂以命之。及成王滅唐，封大叔焉，故參爲晉星。實沈，參神也。」○《史記》曰：「唐有亂，周公誅滅唐，遂封叔虞。」○傳曰：「成王滅唐，遷之於杜。」○《史記》曰：「成王與叔虞戲，削桐葉爲珪以與叔虞，曰：『以此封若。』史佚因請擇日立叔虞。成王曰：『吾與之戲耳。』史佚曰：『天子無戲言。言則史書之，禮成之，樂歌之。』於是遂封叔虞於唐。故曰唐叔虞。字子于。」按：平王錫晉文侯之命，稱先正「明事厥辟」云云，又曰「昭乃顯祖」，則叔虞之賢可知，翦桐之封非實録，殆不可信。○秦穆公曰：「吾聞唐叔之封也，箕子曰：『其後必大。』」○衛祝鮀曰：「昔武王克商，成王定之，謂成王滅武庚，定四國之亂也。選建明德，以藩屏周。故周公相王室，以尹天下，於周爲睦。分魯公以大路、大旂，夏后氏之璜，封父之繁弱，殷氏六族：條氏、徐氏、蕭氏、索氏、長勺氏、尾勺氏，使帥其宗氏，輯其分族，將其類醜，以法則周公，用即命于周。是使之職事于魯，以昭周公之明德。分之土田陪敦，祝、宗、卜、史，備物、典策，官司、彝器，因商奄之民，命以《伯禽》，而封於少皞之虚。分康叔以大路、少帛、綪茷、旃旌、大呂，殷氏七族：陶氏、施氏、繁氏、錡氏、樊氏、饑氏、終葵氏。封畛土略，自武父以南，及圃田之北竟，取於有閻之土，以共王職；取於相土之東都，以會王之東蒐。聃季授土，陶叔授民，命以《康誥》，而封於殷虚。皆啓以商政，疆以周索。分唐叔以大路、密須之鼓、闕鞏、姑洗，懷姓九宗，職官五正，命以《唐誥》，而封於夏虚。啓以夏政，疆以戎索。三者，皆叔也，而有令德，故昭之以分物。管、蔡啓商，惎間王室，王於是乎殺管叔而蔡蔡叔，以車七乘、徒七十人。其子蔡仲改行帥德，周公舉之，以爲己卿士，見諸王而命之以蔡。其命書云：『王曰：「胡，無若爾考之違王命也。」』武王之母弟八人，周公爲太宰，康叔爲司寇，聃季爲司空，五叔無官。曹，文之昭也。晉，武之穆也。曹爲伯甸，非尚年也。」按：祝鮀言三叔之封，連舉武王、成王時事，不復論前後，其分殷氏諸侯族，則或東征以後之事，不可考矣。

十有一年。周公在豐，作《無逸》。《大紀》附此年。

《書·無逸篇》曰：「周公曰：『嗚呼！君子所其無逸。先知稼穡之艱難，乃逸，則知小人之依。人主者，小民之主，而所處則安逸之地，易縱於逸。無逸者，謂其勿縱於酒色耽樂與遊觀田獵之娛也。君子所以無逸者，必其先知稼穡之艱難，故處安逸之地，則知小人之依，所以能體恤小民，不自縱逸，故能致小人之無怨，亦足以介吾身之壽康。人主而不先知稼穡之艱難，則處安逸之地，不知小人之依。不知小人之依，則但知縱一身之欲。夫不知小人之依，則下致民怨。但知縱一身之欲，則享年不永。此一篇大意。篇首舉其端，而篇內詳之。相小人，厥父母勤勞稼穡，厥子乃不知稼穡之艱難，乃逸，乃諺既誕。否則侮厥父母，曰：「昔之人無聞知。」』諺，俗語也。誕，虛誇也。皆謂其習爲遊談誇誕也。視彼小人，其父母勤勞稼穡，其子尚有不能知者，乃逸之時，其爲不善，無所不至，況人主處尊安之地乎？此周公所以爲後嗣王懼，而首援此以爲戒也。周公曰：『嗚呼！我聞曰：昔在殷王中宗，嚴恭寅畏，天命自度，治民祗懼，不敢荒寧。肆中宗之享國七十有五年。《無逸》本一篇之書，「周公曰」者，史臣所加。中宗，太戊也。嚴，莊重也。寅，明肅也。嚴恭，敬之齊於外也。寅畏，敬之存於中也。天命，天所付予之理也。自度，以天理爲己尺度，不敢踰越也。此言商中宗之無逸也。中宗惟無不敬，故自能知小人之依，所以治民敬畏而不敢逸，凡荒縱怠弛之事皆無之，此所以凝固持養，能躋上壽。享國七十有五年，則其年壽蓋可知矣。其在高宗，句。時舊勞于外，爰暨小人。作其即位，乃或亮陰三年不言。其惟不言，言乃雍。不敢荒寧，嘉靖殷邦，至于小大，無時或怨。肆高宗之享國五十有九年。高宗，武丁也。舊勞于外，小乙欲武丁習知民事，使之處於民間。爰暨小人，謂於是及與小人處，而知小人之依也。亮陰，説見《説命》。雍，和也，所謂「言乃讙」也。嘉，謂其教化風俗之美。靖，謂其安寧富阜之效也。至于小大，蓋不獨小民無怨，凡群臣在位者皆無怨也。此言高宗之無逸也。高宗惟舊在民間，故能知小人之依。所以即位之初，謹於出令，言而小民皆讙。在位之間，不敢荒寧，嘉以美化其民，靖以保安其民，非惟小人無怨，而群臣上下皆然。此高宗所以無逸，於民既無怨，而於身遂壽康也。其在祖甲，不義惟王，舊爲小人。作其即位，爰知小人之依，能保惠于庶民，不敢侮鰥寡。肆祖甲之享國三十有三年。祖甲事，説見祖甲紀。此言祖甲之無逸。惟其舊逃民間，身爲小民之事，所以爲天子之日能知小人之依，而保之惠之，尤不敢忽忘窮困之民。此祖甲之無逸，而享國亦永也。詳見前紀。自時厥後立王，生則逸。生則逸，不知稼穡之艱難，不聞小人之勞，惟耽樂之從。自時厥後，亦罔或克壽，或十年，或七八年，或五六年，或四三年。』此言後王之逸也。厥後，謂中宗而後、高宗而後與祖甲而後也。生則逸，謂其生長於安逸之中也。惟其生則逸，所以不知稼穡之艱難；惟其不知稼穡之艱難，所以不知小人之依；惟其不知小人之依，所以惟〔八〕耽樂之從；惟其荒於耽樂，所以傷生伐性，罔或克壽。夫不知小人之依而惟耽樂之從，此亂亡之所必至，亦以享年之促而僅免耳。或疑年壽之脩短，命也。周公以是爲逸與無逸之由，不已迂乎？要之，人主所處與常人異，子女之奉，聲色之娛，酒醴之甘，驅騁田獵之好，嗜慾玩好，何求不獲？一有縱逸之心，則必溺於此，皆伐性之斧斤，傷生之蟊賊也，其能克壽者鮮矣。然其間世主亦有縱逸而能壽者，又何也？是亦稟受之偶厖者爾。然而禍亂隨之，如商辛是也，其患有甚於不壽者矣。○吕氏曰：「周公既論無逸之理，復舉無逸之君以告成王也。『嚴恭寅畏』，蓋中宗無逸之實。嚴則慎重，恭則降下，寅則肅莊，畏則兢業。合而言之，則敬而已矣。惟敬，故壽也。主静則悠遠博厚，自强則堅實精明，操存則血氣循軌而不亂，收斂則精神内守而不浮。凡此，皆敬之力而壽之理也。高宗之『嘉靖』不徒與民休息之謂，蓋禮樂教化，蔚然安居於樂業之中也。高宗享國五十有九年，於小大無時或怨之後，蓋民氣太和，導迎善氣，是亦壽考之理也。祖甲保養惠愛庶民，雖鰥寡之微亦不敢侮，故享國之久，亦操敬之力也。『厥後立王，生則逸』，是無逸之反也。耽樂之極，伐性喪生，無所不至，故『自時厥後，亦罔或克壽』。又歷數悉陳其年，謂耽樂愈甚，則享年愈促也。大抵守身之本，自天子至于庶人，惟先知自愛，不失其身，然後萬事自此次第而舉。起其敬而收其肆者，莫大於是。此則周公忠愛拳拳之意也。商去周未遠，故周公以成王耳目所接者言之。其論逸王，則從其多者槩言之，非謂三君之後其君皆逸，以意逆志可也。」周公曰：『嗚呼！厥亦惟我周太王、王季，克自抑畏。文王卑服，即康功田功。徽柔懿恭，懷保小民，惠鮮鰥寡。自朝至于日中、昃，不遑暇食，用咸和萬民。文王不敢盤于遊田，以庶邦惟正之供。文王受命惟中身，厥享國五十年。』此言我周無逸之家法，而文王爲詳，蓋成王所聞見爲尤近也。抑畏〔九〕，謙畏嚴敬也。抑畏，則「無逸」不在言也。卑服，謂自卑下以服勤其事也。即，就也。康功，謂安民之事。田功，即教民稼穡之事。如《孟子》所述「制其田里，教之樹畜」、「耕者九一，關梁無征」之類是也。徽柔，則平易近民，而非姑息之柔。懿恭，則即之温良，而非外貌之恭。懷保小民，其心常在於保養小民。而小民之中，有鰥寡無告者，文王發政施仁，尤先於此。惠鮮，利澤之也。其生意藹鬱然矣。自朝至于日中、昃，不遑安暇而食，蓋聽政之勤，所以和理萬民之事也。即康功田功，則「知稼穡之艱難」不足言。懷保小民，則「知小人之依」不足言。蓋上文所引三宗，皆守成之賢主，而文王則創業之聖君，所以不同也。不敢盤于遊田：蓋省耕省斂，非不遊也，不敢盤于遊，恐流連以廢事耳；教民講武，乾豆，賓客，非不田獵也，不敢盤于田，恐暴殄或擾民耳。以，如「師，能左右之曰『以』」。蓋文王爲西伯，則西諸侯咸聽命焉，文王率之以正，能使庶邦以正應之，所謂「正己而物正」，觀諸二南之化可見矣。受命，謂爲方伯。其時已中年。又享國五十年，蓋文王壽九十七歲也，此其無逸之所致也。周公曰：『嗚呼！繼自今嗣王，則其無淫于觀、于逸、于遊、于田，以萬民惟正之供。無皇曰：「今日耽樂。」乃非民攸訓，非天攸若。時人丕則有愆。無若殷王受之迷亂，酗于酒德哉！』此勉成王之無逸也。夫觀以廣視，逸以安身，遊以省農，田以講武，皆人君所不能無，但不可淫于此。淫，則爲縱逸之私欲，且病民矣。故周公不戒之使無，而但戒其淫。苟必絶之使無，不惟廢禮，且使人君苦於拘，則未必不樂於肆矣。以萬民惟正之供，蓋人主正身以率之，則能使萬民以正應之。無皇曰，皇，大也，猶云自寬也。人君之縱逸未必便沈溺也，其始不過自寬曰：且今日耽樂而已，明日不復爾也。然即此一説，已不足以訓民，亦非所以順天。蓋此心有一日之逸，則天理有一日之閒斷也。況於此隙一開，日復一日，此必將大有過愆矣。雖紂之不善，安保其不至是哉？故終戒之曰：無若殷王受之沈迷昏亂，又酗于酒德。紂，亡國之主也，以是爲成王戒，蓋深警之也。雖然，爲紂非難。凡以一日之耽樂爲無傷者，紂之徒也，終亦必紂而已矣。周公曰：『嗚呼！我聞曰：古之人猶胥訓告，胥保惠，胥教誨，民無或胥譸張爲幻。此厥不聽，人乃訓之，乃變亂先王之正刑，至于小大。民否，則厥心違怨。否，則厥口詛祝。』此章言所以致小人之怨也。保惠，猶云「保也者，保其身體」，以歸諸道者也。訓告、教誨，義同而複出，猶云「師，導之教訓；傅，傅之德義」者與？譸張，以俗語誇誑之也，猶上文「乃諺既誕」也。此篇大意勉人主知小人之依，而後章復戒其致小人之怨。所以致怨，必有其由。蓋古之人，其爲人已足以表於世，而猶資賢人君子相訓告之、相保養之、相教誨之，故無敢有以俗語誇説誑惑之者。苟人主於此師保之言不聽，則必有導之爲非者矣。彼先王之正法，皆體悉小人之依而爲之者，邪人既導人主以變亂之，則小大之民皆失所依。民否，則怨於心。又否，則詛於口矣。周公曰：『嗚呼！自殷王中宗，及高宗，及祖甲，及我周文王，茲四人迪哲。厥或告之曰：「小人怨汝、詈汝。」則皇自敬德。厥愆，曰：「朕之愆。」允若時。不啻不敢含怒。此厥不聽，人乃或譸張爲幻，曰：「小人怨汝、詈汝。」則信之，則若時，不永念厥辟，不寬綽厥心，亂罰無罪，殺無辜，怨有同，是叢于厥身。』迪哲，蹈行明哲之德也。此四君者，既深知小人之依，必不致小人之怨。設或有告之曰「小人怨詈」，則反躬自省，大自敬德，所謂無則加勉也。「厥愆，曰『朕之愆』，允若時」，所謂有則改之也。不止於不敢含怒而已。其責己而不尤人如此。夫含怒，怒之微者，而猶曰不敢，又曰不止於不敢而已，其至厚至誠可想也。人主於此四君之事不知聽，人乃或譸張以誑之，曰「小人怨汝、詈汝」，則信之，則以爲必若是，不永念其爲君之道則不知自責，不寬裕其心則惟務責人，亂罰無罪，殺無辜，於是小人遂同怨之，怨遂叢于其身矣。夫壅民之口甚於防川，使其果有怨詈，猶當自反，況聽譸張之幻，不審有無而肆刑殺，此怨之所必聚，而禍亂之所必生也。夫始以一邪人之譸張，而終以聚天下之怨，甚矣，讒邪之爲害！人主不可不深戒也。周公曰：『嗚呼！嗣王其監于兹。』」承上文警戒以終之。○胡氏曰：「以《無逸》繫於周公將没者，考於《君奭》《立政》《洛誥》諸篇，周公於成王皆有沖孺幼小之稱，而《無逸》獨無，故知其爲最後也。」

履祥按：《無逸》之書，七發端皆曰「嗚呼」，其警戒之意蓋切，真周公垂殁丁寧之書也。一嗚呼，言人主必先知稼穡之艱難，故處安逸之地，知小人之依而無逸。然稼穡艱難，雖小人子弟猶有不知者，何況人主？此所當戒也。二嗚呼，援商守成三君皆先知小人稼穡之艱難，故其治民無逸，身亦期壽；商後王不知小人稼穡之艱難，故惟耽樂之從，亦罔克壽。三嗚呼，叙有周無逸之家法，文王尤爲憂勤。四嗚呼，勉成王繼無逸之德，防耽樂之源。五嗚呼，戒所以致小人之怨。六嗚呼，言小人之怨，有則改之，無則加勉，自責所以弭怨，責人祇以重怨。七嗚呼，總丁寧以終之。稼穡之艱難，周公嘗備陳於《七月》之詩，而此又首述於《無逸》之書，是二篇者，人主當相對爲圖，左右觀省也。

周公薨于豐，葬周文公于畢。

《書序》曰：「周公在豐，將没，欲葬成周。公薨，成王葬于畢。」○《世家》曰：「周公在豐，病，將没，曰：『必葬我成周，以明吾不敢離王。』周公既卒，成王亦讓，葬周公於畢，從文王，以明不敢臣周公也。」○《大傳》曰：「三年之後，周公老於豐，心不敢遠成王，而欲事文、武之廟。然後周公疾，曰：『吾死，必葬于成周，示天下臣於成王。』成王曰：『周公生欲事宗廟，死欲聚骨於畢。』畢者，文王之墓地。故周公死，成王不葬於周，而葬之於畢，示天下不敢臣也，所以明有功，尊有德。故忠孝之道，咸在成王、周公之閒。故魯郊，成王所以禮周公也。」○蔡氏曰：「此言周公在豐，漢孔氏謂致政歸老之時，下文《君陳》之序，乃曰：『周公既没，命君陳分正東郊成周。』方未命君陳時，成周蓋周公治之，公没，故命君陳。然則公蓋未嘗去洛也。而此又以爲在豐將没，則其致政歸老，果在何時耶？」愚按：周公治洛，或此時偶以朝覲在豐耳。○《古史》曰：「周公之子，封者八人。伯禽在魯。其弟嗣周公食采於周，世輔王室。邢、凡、蔣、胙、茅、祭，或在畿内，或在畿外。」○《禮記》曰：「成王以周公有勳勞於天下，命魯公世世祀周公以天子之禮樂。是以季夏六月，以禘禮祀周公於大廟，牲用白牡，尊用犧、象、山罍，鬱尊用黄目，灌用玉瓚大圭，薦用玉豆、雕篹，爵用玉琖仍雕，加以璧散、璧角，俎用梡嶡。升歌《清廟》，下管《象》，朱干玉戚，冕而舞《大武》，皮弁素積，裼而舞《大夏》。」○朱子曰：「趙伯循曰：『禘，王者之大祭也。王者既立始祖之廟，又推始祖所自出之帝，祀之於始祖之廟，而以始祖配之也。成王以周公有大勳勞，賜魯重祭，故得禘於周公之廟，以文王爲所出之帝，而周公配之，然非禮矣。』」○程子曰：「周公之功固大矣，皆臣子之分所當爲，魯安得獨用天子禮樂哉？成王之賜，伯禽之受，皆非也。其因襲之弊，皆用之群公之廟，遂使季氏僭八佾，三家僭《雍》徹，故仲尼譏之。」

命君陳分正東郊成周。

《君陳篇》曰：「王若曰：『君陳，惟爾令德孝恭，惟孝友于兄弟，克施有政。命汝尹茲東郊，敬哉！克施有政，《論語》作「施於有政」。君陳令德孝恭，惟其孝，則在內能友愛于兄弟，在外能施于有政，蓋本立則善推之也。成王營洛邑爲東都，此云東郊，蓋主鎬京而言。陳氏謂主東都王城而言，則下都，商民所居，謂之東郊。尹，正也。昔周公師保萬民，民懷其德。往慎乃司，茲率厥常，懋昭周公之訓，惟民其乂。師，教之。保，安之。周公以德教安其民，民方思之。君陳治洛，但率循其治，勉明其訓，則其民自治，不必別有作爲也。我聞曰：「至治馨香，感于神明。黍稷非馨，明德惟馨。」爾尚式時周公之猷訓，惟日孜孜，無敢逸豫。凡人未見聖，若不克見。既見聖，亦不克由聖。爾其戒哉！「至治馨香」四語，呂氏謂周公精微之訓，蓋成王聞諸周公者也。治道之極，和氣發達，感通神明。謂之馨香，非黍稷薦祭而謂之馨香也。蓋清明之德則自然精華發達，無非和氣也。明德，言其本。至治，言其效。式時猷訓，惟日孜孜，無敢逸豫，與由聖之戒，皆勉君陳以明德之事也。君陳逮事周公，令德昭聞，但患其間斷，則爲人欲所昏，又患其玩於見，忽於行，則明德不續矣。兼常人之情，雖莫不有好德景行之心，而少有克己蹈道之力。以周公聖人，不問〔一〇〕今古，孰不願見？而不可得。然當時親見周公者亦不少，而少有能學爲周公者。蓋恃有聖人，玩於習見，而省察克治之功不能自加，此其所當戒也。爾惟風，下民惟草。圖厥政，莫或不艱，有廢有興，出入自爾師虞，庶言同則繹。此已下，告之以至治之事也。「爾惟風，下民惟草」，風行草偃，不疾而速，此即「至治馨香」之謂。故必謹所以感之者，是以圖厥政不可不艱難謹重也。故於政事廢興之際，出則與國人，入則與僚友，共虞度之。師衆之言同矣，則又思繹之。蓋在我之德既明，則不蔽於私，而又有以度之，此政之所以善也。爾有嘉謀嘉猷，則入告爾后于内，爾乃順之于外，曰：「斯謀斯猷，惟我后之德。」嗚呼！臣人咸若時，惟良顯哉！」葛氏曰：「成王殆失斯言矣。欲其臣善則稱君，善則稱君，人臣之細行也。然君既有此心，至於有過，則將使誰執哉？禹聞善言則拜，湯改過不吝，端不爲此言矣。嗚呼！此其所以爲成王與？」〇愚謂：此成王因「師虞」之訓而述君陳之素行也。君陳前日必嘗爲親近之臣、獻納之任，其爲人如此，故成王嘉之。然人臣如此，固爲良德，而人主不可示此意向也。下文「予曰辟，爾惟勿辟；予曰宥，爾惟勿宥」，其諸以此章之意，勉君陳之所未及與？王曰：「君陳，爾惟弘周公丕訓，無依勢作威，無倚法以削，寬而有制，從容以和。弘周公之訓以訓民，不可執周公之法以責民。蓋立法特以禁民，而用之則又必有寬制，從容於法之外者，君陳未必依勢倚法，而成王言此，蓋勢者我之所乘，而法者我之所執，一以喜怒之私加之，即易爲威虐，故上之人常欲忘勢，而論法常主於與民，則庶無此過。寬而有制，則寬意常行於法之中，又非廢法以爲寬也。從容以和，則其忘勢近民，亦非勉强。勉强，則不能和矣。蔡氏曰：「此篇言周公訓者三：曰『懋昭』、曰『式時』，至此則曰『弘周公丕訓』，欲其益張而大之也。」吕氏曰：「繼前人之政者，苟止以持循因襲爲心，其所成必降前人數等。惟奮然開拓，期以光大前業，然後僅能不替。蓋造始之與繼成，其力大不同也。」殷民在辟，予曰辟，爾惟勿辟；予曰宥，爾惟勿宥，惟厥中。上文述君陳善則稱君，故此又勉君陳以執法揆理，勿徇其君之意也。中者，審其輕重，隨其時措之宜，無過、不及也。有弗若于汝政，弗化于汝訓，辟以止辟，乃辟。狃于姦宄，敗常亂俗，三細不宥。此終上文「辟」、「宥」之意。刑不泛加，凡懲一而可以止百者，則刑之。關係者大，而所犯者細，小懲而大誡，不可宥也。爾無忿疾于頑，無求備于一夫。必有忍，其乃有濟；有容，德乃大。簡厥修，亦簡其或不修；進厥良，以率其或不良。承上文用刑之意，而又以寬和終之。君陳之治東郊，不惟殷民，凡殷士之在官者與凡庶正之官，皆屬焉。無忿疾于頑，指民也。無求備于一夫，指官也。頑者，所未化；求備者，謂所未能。事必有所忍，則能有所成就；量必有所容，則德乃廣大。修，謂職業修舉。良，謂行義温純。於職業，則兼簡其修廢，使人勸功。於行誼，則進其賢者，以率化之，則人勵行。惟民生厚，因物有遷。違上所命，從厥攸好。爾克敬典在德，時乃罔不變，允升于大猷。惟予一人膺受多福，其爾之休，終有辭於永世。』」斯民之生理無不具，可謂厚矣，但誘於習俗，爲物所遷耳。然其心不從上之命，而從上之好。今欲教之以復其所本厚，則不惟在於政教聲色之末，而實在吾攸好如何。敬典者，厚典庸禮，深信篤好之意。在德者，躬行心得之真。攸好如此，則民心觀感，時乃罔不變化其氣習物欲之蔽，而允躋於大道之中矣。章首「明德惟馨」之意蓋如此。○《書序》曰：「周公既没，命君陳分正東郊成周。」

○吕氏曰：「《君陳》之命，周公則既没矣，成王真得實造之學，當於是篇求之。周公之没也，厖臣碩輔，尚多立於朝。而分正東郊，成王獨以屬之君陳，是獨何哉？斯時也，東郊治體所宜盡循周公之典，使付之舊臣，則諸老固非作聰明、亂舊章者，然平日與周公比肩同功，慮其兢兢循守者或未專固，微有自用之意於其間，則於治體已有間矣。不若畀之後進端慤之人，則一意奉承，不敢毫髮增損。成王微指，蓋在此也。至于成終之任，開闔變化，非四世元老莫能之，故康王必付之畢公焉。成、康之於治體，其觀時義者精矣。」

三十有七年。四月。甲子，王命太保奭、芮伯、彤伯、畢公、衛侯、毛公保元子釗。乙丑，王崩。癸酉，元子釗受命，朝諸侯于應門之內。

《書》曰：「惟四月哉生魄，王不懌。甲子，王乃洮頮水，相被冕服，憑玉几。蔡氏曰：「王發大命臨群臣，必齊戒沐浴。今疾病危殆，故但洮盥頮面，扶相者被袞冕，憑玉几以發命。」乃同召太保奭、芮伯、彤伯、畢公、衛侯、毛公、師氏、虎臣、百尹、御事。六卿，百執之長，各書其人。太保、畢公、毛公，皆三公。周禮，三公無職。蓋六卿進兼，或三公下兼六卿。蔡氏曰：「平時則召六卿，使帥其屬。此則將發顧命，故自六卿至御事，同以王命召也。」呂氏曰：「召公以太保領冢宰，固無可疑。畢公與召公一體，而班在四者，蓋司馬兵權，非元老重臣未易付也。」王曰：『嗚呼！疾大漸，惟幾，病日臻。既彌留，恐不獲誓言嗣，茲予審訓命汝。此下成王之顧命也。漸，進。幾，危。疾甚曰病。彌，亦甚。留，連也。嗣者，立元子嗣位之事。審，重詳也。成王其時年四十有九，古人多壽，故未及言太子嗣位之事，或嘗言之，而至此又詳審言焉，重其事也。昔君文王、武王宣重光，奠麗陳教則肄，肄不違，用克達殷集大命。蔡氏曰：「言文、武宣布重明之德，定民所依麗，陳列教條，則民習服。習而不違，天下化之，用能達於殷邦，而集大命于周也。」在後之侗，敬迓天威，嗣守文、武大訓，無敢昏逾。侗，愚也，成王自謂也。今天降疾，殆弗興弗悟。爾尚明時朕言，用敬保元子釗，弘濟于艱難。柔遠能邇，安勸小大庶邦。釗，康王名。元子者，正其統也。成王在位雖四十年，天下太平，然先王終而嗣君立，乃一時艱難之運，昔者成王幼沖，親罹其禍，四國相挺而起，王室幾危，故成王之終，以「弘濟艱難」、「柔遠能邇」、「安勸小大庶邦」爲託。然合遠近、大小，又以見君德所施公平周溥，不可有所偏滯也。思夫人自亂于威儀，爾無以釗冒貢于非幾。』亂，治也。有威而可畏謂之威，有儀而可象謂之儀。舉一身之則而言也。劉子所謂「民受天地之中以生，所謂命也。是以有動作禮義威儀之則，以定命也」，此言蓋有自來，周家士大夫蓋相傳以爲立身之本也。成王謂思夫人之所以爲人者，自治於威儀耳。此固元子釗所當自治，然左右大小之臣，俱有保傅輔翼之責，不可苟投其君以爲非之幾也。夫當時諸臣固非引其君於非者，然或幾微之事，徇之而不謹，自微而大，將自是滋矣。此人主之所甚畏，而輔君者不可不謹也。○吕氏曰：「甲子之命，去崩才一日耳，猶盥洗而致潔，冠服以致嚴，顧託之言淵奥精明，蓋臨衆之敬，不以困憊廢，而素定之理，雖垂没固炯然也。惟善治氣者爲能歷病疾而不惰，惟善養心者爲能臨死生而不昏，此豈一朝一夕之積哉？」又曰：「斯言也，蓋成王平日至親至切之學，至此始發其祕也。周公精微之傳，成王得之，將終，方以示群臣。孔子精微之傳，曾子得之，將終，方以示孟敬子。皆近在於威儀、容貌、顔色、辭氣之際。然則周、孔豈惟同道，其用工之次第品目，亦莫不同也。」兹既受命，還，出綴衣于庭。越翼日乙丑，王崩。蔡氏曰：「綴衣，幄帳也。群臣既受命，王還内，徹出幄帳於庭，《喪大記》云『疾病，君徹懸，東首於北墉下』是也。於其明日，王崩。」太保命仲桓、南宫毛俾爰齊侯吕伋，以二干戈、虎賁百人，逆子釗于南門之外。延入翼室，恤宅宗。太保以冢宰攝政出命。南宫毛，當是括之後。齊侯吕伋，太公子，入爲虎賁氏。爰，於也。逆，迎也。南門，路寢之門也。延，引也，引入路寢之旁翼室，爲憂居宗主。翼室，即東夾室也。天子居喪之次曰梁闇，比諸侯倚廬而加楣梁。此初喪未爲梁闇，故以東夾室爲宅宗之地，此下文東夾所以不陳設也。吕氏曰：「發命者冢宰，傳命者兩朝臣，承命者勳戚顯諸侯，體統尊嚴，樞機周密，防微慮患之意深矣。入自端門，萬姓咸覩，與天下共之也。延入翼室，爲憂居之宗，示天下不可一日無統也。唐穆、敬、文、武以降，閹寺執國命，易主於宫掖，而外庭猶不聞，然後知周家之制曲盡備豫，雖一條一節不可廢也。」丁卯，命作册度。命，即太保命之也。作册以傳顧命。古者册書自有常度，此重顧命，故其册之度又異於常，太保定其制焉。送死事固大，而顧命亦大，故於崩之再明日即命作册度，其它喪事自有常職，此不復書。

越七日癸酉，伯相命士須材。天子七日而殯。癸酉，即殯之明日也。既殯，始傳顧命殯前，以送死爲重也。伯相，即太保也。太保以西伯爲相，故謂伯相。士者，凡幕人、掌次、司几筵、朝士諸職，皆士也。材，物也。凡朝廷所須器物，如下文禮器几席、車輅、戈鉞之類是也。自此以下，皆癸酉之事。舊説須材爲供喪者，與上下文不相入。狄設黼扆、綴衣。狄，下士，《祭統》謂「樂吏之賤者」，《喪大記》「狄人設階」，蓋供設張之事者，即幕人、司几之類也。黼扆，天子之屏，黼，以白黑爲文，畫如斧形。古畫：文之圓而相糾者，謂之罍，以象雷也；文之方而四鋭，腰兩旁曲内，首尾曲外者，謂之黼，以象斧也，即今銀樣畫也。扆，以繒爲之。設黼扆幄帳，如成王存之日也。牖間南嚮，敷重篾席，黼純，華玉仍几。此平時見群臣、覲諸侯之坐。古者前爲堂，後爲室。室中以東嚮爲尊，户在其東南，牖在其南。户牖之外爲堂，以南嚮爲尊，其位在户外之西，牖外之南，故《爾雅》「户牖之閒謂之扆」，謂設扆之處也，此所謂牖間南嚮之坐也。天子之席三重篾，孔、鄭諸儒皆謂桃枝竹席。黼純，以黑白文繒爲緣也。華玉，黄玉也。仍几，因生時所設黄玉飾几也。西序東嚮，敷重底席，綴純，文貝仍几。此朝夕聽事之坐也。《爾雅》「東西牆謂之序」，蓋古者宫室之内以墉牆爲隔，猶今以壁隔也。東西牆，猶言東西壁，壁之外即夾室，故又曰東西廂。謂之序，自堂言之，則東西壁爲序。自夾室言之，則牆乃夾室之牆也。夾之前謂之廂，故夾室亦通可謂之廂矣。賈氏注《禮》曰：「序以西爲正堂，序東有夾室。」蓋士惟東房西室，乃以室户房間爲中，房前東壁爲序，序東有夾。惟天子、諸侯則有東西房，有東西夾。郭氏曰：「序者，序别内外也。」然左右進以至户牖間者，必先由序，故謂之序，猶云次第經由處也。底者，蒲席也。綴，雜彩。文貝，車渠也。東序西嚮，敷重豐席，畫純，雕玉仍几。此養老、饗群臣之坐也。豐，莞席也。畫，繪五彩。雕，刻鏤也。西夾南嚮，敷重筍席，玄紛純，漆仍几。越玉五重。此親屬私燕之坐也。天子之屋，四霤爲四阿、四个，而有東西夾。大夫、士維止有東夾，然亦不敢爲阿、个也。今此書不言東夾，獨無陳設，惟言西夾，而又南嚮與當扆同，又越玉五重，蓋東夾者即初喪宅宗之翼室，而西夾者則新陟王西階之殯宮也。卿大夫無西夾，則殯西階之上，士殯於客位。惟天子有西夾，其殯畢塗屋，故於西夾爲之，所以西夾既設几席，又加玉五重，而別不陳寶。漢天子殮以玉札，謂之玉棺，所以不腐，周天子殯而五重設玉，意可見矣。東夾之外未爲梁闇，西夾設位未畢塗屋，以將傳顧命，未備喪禮也。筍席，吕氏謂緝竹篾以爲席也。紛，雜也。漆，黑漆。親親不尚飾，故此坐之設如此。陳寶，赤刀、《大訓》、弘璧、琬琰，在西序；大玉、夷玉、天球、《河圖》，在東序。胤之舞衣、大貝、鼖鼓，在西房；兑之戈、和之弓、垂之竹矢，在東房。朝廷尊敬，不設寶玉於東西序，夾室則設之。寶者，先王之寶器。赤刀，《博物志》「昆吾，鍊鋼赤刃，切玉如泥」者。《大訓》，即典謨帝王之書。《河圖》，即伏羲所獲龍馬負圖也。胤、兑〔二〕、和、垂，或地名，或人名，其物皆精堅久遠，世所傳寶者。○蔡氏曰：「器物之陳，非徒以爲國容觀美，意者成王平日之所觀閲，手澤在焉，陳之以象其生存也。楊氏《中庸傳》曰：『宗器於祭陳之，示能守也。於顧命陳之，示能傳也。』」大輅在賓階面，綴輅在阼階面，先輅在左塾之前，次輅在右塾之前。蔡氏曰：「大輅，玉輅也。綴輅，金輅也。先輅，木輅也。次輅，象輅、革輅也。王乘玉輅，綴之者金輅也。最遠者木輅，故木輅謂之先輅。則革輅、象輅爲次輅矣。賓，西階。阼，東階。面，南嚮也。塾，門側堂也。五輅陳列，亦象成王之生存也。《周禮·典輅》云：『若有大祭祀，則出輅。大喪、大賓客亦如之。』是大喪出輅爲常禮也。又按：所陳寶玉器物，皆以西爲上者，成王殯在西夾故也。」二人雀弁，執惠，立于畢門之内。四人綦弁，執戈上刃，夾兩階戺。一人冕，執劉，立于東堂。一人冕，執鉞，立于西堂。一人冕，執戣，立于東垂。一人冕，執瞿，立于西垂。一人冕，執鋭，立于側階。弁，士服。凡執器者皆士也。雀弁，赤黑色，韋弁也。綦弁，鹿胎皮爲之。惠，三隅矛，形如蚩也。畢門，即路寢門也。上刃，外嚮也。兩階戺，賓、阼兩階之隅也。堂廉曰戺。《正義》曰：「堂廉者，堂基南畔廉稜也。」廉，即隅角也。堂爲兩階，則兩階接堂皆有隅角，故每階以二人夾之。然堂廉既主於南畔，則兩階之閒，每廉二人夾立也。冕，大夫冠也，制如弁，但加藻耳。劉、鉞，皆斧屬。東堂、西堂，即東西夾之前堂也。夾之前有廂，則曰東廂、西廂，不爲廂，則曰東堂、西堂也。戣、瞿，皆矛屬。東垂、西垂，路寢東西之階上也。垂，下階之處也。一云垂，堂兩邊也。鋭，按古文作「鈗」，《説文》同，讀若「允」。側階者，北階也。東房半以北爲北堂，其堂西直室墉，東直房户，而爲北階以下，蓋通宫闈之路也，故惟一人守之。自門而階，則立衛者皆士，至堂，則立衛者皆大夫。吕氏曰：「古者執戈戟以宿衛王宫，皆士大夫之職。無事而奉燕私，則從容養德，有膏澤之潤。有事而司禦侮，則堅明守義，而無腹心之虞。下及秦、漢，陛楯執戟，尚餘一二。此制既廢，人主接士大夫者，僅有視朝數刻，而周廬陛楯，或環以椎埋嚚悍之徒。有志於復古者，當深繹也。」

王麻冕黼裳，由賓階隮。卿士、邦君麻冕蟻裳，入即位。隮，升也。由西階，未敢爲主也。蟻，玄色。卿士、邦君皆同服，亦廟中之禮。即，就也。位者，平日侍朝之班次也。吕氏曰：「麻冕黼裳，王祭服也。卿士、邦君祭服之裳纁，今蟻裳者，蓋無事於奠祝，不欲純用吉服；有位於班列，不可純用凶服，酌吉凶之間，示禮之變也。」

太保、太史、太宗皆麻冕彤裳。太保承介圭，上宗奉同瑁，由阼階隮。太史秉書，由賓階隮，彤，纁也，祭服也。介圭，王之大圭，長尺有二寸。同，爵名。瑁，方四寸，邪刻之，以冒諸侯之圭璧，齊瑞信也。蔡氏曰：「太保、宗伯以先王之命奉符寶以傳嗣王，有主道焉，故升自阼階。太史秉書，書即册也，以成王之殯在西階之上，故亦由賓階升。」

御王册命。曰：『皇后憑玉几，道揚末命。命汝嗣訓，臨君周邦，率循大卞，燮和天下，用答揚文、武之光訓。』御，奉持也。此即丁卯所作册也。吕氏以此即爲册命之辭；蔡氏以成王顧命已書之册，此則太史口陳之辭也。皇后，大君也。末命，臨終之命也。大卞，字書無正訓，孔氏訓「法」。按：卞，本從「廾」，與「弁」同，是恭供之義，則當訓爲「禮」。或云：大弁，即謂天子之冕，謂服天子之服以朝也。惟有此命，故康王冕服見諸侯，行顧命也。此數辭，固櫽括成王之命而約言之。命汝嗣訓，則嗣守文、武大訓之謂也。率循大卞，則自亂于威儀之謂也。燮和天下，則柔遠能邇，安勸小大庶邦之謂也。然成王之命，蓋爲命群臣相康王之辭，亦必別有勅康王之語，若此册所云者，史書前後互見，故不屢書耳。若本無其語而虚爲此册，則是後世遺詔，儷語不情之言，非古人所爲也。王再拜，興，答曰：『眇眇予末小子，其能而亂四方，以敬忌天威。』眇，小。而，如也。《顧命》有「敬迓天威」之語，故此亦有「敬忌天威」之説。乃受同瑁，王三宿，三祭，三咤。上宗曰：『饗。』受同以祭，受瑁以爲主。宿，肅也。祭，祭酒也。咤，嘆也。王受上宗同瑁，則受太保介圭可知。王搢大圭，以同爵祭告受命也。祭訖，以同授太保，三咤嘆也。親没而始受顧命，雖不敢死其親，用祭服祭禮而不哭，然三咤之情則不可遏也。上宗曰饗，傳神命以饗告也，猶嘏以饗告也。太保受同，降，盥，以異同秉璋以酢。授宗人同，拜。王答拜。同，《白虎通》作「銅」，蓋「同」必銅爵之名。太保受同，則王三祭，以同授太保可知。降，反同于篚。又盥洗，更用他同，秉璋以酢。酢，祭也。《祭禮》：「君執圭瓚祼尸，太宗執璋瓚亞祼。」故此報祭，亦秉璋也。以同授宗人而拜。王答拜者，明爲後也。古者始喪，雖卑者亦拜之。此雜用喪禮，又如代尸拜也。宗人，小宗伯之屬也。大宗以供王，小宗以供太保。太保受同，祭嚌宅，授宗人同，拜。王答拜。在喪祭告，王不飲福，故太保攝飲福。所以受同，祭而飲福。嚌者，至齒而已。方在喪疚，雖歆神之賜而不能甘也。宅，亦當作「咤」。太保降，收。太保下堂，有司徹。諸侯出廟門俟。吕氏曰：「廟門，路寢門，成王在殯，故名廟也。俟見康王於門外，下篇康王亦出外朝告諸侯，蓋在廟門内則子道也，出廟門則君道也。新天子之尊，屈於門内而伸於門外，父子君臣之義著矣。」王出在應門之内，太保率西方諸侯入應門左，畢公率東方諸侯入應門右，皆布乘黄朱。賓稱奉圭兼幣，曰：『一二臣衛，敢執壤奠。』皆再拜稽首。王義嗣德，答拜。太保暨芮伯咸進相揖。王出畢門，則立應門之内，蓋外朝也。周制分天下以爲左右，曰二伯。陝以東，周公主之；陝以西，召公主之。周公没，畢公繼之。故此二公，各率其方之諸侯。入門而左、而右，亦各從其方。布，陳也。乘，駟馬也。黄色朱鬣。陳之以爲庭實。賓，諸侯也。稱，舉也。圭，守圭。幣，藉幣，以薦圭也。曰一二者，明非一。曰臣衛者，謂諸侯蕃衛王國者也。壤奠，謂以土地所出爲奠贄也。皆再拜稽首於地以致敬。義，審宜也。王審宜以在喪而嗣先德，朝諸侯，宜答拜也。王答拜，故太保、芮伯咸進贊相王揖。吴氏曰：「穆公使人弔公子重耳，重耳稽顙而不拜。穆公曰：『仁夫公子！稽顙而不拜，則未爲後也。』蓋爲後者拜，不拜，以未爲後也。弔者、含者、襚者，升堂致命，主孤拜稽顙，成爲後者也。康王之見諸侯，若以爲不當拜而不拜，則疑未爲後也，且純乎吉也。答拜，既正其爲後，且知其以喪見也。」皆再拜稽首，曰：『敢敬告天子，皇天改大邦殷之命，惟周文、武誕受羑若，克恤西土。惟新陟王畢協賞罰，戡定厥功，用敷遺後人休。今王敬之哉！張皇六師，無壞我高祖寡命。』上文再拜稽首，贄見也。王答之，二相進贊揖矣，故諸侯又再拜稽首，答君也，亦進戒也。羑若，蘇氏謂羑里之厄，於此能順，則天下之理無乎不順矣；蔡氏疑即下文「厥若」，謂其所當順從者。皆非也。按字書，羑，進善也，即今「誘」字。《説文》「羑」或作「誘」。羑若，蓋天誘其衷之意。言皇天以大邦之命而改命周，亦以文、武大能承受其誘衷助順之理，而憂勤西土之民耳。此其受命之原，亦非有甚高難行之説也。惟新升遐之王又能盡協文、武賞罰之公，而戡黜武庚、伐淮、踐奄以定文、武之功，以能施及後人，有此休福。今王其敬之哉！張皇六師，無廢壞我文、武艱難寡特之基命。六師，即謂天子六軍之制，猶言萬乘也。張者，弛之反。六軍，王國之常制。張則不弛其備，皇則不輕其事，猶云張舉天子之事耳。然武備乃承平易弛之事，故諸公又特言之與？蔡氏曰：「召公此言，若導王以尚威武者。然守成之世，多溺宴安而無立志，苟不詰爾戎兵，奮揚武烈，則廢弛怠惰，而淩遲之漸見矣。成、康之時，病正在是。故周公於《立政》亦懇懇言之。後世墜先王之業，忘祖、父之讎，上下苟安，甚至口不言兵，亦異於召公之見矣，可勝嘆哉！」王若曰：『庶邦侯、甸、男、衛，惟予一人釗報誥。昔君文、武，丕平富，不務咎，底至齊信，用昭明于天下。則亦有熊羆之士，不二心之臣，保乂王家，用端命于上帝。皇天用訓厥道，付畀四方。乃命建侯樹屏，在我後之人。今予一二伯父，尚胥暨顧綏爾先公之臣服于先王，雖爾身在外，乃心罔不在王室，用奉恤厥若，無遺鞠子羞。』康王在喪故稱名。諸侯言「文、武」及「新陟王」，而康王惟言「文、武」，蓋未忍言成王之遺事，又方述求助之意，而諸公皆文、武勳舊，又武王所封以屏王室者，故惟述文、武以感之，而不及成王也。丕平富者，制其田里，薄其稅斂，去其貪暴，使人人各得其養也。不務咎者，刑罰雖不可廢，然不以是爲務而取足於是也。底至者，發己自盡，必欲至其極。齊信者，隨事所處，無不盡其實也。誠之所積，固自不可掩，所以用昭明于天下。然所以戮力創造王室者，又皆勇鋭之士、忠實之臣之助，用是文、武能正受其命於上天，而上天亦順文、武之道，付之以天下。文、武又命封建侯國，立爲藩屏，其意正在於衛輔我後人。今予一二伯父，指同姓大諸侯也。天子謂同姓諸侯曰伯父、叔父，異姓諸侯曰伯舅、叔舅。此惟言伯父，蓋指太保以及其餘，不屢數也。尚胥暨顧綏爾先公之臣服于先王，欲顯諸侯胥及天下之諸侯觀守爾先公之所以臣服于先王之道，雖身守國於外，而乃心當常在王室，用奉我一人，以憂其所當奉行之事，其無遺我孤子之羞也。群公既皆聽命，相揖，趨出。王釋冕，反喪服。」前相揖，蓋以王答拜而贊揖也。此相揖，蓋太保諸公相率揖而退也。王釋冕，反喪服，此處喪禮之變，冕服亦不宜久也。○蘇氏曰：「成王崩，未葬，君臣皆冕服，禮與？曰：非禮也。謂之變禮，可乎？曰：不可。禮變於不得已。嫂非溺，終不援也。三年既成服，釋之而即吉，無時而可者。曰：成王顧命，不可以不傳。既傳，不可以喪服受也。曰：何爲其不可也？孔子曰：『將冠子，未及期日，而有齊衰大功之喪，則因喪服而冠。』冠，吉禮也，猶可以喪服行之。受顧命，見諸侯，獨不可以喪服乎？太保使太史奉册授王于次，諸侯入哭於路寢而見王於次。王喪服受教戒，哭踊答拜。聖人復起，不易斯言矣。《春秋傳》曰：『鄭子皮如晉，葬平公，將以幣行。子産曰：「喪焉用幣？」子皮固請以行。既葬，諸侯之大夫欲因見新君。叔向辭之曰：「大夫之事畢矣，而又命孤，孤斬焉在衰絰之中，其以嘉服見，則喪禮未畢；其以喪服見，是重受弔也。大夫將若之何？」皆無辭以退。』今康王既以嘉服見諸侯，而又受乘黄、玉帛之幣，使周公在，必不爲此。然則孔子何取此書也？曰：至矣！其父子君臣之閒，教戒深切著明，足以爲後世法，孔子何爲不取哉？然其失禮，則不可以不辯。」〇吕氏曰：「堯、舜、禹、湯、文、武無顧命，而成王獨有顧命，始終授受之際，國有常典矣。成王之初，經三監之變，王室幾摇，故於此正其終始特詳焉。《顧命》，成王所以正其終。《康王之誥》，康王所以正其始。舜除堯之喪，格廟而咨岳牧；成王除武王之喪，朝廟而訪群臣，皆百代之正禮。然成湯方没，伊尹遽偕群后侯甸訓太甲焉，禮固有時而變矣。說者不疑太甲受伊尹、群后之訓于居憂之時，乃疑康王受召、畢諸侯之戒于宅恤之日，甚者或以晉辭諸侯爲證，然則隆周之元老，反不若衰晉之陪臣耶？」〇朱子曰：「天子諸侯之禮，與士庶人不同，故《孟子》有『吾未之學』之語，蓋謂此類耳。如《伊訓》『元祀，十二月朔』，亦新喪也，伊尹亦『祠于先王。奉嗣王祗見厥祖』，固不可用凶服矣。漢、唐新主即位，皆行册禮，君臣亦皆吉服，追述先帝之命，以告嗣君。蓋易世傳授，國之大事，當嚴其禮，而王侯以國爲家，雖先君之喪，猶以爲己私服也。五代以來，此禮不講，則始終之際，殊草草矣。」

癸亥。康王元年。

甲子。二年。

十有二年。六月。壬申，命畢公保釐東郊。

《書・畢命篇》曰：「惟十有二年六月庚午朏，越三日壬申，王朝步自宗周，至于豐。以成周之衆，命畢公保釐東郊。朏，月三日生明。壬申，六月五日也。宗周，鎬京。豐，文王之都，在鎬京之西二十五里。成周，在鎬京之東八百里，商民所居，在王城之東二十五里。「王朝步自宗周，至于豐」，命之於文王之廟也。保者，安全之。釐者，疏理之。呂氏曰：「『保釐』二字，一篇之體要也。」王若曰：《書序》謂康王命作册，則此以下，康王之意而命内史修飾之也。『嗚呼！父師，惟文王、武王敷大德于天下，用克受殷命。惟周公左右先王，綏定厥家，毖殷頑民，遷于洛邑，密邇王室，式化厥訓。既歷三紀，世變風移，四方無虞，予一人以寧。此叙述其原委也。惟文、武能以大德受命，惟周公能左右綏安。毖，謹也。周公固無事不謹，而化商一事尤所謹重，故遷之洛邑，親近王化，商民亦敬化於周公之訓。故自周公之没，今三十六年，世已變而風俗亦漸移，天下之内安平無事，予一人賴是以寧，是皆周公風化之力也。周公没今三十七年，言三紀者，舉全數也。道有升降，政由俗革，不臧厥臧，民罔攸勸。此論治道旌别之宜也。升降，猶記言「道隆」、「道污」，蓋道有所當升，有所當降，初無執一之用，故爲政者當視時俗而爲之更張，不可膠於一定也。當周公之時，商民反覆未定，故公遷之教之、寬之警之，至君陳之時，不善者尚多，故猶務含容，皆以漸治之。至畢公之時，世變風移，老死少長，熏習滋變，不善者亦希矣，然而猶有未善者在，正所當分別之也。蓋不善其善，則民無所勸慕矣。是則分別者，乃所以使之皆爲善也。惟公懋德，克勤小物，弼亮四世，正色率下，罔不祗師言，嘉績多于先王，予小子垂拱仰成。』此述畢公之賢，必能體道之用也。呂氏曰：「畢公，天下之元老。康王不稱其成德而稱其懋德，不稱其總大體而稱其勤小物，蓋以成德自居則止矣，於小物而忽焉則亦間斷矣。惟勉於德者，貫稚耄而不息；敬於事者，一小大而無間。康王於師傅可謂觀之詳、察之審，而善於形容矣。又言畢公輔導四世，風采凝峻，表儀朝著，小大之臣罔不祗服父師之訓，德容之重，衆望之孚，養之者蓋非一日之積矣。」蔡氏曰：「休嘉之績，多於在先王之時。故我小子，垂衣拱手以仰其成而已。王將付畢公以保釐之寄，故叙其德業之盛，知畢公之必能終此事也。」王曰：『嗚呼！父師，今予祗命公以周公之事，往哉！鎮東都、化商民，此周公之事，故敢以命公。呂氏曰：「言之敬而待之尊，體貌重臣也。」旌別淑慝，表厥宅里，彰善癉惡，樹之風聲。弗率訓典，殊厥井疆，俾克畏慕。此東郊之政也，所以釐之也。旌淑、別慝，東郊之政由俗革者，莫大於此。其旌淑也，則表其宅里，以彰爲善者之間，而使惡者病不能焉。蓋立善者之風流聲聞，使聞者興起，此先王所以爲風俗無窮之計也。其別慝也，則弗率訓典者，殊其井疆，若記所謂「不變，移之郊；不變，移之遂」，蓋使之畏疏斥之醜而慕爲善之美，卒亦同歸於善而已。申畫郊圻，愼固封守，以康四海。此承上文，因以推廣東郊之政，所以保之也。蓋因表里、殊井之政，亦以申畫郊圻；因申畫郊圻之制，可以謹固封守；因謹固封守，可以用康四海。夫郊甸之畫舊矣，然井田之制歷歲久則溝澮易堙，分畫疏則經界易失，故必因時而申畫之。又先王井田之制，澮塗縱橫，溝封有截，亦寓封域設險之意焉，故申畫郊圻，所以謹固封守也。京師、畿甸，諸夏根本，王畿安則天下安矣，故謹固封守所以康四海也。政貴有恒，辭尚體要，不惟好異。商俗靡靡，利口惟賢，餘風未殄，公其念哉！我聞曰：「世禄之家，鮮克由禮。」以蕩陵德，實悖天道，敝化奢麗，萬世同流。茲殷庶士，席寵惟舊，怙侈滅義，服美于人，驕淫矜侉，將由惡終。雖收放心，閑之惟艱。資富能訓，惟以永年。惟德惟義，時乃大訓。不由古訓，于何其訓？』此章又明化商之要，不徒別殊之，又必化訓之也。大抵商民不善之餘習有二，利口也、驕淫也。利口，則化之以政令之静重；驕淫，則化之以德義之成法。政事貴平常而戒詭異，辭令務大體而尚簡要。吕氏曰：「此深懲作聰〔一〕明、趨浮末之異好，凡論治體者皆然，在化商言之，尤爲對病之藥。蓋其俗靡靡，利口惟賢，政當以渾厚敦朴鎮之，畢公所當深念也。」又曰：「古人論世族之病，必舉而歸之驕侈，此商民受病之原也。世禄之家不可槩謂之無禮法也，逸樂豢養之所移，其能由禮者鮮矣。既不由禮，則心無所制，肆其驕蕩，陵蔑有德，悖棄天道甚矣。夫衰弊之化，未有不侈麗者，此古今同一流耳。此古人之論也。而茲殷庶士，席寵惟舊，率多世族。怙侈滅義，則以蕩陵德也。服美于人，則敝化奢麗也。流而不反，驕淫矜誇，百邪並見，殆將以惡終矣。賴洛邑之遷，式化厥訓，拯其將亡而更生之。教育之久，雖已收其放心，所以閑之使久而不渝則甚難，此畢公所當講也。資富而能訓，所以使之永年。商民席寵，又承三紀富庶涵養之餘，資之富矣，訓迪之而閑其邪，蓋不可緩也。然所以訓之者，豈外立其教以訓之哉？德者心之理，義者事之宜，人所同有，訓莫大於是。然善無證則不信，而德、義非可以空言也，當稽古以爲之説。不由古以爲訓，于何以爲訓乎？」王曰：『嗚呼！父師，邦之安危，惟茲殷士。不剛不柔，厥德允修。是時太平無事，獨殷民未盡化耳，而康王猶以爲安危所係，不恃其治，不忽於微如此。剛則激亂，柔則容姦，此化商之所以爲難。惟不剛不柔，時措適中，此所以爲德之允修也。惟周公克慎厥始，惟君陳克和厥中，惟公克成厥終。三后協心，同底于道。道洽政治，澤潤生民。四夷左衽，罔不咸賴。予小子永膺多福。前後之時不同，由革之政亦異，而云協心同底于道者，蓋此心所處，俱至於所當然之則也。京師首善之地，而周、畢二公又皆以東伯鎮東都，故推其餘效，至四夷左衽，罔不咸賴也。蔡氏曰：「殊厥井疆，非治之成。使商民皆善，然後可謂之成。」愚按：自畢公以後，周家無復有事於東郊，而人心風俗與周始終矣。畢公真能踐成終之命哉！公其惟時成周，建無窮之基，亦有無窮之聞。子孫訓其成式，惟乂。總上文立風聲、革舊俗、申畫、謹固而成其終，皆所以爲成周無窮之基也。呂氏曰：「畢公四世元老，豈區區立後世名者？而勳德之隆，亦豈少此？康王所以望之者，蓋相期以無窮，乃尊之至也。」嗚呼！罔曰弗克，惟既厥心。罔曰民寡，惟慎厥事。欽若先王成烈，以休于前政。』」畢公重德而有「弗克」之戒，又有「民寡」之戒，三代君臣相與警戒，固無事不存，未嘗以盛德廢也。推畢公克勤小物之心，則或以商民之難化爲憚。推畢公多嘉之績〔一三〕，則或以商民之蕞爾而忽。毋憚其難，惟當盡心。毋忽其少，惟當謹事。休于前政，謂成終也。周公、君陳，其道固盡，而商民猶未盡化，是尚有餘責也；成終則無復餘責矣，此之謂休于前政，非求勝於前之謂也。

履祥按：殷自中葉以來，士大夫世家巨室殖貨謾令，風俗浸不美。盤庚一嘗正之。歷高宗諸賢君，風俗固嘗正矣。至紂又以淫酗驕奢倡之，一時風靡，而又爲天下逋逃主，聚諸亡命，是崇是長，凡億兆之心，如林之旅，計皆是放〔一四〕蕩無廉恥，一旦周師至，則倒戈迎降之不暇爾。武王入殷固已慮之，曰：「若殷之士衆何？」太公亦已有誅斥之意矣，獨周公不然，而兼包並容之。然商民之意得氣滿，終不若在紂之日。故其後從武庚以叛，於是分遷畿甸而處之、而誘之，亦殊勞矣。昔子王子謂迹商民之所爲，自秦、漢言之，坑戮誅夷之而已矣，而乃待之如此，此所以爲周公之德，而所以爲周家之忠厚也。然觀於《多士》《多方》《君陳》《畢命》諸書，大抵殷民之爲頑，自其染紂之惡，於是有淫放之習；自其從武庚之叛，於是又有思商之心。以淫放之習而行思商之心，奚爲其不亂也？周公之時，洛邑雖遷，而思商未釋也。君陳以後，思商之念釋，而化紂之習未除也。思商之心未釋，故《多方》《多士》開諭之辭詳；化紂之惡未除，故《君陳》《畢命》簡别之政肅。周公、成、康，不惟其思商而化之，不以其忘商而置之，分正之命拳拳於生厚之遷，保釐之册汲汲於餘風之殄，噫！是特爲風俗人心計耳。前儒謂東遷之後衛之俗淫、鄭之俗誹、魏之俗嗇、齊之俗詐，獨東周之民忠厚之風歷數百年而不弊，及其亡也，九鼎寶器皆入於秦，而周民遂東亡。先王之化，所以入人者深矣。

十有六年。魯公禽父薨，子酋嗣。是爲考公。

徐廣曰：「皇甫謐云伯禽以成王元年封，四十六年，康王十六年卒。」按：《世家》伯禽無年，而徐廣注如此。若以四十六年爲正，則伯禽之卒當在康王九年。若卒於康王十六年，則當云五十三年。未詳孰是。○楚子謂右尹子革曰：「昔我先王熊繹注：「楚始封君。」與吕級、齊太公子丁公。王孫牟、衛康叔之子。燮父、晉唐叔之子。禽父並事康王，四國皆有分，我獨無有。」對曰：「昔我先王熊繹，辟在荆山，篳路藍縷以處草莽，跋涉山林以事天子，唯是桃弧、棘矢以共禦王事。齊，王舅也；晉及魯、衛，王母弟也。楚是以無分，而彼皆有。」

二十年。魯考公薨，弟熙立。是爲煬公。

二十有一年。魯侯築茅闕門。

《史記》曰：「伯禽卒，子考公酋立。四年卒，立弟熙，是爲煬公。煬公築茅闕門。」〇《世本》曰：「煬公徙魯。」

二十有六年。王崩，子瑕踐位。

《史記》曰：「成、康之際，天下安寧，刑錯四十年不用。」〇《大紀》曰：「康王敬恭神人，四夷賓服，海内晏然，百姓興於禮義，囹圄空虛，刑措不用四十餘年，有唐、虞氏之風焉。」〇揚雄曰：「康后之世，頌聲作於下。」按：漢諸家言《詩》者，多謂康后晏朝，《關雎》興刺，其説與今傳不合，而揚雄又以《關雎》爲康王時美詩，今皆不取。

魯煬公薨，子宰嗣。是爲幽公。

【校記】

〔一〕「問」，原作「間」，今據宰祖堂本、《四庫》本改。

〔二〕「業」，原脱，今據慎獨齋配補歸仁齋本、宋犖本、宰祖堂本、《四庫》本補。

〔三〕「待」，原作「在」，今據慎獨齋配補歸仁齋本、宋犖本、宰祖堂本、《四庫》本改。

〔四〕「誥」，原作「諧」，今據宋犖本、宰祖堂本、《四庫》本改。

〔五〕「宅」，原作「土」，今據宋犖本、宰祖堂本、《四庫》本改。

〔六〕「亦」，原作「益」，今據宰祖堂本、《四庫》本改。

〔七〕「殺」，原作「殺」，今據宋犖本改。

〔八〕「惟」，原作「爲」，今據宋犖本改。

〔九〕「畏」，原作「卑」，今據慎獨齋配補歸仁齋本、宋犖本、宰祖堂本、《四庫》本改。

〔一〇〕「問」，原作「間」，今據宋犖本、宰祖堂本、《四庫》本改。

〔一一〕「兑」，原作「克」，今據慎獨齋配補歸仁齋本、宋犖本、宰祖堂本、《四庫》本改。

〔一二〕「聰」，原作「聽」，今據慎獨齋配補歸仁齋本、宋犖本、宰祖堂本、《四庫》本改。

〔一三〕「績」，原作「積」，今據宋犖本改。

〔一四〕「放」，原作「物」，今據慎獨齋配補歸仁齋本、宋犖本、宰祖堂本、《四庫》本改。

通鑑前編卷之九

金履祥編

己丑。周昭王元年。

二年。子滿生。

周内史過曰：「昔昭王娶於房，曰房后，實有爽德，協于丹朱，丹朱馮身以儀之，生穆王焉。」按：此説《左氏》不載，別見《國語》，事頗誣怪，以《儀禮》黄氏傳取之，今附其略。

十有四年。魯侯弟濆弑其君幽公而自立。是爲魏公。

《世家》曰：「幽公十四年，弟濆殺幽公而自立，是爲魏公。」《世本》作「微公」。

履祥按：弑君争國之禍自是始，而昭王不能討，失政甚矣。《史》稱「昭王之時，王道微缺」，朱子亦謂周綱陵夷自昭王始，有以也夫。

庚戌。二十有二年。釋氏生。

《周書記異》曰：「周昭王二十二年，釋氏生。」

甲子。三十有六年。

五十有一年。王崩于漢，子滿踐位。

《史記》曰：「昭王之時，王道微缺。昭王南巡狩，不返，卒於江上。其卒不赴告，諱之也。立昭王子滿，是爲穆王。」〇《外紀》曰：「昭王南巡狩，反，濟漢，漢濱之人以膠膠船，王至中流，膠液船解，王及祭公溺焉。」〇《大紀》曰：「王在位久，不能强於政治，風化稍衰。有光五色貫紫微，井水溢。是歲，王征荆蠻，軍旋涉漢，梁敗，王及祭公隕于漢。王右辛餘靡振王北濟，反振祭公。王因是發疾，崩。」〇朱子曰：「涇舟膠楚澤，周綱己陵夷。」

庚辰。穆王元年。

三年。命君雅爲大司徒，伯冏爲大僕正。《大紀》係之三年，若《史記》則《冏命》是其初即位之年。

《書·君雅篇》曰：「王若曰：『嗚呼！君牙，惟乃祖乃父，世篤忠貞，服勞王家，厥有成績，紀于太常。《古文尚書》作「君雅」。《周禮·司勳》曰：「凡有功者，銘書于王之大常。」《司常》云：「日月爲常。」惟予小子嗣守文、武、成、康遺緒，亦惟先王之臣，克左右亂四方。心之憂危，若蹈虎尾，涉于春冰。蹈虎尾，恐陷。涉春冰，恐陷。穆王初即政，憂危求助之切如此。今命爾予翼，作股肱心膂，纘乃舊服，無忝祖考。膂、吕通，脊也。穆王資世職之臣，處腹心之寄。舊服，即謂篤忠服勞之事。吕氏曰：「穆王方自憂危，懼不克承，故亦勉君牙『無忝祖考』，各欲保其世業，語益親切，臣主蓋一體也。」弘敷五典，式和民則。爾身克正，罔敢弗正。民心罔中，惟爾之中。蔡氏曰：「弘敷者，大而布之也。式和者，敬而和之也。則，『有物有則』之『則』，君臣之義、父子之仁、夫婦之别、長幼之序、朋友之信是也。典，以設教言，故曰『弘敷』。則，以民彝言，故曰『式和』。此司徒之教也。然教之本，則在君牙之身。正也、中也，民則之體，而人所同然也。正，以身言，欲其所處無邪行也。中，以心言，欲其所存無邪思也。」愚謂五典之教，司徒之常職。然上之人無躬行心得之實，則民不從其令，而從其意矣。此所以貴於爾身之正、爾心之中也。夏暑雨，小民惟曰怨咨。冬祁寒，小民亦惟曰怨咨。厥惟艱哉！思其艱以圖其易，民乃寧。祁，大也。夏而暑雨，小民有暴身沾體之勞；冬而大寒，小民有裂面龜手之勞，故怨咨。蓋自傷其衣食之艱難也。厥惟艱哉，嘆小民之誠爲艱難也。思小民之爲艱難而爲圖其易，則小民乃安矣。夫艱者，饑寒之艱。易者，衣食之易。古者司徒之職，雖云掌教，然土地人民之數，制其田里，教之樹畜，辨其土宜，以相民宅而知其利害，以阜人民、蕃鳥獸、毓草木，凡養民之利，無一不掌。蓋教養並行，未嘗有無養而教者也，故穆王念小民之艱而以圖易爲君牙告，皆其職也。嗚呼！丕顯哉，文王謨！丕承哉，武王烈！啓佑我後人，咸以正罔缺。爾惟敬明乃訓，用奉若于先王，對揚文、武之光命，追配于前人。』丕，大也。謨訓功烈，文顯於前，武承於後。曰謨、曰烈，各指其盛言之。文、武以謨啓，以烈佑我後人者，無一事不出於正，文、武之道可謂大備。但人亡政息，爾惟敬明乃訓，奉若文、武之道，答揚其光命，則足以追配爾祖、父所以事先王者矣。然則思艱圖易，不必他圖，有文、武之道與前人之法在。王若曰：『君牙，乃惟由先正舊典時式，民之治亂在兹。率乃祖考之攸行，昭乃辟之有乂。』」先正，即乃祖乃父也。君牙由祖、父舊典而法之，民之治亂，在此而已。法之則治，否則亂。惟循爾祖、父之攸行，則足以昭其君於有乂，謂法之即治也。蔡氏曰：「按此篇專以君牙祖、父爲言，然則君牙之祖、父嘗任司徒之職，而其賢可知矣，惜載籍之無傳也。」陳氏曰：「成、康之時，芮伯爲司徒，君牙豈其後耶？」○《冏命篇》曰：冏，古文作「臩」，《史記》同。「王若曰：『伯冏，惟予弗克于德，嗣先人宅丕后，怵惕惟厲，中夜以興，思免厥愆。思免厥愆，此穆王知自克之難，欲寡其過。篇中此意爲多。昔在文、武，聰明齊聖，小大之臣，咸懷忠良，其侍御僕從，罔匪正人，以旦夕承弼厥辟。出入起居，罔有不欽；發號施令，罔有不臧。下民祗若，萬邦咸休。惟予一人無良，實賴左右前後有位之士，匡其不及，繩愆糾繆，格其非心，俾克紹先烈。承上文欲免厥愆，因言文、武之聖，猶有資於小大之臣，故穆王自謂無良，不可不賴前後左右有位之士以免己於愆，而昭文、武之烈。今予命汝作大正，正于群僕侍御之臣，懋乃后德，交修不逮。慎簡乃僚，無以巧言令色，便辟側媚，其惟吉士。此承上文以文、武之聖亦有賴於僕從之承弼，此所以命伯冏爲太僕之正以正群僕侍御，上修主德，下簡近僚，遠小人，用君子，以弼后德而免於愆也。僕臣正，厥后克正；僕臣諛，厥后自聖。后德惟臣，不德惟臣。此承上文以明得失之機。穆王蓋深知僕御之邪正，乃君德所係，甚重非輕。僕臣諛，則后自聖。自聖，則愎諫妄作，而天下之亂自是生矣。呂氏曰：「陪僕暬御之臣，後世視爲賤品而不擇，曾不知人主朝夕與居，氣體移養，常必由之。潛消默奪於冥冥之中，而明争顯諫於昭昭之際，抑末矣。」又曰：「『僕臣諛，厥后自聖』。自古小人之敗君德，爲昏爲虐，爲侈爲縱，曷其有極？至於自聖，猶若淺之爲害。穆王獨以是蔽之者，蓋小人之蠱其君，必使之虚美熏心，傲然自聖，則謂人莫己若，而欲予言莫之違，然後法家拂士日遠，而快意肆情之事亦莫或齟齬其間。自聖之證既見，而百疾從之，昏虐縱侈，皆其枝葉，不足論也。」爾無昵于憸人，充耳目之官，迪上以非先王之典。非人其吉，惟貨其吉，若時，瘝厥官，惟爾大弗克祗厥辟，惟予汝辜。』此皆其導君於愆者，或以淫巧進，或以賄進，此近習小人進身之徑，伯冏所當戒此二者。呂氏曰：「自盤庚『總于貨寶』之戒，至此篇乃復見之。成湯、文、武之隆，未聞數數以貨飭其臣也。噫，其商、周之衰乎！」王曰：『嗚呼，欽哉！永弼乃后于彝憲。』」此終篇首免愆之意，而欲躋之於文、武之道。○《史記》曰：「穆王即位，春秋已五十矣。王道衰微，穆王閔文、武之道缺，乃命伯臩申誡大僕國之政，作《臩命》。復寧。」○呂氏曰：「穆王之書，存者三篇。《君牙》《冏命》，初年之書也；《呂刑》，末年之書也。『百年，耄荒，度作刑以詰四方』，固有明文。《君牙》之篇曰：『惟予小子嗣守文、武、成、康遺緒。』《冏命》之篇曰：『惟予弗克于德，嗣先人宅丕后。』則皆初嗣歷服之言也，與《呂刑》所謂「仲叔、季弟、幼子、童孫」，其辭氣新陳稚耄大有逕庭，先後之次蓋無可疑者。穆王中雖放逸，不克保其始之祇畏，然暮年哀敬，初心復還，謂之全德則駁，猶不失爲周之令王也。」

○又曰：「穆王之命，望於伯冏者深且長矣。此心不繼，造父爲御，周遊天下，將必有車轍馬迹。導其侈者，果出於僕御之間。抑不知伯冏猶在職乎否也？穆王豫知所戒，憂思深長，猶不免躬自蹈之，人心操舍之無常，可懼哉！」

履祥按：《君牙》之書，穆王初年方新之書也。《冏命》之書，穆王中年自克之書也。穆王初年，承昭王南征不復之後，憂危恐陷，故資世家喬木之臣，處股肱心膂之寄，以行文、武之政。自稱曰「予小子」、曰「嗣守遺緒」，皆初年語也。至其中年，境順心移，雖其所爲未必皆如《列子》及《穆天子傳》所載，然楚右尹子革之言曰：「穆王欲肆其心，周行天下，將必有車轍馬迹焉。祭公謀父作《祈招》之詩以止王心，王是以獲没于祇宫。」則穆王亦不能無遊逸之過，特能聞善言而自克耳。《冏命》之篇曰「思免厥愆」、曰「予一人無良」、曰「匡其不及」、曰「繩愆糾繆，格其非心」，則皆欲寡其過之辭。又《周禮》太僕之官，下大夫耳。或曰大正，正于群僕侍御之臣，此太御也。太御，亦中大夫耳，何至特作命書，申戒明切？若「便辟」、若「側媚」、若「諛」、若「迪上非典」，此蓋穆王深悔造父八駿之御，知導君於侈者，皆僕御之微，故重其選而戒其弊，哀痛真切。然則《冏命》之書，真中年自悔之書也，其在《祈招》之後乎？若如《史記》所言，《冏命》作於初年，如此諄切，而中年周遊自放乃如此，躬言之而躬自蹈之，尚安取《冏命》之書乎？然則是篇當受之《祈招》之後，《史》失其年，姑以類附於《君牙》，而述其所見如此，以待後之君子有考焉。

十有三年。王西征。

《紀年》曰：「穆王十三年，西征于青鳥之所憩。」《山海經》曰：「三危之山，青鳥居之。」

十有七年。王西征。征徐戎。

《紀年》曰：「穆王十七年，西征，見西王母。賓于昭宮。」○《列子》曰：「周穆王時，西極之國有化人來，入水火，貫金石，反山川，移城邑。千變萬化，不可窮極。既已變物之形，又且易人之慮，非實能變物之形，能使人目眩心忘耳。浮屠善幻多技，蓋西域人自有此術。穆王敬之若神。居亡幾何，謁王同游化人之宮，王以爲清都、紫微、鈞天、廣樂，帝之所居。自以居數十年不思其國也。化人復謁王同游，所及之處，仰不見日月，俯不見河海。光影所照，王目眩不能得視；音響所來，王耳亂不能得聽。百骸六藏，悸而不凝。意迷精喪，請化人求還。化人移之，王若磒虛焉。既寤，所坐猶嚮者之處，侍御猶嚮者之人。視其前，則酒未清，肴未昲。扶貴反。王問所從來。左右曰：『王默存耳。』由此穆王自失者三月而復。更問化人，化人曰：『吾與王神游也，形奚動哉？且曩之所居，奚異王之宮？曩之所游，奚異王之圃？王間悁，疑蹔亡。變化之極，徐疾之間，可盡模哉？』化人之術能使人心迷瞶耳，觀穆王所感與化人所言，固自可見。但穆王欲心內昏，所主不存，遂爲所迷爾。此肆心周遊之病根也。王大悦。不恤國事，不樂臣妾，肆意遠遊。命駕八駿之乘：右服[illegible]古「華」字。騮而左綠耳，右驂赤驥而左白[illegible]古「義」字。主車則造父爲御，离㕙音泰丙。《字林》「㕙」作「西」。爲右；次車之乘，右服渠黃而左踰輪，左驂盜驪而右山子，柏夭主車，參伯爲御，奔戎爲右。馳驅千里，至于巨蒐氏之國。巨蒐，即《禹貢》渠搜。巨蒐氏乃獻白鵠之血以飲王，具牛馬之湩以洗王之足，湩，竹用反。及二乘之人。已飲而行，遂宿于崑崙之阿，赤水之陽。別日升崑崙之丘，以觀黃帝之宮，而封之以詒後世。遂賓于西王母，觴于瑤池之上。西王母爲王謡，曰：白雲在天，山陵自出。道里悠遠，山川間之。將子無死，尚能復來。王和之。曰：予歸東土，和合諸夏。萬民均平，吾顧見汝。比及三年，將復而野。其辭哀焉。廼觀日之所入。行萬里。王乃嘆曰：『於乎！予一人不盈于德而諧於樂。後世其追數吾過乎！』乃〔一〕還以歸。」已上與《穆天子傳》略同。《列子》多寓言，而《穆天子傳》又多附會難信，今以其末有自悔之辭，姑存之以備考論。○《史記》曰：「蜚廉有子曰季勝。季勝生孟增，幸於周成王，是爲宅皋狼。皋狼生衡父，衡父生造父。造父以善御幸於周繆王，得驥、温驪、驊駵、騄耳之駟，西巡狩，樂而忘歸。徐偃王作亂，造父爲御，長驅歸周以救亂。繆王以趙城封造父，造父族由此爲趙氏。」○昌黎韓氏曰：「周穆王無道，意不在天下。好方士說，得八龍騎之西遊，同王母宴于瑤池之上，歌謳忘歸。四方諸侯之争辯者無所質正，咸賓祭於徐，贄玉帛死生之物于徐之庭者三十六國，得朱弓赤矢之瑞。穆王聞之，恐遂稱受命，命造父御，長驅而歸，與楚連謀伐徐。徐不忍鬭其民，走彭城武原山，百姓隨而從之萬有餘家。」徐偃王事，見《史記》《後漢書》《博物志》《元和姓纂》，今止取昌黎所敘爲稍詳密。○朱子曰：「不有《祈招》詩，徐方御宸極。」

履祥按：穆王巡遊之事，經史不載，獨《左氏》有「欲肆其心，周行天下，將皆必有車轍馬迹」之說，《史記·秦紀》亦言其略，惟《列子》過有形容，而雜書頗有附會，若《穆天子傳》之類是也。漢武帝巡狩神仙之事，史遷所敘亦備矣，後世猶有謗書之說，謂或過其實也。而《漢武遺事》所載又過之，果有如《遺事》所載，《史記》豈反隱而不書乎？是知此書好事者文其誕無疑也。然則《穆天子傳》亦此類耳。周制，死而謚。而傳爲穆王之名曰「穆滿」，則其他謬附從可知矣。今考《左氏》所載，右尹所言曰「欲肆其心」、曰「將必有轍迹焉」，「欲」與「將」皆欲然之辭，而卒能聽《祈招》之詩以自克，則穆王雖不無巡狩之過，而未必皆如雜書所言也。然則穆王雖不得爲周之賢王，亦不失爲世之英主。諸老謂論穆王者，當以《尚書》爲正，此說得之。

三十有五年。征犬戎。《大紀》係此年。

《周語》曰：「穆王將征犬戎，注曰：「犬戎，西戎之別名，在荒服。」祭公謀父諫曰：『不可。祭，畿内之國，周公之後，爲王卿士。謀父，字也。先王耀德不觀兵。夫兵戢而時動，動則威，觀則玩，玩則無震。是故周文公之頌曰：「載戢干戈，載櫜弓矢。我求懿德，肆于時夏，允王保之。」先王之於民也，懋正其德而厚其性，阜其財求而利其器用，明利害之鄉，以文修之，使務利而避害，懷德而畏威，故能保世以滋大。昔我先世后稷，以服事虞、夏。及夏之衰也，棄稷弗務，謂太康廢稷之官，不復務農。我先王不窋用失其官，而自竄于戎、翟之間，堯封棄於邰，至不窋失官，去夏而遷於邠。邠，西接戎，北近翟。不敢怠業，時序其德，纂修其緒，修其訓典，朝夕恪勤，守以敦篤，奉以忠信，奕世載德，不忝前人。至于武王，昭前之光明，而加之以慈和，事神保民，莫不欣喜。商王帝辛大惡於民，辛，紂名。庶民弗忍，欣戴武王，以致戎于商牧。是先王非務武也，勤恤民隱而除其害也。夫先王之制：邦内甸服，夏曰甸，周曰畿。此云甸服者，古今通稱也。故周襄王亦曰：「規方千里，以爲甸服。」邦外侯服，侯、衛賓服，自侯服至衛服，皆賓服於王者。夷、蠻要服，戎、翟荒服。甸服者祭，侯服者祀，賓服者享，要服者貢，荒服者王。祭、祀、享、貢、王，皆朝貢之名。王，則世一見者，是所謂「終王」也。曰祭，在甸服者，供貢無時，或時日貢之。月祀、時享、歲貢、終王，先王之訓也。有不祭則脩意，有不祀則脩言，有不享則脩文，有不貢則脩名，有不王則脩德，序成而不至則脩刑。於是乎有刑不祭，伐不祀，征不享，讓不貢，告不王。於是乎有刑罰之辟，有攻伐之兵，有征討之備，有威讓之令，有文告之辭。布令陳辭而又不至，則增脩於德，無勤民於遠，是以近無不聽，遠無不服。今自大畢、伯仕之終也，大畢、伯仕，犬戎之二君。犬戎氏以其職來王，天子曰：「予必以不享征之，且觀之兵。」犬戎於俗爲荒服，而於鎬京爲近。荒服者王，今穆王以地近責其享。其無乃廢先王之訓而王幾頓乎！吾聞夫犬戎樹惇，能帥舊德而守終純固，其有以禦我矣。』王不聽，遂征之，得四白狼、四白鹿以歸。自是荒服者不至。」

甲子。四十有五年。

五十年。作《呂刑》以詰四方。

《呂刑篇》曰：「惟呂命，呂，國名，書傳多作《甫刑》，蓋呂國其後爲甫，猶邾之爲鄒也。「惟呂命」，與「惟說命」同文。蓋穆王命呂侯爲大司寇，重修刑法，更爲五罰之制，謂之《呂刑》，至是頒之天下而申之誥命焉。《史記》亦曰：「甫侯言於王，作修刑辟。」蓋周制，五刑凡二千五百，未有五刑之贖，而此增至三千，又爲五罰，皆呂侯所參定也。王享國百年，耄荒，度作刑以詰四方。穆王年五十即位，至是百歲。八十、九十曰耄。今百歲謂之耄荒，蓋老而荒亂之謂。穆王在位日久，亦嘗肆遊觀之欲，雖有善政而弛張不常，晚年不無荒廢，故審度作刑以詰四方之爲姦慝暴亂者。王曰：『若古有訓，蚩尤惟始作亂，延及于平民，罔不寇賊，鴟義姦宄，奪攘矯虔。蚩尤，炎帝之末、榆罔〔二〕之世霸諸侯者。自洪荒以來，風俗渾朴，而蚩尤始爲暴亂之事，民俗因以敗壞。奪人之寇，殺人之賊，鴟張爲義，亂外之姦，亂內之宄，奪攘之風，於是皆有之。矯者，正也。虔者，劉也。此上下或有缺文，謂聖人始制爲刑，以矯正虔劉之。蓋黄帝既制兵以殺蚩尤，又制刑以矯正虔劉其遺類也。《漢書・武帝紀》「撟虔吏因埶以侵暴」，撟，音矯。文意與下文同。苗民弗用靈，制以刑，惟作五虐之刑曰法，殺戮無辜。爰始淫爲劓、刵、椓、黥，越茲麗刑，并制罔差有辭。民興胥漸，泯泯棼棼，罔中于信，以覆詛盟。虐威庶戮，方告無辜于上。上帝監民，罔有馨香德。刑發聞惟腥。皇帝哀矜庶戮之不辜，報虐以威，遏絶苗民，無世在下。苗民，堯時諸侯，因上古聖人有矯虔之刑，於是作五虐之刑以殺戮無辜。又淫爲劓、刵、椓、黥，凡麗于刑制者，更不差等其獄辭之曲直，而例加之。於是民更相漸于昏亂之習，無復忠信，互相詛盟矣。詛者，背相祝。盟者，面質神。此皆刑政不平、曲直不明之故也。凡苗民虐威所加衆庶被戮之人，所在告無辜于上。上帝降監下民，罔有馨香之德，但有淫虐發聞之腥穢。堯、舜於是哀矜衆庶被戮之非辜，既是五刑報苗民君臣之虐，以示其威，用遏絶苗民，使之不得繼世於下國。言竄于三危也。皇帝，謂堯竄苗之事，蓋堯老舜攝之時。〇《墨子》曰：「昔者聖王制爲五刑以治天下，逮至有苗之制五刑以亂天下。則此豈刑不善哉？用刑則不善也。是以先王之書《呂刑》之道曰：『苗民否用諫，折則刑，唯作五殺之刑曰法。』此言善用刑者以治民，不善用刑者以爲五殺。」乃命重、黎，絶地天通，罔有降格。重、黎，即羲、和也。吕氏曰：「治世公道昭明，爲善得福，爲惡得禍，民曉然知其所由，不求之茫昧之間。三苗昏虐，民之得罪者莫知其端，無所控訴，相與聽於神，祭非其鬼。天地神人之典，雜糅瀆亂，此妖誕之所以興，人心之所以不正也。聖人當務之急，莫先於正人心。首命重、黎修明祀典，高卑上下，各有分限。絶地天之通，嚴幽明之分。妖誕之説，悉皆屏息。」○《楚語》曰：「少皞氏之衰也，九黎亂德，民神雜糅。夫人作享，家爲巫史，無有要質。烝享無度，民神同位。民瀆齊盟，無有嚴威。顓頊受之，乃命南正重司天以屬神，命北正黎司地以屬民，使復舊常，無相侵瀆。是謂絶地天通。其後三苗復九黎之德，堯復育重、黎之後，不忘舊者，使復典之。」○愚謂：自蚩尤爲亂，而民有寇攘姦宄之習，聖人是以有矯虔之刑。自三苗以刑爲虐，而民有巫祝詛盟之習，聖人是以有重、黎之命。前後聖人，其爲民心計可謂至矣！大指已見《虞書》之紀。

群后之逮在下，明明棐常，鰥寡無蓋。正人心固重、黎之職，然非二臣所能獨爲，亦惟群后及在下有司，各昭明政化，有此非常之明，雖鰥寡之情，無不上達。蓋巫祝之興，始於政化不明，下情不得以上達故爾。

皇帝清問下民，鰥寡有辭于苗。德威惟畏，德明惟明。乃命三后，恤功于民。伯夷降典，折民惟刑。禹平水土，主名山川。稷降播種，農殖嘉穀。三后成功，惟殷于民。士制百姓于刑之中，以教祗德。穆穆在上，明明在下，灼于四方，罔不惟德之勤，故乃明于刑之中，率乂于民棐彝。承上文而言，清問下民，而民皆言有苗之暴虐與其風聲氣習之爲害。於是以德爲威，而人心知所畏；以德明民，而人心知所嚮。先命三后以爲教養之具，此「德明惟明」之事也。而復命士師以刑法之防，此「德威惟畏」之事也。聖人制刑之本如此。伯夷降下典禮以示天下，天神、地祇、人鬼既各有正禮，然出禮則入刑。降典，所以折其民之入刑者而回入於禮也。禹平水土以安民生，爲山川立主祭之典以正民心。蓋既絶地天通，於是修山川之正祀，又各使有土之君主之，不至於瀆。稷降播種之法，使農殖嘉穀。蓋前此，民猶雜食草木之實，自稷教民稼穡，而民始皆殖嘉穀矣。三后成功，民俗殷盛，而後命皋陶爲士師，制百姓以刑法之中，不偏於輕以惠姦，不過於重以虐民，立爲中典，亦所以使民祗敬爲德而已。蓋其君臣之間，和敬示德於上，而精明承德於下，躬行心得，其表裏政令皆可爲民之法，灼于四方，人心觀感罔不爲德之勉而後明刑法之中，治其民之非彝者而已。蓋教養如此，而猶或有非彝者，然後刑之也。又按：《虞書》命皋陶之辭曰「蠻夷猾夏」，而禹亦曰：「何遷乎有苗？」觀此篇所述，則三苗之威餤氣習，其始爲天下之害可知。蓋自上古之世風氣醇朴，蚩尤始爲亂，而民始有爲惡之習，聖人始制刑以矯之。其後，有苗既爲五虐之刑以殘其民，其民又爲詛盟之習以瀆其神，於是暴虐、妖誕二者威餤氣習浸入中夏。聖人始命重、黎以止妖誕，繼命群后以通下情，又命伯夷以降典禮，命伯禹以安民生、正祀典，命后稷以豐民財，而復命皋陶定爲至中不偏之刑。自是後世之言刑者，自皋陶始，傳所謂「皋陶之刑」也，蓋以其爲不偏不易之法也。又按：此篇始述有苗之刑以爲暴虐之戒，繼述聖人之刑以爲後世之準，蓋聖人所以制刑者，教養之具無一不至，然後立刑以制之，而刑法之中，亦無非教，此蓋發明聖人立刑之本末。而後世遂謂皋陶不與「三后」之列爲聖人，吝於刑官，失其指矣。**典獄，非訖于威，惟訖于富。敬忌，罔有擇言在身，惟克天德，自作元命，配享在下。』**訖，絶。惟，與。忌，畏也。謂當時爲典獄之官者，非但絶于威勢之請託與絶于貨賄之賂遺而已，且能以敬自將，以理自畏，其身無可擇之言，上體天德，所以能自作元命，而上對于天，享祀無窮于下。蓋獄者，民之司命，天之所託，生殺予奪，上與天對。又皋陶明刑之功，享有國土，宗祀不絶，而當時爲典獄者，亦必祀于理官。蓋古者有道德者，死則以爲樂祖，祭于瞽宗。法家亦然。至後漢時，繫獄者猶祭皋陶，此其證也。或曰：此章穆王蓋以勉其典獄之臣絶私懋德，上配皋陶耳。亦通。**王曰：『嗟！四方司政典獄，非爾惟作天牧？今爾何監？非時伯夷播刑之迪？其今爾何懲？惟時苗民匪察于獄之麗，罔擇吉人，觀于五刑之中。惟時庶威奪貨，斷制五刑，以亂無辜。上帝不蠲，降咎于苗，苗民無辭于罰，乃絶厥世。』**此章總上章，以唐、虞之典刑爲監，以苗民之用刑爲懲。四方司政典獄，孔氏謂即諸侯也。此章詞語，自相問答以發其意。謂爲司政典獄者，豈非爾諸侯爲天牧民者乎？此欲諸侯以刑獄爲重責也。今爾何所觀法？豈非伯夷所布典刑之道乎？此謂典禮爲刑之道。蓋憲章無二，出禮則入刑也。其今爾何所懲戒？豈非苗民所受妄刑之罰乎？蓋苗民不察獄辭之所麗何刑，又不擇吉人以審刑法之中正，一爲威勢之徇，奪於貨賄之貪，又以私意斷制五刑，亂及無辜之人，故上帝不蠲貸其罪，苗民亦不得以自逭其罰，遂至於絶世。此用刑不當之禍，所當懲也。王曰：『嗚呼！念之哉！伯父、伯兄、仲叔、季弟、幼子、童孫，皆聽朕言，庶有格命。今爾罔不由慰日勤，爾罔或戒不勤。天齊于民，俾我一日，非終惟終，在人。爾尚敬逆天命，以奉我一人，雖畏勿畏，雖休勿休，惟敬五刑，以成三德。一人有慶，兆民賴之，其寧惟永。』此下告諸侯也。格，如「來格」之「格」。庶幾其能入吾教命之内也。日勤，孔氏作「曰」，後儒見下文「一日非終」之説，又讀爲「日」。蓋言「日」，則「勤」在其中矣；言「勤」，不必言「日」也。聽察審訊以求其情，莫煩於獄，一或不勤，則職有不盡而民有不得其死者矣。此章專告貴戚之臣，憂其或怠，故專以「勤」爲主。爾所以無不自慰者，曰勤而已。蓋其情得，其事集，而其職盡也。爾罔或徒知戒而不勤。蓋既任其職，孰不知重其事？然憚於勞而不勤，則刑罰不中，雖戒之或無及也。蔡氏謂「戒」亦善心也，而用刑豈可以或戒也哉？此謂刑罰已施，雖悔無及也。蓋天以刑整齊其民，既俾我君臣爲之，一日之間，不能終其事與能終其事，此其責在人矣。爾尚敬謹以上順天命，承我一人。雖獄事情辭之煩可畏也，勿以爲畏，惟勤而已。雖得情聽斷之餘可休也，勿以爲休，亦惟勤而已。能謹審五刑之用，則刑故無小，所以成其剛德；罪疑惟輕，所以成其柔德；刑罰得中，所以成其正直之德。則君慶於上，民賴於下，家國安寧之福久而不替矣。此皆勤恤之效也。王曰：『吁！來，有邦有土，告爾祥刑。在今爾安百姓，何擇非人？何敬非刑？何度非及？刑者，不祥之器，謂之祥刑者，則以其爲弼教之良法，而用刑者又以慈祥之心行之也。及者，連及也。何所當擇，豈非司獄之人乎？何所當謹，豈非用刑之際乎？何所當審，豈非連及之人乎？當及而及，所以證獄；不當及而及，則連逮無辜矣。兩造具備，師聽五辭。五辭簡孚，正于五刑；五刑不簡，正于五罰；五罰不服，正于五過。五過之疵：惟官、惟反、惟内、惟貨、惟來。其罪惟均，其審克之。《周禮》「以兩造聽民訟」。兩造，謂兩争者皆至也。具備者，詞、證皆在也。師，衆也，謂群有司也。五辭，麗于五刑之獄辭也。簡者，核其實。孚者，無所疑也。正，猶《漢書》所謂

「當」也。五罰，即五贖也。獄辭核實無疑者，則當於五刑。於五刑而不應其實者，五刑之疑者也，則當于五罰以贖之。當于五罰而不服者，則五罰之疑者也，故又當于五過以宥之。然五過之法公也，其爲之病者則私也。私者，或以權勢，或以報私，或以婚姻女謁，或以貨賄交通，或以求干請託。爲是五者而廢法以出人之罪，則治獄者與之同罪矣。其審克之，總結上文。審者，盡其心；克者，盡其力也。五刑之疑有赦，五罰之疑有赦，其審克之。簡孚有衆，惟貌有稽，無簡不聽，具嚴天威。此承上文「五刑不簡，正于五罰」，此「五刑之疑有赦」也；「五罰不服，正于五過」，此「五罰之疑有赦」也；「其審克之」，重言以丁寧之也；「簡孚有衆」，即「師聽五辭」之謂也。「惟貌有稽」，此「簡孚」之術也，《小司寇》所謂「色聽、氣聽、耳聽、目聽」者也。至於不經衆人之簡核，則上之人不可以聽斷，所以求詳致嚴如此者，蓋獄乃天討所係，天威甚近而可畏，其可有一毫不盡其心乎？墨辟疑赦，其罰百鍰，閱實其罪。劓辟疑赦，其罰惟倍，閱實其罪。剕辟疑赦，其罰倍差，閱實其罪。宮辟疑赦，其罰六百鍰，閱實其罪。大辟疑赦，其罰千鍰，閱實其罪。墨罰之屬千，劓罰之屬千，剕罰之屬五百，宮罰之屬三百，大辟之罰其屬二百。此五罰之數也。罰以黃鐵，即今銅也。六兩曰鍰。一説每鍰六兩三分兩之二，則一鍰半斤也。倍一百曰二百，倍二百而又差爲五百。辟疑赦之則從罰，罰亦閱實其罪，當於罰則罰之，下文「罰懲非死，人極于病」即此意也。按：《舜典》五刑有流而無贖，《正義》謂古者五刑有降而無贖，鞭作官刑，扑作教刑，又小於此，則金作贖刑，若今罰直耳。穆王始制爲五刑之贖，蓋以贖代流也。其弊便富而虐貧，富者可贖，貧者難免，雖穆王申有司獄貨之戒，其實開國家貨獄之塗，蓋其弊必至于此。然贖因於疑，而穆王於贖之中又閱實其罪，猶恐誤罰，罰或不實其罪則正於五過矣，其慈詳之意可見。且罰猶不苟，則刑必不苟矣。又按：《周禮》五辟之屬皆五百，而此墨、劓之屬各千，宮減於舊二百，大辟減於舊三百，輕刑雖增，而重刑則減矣。然則穆王非獨制爲贖刑之法，又制爲輕刑之法矣。五刑之屬三千。上下比罪，無僭亂辭，勿用不行。惟察惟法，其審克之。上刑適輕，下服。下刑適重，上服。此言用五刑之宜也。以情辭之上下比附其罪，不可差亂其獄辭而妄爲升降，又不可引用久不行之法。蓋古今更定不同，舊有是條，久已不用，民不知而犯之，既犯而復引用焉，是陷民也。察者，審於心。法者，當其刑。又云「其審克之」以致丁寧之意。罪在上刑而情適輕則服下刑，此減等也。罪在下刑而情適重則服上刑，此加罪也。此又用刑之權宜也。輕重諸罰有權。刑罰世輕世重。惟齊非齊，有倫有要。此又論五罰之權而總言刑罰。謂非獨五刑有上服、下服，至於輕重其五罰之用則亦有權焉。蓋亦權其情而爲之輕重也。然刑與罰又有視世變而爲輕重者，如《周禮》「刑新國用輕典，刑平國用中典，刑亂國用重典」是也。大抵情法時世參差不齊，權所以齊之，則各有條理、各有典要焉。此用權合經之謂也。罰懲非死，人極于病。此承上文論罰而言也。穆王恐有司以論贖爲輕而不加審，故又云五罰所贖，其懲人者，雖非五刑軀命所關，然民重出贖，亦甚病矣。非佞折獄，惟良折獄，罔非在中。察辭于差，非從惟從。哀敬折獄，明啓刑書胥占，咸庶中正。其刑其罰，其審克之。獄成而孚，輸而孚。其刑上備，有并兩刑。』此申明折獄之方，所以審刑罰之宜者。佞，辯給也。不可以辯給之辭折獄，惟當以慈良之心折獄。從，猶今律言「承」也。察辭于差，此古今聽獄之要訣也。凡辭之非實者，終必有差，故察獄辭者，必於其差而察之，則因之不承者承矣。然既得其情，則當以哀矜之心、敬謹之意折之，明啓刑書，與群有司共占視之，則庶幾得其中正矣。其當入于刑者，其當降而罰者，其詳審而盡心力焉。獄之成既得其實，然後可輸其實於上。而上其斷獄之書者，又當備述其情辭，有兩造之人各有所犯，則并兩刑而上之，不可以輕重勝負而有所偏也。王曰：『嗚呼！敬之哉！官伯族姓，朕言多懼，朕敬于刑，有德惟刑。今天相民，作配在下。明清于單辭，民之亂，罔不中聽獄之兩辭，無或私家于獄之兩辭。獄貨非寶，惟府辜功，報以庶尤。永畏惟罰。非天不中，惟人在命。天罰不極，庶民罔有令政在于天下。』承上文「折獄」之說又總告之也。官，獄官。伯，諸侯。族，同姓。姓，異姓也。單辭，無證之偏辭也。兩辭，兩造之辭也。家，如「不家於喪」之「家」，謂私財也。府，藏也。辜功，罪狀也，猶釋氏云罪業也。穆王享國之久，老於世故，晚復哀矜，故其言多懼，欲人知所重而聽之也。朕敬于刑，謹之至也。惟有德者則可以用刑。蓋天相佑下民，立典獄之官以治之，爲民司命，上與天配。單辭者，無證之辭，人所難決者也。惟有德者其心明且清，則能得單辭之實。兩辭者，兩證之辭。雖人所易決，而一有偏徇之心則偏矣。惟有德者其心中而不偏，則能聽兩辭之獄。然兩辭之易偏者，亦或賄賂蔽之，故戒之無或私取貨于獄〔三〕之兩辭。因獄取貨，此貨非寶，適以藏諸罪狀耳。報應之理，衆罪悉至。則一時之得，有永久可畏之罰，是非天偏治鬻獄之人，亦惟人自致其禍罰之命。使天罰不至，則獄吏皆得以行其私，庶民無復被令政之澤于天下矣。此申戒以警之也。王曰：『嗚呼！嗣孫，今往何監？非德于民之中？尚明聽之哉！哲人惟刑，無疆之辭，屬于五極，咸中有慶。受王嘉師，監于兹祥刑。』」此總上文詔後世也。嗣孫，凡官伯族姓嗣世子孫也。屬，如「屬有疆場之事」之「屬」，適也，謂適或有時而用之也。五極，五刑也。五刑者，刑之極者也。嘉師，良民之衆也。言繼世子孫，自今以往，何所監視？豈非以德爲民所取中乎？此爲要語，不可不明聽之。大抵賢哲用刑，自有無窮之譽，雖適有時而用極法，然既合中正之理，則亦有餘慶矣。蓋世人每言寬刑有陰德之報，而不知雖用大刑而合於中正，亦有餘慶之報也。故穆王明此以勉之。受王良民之衆，其監此慈祥之刑。夫民本皆良民，或因物有遷，雖不免設刑以防之，然無非慈祥之意，則亦無非良善之法，不可以忿疾之心行之也。○吕氏曰：「世衰則情僞繁，人老則經歷熟。穆王之時，文、武、成、康之澤浸微，姦宄日勝，其作書於既耄，閱世故而察物情者亦熟矣，故古今犴獄，言之略盡，用刑者所宜盡心焉。」又曰：「是書哀矜明練，固夫子存以示後世而微見其意者，亦不可不察也。」

履祥按：《吕刑》之書，穆王晚年之書也。自昭王南征不復，周綱陵夷，穆王在位日久，中更荒廢，雖能自克，然風俗日降，情僞日繁，迨至晚年，命吕侯爲大司寇，重修刑法，《史》謂甫侯言於王而修之也，故曰《吕刑》，至是作爲誥命，頒之天下。大抵增墨、劓之條以盡天下之惡，而減宫刑、大辟之條以逭犯死之衆。既制五罰以贖五刑之疑，又制五過以寬五罰之疑。刑繁而輕，此皆衰世之意也。傳曰：「夏之衰也，作《禹刑》；商之衰也，作《湯刑》。」今《吕刑》之作，可以知世變矣。然穆王老於世故，備知獄事曲折之詳，其哀矜惻怛之意，敬審忠厚之風，尚可法也。

子王子曰：「《吕刑》之書，律書也，法吏之辭也。徒能精察乎典獄之姦，而不識聖人制刑之本意。首以五刑創于有苗，而聖人用是報之，遂爲常法，則是聖人之制刑，反師有苗之爲虐也。斯言也，豈不大害於義哉？予固知其爲法吏之辭也。舜之刑未嘗不輕，而輕者本於罪之可疑。穆王之刑亦未嘗不輕，而輕者失於罪之不可宥。舜之所以必刑者，期於無刑。穆王之所以必贖者，導其起辟。且大辟之刑而可贖，則凡有千鍰之貲者，無所往而不可殺人矣，烏得而不啓後世之亂哉？但其盡折獄之情僞曲折，而哀矜惻怛之意，猶有三代之遺風焉。聖人以其世之變、法之變，存之於《書》，亦以其能精察乎典獄之姦，尚可以爲後世聽訟用刑之戒，非以其贖刑之可取也。」

五十有五年。王崩于祇宫，子繄扈踐位。

楚右尹子革曰：「昔穆王欲肆其心，周行天下，將皆必有車轍馬迹焉。祭公謀父作《祈招》之詩，以止王心，王以是獲没於祇宫。其詩曰：『祈招之愔愔，式昭德音。思我王度，式如玉，式如金。刑民之力，而無醉飽之心。』」杜氏曰：「祈父，周司馬。招，其名。蓋指司馬以諷王也。」陸氏曰：「招，常遥反。」刑，《左氏》作「形」，《家語》作「刑」，朱子謂當作「刑」。招，當如《徵招》《角招》之「招」，詩歌之名也。〇《逸周書》曰：「穆王思保位爲難，恐貽世羞，欲自警寤，作《史記》。」《史記》：「維正月，王在成周。昧爽，召三公、左史戎夫，曰：『今朕寤，遂事驚予。』乃取遂事之要戒，俾戎夫言之，朔望以聞。信不行，義不立，則哲士陵君政。禁而生亂，皮氏以亡。古諸侯也。愚謂：後漢之亡，其證亦然。諂諛日近，方正日遠，則邪人專國政。禁而生亂，華氏以亡。好貨財珍怪，則邪人因財而進。邪人因財而進，則賢良日蔽而遠。賞罰無位，隨財而行，夏后以亡。嚴兵而不仁者其臣懾，其臣懾而不敢忠，不敢忠則民不親其吏。刑始於親，遠者寒心，殷商以亡。樂專於君者，權專於臣。權專於臣，則刑專於民。君娱於樂，臣争於權，民盡於刑，有虞氏以亡。商均之後也。奉孤以專命者，謀主必畏其威而疑其前事。謀主，謂孤長大也。前事，謂專命者。挾德而責數，日疏，位均而争，平林以亡。挾其見奉之德而責其前專命之事，此與成王、周公反矣。位均，勢敵也。大臣有錮職譁誅者危。昔者質沙三卿，朝而無禮，君怒而久拘之，譁而弗加，諸卿謀變，質沙以亡。錮職，專權也。外内相間，下撓其民，民無所附，三苗以亡。弱小在强大之間，存亡將由之，則無天命矣。不知命者死。無天命，命在强壯者也。不知命則足以亡也。有夏之方興也，扈氏弱而不恭，身死國亡。嬖子兩重者亡。昔義渠氏有兩子，異母，皆重。君病，大臣分黨而争，義渠以亡。功大不賞者危。昔平州之功大而不賞，諂臣日賞貴，功日怒而生變，平州之君以走出。召遠不親者危。昔有林氏召離戎之君而朝之，至而不禮，留而弗親，離戎逃而去之。林氏誅之，天下叛林氏。昔者曲集之君伐智而專事，强力而下賤其臣，賢良皆伏，愉州氏伐之，君孤而無使，曲集以亡。昔者有巢氏有亂臣而貴，任之以國，假之以權，擅國而主斷。君已而奪之，臣怒而生變，有巢以亡。斧小不勝柯者亡。昔有鄶之君嗇儉，減爵損禄，群臣卑讓，上下不臨。後君少弱，禁罰不行，重氏伐之，鄶君以亡。久空重位者危。昔有共工，自賢，自以無臣，久空大官，下官交亂，民無所附，唐氏伐之，共工以亡。犯難争攘，疑者死。昔有林氏、上衡氏争權，争爲犯難，不果爲疑。林氏再戰弗勝，上衡氏僞義弗剋，俱身死國亡。知能均而不親，並重事君者危。昔有南氏有二臣，貴寵，力鈞勢敵，競進争權，下争朋黨，君弗禁，南氏以分。昔有果氏好以新易故，故者疾怨，新故不和，内争朋黨，陰事外權，有果氏以亡。爵重禄輕，比己不成據注，疑作「取民自成」。者亡。昔有畢程氏，損禄增爵，群臣貌匱，比而戾民，畢程氏以亡。有位無禄，取民自成，民不堪予求，比而罪之。好變故易常者亡。昔陽氏之君自伐而好變，事無故業，官無定位，民運於下，運，亂移也。陽氏以亡。業刑而愎者危。昔穀平之君愎類無親，破國弗剋，業刑用國，愎，很也。類，戾也。國不勝破，以刑爲業也。外國相援，穀平以亡。武不止者亡。昔阪泉氏用兵無已，誅戰不休，并兼無親，文無所立，智士寒心，徙居至于獨鹿，諸侯叛之，阪泉以亡。很而無親者亡。昔者縣宗之君很而無聽，不納忠言。執事不從，宗職者疑，發大事，群臣解體，國無立功，縣宗以亡。昔者玄都賢鬼道，廢人事天，謀臣不用，龜策是從，神巫用國，哲士在外，玄都以亡。文武不行者亡。昔西夏性仁非兵，城郭不脩，武士無位，惠而好賞，屈而無以賞，唐氏伐之，城郭不守，武士不用，西夏以亡。美女破國。昔者續陽强力四征，重丘遺之美女，續陽之君悦之，熒惑不治，大臣争權，遠近不相聽，國分爲二。宮室破國。昔者有洛氏宮室無常，池囿廣大，工巧日進，以後更前，民不得休，農失其時，飢饉無食，成湯伐之，有洛以亡。」此篇諸本不一，今以蜀本刊定，以存遺事，附本紀之後。

乙亥。共王元年。

三年。

《國語》曰：「共王遊於涇上，密康公從，有三女奔之。其母曰：『必致之於王。夫獸三爲群，人三爲衆，女三爲粲。王田不取群，公行下衆，王御不參一族。夫粲，美之物也。衆以美物歸女，而何德以堪之？王猶不堪，況爾小醜乎！小醜備物，終必亡。』康公不獻。一年，王滅密。」

十有二年。王崩，子囏踐位。

丁亥。懿王元年。徙都槐里。

《大紀》曰：「自王爲政，王室始衰，徙都槐里。」

二十有五年。王崩，共王之弟辟方立。

《史記》曰：「懿王之時，王室遂衰，詩人作刺。」按：《詩》之時世，多不可考。其時《王風》未作。變《小雅》多有刺詩，而莫知其時世。衛氏《詩序》皆以爲刺幽王。太史公多見古書，殆必有考。胡氏《大紀》以齊哀公之立當在懿王之世，而以《詩序》刺哀公之詩隸之，然不可考矣。

壬子。孝王元年。

甲子。十有三年。封非子爲附庸，邑之秦。用《大紀》例，以甲子爲紀，今附此年。此周太史儋所謂「始周與秦合」者也。史儋又曰：「合而別，後五百歲復合。」按：別者，謂周東遷。復合者，謂秦併周也。

《史記》曰：「惡來革者，蜚廉子也。有子曰女防。女防生旁皋，旁皋生太几，太几生大駱，大駱生非子。以造父之寵，皆蒙趙城爲氏。非子居犬丘，好馬，善養息之。犬丘人言之周孝王，孝王召使主馬于汧、渭之間，馬大蕃息。孝王欲以爲大駱適嗣。申侯之女爲大駱妻，生子成爲適。申侯乃言孝王曰：『昔我先驪山之女，爲戎胥軒妻，生中潏，中衍玄孫也。在西戎，保西垂。生蜚廉。蜚廉生惡來。以親故歸周，保西垂，西垂以其故和睦。今我復與大駱妻，生適子成。申、駱重昏，西戎皆服，所以爲王。王其圖之。』於是孝王曰：『昔柏翳爲舜主畜，畜多息，故有土，賜姓嬴。今其後世亦爲朕息馬，朕其分土爲附庸。』邑之秦，使復續嬴氏祀，號曰秦嬴。亦不廢申侯之女子爲駱適者，以和西戎。」

十有五年。王崩，諸侯復立懿王大子燮。

《大紀》曰：「孝王之世，大雹，江漢冰，牛馬死。」

丁卯。夷王元年。始下堂而見諸侯。《大紀》附元年。

《禮記》曰：「覲禮，天子不下堂而見諸侯。下堂而見諸侯，天子之失禮也。自夷王以下。」○《經世》曰：「國自此衰。」按：《史記》：「懿王崩，共王弟辟方立，是爲孝王。孝王崩，諸侯復立懿王大子燮，是爲夷王。」然則夷王本未必立，而立於諸侯之手，故爲是加禮於諸侯，下堂而見之。又其時王室浸衰，自是永爲例矣。

八年。楚子熊渠伐庸、揚粵，至于鄂。《大紀》係此年。

《楚世家》曰：「周文王之時，祝融之孫季連苗裔曰鬻熊，事文王。今書有《鬻熊子》，載其事，疑僞書。其子熊麗生熊狂，狂生熊繹。熊繹當周成王時，舉文、武勤勞之後嗣，而封熊繹於楚蠻，封以子男之田，姓芈氏，居丹陽。徐廣曰：「在南郡枝江。」楚子熊繹與魯公伯禽、衛康叔子牟、晉侯燮、齊太公子呂伋俱事成王。《左傳》俱服事康王。熊繹生熊艾，艾生熊䵣，䵣生熊勝。勝以弟揚爲後。熊揚生熊渠。渠生子三人。當周夷王之時，王室微，諸侯或不朝，相伐。熊渠甚得江、漢間民和，乃興兵伐庸、揚粵，至于鄂。熊渠曰：『我蠻夷也，不與中國之號謚。』乃立其長子康爲句亶王，張瑩曰：「今江陵。」中子紅爲鄂王，《九州記》曰：「今武昌。」少子執疵爲越章王，皆在江上楚蠻之地。」

十有六年。王崩，子胡踐位。

《左氏》曰：「至于夷王，王愆于厥躬，諸侯莫不並走其望，以祈王身。」〇《史記・齊世家》曰：「太公卒，子丁公伋立。丁公卒，子乙公得立。乙公卒，子癸公慈母立。癸公卒，子哀公不辰立。哀公時，紀侯譖之周，周烹哀公而立其弟静，是爲胡公。胡公徙都薄姑。」

癸未。厲王元年。

《楚世家》曰：「周厲王暴虐，熊渠畏其伐楚，亦去其王。」終前夷王八年楚事。

十有二年。衛貞伯薨，子嗣。是爲頃侯。

《世家》曰：「衛康叔卒，子康伯立。即《左傳》所稱「王孫牟父」是也。康伯卒，子考伯立。考伯卒，子嗣伯立。嗣伯卒，子庢伯立。庢伯卒，子靖伯立。靖伯卒，子貞伯立。貞伯卒，子頃侯立。頃侯厚賂周夷王，夷王命衛爲侯。」按：《史記》自頃侯始有年，以《年表》考之，當係此年，非夷王之世。〇《古史》曰：「按：《書》康叔稱衛侯，又曰孟侯，蓋以侯爲方伯，故其子孫六世稱伯，猶《詩》以召公爲召伯，而非伯爵也。至頃侯蓋不復爲方伯，故但以爵稱，非以賂故得侯也。」

十有四年。曹孝伯薨，子喜嗣。是爲夷伯。

《世家》曰：「曹叔振鐸卒，子太伯脾立。太伯卒，子仲君平立。仲君平卒，子宮伯侯立。宮伯侯卒，子孝伯雲立。孝伯卒，子夷伯喜立。」

十有五年。燕惠侯立。

《世家》曰：「燕自召公已下，九世至惠侯。」

蔡厲侯薨，子嗣。是爲武侯。

《世家》曰：「蔡仲卒，子蔡伯荒立。蔡伯卒，子宮侯立。宮侯卒，子厲侯立。厲侯卒，子武侯立。」

十有九年。齊公子山弑其君胡公而自立。是爲獻公。

《世家》曰：「哀公之同母少弟山怨胡公，乃與其黨率營丘人襲攻殺胡公而自立，是爲獻公。」按：《史記》獻公立在夷王之時，以《年表》考之，當係此年。

二十年。齊侯徙治臨菑。

《世家》曰：「獻公元年，盡逐胡公子，因徙治臨菑。」

宋厲公薨，子舉嗣。是爲僖公。○《史記》凡「僖」字皆作「釐」。

《世家》曰：「微子卒，立其弟衍，是爲微仲。《禮記》曰：「微子舍其孫腯而立衍。」微仲卒，子宋公稽立。宋公卒，子丁公申立。丁公卒，子湣公共立。湣公卒，弟煬公熙立。湣公子鮒祀弑煬公而自立，是爲厲公。厲公卒，子釐公舉立。」

晉厲侯薨，子宜臼嗣。是爲靖侯。

《世家》曰：「唐叔子燮，是爲晉侯。《正義》曰：「唐叔之子燮父徙居晉水傍，改曰晉侯。」晉侯子寧族，是爲武侯。武侯之子服人，是爲成侯。成侯子福，是爲厲侯。厲侯之子宜臼，是爲靖侯。」

二十有一年。秦嬴卒，子秦侯嗣。

二十有四年。陳慎公薨，子寧嗣。是爲幽公。

《世家》曰：「胡公卒，子申公犀侯立。申公卒，弟相公皋羊立。相公卒，立申公子突，是爲孝公。孝公卒，子慎公圉戎立。慎公卒，子幽公寧立。」

衛頃侯薨，子嗣。是爲僖侯。

二十有八年。齊獻公薨，子壽嗣。是爲武公。

三十年。以榮公爲卿，用事。

《國語》曰：「厲王説榮夷公，芮良夫曰：『王室其將卑乎！夫榮公好專利而不知大難。夫利，百物之所生也，天地之所載也，而或專之，其害多矣。天地百物，皆將取焉，胡可專也？所怒甚多，而不備大難，以是教王，王能久乎？夫王人者，將導利而布之上下者也，使神人百物無不得其極，猶日怵惕，懼怨之來也。故《頌》曰：「思文后稷，克配彼天。立我烝民，莫匪爾極。」《大雅》曰：「陳錫載周。」是不布利而懼難乎？故能載周，以至于今。今王學專利，其可乎？匹夫專利，猶謂之盜，王而行之，其歸鮮矣。榮公若用，周必敗。』既榮公爲卿士，諸侯不享。」《史記》曰：「厲王即位三十年，好利，近榮夷公。芮良夫諫，不聽，卒以榮公爲卿士，用事。」○《墨子》曰：「厲王染於厲公長父、榮夷終。」

三十有一年。秦侯卒，子公伯嗣。

楚熊延卒，子熊勇嗣。

《世家》曰：「熊渠長子毋康早死。熊渠卒，中子熊摯紅立，其弟熊延弒而代立。」

三十有三年。殺言者。

《國語》曰：「厲王虐。《大紀》有曰：「時荊楚寇於南，玁狁寇於北，淮夷寇於東。命虢公征之，不克。徵斂數起，虐用其民。民不堪命，聚議而興謗。」召公告曰：『民不堪命矣！』王怒，得衛巫，使監謗者，以告，則殺之。《史記》又曰：「其謗鮮矣，諸侯不朝。三十四年，王益嚴。」國人莫敢言，道路以目。王喜，告召公曰：『吾能弭謗矣，乃不敢言。』召公曰：『是鄣之也。防民之口，甚於防川。川壅而潰，傷人必多。民亦如之。是故爲川，決之使導。爲民者，宣之使言。故天子聽政，使公卿至于列士獻詩，瞽獻典，史獻書，師箴，瞍賦，矇誦，百工諫，庶人傳語，近臣盡規，親戚補察，瞽史教誨，耆艾修之，而後王斟酌焉，是以事行而不悖。民之有口也，猶土之有山川也，財用於是乎出。猶其有原隰衍沃也，衣食於是乎生。口之宣言也，善敗於是乎興。行善而備敗，所以阜財用、衣食者也。夫民慮之於心而宣之於口，成而行之，胡可壅也！若壅其口，其與能幾何？』王弗聽，於是國人莫敢出言，三年，乃流王于彘。」

三十有四年。秦公伯卒，子仲嗣。

三十有六年。西戎反，滅犬丘大駱之族。

《史記》曰：「秦仲立三年，周厲王無道，諸侯或叛之。西戎反王室，滅犬丘大駱之族。」

三十有七年。國人叛，襲王，王出居于彘。召公、周公行政，是爲共和。大子靖匿于召公之家。

《本紀》曰：「國莫敢出言，三年，乃相與畔，襲厲王。王出奔於彘。厲王太子靖匿召公之家，國人聞之，乃圍之。召公曰：『昔吾驟諫王，王不從，以及此難也。今殺王太子，王其以我爲讎而懟怒乎？夫事君者，險而不懟，怨而不怒，況事王乎！』乃以其子代王太子，《國語》大同小異。太子竟得脱。召公、周公二相行政，號曰共和。」按：《莊子》《竹書紀年》及《稽古録》皆作「共伯和」。《莊子》司馬注其事尤詳，云：「共伯，名和，脩其行，好賢人，諸侯皆以爲賢。周厲王之難，天子曠絶，諸侯皆請以爲天子，共伯不聽，即于王位。十四年，大旱屋焚，卜于太陽，兆曰：『厲王爲祟。』召公乃立宣王，共伯復歸于宗，逍遥得意共山之首。共丘山，今在河内共縣西。」《魯連子》云：「共伯後歸于國，得意共山之首。」《紀年》云：「共伯和即于王位。」孟康注《古今人表》謂「入爲三公」。○按：此事經傳皆不言及，今從《史記》。

庚申。三十有八年。共和行政。《史記》自是事始有年，《稽古録》稱共和元年。

晋靖侯薨，子司徒嗣。是爲僖侯。

四十有一年。蔡武侯薨，子嗣。是爲夷侯。

楚熊勇卒，弟熊嚴立。

甲子。四十有二年。王在彘。

四十有四年。曹夷伯薨，弟彊立。是爲幽伯。

四十有七年。陳幽公薨，子孝嗣。是爲僖公。

四十有八年。宋僖公薨，子覸嗣。是爲惠公。

五十有一年。王死于彘。周、召二伯立太子靖。

《左氏》曰：「至于厲王，王心厲虐，萬民弗忍，居王于彘，諸侯釋位，以間王政。宣王有志，而後效官。」○《本紀》曰：「宣王即位，二相輔之，修政，法文、武、成、康之遺風，諸侯復宗周。」

履祥按：周自夷王王政不綱。厲王初立，諸侯畏之，荆楚自去王號，三十年間天下無他故。其後好利，用榮夷公，又以監謗而殺言者，雖芮良夫、召穆公交有陳諫，又皆有《大雅》之刺以感王心，而皆不聽，卒以流亡，身死於彘。彘，在河、汾之間，《詩》所謂「汾王」是也。嗜好用舍之間，可不謹諸！賴諸大臣彌縫其間，王室不墜，卒立宣王，相之，粲然復興。蓋其時周室尚可振也。至幽王再禍，而宗周爲墟，訖不復振，悲夫！

楚熊嚴卒，子熊霜嗣。

甲戌。宣王元年。以秦仲爲大夫，誅西戎。以尹吉甫爲將，北伐玁狁，至于太原。

《秦紀》曰：「周宣王即位，徐廣曰：「秦仲之十八年。」乃以秦仲爲大夫，誅西戎。」○《小雅·六月》之詩曰：「六月棲棲，戎車既飭。四牡騤騤，載是常服。玁狁孔熾，我是用急。王于出征，以匡王國。《集傳》曰：「六月，建未之月也。棲棲，猶皇皇，不安之皃。騤騤，强皃。常服，戎事之常服，以韎韋爲弁，又以爲衣，而素裳白舄也。玁狁，即北狄也。《司馬法》『冬夏不興師』，今六月出師者，以玁狁甚熾，其事危急，不得已，而王命於是出征，以正王國也。」比物四驪，閑之維則。維此六月，既成我服。我服既成，于三十里。王于出征，以佐天子。《集傳》曰：「比物，齊其力也。凡大事，毛馬而頒之；軍事，物馬而頒之。毛馬齊其色，物馬齊其力也。三十里，一舍也。師行日三十里。既比其物而曰四驪，則其色又齊，可以見馬之有餘矣。閑習之而皆中法，則又可以見教之有素矣。於是此月之中既成我服，即日引道，不徐不疾，盡舍而止，又見其應變之速，從事之敏，而不失其常度。王命於此而出征，欲其有以敵王所愾而佐天子耳。」四牡脩廣，其大有顒。薄伐玁狁，以奏膚公。有嚴有翼，共武之服。共武之服，以定王國。《集傳》曰：「顒，大皃。奏，薦。膚，大。公，功。嚴，威。翼，敬也。共，與『供』同。言將帥皆嚴敬，以共武事也。」玁狁匪茹，整居焦穫。侵鎬及方，至于涇陽。織文鳥章，白旆央央。元戎十乘，以先啓行。《集傳》曰：「茹，度。整，齊也。焦、穫、鎬、方，皆地名。焦，未詳所在。穫，郭璞以爲瓠中，則今在耀州三原縣也。鎬，劉向以爲千里之鎬，則非鎬京之鎬矣，亦未詳所在。方，疑即朔方。涇陽，涇水之北，在豐、鎬之西北。言其深入爲寇。織，幟字同。鳥章，鳥隼之章。白旆，繼旐者也。央央，鮮明皃。戎，戎車，軍之前鋒。啓，開。行，道。猶言發程也。言玁狁不自度量，深入爲寇如此。是以建此旐旗，選鋒鋭進，聲其罪而致討焉。直而壯，律而臧，有所不戰，戰必勝矣。」戎車既安，如輊如軒。四牡既佶，既佶且閑。薄伐玁狁，至于大原。文武吉甫，萬邦爲憲。《集傳》曰：「輊，車之覆而前。軒，車之却而後。凡車從後視之如輊，從前視之如軒，然後適調也。佶，壯健貌。大原，地名，亦曰大鹵，今在大原府陽曲縣。至于大原，言逐出之而已，不窮追也。先王治戎狄之法如此。吉甫，尹吉甫，此時大將也。非文無以附衆，非武無以威敵，能文能武，則萬邦以之爲法也。」吉甫燕喜，既多受祉。來歸自鎬，我行永久。飲御諸友，炰鼈膾鯉。侯誰在矣，張仲孝友。」《集傳》曰：「御，進。侯，維也。張仲，吉甫之友也。此言吉甫燕飲喜樂，多受福祉。蓋以其歸自鎬而行永久也，是以飲酒進饌於朋友，而孝友之張仲在焉。言其所與燕者之賢，所以賢吉甫而善是燕也。」○朱子曰：「成、康既没，周室寖衰。八世而厲王胡暴虐，周人逐之，出居于彘。玁狁内侵，逼近京邑。王崩，子宣王靖即位，命尹吉甫帥師伐之，有功而歸。詩人作歌以叙其事。」

燕惠侯薨，子莊嗣。是爲僖侯。

二年。以方叔爲將，南征荆蠻。

《采芑》之詩曰：「薄言采芑，于彼新田，于此菑畝。方叔涖止，其車三千，師干之試。方叔率止，乘其四騏，四騏翼翼。路車有奭，簟茀魚服，鉤膺鞗革。《集傳》曰：「芑，即今苦賈菜，軍行采之，人馬皆可食。田一歲曰菑，二歲曰新田，三歲曰畬。方叔，宣王卿士，受命爲將者。其車三千，法當用三十萬衆。蓋兵車一乘，甲士三人，步卒七十二人，又二十五人將重車在後，凡百人也。此極其盛而言，未必實有此數也。師，衆。干，扞。試，肄習也。言衆且練也。率，總率之也。翼翼，順序貌。奭〔四〕，赤貌。簟茀，以方文竹簟爲車蔽也。魚，獸名，似猪，東海有之，其皮可爲弓鞬矢服。鉤膺，馬婁頷有鉤，而在膺有樊有纓。樊，馬大帶。纓，鞅也。鞗，轡也。革，轡首也。馬轡所把之外，有餘而垂者也。宣王之時，蠻荆背叛。王命方叔南征，軍行采芑而食，故賦其事以起興曰：薄言采芑，則于彼新田，于此菑畝矣。方叔涖止，則其車三千，師干之試矣。又遂言其車馬之美，以見軍容之盛。」薄言采芑，于彼新田，于此中鄉。方叔涖止，其車三千，旂旐央央。方叔率止，約軝錯衡，八鸞瑲瑲。服其命服，朱芾斯皇，有瑲葱珩。《集傳》曰：「中鄉，民居，其田尤治。約，束。軝，轂也，以皮纏束兵車之轂而朱之也。錯，文也。鈴在鑣曰鸞，馬口兩旁各一，四馬故八也。瑲瑲，聲也。命服，天子所命之服。朱芾，黄朱之芾。皇，猶煌煌。瑲，玉聲。葱，蒼色如葱。珩，佩首横玉。《禮》『三命赤芾葱珩』。」鴥彼飛隼，其飛戾天，亦集爰止。方叔涖止，其車三千，師干之試。方叔率止，鉦人伐鼓，陳師鞠旅。顯允方叔，伐鼓淵淵，振旅闐闐。《集傳》曰：「鴥，疾飛貌。隼，鷂屬，急疾之鳥。鉦，鐃也，鐲也。伐，擊也。鉦以静之，鼓以動之。鉦鼓各有人，而言鉦人伐鼓，互文也。鞠，告也。二千五百人爲師，五百人爲旅。此言將戰，陳其師旅而誓告之。陳師告旅，亦互文。淵淵，鼓聲，平和不暴怒也。謂戰時進士衆也。振，止。旅，衆也。言戰罷而止其衆以入也。闐闐，亦鼓聲。或曰盛貌。程子曰：『振旅亦以鼓行金止。』言隼飛戾天，而亦集於所止。以興師旅之盛，而進退有節，如下文所云。」蠢爾蠻荆，大邦爲讎。方叔元老，克壯其猶。方叔率止，執訊獲醜。戎車嘽嘽，嘽嘽焞焞，如霆如雷。顯允方叔，征伐玁狁，蠻荆來威。」《集傳》曰：「蠢，動而無知之貌。蠻荆，荆州之蠻。大邦，猶言中國。元，大。猶，謀也。言方叔雖老，而謀則壯也。嘽嘽，衆也。焞焞，盛也。霆，疾雷也。方叔蓋嘗與於北伐之功者，是以蠻荆聞其名而皆來畏服也。」

命召虎征淮夷。

《大雅·江漢》之詩曰："江漢浮浮，武夫滔滔。匪安匪遊，淮夷來求。既出我車，既設我旟。匪安匪舒，淮夷來鋪。《集傳》曰："宣王命召穆公平淮南之夷，詩人美之。浮浮，水盛貌。滔滔，順流貌。淮夷，夷在淮上者。鋪，陳也，陳師以伐之。此章總叙其事，言行者莫敢安徐，而曰：吾之來也，惟淮夷是求是伐耳。"江漢湯湯，武夫洸洸。經營四方，告成于王。四方既平，王國庶定。時靡有爭，王心載寧。《集傳》曰："洸洸，武貌。庶，幸也。此章言既伐而成功。"江漢之滸，王命召虎。式辟四方，徹我疆土。匪疚匪棘，王國來極。于疆于理，至于南海。《集傳》曰："虎，召穆公名也。辟，與『闢』同。徹，井其田也。疚，病。棘，急也。極，中之表也，居中而爲四方所取正也。言江、漢既平，王又命召公闢四方之侵地，而治其疆界。非病之，非急之，但使其來取正於王國而已。於是遂疆理之，盡南海而止也。"王命召虎，來旬來宣。文武受命，召公維翰。無曰予小子，召公是似。肇敏戎公，用錫爾祉。《集傳》曰："旬，徧。宣，布也。自江、漢之滸言之，故曰來。召公，召康公奭也。翰，榦也。予小子，王自稱。肇，開。戎，女。公，功也。又言王命召虎來此江、漢之滸，徧治其事以布王命，而曰：昔文、武受命，惟召公爲楨榦。今女無曰以予小子之故也，但自爲嗣女召公之事耳。能開敏女功，則我當錫女以祉福。如下章所云也。"釐爾圭瓚，秬鬯一卣。告于文人，錫山土田。于周受命，自召祖命。虎拜稽首，天子萬年。《集傳》曰："釐，賜。卣，尊也。文人，先祖之有文德者，謂文王也。周，岐周也。召祖，穆公之祖，康公也。此叙王錫召公策命之詞。言錫爾圭瓚秬鬯者，使之以祀其先祖。又告于文人，而錫之山川土田，以廣其封邑。蓋古者爵人必於祖廟，示不敢專也。又使往受命於岐周，從其祖康公受命於文王之所，以寵異之。而召公拜稽首，以受王命之策書也。人臣受恩，無可以報謝，但言使君壽考而已。」虎拜稽首，對揚王休，作召公考。天子萬壽！明明天子，令聞不已。矢其文德，洽此四國。」《集傳》曰：「穆公既受賜，遂答稱天子之美命，作康公之廟器，而勒王策命之詞，以考其成，且祝天子以萬壽也。既又美其君之令聞，而進之以不已，勸其君以文德，而不欲其極意於武功。古人愛君之心，於此可見矣。」

王伐淮徐。

《大雅·常武》之詩曰：「赫赫明明，王命卿士，南仲大祖，大師皇父。整我六師，以脩我戎。既敬既戒，惠此南國。《集傳》曰：「宣王自將以伐淮北之夷，詩人美之。卿士，即皇父之官。南仲，周大將。大祖，始祖也。大師，皇父之兼官。我，宣王自我。戎，兵器也。王命卿士之謂南仲爲大祖兼大師而字皇父者，整治其從行之六軍，脩其戎事，以除淮夷之亂，而惠此南方之國。必言南仲大祖，稱其世功以美大之。」王謂尹氏，命程伯休父：左右陳行，戒我師旅。率彼淮浦，省此徐土。不留不處，三事就緒。《集傳》曰：「尹氏，吉甫也。蓋爲內史，掌策命卿大夫也。程伯休父，周大夫。三事，未詳。或曰三農之事也。言王詔尹氏，策命程伯休父爲司馬，使之左右陳其行列，循淮浦而省徐州之土。蓋伐淮北徐州之夷也。上章既命皇父，而此章又命程伯休父，蓋王親命大師以三公治其軍事，而使內史命司馬以六卿副之耳。」赫赫業業，有嚴天子。王舒保作，匪紹匪遊。徐方繹騷，震驚徐方。如雷如霆，徐方震驚。《集傳》曰：「赫赫，顯也。業業，大也。嚴，威也。天子自將，其威可畏。王舒保作，未詳其義。或曰：舒，徐。保，安。作，行也。言王師舒徐而安行也。紹，糾緊也。遊，遨遊。繹，連絡。騷，擾動也。夷、厲以來，周室衰弱，至是而天子自將以征不庭。其師始出，不疾不遲，而徐方之人皆已震動，如雷霆作於其上，不遑安矣。」王奮厥武，如震如怒。進厥虎臣，闞如虓虎。鋪敦淮濆，仍執醜虜。截彼淮浦，王師之所。《集傳》曰：「進，鼓而進之也。闞，奮怒之貌。虓，虎之自怒也。鋪，布也，布其師旅也。敦，厚也，厚集其陳也。仍，就也。《老子》曰：『攘臂而仍之。』截，截然不可犯之貌。」王旅嘽嘽，如飛如翰。如江如漢，如山之苞，如川之流，緜緜翼翼，不測不克，濯征徐國。《集傳》曰：「嘽嘽，衆盛貌。翰，羽。苞，本也。如飛如翰，疾也。如江如漢，衆也。如山，不可動也。如川，不可禦也。緜緜，不可絶也。翼翼，不可亂也。不測，不可知也。不克，不可勝也。濯，大也。」王猶允塞，徐方既來。徐方既同，天子之功。四方既平，徐方來庭。徐方不回，王曰還歸。」《集傳》曰：「猶，道。庭，朝。回，違。還歸，班師而歸也。前篇召公帥師以出，歸告成功，故備載其褒賞之詞。此篇王實親行，故於卒章反復其辭，以歸功於天子。言王道甚大，而遠方懷之，非獨兵威然也，序所謂『因以爲戒』者是也。」

魯真公薨，弟敖立。是爲武公。

《世家》曰：「魏公潰卒，子厲公擢立。厲公卒，弟獻公具立。獻公卒，子真公濞立。」

曹公子蘇弒其君幽伯而自立。是爲戴伯。

三年。齊武公薨，子無忌嗣。是爲厲公。

五年。晉僖侯薨，子籍嗣。是爲獻侯。

六年。大旱。《大紀》連年書「旱」。

《大雅·雲漢》之詩曰：「倬彼雲漢，昭回于天。王曰：於乎，何辜今之人！天降喪亂，饑饉薦臻。靡神不舉，靡愛斯牲。圭璧既卒，寧莫我聽！《集傳》曰：「舊説以爲宣王承厲王之烈，内有撥亂之志，遇烖而懼，側身脩行，欲銷去之。天下喜於王化復行，百姓見憂，故仍叔作此詩以美之。雲漢，天河也。昭，光。回，轉也。言其光隨天而轉也。薦，荐通，重也。靡神不舉，所謂國有凶荒，則索鬼神而祭之也。圭璧，禮神之玉。卒，盡也。寧，猶何也。言雲漢者，夜晴則天河明，故述王仰訴於天之詞如此。」旱既大甚，蘊隆蟲蟲。不殄禋祀，自郊徂宫。上下奠瘞，靡神不宗。后稷不克，上帝不臨。耗斁下土，寧丁我躬！《集傳》曰：「蘊，蓄。隆，盛。蟲蟲，熱氣也。郊，祀天地。宫，宗廟也。上祭天，下祭地，奠其禮，瘞其物。宗，尊也。克，勝也。言后稷欲救此旱災而不能勝也。稷，以親言。帝，以尊言。丁，當也。何以當我之身而有是災也？或曰：與其耗斁下土，寧使災害當我身也。亦通。」旱既大甚，則不可推。兢兢業業，如霆如雷。周餘黎民，靡有孑遺。昊天上帝，則不我遺。胡不相畏？先祖于摧。《集傳》曰：「推，去也。兢兢，恐也。業業，危也。如霆如雷，畏之甚也。孑，無右臂貌。言大亂之後，周之餘民無復有半身之遺者。而上天又降旱災，使我亦不見遺也。摧，滅也。言先祖之祀將自此而滅也。」旱既大甚，則不可沮。赫赫炎炎，云我無所。大命近止，靡瞻靡顧。群公先正，則不我助。父母先祖，胡寧忍予！《集傳》曰：「沮，止也。無所，無所容也。大命近止，死將至也。瞻，仰。顧，望也。群公先正，《月令》所謂雩祀百辟卿士之有益於民者，以祈穀實者也。於群公先正但言其不見助，至父母先祖則以恩望之矣，所謂垂涕泣而道之也。」旱既大甚，滌滌山川。旱魃爲虐，如惔如焚。我心憚暑，憂心如熏。群公先正，則不我聞。昊天上帝，寧俾我遯！《集傳》曰：「滌滌，言山無木、川無水，如滌而除之也。遯，逃也。言天又不肯使我得逃遯而去也。」旱既大甚，黽勉畏去。胡寧瘨我以旱？憯不知其故。祈年孔夙，方社不莫。昊天上帝，則不我虞。敬恭明神，宜無悔怒。《集傳》曰：「黽勉畏去，出無所之也。瘨，病。憯，曾也。祈年，孟春祈穀于上帝，孟冬祈來年于天宗是也。方，祭四方也。社，祭土神也。虞，度也。言天曾不度我之心，如我之敬事明神，宜可以無恨怒也。」旱既大甚，散無友紀。鞫哉庶正，疚哉冢宰。趣馬師氏，膳夫左右；靡人不周，無不能止。瞻卬昊天，云如何里！《集傳》曰：「友紀，猶言綱紀。或曰：友，疑作『有』。庶正，衆官之長。冢宰，又衆長之長也。趣馬，掌馬之官。師氏，掌以兵守王門者。膳夫，掌食之官。歲凶年穀不登，則趣馬不秣，師氏弛其兵，馳道不除，祭事不縣，膳夫徹膳，左右布而不脩，大夫不食粱，士飲酒不樂。周，救也。無不能止，言諸臣無有一人不周救百姓者，無有自言不能而遂止不爲也。里，憂也，與《漢書》『無俚』之『俚』同，聊賴之意。」瞻卬昊天，有嘒其星。大夫君子，昭假無贏。

大命近止，無棄爾成！何求爲我，以戾庶正。瞻卬昊天，曷惠其寧！」《集傳》曰：「久旱而仰天以望雨，則有嘒然之明星，未有雨徵也。然群臣竭其精誠，而助王以昭假于天者，已無餘矣。雖今死亡將近，然不可以棄其前功，當益求所以昭假者而修之。固非求爲我之一身而已，乃所以定衆正也。於是語終又仰天而訴之曰：果何時而惠我以安寧乎？張子曰：『不敢斥言雨者，畏懼之甚，且不敢必云爾。』」

秦仲伐西戎，死之。王命其子莊伐戎，破之。

《秦紀》曰：「西戎殺秦仲。秦仲立二十三年，死於戎。有子五人，其長者曰莊公。周宣王乃召莊公昆弟五人，與兵七千，使伐西戎，破之。於是復予秦仲後，及其先大駱地犬丘并有之，爲西垂大夫。莊公居其故西犬丘。」〇《秦國風·無衣》之詩曰：「豈曰無衣？與子同袍。王于興師，脩我戈矛，與子同仇。《集傳》曰：「袍，襺也。戈，長六尺六寸。矛，長二丈。王于興師，以天子之命而興師也。秦人相謂曰：豈以子之無衣，而與子同袍乎？蓋以王于興師，則將脩我戈矛，而與子同仇也。秦人之俗，大抵尚氣槩，先勇力，忘生輕死，故見於《詩》如此。」豈曰無衣？與子同澤。王于興師，脩我矛戟，與子偕作。《集傳》曰：「澤，裹衣也。以其親膚近於垢澤，故謂之澤。戟，車戟也，長丈六尺。」豈曰無衣？與子同裳。王于興師，脩我甲兵，與子偕行。」

楚熊霜卒，弟熊徇立。

《世家》曰：「楚熊霜元年，周宣王初立。卒，三弟争立。仲雪死，叔堪亡，避難於濮；而少弟季徇立，是爲熊徇。」

十有二年。魯侯來朝，以其子括與戲見王，王以戲爲魯太子。魯武公薨，戲立。是爲懿公。**王不籍千畝。**

《史記》曰：「十二年，魯武公來朝。宣王不脩籍於千畝。」〇《國語》曰：「魯武公以括與戲見王，王立戲，《史記》曰：「武公九年，與長子括、少子戲西朝周宣王。宣王愛戲，欲立戲爲太子。」樊仲山甫諫曰：『不可立也！不順必犯，犯王命必誅，故出令不可不順也。令之不行，政之不立，行而不順，民將棄上。夫下事上，少事長，所以爲順也。今天子立諸侯而建其少，是教逆也。若魯從之而諸侯效之，王命將有所壅；若不從而誅之，是自誅王命也。是事也，誅亦失，不誅亦失，天子其圖之！』王卒立之。」〇又曰：「宣王不籍千畝。虢文公諫曰：『不可。夫民之大事在農，上帝之粢盛於是乎出，民之蕃庶於是乎生，事之共給於是乎在，和協輯睦於是乎興，財用蕃殖於是乎始，敦厖純固於是乎成，是故稷爲大官。古者，太史順時覛土，陽癉丁佐反。墳盈，土氣震發，農祥晨正，日月底于天廟，韋昭曰：「農祥，房星也。立春之日，晨中於午。農事之候，故曰農祥。天廟，營室也。孟春，日月會于營室。」土乃脉發。先時九日，大史告稷曰：「自今至于初吉，陽氣俱烝，土膏其動。弗震弗渝，脉其滿眚，穀乃不殖。」稷以告王曰：「史帥陽官以命我司事曰：距今九日，土其俱動，王其祗祓，監農不易。」王乃使司徒咸戒公卿、百吏、庶民，司空除壇于籍，命農大夫咸戒農用。先時五日，瞽告有協風至，王即齊宮，百官御事，各即其齊三日。王乃淳濯饗醴，及期，鬱人薦鬯，犧人薦醴，王祼鬯，饗醴乃行，百吏、庶民畢從。及籍，后稷監之，膳夫、農正陳籍禮，大史贊王，王敬從之。王耕一墢，鉢、伐二音。班三之，庶人終于千畝。其后稷省功，大史監之；司徒省民，大師監之；畢，宰夫陳饗，膳宰監之。膳夫贊王，王歆大牢，班嘗之，庶人終食。是日也，瞽帥音官以省風土。廩于籍東南，鍾而藏之，而時布之于農。稷則徧誡百姓，紀農協功，曰：「陰陽分布，震雷出滯。」土不備墾，辟在司寇。乃命其旅曰：「徇，農師一之，農正再之，后稷三之，司空四之，司徒五之，大保六之，大師七之，大史八之，宗伯九之，王則大徇。耨穫亦如之。」民用莫不震動，恪恭于農，修其疆畔，日服其鎛，不解于時，財用不乏，民用和同。是時也，王事惟農是務，無有求利於其官，以干農功，三時務農而一時講武，故征則有威，守則有財。若是，則能媚於神而和於民矣，則享祀時至而布施優裕也。今天子欲脩先王之緒而棄其大功，匱神乏祀而困民之財，將何以求福用民？』王弗聽。」

齊胡公子弑厲公，齊人誅之而立厲公之子赤。是爲文公。**誅弑君者七十人。**

《世家》曰：「厲公暴虐，故胡公子復入齊，齊人欲立之，乃與攻殺厲公。胡公子亦戰死。齊人乃立厲公子赤爲君，是爲文公，而誅殺厲公者七十人。」

十有五年。衛釐侯薨，少子和嗣。是爲武公。

《世家》曰：「釐侯卒，大子共伯餘立。共伯弟和有寵於釐侯，多予之賂。和以其賂賂士，攻共伯於墓上，共伯入釐侯羨自殺。衛人因葬之釐侯旁，謚曰共伯，而立和爲衛侯，是爲武公。武公脩康叔之政，百姓和集。」〇《稽古録》曰：「衛僖侯薨，大子共伯早死，立其弟和。」〇《詩序》曰：「《柏舟》，共姜自誓也。衛世子共伯蚤死，其妻守義，父母欲奪而嫁之，誓而弗許，故作是詩以絶之。」詩曰：「汎彼柏舟，在彼中河。髧彼兩髦，實維我儀；之死矢靡他。母也天只！不諒人只！《集傳》曰：「髧，髮垂貌。兩髦，翦髮夾囟，子事父母之飾，親死然後去之。蓋指共伯也。我，共姜自我也。儀，匹也。言柏舟則在彼中河，兩髦則實我之匹。雖至於死，誓無它心。母之於我，覆育之恩如天罔極，而何其不諒我之心乎？不及父者，疑獨母在，或非父意。」汎彼柏舟，在彼河側。髧彼兩髦，實維我特；之死矢靡慝。母也天只！不諒人只！」○《古史》曰：「武公賢者，衛人謂之睿聖。武公奪適之事，未可遽以誣之。且《詩序》言共伯蚤死，初無篡奪之文。故史遷所載，疑而不録。」○子王子曰：「武公少年奪適之罪，晚年進脩之功，功罪自不相掩。然武公少時必有俊邁之姿，鍾愛於其父，好施養士。士以是置共伯於死，以成武公之立，則或有之。爲法受惡，武公不能無罪。其後共姜堅自誓之操，武公亦有脩革之學，復康叔之政，輸定難之忠，晚年所至，稱爲睿聖，是真有不可及者。君子尚論，固難以老少相掩也。」

十有六年。晉獻侯薨，子費生嗣，徙都于絳。是爲穆侯。○《史記》凡「穆」字或作「繆」。

十有八年。蔡夷侯薨，子所事嗣。是爲僖侯。

二十有一年。魯懿公兄括之子伯御弑其君懿公而自立。

二十有二年。王后姜氏諫王。《外紀》係此年。

《列女傳》曰：「周宣姜后，賢而有德，事非禮不言，行非禮不動。宣王嘗早卧而晏起，后夫人不出於房。姜后既出，乃脱簪珥待罪於永巷，使其傅母通言於王曰：『妾不才，妾之淫心見矣，至使君王失禮而晏朝，以見君王之樂色而忘德也。夫苟樂色必好奢，好奢必窮樂。窮樂者亂之所興也，原亂之興從婢子起。婢子生亂，當服其辜。敢請婢子之罪，唯君王之命。』王曰：『寡人不德，寔自生過，過從寡人起，非夫人之罪也。』遂復姜后而勤於政事，早朝晏退，繼文、武之迹，興周室之業，卒成中興之名，爲周世宗。」

封弟友于鄭。鄭，本西周畿内采邑，其後東徙國于鄶、虢之間爲鄭，又其遺民南保漢中者爲南鄭。

《史記・世家》曰：「鄭桓公友者，周厲王少子而宣王庶弟也。《年表》云「母弟」。宣王立二十二年，友初封于鄭。」

二十有三年。晉侯伐條。生太子仇。

二十有四年。齊文公薨，子説嗣。是爲成公。

二十有六年。晉師戰于千畝。生子成師。

《左氏》曰：「晉穆侯之夫人姜氏以條之役生太子，命之曰仇。其弟以千畝之戰生，命之曰成師。師服曰：『異哉！君之名子也。夫名以制義，義以出禮，禮以體政，政以正民。是以政成而民聽，易則生亂。嘉耦曰妃，怨耦曰仇，古之命也。今君命大子曰仇，弟曰成師，始兆亂矣，兄其替乎！』」愚按：師服初意，蓋防奪嫡之漸耳。仇，即文侯，異日受平王秬鬯圭瓚之命，兄固未遽替也。其後曲沃之封，在昭侯之世。師服之言，防微慮漸，始切事實，而曲沃終至奪宗，故後人服其先見，並記其初命名之言云。

二十有七年。宋惠公薨，子嗣。是爲哀公。

二十有八年。宋哀公薨，子嗣。是爲戴公。

楚熊徇卒，子熊咢嗣。

三十有二年。春，王伐魯，誅伯御，立懿公之弟稱。是爲孝公。

《國語》曰：「三十二年春，宣王伐魯，立孝公。諸侯從是而不睦。」○又曰：「宣王欲得國子之能導訓諸侯者，賈逵注：「國子，諸侯之嗣子。」韋昭曰：「國子，謂同姓諸姬也。導訓諸侯，謂爲州伯。」樊穆仲曰：『魯侯孝。』穆仲，仲山父之謚。王曰：『何以知之？』對曰：『肅恭明神而敬事耇老，賦事行刑，必問於遺訓而咨於故實。不干所問，不犯所咨。』王曰：『然則能訓治其民矣。』乃命魯孝公於夷宫。」祖夷王廟也。○《世家》曰：「宣王伐魯，殺伯御，問魯公子能導訓諸侯者以爲魯後。樊穆仲曰：『魯懿公弟稱。』云云。語同《國語》。宣王曰：『然能訓治其民矣。』乃立稱於夷宫。」二出大同小異，《世家》似得之。

陳僖公薨，子靈嗣。是爲武公。

曹戴伯薨，子兕嗣。是爲惠伯。

三十有三年。齊成公薨，子贖嗣。是爲莊公。

三十有七年。燕僖侯薨，子嗣。是爲頃侯。

楚熊咢卒，子熊儀嗣。是爲若敖。

三十有九年。伐姜戎，王師敗績于千畝。《國語》與不籍千畝同事，非也。不籍千畝，天子之籍田也。此千畝，地名也。

四十年。料民于太原。

《國語》曰：「宣王既喪南國之師，注謂即姜戎。唐固曰：「南陽也。」乃料民于太原。太原，即今原州。仲山甫諫曰：『民不可料也！夫古者不料民而知其少多，司民協孤終，協，考比也。孤，幼也。終，死也。司商協民姓，今五音姓氏是也。古者置官，别生分類。官謂之司商者，沈括曰：「商者，人聲也。」故以律協民姓者名焉。司徒協旅，協民衆爲師旅。司寇協姦，考比罪隸刑死之類。牧協職，物色之數。工協革，牛、馬、羊之皮革。場協入，知粟數。廩協出，知用數。是則少多、死生、出入、往來者皆可知也。於是又審之以事，事，即下文籍田、蒐、狩。簡知其數。王治農于藉，搜于農隙，耨穫亦於藉，獮於既烝，狩於畢時，是皆習民數者也，又何料焉？不爲其少而大料之，是示少而惡事也。臨政示少，諸侯避之。治民惡事，無以賦令。且無故而料民，天之所惡也，害於政而妨於後嗣。』王卒料之，及幽王乃滅。」

四十有三年。殺杜伯。

《周春秋》曰：「宣王殺杜伯而不辜，後三年，宣王會諸侯田于圃，日中，杜伯起於道左，衣朱衣、朱冠，操朱弓、朱矢射王，中心折脊而死。」此説似怪，見《國語》注。《大紀》取之。○傳注曰：「杜伯爲宣王大夫，宣王殺之，其子隰叔奔晉。」

晉穆侯薨，弟殤叔自立，太子仇出奔。

四十有六年。王崩，太子湦踐位。

《稽古録》曰：「宣王能慎微接下，用賢使能，群臣無不自盡以奉其上。内脩政事，外攘夷狄，復文、武之竟土。周室中興焉。」

履祥按：周自厲王，亂政日久，紀綱板蕩。宣王初年，有志撥亂。董生謂其「周道粲然復興」，然考之諸書，似不克終者。如廢魯適、不籍千畝、喪師南國、料民太原、殺杜伯而非其罪，大略可見。其後幽王繼之，不踰十年而君弑國亡，卒以東遷。夫撥亂世反之正，非百倍其功不足以興廢補弊，況宣王末政止於如此哉？傳謂「夷、厲、宣、幽而貪天禍」，不爲無謂矣。

庚申。幽王元年。晉太子仇襲殺殤叔而立。是爲文侯。

陳武公薨，子説嗣。是爲夷公。

三年。始嬖褒姒。涇、渭、洛竭，岐山崩。按：《國語》以爲幽王三年，獨《史記》拘於「國亡不過十年」之説，係之二年。今據《國語》爲正。

《本紀》曰：「初，褒人有罪，請入女子於王以贖罪，是爲褒姒。幽王三年，之後宮，見而愛之，生子伯服。」○《國語》曰：「幽王三年，西周三川皆震。伯陽父曰：唐固曰：「伯陽父，周柱下史老子也。」『周將亡矣！夫天地之氣不失其序，若過其序，民亂之也。陽伏而不能出，陰迫而不能烝，於是有地震。今三川實震，是陽失其所而鎮陰也。韋氏曰：「鎮，爲陰所鎮笮也。」陽失而在陰，源必塞。源塞，國必亡。夫水土演而民用也。土無所演，民乏財用，不亡何待？昔伊、洛竭而夏亡，河竭而商亡。今周德若二代之季矣，其川源又塞，塞必竭。夫國必依山川，山崩川竭，亡之徵也。川竭，山必崩。若國亡不過十年，數之紀也。夫天之所棄，不過其紀。』是歲也，三川竭，岐山崩。十一年，幽王乃滅，周乃東遷。」

四年。陳夷公薨，弟燮立。是爲平公。

秦莊卒，子嗣。是爲襄公。

《秦紀》曰：「莊公之子世父曰：『戎殺我大父，我非殺戎王則不敢入邑。』遂將擊戎，讓其弟襄公。襄公爲太子。莊公卒，襄公立。」

甲子。五年。廢申后及太子宜臼，以褒姒爲后，伯服爲太子。

史蘇曰：「周幽王伐有褒，褒人以褒姒女焉。褒姒有寵，生伯服，於是乎與虢石甫比，逐大子宜臼而立伯服。大子出奔申。申人、繒人召西戎以伐周，周於是乎亡。」○《小雅・白華》之詩曰：「白華菅兮，白茅束兮。之子之遠，俾我獨兮！《集傳》曰：「幽王娶申后，又得褒姒而黜申后，故申后作此詩。白華，野菅也。已漚爲菅。之子，斥幽王。俾，使也。我，申后自我。言白華爲菅，則白茅爲束。二物至微，猶必相須爲用。何之子之遠，而俾我獨耶？」英英白雲，露彼菅茅。天步艱難，之子不猶。《集傳》曰：「英英，輕明貌。白雲，水土輕清之氣，當夜而上騰者。露，即其散而下降者也。步，行也。天步，猶言時運。猶，圖也。或曰：猶，如也。言雲之澤物，無微不被。今時運艱難，而之子不圖，不如白雲之露菅茅也。」滮池北流，浸彼稻田。嘯歌傷懷，念彼碩人。《集傳》曰：「滮，流貌。北流，豐、鎬之間水多北流。碩人，尊大之稱，亦謂幽王也。言小水微流，尚能浸灌；王之尊大，而反不能通其寵澤，所以使我嘯歌傷懷而念之也。」樵彼桑薪，卬烘于煁。維彼碩人，實勞我心。《集傳》曰：「桑薪，薪之善者也。卬，我。烘，燎也。煁，無釜之竈，可燎而不可烹飪者也。桑薪宜以烹飪，而但爲燎燭，以比嫡后之尊，而反見卑賤也。」鼓鐘于宮，聲聞于外。念子懆懆，視我邁邁。《集傳》曰：「懆懆，憂貌。邁邁，不顧也。鼓鐘于宮，則聲聞于外矣。念子懆懆而反視我邁邁，何哉？」有鶖在梁，有鶴在林。維彼碩人，實勞我心。《集傳》曰：「鶖，禿鶖。梁，魚梁。」蘇氏曰：「鶖、鶴，皆以魚爲食。然鶴之於鶖，清濁則有間矣。今鶖在梁而鶴在林，鶖則飽而鶴則饑矣。幽王進褒姒而黜申后，譬之養鶖而棄鶴也。」鴛鴦在梁，戢其左翼。之子無良，二三其德。《集傳》曰：「戢其左翼，言不失其常。二三其德，則鴛鴦之不如矣。」有扁斯石，履之卑兮。之子之遠，俾我疧兮。」《集傳》曰：「扁，卑貌。疧，病也。有扁然而卑之石，則履之者亦卑矣。如妾之賤，則寵之者亦賤矣。是以之子之遠而俾我疧也。」○《小弁》之詩曰：「弁彼鸒斯，歸飛提提。民莫不穀，我獨于罹。何辜于天，我罪伊何？心之憂矣，云如之何？《集傳》曰：「幽王太子宜臼被廢而作此詩。弁，飛拊翼貌。鸒，雅烏，小而多群，江東呼爲鵯烏。斯，語詞。提提，群飛安閒貌。言弁彼鸒斯，則歸飛提提矣。民莫不善，而我獨于憂，則鸒斯之不如也。『何辜于天，我罪伊何』者，怨而慕也。舜號泣于旻天曰：『父母之不我愛，於我何哉？』蓋如此矣。『心之憂矣，云如之何』，則知其無可奈何而安之之詞也。」踧踧周道，鞫爲茂草。我心憂傷，惄焉如擣。假寐永嘆，維憂用老。心之憂矣，疢如疾首。《集傳》曰：「踧踧，平易也。周道，大道也。鞫，窮。惄，思。擣，舂也。不脱衣冠而寐曰假寐。疢，猶疾也。踧踧周道，則將鞫爲茂草矣。我心憂傷，則惄焉如擣矣。精神憒眊至於假寐之中而不忘永嘆，憂之之深，是以未老而老也。疢如疾首，則又憂之甚矣。」維桑與梓，必恭敬止。靡瞻匪父，靡依匪母。不屬于毛，不離于裏。天之生我，我辰安在？《集傳》曰：「桑、梓，五畝之宅樹之牆下，以遺子孫，給蠶食，具器用者也。瞻者，尊而仰之。依者，親而倚之。屬，連也。毛，膚體之餘氣末屬。離，麗。裏，心腹也。辰，猶時也。言桑、梓父母所植，尚且必加恭敬，況父母至尊至親，宜莫不瞻依也。然父母之不我愛，豈我不屬於父母之毛乎？豈我不離于父母之裏乎？無所歸咎，則推之於天曰：豈我生時不善哉？何不祥至是也。」菀彼柳斯，鳴蜩嘒嘒。有漼者淵，萑葦淠淠。譬彼舟流，不知所届。心之憂矣，不遑假寐。《集傳》曰：「菀，茂盛貌。蜩，蟬也。漼，深貌。淠淠，衆也。菀彼柳斯，則鳴蜩嘒嘒矣。有漼者淵，則萑葦淠淠矣。今我獨見棄逐，如舟之流于水中，不知其何所至乎？是以憂之之深，昔猶假寐，而今不暇也。」鹿斯之奔，維足伎伎。雉之朝雊，尚求其雌。譬彼壞木，疾用無枝。心之憂矣，寧莫之知！《集傳》曰：「伎伎，舒貌。宜疾而舒，留其群也。雊，雉鳴。壞，傷病。鹿斯之奔，則足伎伎然。雉之朝雊，亦知求其妃匹。今我獨見棄逐，如傷病之木，憔悴而無枝，是以憂之，而人莫之知也。」相彼投兔，尚或先之。行有死人，尚或墐之。君子秉心，維其忍之。心之憂矣〔五〕，涕既隕之！《集傳》曰：「投，奔。行，道。墐，埋也。相彼被逐而投人之兔，尚或有哀其窮而先脱之者。道有死人，尚或有哀其暴露而埋藏之者。蓋皆有不忍之心焉。今王信讒，棄逐其子，曾視投兔、死人之不如，則其秉心亦忍矣，是以心憂而涕隕也。」君子信讒，如或醻之。君子不惠，不舒究之。伐木掎矣，析薪杝矣。舍彼有罪，予之佗矣！《集傳》曰：「醻，報。掎，倚也，以物倚其巔也。杝，隨其理也。佗，加也。言王惟讒是聽，如受醻爵，得即飲之，曾不加惠愛，舒緩而究察之。夫苟舒緩而究察之，則讒者之情得矣。伐木者尚倚其巔，析薪者尚隨其理，皆不妄挫折之。今乃捨彼有罪之譖人，而加我以非其罪，曾伐木、析薪之不若也。」莫高匪山，莫浚匪泉。君子無易由言，耳屬于垣。無逝我梁，無發我笱。我躬不閲，遑恤我後。」《集傳》曰：「山極高矣，而或陟其巔。泉極深矣，而或入其底。故君子不可易於其言，恐耳屬于垣者，有所觀望左右而生讒譖也。王於是卒以褒姒爲后，伯服爲大子，故告之曰『毋逝我梁，毋發我笱。我躬不閲，遑恤我後』也。」〇高子曰：「《小弁》，小人之詩也。」孟子曰：「何以言之？」曰：「怨。」曰：「固哉，高叟之爲詩也！有人於此，越人關弓而射之，則己談笑而道之，無它，疏之也。其兄關弓而射之，則己垂涕泣而道之，無它，戚之也。《小弁》之怨，親親也。親親，仁也。固矣夫，高叟之爲詩也！」曰：「《凱風》何以不怨？」曰：「《凱風》，親之過小者也。《小弁》，親之過大者也。親之過大而不怨，是愈疏也。親之過小而怨，是不可磯也。愈疏，不孝也。不可磯，亦不孝也。孔子曰：『舜其至孝矣，五十而慕。』」

六年。十月辛卯朔，日有食之。

《小雅·十月之交篇》曰：「十月之交，朔月辛卯。日有食之，亦孔之醜。彼月而微，此日而微。今此下民，亦孔之哀。《集傳》曰：「十月，以夏正言之，建亥之月也。交，日月交會，謂晦朔之間也。曆法，周天三百六十五度四分度之一。左旋於地，一晝一夜，則其行一周而又過一度。日月皆右行於天，一晝一夜，則日行一度，月行十三度十九分度之七。故日一歲而一周天，月二十九日有奇而一周天，又逐及於日而與之會。一歲凡十二會。方會則月光都盡而爲晦，已會則月光復蘇而爲朔。朔後晦前各十五日。日月相對，則月光正滿而爲望。晦朔而日月之合，東西同度，南北同道，則月揜日而日爲之食。望而日月之對，同度同道，則月亢日而月爲之食。是皆有常度矣。然王者脩德行政，用賢去姦，能使陽盛足以勝陰，陰衰不能侵陽，則日月之行，雖或當食，而月常避日。故其遲速高下，必有參差而不正相合、不正相對者，所以當食而不食也。若國無政，不用善，使臣子背君父，妾婦乘其夫，小人陵君子，夷狄侵中國，則陰盛陽微，當食必食。雖曰行有常度，而實爲非常之變矣。蘇氏曰：『日食，天變之大者也。然正陽之月，古尤忌之。夏之四月爲純陽，故謂之正月。十月純陰，疑其無陽，故謂之陽月。純陽而食，陽弱之甚也。純陰而食，陰壯之甚也。微，虧也。彼月則宜有時而虧矣，此日不宜虧而今亦虧，是亂亡之兆也。』」日月告凶，不用其行。四國無政，不用其良。彼月而食，則維其常。此日而食，于何不臧！《集傳》曰：「行，道也。凡日月之食，皆有常度矣。而以爲不用其行者，月不避日，失其道也。然其所以然者，則以四國無政，不用善人故也。如此則日月之食皆非常矣。而以月食爲其常，日食爲不臧者，陰亢陽而不勝，猶可言也；陰勝陽而揜之，不可言也。故《春秋》日食必書，而月食則無紀焉，亦以此爾。」爗爗震電，不寧不令。百川沸騰，山冢崒崩。高岸爲谷，深谷爲陵。哀今之人，胡憯莫懲！《集傳》曰：「爗爗，電光貌。寧，安徐也。令，善。沸，出。騰，乘也。山頂曰冢。崒，崔嵬也。高岸崩陷，故爲谷。深谷填塞，故爲陵。憯，曾也。言非但日食而已，十月而雷電，山崩水溢，亦災異之甚者，是宜恐懼脩省，改紀其政，而幽王曾莫之懲也。董子曰：『國家將有失道之敗，而天乃先出災異以譴告之。不知自省，又出怪異以警懼之。尚不知變，而傷敗乃至。此見天心仁愛人君，而欲止其亂也。』」皇父卿士，番維司徒，家伯爲宰，仲允膳夫，聚子内史，蹶維趣馬，楀維師氏，豔妻煽方處。《集傳》曰：「皇父、家伯、仲允，皆字也。番、聚、蹶、楀，皆氏也。卿士，六卿之外更爲都官，以總六官之事也。或曰：卿士，蓋卿之士。《周禮》大宰之屬有上、中、下士，《公羊》所謂『宰士』，《左氏》所謂周公以蔡仲爲己卿士是也。蓋以宰屬而兼總六官，位卑而權重也。司徒掌邦教，冢宰掌邦治，皆卿也。膳夫，上士，掌王之飲食膳羞者也。内史，中大夫，掌爵禄廢置、殺生予奪之法者也。趣馬，中士，掌王馬之政者也。師氏，亦中大夫，掌司朝得失之事者也。美色曰豔。豔妻，即褒姒也。煽，熾也。方處，方居其所，未變徙也。言所以致變異者，由小人用事於外，而嬖妾蠱惑王心於内，以爲之主故也。」抑此皇父！豈曰不時。胡爲我作，不即我謀！徹我牆屋，田卒汙萊。曰予不戕，禮則然矣。《集傳》曰：「抑，發語詞。時，農隙之時。作，動。即，就。卒，盡也。汙，停水。萊，草穢。戕，害也。言皇父不自以爲不時，欲動我以徒，而不與我謀。乃遽徹我墻屋，使我田不獲治，卑者汙而高者萊。又曰非我戕汝，乃下供上役之常禮耳。」皇父孔聖，作都于向。擇三有事，亶侯多藏。不憖遺一老，俾守我王。擇有車馬，以居徂向。《集傳》曰：「孔，甚。聖，通明。都，大邑也。《周禮》，畿内大都方百里，小都方五十里，皆天子公卿所封。向，地名，在東都畿内，今孟州河陽縣是也。三有事，三卿也。亶，信。侯，維。藏，蓄也。憖者，心不欲而自強之詞。有車馬者，亦富民也。徂，往也。言皇父自以爲聖，而作都則不求賢，而但取富人以爲卿。又不自强留一人以衛天子，但有車馬者則悉與俱往，不忠於上而但知貪利以自私也。」黽勉從事，不敢告勞。無罪無辜，讒口囂囂。下民之孽，匪降自天。噂沓背憎，職競由人。《集傳》曰：「囂，衆多貌。孽，灾害。噂，聚。沓，重複。職，主。競，力也。言黽勉從皇父之役，未嘗敢告勞也，猶且無罪而遭讒。然下民之孽，非天之所爲也。噂噂沓沓，多言以相説，而背則相憎，專力爲此者，皆由讒口之人耳。」悠悠我里，亦孔之痗。四方有羨，我獨居憂。民莫不逸，我獨不敢休。天命不徹，我不敢傚我友自逸。」《集傳》曰：「悠悠，憂也。里，居。痗，病。羨，餘。逸，樂。徹，均也。當是之時，天下病矣，而獨憂我里之甚病。且以爲四方皆有餘而我獨憂，衆人皆得逸豫而我獨勞者，以皇父病之，而被禍尤甚故也。然此乃天命之不均，吾豈敢不安於所遇，而必傚我友之自逸哉？」○虞劆曰：「《小雅·十月之交》『日有食之』在周幽王六年。」

八年。以鄭伯友爲司徒。

《鄭語》曰：「桓公爲司徒，甚得周衆與東土之人，問於史伯曰：『王室多故，余懼及焉，其何所可以逃死？』史伯對曰：『王室將卑，戎翟必昌，不可偪也。偪，迫也。當成周者，南有荆蠻、申、吕、應、鄧、陳、蔡、隨、唐，北有衛、燕、翟、鮮虞、潞、洛、泉、徐、蒲，西有虞、虢、晉、隗、霍、揚、魏、芮，東有齊、魯、曹、宋、滕、薛、鄒、莒。是非王之支子、母弟、甥舅也，則皆蠻荆、戎翟之人也。非親則頑，不可入也。其濟、洛、河、潁之間乎！是其子男之國，虢、鄶爲大，虢叔恃勢，鄶仲恃險，是皆有驕侈怠慢之心，而加之以貪冒。君若以周難之故，寄帑與賄焉，不敢不許。周亂而弊，是驕而貪，必將背君，君若以成周之衆，奉辭伐罪，無不克矣。若克二邑，鄔、蔽、補、丹、依、㽥、歷、莘，君之土也。若前莘後河，右洛左濟，莘，莘國也。主芣、騩而食溱、洧，芣、騩，山名。脩典刑以守之，唯是可以少固。』公曰：『南方不可乎？』對曰：『夫荆子熊嚴生子四人：伯霜、仲雪、叔熊、季紃。叔逃難於濮而蠻，季紃是立，薳氏將起之，禍又不克。是天啓之心也，又甚聰明和協，蓋其先王。臣聞之，天之所啓，十世不替。夫其子孫必光啓土，不可偪也。且重、黎之後也，夫黎爲高辛氏火正，以淳燿惇大，天明地德，光昭四海，故命之曰「祝融」，其功大矣。夫成天地之大功者，其子孫未嘗不章，虞、夏、商、周是也。虞幕能聽協風，以成樂物生者也。幕，舜之先，所謂「自幕至于瞽叟，無違命」者也。韋說非。夏禹能單平水土，以品處庶類者也。商契能和合五教，以保于百姓者也。周棄能播殖百穀疏，以衣食民人者也。其後皆爲王公侯伯。祝融亦能昭顯天地之光明，以生柔嘉材者也，其後八姓於周未有侯伯。佐制物於前代者，昆吾爲夏伯矣，大彭、豕韋爲商伯矣。當周未有。己姓昆吾、蘇、顧、温、董，董姓鬷夷、豢龍，則夏滅之矣。彭姓彭祖、豕韋、諸稽，則商滅之矣。秃姓舟人，則周滅之矣。妘姓鄔、鄶、路、偪陽，曹姓鄒、莒，皆爲采衛，或在王室，或在夷翟，莫之數也，而又無令聞，必不興矣。斟姓無後。融之興者，其在芈姓乎？芈姓夔越，不足命也。蠻芈蠻矣，惟荆實有昭德，若周衰，其必興矣。姜、嬴、荆、芈，實與諸姬代相干也。姜，伯夷之後也；嬴，伯翳之後也。伯夷能禮於神以佐堯者也，伯翳能議百物以佐舜者也。其後皆不失祀而未有興者，周衰其將至矣。』公曰：『謝西之九州，何如？』謝，宣王之舅申伯之國，今在南陽。二千五百家爲州。對曰：『其民沓貪而忍，不可因也。惟謝、郟之間，其冢君侈驕，其民怠沓其君，而未及周德；若更君而周訓之，是易取也，且可長用也。』公曰：『周其弊乎？』對曰：『殆於必弊者。《太誓》曰：「民之所欲，天必從之。」今王棄高明昭顯，而好讒慝暗昧；惡角犀豐盈，而近頑童窮固。去和而取同。夫和實生物，同則不繼。以它平它謂之和，故能豐長而物生之；若以同裨同，盡乃棄矣。故先王以土與金、木、水、火雜以成百物。是以和五味以調口，剛四支以衛體，和六律以聰耳，正七體以役心，平八索以成人，建九紀以立純德，七體，七竅也。八索，八體，應八卦。九紀，九臟也。合十數以訓百體。出千品，具萬方，計億事，材兆物，收經入，行姟極。故王者居九畡之田，收經入以食兆民，周訓而能用之，龢樂如一。夫如是，龢之至也。於是乎先王聘后於異姓，求財於有方，擇臣取諫工而講以多物，務和同也。聲一無聽，物一無文，味一無果，物一不講。講，校也。王將棄是類而與剸同。天奪之明，欲無弊，得乎？夫虢石父讒諂巧從之人也，而立以爲卿士，與剸同也；棄聘后而立內妾，好窮固也；固，陋也。侏儒戚施，寔御在側，近頑童也；周法不昭，而婦言是行，用讒慝也；不建立卿士，而妖試幸措，行暗昧也。是物也，不可以久。且宣王之時有童謡曰：「檿弧箕服，實亡周國。」於是宣王聞之，有夫婦鬻是器者，王使執而戮之。府之小妾生女而非王子也，懼而棄之。此人也，收以奔褒。此下有褒神化爲二龍，藏漦於櫝，三代傳之，厲王發之，化爲玄黿入于王府，童妾遭之，遂生褒姒之説，怪誕不取。褒姁有獄，而以爲入于王，王遂置之而嬖是女也，使至於爲后而生伯服。天之生此久矣，其爲毒也大矣，將俟淫德而加之焉。毒之酋腊者，其殺也滋速。申、繒、西戎方强，王室方騷，將以縱欲，不亦難乎？王欲殺大子以成伯服，必求之申，申人弗畀，必伐之。若伐申，而繒與西戎會以伐周，周不守矣。繒與西戎方將德申，申、吕方强，其隩愛太子亦必可知也，王師若在，其救之亦必然矣。王心怒矣，虢公從矣，凡周存亡，不三稔矣。君若欲避其難，速規所矣，時至而求用，恐無及也。』公曰：『若周衰，諸姬其孰興？』對曰：『臣聞之，武實昭文之功，文之祚盡，武其嗣乎！武王之子，應、韓不在，其在晉乎！距險而鄰於小，若加之以德，可以大啓。』公曰：『姜、嬴其孰興？』對曰：『夫國大而有德者近興，秦仲、齊侯，姜、嬴之雋也，且大，其將興乎？』公説，乃東寄孥與賄，虢、鄶受之，十邑皆有寄地。幽王八年而桓公爲司徒，九年而王室始騷，十一年而斃。及平王末，而秦、晉、齊、楚代興，秦景、襄於是乎取周土，晉文侯於是乎定天子，齊莊、僖於是乎小伯，楚蚡冒於是乎始啓濮。」

履祥按：史伯之言該矣。周之士大夫大率多賢，能守其職。自幽、厲聽用小人，雖有賢士大夫在於其職，而無救於亡。甚矣！君心所係大也。史伯之言，紀録者亦或有所附會。其論和同，謂幽王不能用衆，而外專於虢石父，内專於褒姒也。其勸鄭伯寄孥於鄫、虢，蓋陰爲取國之計。而史謂鄫、虢叛鄭，鄭武公伐滅之。夫寄孥、賄以誘之，伺隙而取之，是術也，而史不悟，何哉？於是南北之形勢在鄭，而鄭在春秋亦無世無晉、楚之爭矣。

十有一年。申侯與犬戎入寇，戎弑王于驪山之下，鄭伯友死之。晉、衛、秦皆以兵來救，平戎，與鄭子掘突共立故太子宜臼。

《史記》曰：「褒姒不好笑，幽王欲其笑萬方，故不笑。幽王爲熢燧大鼓，有寇至則舉熢火。諸侯悉至，至而無寇，褒姒乃大笑。幽王説之，爲數舉燧火。其後不信，諸侯益亦不至。幽王以虢石父爲卿，用事，國人皆怨。石父爲人佞巧善諛好利，王用之。又廢申后，去太子也。申侯怒，與繒、西夷犬戎攻幽王。幽王舉燧火，兵莫至。遂殺幽王驪山下，虜褒姒，盡取周賂而去。於是諸侯乃即申侯而共立故太子宜臼，是爲平王，以奉周祀。」〇《鄭世家》曰：「犬戎殺幽王於驪山下，并殺桓公。鄭人共立其子掘突，是爲武公。」〇《衛世家》曰：「衛武公四十二年，犬戎殺周幽王，武公將兵佐周平戎，甚有功，平王命武公爲公。」〇《秦紀》曰：「周幽王用褒姒，廢太子，數欺諸侯，諸侯叛之。西戎犬戎與申侯伐周，殺幽王。而秦襄公將兵救周，戰甚力，有功。」

履祥按：史遷不考之於《書》，故晉文侯仇之功不紀。

劉道原曰：「《汲冢紀年》：『幽王死，申侯立平王於申，虢公立王子余。二王並立。余爲晉文侯所殺，是爲攜王。』與舊史不同。」

辛未。平王元年。王東遷雒邑。始命秦列爲諸侯，取岐、豐之地。命衛侯和爲公。錫命晉侯。鄭伯東取鄶、虢十邑，國之。

《左氏》曰：「我周之東遷，晉、鄭焉依。」《大紀》謂鄭武公收其父散兵，東迎平王于申。○《史記·年表》曰：「平王元年，東徙雒邑。」○《本紀》曰：「平王立，東遷于雒邑，辟戎寇。平王之時，周室衰微，諸侯强并弱，齊、楚、秦、晉始大，政由方伯。」○《秦紀》曰：「周辟犬戎難，東徙雒邑，襄公以兵送周平王。平王封襄公爲諸侯，賜之岐以西之地。曰：『戎無道，侵奪我岐、豐之地。秦能攻逐，即有其地。』與誓，封爵之。襄公於是始國，與諸侯通使聘享之禮。」○《經世》曰：「平王錫晉文、秦襄命。秦分岐西，晉分河內。」○《書·文侯之命篇》曰：「王若曰：『父義和！丕顯文、武，克慎明德，昭升于上，敷聞在下，惟時上帝，集厥命于文王。德，指行而言。明，指知而言。一説謹德，指行而言；明德，指知而言。呂氏曰：「文、武之精蘊，平王何足以知之？其言乃若知本原者，蓋生長保傅之間，老師宿儒之傳，尚無差也。平王徙舉其語而不能察爾。降是，則異端並作，言帝王者始支矣。」蔡氏曰：「同姓，故稱父。文侯，名仇，義和其字。不名，尊之也。」愚按：晉侯初名仇，師服以爲異。今曰義和，或其後改之也。父，猶「尚父」之謂，蓋尊之也。亦惟先正克左右昭事厥辟，越小大謀猷罔不率從，肆先祖懷在位。先正，指文、武之臣。小大謀猷，猶云文、武之道，大者小者。肆，遂。懷，安也。言文、武以大德受命，亦惟先正之臣又能左右之、昭事之，凡小大謨烈皆遵守而不失，遂使成、康以下先王得安厥位。嗚呼！閔予小子，嗣造天丕愆，殄資澤于下民，侵戎我國家純。即我御事，罔或耆壽，俊在厥服，予則罔克。曰：「惟祖惟父，其伊恤朕躬？」嗚呼！有績予一人，永綏在位。造，作。愆，譴。殄，絶。純，大。伊，誰也。平王自言嗣位之初，自造天之大譴，言父死國敗，由己致之。惟資澤竭於下民，故犬戎得以侵伐我國家之大，此戎禍之由也。適我執事之人，無有耆壽俊傑之在職者，而予又無克亂之才。惟曰：諸侯之在我祖、父列者，其誰恤我乎？嗚呼！使有能致績於予一人者，則可以安吾位矣。章內兩「嗚呼」，大亂之餘，不覺嘆傷之意也。父義和！汝克昭乃顯祖，汝肇刑文、武，用會紹乃辟，追孝于前文人。汝多修扞我于艱，若汝予嘉。』乃祖，唐叔也。肇，始。刑，法也。謂文侯能昭光唐叔之功，文、武之道已墜，而自文侯始能刑法之，用會合諸侯，立己以紹周之統，使追孝於前文人。汝多能修補扞衛我于艱危之交，若汝文侯予所深嘉。蓋平王望諸侯而不至，故深有感於文侯也。當時秦、鄭、衛皆來救，而此獨歸於晉，曰「用會紹乃辟」，必文侯首倡大義會合之也。王曰：『父義和！其歸視爾師，寧爾邦。用賚爾秬鬯一卣，彤弓一，彤矢百，盧弓一，盧矢百，馬四匹。父往哉！柔遠能邇，惠康小民，無荒寧。簡恤爾都，用成爾顯德。』」秬，黑黍。鬯，香草。用黑黍爲酒，釀以香草。卣，中尊。諸侯受錫命，當告于祖廟，故錫之。弓矢、乘馬，皆所以賞之。簡，謂閱士。恤，謂愛民。○《大紀》曰：「賜以河內附庸，晉於是始大。」○蘇氏曰：「予讀《文侯篇》，知東周之不復興也。宗周傾覆，禍敗極矣！平王宜若衛文公、越句踐然。今其書，乃施施焉與平康之世無異。《春秋傳》曰：『厲王之禍，諸侯釋位以間王政。宣王有志，而後效官。』讀《文侯之命》，知平王之無志也。」○呂氏曰：「風氣之推移，治道之開塞，必於其會而觀之。此篇作於東遷之初，由此而上則爲成、康，爲文、武，由此而下則爲春秋、爲戰國，乃消長升降之交會也。故法語舊典，尚有一二未泯，而陵遲頽墮之意，亦已見於辭命之間矣。平王東遷之初，大讎未報，王略未復，正君臣坐薪嘗膽之時。奔亡之餘，僅得苟安，乃君臣釋然自以爲足。曰『父義和，其歸視爾師，寧爾邦』，兵已罷矣。曰『用賚爾秬鬯一卣，彤、盧弓一矢百，馬四匹』，功已報矣。曰『父往哉！柔遠能邇，惠康小民，無荒寧』，教之以平世之政，軍旅不復講矣。曰『簡恤爾都，用成爾顯德』，勉之以本邦之治，王室無復事矣。嗚呼！周之君臣如此，周其終於東乎！」

履祥按：東遷之君臣，皆非有中興之才志。平王頽墮，前儒固論之矣。當是時，定難立君，惟秦、晉、鄭、衛四國耳。秦襄公與西戎世爲不共戴天之讎，其勢亦不兩立，其與戎力戰，固亦爲己，不獨爲王室也。平王以岐、豐之地予之，使之自取。當時犬戎盤據岐、豐之郊，平王不得不以許秦，秦亦不得不取之。然西戎方熾，父子力戰二十一年而始得之，固不暇東略矣。觀其臚於郊祀，則無王之心固可見也。周室都洛，則晉居河北，表裏山河，是爲屏輔。文侯固忠賢，然其前有殤叔之難，其後有曲沃之封，晉之始替，實自是始。平王所望於文侯者，亦固不以興復期之，則其委任可知矣。平王，申出。鄭武公娶于申。武公當桓公敗亡之時，收合餘衆，已不能全，又散爲南鄭，而武公以婚姻之故，迎王于申，立之，東取虢、鄶以爲己國，此其志願已足矣。獨衛武公之賢，足以有爲。然觀平王戍申之志，則其依鄭之心可推也。想其柄任在於鄭武，所以終平王之世，鄭伯父子世於其職。衛武雖賢，其柄任未必在是。況周自中葉以後，其公卿之士大率可以守常，而短於制變。當是時，厲、幽再世失民，而犬戎之禍又熾，類非諸公所能獨辦。自四國之外，又未有至者。或謂平王當時何不奉辭伐罪，以討不至之國？則王威可以振。是不然。當時周室之大患在犬戎，而不在諸侯。而召戎之大罪，又在申侯，而不在諸侯也。是制戎固不暇矣。平王懷申侯全己之功，又依鄭武申好之國，捨申不伐，則何以伐其餘諸侯而令之哉？東遷君臣，事勢如此，此所以不復中興也。

秦祠上帝於西畤。時者，峙土爲高也。

《史記》曰：「秦用騂駒、黄牛、羝羊各三，祠上帝西畤。」《年表》曰：「立西畤，祠白帝。」○太史公曰：「余讀至犬戎敗幽王，周東徙洛邑，秦襄公始封爲諸侯，作西畤用事上帝，僭端見矣。《禮》曰：『天子祭天地，諸侯祭其域内名山大川。』今秦雜戎翟之俗，先暴戾，後仁義，位在藩臣而臚於郊祀，君子懼焉。」

二年。魯孝公薨，子弗湟嗣。是爲惠公。

四年。燕頃侯薨，子嗣。是爲哀侯。

五年。秦襄公伐戎，至岐，薨，子嗣。是爲文公。〇太宗時，秦襄公冢壞，得銅鼎，狀方而四足，銘曰：「天王遷洛，岐、酆錫公。秦之幽宫，鼎藏於中。」

宋戴公薨，子司空嗣。是爲武公。

《詩序》曰：「自微子至于戴公，其間禮樂廢壞。有正考甫者，得《商頌》十二篇於周之大師，以《那》爲首。」

六年。燕哀侯薨，子鄭侯嗣。

七年。楚若敖卒，子熊坎嗣。是爲霄敖。

九年。蔡僖侯薨，子興嗣。是爲共侯。

秦東徙汧、渭之會。

《史記》曰：「秦襄公十二年伐戎，至岐，卒。生文公。文公元年，居西垂宮。三年，文公以兵七百人東獵。四年，至汧、渭之會。曰：『昔周邑我先秦嬴於此，後卒獲爲諸侯。』乃卜居之，占曰吉，即營邑之。」

十有一年。蔡共侯薨，子嗣。是爲戴侯。

曹惠伯薨，子石甫嗣，其弟武弒之而自立。是爲穆公。

十有三年。衛武公薨，子揚嗣。是爲莊公。

楚左史倚相曰：「昔衛武公年數九十有五矣，猶箴儆于國，曰：『自卿以下至于師長士，苟在朝者，無謂我老耄而舍我，必恭恪於朝，朝夕以交戒我；聞一二之言，必誦志而納之，以訓道我。』在輿有旅賁之規，位宁有官師之典，倚几有誦訓之諫，居寢有暬御之箴，臨事有瞽史之道，宴居有師工之誦。史不失書，矇不失誦，以訓御之，於是乎作《懿》戒以自儆也。及其没也，謂之叡聖武公。」《懿》，即今《大雅·抑》詩也。韋昭曰：「懿，讀爲抑。」侯包曰：「衛武公行年九十有五，猶使人日誦是詩而不離於側。」董氏曰：「序說爲刺厲王者，誤矣。」

楚霄敖卒，子熊眴嗣。是爲蚡冒。

十有四年。曹穆公薨，子終生嗣。是爲桓公。

十有五年。秦作鄜畤。

《史記》曰：「秦文公夢黄蛇自天下屬地，其口止於鄜衍。文公問史敦，敦曰：『此上帝之徵，君其祠之。』於是作鄜畤，用三牲郊祭白帝焉。」

十有六年。陳平公薨，子圉嗣。是爲文公。

十有八年。秦初有史以紀事。

《秦紀》曰：「秦文公十三年，初有史以紀事，民多化者。」〇陳氏曰：「秦自秦仲至文公而后始有史，僻遠晚興者也。至於史法，亦不盡循周制。晉《竹書》曲沃莊伯十一年十一月，則用夏正爲歲首。本注云：「莊伯之十一年十一月，隱公之元年正月也。見《左傳後序》。」而《秦譜》至宣公初志閏月，又改曆矣。」

二十有一年。秦伯大敗戎師，收岐西之地。自岐以東歸于王。

《本紀》曰：「秦文公十六年，以兵伐戎，戎敗走。於是文公收周餘民有之，地至岐，岐以東獻之周。」

蔡戴侯薨，子考父嗣。是爲宣侯。

二十有三年。宋武公薨，子力嗣。是爲宣公。

二十有五年。晉文侯薨，子伯嗣。是爲昭侯。

秦初有三族之罪。

二十有六年。晉侯封其叔父成師于曲沃。

《左氏》曰：「晉始亂，故封桓叔于曲沃。靖侯之孫欒賓傅之。師服曰：『吾聞國家之立也，本大而末小，是以能固。故天子建國，諸侯立家，卿置側室，注：「衆子也，得立此官。」大夫有貳宗，士有隸子弟。今晉，甸侯也，而建國。本既弱矣，其能久乎？』」○《詩·揚之水篇》曰：「揚之水，白石鑿鑿。素衣朱襮，從子于沃。既見君子，云何不樂。揚之水，白石皓皓。素衣朱繡，從子于鵠。既見君子，云何其憂。揚之水，白石粼粼。我聞有命，不敢以告人！」《集傳》曰：「晉昭侯封桓叔于曲沃。其後沃盛强而晉微弱，國人將叛而歸之。」○《椒聊篇》曰：「椒聊之實，蕃衍盈升。彼其之子，碩大無朋。椒聊且！遠條且？椒聊之實，蕃衍盈匊。彼其之子，碩大且篤。椒聊且！遠條且？」陳與可曰：「椒，指晉昭也。彼其之子，指曲沃也。聊，微略之語也。謂椒之微小，其蕃衍不過盈升而已。而彼其之子，則碩大無朋。椒之聊小乎！其能遠條乎？以比晉昭之微弱而曲沃之碩大如此，晉其能久遠乎？序義失之。」

陳文公薨，子鮑嗣。是爲桓公。

二十有七年。鄭武公薨，子寤生嗣。是爲莊公。

二十有八年。鄭伯封其弟段于京。

《左氏》曰：「初，鄭武公娶于申，曰武姜，生莊公及共叔段。莊公寤生，驚姜氏，故名寤生，惡之。愛段，欲立之。亟請於武公，弗許。及莊公即位，爲之請制。公曰：『制，巖邑也，虢叔死焉。佗邑唯命。』請京，使居之，謂之京城大叔。祭仲曰：『都城過百雉，國之害也。先王之制，大都不過叄國之一，中五之一，小九之一。今京不度，非制也。君將不堪。』公曰：『姜氏欲之，焉辟害？』對曰：『姜氏何厭之有？不如早爲之所，無使滋蔓。蔓，難圖也。蔓草猶不可除，況君之寵弟乎？』公曰：『多行不義，必自斃。子姑待之。』」莊公初意本美，然不能處之。祭仲只論利害，不明義理，莊公因此乃有養成其惡之意。

三十年。衛公子州吁阻兵。

《左氏》曰：「衛莊公娶于齊，曰莊姜，美而無子，衛人所爲賦《碩人》也。戴嬀生桓公，莊姜以爲己子。公子州吁，嬖人之子也，有寵而好兵，公弗禁。莊姜惡之。石碏諫曰：『臣聞愛子，教之以義方，弗納於邪。驕、奢、淫、泆，所自邪也。四者之來，寵祿過也。爲父者本非欲納其子於邪，爲寵過而驕，此子之所由邪也。將立州吁，乃定之矣。若猶未也，階之爲禍。夫寵而不驕，驕而能降，降而不憾，憾而能昣者，鮮矣。昣，重也。且夫賤妨貴，少陵長，遠間親，新間舊，小加大，淫破義，所謂六逆也。君義，臣行，父慈，子孝，兄愛，弟敬，所謂六順也。去順效逆，所以速禍也。君人者，將禍是務去，而速之，毋乃不可乎？』弗聽。其子厚與州吁遊，禁之，不可。桓公立，乃老。」

楚蚡冒卒，弟熊通弒太子而自立。是爲武。

《世家》曰：「蚡冒十七年，卒。弟熊通弒蚡冒子而代立，是爲楚武王。」其僭王在春秋之世，語見《世家》。

三十有二年。晉大臣潘父弒其君昭侯，納曲沃成師不克，國人立昭侯之子平，是爲孝侯。**誅潘父。**

《世家》曰：「昭侯元年，成師封曲沃，號爲桓叔。是時年五十八矣。好德，晉國之衆皆附焉。君子曰：『晉之亂，其在曲沃矣。末大於本而得民心，不亂何待！』七年，晉大臣潘父弒其君昭侯而迎曲沃桓叔。桓叔欲入晉，晉人發兵攻之。桓叔敗，還歸曲沃。晉人共立昭侯子平爲君，是爲孝侯。誅潘父。」子平，《經世》《大紀》皆作「弟」，《世家》《稽古録》作「子」爲是。

三十有六年。衛莊公薨，子完嗣。是爲桓公。

三十有八年。衛州吁出奔。

《世家》曰：「桓公二年，弟州吁驕奢，桓公絀之，州吁出奔。」

四十年。齊莊公薨，子祿甫嗣。是爲僖公。

晉曲沃成師卒，子鱓代。是爲曲沃莊伯。

四十有二年。宋宣公薨，舍其子與夷而立弟和。是爲穆公。○《大紀》附正考父三命事。

燕鄭侯薨，子嗣。是爲穆侯。

四十有四年。鄭叔段命西鄙、北鄙貳於己。

《左氏》曰：「大叔命西鄙、北鄙貳於己。公子吕曰：『國不堪貳，君將若之何？欲與大叔，臣請事之；弗與，則請除之，無生民心。』公曰：『無庸，將自及。』」

四十有七年。晉曲沃鱓入翼，弑其君孝侯，國人逐之，立其君之子郄。是爲鄂侯。

四十有八年。魯初請郊、廟之禮。

孔子曰：「我觀周道，幽、厲傷之，吾舍魯何適矣？魯之郊、禘，非禮也。周公其衰矣！」

○《外紀》曰：「初魯惠公使宰讓請郊、廟之禮於天子，王使史角往，魯公止之。」其後在魯。○《路史》曰：「劉原父謂使魯郊者必周，而必非成王。蓋平王以下，固亦未之悉爾。始魯惠公使宰讓請郊、廟之禮於天子，天子使角往，止之，其後在魯，於是有墨翟之學。魯之用郊，正亦始於此矣。夫惠公之止之，則是周不與之矣。不與而魯用郊，自用之也。昔者荆人請大號，周人不許，荆人稱之。然則魯之郊、禘可知矣。惠公之請，由平王世也。」○陳氏曰：「諸侯之有郊、禘，東遷之僭禮也。《史》曰：『秦襄始列於諸侯，作西畤，祠白帝，僭端見矣。位在藩臣而臚於郊祀，君子懼焉。』則平王以前未有也。魯之郊、禘，惠公請之也。惠公雖請之，而魯郊猶未率爲常也。僖公始作頌，以郊爲夸焉。記禮者以爲魯禮皆成王賜之，以康周公。按：衛祝鮀之言曰：『周公相王室，以尹天下，於周爲睦。分魯公以大路、大旂、夏后氏之璜、封父之繁弱，殷氏六族，以昭周公之德。予之土田、陪敦，祝、宗、卜、史，備物、典册，官司、彝器。』則成王命魯，不過如此。隱公考仲子之宫，問羽數於衆仲。周公閱來聘，饗有昌歜、白、黑、形鹽，周公以爲備物，辭不敢受。衛甯武子來聘，宴之，賦《湛露》及《彤弓》。武子不答賦，曰：『諸侯朝正於王，於是賦《湛露》。諸侯敵王所愾，而獻其功，於是乎賜之彤弓。』假如記《禮》之言，得用郊、禘，兼四代服、器、官，祝鮀不應不及。况魯行天子之禮久矣，隱公何以始問羽數？閱何以辭備物之享？甯武子何以致譏於《湛露》《彤弓》？于以見魯僭未久，上自天子之宰，至于兄弟之國之卿，苟有識者，皆疑怪遜謝，而魯人並無一語及於成王之賜以自解。故郊、禘之説，當從劉恕。倘自史角之事之外，别有傳記，與《明堂位》合，則《外紀》豈獨遺佚乎？」

魯惠公薨，國人立其子息姑。是爲隱公。

《左氏》曰：「惠公元妃孟子。孟子卒，繼室以聲子，生隱公。宋武公生仲子。有文在其手，曰爲魯夫人，故仲子歸于魯。生桓公，而惠公薨，是以隱公立而奉之。」陳氏曰：「古者諸侯不再娶。再娶，亦妾也。隱、桓之母，俱不得爲夫人。」子王子曰：「甚矣！《左氏》之好誣也。嬰兒之生，其手安得有四字之文？隱公將遜國焉而遇弒，無後，其後魯之君大夫皆桓子孫，世爲是説，以證仲子之正桓之嫡，而文其弒君之罪耳。《左氏》不辨其誣而録之，妄矣。」〇《公羊氏》曰：「隱長又賢，諸大夫扳隱而立之。隱於是焉而辭立，則未知桓之將必得立也；且如桓立，則恐諸大夫之不能相幼君也。故凡隱之立，爲桓立也。」〇《穀梁氏》曰：「孝子揚父之美，不揚父之惡。先君之欲與桓，非正也，邪也。雖然，既勝其邪心以與隱矣，已探先君之邪志，而遂以與桓，則是成父之惡也。兄弟，天倫也。爲子受之父，爲臣受之君。已廢天倫而忘君父，以行小惠，曰小道也。若隱者，可謂輕千乘之國，蹈道則未也。」

履祥按：古者諸侯一娶九女，一嫡以其娣姪從，他國亦以娣姪媵焉，所以備內官、防夭折、繁子孫也。故諸侯不再娶，有嫡立嫡，無嫡立庶，庶鈞立賢，賢鈞立長。惠公元妃孟子卒，繼室以聲子，生隱公，則隱公固當立者。仲子之歸，宋武公以夫人嫁之，魯惠公以夫人逆之，天王亦以夫人賵之，非正矣。於公議則非正，然隱公則不敢以爲非也，惟有遜國而已矣。隱公不敢自以爲正，攝位君國，將以予桓，菟裘之營未畢而卒遇弑，爲善罹禍，此世道之大變也，此《春秋》所爲託始也。

【校記】

〔一〕「乃」，原作「反」，今據慎獨齋配補歸仁齋本、宋犖本、率祖堂本、《四庫》本改。

〔二〕「罔」，原作「岡」，今據宋犖本改。

〔三〕「獄」，原作「嶽」，今據慎獨齋配補歸仁齋本、宋犖本、率祖堂本、《四庫》本改。

〔四〕「賡」，原作「廣」，今據慎獨齋配補歸仁齋本、宋犖本、率祖堂本、《四庫》本改。

〔五〕「矣」，原作「之」，今據宋犖本改。

通鑑前編卷之十

金履祥編

己未。周平王四十有九年。魯隱公元。《春秋》始此。此後編年紀事自有《春秋左氏經傳》，今特舉其事係王室與關於天下之故者而後書。東遷之後，諸侯放恣，《春秋》例書「卒」，唯魯書「薨」，蓋削諸侯也。今不敢違例，並皆書某公卒。

子王子曰：「《書》亡，然後《春秋》作。」履祥謂：《書》終於《文侯之命》，平王之初也。《春秋》始於仲子之賵，平王之末也。則平王之世，蓋得失、盛衰、升降之會也。

鄭伯克段于鄢，寘其母姜氏于城潁。

《左氏》曰：「大叔又收貳以爲己邑，至于廩延。子封曰：『可矣。厚將得衆。』公曰：『不義不暱。厚將崩。』大叔完聚，將襲鄭，夫人將啓之。公聞其期，曰：『可矣。』命子封帥車二百乘以伐京。段入于鄢。公伐諸鄢。大叔出奔共。遂寘姜氏于城潁，而誓之曰：『不及黃泉，無相見也。』既而悔之。」

履祥按：莊公曰：「制，巖邑也。它邑唯命。」請京，使居之。曰：「姜氏欲之，焉辟害？」莊公其初未有它意也。然不爲置良師傅，是以段之惡日肆，而祭仲、子封輩交以爲言，故莊公之私亦日長。曰「子姑待之」、曰「將自及」、曰「可矣」，莊公於此始有熟其罪而取之之意矣。甚矣！天理之易微，而私欲之易長也。

王使宰咺錫魯惠公、仲子之賵。

《春秋》曰：「秋七月，天王使宰咺來歸惠公、仲子之賵。」〇胡氏曰：「魯孝公之末，幽王已爲犬戎所斃，惠公初年，周既東矣。《春秋》不作於孝公、惠公者，東遷之始，流風遺俗猶有存者。至其晚年，乃以天王之尊下賵諸侯之妾，於是三綱淪、九法斁、人望絶矣。夫婦，人倫之本，朝廷風化之原。平王子母，親遭褒姒之難，廢黜播遷，而宗國顛覆，亦可省矣。又不是懲，而賵人寵妾，是拔本塞源，自滅之也。《春秋》於此，蓋有不得已焉爾矣。託始於隱公，不亦深切著明也哉！王朝公卿書官，大夫書字，上士、中士書名，下士書人。咺，位六卿之長而名之。天王，紀法之宗。冢宰，紀法之守，而承命以賵諸侯之妾，是壞法亂紀自王朝始也，故特貶而名之，以見宰之非宰矣。」〇《左氏》曰：「天王使宰咺來歸惠公、仲子之賵。緩，且子氏未薨，故名。天子七月而葬，同軌畢至。諸侯五月，同盟至。大夫三月，同位至。士踰月，外姻至。贈死不及尸，弔生不及哀，豫凶事，非禮也。」○陳氏曰：「『緩，且子氏未薨』以下，疑後人增益之。《雜記》有大夫、士訃於它國之君之禮，則不但同位、外姻也。且文九年，秦人歸成風之襚，傳曰：『禮也。諸侯相弔賀，雖不當事，苟有禮焉，書也，以無忘舊好。』則『贈不及尸，弔不及哀，非禮也』，與文公傳自相違，今不取。」

履祥按：《左氏傳》於隱公之篇多誤，於莊公之篇多缺，此考《春秋》者所當知也。隱傳之誤，如仲子之賵、子氏之薨、尹氏之卒是也。《左氏》既誤以隱妻子氏之薨爲仲子，故此以仲子爲未薨而王賵之，其曰不及哀、尸謂賵惠公之緩，曰豫凶事謂賵仲子之豫也。文之四年十有一月，成風薨。五年，王使榮叔歸含，且賵。九年，秦人來歸僖公、成風之襚。以此例之，則歸賵當是惠公、仲子俱殁之後，其殁在春秋之前。《左氏》蓋誤解矣。惠公妻其妾、嫡其庶，王法所當正也。平王不惟不之正，而反成之。且魯之於朝聘，未數數然也。平王將以懷魯而行此不正之禮，其後隱弑桓篡，桓之子孫又自相攘奪者，終春秋之世焉。平王在位五十年，晚節舉措如此，不足以懷魯，而祇以敗王法、成魯禍，王室其有不衰乎？然則王之正之將如何？曰：隱公上不敢違其父，下不敢廢其弟，而自以爲攝。天子於是錫命焉，則是受天子之命爲諸侯也。隱定而桓之逆謀弭矣。此所以正王法而懷諸侯也。隱於王室多曠禮，雖諸侯放恣積習之弊，或者亦有憾於斯乎？莊篇之缺，當别言之於後。

鄭伯以王師、虢師伐衛南鄙。

祭伯如魯。

《春秋》曰：「祭伯來。」《左氏》曰：「非王命也。」○《穀梁氏》曰：「寰内諸侯，非有天子之命，不得出會諸侯。不正其外交，故弗與朝也。有至尊者，不貳之也。」○胡氏曰：「人臣義無私交，大夫非君命不越境，杜朋黨之原，爲後世貳於君者之戒也。此義不明，然後有藉外權，如繆留之語韓宣惠者；交私議論，如莊助之結淮南者；倚强藩爲援以脅朝廷，如唐盧攜之於高駢、崔胤之於宣武、昭緯之於邠岐者矣。」

五十年。鄭伯始見其母于大隧。

《左氏》曰：「潁考叔爲潁谷封人，有獻於公。公賜之食，食舍肉。公問之，對曰：『小人有母，未嘗君之羹，請以遺之。』公曰：『爾有母遺繄，我獨無！』考叔曰：『敢問何謂也？』公語之故，且告之悔。對曰：『君何患焉？若闕地及泉，隧而相見，其誰曰不然？』公從之，遂爲母子如初。」○呂氏曰：「物之逆其天者，其終必還。出於自然而莫知其所以然者，天也。苟以人力勝之，及力既窮，未有不復其初者。子之於父母，天也。雖天下之大惡，其天未嘗不存也。莊公怒其弟而上及其母，囚之城潁，絶滅天理，居之不疑。觀其黄泉之盟，終其身而無可移之理矣。居無幾何而遽悔，是悔果安從而生哉？一朝之忿，若可以勝天。忿心稍衰，愛親之念油然而不能已。考叔特迎其端而發之耳。愛其母者，莊公、考叔同一心也。其啜羹舍肉，皆天理之發見，故不下席之間，回滔天之惡，是豈聲音笑貌能爲哉？惜夫！考叔得其體而不得其用，乃曲爲之説，俾莊公闕地及泉，陷於文過飾非之地。莊公天理方開，而考叔遽以人欲蔽之，可勝歎哉！故開莊公之天理者，考叔也。蔽莊公之天理者，亦考叔也。向若莊公幸而遇孔、孟，擴其天理而大之，豈止爲鄭之莊公哉？」○子王子曰：「鄭伯意雖悔，而畏及泉之誓。考叔意雖美，而爲闕地之迂。古人重盟誓，其流乃若此之悖且愚乎？」

鄭人伐衛。

《左氏》曰：「鄭共叔之亂，公孫滑出奔衛。叔段之子。衛人爲之伐鄭，取廩延。鄭人以王師、虢師伐衛南鄙。隱元。鄭人伐衛，討公孫滑之亂也。」

五十有一年。二月，己巳，日有食之。

王崩，孫林踐位。

胡氏曰：「《春秋》歷十有二〔一〕王。桓、襄、匡、簡、景，志崩志葬者，赴告及，魯往會之也。平、惠、定、靈，志崩不志葬者，赴告雖及，魯不會也。莊、僖、頃，崩葬皆不志者，王室不告，魯亦不往也。諸侯爲天王服斬衰，禮當以所聞先後奔喪。今平王崩，周人來訃，而隱公不往，是無君也。其罪應誅，不書而自見矣。」

尹氏卒。

《公羊氏》曰：「尹氏者何？天子之大夫也。其稱氏何？貶。曷爲貶？世卿，非禮也。外大夫不卒，此何以卒？天王崩，諸侯之主也。」

履祥按：尹氏卒，《左氏》作「君氏」，謂聲子也，爲公故，曰「君氏」。非也。古語「氏」猶今云「家」也。君，指公也。國君之母卒，而云公家卒，則不詞甚矣！故當從二傳。然是時魯亦有尹氏，隱公之獲於鄭也。因諸尹氏，賂尹氏，而禱於其主鍾巫，遂與尹氏歸，而立其主。則魯亦固有尹氏也。《春秋》所書尹氏，在周、在魯不可知，惟以爲「君氏」則不可爾。

鄭祭足帥師入寇。

《左氏》曰：「鄭武公、莊公爲平王卿士。王貳于虢，鄭伯怨王，王曰：『無之。』故周、鄭交質。王子狐爲質於鄭，鄭公子忽爲質於周。王崩，周人將畀虢公政。四月，鄭祭足帥師取温之麥。秋，又取成周之禾。周、鄭交惡。」○呂氏曰：「周，天子也。鄭，諸侯也。《左氏》序平王、莊公之事，並稱周鄭，無尊卑之辨。不責鄭之叛周，而責周之欺鄭，《左氏》之罪大矣。然周亦不能無罪焉。鄭伯爲周卿士。君之於臣，賢則用，不賢則去，復何所隱哉！平王欲退鄭伯而不敢退，欲進虢公而不敢進，固已失天子之體，甚至與鄭交質，勢均體敵，周與鄭等諸侯耳。歲推月移，豈知周之爲君哉？一旦用兵而不忌，非諸侯之叛天子也，是諸侯之攻諸侯也。惟周以列國自處，故鄭以列國待之，《左氏》亦以列國待之。無王之罪，《左氏》固不得辭，周亦分受其責可也。」

武氏子求賻于魯。

《春秋》曰：「武氏子來求賻。」傳曰：「不言使。」《穀》。「王未葬也。」《左》。

履祥謂：平王於魯，猶歸惠公、仲子之賵。隱公於周，不賻天王之喪，於報施之禮且猶不可，況君臣之際乎？武氏子之求，在周爲屑，然魯之不臣甚矣！

宋穆公卒，立宣公之子與夷。 是爲殤公。

《左氏》曰：「宋穆公疾，召大司馬孔父而屬殤公焉，曰：『先君舍與夷而立寡人，寡人弗敢忘。若以大夫之靈，得保首領以没，先君若問與夷，其將何辭以對？請子奉之，以主社稷。寡人雖死，亦無悔焉。』對曰：『群臣願奉馮也。』公曰：『不可。先君以寡人爲賢，使主社稷。若棄德不讓，是廢先君之舉也，豈曰能賢？光昭先君之令德，可不務乎？吾子其無廢先君之功！』使公子馮出居於鄭。宋穆公卒，殤公即位。」○《公羊氏》曰：「君子大居正。宋之禍，宣公爲之也。」

齊侯、鄭伯盟于石門。

陳氏曰：「特相盟不書，必關於天下之故而後書。齊、鄭合，天下始多故矣。天下之無王，鄭爲之也。天下之無伯，齊爲之也。是故書齊、鄭盟于石門，以志諸侯之合。書齊、鄭盟于鹹，以志諸侯之散。是《春秋》之始終也。」

履祥按：春秋之初，齊僖公小伯，鄭内叛王而外挾之以合諸侯，二國蓋相爲用也。齊自盟石門，成三國，會中丘，伐宋，又與鄭入郕、入許，會魯、陳、鄭以成宋亂，與衛胥命，與鄭謀紀，與鄭、衛伐盟、向，又與之戰魯，與之盟惡曹，與宋、衛、燕伐魯，《國語》稱爲小伯。鄭自平王之末，即以王師伐衛，討公孫滑之亂。桓王立四年，而始朝。六年，以齊人朝王。七年，以王命伐宋，以王命告諸侯。取三師。入郕，討違王命。九年，成宋亂。皆與齊僖相出入。王奪其政，而繻葛之矢中天子之肩矣。故齊、鄭之始盟，《春秋》憂之。

壬戌。桓王元年。衛州吁弒其君桓公而自立。宋、陳、蔡、衛伐鄭。

《左氏》曰：「衛州吁弒桓公而立。宋殤公之即位也，公子馮出奔鄭，鄭人欲納之。及衛州吁立，將脩先君之怨於鄭，而求寵於諸侯，以和其民。使告於宋曰：『君若伐鄭以除君害，君爲主，敝邑以賦與陳、蔡從，則衛國之願也。』宋人許之。於是陳、蔡方睦於衛，故宋公、陳侯、蔡人、衛人伐鄭，圍其東門，五日而還。」

履祥按：《春秋》：「宋公、陳侯、蔡人、衛人伐鄭。」是役也，衛爲之，而《春秋》以宋爲首。宋穆公舍其子馮，使出居於鄭，以立殤公。而殤公從衛伐鄭，欲以除馮。故《春秋》誅心，以宋爲首惡也。州吁，弒君之賊，其於此役不足爲誅矣。

魯翬帥師會宋、陳、蔡、衛伐鄭。

《春秋》曰：「翬帥師會宋公、陳侯、蔡人、衛人伐鄭。」〇《左氏》曰：「諸侯復伐鄭。宋公使來乞師，公辭之。羽父請以師會之，公弗許，固請而行。故書曰『翬帥師』，疾之也。諸侯之師敗鄭徒兵，取其禾而還。」

履祥按：魯隱公唯不以君自處，故諸大夫專擅，非公命而爲之者有矣，如費伯城郎，公子豫盟邾、鄭，作南門，皆諸臣專之。是以帥師雖大事，翬或固請而行，或不俟命而先行也。諸臣猶不可，以翬凶逆之性，則其欲除桓而卒弒隱，宜肆然不以爲難也。

衛人殺州吁于濮，衛人立晉。是爲宣公。

《左氏》曰：「州吁未能和其民，厚問定君於石子。石子曰：『王覲爲可。』曰：『何以得覲？』曰：『陳君方有寵於王，陳、衛方睦，若朝陳使請，必可得也。』厚從州吁如陳。石碏使告于陳曰：『衛國褊小，老夫耄矣，無能爲也。此二人者，實弑寡君，敢即圖之。』陳人執之，而請涖于衛。衛人使右宰醜涖殺州吁于濮，石碏使其宰獳羊肩涖殺石厚于陳。衛人逆公子晉于邢。宣公即位。」

二年。晉曲沃以鄭、邢之師攻晉侯于翼。王使尹氏、武氏助伐翼。翼侯奔隨。隨，晉地。

履祥按：晉文侯於平王有修扞之功，其後嗣爲曲沃所弱。王室不能救，已非矣，桓王反使尹、武氏助曲沃，於君臣恩義邪正一切反之。東遷以來，諸侯放恣，而周之舉措如此，何以服諸侯之心乎？

曲沃叛。王命虢公伐曲沃，立翼侯子光于翼。是爲哀侯。

郳人、鄭人伐宋。宋人伐鄭。

《左氏》曰：「宋人取郳田。郳人告於鄭曰：『請君釋憾於宋，敝邑爲道。』鄭人以王師會之，伐宋，入其郛，以報東門之役。」

履祥按：鄭以公孫滑之故，用師于宋。宋又以公子馮之故，用師于鄭。宋已爲州吁所誘，今鄭又爲郳人所嗾。宋志在於去馮，故爲人所誘。郳心在於報怨，故嗾人。《春秋》前以宋主兵，此以郳主兵，皆誅心也。然其時鄭伯猶未朝王也，而《左氏》謂「以王師會之」，或誤也。鄭以王師伐宋，則隱九年之事爾。《左氏》隱篇之多誤，此亦一事也。

甲子。三年。晉翼侯自隨入于鄂。

《左氏》曰：「翼九宗五正頃父之子嘉父逆晉侯于隨，納諸鄂。晉人謂之鄂侯。」前年桓王立此侯之子於翼，故不復入翼，而居鄂。

鄭輸平於魯。

魯侯、齊侯盟于艾。

陳氏曰：「春秋之初，宋、魯、衛、陳、蔡一黨也，齊、鄭一黨也。於是鄭始平魯。鄭方交惡於王，而亟平齊、魯，將以合諸侯焉爾。」

宋人取長葛。

京師饑。

《左氏》曰：「京師來告饑。公爲之請糴於宋、衛、齊、鄭，禮也。」

鄭伯入朝。

《左氏》曰：「鄭伯如周，始朝桓王也。王不禮焉。周桓公言於王曰：『我周之東遷，晉、鄭焉依。善鄭以勸來者，猶懼不蔇，況不禮焉？鄭不來矣！』」

履祥按：周之東遷，晉、鄭焉依，而王奪鄭伯政，又嘗助曲沃伐翼，此所以失諸侯也。鄭伯不朝固有罪，今其來朝，與其進可也。然鄭伯實利政權，又有挾天子令諸侯之意。周桓公之説，未盡當時之事情也。

四年。王使凡伯聘于魯。戎伐凡伯于楚丘以歸。

《左氏》曰：「初，戎朝于周，發幣于公卿，凡伯弗賓。冬，王使凡伯來聘。還，戎伐之于楚丘以歸。」〇胡氏曰：「楚丘，衛地。《春秋》書『于楚丘』，罪衛不救王臣之患也。『以歸』，罪凡伯失節，不能死於位也。周之《秩官》：『敵國賓至，關尹以告，候人爲導，司徒具徒，司寇詰姦，佃人積薪，火師監燎。其貴國之賓至，則以班加一等，益虔。至於王吏，則皆官正涖事。』今凡伯承王命以爲過賓於衛，而戎得伐之以歸，是蔑先王之官而無君父也。爲狄所滅，則有由矣。」

陳及鄭平。

晉曲沃莊伯卒，子稱代。是爲武公。

秦文公卒，孫嗣。是爲寧公。

五年。鄭伯歸祊田于魯。

《公羊氏》曰：「鄭湯沐之邑也。天子有事于泰山，諸侯皆從，泰山之下，諸侯皆有湯沐之邑焉。」〇《左氏》曰：「鄭伯請釋泰山之祀而祀周公，以泰山之祊易許田。」

蔡宣侯卒，子封人嗣。是爲桓侯。

王命虢公忌父爲卿士。鄭伯争政之由，桓王伐鄭之故。

宋公、齊侯、衛侯盟于瓦屋。

《左氏》曰：「齊人卒平宋、衛于鄭。會于温，盟于瓦屋，以釋東門之役。」○《穀梁氏》曰：「諸侯之參盟於是始。」○陳氏曰：「有參盟，而後有主盟者矣。鄭有志於叛王而合諸侯，於是渝平於魯。齊亦爲艾之盟以平魯；爲瓦屋之盟以平宋、衛，所謂成三國也。東諸侯之交盛矣。」

鄭伯以齊人來朝。

六年。王使南季聘于魯。

胡氏曰：「隱公即位九年于此，而史策不書遣使如周，是未嘗聘也；亦不書公如京師，是未嘗朝也。貶爵、削地可也。刑則不舉，遣使聘焉，其斯以爲不正乎？《春秋》書公如京師者一、朝于王所者二、卿大夫如京師者五，舉魯一國則天下諸侯怠慢不臣可知矣；書天王來聘者七、錫命者三、賵葬者四，則問於它邦及齊、晉、秦、楚諸大國又可知矣。王之不王如此，征伐安得不自諸侯出乎？諸侯之不臣如此，政事安得不自大夫出乎？君臣上下之分易矣。陪臣執國命，夷狄制諸夏矣，其原皆自天王失威福之柄也。《春秋》於此，蓋有不得已焉爾矣。」

鄭伯爲左卿士，以王命伐宋，以王命告于魯。魯侯、齊侯會于防。

《左氏》曰：「宋公不王。鄭伯爲王左卿士，以王命討之，伐宋。鄭人以王命來告伐宋。公會齊侯于防，謀伐宋也。」

履祥按：自鄭公孫滋奔宋，宋公子馮居鄭，宋、鄭交兵非一日矣。鄭伯自交惡以來意本不王，四年，強入朝，亦爲王所不禮矣。然其意在於挾天子以令諸侯，故不禮而不退。虢公分政而不退，將以濟其私也。於是以王命伐宋，又以王命會齊、魯之師以伐宋，而不以王討之。甚矣！鄭伯之私也。

秦自汧、渭之間徙居平陽。

《史記》曰：「文公五十年，卒，葬西山。竫公子立，是爲寧公。寧公二年，徙居平陽。伐蕩社。三年，滅之。」《經世》作「徙居郿」。

七年。鄭伯、齊侯、魯侯會于中丘。魯翬帥師會齊、鄭伐宋。魯侯敗宋師于菅，取郜，取防。

《左氏》曰：「春，正月，公會齊侯、鄭伯于中丘。盟于鄧，爲師期。夏五月，羽父先會齊侯、鄭伯伐宋。六月，公會齊侯、鄭伯于老桃。公敗宋師于菅。鄭師入郜，歸于我。鄭師入防，歸于我。」

履祥按：三國伐宋，取郜、取防，何以獨歸諸魯？魯之於鄭，本仇也；於宋，本好也。

魯以行人失詞而不救宋，鄭於是始輸平。今又會魯以伐宋，故以二邑歸魯，蓋欲堅其利鄭而絶宋也。鄭、魯苟以王命伐宋，則削其地以爲王土可也，鄭安得以予魯？魯亦安得受之於鄭？噫，諸侯之行其私亦甚矣！

宋人、衛人入鄭。宋人、蔡人、衛人伐戴。鄭伯伐取之。

齊人、鄭人入郕。

《左氏》曰：「蔡人、衛人、郕人不會王命。鄭師入郊，猶在郊。宋人、衛人入鄭，蔡人從之伐戴。鄭伯圍戴，克之，取三師焉。宋、衛既入鄭，而以伐戴召蔡人，蔡人怒，故不和而敗。」

八年。鄭伯、魯侯會于時來。齊侯、鄭伯、魯侯入許。

《左氏》曰：「夏，公會鄭伯于郲，謀伐許也。秋，公會齊侯、鄭伯伐許。傅于許。瑕叔盈以蝥弧登，周麾而呼曰：『君登矣！』鄭師畢登。遂入許。許莊公奔衛。齊侯以許讓公，公曰：『君謂許不共，故從君討之。許既伏其罪矣，雖君有命，寡人弗敢與聞。』乃與鄭人。鄭伯使許大夫百里奉許叔以居許東偏，曰：『天禍許國，鬼神實不逞于許君，而假手于我寡人。寡人唯是一二父兄不能共億，其敢以許自爲功乎？寡人有弟，不能和協，而使餬其口於四方，其況能久有許乎？吾子其奉許叔以撫柔此民也，吾將使獲也佐吾子。若寡人得没于地，天其以禮悔禍于許？無寧兹許公復奉其社稷。唯我鄭國之有請謁焉，如舊昏媾，其能降以相從也。無滋它族，實偪處此，以與我鄭國争此土也。吾子孫其覆亡之不暇，而況能禋祀許乎？寡人之使吾子處此，不唯許國之爲，亦聊以固吾圉也。』乃使公孫獲處許西偏，曰：『凡而器用財賄，無寘於許。我死，乃亟去之。』桓之十五年，許叔入于許。」

履祥按：齊侯以許讓魯，而隱公曰「君謂許不共，故從君討之」，則入許者，齊之志也。鄭伯先登，遂入許，則入許者，鄭之功也。讓魯而魯不敢受，固也。與鄭以疇其功，宜矣。而鄭亦不有焉，何也？鄭以齊、魯之師伐宋，故齊亦以魯、鄭伐許。齊之志，魯與有力。而鄭自有之，終必以此致隙，安保齊之不終於争？故曰：「況敢以許自爲功？」又曰：「其能久有許乎？」然則何不以歸之齊？歸齊，則恐其終逼己也，故曰：「無滋他族，實逼處此，以與我鄭國争此土也。」傳者謂其度德量力，無累後人，或者謂得而弗有，此豈其本心哉？内防其患，而外利其名爾。

王取鄔、劉、蔿、邘之田于鄭，與鄭人温、原、絺、樊、隰郕、欑茅、向、盟、州、陘、隤、懷之田。

《左氏》曰：「君子是以知桓王之失鄭也。恕而行之，德之則也，禮之經也。己弗能有而以與人，人之不至，不亦宜乎？」

履祥按：鄭之伐宋，取三師，又入郕，爲王命討也。至是，論功加邑可也，而取其四邑之田，與之以不能有之土，何哉？此可見鄭假王命以報怨，非王意也。桓王知其久假多俘，是以有四邑之取；知其長於用兵，是以授之專據之邑。桓王處此，可謂以詐御詐者矣。

魯公子軌弑其君隱公而自立。是爲桓公。

《左氏》曰：「羽父請殺桓公，將以求大宰。公曰：『爲其少故也，吾將授之矣。使營菟裘，吾將老焉。』羽父懼，反譖公于桓公而請弑之。公之爲公子也，與鄭人戰于狐壤，止焉。鄭人囚諸尹氏，賂尹氏，而禱於其主鍾巫，遂與尹氏歸，而立其主。十一月，公祭鍾巫，齊于社圃，館于寪氏。羽父使賊弑公于寪氏，立桓公而討寪氏，有死者。」○《公羊氏》曰：「何以不書葬？隱之也。何隱爾？弑也。弑則何以不書葬？《春秋》君弑，賊不討，不書葬，以爲無臣子也。子沈子曰：『君弑，臣不討賊，非臣也。子不復讎，非子也。葬，生者之事也。《春秋》君弑，賊不討，不書葬，以爲不繫乎臣子也。』公薨何以不地？不忍言也。隱何以無正月？隱將讓乎桓，故不有其正月也。」

九年。魯桓公元。**魯侯、鄭伯會于垂，卒易祊田**〔二〕**。盟于越。**

《左氏》曰：「公即位，脩好于鄭。鄭人請復祀周公，卒易祊田。公許之。鄭伯以璧假許田，爲周公、祊故也。公及鄭伯盟于越，結祊成也。盟曰：『渝盟，無享國。』」

履祥按：鄭以祊田易許田，其請久矣。故嘗先歸祊，隱公受之，已入祊矣，而許田則未與也。隱公豈以朝宿之邑，重於予鄭耶？或者廣狹肥确之非鈞也？桓弑隱而立，立即脩好於鄭，而鄭要之以許，爲垂之會，且加璧焉，於是卒與許田矣。蓋鄭以貪易許，而桓以餒賂鄭也。

燕穆侯卒，子嗣。是爲宣侯。

十年。宋督弑其君殤公及其大夫孔父，立公子馮。是爲莊公。

《左氏》曰：「宋穆公疾，召大司馬孔父而屬殤公焉。宋殤公立，十年十一戰，民不堪命。孔父嘉爲司馬，督爲大宰，故因民之不堪命，先宣言曰：『司馬則然。』已殺孔父而弑殤公，召莊公于鄭而立之，以親鄭。以郜大鼎賂魯，齊、陳、鄭皆有賂，故遂相宋公。魯取郜大鼎于宋〔三〕，納于大廟。臧哀伯諫曰：『君人者，將昭德塞違，以臨照百官，猶懼或失之，故昭令德以示子孫。是以清廟茅屋，大路越席，大羹不致，粢食不鑿，昭其儉也。衮、冕、黻、珽，帶、裳、幅、舄，衡、紞、紘、綖，昭其度也。藻、率、鞞、鞛，鞶、厲、游、纓，昭其數也。火、龍、黼、黻，昭其文也。五色比象，昭其物也。鍚、鸞、和、鈴，昭其聲也。三辰旂旗，昭其明也。夫德，儉而有度，登降有數。文、物以紀之，聲、明以發之，以臨照百官，百官於是乎戒懼而不敢易紀律。今滅德立違，而寘其賂器於大廟，以明示百官，百官象之，其又何誅焉？國家之敗，由官邪也。官之失德，寵賂章也。郜鼎在廟，章孰甚焉？武王克商，遷九鼎于雒邑，義士猶或非之，而況將昭違亂之賂器於大廟，其若之何？』公不聽。周内史聞之，曰：『臧孫達其有後於魯乎！君違不忘諫之以德。』」〇《公羊氏》曰：「督將弑殤公，孔父生而存，則殤公不可得而弑也，故於是先攻孔父之家。孔父正色而立於朝，則人莫敢過而致難於君者，孔父可謂義形於色矣。」

履祥按：宋殤公立，十年十一戰，大抵皆與鄭戰耳。其獨與鄭爲仇者，以馮之在鄭也。宋宣公舍與夷而立穆公，穆公又舍馮而立與夷，意非不善也。爲殤公者，迹穆公之轍，雖復以國與馮可也，而亟尋師於鄭，唯恐馮之尚存，卒以此斃其民，而華督得借是弑之，殤公蓋有以自取矣。孔父無死節之義，其不免於失諫之譏乎！但《左氏》書孔父見殺之由，起於内故，非矣，當從二傳爲正。

魯侯、齊侯、陳侯、鄭伯會于稷，以成宋亂。

蔡侯、鄭伯會于鄧。

《左氏》曰：「始懼楚也。」〇《公羊氏》曰：「鄧與會爾。」〇胡氏曰：「楚自西周已爲中國之患，宣王蓋嘗命將南征矣。及周東遷，僭號稱王，馮陵江、漢。此三國者，地與之鄰，是以懼也。其後卒滅鄧，虜蔡侯，而鄭以王室懿親爲之服役，終春秋之世，聖人蓋傷之也。夫天下莫大於理，莫强於信義，荆楚雖大，何懼焉？不知本此，事醜德齊，莫能相尚，則以地之大小、力之强弱分勝負矣。」

十有一年。春，晉曲沃敗晉師于汾隰，獲晉哀侯，欒成死之。晉人立哀侯子爲小子侯。

《左氏》曰：「曲沃武公伐翼，次于陘庭。韓萬御戎，梁弘爲右，逐翼侯于汾隰，驂絓而止。夜獲之，及欒共叔。」〇《國語》曰：「武公伐翼，殺哀侯，止欒共子曰：『苟無死，吾以子見天子，令子爲上卿，制晉國之政。』辭曰：『成聞之：「民生於三，事之如一。」父生之，師教之，君食之。非父不生，非食不長，非教不知。生之族也，故壹事之。唯其所在，則致死焉。報生以死，報賜以力，人之道也。臣敢以私利廢人之道，君何以訓矣？且君知成之從也，未知其待於曲沃也。從君而貳，君焉用之？』遂鬬而死。」〇《史記》曰：「陘庭與曲沃武公伐晉于汾旁，虜哀侯。晉人乃立哀侯子小子爲君，是爲小子侯。」

七月，壬辰朔，日有食之，既。

魯侯迎婦于齊。

《春秋》曰：「公子翬如齊逆女。齊侯送姜氏于讙。公會齊侯于讙。夫人姜氏至自齊。」

○《左氏》曰：「公會齊侯于嬴，成昏于齊也。公子翬如齊逆女。修先君之好，故曰『公子』。齊侯送姜氏，非禮也。凡公女，嫁于敵國，姊妹，則上卿送之，以禮於先君；公子，則下卿送之。於大國，雖公子，亦上卿送之。於天子，則諸卿皆行，公不自送。於小國，則上大夫送之。」

履祥按：魯桓與翬，弒隱而爲君、相，歸許于鄭，會齊、鄭、陳以成宋亂，成昏于齊，桓親會而翬爲之逆，桓又親爲會以受之，君、相之間，所以求寵於諸侯，求援於大國者，爲謀亦至，爲禮亦恭矣。而桓之所以自隕者，卒以姜氏。人力不可以勝天，如此夫！

十有二年。王使宰渠伯糾聘于魯。

王師、秦師圍魏，執芮伯。

《左氏》曰：「芮伯萬之母芮姜惡芮伯之多寵人也，故逐之，出居于魏。秦師侵芮，敗焉，小之也。王師、秦師圍魏，執芮伯以歸。十八年，秦人納芮伯萬于芮。」

晉曲沃稱弑哀侯于曲沃。

《史記》曰：「小子侯元年，曲沃武公使韓萬殺所虜晉哀侯。」賈逵曰：「韓萬，桓叔之子，莊伯之弟。」

十有三年。陳桓公卒。文公子佗殺世子免而自立。

齊侯、鄭伯如紀。

《左氏》曰：「齊侯、鄭伯朝于紀，欲以襲之。紀人知之。」

王使仍叔之子聘于魯。

履祥按：周衰，簒弒之臣必假天子之命以自立，天子從而命之，此已周之失道矣。魯桓之幼也，王室常賵其母矣，至是弒立，求寵於諸侯，未嘗有王覲之請也，而居有之，其無王益甚矣！周何求於魯？非惟不討其罪，不責其朝聘也，而反聘之。於列國猶報聘也，而朞年之内，未聞魯有一大夫如京師者，而周又聘之，桓王拳拳於魯如此，豈禮其能弒立耶？王聘之不足重如此，禮樂不出於天子，而政令不行於天下，亦王室自取焉爾。

王伐鄭。蔡人、衛人、陳人從王伐鄭。

《左氏》曰：「王奪鄭伯政，鄭伯不朝。王以諸侯伐鄭，鄭伯禦之。王爲中軍。虢公林父將右軍，蔡人、衛人屬焉。周公黑肩將左軍，陳人屬焉。鄭子元請爲左拒以當蔡人、衛人，爲右拒以當陳人，曰：『陳亂，民莫有鬬心，若先犯之，必奔。王卒顧之，必亂。蔡、衛不枝，固將先奔。既而萃於王卒，可以集事。』從之。曼伯爲右拒，祭仲足爲左拒，原繁、高渠彌以中軍奉公，爲魚麗之陳，先偏後伍，伍承彌縫。戰于繻葛，命二拒曰：『旝動而鼓。』蔡、衛、陳皆奔，王卒亂，鄭師合以攻之，王卒大敗。祝聃射王中肩，王亦能軍。祝聃請從之。公曰：『君子不欲多上人，況敢陵天子乎！苟自救也，社稷無隕，多矣。』夜，鄭伯使祭足勞王，且問左右。」○胡氏曰：「魯桓弑君而自立，宋督弑君而得政，則遣使聘焉而莫之討。鄭伯不朝，貶其爵可也。而自將以攻之，移此師以加宋、魯，誰曰非天討乎？《春秋》不書『天王』，端其本也；三國以兵會伐，則言『從王』，以著君臣之義也；戰于繻葛而不言『戰』，王卒大敗而不書『敗』，又以存天下之防也。」○陳氏曰：「《春秋》不始於平王，始於桓王也。東周之不競，鄭莊公爲之也。莊公相平王，王貳于虢，至于交惡。平王崩，四年而鄭始朝，於是鄭、虢相桓爲左、右。以王命討宋不庭而合齊、魯之師于中丘，入郕，又入許。魯翬之相桓，宋督之相莊，鄭有力焉。王奪其政而遂不朝，王固有以失鄭矣，自將以討鄭，討鄭而克，是仲康之師也，《春秋》可以無作。而戰焉王卒大敗，故曰伐鄭不服，而後王命不行於天下。」

十有四年。楚子熊通侵隨，俾請爵于王，王不許。

《左氏》曰：「楚子侵隨，使薳章求成焉。軍於瑕以待之。隨人使少師董成。鬬伯比言於楚子曰：『吾不得志於漢東也，我則使然。我張吾三軍，而被吾甲兵，以武臨之，彼則懼而協以謀我，故難間也。漢東之國，隨爲大，隨張，必棄小國。小國離，楚之利也。少師侈，請羸師以張之。』熊率且比曰：『季梁在，何益？』鬬伯比曰：『以爲後圖，少師得其君。』王毀軍而納少師。少師歸，請追楚師，隨侯將許之。季梁止之曰：『天方授楚，楚之羸，其誘我也，君何急焉？臣聞小之能敵大也，小道大淫。所謂道，忠於民而信於神也。上思利民，忠也；祝史正辭，信也。今民餒而君逞欲，祝史矯舉以祭，臣不知其可也。』公曰：『吾牲牷肥腯，粢盛豐備，何則不信？』對曰：『夫民，神之主也。是以聖王先成民而後致力於神。故務其三時，脩其五教，親其九族，以致其禋祀。於是乎民和而神降之福，故動則有成。今民各有心，而鬼神乏主，君雖獨豐，其何福之有！君姑脩政而親兄弟之國，庶免於難。』隨侯懼而脩政，楚不敢伐。」○《史記》曰：「楚伐隨，隨曰：『我無罪。』楚曰：『我蠻夷也。今諸侯皆爲叛相侵，或相殺。我有敝甲，欲以觀中國之政，請王室尊吾號。』隨人爲之固請尊楚，王室不聽。」

履祥按：《史記》所載，當是蘧章求成之辭爾。春秋之世，馮陵諸夏，惟楚爲甚。然觀熊通、蘧章所言，則諸夏固有以自取也。

紀侯如魯。

《左氏》曰：「諮謀齊難也。」

北戎伐齊。

《左氏》曰：「北戎伐齊，齊侯使乞師于鄭。鄭大子忽帥師救齊。大敗戎師，獲其二帥大良、少良，甲首三百，以獻於齊。於是，諸侯之大夫戍齊，齊人饋之餼，使魯爲其班。後鄭。鄭忽以其有功也，怒，故有郎之師。公之未昏於齊也，齊侯欲以文姜妻鄭大子忽。大子忽辭，人問其故，大子曰：『人各有耦，齊大，非吾耦也。』及其敗戎師也，齊侯又請妻之，固辭。人問其故，大子曰：『無事於齊，吾猶不敢。今以君命奔齊之急，而受室以歸，是以師昏也。民其謂我何？』遂辭諸鄭伯。」

履祥按：北戎伐齊，齊至乞師于鄭，求戍于諸侯，則戎患亦熾矣，向非他日桓公之霸，則燕、齊皆爲戎矣。初齊侯欲以文姜妻忽，而忽辭，文姜之淫不待他日，忽之不取，必知其故矣。至是有功，又欲以他女妻之，而忽又辭，則亦失計矣。雖其辭正，然魯以周班後鄭，忽乃恃功而輕周班焉，則其識量可知也。其不終也，宜哉！

蔡人殺陳佗，而立免之弟躍。是爲厲公。

《左氏》曰：「陳厲公，蔡出也。故蔡人殺五父而立之。」

十有五年。穀伯綏、鄧侯吾離至魯。

《春秋》曰：「穀伯綏來朝。鄧侯吾離來朝。」二傳曰：「何以名？失國也。」

履祥按：是時，楚方彊大，吞噬漢陽諸國，鄧不再朞而大敗於楚，此鄧、穀之君必爲楚所逼，去其國而來者，故《春秋》名之。不然，豈其近患之不恤，而遠朝于魯也哉？春秋之初，魯未見弱於齊，固爲彊國。紀有齊難，穀、鄧有楚難，皆趨之，而不知桓之不足與有爲也。失其所主，惜哉！然魯自桓公昏于齊，爲其所殺，莊公昏于齊，爲其所制，而魯世遂弱，至于宣公，益不足道矣。

鄭人、齊人、衛人伐盟、向。王遷盟、向之民于郟。

《左氏》曰：「盟、向求成於鄭，既而背之。鄭人、齊人、衛人伐盟、向。王遷盟、向之民于郟。」

履祥按：盟、向、陽樊，皆天子畿內諸侯，禄而不嗣者。周衰，皆據爲世嗣，王不能有。然桓王以盟、向與鄭，襄王以陽樊與晉，其民皆願歸王，而不願爲鄭、晉也。此則王遷之，彼則晉出之，以是見周家忠厚於民，而諸侯之不恤其民也。惜也！周衰不足以芘之，此誠生靈之不幸矣。

晉曲沃稱誘弑其君小子侯。

《左氏》曰：「曲沃伯誘晉小子侯，殺之。明年，春，滅翼。」

十有六年。王使家父聘于魯。

楚子會諸侯于沈鹿。楚子伐隨。隨及楚平。楚僭稱王。

《左氏》曰：「楚子合諸侯于沈鹿。黄、隨不會，使薳章讓黄。楚子伐隨，軍於漢、淮之間。季梁請下之：『弗許而後戰，所以怒我而怠寇也。』少師謂隨侯曰：『必速戰。不然，將失楚師。』隨侯禦之，望楚師。季梁曰：『楚人上左，君必左，無與王遇。且攻其右，右無良焉，必敗。偏敗，衆乃攜矣。』少師曰：『不當王，非敵也。』弗從。戰于速杞，隨師敗績。隨侯逸，鬭丹獲其戎車，與其戎右少師。隨及楚平。楚子將不許，鬭伯比曰：『天去其疾矣，隨未可克也。』乃盟而還。」〇《史記》曰：「楚熊通怒曰：『吾先鬻熊，文王之師也，早終。成王舉我先公，乃以子男田令居楚，蠻夷皆率服，而王不加位，我自尊耳。』乃自立，爲武王，與隨人盟而去。於是始開濮地而有之。」

王命虢仲伐曲沃，立晉哀侯之弟緡于晉。

祭公如魯，遂逆王后于紀。

杜氏曰：「天子娶於諸侯，使同姓諸侯爲之主。」

秦寧公卒，三父廢世子而立出子。

十有七年。紀季姜歸于京師。

十有八年。曹桓公卒，子射姑嗣。是爲莊公。

虢詹父以王師伐虢，虢公出奔虞。

《左氏》曰：「虢仲譖其大夫詹父於王。詹父有辭，以王師伐虢。虢公出奔虞。」

呂氏曰：「詹父，虢大夫，而命於天子，非虢所能私討，所以必借之王。此《王制》之尚存也。」履祥謂：使其大夫伐其國，亦《王制》所未有也。

齊侯、衛侯、鄭伯與魯戰于郎。《左氏傳》事始見十四年，先書「齊侯」，王爵也。

十有九年。齊人、衛人、鄭人盟于惡曹。

陳氏曰：「此郎之諸侯也。鄭敗王師，齊滅后之母家，衛亦抗子突而自立者，其無王甚矣！自有參盟，莫甚於惡曹，故略之而不爵也。」

鄭莊公卒，世子忽嗣。是爲昭公。

陳氏曰：「春秋之初，罪莫大於鄭莊，宋、魯、齊、衛次之，而父子兄弟之禍，亦莫甚於此五國者。莊公卒，高渠彌殺世子忽，齊人殺子亹，傅瑕殺子儀，國亂者二十年。魯隱公弑。宋殤、閔相繼弑。衛桓公弑，宣殺伋、壽而立朔，國人出朔而立黔牟。齊襄公弑，雍廩殺公孫無知，小白殺子糾。是可爲不臣者之戒矣。」

宋人執鄭祭仲。突歸于鄭。鄭忽出奔衛。

《左氏》曰：「鄭昭公之敗北戎也，齊人將妻之，昭公辭。祭仲曰：『必取之。君多內寵，子無大援，將不立。三公子皆君也。』弗從。鄭莊公卒。初，祭封人仲足有寵於莊公，莊公使爲卿。爲公娶鄧曼，生昭公，故祭仲立之。宋雍氏女於鄭莊公，曰雍姞，生厲公。雍氏宗，有寵於宋莊公，故誘祭仲而執之，曰：『不立突，將死。』亦執厲公而求賂焉。祭仲與宋人盟，以厲公歸而立之。昭公奔衛。厲公立。」〇《穀梁氏》曰：「宋，公也，曰人，貶之也。突，賤之也。歸，易辭也。祭仲易其事，權在祭仲也。死君難，臣道也。今立惡而黜正，惡祭仲也。鄭忽名，失國也。」

衛侯殺其二子伋、壽。

《左氏》曰：「初，衛宣公烝於夷姜，生急子，屬諸右公子。爲之娶於齊而美，公取之，生壽及朔，屬壽於左公子。宣姜與公子朔構急子。公使諸齊，使盜待諸莘，將殺之。壽子告之，使行。不可，曰：『棄父之命，惡用子矣！有無父之國則可也。』及行，飲以酒，壽子載其旌以先，盜殺之。急子至，曰：『我之求也。此何罪？請殺我乎！』又殺之。二公子故怨惠公。」朔也。○《詩・新臺篇》曰：「新臺有泚，河水瀰瀰。燕婉之求，籧篨不鮮。新臺有洒，河水浼浼。燕婉之求，籧篨不殄。魚網之設，鴻則離之。燕婉之求，得此戚施。」《集傳》曰：「言齊女本求與伋爲燕婉之好，而反得宣公醜惡之人也。」○《二子乘舟篇》曰：「二子乘舟，汎汎其景。願言思子，中心養養。二子乘舟，汎汎其逝。願言思子，不瑕有害？」○衛宏《詩序》曰：「《新臺》，刺衛宣公也。納伋之妻，作新臺於河上而要之，國人惡之。《二子乘舟》，思伋、壽也。衛宣公二子爭相爲死，國人傷而思之。」

二十年。魯侯會宋公盟于穀丘，又會于虛、于龜。魯侯會鄭伯盟于武父。魯侯及鄭師伐宋。

《左氏》曰：「宋以立厲公故，多責賂於鄭，鄭不堪命。公欲平宋、鄭。及宋公盟，宋成未可知也，故又會于虛、于龜。宋公辭平，故與鄭伯盟于武父。遂帥師而伐宋，戰焉。」

履祥按：善惡各以類相爲謀。魯侯軌弒其君兄而得國，前日成宋亂，今日平宋、鄭，爲鄭伐宋，何其勤也！

陳厲公卒，弟林立。是爲莊公。

衛宣公卒，朔立。是爲惠公。

二十有一年。楚屈瑕伐羅，羅與盧戎敗楚師。

《左氏》曰：「楚屈瑕伐羅，徇于師曰：『諫者有刑。』及鄢，亂次以濟。遂無次，且不設備。及羅，羅與盧戎兩軍之，大敗之。莫敖縊于荒谷，群帥囚于冶父以聽刑。楚子曰：『孤之罪也。』皆免之。」

魯侯會紀侯、鄭伯。及齊侯、宋公、衛侯、燕人戰。齊、宋、衛、燕師敗績。

履祥按：是役也，一則齊、紀爲讎也，二則宋、鄭爲敵也。魯爲紀所主，而與鄭突同惡，故爲紀、鄭。若齊，前則謀紀，後則德忽之功。宋責賂於突，而忽奔在衛。故齊、衛與宋合爲一，各有黨與。以爲此戰也，紀無罪而鄭突有罪，紀與魯、鄭爲黨，則失所依矣。故雖無罪，而終至於失國也。

二十有二年。魯侯、鄭伯突會于曹。鄭伯使其弟如魯盟。

秦三父弑出子，復立故世子。是爲武公。

齊僖公卒，子諸兒嗣。是爲襄公。

宋人以齊人、蔡人、衛人、陳人伐鄭。

燕宣侯卒，子嗣。是爲桓侯。

二十有三年。王使家父如魯求車。

王崩，子佗踐位。

鄭伯突出奔蔡。鄭世子忽復歸于鄭。

《左氏》曰：「祭仲專，鄭伯患之，使其壻雍糾殺之。將享諸郊。雍姬知之，謂其母曰：『父與夫孰親？』其母曰：『人盡夫也，父一而已，胡可比也？』遂告祭仲曰：『雍氏舍其室而將享子於郊，吾惑之，以告。』祭仲殺雍糾，尸諸周氏之汪。公載以出，曰：『謀及婦人，宜其死也。』厲公出奔蔡。昭公入。」

履祥按：《春秋》忽當喪未君而出奔，故歸而復稱「世子」。奔不書子，以其不能爲子也。歸稱「世子」，以其爲前日當立者也。世子當君而終不克君，以是爲忽之病矣。其後雖見弑，而《春秋》不書，以爲不能守國者之戒也。昭公見弑，在莊王二年。

鄭伯突入于櫟。宋公、魯侯、衛侯、陳侯會于袲，伐鄭。

《左氏》曰：「將納厲公。弗克。」

秦伐彭戲氏，至于華山。

《史記》曰：「武公元年，伐彭戲氏，至于華山下，居平陽封宫。」

乙酉。莊王元年。宋公、魯侯、蔡侯、衛侯會于曹。宋、魯、衛、陳、蔡伐鄭。伐忽，納突。

衛人立伋之弟黔牟，衛侯朔出奔齊。

《左氏》曰：事首見桓王十九年。「左公子洩、右公子職怨惠公，立公子黔牟。惠公奔齊。」

二年。魯侯、齊侯、紀侯盟于黄。魯侯、邾儀父盟于趡。

魯師及齊師戰于奚。魯及宋人、衛人伐邾。

履祥按：《春秋》於正月丙辰書「公會齊侯、紀侯盟于黄」，而五月丙午書「及齊師戰于奚」，則黄之盟何爲也？《左氏》曰：「平齊、紀，且謀衛。」夫盟爲紀、衛，而已不免於戰，尚何能爲紀、衛謀哉？《春秋》書「二月丙午，公會邾儀父，盟于趡」，而於秋書「及宋人、衛人伐邾」，則趡之盟何爲也？《左氏》曰：「尋蔑之盟也。」夫方盟之而又伐之，何蔑盟之能尋哉？屢盟長亂，《春秋》比事而書之，罪不言而著矣。

蔡桓侯卒，弟獻舞立。是爲哀侯。**蔡季自陳歸于蔡。**

胡氏曰：「季，字也。歸何以不有國？劉敞曰：『智足以與權而不亂，力足以得國而不居，遠而不攜，近而不逼者也。』是以見貴於《春秋》。葬蔡桓侯。蔡桓何以稱侯？蓋蔡季之賢，知請謚也。人亦多愛其君者，莫能愛君以禮，而季能行之，此賢者所以異於衆人也。《春秋》諸侯雖伯、子、男，葬，皆稱『公』，志其失禮之實爾。」

秦夷三父族。

《史記》曰：「秦武公三年，誅三父等而夷三族，以其殺出子也。」

十月朔，日有食之。

《左氏》曰：「十月朔，日有食之。不書日，官失之也。天子有日官，諸侯有日御。日官居卿以底日，禮也。日御不失日，以授百官于朝。」

鄭高渠彌弒其君昭公，立其弟子亹。

《左氏》曰：「初，鄭伯將以高渠彌爲卿，昭公惡之，固諫，不聽。昭公立，懼其殺己也，弒昭公，而立公子亹。君子謂昭公知所惡矣。公子達曰：『高伯其爲戮乎！復惡已甚矣。』」昭公之弒，不見於《春秋》，今據《左氏》《經世》書之。蓋此所編欲著首尾，不敢自同於《春秋》也。

三年。魯侯與其夫人姜氏如齊。齊侯殺魯桓公，立其子同。是爲莊公。

《左氏》曰：「公將有行，遂與姜氏如齊。申繻曰：『女有家，男有室，無相瀆也，謂之有禮。易此，必敗。』公會齊侯于濼，遂及文姜如齊。齊侯通焉。公謫之，以告。享公。使公子彭生乘公，公薨于車。《史記》曰：「齊襄公享公，公醉，使公子彭生抱公，因命彭生摺其脅，公死于車。」魯人告于齊曰：『寡君畏君之威，不敢寧居，來脩舊好，禮成而不反，無所歸咎，惡於諸侯。請以彭生除之。』齊人殺彭生。」

齊侯師于首止，殺鄭子亹及高渠彌。祭仲立子儀。

《左氏》曰：「齊侯師于首止，子亹會之，高渠彌相。齊人殺子亹而轘高渠彌。祭仲逆鄭子于陳而立之。是行也，祭仲知之，故稱疾不往。人曰：『祭仲以知免。』仲曰：『信也。』」《史記》謂渠彌亡歸，《經世》從之。

王子克奔燕。

《左氏》曰：「周公黑肩欲弑莊王而立王子克。辛伯告王，遂與王殺周公。王子克奔燕。初，子儀克也。有寵於桓王，桓王屬諸周公。辛伯諫曰：『並后、匹嫡、兩政、耦國，亂之本也。』周公弗從，故及。」

四年。魯莊公元。**使單伯送王姬。魯築王姬之館于外。王使榮叔錫魯桓公命。王姬歸于齊。**

《公羊氏》曰：「天子嫁女於諸侯，必使諸侯同姓者主之。」胡氏曰：「有三年之喪，天王於義不當使之主。有不戴天之讎，莊公於義不可爲之主。築之於外之爲宜，不若辭而弗主之爲正也。」

履祥按：莊王初年有黑肩之難，未遑諸侯之事也。至是以王姬歸齊而使魯主之，固常禮也。然莊王豈不知齊襄鳥獸之行，賊殺魯侯，不能行九伐之法而反妻之耶？又恐魯以桓公之讎怠於主禮，而追命桓公焉？然莊王豈不知魯桓弑君之賊，生不能討，幸其自斃而反追命之耶？是其區區之意，不過以齊襄之强妻之，而又以是和齊、魯爾。東遷之後，王命不行於天下，而其所褒錫者如此，於是王命益不足爲重矣。

陳莊公卒，弟杵臼立。是爲宣公。

齊師遷紀郱、鄑、郚。

履祥按：齊之謀紀有日矣。紀之季姜，桓王之后，則紀固莊王母家也。莊王以王姬歸齊，將以固婚姻爾。王姬適至而遷紀三邑，禽獸之人，固無施而不悖也。《春秋》書紀季姜與王姬之歸，詳而不略，則齊之罪自著矣。

五年。齊王姬卒。

宋莊公卒，子捷嗣。是爲閔公。○《史記》凡「閔」字或作「湣」。

六年。五月，葬桓王。

二傳曰：「改葬也。或曰：郤尸以求諸侯也。」○陳氏曰：「會葬不書其人。必有故也，而後書其人。文公使公子遂葬晉侯，叔孫得臣葬襄王，是均周、晉也。昭公使叔弓葬宋公、滕侯，叔鞅葬景王，是均周、宋、滕也。均，猶可也。晉景公卒，成公弔喪，而定王不書葬。楚康王卒，襄公送葬，而靈王不書葬。不臣於周，而詘於晉、楚，《春秋》諱之。是故《春秋》不徒志葬也。」

紀季以酅入于齊。

《左氏》曰：「紀於是乎始判。」○《公羊氏》曰：「請後五廟以存姑姊妹。」

燕桓侯卒，子嗣。 是爲莊公。

七年。王召隨侯，責其尊楚。楚武伐隨，卒於師。子熊貲嗣， 是爲文。 **始都郢。**

《史記》曰：「周召隨侯，數以立楚爲王。楚怒，以隨背己，伐隨。」○《左氏》曰：「楚武王荆尸，授師孑焉，以伐隨。將齊，入告夫人鄧曼曰：『余心蕩。』鄧曼歎曰：『王祿盡矣。盈而蕩，天之道也。先君其知之矣，故臨武事，將發大命，而蕩王心焉。若師徒無虧，王薨於行，國之福也。』王遂行，卒於樠木之下。令尹鬭祁、莫敖屈重除道、梁溠，營軍臨隨。隨人懼，行成。莫敖以王命入盟隨侯，且請爲會於漢汭而還。濟漢而後發喪。」

齊侯、陳侯、鄭伯遇于垂。

紀侯大去其國。

《左氏》曰：「紀侯不能下齊，以與紀季。紀侯大去其國，違齊難也。」

齊侯、魯侯狩于禚。

《春秋》曰：「公及齊人狩于禚。」《穀梁氏》曰：「齊人者，齊侯也。其曰人，卑公之敵，所以卑公也。卑公，刺釋怨也。」

履祥按：文姜之亂與魯莊之忘讎，其事情皆有自來。姜之謚爲「文」，計必有秀慧之質、晨雊之才。自其家而僖公已驕之，觀其嫁而父親送之，要其夫親受之，可知已。雄狐之事，計必已久，鄭子忽之辭婚，計必知此。不然，豈其已嫁，中年與夫俱返而始通之耶？《詩序》謂莊公不能防閑其母，以至淫亂爲二國患。夫自桓公已不能防閑其妻，與之如齊矣，則莊公豈能防閑其母，禁其如齊乎？夫母不可禁，禁其僕從可矣。程子固有是言，亦《詩》意也。防閑其母，借曰不能，亦宜有所不忍矣，何至躬與齊侯狩耶？莊公忘父而制於母，齊襄與文姜之謀巧矣。慶父、叔牙、季友，皆桓公子，而季友之祥、慶父之材，皆不在人下也。故齊襄殺桓而以立莊爲德，文姜又挾舅氏援立以固莊，莊公而讎齊制母焉，則三公子皆君也。是以莊公俛首帖耳，非惟徇其母之淫，今年會于禚，明年享于祝丘，明年如齊師，又明年會于防、于穀也，而已亦有禚之狩，有伐衛之會，有圍郕之會焉。蓋制於其母，以立己爲齊之德而不讎也。《春秋》之所諱，惟《史記》略言其故，而康節知之，故《經世書》曰：「齊襄公殺魯桓于濼，立其子同。」可謂得其情矣。

八年。齊人、宋人、魯人、陳人、蔡人伐衛。

《左氏》曰：「納惠公也。」《穀梁氏》曰：「是齊侯、宋公也。其曰人，逆天王之命也。」

九年。王使子突救衛。衛侯朔入于衛。黔牟來奔。

《左氏》曰：「王人救衛。衛侯入，放公子黔牟于周，放甯跪于秦，殺左公子洩、右公子職，乃即位。」〇《公羊氏》曰：「朔何以名？犯命也。其言『入』，篡辭也。」

十年。秦滅小虢。

《史記》曰：「武公十年，伐邽、冀戎，初縣之。十一年，初縣杜、鄭。滅小虢。」班固曰：「西虢。」

十有一年。魯侯及齊師圍郕，郕降于齊師。

《左氏》曰：「師及齊師圍郕。郕降于齊師。仲慶父請伐齊師。公曰：『不可。我實不德，齊師何罪？罪我之由。姑務脩德，以待時乎！』」

齊無知弒其君襄公。

《左氏》曰：「僖公之母弟夷仲年，生公孫無知，有寵於僖公，衣服禮秩如適。襄公絀之。公使連稱、管至父戍葵丘。瓜時而往，曰：『及瓜而代。』期戍，請代，弗許。故二人因無知以作亂，弑襄公而立無知。初襄公立，無常。鮑叔牙曰：『君使民慢，亂將作矣。』奉公子小白奔莒。亂作，管夷吾、召忽奉公子糾奔魯。」

十有二年。齊人殺無知。魯侯及齊大夫盟于蔇。魯侯伐齊，納糾。齊小白入于齊。是爲桓公。**葬齊襄公。魯侯及齊師戰于乾時，魯師敗績。**

《左氏》曰：「初，公孫無知虐于雍廩。雍廩殺無知。公及齊大夫盟于蔇，齊無君也。公伐齊，納子糾。桓公自莒先入。師及齊師戰于乾時，我師敗績。公喪戎路，傳乘而歸。秦子、梁子以公旗辟于下道，是以皆止。」

齊人取子糾于魯，殺之。取其傅管夷吾以歸，爲相。

《國語》曰：「桓公自莒反于齊，使鮑叔爲宰，辭曰：『君加惠於臣，使不凍餒，則君之賜也。若必治國家，則非臣之所能也。其管夷吾乎！臣所不若夷吾者五：寬惠柔民，弗若也；治國家不失其柄，弗若也；忠信可結於百姓，弗若也；制禮義可法於四方，弗若也；執枹鼓立於軍門，使百姓加勇焉，弗若也。』桓公曰：『夫管夷吾射寡人中鉤，是以濱於死。』鮑叔對曰：『夫爲其君動也。君若宥而反之，夫猶是也。』桓公曰：『若何？』對曰：『請諸魯。』桓公曰：『施伯，魯君之謀臣也，夫知吾將用之，必不予我。若之何？』對曰：『使人請諸魯，曰：「寡君有不令之臣在君之國，欲以戮於群臣，故請之。」則予我矣。』桓公使請諸魯，如鮑叔之言。莊公以問施伯，對曰：『此非欲戮之也，欲用其政也。夫管子，天下之才也。所在之國，則必得志於天下。令彼在齊，則必長爲魯國憂矣。』莊公曰：『若何？』施伯曰：『殺而以其屍授之。』莊公將殺管仲，齊使者請曰：『寡君欲親以爲戮，若不生得以戮於群臣，猶未得請也。』於是莊公使束縛以予齊使。比至，三釁、三浴之。桓公親逆之于郊，而與之坐，問焉。管子對曰：『昔者聖王之治天下也，參其國而伍其鄙，定民之居，成民之事，陵爲之終，而慎用其六柄焉。』桓公曰：『成民之事若何？』對曰：『四民者，勿使雜處，雜處則其言哤，其事易。昔聖王之處士也，使就閒燕；處工，就官府；處商，就市井；處農，就田野。令夫士，群萃而州處，閒燕則父與父言義，子與子言孝，其事君者言敬，其幼者言悌。少而習焉，其心安焉，不見異物而遷焉。是故其父兄之教不肅而成，其子弟之學不勞而能。夫是，故士之子恒爲士。令夫工，群萃而州處，審其四時，辨其功苦，權節其用，論比協材，旦莫從事，施於四方，以飭其子弟，相語以事，相示以巧，相陳以功。令夫商，群萃而州處，察其四時，而監其鄉之資，以知其市之賈，負、任、儋、何，服牛、軺馬，以周四方，以其所有，易其所無，市賤鬻貴，旦莫從事於此，以飭其子弟，相語以利，相示以賴，相陳以知賈。令夫農，群萃而州處，察其四時，權節其用，耒、耜、枷、芟，及寒，擊菒除田，以待時耕；及耕，深耕而疾耰之，以待時雨；時雨既至，挾其槍、刈、耨、鎛，以旦莫從事於田野。脱衣就功，茅《管子》作「苧」。蒲襏襫，霑體塗足，暴其髮膚，盡其四支之敏，以從事於田野。是皆少而習焉，其心安焉，不見異物而遷焉。是故其父兄之教不肅而成，其子弟之學不勞而能。是故工之子恒爲工，商之子恒爲商，農之子恒爲農。農，野處而不暱。《管子》作「慝」。其秀民《管子》作「才」。之能爲士者，必足賴也。故以耕則多粟，以士則多賢，是以敬畏戚農。有司見而不以告，其罪五。』公曰：『定民之居若何？』對曰：『制國以爲二十一鄉。』公曰：『善。』管子於是制國以爲二十一鄉：工商之鄉六，士鄉十五。《管子》作「士農之鄉十五」。公帥十一鄉焉，國子帥五鄉焉，高子帥五鄉焉。參國起案，案，界也。以爲三官，臣立三宰，工立三族，市立三鄉，澤立三虞，山立三衡。桓公又問曰：『寡人欲修政以干時於天下，其可乎？』對曰：『可。』公曰：『安始而可？』對曰：『始於愛民。』公曰：『愛民之道奈何？』對曰：『公脩公族，家脩家族，相連以事，相及以祿，則民相親矣。放舊罪，脩舊宗，立無後，則民殖矣。省刑罰，薄稅斂，則民富矣。鄉建賢士，使教於國，則民有禮矣。出令不改，則民正矣。此愛民之道也。』公曰：『民富而以親，則可以使之乎？』對曰：『舉財長工，以止民用；陳力尚賢，以勸民知；加刑無苛，以濟百姓。行之無私，則足以容衆矣；出言必信，則令不窮矣。此使民之道也。』」以上參用《管子》。○《管子書》曰：「桓公曰：『吾何以富國？』管子對曰：『唯官山海爲可耳。謹鹽筴與鐵官之數，其餘輕重準此而行，然則舉臂勝事，無不服籍者。』桓公曰：『然則國無山海不王乎？』管子曰：『因人之山海假之，名有海之國讎鹽於吾國，釜十五，吾受而官出之以百。我未與其本事也，受人之事，以重相推。此人用之數也。』」

○《國語》曰：「桓公曰：『吾欲從事於諸侯，其可乎？』管子對曰：『未可，國未安。』公曰：『安國若何？』曰：『脩舊法，擇其善者而業用之；遂滋民，與無財，而敬百姓。』公曰：『諾。』遂脩舊法，擇其善者而業用之；遂滋民，與無財，而敬百姓。國既安矣，公曰：『國安矣，其可乎？』曰：『未可。君若正卒伍，脩甲兵，則大國亦將正卒伍，脩甲兵，則難以速得志矣。君有攻伐之器，小國諸侯有守禦之備，則難以速得志矣。君若欲速得志於天下諸侯，則事可以隱令，可以寄政。』公曰：『爲之若何？』曰：『作内政而寄軍令焉。』公曰：『善。』管子於是制國：五家爲軌，軌爲之長；十軌爲里，里置有司；四里爲連，連爲之長；十連爲鄉，鄉有良人焉。以爲軍令：五家爲軌，故五人爲伍，軌長帥之；十軌爲里，故五十人爲小戎，里有司帥之；四里爲連，故二百人爲卒，連長帥之；十連爲鄉，故二千人爲旅，鄉良人帥之；五鄉一帥，故萬人爲一軍，五鄉之帥帥之。三軍，故有中軍之鼓，有國子之鼓，有高子之鼓。春以獀振旅，秋以獮治兵。是故卒伍整於里，軍旅整於郊。内教既成，令勿使遷徙。伍之人祭祀同福，死喪同恤，禍災共之。人與人相疇，家與家相疇，世同居，少同游。故夜戰聲相聞，足以不乖，晝戰目相視，足以相識。其歡欣足以相死。居同樂，行同和，死同哀。是故守則同固，戰則同彊。君有此士也三萬人，以方行天下，以誅無道，以屏周室，天下大國之君莫之能禦。正月之朝，鄉長復事。君親問焉，曰：『於子之鄉，有居處爲義好學、慈孝於父母、聰慧質仁、發聞於鄉里者，有則以告。有而不以告，謂之蔽明，其罪五。』有司已於事而竣。公又問焉，曰：『於子之鄉，有拳勇股肱之力秀出於衆者，有則以告。有而不以告，謂之蔽賢，其罪五。』有司已於事而竣。公又問焉，曰：『於子之鄉，有不慈孝於父母、不長悌於鄉里、驕躁淫暴、不用上令者，有則以告。有而不以告，謂之下比，其罪五。』有司已於事而竣。是故鄉長退而脩德進賢，公親見之，遂使役官。令官長期而書伐，以告且選，選其官之賢者而復用之。退問其鄉，以觀其所能，而無大厲，升以爲上卿之贊，謂之三選。國子、高子退而脩鄉，鄉退而脩連，連退而脩里，里退而脩軌，軌退而脩伍，伍退而脩家。是故匹夫有善，可得而舉也；匹夫有不善，可得而誅也。政既成，鄉不越長，朝不越爵，罷士無伍，罷女無家。士三出妻，逐於境外。女三嫁，入於舂穀。夫是，故民皆勉爲善。與其爲善於鄉也，不如爲善於里；與其爲善於里也，不如爲善於家。是故士莫敢言一朝之便，皆有終歲之計；莫敢以終歲之議，皆有終身之功。公曰：『伍鄙若何？』曰：『相地而衰征，則民不移；政不旅舊，則民不偷；山澤各致其時，則民不苟；陸、阜、陵、墐、井、田、疇均，則民不憾；無奪民時，則百姓富；犧牲不略，則牛羊遂。』公曰：『定民之居若何？』曰：『制鄙。三十家爲邑，邑有司；十邑爲卒，卒有卒帥；十卒爲鄉，鄉有鄉帥；三鄉爲縣，縣有縣帥；十縣爲屬，屬有大夫。五屬，立五大夫，各使治一屬焉；立五正，各使聽一屬焉。是故正之政聽屬，牧政聽縣，下政聽鄉。』正月之朝，五屬大夫復事。桓公擇是寡功者而謫之，曰：『制治分民如一，何故獨寡功？教不善則政不治，一再則宥，三則不赦。』公又親問焉，曰：『於子之屬，有居處爲義好學、慈孝於父母、聰慧質仁、發聞於鄉里者，有則以告。有而不告，謂之蔽明，其罪五。』有司已於事而竣。公又問焉，曰：『於子之屬，有拳勇股肱之力秀出於衆者，有則以告。有而不告，謂之蔽賢，其罪五。』有司已於事而竣。公又問焉，曰：『於子之屬，有不慈孝於父母、不長悌於鄉里、驕躁淫暴、不用上令者，有則以告。有而不以告，謂之下比，其罪五。』有司已於事而竣。五屬大夫於是退而脩屬，屬退而脩縣，縣退而脩鄉，鄉退而脩卒，卒退而脩邑，邑退而脩家。是故匹夫有善，可得而舉也；匹夫有不善，可得而誅也。政既成，以守則固，以征則彊。公曰：『吾欲從事於諸侯，其可乎？』曰：『未可。鄰國未吾親也。君欲從事於天下諸侯，則親鄰國。』公曰：『若何？』曰：『審吾疆場，而反其侵地；正其封疆，無受其資；而重爲之皮幣，以驟聘覜於諸侯，以安四鄰，則四鄰之國親我矣。爲遊士八十人，奉之以車馬、衣裘，多其資幣，使周游於四方，以號召天下之賢士。皮幣玩好，使人鬻之四方，以監其上下之所好，擇其淫亂者而先征之。』公曰：『夫軍令則寄諸内政矣，齊國寡甲兵，爲之若何？』曰：『輕過而移諸甲兵。制重罪贖以犀甲一戟，輕罪贖以鞼盾一戟，小罪謫以金分，宥間罪，索訟者三禁而不可上下，坐成以束矢。美金以鑄劍戟，試諸狗馬；惡金以鑄鉏、夷、斤、欘，試諸壤土。』甲兵大足。」○《管子書》曰：「桓公郊迎管子而問焉，管子對以參國伍鄙，立五鄉以崇化，建五屬以厲武，寄兵於政，因罰備器械，加兵無道諸侯，以事周室。桓公大説，於是齊戒十日，將相管仲。管仲曰：『斧鉞之人也，幸以獲生以屬其要領，臣之禄也。若知國政，非臣之任也。』公曰：『子大夫受政，寡人勝任。不受政，寡人恐崩。』管仲許諾，再拜而受。相三日，公曰：『寡人有大邪三，其猶尚可以爲國乎？』對曰：『臣未得聞。』公曰：『寡人不幸而好田，晦夜而至禽側，莫不見禽而後反。諸侯使者無所致，百官有司無所復。』對曰：『惡則惡矣，然非其急者也。』公曰：『寡人不幸而好酒，日夜相繼，諸侯使者無所致，百官有司無所復。』對曰：『惡則惡矣，然非其急者也。』公曰：『寡人有污行，不幸而好色，而姑姊有不嫁者。』對曰：『惡則惡矣，然非其急者也。』公作色曰：『此三者且可，則惡有不可者矣！』對曰：『人君唯優與不敏爲不可。優則亡衆，不敏不及事。』公曰：『善。吾子就舍，異日請與吾子圖之。』對曰：『時可將與夷吾，何待異日乎？』公曰：『奈何？』對曰：『公子舉，博聞而知禮，好學而辭遜，請使遊於魯，以結交焉。公子開方，巧轉而兑利，請使遊於衛，以結交焉。曹孫宿，小廉而荷忕，音逝。荷，密。忕，習。言多所慣習也。足恭而辭結，正荆之則也，與荆俗同。請使往遊，以結交焉。』遂立行三使者而後退。相三月，請論百官。公曰：『諾。』管仲曰：『升降揖遜，進退閑習，辨辭之剛柔，臣不如隰朋，請立爲大行。墾草入邑，辟土聚粟，多衆，盡地之利，臣不如甯戚，請立爲大司田。平原廣牧，車不結轍，士不旋踵，鼓之而三軍之士視死如歸，臣不如王子城父，請立爲大司馬。決獄折中，不殺無辜，不誣無罪，臣不如賓胥無，請立爲大司理。犯君顔色，進諫必忠，不辟死亡，不撓富貴，臣不如東郭牙，請立以爲大諫之官。君若欲治國强兵，則五子者存矣。若欲霸王，夷吾在此。』公曰：『善。』」〇《國語》曰：「桓公曰：『吾欲南伐，何主？』管子對曰：『以魯爲主。反其侵地堂、潛。』曰：『西伐，何主？』曰：『以衛爲主。反其侵地臺、原、姑與漆里。』曰：『北伐，何主？』曰：『以燕爲主。反其侵地柴夫、吠狗。使海於有蔽，渠弭於有渚，環山於有牢。』四鄰大親。既反侵地，正封疆，地南至陶陰，西至于濟，北至于河，東至于紀酅，有革車八百乘。擇天下之甚淫亂者而先征之。桓公從之，而霸功立。」

履祥按：《論語》子路、子貢之問，皆謂桓公殺公子糾，召忽死之，管仲不死，疑其非仁。夫子謂：「管仲相桓公，霸諸侯，一匡天下，民到于今受其賜。微管仲，吾其被髮左衽矣！豈若匹夫匹婦之爲諒？」蓋許其仁之功也。程子言此，大約以桓兄糾弟爲斷。然《荀子》又有桓公「殺兄」之説，觀當時事體，子糾必弟也。然其是非，不待兄弟而後可斷。顧子糾名義已失，不得爲正爾。何者？方齊之將亂也，鮑叔牙奉小白奔莒矣，襄公之弑，子糾固在内也，所當正君赴難，明義討賊以靖國也，而乃奔魯。若能乞師復讎，猶之可也。及雍廩殺無知，内難已定，方圖再入。既而桓公自莒先入，靖國人，葬襄公，正位君齊矣，糾何爲者邪？而管、召方輔之，用師伐國，是真以亡公子而抗齊君耳。前無正君討賊之義，後有抗君争國之非，則是仲之輔糾爲不義，罪已可殺，桓公不殺而用之，則安得而讎桓乎？故先師子何子謂猶今叛者既赦，自無可死之理，此夫子所以不責其死也。或曰：夫子答子路、子貢之問，不明言其所以是非，何也？曰：聖人之言正如神化無迹，而功用自見，要在學者思而得之耳。然其事之是非，則明書於《春秋》。書「公伐齊納糾」，伐而納之，内不受也；糾不稱子，不宜立也。書「齊小白入于齊」，係之齊，可立也。「九月，齊人取子糾殺之」，稱齊人，國討也；稱子，譏齊也；稱取，弱魯也。糾之死固當，而桓公殺之，爲已甚耳！然則管仲將得爲仁乎？曰：夫子許管仲以有仁人之功耳。使二子之始問也，曰管仲仁乎？則夫子所以答之者，又必異乎此矣。《管子書》稱齊使鮑叔傅小白，不出，而管仲勉之，鮑叔乃出，謂管仲之期待小白已久，且述其所以自期者，死齊不死糾。是則後人傅會，爲管仲文其事，而不知其義者也。今取其内政諸説著于篇，以見王制之變、霸業之本，而不取其傅會之説云。

十有三年。魯侯敗齊師于長勺。

《左氏》曰：「齊師伐我。公將戰，曹劌請見。其鄉人曰：『肉食者謀之，又何間焉。』劌曰：『肉食者鄙，未能遠謀。』乃入見。問何以戰。公曰：『衣食所安，弗敢專也，必以分人。』對曰：『小惠未徧，民弗從也。』公曰：『犧牲玉帛，弗敢加也，必以信。』對曰：『小信未孚，神弗福也。』公曰：『小大之獄，雖不能察，必以情。』對曰：『忠之屬也，可以一戰，戰則請從。』公與之乘，戰于長勺。公將鼓之。劌曰：『未可。』齊人三鼓，劌曰：『可矣。』齊師敗績。公將馳之。劌曰：『未可。』下視其轍，登軾而望之，曰：『可矣。』遂逐齊師。既克，公問其故。對曰：『夫戰，勇氣也。一鼓作氣，再而衰，三而竭。彼竭我盈，故克之。夫大國難測也，懼有伏焉。吾視其轍亂，望其旗靡，故逐之。』」

履祥按：此齊桓修納糾之怨也。魯事齊讎，爲所弱矣，至是曹劌用而始勝齊。然魯之用奇自是始。《春秋》書「敗齊師」，書其實，亦以示貶也。

魯侯侵宋。

齊師、宋師次于郎。魯侯敗宋師于乘丘。齊師還。

《左氏》曰：「齊師、宋師次于郎。公子偃曰：『宋師不整，可敗也。宋敗，齊必還，請擊之。』公弗許。自雩門竊出，蒙皋比而先犯之，公從之，大敗宋師于乘丘。齊師乃還。」〇陳氏曰：「其言『次』，以桓公圖霸而未集也。桓公所甚汲汲者，魯也。苟不得魯，不可以合諸侯。宿師于郎，將以詘魯爾。於是書『次』，用見桓之未得志於諸侯也。是故書『齊師、宋師次于郎』，以志齊伯之難。書『楚子、蔡侯次于厥貉』，以志楚伯之難。於此焉可以知人心矣。不苟於從齊，是人心猶有周也。不苟於從楚，是人心猶有晉也。有王者作，天下往歸之矣。」

荆敗蔡師于莘，以蔡侯獻舞歸。

《左氏》曰：「蔡哀侯娶于陳，息侯亦娶焉。息嬀將歸，過蔡。蔡侯曰：『吾姨也。』止而見之，弗賓。息侯聞之，怒，使謂楚文王曰：『伐我，吾求救於蔡而伐之。』楚子從之。楚敗蔡師于莘，以蔡侯獻舞歸。」○《史記》曰：「楚伐蔡，虜蔡侯。已而釋之。楚彊，陵江、漢間小國，小國皆畏之。」○《經世》曰：「自是江、漢之國皆服于楚。」○陳氏曰：「是夷、夏之大變也。」

齊師滅譚，譚子奔莒。

《左氏》曰：「齊侯之出也，過譚，譚不禮焉。及其入也，諸侯皆賀，譚又不至。齊師滅譚，譚無禮也。譚子奔莒，同盟故也。」○陳氏曰：「書『滅』始於此。然則滅國自齊桓乎？前乎此矣。曷爲以首亂罪齊？微桓公，則滅國之禍不接迹於天下。春秋之際，滅國三十六，五伯爲之也。譚子何以不名？國滅而後書『奔』，以不死社稷也。奔非其罪，莫甚於被兵者也。雖不死社稷，猶不名也。」

十有四年。魯侯敗宋師于鄑。

《左氏》曰：「宋爲乘丘之役故侵我。公禦之。宋師未陳而薄之，敗諸鄑。」

王姬歸于齊。

《左氏》曰：「齊侯來逆共姬。」杜氏曰：「魯主婚，齊侯來逆不書，不見公也。」

十有五年。王崩。太子胡齊踐位。

履祥按：莊王崩葬不書於《春秋》，周不赴告，魯不奔會也。其時可知矣，他國又可知矣。

宋萬弒其君閔公及其大夫仇牧。宋人立公子御說。是爲桓公。**萬奔陳。宋人醢之。**

《左氏》曰：「乘丘之役，公以金僕姑射南宮長萬，公右歂孫生搏之。宋人請之，宋公靳之，曰：『始吾敬子。今子，魯囚也。吾弗敬子矣。』病之。宋萬弒閔公于蒙澤。遇仇牧于門，批而殺之。遇大宰督于東宮之西，又殺之。立子游。群公子奔蕭。公子御說奔亳。南宮牛、猛獲帥師圍亳。蕭叔大心及戴、武、宣、穆、莊之族以曹師伐之。殺南宮牛于師，殺子游于宋，立桓公。猛獲奔衛。南宮萬奔陳，以乘車輦其母，一日而至。宋人請猛獲于衛，衛人歸之。亦請南宮萬於陳，以賂。陳人使婦人飲之酒，而以犀革裹之。比及宋，手足皆見。宋人皆醢之。」

【校記】

〔一〕「二」，原作「三」，今據慎獨齋配補歸仁齋本、宋犖本、率祖堂本、《四庫》本改。

〔二〕「田」，原作「曰」，今據慎獨齋配補歸仁齋本、宋犖本、率祖堂本、《四庫》本改。

〔三〕「宋」，原作「永」，今據慎獨齋配補歸仁齋本、宋犖本、率祖堂本、《四庫》本改。

通鑑前編卷之十一

金履祥編

庚子。周僖王元年。齊侯、宋人、陳人、蔡人、邾人會于北杏。

胡氏曰：「春秋之世，以諸侯而主天下會盟之政，自北杏始，其後宋襄、晉文、楚莊、秦穆交主夏盟，迹此而爲之者也。桓非受命之伯，諸侯自相推戴以爲盟主，是無君矣。故四國稱『人』以誅始亂、正王法也。齊侯稱爵，其與之乎？上無天子，下無方伯，有能會諸侯安中國而免民於左衽，則雖與之可也。誅諸侯者，正也。與桓公者，權也。」〇陳氏曰：「《春秋》非主兵，皆序爵也。於是序齊於宋之上，而獨爵齊，將予齊以伯也。晉文公之簡曰：『晉侯、齊師、宋師、秦師。』皆始伯之辭也。自是無特相會者矣。」

齊人滅遂。齊侯會魯侯，盟于柯。

《左氏》曰：「會于北杏，以平宋亂。遂人不至。齊人滅遂而戍之。盟于柯，始及齊平也。」○《世家》曰：「齊桓公五年，伐魯，魯將師敗。魯莊公請獻遂邑以平，桓公許，與魯柯而盟。魯將盟，曹沫以匕首劫桓公於壇上，曰：『反魯之侵地！』桓公許之。已而曹沫去匕首，北面就臣位。桓公後悔，欲無與魯地而殺曹沫。管仲曰：『夫許之而倍信殺之，愈一小快耳，而棄信於諸侯，失天下之援，不可。』於是遂與曹沫三敗所亡地於魯。諸侯聞之，皆信齊而欲附焉。」○《公羊氏》曰：「莊公將會于桓，曹子進曰：『君之意何如？』莊公曰：『寡人之生，則不若死矣。』曹子曰：『然則君請當其君，臣請當其臣。』莊公曰：『諾。』於是會乎桓，莊公升壇，曹子手劍而從之。管子進曰：『君何求乎？』曹子曰：『城壞壓竟，君不圖與。』管子曰：『然則君將何求？』曹子曰：『願請汶陽之田。』管子顧曰：『君許諾。』公曰：『諾。』曹子請盟，桓公下與之盟。已盟，曹子摽劍而去之。要盟可犯，而桓公不欺。曹子可讎，而桓公不怨。桓公之信，著乎天下，自柯之盟始。」○《皇極經世》曰：「齊會宋、陳、蔡、邾之師伐魯，三敗之。取遂。又會魯于柯，遂復其侵地，曹沫劫盟故也。」

履祥按：《左氏》於莊公之篇多缺無傳，雖有不詳，獨晉、楚之事雖未見於經而傳獨詳焉。然終《春秋》之傳，晉、楚事獨詳於諸國。蓋其時晉之《乘》、楚之《檮杌》與《魯春秋》並行，故晉、楚之事，《左氏》得以參考備書之。齊桓始霸，《左氏》於其事獨略，豈齊之史策有未備耶？如北杏之會，《左氏》以爲平宋，邵氏以爲伐魯。遂之滅，《左氏》以爲北杏之不至，《史記》以爲魯之獻邑，邵氏以爲取魯之邑。柯之盟，《史記》《公羊》以爲曹沫之刼也。夫北杏之會，當不止爲一事，魯亦豈無故而即爲柯之盟？《春秋》於齊桓之事，凡齊之侵伐皆不書，書「及」、書「敗」而已。遂在濟北，必魯之附庸也。齊未得魯，必有來伐之師，伐遂而卒滅之，以威魯也，是以魯忍而與齊平，爲柯之盟，此其事實也。故當從邵氏之説。然管仲得君之初固嘗曰南伐以魯爲主，反其侵地矣，至是而始反之也。曹沫之刼不見於《左氏》，而世多稱之，今存之以待參考。

二年。齊人、陳人、曹人伐宋。

《左氏》曰：「宋人背北杏之會。」〇胡氏曰：「諸侯伐宋，其稱『人』者，將卑師少也。齊自管仲得政，滅譚之後，二十年間未嘗遣大夫爲主將，亦未嘗動大衆出侵伐，蓋以制用兵而賦於民薄矣。故能南摧强楚，西抑秦、晉，天下莫能與之争也。或以爲貶齊稱『人』，誤矣。」

履祥按：宋有弑君之亂，既已討賊立君矣，而北杏之會方且曰「平宋亂」，今又伐之，豈齊桓念宋殤之從己，欲立其子而宋人不從也耶？此必有考也。

齊侯使來請師。王命單伯會伐宋。

《左氏》曰：「宋人背北杏之會。諸侯伐宋，齊請師于周。單伯會之，取成于宋而還。」○陳氏曰：「春秋之初，王室猶甚威重也。衛之定州吁也，陳之妻鄭忽也，紀之求成於齊也，皆欲假寵於王。齊桓之興，亦必請王師而後專伐。自伯者之令行，諸侯不知有王矣。」

鄭人弑其君子儀。鄭厲公自櫟入于鄭。

《左氏》曰：「厲公自櫟侵鄭，獲傅瑕，與之盟而赦之。傅瑕殺鄭子，而納厲公。公入，遂殺傅瑕。」

荆入蔡。

《左氏》曰：「蔡哀侯爲莘故，繩息嬀以語楚子。楚子如息，以食入享，遂滅息。以息嬀歸，生堵敖及成王焉。未言。楚子問之，對曰：『吾一婦人而事二夫，縱弗能死，其又奚言？』

楚子以蔡侯滅息，遂伐蔡。秋，楚入蔡。」

單伯會齊侯、宋公、衛侯、鄭伯于鄄。

《左氏》曰：「宋服也。」

履祥按：單伯三時于外，桓公挾之以令諸侯，必不止於爲宋也，是以明年桓公自主鄄之會，而齊始霸矣。

三年。齊侯、宋公、陳侯、衛侯、鄭伯會于鄄。

《左氏》曰：「齊始霸也。」

宋人、齊人、邾人伐郳。鄭人侵宋。

晉曲沃伯稱滅晉，弑其君緡。

四年。宋人、齊人、衛人伐鄭。

《左氏》曰：「諸侯爲宋伐郳。鄭人間之而侵宋。諸侯伐鄭，宋故。」

荆伐鄭。

履祥按：鄭有虎牢之險，爲中原襟喉，故齊、晉之霸而常與楚爭鄭，爲是故也。先師子王子有曰：「新鄭之境，前嵩後河，右洛左濟，虎牢之險天下之所聳目，豈不足以屏王室而伯諸侯？然《春秋》被兵之煩未有甚於鄭者，何哉？歷十六君，無一起人，意者不能運地勢之所長，反爲地勢之所累。其國則中原之咽喉也。東有齊，北有晉，欲伯諸侯，其勢不容於捨鄭。南有楚，西有秦，必得鄭而後可伯。是所以爲天下戰爭之的也。使其有英君出於其間，内連王室之親，外守山川之固，挾王命以令諸侯，禮樂征伐必自天子出，是則東周之周、召也，五伯何敢跋扈崛强於後先哉？」

齊侯、宋公、魯侯、陳侯、衛侯、鄭伯、許男、滑伯、滕子同盟于幽。

《左氏》曰：「鄭成也。」〇《公羊氏》曰：「同欲也。」〇《穀梁氏》曰：「同尊周也。」〇陳氏曰：「諸侯初主盟也，自是無特相盟者矣。盟未有言『同』者，於是言『同盟』，以齊桓之初主盟也。夫主盟者，舉天下而聽於一邦也。王者不作，舉天下而聽於一邦，古未之有也。於是始書曰『同盟』，『同』，衆辭也，猶未予以專主是盟也。再盟于幽之後，天下知有齊桓而已矣。」

王使虢公命曲沃伯以一軍爲晉侯。是爲武公。

《史記》曰：「曲沃武公伐晉侯緡，滅之，盡以其寶器賂獻于周釐王。王命曲沃武公爲晉君，列爲諸侯，於是盡併晉地而有之。曲沃武公已即位三十七年矣，更號曰晉武公，始都晉國。自桓叔初封曲沃以至武公滅晉也，凡六十七歲，而卒代晉爲諸侯。」

秦武公卒，弟立。是爲德公。

《史記》曰：「葬雍平陽。初以人從死。」

楚滅鄧。

《左氏》曰：「初楚文伐申，過鄧。鄧祁侯曰：『吾甥也。』止而享之。騅甥、聃甥、養甥請殺楚子，曰：『亡鄧國者，必此人也。若不早圖，後君噬臍。』鄧侯弗從。還年，楚子伐鄧。是年，楚復伐鄧，滅之。」○呂氏曰：「鄧之三甥，不知國之存亡繫於我之治亂，反謂繫於楚子之死生，汲汲然欲殺之，忘内而憂外，何其疏也！環楚而國者，如陳、蔡、鄭、許，下至江、黄、道、柏之屬，不可一二數也。楚不先加兵，而唯急於滅鄧者，豈非見鄧有可乘之釁乎！吾有可乘之釁置而不憂，顧以鄰敵爲憂，雖楚子可得而殺，猶有楚國存焉；雖楚國可得而滅，猶有諸侯存焉。爲吾憂者，未始有極也。當是時，强陵弱、衆暴寡之風徧於天下，齊人滅譚、晉人滅虢書於諸侯之策矣。國有釁可乘，諸侯將争欲滅之，亡鄧豈獨一楚哉！三甥之謀，謬戾明矣。而世猶有追恨鄧侯不用其言者，蓋小人之情，咎人而不咎己，宜其咎楚而不咎鄧也。」

蔿國以晉師伐夷詭諸，殺之。周公忌父出奔虢。

《左氏》曰：「初晉武公伐夷，執夷詭諸。蔿國請而免之。既而弗報，故子國作亂，謂晉人曰：『與我伐夷而取其地。』遂以晉師伐夷，殺夷詭諸。周公忌父出奔虢。惠王立而復之。」

郳子克卒，瑣立。

杜氏《春秋釋例》曰：「郳國，曹姓。周武王封郳挾爲附庸，居郳。自挾至儀父十二世。儀父從齊桓尊王室，始進爵稱子。儀父，克之字也。」按：唐陸質以儀父克爲二人，然前無所據，今從《左氏》。

五年。王崩，太子閬踐位。

晉武公卒，子詭諸嗣。是爲獻公。

秦徙居雍。

《史記》曰：「德公元年，初居雍城大鄭宫。以犧三百牢祠鄜畤。」

楚文卒，子囏嗣。是爲杜敖。按：《左氏》惠王二年楚文卒。今從《經世》。

乙巳。惠王元年。三月，日有食之。

虢公、晉侯來朝。

《左氏》曰：「虢公、晉侯朝王。王饗醴，命之宥，皆賜玉五瑴，馬三匹，非禮也。王命諸侯，名位不同，禮亦異數，不以禮假人。」

履祥按：曲沃賂周而伐晉，必虢公實爲之請，故釐王亦使虢公命之。虢公爲王卿士，不俟旅朝，此蓋導晉也。晉之朝王，以曲沃始列於諸侯，而詭諸又新爲諸侯也。

虢公、晉侯、鄭伯使原伯逆王后于陳。

杜氏曰：「虢、晉朝王，鄭伯以齊執其卿，故求王爲援，皆在京師，故倡義爲王定昏，得同姓宗國之禮。」

履祥按：三年之喪，自天子達。虢、晉不能以禮導天子，而及其咸在亟爲迎婚，非禮矣。

秦德公卒，子嗣。是爲宣公。

二年。蔿國、邊伯、詹父、子禽祝跪奉王子頹作亂。頹出奔温。蘇子奉子頹奔衛。衛人、燕人入寇，立頹。

《左氏》曰：「初王姚嬖于莊王，生子頹，有寵，蔿國爲之師。及惠王即位，取蔿國之圃以爲囿。邊伯之宫近於王宫，王取之。王奪子禽祝跪與詹父田，收膳夫石速也。之秩。故蔿國、邊伯、石速、詹父、子禽祝跪作亂，因蘇氏。秋，五大夫奉子頹以伐王，不克，出奔温。蘇子奉子頹以奔衛。衛師、燕師伐周。冬，立子頹。」

履祥按：蔿國爲子頹之師，釐王之末以晉師伐夷詭諸，周公忌父所爲出奔也，則其權勢恣横非一日矣。惠王立，不能去之，而徒復忌父，且奪其田，此所以養亂也。

齊人、宋人、陳人伐魯西鄙。

《春秋》莊十有七年：「齊人執鄭詹。鄭詹自齊逃來。」十有九年：「公子結媵陳人之婦于鄄，遂及齊侯、宋公盟。齊人、宋人、陳人伐我西鄙。」

蔡哀侯卒，子肸嗣。是爲穆侯。

三年。鄭伯執燕仲父。王處于櫟。

《左氏》曰：「鄭伯和王室，不克。執燕仲父。杜氏曰：「南燕伯，爲伐周故。」夏，鄭伯遂以王歸，王處于櫟。秋，王及鄭伯入于鄔。遂入成周，取其寶器而還。冬，王子頹享五大夫，樂及徧舞。鄭伯聞之，見虢叔，曰：『寡人聞之，哀樂失時，殃咎必至。今王子頹歌舞不倦，樂禍也。夫司寇行戮，君爲之不舉，而況敢樂禍乎！奸王之位，禍孰大焉？臨禍忘憂，憂必及之。盍納王乎？』虢公曰：『寡人之願也。』」

齊人伐戎。

履祥按：是時蔿國立子頹，惠王越在鄭鄙，王室可謂騷矣。齊桓方霸，而於此反舉伐戎之師，於王室若不聞知，霸者之心蓋中立以觀其變也。是時齊方惡鄭，執其大夫，而鄭假寵於惠王，又專救周之事，以王居櫟，此齊桓之所不樂也，所以置而不救。後七年，王使召伯賜齊侯命，而後齊始爲之伐衛，然又取賂而還。霸者設心舉措如此，宜孔門之所羞稱也。自同盟于幽之後，中國無事者十數年矣，而獨於周室之亂不加之意，惜哉！

四年。虢公、鄭伯胥命于弭，奉王復歸於王城，殺子頹。王與鄭伯虎牢以東。

《左氏》曰：「春，胥命于弭。夏，同伐王城。鄭伯將王自圉門入，虢叔自北門入。殺王子頹及五大夫。鄭伯享王于闕西辟，樂備。王與之武公之略，自虎牢以東。原伯曰：『鄭伯效尤，其亦將有咎。』」

鄭厲公卒，子捷嗣。是爲文公。

履祥按：《春秋》書「鄭伯突卒」，突與忽争國，忽正而突不正，然突得稱鄭伯，卒、葬皆書於《春秋》，忽猶稱世子，卒、葬皆不書焉。忽固自失，突蓋終有王室之功也，功罪自不相掩。然諸侯受國於天子，承國於先君，苟有天子之命，雖本争國而立，猶正也，況有勤王之功乎？《春秋》爲諸侯之無王，其諸假鄭伯突以示褒與？

王巡虢守。

《左氏》曰：「王巡虢守。虢公爲王宫于玤，王與之酒泉。鄭伯之享王也，王以后之鞶鑑予之。虢公請器，王予之爵。鄭伯由是始惡於王。冬，王歸自虢。」

五年。秦作密畤。

《史記》曰：「秦作密畤。與晉戰河陽，勝之。」

晉伐驪戎，獲姬以歸。

《史記》曰：「晉獻公五年，伐驪戎，得驪姬、驪姬娣，俱愛幸之。」〇《莊子》曰：「麗之姬，艾封人之子也。」

陳人殺其公子御寇。公子完奔齊。

《史記》曰：「陳厲公二年，生子敬仲完。」《左氏》曰：「其少也，周史有以《周易》見陳侯者，陳侯使筮之，遇『觀』之『否』。曰：『是謂「觀國之光，利用賓于王」。此其代陳有國乎？不在此，其在異國；非此其身，在其子孫。光，遠而自它有耀者也。若在異國，必姜姓也。姜，大嶽之後也。物莫能兩大。陳衰，此其昌乎！』」《史記》曰：「陳宣公後有嬖姬生子款，欲立之。二十一年，乃殺其太子御寇。御寇素愛厲公子完，完懼禍及己，乃奔齊。」《左氏》曰：「齊侯使敬仲爲卿。辭曰：『羈旅之臣幸若獲宥，君之惠也。敢辱高位以速官謗？』使爲工正。飲桓公酒，樂。公曰：『以火繼之。』辭曰：『臣卜其晝，未卜其夜，不敢。』君子曰：『酒以成禮，不繼以淫，義也；以君成禮，弗納於淫，仁也。』齊懿氏卜妻敬仲，《史記》。其妻占之，曰：『吉。是謂：「鳳皇于飛，和鳴鏘鏘。有嬀之後，將育于姜。五世其昌，並于正卿。八世之後，莫之與京。」』又陳之初亡也，魯昭八年。陳桓子始大於齊。其後亡也，魯哀十七年。成子得政。」

楚熊惲弒其君杜敖而自立。是爲成。

《史記》曰：「楚杜敖五年，欲殺其弟熊惲，惲奔隨，與隨襲弒杜敖代立，是爲成。」

六年。祭叔聘于魯。

《穀梁氏》曰：「祭叔來聘。其不言使，何也？天子之内臣也，不正其外交，故不與使也。」○陳氏曰：「聘未有不稱使者，此私相爲好也。自魯桓之中年，王室無聘魯者。莊、僖崩、葬，蓋不見於《春秋》。而莊、僖之際，諸侯來聘乎盟主矣。」

楚人修好于諸侯。使人入獻，《春秋》止書「荆人來聘」。**王賜楚子胙。**

《史記》曰：「成王惲元年，初即位，布德施惠，結舊好於諸侯。使人獻天子，天子賜胙，曰：『鎮爾南方夷越之亂，無侵中國。』」

履祥按：《春秋》之中，凡簒弒之人必求列於諸侯之會盟以定其位，或賂王室而請命焉。楚之不王久矣。熊惲弑其君兄而自立，故修好諸侯，入獻天子，以自文也。其後十有五年，齊桓責包茅之不入，則位定之後，跋扈如故可知矣。

曹莊公卒，子羈嗣。

七年。魯侯逆姜氏于齊，以入，使宗婦覿，用幣。

《左氏》曰：「秋，丹桓宫之楹。春，刻其桷。御孫諫曰：『臣聞之：「儉，德之共也。侈，惡之大也。」先君有共德，而君納諸大惡，無乃不可乎？』哀姜至，公使宗婦覿，用幣。御孫曰：『男贄，大者玉帛，小者禽鳥，以章物也。女贄，不過榛、栗、棗、脩，以告虔也。今男女同贄，是無别也。男女之别，國之大節也；而由夫人亂之，無乃不可乎？』」

履祥按：魯莊公不能以禮防閑其母，君子猶以爲譏。況娶者，下主乎己，上主乎宗廟，是可婚齊襄之女乎？莊公於是年三十有七矣，制於其母，長而不婚，必齊女也而後娶。文姜薨葬，一以小君之禮。借曰於母不敢貶，然擇婚可以自制矣，而汲汲婚齊，不敢少倍慈訓，未及除喪而如齊納襄女之幣，遇于穀、盟于扈，皆爲是也。莊公於母，可謂重如存之感矣，獨不思桓公之所以死乎？至是將親迎以歸，於其心必有礙焉，故特爲桓公丹楹、刻桷，崇飾宫廟，以表其不敢忘父之意，非以爲侈，亦非以誇姜也。人心天理，本不可泯，不能充之，顧又絶滅焉。噫，其不仁甚矣！至於使宗婦覿而用幣，此則誇媚哀姜也。誇媚之，則必驕縱之。慶父、叔牙之通，閔公之弑，蓋有自來矣。

戎侵曹。曹羈出奔陳。赤歸于曹。

郭亡。三傳皆曰「郭公」。《左氏》缺文。二傳謂郭公赤歸于曹。按：郭無公爵，而經有「梁亡」之例，當作「郭亡」爲是。

胡氏曰：「此『郭公』也，義不可曉。先儒或以爲『郭亡』，於傳有之。齊桓公之郭，問父老曰：『郭何故亡？』曰：『以其善善而惡惡也。』公曰：『若子之言，乃賢君也，何至於亡？』父老曰：『郭君善善不能用，惡惡不能去，所以亡也。』考其時與事，謂之『郭亡』，理或然也。」

八年。衛惠公卒，子赤嗣。是爲懿公。

六月辛未朔，日有食之。

晉侯盡殺群公子。

《左氏》曰：「晉桓、莊之族偪，獻公患之。士蔿曰：『去富子，則群公子可謀也已。』公曰：『爾試其事。』士蔿與群公子謀，譖富子而去之。晉士蔿又與群公子謀，使殺游氏之二子。士蔿告晉侯曰：『可矣。不過二年，君必無患。』士蔿使群公子盡殺游氏之族，乃城聚而處之。冬，晉侯圍聚，盡殺群公子。」

履祥按：晉自曲沃桓叔、莊伯奪宗，故其子孫亦忌宗族之偪，聚而殺之，桓、莊之支無子遺矣。是亦可爲世鑒哉！

九年。晉始都絳。

《左氏》曰：「士蔿城絳，以深其宮。」○《史記》曰：「獻公九年，始城絳都之。」《世家》有誤，今從《年表》。

虢人侵晉。

《史記》曰：「晉群公子既亡奔虢，虢以故再伐晉，弗克。」

十有二月癸亥，朔，日有食之。

十年。齊侯、宋公、魯侯、陳侯、鄭伯同盟于幽。

《左氏》曰：「陳、鄭服也。」杜氏曰：「陳亂而齊納敬仲，鄭獲成於楚，皆有二心於齊，今始服也。」○《穀梁氏》曰：「同者，有同也。於是而授之諸侯也。桓會不致，安之也。桓盟不日，信之也。信其信，仁其仁。衣裳之會十有一，未嘗有歃血之盟也，信厚也。兵車之會四，未嘗有大戰也，愛民也。」

晉伐虢。

《左氏》曰：「晉侯將伐虢。士蔿曰：『不可。虢公驕，若驟得勝於我，必棄其民。無衆而後伐之，欲禦我，誰與？夫禮、樂、慈、愛，戰所畜也。夫民，讓事、樂和、愛親、哀喪，而後可用也。虢弗畜也，亟戰，將饑。』」○《經世》曰：「責內群公子也。」

王使召伯廖賜齊侯命。

《左氏》曰：「且請伐衛，以其立子頹也。」

十有一年。齊人伐衛。衛人及齊人戰，衛人敗績。

《左氏》曰：「齊侯伐衛，戰，敗衛師，數之以王命，取賂而還。」〇呂氏曰：「管仲在而齊侯不以王命爲重。取賂而還，則桓公之所爲，管仲有不能盡致力者，於此事可見矣。」

履祥按：此齊侯奉王命以伐衛也。而《春秋》皆稱「人」以戰，齊、衛皆無王室也。衛侯朔抗莊王而入國，其後又抗惠王以立頹，至是雖朔死赤立，然未聞其蓋前人之愆也。齊侯伐之，而不一引咎，抗焉以戰，此衛之無王也。惠王有子頹之亂，固不使一介行李告難于齊，而即安於鄭。然齊桓方霸，天子蒙塵而不一顧省，至是使召伯賜命，且命伐衛，而桓公不爲會諸侯臨之，顧微焉以與之戰，幸而敗之，又不能執衛侯歸于京師以聽天子之誅赦，顧取賂而還，如是而伐，是兩下相爲戰而已，故皆「人」之也。

邾子瑣卒，蘧蒢立。 是爲文公。

荆伐鄭。

《左氏》曰：「楚令尹子元欲蠱文夫人，爲館於其宮側，而振《萬》焉。夫人聞之，泣曰：『先君以是舞也，習戎備也。今令尹不尋諸仇讎，而於未亡人之側，不亦異乎！』御人以告子元。子元曰：『婦人不忘襲讎，我反忘之！』子元以車六百乘伐鄭，入于桔柣之門。子元、鬬御彊、鬬梧、耿之不比爲旆，鬬班、王孫游、王孫喜殿。衆車入自純門，及逵市。縣門不發。楚言而出。子元曰：『鄭有人焉。』諸侯救鄭，楚師夜遁。鄭人將奔桐丘，諜告曰：『楚幕有烏。』乃止。子元歸自鄭，而處王宮。又明年，申公鬬班殺子元。鬬穀於菟爲令尹。」

齊人、宋人、魯人救鄭。

履祥按：楚以戲興兵，齊以微救患，此《春秋》所以「狄」楚而「人」齊也。陳氏曰：「救鄭無功何？終失鄭也。首止之會，鄭伯逃歸，爲之圍新城，盟世子華，而鄭少詘。桓公卒，鄭遂朝于楚。諸夏之變於夷，鄭爲亂階也。」

晉侯驪姬子奚齊生。使太子申生居曲沃，重耳居蒲，夷吾居屈。

《左氏》曰：「初，晉獻公齊姜生秦穆夫人、大子申生。申生既是世子，則齊姜當是元妃，《左氏》所載，或失其傳。大戎狐姬生重耳，小戎子生夷吾。及伐驪戎，以驪姬歸，生奚齊，《史記》晉獻公十二年生奚齊。當是十一年。其娣生卓子。驪姬嬖，欲立其子，賂外嬖，使言於公曰：『曲沃，君之宗也。蒲與二屈，君之疆也。或曰：「二」當作「北」。宗邑無主，則民不威；疆場無主，則啓戎心。若使大子主曲沃，而重耳、夷吾主蒲與屈，則可以威民而懼戎。』晉侯說之，使大子居曲沃，重耳居蒲城，夷吾居屈。群公子皆鄙，唯二姬之子在絳。驪姬卒譖群公子而立奚齊。」

十有二年。鄭人侵許。事不見於傳。許在當時必尚從楚也。

十有三年。王命虢公討樊，執樊皮，歸于京師。

《左氏》曰：「樊皮叛王。王命虢公討樊皮。虢公入樊，執樊仲皮，歸于京師。」○陳氏曰：「自齊桓公不以王命討衛，而後王師不出。向也王室有四方之事，雖伐鄭不服，救衛無功，而執芮伯，立晉侯，於是猶討樊仲皮也。自討樊仲皮，而王命不見於傳記，桓公爲之也。」

九月庚午朔，日有食之。

齊人伐山戎，俾燕修貢于王。

《左氏》曰：「遇于魯濟，謀山戎也，以其病燕故也。」〇《國語》曰：「北伐山戎，刜令支，斬孤竹而南歸，海濱諸侯莫不來服。」〇《史記・世家》曰：「山戎伐燕，燕告急於齊。齊桓公救燕，遂伐山戎，至于孤竹而還。燕莊公遂送桓公入齊境。桓公曰：『非天子，諸侯相送不出境。吾不可以無禮於燕。』於是分溝割燕君所至與燕，命燕君復脩召公之政，納貢于周，如成、康之時。諸侯聞之，皆從齊。」

履祥按：齊桓山戎之役，諸書多載其深入之迹，論者率以爲多。而《春秋》「人」之。《穀梁氏》曰：「危之也。燮齊侯平山戎也。」《春秋》之例，凡師，君在稱「君」，將卑師衆稱

「師」，將卑師少稱「人」。君在焉而稱「人」，則貶也。自管仲得政，未嘗命大夫爲主將，亦未嘗興大衆出侵伐。故自魯莊十一年而後，凡用兵皆稱「人」，以將卑師少爾。伐衛，「人」之，貶也。此齊侯亦「人」之，以其深入者，將士邀功者之事，非伯主攘夷保夏之大略也。

秦宣公卒，弟立。 是爲成公。

十有五年。魯人殺公子牙，而立叔孫氏。魯莊公卒。子般嗣。慶父弑子般。季友奔陳。公子慶父如齊。啓立。 是爲閔公。

傳曰：「初，公築臺臨黨氏，見孟任，從之。閟。以夫人言，許之，割臂盟公，生子般。圉人犖自牆外與女公子戲。子般鞭之。公曰：『不如殺之。犖有力焉。』公疾，問後於叔牙。對曰：『慶父材。魯一生一及。』成季曰：『是將爲亂乎？』使以君命酖僖叔，曰：『飲此，則有後于魯國。不然，死且無後。』飲之，卒。立叔孫氏。公薨于路寢。子般即位，次于黨氏。共仲使圉人犖賊子般于黨氏。成季奔陳。立閔公。」《左氏》《公羊氏》。

履祥按：魯自隱公將予其弟桓，而桓公弑之以立，卒爲文姜所謀，見殺于齊。其子莊公制於母而忘其父，又婚于齊，哀姜卒與叔牙、慶父亂，殺般，弑閔，叔牙、慶父皆不良死，禍猶未已，而叔孫、孟孫、季孫三家者自是立，其後魯自是分，而桓公子孫卒不自相容也。不弟、不忠、不孝之報，其禍如此夫！

狄伐邢。

曹僖公卒，子班嗣。是爲昭公。

十有六年。魯閔公元。**齊人救邢。**

《左氏》曰：「狄人伐邢。管敬仲言於齊侯曰：『戎狄豺狼，不可厭也。諸夏親暱，不可棄也。宴安酖毒，不可懷也。』齊人救邢。」

魯侯及齊侯盟于落姑。季子歸魯。

履祥按：《左氏》稱：「閔公，哀姜之娣叔姜之子，故齊人立之。」昔者子般之弒，季友奔陳，公子慶父如齊，而閔公立。則齊之立閔公，亦豈慶父請之耶？閔公立而即爲落姑之盟，請復季友，齊侯使召諸陳，公次于郎以待之。則是閔公亦知仗季子之忠，防慶父之亂矣。而卒戕於慶父，惜哉！

晉侯作二軍，滅耿、霍、魏，爲大子申生城曲沃，封趙夙於耿，畢萬於魏。

《左氏》曰：「晉侯作二軍，公將上軍，大子申生將下軍。趙夙御戎，畢萬爲右，以滅耿、滅霍、滅魏。還，爲大子城曲沃。賜趙夙耿，賜畢萬魏，以爲大夫。士蔿曰：『大子不得立矣。分之都城，而位以卿，先爲之極，又焉得立？不如逃之，無使罪至。爲吴大伯，不亦可乎？猶有令名，與其及也。且諺曰：「心苟無瑕，何恤乎無家？」天若祚大子，其無晉乎？』卜偃曰：『畢萬之後必大。萬，盈數也；魏，大名也。以是始賞，天啓之矣。天子曰兆民，諸侯曰萬民。今名之大，以從盈數，其必有衆。』」

履祥按：晉獻公方滅耿、滅霍、滅魏同姓之國，而還卒殺其子。趙、魏之封，即種分晉之根。天理報應，亦微而速也哉！

十有七年。魯慶父弒其君閔公。季友以公子申如邾。姜氏、慶父皆出奔。齊高子盟魯。公子申入立。是爲僖公。**取慶父于莒，殺之，而立仲孫氏。**

《左氏》曰：「閔公，哀姜之娣叔姜之子也，故齊人立之。共仲通於哀姜，哀姜欲立之。秋八月辛丑，共仲使卜齮賊公于武闈。成季以僖公適邾。共仲奔莒。乃入，立之。以賂求共仲于莒，莒人歸之。及密，乃縊。閔公之死也，哀姜與知之，故孫于邾。齊人取而殺之于夷，以其尸歸。」○《公羊氏》曰：「齊高子來盟。何以不名？喜之正我也。莊公死，子般弒，閔公弒，比三君死，曠年無君。設以齊取魯，曾不興師，徒以言而已矣。桓公使高子將南陽之甲，立僖公而城魯。魯人至今以爲美談，曰猶望高子也。」

履祥按：閔公之立也，齊侯使仲孫至魯。僖之立也，齊侯使高子至魯。《春秋》雖氏仲孫，然不如稱高子之美。蓋仲孫之謀，不如高子也。夫仲孫之於魯，非不知慶父之當去也，齊侯問所以去之，顧曰：「難不已，將自斃，君其待之。」卒存慶父以亂魯國、弒閔公。雖魯誅慶父，齊殺哀姜，不其費力已乎！此仲孫所以不及高子也。○又按：《左氏》

於晉、楚之事皆不係《春秋》之筆削，率先經以詳其始末。蓋其時晉之《乘》、楚之《檮杌》與《魯春秋》並行，此《左氏》所得參考致詳也。然於《魯春秋》獨莊、閔之篇齊魯之事多闕不詳，何耶？若莊、閔之際雖間因經解事，而前後事情多不具，若閔弒，季友出，夫人、慶父何以出奔，僖公得入之先後，高子來盟之所爲，皆無考也。

狄入衛，殺懿公。衛衆潰，濟河，立戴公以廬于曹。卒。齊人立其弟燬。是爲文公。

《左氏》曰：「狄人伐衛。衛懿公好鶴，鶴有乘軒者。將戰，國人受甲者皆曰：『使鶴。』戰于熒澤，衛師敗績，遂滅衛。狄人囚史華龍滑與禮孔，二人曰：『我掌其祭。不先，國不可得。』乃先之。至，則告守曰：『不可待也。』夜與國人出。狄入衛，遂從之，又敗諸河。宋桓公逆諸河，宵濟。衛之遺民男女七百有三十人，益之以共、滕之民爲五千人，立戴公以廬于曹。許穆夫人賦《載馳》。齊桓公使公子無虧帥車三百乘、甲士三千人以戍曹。」○《史記》曰：「自懿公父惠公朔之讒殺大子伋代立，至於懿公，百姓大臣皆不服，常欲敗之。翟殺懿公也，衛人思復立大子伋之後，伋子又死，代伋死者壽又無子。大子同母弟二人：其一曰黔牟，嘗代惠公爲君，八年復去；其二曰昭伯。公子頑。昭伯、黔牟皆已死，故立昭伯子申爲戴公。戴公元年，卒。齊桓公率諸侯伐翟，爲衛築楚丘，立戴公弟燬爲衛君，是爲文公。初，文公爲衛之多患也，先適齊，故齊人入之。」○《左氏》曰：「衛文公大布之衣、大帛之冠，務材、訓農，通商、惠工，敬教、勸學，授方、任能。元年，革車三十乘；季年，乃三百乘。」

秦成公卒，弟任好立。是爲穆公。

十有八年。魯僖公元。**齊師、宋師、曹師次于聶北，救邢。邢遷于夷儀。齊師、宋師、曹師城邢。**

《左氏》曰：「諸侯救邢。邢人潰，出奔師。師遂逐狄人，具邢器用而遷之，師無私焉。夏，邢遷于夷儀，諸侯城之，救患也。凡侯伯，救患、分災、討罪，禮也。」○胡氏曰：「三國稱『師』，見兵力之有餘也。聶北書『次』，譏救邢之不速也。《春秋》伐而書『次』，其『次』爲善；救而書『次』，其『次』爲貶。」○陳氏曰：「以齊、晉之霸也。而狄伐邢，邢遷于夷儀；狄圍衛，衛遷于帝丘。桓、文亦受其咎矣。」

楚人伐鄭。齊侯、宋公、魯侯、鄭伯、曹伯、邾人會于檉，謀救鄭。

魯侯賜季友汶陽之田及費，是爲季孫氏。

十有九年。諸侯城楚丘以封衛。

虞師、晉師伐虢，滅下陽。

《左氏》曰：「晉荀息以屈産之乘與垂棘之璧，假道於虞以伐虢。虞公許之，且請先伐虢。宫之奇諫，不聽，遂起師。夏，晉里克、荀息帥師會虞師伐虢，滅下陽。」

齊侯、宋公、江人、黄人盟于貫。

《穀梁氏》曰：「貫之盟。管仲曰：『江、黄遠齊而近楚。楚，爲利之國也。若伐而不能救，則無以宗諸侯矣。』桓公不聽，遂與之盟。」

燕莊公卒，子嗣。是爲襄公。

甲子。二十年。徐人取舒。

齊侯、宋公、江人、黄人會于陽穀。

《左氏》曰：「謀伐楚也。」○胡氏曰：「侵蔡次陘之師，諸侯皆在，江、黄獨不與，安知其爲謀伐楚乎？曰：兵有聚而爲正，亦有分而爲奇。諸侯之師同次于陘，所謂聚而爲正也。江人、黃人各守其地，所謂散而爲奇也。次陘，大衆聲罪致討，以震中國之威；江人、黃人守境按兵，以爲八國之援，此克敵制勝之謀也。及盟于召陵，執陳濤塗，而後及江、黃以伐陳，則知侵蔡次陘而二國自爲犄角之勢明矣。」

楚人伐鄭。

《左氏》曰：「楚人伐鄭，鄭伯欲成。孔叔不可，曰：『齊方勤我，棄德，不祥。』」

二十有一年。齊侯、宋公、魯侯、陳侯、衛侯、鄭伯、許男、曹伯侵蔡。蔡潰，遂伐楚，次于陘。許穆侯卒于師。楚屈完來盟于師，盟于召陵。

《左氏》曰：「齊侯以諸侯之師侵蔡。蔡潰，遂伐楚。楚子使問師故。管仲對曰：『昔召康公命我先君大公曰：「五侯九伯，女實征之，以夾輔周室。」爾貢包茅不入，王祭不共，無以縮酒，寡人是徵。昭王南征而不復，寡人是問。』對曰：『貢之不入，罪也，敢不共給？昭王之不復，君其問諸水濱。』師進，次于陘。楚子使屈完如師。師退，次于召陵。齊侯陳諸侯之師，與屈完乘而觀之。曰：『豈不穀是爲？先君之好是繼。與不穀同好，如何？』對曰：『君惠徼福於敝邑之社稷，辱收寡君，寡君之願也。』齊侯曰：『以此衆戰，誰能禦之？以此攻城，何城不克？』對曰：『君若以德綏諸侯，誰敢不服？君若以力，楚國方城以爲城，漢水以爲池，雖衆，無所用之。』屈完及諸侯盟。」〇《公羊氏》曰：「楚有王者則後服，無王者則先叛，夷狄也，而亟病中國。南夷與北夷交，中國不絕若綫。桓公救中國而攘夷狄，卒怗荆。」〇《穀梁氏》曰：「以桓公得志爲僅矣。」

履祥按：惠王之世，北有狄人之患，南滅至于邢、衛矣；南有荆楚之難，北伐至于鄭矣，所謂「南夷與北夷交，而中國不絕若綫」也。桓公北却狄而南怗荆，其有功於諸華，可謂大矣。然其却狄也緩，而怗荆也僅。聶北之次，待邢人之奔；楚丘之城，在二年之後。此桓公之緩也。若夫楚之爲中國患，又有什百於狄者。吞噬群蠻，蓋不足道。僭王號者數世，盡漢陽之諸姬，伐蔡、滅息，比年伐鄭。鄭，諸夏之襟喉也。舍齊桓固未有問罪焉者。然管仲之辭文而不及大，桓公之言私而不及德。菁茅微物，楚所易從；昭王舊事，楚所可脱也。而不敢及其僭王猾夏之罪，以爲討其僭猾，則楚未易卒服也。此管仲之小也。桓公知誇先君之好而不及天下之體，知誇攻戰之衆而不及名義之大，所以楚人之辭猶未服也。僅得屈完之盟，姑保不戰之勝。齊桓兵車之會，莫盛於召陵，而僅僅乃爾，曾西所謂「功烈之卑」，孟子所謂「小補」。以聖賢作用觀之，是真可謂卑小矣。然以桓公、管仲之資言之，亦可如是而已矣。

齊人執陳轅濤塗。魯及江人、黄人伐陳。諸侯侵陳。陳成，歸轅濤塗。

《左氏》曰：「陳轅濤塗謂鄭申侯曰：『師出於陳、鄭之間，國必甚病。若出於東方，觀兵於東夷，循海而歸，其可也。』申侯曰：『善。』濤塗以告齊侯，許之。申侯見曰：『師老矣，若出於東方而遇敵，懼不可用也。若出於陳、鄭之間，共其資糧、屝屨，其可也。』齊侯説，與之虎牢。執轅濤塗。秋，伐陳，討不忠也。冬，叔孫戴伯帥師會諸侯之師侵陳。陳成，歸轅濤塗。」

二十有二年。晉侯殺其世子申生。

《左氏》曰：「閔之二年。晉侯使大子申生伐東山皋落氏。里克諫曰：『大子奉冢祀、社稷之粢盛，以朝夕視君膳者也。君行則守，有守則從。從曰撫軍，守曰監國，古之制也。夫帥師，專行謀，誓軍旅，君與國政之所圖也，非大子之事也。師在制命而已。禀命則不威，專命則不孝，故君之嗣適不可以帥師。君失其官，帥師不威，將焉用之？且臣聞皋落氏將戰，君其舍之。』公曰：『寡人有子，未知其誰立焉。』不對而退。見大子，大子曰：『吾其廢乎？』對曰：『告之以臨民，教之以軍旅，不共是懼，何故廢乎？且子懼不孝，無懼弗得立。脩己而不責人，則免於難。』大子帥師，公衣之偏衣，佩之金玦。狐突御戎，先友爲右。梁餘子養御罕夷，先丹木爲右。羊舌大夫爲尉。先友曰：『衣身之偏，握兵之要，在此行也，子其勉之！偏躬無慝，兵要遠災，親以無災，又何患焉。』狐突歎曰：『時，事之徵也；衣，身之章也；佩，衷之旗也。故敬其事，則命以始；服其身，則衣之純；用其衷，則佩之度。今命以時卒，閟其事也；衣之尨服，遠其躬也；佩以金玦，棄其衷也。服以遠之，時以閟之；尨，涼；冬，殺；金，寒；玦，離，胡可恃也？雖欲勉之，狄可盡乎？』梁餘子養曰：『帥師者受命於廟，受脤於社，有常服矣。不獲而尨，命可知也。死而不孝，不如逃之。』罕夷曰：『尨奇無常，金玦不復。雖復何爲？君有心矣。』先丹木曰：『是服也，狂夫阻之。曰「盡敵而反」，敵可盡乎？雖盡敵，猶有內讒，不如違之。』狐突欲行。羊舌大夫曰：『不可。違命不孝，棄事不忠。雖知其寒，惡不可取。子其死之。』大子將戰，狐突諫曰：『不可。昔辛伯諗周桓公云：「內寵並后，外寵二政，嬖子配適，大都耦國，亂之本也。」周公弗從，故及於難。今亂本成矣，立可必乎？孝而安民，子其圖之！與其危身以速罪也。』」○《史記》曰：「獻公私謂驪姬曰：『吾欲廢大子，以奚齊代之。』姬泣曰：『大子之立，諸侯皆已知之，而數將兵，百姓附之，奈何以賤妾之故廢適立庶？』詳譽大子，而陰令人譖惡大子。」○《左氏》曰：「姬謂大子曰：『君夢齊姜，必速祭之。』大子祭于曲沃，歸胙于公。公田，姬寘諸宮六日。公至，毒而獻之。公祭之地，地墳。與犬，犬斃。與小臣，小臣亦斃。姬泣曰：『賊由大子。』大子奔新城。公殺其傅杜原款。或謂大子：『子辭，君必辯焉。』大子曰：『君非姬氏，居不安，食不飽。我辭，姬必有罪。君老矣，吾又不樂。』曰：『子其行乎！』大子曰：『君實不察其罪，被此名也以出，人誰納我？』縊于新城。姬遂譖二公子曰：『皆知之。』重耳奔蒲，夷吾奔屈。」○《禮記》曰：「晉獻公將殺其世子申生，公子重耳謂之曰：『子蓋言子之志於公乎？』世子曰：『不可。君安驪姬，是我傷公之心也。』曰：『然則蓋行乎？』世子曰：『不可。君謂我欲弒君也。天下豈有無父之國哉！吾何行如之？』使人辭於狐突曰：『申生有罪，不念伯氏之言也，以至于死。申生不敢愛其死。雖然，吾君老矣，子少，國家多難，伯氏不出而圖吾君。伯氏苟出而圖吾君，申生受賜而死。』再拜稽首乃卒。是以爲共世子也。」

王世子會齊侯、宋公、魯侯、陳侯、衛侯、鄭伯、許男、曹伯于首止。諸侯盟于首止。鄭伯逃歸不盟。

《左氏》曰：「甘昭公有寵於惠后，惠后將立之。會于首止，會王大子鄭，謀寧周也。杜氏曰：「惠王以惠后故，將廢大子鄭而立王子帶，故齊桓帥諸侯會王大子以定其位。」諸侯盟。王使周公召鄭伯，曰：『吾撫女以從楚，輔之以晉，可以少安。』故逃歸不盟。孔叔止之曰：『國君不可以輕，輕則失親。病而乞盟，所喪多矣。』弗聽。」

履祥按：齊桓公殊會世子，不以世子夷於諸侯，定王世子也。然是會也，世子之出必以它故，而諸侯會之耳。世子無王命而會諸侯，桓公率諸侯會之而世子定，《春秋》美之。鄭伯有王命而逃諸侯，《春秋》「逃」之。此齊桓公之一正天下也。周之爲父子者定，而諸侯之爲夷夏者可以辨矣。

晉侯使寺人伐蒲。公子重耳奔狄。

《左氏》曰：「晉獻公使寺人披伐蒲。重耳曰：『君父之命不校。校者，吾讎也。』踰垣而走。披斬其袪。遂出奔翟。」

楚人滅弦，弦子奔黄。

《左氏》曰：「於是江、黄、道、柏方睦於齊，皆弦姻也。弦子恃之而不事楚，又不設備，故亡。」

九月戊申朔，日有食之。

虞大夫百里奚奔秦。秦始得志於諸侯。

晉滅虢，虢公醜奔京師。遂滅虞，執虞公，歸其職貢於王。

《左氏》曰：「晉侯復假道於虞以伐虢。宮之奇諫曰：『虢，虞之表也。虢亡，虞必從之。晉不可啓，寇不可翫。一之謂甚，其可再乎？』公曰：『晉，吾宗也，豈害我哉？』對曰：『大伯、虞仲，大王之昭也。虢仲、虢叔，王季之穆也。爲文王卿士，勳在王室，藏於盟府。將虢是滅，何愛於虞？且虞能親於桓、莊乎？其愛之也，桓、莊之族何罪？而以爲戮，不唯偪乎？親以寵偪，猶尚害之，況以國乎？』公曰：『吾享祀豐絜，神必據我。』對曰：『鬼神非人實親，惟德是依。若晉取虞，而明德以薦馨香，神其吐之乎？』弗聽，許晉使。宮之奇以其族行，曰：『虞不臘矣。在此行也，晉不更舉矣。』八月，晉侯圍上陽。十二月，晉滅虢。虢公醜奔京師。

師還，館于虞，遂襲虞，滅之。執虞公及其大夫井伯，以媵秦穆姬，而脩虞祀，且歸其職貢於王。」○《孟子》曰：「晉人假道於虞以伐虢，宮之奇諫。百里奚不諫，知虞公之不可諫而去之秦，年已七十矣，相秦而顯其君於天下，可傳於後世。」

二十有三年。晉人伐屈。公子夷吾奔梁。

《左氏》曰：「晉侯使賈華伐屈。夷吾不能守，盟而行。將奔狄，郤芮曰：『後出同走，罪也。不如之梁。梁近秦而幸焉。』乃之梁。」

齊侯、宋公、魯侯、陳侯、衛侯、曹伯伐鄭，圍新城。楚人圍許，諸侯遂救許。

《左氏》曰：「諸侯伐鄭，以其逃首止之盟故也。圍新密，鄭所以不時城也。楚子圍許以救鄭，諸侯救許，乃還。」

履祥按：《左氏》此下叙許男面縛銜璧以見楚子于武城。夫諸侯方救許，許何爲乎降楚？且既云降楚，明年又何爲與乎洮之盟？則《左氏》此説，於經旨事情皆無所於當。且所引微子面縛之事，又非事實。紂之末年，微子已遯于荒，武王入殷，面縛非其事也。

《左氏》於此上誣微子，下誣許男，蓋兩失之。

二十有四年。齊人伐鄭。鄭殺其大夫申侯。齊侯、宋公、魯侯、陳世子款、鄭世子華盟于甯母。

《左氏》曰：「齊人伐鄭。孔叔言於鄭伯曰：『諺有之曰：「心則不競，何憚於病？」既不能彊，又不能弱，所以斃也。請下齊以救國。』公曰：『吾知其所由來矣。』夏，鄭殺申侯以説于齊。秋，盟于甯母。管仲言於齊侯曰：『招攜以禮，懷遠以德。』齊侯脩禮於諸侯，諸侯官受方物。鄭伯使大子華聽命於會，言於齊侯曰：『洩氏、孔氏、子人氏三族，實違君命。若君去之以爲成，我以鄭爲内臣，君亦無所不利焉。』齊侯將許之。管仲曰：『君以禮與信屬諸侯，而以姦終之，無乃不可乎？子父不奸之謂禮，守命共時之謂信。違此二者，姦莫大焉。君若綏之以德，加之以訓辭，而帥諸侯以討鄭，豈敢不懼？若揔其罪人以臨之，鄭有辭矣。且夫合諸侯，以崇德也。會而列姦，何以示後嗣？夫諸侯之會，其德、刑、禮、義，無國不記。記姦之位，君盟替矣。作而不記，非盛德也。君其勿許！鄭必受盟。夫子華既爲大子，而求介於大國以弱其國，亦必不免。鄭有叔詹、堵叔、師叔三良爲政，未可間也。』齊侯辭焉。子華由是得罪於鄭。」

曹昭公卒，子襄嗣。是爲共公。

二十有五年。王崩。王人、齊侯、宋公、魯侯、衛侯、許男、曹伯、陳世子款盟于洮。鄭伯乞盟。太子鄭踐位。

《左氏》曰：「僖之七年，閏月，惠王崩。襄王惡大叔之難，懼不立，不發喪而告難于齊。八年春，盟于洮，謀王室也。鄭伯乞盟，請服也。襄王定位而後發喪。」○胡氏曰：「王人，下士也。内臣之微者，莫微於下士。外臣之貴者，莫貴於方伯公侯。今以下士之微序乎方伯公侯之上，外輕内重，不亦偏乎？《春秋》之法：内臣以私事出朝者直書曰『來』，以私好出聘者不稱其使，以私情出訃者止録其名，不以其貴故尊之也；以王命行者，雖下士之微，序乎方伯公侯之上，不以賤故輕之也。然則班列之高下，不在乎内外，特繫乎王命耳。聖人之情見矣，尊君之義明矣。」

庚午。襄王元年。宋桓公卒，子兹父嗣。是爲襄公。

《左氏》曰：「宋公疾，大子兹父固請曰：『目夷長且仁，君其立之。』公命子魚，辭曰：『能以國讓，仁孰大焉？臣不及也，且又不順。』遂走而退。襄公即位，以目夷爲仁，使爲左師以聽政，於是宋治。故魚氏世爲左師。」

履祥按：宋，故國也，得一子魚爲政，遂足以霸，惜其不能盡用子魚，所以不遂霸爾。

王使宰周公賜齊侯胙。宰周公會齊侯、魯侯、宋子、衛侯、鄭伯、許男、曹伯于葵丘。

傳曰：「會于葵丘。王使宰孔賜齊侯胙，曰：『天子有事于文、武，使孔賜伯舅胙。』齊侯將下拜。孔曰：『且有後命。天子使孔曰：「以伯舅耋老，加勞，賜一級，無下拜。」』桓公召管子而謀，管子對曰：『爲君不君，爲臣不臣，亂之本也。』桓公懼，出，曰：『天威不違顔咫尺，小白余敢貪天子之命，無下拜？恐隕越于下，以遺天子羞。敢不下拜？』下，拜；登，受。齊侯盟諸侯于葵丘。」《左氏》《國語》。○《孟子》曰：「葵丘之會諸侯，束牲載書而不歃血。初命曰：『誅不孝，無易樹子，無以妾爲妻。』再命曰：『尊賢、育才，以彰有德。』三命曰：『敬老、慈幼，無忘賓、旅。』四命曰：『士無世官，官事無攝。取士必得，無專殺大夫。』五命曰：『無曲防，無遏糴，無有封而不告。』曰：『凡我同盟之人，既盟之後，言歸于好。』」○傳曰：「宰孔先歸，遇晉侯，曰：『可無會也。齊侯不務德而勤遠略，故北伐山戎，南伐楚，西爲此會也。譬之如室，既鎮其甍矣，又何加焉？東略之不知，西則否矣。其在亂乎！君務靖亂，無勤於行。』晉侯乃還。」《左氏》《國語》。

履祥按：宰孔後命，桓公聞管子之言而後下拜，則桓公初心至是滿矣，此孔之所以料其終亂也。其詳見《國語》，而《左氏》不載。又按：宰孔之命，《國語》《史記》皆有弓矢、車服、九旒之賜，《皇極經世書》賜命爲伯，此所謂加賜一級者與？然宰孔初命但以賜胙爲辭，蓋以宗廟爲重也。孔子「朋友之饋，雖車馬，非祭肉，不拜」，古人禮意所重，蓋如此云。

晉獻公卒。奚齊立。晉里克殺其君之子奚齊。荀息立奚齊之弟卓。里克弑其君卓及其大夫荀息。

《左氏》曰：「初，晉獻公使荀息傅奚齊。公疾，召之，曰：『以是藐諸孤辱在大夫，其若之何？』稽首而對曰：『臣竭其股肱之力，加之以忠貞。其濟，君之靈也；不濟，則以死繼之。』

公曰：『何謂忠貞？』對曰：『公家之利，知無不爲，忠也。送往事居，耦俱無猜，貞也。』及里克將殺奚齊，先告荀息曰：『三怨將作，秦、晉輔之，子將何如？』荀息曰：『將死之。』里克曰：『無益也。』荀叔曰：『吾與先君言矣，不可以貳。能欲復言而愛身乎？雖無益也，將焉辟之？且人之欲善，誰不如我？我欲無貳，而能謂人已乎？』冬十月，里克殺奚齊于次。書曰：『殺其君之子。』未葬也。荀息將死之，人曰：『不如立卓子而輔之。』荀息立公子卓以葬。十一月，里克殺公子卓于朝。荀息死之。」

二年。狄滅温，温子奔衛。

《左氏》曰：「蘇子叛王即狄，又不能於狄，狄人伐之，王不救，故滅。蘇子奔衛。」

周公忌父、王子黨會秦師及齊隰朋，立晉公子夷吾爲晉侯。是爲惠公。

傳曰：「既殺奚齊、卓子，里克及丕鄭使屠岸夷告公子重耳於翟，曰：『子盍入乎？』重耳告舅犯，犯曰：『不可。夫堅樹在始，始不固本，終必槁落。父母死爲大喪，讒在兄弟爲大亂。今適當之，是故難。』重耳出見使者，曰：『父生不得供備洒掃之臣，死又不敢莅喪以重其罪，且辱大夫，敢辭。夫固國者，在親衆而善鄰，在因民而順之。苟衆所利，鄰國所立，大夫其從之，重耳不敢違。』吕甥及郤稱亦使蒲城午告公子夷吾于梁，曰：『子厚賂秦人以求入，吾主子。』夷吾告冀芮，芮曰：『子勉之。國亂民擾，大夫無常，不可失也。子盍盡國以賂外內，無愛虛以求入？既入而後圖聚。』夷吾出見使者，再拜稽首許諾。吕甥出告大夫：『盍請君于秦乎？』大夫許諾。乃使梁由靡告于秦穆公曰：『天降禍于晉國，讒言繁興，延及寡君，使寡君之紹續昆裔，隱悼播越。重以寡君之不禄，喪亂並臻。以君之靈，鬼神降衷，罪人克伏其辜，群臣莫敢寧處，將待君命。君若惠顧社稷，不忘先君之好，辱收其逋遷胄裔而建立之，以主其祭祀，且填撫其國家及其民人，晉國其誰非君之群隸臣也？』秦穆公許諾，乃使公子縶弔公子重耳于翟，曰：『寡君使縶弔公子之憂，又重之以喪。寡君聞之，得國恒於斯，失國恒於斯。喪不可久，時不可失。公子其圖之！』重耳告舅犯。舅犯曰：『不可。喪人無寶，仁親以爲寶。父死之謂何？又因以爲利，而天下其孰能説之？孺子其辭焉。』重耳出見使者，曰：『君惠弔亡臣重耳，又重有命。重耳身喪父死，不得與於哭泣之哀，以爲君憂。父死之謂何？或敢有他志以辱君義。』稽顙而不拜，哭而起，起而不私。公子縶退，弔夷吾于梁，如弔重耳之命。夷吾告冀芮，冀芮曰：『公子勉之。狷潔不行，重賂配德。人實有之，我以徼幸，不亦可乎？』夷吾出見使者，退而私於公子縶曰：『中大夫里克與我矣，吾命之以汾陽之田百萬。丕鄭與我矣，吾命之以負葵之田七十萬。君苟輔我入掃宗廟，定社稷，亡人何國之與有？君實有郡縣，且入河外列城五。爲君之東游津梁之上，無有難急也。黄金四十鎰，白玉之珩六雙，不敢當公子，請納之左右。』公子縶反，致命。穆公曰：『吾與公子重耳，重耳仁。稽顙而不拜，則未爲後也。哭而起，則愛父也；起而不私，則遠利也。』公子縶曰：『君之言過矣。君若求置晉君而載之，置仁不亦可乎？君若求置晉君以成名於天下，則不如置不仁以滑其中，且可以進退。』是故先置夷吾。齊隰朋帥師會秦師納晉惠公。秦伯謂公孫枝曰：『夷吾其定乎？』對曰：『唯則定國。今其言多忌克，難哉！』公曰：『忌則多怨，又焉能克？是吾利也。』」《國語》《禮記》《左氏》。

履祥按：重耳不求入，夷吾求入，秦穆公雖義重耳之仁，而終貪夷吾之賂，此公子縶之謀也。秦穆天資本善，而輔之者非人，一有利心，釀晉亂者十五年於此。孟子惡有國者之言利，其意深哉！齊桓公志平晉亂，而置君一唯秦之聽，亦不能援立重耳，惜哉！

晉殺其大夫里克。

《左氏》曰：「晉侯將殺里克以説。使謂之曰：『微子，則不及此。雖然，子弒二君與一大夫，爲子君者，不亦難乎？』對曰：『不有廢也，君何以興？欲加之罪，其無辭乎？臣聞命矣。』伏劍而死。於是丕鄭聘于秦，且謝緩賂，故不及。」

履祥按：惠公之殺里克，前以掩奪國之嫌，後以防重耳之入。里克雖爲社稷立賢之計，拳拳於重耳，然與其弑二〔一〕君而成重耳，孰若全申生以弭後患？因優施一言之誘，遂爲中立之謀，坐視申生之死於前，而卒蹈弑逆之名於後。惜哉！

三年。王使召武公、内史過賜晉侯命。

《左氏》曰：「晉侯受玉，惰。過歸，告王曰：『晉侯其無後乎！王賜之命，而惰於受瑞，先自棄也已，其何繼之有？禮，國之幹也；敬，禮之輿也。不敬，則禮不行；禮不行，則上下昏，何以長世？』」

王子帶以戎入寇。秦、晉伐戎。晉侯平戎。

《左氏》曰：「揚、拒、泉、皋、伊、雒之戎同伐京師，入王城，焚東門，王子帶召之也。秦、晉伐戎以救周。晉侯平戎于王。」

四年。三月庚午，日有食之。

楚人滅黃。

《左氏》曰：「黃人恃諸侯之睦于齊也，不共楚職，曰：『自郢及我九百里，焉能害我？』夏，楚滅黃。」

履祥按：黃之滅，管仲之言卒驗，齊桓霸業於是衰矣。陳氏曰：「以陽穀之會、貫之盟，徒以亡其國焉耳。」

王子帶奔齊。齊侯使管夷吾入聘。

《左氏》曰：「王以戎難故，討王子帶。王子帶奔齊。齊侯使管夷吾平戎于王。王以上卿之禮饗之，管仲辭曰：『臣，賤有司也。有天子之二守國、高在，若節春秋來承王命，何以禮焉？陪臣敢辭。』王曰：『舅氏！余嘉乃勳！應乃懿德，謂督不忘。往踐乃職，無逆朕命。』管仲受下卿之禮而還。」

履祥按：五伯桓公爲盛，而周室戎狄之禍自若。王子帶以戎伐周，天下之大罪也。桓公不能討，而平戎于王，豈以受王子帶之奔爲此姑息耶？桓公身不能容子糾，而爲王容叔帶，固將曲全襄王兄弟之愛，未免卒釀王室異日之禍云。

陳宣公卒，子款嗣。是爲穆公。

五年。齊侯使仲孫湫入聘。

《左氏》曰：「齊侯使仲孫湫聘于周，且言王子帶。事畢，不與王言。歸，復命曰：『未可。王怒未怠，其十年乎？不十年，王弗召也。』」

齊侯、宋公、魯侯、陳侯、衛侯、鄭伯、許男、曹伯會于鹹。齊侯使仲孫湫來致諸侯之戍。

《左氏》曰：「淮夷病杞故，且謀王室也。爲戎難故，諸侯戍周。齊仲孫湫致之。」

六年。諸侯城緣陵。

《左氏》曰：「諸侯城緣陵而遷杞焉，不書其人，有闕也。」

蔡穆侯卒，子甲午嗣。是爲莊侯。

七年。楚人伐徐。齊侯、宋公、魯侯、陳侯、衛侯、鄭伯、許男、曹伯盟于牡丘，遂次于匡。諸侯之大夫救徐。

五月，日有食之。

齊師、曹師伐厲。

宋人伐曹。

楚人敗徐于婁林。

齊大夫管仲卒。

《管子書》曰：「管仲寢疾，桓公往問之。曰：『仲父之疾甚矣，不幸而不起此疾，彼政我將安移之？』管仲未對。桓公曰：『鮑叔之爲人何如？』對曰：『鮑叔，君子也。千乘之國，不以其道予之，不受也。雖然，不可以爲政。其爲人也，好善而惡惡已甚，見一惡終身不忘。』公曰：『然則孰可？』曰：『隰朋可。朋之爲人，好上識而下問。臣聞之：以德予人者，謂之仁；以財予人者，謂之良。以善勝人者，未有能服人者也；以善養人者，未有不服人者也。於國有所不知政，於家有所不知事，必則朋乎！且朋之爲人也，居其家不忘公門，居公門不忘其家，事君不二其心，亦不忘其身。舉齊國之幣，握路家五十室，其人不知也。大仁也哉，其朋乎！』公又問曰：『不幸而失仲父也，二三大夫者，其猶能以國寧乎？』管仲曰：『君請矍已乎。鮑叔牙之爲人也，好直。賓胥無之爲人也，好善。甯戚之爲人也，能事。孫在之爲人也，善言。』公曰：『此四子者，其孰能一人之上也？寡人并而臣之，則其不以國寧，何也？』曰：『鮑叔之爲人，好直而不能以國詘。賓胥無之爲人也，好善而不能以國詘。甯戚之爲人，能事而不能以足息。孫在之爲人，善言而不能以信默。臣聞之，消息盈虛，與百姓詘信，然後能以國寧。勿已者，朋其可乎！』言終，喟然歎曰：『天之生朋，以爲夷吾舌也。其身死，舌焉得生哉！』」○《史記》曰：「是歲，管仲、隰朋皆卒。管仲病，桓公問曰：『群臣誰可相者？』管仲曰：『知臣莫如君。』公曰：『易牙如何？』對曰：『殺子以適君，非人情，不可。』『開方如何？』曰：『倍親以適君，非人情，難近。』『豎刁如何？』對曰：『自宫以適君，非人情，難親。』管仲死，而桓公不用其言，近用三子，三子專權。」○老泉蘇氏曰：「管仲相桓公，霸諸侯，攘戎狄，終其身齊國富彊，諸侯不叛。管仲死，豎刁、易牙、開方用，桓公薨於亂，五公子争立，其禍蔓延。訖簡公，齊無寧歲。三子固亂人國者。顧其使桓公得用三子者，管仲也。仲之疾也，公問之相。吾以仲且舉天下之賢者以對，而其言乃不過曰豎刁、易牙、開方三子非人情，不可近而已。仲以爲桓公果能不用三子矣乎？桓公聲色不絕乎耳目，非三子則無以遂其欲。彼其初之所以不用者，徒以有仲焉耳。一日無仲，則三子者可以彈冠相慶矣。仲以爲將死之言，可以縶桓公之手足耶？雖桓公幸而聽仲，誅此三人，而其餘者，仲能悉數而去之耶？因桓公之問，舉天下之賢以自代，則仲雖死，而齊國未爲無仲也，夫何患三子者？五伯莫盛於桓、文。文公之才不及桓公，其臣又皆不及仲。晉襲文公之餘威，得爲諸侯之盟主百有餘年。何者？其君雖不肖，而尚有老成人焉。桓公之死，一亂塗地，無惑也，彼獨恃一管仲，而仲死矣。賢者不悲其身之死，而憂其國之衰，故必復有賢者而後有以死。彼管仲者，何以死哉？」

履祥按：管仲之死，當在是年之春。外則救徐而徐敗；內則牡丘之盟、伐厲之師方行，而宋人伐曹，西則與秦共立晉侯，而秦伐晉獲其君以歸，桓公於此皆末如之何矣。

晉侯及秦伯戰于韓，獲晉侯。

《左氏》曰：「晉侯之入也，秦穆姬屬賈君焉，且曰：『盡納群公子。』晉侯烝於賈君，又不納群公子，是以穆姬怨之。晉侯許賂中大夫，既而皆背之。賂秦伯以河外列城五，東盡虢略，南及華山，內及解梁城，既而不與。晉饑，秦輸之粟。秦饑，晉閉之糴，故秦伯伐晉。三敗及韓。晉侯謂慶鄭曰：『寇深矣，若之何？』對曰：『君實深之，可若何！』公曰：『不孫！』卜右，慶鄭吉，弗使。步揚御戎，家僕徒爲右。乘小駟，鄭入也。慶鄭曰：『古者大事，必乘其產。生其水土，而知其人心；安其教訓，而服習其道。今乘異產，及懼而變，將與人易。』弗聽。晉侯逆秦師，使韓簡視師。復曰：『師少於我，鬬士倍我。』公曰：『何故？』對曰：『出因其資，入用其寵，饑食其粟，三施而無報，是以來也。今又擊之，我怠、秦奮，倍猶未也。』公曰：『一夫不可狃，況國乎？』遂使請戰。壬戌，戰于韓原。晉戎馬還濘而止。秦獲晉侯以歸。晉大夫反首拔舍從之。」

王命秦伯釋晉侯。

《史記》曰：「周天子聞之，曰：『晉，我同姓。』爲請晉君。夷吾姊爲穆公夫人，夫人聞之，衰絰跣，以大子罃、弘與女簡璧登臺而履薪焉。穆公曰：『我得晉君以爲功，今天子爲請，夫人是憂。』乃與晉君盟，許歸之，更舍上舍，而饋之七牢。」兼用《左氏》。

晉侯夷吾自秦歸于晉。

《左氏》曰：「子桑曰：『歸之而質其大子，必得大成。晉未可滅而殺其君，祇以成惡。且史佚有言曰：「無始禍，無怙亂，無重怒。」重怒難任，陵人不祥。』乃許晉平。晉侯使郤乞告瑕呂飴甥，且召之。子金教之言曰：『朝國人而以君命賞，且告之曰：「孤雖歸，辱社稷矣。其卜貳圉也。」』衆皆哭。呂甥曰：『君亡之不恤，而群臣是憂，惠之至也。將若君何？』衆曰：

『何爲而可？』對曰：『征繕以輔孺子。』衆說。晉陰飴甥會秦伯，盟于王城。秦伯曰：『晉國和乎？』對曰：『不和。小人恥失其君而悼喪其親，不憚征繕以立圉也，曰：「必報讎，寧事戎狄。」君子愛其君而知其罪，不憚征繕以待秦命，曰：「必報德，有死無二。」以此不和。』秦伯曰：『國謂君何？』對曰：『小人慼，謂之不免；君子恕，以爲必歸。小人曰：「我毒秦，秦豈歸君？」君子曰：「我知罪矣，秦必歸君。貳而執之，服而舍之，德莫厚焉，刑莫威焉！服者懷德，貳者畏刑，此一役也，秦可以霸。納而不定，廢而不立，以德爲怨，秦不其然。」』秦伯曰：『是吾心也。』十一月，晉侯歸。」〇《史記》曰：「歸晉君夷吾，夷吾獻其河西地，使太子圉爲質於秦。秦妻子圉以宗女。」

八年。隕石于宋五。六鷁退飛過宋都。

《左氏》曰：「隕石于宋五，隕星也。六鷁退飛過宋都，風也。」

狄侵晉。王以戎難告于齊，齊侯徵諸侯之師入戍。齊侯、宋公、魯侯、陳侯、衛侯、鄭伯、許男、邢侯、曹伯會于淮。

《左氏》曰：「狄侵晉，取狐、厨、受鐸，涉汾，及昆都，因晉敗也。王以戎難告于齊。齊徵諸侯而戍周。會于淮，謀鄫，且東略也。城鄫，役人病，有夜登丘而呼曰：『齊有亂！』不果城而還。」

履祥按：齊桓尚能伐厲以救徐，城鄫以制淮夷，豈不能伐戎以救周乎？不務德而勤遠略，於此見矣。

九年。齊人、徐人伐英氏。報婁林之役。英氏，楚與國。

齊桓公卒。五公子爭立。易牙立無虧。世子昭出。

《左氏》曰：「齊侯之夫人三：王姬、徐嬴、蔡姬，皆無子。齊侯好内，多内寵，内嬖如夫人者六人：長衛姬，生武孟；無虧。少衛姬，生惠公；公子元。鄭姬，生孝公；公子昭。葛嬴，生昭公；公子潘。密姬，生懿公；公子商人。宋華子，生公子雍。公與管仲屬孝公於宋襄公，以爲太子。雍巫有寵於衛共姬，因寺人貂以薦羞於公，亦有寵，公許之立武孟。管仲卒，五公子皆求立。冬十月乙亥，齊桓公卒。易牙入，與寺人貂因内寵以殺群吏，而立公子無虧。孝公奔宋。十二月乙亥，赴。辛巳，夜殯。」

十年。宋公、曹伯、衛人、邾人伐齊。鄭伯始朝于楚。魯人救齊。宋師及齊師戰于甗，齊師敗績。立公子昭。是爲孝公。**狄救齊。邢人、狄人伐衛。**

《左氏》曰：「宋襄公以諸侯伐齊。三月，齊人殺無虧。齊人將立孝公，不勝，四公子之徒遂與宋人戰。宋敗齊師于甗，立孝公而還。八月，葬齊桓公。邢人、狄人伐衛。衛侯以國讓父兄子弟及朝衆，曰：『苟能治之，燬請從焉。』衆不可，而後師于訾婁。狄師還。」

履祥按：齊桓公卒，而鄭伯始朝于楚，邢、狄伐衛矣。諸侯之伐齊，雖爲桓公之故，然以霸國而受伐，天下之事固可知矣。宋襄狃於伐齊之勝，遂有圖霸之心焉。説者以「邢人、狄人伐衛」爲進狄而救齊。果進狄，何不於救齊「人」之，而於伐衛「人」之耶？伐衛，則與邢俱「人」之。盟邢，則與齊俱「人」之。桓公歿而狄重稱「人」，夷狄之盛也。晉文霸而狄復稱「狄」，伯圖之盛也。

十有一年。宋人執滕子嬰齊。宋公、曹人、邾人盟于曹南。鄫子會盟于邾。邾人執鄫子，用之。宋人圍曹。

《左氏》曰：「宋人執滕宣公。夏，宋公使邾文公用鄫子于次睢之社，欲以屬東夷。司馬子魚曰：『古者六畜不相爲用，小事不用大牲，而況敢用人乎？祭祀以爲人也。民，神之主也。用人，其誰饗之？齊桓公存三亡國以屬諸侯，義士猶曰薄德。今一會而虐二國之君，又用諸淫昏之鬼，將以求霸，不亦難乎？得死爲幸。』宋人圍曹，討不服也。子魚言於宋公曰：『文王聞崇德亂而伐之，軍三旬而不降，退脩教而復伐之，因壘而降。《詩》曰：「刑于寡妻，至于兄弟，以御于家邦。」今君德無乃猶有所闕，而以伐人，若之何？盍姑内省德乎？無闕而後動。』」

履祥按：齊桓公晚始東略，宋襄公蓋繼其志，欲以屬東夷，首虐滕、鄫之君，本欲立威，不知乃所以失諸侯也。齊桓公假仁義而霸，宋襄公假仁義而又不及。其屬小國也，將假義而失之暴。其敵大國也，將假仁而失之迂。宋襄圖霸，大槩如此。然用鄫子者，宋襄之命也。而《春秋》歸罪於邾，以邾之役於不義也。夫以邾文公之賢，不能自立，而怵於震鄰，陷於賣友，可惜也已！

衛人伐邢。

《左氏》曰：「衛人伐邢，以報菟圃之役。於是衛大旱，卜有事於山川，不吉。甯莊子曰：『昔周饑，克殷而年豐。今邢方無道，諸侯無伯，天其或者欲使衛討邢乎？』從之。師興而雨。」

陳人、魯人、蔡人、楚人、鄭人盟于齊。

《左氏》曰：「陳穆公請脩好於諸侯，以無忘齊桓之德。盟于齊，脩桓公之好也。」〇《春秋》書：「會陳人、蔡人、楚人、鄭人盟于齊。」胡氏曰：「爲此盟者，乃公與陳、蔡、楚、鄭之君或其大夫也。曷爲没『公』而『人』諸侯與其大夫？諱是盟也。楚人之得與中國會盟，自此始矣。莊公十年『荆敗蔡師』始見于經，其後入蔡、伐鄭，皆以號舉，夷狄之也。僖公元年，改而稱『楚』，經亦書『人』，於是浸强矣。然終桓公世，皆止書『人』，而不得與中國盟會者，以齊修霸業，能制其强故也。桓公既没，中國無霸，鄭伯首朝于楚，其後遂爲此盟。故《春秋》没『公』，『人』陳、蔡之君，而以鄭列其下，蓋深罪之也。又二年，復盟于鹿上，至會于盂，遂執宋公以伐宋，於是列位陳、蔡之上而書爵矣。聖人所以著夷狄之强，傷中國之衰也。」

梁亡。

《左氏》曰：「梁亡，不書其主，自取之也。初，梁伯好土功，亟城而弗處，民罷而弗堪，則曰：『某寇將至。』乃溝公宫，曰：『秦將襲我。』民懼而潰，秦遂取梁。」○《公羊氏》曰：「梁亡，魚爛而亡也。」○《穀梁氏》曰：「梁亡，自亡也。湎於酒，淫於色，心昏，耳目塞。上無正長之治，大臣背叛，民爲寇盜。梁亡，自亡也。如加力役焉，湎不足道也。」

十有二年。鄭人入滑。

齊人、狄人盟于邢。楚人伐隨。

《左氏》曰：「衛方病邢。隨以漢東諸侯叛楚。」

十有三年。狄侵衛。

宋人、齊人、楚人盟于鹿上。

《左氏》曰：「宋襄公欲合諸侯。臧文仲聞之，曰：『以欲從人，則可；以人從欲，鮮濟。』宋人爲鹿上之盟，以求諸侯於楚。楚人許之。公子目夷曰：『小國爭盟，禍也。』」

宋公、楚子、陳侯、蔡侯、鄭伯、許男、曹伯會于盂。執宋公以伐宋。魯侯會諸侯盟于薄。釋宋公。

《左氏》曰：「諸侯會宋公于盂。子魚曰：『禍其在此乎！君欲已甚，其何以堪之？』於是楚執宋公以伐宋。冬，會于薄以釋之。子魚曰：『禍猶未也，未足以懲君。』」〇《公羊氏》曰：「宋公與楚子期以乘車之會。公子目夷諫曰：『楚，夷國也，强而無義，請君以兵車之會往。』宋公曰：『吾與之約，自我爲之，自我墮之，不可。』終以乘車之會往。楚人果伏兵車，執宋公以伐宋。宋公謂公子目夷曰：『子歸守國矣。國，子之國也。』目夷曰：『君雖不言，國固臣之國也。』於是歸設守械。楚人謂宋人曰：『子不與我國，吾將殺子君矣。』宋人曰：『吾賴社稷之神靈，國已有君矣。』楚人知雖殺宋公猶不得宋國，於是釋宋公。公走之衛。公子目夷復曰：『國爲君守之。』迎襄公歸。」〇胡氏曰：「執宋公者，楚子也。不言楚子，分惡於諸侯也。諸侯皆在，而蠻夷執其會主，莫之敢違，其不勇於爲義亦甚矣，故特列楚人於陳、蔡之上，而以同『執』爲文。夫以楚之强，豈能勝秦？五國之衆，何弱於趙？然澠池之會，藺相如一奮其氣，威信敵國，秦雖虎狼，猶不敢動。況以五國之君，而不能得志於荆楚乎？然宋公欲繼齊桓之烈，而與楚會盟，豈攘戎狄、尊王室之義乎？故『人』宋公於鹿上之盟，而盂之會直書不隱，所以深貶之。操縱大權自蠻夷出，其事已傎矣。故書會、盟，書釋，皆不言楚子。《穀梁氏》謂『不與楚專釋』是也。」〇陳氏曰：「楚初争長也。」

十有四年。鄭伯如楚。宋公、衛侯、許男、滕子伐鄭。

秦、晉遷陸渾之戎于伊川。

《左氏》曰：「初，平王之東遷也，辛有適伊川，見被髮而祭於野者，曰：『不及百年，此其戎乎！其禮先亡矣。』是年秋，秦、晉遷陸渾之戎于伊川。」

履祥按：先王視地畫井而計民授田。凡地之可田者，既已井授矣。其依山阻險，高下不一，地不可田，田不可井者，尚皆虛之，用廣樵牧。惟夷狄之俗，則多依山阻險，此所以有九州內之夷狄也。然伊洛王畿，天地之中，雖曰曠土，秦、晉豈宜遷陸渾之戎居之？秦、晉之罪，不惟亂華，其逼周甚矣！自此伊洛之戎，世爲周患。他日王謂晉人曰：「先王居檮杌于四裔，以禦魑魅，故允姓之祖居于瓜州。伯父惠公歸自秦，而誘以來，使逼我郊甸。戎有中國，誰之咎也？」然則秦、晉之罪，不可勝誅矣。

晉子圉自秦逃歸。

王召叔帶于齊。

《左氏》曰：「富辰言於王曰：『請召大叔。《詩》曰：「協比其鄰，昏姻孔云。」吾兄弟之不協，焉能怨諸侯之不睦？』王說。王子帶自齊復歸于京師，王召之也。」

宋公及楚人戰于泓，宋師敗績。

《左氏》曰：「鄭伯如楚。宋公伐鄭。子魚曰：『所謂禍在此矣。』楚人伐宋以救鄭。宋公將戰，大司馬固諫曰：『天之棄商久矣，君將興之，弗可赦也已。』弗聽。及楚人戰于泓。宋人既成列，楚人未既濟。司馬曰：『彼衆我寡，及其未既濟也，請擊之。』公曰：『不可。』既濟而未成列，又以告。公曰：『未可。』既陳而後擊之，宋師敗績。公傷股，門官殲焉。國人皆咎公。公曰：『君子不重傷，不禽二毛。古之爲軍也，不以阻隘也。寡人雖亡國之餘，不鼓不成列。』子魚曰：『君未知戰。勍敵之人，隘而不列，天贊我也。阻而鼓之，不亦可乎？猶有懼焉。且今之勍者，皆吾敵也。雖及胡耇，獲則取之，何有於二毛？明耻教戰，求殺敵也。傷未及死，如何勿重？若愛重傷，則如勿傷；愛其二毛，則如服焉。三軍以利用也，金鼓以聲氣也。利而用之，阻隘可也；聲盛致志，鼓儳可也。』鄭文夫人芈氏、姜氏勞楚子於柯澤。楚子使師縉示之俘馘。君子曰：『非禮也。婦人送迎不出門，見兄弟不踰閾，戎事不邇女器。』楚子入饗于鄭，九獻，庭實旅百，加籩豆六品。饗畢，夜出，文芈送于軍，取鄭二姬以歸。叔詹曰：『楚王其不没乎！爲禮卒於無别。無别不可謂禮。將何以没？』諸侯是以知其不遂霸也。」

履祥按：宋襄求霸之初，虐二國之君，何其暴也！至泓之戰，不重傷，不禽二毛，又何其仁也！無他，前日氣鋭，而今日氣怯爾。

十有五年。齊侯伐宋，圍緡。宋襄公卒，子王臣嗣。是爲成公。

《左氏》曰：「齊侯伐宋，以討其不與盟于齊也。宋襄公卒，傷於泓故也。」

楚人伐陳。

《左氏》曰：「楚成得臣伐陳，討其貳於宋也。遂取焦、夷，城頓而還。子文以爲之功，使爲令尹。叔伯曰：『子若國何？』對曰：『吾以靖國也。夫有大功而無貴仕，其人能靖者與有幾？』」

王命狄師伐鄭，取櫟，以狄女隗氏爲后。

《左氏》曰：「鄭之入滑也，滑人聽命。師還，又即衛。鄭人伐滑。王使伯服、游孫伯如鄭請滑。鄭伯怨王之與衛、滑也，不聽王命，而執二子。王怒，將以狄伐鄭。富辰諫曰：『不可。太上以德撫民，其次親親，以相及也。昔周公弔二叔之不咸，故封建親戚以蕃屏周。管、蔡、郕、霍、魯、衛、毛、聃、郜、雍、曹、滕、畢、原、酆、郇，文之昭也；邘、晉、應、韓，武之穆也；凡、蔣、邢、茅、胙、祭，周公之胤也。召穆公思周德之不類，故糾合宗族于成周曰：「凡今之人，莫如兄弟。兄弟鬩于牆，外禦其侮。」《左氏》以召穆公作詩曰：「凡今之人，莫如兄弟。」呂成公謂：「舉已成之詩而作樂。然考《國語》則曰：『周文公之詩曰：「兄弟鬩于牆，外禦其侮。」』則《左氏》文蓋誤。其曰：『周之有懿德也，猶曰「莫如兄弟」。召穆公亦云。』則是自救其前之誤也。」今節其文如此。如是，則兄弟雖有小忿，不廢懿親。今天子不忍小忿以棄鄭親，其若之何？庸勳、親親、暱近、尊賢，德之大者也。即聾、從昧、與頑、用嚚，姦之大者也。棄德、崇姦，禍之大者也。鄭有平、惠之勳，又有厲、宣之親，棄嬖寵而用三良，於諸姬爲近，四德具矣。耳不聽五聲之和爲聾，目不別五色之章爲昧，心不則德義之經爲頑，口不道忠信之言爲嚚。狄皆則之，四姦具矣。周之有懿德也，猶曰「莫如兄弟」，故以親屏周。召穆公亦云。今周德既衰，於是乎又渝周、召，以從諸姦，無乃不可乎？』」王弗聽，使頽叔、桃子出狄師，伐鄭，取櫟。王德狄人，將以其女爲后。富辰諫曰：「臣聞之曰：『報者倦矣，施者未厭。』狄固貪惏，王又啓之。女德無極，婦怨無終，狄必爲患。」又弗聽。」

晉惠公卒，子圉嗣。是爲懷公。

《左氏》曰：「晉太子圉爲質於秦，逃歸。惠公卒。圉立，命無從亡人。期，期而不至，無赦。狐突之子毛及偃從重耳在秦，弗召。懷公執狐突曰：『子來則免。』對曰：『子之能仕，父教之忠，古之制也。策名、委質，貳乃辟也。今臣之子，名在重耳，有年數矣。若又召之，教之貳也。父教子貳，何以事君？刑之不濫，君之明也，臣之願也。淫刑以逞，誰則無罪？臣聞命矣。』乃殺之。卜偃稱疾不出，曰：『《周書》有之：「乃大明，服。」己則不明，而殺人以逞，不亦難乎？民不見德，而唯戮是聞，其何後之有？』」

十有六年。晉公子重耳入于晉以立。是爲文公。**晉人殺懷公于高梁。**

傳曰：「初晉公子重耳奔狄，從者狐偃、趙衰、顛頡、魏武子、司空季子。狄人伐廧咎如，處狄獲其二女：叔隗、季隗。納諸公子。公子取季隗，生伯儵、叔劉。以叔隗妻趙衰，生盾。處狄十二年。《左氏》。狐偃曰：『日，吾來此也，非以狄爲可以成事也。奔而易達，困而有資，休以擇利，可以戾也。戾久將底，誰能興之？蓄力一紀，可以遠矣。齊侯長矣，管仲没矣，謀而無正，衷而思始。必追擇前言，求善以終，兹可以親。』皆以爲然，乃行。《國語》。過衛，衛文公不禮焉。出於五鹿，乞食於野人，與之塊。怒。子犯曰：『天賜也。《左氏》。民以土服，必獲此土。』受而載之。《國語》。及齊，齊桓公妻之，公子安之。《左氏》。桓公卒，孝公即位，諸侯畔齊。子犯知齊之不可以動，與從者謀於桑下。蠶妾在其上聞之，告姜氏。殺之，而言於公子曰：『從者將以子行，其聞之者吾已除之矣。子必從之。自子之行，晉無寧歲，民無成君。天未喪晉，無異公子。有晉國者，非子而誰？』公子曰：『吾不動矣。』姜曰：『不然。西方之書曰：「懷與安，實疚大事。」昔管敬仲有言：「畏威如疾，民之上也。從懷如流，民之下也。見懷思威，民之中也。」齊國之政敗矣，晉之無道久矣，從者之謀忠矣，時日及矣。敗不可處，時不可失，忠不可棄，懷不可從，子必速行。』公子弗聽。《國語》。姜與子犯謀，醉而遣之。及曹，曹共公聞其駢脅，浴，薄而觀之。僖負羈之妻曰：『晉公子之從者，皆足以相國。夫子必反其國，反，必得志於諸侯。得志而誅無禮，曹其首也。子盍蚤自貳焉？』乃饋盤飧，置璧焉。《左氏》。叔詹負羈言於曹伯，弗聽。《國語》。及宋，宋襄公贈之以馬二十乘。及鄭，鄭文公亦不禮焉。叔詹諫曰：『臣聞天之所啓，人弗及也。晉公子離外之患，而天不靖晉國，殆將啓之。有三士足以上人而從之。晉、鄭同儕，其過子弟，固將禮焉，况天之所啓乎？』弗聽。及楚，楚子饗之，曰：『公子若反晉國，則何以報不穀？』對曰：『子女玉帛，則君有之。羽毛齒革，則君地生焉。其波及晉國者，君之餘也。其何以報君？若以君之靈，得反晉國，晉、楚治兵，遇於中原，其辟君三舍。若不獲命，其左執鞭、弭，右屬櫜、鞬，以與君周旋。』子玉請殺之。楚子曰：『晉公子廣而儉，文而有禮。其從者肅而寬，忠而能力。晉侯無親，外内惡之。吾聞姬姓，唐叔之後，其後衰者也。其將由晉公子乎！天將興之，誰能廢之？違天，必有大咎。』《左氏》。於是懷公自秦逃歸。秦伯召公子於楚，楚子厚幣以送公子于秦。《國語》。秦伯納女五人，懷嬴與焉。他日，享之。趙衰從。公子賦《河水》，公賦《六月》。趙衰曰：『重耳拜賜。君稱所以佐天子者命重耳，敢不拜？』《左氏》。十月，惠公卒。十二月，秦伯納公子。《國語》。濟河，圍令狐，入桑泉，取臼衰。懷公奔高粱。二月甲午，晉師軍于廬柳。秦伯使公子縶如晉師。師退，軍于郇。辛丑，狐偃及秦、晉之大夫盟于郇。壬寅，公子入于晉師。丙午，入于曲沃。丁未，朝于武宫。戊申，使殺懷公于高粱。《左氏》。○《國語》曰：「晉人殺懷公于高粱，而授重耳。」○《經世》：「秦人殺晉懷公，入公子重耳于晉。」吕、郤畏逼，將焚公宫而弑晉侯。寺人披請見。公使辭焉，曰：『蒲城之役，君命一宿，女即至。其後，爲惠公來求殺余，命女三宿，女中宿至。雖有君命，何其速也！夫袪猶在。女其行乎！』對曰：『臣謂君之入也，其知之矣。若猶未也，又將及難。君命無二。除君之惡，唯力是視。蒲人、狄人，余何有焉？今君即位，其無蒲、狄乎？』公見之，以難告。三月，晉侯濳會秦伯于王城。己丑晦，公宫火。瑕甥、郤芮不獲公，乃如河上，秦伯誘而殺之。晉侯逆夫人嬴氏以歸。秦伯送衛於晉三千人，實紀綱之僕。《左氏》。公屬百官，賦職任功。棄責薄斂，施舍分寡。救乏振滯，匡困資無。輕關易道，通商寬農。懋穡勸分，省用足財。利器明德，以厚民性。舉善授能，官方定物，正名育類。昭舊族，愛親戚，明賢良，尊貴寵，賞功勞，事耇老，禮賓旅，友故舊。胥、籍、狐、箕、欒、郤、柏、先、羊舌、董、韓，寔掌近官。諸姬之良，掌其中官。異姓之能，掌其遠官。公食貢，大夫食邑，士食田，庶人食力，工商食官，皁隸食職，官宰食加。政平民阜，財用不匱。」《國語》。

王使王子虎、内史興錫晉侯命。

《國語》曰：「襄王使大宰文公及内史興錫晉文公命。上卿逆于境，晉侯郊勞，館諸宗廟，饋九牢，設庭燎。及期，命于武宫，設桑主，布几筵。大宰涖之，晉侯端委以入。内史贊之。三命而後即冕服。既畢，賓、饗、贈、餞，如公命侯伯之禮，而加之以宴好。内史興歸，以告王曰：『晉，不可不善也。其君必霸。逆王命敬，奉禮義成。敬王命，順之道也。成禮義，德之則也。則德以道諸侯，諸侯必歸之。且禮所以觀忠、信、仁、義也。忠所以分也，仁所以行也，信所以守也，義所以節也。忠分則均，仁行則報，信守則固，義節則度。分均無怨，行報無匱，守固不偷，節度不攜。若民不怨而財不匱，令不偷而動不攜，其何事不濟！中能應外，忠也。施三服義，仁也。守節不淫，信也。行禮不疚，義也。臣入晉境，四者不失。王其善之！樹於有禮，艾音刈。人必豐。』王從之，使於晉者，道相逮也。」

王廢狄后。王子帶以狄入寇，王出居鄭。

《左氏》曰：「大叔帶通於隗氏。王替隗氏。頹叔、桃子曰：『我實使狄，狄其怨我。』遂奉大叔以狄師攻王。王御士將禦之，王曰：『先后其謂我何？寧使諸侯圖之。』王遂出。及坎欿，國人納之。秋，頹叔、桃子奉大叔以狄師伐周，大敗周師。王出適鄭，處于氾。大叔以隗氏居于温。鄭伯與孔將鉏、石甲父、侯宣多省視官具于氾，而後聽其私政。」

王使告難于諸侯。

《左氏》曰：「王使來告難，曰：『不穀不德，得罪于母之寵子帶，鄙在鄭地氾，敢告叔父。』臧文仲對曰：『天子蒙塵于外，敢不奔問官守？』王使簡師父告于晉，使左鄢父告于秦。」

宋公如楚。

《左氏》曰：「宋及楚平。宋成公如楚，還，入於鄭。鄭伯將享之，問禮於皇武子。對曰：『宋，先代之後也，於周爲客。天子有事，膰焉；有喪，拜焉。豐厚可也。』鄭伯從之。」

【校記】

〔一〕「二」，原作「三」，今據慎獨齋配補歸仁齋本、宋犖本、率祖堂本、《四庫》本改。

通鑑前編卷之十二

金履祥編

周襄王十有七年。衛侯毁滅邢。

秦伯師于河上。晉侯辭秦師而下，次于陽樊。右師圍温，取帶殺之。左師逆王于鄭。王入于王城。晉侯入朝，王賜晉侯陽樊、温、原、欑茅之田。

《左氏》曰：「秦伯師于河上，將納王。狐偃言於晉侯曰：『求諸侯，莫如勤王。諸侯信之，且大義也。繼文之業，今爲可矣。』晉侯辭秦師而下，次于陽樊。右師圍温，左師逆王。王入于王城。取大叔于温，殺之于隰城。晉侯朝王。王饗醴，命之宥。請隧，弗許，曰：『王章也。未有代德，而有二王，亦叔父之所惡也。』與之陽樊、温、原、欑茅之田。晉於是始啓南陽。陽樊不服，圍之。蒼葛呼曰：『德以柔中國，刑以威四夷，宜吾不敢服也。此誰非王之親姻，其俘之也？』乃出其民。晉侯圍原，命三日之糧。原不降，命去之。諜出，曰：『原將降矣。』

軍吏請待之。公曰：『信，國之寶，民之所庇也。得原失信，何以庇之？所亡滋多。』退一舍而原降。遷原伯貫于冀。趙衰爲原大夫，狐溱爲溫大夫。」

衛文公卒，子鄭嗣。是爲成公。

楚人圍陳，納頓子于頓。

胡氏曰：「圍陳，納頓子也。『納』云者，不與納也。諸侯失國，諸侯納之，正也。何以不與乎？夫陳，先代之後也，不能以禮安靖鄰國，保恤寡小，中國諸侯又不能修方伯連率之職，而楚人納之，是夷狄仗義正諸夏也。《春秋》之責中國深矣。」○陳氏曰：「齊桓公卒，楚始與諸夏盟于齊，于鹿上，執宋公，納頓子，侈然欲廢置諸侯矣，《春秋》之所懼也。」

魯侯、衛子、莒慶盟于洮。

十有八年。魯侯、莒子、衛甯速盟于向。齊人侵魯西鄙、北鄙。衛人伐齊。魯公子遂如楚乞師。楚人滅夔，以夔子歸。楚人伐宋，圍緡。魯以楚師伐齊，取穀。

《左氏》曰：「公會莒茲丕公、甯莊子盟于向，尋洮之盟也。齊師伐我西鄙，討是二盟也。夏，齊孝公伐我北鄙。衛人伐齊，洮之盟故也。公使展喜犒師，使受命于展禽。齊侯未入竟，展喜從之，曰：『寡君聞君親舉玉趾，將辱於敝邑，使下臣犒執事。』齊侯曰：『魯人恐乎？』對曰：『小人恐矣，君子則否。』齊侯曰：『室如縣罄，野無青草，何恃而不恐？』對曰：『恃先王之命。昔周公、大公股肱周室，夾輔成王。成王勞之，而賜之盟，曰：「世世子孫，無相害也。」載在盟府，大師職之。桓公是以糾合諸侯，而謀其不協，彌縫其闕，而匡救其災，昭舊職也。及君即位，諸侯之望曰：「其率桓之功！」我敝邑用不敢保聚，曰：「豈其嗣世九年，而棄命廢職？其若先君何？君必不然。」恃此以不恐。』齊侯乃還。東門襄仲、臧文仲如楚乞師。臧孫見子玉而道之伐齊、宋，以其不臣也。夔子不祀祝融與鬻熊，楚人讓之。對曰：『我先王熊摯有疾，鬼神弗赦，而自竄于夔。吾是以失楚，又何祀焉？』楚成得臣、鬭宜申帥師滅夔，以夔子歸。宋以其善於晉侯也，叛楚即晉。楚令尹子玉、司馬子西帥師伐宋，圍緡。公以楚師伐齊，取穀。凡師，能左右之曰『以』。寘桓公子雍於穀，易牙奉之以爲魯援。楚申公叔侯戍之。桓公之子七人，爲七大夫於楚。」

履祥按：自齊桓公之歿，楚遂争霸諸夏。齊討魯、衛之盟，是又欲復霸也。魯人知柳下惠之賢而不能用，齊師壓境，始使展喜受命焉。如其言，果退齊師矣。而魯復乞師於楚，是以先王之命退齊，而又自犯先王之命也。楚方西滅夔，北伐宋，東取穀，其勢益張。微晉文之霸，則楚遂霸諸夏矣。果爾，庸非魯導之與？是行也，臧文仲在焉，可謂不仁不知甚矣！

十有九年。齊孝公卒，弟潘父殺世子而自立。是爲昭公。**楚人、陳侯、蔡侯、鄭伯、許男圍宋。魯侯及諸侯盟于宋。**

《左氏》曰：「楚子及諸侯圍宋。宋公孫固如晉告急。先軫曰：『報施、救患，取威、定霸，於是乎在矣。』狐偃曰：『楚始得曹，而新昏於衛，若伐曹、衛，楚必救之，則齊、宋免矣。』於是蒐于被廬，作三軍，謀元帥。趙衰曰：『郤縠可。説禮、樂而敦《詩》《書》。《詩》《書》，義之府也。禮、樂，德之則也。德、義，利之本也。』乃使郤縠將中軍，郤溱佐之。使狐偃將上軍，讓於狐毛，而佐之。命趙衰爲卿，讓於欒枝、先軫。使欒枝將下軍，先軫佐之。荀林父御戎，魏犨爲右。」○陳氏曰：「此楚子也，其稱『人』何？嫌予楚伯也。盟于齊，楚猶序陳、蔡之下。于鹿上，猶不先齊、宋也。盂之會，宋、楚始並爲諸侯長矣。楚之稱『子』而長於諸侯，宋襄爲之也。齊桓公卒，而衛從楚，魯又從楚，楚敗宋師于泓，納頓子于頓，滅夔，取齊之穀，且合四國之君以圍宋，《春秋》以是爲夷狄之强而已矣，故雖序於諸侯之上而『人』之。」

二十年。晉侯侵曹。晉侯伐衛。楚人救衛。晉侯入曹，執曹伯。畀宋人。晉侯、齊師、宋師、秦師及楚人戰于城濮，楚師敗績。

《左氏》曰：「晉侯將伐曹，假道于衛。弗許。還，自南河濟。侵曹、伐衛。取五鹿。郤穀卒。原軫將中軍，胥臣佐下軍。晉侯、齊侯盟于斂盂。衛侯請盟，晉人弗許。衛侯欲與楚，國人不欲，故出其君以説于晉。衛侯出居于襄牛。魯公子買戍衛，楚人救衛，不克。魯懼於晉，殺買以説焉。謂楚人曰：『不卒戍也。』晉侯圍曹，門焉，多死。曹人尸諸城上，晉侯患之。聽輿人之謀，曰稱：舍於墓。師遷焉。曹人兇懼，因而攻之，入曹。數之以其不用僖負羈，而乘軒者三百人也。令無入僖負羈之宫而免其族，報施也。魏犨、顛頡怒曰：『勞之不圖，報於何有！』爇僖負羈氏。魏犨傷於胸。公欲殺之，而愛其材。使視之，病。犨束胸見使者，距躍、曲踊，乃舍之。殺顛頡以徇于師，立舟之僑爲戎右。宋使門尹般如晉師告急。公曰：『宋人告急，舍之則絶，告楚不許。我欲戰矣，齊、秦未可，若之何？』先軫曰：『使宋舍我而賂齊、秦，藉之告楚。我執曹君，而分曹、衛之田以賜宋人。楚愛曹、衛，必不許也。喜賂、怒頑，能無戰乎？』公説，執曹伯，分曹、衛之田以畀宋人。楚子入居于申，使申叔去穀，使子玉去宋，曰：『無從晉師。晉侯在外十九年矣，而果得晉國。險阻艱難，備嘗之矣。民之情僞，盡知之矣。天假之年，而除其害。天之所置，其可廢乎？《軍志》曰：「允當則歸。知難而退。有德不可敵。」』子玉使伯棼請戰，楚子怒，少與之師。子玉使宛春告於晉師，曰：『請復衛侯而封曹，臣亦釋宋之圍。』子犯曰：『子玉無禮哉！君取一，臣取二，不可失矣。』先軫曰：『定人之謂禮。楚一言而定三國，我一言而亡之。我則無禮，何以戰乎？楚有三施，我有三怨，怨讎已多，將何以戰？不如私許復曹、衛以攜之，執宛春以怒楚，既戰而後圖之。』乃拘宛春於衛，且私許復曹、衛。曹、衛告絶於楚。子玉怒，從晉師。晉師退。軍吏曰：『以君辟臣，辱也。且楚師老矣。』子犯曰：『師直爲壯，曲爲老。微楚之惠不及此，退三舍辟之，所以報也。背惠食言，以亢其讎，我曲楚直。我退而楚還，我將何求？若其不還，君退臣犯，曲在彼矣。』退三舍。楚衆欲止，子玉不可。夏四月戊辰，晉侯、宋公、齊國歸父、崔夭、秦小子憖次于城濮。楚師背酅而舍，晉侯患之。子犯曰：『戰也。捷，必得諸侯。不捷，表裏山河，必無害也。』公曰：『若楚惠何？』欒貞子曰：『漢陽諸姬，楚實盡之。思小惠而忘大恥，不如戰也。』子玉使鬭勃請戰，晉侯使欒枝對曰：『楚君之惠，未之敢忘，是以在此。爲大夫退。既不獲命，敢煩大夫，謂二三子：「戒爾車乘，敬爾君事，詰朝將見。」』晉侯登有莘之虛以觀師，曰：『少長有禮，其可用也。』遂伐其木，以益其兵。己巳，晉師陳于莘北，胥臣以下軍之佐當陳、蔡。子玉以若敖之六卒將中軍，曰：『今日必無晉矣。』子西將左，子上將右。胥臣蒙馬以虎皮，先犯陳、蔡。陳、蔡奔，楚右師潰。狐毛設二旆而退之。欒枝使輿曳柴而僞遁，楚師馳之。原軫、郤溱以中軍公族橫擊之。狐毛、狐偃以上軍夾攻子西，楚左師潰。楚師敗績。子玉收其卒而止，故不敗。晉師三日館、穀，及癸酉而還。」〇胡氏曰：「初公子重耳之出亡也，曹、衛皆不禮焉。至是侵曹、伐衛。再稱『晉侯』者，譏復怨也。或曰：曹、衛背華即夷，於是乎致武，奚爲不可？曰：楚人摟諸侯以圍宋，陳、蔡、鄭、許舉兵而同會，魯公與會而同盟。楚雖得曹，新昏於衛，然其君不在會，其師不與圍，方之諸國，不猶愈乎？又況衛已請盟，而晉人弗之許也。卒使衛侯竄身無所，奔于荆蠻，歸于京師，兄弟相殘，君臣交訟。衛之禍，文公爲之也。曹伯未狎晉政，莫知所承，晉文不修詞令，遽入其國，既執其君，又分其田，暴矣。欲致楚師與之戰，而以曹伯畀宋人，譎矣。得臣雖從晉師，不過『請復衛封曹，臣亦釋宋』，未有必戰之意也。及晉許曹、衛以攜其黨，拘宛春以激其怒，而後楚請戰矣。《春秋》書『及』在晉侯，誅其意也。夫荆楚恃强，憑陵諸夏久矣，以至執中國之盟主。今又戍穀逼齊，合兵圍宋，非有城濮之敗，則民其被髮左衽矣，宜有美詞稱揚其績，而《春秋》所書如此。仁人正其誼不謀其利，明其道不計其功。文公一戰勝楚，遂主夏盟，以功利言則高矣，語道義則三王之罪人也。」〇陳氏曰：「城濮之戰，宋公、齊國歸父、秦小子慭也。宋公也，則何以但稱『師』？尊晉侯也。尊晉者，與晉以霸也。

楚得臣何以稱『人』?楚未有大夫也。」〇《左氏》曰：「晉侯始入而教其民。二年，欲用之。子犯曰：『民未知義，未安其居。』於是乎出定襄王，入務利民，民懷生矣。將用之。子犯曰：『民未知信，未宣其用。』於是乎伐原以示之信。民易資者，不求豐焉，明徵其辭。公曰：『可乎？』子犯曰：『民未知禮，未生其共。』於是乎大蒐以示之禮，作執秩以正其官。民聽不惑，而後用之。出穀戍，釋宋圍，一戰而霸，文之教也。城濮之戰，晉中軍風于澤，亡大斾之左旃。祁瞞奸命，司馬殺之，以徇于諸侯，使茅茷代之。師還。濟河。舟之僑先歸，士會攝右。秋七月，振旅愷以入于晉。獻俘授馘，飲至大賞，徵會討貳，殺舟之僑以徇于國。民於是大服。君子謂：『文公其能刑矣，三罪而民服。』」

履祥按：晉文公勤王以示義，伐原以示信，大蒐以示禮，所謂「五霸假之」也。然霸圖猶有此，後世並此無之矣。晉文之霸，子犯、先軫之謀居多。先軫「報施、救患，取威、定霸」之説，已不如管仲三「不可」之言。惟子犯「《詩》《書》，義之府；禮、樂，德之則」，其言爲精。而又曰「德、義，利之本」，則皆霸佐之心矣。夫有恩則有怨。救宋，固報施也。至於分曹、困衛，報怨亦已甚矣！稱「舍於墓」，一譎；分曹畀宋，一譎；私許復曹、衛，一譎；執宛春，又一譎；退旆、曳柴，又一譎。晉文公譎而不正，於此一役亟見之。在軍，則殺顛頡、祁瞞；師入，則殺舟之僑。此軍法所以伸，戰所以勝，國人所以畏。文公霸業，於是乎備見矣。

晉侯作王宮于踐土，獻楚俘于王。王命尹氏、王子虎、內史叔興父策命晉侯爲侯伯。

《左氏》曰：「甲午，至于衡雍，作王宮于踐土。丁未，獻楚俘于王，駟介百乘，徒兵千。鄭伯傅王，用平禮也。己酉，王饗醴，命晉侯宥。王命尹氏及王子虎、內史叔興父策命晉侯爲侯伯，賜之大輅之服，戎輅之服，彤弓一、彤矢百，玈弓矢千，秬鬯一卣，虎賁三百人，曰：『王謂叔父，敬服王命，以綏四國。糾逖王慝。』晉侯三辭，從命。曰：『重耳敢再拜稽首，奉揚天子之丕顯休命。』受策以出。出入三覲。」

楚殺其大夫得臣。

《左氏》曰：「楚師既敗，楚子使謂子玉曰：『大夫若入，其如申、息之老何？』子西、孫伯曰：『得臣將死。二臣止之，曰：「君其將以爲戮。」』及連穀而死。楚子使止子玉曰：『毋死。』不及。晉侯聞之而後喜可知也，曰：『莫余毒也已！蔿呂臣實爲令尹，奉己而已，不在民矣。』」

衛侯出奔楚。

《左氏》曰：「衛侯聞楚師敗，出奔楚，遂適陳，使元咺奉叔武以受盟。」

晉侯、齊侯、宋公、魯侯、蔡侯、鄭伯、衛子、莒子盟于踐土。陳侯如會。諸侯朝于王所。

《左氏》曰：「王子虎盟諸侯于王庭，要言曰：『皆獎王室，無相害也。有渝此盟，明神殛之，俾隊其師，無克祚國，及而玄孫，無有老幼。』」

衛侯鄭自楚復歸于衛。衛元咺出奔晉。

《左氏》曰：「或訴元咺於衛侯曰：『立叔武矣。』其子角從公，公使殺之。咺不廢命，奉夷叔以入守。六月，晉人復衛侯。甯武子與衛人盟于宛濮，曰：『天禍衛國，君臣不協，以及此憂也。今天誘其衷，使皆降心以相從也。不有居者，誰守社稷？不有行者，誰扞牧圉？不協之故，用昭乞盟于爾大神以誘天衷。自今日以往，既盟之後，行者無保其力，居者無懼其罪。有渝此盟，以相及也。明神先君，是糾是殛。』國人聞此盟也，而後不貳。衛侯先期入。叔武將沐，聞君至，喜，捉髮走出，前驅歂犬射而殺之。公知其無罪，枕之股而哭之。歂犬走出，公使殺之。元咺出奔晉。」

陳穆公卒，子朔嗣。是爲共公。

晉侯、齊侯、宋公、魯侯、蔡侯、鄭伯、陳子、莒子、邾人、秦人會于温。王狩于河陽。諸侯朝于王所。晉人執衛侯，歸之于京師。衛元咺自晉復歸于衛，立公子瑕。曹伯襄復歸于曹，諸侯遂圍許。

《左氏》曰：「會于温，討不服也。晉侯召王，以諸侯見，且使王狩。仲尼曰：『以臣召君，不可以訓。』故書曰：『天王狩于河陽。』壬申，公朝于王所。衛侯與元咺訟，不勝。執衛侯，歸之于京師，寘諸深室。甯子職納橐饘焉。元咺歸于衛，立公子瑕。晉侯有疾，曹伯之豎侯獳貨筮史，使以曹爲解曰：『齊桓公爲會而封異姓，今君爲會而滅同姓。且合諸侯而滅兄弟，非禮也；與衛偕命而不與偕復，非信也；同罪異罰，非刑也。禮以行義，信以守禮，刑以正邪。舍此三者，君將若之何？』公説，復曹伯，遂會諸侯于許。晉侯作三行以禦狄。荀林父將中行，屠擊將右行，先蔑將左行。」○《公羊氏》曰：「衛侯之罪，殺叔武也。何以不書？爲叔武諱也。《春秋》爲賢者諱。何賢乎叔武？讓國也。文公逐衛侯而立叔武。叔武辭立而它人立，則恐衛侯之不得反也，故於是已立，然後爲踐土之會，治反衛侯。衛侯得反，曰：『叔武篡我。』元咺争之曰：『叔武〔一〕無罪。』終殺叔武，元咺走而出。執衛侯者，晉侯也。其稱『人』，衛之禍，文公爲之也。文公逐衛侯而立叔武，使人兄弟相疑，放乎殺母弟者，文公爲之也。元咺自晉復歸于衛。『自』者何？有力焉者也。此執其君，其言『自』何？爲叔武争也。」

履祥按：是年，晉文公始霸。《春秋》所不書者二：上則天王下臨踐土，不書；下則衛侯鄭殺叔武，不書。何也？《春秋》之事，所不書衆矣。蓋舊史所書，皆從赴告，所不告者，史固不得而書也。夫子修《春秋》，有改定而無增加，蓋謹之也。然踐土之天王不書，於朝王所見之。叔武之見殺不書，於衛侯名、元咺奔而晉執衛侯見之。或曰：叔武之殺，非衛侯也，公子歂犬也。吾觀衛侯在外，則殺元咺之子，返國，則已盟而先期以入，是皆有忌叔武之心焉。衛侯忌叔武之心久矣。使衛侯無忌叔武之心，則先驅何以殺叔武之遽哉？《春秋》誅心之法，必不以是末減衛侯也。

二十有一年。王子虎、魯侯、晉人、宋人、齊人、陳人、蔡人、秦人盟于翟泉。

《左氏》曰：「公會王子虎、晉狐偃、宋公孫固、齊國歸父、陳轅濤塗、秦小子憖盟于翟泉，尋踐土之盟，且謀伐鄭也。卿不書，罪之也。在禮，卿不會公、侯。」○陳氏曰：「晉初以大夫盟王子也。向也踐土之役，王子虎不書，涖盟也。今以大夫盟諸侯，文公之志荒矣。大夫之交政於是始，文公爲之也。」

履祥按：杜氏謂翟泉在洛陽城内，洛陽去今河南王城二十五里耳。諸大夫於此不入聘王室，而魯侯於此會盟不朝天子，是誠何爲者？宜《春秋》於此不書「公」，而大夫皆「人」之。

二十有二年。衛殺其大夫元咺及公子瑕。衛侯鄭歸于衛。

《左氏》曰：「晉侯使醫衍酖衛侯。甯俞貨醫，使薄其酖，不死。公爲之請，納玉於王與晉侯。王許之，乃釋衛侯。衛侯使賂周歂、冶廑，曰：『苟能納我，吾使爾爲卿。』周、冶殺元咺及子適、子儀。公入，祀先君。周、冶既服，將命，周歂先入，及門，遇疾而死。冶廑辭卿。」

履祥按：衛侯有罪，則不當以醫誅衛侯；無罪，則不當以玉免。此晉文之不正也。衛侯初歸則殺叔武，再歸則殺元咺、公子瑕。《春秋》於其出奔不名，而歸名之，比於失國、滅同姓之罪矣。元咺失事君之禮，故以國討書；有守國之功，故以官書。公子瑕之及也，非其罪矣。

晉人、秦人圍鄭。

《左氏》曰：「晉侯、秦伯圍鄭，以其無禮於晉，且貳於楚也。晉軍函陵，秦軍氾南。佚之狐言於鄭伯曰：『國危矣，若使燭之武見秦君，師必退。』公從之。辭曰：『臣之壯也，猶不如人，今老矣，無能爲也已。』公曰：『吾不能早用子，今急而求子，是寡人之過也。然鄭亡，子亦有不利焉。』許之。夜縋而出。見秦伯曰：『秦、晉圍鄭，鄭既知亡矣。若亡鄭而有益於君，敢以煩執事。越國以鄙遠，君知其難也，焉用亡鄭以陪鄰？鄰之厚，君之薄也。若舍鄭以爲東道主，行李之往來，共其乏困，君亦無所害。且君嘗爲晉君賜矣，許君焦、瑕，朝濟而夕設版焉，君之所知也。夫晉，何厭之有？既東封鄭，又欲肆其西封。若不闕秦，將焉取之？闕秦以利晉，唯君圖之。』秦伯説，與鄭人盟，使杞子、逢孫、揚孫戍之，乃還。子犯請擊之，公曰：『不可。微夫人之力不及此。因人之力而敝之，不仁。失其所與，不知。以亂易整，不武。吾其還也。』亦去之。」

履祥按：晉文報怨而喜功，故邀秦以伐鄭。秦穆恃功而視利，故私鄭以倍晉。此一役也，結怨交兵者數世。晉主夏盟，失秦之援而爲楚所抗。自是役始，《春秋》之所憂在楚，《史記》之所憂在秦，二者居天下之大勢矣。

王使宰周公聘于魯。魯公子遂入聘，遂如晉。

陳氏曰：「自桓王以下周室無聘魯者，於是再聘而宰周公實來，則已重矣。公子遂如京師，遂如晉，是夷周於晉也。」

履祥謂：夷周於晉，猶未也。其後知有晉而不知有周矣。可勝誅哉？

二十有三年。晉侯作五軍。初，王命曲沃伯以一軍爲晉侯。至獻公，作二軍。文公作三軍，又作三行，至是作五軍。

狄圍衛，衛遷于帝丘。

履祥按：齊桓公之時，狄滅衛而封衛于楚丘。晉文公之時，狄圍衛而衛遷于帝丘。桓、文之優劣見矣。

二十有四年。楚子使鬬章請平于晉，晉侯使陽處父如楚。

鄭文公卒，子蘭嗣。是爲穆公。

衛人侵狄，及狄盟。

晉文公卒，子驩嗣。是爲襄公。

履祥按：晉文霸功不及齊桓之盛，而晉世主夏盟，齊桓止其身。蓋齊桓之家不治，而晉文之家事治也。齊桓之夫人三，内嬖如夫人者六人，身死不及殯而即有五公子之亂，齊遂以衰。傳稱：「晉侯逆夫人嬴氏以歸。狄人歸季隗。杜祁以君故，讓偪姞而上之；以狄故，讓季隗而已次之，故班在四。辰嬴賤，班在九人。」但齊姜存否，不見於傳。而劉向《列女傳》稱晉文迎之以歸爲夫人。向博極群書，必有考也。則晉文之家法，大槩可見矣。家法治，所以無身後之亂也。有國者當知治亂之本，不可以是爲迂。

二十有五年。秦人入滑。晉人及姜戎敗秦師于殽。

《左氏》曰：「杞子自鄭使告于秦曰：『鄭人使我掌其北門之管，若潛師以來，國可得也。』蹇叔曰：『師知所爲，鄭必知之。勤而無所，必有悖心。且行千里，其誰不知？師勞力竭，遠主備之，無乃不可乎？』公辭。召孟明、西乞、白乙，使出師於東門之外。蹇叔哭之，曰：『孟子，吾見師之出，而不見其入也。』蹇叔之子與師，哭而送之，曰：『晉人禦師必於殽。殽有二陵，必死是間，余收爾骨焉。』秦師遂東。過周北門，左右免胄而下，超乘者三百乘。王孫滿尚幼，觀之，言於王曰：『秦師輕而無禮，必敗。輕則寡謀，無禮則脫。入險而脫，又不能謀，能無敗乎？』及滑，鄭商人弦高將市於周，遇之，以乘韋先，牛十二犒師，曰：『寡君聞吾子將步師出於敝邑，敢犒從者。不腆敝邑，爲從者之淹，居則具一日之積，行則備一夕之衛。』且使遽告于鄭。鄭穆公使視客館，則束載、厲兵、秣馬矣。使皇武子辭焉，杞子奔齊，逢孫、揚孫奔宋。孟明曰：『鄭有備矣，不可冀也。攻之不克，圍之不繼，吾其還也。』滅滑而還。晉原軫曰：『秦違蹇叔，而以貪勤民，天奉我也。奉不可失，敵不可縱。縱敵患生，違天不祥。必伐秦師。』欒枝曰：『未報秦施而伐其師，其爲死君乎？』先軫曰：『秦不哀吾喪而伐吾同姓，秦則無禮，何施之爲？吾聞之，一日縱敵，數世之患也。謀及子孫，可謂死君乎？』遂發命，遽興姜戎。子墨衰絰，梁弘御戎，萊駒爲右。敗秦師于殽，獲百里孟明視、西乞術、白乙丙以歸。遂墨以葬文公。晉於是始墨。文嬴請三帥，許之。先軫怒，曰：『武夫力而拘諸原，婦人暫而免諸國。墮軍實而長寇讎，亡無日矣。』不顧而唾。公使陽處父追之，及諸河，則在舟中矣。釋左驂，以公命贈孟明。孟明稽首曰：『君之惠，不以纍臣釁鼓，使歸就戮于秦，寡君之以爲戮，死且不朽。若從君惠而免之，三年將拜君賜。』秦伯素服郊次，鄉師而哭，曰：『孤違蹇叔，以辱二三子，孤之罪也。』不替孟明。『孤之過也，大夫何罪？且吾不以一眚掩大德。』」○陳氏曰：「晉之霸，秦有力焉。自城濮以來，無役不從也。文公未葬，襄公墨衰，及姜戎氏要秦師于殽，敗之。夫晉帥天下諸侯以攘夷狄、存中國也，秦有力焉。而及姜戎敗之，秦、晉之搆怨自是始，更三君，交兵無虚歲，曾不十年，晉遂不競而楚伯，是故特書『及』而晉侯〔二〕貶稱『人』。然則善秦歟？自韓原，秦帥無君、大夫，則非善可〔三〕知也。晉遂不競而楚伯，秦亦與有力焉耳。」

晉人敗狄于箕。

魯僖公卒，子興嗣。是爲文公。

《左氏》曰：「齊國莊子來聘，自郊勞至于贈賄，禮成而加之以敏。臧文仲言於公曰：『國子爲政，齊猶有禮，君其朝焉。臣聞之，服於有禮，社稷之衛也。』冬，公如齊，反，薨于小寢，即安也。」

晉人、陳人、鄭人伐許。

《左氏》曰：「討其貳於楚也。楚令尹子上侵陳、蔡。陳、蔡成，遂伐鄭，將納公子瑕。門于桔柣之門。瑕覆于周氏之汪，外僕髡屯禽之以獻。文夫人斂而葬之鄶城之下。晉陽處父侵蔡，楚子上救之，與晉師夾泜而軍。陽子患之，使謂子上曰：『吾聞之：「文不犯順，武不違敵。」子若欲戰，則吾退舍，子濟而陳，遲速唯命。不然，紓我。老師費財，亦無益也。』乃駕以待。子上欲涉，大孫伯曰：『不可。晉人無信，半涉而薄我，悔敗何及？不如紓之。』乃退舍。陽子宣言曰：『楚師遁矣。』遂歸。楚師亦歸。大子商臣譖子上曰：『受晉賂而辟之，楚之恥也，罪莫大焉。』王殺子上。」

二十有六年。魯文公元。**二月癸亥，日有食之。**

王使叔服如魯會葬，使毛伯錫魯侯命。

胡氏曰：「諸侯終喪入見則有錫，歲時來朝則有錫，能敵王所愾則有錫。禮，諸侯喪畢，以士服見天子，已見，錫之黻冕圭璧，然後歸。今文公繼世，喪制未終，非能初見也，何爲而錫命乎？」

晉侯來朝于温，伐衛。

《左氏》曰：「晉文公之季年，諸侯朝晉。衛成公不朝，使孔達侵鄭，伐緜、訾及匡。晉襄公既祥，使告于諸侯而伐衛，及南陽。先且居曰：『效尤，禍也。請君朝王，臣從師。』晉侯朝王于温。先且居、胥臣伐衛。圍戚，取之，獲孫昭子。衛人使告于陳。陳共公曰：『更伐之，我辭之。』衛孔達帥師伐晉。」

魯侯使叔孫得臣來拜。

衛人伐晉。

楚世子商臣弑楚成而自立。是爲穆。

《左氏》曰：「初，楚子將以商臣爲大子，訪諸令尹子上。子上曰：『君之齒未也，而又多愛，黜乃亂也。楚國之舉，恒在少者。且是人也，蠭目而豺聲，忍人也。不可立也。』弗聽。既，又欲立子職而黜大子商臣。商臣聞之而未察，告其師潘崇曰：『若之何而察之？』潘崇曰：『享江芈而勿敬也。』從之。江芈怒曰：『呼，役夫！宜君王之欲殺女而立職也。』告潘崇曰：『信矣。』潘崇曰：『能事諸乎？』曰：『不能。』『能行乎？』曰：『不能。』『能行大事乎？』曰：『能。』冬，以宮甲圍楚子。請食熊蹯而死，弗聽。縊。謚之曰『靈』，不瞑。曰『成』，乃瞑。」

二十有七年。晉侯及秦師戰于彭衙，秦師敗績。

《左氏》曰：「殽之役，晉人既歸秦帥，秦大夫及左右皆言於秦伯曰：『是敗也，孟明之罪也，必殺之。』秦伯曰：『是孤之罪也。周芮良夫之詩曰：「大風有隧，貪人敗類。聽言則對，誦言如醉。匪用其良，覆俾我悖。」是貪故也，孤之謂矣。孤實貪以禍夫子，夫子何罪？』復使爲政。文之二年春，秦孟明視帥師伐晉，以報殽之役。晉侯禦之。先且居將中軍，趙衰佐之。王官無地御戎，狐鞫居爲右。及秦師戰于彭衙，秦師敗績。晉人謂秦『拜賜之師』。秦伯猶用孟明。孟明增脩國政，重施於民。趙成子言於諸大夫曰：『秦師又至，將必辟之。懼而增德，不可當也。』」

宋公、陳侯、鄭伯、晉士縠、魯公孫敖盟于垂隴。

《左氏》曰：「穆伯會諸侯及晉司空士縠盟于垂隴，晉討衛故也。書士縠，堪其事也。」○陳氏曰：「晉遂以大夫盟諸侯也。大夫而與諸侯敵，於是始，故書大夫專盟自士縠也。然則士縠主是盟也，則曷爲序於諸侯之下？《春秋》不以大夫主盟也。是故訖于宋。不以大夫主盟，翟泉貶，此何以不貶？貶不於其甚，則於事端，餘實録而已矣。自書士縠而後，凡役書大夫。垂隴主士縠，新城主趙盾，而後大夫與諸侯序，於是戚之盟書齊國佐，沙隨之會書宋華元，甚者無伯而君與大夫並列於會矣。」

晉人、宋人、陳人、鄭人伐秦。

《左氏》曰：「晉先且居、宋公子成、陳轅選、鄭公子歸生伐秦，取汪及彭衙而還，以報彭衙之役。卿不書，爲穆公故，尊秦也，謂之崇德。」

二十有八年。晉人、宋人、魯人、陳人、衛人、鄭人伐沈。沈潰。

《左氏》曰：「以其服於楚也。」

王叔文公卒。王子虎也。

秦人伐晉。

《左氏》曰：「秦伯伐晉，濟河焚舟，取王官及郊。晉人不出。遂自茅津濟，封殽尸而還。遂霸西戎，用孟明也。君子是以知『秦穆公之爲君也，舉人之周也，與人之壹也；孟明之臣也，其不解也，能懼思也；子桑之忠也，其知人也，能舉善也』。」

秦伯師還，誓于師。

《書・秦誓篇》曰：「公曰：『嗟！我士，聽無譁！予誓告汝群言之首。古人有言曰：「民訖自若是多盤，責人斯無難，惟受責俾如流，是惟艱哉。」穆公首援古人之言，盤、難、艱，凡四語三韻。盤，如「盤樂怠傲」之「盤」。人惟多盤，所以樂放恣，憚檢束，喜邪忌正，不能受責。穆公引此，意主受責。而多盤，其病源也。我心之憂，日月逾邁，若弗云來。此穆公悔多盤之失也。惟古之謀人，則曰未就予忌。惟今之謀人，姑將以爲親。古、今謀人，猶云前輩、後輩也。前輩謂未可輕爲，乃反忌之，於後輩則苟焉親信之。此穆公悔其不能受責也。雖則云然，前過雖不可追，後來尚可勉也。尚猷詢茲黃髮，則罔所愆。番番良士，旅力既愆，我尚有之。此復思用古人之謀也。仡仡勇夫，射御不違，我尚不欲。惟截截善諞言，俾君子易辭，我皇多有之，昧昧我思之。勇夫、諞言，皆今之謀人也。既不欲用此勇夫矣，又悔用諞言之舊失，懲創之深也。如有一介臣，斷斷猗，無他技，其心休休焉，其如有容。人之有技，若己有之；人之彥聖，其心好之，不啻如自其口出，是能容之，以保我子孫黎民，亦職有利哉！此因古謀人、良士等而上之，又思好賢樂善之人，蓋兼有受責如流之美者，此良相之量，善類之所以聚，國家之福也。穆公慨想形容，殊有意味。人之有技，冒疾以惡之；人之彥聖，而違之俾不達，是不能容，以不能保我子孫黎民，亦曰殆哉！反上文而言。蔽賢疾能之人，蓋不但責人無難而已，此善類之所以散，而國家之禍也。邦之杌隉，曰由一人。邦之榮懷，亦尚一人之慶。』」總言國家安危之效，蓋由所用善惡之殊，而思得君子以終之，穆公之意悠哉！〇《史記·秦紀》曰：「穆公自茅津渡河，封殽中尸，爲發喪，哭之三日。乃誓於軍曰云云，以申不用蹇叔、百里傒之謀，故作此誓，『令後世以記余過』。君子聞之，皆爲垂涕。」

履祥按：《秦誓》，秦穆公晚年悔過之書也。《左氏》記秦、晉之故甚詳，而不記作誓之事。《書序》誤以爲敗殽還歸之作，惟《史記》繫作誓於取王官、封殽尸之後，蓋穆公自是不復東兵矣。此篇穆公更歷懲創之言，極爲真切。穆公於五伯之功爲末，而晚年所悔，庶幾王者之意象焉。但所少者剛明之力，而或有悠緩之意，所望於人者大，而所以自爲者或尚小爾。

楚人圍江。晉以江故來告。王使王叔會晉陽處父帥師伐楚以救江。

《左氏》曰：「楚師圍江，晉先僕伐楚以救江。晉以江故告于周。王叔桓公、晉陽處父伐楚以救江。門于方城，遇息公子朱而還。」〇胡氏曰：「當是時，楚有覆載不容之罪，晉主夏盟，宜合諸侯聲罪致討。命秦甲出武關，齊以東兵略陳、蔡而南，處父等軍方城之外，楚必震恐，而江圍自解矣。計不出此，乃獨遣一軍遠攻强國，豈能濟乎？故《春秋》書『伐楚以救江』，言救江雖善，而所以救之者非其道矣。」

二十有九年。狄侵齊。

楚人滅江。

陳氏曰：「滅不言圍，此其書『圍』何？以病晉也。」

王使召公過賜秦伯金鼓。

《史記》曰：「秦用由余謀伐戎，益國十二，開地千里，遂霸西戎。天子使召公過賀穆公以金鼓。」

履祥按：伐滅西戎、益國十二，此非一時，蓋《史記》總叙於此年之下，以見天子賜賚之由。自周室有犬戎之難，東遷洛陽，以滅戎之事委之秦，自大夫而爲諸侯，於此又有賀賜之寵焉。

衛侯使甯武子聘于魯。

《左氏》曰：「衛甯武子來聘，公與之宴，爲賦《湛露》及《彤弓》。不辭，又不答賦。使行人私焉。對曰：『臣以爲肄業及之也。昔諸侯朝正于王，王宴樂之，於是乎賦《湛露》，則天子當陽，諸侯用命也。諸侯敵王所愾，而獻其功，王於是乎賜之彤弓一、彤矢百、玈弓矢千，以覺報宴。今陪臣來繼舊好，君辱貺之，其敢干大禮以自取戾？』」

履祥按：魯、衛兄弟，其聘使往來蓋常事，不悉書也。而甯俞獨書，蓋賢俞以病魯也。魯以天子禮樂祀周公而及於群公之廟，賓祭用之，可謂僭且褻，其來久矣。而武子獨譏其不然，魯之君臣，亦慢不知省。孔子曰：「魯之郊、禘，非禮也。周公其衰矣！」《春秋》獨書甯俞，其諸賢俞以病魯與？

三十年。王使榮叔歸魯成風之含，且賵；使召伯會葬。

履祥按：禮樂征伐自天子出，而周之失政，亦有以自致。自平王忘讎戍申，而征伐之義失，繻葛之敗，特不幸耳。自仲子之賵，天子自壞禮矣，而子孫襲之，追錫桓公之命，歸成風之賵，凡天王之禮，即探諸侯之意，數數然媚之，何以服天下之心哉？裴度有言：「韓弘輿疾討賊，承宗斂手削地，非朝庭之力能制其死命，特以舉措得宜，能服其心故爾。」周之舉措，在後世猶不服，況當時彊諸侯，何以服其心乎？

楚滅六、滅蓼。

《左氏》曰：「臧文仲聞六與蓼滅，曰：『皋陶、庭堅不祀忽諸。德之不建，民之無援，哀哉！』」

三十有一年。晉舍二軍。

《左氏》曰：「晉蒐于夷，舍二軍。使狐射姑將中軍，趙盾佐之。陽處父至自温，改蒐于董，易中軍。陽子，成季之屬也，故黨於趙氏，且謂趙盾能，曰：『使能，國之利也。』是以上之。宣子於是乎始爲國政。制事典，正法罪，辟獄刑，董逋逃，由質要，治舊洿，本秩禮，續常職，出滯淹。既成，以授大傅陽子與大師賈佗，使行諸晉國，以爲常法。」

秦穆公卒，子罃嗣。 是爲康公。

《左氏》曰：「秦伯任好卒。以子車氏之三子奄息、仲行、鍼虎爲殉，皆秦之良也。國人哀之，爲之賦《黄鳥》。」○《史記》曰：「繆公卒，葬雍。從死者百七十七人，秦之良臣子輿氏三人亦在從死之中，秦人哀之。」○子王子曰：「當時稱賢君，固未有出穆公之右者。而其卒也，三良殉而《黄鳥》之詩哀，或以爲此穆公之遺命也。其言過矣。穆公之於晉也，怨其君而矜其民，不忍其饑而死也。穆公之於秦也，自悔其過，不忍殺敗軍之三大夫，豈以無罪之三良而命之從死？必不然也。以人殉葬，蓋出於戎翟之俗。責穆公不察其非理，無遺命以變其俗則可；責穆公有遺命，迫其從死，則不可也。惟孫泰山止責康公，而不及其他，此爲得其情者。至朱子之論而是非始定，曰：『王政不綱，諸侯擅命，殺人不忌，習以爲常，無明王賢伯以討其罪。此爲可歎耳。』」

晉襄公卒。晉人逆公子雍于秦。

《左氏》曰：「晉襄公卒。靈公少，晉人以難故，欲立長君。趙孟曰：『立公子雍。好善而長，先君愛之，且近於秦。秦，舊好也。置善則固，事長則順，立愛則孝，結舊則安。爲難故，故欲立長君。有此四德者，難必抒矣。』賈季曰：『不如立公子樂。辰嬴嬖於二君，立其子，民必安之。』趙孟曰：『辰嬴賤，班在九人，其子何震之有？且爲二嬖，淫也。爲先君子，不能求大，而出在小國，辟也。母淫、子辟，無威；陳小而遠，無援，將何安焉？杜祁以君故，讓偪姞而上之；以狄故，讓季隗而己次之，故班在四。先君是以愛其子而仕諸秦，爲亞卿焉。秦大而近，足以爲援；母義、子愛，足以威民。立之不亦可乎？』使先蔑、士會如秦，逆公子雍。先蔑之使也，荀林父止之，曰：『夫人、大子猶在，而外求君，此必不行。子以疾辭。不然，將及。』弗聽。賈季亦召公子樂于陳。趙孟使殺諸郫。賈季怨陽子之易其班也，使續鞫居殺陽處父。晉殺續簡伯。賈季奔狄。」

履祥按：晉自文公始霸，後世賴之。公子雍，親文公子，年長而賢，趙孟立之是矣。而偪於穆嬴，卒詐敗秦師而立靈公，晉遂失霸。其後靈公不君，卒以欲殺趙盾見弑，而盾亦卒被弑君之名，見義而爲之不終，惜哉！然則太子在而外立君，事理人情豈不難乎？曰：太子幼，而公子雍爲攝主，此亦先王之法，春秋之初固有此例也，亦何爲而不可哉？

三[四]**十有二年。魯取須句。**

杜氏曰：「絶太皞之祀。」

宋成公卒，子杵臼嗣。是爲昭公。**宋人殺其大夫。**

《左氏》曰：「宋成公卒。昭公將去群公子，樂豫曰：『不可。公族，公室之枝葉也。若去之，則本根無所庇廕矣。葛藟猶能庇其本根，故君子以爲比，況國君乎？此諺所謂「庇焉而縱尋斧焉」者也，必不可，君其圖之！親之以德，皆股肱也，誰敢攜貳？若之何去之？』不聽。穆、襄之族率國人以攻公，殺公孫固、公孫鄭于公宫。六卿和公室，樂豫舍司馬以讓公子卬。昭公即位而葬。」

晉趙盾立世子夷皋。是爲靈公。**晉人及秦人戰于令狐。先蔑、士會奔秦。**

《左氏》曰：「秦康公送公子雍于晉，曰：『文公之入也無衛，故有吕、郤之難。』乃多與之徒衛。穆嬴日抱太子以啼于朝，曰：『先君何罪？其嗣亦何罪？舍適嗣不立，而外求君，將焉寘此？』出朝，則抱以適趙氏，頓首於宣子，曰：『先君奉此子也而屬諸子，曰：「此子也才，吾受子之賜；不才，吾唯子之怨。」今君雖終，言猶在耳，而棄之，若何？』宣子與諸大夫皆患穆嬴，且畏偪，乃背先蔑而立靈公，以禦秦師。箕鄭居守。趙盾將中軍，先克佐之；荀林父佐上軍；先蔑將下軍，先都佐之。步招御戎，戎津爲右。及堇陰。宣子曰：『我若受秦，秦則賓也；不受，寇也。既不受矣，而復緩師，秦將生心。先人有奪人之心，軍之善謀也。逐寇如追逃，軍之善政也。』訓卒，利兵，秣馬，蓐食，潛師夜起。敗秦師于令狐。先蔑奔秦，士會從之。」

履祥按：令狐之役，曲在晉大夫也，故《春秋》書「晉人及秦人戰」。然秦伯在焉，而亦「人」之也，何居？五伯莫賢於穆公，穆公三置晉君，皆以重賂，征晉河東，許君焦、瑕，率可見矣。況康公之賢不及穆公，其多公子雍之衛而親納之，必非義舉，要賂可知。《春秋》之「人」秦伯，爲賂故也。《左氏》雖不言其事，而其事固可想矣。

狄侵魯西鄙。

《左氏》曰：「狄侵我西鄙，公使告于晉。趙宣子使因賈季問酆舒，且讓之。」

齊侯、宋公、魯侯、衛侯、鄭伯、許男、曹伯會晉趙盾盟于扈。

《春秋》書曰：「公會諸侯、晉大夫盟于扈。」《左氏》曰：「晉侯立故也。公後至，故不書所會。凡會諸侯，不書所會，後也。後至，不書其國，辟不敏也。」〇胡氏曰：「趙盾内專廢置君，外强諸侯爲此盟。其不名，何也？見大夫之强也。諸侯不序，見公之不及於會也。文公怠惰，事多廢緩，既約晉盟而復後至，魯自是日益衰矣。」〇陳氏曰：「晉始失伯也。」

三十有三年。八月。王崩，子壬臣踐位。 是爲頃王〔五〕。

晉趙盾、魯公子遂盟于衡雍。

《左氏》曰：「襄仲會晉趙孟，盟于衡雍，報扈之盟也。」

魯使公孫敖入弔，不至，奔莒。

《左氏》曰：「穆伯如周弔喪，不至，以幣奔莒，從己氏焉。」

【校記】

〔一〕「武」，原作「父」，今據宋犖本改。

〔二〕「侯」，原作「子」，今據宋犖本改。

〔三〕「可」，原脱，今據慎獨齋配補歸仁齋本、宋犖本、率祖堂本、《四庫》本補。

〔四〕「三」，原作「二」，今據慎獨齋配補歸仁齋本、宋犖本、率祖堂本、《四庫》本改。

〔五〕「是爲頃王」，原脱，今據率祖堂本、《四庫》本補。

通鑑前編卷之十三

金履祥編

癸卯。周頃王元年。毛伯如魯求金。二月，葬襄王。魯侯使叔孫得臣來會葬。

履祥按：襄王之喪，公孫敖之幣不至，於是有求金之使焉。頃王初政如此，其後頃之崩、葬遂不見於《春秋》矣。魯固不恪，而頃王爲已褻也。

楚人伐鄭。晉人、宋人、魯人、衛人、許人救鄭。

《左氏》曰：「范山言於楚子曰：『晉君少，不在諸侯，北方可圖也。』楚子師于狼淵以伐鄭。鄭及楚平。公子遂會晉趙盾、宋華耦、衛孔達、許大夫救鄭，不及楚師。卿不書，緩也，以懲不恪。」

曹共公卒，子壽嗣。是爲文公。

楚侵陳。

《左氏》曰：「楚侵陳，克壺丘，以其服於晉也。秋，楚公子朱自東夷伐陳，陳人敗之，獲公子茷。陳懼，乃及楚平。」

燕襄公卒，桓公立。

二年。秦伐晉。

陳氏曰：「狄秦也。歸成風之襚，使術來聘，秦習於禮矣，則其狄之何？楚之霸，秦之力也。自滅庸以後，秦爲楚役。自晉主諸夏之盟，舍秦無加兵於晉者也。會于夷儀之歲，秦、晉成而不結。又明年，盟于宋，而南北之勢成。楚子曰：『釋齊、秦，它國請相見也。』是戰國之萌也。於序《書》，係秦於周末；於作《春秋》，由韓原之後，秦帥無君、大夫，皆夫子所以深致意於秦也。吾聞用夏變夷矣，未聞變於夷者也。於是狄秦。夏之變於夷，秦人爲之也。又三十年而狄鄭，又五十年而狄晉。狄鄭，猶可也。狄晉，甚矣。」

蘇子盟魯于女栗。

《左氏》曰：「頃王立故也。」

狄侵宋。楚子、蔡侯次于厥貉。

《左氏》曰：「陳侯、鄭伯會楚子于息。遂及蔡侯次于厥貉，將以伐宋。宋華御事曰：『楚欲弱我也，先爲之弱乎？何必使誘我？我實不能，民何罪？』乃逆楚子，勞且聽命。遂道以田孟諸。宋公爲右盂，鄭伯爲左盂。期思公復遂爲右司馬，子朱及文之無畏爲左司馬。命夙駕載燧，宋公違命，無畏抶其僕以徇。或謂子舟曰：『國君不可戮也。』子舟曰：『當官而行，何彊之有？』」○胡氏曰：「楚滅江、六，平陳與鄭，於是乎爲伐宋之舉，次于厥貉。當是時，陳、鄭、宋皆從楚矣，獨書蔡侯何哉？鄭失三大夫，侯救而不及，陳獲公子茷而懼，宋方有狄難，蓋有不得已者，非所欲也。蔡無四境之虞，則是得已不已，志從夷狄矣。故削三國，書蔡侯以惡之。」

三年。楚子伐麇。

晉人、魯人會于承匡。

《左氏》曰：「叔仲惠伯會郤缺于承匡，謀諸侯之從於楚者。」

魯叔孫得臣敗狄于鹹。

《左氏》曰：「鄋瞞侵齊，遂伐我。公使叔孫得臣追之。侯叔夏御，緜房甥爲右，富父終甥駟乘。敗狄于鹹，獲長狄僑如。富父終甥摏其喉以戈，殺之，埋其首於子駒之門。初，宋武公之世，鄋瞞伐宋。司徒皇父帥師禦之，耏班御，公子穀甥爲右，司寇牛父駟乘，以敗狄于長丘，獲長狄緣斯。晉之滅潞也，獲僑如之弟焚如。齊襄公之二年，鄋瞞伐齊，齊王子成父獲其弟榮如，埋其首於周首之北門。衛人獲其季弟簡如，鄋瞞由是遂亡。」

四年。楚人圍巢。

《左氏》曰：「楚成嘉爲令尹。群舒叛楚。子孔執舒子平及宗子，遂圍巢。」

秦伯使術聘于魯。

《左氏》曰：「秦伯使西乞術來聘，且言將伐晉。襄仲辭玉，曰：『君不忘先君之好，照臨魯國，鎮撫其社稷，重之以大器，寡君敢辭玉。』對曰：『不腆敝器，不足辭也。』主人三辭。賓答曰：『寡君願徼福于周公、魯公以事君，不腆先君之敝器，使下臣致諸執事，以爲瑞節，要結好命，所以藉寡君之命，結二國之好，是以敢致之。』襄仲曰：『不有君子，其能國乎？國無陋矣。』厚賄之。」

履祥按：《春秋》自韓原之後，秦帥無君、大夫。秦康之戰伐，「狄」之、「人」之，而於其聘魯也稱「秦伯」，書其大夫焉，惡其兵而嘉其禮也。然其時，秦、楚交聘於魯，前書椒，後書術，雖皆嘉之，而不書其族，以秦、楚之未有族。秦後封，至穆公始文，至是再加禮於魯，且言將伐晉，魯主晉而重違秦，故厚賄之，非徒以其文也。

晉人、秦人戰于河曲。

《左氏》曰：「秦爲令狐之役故，秦伯伐晉，取羈馬。晉人禦之。趙盾將中軍，荀林父佐之。郤缺將上軍，臾駢佐之。欒盾將下軍，胥甲佐之。范無恤御戎，以從秦師于河曲。臾駢曰：『秦不能久，請深壘固軍以待之。』從之。秦人欲戰，秦伯謂士會曰：『若何而戰？』對曰：『趙氏新出其屬曰臾駢，必實爲此謀，將以老我師也。趙有側室曰穿，晉君之壻也，有寵而弱，不在軍事，好勇而狂，且惡臾駢之佐上軍也。若使輕者肆焉，其可。』秦軍掩晉上軍，趙穿追之，不及。反，怒曰：『裹糧坐甲，固敵是求。敵至不擊，將何俟焉？』軍吏曰：『將有待也。』穿曰：『我不知謀，將獨出。』乃以其屬出。宣子曰：『秦獲穿也，獲一卿矣。秦以勝歸，我何以報？』乃皆出戰，交綏。秦行人夜戒晉師曰：『兩軍之士皆未憖也，明日請相見也。』臾駢曰：『使者目動而言肆，懼我也，將遁矣。薄諸河，必敗之。』胥甲、趙穿當軍門呼曰：『死傷未收而棄之，不惠也。不待期而薄人於險，無勇也。』乃止。秦師夜遁。復侵晉，入瑕。明年，晉侯使詹嘉處瑕，以守桃林之塞。晉人患秦之用士會也，六卿相見於諸浮。趙宣子曰：『隨會在秦，賈季在狄，難日至矣，若之何？』中行桓子曰：『請復賈季，能外事，且由舊勳。』郤成子曰：『賈季亂，且罪大，不如隨會。能賤而有耻，柔而不犯，其知足使也，且無罪。』乃使魏壽餘僞以魏叛者，以誘士會。執其帑於晉，使夜逸。請自歸于秦，秦伯許之。履士會之足於朝。秦伯師于河西，魏人在東。壽餘曰：『請東人之能與夫二三有司言者，吾與之先。』使士會。士會辭，曰：『晉人，虎狼也。若背其言，臣死，妻、子爲戮，無益於君，不可悔也。』秦伯曰：『若背其言，所不歸爾帑，有如河。』乃行。繞朝贈之以策，曰：『子無謂秦無人，吾謀適不用也。』既濟，魏人譟而還。秦人歸其帑。其處者爲劉氏。」

履祥按：秦、晉亟戰，《春秋》之所深厭，是以交「人」之。秦、晉亟戰而楚霸矣。晉主夏盟而君幼國偷，軍謀不一，其始見於河曲之戰，其甚見於邲之敗，蓋一轍也。

五年。陳共公卒，子平國嗣。是爲靈公。

邾文公卒，子玃且嗣。是爲定公。

《左氏》曰：「邾文公卜遷于繹。史曰：『利於民而不利於君。』邾子曰：『苟利於民，孤之利也。天生民而樹之君，以利之也。民既利矣，孤必與焉。』左右曰：『命可長也，君何弗爲？』邾子曰：『命在養民。死之短長，時也。民苟利矣，遷也，吉莫如之！』遂遷于繹。五月，邾文公卒。君子曰：『知命。』」

魯侯朝于晉。衛侯會魯侯于沓。狄侵衛。魯侯及晉侯盟。鄭伯會魯侯于棐。

《左氏》曰：「公如晉朝，且尋盟。衛侯會公于沓，請平于晉。公還，鄭伯會公于棐，亦請平于晉。公皆成之。」

楚熊商臣死，子旅嗣。是爲莊。

《左氏》曰：「楚莊立，子孔、潘崇將襲群舒，使公子燮與子儀守，而伐舒蓼。二子作亂，城郢，而使賊殺子孔，不克而還。二子以楚子出，將如商密。廬戢黎及叔麇誘之，遂殺鬭克及公子燮。初，鬭克囚于秦，秦有殽之敗，而使歸求成。成而不得志，公子燮求令尹而不得，故二子作亂。」

六年。王崩，子班踐位。是爲匡王〔一〕。

《左氏》曰：「頃王崩。周公閲與王孫蘇争政，故不赴。」

尹氏、聃啓如晉。

《左氏》曰：「周公將與王孫蘇訟于晉，王叛王孫蘇，而使尹氏與聃啓訟周公于晉。趙宣子平王室而復之。」

齊昭公卒，子舍嗣。

宋公、魯侯、陳侯、衛侯、鄭伯、許男、曹伯會晉趙盾，同盟于新城。

《左氏》曰：「從於楚者服，且謀邾也。」○陳氏曰：「向也扈之盟，不序諸侯，此其復序何？諸夏之志也。晉救江無功，救鄭無功，與秦亟戰而楚浸强，交聘于中國，得蔡、次厥貉矣，而晉遂不競，於是公朝晉，衛侯來會，公還自晉，鄭伯來會，諸夏之懼甚矣！汲汲於晉而爲此盟，如之何勿序也？以諸夏之汲汲於晉也，而徒以趙盾主是盟，書曰『同盟』，衆辭也，自幽以來未之有也，則不予晉以主是盟也。」

晉人納捷菑于邾。弗克納。

《左氏》曰：「邾文公之卒也，公使弔焉，不敬。邾人來討，伐我南鄙，故惠伯伐邾。邾文公元妃齊姜生定公，二妃晉姬生捷菑。文公卒，邾人立定公，捷菑奔晉。晉趙盾以諸侯之師八百乘納捷菑于邾。邾人辭曰：『齊出貜且長。』宣子曰：『辭順而弗從，不祥。』乃還。」〇《穀梁氏》曰：「其曰『人』，微之也。長轂五百乘，緜地千里，過宋、鄭、滕、薛，敻入千乘之國，欲變人之主。至城下，然後知。何知之晚也！」〇陳氏曰：「楚方交聘中國，得蔡、次厥貉矣，而晉區區納亡公子於邾，又以少陵長，見辭於邾人，自敗于令狐，盟于扈，救鄭，戰河曲，趙盾皆不書。由是訖靈公之篇，兵車之會，自參以上，貶人之，趙盾爲之也。」

齊公子商人弑其君舍而自立。是爲懿公。**單伯如齊。齊人執單伯，執其君舍之母魯子叔姬。**

《左氏》曰：「子叔姬妃齊昭公，生舍。叔姬無寵，舍無威。公子商人驟施於國，而多聚士，盡其家，貸於公有司以繼之。昭公卒，舍即位。秋，商人弑舍而讓元。元曰：『爾求之久矣。我能事爾，爾不可使多蓄憾，將免我乎？爾爲之！』襄仲使告于王，請以王寵求昭姬于齊，曰：『殺其子，焉用其母？請受而罪之。』冬，單伯如齊，請子叔姬，齊人執之，又執子叔姬。」○《穀梁氏》曰：「舍未踰年而曰君，成舍之爲君，所以重商人之弑也。」○胡氏曰：「執王人，執其母，皆商人也，而以爲齊人，何也？商人弑君之罪已彰，而齊之黨賊之惡未著。商人以財誘國人而濟其惡，齊人懷商人之私惠，弑其君而不能討，執其母而莫之救，則舉國之人皆罪也。」

己酉。匡王元年。魯季孫行父如晉。宋司馬華耦如魯盟。曹伯朝于魯。

履祥按：魯、晉、宋、曹之交，畏齊、楚也。

六月辛丑朔，日有食之。

單伯自齊反于魯。

《左氏》曰：「齊人許單伯請而赦之，使來致命。十二月，齊人來歸子叔姬，王故也。」

晉郤缺帥師伐蔡，入之。

《左氏》曰：「新城之盟，蔡人不與。晉郤缺以上軍、下軍伐蔡，曰：『君弱，不可以怠。』入蔡，以城下之盟而還。」

齊人侵魯。諸侯盟于扈。

《左氏》曰：「齊人侵我西鄙，故季文子告于晉。晉侯、宋公、衛侯、蔡侯、陳侯、鄭伯、許男、曹伯盟于扈，尋新城之盟，且謀伐齊也。齊人賂晉侯，故不克而還。於是有齊難，公不會。書曰：『諸侯盟于扈。』無能爲故也。」

齊人侵魯，遂伐曹。

《左氏》曰：「齊侯侵我西鄙，謂諸侯不能也。遂伐曹，入其郛，討其來朝也。季文子曰：『齊侯其不免乎！己則無禮，而討於有禮者，曰：「女何故行禮！」禮以順天，天之道也。己則反天，而又以討人，難以免矣。《詩》曰：「胡不相畏，不畏于天？」君子之不虐幼賤，畏于天也。「畏天之威，于時保之。」不畏于天，將何能保？以亂取國，奉禮以守，猶懼不終。多行無禮，弗能在矣！』」

蔡莊侯卒，子申嗣。 是爲文侯。

二年。楚人、秦人、巴人滅庸。

《左氏》曰：「楚大饑，戎伐其西南，又伐其東南。庸人帥群蠻以叛楚。麇人率百濮聚於選，將伐楚。於是申、息之北門不啓。楚人謀徙於阪高。蔿賈曰：『不可。我能往，寇亦能往。不如伐庸。夫麇與百濮謂我饑不能師，故伐我也。若我出師，必懼而歸。百濮離居，將各走其邑，誰暇謀人？』乃出師。旬有五日，百濮乃罷。自廬以往，振廩同食。次于句澨。使廬戢黎侵庸，及庸方城。庸人逐之，囚子揚窻。三宿而逸，曰：『庸師衆，群蠻聚焉，不如復大師，且起王卒，合而後進。』師叔曰：『不可。姑又與之遇以驕之。彼驕我怒，而後可克，先君蚡冒所以服陘隰也。』又與之遇，七遇皆北，唯裨、儵、魚人實逐之。庸人曰：『楚不足與戰矣。』遂不設備。楚子乘馹，會師于臨品，分爲二隊，子越自石溪、子貝自仞以伐庸。秦人、巴人從楚師。群蠻從楚子盟，遂滅庸。」

履祥按：楚恃其彊，陵蔑小國，其臣屬之者，待之必無恩禮，故一旦饑弱，則群起而攻之矣。庸，小國也，而幸其饑弱，率群蠻叛之，此滅亡之招也。楚莊初年，内有鬬克、公子燮之亂，外有庸、麇之難，而卒以霸，禍患之有益於人國如此。

宋人弑其君昭公，而立其弟鮑。是爲文公。

《左氏》曰：「宋公子鮑禮於國人，宋饑，竭其粟而貸之。年自七十以上，無不饋詒也，時加羞珍異。無日不數於六卿之門。國之材人，無不事也；親自桓以下，無不恤也。襄夫人助之施。昭公無道，夫人將使公田而殺之。蕩意諸曰：『盍適諸侯？』公曰：『不能其大夫至于君祖母以及國人，諸侯誰納我？且既爲人君，而又爲人臣，不如死。』冬，將田孟諸，未至，夫人王姬使帥甸攻而殺之。蕩意諸死之。書曰：『宋人弑其君杵臼。』君無道也。文公即位。」《世家》云：「襄夫人使衛伯殺昭公。」

三年。晉人、衛人、陳人、鄭人伐宋。諸侯會于扈。

《左氏》曰：「晉荀林父、衛孔達、陳公孫寧、鄭石楚伐宋，討曰：『何故弑君？』猶立文公而還。卿不書，失其所也。晉侯蒐于黃父，遂復合諸侯于扈，平宋也。公不與會，齊難故也。書曰『諸侯』，無功也。於是晉侯不見鄭伯，以爲貳於楚也。鄭子家使執訊而與之書，以告趙宣子，曰：『寡君即位三年，召蔡侯而與之事君。九月，蔡侯入于敝邑以行。敝邑以侯宣多之難，寡君是以不得與蔡侯偕。十一月，克滅侯宣多，而隨蔡侯以朝于執事。十二年六月，歸生佐寡君之嫡夷，以請陳侯于楚，而朝諸君。十四年七月，寡君又朝以蕆陳事。十五年五月，陳侯自敝邑往朝于君。往年正月，燭之武往，朝夷也。八月，寡君又往朝。以陳、蔡之密邇於楚，而不敢貳焉，則敝邑之故也。雖敝邑之事君，何以不免？在位之中，一朝于襄，而再見于君。夷與孤之二三臣相及於絳。雖我小國，則蔑以過之矣。今大國曰：『爾未逞吾志。』敝邑有亡，無以加焉。古人有言曰：『畏首畏尾，身其餘幾？』又曰：『鹿死不擇音。』小國之事大國也，德，則其人也；不德，則其鹿也，鋌而走險，急何能擇？命之罔極，亦知亡矣。將悉敝賦以待於鯈，唯執事命之。文公二年六月壬申，朝于齊。四年二月壬戌，爲齊侵蔡，亦獲成於楚。居大國之間，而從於强令，豈其罪也？大國若弗圖，無所逃命。』晉鞏朔行成於鄭，趙穿、公壻池爲質焉。冬，鄭大子夷、石楚爲質于晉。」

甘歜敗戎于邥垂。

四年。魯文公卒，子赤嗣。《左氏》「赤」作「惡」。

秦康公卒，子稻嗣。是爲共公。

齊人弑其君商人，立公子元。是爲惠公。

《左氏》曰：「齊懿公之爲公子也，與邴歜之父争田，弗勝。及即位，乃掘而刖之，而使歜僕。納閻職之妻，而使職驂乘。夏，公遊于申池。二人浴于池，歜以扑抶職。職怒。歜曰：『人奪女妻而不怒，一抶女，庸何傷！』職曰：『與刖其父而弗能病者何如？』乃謀弑懿公，納諸竹中。歸，舍爵而行。齊人立公子元。」

履祥按：宋昭公不能其君祖母以及國人，襄夫人使人殺之。商人，弑君之賊，故邴歜、閻職不書「盜」，而二君皆稱國人以弑。商人書「君」，罪齊人嘗君之也。

魯公子遂弑其君之子赤及公子視，立公子倭。是爲宣公。

《左氏》曰：「文公二妃，敬嬴生宣公。敬嬴嬖，而私事襄仲。宣公長，而屬諸襄仲，襄仲欲立之，叔仲不可。仲見于齊侯而請之。齊侯新立，而欲親魯，許之。冬十月，仲殺惡及視，而立宣公。書曰『子卒』，諱之也。仲以君命召惠伯。其宰公冉務人止之曰：『入必死。』叔仲曰：『死君命可也。』公冉務人曰：『若君命，可死。非君命，何聽？』弗聽，乃入，殺而埋之馬矢之中。公冉務人奉其帑以奔蔡，既而復叔仲氏。夫人姜氏歸于齊，將行，哭而過市曰：『天乎！仲爲不道，殺適立庶。』市人皆哭，魯人謂之哀姜。」

莒弑其君紀公。

《左氏》曰：「莒紀公生大子僕，又生季佗，愛季佗而黜僕，且多行無禮於國。僕因國人以弑紀公，以其寶玉來奔，納諸宣公。公命與之邑，曰：『今日必授。』季文子使司寇出諸竟，曰：『今日必達。』公問其故。季文子使大史克對曰：『先大夫臧文仲教行父事君之禮，行父奉以周旋，弗敢失隊。曰：「見有禮於其君者，事之，如孝子之養父母也。見無禮於其君者，誅之，如鷹鸇之逐鳥雀也。」先君周公制《周禮》曰：「則以觀德，德以處事，事以度功，功以食民。」作《誓命》曰：「毁則爲賊，掩賊爲藏，竊賄爲盜，盜器爲姦。主藏之名，賴姦之用，爲大凶德，有常無赦。在《九刑》不忘。」行父還觀莒僕，莫可則也。孝敬、忠信爲吉德，盜賊、藏姦爲凶德。夫莒僕，則其孝敬，則弑君父矣；則其忠信，則竊寶玉矣。其人，則盜賊也；其器，則姦兆也。保而利之，則主藏也。以訓則昏，民無則焉。不度於善，而皆在於凶德，是以去之。』」

履祥按：《春秋》弑君之罪，自宋昭至齊、莒，書法皆變，蓋自其君無道，而亂臣賊子皆有所因也。《春秋》之法，弑君而變置，則立者爲首惡。襄仲弑赤而立宣公。季孫行父上不能爲季友，次不能爲惠伯，專莒僕之事，以劫宣公之短，已而爲之使齊納賂，自是政權卒歸季氏矣。

五年。魯宣公元。**齊侯、魯侯會于平州。齊人取魯濟西田。**

《左氏》曰：「公子遂如齊逆女。遂以婦姜至自齊。季文子如齊，納賂以請會。會于平州，以定公位。東門襄仲如齊拜成。齊人取濟西之田，爲立公故，以賂齊也。」

履祥按：魯昭姬適齊生舍，爲商人所弑而反魯。齊哀姜適魯生赤，爲遂所弑而反齊。二事蓋一類也。然齊商人弑舍，惠公之爲公子也則惡之，終不曰「君」，曰「夫已氏」，及既自立矣，則許襄仲之請，而立魯宣公，赤、視其自出也，見殺而不顧，哀姜其姑姊妹也，大歸而不恤，徒以利重賂、利嫁女、利濟西之田故爾。豈不思子赤之死猶舍之死，宣之立猶商人之立，哀姜之歸猶昭姬之歸乎？在己則惡之，在人則許之，不能充〔二〕羞惡之心，以至於此也。魯宣公之立，重寶土田，既輸之齊，外爲强齊所抑，内爲三家所專，何樂於爲君而爲此哉？吾故曰齊惠見利而忘義，魯宣見利而忘害也。

楚子、鄭人侵陳，遂侵宋。

《左氏》曰：「宋人之弒昭公也，晉荀林父以諸侯之師伐宋，宋及晉平，宋文公受盟于晉。又會諸侯于扈，將爲魯討齊，皆取賂而還。鄭穆公曰：『晉不足與也。』遂受盟于楚。陳共公之卒，楚人不禮焉。陳靈公受盟于晉。秋，楚子侵陳，遂侵宋。」〇胡氏曰：「楚書爵而『人』鄭者，貶之也。鄭伯本以晉之取賂爲不足與，而受盟于楚，今乃附楚而亟病中國，何義乎？」〇陳氏曰：「南北之勢，於是始也。後十五年而宋、楚平。後五十年而晉趙武、楚屈建同盟于宋，諸夏分爲晉、楚之從矣。南北之勢於是始，故謹書之也。」

晉趙盾帥師救陳。宋公、陳侯、衛侯、曹伯會晉師于棐林，伐鄭。

《左氏》曰：「楚蔿賈救鄭，遇于北林，囚晉解揚。晉人乃還。」

晉人、宋人伐鄭。

《左氏》曰：「報北林之役也。於是晉侯侈，趙宣子爲政，驟諫而不入，故不競於楚。」

履祥按：趙宣子輔幼君，不爲置賢師傅，而徒彊諫，此宣子之失也。

六年。宋華元帥師及鄭公子歸生帥師戰于大棘。宋師敗績，獲宋華元。

《左氏》曰：「鄭公子歸生受命于楚，伐宋。宋華元、樂呂御之。戰于大棘，宋師敗績，囚華元，獲樂呂，及甲車四百六十乘，俘二百五十人，馘百人。將戰，華元殺羊食士，其御羊斟不與。及戰，曰：『疇昔之羊，子爲政；今日之事，我爲政。』與入鄭師，故敗。宋人以兵車百乘、文馬百駟以贖華元于鄭。半入，華元逃歸，立于門外，告而入。見叔牂，曰：『子之馬然也。』對曰：『非馬也，其人也。』既合而來奔。」

秦師伐晉。

《左氏》曰：「晉欲求成於秦，趙穿曰：『我侵崇，秦急崇，必救之。吾以求成焉。』趙穿侵崇，秦弗與成。秦師伐晉，以報崇也，遂圍焦。」

晉人、宋人、衛人、陳人侵鄭。

《左氏》曰：「晉趙盾救焦，遂自陰地，及諸侯之師侵鄭。楚鬭椒救鄭，次于鄭，以待晉師。趙盾曰：『彼宗競于楚，殆將斃矣。姑益其疾。』乃去之。又明年，鬭椒將攻楚子，遂滅若敖氏。」○陳氏曰：「此晉趙盾以諸侯之師，曷爲貶稱『人』？以晉爲甚不競於楚也。楚方圖伯，而晉以大夫用諸侯，由是兵車之會，自參以上，貶人之，而自柳棼之役，楚皆稱『子』矣。」○胡氏曰：「鄭居大國之間，從於彊令，豈其罪乎？不能以德鎮撫，而日争之，庸何愈於楚乎？自是責楚益輕，罪在晉矣。」

晉趙盾弑其君靈公，迎襄公弟黑臀于周，立之。是爲成公。

《左氏》曰：「晉靈公不君：厚斂以彫牆；從臺上彈人，而觀其辟丸也；宰夫胹熊蹯不熟，殺之，寘諸畚，使婦人載以過朝。趙盾、士季見其手，問其故，而患之。將諫，士季曰：『諫而不入，則莫之繼也。會請先，不入則子繼之。』三進，及溜，而後視之，曰：『吾知所過矣，將改之。』稽首而對曰：『人誰無過？過而能改，善莫大焉。』猶不改。宣子驟諫，公患之，使鉏麑賊之。晨往，寢門闢矣，盛服將朝。尚早，坐而假寐。麑退，歎而言曰：『不忘恭敬，民之主也。賊民之主，不忠。棄君之命，不信。有一於此，不如死也。』觸槐而死。秋九月，晉侯飲趙盾酒，伏甲，將攻之。其右提彌明知之，趨登，曰：『臣侍君宴，過三爵，非禮也。』遂扶以下，公嗾夫獒焉，明搏而殺之。盾曰：『棄人用犬，雖猛何爲！』鬭且出，提彌明死之。靈輒與爲公介，倒戟以禦公徒，而免之，遂自亡也。注謂靈輒亡，當是宣子自出亡。趙穿攻靈公於桃園。宣子未出山而復，大史書曰：『趙盾弑其君。』以示於朝。宣子曰：『不然。』對曰：『子爲正卿，亡不越竟，反不討賊，非子而誰？』宣子曰：『烏呼！「我之懷矣，自詒伊慼」，其我之謂矣。』宣子使趙穿逆公子黑臀于周，立之。初，麗姬之亂，詛無畜群公子，自是晉無公族。及成公即位，乃宦卿之適而爲之田，以爲公族。又宦其餘子，亦爲餘子。其庶子爲公行。晉於是有公族、餘子、公行。趙盾請以括爲公族，曰：

『君姬氏之愛子也。微君姬氏，則臣狄人也。』公許之。」

履祥按：《左氏》引孔子曰：「董狐，古之良史也，書法不隱。趙宣子，古之良大夫也，爲法受惡。惜也！越竟乃免。」此非夫子之言也。方靈公欲殺趙盾，至於伏甲攻之，盾力鬬而出，於是出亡。而趙穿攻靈公於後，穿何怨於公而爲此？是必有所受命矣。盾非果奔也，故未出山；實使穿也，故不討賊。夫子書法因董狐之舊，豈又爲是言乎而反爲趙盾謀也？且盾成弒君之故矣，縱使越竟，又可免於弒逆之罪乎？以是知決非夫子之言也。

十月，王崩，弟瑜立。

乙卯。定王元年。正月。葬匡王。

胡氏曰：「四月而葬，王室不君，其禮略也。」

楚子伐陸渾之戎。王使王孫滿勞楚子。

《左氏》曰：「楚子伐陸渾之戎，遂至於雒，觀兵于周疆。定王使王孫滿勞楚子。楚子問鼎之大小、輕重焉。對曰：『在德不在鼎。昔夏之方有德也，遠方圖物，貢金九牧，鑄鼎象物，百物而爲之備，使民知神、姦。故民入川澤山林，不逢不若。螭魅罔兩，莫能逢之。用能協于上下，以承天休。桀有昏德，鼎遷于商，載祀六百。商紂暴虐，鼎遷于周。德之休明，雖小，重也。其姦回昏亂，雖大，輕也。天祚明德，有所底止。成王定鼎于郟鄏，卜世三十，卜年七百，天所命也。周德雖衰，天命未改。鼎之輕重，未可問也。』」○胡氏曰：「夷狄相攻不志，此其志，何也？爲陸渾在王都之側，戎、夏雜處，族類不分也。而楚又至洛，觀兵、問鼎，故特書于策，以謹華夷之辨，禁猾夏之階也。」

履祥按：傳所稱楚子窺周逼王，爲罪大矣。而《春秋》書曰：「楚子伐陸渾之戎。」無貶辭，何也？自秦、晉遷陸渾之戎于伊川，世爲周室之憂，所謂：「逼我郊甸。戎有中國，誰之咎也？」以楚子伐戎爲窺周，則秦、晉遷戎，不亦逼周之甚乎！夷狄相攻，中國之福。楚之伐戎，未必非周室之幸也。王城洛邑，今河南之河南縣。陸渾所居，今河南之陸渾縣。戎逼郊甸，壤地蓋相入也。則其觀兵于疆，未必如秦師之過北門也；而其問鼎，亦未必如楚靈之求九鼎也。亦不過以其爲三代相傳之器，諸侯未見之寶，因語及之，遂爲王孫所警爾。王孫滿之言，蓋王室防制之意。夫鼎實九州圖籍，嫁言神、姦，國之利器不可以示人，蓋周室之意也。治《春秋》者，當以經爲斷。子以爲有王者作，將比今之諸侯而誅之乎？經無貶辭，愚以是疑當時楚莊之心或無罪也。且天下之罪莫大於逼王，而楚國之利莫大於得陳、鄭。楚莊它日尚能縣陳而復陳，得鄭而赦鄭，而謂其首有逼周之師，此必不然矣。《春秋》誅心之書，楚莊無是心，宜《春秋》不以是爲罪也。

楚人侵鄭。

《左氏》曰：「晉侯伐鄭。鄭及晉平，士會入盟。夏，楚人侵鄭，鄭即晉故也。」

鄭穆公卒，子夷嗣。是爲靈公。

二年。秦共公卒，子嗣。是爲桓公。

鄭公子歸生弑其君靈公，弟堅立。是爲襄公。

《左氏》曰：「楚人獻黿於鄭靈公。公子宋與子家將見。子公之食指動，以示子家，曰：『它日我如此，必嘗異味。』及入，宰夫將解黿，相視而笑。公問之，子家以告。及食大夫黿，召子公而弗與也。子公怒，染指於鼎，嘗之而出。公怒，欲殺子公。子公與子家謀先。子家曰：『畜老，猶憚殺之，而況君乎？』反譖子家，子家懼而從之。夏，弑靈公。鄭人立子良，辭曰：『以賢，則去疾不足；以順，則公子堅長。』乃立襄公。襄公將去穆氏，而舍子良。子良不可，曰：『穆氏宜存，則固願也。若將亡之，則亦皆亡，去疾何爲？』乃舍之，皆爲大夫。鄭「七穆」所以盛。八年，鄭子家卒。鄭人討幽公之亂，斲子家之棺而逐其族。改葬幽公，謚之曰『靈』。」

楚子伐鄭。

三年。魯侯朝于齊，齊侯止之，爲高固請昏。

胡氏曰：「宣公比年如齊，《春秋》皆致之，蓋危之也。夫以篡弑謀於齊而取國，以土地賂齊而請會，以卑屈事齊而求安，上不知有天王，下不知有方伯，惟利交是奉而可保乎？至是如齊，而高固使齊侯止公，請叔姬焉。『秋，高固來逆叔姬』，罪宣公也。夫以鄭國褊小，楚公子圍之貴驕强大，來娶于鄭，子産辭而卻之，使館于外，幾不得撫有其室。而宣公以魯國周公之後，逼於高固，請昏其女，彊委禽焉而不能止，惟不知以禮爲守身之幹，以定其位，是以得此辱也。」

楚人伐鄭。

四年。晉趙盾、衛孫免侵陳。

《左氏》曰：「往年楚子伐鄭。陳及楚平。晉、衛侵陳，陳即楚故也。」

王使子服求后于齊。召公逆王后于齊。

五年。河徙。

《西漢書》曰：「王横言：『往者天嘗連雨，東北風，海水溢，西南出，浸數百里，九河之地已爲海所漸矣。禹之行河水，本隨西山下東北去。《周譜》云定王五年河徙，則今所行非禹之所穿也。』」

王使王叔會晉侯、宋公、衛侯、鄭伯、曹伯于黑壤。諸侯盟于黑壤。

《左氏》曰：「春，衛侯使孫良夫來盟，謀會晉也。鄭及晉平，公子宋之謀也，故相鄭伯以會。冬，盟于黑壤，王叔桓公臨之，以謀不睦。晉侯之立也，公不朝焉，又不使大夫聘，晉人止公于會。盟于黄父，公不與盟。以賂免。故黑壤之盟不書，諱之也。」

燕桓公卒，宣公立。

六年。晉師、白狄伐秦。

楚人滅舒蓼，盟吳、越。

七月甲子，日有食之，既。

楚師伐陳。

《左氏》曰：「陳及晉平。楚師伐陳，取成而還。」

王使單子聘於宋，遂自陳聘於楚。

《國語》曰：「定王使單襄公聘于宋，遂假道於陳，以聘於楚。火朝覿矣，道茀不可行，候不在疆，司空不視塗，澤不陂，川不梁，野有庾積，場功未畢，道無列樹，墾田若蓺，膳宰不致餼，司里不授館，國無寄寓，縣無施舍，民將築臺於夏氏。及陳，陳靈公與孔寧、儀行父南冠以如夏氏，留賓弗見。單子歸，告王曰：『陳侯不有大咎，國必亡。』王曰：『何故？』對曰：『夫辰，角見而雨畢，天根見而水涸，本見而草木節解，駟見而隕霜，火見而清風戒寒。故先王之教曰：「雨畢而除道，水涸而成梁，草木節解而備藏，隕霜而冬裘具，清風至而脩城郭宮室。」故《夏令》曰：「九月除道，十月成梁。」其時儆曰：「收而場功，偫而畚挶，營室之中，土功其始，火之初見，期於司里。」此先王之所以不用財賄，而廣施德於天下者也。今陳國，火朝覿矣，而道路若塞，野場若棄，澤不陂障，川無舟梁，是廢先王之教也。周制有之曰：「列樹以表道，立鄙食以守路。國有郊牧，疆有寓望，藪有圃草，囿有林池，所以禦災也。其餘無非穀土。民無縣耜，野無奧草。不奪民時，不蔑民功。有優無匱，有逸無罷。國有班事，縣有序民。」今陳國，道路不可知，田在草間，功成而不收，民罷於逸樂，是棄先王之法制也。周之《秩官》有之曰：「敵國賓至，關尹以告，行理以節逆之，候人爲導，卿出郊勞，門尹除門，宗祝執祀，司里授館，司徒具徒，司空視塗，司寇詰姦，虞人入材，甸人積薪，火師監燎，水師監濯，膳宰致饔，廩人獻餼，司馬陳芻，工人展車，百官各〔三〕以物至，賓入如歸，是故小大莫不懷愛。其貴國之賓至，則以班加一等，益虔。至於王使，則皆官正涖事，上卿監之。若王巡守，則君親監之。』今雖朝也不才，有分族於周，承王命以爲過賓於陳，而司事莫至，是蔑先王之官也。先王之令有之曰：『天道賞善而罰淫，故凡我造國，無從非彝，無即慆淫，各守爾典，以承天休。』今陳侯不念胤續之常，棄其伉儷妃嬪，而帥其卿佐以淫於夏氏，不亦瀆姓矣乎？陳，我大姬之後也。棄衮冕而南冠以出，不亦簡彝乎？是又犯先王之令也。昔先王之教，懋帥其德也，猶恐隕越。若廢其教而棄其制，蔑其官而犯其令，將何以守國？居大國之間，而無此四者，其能久乎？』」

七年。王使徵聘于魯。魯侯朝于齊，使仲孫蔑入聘。

《左氏》曰：「王使來徵聘。夏，孟獻子聘於周。王以爲有禮，厚賄之。」

晉侯、宋公、衛侯、鄭伯、曹伯會于扈。晉荀林父帥師伐陳。晉成公卒于扈，子據嗣。是爲景公。**師還。楚子伐鄭。晉郤缺帥師救鄭。**

《左氏》曰：「會于扈，討不睦也。陳侯不會。晉荀林父以諸侯之師伐陳。晉侯卒于扈，乃還。楚子爲厲之役故，伐鄭。晉郤缺救鄭。鄭伯敗楚師于柳棼。國人皆喜，唯子良憂曰：『是國之災也，吾死無日矣。』」○胡氏曰：「楚兵加鄭數矣，或稱人，或稱爵，何也？鄭自晉成公初立，舍楚而從中國，正也，楚人爲是興師而加鄭，不義矣，故宣公三年書『人』、書『侵』，罪之也。次年，鄭公子歸生弒其君，諸侯未有聲罪致討者，而楚師至焉，故特書爵，與之也。然興師動衆，賊則不討，惟服鄭之爲事，則非義舉矣，故又次年傳稱『楚子伐鄭』，而經書『人』，再貶之也。至是稱爵，豈與之乎？君將不言帥師，是以重兵臨鄭矣。下書『帥師』，則知其非與之也。」

衛成公卒，子遬嗣。是爲穆公。

八年。齊人歸魯濟西田。

四月丙辰，日有食之。

齊惠公卒，子無野嗣。是爲頃公。

陳夏徵舒弑其君靈公。

《左氏》曰：「陳靈公與孔寧、儀行父通於夏姬，皆衷其衵服，以戲于朝。洩冶諫曰：『公卿宣淫，民無效焉，且聞不令。』公告二子，遂殺洩冶。陳靈公與孔寧、儀行父飲酒於夏氏。公謂行父曰：『徵舒似汝。』對曰：『亦似君。』徵舒病之。公出，自其廄射而殺之。二子奔楚。」

晉人、宋人、衛人、曹人伐鄭。

《左氏》曰：「鄭及楚平。諸侯之師伐鄭，取成而還。」

王使王季子聘于魯。

《國語》曰：「定王八年，使劉康公聘于魯，發幣於大夫。季文子、孟獻子皆儉，叔孫宣子、東門子家皆侈。歸，王問魯大夫孰賢。對曰：『季、孟其長處魯乎！叔孫、東門其亡乎！若家不亡，身必不免。』王曰：『何故？』對曰：『臣聞之：爲臣必臣，爲君必君。寬肅宣惠，君也；敬恪恭儉，臣也。寬所以保本也，肅所以濟時也，宣所以教施也，惠所以和民也。本有保則必固，時動而濟則無敗功，教施而宣則徧，惠以和民則阜。若本固而功成，施徧而民阜，乃可以長保民矣，其何事不徹？敬所以承命也，恪所以守業也，恭所以給事也，儉所以足用也。以敬承命則不違，以恪守業則不懈，以恭給事則寬於死，以儉足用則遠於憂。若承命不違，守業不懈，寬於死而遠於憂，則可以上下無隙矣，其何任不堪？上作事而徹，下能堪其任，所以爲令聞長世也。今夫二子者儉，其能足用矣，用足則族可以庇。二子者侈，侈則不恤匱，匱而不恤，憂必及之，若是則必廣其身。且夫人臣而侈，國家弗堪，亡之道也。』王曰：『幾何？』對曰：『東門之位不若叔孫，而泰侈焉，不可以事二君。叔孫之位不若季、孟，而亦泰侈焉，不可以事三君。若皆蚤世猶可，若登年以載其毒，必亡。』十六年，魯宣公卒。赴者未及，東門氏來告亂，子家奔齊。簡王十一年，魯叔孫宣伯亦奔齊。」

楚子伐鄭。

《左氏》曰：「楚子伐鄭。晉士會救鄭，逐〔四〕楚師于潁北。諸侯之師戍〔五〕鄭。」

九年。楚子、陳侯、鄭伯盟于辰陵。

《左氏》曰：「楚子伐鄭，及櫟。子良曰：『晉、楚不務德而兵争，與其來者可也。晉、楚無信，我焉得有信？』乃從楚。楚盟于辰陵，陳、鄭服也。」

楚人殺陳夏徵舒。楚子入陳。納公孫寧、儀行父于陳。迎靈公子午于晉而立之。是爲成公。

《左氏》曰：「楚子爲陳夏氏亂故，伐陳。謂陳人無動，將討於少西氏。遂入陳，殺夏徵舒。因縣陳。陳侯在晉。申叔時使於齊，反，曰：『夏徵舒弑其君，其罪大矣；討而戮之，君之義也。抑人有言曰：「牽牛以蹊人之田，而奪之牛。」牽牛以蹊者，信有罪矣。而奪之牛，罰已重矣。諸侯之從也，曰討有罪也。今縣陳，貪其富也。以討召諸侯，而以貪歸之，無乃不可乎？』楚子曰：『善哉！吾未之聞也。反之，可乎？』對曰：『吾儕小人所謂取諸其懷而與之也。』乃復封陳。」○胡氏曰：「公孫寧、儀行父從君於昏，宣淫於朝，誅殺諫臣，使其君見弑，蓋致亂之臣也，而又使陳人用之，故《春秋》外二人於陳，而特書『納』。納者，不受而强納之者也。爲楚莊者宜如何？瀦徵舒之宮，封洩冶之墓，尸孔寧、儀行父于朝，謀於陳衆，定其君而去，其庶幾乎！」

甲子。十年。楚子圍鄭。

《左氏》曰：「厲之役，鄭伯逃歸，自是楚未得志焉。鄭既受盟于辰陵，又徼事于晉。春，楚子圍鄭，旬有七日。國人大臨，楚子退師。鄭人脩城。進復圍之，三月，克之。入自皇門，至于逵路。鄭伯肉袒牽羊以逆，曰：『孤不天，不能事君，使君懷怒以及敝邑，孤之罪也，敢不唯命是聽？其俘諸江南，以實海濱，亦唯命；其翦以賜諸侯，使臣妾之，亦唯命。若惠顧前好，徼福於厲、宣、桓、武，不泯其社稷，使改事君，夷於九縣，君之惠也，孤之願也，非所敢望也。敢布腹心，君實圖之。』左右曰：『不可許也，得國無赦。』楚莊曰：『其君能下人，必能信用其民矣，庸可幾乎？』退三十里而許之平。潘尫入盟，子良出質。」

履祥按：楚莊之於鄭，圍之甚久，然入而不取也，故《春秋》罪其圍而不罪其入，以楚莊爲善於此矣。

晉荀林父帥師及楚子戰于邲，晉師敗績。

《左氏》曰：「晉師救鄭。荀林父將中軍，先穀佐之；士會將上軍，郤克佐之；趙朔將下軍，欒書佐之。趙括、趙嬰齊爲中軍大夫，鞏朔、韓穿爲上軍大夫，荀首、趙同爲下軍大夫。韓厥爲司馬。及河，聞鄭既及楚平，桓子欲還，曰：『無及於鄭而勦民，焉用之？』隨武子曰：『善。會聞用師，觀釁而動。德、刑、政、事、典、禮不易，不可敵也。楚軍討鄭，怒其貳而哀其卑。伐叛，刑也；柔服，德也。昔歲入陳，今茲入鄭，民無罷勞，君不怨讟，政有經矣。荆尸而舉，商、農、工、賈不敗其業，而卒乘輯睦，事不奸矣。軍行，右轅，左追蓐，前茅慮無，中權，後勁。百官象物而動，軍政不戒而備，能用典矣。其君之舉也，内姓選於親，外姓選於舊；舉不失德，賞不失勞；老有加惠，旅有施舍。君子小人，物有服章。貴有常尊，賤有等威，禮不逆矣。德立，刑行，政成，事時，典從，禮順，若之何敵之？見可而進，知難而退，軍之善政也。兼弱攻昧，武之善經也。子姑整軍而經武乎！猶有弱而昧者，何必楚？』彘子曰：『不可。晉所以霸，師武、臣力也。今失諸侯，不可謂力；有敵而不從，不可謂武。由我失霸，不如死。且成師以出，聞敵强而退，非夫也。』以中軍佐濟。知莊子曰：『此師殆哉！果遇，必敗，彘子尸之，雖免而歸，必有大咎。』韓獻子謂桓子曰：『彘子以偏師陷，子罪大矣。子爲元帥，師不用命，誰之罪也？失屬亡師，爲罪已重，不如進也。事之不捷，惡有所分。與其專罪，六人同之，不猶愈乎？』師遂濟。楚子北師次於郔。沈尹將中軍，子重將左，子反將右，將飲馬於河而歸。聞晉師既濟，欲還，嬖人伍參欲戰。令尹孫叔敖弗欲，曰：『昔歲入陳，今茲入鄭，不無事矣。戰而不捷，參之肉其足食乎？』南轅、反旆。伍參言於楚子曰：『晉之從政者新，未能行令。其佐先縠剛愎不仁，未肯用命。其三帥者，專行不獲，聽而無上，衆誰適從？此行也，晉師必敗。且君而逃臣，若社稷何？』楚子病之，告令尹改乘轅而北，次于管以待之。晉師在敖、鄗之間。鄭皇戌使如晉師，曰：『鄭之從楚，社稷之故也，未有貳心。楚師驟勝而驕，其師老矣，而不設備，子擊之，鄭師爲承，楚師必敗。』彘子曰：『敗楚服鄭，於此在矣。』欒武子曰：『楚自克庸以來，其君無日不討國人而訓之于民生之不易、禍至之無日、戒懼之不可以怠。在軍，無日不討軍實而申儆之于勝之不可保、紂之百克而卒無後，訓之以若敖、蚡冒篳路藍縷以啓山林。箴之曰：「民生在勤，勤則不匱。」不可謂驕。先大夫子犯有言曰：「師直爲壯，曲爲老。」我則不德，而徼怨於楚，我曲楚直，不可謂老。其君之戎，分爲二廣，廣有一卒，卒偏之兩。右廣初駕，數及日中；左則受之，以至于昏。内官序當其夜，以待不虞，不可謂無備。子良，鄭之良也。師叔，楚之崇也。師叔入盟，子良在楚，楚、鄭親矣。來勸我戰，我克則來，不克遂往，以我卜也！鄭不可從。』趙括、趙同曰：『率師以來，唯敵是求。克敵、得屬，又何俟？必從彘子。』趙莊子曰：『欒伯善哉！實其言，必長晉國。』楚少宰如晉師，曰：『寡君少遭閔凶，不能文。聞二先君之出入此行也，將鄭是訓定，豈敢求罪於晉？二三子無淹久！』隨季對曰：『昔平王命我先君文侯曰：「與鄭夾輔周室，毋廢王命。」今鄭不率，寡君使群臣問諸鄭，豈敢辱候人？』彘子以爲諂，使趙括更之，曰：『行人失辭。寡君使群臣遷大國之迹於鄭，曰：「無辟敵！」群臣無所逃命。』楚子又求成于晉，晉人許之，盟有日矣。楚許伯御樂伯，攝叔爲右，以致晉師。晉人逐之。晉魏錡求公族未得而怒，欲敗晉師。請致師，弗許。請使，許之。遂往，請戰而還。楚潘黨逐之。趙旃求卿未得，且怒於失楚之致師者，請挑戰，弗許。請召盟，許之。郤獻子曰：『二憾往矣，弗備，必敗。』彘子曰：『鄭人勸戰，弗敢從也。楚人求成，弗能好也。師無成命，多備何爲？』士季曰：『若二子怒楚，楚人乘我，喪師無日矣。不如備之。楚之無惡，除備而盟。若以惡來，有備不敗。且雖諸侯相見，兵衛不徹，警也。』彘子不可。士季使鞏朔、韓穿帥七覆于敖前，趙嬰齊使其徒具舟于河。趙旃夜至楚軍，席於軍門之外，使其徒入之。乙卯，楚子乘左廣以逐趙旃。旃棄車而走林，屈蕩搏之，逢大夫授旃綏以免。晉人懼二子之怒楚師也，使軘車逆之。潘黨望其塵，使騁而告曰：『晉師至矣。』楚人亦懼楚子之入晉軍也，遂出陳。孫叔曰：『進之。寧我薄人，無人薄我。』遂疾進師，車馳卒奔，乘晉軍。桓子不知所爲，鼓於軍中曰：『先濟者有賞。』中軍、下軍爭舟，舟中之指可掬也。晉師右移，上軍未動。工尹齊將右拒卒以逐下軍。楚子使告唐惠侯，使潘黨率游闕四十乘，從唐侯以爲左拒，以從上軍。駒伯曰：『待諸乎？』隨季曰：『楚師方壯，若萃於我，吾師必盡。不如收而去之，分謗生民，不亦可乎？』殿其卒而退，不敗。楚熊負羈囚知罃。知莊子以其族反之，下軍之士多從之。曰：『不以人子，吾子其可得乎？』射連尹襄老，載其尸。射公子穀臣，囚之。以二者還。及昏，楚師軍於邲。晉之餘師不能軍，宵濟，亦終夜有聲。楚重至於邲，遂次于衡雍。潘黨曰：『君盍築武軍，而收晉尸以爲京觀？臣聞克敵必示子孫，以無忘武功。』楚子曰：『夫文，止戈爲武。夫武，禁暴、戢兵、保大、定功、安民、和衆、豐財者也，故使子孫無忘其章。今我使二國暴骨，暴矣。觀兵以威諸侯，兵不戢矣。暴而不戢，安能保大？猶有晉在，焉得定功？所違民欲猶多，民何安焉？無德而强争諸侯，何以和衆？利人之幾，而安人之亂，以爲己榮，何以豐財？武有七德，我無一焉，何以示子孫？其爲先君宫，告成事而已。武非吾功也。古者明王伐不敬，取其鯨鯢而封之，以爲大戮，於是乎有京觀，以懲淫慝。今罪無所，而民皆盡忠以死君命，又何以爲京觀乎？』祀于河，作先君宫，告成事而還。晉師歸，桓子請死，晉侯欲許之。士貞子諫曰：『城濮之役，晉師三日穀，文公猶有憂色，曰：「得臣猶在，憂未歇也。困獸猶鬬，况國相乎！」及楚殺子玉，曰：「莫余毒也已。」是晉再克而楚再敗也。楚是以再世不競。今天或者大警晉也，而又殺林父以重楚勝，無乃久不競乎？林父之事君也，進思盡忠，退思補過，社稷之衛也。夫其敗也，如日月之食焉，何損於明？』晉侯使復其位。明年，晉殺其大夫先縠。」即彘子也。

晉屠岸賈殺趙朔于下宫。

《史記》曰：「晉景公時，趙盾卒，子朔嗣。朔娶晉成公姊。是爲莊姬。屠岸賈者，始有寵於靈公，至景公之三年，賈爲司寇，乃治靈公之賊，徧告諸將曰：『盾雖不知，猶爲賊首。以臣弑君，子孫在朝，何以懲罪？請誅之。』韓厥曰：『靈公遇賊，趙盾在外，吾先君以爲無罪，故不誅。今誅其後，非先君之意。妄誅謂之亂。臣有大事而君不聞，是無君也。』賈不聽。韓厥告趙朔趣亡。朔不肯，曰：『子必不絶趙祀，朔死不恨。』厥許諾。賈擅與諸將攻趙氏於下宮，殺趙朔。朔妻有遺腹，走公宮匿。朔客公孫杵臼謂朔友程嬰曰：『胡不死？』程嬰曰：『朔之婦有遺腹，幸而男，吾奉之；即女也，吾徐死耳。』居無何，而朔婦生男。屠岸賈聞之，索於宮中。夫人置兒絝中，祝曰：『趙宗滅乎，若號。即不滅，若無聲。』及索，兒竟無聲。已脱，程嬰謂公孫杵臼曰：『今一索不得，後必且復索之，奈何？』杵臼曰：『立孤與死孰難？』程嬰曰：『死易，立孤難耳。』杵臼曰：『趙氏先君遇子厚，子彊爲其難者，吾爲其易者，請先死。』乃二人謀取他人嬰兒負之，衣以文葆，匿山中。《新序》即程嬰子。程嬰出，謬謂諸將曰：『誰能與我千金，吾告趙氏孤處。』諸將許之，隨攻公孫杵臼。杵臼謬曰：『小人程嬰！昔下宮之難不能死，與我謀匿趙孤，今又賣之乎！』諸將遂殺杵臼與孤兒，以爲趙氏孤已死。然趙氏真孤乃在，程嬰卒與俱匿山中。居十五年，韓厥具以實告。於是景公乃與韓厥謀，召趙氏孤兒，匿之宮中。名曰武。」趙氏之禍，《左氏》謂趙嬰通于趙莊姬，原、屏放諸齊，莊姬以是怨原、屏，譖殺之，而趙氏滅，武從姬氏育于宮中。《史記》則謂屠岸賈討靈公之賊，殺朔與嬰齊、同、括而趙氏滅，程嬰、杵臼匿趙武。二説不同。而《史記》之説，人多不信，以《左氏》所不載也。獨邵氏《經世曆》書之。履祥按：屠岸賈殺趙朔自一事，趙莊姬譖殺同、括又一事。但《史記》以爲殺朔而盡滅同、括、嬰齊，則傳聞之失，遂與《左氏》謬戾爾。

楚子滅蕭。

《左氏》曰：「楚子伐蕭，宋華椒以蔡人救蕭。蕭人囚熊相宜僚及公子丙。楚子曰：『勿殺，吾退。』蕭人殺之。怒，遂圍蕭。蕭潰。」〇胡氏曰：「楚莊假於討賊而滅陳，《春秋》以討賊之義重也，未滅而書『入』。惡其貳己而入鄭，《春秋》以退師之情恕也，未滅而書『圍』。至是肆其强暴，滅無罪之國，其志已盈，雖欲赦之不得也，故傳稱『蕭潰』，經以『滅』書，斷其罪也。」

晉人、宋人、衛人、曹人同盟于清丘。宋師伐陳。衛人救陳。

《左氏》曰：「晉原縠、宋華椒、衛孔達、曹人同盟于清丘，曰：『恤病，討貳。』於是卿不書，不實其言也。宋爲盟故，伐陳。衛人救之。孔達曰：『先君有約言焉，若大國討，我則死之。』」

十有一年。楚子伐宋。

《左氏》曰：「以其救蕭也。君子曰：『清丘之盟，唯宋可以免焉。』晉以衛之救陳也，討焉。使人弗去，曰：『罪無所歸，將加而師。』孔達曰：『苟利社稷，請以我説，罪我之由。我則爲政，而亢大國之討，將以誰任？我則死之。』縊而死。衛人以説于晉而免。」

履祥按：邲之師，士會、欒書輩非不知楚之所以得，不幸而爲彘子之謀所敗。爲晉計者，亦盍知所懲艾，息民修政於國，而布德加禮於諸侯，庶爲可耳。顧汲汲於討貳，又使彘子主清丘之盟，且楚方加恩於陳而使宋伐之，衛方有恤陳之師而晉又討之，遂使宋致楚師而不能救，卒亦並宋失之矣。傳稱：「清丘之盟，唯宋可以免。」愚謂伐陳不可免，惟救蕭可免耳。

十有二年。曹文公卒，子廬嗣。是爲宣公。

晉侯伐鄭。

《左氏》曰：「晉侯伐鄭，爲邲故也。告於諸侯，蒐焉而還。中行桓子之謀也。曰：『示之以整，使謀而來。』鄭人懼，使子張代子良于楚。鄭伯如楚，謀晉故也。鄭以子良爲有禮，故召之。」

楚子圍宋。

《左氏》曰：「楚子使申舟聘于齊，曰：『無假道于宋。』亦使公子馮聘于晉，不假道于鄭。申舟無畏也。以孟諸之役惡宋，曰：『鄭昭宋聾，晉使不害，我則必死。』楚子曰：『殺汝，我伐之。』見犀而行。及宋，華元曰：『過我而不假道，鄙我也。鄙我，亡也。殺其使者必伐我，伐我亦亡也。亡一也。』乃殺之。楚子聞之，投袂而起，屨及於窒皇，劍及於寢門之外，車及於蒲胥之市。秋，圍宋。」

十有三年。宋人及楚人平。

《左氏》曰：「宋人使樂嬰齊告急于晉，晉侯欲救之。伯宗曰：『雖鞭之長，不及馬腹。天方授楚，未可與爭。雖晉之彊，能違天乎？國君含垢，天之道也。君其待之。』乃止。使解揚如宋，使無降楚，曰：『晉師悉起，將至矣。』鄭人囚而獻諸楚。楚子賂之，使反其言。不許。三而許之。登諸樓車，遂致其君命。楚子將殺之，曰：『爾既許不穀，而反之。速即爾刑。』對曰：『君能制命爲義，臣能承命爲信，信〔六〕載義而行爲利。義無二信，信無二命。君之賂臣，不知命也。受命以出，有死無霣。臣之許君，以成命也。死而成命，臣之禄也。』楚子舍之以歸。夏，楚師將去宋，申犀稽首於馬前，曰：『毋畏知死而不敢廢命，王棄言焉。』申叔時僕，曰：『築室反耕者。』從之。宋人懼，使華元夜入楚師，登子反之牀，起之，曰：『寡君使元以病告，曰：「敝邑易子而食，析骸以爨。雖然，城下之盟，有以國斃，不可從也。去我三十里，唯命是聽。」』子反懼，與之盟而告。退三十里。宋及楚平，華元爲質。盟曰：『我無爾詐，爾無我虞。』」

王札子殺召伯、毛伯。

《左氏》曰：「王孫蘇與召伯、毛伯争政，使王子捷殺召戴公及毛伯衛，卒立召襄。」○《穀梁氏》曰：「兩下相殺，不志乎《春秋》，此其志，何也？矯王命以殺之，故曰以王命殺也。王命殺，則何志焉？爲天下主者，天也；繼天者，君也；君之所存者，命也。爲人臣而侵其君之命而用之，是不臣也；爲人君而失其命，是不君也。君不君，臣不臣，此天下所以傾也。」

晉侯使趙同來獻狄俘。

《左氏》曰：「潞子嬰兒之夫人，晉景公之姊也。酆舒爲政而殺之，又傷潞子之目。晉荀林父敗赤狄于曲梁。滅潞。酆舒奔衛，衛人歸諸晉，殺之。晉侯賞桓子狄臣千室，亦賞士伯，曰：『吾獲狄土，子之功也。微子，吾喪伯氏矣。』晉侯使趙同獻狄俘于周，不敬。劉康公曰：『不及十年，原叔必有大咎，天奪之魄矣。』」

魯初稅畝。

《左氏》曰：「非禮也。穀出不過藉。」〇杜氏曰：「公田之法，十取其一，今又履其餘畝，復十收其一。故哀公曰：『二，吾猶不足。』遂以爲常，故曰『初』。」

十有四年。晉人滅赤狄甲氏及留吁。來獻俘。王以黻冕命晉士會。

《左氏》曰：「晉士會帥師滅赤狄甲氏及留吁、鐸辰。三月，獻狄俘。晉侯請于王。以黻冕命士會將中軍，且爲大傅。於是晉國之盜逃奔于秦。羊舌職曰：「吾聞之，『禹稱善人，不善人遠』，善人在上，則國無幸民。諺曰：『民之多幸，國之不幸也。』是無善人之謂也。」

成周宣榭火。

《左氏》曰：「人火之也。人火曰火，天火曰災。」

王孫蘇奔晉。晉侯使士會入聘。《國語》作「聘」。

《左氏》曰：「爲毛、召之難故，王室復亂。王孫蘇奔晉。晉人復之。晉侯使士會平王室，定王享之，原襄公相禮。殽烝。武子私問其故。王聞之，召武子曰：『季氏，而弗聞乎？王享有體薦，宴有折俎。公當享，卿當宴。王室之禮也。』武子歸而講求典禮，以脩晉國之法。」

十有五年。蔡文侯卒，子固嗣。是爲景侯。

六月癸卯，日有食之。

晉侯、魯侯、衛侯、曹伯、邾子同盟于斷道。

《左氏》曰：「晉侯使郤克徵會于齊。齊頃公帷婦人使觀之。郤子登，婦人笑於房。跛而登階，故笑。獻子怒，出而誓曰：『所不此報，無能涉河。』獻子先歸，請伐齊，弗許。齊侯使高固、晏弱、蔡朝、南郭偃會。及斂盂，高固逃歸。夏，會于斷道，討貳也。辭齊人。執晏弱、蔡朝、南郭偃。苗賁皇使，見晏桓子。歸，言於晉侯曰：『舉言群臣不信，諸侯皆有貳志。齊君恐不得禮，故不出，而使四子來。或沮之曰：「君不出，必執吾使。」故高子及斂盂而逃。夫三子者曰：「若絶君好，寧歸死焉。」爲是犯難而來，吾若善逆彼以懷來者，又執之，以信齊沮，又久之，以成其悔。使反者得辭，而害來者，以懼諸侯，將焉用之？』緩之，逸。范武子老，郤獻子爲政。」

魯侯之弟叔肸卒。

《穀梁氏》曰：「《春秋》書『公弟叔肸』，賢之也。宣弑而非之也。非之，則胡爲不去之？兄弟也，何去而之？與之財，則曰我足矣。織屨而食，終身不食宣公之食。君子以是爲通恩也，以取貴乎《春秋》。」

十有六年。晉侯、衛世子臧伐齊。齊侯會晉侯盟于繒。

楚莊卒，子審嗣。是爲共。

魯宣公卒，子黑肱嗣。是爲成公。

《左氏》曰：「公孫歸父以襄仲之立宣公也，有寵，欲去三桓，以張公室。謀而聘于晉，欲以晉人去之。公薨。季文子言於朝曰：『使我殺適立庶以失大援者，仲也夫。』臧宣叔怒曰：『當其時不能治也，後之人何罪？』遂逐東門氏。子家還，及笙，壇帷，復命於介。袒、括髮，即位哭，踊。奔齊。」

十有七年。魯成公元。**晉侯使瑕嘉來平戎。王使單子如晉。王季子伐茅戎。王師敗績于茅戎。**

《左氏》曰：「晉侯使瑕嘉平戎于王，單襄公如晉拜成。劉康公徼戎，將遂伐之。叔服曰：『背盟而欺大國，此必敗。背盟，不祥。欺大國，不義。神人弗助，將何以勝？』不聽，遂伐茅戎。敗績于徐吾氏。」

魯作丘甲。

陳氏曰：「丘甲，丘自爲甲也。二十五人爲兩，四兩爲卒，卒出長轂一乘也，於甸乎取之，於是有甲士。丘，十六井也，而自爲甲，是丘賦一乘也。大司馬之制，上地家可用者三人，中地二家五人，下地家二人，皆勝兵也。必四丘之甸也，而後備一卒，出長轂一乘，則是從征少而休多也。作丘甲，休少而從征多矣。」

十有八年。齊侯伐魯，敗衛師于新築。

《左氏》曰：「齊侯伐我北鄙，圍龍。頃公之嬖人盧蒲就魁門焉，龍人囚之。齊侯曰：『勿殺！吾與而盟，無入而封。』弗聽，殺而膊諸城上。齊侯親鼓，士陵城。三日取龍，遂南侵，及巢丘。衛侯使孫良夫、石稷、甯相、向禽將侵齊，與齊師遇。石子欲還，孫子曰：『不可。以師伐人，遇其師而還，將謂君何？若知不能，則如無出。今既遇矣，不如戰也。』石成子曰：『師敗矣。子不少須，衆懼盡。子喪師徒，何以復命？』皆不對。又曰：『子，國卿也。隕子，辱矣。子以衆退，我此乃止。』且告車來甚衆。齊師乃止，次于鞫居。新築人仲叔于奚救孫桓子，桓子是以免。」

晉郤克、魯季孫行父、臧孫許、叔孫僑如、公孫嬰齊、衛孫良夫、曹公子首及齊侯戰于鞌，齊師敗績。

《左氏》曰：「孫桓子還於新築，不入，遂如晉乞師。臧宣叔亦如晉乞師。皆主郤獻子。

晉侯許之七百乘。郤子曰：『此城濮之賦也。有先君之明與先大夫之肅，故捷。克於先大夫，無能爲役，請八百乘。』許之。郤克及士燮、欒書、韓厥將以救魯、衛。臧宣叔逆晉師，且道之。季文子帥師會之。師從齊師于莘。至于靡笄之下。齊侯使請戰，對曰：『晉與魯、衛，兄弟也。來告曰：「大國朝夕釋憾於敝邑之地。」寡君不忍，使群臣請於大國，無令輿師淹於君地。能進不能退，君無所辱命。』師陳于鞌。邴夏御齊侯，逢丑父爲右。晉解張御郤克，鄭丘緩爲右。齊侯曰：『余姑翦滅此而後朝食。』不介馬而馳之。郤克傷於矢，流血及屨，未絶鼓音，曰：『余病矣。』張侯曰：『師之耳目，在吾旗鼓，進退從之。此車一人殿之，可以集事，若之何其以病敗君之大事也？病未及死，吾子勉之！』左并轡，右援枹而鼓，馬逸不能止，師從之。齊師敗績。逐之。逢丑父與公易位。韓厥執縶馬前，再拜稽首，奉觴加璧以進，曰：『寡君使群臣爲魯、衛請，曰：「無令輿師陷入君地。」下臣不幸，屬當戎行，無所逃隱。且懼奔辟，而忝兩君，臣辱戎士，敢告不敏，攝官承乏。』丑父使公下，如華泉取飲。鄭周父御佐車，宛茷爲右，載齊侯以免。韓厥獻丑父，郤獻子將戮之。呼曰：『自今無有代其君任患者，有一於此，將爲戮乎！』郤子曰：『人不難以死免其君。我戮之，不祥，赦之以勸事君者。』乃免之。齊侯求丑父，三入三出。入于狄卒，狄卒皆抽戈楯冒之。以入衛師，衛師免之。晉師從齊師，入自丘輿，擊馬陘。齊侯使賓媚人賂以紀甗、玉磬與地。『不可，則聽客之所爲』。晉人不可，曰：『必以蕭同叔子爲質，按二傳，同叔子即笑郤克者。使齊之封内盡東其畝。』對曰：『蕭同叔子，寡君之母也。若以匹敵，則亦晉君之母也。吾子布大命於諸侯，而曰：『必質其母。』其若王命何？且是以不孝令也。《詩》曰：「孝子不匱，永錫爾類。」若以不孝令於諸侯，其無乃非德類也乎？先王疆理天下，物土之宜，而布其利。故《詩》曰：「我疆我理，南東其畝。」今吾子疆理諸侯，而曰「盡東其畝」，唯吾子戎車是利，無顧土宜，無乃非先王之命也乎？反先王則不義，何以爲盟主？其晉實有闕。寡君之命使臣則有辭矣，曰：「子以君師辱於敝邑，不腆敝賦，以犒從者。畏君之震，師徒橈敗，吾子惠徼齊國之福，不泯其社稷，使繼舊好，唯是先君之敝器、土地不敢愛。子又不許，請收合餘燼，背城借一。敝邑之幸，亦云從也。況其不幸，敢不唯命是聽！」』魯、衛諫曰：『齊疾我矣！子若不許，讎我必甚。唯子則又何求？子得其國寶，我亦得地，而紓於難，其榮多矣。』晉人許之，對曰：『群臣帥賦輿，以爲魯、衛請。苟有以藉口而復於寡君，敢不唯命是聽！』秋七月，晉師及齊國佐盟于爰婁，使齊人歸魯汶陽之田。晉師歸，范文子後入。武子曰：『無爲吾望爾也乎？』對曰：『師有功，國人喜以逆之，先入，必屬耳目焉，是代帥受名也，故不敢。』武子曰：『吾知免矣。』郤伯見，公曰：『子之力也夫！』對曰：『君之訓也，二三子之力也，臣何力之有焉！』范叔見，勞之如郤伯。對曰：『庚所命也，克之制也，燮何力之有焉！』欒伯見，公亦如之，對曰：『燮之詔也，士用命也，書何力之有焉！』」

宋文公卒，子固嗣。是爲共公。

《左氏》曰：「宋文公卒，始厚葬，用蜃炭，益車馬，始用殉，重器備。椁有四阿，棺有翰檜。君子謂：『華元、樂舉，於是乎不臣。臣，治煩去惑者也，是以伏死而争。今二子者，君生則縱其惑，死又益其侈，是棄君於惡也，何臣之爲？』」

衛穆公卒，子臧嗣。是爲定公。

《左氏》曰：「晉三子自役弔焉，哭於大門之外。衛人逆之，婦人哭於門内，送亦如之。遂常以葬。」

晉侯使鞏朔獻齊捷。王命委於三吏。

《左氏》曰：「晉侯使鞏朔獻齊捷于周，王弗見，使單襄公辭焉，曰：『蠻夷戎狄，不式王命，淫湎毁常，王命伐之，則有獻捷。王親受而勞之，所以懲不敬、勸有功也。兄弟甥舅，侵敗王略，王命伐之，告事而已，不獻其功，所以敬親暱、禁淫慝也。今叔父克遂，有功於齊，而不使命卿鎮撫王室，所使〔七〕來撫余一人，而鞏伯實來，未有職司於王室，又奸先王之禮。余雖欲於鞏伯，其敢廢舊典以忝叔父？夫齊，甥舅之國也，而大師之後也，寧不亦淫從其欲以怒叔父，抑豈不可諫誨？』士莊伯不能對。王使委於三吏，禮之如侯伯克敵使大夫告慶之禮，降於卿禮一等。王以鞏伯宴，而私賄之，曰：『非禮也，勿籍。』」

楚師、鄭師侵衛，遂侵魯。魯侯會楚公子嬰齊于蜀，遂及楚人、秦人、宋人、陳人、衛人、鄭人、齊人、曹人、邾人、薛人、鄫人盟于蜀。

《左氏》曰：「宣公使求好于楚，楚莊卒，宣公薨，不克作好。成公即位，受盟于晉，會晉伐齊。衛人不行使于楚，而亦受盟于晉，從於伐齊。故楚令尹子重爲陽橋之役以救齊。將起師，子重曰：『師衆而後可。』乃大户，已責，逮鰥，救乏，赦罪。悉師，卒盡行。彭名御戎，蔡景公爲左，許靈公爲右。冬，楚師侵衛，遂侵我師于蜀。侵及陽橋，孟孫請往，賂之。公衡爲質，以請盟。楚人許平。十一月，公及楚公子嬰齊、蔡侯、許男、秦右大夫説、宋華元、陳公孫寧、衛孫良夫、鄭公子去疾及齊國之大夫盟于蜀。卿不書，匱盟也。於是乎畏晉而竊與楚盟，故曰匱盟。蔡侯、許男不書，乘楚車也。是行也，晉辟楚，畏其衆也。」

十有九年。晉侯、宋公、魯侯、衛侯、曹伯伐鄭。

《左氏》曰：「討邲之役也。鄭公子偃帥師禦之，使東鄙覆諸鄤，敗諸丘輿。皇戌如楚獻捷。」

鄭公子去疾帥師伐許。

晉人歸公子穀臣于楚。楚人歸知罃于晉。

《左氏》曰：「晉人歸楚公子穀臣與連尹襄老之尸于楚，以求知罃。於是荀首佐中軍矣，故楚人許之。楚子送知罃，曰：『子歸，何以報我？』對曰：『以君之靈，纍臣得歸骨於晉，寡君之以爲戮，死且不朽。若從君之惠而免之，以賜君之外臣首；首其請於寡君，而以戮於宗，亦死且不朽。若不獲命，而使嗣宗職，次及於事，而帥偏師以脩封疆，雖遇執事，其弗敢違，其竭力致死，無有二心，以盡臣禮，所以報也。』楚子曰：『晉未可與爭。』重爲之禮而歸之。」

晉作六軍。

杜氏曰：「僭王也。」

鄭伐許。

陳氏曰：「狄鄭也。楚之霸，鄭爲之也。由齊桓以來，爭鄭於楚，桓公卒，鄭始朝楚。諸夏之變於夷，鄭爲亂階也。至辰陵，鄭帥諸夏而事楚矣。敗晉于邲，盟十四國之君、大夫於蜀，皆鄭爲之，是故狄秦而後狄鄭。微秦、鄭，中國無左衽矣。」

履祥按：鄭之可狄，久矣。獨於是年貶，貶必於甚者。是歲也，覆諸夏之師於鄢，敗之於丘輿，獻諸夏之俘于楚，再動干戈於許，於是狄之，以爲鄭之惡甚矣。而明年襄公死，襄公於是終於爲狄矣。

二十年。鄭襄公卒，子費嗣。是爲悼公。

鄭伯伐許。

燕宣公卒，昭公立。

二十有一年。梁山崩。

王崩，子夷踐位。

晉侯、齊侯、宋公、魯侯、衛侯、鄭伯、曹伯、邾子、杞伯同盟于蟲牢。

《左氏》曰：「往年，鄭公孫申疆許田，許人敗諸展陂。鄭伯伐許。晉欒書、荀首救許伐鄭。楚子反救鄭，鄭伯與許男訟焉。子反曰：『君若辱在寡君，寡君與其二三臣共聽兩君之所欲，成其可知也。不然，側不足以知二國之成。』許靈公愬鄭伯于楚。鄭悼公如楚，訟，不勝。楚人執皇戌及子國。鄭伯歸，使公子偃請成于晉。秋，鄭伯及晉趙同盟于垂棘。冬，同盟于蟲牢，鄭服也。宋公辭以難。」

吴子去齊卒，子乘嗣。 是爲壽夢。

《史記・世家》曰：「太伯作吴，傳弟仲雍。仲雍卒，子季簡立。歷叔達、周章、熊遂、柯相、彊鳩夷、餘橋疑吾、河盧、周繇、屈羽、夷吾、禽處、轉、頗高、句卑、去齊、壽夢，凡十九世，吴始益大，稱王。」

【校記】

〔一〕「是爲匡王」，原脱，今據率祖堂本、《四庫》本補。

〔二〕「充」，原作「克」，今據慎獨齋配補歸仁齋本、宋犖本、率祖堂本、《四庫》本改。

〔三〕「各」，原作「官」，今據慎獨齋配補歸仁齋本、宋犖本、率祖堂本、《四庫》本改。

〔四〕「遂」，原作「遂」，今據宋犖本改。

〔五〕「戍」，原作「伐」，今據慎獨齋配補歸仁齋本、宋犖本、率祖堂本、《四庫》本改。

〔六〕「信」，原脱，今據慎獨齋配補歸仁齋本、宋犖本、率祖堂本、《四庫》本補。

〔七〕「使」，原作「以」，今據慎獨齋配補歸仁齋本、宋犖本改。